전북대 개인기록 총서 13

금계일기 4

이정덕 · 소순열 · 남춘호 · 임경택 · 문만용 · 진명숙 · 박광성 · 곽노필
이성호 · 손현주 · 이태훈 · 김예찬 · 이정훈 · 박성훈 · 유승환 · 김형준

편저

지식과교양

이 책은 2014년도 정부(교육부)의 재원으로 한국연구재단의 지원을 받아 연구되었음 (NRF-2014S1A3A2044461).

서 문

일기는 개인들의 일상적인 경험이 재구성되는 사적인 사유와 글쓰기의 내밀한 공간이다. 우리는 일기를 통해서 개인들의 일상성을 관찰할 수 있다. 일상성은 보통 사람들의 사소하면서도 지속적으로 반복되는 생활의 모습과 예측 불가능하고 뜻밖의 사건들이 등장하는 불확실한 생활의 모습이 겹쳐지는 평범한 인간 삶의 현상학적 속성을 의미한다. 개인의 실존적 바탕을 이해한다는 것은 일상성을 발견하고 추적함으로써 가능할 것이다. 또한 급격히 변화해가는 사회변동의 사회적 조건과 역사적 진보에 대한 이해도 일상성을 통해서 심화시킬 수 있다.

우리는 일기를 통해서 인간의 보편적 특성인 '만드는 인간 호모 파베르(homo faber)', '생각하는 인간 호모 사피엔스(homo sapiens)', '놀이하는 인간 호모 루덴스(homo ludens)', '경제적 인간 호모 에코노미쿠스(homo economicus)', '이중적인 인간 호모 듀플렉스(homo duplex)', '광기의 인간 호모 데멘스(homo demens)', '이야기하는 인간 호모 나랜스(homo narrans)', '이동하는 인간 호모 모벤스(homo movence)', '정치적 인간 호모 폴리티쿠스(homo politicus)' 등을 보게 된다.

어찌 되었건, 우리는 일기의 형식을 빌려 질투하는, 고뇌하는, 절망하는, 미워하는, 욕망하는, 억압하는, 협력하는, 사랑하는, 공존하는 인간의 구체적이고 숨겨진 인생사의 면모도 발견하게 된다. 인간의 존재방식은 사람과 사람의 상호작용이라는 사회적 관계 속에서, 그리고 세상과의 관계 속에서 이해될 수 있다. 우리는 일기에 나타난 보편적이고 구체적인 일상성을 통해서 인간의 과거-현재-미래를 이해할 수 있고 '어마어마한' 한 사람의 일생을 통찰할 수 있다. 인간과 세상의 손님인 인간의 실존적 조건에 대한 해석과 공감의 지평을 확장할 수 있는 리듬으로 정현종의 시 〈방문객〉이 있다.

사람이 온다는 건
실은 어마어마한 일이다.
그는
그의 과거와
현재와
그리고
그의 미래와 함께 오기 때문이다.

한 사람의 일생이 오기 때문이다.
부서지기 쉬운
그래서 부서지기도 했을
마음이 오는 것이다-그 갈피를
아마 바람은 더듬어볼 수 있을
마음,
내 마음이 그런 바람을 흉내 낸다면
필경 환대가 될 것이다.

『금계일기』는 평생을 교육자의 외길을 걸은 곽상영(郭尙榮)이 1937년부터 2000년까지 작성한 일상생활 기록이다. 그는 1921년 충북 청주시 흥덕구 옥산면 금계리에서 3남 2녀의 장남으로 태어났으며, 2000년 청주시에서 사망하였다. 곽상영은 5남5녀의 가장으로 모든 자녀들에게 고등교육을 시키고 평생을 '인자(仁者)의 삶'을 영유하였다. 또한 그는 교사 8년, 교감 8년, 교장 30년이라는 46년간 교직생활을 통하여 '사랑의 교육' 철학을 몸소 실천하였다. 그에게 '사랑의 교육'은 남의 아픔을 공감하고 배려하며 타자의 이득을 우선시하는 것이다.

곽상영은 타고난 기록광으로, 『금계일기』뿐만 아니라 〈가계부〉, 〈사도실천기〉, 〈교단수기〉, 〈학교 경영일지〉, 〈교무일지〉, 〈아침 방송일지〉 등을 통해 지속적인 글쓰기의 의지를 불태웠다. 그에게 글쓰기는 일종의 일상성의 기록에 대한 열정적인 사랑이었다. 그의 기록에 대한 열정은 '사랑의 교육' 철학과 만나게 됨으로써 일상성을 바탕으로 삶을 성찰하고 사유를 진전시키는 내적 소통이 가능한 생성적 양식으로 거듭나게 된다. 곽상영은 일기를 통하여 자신(자아)과 기록(대상)과의 관계에서 일상생활에서 잠시 벗어날 수 있는 휴식이자 낭만적 자기취미로 자리매김한다. 낭만은 원래 "이야기를 한다" 혹은 "중세의 이야기나 시의 문학성"을 의미한다고 한다. 그에게 일기는 자신만의 개인화되고 유일한 이야기가 기록에 대한 낭만적 열정으로 승화되는 길이었다. 우리는 『금계일기』를 통하여 저자의 서술적 자기고백의 목소리를 들을 수 있고, 저자의 '어마어마한' 과거-현재-미래를 상상할 수 있다.

『금계일기 3 · 4 · 5』는 전북대학교 「SSK 개인기록과압축근대 연구단」의 세 번째의 성과의 일부이다. 우리 연구단은 개인기록연구 총서 시리즈로 『창평일기 1 · 2』(2012, 지식과교양), 『창평일기 3 · 4』(2013, 지식과교양), 『아포일기 1 · 2』(2014, 전북대학교 출판문화원), 『아포일기 3 · 4 · 5』(2015, 전북대학교 출판문화원), 『금계일기 1 · 2』(2016, 지식과교양) 등을 입력 · 해제 · 출판하는 작업을 하였다. 『창평일기』는 전북 임실의 농민인 최내우가 1969-1994년까지 약

26년간 농촌지역 주민들의 삶을 구체적으로 기록한 것이다. 『아포일기』는 경북 김천의 농민인 권순덕이 1969-2000년까지 쓴 약 70여권의 원고를 엮어 낸 것이다. 『금계일기 1 · 2』는 1937년부터 1970년까지의 일기 내용을 반영한 것으로 저자 곽상영이 경험한 일제강점기, 해방, 한국전쟁, 4 · 19 등의 역사적 사건들과 학교생활이 고스란히 담겨져 있다. 이번에 출간되는 『금계일기 3 · 4 · 5』는 1971년부터 2000년까지 기간에 곽상영이 쓴 일기로 학교전체의 조직체를 책임지는 교육자이자 행정가로서의 학교장의 면모를 만날 수 있다.

그 외에도 주물기술자의 이야기인 『인천일기』(2017, 지식과교양), 조선족 이야기인 『연변일기』(2017, 지식과교양)가 개인기록연구총서 기획물로 출간될 계획이다. 우리 연구단은 일기 자료의 범위를 농촌에서 도시로, 남성 중심에서 여성으로, 국내에서 동아시아로 확대할 것이다. 그리하여 도시와 농촌, 남성과 여성, 한국과 동아시아에 대한 일상성을 비교함으로써 한국과 동아시아의 근대성을 비교하고자 한다. 또한 지역간, 성별간, 국가간의 비교를 통해서 전해지는 미묘한 차이점을 발견할 수 있을 것이다.

『금계일기』에 나타는 다양한 표현 양식과 내용은 옛날 고향의 골목길, 냇가 옆 방둑길에 심어져 있던 포플러의 흔들거림이나 아카시아 향기를 연상시킬 수도 있다. 일기에서 발현되는 공간은 떠나온 고향을, 허물어져가는 농촌 마을을, 재잘재잘 되던 초등학교 시절의 집합적 체험을 불러올 수도 있다. 추억의 대리물로서 일기가 제공하는 정서적인, 상징적인, 가치적인 양상들이 우리를 새로운 세계로 동참하도록 도와준 많은 분들이 계신다.

먼저, 〈한겨레신문〉의 곽노필 기자에게 감사의 말씀을 전한다. 그는 일기와 관련된 모든 자료를 제공하였다. 심지어 원고를 꼼꼼하게 검토하고 교정해 주셔서 일기의 흐름을 제대로 파악할 수 있도록 도와주었다. 또한 자료를 입력하고 교정하는데 시간을 아끼지 않고 투자한 연구단 소속의 이태훈, 김예찬, 박성훈, 유승환, 이정훈 보조연구원들에게 감사의 마음을 전한다. 일기는 단순히 입력만으로는 그 가치가 살아남지 않는다. 일기의 의미를 되살리고 독자들에게 큰 그림을 그릴 수 있도록 하는 것이 해제작업이다. 이러한 해제작업을 함께 한 연구단의 공동연구원들에게도 감사의 말씀을 드리고 싶다. 다양한 사람들과 함께 하는 연구와 작업은 학문의 전문적 지식, 관점, 기대가 부닥칠 수밖에 없다. 이러한 간극을 해결하고 새로운 학문적 지평을 열 수 있도록 실천적 지혜를 발휘한 책임연구원 이정덕 교수에게 감사의 마음을 전한다.

마지막으로 어려운 상황에서도 『금계일기』의 출판을 맡아주신 도서출판 「지식과교양」의 관계자들에게도 감사드린다.

2017년 6월

연구단을 대표하여 손현주 씀

목 / 차 /

『금계일기 4』

『금계일기 3』

제2부 금계일기(1971년~1978)

『금계일기 5』

일/러/두/기

1. 원문의 한글 및 한자 표기는 교정하지 않고 원문을 그대로 입력하는 것을 원칙으로 하였다.
2. 뜻풀이가 필요한 경우에는 [ ], 빠진 글자는 { } 표시를 하여 뜻풀이를 하거나 글자를 채워 넣되, 첫 출현지점에서 1회만 교정하였다.
3. 설명이 필요한 용어나 문장에는 각주를 달아 설명하였다.
4. 해독이 불가능한 글자는 □ 표시를 하였다.
5. 앞 글자와 동일한 글자는 반복 기호로 '〃'를 표시하였다. 원래 저자는 '々'이라는 형태의 반복부호를 사용하였으나 입력 편의상 '〃'로 변경하였다.
6. 일기를 쓴 날짜와 날씨는 모두 〈 〉 안에 입력하되, 원문에 음력 날짜가 기입되어 있는 경우에는 〈 〉 밖에 입력하였다.
7. 날짜 표기 이외의 문장 안에서 ( ) 또는 〈 〉 표시가 나타나는 경우는 저자가 기입한 것으로, 이는 따로 바꾸지 않은 채 그대로 입력하였다.
8. 원문 안의 ( )는 저자가 기입한 것이다.
9. 저자는 음주습관을 나타내기 위하여 1968년부터 매일 자신의 음주량을 일기에 기록하였다. 음주량 표시 방식은 다음과 같다.
   1) 1989년 12월 31일 이전(예외- 1984년 4월 21일∅, 4월 22일∅, 4월 25일⊗, 4월 27일∅)
      ※: 만취
      ×: 술 많이 마심
      ○: 보통
      ⓒ: 술 적게 마심
      ◎: 술 마시지 않음
   2) 1990년 1월 1일 이후
      ※: 만취
      ×: 술 많이 마심
      ⊙: 술 적당히 마심
      ○: 술 마시지 않음
10. 자료에 거명된 개인에 관련된 정보는 학술적 목적 이외의 용도로 사용할 수 없다.

금계일기 4

금계일기
(1979년~1989년)

1979년

79년 己未年 檀君紀元 4312年 日記

〈1979년 1월 1일 월요일 晴〉(12. 3.)

己未 새해를 맞아 從來의 不正常을 反省하면서 마음으로나마 몇 가지를 다짐해 보는 것…… 勤[1](公~ 學校란 職場, 私~ 家庭)=能力껏 誠心껏 일할 것을, 體[2](過飮 過勞하지 말고 適切한 運動으로 健康體를 지닐 것을).

昨年 四大事(不幸事로 先考의 別世, 先祖考 墓所 立石, 37年 敎職生活의 年功賞 受賞, 四男 魯松의 特殊作目과 養畜 着手)를 想起하면서 새벽 3時에 起床하여 今日 日記 첫 마디를 쓰는 것.

이제까지 祭祀 없던 나의 집에도 今日 '설'부터 茶禮 있어 井母와 子婦들 새벽부터 祭物 準備로 분주한 듯.

8時에 茶禮 지냈고. 祭物은 거의 서울 맏子婦가 마련해 온 것.

從兄집 再從兄 집까지 茶禮 마쳤을 때는 11時쯤 되었고. 전자리 先考 墓所에 아이들 모두 데리고 省墓도.

桑亭妹와 賢都 姪女는 午後 四時頃에 歸家次 出發.

學校 다녀와선 日暮頃까지 둑너머 밭뚝에 落葉 5짐 긁어오고.

母親께서는 2, 3日 前부터 앞이 잘 안 보인다고 門밖 出入하시는데 큰 不便을 겪으시는 中인데 繼續이라면 큰 탈[3]. ◎

〈1979년 1월 2일 화요일 晴〉(12. 4.)

어제는 '설'. 漢字로 '愼日'이라 한다고…… 근신하고 경거망동을 삼간다는 뜻이라나. 一年之計는 在於春. 설날인 어제 새벽에 勤[4]과 體[5]를 다짐했던 것.

오늘은 맏子婦(英信母)의 生日이라나. 제들이 마련해온 飮食으로 온 食口 珍味롭게 잘 먹은 것. 母親과 나는 弟 振榮 夫婦와 함께 再從兄宅에서 朝食했고~兄님의 生辰 行事 한대서.

12時에 택시로 제 집 向發~서울, 仁川, 沃川, 槐山 方面……成人 7名, 幼兒 6名.

서울 어린 것들 잊고 간 물건 있어서 急히 갖고 오미 거쳐 淸州 아파트까지 달려가 건넸고. 오후 3時 40分 高速으로 서울 向發한다는 것. 잔삭다리 몇 가지 일 보고선 沐浴 後 歸家하니 밤 9時 20分이었고. 낮에 仁川 사위 다녀갔다

1) 원문에는 붉은색 색연필로 동그라미가 그려져 있다.
2) 원문에는 붉은색 색연필로 동그라미가 그려져 있다.
3) 일기의 날짜 끝에 "영하 11°"가 써있다.
4) 원문에는 붉은색 색연필로 밑줄이 그어져 있다.
5) 원문에는 붉은색 색연필로 밑줄이 그어져 있다.

는 것. ◎

〈1979년 1월 3일 수요일 晴〉(12. 5.)
母親과 함께 朝食을 큰집에서~맏堂姪(魯奉)의 生日이라고.
弟 振榮 夫婦와 姪兒들 데리고 10時 半에 택시로 沃川 向發. 이제 모두 간 것.
宗親 同甲稧 總會 했고~6名 全員 參集. 有司 秉鐘 氏 집에서. ◎

〈1979년 1월 4일 목요일 曇〉(12. 6.)
朝食 前에 人糞 풀이, 사다리 고치고. 낮에 入淸. 午後 7時頃 歸家 到着. 財形貯蓄 內容 알아본 것. ⓒ

〈1979년 1월 5일 금요일 曇〉(12. 7.)
요새 날씨 繼續 푹하여 아침 氣溫도 零上이고, 얼었던 길바닥 녹아서 길고.
日出 前에 소죽 쑤고 물 데우고. 朝食 後엔 母親 便所 往來하시는 길잡이 줄(끈) 設置했고. 客室 상기둥→마당……마당에서→변소앞 대추나무. 샘 폼프 입끝에 호오스도 달고.
入淸하여 教育廳 들려 새해 人事 交流. 홍업金庫와 신선집[6] 거쳐 집에 오니 後 7時. ⓒ

〈1979년 1월 6일 토요일 晴〉(12. 8.)
밭뚝의 落葉 긁기 等 잔일 많이 했고. 防火 點檢次 來校한 玉山中 서무課長과 一盃. ⓒ

〈1979년 1월 7일 일요일 雨, 曇, 晴〉(12. 9.)
밤 1時 半頃에 約 15分 동안 비 내렸고……오랜만에 비 내린 것. 눈(雪)은 아직 안온 셈.
四男 魯松의 要求 있대서 오도바이 사 주었고[7]~ 90*cc* 中古. 사거리 族叔 漢弼 氏로부터.
井母는 淸州 갔고……明日 歸家 豫定. 五日에 온 5女 魯運이가 食事 마련 等 바쁜 中. ◎

〈1979년 1월 8일 월요일 晴〉(12. 10.)
어제 오늘의 날씨 봄날 같았고. 아침 日出 前부터 영상(零上) 氣溫.
如日 勞力(作業) 繼續 中……朝夕으로 소죽, 落葉긁기, 其他 잔일. 昨今엔 틈 타서 先考 葬禮時의 諸經理帳簿 整理 完結했기도.
어제 入淸했던 井母 午後 4時頃 歸家. 松은 어제 산 오토바이 거의 익혀 오미까지 往來되고……家畜 飼料 싣고도. ◎

〈1979년 1월 9일 화요일 晴〉(12. 11.)
오늘도 봄날 같이 푹했고. 自轉車 掃除, 샘똘 補修, 大門通過板(오토바이) 等 設置에 勞力했고. 고추 支柱 대도 150本 마련했고. 運이 入淸에 松이가 오토바이로 오미까지 最初로 태워다 주었고.
下午 3時에 虎竹 해평 韓弘洙 子婚에 招待 있어 人事後 入淸하여 볼일 보고 歸家하니 後 8時쯤. ◎

〈1979년 1월 10일 수요일 晴〉(12. 12.)
今日도 잔삭다리 일 많이 했고……소죽쑤기, 물 데우기, 落葉긁기, 뻰도로 器物 補修, 其他 工作物 補修. 學校서는 面 主催 농민教育 있었고. ◎

---

6) 곽상영의 단골 대포집.

7) 원문에는 붉은색 색연필로 밑줄이 그어져 있다.

〈1979년 1월 11일 목요일 曇〉(12. 13.)
終日토록 흐렸으나 비는 아니왔고. 아침 氣溫 零上 3度. 푹한 날씨.
冬季 농민 教育 오늘로 마감. 公文 여러 通 處理. 朝夕으로 家庭事에 勞力. ◎

〈1979년 1월 12일 금요일 曇〉(12. 14.)
魯松 10時 車로 上京~圖書購入한다고. 明日 온다나.
12時에 入淸~교육廳 들려 잠간 일 보고 市場 거쳐 後 6時頃 歸家. 運과 弼 오고. ⓒ

〈1979년 1월 13일 토요일 曇, 晴〉(12. 15.)
어제까지 날씨 푹하더니 急寒波 몰아닥쳤고 今朝 氣溫 零下 6度.
섣달보름의 朔望典 올렸고. 昨夜 늦게 沃川서 弟 振榮 와서 上食에 모처럼 같이 參席. 從兄님은 이제까지는 朔望마다 빠짐없이 參與하시고.
學校 잠간 다녀와선 여물 써는 작두와 自轉車 라이트 等 손질해 活用 可能케 하기도. ◎

〈1979년 1월 14일 일요일 晴〉(12. 16.)
12日부터 寒波 繼續~今朝 氣溫 영하 8度. 朝食 後 곧 入淸~石橋校 吳達均 교장 子婚 통지에 人事. 飮食店 外上分 갚고. 眼鏡病院 들리는 等 몇 가지 잔일 보고 歸家.
杏이 모처럼 집에 왔고. 弼은 淸州 가고. ◎

〈1979년 1월 15일 월요일 雪,요일 曇〉(12. 17.)
새벽에 눈 내려 2.5㎝. 모처럼 내린 것. 요번 冬節期 들어 두번째 온 것.
學校는 第2次 共同硏修 시작됐고. 오늘은 學習 資料 製作, 어제 왔던 杏이 가고. ◎

〈1979년 1월 16일 화요일 雪, 曇, 晴〉(12. 18.)
今朝도 일찍이 가락눈 약 1.5㎝ 程度 살작 내렸고. 學校는 2次 共同硏修 2日째.
新村 元鍾 氏 爲先(立石)事業하는데 臾心 時間에 잠간 가서 人事~삼발 옆山.
天安 연대庵에서 姬(재응)로부터 書信 왔고~ 要求대로 各種 書類 作成 發送~玉山 가서.
밤 11時 50分에 번말 가서 再從祖考 祭祀에 參席했고. ◎

〈1979년 1월 17일 수요일 曇〉(12. 19.)
첫 새벽에 起床하여 新聞 通讀. '論語'도 읽고. 처음 있는 精勤手當[8] 包含하여 今月分 給料 흐뭇했고. 67万 원 程度. 그러나 稧金 等 各處 整理하니 15万 원 程度만이 今日 現在 殘高. 學校의 제2次 共同硏修 今日로 마감. ◎

〈1979년 1월 19일 금요일 晴〉(12. 21.)
어제는 오미 내려가 李 校監 夫人 推進하는 쌀 稧 50叺條 加入에 10叺代 1次 賦金(買上組 2 等價 1叺代 14,600원×2×10=292,000원) 支拂. 6人組. 나는 3番째 受領 次例라고. 오늘부터 出他 計劃으로 午後 1時 高速으로 上京. 잠실 맏 애 집에 잠간 들려 孫子 英, 昌信 데리고 仁川行~셋째 女息 집에서 留. 英, 昌信은 外孫子 重煥 데리고 深夜까지 잘 놀았고. ◎

8) 장기근속 공무원에게 업무수행의 노고에 대한 보상 취지에서 지급되는 수당. 근무연수에 따라 매년 1월과 7월의 보수 지급일에 지급한다. 1979년 1월 신설.

〈1979년 1월 20일 토요일 雪, 曇, 晴〉(12. 22.)
새벽에 仁川은 積雪. 6.7㎝ 程度. 일찍 起床하여 운동삼아 除雪 作業했고.
11時頃 英信, 昌信 데리고 永登浦 갔고. 영등포서 晝食. 査頓(趙)은 臥病中. 日暮頃에 서울 잠실 왔고. 서울서 留. (잠실 高層아파트 516棟 12層 10號室). ◎

〈1979년 1월 21일 일요일 曇, 晴〉(12. 23.)
큰 애 井은 새벽에 江南 高速터미널 가서 乘車票 사왔고. 간밤 寒風 强했고.
9時 한진高速으로 大田行. 沃川 가서 둘째 絃 만나고. 晝食 後 青山 거쳐 青城 가서 弟 振榮 만나고선 淸州 와서 아이들과 함께 留. ◎

〈1979년 1월 22일 월요일 晴〉(12. 24.)
前 12時 直行버스로 槐山 셋째 明의 집 갔고. 晝食 後 곧 歸廳. 市內서 잔일 몇 가지 보고선 歸家. 後 8時쯤 집에 到着. 집 그대로 其間 無故.
今般의 出他旅行 電激的으로 뜻있게 無事히 잘 한 것~서울 큰 애 집, 仁川 셋째 女息집, 永登浦 큰 女息집, 沃川 둘쨋 집, 青城 振榮(弟) 집, 槐山 셋째 집 두루 다닌 것. 待接도 잘 받은 셈……料食과 旅費 等까지 모처럼 勇斷 낸 것. ◎

〈1979년 1월 23일 화요일 晴〉(12. 25.)
氣溫 대단히 누져 最低도 零上. 玉山 거쳐 入淸하여 교육廳까지 다녀왔고. ◎

〈1979년 1월 24일 수요일 晴〉(12. 26.)
빠이프式 炭고래 補修作業에 井母와 함께 午前 中 땀 흘렸고. 午後엔 家屋 全體의 거미줄과 꺼어름[그을음] 털기에 數時間 勞力했고. 오늘도 날씨 푹했고. ◎

〈1979년 1월 25일 목요일 晴〉(12. 27.)
오늘 날씨도 푹했던 것. 梧東木 사다리 材料 完備.
學校는 全職員 非常召集하여 資料室(科學實驗器具) 整備에 總力 기울였고.
魯松用 오토바이 登錄手續 關係로 오미 내려가 面에서 일 보았고. ◎

〈1979년 1월 26일 금요일 晴〉(12. 28.)
非常召集 勤務 제2日째 作業 마치고 德水部落 楊時泰(任員) 死亡에 人事 다녀왔고. 黃昏까지 落葉 긁어 사랑부엌에 들인 것. 井母와 杏은 深夜토록 '송편' 떡 빚었고. 松은 오토바이 所持申告次 淸州 다녀온 것. ◎

〈1979년 1월 27일 토요일 晴〉(12. 29.)
이른 새벽에 起床하여 井母와 함께 松편 만들었고.
入淸하여 明日의 朔望祭物 사온 것. 淸州서 運이도 歸家하여 3母女 終日토록 祭物準備에 勞力한 듯. 日暮 後 沃川에 있는 振榮과 絃이 오고. (고기 사 갖고). ◎

〈1979년 1월 28일 일요일 晴, 曇〉(正. 1.)
舊正. 온 家族 새벽에 起床하여 活動. 初하루 朔望典. 설 過歲 茶禮는 陽曆으로 지냈던 것. 궤원 모신 處地라서 二重過歲 되는 셈. 朔望典 올린 後 省墓 다녀 오고선 梧東나무 껍질 6개 벗겼고. 同派之親 數名 새해 人事次 다녀가기도.
絃과 振榮 下午 3時쯤 出發. 날씨는 繼續 푹하고. ◎

〈1979년 1월 29일 월요일 曇〉(正. 2.)
入淸~교육청 들려 事務打合……保安監査 結果의 件. 學校 敎室 政策의 件 等. 오창 安章憲 교장(郡 교육會長)과 沈鳳鎭 敎育長 招待하여 '자매집'에서 一盃하고 夕食했고. 李東圭 課長도 合席. 신선집에서 留. ○

〈1979년 1월 30일 화요일 曇, 雨〉(正. 3.)
모처럼 가랑비. 長時間 休息하고 오후 6時쯤에 歸家. 서울서 만 애 井이 오고. ○

〈1979년 1월 31일 수요일 雨〉(正. 4.)
새벽에 진눈개비 若干 내리고. 今日은 1月 末日. 이제 방학도 거의 지난 셈. ○

〈1979년 2월 2일 금요일 晴〉(正. 6.)
母親께선 視力이 점점 되시어 갑갑증을 느끼시나 眼科에는 안 가신다고 고집하시고. 毒(高度)한 眼藥이나 求하라는 말씀만 하시는 것. ○

〈1979년 2월 5일 월요일 晴〉(正. 9.)
冬季休暇가 明日까진데 事實上은 今日 마감되는 것. 明日은 開學준비로 全校 登校케 한 것이어서. ○

〈1979년 2월 6일 화요일 晴〉(正. 10.)
全校 登校. 全員 出張~李 校監과 柳女교사만 殘留. ○

〈1979년 2월 7일 수요일 晴〉(正. 11.)
開學式 擧行. 放學 44日 間이었고.
數日 前부터 視力 감퇴된 母親은 이제 完全히 안 보이신다는 말씀하시고. ※

〈1979년 2월 8일 목요일 晴〉(正. 12.)
어젯날까지 母親 自身이 군불에 물 데워 洗手하시던 일 完全히 全擔하여야 하는 것. 便所 往來의 표적줄 매어드리고. ×

〈1979년 2월 12일 월요일 晴〉(正. 16.)
母親께선 飮酒 끝에 落淚 한탄~"혼자 두고 왜 갔는가. 어서 나를 데려가시오" 等의 말씀. 딱하시기는 하나 원망感도 들고. 慰勞慰安 말씀 드려보기도.

〈1979년 2월 15일 목요일 晴〉(正. 19.)
玉山國校(母校) 57回 卒業式에 參席.
卒業式 練習에 參席코져 玉山서 宊心도 않고 歸校.
13時頃 母親 작고[9]하셨다는 學校로 急 悲報에 놀라 急 歸家~12日에 하신 말씀 그대로이신 것. 哀告〃〃. 永遠히 가셨나이까. 享年은 81歲이시고.
急電話 電報에 依하여 桑亭 妹 內外, 만 애(서울) 內外 오고. 痛哭. ○

〈1979년 2월 16일 금요일 晴, 雨〉(正. 20.)
絃 夫婦. 明 夫婦, 振榮 內外, 賢都 姪女 夫婦 到着하여 痛哭.
堂內 兄弟들 多數오고. 洞里人 많이 모이고.

9) 원문에는 붉은색 색연필로 밑줄이 그어져 있다.

葬日은 明日로 決定[10].
집에서 飼育中인 돼지와 닭 20尾 사서 잡고. 明日 쓸 飯饌 준비에 안 식구들 철야 勞力하는 것. 31回 卒業式에 不得已 不參한 것. ×

〈1979년 2월 17일 토요일 晴〉(正. 21.)
昨夜에 내리던 비 새벽에 多幸히 멎었고~多幸.
母親 葬禮式 12時에 모셔 마친 것……先考와 合葬 - 申坐寅向 前佐洞.
어머니도 永〃 가신 것. 어쩐지 마음에 不孝한 듯.
洞人들과 爲親稧員들은 2, 3日 間 手苦 많았고. ○

〈1979년 2월 19일 월요일 晴〉(1. 23.)
早朝에 삼우제(三虞祭) 올리고 家族 一同과 四, 六寸 모두 墓所까지 다녀온 것. 他處家族, 堂內 親戚 모두 떠나고.
本洞人과 爲親稧員 招待하여 待接했기도. ○

〈1979년 2월 29일 화요일 晴〉(2. 1.)
母親 別世 後 첫 朔望祭 올린 것. 桑亭 妹와 絃과 振榮 왔었고. ×

〈1979년 3월 11일 일요일 晴〉(2. 13.)
우리 小宗稧派 立石事業에 洞人들 많이 手苦 勞力에 感謝할 따름.
飮食 準備는 從兄 宅, 再從兄(憲榮 氏) 宅에서 했고. 經費는 宗財에서 한 것.

9, 8, 7, 6代祖 山所에 床石과 望頭石 設置한 것. ※

〈1979년 3월 12일 월요일 晴〉(2. 14.)
永登浦 査頓 葬禮에 參席(큰 딸의 媤父……故 趙起俊)~死亡地는 서울 영등포. 葬地는 梧倉面 杜陵里. 還甲은 지냈고. ×

〈1979년 3월 13일 화요일 晴〉(2. 15.)
2月 보름 朔望제 지내고 三從兄弟 함께 택시로 江外面 正中里로 달렸고. 택시費 全擔. 從祖母와 堂叔母 山所의 사초 事業 있어서. ※

〈1979년 3월 19일 월요일 晴〉(2. 21.)
79 제1차 民防衛隊 교육 있어서 午前行事 마치고 玉山校 가서 全職員 參席코 4時間 교육받은 것. ×

〈1979년 3월 20일 화요일 晴〉(2. 22.)
点心時間 利用 族弟 允相한테 人事~그의 母親喪에 問弔한 것.
午前 中엔 校長會議 있어 淸州 갔다오고. ※

〈1979년 3월 22일 목요일 晴〉(2. 24.)
主任敎師 任命 件으로 問題化될 듯한 消息 있어 登청.
金永明 장학사 來校…… 不時 장학지도次. 上記 문제와도 關聯.
井母와 魯松이 上京~明日이 맏 애 生日, 기타 用務도 있어서. ×

〈1979년 3월 23일 금요일 晴〉(2. 25.)
魯松이 서울서 왔고. 밤엔 心情이 異常해져 머

10) 음주를 나타내는 "×" 기호가 해당 문단과 일기 끝 문단에 두 번 기입되어 있다.

리 複雜하였기도. ※

〈1979년 3월 24일 토요일 雨〉(2. 26.)
終日토록 날씨 사나웠던 편~ 한 때는 눈, 비, 진눈개비 等 내렸던 것.
22日에 上京했던 井母 왔고. 서울 모두 無事하다는 것.
몸 極히 또다시 괴로운 中이고. 近日에 繼續 飮酒한 탓……今日은 終日토록 不飮에 實踐하느라고 애썼고. 謹酒하기로 또 마음 먹어 봤고. ◎

〈1979년 3월 25일 일요일 晴〉(2. 27.)
어제는 사나운 날씨더니 今日은 溫暖. 明日부턴 正常氣溫 된다는 것.
同族 相鉉의 先代墓에 立石하는 데 가서 協助했고. 場所는 檣東 있는 宗山.
水落 가서 李喆模 回甲宴에 招待 있어 人事.
下午 4時 半부터 7時까지 오랜만에 勞力했고……松이 파놓은 호박 구덩이에 人糞 퍼준 것 – 17구덩이에. 인제 食慾도 도라섰고. 持續되길. ◎

〈1979년 3월 26일 월요일 晴〉(2. 28.)
떨렸던 몸 이제 많이 가라앉아 原狀復舊에 가까워져 食事는 잘 하나 手전氣로 글자쓰기엔 괴롬을 겪는 중.
面內 機關長會議 있어 朝會 後 오미 내려가 會議에 參席. 場所는 玉山國校 校長室. 案件은 山火警防이 主案. 玉山國校가 今般은 晝食 擔當.
入淸하여 用務 많이 보았고(홍업금고, 주택은행, 보안당, 기타) 20時에 歸家. ◎

〈1979년 3월 27일 화요일 晴〉(2. 29.)
어제부터 朝食 前에 두엄(堆肥) 3짐씩 져다 아그배 논에 배기기로 마음먹은 것 今朝도 施行.
井母는 오미 갔다오고……明日의 朔望祭物 購入과 其他 用務로. ◎

〈1979년 3월 28일 수요일 晴〉(3. 1.)
今朝도 實行~堆肥 운반 若干. 初하루여서 從兄과 함께 朔望祭 올린 것.
井母는 魯松 데리고 오미장에 다녀오고……돼지새끼 2마리[11] 사온 것…… 한마리에 20,000余 원씩 2마리에 4만4仟 원 주었다나. ◎

〈1979년 3월 29일 목요일 曇, 晴〉(3. 2.)
9時頃부터 내리는 비 거의 終日토록.
今明 兩日 間 道內 校長硏修 있어 6時 半에 淸州 向發. 9時 半에 開會式, 午後 5時 半에 今日 硏修 끝났고.
井母도 淸州 오고. 아이들 김치 담아주려고.
淸州엔 現在 運과 弼이 단 2名 뿐. 杏은 3月1日字로 서울 奬忠女中에 우선 講師로 發令 나서 제 오빠네 집에서 通勤中. 大端히 고디다는 것. 道配置는 京畿道이고. ◎

〈1979년 3월 30일 금요일 雨〉(3. 3.)
오늘도 새벽에 降雨. 거의 終日토록 내린 것.
校長硏修 제2日째. 德成女大의 박동현 教授의 "生活의 科學化"란 題에서 熱誠的인 講演이 인상적. 下午 4時에 閉會式.
東仁校 尹 校長, 水上校 金 校長 招待하여 통

11) 원문에는 붉은색 색연필로 밑줄이 그어져 있다.

닭집에서 接待했고. 淸州서 留. ⓒ

〈1979년 3월 31일 토요일 晴〉(3. 4.)
'곽 내과' 醫院에 들러 診察~左側 갈비밑 부분이 時〃으 痛症 있기에……別無異常이라기에 安心. 간, 비장, 신장 等을 念慮했던 것인데 誤診인지? 혈압도 높다는 것인데 測定結果 90에 160이어서 正常이라고…… 이 點 또 安快.
홍업金庫에서 5万 원 貸付받아 緊急한 데 利用했고, 下午 5時에 歸校. ⓒ

〈1979년 4월 1일 일요일 曇〉(3. 5.)
日曜日 勞働 모처럼 많이 한 셈~아침결에 두엄 6집 저다 논에 백이고.
보리밭에 흙치는 기계 고쳐 7골 흙친 것. 佳樂里 가서 申元植 親喪에 人事.
부서져 가는 지게도 고쳤고.
井母는 漢普 女婚에 人事次 淸州 다녀오고. 松은 通信高等學校 入學 後 日曜日 學業修學으로 淸州高等學校 다녀왔고. ◎

〈1979년 4월 2일 월요일 曇, 가랑비〉(3. 6.)
今朝도 두엄 3짐 저다 백이고. 텃논 논뚝 5m 程度 앙구었고.
學校도 4月 行事로 접어들어 4月 제1週 月曜日이어서 職員 愛國朝會 實施했고. 第6學年 道德(바른생활) 授業을 全擔키로 하고서 첫時間에 6~1 授業 施行. 3校時엔 2學年 授業(산수) 參觀한 것……室內 奬學指導. 오늘도 가랑비는 거의 終日토록 오락가락한 것. ⓒ

〈1979년 4월 3일 화요일 晴〉(3. 7.)
비 끝의 日氣라서인지 맑기는 하나 몹시 冷한 날씨였던 것.
今朝도 어제와 마찬가지 일했고. 텃논의 논두렁 남은 三分의 2는 松이가 午前 中에 다 해치웠고. 退廳 後는 보리밭 3골 흙 긁어치기도. ◎

〈1979년 4월 4일 수요일 晴〉(3. 8.)
두엄 저다 백이고 俊兄들 짚 두짐 저온 것.……송아지 여물用으로 쓸려고.
放課 後에 朴憲淳 교사의 재미로운 勸酒에 依하여 濁酒 나우 마신 것. 校內 各 나무 移植 및 잔디밭 손질 等 作業 많이 했기도. ×

〈1979년 4월 5일 목요일 晴〉(3. 9.)
植木日 休校 各己 家庭에서 10株 以上 植木토록 한 것.
내안 堂叔墓에 立石 事業 있어서 終日토록 땀흘리며 從事. 來客 接待에도 바빴고.
日暮頃엔 俊榮兄과 함께 橋東里 가서 윤노준 母親 회갑宴에 招請 있어 다녀온 것. ○

〈1979년 4월 6일 금요일 晴〉(3. 10.)
아침결에 소먹이 짚 三從兄들 집에서 한짐 저왔고.
寒食 茶禮 있어 点心 時間 利用하여 曲水 뒤 5代祖, 高祖山所에 얼핏 다녀온 것. 밤엔 서울서 온 둘째 四寸과 歡談했고. ○

〈1979년 4월 7일 토요일 雨〉(3. 11.)
終日토록 밤까지 부슬비 내렸고. 텃논 深耕 豫定 不得已 延期(모자리 할 곳).
今朝도 소먹이 짚 2짐 얻어 저 온 것……3從兄 집 것 1짐, 俊兄집 것 1짐. ⓒ

〈1979년 4월 8일 일요일 雨, 曇〉(3. 12.)
어제부터 내리는 비 새벽까지 繼續. 안개비(가랑비) 오락가락하더니 午後 5時頃에서 멎은 것. 텃논의 모자리 물 넉넉히 고였고. 논두렁은 數日 前에 松과 함게[함께] 삽으로 完成.
族親 致謨 氏 子婚에 人事次 淸州 다녀오고. 族叔 漢弘 氏 治塚과 立石 事業에도 人事했고 ~ 전좌리.
갑자기 서울 큰 애 井이 다녀가고……松과 絃의 職業(事業) 마련 問題로 相議次. ○

〈1979년 4월 9일 월요일 曇〉(3. 13.)
첫 食 前(日出 前)에 몽단이 李揆華한테 다녀왔고.
松이는 江外面 桑亭里 제 姑母 댁에 갔다 온 것……역시 金錢關係로.
淸州에 下午 4時 正半에 가서 홍업금고와 淸州藥局 들려 돈 얻기로 約定하고 歸校하니 日暮해서 어둠침침했고. 어제 上京했던 松이 왔고. ○

〈1979년 4월 10일 화요일 晴〉(3. 14.)
魯松이 上京~어제 淸州서 마련되게 된 돈 150萬 원 갖고 간 것.
里長 母親 回甲 잔치에 招待 있어서 待接 잘 받았고.(邊榮). ○

〈1979년 4월 11일 수요일 晴〉(3. 15.)
새벽에 起床하여 從兄과 보름 朔望祭 올렸고.
14時에 入淸하여 淸州高等學校 3~1 卒業班 學父母에게 進學에 關하여 相議하자는 消息 있어 弼 擔任 朴壽用 先生과 面談했고~弼의 性情에 對하여 順하다는 것과 成績(勞力)도 圓滿하다고 칭친하는 것. 1,2學年 時보다는 3學年 進級 後 試驗成績이 뒤졌다는 것. 몸이 弱한 편이니 榮養補充에 留念하자는 것. 서울大를 志望하는데 12月에 實施하는 決定考査에 依하여 學校를 고르자는 것으로 合意.
어제 上京했던 松이 왔고. 교육청 李 課長과 夕食 함께 한 것. ○

〈1979년 4월 12일 목요일 晴〉(3. 16.)
日出 前에 두엄 한 짐 져다 아그배 논에 매기고 논뚝 앙구기도.
朝食과 晝食을 魯憲 교사들 집에서 한 것. 노헌 教師 母親 生辰이라고. ○

〈1979년 4월 13일 금요일 雨, 晴, 曇〉(3. 17.)
밤 1時 半에 起床하여 편지 答書 3통 쓰고. 新聞 읽느라고 거의 徹夜.
今日따라 바쁘게 일 본 것~日出 前에 두엄 내고, 논두렁 앙구고, 公文書 처리, 授業參觀, 職員 勤怠表, 退廳 後 볍씨 소독한 것 건져서 浸種[12] 等. ◎

〈1979년 4월 14일 토요일 曇〉(3. 18.)
새벽에 재(灰) 2짐 밭에 내고. 두엄 1짐도 논에. 논두렁도 손질.
退廳한 後 午後 4時 半에 入淸. 友信 親睦會 〃議에 參席. 朴仁圭, 趙東元 追加入.
下午(밤) 10時쯤 집에 到着. 運이도 집에 왔고. ◎

12) 침종(浸種): 싹이 트기에 필요한 수분을 흡수하기 위해 씨를 뿌리기 전에 물에 담가 불리는 일, 씨담그기를 뜻한다.

〈1979년 4월 15일 일요일 晴〉(3. 19.)

朝晩으로 재 및 두엄 저다 논 밭에 백이고.
낮엔 入清하여 鄭昌泳 교무의 弟婚 招待에 人事했고. 歸路엔 오미市場 李경세 回甲에도 인사했고. 집에 오니 그 사이에 서울 만 애 井과 桑亭 妹 다녀갔다는 것. 去 8日의 謨索할 豫定日 中止하기로 決定. 不合理하대서. ◎

〈1979년 4월 16일 월요일 晴〉(3. 20.)

子正 좀 지나서는 비 바람이 잠시 동안 强한 편이었으나 날이 새고 밝음에 따라 개이기 시작한 것. 흿心은 鄭 교무 舍宅에서 잔치 끝의 珍味로 職員一同 잘 먹었고.
下午 5時쯤에 入清하여 清州藥局 들러 族親 漢鳳 氏 찾아 去 10日에 借用했던 現金 壹白萬 원整 形便上 使用치 않은 채 返濟 完結한 것. 漢鳳 氏로부터 "清州 郭氏 名賢錄" 册子 1卷 寄贈品으로 받았기도. ◎

〈1979년 4월 17일 화요일 晴〉(3. 21.)

아그배 논에 저다 백인 두엄 約 40짐을 昨今朝 兩日 間 日出 前에 다 폈고.
6學年 道德授業과 各 班의 授業參觀, 公文 處理 等 正常으로 遂行 中.
李仁魯 校監 突然 辭意 表明~理由는 身樣 때문이라고(昨年 夏節에 卒倒 後 風氣 있어 괴롭게 지내오는 中이기는 하지만). 극구 晩留하였으나 年間, 月余間 心苦하며 深思熟考한 끝에 決斷 내린 것이라는 것. 남의 일 같지 않아 마음 괴롭기도…….
텃논에 2말판 못자리 했고~從兄께서 魯松 데리고 勞力하신 것. ◎

〈1979년 4월 18일 수요일 晴〉(3. 22.)

日出 前 勞力~못자리의 물 퍼내기, 논 두엄 펴기로 流汗.
學校는 明日 行事(面內 機關長會議 當番校)로 放課 後에 여러 職員 勞力했고. ……챠아드 作成, 座席, 흿心 準備로 資料 및 器類 等 接客 對備로 일 본 것. ◎

〈1979년 4월 19일 목요일 晴〉(3. 23.)

每朝 日出 前後 勞力 거의 같은 일 하는 中. 모자리판 갓금(線) 긋기에 바빴고.
10時 豫定인 面內 機關長 會議는 形便上(玉山中學 事情) 12時 半에 시작한 것. 場所는 本校(金溪校) 會議室(校長室) 今月分 主管(當番)이 本校여서. 會議는 松村의 山火 件으로 沈着지 못한 不安 속에서 早期로 下午 2時 半에 마치고 晝食 〃事는 天水川 高速大橋 下에서 했고……料食 準備는 井母를 爲始하여 職員 夫人 數人이 勞力한 것. 飮食 豊富했고. 下午 4時 半에 散會.
오미 내려가 賢都 姪女(先) 만나 要求事項에 甘受 氣分으로 手續해 준 것……先妣의 死亡申告 및 戶籍謄本 等……年金 79年 前期分 찾아 제가 使用한다는 것에 應한 것. 前年 後期分도 그러했고. 日暮 前後에 또 모자리판 물 汲出. ⓒ

〈1979년 4월 20일 금요일 晴〉(3. 24.)

새벽 2時에 起床하여 잔일 整理에 徹夜한 것.
……日記 家計簿 整理, 請牒狀의 答禮書信 等.
昨今의 新聞 및 '새교육'誌도 읽고.
早朝食 後 從兄께서 씻나락 드려주었고(落

種[13]). 9時 半부터 10時 半 사이에 대(竹)까지 활형(弓形)으로 꽂고 비닐로 씌운 것. 落種行事 개운하게 마신 셈.
아침 뻐스로 體育評價戰에 나가는 兒童들 出發하는 것 보려고 몽단이 다녀왔고.
河東 鄭氏 家 文節公 祭享에 案內狀 있어 다녀오기도.
昨日 行事時 印章 紛失되어 '새 印章'으로 再登錄. 卽時 印鑑證明 2通 뗀 것. ⓒ

〈1979년 4월 21일 토요일 晴〉(3. 25.)
밤 12時 半에 起床하여 그대로 徹夜~各種 整理(帳簿, 金錢, 其他 雜務, 新聞 通讀). 5時 20分부터 8時까지 勞動했고~人糞 퍼서 감자밭에 쪈졌기도. 15통. 땅콩 놓을 밭에 農用 白灰 뿌리기도. 土曜 退廳 後도 두무샘 밭에 재와 농용 백회 合 10짐 自轉車로 달아 날른 것.
下午 7時 半에 入淸. 청주 아이들에 肉類. 빵 좀 사주고 沐浴 後 歸家하니 밤 11時 좀 지났고. 井母도 부식물 마련해 주려 낮에 간 것. 明日 온다고. 杏이 왔었고. ⓒ

〈1979년 4월 22일 일요일 晴〉(3. 26.)
제3회 '새마을 大잔치' 行事에 參席. 面內 里對抗 경기 5種目. 場所는 玉山國校 운동장. 9時 半부터 下午 4時 半까지. 進行 잘 된 셈.
淸州 사는 族弟 允相의 親山 石物 建立에도 잠간 參席해 봤고.
今日도 朝夕으로 勞力 많이 한 것……재搬出. 소석회 購入 搬出. 素석회와 재, 복합비료, 땅콩 심을 곳에 뿌렸고.
어제 入淸했던 井母 일찍 와서 允相 집안 일 도와주었고. 松이도 돌 運搬 作業에 合流 補助한 것. 線 故障으로 電氣 안 들어오는 중이고. ⓒ

〈1979년 4월 23일 월요일 曇, 雨〉(3. 27.)
낮 동안 흐린 날씨더니 밤 10時 半頃에 부슬비 내리고.
두무샘 밭에 素石灰 5가마니 어제부터 完全히 뿌린 것.
井母와 松은 網 사다가 臨時 鷄舍 만들고. ◎

〈1979년 4월 24일 화요일 雨, 曇〉(3. 28.)
昨夜 10時 半頃부터 내리던 비 繼續……今朝 六時 半頃까지 오고 멎은 것. 甘雨라고 볼 수 있는 것. 보리밭, 春種期에 適合. 냇물 모처럼 洪水로 벌창.
面內 初中學校長 間 豫約한 바 있어 玉山國校에 15時에 集合하여 校當 3,000원씩 出捻하여 "22日의 체신의 날" 行事로 集配員과 交換員에게 寸志로 傳達한 것. 入淸하여 上衣 修繕코저 양복집에 들려 委託하고 歸家.
夕食 後 밤엔 샘 곁의 포도집 손질에 着手. ◎

〈1979년 4월 25일 수요일 曇, 晴〉(3. 29.)
早期하여 샘지붕과 그 위에 포도덩굴집 만들기 着手. 退廳 後 再着手하여 完成했고.
밤엔 名譽班長 立場에서 班常會에 參席하여 助言했고. 9,0시~10,30.
두무샘 밭에 땅콩 심기 始作한 것……今日은 松이가 5골 程度 심은 듯.
井母는 집에서 일 보다가 오미 다녀왔고~明

13) 낙종(落種): 볍씨를 물못자리에 뿌려 파종하는 것. 원문에는 붉은색 색연필로 밑줄이 그어져 있다.

日이 陰 3월 지나(小月) 四月 初하루여서 朔望典에 祭物 몇 가지 사러고. ◎

〈1979년 4월 26일 목요일 晴, 曇〉(4. 1.)
陰 四月 初一日여서 從兄과 함께 朔望祭 올렸고. 飮福 後 山所에 省墓도.
땅콩 播種 完了……두무샘 모래밭에 約 600坪. 땅콩 알씨로 約 1말 2되 所要된 듯. ◎

〈1979년 4월 27일 금요일 晴〉(4. 2.)
朝食 前에 活動 많이 했고~번말은 3從兄 宅 다녀서 아그배논 거치고 學校 가서 아침放送(國民體操도 包含). 두무샘밭에 퇴비 6짐 自轉車로 搬出.
故 三從兄(根榮 氏) 移葬(밀례)……前左里 宗山 西麓에서 東麓으로. 洞里 여러분 作業하는데 두어번 가서 參與 人事. 魯松 母子도 뒷일 거들고. ⓒ

〈1979년 4월 28일 토요일 晴, 曇〉(4. 3.)
朝夕으로 땅콩 播種한 곳에 除草劑 농약 뿌렸고~
井母는 入清~청주 아이들 부식物 마련에 마침 運이 上京한대서.
日暮頃에 淸州 向發. 歸家는 밤 11時쯤……上衣 양복 修繕이 主. ⓒ

〈1979년 4월 29일 일요일 曇〉(4. 4.)
아침부터 午後 5時 半까지 두무샘 땅콩밭에 除草劑 農藥(탁크) 뿌렸고.
日暮頃에 入清. 아파트 月賦金 및 淸州 生活用費 等 魯運에게 주고. 豫定했던 沐浴은 時間 늦어 不能. 신선집에서 一飮. 夜深하여 淸州서 留. ⓒ

〈1979년 4월 30일 월요일 晴〉(4. 5.)
새벽 첫 車로 歸家. 井母는 郡內 校長 婦人會에 參席하고 午後에 歸家.
退廳 後 入清하여 洋服 上衣 修繕하고, 샘 지붕用 천막 만들어 갖고 저물게 歸家. 學校는 春季逍風했고~全校 사거리 앞 시냇가. ○

〈1979년 5월 1일 화요일 曇〉(4. 6.)
退廳 後 급히 오미 가서 닭 1尾 사왔고. 先祖考 祭用으로. 形便上 先祖考 忌祭는 저와 從兄嫂 氏, 再從兄嫂 氏, 井母와 함께 지낸 것. ⓒ

〈1979년 5월 2일 수요일 晴〉(4. 7.)
전좌리의 나무 1짐 運搬. 두무샘밭에 堆肥 2짐 搬出했고.
淸州放送局에서 인터뷰次 來訪한다는 消息 있더니 안 왔고……教育書間 맞아 教育者 家庭 對談 紹介次. ⓒ

〈1979년 5월 3일 목요일 晴〉(4. 8.)
堆肥 一짐 搬出과 "규회석 비료" 2包 텃논에 뿌림을 朝食 前 作業으로 한 것.
入清에 쌀 1말 아파트에 놓고. 親知 李振魯 子婚에 人事도.
釋迦誕辰日 제 2523周期의 陰 四月初八日이어서 龍華寺에 올라가 求景했기도~많은 人波로 부산했고. 列燈으로 절 上空을 황홀하게 덮었던 것. 신선집에서 点心 먹고 歸家 途中에 사거리서 理髮. 井母는 몽단이 聖德寺에 다녀 온 것. ○

〈1979년 5월 4일 금요일 晴〉(4. 9.)
面內 校長會議 있어 낮에 오미까지 다녀온 것. 玉山國校서 協議~"主로 全國少年體典" 關聯인 金錢關係였고. 日暮頃에 감자밭 맸기도. ◎

〈1979년 5월 5일 토요일 晴〉(4. 10.)
日出 前에 學校밭의 감자밭 김맸고. 터밭 골에 도라지씨도 播種.
從兄과 함께 동양빽스 일반高速으로 大田 가서 四從叔 女婚에 人事. 저물어서 歸家. ×

〈1979년 5월 6일 일요일 曇, 雨〉(4. 11.)
비닐 천막으로 샘 지붕 만드는 데 數時間 걸렸고.
德水部落 敬老잔치 行事에 招待 있어서 다녀온 것. 격려 및 祝辭도 했고.
日暮頃에 텃논에 두엄 10余 짐 저냈기도. 저녁 때부터 비오기 始作. ○

〈1979년 5월 7일 월요일 雨, 曇〉(4. 12.)
엊저녁부터 내리는 비 繼續. 오후 4時頃에 멎었고.
先考 小忌를 12日로 정하고 各處(서울 井, 沃川 絃, 槐山 明, 靑城 振, 桑亭과 大德의 妹, 賢都 先) 아이들한테 書信으로 連絡코저 편지썼고.
今般 내린 비 甘雨~보리, 땅콩 밭 等에. ⓒ

〈1979년 5월 8일 화요일 曇〉(4. 13.)
第7回 어버이날 行事로 어린이 少體育會 했고……장한 아버지, 어머니 表彰도 施行. ○

〈1979년 5월 15일 화요일 晴〉(4. 20.)
民防衛 示範訓練이 該當되었으나 當局에서는 오지 않았고.
機關長 회의에 參席[14]. ×

〈1979년 5월 27일 일요일 晴〉(5. 2.)
全國少年體典 事前公開에 招待 있어 井母와 함께 淸州公設운동장에 가서 求景했고. 마스겜 約 2時間 동안. 카아드섹션 볼만했고. ×

〈1979년 6월 3일 일요일 晴〉(5. 9.)
어제 끝난 全國少年體典 忠北이 一位 되어 七連勝. 全國選手民泊(無料)으로 칭송 자자했고. ×

〈1979년 6월 5일 화요일 晴〉(5. 11.)
僻地國民學校 綜合技能大會 郡大會 있어 北一校(場所) 다녀왔고. 本校 兒童 5名 入賞했던 것. 끝나고 李東圭 課長과 생선집에서 一盃. ×

〈1979년 6월 7일 목요일 曇〉(5. 13.)
地域的으로 모내기 한창되어 家庭實習 實施~9日까지. ×

〈1979년 6월 11일 월요일 曇〉(5. 17.)
아그배논 모내기 했고…… 제6학년생 두반이, 60名, 280坪. 40分 間 所要. 넉넉한 學習帳으로 報答했고. ×

〈1979년 6월 14일 목요일 晴〉(5. 20.)

14) 일기 날짜에도 음주상황을 알려주는 "×"기호가 기입되어 있다.

玉山中學에 갈 豫定을 포기(音樂會……健全歌謠)…… 몸 괴로워서.
밤새도록 잠 한심 못 이루고. 저절로 呻吟. 아픈 곳은 없고……5月 9日부터 今日까지 37日間 거의 繼續 飮酒한 듯. 不飮한 一字 며칠 안 될 것. 食事 勿論 떳떳이 못했고. ×

〈1979년 6월 15일 금요일 晴〉(5. 21.)
昨日 午後 6時頃까지 飮酒했으나 起動 不能……온몸 떨리고 춥고. 手전기로 숫갈질조차 못할 지경. 손발 쥐 자주 나고. 食慾 完全히 잃고. 잔神經에 空思想으로 잠 전혀 못 이루는 중. 가슴이 超過로 뛰어 살아날까가 念慮되었기도. 未成年 子女息들, 修學 中의 끝딸과 막동이 弼 생각하니 죽어서는 안 될 일. 先考妣의 祭祀도 닥쳐오고. 생각할수록 가슴만 뛰는 것.
決心 〃〃. 요번만 살아나면? 再生으로 生覺하고 딴 決心하겠다는 마음 뿐. 물만 가끔 마실 뿐. 머리 무겁고, 어지럽고, 다리 힘 極度로 弱해져 걷기 어렵고. 視力과 聽力에도 異常. 雪上加霜으로 양다리엔 皮膚 습진 甚한 中. 가까스로 出勤하여 終日토록 바우기에(忍耐) 애쓴 것. ◎

〈1979년 6월 16일 토요일 晴〉(5. 22.)
繼續 몸 고단하나 억지로 出勤. 누어도 잠 안 오고. 걸으면 몸 흔들리고.
俸給受領~今月엔 賞與金까지여서 50余 萬 원 되는 것.
井母와 함께 淸州 다녀오고……오가는 데 큰 苦生 被勞. ◎

〈1979년 6월 17일 토요일 晴〉(5. 23.)
入淸하여 淸原郡 교육청 學務課長 李東圭 女婚에 人事했고.
下午 2時 10分 高速뻐스로 上京……永登浦着 同 5時 半쯤~ 趙 氏 査頓 大忌에 人事. 頭陵 親知들 반가워하는 것.
今日서 食事 우수 했고. 永登浦에서 큰 공기로 다 했고. 국도 한 반쯤 들기도. 맏 애 井의 願으로 江南區 蠶室 간 것. 맏 애 內外의 극진한 待接으로 食事 나우 들은 것. 맏 애가 제 손으로 沐浴도. 病院 가자고 內外 哀願을 거절……食事 잘 하면 健康 復舊된다는 나의 主義 관철. ◎

〈1979년 6월 18일 월요일 晴〉(5. 24.)
아침 食事도 나우 했고. 아침 車로 淸州 와서 '道醫療院' 가니 皮膚科가 없다기에 '김희모 피부科 醫院 가서 治療 着手. 食慾 上昇中.
醫療保險制[15] 惠澤 받아 治療費 減된다는 것. 今日만 日當 700원. 明日부턴 500원씩이라고. 意外로 염가라고 생각 들기도. 運이 卒業旅行次 出發(설악山). ◎

〈1979년 6월 19일 화요일 晴, 曇, 雨〉(5. 25.)
歸家하니 井母는 어제까지 둑너머밭의 보리다 베었고. 松이도 勞力.
'필수'君 動力機(경운기)로 보리털고……面積 마련하여 多産 턱~ 約 150坪에서 3叺쯤 生産. 밤부터 비 내리고. 雨前에 打作한 것 多幸. 魯

15) 1979년 1월부터 공무원과 사립학교 교직원에게 의료보험이 적용되었다.

杏 發令[16]. ◎

〈1979년 6월 21일 목요일 雲雨〉(5.27.)[17]
道內 僻地國校 技能(學力, 體育, 藝能) 大會 開催에 參席…公設운동장과 한별學校. 兒童 5名 出戰中 入賞 2名(높이뛰기 2位, 工作 2位). ◎

〈1979년 6월 20일 수요일 雨, 曇,〉(5. 26.)
校長會議에 出席~제8回 少年體典의 戰績을 비롯한 學務課 所管 9個項. 管理課 所管 6個項. 모두 15個項. 運이 卒業旅行에서 歸家(雪嶽山 外 5個所). ◎

〈1979년 6월 22일 금요일 曇, 雨〉(5. 28.)
國民倫理 講演會에 招請 있어 參席. 講師는 忠北大, 淸州大 敎授陣. 場所는 文化會館. 聽取者는 敎育者가 많았다고.
杏이는 KBS 아나운서 試驗을 應試코져 마음 먹었던 모양. 形便上 포기하고 發令校로 赴任코져 上京~明日 제 큰 오빠 引率下에 赴任한다는 것. 旅行中의 運이 오고. ◎

〈1979년 6월 23일 토요일 가랑비, 曇〉(5. 29.)
學校 일 끝내고 入淸……김 피부科 醫院에 가서 治療 받고. 日暮頃에 弼이 델고 歸校.
四女 魯杏은 今日 發令校로 赴任……京畿道 김포군 영종도 영종중학교로. 位置는 仁川 앞바다의 섬이라나. 仁川港에서 뵈인다는 것. 體格 연약한 것이 너무나 외로운 곳으로 發令되어 딱한 생각 뿐. 運이 上京……제 친구집, 제 큰 오빠네 집에서 留. ◎

〈1979년 6월 24일 일요일 曇, 가랑비〉(6. 1.)
陰 六月 初하루 朔望祭 올렸고. 江外面 桑亭 妹 內外 昨日 와서 함께 參與~祭酒도 갖고 온 것.
今日은 弼 生日. 17歲. 高三. 體格 좋아졌고. 成績도 良好한 편(제 班에서 1~3位).
午前엔 잔일보다가 井母와 함께 午後 5時頃까지 비 맞으며 마눌(學校밭) 캐어 運搬에 流汗勞力.
日暮頃에 弼과 入淸……피부病院 治療.
魯杏이 淸州까지 다녀간 書信 있고……어제 赴任, 下宿. 배로 20分, 버스로 10分. 中高 가정時間 32시간. 忠北大 先輩 1人 있다는 等의 內容.
어제 上京했던 運이 밤에 淸州 오고.
精神 잃은 짓 두 가지……(아이들(運, 弼) 주려고 빵 산 것 한 봉다리 잊고 下車. 藥局에 사놓은 약(삐콤) 갖고 오지 않았고) 건망症? 신경쇠약?.
弼과 淸州서 留. ◎

〈1979년 6월 25일 월요일 曇, 雨〉(6. 2.)
早朝에 '삐콤' 藥 찾아갖고 歸校.
6.25 事變日 行事 擧行……全校 운동장에서. 어언 29周. 統一은 언제 되나?
日暮頃에 감자 캤고……약 1가마 程度~井母와 松이 勞力 많이 했던 것. ◎

〈1979년 6월 26일 화요일 雨, 曇〉(6. 3.)
엊저녁엔 부슬비. 오늘 새벽 2時頃부턴 本格

16) 원문에는 붉은색 색연필로 밑줄이 그어져 있다.
17) 6월21일과 20일의 일기 순서가 바뀌어 있다.

的인 비. 날 샐 때까지 繼續~앞내 天水川 물 數年內 最高 많이 흐르는 것. 被害 많을 듯~各處의 논둑, 밭둑, 담, 보리단 等의 遺失物 等. 遠距離 通勤 職員들 길 막혀 登校 不能. 兒童은 3分의 2 程度 登校됐고~새마을 事業으로 小河川 및 各 處의 똘에 架橋 잘 한 惠澤인 것. 午後엔 2時間 程度 둑너머밭 雜草 뽑기에 勞力했고. 밭뚝 위 무너진 곳 있고. ◎

〈1979년 6월 27일 수요일 가랑비, 晴〉(6. 4.)
첫 새벽에 비 若干 내리고선 모처럼 오늘은 개였던 것.
마늘닭 한 마리 고아 松과 함께 3食口 먹었고. 13日째 不飮. 食事 잘 하고.
19日 밤에 있었던 柳 女교사 놀랜 事件으로 郭윤교?와 말질 있었고. ◎

〈1979년 6월 28일 목요일 晴, 밤비〉(6. 5.)
朝夕으로 勞動 順調로이 잘 하는 中이고. 아그배 논두렁 깎은 다음도 繼續 勞力.
79年度 제3차 職場民防衛隊員 教育訓練에 다녀온 것. (清州 市民會館. 14시~ 18시. 毒가스, 전기와 安全, 민방위訓練에 對한 스라이드……合 4시간).
밤에 約 20分 間 소나기 내렸기도. ◎

〈1979년 6월 29일 금요일 曇, 雨, 曇〉(6. 6.)
26日 장마에 面內 水害 많았던 것~天水川 잠수橋 同 歡喜橋 파괴. 道路 數處 무너지고. 堤防, 똘뚝 무너진 곳 많고. 복쌔로 덮힌 곳도 많은 듯.
샘지붕 補修하고. 참깨밭에 若干 施肥(尿素). 井母와 松은 두무샘 밭 매고. ◎

〈1979년 6월 30일 토요일 曇〉(6. 7.)
어제밤 9時에 美國 大統領 '카터' 氏가 來韓했다고……國際문제, 韓半島문제, 經濟 및 友好문제 等을 兩國 頂上會談.
入清하여 김회모 皮膚科 醫院에 들려 治療 받고 아파트 잠간 들려서 歸家. ◎

〈1979년 7월 1일 일요일 晴, 曇〉(6. 8.)
번말 三從兄嫂 氏 要請에 따라 鳥致院 다녀온 것……三從姪女(노설)의 約婚行事 있어서.
午後엔 清州 가서 아파트 들렸고~마침 魯杏이 와 있어 赴任 所感 들었고……宿所, 授業時間 過多, 文化生活 不便 等 있는 듯.
歸家 後 텃논에 農藥 撒布(도열병, 살충제). 堆肥場도 擴張. ◎

〈1979년 7월 2일 월요일 晴, 曇〉(6. 9.)
食 前 勞動으로 아그배 논에 施藥~殺蟲劑, 殺菌劑(도열병) 3통 撒布.
放課 後에 오미 가서 李 校監 집에서 珍味 飮食 많이 먹었고……어제가 李 校監 生日이었다고 招待 있어서 간 것. 全職員.
明日에 쓸 祭祀 흥정하여 저물게 歸家한 셈. ◎

〈1979년 7월 3일 화요일 晴, 曇〉(6. 10.)
先妣의 小祥. 定日 祭祀로 오늘 午後 5時 50分에 올렸고(上食)……形便上 3從兄弟만이 參與한 것~數日 後에 大忌 있기 때문. ◎

〈1979년 7월 4일 수요일 曇, 晴〉(6. 11.)
늦새벽 5時 半에 先妣 小祥(正式 祭典) 올리고 전좌리 省墓도.

井母는 精米에 終日토록 왔다갔다 애쓴 듯~ 벼 4叺에 쌀 15말 程度인 듯. 父母님의 大祥典을 앞두고 數日 間 大端히 바쁠 것. 밤에 강낭콩 꼬토리 따고. ◎

〈1979년 7월 5일 목요일 晴〉(6. 12.)
今朝도 食 前 일 많이 한 것~學校와 논 둘러본 後 밭 除草, 家庭 변소 人糞處理, 소먹이 꼴 준비.
午後엔 井母와 함께 入清하여 先考妣 大祥 祭典用 果 및 糖菓類 사왔고. ◎

〈1979년 7월 6일 금요일 晴〉(6. 13.)
朝夕으로 約 一時間 程度씩 둑너머 밭 맸고. 열무 및 팥, 들깨에 殺蟲劑 약도 点心시간에 撒布.
井母는 이웃 婦人 몇 분과 약과 等 祭物 마련에 奔走. 松은 淸州 다녀오고……圖書 關係로. 沃川郡 靑城서 季嫂와 姪兒 男妹 오고. 仁川 女息 母女(현아 3個月)도 日暮頃에 온 것. ◎

〈1979년 7월 7일 토요일 晴〉(6. 14.)
早朝에 田畓 한 바퀴 돌고 屋內外 거미줄 끄럼 털고 쓸어내기에 바빴던 것.
學校 授業 一校時 마친 後 오미로 出張~鄕土防衛協議會에 參席한 것.
点心 後는 入淸하여 入院治療하겠다고 今朝에 淸州 간 從兄嫂 氏 問病했고. 南宮 外科에 들려 狀況 알아보고 水谷洞 堂姪(魯錫) 집에 가 아주머니 만난 것. 右側 허리, 다리가 大端히 아프시다는 것. 數日 間 往來 治療할 듯.
金熙模 피부비뇨科에 들려 治療 받고선 市場 가서 祭物 其他 購入코 歸家.

家族들 많이 보였고~서울家族(맏 애) 全員, 槐山家族(3째 明) 全員, 振榮, 永登浦 큰 女息 夫婦와 끝外孫女(연진), 仁川 사위, 영종中 杏, 桑亭 큰 妹 온 것. ◎

〈1979년 7월 8일 일요일 晴〉(6. 15.)
井母와 큰 妹는 첫 새벽(3時)에 起床하여 보름 朔望典 祭物 準備에 奔走히 일 보는 것.
2時에 일어나 今日 마련할 事項 草 잡고 朔望典 事前 준비에 그대로 새운 것.
朔望祭典 後 山所에 振榮 덴고 가 省墓했고.
午後엔 큰 사위 父子와 仁川 家族 全員 갔고. 沃川 새실 母子 오고 賢都 姪女 母子도 오고. 집안 안 家族들 편을 비롯한 各種 祭物 等 飮食 마련에 終日 深夜토록 流汗 勞力한 것. 맏애 井과 弟 振榮은 日暮頃에 玉山 가서 肉類와 未購入 物品(祭物用) 等 사왔고. 從弟 弼榮, 夢榮, 큰 堂姪 魯奉이도 오고. ◎

〈1979년 7월 9일 월요일 晴, 曇〉(6. 16.)
早朝에 起床하여 大祥日 아침 上食 올렸고. 낮엔 淸州서 運이 오고, 큰 妹弟 朴琮圭, 姪婿 吳炳星, 沃川 査頓 林在道 다녀간 것.
大祥典 上食은 下午 5時에 擧行. 밤 12時쯤에 來客에 濁酒 待接 行事 끝났고. 遠距離 손님은 少數, 主로 金溪里 분들. 서울 아이들 낮에 갔고. ◎

〈1979년 7월 10일 화요일 曇, 雨〉(6. 17.)
日出 前에 先考妣 大祥祭典 올렸고~작고하신 제 아버님은 滿 一年, 어머님은 滿 五個月. 從兄 再從兄들의 勸告와 내 自身의 心情도 궤원 長期奉安함이 도리어 誠意 不足에 罪惡感이

더 하는 느낌이어서 撤궤원한 것……'脫喪'. 이 몸을 낳아 키워주신 이버이 이제 그림자조차 永遠히 사라지시도다~아아 地下에 잠 드신 아버님, 어머님의 靈魂이시어 고이 잠드소서……然終非不念.
下午 2時 半頃에 모두 제집으로 간 것~桑亭 大田 賢都 槐山 其他.
뒷 갈무리에 日暮頃까지 바빴던 것. ◎

〈1979년 7월 11일 수요일 雨, 曇〉(6. 18.)
틈나는 대로 除草作業에 勞力 中이나 2, 3日間의 비와 祭典行事로 인하여 밭마다 雜草 많이 퍼진 것. 今日도 朝夕으로 數十分 間씩 김맨 것. 둑너머밭 들깨에 人糞 施肥. 8日부터 들은 感氣 日益[18] 甚한 편. 기침에 氣管支도 아프고. ◎

〈1979년 7월 12일 목요일 曇, 晴〉(6. 19.)
午前 中 學校 執務. 晝食 後 入淸~교육청 들려 兒童 長身 選手 이야기, 從兄嫂 氏 問病. 김皮膚科 醫院 들려 皮膚炎 治療. 市場 나가 雨裝 等 數種 物件 사 갖고 歸家하니 밤 10時50分. ◎

〈1979년 7월 13일 금요일 雨, 曇〉(6. 20.)
첫 새벽 무렵에 集中暴雨로 約 2時間 퍼붓고. 똘물 냇물 갑자기 범람. 下午 3時 半부터 郡內 初中學校長會議 있어 入淸~夏期 放學 앞두고. 學生 및 學校 管理에 徹底를 期하자는 것이 主案. 其他 數個項 指示 있었고.
會議 下午 6時 正刻에 맺고 散會. 아파트 잠간 들렀다고 歸家하니 22時쯤 되었던 것. ◎

18) 날이 갈수록 더. 나날이 더욱.

〈1979년 7월 14일 토요일 曇, 晴, 曇〉(6. 21.)
今朝도 如前 食前 作業으로 글밭[19] 除草에 勞力했고. 土曜 敎務 마치고선 각 兩便의 논(아그배논, 텃논……500余坪)과 밭(텃밭, 둑너머밭, 두무샘밭……500余坪)에 農藥 撒布한 것~논엔 도열病과 이화명충 防除약. 밭엔 진딧물약을 使用한 것.
松과 井母는 두무샘밭(땅콩밭) 제2회째 除草作業 着手. 淸州서 弼이 모처럼 왔고. 高三 大入準備에 全力 다하여 課工中. ◎

〈1979년 7월 15일 일요일 曇, 晴, 曇〉(6. 22.)
午前 中과 日暮頃에 두무샘밭의 고구마밭에 人糞 施肥~고무製 통으로 4통.
入淸하여 金鎭吉 새마을主任敎師 宅 移舍에 招待 있어 人事. 衷心 接待 잘 받았고.
어제 왔던 魯弼이 제 母親과 함께 午後 5時 지나서 淸州 간 것. 運이는 看護實習敎育으로 또 上京~오늘 下午 3時에 出發……서울 黑石洞 "성모병원"에서 3週日 間이라는 것.
이제부터 단랑 막동이 魯弼이 혼자 淸州 있는 셈~밥 몇 끼 지어준다고 井母는 入淸한 것.
松이도 淸州 다녀오고……通信高校 授業(敎育) 받고자~場所는 淸州高校. ◎

〈1979년 7월 16일 월요일 曇〉(6. 23.)
今朝도 食事作業으로 고구마밭에 人糞 시비.

19) '그루밭'의 준말. 보리를 베어내고 심는 밭. "머가 싫네 싫네 해도 내가 오뉴월 글밭 매는 기이 젤 싫더마."(소설 〈토지〉 중에서)

고추대 支柱木用 다듬기도.
滿 18時에 退勤하여 約 1時間 半 동안은 땅콩밭 除草作業했고.
밤 10時(豫定은 9時)부터 11時 半까지 玉山面 및 豫備軍 中隊 主管인 防衛協會로부터 實施키로 機關長會議에 決議본대로 "鄕土防衛에 對한 우리의 覺悟"라는 題로 啓蒙 講演한 것. 場所 本校. 時間은 1時間. ◎

〈1979년 7월 17일 화요일 가랑비, 曇〉(6. 24.)
第31回 制憲節 慶祝日로 休校. 國旗揭揚.
井母, 魯松과 合勢 3人 家族 終日토록 땅콩밭 김매기에 流汗 勞力한 것. 雜草(바랭이풀) 超滿茂.
日暮頃에 井母는 入淸……魯弼의 食事 문제로. (弼이 혼자만 있는 中이어서). ◎

〈1979년 7월 18일 수요일 晴〉(6.25.)
日出 前 作業으로 松과 함께 두무샘밭의(땅콩밭) 김매고……約 1時間 半. 昨日 魯弼이 밥 지어주려 入淸했던 井母는 아침결에 歸家. 松과 함께 終日토록 김맸고.
午後 2時부터 있는 忠淸北道 精神文化 啓發協議會 主催 세미나 있다고 招請狀 왔기에 參席. 場所는 道廳會議室. 約 1時間 半 동안 걸린 것.
교육청 들려 施設係와 事務打合……行政電話架設 件, 舊舍宅 撤去 件.
歸家길에 '김 피부과' 들려 습진 治療~今日부터 治療藥 딴 것으로 變更한다고.
夜間(9시~11시)엔 墻東里 가서 鄕土防衛에 對한 啓蒙講演했고. ◎

〈1979년 7월 19일 목요일 曇, 晴〉(6. 26.)
今日도 朝夕으로 勞力……땅콩밭 除草. 井母는 日暮頃에 入淸~弼이 밥 解決로.
臥病中인 從兄嫂 氏 明日 서울로 간다는 것. 去 7日부터는 淸州에서 加療 中. ◎

〈1979년 7월 20일 금요일 曇, 晴〉(6. 27.)
井母 아침결에 淸州에서 와 가지고 松과 함께 終日토록 땅콩밭 除草 作業했고.
午後에 入淸하여 교육廳에 가 事務打合. 金 피부과의 皮膚治療. 同仁齒科에도 들려 左側 위 어금니 治療. ……찬물(冷水……寒水) 닿으면 몹시 뻐근히 痛症 甚하기에. ◎

〈1979년 7월 21일 토요일 曇〉(6. 28.)
放學式 擧行. 休暇 中 生活計劃에 關하여 職員協議會도 開催(1時間 半). 点心 全職員 會食~自體 補身湯으로 充足히 먹은 것.
淸州서 막동이 魯弼이 오고~淸高 卒業班.
午前 中으로 땅콩밭(約 500坪) 제2차 김매기 作業 마쳤다고……7.4~7.21(8日 間 걸린 것.) 松 母子 流汗 勞力한 것. 數日 間 朝夕으로 若干 勞力補助하기도. ◎

〈1979년 7월 22일 토요일 曇, 雨〉(6. 29.)
食 前엔 學校 팥밭 김매고 一部에 열무우씨 播種. 午後엔 둑너머밭(녹두밭) 김매기도.
서울 맏 애 井 잠간 다녀갔고~資本 대여 大田에다 絃이 시켜 各種 '호오스' 附屬品 代理店 開設했다는 要旨 말하는 것……잘 해보라고 承諾.
下午 6時頃 井母는 弼이 데리고 淸州 갔고~暴雨中 오미까지 步行하는 것. ◎

〈1979년 7월 23일 월요일 曇, 晴〉(6. 30.)
午前 中 勞動했고~밭뚝깎기, 깨밭 풀 뽑기 等. 入淸하여 교육廳에 들려 事務打合(舊舍宅 撤去 문제, 電話架設 문제). 皮膚科에서 治療. 신선집에서 夕食 및 모처럼 맥주 一盃하고 留. 弼한테 못가서 유감. 잘못함을 알면서도. ⓒ

〈1979년 7월 24일 화요일 晴〉(閏六月 一日)
아파트 가서 弼과 朝飯. 弼은 登校. 낮에 淸高에 가서 弼의 擔任 朴수용 先生님 만나 人事. 弼의 成績 紹介 說明을 들었고. 弼을 칭찬도 하는 것. 서울大 可能할 것이란 말도…….
歸家해선 學校밭의 팥밭 풀 뽑고. 井母는 日暮頃에 또 入淸(弼 食事 件). ◎

〈1979년 7월 25일 수요일 晴, 소나기〉(윤6. 2.)
班常會 業務로 全職員 臨時召集……協議會. 夕食 後 部落 出張……班常會 指導次.
3家族 如日 밭 김매기 作業. 오늘도 틈틈이 繼續. 日暮頃에 소나기 나우 내리고. ◎

〈1979년 7월 26일 목요일 晴〉(윤6. 3.)
팥밭 除草, 논뚝 풀베기 作業으로 땀 많이 흘렸고.
79 제4次 民防衛隊 敎育 4時間 받은 것~14時부터 18時. 市民會館에서.
井母는 日暮頃 入淸. ◎

〈1979년 7월 27일 금요일 晴〉(윤6. 4.)
어제 淸州갔던 井母 아침결에 歸家~魯弼이 食事 그대로 하더라는 것.
텃논 둘레 어덕[20] 욱어진 雜草木 베어 거더치우기에 거의 終日 걸린 셈. 땀 많이 흘렸고.
양편 논에 이삭거름(穗肥)條로 尿素 1升에 염화가리 1升 섞어서 若干 뿌렸고. ◎

〈1979년 7월 28일 토요일 晴, 曇〉(윤6. 5.)
텃논 周圍 갈개 똘치기 作業으로 流汗 勞力. 以後론 排水 잘 될 것.
入淸하여 住宅銀行에 아파트 月賦金(7月分) 및 水道料 納付. 大田 直行하여 紘한테 다녀오고……맏 애 魯井의 妻男이 經營하는 '東洋鐵綱' 附屬品 取扱部門의 運營. ◎

〈1979년 7월 29일 일요일 晴〉(윤6. 6.)
農藥(도열병, 잎마음병나방) 兩便 논에 撒布. 井母는 日暮頃에 入淸. ◎

〈1979년 7월 30일 월요일 晴〉(윤6. 7.)
數日동안 날씨 가무는 편~논의 물, 田穀에도 물(비) 아쉽고. 요새 낮氣溫 31, 32°.
登校하여 "79 夏季休暇 中 生活 一覽表" 作成하여 敎務室 칠판에 揭示. ◎

〈1979년 7월 31일 화요일 晴〉(윤6. 8.)
井母와 함께 入淸하여 同仁치과에서 共히 齒牙 治療. 이제까지 齒牙痛症을 겪어본 적 없었는데 10余日 前부터 左側 위 어금이 1個가 찬물에 닿으면 빠근함이 참기 어려울 程度 지지러지기에 生前(平生) 첨 治療하는 것. 淸州에 杏이 와 있고. ◎

20) 언덕의 사투리.

〈1979년 8월 1일 수요일 晴〉(윤6. 9.)
午前 中 學校 執務~公文書 處理 等. 午後엔 兩便 논의 피사리(除稗)[21] 作業. ◎

〈1979년 8월 2일 목요일 曇〉(윤6. 10.)
텃논에 '혹명나방 防除農藥' 撒布. 午後에 入淸(교육청, 齒科). 아파트에도 잠간. ◎

〈1979년 8월 3일 금요일 曇, 쏘나기, 曇〉(윤6. 11.)
約 1時間 동안 쏘나기 나우 퍼부었고. 양편 논의 물 아쉬웠던 차 多幸인 셈.
아그배 논에 殺蟲劑(다이아톤 粒制) 撒布했고.
20時 30分부터 있는 機關長 座談會에 參席~面長室까지 다녀오느라고 勞力한 셈~淸州市代議員 吳창근 臨席……當局에 民意 建議가 主. ◎

〈1979년 8월 4일 토요일 曇, 雨〉(윤6. 12.)
午前 中 學校, 家庭 일 보고 入淸~교육廳, 登山機具店(코페리 빠너 等 物色).
夜間에 비 나우 오고. 밤 11時頃 高校에 우산 갖고 魯弼 데려오고. 淸州서 留. ◎

〈1979년 8월 5일 일요일 雨, 曇〉(윤6. 13.)
昨夕부터 오는 비 今朝 6時까지 繼續. 無心川. 美湖川, 天水川 범람. 또 田畓에 被害 있을 듯.
市場에 나가 野營機器類 購入. 아파트 화장실 天井 고쳐주고. 19時頃 집에 到着. 金 老人會長 强權에 맛 보고. ⓒ

〈1979년 8월 6일 월요일 雨, 曇〉(윤6. 14.)
새벽에도 비 나우 쏟아지고. 바깥마당 복새[22] 整地에 2次 勞力 또 했고. 學校서 執務. 舊舍宅 도괴 일 보기도.
서울서 맏 애 3父子 오고……英, 昌信 두 孫子 健康 좋았고. ◎

〈1979년 8월 7일 화요일 晴〉(윤6. 15.)
入淸하여 敎育廳 들려 舊舍宅 倒壞 狀況 報告했고. 아파트 들려 杏과 運 만나보고 歸家.
맏 애 井은 大田 다녀오고~事業시킨 絃 만나고 온 것~事業展望 괜찮겠다는 足한 느낌인 듯. ◎

〈1979년 8월 8일 수요일 晴〉(윤6. 16.)
面 거쳐 淸州 다녀오고. 맏 애 英, 昌信 덷고 上京~明日 豫定을 今日에. 두 孫子 잘 놀았었고. ◎

〈1979년 8월 9일 목요일 晴〉(윤6. 17.)
槐山郡 靑川面 후평리 江邊에 下午 3時 正刻에 到着~'스카우트 基本訓練' 受講……開강식(入所式). 野營訓練으로 텐트 天幕生活. 淸原郡은 2班. 道內 各級(初,中)校長 255名. ◎

〈1979년 8월 10일 금요일 晴, 曇〉(윤6. 18.)
訓練 第2日째. 밤의 '캄프하야'란 行事가 異色……어떠한 古式 宗敎 느낌이었던 것. ◎

〈1979년 8월 11일 토요일 晴〉(윤6. 19.)
炊事 當番이어서 早朝부터 敏活히 活動하여

21) 벼과에 속하는 잡초인 피를 뽑는 일.

22) 뚝새풀.

責任 다 했고……當番 4名. 11時에 閉所式(修了式). 貸切버스로 淸州 着. 아파트에 짐 놓고. 우연히 今夜는 맥주 좀 모처럼 나우 마셨고. 今般의 受講에 經費도 많이 所要된 것……삐어너, 코페리, 캄프 天幕 等 마련에 多額. ○

〈1979년 8월 12일 일요일 晴〉(윤6. 20.)
三男 魯明이 受講 中(算數科) 昨夜에 아파트에서 留한 것. 朝食을 삐어너 利用하여 지었고.
友信親睦會 있어 參席. 槐山郡 七星面 시냇가에서 食事. 飮酒, 沐浴. ……七星中學校長 金聖九 當番. 經費 많이 났을 것. 下午 7時에 淸州 着. 井母도 來淸했던 것. 運이도 엇그제 괴산 송면 仙遊洞 다녀왔다는 것. 井母와 함께 집에 到着하니 밤 10時頃. 집 無事했고. ⓒ

〈1979년 8월 13일 월요일 晴〉(윤6. 21.)
職員 共同硏修 第1日. 愛校 作業. 兒童도 全校生 登校. 아침결에 오미 다녀왔고~故 崔瓘顯 喪事에 人事한 것.
학교일 어지간히 마치고 入淸~井母의 轉入申告 일로. 杏이 와 있고. 어둠해서 歸家. ◎

〈1979년 8월 14일 화요일 晴〉(윤6. 22.)
요새는 繼續 불볕 같은 極한 무더위.
새마을교실 運營으로 開講. 約 40名 參集. 李面長, 우체局長, 農村지도所長, 鄭 代議員……演士.
行事 마치고 入淸~井母의 轉入 申告 完結한 것. 松은 每日 꿀 비고. 弼이 왔고. ⓒ

〈1979년 8월 15일 수요일 晴, 曇〉(윤6. 23.)
光復節 第34周年 慶祝式 擧行.
井母와 함께 下午 3時에 天安 갔고~연대암에서 姬(在應) 만났고. 동서 郭慶淳 집에서 留. ◎

〈1979년 8월 16일 목요일 雨, 曇〉(윤6. 24.)
한 동안 몹시 무덥더니 아침결에 비 若干 내렸고. 早朝에 天安市內 南山公園에 登山했기도. 天安市 용곡洞 가서 丈母뵙고 13時에 歸家. 弼이 入淸. 참깨 베어 묶어 세웠고. ◎

〈1979년 8월 17일 금요일 雨, 晴〉(윤6.25.)
家庭 안 부엌 부뚜막 改修工事~세멘 3包, 人夫 2名. 總 費用 約 15,000원 要한 셈.
日暮頃에 入淸~청주 아이들 뒷手續 等. 물건 몇 가지도 사고. 弼이 淸州서 왔고. 留. ◎

〈1979년 8월 18일 토요일 晴〉(윤6. 26.)
解放後 六.二五事變 前後 同苦한 玉山校 勤務했던 教職員 모딤 있어 參席[23]. 場所는 玉山中學. 名稱 '玉校玄同親睦會'로 協定. 總會 年 2回. 會期는 夏冬休 中으로.
會費 每回 3,000원씩. 會長 鄭海國, 副會長 張基虎, 總務 郭尙榮.
청주에 電擊的으로 잠간 다녀오기도. 채소 播種 豫定이 不能되고. 태풍 '어빙'號~中部 地方 조용했고. ⓒ

〈1979년 8월 19일 일요일 晴〉(윤6. 27.)
夏休暇 終日. 목稻熱病 防除劑 農藥 '부라에

23) 원문에는 "教職員"이란 단어 위에 "6시 첫 車로 歸家"라고 따로 적혀있다.

스' 撒布. 밤 8時 半에 清州 向發~校納金 等. 弼 入清. 清州서 留~弼이와 함께. ◎

〈1979년 8월 20일 월요일 晴〉(윤6. 28.)
6時 發 첫 버스로 歸家. 出勤 前에 김장 菜蔬 播種(장원배추, 진주 대평무우).
開學~始業式 3日 間은 學校 다듬事業에 注力토록 指示. 샘 關係 等 打合次 清州 다녀왔고. ◎

〈1979년 8월 21일 화요일 晴〉(윤6. 29.)
낮 3時頃 '巴落洞' 火災에 잠간 가보고. 退廳後엔 井母와 함께 참깨 털고, 清州서 運이 오고. ⓒ

〈1979년 8월 22일 수요일〉(윤6. 30.)
入清~교육廳 가서 事務打合……井戶 改修工事 其他. 신선집에서 一盃(맥주). 清州서 留. ○

〈1979년 8월 23일 목요일 晴〉(7. 1.)
清州서 첫 車로 歸家 登校. 寶光校 尹亨燮 교장 停年退任式에 參席. 청주서 1盃하고 歸校. ○

〈1979년 8월 24일 금요일 晴, 소나기, 曇〉(7. 2.)
魯松이 清州 다녀오고. 運이 實習病院 交替作業 學校側 不應으로 不能. 참깨 터는 井母 勞力의 助力[24]. ⓒ

24) 일기의 날짜옆에 "8月26日 李炳赫 교장 停年式"이라고 적혀 있다.

〈1979년 9월 1일 토요일 晴〉(7. 10.)
뜻 外에 轉出 發令~米院面 佳陽國校로. 勤務滿了? 成績不進[25]? ×

〈1979년 9월 3일 월요일 晴〉(7. 12.)
米院面 佳陽國校에 赴任. 職員에게, 兒童에게 人事. ×

〈1979년 9월 5일 수요일 晴〉(7. 14.)
教育廳에 모여 事務 引繼引受. 佳陽校 가서 地方有志들의 送舊迎新 宴會에 參席[26]. ×

〈1979년 9월 8일 토요일 晴〉(7. 17.)
米院面 所在地 내려가 各 機關에 人事……學校職員 某人에 對한 地方人의 행패에 支署 관계도. ×

〈1979년 9월 11일 화요일 晴〉(7. 20.)
洪教務의 案內 받아 地方人事 다녔고……화창리(禾倉里)밖에 못 다닌 것. ×

〈1979년 9월 15일 토요일 曇〉(7. 24.)
地方과 學校 間의 不和事件 문제로 腐心中……過去之事 일로 因한 것. ※

〈1979년 9월 17일 월요일 雨〉(7. 26.)
몸 最大로 惡化되어 거의 終日토록 呻吟 臥病에 精神 잃었을 程度 괴로웠고.
賞與金 包含된 俸給 受領(594,700원)하여 저

25) 일기의 날짜옆에 "昨日은 先考 生辰日이어서 祭典行事 있었고"라고 적혀있다.

26) 일기의 날짜옆에 "先妣生辰日이어서 祭典 올렸고"라고 적혀있다.

물게 淸州 갔고. 朴교사 집에서 厚待받기도. ◎

〈1979년 9월 18일 화요일 晴〉(7. 27.)
校長會議에 參席~제8회 道內 少年體典 事項이 主案. 郡內 校長 全員에게 흑곤색 잠바와 운동帽子 제공. 兩日 間 積極 應援토록 種目別로 指定도 했고. ⓒ

〈1979년 9월 19일 수요일 晴〉(7. 28.)
朝食 後 指定된 應援 場所로 出頭. 場所 찾느라고 애 먹기도. 中校 籠球部 應援키로 된 것. 場所는 淸高 室內體育館. 豫選에 女子(內秀中)部 勝. 午後엔 忠北體育館 가서 應援協助. 排球~飛上國校 豫選에 勝.
井母는 16日에 와서 魯弼이 食事 지어주다가 今日 아침에 歸家했고. ◎

〈1979년 9월 20일 목요일 晴〉(7. 29.)
今日 應援도 昨日과 同. 淸原郡 成績 豫想보다 低調. 優勝 目標가 準優勝. 綜合成績……1位 忠州市, 2位 淸原郡, 3位 淸州市. ◎

〈1979년 9월 21일 금요일 曇〉(8. 1.)
어제 아침 食事 짓기부터 自身 勞力~豫備考査 앞둔 弼이 朝食과 2器의 도시락 備로 5時頃에 움지겨야 하는 것.
出勤~淸州부터 米院까지 直行버스 35分 間(240원). 米院부터 佳陽校까지 택시 15分 間(2,000원). 職員朝會 1時間 前 到着. ◎

〈1979년 9월 22일 토요일 曇, 雨〉(8. 2.)
退廳 後 入淸~杏과 運이 서울서 온다더니 날씨 關係인지 안와서 궁금. 청주서 留. ◎

〈1979년 9월 23일 일요일 雨, 曇〉(8. 3.)
어제 내린 비로 냇물 많이 불었고……가을 일에 큰 支障.
歸家하여 終日토록 勞力~안 便所 人糞푸기, 집둘레 풀깎기, 堆肥場 손질. 밤나무 밑의 雜草除去 等 勞力에 온몸 極히 被勞. 집에서 留.
집에서 일 보던 松이 入淸……今日도 풀베기, 밤떨기 等 勞力하고 日暮 後 간 것……明日부터 1週間 曾坪 鄕土師團에서 甲號部隊 訓練 있다는 것이어서. ◎

〈1979년 9월 24일 월요일 雨〉(8. 4.)
또 비 내려 벼베기 논에 큰 支障. 朝食하고 門團束 後 井母와 함께 入淸~井母는 弼이 食事 準備하고 곧 歸家했을 터.
敎育廳 들러 事務打合하고 곧 歸校. 明日 體育會 豫定이 雨天으로 不能.
歸校 時 土曜日에 購入한 新品 五成號 自轉車로 米院서 出發했다가 雨天으로 길 險해 택시로 出發한 것. 돈 많이(交通費) 들어 억울하기도.
淸州 노필 食事 근심되며 任地에서 留. 明日 朝食 解決이 큰 걱정(淸州의 弼). ◎

〈1979년 9월 25일 화요일 曇, 晴〉(8. 5.)
오늘 豫定인 體育會는 運動場 事情으로 못 이루고 27日로 延期.
登廳하여 李 學務課長과 學校 實情 이야기하고 夕食을 같이 한 것. 淸州서 留. ◎

〈1979년 9월 26일 수요일 晴〉(8. 6.)

魯弼이 朝食과 도시락 準備 마련에 今週는 淸州서 通勤. 今朝 〃食 짓기에도 바빴던 것. 午前엔 교육廳 들려 金 奬學士 만나 人事 〃務打協했고, 午後엔 淸原郡廳에서 精神文化啓發 세미나 있어 잠간 淸趣. 淸州藥局 漢鳳 氏로부터 晝食 厚待받았고, 日暮頃엔 大田 다녀온 것~絃이 만나 事業狀況 알아보기도. ◎

〈1979년 9월 27일 목요일 晴〉(8. 7.)

새벽에 밥 지어 5時에 食事 마치고. 첫 車로 米院 거쳐 任地 着. 새 自轉車로는 처음 간 것. 校內 體育會 開催. 體育會만은 有終의 美를 거둔 것. 形便上 學父母를 招請 아니한 것이 遺憾. 自進해서 來校 觀覽한 學父母가 約 40名. 所謂 會長이란 申 氏 집에서 職員 點心 厚히 장만해 가져와 고마웠고. 體育會는 午後 4時에 모두 마친 것. ◎

〈1979년 9월 28일 금요일 晴〉(8. 8.)

今朝도 早期. 弼이 도시락 마련 잘 했고. 어젠 本家에서 井母가 다녀간 듯……반찬.

今日도 米院부턴 自轉車로 出勤. 아침行事 마치고 歸廳~午後 2時부터 있는 校長會議에 參席. 少年體典의 反省과 分析, 庶政刷新이 主案件.

서울서 魯運이 왔고. 數時間 동안 淸掃에 流汗 勞力한 듯.

米院面內 校長團의 歡迎宴 받기도. 答接도 若干 했고. ◎

〈1979년 9월 29일 토요일 晴〉(8. 9.)

今日도 早朝에 弼이 밥 져주고 첫 車로 出發. 米院서 自轉車로 着. 8時 正刻에 가장 일찍 出勤.

제6學年 道德授業 2時間 興味롭게 했고. 늦은 感이나 職員들의 歡迎宴 있대서 受應.

淸州에 午後 四時 着. 運이 午後 6時 高速으로 上京~김치 等 반찬 만들고 洗濯 淸掃 말끔히 한 것. 신통하기 짝이 없었고. 杏이 섬學校에서 苦生하는 것 가슴 아프고. 松이 訓練 마치고 歸家. ◎

〈1979년 9월 30일 일요일 晴〉(8. 10.)

前任地 關聯人士에게 人事狀 發送~約 80枚……送別 및 餞別 關聯者.

朝食하고 卽時 歸家. 終日토록 重勞動했고~밤나무 밑의 풀 깎고 밤나무 올라가 밤 털고. 日暮頃엔 대추 털은 것. 침침할 때 소도 끌어 오고.

맏 애 全 家族(4名……內外, 英信, 昌信) 어제 왔다고~땅콩(落花生) 캐어 손차(리어커)로 運搬에 맏 애 井과 넷째 松이 過勞하기도.

夕食 後 午後 7時 半쯤에 淸州 向發~21時에 着. 明日 朝食 준비 해놓고 留(就寢). ◎

〈1979년 10월 1일 월요일 晴〉(8. 11.)

제31회 '國軍의 날', 公休日. 早期하여 밥 졌고. 朝食 後 卽時 歸家.

井, 松, 井母와 함께 4人이 終日토록 땅콩 캤고~四人 모두 허벅다리와 오금이 極히 아파 行步에 애쓸 程度. 井은 日暮頃에 上京. 英信 三母子는 3日에 上京 豫定.

밤에 入淸하여 弼 食事 뒷바라지 했고. 제31回 國軍의 날. ◎

〈1979년 10월 2일 화요일 晴, 밤에 雨〉(8. 12.)

朝食하고 出勤……淸州→米院, 直行버스 35分. 米院→佳陽校 自轉車로 35分. 計 70分 所要時間).
學校선 9月分 月末考査 實施. 11時부터 12時半까지 地方人事 다녔고~佳陽里의 행정, 불목골, 장골…… 26家戶 거친 것. 장골엔 慶州 李 氏가 集團 居住.
中心 後 入淸하여 人事業務 보았고~吳○○ 教師 轉出事情 希望대로 內申낸 것.
밤에 비 내리기에 우산 갖고 淸高에 가 弼이 데리고 오기도. 비 때문에 캐놓은 땅콩이 걱정. ◎

〈1979년 10월 3일 수요일 曇, 雨〉(8. 13.)
魯弼이 朝食(4時 半~6時) 解決 짓고서 金溪本家行. 弼은 日曜 및 公休日도 登校 課工.
終日토록 땅콩 따기 作業에 勞力. 맏子婦 12時 一般高速으로 上京. 英, 昌信은 留.
中心 後 松의 母子는 오미장 가서 秋夕 祭祀 흥정해 왔고. 井母는 비에 노바기. 비는 午後 세시부터 내리기 시작한 것. 夕食 後 入淸…… 途中 쏘나기에 옷 함씬 젖었고.
서울서 運이 왔고~實習 中 連休라서 온 것. ◎

〈1979년 10월 4일 목요일 雨, 曇〉(8. 14.)
첫 새벽에 소나기 잠시 내렸고. 밤 1時부터 4時까지 어제 비에 젖은 洋服 다리기에 애썼고. 時間만 消費 됐지 개운치 않게 다려진 것.
淸州서 첫 車 利用으로 일찍 出勤. 작은 秋夕의 意으로 午前 中 行事로 學校일 마쳤고.
2時間 동안 地方人事했고~佳陽里의 개경재, 基岩里의 텃이마.
運이 金溪 本家行. 난 밤에 歸家. 客地 가 있는 여러 아이들 秋夕 名節 세러 모였고~서울 맏애 夫婦와 孫子 英, 昌信, 沃川의 次男 夫婦와 孫 男妹 새실, 雄信, 槐山의 參男 明과 孫女 惠信, 沃川 靑城의 弟 振榮과 姪女 파란이.
深夜토록 一同 땅콩따기 일. 밤 생미치고 零時에 就寢. ◎

〈1979년 10월 5일 금요일 晴〉(8.15.)
秋夕名節 茶禮까지 無事히 잘 지낸 것. 平生 最初로 내 집에선 茶禮 맞는 것.
省墓 다녀오고. 禁草狀況도 둘러본 것. 日暮頃까지 아이들 全員 各己 갔고. 義榮 氏 兄弟(完榮) 人事次 다녀갔고. ◎

〈1979년 10월 6일 토요일 晴〉(8. 16.)
金溪校(前任校) 體育會(運動會)에 壹萬 원 贊助했고. 入淸하여 옷 갈아입고 雲岩까지 直行. 任 校長 만나 握手. 米院서부턴 自轉車로 龍谷校, 鍾岩校 거친 것. 날씨 좋아서 모두 運動會들 잘 마친 것.
學校(佳陽校) 잠간 들려 下宿直 거쳐서 日暮頃에 本家 向發. 22時頃에 着.
松 母子와 함께 동부, 팥 꼬토리 따고 深夜까지 勞力한 것. ◎

〈1979년 10월 7일 일요일 晴〉(8. 17.)
食 前에 둑너머밭의 들깨 베어놓고. 朝食은 俊榮兄 宅에서(형수의 生辰).
井母와 함께 終日토록 땅콩 캤고(두무샘 밭).
松은 通信高校에 登校.
夕食 後 黃昏에 淸州 와서 魯弼과 同宿(아파트). ◎

〈1979년 10월 8일 월요일 晴〉(8. 18.)
弼에게 朝食 일찍 지어주고 6時20分 車로 米院, 6時55分에 到着. 米院서 佳陽(學校)까지 步行으로 出勤. 정미 1時間 所要. 꼭 수산[27]이 半.
學校는 秋季 逍風. 全校生 수산 方面, 下午 3時 半頃에 全員 無事 歸校.
10時에 米院 가서 第9回 全國體典 選手 歡送行事에 參席. 米院高校는 사이클 9名, 錦寬國校는 水泳 3名 出戰한다는 것.
午後 1時 半에 入校하여 金永明 장학사와 40分 間 相談. 17時에 出發, 本家 着 22時. ◎

〈1979년 10월 9일 화요일 晴〉(8. 19.)
日出 前엔 집 안팎 淸掃 作業에 勞力. 텃밭 한 둑의 들깨도 베었고.
松 母子와 함께 終日토록 땅콩 캐기에 流汗 勞力하여 日暮과 同時에 땅콩 다 캤고. 나는 옆구리 아프고 井母는 다리, 松은 입술까지 부르튼 것. 夕食 後 入淸하니 9時 半 되고.
杏이 와 있고~秋夕에 못 오고. 몸도 편치 않아 잠간 다녀가려고 왔다는 것. ◎

〈1979년 10월 10일 수요일 晴〉(8. 20.)
自然保護憲章 宣布 1周年 記念 강연회에 參席. 淸原郡廳 회의실. 10時부터 12時 半까지.
歸校 途中 基岩里 둔터골 무중굴 2部落 全 家戶에 赴任人事했고. 2時 半부터 5時까지. 臨時職員會 열어 學力考查 結果 點數와 學力提高에 對한 指示했고. 家庭 實習 件도.
吳 校監과 夕食 後 어둠해서 自轉車로 米院까지 달리고 各己 歸家. 7時 半에 淸州 着. ⓒ

〈1979년 10월 11일 목요일 晴, 소나기〉(8. 21.)
杏이는 어제 任地(영종中高校)에 갔고……아파트 깔끔히 淸掃. 이제부터 自炊생활한다고.
金溪 本家에 가서 땅콩 따기에 勞力. 午後 3時 半부터 30分 間 소나기 나우 퍼부었던 것. 비설건이[비설거지][28]에 온 家族(井母, 松) 極活動. 日暮頃에 淸州 向發. 8時에 아파트 着. ◎

〈1979년 10월 12일 금요일 晴〉(8. 22.)
學校가 궁금하여 아침결에 出勤했다가 12時에 入淸……學校는 어제부터 家庭實習.
午後 2時부터 있는 職場民防衛隊員 教育에 出席~79 제5차 市民會館에서.
本家에서 井母 오고. 今日에서야 땅콩따기 完結(完了)했다고. 서울서 運이도 오고. ⓒ

〈1979년 10월 13일 토요일 晴〉(8. 23.)
朝食 早朝食하고 金溪 本家行~松과 함께. 두무샘 밭에 콩 걷고. 텃논의 찰벼 베기도.
井母는 齒科에서 이 2개 뺐다고. 明日 또 오란다는 것. 日 後에 틀이 한다는 것. ◎

〈1979년 10월 14일 일요일 晴〉(8. 24.)
日出 前에 2곳(두무샘밭, 둑너머밭)의 들깨 지게로 搬入, 3짐.
松이와 함께 日暮 後까지 終日토록 텃논의 벼(아까바레) 베어 져내 세우고. 過半쯤 치운 셈. 井母 청주 齒科 갔다 와서 들깨 털은 것.

27) 원문에는 밑줄이 그어져 있다.

28) 비가 오려고 할 때 비에 맞지 않도록 물건을 치우거나 덮는 일.

約 3말.
夕食 後 入淸하여 弼과 함께 잤고. 運은 午後에 上京했고. ◎

〈1979년 10월 15일 월요일 晴〉(8. 25.)
淸州서 出勤. 六學年 도덕授業 했고. 公文書도 多數 件 處理. 모처럼 宿所서 留. ⓒ

〈1979년 10월 16일 화요일 晴〉(8. 26.)
새벽 3時쯤 起床하여 仁川 앞바다 영종섬 中高校 在任中인 杏에게 편지 썼고.
今朝부터 學校放送 시작. 5時50分에 있는 오늘의 日氣報道 듣고 六時 10分부터 30分까지 20分 間 前任校에서 施行하던 그대로. 今朝는 '自然保護'에 對해서였고.
明日 行事 때문에 夕食 後 入淸하려던 것이 自轉車 라이트 故障關係로 中止. 留. ⓒ

〈1979년 10월 17일 수요일 晴〉(8. 27.)
10月 維新 7周年 記念 大講演會에 洪 敎務와 함께 出席. 淸州공설운동장 옆의 藝術文化會館. 10時부터 13時까지. 講師는 大學敎授 2名.
金溪 本家行하여 松 혼자서 아그배논 벼 베는 作業 거들고~14時 半부터 18時까지. 井母와 함께 入淸. 밤엔 脫喪後 100日 되는 祭典 簡素히 지냈고. ⓒ

〈1979년 10월 18일 목요일 晴, 曇〉(8. 28.)
첫 車(6時 定刻 直行)로 米院行. 今朝 放送도 豫定대로 할려고 첫 車로 出發한 것. 豫定대로 實施됐고. 學校 到着 午前 7時 10分쯤. 淸州 弼의 朝食은 井母가 짓게 됐기에.
校長 專用 諸 帳簿 編製했고~校內 奬學指導簿 期限 文書 處理, 行事實施簿. ◎

〈1979년 10월 19일 금요일 晴〉(8. 29.)
3시간 授業 마치고 米院行. 朴 女교사 日直 外 全職員 同行. 敎育會 行事로 敎職員 排球大會. 場所는 米院高等學校. 龍谷國校가 우승. 어제는 權홍택 校長 女婚에 人事. ○

〈1979년 10월 21일 일요일 晴〉(9. 1.)
本家 가서 텃논 벼 打作에 助力. 8叺 收穫. ○

〈1979년 10월 22일 월요일 晴〉(9. 2.)
本家에서 일찍이 出發. 米院서 權五述 교장과 一盃하고 出勤. ×

〈1979년 10월 25일 목요일 晴〉(9. 3.)
槐山의 3男 明한테 電話했더니 生男했다는 消息. 多幸한 일. ×

〈1979년 10월 26일 금요일 晴〉(9. 6.)
어제의 기쁜일 井母에 傳하려고 歸家하다가 醉하고 어두운 바람에 번말 냇가 다리목게서 落傷하여 左側 눈언저리 깬 것~그리 甚하지는 않으나 부끄러운 일. 井母 消息 듣고 놀라 急히 달려와 집까지 同行했고. ※

〈1979년 10월 27일 토요일 晴〉(9. 7.)
故 朴正熙 大統領 어제 午後 7時 50分頃 中央情報部長 金載圭한테 弑害 당하여 逝去했다는 放送 듣고 모두 驚愕. 國內는 모두 통분한 雰圍氣. ×

〈1979년 10월 31일 수요일 晴〉(9. 11.)

故 朴正熙 大統領 國葬으로 決定되고 去 27日부터 全國 弔旗揭揚. 國民들은 가슴에 謹弔의 葬章(喪章) 달고. 國葬日은 11月 3日로. 當日은 臨時公休日. ○

〈1979년 11월 3일 토요일 晴〉(9. 14.)
故 朴正熙 大統領 國葬으로 모시는 날인데. 參與 못하는 것 한탄. 몸도 아파 괴로운 中. 고이 잠드소서. 合掌. ○

〈1979년 11월 4일 일요일 晴〉(9. 15.)
몸은 괴로워도 서울서 맏이 와서 井母와 함께 槐山 明한테 다녀온 것. 順産했대서 多幸이고. 이름을 "勇信"이라 할가? ○

〈1979년 11월 5일 월요일 晴〉(9. 16.)
井母 來淸. 몸 점점 더 괴롭고. 밤새도록 呻吟했고. 학교도 걱정. ○

〈1979년 11월 6일 화요일 晴〉(9. 17.)
今日은 大入豫備考査 施行日~五男 막동이 魯弼(淸高)의 考査場은 雲湖中學이라나. 아파트에서 遠距離이고. 점심을 井母와 5女 運이가 날아다 준 것.
몸은 점덤 더 괴로워서 寸步를 못 옮길 程度여서 終日토록 누어서 신음. 食事 全혀 못하고. 全身이 떨리기만……高血壓에 몸살이 兼한 것. 井母는 午後에 歸家. ◎

〈1979년 11월 7일 수요일 晴〉(9. 18.)
學校가 걱정되어 가까스로 起動되어 머리 무겁고 몸 떨려도 억지로 出勤……7時 半 着.
學校工事에 全職員 活動함을 칭찬.
밤새도록 잠 못잔 것~꿈에 깨면 헛것이 보이어 苦痛 많이 겪었고……家庭이 궁금하여 消息 알아볼려 勞力했으나 不能이었고.
몸 고단해도 이를 악물고 終日토록 執務. ◎

〈1979년 11월 8일 목요일 晴〉(9. 19.)
早朝에 學校放送 또 始作. 帳簿整理와 出張직원 班의 補缺授業도.
교육청 朴 장학사 來校 定期視察 있었고.
밤에 執務하기 시작~쌓인 書信 整理. 日記抄 家計抄 잡았고. 食事도 復舊. ◎

〈1979년 11월 9일 금요일 晴〉(9. 20.)
어제 밤도 形言할 수 없는 苦痛 겪은 것. 헛것 자꾸 보여 무서웠고. 꿈도 甚했고. 同宿하는 吳 校監한테 大端히 未安했던 것. 極度로 허약해진 듯.
今朝도 放送. 六學年 도덕授業, 補缺班 自習감독, 公文書 處理.
몸이 나우 회복된 듯. 學校일 마치고 入淸. 거의 雜務로 徹夜. ◎

〈1979년 11월 10일 토요일 晴〉(9. 21.)
11時 고속으로 井母와 함께 上京~再從姪 魯寬의 結婚式 있어서. 乙支예식장에서 午後 3時에 擧行. 比較的 圓滿히 行事 필한 것.
井母는 井이가 잠실로 모시고. 最終 고속으로 淸州 오니 밤 11時. ◎

〈1979년 11월 11일 일요일 晴, 曇〉(9. 22.)
人事 바빴던 날~三從姪女(노설) 結婚式場에 參席……鳥致院 행복예식장. 淸州 慕忠國校長 韓相燮 子婚에도 人事……청주 행복예식

장. 杏亭 李智榮 校長 子婚엔 祝儀金만 傳達(혼일 經過).
서울서 井母 올 줄 알았더니 下午 4時 現在까진 안왔고. 洋服 一着은 洗濯으로, 一着은 다리고.
下午 5時에 米院 着. 自轉車로 佳陽 오니 5時 50分……춥고 자갈길에 時間 所要 더 된 것. ◎

〈1979년 11월 12일 월요일 晴〉(9. 23.)
職場民防衛隊 自體 教育으로 6時부터 8時까지 實施케 된 것. 새벽放送도 實施.
清州行 첫 버스로 入清. 8時 40分 發 '동양高速'으로 上京. 鐘路四街 "동원예식장"에 11時부터 있는 族孫 昌在 女婚에 時間 넉넉히 댄 것. 前 長官 義榮 氏가 主禮. 義榮 氏로부터 厚待받은 것. 漢弘 氏와 俊榮 氏와 함께 金溪行. 日暮頃에 到着. 둑너머밭의 동부덩굴 걷고 옥수수대도 치운 것. 지저분한 잔 일거리 無限히 많고. 소도 많이 말은 形態. ◎

〈1979년 11월 13일 화요일 晴, 曇〉(9. 24.)
入清하여 佳陽校 學區內 有志인 申泰乙 父兄 女婚에 人事~"국민예식장".
막 버스(午後 5時 發)로 任地行. 佳陽 到着은 6時10分頃. 찬 날씨이고. ◎

〈1979년 11월 14일 수요일 晴〉(9. 25.)
엊저녁엔 눈파람도 若干 날렸고. 어제부터 날씨 急降下되어 大端히 추운 中. 今朝 氣溫 영하 8度. 어제는 영하 6도. 學校는 煖爐에 炭 피웠고. ◎

〈1979년 11월 15일 목요일 晴, 曇〉(9. 26.)
오늘은 어제보다 날씨 풀려 영하 4°. 今朝도 學校 아침放送 施行.
連日 三器마다 밥 한 그릇씩 먹는 中. 過食이나 아닐른지. 消化는 正常. 執務도 正常. ◎

〈1979년 11월 16일 금요일 曇, 가랑비〉(9. 27.)
長期間 날씨 맑아 乾燥注意報까지 내린 이즈음인데 모처럼 흐리고 午後 한 때 가랑비 좀 날렸던 것. 禾倉里 申泰乙 父兄 집에서 招待 있어 4人 職員 日暮 後 가서 厚待받았기도. ◎

〈1979년 11월 17일 토요일 曇〉(9. 28.)
禾倉里 申泰乙 집에서 煖爐用 장작 學校로 搬入~1운경기 15,000원씩, 今日 俸給日 290,000원 受領.
清州 아파트 거쳐 金溪 本家 着은 밤 8時쯤. 집안 無故했고. 弼이 清州서 오고. ◎

〈1979년 11월 18일 일요일 晴〉(9. 29.)
朝食 前에 부엌用 고물개[29] 2개 만들고. 11時 30分에 江內面 鶴天 到着하여 從姊兄 回甲에 人事. 13時에 있는 교육廳 金忠基 서기 結婚式에도 參席. 朴在範 교사 移舍後 招待 있어서 몇 職員 가서 待接받고. 小型 담요, 골덴쓰본, 中型 가방 等 購入에 돈 많이 들었고. 井母는 弼 데리고 入清. ◎

〈1979년 11월 19일 월요일 曇〉(9. 30.)

29) 고물개는 고무래의 방언이다. 논밭의 흙을 고르고 씨 뿌린 후에 밭 흙을 덮으며, 멍석 위의 곡식이나 부엌의 재 따위를 긁어모으거나 펴 너는 데 쓰이는 농기구를 뜻한다.

아파트에서 早起 朝食하고 첫 버스(6時)로 佳陽 向發. 傳達夫 吳 氏 搬移했고. ◎

〈1979년 11월 20일 화요일 曇, 晴〉(10. 1.)
數日 前보다 날씨 푹 누져 今朝 氣溫 영도. 日前엔 영하 7~8°까지 급작이 네려가는 바람에 풍성히 자랐던 무우가 얼어 農家에 큰 失敗 본 것. 1접 2,3천이 1万 원으로 급등. ○

〈1979년 11월 21일 수요일 曇, 가랑비〉(10. 2.)
모처럼 가랑비 내리기 시작. 16日에도 地方에 따라선 두어달 가믈었다는 것.
午後에 入清하여 上廳~事務打合(水質檢查件 等). 가랑비 맞으며 아파트 거쳐 집엔 9時에 到着. ◎

〈1979년 11월 22일 목요일 가랑비, 曇〉(10. 3.)
朝食은 秉鐘 氏 宅에서 招待 있어 잘 먹고…… 그니의 生日. 同甲 辛酉生.
入清하여 沐浴 後 "藥水터" 가서 22代祖 密直公 時祭에 參祀했고. 學校엔 4時 半 着. ◎

〈1979년 11월 23일 금요일 晴〉(10. 4.)
食事 繼續 잘 하는 中. 今日도 夕食 後 下宿집에서 '인절미' 떡 주는 것까지 나우 먹었던 것. 小雪. ◎

〈1979년 11월 24일 토요일 晴〉(10. 5.)
分配된 糖根 좀 갖고 入清. 米院서 直行으로 14時 30分 發. 토요일이라서 버스 大滿員.
아파트 잠간 거쳐서 本家行. 막 애 井이 아직 안 왔고. 돼지 2마리 中 자꾸만 時勢 떠러져 마르기만 하여 洞里서 處理했다는 것. 明日 일로 다시 入清. 杏이 밤 9時 半에 왔나. 청주서 留. ◎

〈1979년 11월 25일 일요일 晴, 曇, 가랑비〉(10. 6.)
時祭 준비로 井母는 모처럼 祭酒 빚었고. 終日 토록 잔일에 努力한 것~어제 잡은 돼지고기에서 산적 4개 말랐고. 同 까치(꼬치) 만들어 使用. 內便所도 퍼내고. 松이 떡 갖고 淸州 다녀오기도.
井母와 入清. 18時 半頃에 아파트 着. 杏이 18時 45分 高速버스로 出發. 서울서 留한다고. ◎

〈1979년 11월 26일 월요일 晴〉(10. 7.)
淸州까지 올 豫定했었다는 막 애 井이는 질래 아니왔고. 아침 9時頃에 井母는 金溪로. 난 米院 向發. 面에서 있는 11月分 班常會 指導公務員 協議會에 參席. 点心은 權五述 교장 待接해 잘 먹었고.
學校 와선 臨時職員會. 擴聲機 利用 放送~今夜 班常會, 明日 保健所 무료 診察의 일. ◎

〈1979년 11월 27일 화요일 晴〉(10. 8.)
六學年 道德授業. 2個 班 自習監督했고. 放課後엔 本家의 時祀用 '祝文'도 쓴 것. ◎

〈1979년 11월 28일 수요일 曇, 雨, 曇〉(10. 9.)
낮에 부슬비 내리더니 日暮頃까지 繼續된 것. 吳 校監 會議에 參席하여 2學年 補缺授業. 2時間 한 것. 昨日 낮부터 頭痛이 若干. 목구멍이 쌔애하게 아프기도. 服藥도 했지만 밤부터 差度 有. ◎

〈1979년 11월 29일 목요일 晴〉(10. 10.)
下午 3時頃 淸州 向發. 市場 가서 時祭物 購入補充하여 金溪 到着 17時 半頃. 어둘 때까지 밖일 若干 치우고. 夕食 直後부터 밤 생미치기 시작한 것. 松 母子도 거들고. ◎

〈1979년 11월 30일 금요일 晴〉(10. 11.)
昨日 野氣를 쐬어서인지 感氣는 다시 惡化된 셈……기침 몹씨 하고 가슴(氣管支? 肺?)이 찢어지는 듯, 뽀개지는 것 같았고. 새벽 1時 半에 起床하여 떡을 비롯한 時祭物 代別로 손질하여 고여 놓은 것. 漢子 항렬 本位로 11代祖 奉仕公. 10代祖 護軍府君. 9代祖 訓練檢正府君, 9대祖母 淸州 李氏. 四位 봉사. 날씨 괜찮고 無事히 마친 것. ◎

〈1979년 12월 1일 토요일 晴〉(10. 12.)
昨夜 日暮 直後 本家에서 出發. 淸州 아파트에서 弼과 同宿. 毒感症狀 別無差度.
낮 버스로 入淸. 毒感에 몸살까지인 듯. 온 삭신이 무너지는 것 같고. 낮 동안 누었고. 밤엔 郭 內科院長(郭浴悟 醫博) 招致 往診. 밤중까지 기침 甚. 영종도에서 杏이 왔다. ◎

〈1979년 12월 2일 일요일 晴〉(10. 13.)
거의 잠 못 이룬 채 뜬 눈으로 밤 새운 셈. 毒感 증세 若干 差度 있을가? 沃川의 새실 母女 왔고. 午後엔 둘째 絃과 그 친구 南某校 교사 철우와 함께 다녀간 것. 예식장에.
松이는 집에서 왔고~通信高校 出校日이라서 온 것. 서울서 제 맏兄도 金溪에 왔다는 소식. 杏은 15時 半頃 서울 向發. 今夜도 밤새도록 앓았고. 기침에 따른 가슴 아픈 게 큰 일. (19時頃 郭 內科에서 血管 맞기도). ◎

〈1979년 12월 3일 월요일 曇〉(10. 14.)
기침 若干 가라앉은 듯. 머리는 日益 무겁고 으든한 感. 팔다리에 힘 전혀 없고. 7時에 學校 向發. 無理인줄 알면서 自轉車로 나선 것. 約 1時間 가까이 學校까지 所要. 손가락이 깨지는 듯.
참고 참아서 六學年의 道德授業했고. 5學年의 授業도 參觀. 公文도 處理 完結.
洪祥杓 敎務로부터 求金 手續에 잠시 極히 必要하다 하여 金溪里 263 田 354坪 賣渡 形式 假作成한 바 있고. ◎

〈1979년 12월 4일 화요일 가끔비〉(10. 15.)
氣溫은 若干 올랐으나 終日토록 흐리고 가끔 가랑비 내린 것. 感氣 약간 덜한 듯. ◎

〈1979년 12월 5일 수요일 曇〉(10. 16.)
날씨(5°5″)는 終日토록 흐리고 푹했던 것. 79 敎師 勤評表 作成에 바빴고.
故鄕 族弟 仲榮君이 來訪하여 반가웠고, 李필수 結婚式에 主禮 서 달라는 付託. 승락한 것. 9日 10시. ◎

〈1979년 12월 6일 목요일 曇〉(10. 17.)
오늘도 繼續 날씨 푹했고. 道敎委 趙時英 奬學士 來校 장학視察. 郭 校長의 칭찬 나우 했고. 10.26 大統領 弑害事件으로 第10代 大統領選擧에 崔圭夏 權限代行 當選[30] 發表. ◎

30) 원문에는 붉은색 색연필로 밑줄이 그어져 있다.

〈1979년 12월 7일 금요일 曇〉(10. 18.)
下午 2時 半에 入淸하여 司倉洞 事務所 들려 住民登錄謄本 떼고. 同 5時頃에 金溪 本家 着. 落葉 긁기 等 作業. 1時間 半쯤 勞力하고 入淸. 모처럼 正宗 1컵 하고 弼과 同宿.
서울서 맏 子婦와 永登浦 큰 女息, 仁川 3째 女息, 金溪에 日暮頃에 왔고. 제 母親 生長의 일. ⓒ

〈1979년 12월 8일 토요일 曇〉(10. 19.)
새벽에 沐浴. 早朝食하고 淸州서 出勤. 土曜行事 마치고 入淸. 金溪行까지.
서울 맏 애 永登浦 및 仁川 사위(趙愼) 오고. 沃川 둘째 夫婦도. 槐山 셋째 明도, 桑亭 妹 夫婦도. 靑城 아우 振榮도 온 것. 子婦 女息들 珍味料食 만들기 深夜토록 勞力한 것. ◎

〈1979년 12월 9일 일요일 晴〉(10. 20.)
明日이지만 아이들 形便上 오늘로 1日 당겨 井母의 六旬 行事한 것……朝食에 新溪洞人 成人 全員과 안말 婦女 여러분, 同甲契員 數人. 집안人 招請하여 會食케 한 것. 珍味飮食으로 나름대로 흐뭇하게 한 듯.
早朝食하고 入淸하여 洞里사람 이규부의 結婚式에 主禮 섰고. 교육청 정규호 書記 結婚, 族長 郭長鉉 氏 子婚, 學父兄 김선대의 女婚, 親知 柳敏燮의 子婚에 人事 마치고 歸家.
永登浦 큰 女息만 남고 日暮頃에 全員 제집 제집으로 向發. 밤에 入淸하여 弼과 同宿. ◎

〈1979년 12월 10일 월요일 晴〉(10. 21.)
淸州서 첫 直行으로 出發 出勤. 退廳 後 李鎭馥 教師 案內로 珍味 '노루고기' 나우 먹었고. ◎

〈1979년 12월 11일 화요일 晴〉(10. 22.)
日出 前 行事로 空腹에 糖根 1個 벗겨 먹고 22分 間의 아침 運動(國民體操 줄넘기), 10分 間 學校放送 繼續 中이고. 今朝 영하 8도이지만 施行. ◎

〈1979년 12월 14일 금요일 晴〉(10. 25.)
어제 日暮頃에 金溪 거쳐 淸州 와서 弼과 同宿. 井母는 毒감으로 앓는 中. 病院까지 어제 갔다가 오늘 왔다는 것.
早朝食하고 일찍 淸州서 出勤. 날씨 푹했고. 禾倉里 거내部落 5年生 長缺 兒童집 갔다 오기도. ◎

〈1979년 12월 15일 토요일 晴〉(10. 26.)
下午 1時에 入淸. 龍溪 再從妹 女婚과 雲岩校 任昌式 교장 子婚에 人事. 歸家하여 金溪서 留. ◎

〈1979년 12월 16일 일요일 晴〉(10. 27.)
井母는 毒感으로 約 一週日 간 앓는 中. 억지로 起動. 松은 通信高校 나가 學習하고 歸家~7시~17시.
終日토록 잔일에 바쁘게 活動~庭園 청소. 샘 지붕의 포도덩굴 손질, 밖마당 排水溝 水口 周圍 티끌 긁어태우고. ◎

〈1979년 12월 17일 월요일 晴〉(10. 28.)
昨夜 來淸하여 魯弼과 同宿했기에 淸州서 첫 버스로 學校 出勤. 今日 勤務도 充實感으로 終了하고. 賞與 包含한 俸給 64万 원 受領하여 入淸. 玉山 郭源榮 子婚에 人事코져 잠간 다녀 歸淸. 淸州서 留, 一盃했고. ⓒ

〈1979년 12월 19일 수요일 曇, 雨〉(11. 1.)
오랜만에 비 나우 내렸고. 終業 行事했고. 入清하여 金融機關에 일 본 것. 弼과 留, 井母도 청주 있고.
運은 看護學校 卒業班으로 國家考試 보러 昨日 上京. 今日 應試日. 成績 좋음을 祝願. ◎

〈1979년 12월 20일 목요일 晴〉(11. 2.)
井母와 함께 市場 나가 '전기밥솥' 等 사고 寶眼堂에서 井母 眼鏡(亂視,遠視) 맞추니 25,000원.
學校에 얼핏 다녀와 몇 가지 잔삭다리 일 보고 井母와 같이 金溪왔고. ◎

〈1979년 12월 21일 금요일 雨, 曇〉(11. 3.)
若干의 싸락눈 및 비 한나즐 턱 오락가락했고.
뒷물받이 清掃와 나뭇가지 쳐 정리 좀 했고.
入清길에 小魯 金鎬京 葬事에 잠간 들려 人事한 것. 청주엔 午後 5時 半쯤 到着. 노필과 同宿.
제10대 大統領으로 崔圭夏 大統領 就任式……奬忠體育館에서 午前 11時~ 同 45分. ◎

〈1979년 12월 22일 토요일 曇〉(11. 4.)
學校 나가 教務整理 좀 하고 入清. 親舊 만나 一盃. 어제까지 참던 술 形便上 마신 점 후회. ○

〈1979년 12월 23일 일요일 晴〉(11. 5.)
小魯 吳海錫 子婚을 비롯해 4個 禮式場 巡廻人事에 뛰다싶이 다닌 것. ×

〈1979년 12월 24일 월요일 晴〉(11. 6.)
下宿집 李成宰 子婚 있어 人事. 基外도 또 있었고. 16時부턴 年末 校長會議. 夕食을 會食. 楊校長과도. ※

〈1979년 12월 26일 수요일 晴〉(11. 8.)
職員 共同研修 제1日~ '나의 教職生活'이란 題로 약 1時間 半 동안 열변했고. ×

〈1979년 12월 29일 토요일 晴〉(11. 11.)
吳 校監의 30周年 兼 忘年會의 義(意)로 職員 一同 清州 가서 青松통닭집에서 晝食. 酒宴은 신선집에서. ※

〈1979년 12월 31일 월요일 晴〉(11. 13.)
明日의 新定過歲로 各處 子息 子婦들 많이 왔고. 흐뭇한 생각.
年末인데 陰 正月에 母親이 別世하여 今年도 幸運의 해가 되지 않은 것. ×

1980년

1980년

80年 庚申年. 檀君紀元 4313年 日記

〈1980년 1월 1일 화요일 晴〉(11. 14.)
本洞 新溪洞에선 우리 집안 세 집(從兄, 再從兄집 包含)만 新正過歲한 것. ×

〈1980년 1월 9일 수요일 晴〉(11. 22.)
어젯날 눈 좀 날리고 대단히 춥더니 今日은 좀 풀린 셈. 엊그제는 영하 10도까지도.
金溪校에 모처럼 가서 잠간 있었으나 數차례 술 마신 것. 집에서도 나우 마셨기도[1]. ※

〈1980년 1월 10일 목요일 曇〉(11. 23.)
志覺없이 여러날 飮酒生活하더니 또다시 몸 極히 쇠약해졌고. 12月 23日부터 1月 9日까지는 繼續 過飮한 턱. 무려 18日 間. 特히 소주가 多量이었고. 아직 죽잖기를 多幸. 앞으로 알 수 없는 일. 새벽부터 못 견디어 呻吟 계속. 起動 못하고 누어만 있는 것. 便所 出入에 온몸 떨리고. 食事 못한 제 여러 날인 듯. 살아날까가 問題 程度. 또 後悔하는 것.
今日은 五男 막동이 淸高 卒業式인데도 못 가본 것. 제 母親은 물론 다녀왔고. 객지 있는 제 兄 몇 사람도 왔다는데. 終日토록 누어 떨며 땀만 흘린 것. 아무 것도 못먹고.
그 추운데도 제 母親은 다녀온 것. 卒業式은 잘 마쳤다고. 제 큰 兄이 또 애쓴 듯. ◎

〈1980년 1월 11일 금요일 晴〉(11. 24.)
食事 못하며 今日도 누어 있었고. 12時 지나서야 若干 몸 부드러워지는 듯 느껴진 것.
無理로 起動하여 낮 버스로 入淸. 사이다 좀 마시러 단골집인 '신선집' 갔었던 것. 朴마담의 옳은 말도 많이 듣기도. 새로운 覺悟도 할 겸 아파트 와서 某種의 편지 쓰기도. 마음 괴로워 잠 이루지 못했고. 먹은 마음 잘 지켜질른지도 의문.
住宅管理所 들러 用務까지 본 것. 어제 卒業한 5男 魯弼 밤 10時 좀 지나서 온 것. 圖書館에 다니며 繼續 工夫하는 중. 豫備考査 成績은 340點 滿點에 317點. 志願校는 서울대學校 人文大學. 入學試驗은 16日이라나. 맹랑한 어린 애이기도 한 것. 同宿. ◎

〈1980년 1월 12일 토요일 晴, 曇〉(11. 25.)
모처럼 學校에 나갔고. 多幸이 모두 無事. 熱

1) 일기의 날짜 끝에 1980년 1월 2일의 일기가 다음과 같이 적혀 있다. "1月2日…栢洞 郭晩榮 准將 昇進코 故鄕 다녀갔고."

心히 執務하고 下午 5時頃에 歸家.
夕食 後 모처럼 通信欄, 家計簿, 日記 써 일 마치니 새로 2時(1. 13.)
魯松과 井母도 深夜토록 송편떡 만들었고… 明日 淸州에 갖고 간다는 것. ◎

〈1980년 1월 13일 일요일 晴〉(11. 26.)
쌀 좀 갖고 入淸. 友信會 總會에 參席. 場所는 三星自動車學園(北二面 所在). 權五星 회원 有司.
井母는 빚은 송편떡 갖고 入淸~明日 大學入試 受驗次 出發하는 魯弼이 먹이려는 마음에서. ◎

〈1980년 1월 14일 월요일 曇, 가랑눈 若干〉(11. 27.)
서울大 入試受驗次 5男 魯弼이 上京 向發에 井母와 함께 淸州 (속리산관광고속)高速터미날까지 가서 激勵 전송. 5女 魯運이가 데리고. 午後 二時 正刻에 發車. 16日에 學科試驗. 祈願 〃 〃.
下午 2時 半에 井母와 함께 歸家次 出發. 집엔 5時頃 到着. 4男 魯松이 無故했고. ◎

〈1980년 1월 15일 화요일 가랑눈〉(11. 28.)
거의 終日토록 가랑눈과 바람. 井母 송편 떡 빚는 데 協助도 했고.
午後 3時에 入淸~라디오 修繕, 眼鏡 修繕, 아파트 열쇠 持參 等. 5時 半에 歸家.
大田서 둘째 妹 왔고. 밤에도 井母는 明日 上京 準備로 떡 마무리 等으로 바쁘게 일 봤고. ◎

〈1980년 1월 16일 수요일 晴〉(11. 29.)
井母와 함께 上京. 水落정류장서 下午 1時 半 高速으로 서울 잠실엔 同 4時頃 到着.
五男(막동이) 魯弼이 서울大 入試 下午 3時 半에 마치고 제 맏兄 井 誘下에 無事 歸家(잠실)…試驗 잘 못치뤘다고 근심 苦心 나우하며 食事 및 단잠 못 이루어 안타깝고 딱하기만. 온 家族 慰安해도 無關. 發表는 25日이라고. 今日 날씨는 多幸히 푹했고. ◎

〈1980년 1월 17일 목요일 晴〉(11. 30.)
서울 아침 氣溫 零下 15°~귀를 에이는 듯 따가운 추위.
큰 子婦와 女息들의 誠意로 生日(59歲) 아침 滿足히 먹었고. 弼의 落望 氣色엔 가슴 쓰리고.
밤까지 모인 子女息 家族들 많이 모여 저녁食事 푸짐했던 것. 둘째 紘, 셋째 明, 큰 딸 夫婦, 셋째 딸 夫婦, 4女 杏, 弟嫂, 外孫子女 등 따룬 어린이들로 벅신했고.
온 家族 夜深토록 應接室(居室)에서 明의 피아노 반주에 따라 춤들 興味롭게 추운 것…但 魯弼이 受驗成績 몰라 한구석 께름한 氣分 가시지 않고. 子正 지나 2時頃에 就寢들. ◎

〈1980년 1월 18일 금요일 晴〉(12. 1.)
날은 맑으나 氣溫 昨日과 同一. 영하 15°. 강취 連日. 明日부터 풀린다고는 觀象臺 發表.
11時頃에 一同 서울서 出發. 淸州 거쳐 집엔 밤에 到着. 手當 包含한 俸給 多額 受領. 78万 원쯤.
松이 혼자 소 거둬가면서 집 잘 지켰고. 오랜만에 弼이 집에 와서 제 母親 품안에서 잠 자

는 것. ◎

〈1980년 1월 19일 토요일 曇, 雪〉(12. 2.)
날씨는 푹 눅졌으나 흐리며 가락눈이 日暮 後부터 종종 날린 것.
井母와 함께 玉山 가서 50가마 쌀稧에 參席 修稧한 것. 벼가마당 17,810×19叺=338,390 냈고. 2회째, 3번째 該當. 運이 淸州서 왔고. 天水川 架校費 出斂 喜捨金으로 20万 원 한다고 自進한 것 中 우선 10万 원整 낸 것. ◎

〈1980년 1월 20일 일요일 曇, 雪〉(12. 3.)
淸州 가서 各 禮式場에 다니며 人事~卞文洙 校長 子婚, 李殷楫 교장 子婚, 韓昇植 교장 李燦夏 교장 女婚. 天安 가서 연대선암 찾아 2女 魯姬(在應스님) 安否 알았고~安心. 저녁 後 淸州 와서 留. ⓒ

〈1980년 1월 21일 월요일 晴〉(12. 4.)
淸州서 出勤. 其間 學校 無事. 公文書 處理하고 下午 2時 40分 버스로 歸家. 姬 無事함을 傳達. ⓒ

〈1980년 1월 22일 화요일 晴〉(12. 5.)
早朝에 안 변소 人糞 퍼내어 텃밭에 뿌렸고. 出勤하여 일 보고 歸家 午後 7時 運의 時計 처음 사준 것. ⓒ

〈1980년 1월 23일 수요일 晴〉(12. 6.)
族弟 郭時榮 子婚에 主禮 섰고(곽노봉). 厚生 예식장. 11時. 点心 後 學校 갔다가 下午 3時 車로 歸家.
아파트에 모처럼 炭불 피우고. 밤 9時에 入淸하여 單獨 아파트에서 留宿. 運이도 집에서 淸州 왔고. ◎

〈1980년 1월 24일 목요일 晴〉(12. 7.)
鐘岩行 첫 車(7時 10分)로 水上까지. 8時 半頃 學校에 到着. 公文書 處理 等 11時 半까지 執務.
李鎭 教師 帶同하여 部落 巡廻~兒童들과 學父母들과 만나 休暇 中 安否 알은 것.
井母와 弼이 日暮頃에 淸州 왔고. 炭불 關係로 아파트 한방에서 一同 〃宿. ◎

〈1980년 1월 25일 금요일 晴〉(12. 8.)
運과 弼이 上京~魯運은 就職用 書類 갖고 兼해 갔고, 弼은 서울大 合格 發表 보러 간 것이나 不幸하게도 通過 안된 것. 밤 10時頃에 消息 듣고 失望. 後年을 期約하는 마음으로 自慰한 것. 實은 年齡 未達에 國校 入學시켰던 것이나 國, 中, 高校 在學時 成績 優秀하였고. 분한 일. ⓒ

〈1980년 1월 26일 토요일 晴〉(12. 9.)
米院面內 機關長會議에 參席. 場所는 面長室. '官民和解 總和行政 具現' 外 10個項.
入淸하여 雲岩 任校長, 岐岩 任校長과 一盃씩 나누고 淸州서 留. 서울서 杏, 運, 弼 왔고. ⓒ

〈1980년 1월 27일 일요일 曇〉(12. 10.)
失望치 말고 來年을 바라고 繼續 분발 努力하라고 激勵, 慰勞에 弼이 달랜 것. ⓒ

〈1980년 1월 29일 화요일 雨〉(12. 12.)
終日토록 가랑비. 日暮頃부턴 눈 섞인 진눈개

비 내렸고. 집에서 일찍 出發하여 淸州 아파트 거쳐 佳陽校 任地에 갔고. 學校無事. 歸淸하여 아파트 화장실 水洗用 水통 技術者 불러 고치고. 數日 間 일기 푹하더니 오늘 午後부터 惡化. 밤 9時에 歸家. ◎

〈1980년 1월 30일 수요일 雪〉(12. 13.)
今日은 終日토록 가랑눈 내리고. 氣溫 急降下 영하 14°. 사나운 暴風도 加.
井母와 함께 入淸. 單獨 大田 絃한테 얼핏 다녀오고. 杏은 제 혼자서 轉任運動에 勞力했고. ◎

〈1980년 1월 31일 목요일 曇, 雪〉(12. 14.)
日出 前 氣溫 영하 15도. 눈도 내렸고, 거의 終日 勞力~톱 2개 갈고(줄). 땅콩 까고. 설합도 整理. ◎

〈1980년 2월 1일 금요일 雪, 曇〉(12. 15.)
井母와 함께 入淸~井母는 運 데리고 槐山行…孫子 '正旭' 百日이 明日이어서 쌀과 떡거리 갖고.
낮 12時 車로 學校(佳陽) 얼핏 다녀왔고. 學校無事. 氣溫 영하 17도. 最下로 내린 듯. 눈도.
4女 魯杏은 제 實力 제 努力으로 淸州 大成女中으로 옮기게 되는 거 거의 確定的인 듯. 多幸. ◎

〈1980년 2월 2일 토요일 曇, 雪, 曇〉(12. 16.)
入淸하여 教育廳 잠간 다녀오고. 晝食은 忠北大 閔斗植 教授로부터 厚待받았고.
魯杏 데리고 大成女中校 李상영 教師 집 가서 杏에 對한 眞情 厚意에 謝禮 人事한 것. ◎

〈1980년 2월 3일 일요일 雪〉(12. 17.)
거의 終日토록 除雪. 뜰, 집 周圍 너덧차례 쓸고 치웠어도 또 싸이고. 松은 通信高校 나갔고.
井母 1日에 槐山 갔다가 昨日 청주로 와서 留하고 午後 1時頃 歸家. 20時쯤 入淸코 留. ○

〈1980년 2월 4일 월요일 晴〉(12. 18.)
米院서 步行으로 登校. 積雪路 行步 難이었고. 放學 6日까지 延長. 入淸. 井母와 留. ○

〈1980년 2월 5일 화요일 晴〉(12. 19.)
今日 立春. 영하 15도. 井母와 함께 동인치과 잠간 들렀고. 井母는 上, 下 齒牙 1個도 없이 完全 탈치.
雲岩 任昌武 校長과 용곡 金 校長 問病 計劃은 患者 上京했대서 不能. 井母 同伴 歸家 留. ◎

〈1980년 2월 6일 수요일 晴〉(12. 20.)
日出 前 氣溫 영하 19度. 最降下. 家庭 圖書棚 정리 마치고 入淸. 放學 또 연기되어 11日에 開學케 되고. ◎

〈1980년 2월 9일 토요일 晴〉(12. 23.)
水落里 넘어가서 故 李희순 氏 葬禮에 人事했고. ◎

〈1980년 2월 11일 월요일 晴〉(12. 25.)
새해 工夫 시작. (始業式). ○

〈1980년 2월 12일 화요일 晴〉(12. 26.)
五女 魯運의 看護專門大學 卒業式에 內者와 함께 參席. 제31회. ○

〈1980년 2월 16일 토요일 晴〉(正. 1.)
井母 만나 함께 신선집에 가서 酒代로 支拂코 떡국 待接도 받은 것. 2月分 給料도 受領. 함께 歸家(金溪)한 後 內者로부터 甚각한 忠告 받은 것…當然한 忠告(過飮酒에 따른 虛費多額에 낭비. 신선집 婦人과의 過親. 食事不進으로 健康에 有害 等〃)임을 느끼면서도 知而不行.
舊正이지만 우리는 新正 때 過歲했던 것. ※

〈1980년 2월 20일(正. 5.) 수요일 晴〉
제12회 卒業式 擧行. 式中 若干 不快感 있었으나 敢行. 强行하여 無事히 끝냈고.
式後 有志 學父兄 多數와 興味있게 擲柶大會 했기도. ×

〈1980년 2월 21일 목요일 晴〉(正. 6.)
意外로 佳陽校까지 井母 왔고(日 前에 코피 흘린 적 있어 몸이 不便한 줄로 궁금하여 왔다는 것).
放課 後 淸州 와서 一同 불고기집에서 한턱한 것…吳 교감, 朴 교사, 主人 李成宰 氏, 우리 夫婦. 然이나 某種으로 某人이 몹시 不滿을 갖기도 한 듯. 理解 不足과 所見 좁은 性格인 것. ※

〈1980년 2월 23일 토요일 晴〉(正. 8.)
79學年度 修了式. 형편에 依하여 不參…몸 몹시 不便했던 것. ×

〈1980년 2월 25일 월요일 晴〉(正. 10.)
校長會議에 參席~新學年度 교육計劃이 主. 寘心 提供으로 盛況 이뤘고. 李 교사 만나 一盃. 李 教師로부터도 過飮하지 말라고 忠告받기도. 아파트에서 井母 만나 함께 歸家. 또 忠告. ※

〈1980년 2월 26일 화요일 晴〉(正. 11.)
어제 강아지 出産한 것 어미개가 해친 듯. 어미개 자신도 不健全하여 먹지 않고 呻吟 中.
몸 또 부대끼고 못견디어 굴신 못하고 몸 떨리기 시작. 苦痛을 또 겪으니 志操없는 내 自身 죽어버려야 淸算될 듯. 極苦 겪는 것 몇 차례뇨? 살아나기나 할른지. 食事 全혀 못하고. ◎

〈1980년 2월 27일 수요일 晴〉(正. 12.)
25日 밤부터 누운 채 今日 9時까지 35時間. 9時에 가까스로 起床하여 아그배 가서 郭泰鐘 母親喪 葬禮 發靷祭에 人事한 것. 午後 1時에 起動하기 始作…便所門 고치고. 줄로 톱날 세우고. 其他 農具 等 修繕하기에 勞力한 것. 煙氣 쏘여가며 소죽도 쑤었고. 夕食 약간 했고. ◎

〈1980년 2월 28일 목요일 晴〉(正. 13.)
6時 30(분)부터 勞力~午後 6時 30分까지…滿 12時間 동안 作業한 것~뒤울 안 淸掃 整理가 主. 밤송이와 잎 긁어말리기. 고추 支柱木 고르기 等. 소죽도 쑤고. 松이는 두무샘 밭뚝의 아까시아木 베어 오느라고 큰 勞力한 것. 井母는 오미 다녀오고…先妣 一週忌 祭物 準備次. ◎

〈1980년 2월 29일 금요일 晴〉(正. 14.)
口味 당겨 朝食 나우 했고. 일찍 出發하여 出勤~學校 無事 多幸. 午後 車로 入淸.
청주 온다는 3男 明 안왔고. 夜深토록 所有帳簿 整理했고. 아파트에서 아이들과 同宿. ◎

〈1980년 3월 1일 토요일 晴〉(正. 15.)
간밤 中에 若干의 降雨로 날씨 쌀쌀한 편. 運은 제 친구집 간다고 朝食 後 永同 向發.
제61週 三.一節. 井母는 來淸하여 틀이 뻰 뜨고. 先妣 祭物材料 購入. 막동이 弼은 明日 上京한다는 것…學園에 入學하려고(大成學園).
井母와 午後 車로 歸家. 집에 와선 둑너머 밭뚝 雜草 完全히 깎았고. 밤엔 땅콩 까는 데 助力. ◎

〈1980년 3월 2일 일요일 晴〉(正. 16.)
11時까지 나무긁기 勞力하고 入淸. 弼이는 아침에 出發한 듯. 杏이 仁川서 안 와서 궁금했고. 運이도 아직 안 왔고. 서울로 通話해보니 弼이 無事 到着. 杏이는 任地에 갔다는 것. 明日頃 來淸할 듯?
諸般 울울한 마음으로 佳陽 任地 着. 深夜에 따라 마음 차차 若干씩 가라앉는 듯. ◎

〈1980년 3월 3일 일요일 晴〉(正. 17.)
80學年度 始業式 擧行. 學級擔任, 分掌事務 等 發表. 아동에겐 勞力 잘하기 세 가지로서 ① 實力, ② 健康, ③ 美化를 當付. 終日토록 帳簿 정리에 노력했고. 放課 後엔 禾倉里 숙골 가서 鄭在學 女婚잔치 招待에 잘 먹었고. ◎

〈1980년 3월 4일 화요일 晴〉(正. 18.)
80學年 제1學年 入學式 擧行. 學校行事 마치고 淸州 거쳐 歸家. 下午 7時 到着. 今日 밤 先妣 1週忌라서 동기간 모였고. 妹 2名, 振榮. 밤 늦게 2男 絃이도 오고. 밤 12時 20분에 忌祭祀 올렸고. 從兄과 再從兄님 夫婦도 參與. 無事히 祭禮 마친 것. 祭物도 맛있게 豊富히 먹은 듯~ 一同. ⓒ

〈1980년 3월 5일 수요일 晴〉(正. 19.)
朝食 後 山所 다녀왔고. 陰曆으로 昨年 오늘 20時頃에 殞命하신 것. 客地 食口들 10時頃에 各己 歸家.
井母와 함께 入淸. 大成女中 朴 校監 先生으로부터 連絡 있어 杏의 關聯書類 찾아왔고. 杏이 淸州에 온 줄 알았던 것이 안 왔기에 궁겁던 中 이제 內容 알아서 해소된 것. 서울 만 애한테 電話도 했고. ⓒ

〈1980년 3월 6일 목요일 晴〉(正. 20.)
6時 45分 속리고속으로 井母와 運이 上京. 魯杏의 出向關聯 書類 갖고. 孫女 "새실"도 데리고.
淸州 發 7時 버스로 學校 오고. 米院선 自轉車. 모처럼 自轉車 탔던 것. 下宿집 主人 李成宰 氏 周旋으로 米院 所在地 機關長 6名 招致하여 윷놀이와 接待에 應 合勢. 學校선 學父兄 任員會 있었고. ⓒ

〈1980년 3월 7일 금요일 晴〉(正. 21.)
어제 밤 늦게 아파트에 到着하여 炭불 피우고 留. 어제는 終日토록 謹酒에 애썼고.
11時부터 있는 小魯人 卞太洙 子婚 예식場에 參席했고. 낮 車로 學校 와서 執務.
退廳 後 入淸하여 新任 潘敎師 接待에 同行했던 洪교무와 金교사도 同行했고. ⓒ

〈1980년 3월 8일 토요일 晴, 曇〉(正. 22.)
6日에 급기야 上京한 井母 아니왔기에 궁겁더니 本家에 가보니 어제 歸家했었다는 것.

朝會 後 入淸하여 郡 교육청 들려 人事〃務 打合~校監 專任의 繼續 問題. 3金 장학士, 河장학士와 함께 吳心했고. 日暮頃 집에 갔고. 從兄 生辰이어서 夕食 큰집에서 한 것. ⓒ

〈1980년 3월 9일 일요일 雨〉(正. 23.)

새벽부터 10時까지 비 나우 내렸고. 其後엔 부슬비로 거이 終日토록 내린 것.

井母와 함께 入淸~槐山 魯明이 왔다가 "새실"이 데리고 간 것. 運이도 어제 왔다가 오늘 또 上京했다는 것…제 큰 올케 도와줄려고. 杏이 오기를 기다렸으나 안 왔고. ⓒ

〈1980년 3월 10일 월요일 曇〉(正. 24.)

食 前에 電話~今朝 教委에 간다고…佳陽校, 槐山 明한테. 옷 다리고.

朝食 後 井母와 함께 同仁齒科에 갔었고~틀이 基礎 잡는 事前點檢인 듯.

道敎委에 들려 새로 赴任한 閔丙昇 初等교육課長, 延光欽 人事係長, 鄭杞永 장학士 찾아 人事. 羅光春 장학係長, 金聖基 장학사, 金泰吉 장학사와도 人事. 校監 專任 繼續問題와 魯明의 淸州市內 轉任 可能 問題 等 協議하기도. 14時쯤 歸校. 退廳 後 入淸하여 尹師勳 교감 만나 一盃 答接했고.

기다리던 四女 魯杏이 19時頃에 왔고~영종中學校엔 辭表 내고 淸州 大成女中으로 옮기는 手續 中. 영중中高校 校長의 몰人情한 處事엔 홰 나고. 明日 上京 豫定. ◎

〈1980년 3월 11일 화요일 晴〉(正. 25.)

學校일 잠간 보고 米院 내려가 機關長會議에 參席. 金甲年 校長의 送別宴도 있었고.

直行버스로 水原에 下午 四時 到着. 京畿道 教委 中登校育課 人事계에 들려 魯杏의 轉出 手續 節次 알아보기도. 기왕에 忠北道敎育監 "교육감"으로부터의 할애要請書는 京畿道 교육감 앞으론 發送된 것. 下午 8時쯤에 서울 잠실 着. 長子 井은 宿直, 杏의 件으로 通話는 됐고. ◎

〈1980년 3월 12일 수요일 晴〉(正. 26.)

早朝 버스, 電鐵로 仁川市 만석부두 着. 導船하여 '영종島' 中學에 9時에 닿았고. 朴 교감과 文 校長과 長時間 이야기 끝에 杏의 忠北道 轉出 希望願과 學校長의 同意書를 作成하여 富川에 와서 一切의 書類 提出한 것~富川 敎育長 앞으로. 決裁者와 時間關係로 京畿道교위까지는 못 들리고 一般高速으로 내려와 本家 거쳐 淸州아파트 오니 22時. ◎

〈1980년 3월 13일 목요일 晴〉(正. 27.)

새벽 車로 米院 오고. 朝食 佳陽 와서 모처럼 했고. 終日토록 熱誠히 執務했고. ◎

〈1980년 3월 14일 금요일 晴, 曇〉(正. 28.)

早期 運動과 食 前 아침 放送 再開~암프故障과 身體 不正常으로 잠시 中斷됐던 것. ◎

〈1980년 3월 15일 토요일 晴〉(正. 29.)

朝會 後 上京하여 永登浦 京苑예식장 가서 族弟 範榮 女婚에 人事했고. 그의 弟 晩榮(陸軍准將) 만나 吳 校監 子弟(陸軍大尉)의 일 부탁했기도. 從兄과 함께 歸家 19時 着. ◎

〈1980년 3월 16일 일요일 晴〉(正. 30.)

10時 半까지 잔일 치운 것~돼지울 淸掃. 비탈 물고랑 메우고. 庭園도 淸掃.
入淸하여 慕忠校 閔宰植 교사 女婚과 崔榮百 中央女中校長 女婚에 祝儀 표시했고.
서울서 運과 杏 온 것. 運은 明日 다시 上京한다는 것. 夕食 後 沐浴했고. ⓒ

〈1980년 3월 17일 월요일 晴〉(二. 一.)
淸州서 첫 버스로 出勤. 朝食도 佳陽 가서 한 것. 學父兄 總會 있었고. 任員도 改善.
賞與金 包含된 給料 受領. 夕食 빗싸게 먹었던 것. 井母 來淸 아파트서 同宿. ⓒ

〈1980년 3월 18일 화요일 晴〉(2. 2.)
아침行事 마치고 入淸. 11時 直行 버스로 水原市 가서 京畿道敎委 中登교육科 人事係에 들러 魯杏의 書類(京畿道敎委 교육감 發行 他道 轉出 同意書) 作成 決裁 받아 곧 淸州(午後 5時 正刻) 와서 大成女中 朴光淳 교감에게 넘겨 付託했고. 마음 개운. 井母는 淸州서 아침결에 玉山市場 가서 돼지새끼 사 갖고 집에 간다고 하는데 如意했는지 궁금. ◎

〈1980년 3월 19일 수요일 晴〉(2. 3.)
첫 버스(6時 半)로 學校 向發. 7時 50分에 佳陽 着. 朝食 佳陽 下宿집에서 했고.
來淸하여 밤에 아파트에 들리니 杏의 轉出入件으로 永宗中서 來電 와서 또 氣分 少했던 것. ◎

〈1980년 3월 20일 목요일 晴〉(2. 4.)
今朝도 첫 버스로 登校. 佳陽 가서 朝食한 것. 歸淸하고 밤에 三友洋服店에서 春秋服 65,000원에 맞추었고. 杏은 어제 電報에 依하여 永宗中校에 갔고. 退勤 入淸 아파트에서 獨宿(炭). ◎

〈1980년 3월 21일 금요일 晴〉(2. 5.)
今朝도 佳陽 가서 朝食. 食事 如一 甘食. 勤務도 正常化~授業, 수업 參觀, 기타도 忠實.
永宗 갔던 杏이 밤 9時頃 來淸. 文 교장의 짓 圓滿치 못했음에 不快. 辭表 또 냈다고. ◎

〈1980년 3월 22일 토요일 曇, 雨〉(2. 6.)
흐리더니 6時頃 日出 前부터 가랑비, 부슬비, 진눈개비 내렸고.
井母 청주 동인치과에서 上下齒牙 틀이[2] 完成. 36万 원. 청주서 井母와 함께 金溪行. ◎

〈1980년 3월 23일 일요일 雨, 曇〉(2. 7.)
朝食 前에 人糞푸리. 텃밭, 둑너머밭에. 約 20 바께쓰 퍼낸 것.
人事 4個處…長榮 伯母喪, 珍相 親喪. 梧東里 6寸 妻男 金昌鎬 死亡, 賢都 中校 田貞禮 先生님 子婚. 井母 동인치과에 다녀갔고. 運이 서울서 昨日 왔다는 것. 서울 맏 애들 21日에 3단지 移舍했다고…. 運은 明日 上京할 豫定. 청주서 아이들과 同宿(아파트). ◎

〈1980년 3월 24일 월요일 晴〉(2. 8.)
今朝 氣溫 0下 5度. 날씨는 맑으나 寒風은 極寒추위 中을 방불케 했고. 米院서 自轉車로 出校할 때 손과 귀 빠지는 것 같았고. 佳陽地帶는 논, 밭, 山이 銀世界~白雪로.

---

2) 원문에는 붉은색 색연필로 밑줄이 그어져 있다.

六學年의 授業 마치고 入淸. 金溪엔 午後 3時頃에 到着. 전좌리 넘어가서 故 漢弘 氏 葬禮 끝 行事에 잠간 參席 後 청주 時鍾 氏 先祖 밀례 行事하는 데도 잠간 거쳤고.
밤에 入淸하여 珍相 집 가서 再人事하고 賻儀도 傳達. 청주서 留. 運이는 明日 上京 예정. ◎

〈1980년 3월 25일 화요일 晴〉(2. 9.)
淸州서 첫 버스로 出勤. 佳陽 가서 朝食. 어제 잃은 '파스포오드[패스포트]'[3] 찾게 되었고. 米院서 自轉車 탈 때 무릎에 추실러져서 빠뜨린 것. 미원 尹재근 氏 外 2名이 주운 것. 加德公園墓地 가서 小魯 金榮會 校長 喪偶 장례에 人事.
敎育廳 들려 職員 組織上의 人事〃務 協議. 魯杏이 異動關係로 永宗中學에 電話햇고 運이 上京. ◎

〈1980년 3월 26일(2. 10.) 수요일 晴〉
잃었던 파스포드 入手. 放課 後에 全職員 豚肉 試食會했고. 佳陽 下宿집에서 모처럼 留. ◎

〈1980년 3월 27일 목요일 晴〉(2. 11.)
李成宰 氏와 함께 米院 가서 '돈지갑' 주어준 尹 氏, 洪 氏, 池 氏를 招待하여 謝禮하고 '광일집'에서 晝食과 酒類 料食을 나우 待接한 것. 22,000원 經費. 任 校長과 入淸하여 一盃 後 作別. 새 洋服(春秋服) 찾았고, 井母도 來淸. 틀이 後 잇몸 부었다고 內科까지도 다녀왔다는 것. 松이 1週間 訓練 마치고 歸家했다고. ⓒ

3) 본디 '여권'이란 뜻이나, 여기선 지갑을 가리키는 말로 쓰임.

〈1980년 3월 28일 금요일 晴〉(2. 12.)
道內 初中高校長 硏修 제1日. 場所는 淸中 講堂. 557名. 9時부터 17時까지.
井母는 午前에 歸家. 今日 硏修 마치고 尹洛鏞 교장, 李一根 교장의 厚待에 고마웠고. ◎

〈1980년 3월 29일 토요일 曇, 晴〉(2. 13.)
校長硏修 제2日. 午後 1時에 閉會式. 16時부터 있는 友信會에 參席~남양식당.
서울서 運이 오고. 今日 行事 終了 後 諸雜費 나우 났기도. ⓒ

〈1980년 3월 30일 일요일 晴〉(2. 14.)
妻再從 金象鎬 子婚에 人事. 井母도 金溪서 왔고. 松이도 淸州까지 다녀갔고~圖書購入. 下午 1時 高速으로 井母, 運과 함께 3人이 上京. 난 19時차로 歸淸. 3단지 移舍 後 처음. 井이 感氣 中. 今日 消費額 많고. ◎

〈1980년 3월 31일 월요일 曇, 雨〉(2. 15.)
새벽부터 흐리더니 10時頃부터 가랑비 부슬비 내렸고. 今日도 事務 充實. 모처럼 佳陽서 留宿. ◎

〈1980년 4월 1일 화요일 曇, 晴〉(2. 16.)
學校의 아침放送 繼續 中. 食 前 운동으로 뛰기(운동장 5바퀴 돌기) 운동도 實施. 食事 正常.
姉母會 있어서 人事~學校 뒷바침에 感謝하다고. 學生을 爲한 것 서너가지 付託도 했고. ◎

〈1980년 4월 2일 수요일 晴〉(2. 17.)
午後의 全職員 學校 外部環境 作業(까시 울타

리 補修, 常綠樹 剪枝, 나무캐기)에 助力. ◎

〈1980년 4월 3일 목요일 晴〉(2. 18.)
退勤 卽時 淸州 거쳐 金溪 本家 到着하니 밤 9時 半 됐고. 松 母子 無故. 運의 양호敎師 자격증 소지 여부로 온 것. ◎

〈1980년 4월 4일 금요일 晴〉(2. 19.)
金溪서 早朝食하고 入淸. 運 좋게도 學校의 對外行事 알아 急電通하여 技能大會에 參加케 했고. 北一校에서 行事 마치고 午後 歸校 退廳後 淸州 거쳐 金溪 왔고. 밤 11時. 永宗中校 杏의 일 處事에 또 不快 不禁. ⓒ

〈1980년 4월 5일 토요일 雨〉(2. 20.)
새벽부터 쏟아지는 비 거의 終日토록 내린 것. 寒食 茶禮로 參與. 비 때문에 家屋 內에서 行事. 高祖考妣 嘉善大夫 協判府君 貞夫人文柳氏. 金溪 가서는 再從祖父 茶禮 올렸고.
食 前에는 가랑비 내릴 즈음 재 3짐 밭에 져냈기도. 새로 사온 소고바리 완벽하게 꾸며 달은 것. ◎

〈1980년 4월 6일 일요일 가랑비〉(2. 21.)
거의 終日토록 가랑비 내렸고. 朝食 前에 勞動~재 5짐 져다가 두무샘 밭에 배긴 것.
12時에 入淸하여 安鐘烈 敎師 子婚에 人事했고. 北一面 梧東里 가선 妻族 金基鎬 回甲宴에 들려 一飮 後 妻堂叔 中風中 急別世 消息 있어 弔問했고.
魯絃 보고자 大田 갔었으나 각 工場 閉門한 故로 만나지 못한 것. 淸州서 留. ◎

〈1980년 4월 7일 월요일 曇, 晴〉(2. 22.)
午前 中 學校일 마치고 入淸. 집에서 井母도 來淸. 京畿道 敎委(水原)에 通話~魯杏의 解任發令 與否를 問議. 辭表 處理됐다는 消息. 任校長과 無屋號집에서 一盃. ⓒ

〈1980년 4월 8일 화요일 曇, 晴〉(2. 23.)
淸州서 出勤. 井母는 梧東里 喪家집에 人事간다고 했고. 샤아드 再손질 一部 着手했기도. ◎

〈1980년 4월 9일 수요일 晴〉(2. 24.)
朴 奬學士 來校에 잠간 만나고. 北一面 梧東里 가서 妻堂叔 葬禮式에 잠간 들린 後 玉山 가서 吳 校監 호적등본 떼고서 金溪行. 고구마 싹 티울 밭자리 깊게 파고 人糞 쪘기도. 金溪서 留. ◎

〈1980년 4월 10일 목요일 晴〉(2. 25.)
金溪서 日出 前에 出發하여 淸州 거쳐 任地着. 午前 中 일보고 淸州 가서 井母와 함께 上京. 맏 애 生日.
어제 水原(京畿道 敎委) 갔던 杏이 前任地였던 永宗中學까지 다녀왔다는 것. 인제서 長未決이었던 公立校 解任 發令 나서 離任人事와 還送行까지 있었다는 것. 께름했던 일 모두 解消. ◎

〈1980년 4월 11일 금요일 晴, 曇〉(2. 26.)
朝食 일찍 마치고 高速 直行으로 任地 着. 午後엔 基岩里 무중굴 金선대 會長한테 다녀오기도…學父兄 學校事業 문제 協議次. 下宿집에 夜間 個人用 電氣스탠드 設置했고. ◎

〈1980년 4월 12일 토요일 雨〉(2. 27.)
終日토록 부슬비 내렸고. 面內 校長會議에 參席~少年體典 經費負擔 補助가 主. 11時부터 있는 機關長會議에도 參席. 農村指導所長의 送舊迎新 行事. 길 險하여 밤 10時 금계 着. ⓒ

〈1980년 4월 13일 일요일 雨, 曇, 雨〉(2. 28.)
今日도 새벽부터 비 오락가락했고. 다락의 書類 정리, 안 便所 門 修理, 닭장 淸掃. 入淸 아파트서 留. ◎

〈1980년 4월 14일 월요일 가랑비〉(2. 29.)
今日도 가랑비로 終日토록 오락가락한 것. 感氣 4日째. 明日 行事로 入淸. 청주서 留. ◎

〈1980년 4월 15일 화요일 晴, 曇〉(3. 1.)
北一校에 다녀온(郡內 陸上競技大會) 後 大田 가서 絃이 만났고. 事業 그대로 될 것 같다는 것. ◎

〈1980년 4월 16일 수요일 曇, 가랑비〉(3. 2.)
車편 關係로 出勤 조금 늦었고. 觀察園 造成作業에 全職員 努力했고. 佳陽서 留宿. ◎

〈1980년 4월 17일 목요일 曇〉(3. 3.)
일찍이 學校 아침 放送. 아침 運動으로 驅步도. 6學年의 道德授業. 俸給日이어서 入淸.
손목時計 처음으로 新品 사본 것[4]…세이꼬오 SEIKO 45,000원. (五男 魯弼에게 주어버렸고). ⓒ

〈1980년 4월 18일 금요일 晴〉(3. 4.)
基礎學力(國, 算) 考査 實施~2學年 以上. 堆肥場 뒤에 危險物 處理場 가든하게 만들었고. ×

〈1980년 4월 19일 토요일 曇, 雨〉(3. 5.)
體育機具 補修(鎔接)工事 監督에 李진 教師 努力했고. 비는 終日 오락가락. 오後에 入淸했고. ※

○ 20日×, 21日×, 22日×, 23日×, 24日×, 25日×, 26日×, 27日×, 28日×,29日×, 30日×. ※

〈1980년 5월 1일 목요일 晴〉(3. 17.)
去 4月 22日에는 大成女中 가서 朴光淳 校監(金洪禾 校長은 事情 있다고 不應) 모시고 淸州 壽福食堂에서 一盃 待接한 것. 事前부터 나우 醉한 바람에 滿足하게 待接 못했는지도?
今日부터 淸州서 通勤하다고 李成宰 氏 집에서 나온 것. 舍宅사리 豫定이 안되기에[5]. ※ ×

〈1980년 5월 3일 토요일 晴〉(3. 19.)
再堂叔母 忌故에 몸은 고단해도 밤 12時에 參席한 것. 몸이 나우 떨렸던 것. ※

〈1980년 5월 4일 일요일 晴〉(3. 20.)
濁酒로 終日토록 살은 듯~3升+1器. 無理돼도 감자밭과 완두콩밭 김맨 것. ※

4) 원문에는 붉은색 색연필로 밑줄이 그어져 있다.

5) 이날은 음주기호가 “※”, “×” 이렇게 두 개가 표기되어 있다.

〈1980년 5월 5일 월요일 晴〉(3. 21.)
어린이날이어서 公休. 午前 中 죽게 앓다가 從兄 宅에서 正宗 몇 잔 먹고 약간 풀린 것 같았고. 井母와 入淸. ×

〈1980년 5월 6일 화요일 晴〉(3. 22.)
고단하여 米院서 택시로 登校~自轉車 탈 勇氣 안나서.
下午 2時 半頃 新任 崔星烈 教育監 初度巡視次 來校~僻地校 激勵. ※

〈1980년 5월 8일 목요일 晴〉(3. 24.)
어버이날 行事로 體育會와 雄辯大會 開催. 行事만은 뜻깊고 順調로이 이루어졌으나 父兄 및 姉母側 慰勞接待 받을 時 끝 무렵에 不美스러운 事件 생겨 不快했고. 父兄 對 職員…學校長인 나의 不察에서 있었던 듯. 또 反省할余地 있고. 다시 過飮으로 큰 탈? ※

〈1980년 5월 9일 금요일 晴〉(3. 25.)
登校 執務 午前 中 가까스로 바뀠다가 下午 2時 半 車로 入淸. ×

〈1980년 5월 10일 토요일 晴〉(3. 26.)
職場民防衛隊員 교육日로 착각하여 市民會館에 갔었으나 12日이라는 것. 몸 고단했고.
저녁 무렵에 서울 큰 애 井이와 槐山 있는 3男 아파트로 왔으나 明은 밤에 간 것[6]. ※ ×

〈1980년 5월 11일 일요일 晴〉(3. 27.)
몸 極히 고단하여 運身 困難하여 가위 臥病 程度. 食事 못먹고.
洪教務와 李진 教師 아파트로 찾아와 알리는 말에 경악~去 6日(교육감 來校日)에 晝間醉中 接客에 過渡했다고 教育廳으로 連絡. 大怒한 樣 云〃. 大 不安. 加重 머리 산란햇고. 서울 큰 애한테 當然한 책망과 忠告 받은 것. 藥 지어 놓고 큰 애는 不安感으로 午後에 上京한 것. 斷酒 決心[7]. ◎

〈1980년 5월 12일 월요일 雨〉(3. 28.)
몸 고단한 채 市民會館에 나가 職場民防衛隊 教育 2時間 받았고. 終日 臥病. ◎

〈1980년 5월 13일 화요일 晴〉(3. 29.)
校長會議에 參席~10시부터 12時 半까지. 点心 後 2시부터 4시까지 校長團 親睦會.
會議 前에 沈 교육장 宅 尋訪하였고. 李 課長外 諸 장학사와도 相談. 過한 말은 없으나 今日도 終日토록 傷心으로 보낸 것. 頭痛도 이만저만이 아니고. 언제나 心情 復舊될른지? ◎

〈1980년 5월 14일 수요일 曇, 雨〉(4. 1.)
心身 繼續 괴로운 中이나 아침 첫 버스로 出勤하여 7時 50分에 學校 아침放送 20分 間 실시했고. 地方에서 輿論 있는 듯하다는 말 듣고 더욱 衝擊받아 머리 加重 痛症 느낀 것.
形便上 다시 전집(前家) 李成宰 氏 宅에서 下宿하기로 決定 打合 본 것.
午後 1時부터 數時間 동안 비 나우 쏟아지기

---

6) 이날은 음주기호가 "※", "×" 이렇게 두 개가 표기되어 있다.

7) 일기에는 "斷酒 決心"은 붉은색 볼펜으로 표기되어 있으며 상하로 각 단어마다 점을 찍어 강조하였다.

도. 午後 6時 40分 막 차로 入清. ◎

〈1980년 5월 15일 목요일 晴〉(4. 2.)
괴로운 心情 계속. 終日토록 개운치 않고. 食事는 거의 正常化 되어가는 중. 職員들 나로 因하여 걱정하는 듯. ◎

〈1980년 5월 16일 금요일 晴〉(4. 3.)
今朝도 放送. 下宿 동안은 繼續할 豫定이고.
巨內 申기동 舊 會長 만나 이야기했고.
明日 行事 있어 洋服 때문에 入淸~下午 7時. ◎

*존경하는 교육감님께 삼가여 글월을 올리나이다.[8]
평소에 소생을 아껴주시옵기에 일전 내교하셨을 때 하도 고맙고 기쁜 나머지 취한 저의 태도를 아마도 못마당하시게 느끼셨던 것 같아서 감히 저의 죄상을 말씀 올리옴을 용서하여 주시기 바랍니다. 전자에 청주 모처에서나 저를 반갑게 맞아주신 온정 어린 악수를 하여 주신 교육감님을 무한한 영광과 고마움을 느꼈고. 청주여고에 계실 때 저의 여식(곽노행)이 장학퀴즈왕이 되었을 때도 교육감님께서 기뻐하시고 지도하여주신 보람을 저 역시 영광과 고마움을 느껴 보았습니다. 이모저모로 항시 흠모하여오던 교육감님께서 저의 오지 학교에 오셨기에 저는 날을 듯 좋아서 한 저의 행동이 큰 실수가 되어버렸습니다. 이제 금반의 기회를 기화로 해서 저는 종신 금주하겠습니다. 명서합니다. 40년 교직생활을 감안하여 주시옵고 금반의 잘못을 관용하여 주시기를 앙원하나이다. 학교 일에도 더욱 노력하겠습니다. 믿어주시기를 바라옵고, 직접 예방치 못하옵고 일자 상서 드리옴은 면목이 없어 용기를 못낼 뿐 아니라 바쁘신 출장 중이신 날이 많으심을 생각하고 난필 몇 자 드리옴을 용서하여 주시기 재삼 앙원하면서 불비례하나이다.
5.16 곽상영 배상

〈추가〉
반성하옵고
…당연히 걱정 들어야 합니다…. 재삼 반성하며 개과천선을 다짐합니다….
5.17 곽상영 배상

〈1980년 5월 17일 토요일 晴〉(4. 4.)
機關長會議 있어 朝會 後 米院 내려가 參席. 아침엔 6시 20分의 첫 直行버스로 學校 갔던 것.
下午 2時에 入淸하여 金丙鎬 女婚에도 人事. 井母 청주에 오고. 서울서 魯弼도 오고. ◎

〈1980년 5월 18일 일요일 晴〉(4. 5.)
3곳에 人事~柳德永 子婚, 權五星 子婚, 鄭龍喜 子婚. 加~朴東淳 子婚…後 人事.
어제 왔던 막내 魯弼 따라 井母는 上京~下午 3時 發…쌀 두어말 갖고.
江外面 虎溪里 査丈 葬禮式에 가서 人事(妹夫 朴忠圭). 食事는 普通이나 左目이 매우 시루

8) 1980년 5월 17일에 교육감한테 보낸 반성문. 애초 원본은 분실됐으나, 이전에 한글로 옮겨 적어 놓았던 것을 다시 살려 기록함.

마위[9] 辛苦. 청주서 留. ◎

〈1980년 5월 19일 월요일 晴, 曇〉(4. 6.)
淸州서 첫 車로 出勤. 學校에 7時 40分 到着. 아침放送도 施行. 6學年 道德授業. 一學年 산수授業 參觀. 經營錄 檢閱. 公文書 處理 等도 施行. 4時에 部落 出張도…행정, 불목골.
오늘밤에 先祖考 祭祀도 드는데 形便上 못가서 한탄만. ◎

〈1980년 5월 20일 화요일 曇, 晴〉(4. 7.)
井母 서울서 와선 佳陽까지 와서 下宿집에 고맙다는 人事하고 막 차로 같이 入淸. ◎

〈1980년 5월 21일 수요일 晴〉(4. 8.)
陰 4月 初八日…釋迦誕日~佛紀2524年. 井母와 함께 天安行. 2女 魯姬(在應스님)가 있는 '연대선암'에 간 것. 4女 杏과 運도 同伴. 부처님께 合掌拜禮도 하고 供養錢도 若干 表示. 法講에서…六戒, 百戒, 守口, 供養, 觀燈, 香, 茶, 火, 金, 香花 等 귀에 들렸고.
연대선암에서 晝食待接 융숭히 받고(姬의 努力) 家族 一同 顯忠祠 다녀온 것. 청주엔 下午 7時에 到着. 밤엔 井母와 함께 용화사(龍華寺)에 가서 觀燈 求景하기도. ◎

〈1980년 5월 22일 목요일 晴〉(4. 9.)
청주서 첫 버스로 出校하여 아침放送 施行. 井母는 오늘 歸家한다고 했고.
六學年의 道德授業과 水道 똘 파기 等 힘드려 勞力하면서도 어쩐지 不安 不快 不滿足. ◎

〈1980년 5월 23일 금요일 晴〉(4. 10.)
前 週末엔 教育監에게 書信 내었고. 今日엔 初等教育課 閔 課長한테도 發送.
어제하던 學校作業 오늘 午後에 完成…人力이란 偉大하다고 느꼈고. ◎

〈1980년 5월 24일 토요일 曇, 雨〉(4. 11.)
退廳 後 入淸. 井母와 함께 大田 가서 次男 紘 만나고…… 事業狀況(銑綱)과 眞摯하게 보도록 當付. ◎

〈1980년 5월 25일 일요일 雨〉(4. 12.)
엊저녁부터 내리는 비 오늘 終日토록 오는 바람에 金溪 本家에 가서 勞動할 豫定 파탄된 것. 비 130㎜. ◎

〈1980년 5월 26일 월요일 曇, 晴〉(4. 13.)
淸州서 井母가 일찍 지어준 朝食하고 出勤. 어젯 비로 길 險하나 米院서 自轉車로 學校까지 달린 것.
午後 2時부터 있는 面防衛協議會에(光州事態 關聯 班常會 件) 參席 後 歸校. 下旗式도 擧行. ◎

〈1980년 5월 27일 화요일 晴〉(4. 14.)
學校의 아침放送 繼續 中. 午後 5時쯤엔 基岩里(둔터꼴, 무중골, 터니마) 다녀왔고. ◎

〈1980년 5월 28일 수요일 晴〉(4. 15.)
日出 前 아침運動으로 驅步…운동장 10바퀴 約 10分 所要. 放課 後 日暮頃. 主人들 모 쪄내기 좀 돕고. ◎

9) 저리다는 뜻.

〈1980년 5월 29일 목요일 晴〉(4. 16.)
食 前 日出 前에 理髮~새벽體操와 運動(驅步) 및 아침방송 마치고. 全校 兒童 名簿 作成. ◎

〈1980년 5월 30일 금요일 晴〉(4. 17.)
아침 日出 前 行事 繼續 中이고. 今日도 放課後 日暮頃까지 約 1時間 主人들 모내기 作業 助力했고. ◎

〈1980년 5월 31일 토요일 晴〉(4. 18.)
下宿 以來 一週間 繼續 宿食함은 今週가 처음. 入淸하여 아파트에서 井母 만나 金溪 本家에 가니 日暮.
어둠침침할 때까지 人糞 퍼서 옥수수밭과 감자밭에 주고. 밤 11時에 先祖妣 忌祭祀 參與. ◎

〈1980년 6월 1일 일요일 晴, 曇, 雨〉(4. 19.)
午前 中엔 잔일 치우고 井母와 함{께} 午後 4時까지 모 찌고. 4시 半부터 松까지 3人이 텃논 一部 모내기 한 것. 약 80坪.
玉山서 마지막 버스로 入淸. 雲岩 任 校長 만나 함께 夕食. 一盃 待接하기도. 運은 上京했다고. ◎

〈1980년 6월 2일 월요일 雨, 曇〉(4. 20.)
새벽까지 비. 안개비는 거의 終日토록. 이곳 佳陽은 인제서 아까시아 꽃 핀 것. 玉山과 1週間 差. 高冷地帶. ◎

〈1980년 6월 3일 화요일 晴〉(4. 21.)
正常生活如 日 繼續 中~아침(새벽 運動으로) 體育 驅步 운동장 10바퀴 10分 間과 國民體操. 洗手. 六學年 道德授業, 敎室奬學指導, 其他 固定行事, 今日도 日暮頃 主人집 모내기 助力. ◎

〈1980년 6월 4일 수요일 曇, 晴〉(4. 22.)
學校 實習畓 모내기에 約 1時間 모 쪘고. 學校 끝내고 入淸~明日부터 8日까지 家庭 實習하기로.
井母도 저물기도 하여 淸州서(아파트) 留. 運은 去 1日에 上京하여 아직 안 온 것…이력서 提出次. ◎

〈1980년 6월 5일 목요일 晴〉(4. 23.)
아침결에 金溪 가서 松과 함께 두무샘밭 땅콩밭 김매기에 勞力했고…終日토록. ◎

〈1980년 6월 6일 금요일 晴〉(4. 24.)
제25회 顯忠日. 弔旗 揭揚. 今日도 松과 같이 땅콩밭 매었고. 오금, 허리(左), 가슴(左) 나우 아팠고. ◎

〈1980년 6월 7일 토요일 晴, 曇〉(4. 25.)
校長會議에 參席. 學校로부터 連絡 잘 안되어 하못하면 不參될 뻔한 것. 龍谷 金洪俊 교장宅 가서 問病. ◎

〈1980년 6월 8일 일요일 안개비, 曇〉(4. 26.)
집에 있을 동안에 아침運動은 앞들 堤防 한 바퀴 驅步. 今朝도 施行. 7時까지 2시간 程度 땅콩밭의 풀 뽑고.

아그배논(아직 아시[10]도 안 갈았고) 둘러보고 金溪校 잠간 다녀서 집 둘레 除草作業 외양간 壁 흙으로 補修. 除草勞力 中 잘못하여 오른손 둘째 손가락 낫으로 나우 베어 밤새도록 아팠기도. ◎

〈1980년 6월 9일 월요일 曇〉(4. 27.)
어제 다친 손가락 욱신거리나 米院서 任地까지 自轉車로 出勤. 8시 20分 着. 날씨는 終日토록 흐렸고. ◎

〈1980년 6월 10일 화요일 曇〉(4. 28.)
日出 前 行事繼續~4時 半에 驅步로 運動場 10바퀴. 아침放送. 모처럼 職員體育(排球) 있어 심판. ◎

〈1980년 6월 11일 수요일 曇, 晴〉(4. 29.)
去 日曜日에 다친 손가락 크게 던나지는 않았으나 부었고 시루마운중. 꽃길 코스모스에 給水 勞力. ◎

〈1980년 6월 12일 목요일 晴〉(4. 30.)
午後에 入淸~교육廳 가서 事務打合…體育機具 倉庫 豫算, 軍警慰問活動 外 5種. 아파트 잠간 들려 運 만나 消息(서울 國立警察病院 就職 書類 提出) 듣고 玉山面에 나가 運의 身元證明書와 三種 서류 12通 만들고. 本家 金溪 가서 텃논에 尿素肥料 주었고. 밤 11時에 入淸하여 留. 肉骨汁 1箱 受品[11]. ◎

〈1980년 6월 13일 금요일 晴〉(5. 1.)
첫 直行버스로 出勤. 午後 3時에 雲岩校에 全職員 가서 親睦排球 試合한 것. 錦寬校도 參加. ◎

〈1980년 6월 14일 토요일 晴〉(5. 2.)
龍谷校 故 金洪俊 校長 葬禮式에 人事. 晝食은 雲岩校 任 校長과 함께. 집에서 井母 오고. ◎

〈1980년 6월 15일 일요일 晴〉(5. 3.)
井母와 함께 上京~當姪女(熙淑) 結婚式에 參席 乙支 4街 세운예식장. 큰 애 井과 仁川 女息(愼)도 만났고.
下午 四時 10分 車 高速으로 歸淸. 어제 京畿道 楊平 갔던 杏이 밤 10時 半頃에 오고. ◎

〈1980년 6월 16일 월요일 曇, 雨〉(5. 4)
洗濯해 널었던 高級 남방 간밤에 도적에게 잃었고. 早朝 버스로 出勤. 下午 六時부터 비 내리고. ◎

〈1980년 6월 17일 화요일 雨, 曇〉(5. 5.)
비 午前 中 오락가락. 한 때는 쏟아지기도. 俸給 受領. 明日 行事로 入淸. 淸州서 井母 만났고 市場에 같이 나가 石油콘로 等 物品 몇 가지 사기도. 어제 밤비와 今朝의 비로 아그배 乾畓 물 괴었다는 것. ◎

〈1980년 6월 18일 수요일 曇, 晴〉(5. 6.)
校長 協議會 있어 芙江校 가서 一同 學校 一日生活 公開함에 參觀. "學校長 中心의 學校 運營"이란 主題로 協議會 있었고~9.30부터 17時까지 入淸하여 금관 申 校長 接待하고 留. ◎

---

10) '애벌'이란 뜻의 사투리. 어떤 일을 여러 번 할 경우의 맨 처음 일.
11) 원문에는 붉은색 색연필로 밑줄이 그어져 있다.

〈1980년 6월 19일 목요일 曇〉(5. 7.)
첫 直行버스로 出勤. 6년의 1校時 道德授業 施行 後 入清 上廳하여 事務打合하고 金溪 本家行. 아그배 宗畓에 물 잡아 써려서[12] 松과 井母가 모내기하는 데 助力하여 끝낸 것. ◎

〈1980년 6월 20일 금요일 雨, 曇〉(5. 8.)
새벽 2時부터 내리는 비 8時쯤에서 멎었고. 今日 있을 어린이陸上競技는 明日로 順延.
清州 와서 朴相 主任, 潘 教師와 함께 로스집에서 불고기 2斤…答接. 夕食 代用됐고. ◎

〈1980년 6월 21일 토요일 晴〉(5. 9.)
教育長旗 爭奪 陸上競技大會 있어 公設운동장에 갔었고. 勤務校(佳陽校)에선 3個 種目 모두 豫選에서 脫落.
午後에 本家 金溪 가서 勞動(밭의 除草, 논의 積土된 것 치우기) 3時 끝내고 井母와 入清. 서울서 弼이 清州까지 오고[13]. ◎

〈1980년 6월 22일 일요일 晴〉(5. 10.)
井母와 함께 아침결에 집에 나가서 勞動. 弼이와 運이는 午後에 上京한다는 것. 堆肥場과 豚舍 둘레의 우거진 雜草 깎고 뽑고. 아그배논에 除草劑(粒製) 마세트 1包 뿌렸고. 玉山서 막버스 9. 30차로 入清. 留. ◎

〈1980년 6월 23일 월요일 晴〉(5. 11.)
清州서도 留할 時는 아침 運動 施行~今朝도 國民體操와 驅步. 夕會時 臨時職員會 했고. ◎

〈1980년 6월 24일 화요일 曇〉(5. 12.)
삶는 듯이 終日토록 무더웠고. 傳達夫 吳 氏가 심어 가꾼 마늘 5접 캐어주기에 清州 갖다놓았고. ◎

〈1980년 6월 25일 수요일 雨〉(5. 13.)
새벽부터 내리는 비 終日 왔고. 똘물 범남. 清州서 6時 첫 車, 米院서 雨傘 받고 左手으로 自轉車 可能했고. ◎

〈1980년 6월 26일 목요일 雨, 曇〉(5. 14.)
文教部 主催, 道教委 主管 '中部地域 各級校長 研修會'에 出張. 場所는 舟成中. 16시~19시. 끝나고 칵테일파티도. 밤엔 꼬끼오센타에서 不得已 一盃(맥주) 한 것. 明岩藥水터까지도 다녀오고. ⓒ

〈1980년 6월 27일 금요일 曇〉(5. 15.)
어제 왔던 運이 오늘 또 上京한다고. 米院面內 國校職員 排球大會. 場所는 米院國校. 下午 14時~18시. ◎

〈1980년 6월 28일 토요일 曇〉(5. 16.)
清州 거쳐 마늘 1접 가량 갖고 金溪 本家行. 아그배논에 尿素肥料 2*kg* 주었고. 松은 齒牙로 苦痛中 우선 하고. ◎

〈1980년 6월 29일 일요일 晴〉(5. 17.)
勞動 힘껏 한 것~뚝밑 길 除草, 排水 똘 파기. 텃논 消毒 농약(稻熱, 殺蟲劑), 고추밭 殺蟲劑

12) 써리다. 써레질을 한다는 뜻. "이날 식전에 점돌이는 주사 댁으로 일을 가고 박 첨지는 호락질로 논을 써렸다."(출처: 이기영, 맥추)
13) 일기의 날씨 옆에 "(陰 五月九日 밤엔 伯母님의 祭祀드는 밤)"이라고 따로 적혀 있다.

消毒, 井母와 入淸. 留.
밤에 洪敎務 來訪~學校 內部일 相談…近者의 空氣, 人事문제, 앞으로의 일 等. ◎

〈1980년 6월 30일 월요일 曇, 雨〉(5. 18.)
井母는 청주서 洗濯 및 김치 담그고. 낮에 金溪 간다고. 松은 脫齒次 入淸한다는 것. 첫 버스로 出勤. 가랑비로 終日 온 턱. ◎

〈1980년 7월 1일 화요일 雨, 曇〉(5. 19.)
엊저녁부터 오는 비 今日도 한낮까지 부슬비로 繼續 온 것. 月 50원짜리 生命保險 15年 滿期 15,800원 왔고. ◎

〈1980년 7월 5일 토요일 曇〉(5. 23.)
學校 마치고 一週日 만에 入淸. 아파트에 잠간 들려 金溪 本家行. 모두 無故 아그배논에 肥料 若干, 農藥도 撒布. ◎

〈1980년 7월 6일 일요일 曇〉(5. 24.)
早朝부터 거의 終日 勞動~논뚝 갂고. 논에 施肥. 農藥撒布, 排水 똘 치기 等.
点心 때 잠간 틈타서 從兄님과 함께 金城 가서 弔問~四從叔 漢燮 氏 別世. 日暮頃에 井母와 入淸.
서울 갔던 運이 서울서 어제 왔다가 오늘 上京했다는 것~警察病院 看護員으로 發令나서 7月 1日부터 出勤한다나. ⓒ

〈1980년 7월 8일 화요일 曇, 晴〉(5. 26.)
下午 3時부터 있는 '非常時局에 對處하는 國民精神 敎育' 講演會에 參席~場所…米院 二區會館. ◎

〈1980년 7월 9일 수요일 晴〉(5. 27.)
日出 前에 米院우체局까지 往來~서울 運한테 보내는 편지 부치느라고. 明朝부터 마신다고 巳湯[14] 付託도.
어제도 오늘도 主人집 煙草 乾燥作業에 無限 바쁘기에 朝夕에 조금씩 助力했고. ◎

〈1980년 7월 10일 목요일 曇〉(5. 28.)
어제 約定한 藥 巳湯 새벽 食 前에 米院 내려가 最初로 한 탕 마신 것. 湯當 5,000원씩 주기로. (神經痛과 肺 및 健胃腸劑라기에…甚히 痛症을 느껴서는 아니나). ◎

〈1980년 7월 11일 금요일 雨, 曇〉(5. 29.)
새벽부터 가랑비, 10(時)頃에 멎은 것. 밝고 맑은 노래 부르기 大會 있어 米院 다녀오기도. 兒童 6名 出場. ◎

〈1980년 7월 12일 토요일 曇, 晴〉(6. 1.)
入淸하여 井母와 함께 쌀 좀 갖고 上京~下午 7時쯤에 잠실 3團地 着. 모두 無故는 한데 大田 鐵綱事業의 不進으로 석깔린[15] 經濟問題로 不和한 氣味中. 모두 한자리에 모여 打合하였기도. 弼의 生日. ◎

〈1980년 7월 13일 일요일曇, 雨〉(6. 2.)
모처럼 낮잠 푹 잘 잤기도. 카레라이스로 点心 滿足히 먹고 高速으로 淸州 着하니 18時쯤. ◎

---

14) 원문에는 붉은색 색연필로 밑줄이 그어져 있다.
15) 섞갈리다. 갈피를 잡지 못하게 여러 가지가 한데 뒤섞이다.

〈1980년 7월 14일 월요일 雨〉(6. 3.)
거의 終日토록 비 온 셈. 8時 前後에 나우 쏟아졌고. 今日 第一校時로 六學年 前期敎科 單元 完全히 마쳤고. 機關長會議와 鄭 支署長 辭任에 따른 送別宴 있었고. 夕食은 金 敎師 집에서. ◎

〈1980년 7월 15일 화요일 雨, 曇〉(6. 4.)
새벽 4時晉 起床하여 米院에 步行으로 가서 藥巳湯 마시고 온 것. 朝食은 李康百 氏 집에서 待接받은 것. 入淸. ◎

〈1980년 7월 16일 수요일 曇, 晴〉(6. 5.)
7時에 救世醫院 가서 公務員 健康診斷 받고. 血壓 160~150…높은 편이라는 것. 內秀 가서 '非常時局에 對處한 淸原郡民 反共團合大會'에 參席. 다시 米院 거쳐 學校 가서 俸給 受領. 서울 弼이 오고. ◎

〈1980년 7월 17일 목요일 曇, 雨, 曇〉(6. 6.)
金溪에 아침결에 가서 텃논 밭둑 풀 一部 깎고. 松의用 헌 自轉車 銀 뼁키로 塗色. 물 때문에 하누재로 井母와 入淸. ◎

〈1980년 7월 18일 금요일 曇〉(6. 7.)
七回째 藥巳湯 服用(左側 옆구리痛症 差度 있는 듯) 學期末 意로 職員座談會(닭湯 1尾씩). ◎

〈1980년 7월 19일 토요일 曇, 晴〉(6. 8.)
終業式. 放學은 7. 21~8. 19(30日 間). 入淸. 서울서 運이도 오고. 同仁齒科에 右側 막齒牙 1個 脫齒(蟲齒). ◎

〈1980년 7월 20일 일요일 曇, 雨〉(6. 9.)
金溪 가서 텃논 둑 깎고 農藥(도열病, 이화명충) 撒布. 몸 고단하고 날 저물어 金溪서 留. ◎

〈1980년 7월 21일 월요일 쏘나기, 暴雨〉(6. 10.)
金溪서 5時에 出發. 出校 中 米院서 큰 쏘나기 겪었고. 兒童 修練교육 제1日. 男兒만 24名. ◎

〈1980년 7월 22일 화요일 曇〉(6. 11.)
어린이 修練 第2日. 첫 時間에 特講 "國民精神"이란 題로. 7時 30分부터 9時 40分까지 二時間十分 間 暴雨로 대 물난리. 各 똘마다 벅찬 急流로 돌뚝까지 完全히 무너져 모래, 자갈, 돌더미로 田畓 휩쓸은 것. 비 좀 꺼끔할[16] 때 어린이 모두 保護 下에 歸家. 學校 앞 道路 엉망으로 流失.
下午 五時에 步行으로 米院까지 3時間. 谷川은 乾川. 田畓으로 새 똘(新谷川), 米院 장터도 물난리. 청주서 留. ◎

〈1980년 7월 23일 수요일 曇, 雨, 曇〉(6. 12.)
午前 中 金融機關 일 보고 淸州 玉山間 交通 두절되어(市內버스 不通) 江內인타체인지로 가서 一般高速으로 水落정류場까지, 모일 앞, 水落 앞 개울뚝, 田畓 流失, 埋沒 落山 모두 엉망.
本家 家屋은 가까스로 浸水 모면. 뒷뚝이 웃쪽

---

16) 꺼끔하다. 뜸하다는 뜻. "유 선달은 이즈음에 들일이 꺼끔한 틈을 타서 전부터 고쳐야겠다는 물방아를 수선하기로 하였다."(출처 : 이기영, 봄)

에서 터진 바람에 온전했던 것. 낮에 大田도 거친 것. ◎

〈1980년 7월 24일 목요일 雨, 曇〉(6. 13.)
두무샘 밭 700坪의 땅콩밭 完全 埋沒~22日 11時頃인 듯. 田畓 損害론 가장 甚한 편인 듯. 땀 흘려 가꾸어 온 4男 魯松이가 딱했고. 가슴 아프고, 속눈물 흘렸을 것.
終日토록 텃논 손질~넝기미[17] 건지고 排水 똘 치고. 日暮頃에 淸州 갔고. ◎

〈1980년 7월 25일 금요일 曇〉(6. 14.)
登校. 米院서 學校까지 步行~버스 通行은 不知何歲月. 自轉車로 不能. 執務. 入淸. ⓒ

〈1980년 7월 26일 토요일 曇〉(6. 15.)
하누재 通해서 金溪行. 사거리 뒤 '버드러지' 들 黃土水로 엉망. 텃논 손질. 井母와 玉山까지 同行. 井母는 오미서 祭物 홍정. 入淸~友信會 臨時會에 參席. 日暮 後 金溪 着. ◎

〈1980년 7월 27일 일요일 曇〉(6. 16.)
振榮이 아침결에 오고. 서울 往來 電擊的(10時 半~17時…朴 女敎師 結婚式場에 參席. 종로예식장).
밤 11時에 先考忌祭典 올렸고. 井, 絃, 큰 妹, 姪女 왔었고. ◎

〈1980년 7월 28일 월요일 晴, 曇, 쏘나기〉(6. 17.)
이웃사람들 초빙하여 藥酒 待接에 午前 中 바빴고. 아그배 논둑 손질, 排水 똘도.
井, 振, 絃, 큰 妹, 姪女 모두 歸家. (省墓後 松木 數株 베기도). ◎

〈1980년 7월 29일 화요일 曇, 晴〉(6. 18.)
登校 執務. 明日 일로 入淸. 井母도 來淸. ◎

〈1980년 7월 30일 수요일 晴, 曇〉(6. 19.)
10時부터 있는 校長會議에 參席. (水害狀況 調査와 救護事業對策이 主案).
明이 아파트서 만났고, 杏은 上京한다는 것. 井母도 本家 간다고. 下午 4시에 登校 執務. ◎

〈1980년 7월 31일 목요일 曇, 晴〉(6. 20.)
早期하여 學校 일 보고 機關長 會議에 參席. 入淸. 井母 만나고, 杏은 오늘 上京. ◎

〈1980년 8월 1일 금요일 晴〉(6. 21.)
學校 가서 部落에 나가 水害住民 家庭訪問~거내 上下숫골, 한터, 욕골, 개경재, 吳 校監 歸家로 獨宿. ◎

〈1980년 8월 2일 토요일 晴〉(6. 22.)
今日도 部落에 나가 家庭訪問~水災被害 人事, 어린이 만나기…행정, 불목골, 장끌,
저물게 歸家. 金溪 本家에 到着했을 때는 밤 9時頃.
서울서 運이 왔고. 첫 俸給 받고 온 것. 115,000원쯤. 끝딸 어린 것의 最初 報酬라서 인지 기특한 異狀한 感을 느낀 것. 必要한 데 마음껏 쓰라고 일러주기도. 어디에다 써야할지 모른다는 것. ◎

17) 논둑에 자라는 풀.

〈1980년 8월 3일 일요일 晴〉(6. 23.)
終日토록 勞力~뒤울 안 雜草 除去. 논에 이삭 거름 施肥~600坪에 尿素 6L쯤.
日暮頃에 井母와 淸州 갔고. 魯運은 下午 七時 發 高速버스로 上京. 杏은 서울서 오고. ◎

〈1980년 8월 4일 월요일 晴〉(6. 24.)
요새 낮 氣溫 30度. 朝夕엔 선선하고. 學校 나갔다 日暮 後엔 退廳 入淸. 서울서 弼이 와서 金溪 갔다고. ◎

〈1980년 8월 5일 화요일 晴, 曇〉(6.25.)
學校 다녀 金溪 本家行. 下午 8時頃 着. 서울서 魯弼이 오고. 體力章 等 淸高에 볼 일 있어 왔다는 것. ◎

〈1980년 8월 6일(6. 26.) 수 비,요일 曇〉 ◎
學校 잠간 들려 執務 後 事務打合次 上廳~水災被害 狀況, 人事〃務, 電通網 等. 淸州서 留. ◎

〈1980년 8월 7일 목요일 雨, 曇〉(6. 27.)
魯弼이 上京. 午後에 井母와 市場에 나가 마늘 等 生必品 몇 가지 산 것. ◎

〈1980년 8월 8일 금요일 曇, 晴〉(6. 28.)
校長會議 있어 參席~'學校 淨化 推進委員會 組織'이 主案.
下午에 學校 가서 殘務 보고 日暮 後 歸淸. 禾倉行 道路 今日서 補修되어 車 通行 可能케 된 것. ◎

〈1980년 8월 9일 토요일 曇〉(6. 29.)
登校 執務~公文書 處理. 淨化委員 組織 基礎. 淸州 거쳐 金溪 本家行. ◎

〈1980년 8월 10일 일요일 晴, 曇〉(6. 30.)
早朝부터 勞動~뜰(庭)의 복새 긁어 치워 길뚝 補修. 텃논 및 아그배 논 피사리 等. 막 車로 入淸, 杏이 外孫 중환이 뎃고 오고. ◎

〈1980년 8월 11일 월요일 晴〉(7. 1.)
궁금한 마음 있어 學校에 나가 執務~公文書 處理, 學校淨化 推進委員會 組織하고 歸淸.
天安 연대암에 있는 次女(姬, 在應스님) 滿 4年 만에 처음 온 것. 서울에서 큰 딸, 仁川 딸도 消息 알고 오고. ◎

〈1980년 8월 12일 화요일 晴, 曇〉(7. 20)
金溪 本家에 가서 若干 勞動하고 日暮頃 入淸. 두 女息(媛, 妊)은 槐山 明의 집에 가고…내일 온다는 것. ◎

〈1980년 8월 13일 수요일 曇, 雨〉(7. 3.)
中央藥房 들렀더니 時局 이야기(國內政局)에 高調. 上野(朴), 雲岩(任) 校長 만나 座談. 槐山 갔던 딸들 오고. ◎

〈1980년 8월 14일 목요일 雨, 曇〉 ◎
登校하여 雜務 整理. 딸 셋 上京(媛, 姬, 妊). 마음껏 못먹인 것 속 찐하고. 日暮頃 本家 갔고. ◎

〈1980년 8월 15일 금요일 曇〉(7. 5.)
早期하여 아그배 논과 두무샘밭(埋沒된 땅콩밭) 도라보고. 入淸했다가 일 보려고 書間에

歸家.
톱이 갈고 잔삭다리 일 보고 俊榮 氏 만나 情談하기도. ◎

〈1980년 8월 16일 토요일 曇, 雨〉(7. 6.)
出勤中 時間 따서 報恩水害地區(被害狀況) 얼핏 다녀 視察했기도. 어머어마한 被害~道路 落山, 橋梁, 家屋, 農耕地 等. 臨時職員會 마치고 俸給 受領 後 淸州 거쳐 金溪 왔고. 運이 서울서 왔다고. 淸州 出發時부터 비 나우 퍼부었던 것. 先伯父 忌故 있어 參禮(밤 11時頃). ◎

〈1980년 8월 17일 일요일 曇, 雨, 曇〉(7. 7.)
거의 終日토록 勞動~나무새밭 除草 및 삽으로 파 엎기도. 텃논에 農藥 撒布(잎마름병~휘나진).
松은 淸州放送通信高等學校에 다녀오고…第一學期 試驗 쳤다는 것. ◎

〈1980년 8월 18일 월요일 晴〉(7. 8.)
淸州公設運動場에서 있는 道民決議大會에 參席.
井母와 함께 上京~쌀 좀 갖고 下午 五時에 淸州서 向發. 서울 아파트에 到着은 同 8時쯤 되고.
만 애 井은 左側 어깨 나우 다쳐서 辛苦 中이고. ◎

〈1980년 8월 19일 화요일 晴〉(7. 9.)
서울서 高速으로 溫陽行…旅館溫泉 獨湯에서 沐浴 後 食事 後에 入淸. 淸州서 留. ◎

〈1980년 8월 20일 수요일 曇〉(7. 10.)
放學 마치고 開學. 職場 單位 決議大會도 開催. 面 淨化大會에 參席. ◎

〈1980년 8월 22일 금요일 曇〉(7. 12.)
報恩地區水害狀況 보고 왔고~慘酷한 被害相[18] 본 것. 滿 35年 前에 五年 間 살았던 곳. 21일부터 公式旅行 中~先進地 視察. ◎

〈1980년 8월 23일 토요일 曇〉(7. 13.)
단골집 酒店(食堂)에 잠간 갔다가 분한 꼴 보아도 분 좀 내었던 것. ◎

〈1980년 8월 24일 일요일 雨, 曇〉(7. 14.)
井母와 함께 報恩 法住寺 다녀왔고. 서울서 井, 大田서 絃이도 다니려 淸州 왔고[19].

〈1980년 8월 25일 월요일 雨〉(7. 15.)
內秀中學校 강당에서 淸州 淸原郡 학교 정화 및 사회정화大會 있어 參席.
몸 괴로워 거의 終日토록 앓은 것. 井, 絃, 井母의 고신으로 午後엔 약간 가라앉은 느낌.
井과 絃이 제各己 갔고. 昨日 오늘 비 繼續 내려 農作物(벼)에 큰 일. ◎

〈1980년 8월 26일 화요일 雨〉(7. 16.)
今日도 비 거의 繼續 오는 셈. 몸 나우 고단한

---

18) 원문에는 연필로 본문의 내용을 지우려는 듯 줄을 그었으며 화살표로 "精神착난으로 16日 行蹟이 重複되어 削除"라고 따로 적혀 있다.
19) 이 날의 음주기호는 "○"을 했다가 그 위에 다시 "×"을 그었다. 그리하여 단순히 "○"을 취소하려는 것인지 확인할 수 없어 음주기호는 따로 표기하지 않았다.

느낌이었으나 아파트에서 일찍(오전 6시경)이 出勤.
운동具 倉庫 建立 基礎한 것 두루 보고. 終日토록 帳簿整理에 努力한 것. ◎

〈1980년 8월 27일 수요일 曇〉(7. 17.)
若干 몸 運身에 둔한 感 느끼나 學校勤務에 熱誠 다했고. 基岩里 金宅中 親喪에 弔問 다녀오기도.
25日밤부터 繼續 밤마다 꿈자리가 뒤숭숭한 中. 統一主體國民會議에서 國保衛 全斗煥 委員長을 第11代 大統領으로 選出[20]. ◎

〈1980년 8월 28일(7. 18.) 목요일 曇〉 ◎
어제 晝食부터 食事 實績 良好해진 셈. 어제 食 前부터 아침체조와 學校放送 正常적으로 實施. 제6學年 道德授業, 倉庫 建立 事業 뒷바라지도 했고. 밤엔 班常會에도 指導公務員 입장에서 參席(佳陽 개경재). ◎

〈1980년 8월 29일 금요일 曇〉(7. 19.)
午前 中 學校일 보고 午後엔 米院高校 金昌鎮 교장의 送別宴會(機關長會議 兼)에 參席…… 堤川女高로 轉出.
저녁에 入清~2次 3次 宴會 끝내고 아파트에 오니 밤 11時50分. 金溪서 井母 와서 있고. 의심 나는 井母의 進言과 杏의 忠告 옳은 말. 단단한 覺悟해야 할 일. ◎

〈1980년 8월 30일 토요일 曇〉(7. 20.)
11時에 있는 清原郡 教育長 沈鳳鎮 氏 離任式에 參席. 郡內 校長 全員이 送別宴 二鶴食堂서.
농협, 銀行, 우체局, 保險會社, 眼科 等 井母와 함께 다니며 아파트 月賦金 納付, 保險料 內譯, 視力檢査 等으로 바쁜 일 보았고. 午後 4時頃에 서울서 5女 運이 2回째 俸給 받고 왔기도. 杏이 生日이기도. ◎

〈1980년 8월 31일 일요일 曇, 소나기〉(7. 21.)
井母와 함께 早朝食하고 집에 나가 勞力~고추, 콩 等 말리는 일 거들고. 奉事公 山所 禁草 着手. ◎

〈1980년 9월 1일 월요일 曇〉(7. 22.)
臨時公休日(全斗煥 第11代 大統領 就任式[21]). 終日토록 勞動~텃논의 周圍 排水 똘 치기 松과 함께 墓所 禁草…奉事公 山所, 先考 山所, 弟 墓. 日暮 後 井母와 함께 入清. 運은 上京. ◎

〈1980년 9월 2일 화요일 曇, 소나기〉(7. 23.)
清州서 出勤 中 米院高校에 들려 新任校長 沈鳳鎮(前任 清原郡 教育長) 氏의 赴任에 地域 校長들의 歡迎의 意로 모임에 같이 參與한 것. 下午 四時부터 2時間 동안 臨時職員會 있고~ 秋季體育會 計劃에 關한 協議. ◎

〈1980년 9월 3일 수요일 曇, 晴〉(7. 24.)
모처럼 햇빛 본 것. 下午에 入清하여 新任 李燦夏 教育長에 人事~米院面內 校長團 8名과 함께.

20) 원문에는 붉은색 색연필로 밑줄이 그어져 있다.

21) 원문에는 붉은색 색연필로 밑줄이 그어져 있다.

井母의 住民登錄番號 錯誤 訂定 手續했고. 校長 一同 교육廳 職員 幹部 招待하여 夕食을 會食. ◎

〈1980년 9월 4일 목요일 晴, 曇〉(7. 25.)
下宿主人 李○○로부터 들은 말로 또 氣分 나우 나빴고. 飮酒說.
終日토록 忠實 勤務~6學年 道德授業, 4學年 美術學習指導 參觀, 公文處理 等. ◎

〈1980년 9월 5일 금요일 雨, 曇〉(7. 26.)
첫 새벽부터 내리는 비 낮 10時頃까지 繼續되었고. 今年같이 가을비 잦은 것도 드문 일. ◎

〈1980년 9월 6일 토요일 曇〉(7. 27.)
淸州 거쳐 井母와 함께 金溪 本家에 到着하니 下午 六時 半. 黃昏까지 돼지풀 베고 안 便所 펀낸 것. ◎

〈1980년 9월 7일 일요일 曇, 晴, 曇〉(7. 28.)
午前 中 勞力은 집안팎의 淸掃作業했고. 午後엔 전좌리山 10代祖妣(淸州 李氏) 墓所 禁草하고 同 7時에 井母와 함께 入淸. 井母는 明日 洞事務(所)에서 住民登錄證 찾는 일 있는 것. ◎

〈1980년 9월 8일 월요일 晴〉(7. 29.)
14時부터 開催된 學校 任員會에서 學校 運營 三大 方針 ① 學校家庭 間 집안 같은 紐帶 ② 敎育環境改善 ③ 사랑의 敎育을 말한 것. 朴相萬 敎師가 研究物에 入賞되어 受賞했다고 職員들에게 한턱냈고. ◎

〈1980년 9월 9일 화요일 晴〉(8. 1.)
早朝 氣溫 쑤욱 내려 10度. 바람 불어 썰렁했고~아침 運動과 放送 如前 繼續.
5學年 潘敎師 音樂 授業 參觀했고. 敎務室 玄關 앞 잔디풀 깎기도. ◎

〈1980년 9월 10일 수요일 雨〉(8. 2.)
새벽부터 오는 비 거의 終日토록 부슬부슬 내린 셈. 비 오고 冷하여 農家에선 큰 걱정.
米院面 支署長 李泰善(日帝時 3學年 때 擔當 淸滴泰善) 弟子 人事次 學校까지 다녀갔고. ◎

〈1980년 9월 11일 목요일 雨, 曇〉(8. 3.)
湖嶺南地方엔 降雨量 많아 水害 많다는 放送. 200㎜. 授業 및 同參 參觀, 除草作業 等 充實 勤務. ◎

〈1980년 9월 12일 금요일 曇, 晴〉(8. 4.)
米院에 10時 半頃 내려가 米院國民學校 運動會에 參觀. 米院 라이온스크럽總會에도 招待 있어 參席. 午後 6時頃엔 入淸하여 米院支署長 親忌(大祥) 있어 人事했기도. 아파트에서 獨宿(魯杏이 親友들 집 간 듯).
淸州藥局 들려 申哲雨 氏 만나 座談하기도… 參考될 말 많이 듣기도. ◎

〈1980년 9월 13일 토요일 晴〉(8. 5.)
土曜 行事 마치고 곧 入淸. 井母와 함께 쌀 두어말 갖고 上京. 잠실에 18時 半 到着. 밤엔 永登浦 사위 趙泰彙도 오고. 모두들 無故한 편이나 仁川 女息(妊)이 家庭的으로 좀 不安한 듯~氣分 좋지 않았던 것. ◎

〈1980년 9월 14일 일요일 晴〉(8. 6.)
서울 蠶室(아파트 3단지 335棟 301號)서 午前 푹 쉬고서 下午 5時 半에 江南터미널서 出發. 入清 到着 下午 7時 20分頃. ◎

〈1980년 9월 15일 월요일 晴〉(8. 7.)
모처럼 따뜻한 快晴 날씨 數日 間 繼續. 學校일 마치고 明日 行事로 日暮 後 入清. ◎

〈1980년 9월 16일 화요일 晴〉(8. 8.)
學校 運營協議會에 出張 參席~南二國校. 協議 主題에 "藝體能教科 專擔制 運營". 井母 청주 왔고. ◎

〈1980년 9월 17일 수요일 晴〉(8. 9.)
體育大會 앞두고 學校는 바쁜 中. 俸給 받았기에 井母 用務로 入清(下午 8時 半頃). 朴相 교사의 待接으로 불고기 좀 먹기도. ◎

〈1980년 9월 18일 목요일 曇, 晴〉(8. 10.)
六學年 道德授業도 充實 履行. 비탈 잔디밭 풀깎기도 自轉車置場(簡易) 設置 作業에 勞力하는 吳 校監 助力도. ◎

〈1980년 9월 19일 금요일 晴〉(8. 11.)
學校는 體育會 總練習. 11時부터 있는 緊急機關長會議에 參席. 國民投票 啓導?가 主案. ◎

〈1980년 9월 22일 월요일 晴〉(8. 14.)
學父兄 및 任員會 마치고 明日 仲秋節 行事 관계로 저물었지만 清州 거쳐 金溪 간 것. ○

〈1980년 9월 23일 화요일 晴〉(8.15.)
早期해서 家屋 內外 나름대로 清掃하고 지방 썼던 것. 祭物 손질도 誠意껏 淨潔히 했고.
당내집안 家族들 세곳(從兄 浩榮 氏집, 再從兄 憲榮 氏 집, 우리집)에 다니며 茶禮 지낸 것.
長男 井과 전좌동산 父母任 山所에 省墓했고. 나의 神位地 豫定地도 踏查.
今般 秋夕엔 井, 絃 夫婦, 明, 振榮이 왔던 것. ×

〈1980년 9월 24일 수요일 晴〉(8. 16.)
今日 있을 運動會는 全國에 퍼진 콜레라病 關係로 無期延期하라는 電通 있어 中止한 것. ×

〈1980년 9월 25일 목요일 晴〉(8. 17.)
學校長 재량에 依하여 運動會 實施하여도 可하다는 電通에 依하여 實施키로 한 것.
井母와 함께 佳陽校 간 것. 體育大會 地域體典式으로 始終 멋지게 된 것. ×

〈1980년 9월 26일 금요일 晴〉(8. 18.)
昨日 行事로 學校는 臨時休校했고. 昨夕에 入清하여 푹 쉬었고. ※

〈1980년 9월 29일 월요일 晴〉(8. 21.)
校長會議 있어 參席. 國民投票 啓導가 主案.
會議 끝에 挑源校 鄭善泳 교장과 一盃.
潘寅植 교사 校監 승진되었다는 喜報 밤 늦었어도 直接 家庭에까지 찾아가 알린 것. ※

〈1980년 9월 30일 화요일 晴〉(8. 22.)
機關長會議 있데서 參席. 米院面長室. 國民投票 계도 爲한 班常會 參席이 主. 會議 끝에 某

機關長과 言質 좀 한 듯. 彼此 사와는 했고. 오해 없는 사이어서. ※

〈1980년 10월 1일 수요일 晴〉(8. 23.)
제32돌 國軍의 날이어서 公休日. 數日 間 繼續 飮酒로 精神 非正常일 듯. ×

〈1980년 10월 2일 목요일 晴〉(8. 24.)
出校 勤務 中 禾倉里 두 老人(吳 氏, 鄭 氏) 來校 歡談. 午後 버스로 入淸中 졸다가 조금 다쳤고. ※

〈1980년 10월 3일 금요일 晴〉(8. 25.)
食事 全혀 못하는 中. 서울서 長男 井이 와서 큰 걱정에 補飮食(사골)과 各種 藥 마련에 또 다시 큰 애쓴 것. 面目없는 心情 無限. 이런 일 한 두차례 아니었던 것. 큰 애 大田 다녀간다고 出發.
學校 있는 李 교사도 아파트까지 왔을 때 傷心했고. 今日은 開天節이어서 公休日. ◎

〈1980년 10월 4일 토요일 晴〉(8. 26.)
口味 없어 飮食 못먹고 臥病中. 그래도 午後에 있었던 校長會議에 無事히 다녀온 것. 죽을 지경으로. 바우느라고 큰 욕 본 것. 井母와 杏(4女)이가 우유, 사과, 사이다 等 고신에 애썼고. 午後에 杏이는 旅行. 5女 運이 서울서 저물게 왔고. ◎

〈1980년 10월 5일 일요일 雨〉(8. 27.)
오랜만에 降雨, 終日 나우 내린 것. 農家에선 秋夕期라 큰 打擊. 杏이 修德寺 다녀온 것.
午前 일찍 本家(금계)에 갔던 井母 저물게 다시 오고. 午後에서 몸 조금 나아지는 듯. ◎

〈1980년 10월 6일 월요일 雨, 曇〉(8. 28.)
運이 6時 半 高速으로 서울 向發.
큰 애가 마련한 사골 補身湯으로 朝食 억지로 나우 했고. 米院서 學校까지 우산받고 步行에 被勞 느끼고. 8時 半에 到着. 30分余裕. 땀 흘린 것. 校長會議 傳達 힘차게 當〃히 遂行.
点心 食事부터 口味 늘기 始作. 夕食 나우 했고. 수업 帳簿 정리, 公文 처리 等 終日 充實勤務하여 마음 개운. 下宿집에서 밤 11時 半까지 新聞, 日記쓰기로 熱中한 것. ◎

〈1980년 10월 7일 화요일 曇, 晴〉(8. 29.)
새벽 3時쯤. 어제부터 몹씨 사나운 態度로 對하던 吳○○ 校監. 기어이 터진 울분 폭로에 圓滿한 對談으로 달랜 것. 教務에 關해선 責任있는 强力者 틀림없고. 저녁녘엔 完全 解氷. ◎

〈1980년 10월 8일 수요일 晴〉(8. 30.)
今朝도 다시 吳○○ 校監에게 過去 씻고 잊고 親善 되찾음이 道理임을 强調. 同調의 意나 내가 生覺한 것과는 差異. 相對 缺點 못풀고 老校監으로서 當局에 不滿과 所屬長에겐 잘못하는 짓.
學校는 秋季 逍風했고~佳陽里 불무골로 全校 갔고. 當直 勤務했고. 入淸 모처럼 金溪行. ◎

〈1980년 10월 9일 목요일 晴〉(9. 1.)
金溪서 早朝食하고 淸州 거쳐 10時 半에 米院着. 國民投票에 關한 時局講演이 11時부터 12時 半까지 있어 全職員 參席. 끝나고 点心 會

食했고. 入淸. 井母도 來淸. ◎

〈1980년 10월 10일 금요일 曇, 雨〉(9. 2.)
主人집 雇傭人 洪君 事件으로 人事次 어제 경찰서에 잠간 들린 바 있으나 今日 들으니 끔찍하고도 징글마진 事件에 氣分 나우 나빴고.
午後에 비는 나우 내리는데 不得已 禾倉里까지 家庭 訪問次 다녀 온 것. 鄭재호 氏 이야기 많이 듣고. ◎

〈1980년 10월 11일 토요일 雨, 曇〉(9. 3.)
새벽녘에 또 가을비 엄청이 쏟아졌고~農家에선 큰 타격. 學校일 마치고 淸州 거쳐 金溪 到着하니 下午 6時 半. 金溪橋(天水川 潛水橋) 竣工式~10月5日에 擧行했다는 것. 현편상 不參. ◎

〈1980년 10월 12일 일요일 曇, 晴〉(9. 4.)
堂姪(魯錫)의 生日이라고 큰집에서 朝食. 텃논 벼베기 作業으로 終日 勞力. 지게로 져내서 터밭에 펴 널은 것.
늦은 저녁 먹고 井母와 入淸. 청주 아파트에 8時 半 到着. 어제부터의 감기(콧물) 아직 안낳은 것. ◎

〈1980년 10월 13일 월요일 曇〉(9. 5.)
食事 繼續 正常. 7時 버스로 淸州 發. 學校엔 8時 10分 着. 午後 放課 後엔 家庭訪問次 部落出張~國民投票에 關한 啓導의 意로. 高冷地帶인 本 學區의 稻作〃況은 結實 안 되어 큰 凶作. ◎

〈1980년 10월 14일 화요일 晴〉(9. 6.)
下午 4時에 入淸. 교육廳 들려 業務打合. 金, 權, 韓 장학사 同伴 夕飯을 會食. 꺼름한 와전에 數日 間 氣分 좀 少하였다가 이야기 듣고보니 相反되어 解消되니 氣分 개운. 淸州서 留. ◎

〈1980년 10월 15일 수요일 晴〉(9. 7.)
淸州서 첫 버스(6時 發)로 出勤에 어둡고 춥고. 米院서 호박잎 국에 뜻뜻이 朝食하고 佳陽着.
放課 後에 구기자 열매 한 양재기 땄고~學校 뒤 碑石 앞에서. 6時 退勤인데 5時 半이면 日暮. ◎

〈1980년 10월 16일 목요일 晴〉(9. 8.)
放課 後 淸州 거쳐 金溪 本家 到着 下午 8時 半. 明日 行事로 검정 洋服 때문에. ◎

〈1980년 10월 17일 금요일 晴〉(9. 9.)
본가 金溪에서 아침 6時에 出發. 7時 40分에 淸州 着. 9時부터 있는 "忠北地域" 敎員硏修會에 參席. 場所는 '忠北예술文化會館'. 講師는 朴一慶 博士~憲法改正案의 特徵. 李奎浩 文敎長官의 訓示로 '敎育革新과 敎育者의 使命'. 12時에 마치고 点心 後 忠北藥師會로부터 僻地校에 贈呈하는 非常藥 一箱 받아갖고 歸校. 봉급받고 入淸. ◎

〈1980년 10월 18일 토요일 晴〉(9. 10.)
今日도 淸州서 일찍 出勤. 朝會時에 어제의 硏修會 傳達. 淸州 거쳐 井母와 歸家. 새 집 邊榮移舍 人事. ◎

〈1980년 10월 19일 일요일 晴〉(9. 11.)
魯松은 通信高校에 일찍 가서 工夫하고 日暮頃에 歸家.
井母와 終日토록 流汗 勞力~前 日曜에 텃논 벼 베어낸 것. 모두 거둬 묶어 마당에 積載. 日暮 後까지 勞力하여 豫定作業 끝내고 夕食 단단히 먹고 入淸. 곤히 就寢. ◎

〈1980년 10월 20일 월요일 晴〉(9. 12.)
라면으로 早朝食하고 出勤. 六學年 道德授業 等 充實한 生活로 해 넘겼고. 新 教育長(李燦夏) 來校 消息 있기에 待期했으나 안 왔고. 밤엔 班常會로 佳陽里 佳景洞에 가서 22日에 있을 國民投票 參與에 對한 啓導했고. ◎

〈1980년 10월 21일 화요일 晴〉(9. 13.)
明日 있을 國民投票에 關한 放送. 今朝 最終. 學校行事 모두 마치고 日暮 後 入淸.
井母도 本家에서 淸州 와서 장 좀 보고. 淸州서 留(明朝 國民投票 때문에).
텃논 벼(아끼바레) 昨日 아침에 脫穀하여 約 5叺 收穫했다는 것. ◎

〈1980년 10월 22일 수요일 晴〉(9. 14.)
된내기 서리로 호박잎, 고추잎, 고구마 입 等 까므라지고. 영하 3°. 國民投票로 臨時公休日.
井母 국민투표에 投票所(社稷洞…사창동 사직아파트 第一管理事務所)까지 食 前 7時에 案內했고.
10時에 金溪 가서 배추폭이 동여맨 後 正午에 投票所(金溪國校)에 가서 國民投票 마치고 入淸.
5女 魯運이도 서울서 投票次 來淸하여 施行後 日暮頃에 上京. ◎

〈1980년 10월 23일 목요일 晴〉(9. 15.)
早朝 첫 直行버스로(6시) 米院向發. 學校오니 7時 10分. 午前 中 學校行事 마치고 職員 5名(吳 校監, 洪 教務, 朴相 主任교사, 李鎭 教師, 金在 教師) 雪嶽山 向發~25日 歸校 豫定. 其間 宿直키로.
어제 있었던 國民投票 結果 全國投票率 95.5%에 贊成 91.6%로 確定發表. 本道 投票率97.8% 贊成 94.7%. 改正憲法은 27日에 公布한다는 것. 宿直勤務 徹底히 잘 했고. ◎

〈1980년 10월 24일 금요일 曇, 가랑비〉(9. 16.)
22日, 23日은 아침氣溫 영하 3°. 얼음 얼었었고. 今朝은 조금 덜 춘 셈.
南一校 羅光春 校長 問病. 午後 2時부터 教育廳에서 淨化擔當者 會議 있어 學校事情 따라 代理參席. 淸州서 夕食하고 아파트 잠간 거쳐서 佳陽 向發. 米院 오니 가랑비 내리기 始作. 20時 學校 着. 宿直했고[22]. ◎

〈1980년 10월 25일 토요일 가랑비, 曇, 雨, 雪〉(9. 17.)
午前 7時에 本家 金溪 向發. 아그배 볏논의 排水作業에 多幸한 勞力했고. 槐山과 서울 좀 보낼 햅쌀 좀 몇 말 정미했기도. 날씨는 惡化~비 끝에 진눈개비, 후엔 本格的인 强雪.
日暮頃에 井母는 魯杏 데리고 槐山 간 것~槐山 孫子 '正旭'의 첫 돐이 明日이라고. 友信會

22) 일기의 날짜 옆에 "요새 食 前마다 2°"라고 따로 적혀 있다.

에 參席. ◎

〈1980년 10월 26일 일요일 雪, 가랑비, 曇〉(9. 18.)
早朝에 채비 차리고 槐山 向發. 사릿재 넘을 땐 完全雪景에 冬節 氣分. 朝食을 槐山에서 했고.
孫子 정욱(正旭)의 첫 돐. 서울서 맏이 井도 오고. 12時頃. 서울 갈 豫定을 中止하고 次週에 가기로 한 것.
下午 2時쯤 井母, 杏 同伴하여 入淸. 금성 TV 14인치[23] 108,700원에 購入 아파트에 設置. 契約金 2万 원 지불. ◎

〈1980년 10월 27일 월요일 가랑비, 曇〉(9. 19.)
任地 佳陽에 와보니 고냉지대라서 雪景[24]은 어제 그대로인 듯. 1尺 以上[25] 싸였었다는 것. 벼 베지 않은 논은 업쳐 꽉 깔렸고. 센 바람과 무거운 눈으로. 平生 처음 보는 光景[26]. 改正憲法 公布.
去 24日에 있었던 淨化業務에 關한 會議 內容을 傳達했고. 終日토록 추은 날씨로 一貫. ◎

〈1980년 10월 28일 화요일 曇, 晴〉(9. 20.)
郡內 兒童 綜合藝能發表大會가 內秀에서 施行케 되어 朝會 後 가 보았고.
行事 끝나자 急히 서둘러 金溪行한 것. 아그배 논벼 순치기(뒤집기) 作業으로 日暮 後까지 勞力했고. ◎

23) 원문에는 붉은색 색연필로 밑줄이 그어져 있다.
24) 원문에는 붉은색 색연필로 밑줄이 그어져 있다.
25) 원문에는 붉은색 색연필로 밑줄이 그어져 있다.
26) 원문에는 붉은색 색연필로 밑줄이 그어져 있다.

〈1980년 10월 29일 수요일 晴〉(9. 21.)
金溪서 5시 40분에 任地 佳陽校 向發. 8時 30분에 到着~2時間 50分 所要된 셈.
今日 生活도 如前 忠實했고. 日出 前 溫度 요샌 每朝 영하. 冬服과 同 內衣 입은 것. ◎

〈1980년 10월 30일 목요일 曇, 雨, 曇〉(9. 22.)
午前 中으로 學校 行事 마치고 教育會 主催 面內 教職員 親善排球大會에 全員 參席. 13.00~16.00.
下午 3時 半頃부터 約 1時間 동안 비 나우 내렸고. 日暮頃 入淸, 마침 井母도 왔고. ◎

〈1980년 10월 31일 금요일 晴〉(9. 23.)
밤 사이에 날씨 淸明하게 개였고. 淸州서 出勤. 早朝 氣溫 零下. 近日은 한겨울을 방불케 하는 氣候이고.
吳 校監 私 事情 있어서 歸家해서 모처럼 今夜도 獨宿. 校下地域은 結實 안된 벼 요새서 베기에 한창. ◎

〈1980년 11월 1일 토요일 晴〉(9. 24.)
土曜學校生活 13時에 마치고 入淸하여 井母와 함께 上京~햅쌀 두어말, 장, 들깨기름, 고추가루 등 갖고.
서울 잠실엔 午後 6時 半頃 到着. 끝째 女息 魯運은 淸州 갔대서 못 만났고. ◎

〈1980년 11월 2일 일요일 晴〉(9. 25.)
서울서 朝會 後 곧 金溪 向發. 高速버스 時間 圓滑치 못하여 本家엔 12時쯤 到着. 松은 放通高 갔고.
井母의 거드름도 받았지만 敏活한 勞力으로

아그배논의 벼 다 묶은 것(거둔 것). 日暮 後 松 歸家. ◎

〈1980년 11월 3일 월요일 晴〉(9. 26.)
去 29日과 如히 金溪서 5時 40分에 出發하여 今日은 아파트 잠간 거쳐서 任地엔 9時에 到着.
下宿 主人들 집은 업친 벼 베는 일 오늘서 마쳤다는 것. 冷害로 結實 안 되었고. ◎

〈1980년 11월 4일 화요일 晴〉(9. 27.)
今朝 氣溫 영하 1度 5分. 日出 前 行事 繼續 施行中~國民體操, 驅步, 學校放送 後 洗手. ◎

〈1980년 11월 5일 수요일 曇, 晴〉(9. 28.)
金榮明 初等係長 奬學指導次 來校. 彼此 歡談 많이 했기도. 行事 마치고 米院 내려가 晝食 같이 했고. 吳 校監도 同伴. 吳 校監에게 社會活動 좀 하라는 忠告 있었기도. ⓒ

〈1980년 11월 6일 목요일 曇, 晴〉(9. 29.)
各種 帳簿 整理 完結. 六學年 道德授業도 했고. 吳 校監 집 打作한다기에 本家 小魯에 일찍 가보라 했고. ◎

〈1980년 11월 7일 금요일 曇〉(9. 30.)
午後에 米院서 錦寬校 主管의 面內 排球大會 있어 參席했고. 日暮 後 入淸하여 夕食하고 淸州서 留. ⓒ

〈1980년 11월 8일 토요일 晴〉(10. 1.)
淸州서 早朝 出發하여 米院 와서 朝食하고. 土曜行事 모두 마친 後 朴相萬 敎師의 招待로 全職員 淸州 가서 衷心 待接받은 것~美術科 硏究物에 一等級 入賞되어 全國硏究大會에 다녀온 榮光의 意로. 아파트 거쳐 저물게 金溪 갔고. 佳陽서 都賣價로 산 라면, 국수 各 一箱 청주로 搬入. ⓒ

〈1980년 11월 9일 일요일 晴〉(10. 2.)
午前 中 家庭일(뒷 것 落葉整理, 밤까시 處理 等)보고 入淸하여 申元植 子婚, 江外 元校長 子婚, 烏山 權彝福君 子婚, 南二校 吳炳文 敎師 子婚에 人事. 日暮頃에 梧倉 金, 油里 卞, 德城 鄭 校長과 함께 얼려 一盃했기도. 井母는 時祭物 홍정 때문에 入淸. ⓒ

〈1980년 11월 10일 월요일 晴, 曇〉(10. 3.)
金溪서 早期 朝食하고 學校 時間 잘 댔기도. 科學館 職員들 夕食待接次 學校서 淸州까지 同伴하여 會食한 것. 金溪엔 下午 8時 半頃 到着. 가보니 時祀日字 당겼다고. 몸 달던中 마침 잘 왔다는 것. 12代祖 奉事公 時祀가 陰 10月 11日이었는데 8日로 앞당기기로 됐다는 것. 밤늦게까지 산적까치등 다음기에 일 보았고. 祭物 홍접은 井母가 松이 데리고 오미서 거의 사 온 것. ⓒ

〈1980년 11월 11일 화요일 晴〉(10. 14.)
今日도 昨朝와 같이 早朝食하고 學校 出勤 맞침 맞게 한 것~5시 40分 出發. 學校 到着 9時 5分 前.
授業參觀 後 奬學指導簿 記錄 等 帳簿整理 等에 完璧을 期한 것. ◎

〈1980년 11월 12일 수요일 曇, 가랑비〉(10. 5.)

學校行事 午前 中으로 마치고. 全職員 教育廳에 다녀온 것~年金카드 確認捺印 때문에.
밤 8時쯤 本家에 到着하고 時祀用 밤 生栗친 것. ⓒ

〈1980년 11월 13일 목요일 曇, 晴, 曇,가끔 눈파람〉(10. 6.)
下午 1時頃에 米院 내려가 自轉車舖 李 氏 家에 弔問.
밤 7時 半쯤 金溪 到着. 時祀用 산적(고기) 4位分 까치로 꾀었고. 井母는 다식 빚고. ◎

〈1980년 11월 14일 금요일 晴〉(10. 7.)
日出 前 氣溫 영하. 어름 얼었고. 5時 半頃에 出發하여 8時 30分에 學校 到着 勤務.
明日 있을 行事로 늦게 金溪 本家 到着. 日暮頃엔 센타 집 生日 特別招待 있어 夕飯 會食에 參席했던 것. 집에 늦게 到着한 나는 밤새워 祭物 손질에余念이 없었던 것. ○

〈1980년 11월 15일 토요일 晴〉(10. 8.)
새벽까지 일 다 보고선 今日 行事 全般을 井母와 松에게 단단히 付託하고 일찍 出勤했고.
집일(今日行事)이 궁금하여 學校 마치고 저물게 本家에 간 것. 有效 無事히 마쳤다기에 欽快했고. ○

〈1980년 11월 16일 일요일 晴〉(10. 9.)
金溪서 入淸하여 12時에 新羅예식장에서 있는 舟城校 盧載豊 교장 子婚에 人事했고. 떡가방 異常日. ×

〈1980년 11월 17일 월요일 晴〉(10. 10.)
學校 가서 俸給 받고 急한 것 整理하고 係 朴相萬 教師와 함께 아파트까지 왔고. ×

〈1980년 11월 18일 화요일 晴〉(10. 11.)
內秀國校에서 있는 郡內學校長會議에 參席. 會議 後에 飮酒 나우 한 듯. ※

〈1980년 11월 19일 수요일 晴〉(10. 12.)
어제 있었던 運營協議會 傳達次 學校 出勤한 것이 奇蹟. 아파트까지 無事히는 왔고. ※

〈1980년 11월 20일 목요일 晴〉(10. 13.)
魯弼의 大學入學豫備考査 있었고. 場所는 雲湖學園이라고. 23室, 試驗番號 520885. 点心은 松 母子가 운반.
몸 고단하기 시작. 괴로워 運身 곤난 地境이었고. 井母는 책망 지청구하니 當然之事. ×

〈1980년 11월 21일 금요일 晴〉(10. 14.)
요새 날씨 맑고 푹한 것. 속 大端히 괴로우나 井母의 極口 晩留에 이를 악물고 참은 것.
魯弼의 大入結果는 좋은 듯한 氣分인 듯. 今年에는 꼭이 좋아야 할 형편이기도. ◎

〈1980년 11월 22일 토요일 晴〉(10. 15.)
오늘도 봄날씨 같았고. 食事 전혀 못하여 또 큰 일. 魯弼이는 上京. 魯運은 서울서 오고.
飮酒했다는 消息 듣고 또 서울 맏이 井이가 큰 걱정이란다고. 志覺없는 自身 眞心으로 큰 일. 언제까지? ◎

〈1980년 11월 23일 일요일 晴〉(10. 16.)
繼續 봄날씨를 방불케 따뜻하고 좋고. 運이는

上京. 魯弼은 오고. 朝食 억지로 한탕기 했고. 親友 相均(朴) 女婚 있어 大田 라이카예식장 갔었고. 玄同會員은 3사람 集合~鄭海國, 鄭善泳, 郭尙榮. 3사람 別席(茶房)에서 玄同會 運營에 對하여 討議하였기도.
槐山의 魯明이도 제 母親 回甲行事(記念旅費 15万)로 다녀갔다는 것. ⓒ

〈1980년 11월 24일 월요일 曇, 雨〉(10. 17.)
口味 若干 회복되어 食事 어느 程度 드는 편. 早朝에 學校 갔기도. 모처럼 비 내리기 시작. 帳簿 整理, 帳簿 檢閱, 道德授業도 實施. 終日토록 執務에 努力한 것. 밤도 깊도록 勞力. ◎

〈1980년 11월 25일 화요일 雨, 曇〉(10. 18.)
간밤 중엔 억센 찬바람과 비로 사나운 날씨더니 새벽에 비도 멎고 조용해지더니 낮엔 가끔 흐리는 程度로 順히 變해진 것.
거의 날샐 무렵(5시 지나서) 形言키 어려운 極惡의 꿈에서 깨어나 終日토록 궁금症 안 가시고 氣分 나쁘고 不安感으로 지낸 것(맏이 卄을 비롯한 子女 數男妹와 함께 우리 內外 包含한 一同이 잔치한다는 물건 보따리 큰 것 여러 뭉치를 갖고 金溪 현재의 本家에 놓자 火災가 일어나 極力 鎭火에 努力했으나 잡히지 않고 집안 여러분과 洞里사람 몇 사람이 助力 合勢했어도 東편서 타 드러가 석가래 지붕이 半以上 탔을 무렵 어지간히 잡혔다 하여 장에서 사온 소주 몇 병을 待接할 지음 卄母의 가슴에 불이 붙어 火急한 地境에 이르자 타는 몸의 옷을 벗기려 하나 順調롭지 않아 이제는 몸이 엉망으로 될 것이라는 가엾은 生覺에서 悲鳴의 소리를 질으자 깜짝 놀라며 잠이 깨니 꿈이 되자 개운하고 安心이었으나 不安하여 몸이 떨렸다)?…금방에 집에 가 보고픈 마음 간절했으나 學校 形便上 不可避했던 것. 별일 없는지 참으로 궁금.
6時 半 지나서 學校에 나가 아침 放送하고 세수 마친 後 下宿집 와서 朝食 단단히 한 것.
3學年 補缺授業. 公文書 處理, 帳簿整理, 旅行計劃書 作成 等 終日토록 忠實 勤務했던 것. ◎

〈1980년 11월 26일 曇, 晴〉(10. 19.)
아침결의 學校일 마치고 入淸. 卄母 만나니 無事하다기에 기뻤고. 꿈 꾼 이야기는 하지 않았고.
12時부터 있는 族弟 大榮君의 結婚式에 主禮섰고. 簡單 点心 後 곧 米院 와서 米院國校의 "保健衛生活指導"의 報告會에 參席했고. 13時 30分~17時까지. 入淸하여 任校長, 朴 校長 合席하여 座談. 明日부터의 個人 行事(卄母 回辰의 記念旅行)도 얘기했고. 술은 안 마시고. ◎

〈1980년 11월 27일 목요일 晴〉(10. 20.)
일찍 出勤하여 六學年 道德授業 施行. 明日부터 2日 間 年暇할 것을 職員들에게 傳하고 入淸. 下午 四時 高速으로 卄母 데리고 上京. 막내 弼이도 同行. 18時 半에 서울 蠶室 到着.
永登浦, 仁川의 두 사위도 와 있고. 저녁 食事를 푸짐히 했고. 卄母 甲年의 이야기에 꽃피우기도. ◎

〈1980년 11월 28일 금요일 曇, 晴〉(10. 21.)
今日은 卄母의 回甲[27]. 結婚한 제 45年째. 齒

27) 원문에는 붉은색 색연필로 밑줄이 그어져 있다.

牙만이 義齒이나 健康狀態는 良好한 편. 子女 꼭 10男妹 낳아 고시란히 고이고이 잘 키웠고. 家勢도 45년 前에 比하면 富者. 家屋도 亦 그렇고. 알뜰한 살림에 부지런했던 것. 若干의 神經質的이나 겁은 많은 분. 배운 것 없어 無識한 편이지만 正直하고 卽決主義. 고마운 분.余生을 慰勞慰安 더 할 生覺 간절하고. 나의 飮酒로 속도 많이 썩였던 것. 白髮인데 染色으로 검은 머리인양. 日 後에 回甲 記念寫眞 찍을 터.

만이 內外의 先導周旋으로 記念旅行을 航空便으로 濟州道 觀光케 한 것. 나도 年暇 2日. 큰 애 案內 택시로 長〃 金浦까지…10時 半에 KAL機 떠 濟州市엔 11時 半쯤 着陸. 1시간 所要. 高麗旅行社 主管에 手續되어 案內하는대로 行動. 点心 後 濟州市內 自由로 求景하고 KAL호텔 18層17호에서 留宿. 호텔 投宿 처음 經驗. 이모저모로 가슴 벅찼기도. 서울로 電話하기도. 井母의 기뻐함에 多幸했기도. KAL機 1人 片乘에 23,320원. 호텔은 宿泊料 1칸 21,000원이라나. ◎

〈1980년 11월 29일 토요일 晴〉(10. 22.)

三寶交通이란 觀光버스로 組織된 14名 合乘하여 觀光~10時되기 前에 出發하여 ① 三姓穴 ② 龍頭岩 ③ 抗蒙殉義碑 ④ 双龍窟과 협재窟 ⑤ 山房窟寺 ⑥ 中文서 点心하고 天帝淵瀑布, 외돌괴, ⑦ 西歸浦 '파라다이스호텔 202호'에서 留宿. 一行中 젊은이 新婚 夫婦 千 氏도 옆房호에서 投宿. ◎

〈1980년 11월 30일 일요일 晴〉(10. 23.)

호텔 內 食堂에서 韓食(2人分 4,900원)으로 朝食. 一行 14名은 어제와 同一. ① 天池淵 폭포 ② 漢拏山國立公園 入口 750高地에서 休憩 ② 焚火口[28] ③ 城山 日出奉과 焚火口, 城山浦 일광食堂에서 点心 ④ 萬丈窟(돌거북, 돌기둥) ⑤ 北村~海女, 해삼회 ⑥ 下午 3時 半에 濟州市 到着. 膳物(타올, 감귤 等) 購入하고 下午 7時에 KAL機 離陸. 서울 蠶室엔 9時 半쯤 到着. 서울서 留. ◎

〈1980년 12월 1일 월요일 晴〉(10. 24.)

3日 間 旅行. 말 그대로 記念旅行이었고. 無事했던 것 多幸이고. 돈 들었으나 보람 있었던 것.

朝食 後 夫婦는 8時에 清州 向發. 아파트 잠간 들려 學校 오니 12時쯤 學校無事. 晝食은 佳陽里 가경재 申 氏 婚事집에서 招待받아 잘 먹었고. 放課 後에도 巨內 申 氏 家에서 招待. ◎

※ 濟州旅行 附記

○ KAL機 金浦 離陸 後 30分 後엔 6,700m 高度. 金浦~濟州市間 約 1時間 所要.

○ 濟州市는 舊제주, 新제주로 區分. 阜頭는 西部는 漁船, 東部는 旅客船.

○ 서울 間 通話料 1通話에 1,800원. KAL호텔은 21層, 옆에 '파라다이스'호텔도 있고.

○ 三姓穴~高, 夫, 梁 氏. 4,000年 前. 47万 人口 中 高 氏 10万, 夫 氏 7万, 梁 氏 3万. 神의 造化木이라고…中央 向하여 절하고. 千年의 곰솔.

○ 抗蒙殉義碑~700年 前. 三別抄. 隊長 金通精. 土城 옛모습 그대로.

28) 원문에는 2번이 두 번 표기되어 있다.

○ 双龍窟, 俠才窟~나뭇군 할아버지가 發見. 굴속에서 卽席 寫眞 一枚 2,000원에 記念撮影.
○ 天帝淵 瀑布는 마침 乾폭포였고. ○ 외돌괴는 바다속 突出괴석.
○ '파라다이스'란 天國, 樂園이란 뜻이라고. 호텔 앞은 商船阜頭. 景致 좋은 곳이었고.
○ 城山日出奉의 10万 坪 噴火口. 其外 먼저 본 噴火口도 물이 없는 것이 特徵이라고.
○ 萬丈窟~6,980m, 1㎞까지만 電燈 架設. 돌거북은 제주도 섬形. 돌기둥까지만 갔고.

◎ 寫眞撮影 12枚의 內譯
① KAL호텔 앞뜰에서
② 抗蒙殉義碑에서
③ 山房窟寺 앞에서
④ 同上 밑에 바다를 背景으로
⑤ 밀감밭에서
⑥ 정방폭포에서
⑦ 西歸浦부두에서 (배 배경)
⑧ 同 등대를 背景
⑨ 天帝淵 瀑布에서
⑩ 漢拏山 750m 高地에서~"城板嶽" 國立公園 入口에서
⑪ 城山日出奉 頂上에서
⑫ 同上 中턱에서(괴石 사이로 바다를 背景)

〈1980년 12월 2일 화요일 晴, 雨, 曇〉(10. 25.)
아침放送에서 12月 메모. 새벽녘까지 좋던 날씨가 日出 直前에 急變하여 南西風이 强해지고 찬비가 뿌려지고. 낮엔 싸락눈도 날렸던 것. 급작이 冬將軍을 연상케 한 것. ◎

〈1980년 12월 3일 수요일 曇, 雪〉(10. 26.)
今朝 日出 前 氣溫 영하 5度. 낮에 내린 눈 約 15㎝ 積雪. 佳陽地方 完全 雪景~山, 野, 村.
六學年 '잡곡밥'이라는 單元 家事實習에서 全職員 晝食 맛있게 먹은 것.
6.25事變 前後 金溪校長이었던 金龍顯(77세) 교장 乞人이 되어 찾아와 食事와 旅費 同情했고. ◎

〈1980년 12월 4일 목요일 晴〉(10. 27.)
水銀柱 영하 13°. 맑은 날씨이나 눈 얼마 녹지 않고 낮에도 얼어 솔아붙는 셈. 午前 中엔 버스 不通. ◎

〈1980년 12월 5일 금요일 曇, 雪〉(10. 28.)
下午에 入淸하여 親知들 回甲 招待에 못 갔던 곳 答禮에 膳物(양말) 郵送 手續에 바빴고.
敎育廳 가서 事務打合~電話架設 問題 等. 淸州서 留. ◎

〈1980년 12월 6일 토요일 曇, 晴〉(10. 29.)
晝食 時間에 禾倉里 韓 氏 家 弔問 갔었기도. 退勤 後 길 나빠 버스로 入淸. 族弟 亡 允相집 가서 弔問. ◎

〈1980년 12월 7일 일요일 晴〉(11. 1.)
北上校 校長 李一根 子婚, 鍾岩校 梁鍾錫 교장 女婚에 人事. 저녁엔 井母와 파菜類 사러 市場 다녀오기도.
公務員 健勝 健康診斷에 血壓 높다고 舟城醫院에서 再檢~155度에 100도…높은 편이라는 것. ◎

〈1980년 12월 8일 월요일 晴〉(11. 2.)
出勤길~米院서 學校까지 步行. 발, 다리 나우 뻐근했고. 職員들 개구리 料理 먹는 데 같이 했고. ◎

〈1980년 12월 9일 화요일 晴〉(11. 3.)
나우 쌀쌀한 아침. 영하 5도. 간밤중에 눈이 살짝 내렸기도. 낮 동안에도 눈 녹지 않았고. ◎

〈1980년 12월 10일 수요일 晴, 曇〉(11. 4.)
食 前 行事(國民體操, 驅步, 放送, 洗手 順) 如一施行. 食慾 向上. 公私生活 順調롭고.
日出 後 氣溫 올라 포근해져 낮 동안 언땅과 눈 녹아 길 엉망으로 질퍽해진 것. ◎

〈1980년 12월 11일 목요일 晴, 曇, 雨, 曇〉(11. 5.)
'고려의 대문장가 연담 곽예 구석봉 지음'. 318페지 어제 읽기 始作하여 今朝 1時 40分에 通讀했고. 淸州藥局 郭漢鳳 氏로부터 一卷 寄贈받고. 一卷은 4,000원에 購求하여 서울 孫子(英信, 昌信)들에게 보냄. 80. 12. 5.
낮에 米院支署와 농協에 잠간 들려 入淸하여 舟城醫院에서 血管 및 心臟檢查 받은 것.
저물어도 本家行 하려다가 親知 몇 사람과 談話하는 데 時間이 갔고 井母와 魯弼이 來淸하기도. ⓒ

〈1980년 12월 12일 금요일 雪, 晴, 雪〉(11. 6.)
淸州서 出勤길에 눈 내리고. 北西風 찬바람으로 낮氣溫도 零下. 日暮頃엔 영하 4,5度.
솔골 朴 氏 宅 回甲宴에 招請 있어 全職員 가서 夕食 兼 待接 받았고. 밤中에 또 눈. ⓒ

〈1980년 12월 13일 토요일 雪, 曇〉(11. 7.)
새벽 1時 半에 마루와 뜰 便所行 길에 쌓인 눈 쓸었고. 또 10㎝ 程度 내려 쌓인 듯. 食 前 溫度 영하 12度. 지금까지엔 가장 추운 느낌.
편지 4곳 써 부치고~위로 딸 3兄弟(永登浦, 天安, 仁川)와 둘째 子婦 雄信 母한테 보낸 것.
學校 마치고 入淸. 청주서 留할 計劃이었으나 金溪 本家까지 갔고. ⓒ

〈1980년 12월 14일 일요일 晴〉(11. 8.)
入淸하여 몇 군데 人事. 韓載求(三松校長) 女婚, 佳陽學區인 基岩里 李형재 子婚.
下午 2時 半에 鳥致院 행복예식장에도 가서 人事. 俊이 弟 魯均이 結婚式에 參席한 것. 서울서 族兄 義榮 氏 와서 主禮 섰던 것. ⓒ

〈1980년 12월 15일 월요일 晴〉(11. 9.)
米院高等學校에서 消防示範訓練 있어 參席. 入淸하여 몇 同志 校長들과 一盃했기도. ⓒ

〈1980년 12월 16일 화요일 晴〉(11. 10.)
入淸하여 米院面長 金鐘國 慈親喪과 故 表在元 校長 別世에도 율량리 가서 人事[29]. ○

〈1980년 12월 17일 수요일 晴〉(11. 11.)
俸給받은 날이어서 日暮 後 入淸하여 井母 만나 몇 가지 장 보기도. 記念寫眞도 찾았고. ⓒ

〈1980년 12월 18일 목요일 晴〉(11. 12.)
學校 끝난 後 入淸하여 淸州藥局 債金도 返濟.

---

29) 원문에 나온 "율량리"와 전날 "一盃"가 점선 화살표로 서로 연결되어 있다.

一盃後 清州서 留. ⓒ

〈1980년 12월 19일 금요일 晴〉(11. 13.)
청주서 일찍 出勤. 李龍雨 氏 만나 情談도. 어제까지의 過用한 經費 속 찐함을 反省하면서 年末 整理에 몰두. ⓒ

〈1980년 12월 20일 토요일 晴〉(11. 14.)
佳陽出發(下午 1시 50분)時 吳源默 傳達夫로부터 김장用으로 마늘 몇 접 주기에 고맙게 받아 入清.
外川校長 尹洛鏞 親友 6순이라고 招待 있어 數人 친구들과 함께 가서 待接받기도.
清州에 井母도 金溪서 왔고. 市場에 같이 나갔다가 夕食을 통닭집에서 함께 했기도. ⓒ

〈1980년 12월 21일 일요일 晴〉(11. 15.)
日出 前에 沐浴. 料金은 550원. 낮엔 各 禮式場에 東奔西走…米院面 金 支署長 結婚式. 淸原郡 教育廳 鄭東一 管理課長 女婚. 教委 鄭杞泳 장학사 女婚 예식장 等에.
楊鐘漢, 權再植, 金正烈 校長과 合席 情談도. ⓒ

〈1980년 12월 22일 월요일 晴〉(11. 16.)
井母가 마련해주는 흑염소 곰탕 어제부터 今日까지에 끼니마다 한 그릇씩 먹은 것. 새끼 半 짝에 11,000원. 放學準備로 全職員 奔走히 일한 것. ⓒ

〈1980년 12월 23일 화요일 晴, 曇, 雪〉(11. 17.)
明日 終業式 준비로 今日도 부즈런히 움직인 것. 全職員

밤새에 눈 많이 내렸고.
校長會議에 參席. 12時에 마친 것. 点心 간단히 待接받았을 뿐.
몇 親舊들과 一盃 나누기도. ×

〈1980년 12월 24일 수요일 曇〉(11. 18.)
終業式 擧行. 어제의 校長會議 傳達했고. 어제의 눈에 운동장 못쓰고. ○

〈1980년 12월 30일 화요일 晴〉(11. 24.)
共同硏修 있어 學校 나갔다가 잠간 일보고 入清. 弟子 金東昱 만나 待接받기도. ※

〈1980년 12월 31일 수요일 曇, 雪〉(11. 25.)
22日 以後 今日까지의 生活 未詳. 많이 反省할 일. 其間에 飮酒 機會 많은 듯. 虛費도 많이 했을 터. 酒벽도 異常. 紛失物도 있을 듯. 꼭 10日 間은 소주 生活한 듯. ×

※ 年略記와 反省
佳陽校 僻地生活에서 한 때는 忠實했으나 한 때는 不實生活도 한 듯.
아침 運動서부터 學校 放送, 奬學 指導, 帳簿 整理, 公文書 處理 等 特色있는 學校長 生活이었으나 어느 때는 그렇지 못한 것 眞實로 反省해야 할 일. 나이도 60인데. 心情 착한 내 마음인데 어쩌면 남에게 指彈 받아서야. 明年부터라도 늦지 않다는 勇氣를 내어봐야 할 텐데. 要는 飮酒 탓. 마음이 약해서인가. 어쩌면 좋을까. 하여튼 엽질은 물 쓸어 담을 수 없는 일. 내일부터라고 充實해 보자는 覺悟와 勇氣를 갖도록 또는 그를 實踐하도록 하는 길이 나의 나갈 길임을 胸中에 새겨 實踐해 보렸다. 以上

의 反省記는 이미 늦은 것. 81. 1. 8: 밤 10時에 쓰는 것이므로 1月 9日부터라도 實踐하렸다.

7月 22日의 集中暴雨로 水害는 數十年 이래 처음이라는 해. 이곳 米院地區는 더구나 冷害로 因하여 말할 수 없는 凶年이었다. 내 自身도 700坪 땅콩밭이 埋沒되었고. 國內 情勢로도 겪지 못할(감회 깊은) 여러 가지가 있었음을 생각하며 簡略히 以上 記錄으로 맺는다.

〈앞표지〉

○ 1981年(4314). 辛酉. (佛紀2525)

○ 1982年(4315). 壬戌. (〃 2526)

米院面 佳陽校 在職

陰城郡 富潤國民學校 〃 〃

〈뒷표지〉

通信欄

〈1981년 1월 1일 목요일 曇, 雪〉(11. 26.)

어제까지의 過飮生活에 今日의 설 茶禮 마음만은 가다듬었으나 反省할 點 많았고.

陽曆過歲는 洞中 從兄들과 우리 單 두 집 뿐.

今日을 그대로 뜻 없이 넘긴 듯. ×

〈1981년 1월 2일 금요일 曇, 晴〉(11. 27.)

간밤의 暴雪로 約 一尺 程度 積雪. 再堂姪 魯達의 結婚式에 主禮 섰고. ×

〈1981년 1월 3일 일요일 晴〉(11. 29.)

積雪로 交通 杜絶된 곳 많다는 것. 同甲稧 있어 參席~場所는 오미 신성옥. 玉山校 26回 同窓會 있어 醉中에 無限이 반가워 또 過飮한 듯. 몇 弟子와 淸州까지 가서 거듭 過飮. ※

〈1981년 1월 4일 일요일 晴〉(11. 29.)

날씨는 맑아도 강추위로 氣溫이 零下 15度.

온 地上은 日 前의 積雪로 白世界.

明日이 나의 6旬이라고 子息들 모여 飮食 장만에 큰 苦生하고. ○

〈1981년 1월 5일 월요일 晴〉(11. 30.)

가장 추운 날씨. 영하 20度. 몸 괴로워 終日토록 꼼짝 못했고.

子息들 勞力으로 아침 食事를 洞里분들에게 待接. ◎

〈1981년 1월 6일 화요일 晴〉(12. 1.)

추위는 어제와 비슷. 子息들과 동기間들 点心後 거의 갔고. 몸은 繼續 極度로 고단. ◎

〈1981년 1월 7일 수요일 晴〉(12. 2.)

車 불러 간신히 入淸. 同 職員 招待하여 아파트에서 晝食을 待接. 飮食을 만드르기에 沃川 둘째 子婦가 手苦 많았고. 四女 魯杏과 함께.

今朝부터 食事 어느 程度 드는 形便. ◎

〈1981년 1월 8일 목요일 晴〉(12. 3.)

今朝도 零下 16°. 勇氣 내어서 出校. 몸은 점점 낳아지기 시작. 學校는 多幸히 無事. 下宿집에서 밤 11時 半까지 家計簿와 日記帳을 대충 整理.

밤中에 電通 받고 또 보내느라고 괴롭기도 했던 것. ◎

〈1981년 1월 9일 금요일 晴, 曇〉(12. 4.)
일찍 出勤하여 忠實히 執務~各種 帳簿 檢印, 公文書 處理, 잊었던 帳簿 나와서 개운했고.
点心 後 2時 半 車로 入清. 아파트 잠간 들려 곧 松과 함께 金溪行. 米院선 祝儀金 送金하기도. ◎

〈1981년 1월 10일 토요일 晴〉(12. 5.)
清州藥局 漢鳳 氏가 寄贈하는 册子 "연담 곽예" 金溪國校에 傳達했고. 午後에 井母와 入清. ◎

〈1981년 1월 11일 일요일 晴, 雪〉(12. 6.)
9時 半 發 高速으로 井母와 上京~仁川 女息 媤弟 愼明宰君의 結婚式 있어 人事次. 영등포 京苑예식장. 禮式場에서 만 애 內外와 永登浦 큰 女息 夫婦도 만난 것. 仁川 女息 健康도 좋아 보여서 기뻤고. 잔치 晝食 後 下午 四時 半 發 高速으로 清州로 廻路. ◎

〈1981년 1월 12일 월요일 晴〉(12. 7.)
出勤執務. 10日에 있었던 校監會議 內容 알아보고. 全職員 出勤된 것. 學校 無事.
今學年度末 定期異動에 內申을 決意~1.聖岩, 2.內北, 3.道安으로~清原郡 8年 滿期의 方針인데 七年이라서 一年 여유 있으나 形便上 隣接郡으로 마음 먹은 것. ◎

〈1981년 1월 13일 화요일 晴〉(12. 8.)
日出 前 氣溫 영하 12°의 寒波. 일찍 學校에 나가 一巡하고 朝食.
諸帳簿 檢印, 職員 動態 一覽表 完成 및 揭示. 個人帳簿 等 整理하고 下午 4時에 學校에서 自轉車로 出發. 米院까지 애썼고. 家庭에 到着할 땐 下午 8時쯤. 金溪本家에서 모처럼 留. ◎

〈1981년 1월 14일 수요일 晴, 雪〉(12. 9.)
早朝起床. 안마당의 눈더미 完全히 밖으로 지게로 져냈고. 井母와 함께 18時 半쯤 入清.
(本家에서 낮엔 헌책(古本) 가려내어 廢品蒐集商에 賣却…10貫에 1,800. 거저 내버린 셈). ◎

〈1981년 1월 15일 목요일 雪, 晴〉(12. 10.)
밤새에 積雪. 新聞紙上엔 清州地方 29㎝로 되어 있으나 事實上은 그 以上 쌓인 것…40㎝ 積雪.
梧倉校에서 있을 郡內 校長協議會도 延期. 任校長, 張校長 만나 一盃하기도. 井母 나왔기도. ⓒ

〈1981년 1월 16일 금요일 晴〉(12. 11.)
五男 魯弼이 大學志願에 고민중~人文大學 志望인데 동기간 等 環境에서 法大로 勸告하기 때문.
雪中이지만 今日 用務 바쁘게 본 것~아파트 管理所 거쳐 米院行. 米院國校에서 있는 音樂教師 研修會에 잠간 參與하고 新舊教育長(李, 沈)과 함께 晝食을 待接받기도. 步行으로 佳陽까지 갔던 것. 約 2時間 程度 執務하고 또 步行으로 米院 올 땐 2, 3次 너머지기도. 米院國校 盧載亨 教師 만나 몇 번의 座席 버렸으나

[벌였으나] 謹酒했고. 盧敎師는 나우 醉했고. ◎

〈1981년 1월 17일 토요일 晴〉(12. 12.)
米院 가서 俸給 受領~精勤手當 合하여 745,000餘원 되고. 入淸하여선 井母와 함께 市內에 들어가 外上分 返濟 및 세에타 等 몇 가지 물건 사기도. 杳까지 3人 불고기 집에 가서 代用食한 것.
末童이 弼이는 法大 및 人文大의 入學願書 갖고 上京. 兩大 中 제 큰 兄과 相議하여 決定한다는 것. ⓒ

〈1981년 1월 18일 일요일 晴〉(12. 13.)
井母와 함께 玉山 나가서 쌀 50叺 稧條 有司여서 叺當 44,520×51.5叺代로 2,292,760 受領하였으나 나의 計算~45,750×51.5=2,356,125원만은 61,000원의 差異가 나서 疑問. 2百萬圓은 李仁魯 親友의 要請에 依하여 利子 2分로 준 것. 오미場에서 殘務 보고서 택시로 井母와 함께 金溪 가서 留.
明日은 梧倉 가야겠기에 단잠 안왔던 것. ⓒ

〈1981년 1월 19일 월요일 晴〉(12. 14.)
새벽에 起床하여 出張 準備 단단히 하고. 밥 끓여 많이 먹고 6時에 出發. 눈길 玉山까지 步行. 아파트에 들려 40分 間 쉬었다가 時間 맞춰 市內버스로 梧倉校 가니 9時 30分.
幼兒敎育에 對한 協議會와 當校의 報告가 主. 下午 4時에 會議 마치고 卞文洙 校長한테 厚待받기도. 入淸하여선 몇 몇 親友와 又 一盃한 것. ○

〈1981년 1월 20일 화요일 晴〉(12. 15.)
井母와 함께 玉山 나가서 外上값 整理~柳在洙 商店의 正宗 2병값. 崔 氏집에 '朝鮮日報' 一年치 等.
집엔 井母와 함께 若干 저물게 到着. ×

〈1981년 1월 24일 토요일 晴〉(12. 19.)
날씨는 繼續 좋은 펴이나 寒波도 繼續. ㅇ1年 3個月 만에 非常戒嚴 解除[1] 發表…零時 期해서.
井母와 함께 入淸하여 哲人이란 占장이 찾아가 弼이에 對한 大學進學區別 判斷에 關하여 問議하였으나 法大보다 人文大로 採擇함이 可하다는 뜻을 表明하여 不滿足했던 것. ×

〈1981년 1월 25일 일요일 晴〉(12. 20.)
五男 魯弼이 上京~今日 受驗票 받고 明日은 面接. 어느 大學에 自身 決定할른지? ×

〈1981년 1월 28일 수요일 晴〉(12. 23.)
全斗煥大統領 美國 새 大統領(레이건…1月 20日 就任) 招請으로 美國訪問次 壯途에 오르고.
井母와 함께 佳陽 다녀온 것~下宿費 支拂. 下宿집 새 子婦의 生男에 멱 1잎 膳物. 寢具손질 等으로. 其間 學校도 職員까지 모두 別無事故로 多幸하고. ×

〈1981년 1월 30일 금요일 晴〉(12. 25.)
井母와 함께 玉山 가서 井母用 補藥 1제 3萬원에 짓기도. 淸州藥局에선 淸心丸 10個 2萬

---

1) 원문에는 붉은색 볼펜으로 밑줄이 그어져 있다.

원,
族兄 俊榮 氏, 鄭海天 우체局長, 權殷澤 氏 만나 合席되어 氣分 넘쳐 소주 나우 마신 것.
日暮頃에 井母와 함께 택시로 金溪 와서 醉함을 더욱 느끼고 積雪된 눈길은 아직 그대로. ※

〈1981년 1월 31일 토요일 晴〉(12. 26.)
連日의 飮酒로 食事 못하여 또 身樣 말 못할 程度 괴롭게 變한 것. 먹지 못한 채 終日토록 누어 呻吟. 누어서 또 잔걱정 甚해진 것~學校일, 家庭일, 飮酒過程 等.
魯松은 午後에 淸州 가고~明日 放通高 出校와 魯弼 보고 싶다고. ◎

〈1981년 2월 1일 일요일 晴〉(12. 27.)
不忘之友 朴鐘榮 校長(九城校) 女婚(서울 종로예식장)에 不參되는 것이 大不安.
하는 수 없이 午前 中 누어 休息. 午後에야 若干 差度 있는 듯. 点心 若干 들고.
上京한 5男 魯弼이가 어제 合格 발표日인데 어데로(人文大? 法大?) 決意했는지 몹시 궁금하고.
저녁 때 4男 魯松이 왔기에 問議한즉 반가운 消息~魯弼이 법대(서울大 法大)로 決定 合格.
天安 蓮垈禪院의 次女(姬) 在應스님 淸州에 와 있다는 것. 魯明 夫婦와 서울 運이도 다녀갔다고. ◎

〈1981년 2월 2일 월요일 晴〉(12. 28.)
차차 날씨는 풀려가는 듯. 그래도 日出 前 溫度 영하 17.8度. 낮은 零上.
몸 完全치는 못하나 궁금하여 入淸後 佳陽 다녀온 것~모두 無事 多幸.
저녁엔 魯弼와 在應스님 데고 여러 가지 慈味로운 對話로 滿發.
美國 訪問中인 全斗煥 大統領의 가는 곳마다의 僑胞, 美國人들의 大歡迎의 TV 視聽. ◎

〈1981년 2월 3일 화요일 晴〉(12. 29.)
朝食 後 日記帳과 家計簿를 整理하고 11時 버스로 玉山 가서 戶籍謄本 3通, 財産證明書 一通, 農協에 連絡하여 二等品 秋穀價 確認(22,260원). 우체局에 가서 九城校 朴鐘榮 校長 子婚에 祝儀金으로 3,000 小額換 떼어 郵送한 것. 2時에 歸家(아파트)하여 点心 後 讀書하다가 4時 半 車 出校. 校長室, 敎務室 狀況 잠간 둘러보고 印鑑 갖고 入淸 途中 朴主任 교사 집 잠간 들러 人事(그 夫人 退院했대서).
아침에 왔던 4男 松은 午後 金溪 간 것…혼자서라도 집 본다고.
魯姬(在應스님)와 魯杏은 제 둘째오빠 만난다고 大田 갔다가 밤 8시 좀 지나서 왔고. ◎

〈1981년 2월 4일 수요일 晴〉(12. 30.)
米院 가서 11時부터 있는 大統領選擧人團 出馬者 合同演說會場에 가본 것. 場所는 米院里 二區 會館. 出馬者 5名~民正 2, 民韓 1, 國民 1, 民國 1,…11時~13時.
雲巖校 任校長과 同行 入淸하여 点心 招待받기도. 함께 郡敎育廳에 들렸던 것.
學務課 職員들 魯弼의 서울大 法大 合格을 祝賀한다고 贊辭. 自進轉出 內申한 것에 李燦夏 敎育長도 印象 좋게 말하여 氣分 快했고.
沃川 둘째 子婦 아파트까지 다녀간 것…大田 事業 經費難으로 敎員共濟會 手續 부탁 件.

井母는 딸 在應스님 歸天安하는 데 直行버스 駐車場까지 다녀온 後 나와 함께 金溪行. ◎

〈1981년 2월 5일 목요일 晴〉(正. 1.)
今日은 舊正. 우리 집안엔 再從兄(憲榮 氏)만이 舊正(陰曆 過歲). 소주 若干 갖고 전좌리 先考妣 山所 省墓 다녀 오는데 積雪 길에 애 많이 썼기도. 晝食 後 入淸하여 道敎育會館에 들려 共濟會 道支部 볼 일 있었으나 職員 事情으로 用務 못 보고 歸아파트하여 留. ◎

〈1981년 2월 6일 금요일 晴〉(正. 2.)
近日의 날씨는 맑은 날이 繼續되며 아침저녁으로 나우 쌀쌀한 편이나 낮엔 폭은해서 외투가 싫어진 것.
松이가 圖書 사러 오는 편에 淸州用 배추김치 가지고 온 것. 弼이는 上京 用務를 제 친구에 맡기고 만 듯.
共濟會 事務室 들려 奬學金 別度. 學資貸與 等 問議하여 方式 모르던 것 어느 程度 納得하였기도.
12時頃에 金溪 갔고. 圖書 其他 雜品 몇 가지 整理하고선 또 入淸~明朝에 出校하려고. ◎

〈1981년 2월 7일 토요일 晴〉(正. 3.)
새벽에 起床하여 편지 4통 쓰고~閔丙昇 과장, 李泰善 係長, 郭義榮 氏, 사위(영등포 큰 女息 앞으로).
8時 發 버스로 米院. 米院서 佳陽까지 自轉車로 氷板길을 無故히 到着. 13時 半까지 執務~帳簿檢印, 公文書 決裁, 其他 雜務完結하고 入淸. 文化堂에서 魯弼의 法大 合格證과 考査點數表 5枚씩 複寫하고. 교육廳에 들려 公文書 빼갖고 來아파트. 本家에서 기름 짜아갖고 井母 來淸.
去月 28日에 美國訪問했던 全斗煥 大統領 內外 午後 2時에 歸國, 迎接行事로 굉장했던 것. ◎

〈1981년 2월 8일 일요일 晴, 曇〉(正. 4.)
柳順姬 女敎師(金溪校 時節 같이 勤務, 現在는 內谷校 在職 中) 結婚式에 參席 人事.
下午 一時 發 버스로 佳陽 갔고. 午前 中 兒童 召集하여 除雪作業했다는 것. 日直은 洪祥杓 敎務 主任.
公文書 決裁 等 바쁘게 執務. 5時 半 버스로 入淸. 冬季 休暇의 最終日. ◎

〈1981년 2월 9일 월요일 曇, 晴〉(正. 5.)
새해 始業日. 일찍이 出勤. 開學式. 첫 職員會(休暇 中의 反省. 81奬學方針, 其他 當面문제).
魯弼의 各種 奬學金 手續關係로 点心 後 入淸하여 敎育廳, 敎員共濟會 忠北支部, 淸州高等學校 等 다니느라고 東奔西走했고~일은 順調로이 되는 셈이나 結實이 잘 맺을른지. 大田鐵鋼事業으로 둘째 子婦의 付託인 共濟會의 一般貸付 手續은 完結되어 70萬 원整 얻도록 決定보았고. 共濟會員 子女의 20萬 원 奬學金 手續書類도 具備되어 明日 提出할 터. ⓒ

〈1981년 2월 10일 화요일 晴〉(正. 6.)
校長會議 있어 出張. 場所는 內秀國民學校. 81 敎育計劃이 主여서 各校 硏究主任도 參席. 本校(佳陽)에선 朴相萬 敎師가 參席. 下午 5時頃까지 會議 延長. 夕食은 米院高校 沈校長 招

待로 面內 校長 一同 會食했고. 아마도 ○○人士의 將來 出馬에 結束하자는 뜻일른지도? ⓒ

〈1981년 2월 11일 수요일 晴〉(正. 7.)
어제는 會議 前에 2가지 手續 完了~國庫貸與學資金 無利子 貸付 35萬 원 受領. 敎聯敎員共濟會 〃員 子女 奬學金 20萬 원條 書類 具備 提出했던 것.
第12代 大統領 選擧人團 選擧日이어서 엊저녁에 金溪 와서 留하고 午前 中엔 다락속 一部 整理하고 選擧人 投票한 것. 各面 2名씩 改正된 새 憲法에 依한 行事로 처음 있는 일. 臨時公休日.
午後에 井母와 함께 入淸. 井母는 淸州에서 投票 行事했고. 저녁엔 任○○, 尹○○ 校長과 合席 一盃. ⓒ

〈1981년 2월 12일 목요일 曇〉(正. 8.)
淸州서 일찍이 出勤. 朝會 마치고 自轉車로 米院 往來~米院高等學校 第五回 卒業式에 參席.
仝校 會長 吳允煥 氏로부터 칼국수 点心 待接받기도. 길바닥 흠신 녹(아) 自轉車 往來에 엉망 애 먹었고.
魯弼은 法大 入學金(現金 41萬五仟원) 갖고 登錄차 上京. 明日이 登錄日이어서. ⓒ

〈1981년 2월 13일 금요일 曇, 晴〉(正. 9.)
今日도 淸州서 早朝 出勤. 朝會時 10日 會議 나머지 數個事項 傳達. 미원中學校 第28回 卒業式에 參席. 往來에 길바닥 엉망진창이어서 自轉車 꼬락선이 말 못되고. 歸校 執務. 모처럼 佳陽서 留. ⓒ

〈1981년 2월 14일 토요일 晴〉(正. 10.)
요새 날씨 퍽도 포근하여 낮 溫度 13度까지 오르는 中. 눈 많이 녹여 냇물 똘물 많이 흐르고. 길 바닥은 곤죽 수렁으로 엉망. 土曜行事 充分히 마치고 淸州 아파트 잠간 들려 金溪 本家에 오는데 長靴를 신었기에 多幸이었고. 12日에 上京했던 魯弼이 어제 왔다는 것~入學登錄은 無事 完全히 마쳤다는 것. 다만 機待했던 奬學生이 안됐대서 마음 찐했고. 成績은 훌륭한데? ⓒ

〈1981년 2월 15일 일요일 晴〉(正. 11.)
金溪서 午前 10時에 淸州 向發. 途中에 德村里 강촌 들려 鄭德來 回甲에 人事 待接 받고 入淸. 淸州선 九政校 史龍基 校長 子婚 있어 人事. 油里校 卞 校長 만나 深夜토록 一盃 情談. ⓒ

〈1981년 2월 16일 월요일 曇, 雨〉(正. 12.)
朝食 않고 일찍 학교 갔고~길 險하게 질어서 米院, 學校間 自轉車로 큰 애 먹는 것. 8時 半에 學校 到着.
第13回 卒業式 練習 있었고. 낮부터 내리는 가랑비는 深夜까지 繼續되고. 날씨는 푹한 편. ⓒ

〈1981년 2월 17일 화요일 晴〉(正. 13.)
第13回 卒業證書 授與式 擧行. 順調롭고 靜肅하게 이루어져서 마음 좋았고. 敎育監 受賞者 父兄 申철수 氏 집에서 全職員 招待 있어 晝食 待接 융숭히 받았고. 午後 五時 半 버스로 入淸. 井母 만나 밤에 市場에 나가서 22日 밤에 올릴 先妣 祭物用品 一部 샀기도. 弼은 어제

上京했다고. 冠岳舍로부터 弼의 入舍 通知 오고. ⓒ

〈1981년 2월 18일 수요일 晴〉(正. 14.)
郡教育廳으로부터의 81年度 綜合監査 있었고. 學校일 마치고 日暮 後 入清. 俊兄 氏와 油里 卞 校長 만나 一盃 情談하기도. 市內 外上分 어지간히 갚았고. 오늘은 陰 正月 十四日 작은 보름. ⓒ

〈1981년 2월 19일 목요일 晴〉(正. 15.)
새벽 첫 車로 米院 달려 自轉車로 佳陽 到着하니 日出頃. 朝食을 下宿直에서 했고. 点心 後 入清하여 教員共濟會에서 貸與하는 一般 貸付金 70萬 원 農協에서 찾아야 하는데 中央에서 안왔대서 못찾아 大田行 예정을 中止. 金溪 가려다 井母 來清했기에 清州서 留. 弼이는 서울서 어제 왔다는 것.
電信電話局에 가 金東昱 線路課長한테 付託하여 電話架設 請約金으로 45,240원[2] 냈고. ⓒ

〈1981년 2월 20일 금요일 싸랑눈, 雪〉(正. 16..)
米院서 學校까지 가락눈 맞으며 出勤 執務. 學年末 通信表 作成에 全職員 바빴고. 兼事로 入清하여 教育廳에 들려 事務打合…體育器具 書類 提出과 記入例 알고. 弼의 奬學金 手續한 것 알아보니 順位(生活水準)에 難하다는 것. 아파트 電話架設로 通勤證明書 만들고. 井母는 낮에 집에 갔다고. ⓒ

〈1981년 2월 21일 토요일 晴〉(正. 17.)
絃의 事業에 協調條로 教員共濟會 一般貸付 70萬 원 申請한 것 今朝에 清原郡 農協에서 찾은 것. 25, 6年前 校監時節에 內秀國校에서 모셨던 鄭會程 校長님의 停年退任式에 參席. 中原郡 嚴政國民學校에 다녀온 것. 午後 五時 半에 開催되는 友信親睦會 臨時總會에 參席. 今般이 當番 有司여서 李? 閔哲植 會員과 함께 15,000씩 負擔한 것. 午後 8時 半 버스로 本家 向發. 집엔 9時40分頃 到着했고. 金溪 幹線道路 질어서 엉망. 때문에 長靴신고 온 것. ⓒ

〈1981년 2월 22일 일요일 晴〉(正. 18.)
入清 途中 오미서 李炳億 만나 그의 喪妻에 人事 賻儀했고. 清州 가선 佳佐 柳在河 子婚과 道教育會 事務局長 郭東寅 女婚에 祝儀 人事한 것. 아파트 웃방에 先考妣 寫眞 額子 揭示. 魯弼은 14시에 金溪行했고. 아파트서 次男 絃 만나 共濟會 貸付金 받았던 것 건니고 함께 金溪 온 것. 桑亭里 妹와 青城校의 弟 振榮 왔고. 밤 11時 半에 從兄 再從兄(憲榮 氏) 오셔 忌祭 參祀. 先妣 忌祭 올린 것. ⓒ

〈1981년 2월 23일 월요일 晴, 曇〉(正. 19.)
엊저녁의 어머님 忌故에 祭物을 井母가 誠心誠意껏 淨潔하게 차린 느낌.
새벽녘에 早朝食하고 玉山까지 步行. 길 질고 險해서 長靴 신고. 清州 아파트 잠간 들려 出勤. 米院서부터 學校까지 亦是 長靴로 步行. 인푸렌자 感染 兒童 日益 增加로 2時間 授業後 歸家 措置했고. 退勤頃 李萬雨 子婚에 招待 있어 全職員 待接 잘 받은 것. 모처럼 佳陽서

2) 원문에는 붉은색 볼펜으로 밑줄이 그어져 있다.

留. ⓒ

〈1981년 2월 24일 화요일 雪, 晴〉(正. 20.)

새벽녘에 눈 내리고. 약 2㎝ 程度. 80學年度 修了式~運動場 事情으로 各 教室에서 擧行.

9時 半 發表에(道內 初中高校 人事異動發令) 陰城郡 富潤國校로 放送 나온 듯.

急한 대로 學校일 다듬고 入淸하여 옷 修繕 및 쓰본 1벌 購入 등 잔일 보고. 魯明은 淸州市로, 振榮은 淸原郡으로 發令 나서 기쁘고. 井母와 魯松은 아파트 와서 本家 移舍 準備로 방안 세간 몇 가지 두실러 놓고 歸家했다는 것. ◎

〈1981년 2월 25일 수요일 雪, 曇, 雪〉(正. 21.)

간밤 새(새벽?)에 눈 나렸고~約 3㎝. 早朝 起床하여 早食 前에 金溪行. 눈파람 날리며 쌀쌀했고, 영하 9°. 時間關係로 速한 朝食 마치고 12時頃 入淸. 서울서 魯運이 왔고.

草坪校 李丙熙 校長 停年退任式에 參加. 歸淸中 梧根場 驛前 새 外坪里 가서 同甲 崔在崇 집 가서 待接 받았고. 늦게라도 金溪行 한다는 것이 날씨 惡化關係로 포기하고 弼과 함께 留. ◎

〈1981년 2월 26일 목요일 曇〉(正. 22.)

氣溫 急降下 零(下) 14度 5分. 週末까지. 寒波가 繼續된다는 것. 例年보다 영하 12°度差로 떠러졌다고.

德城校 鄭龍喜 校長 停年退任式과 石橋校 吳達均 校長의 停年退任式에 參席. 下午 四時 半 쯤 米院 着. 各 機關과 人士 몇 사람 찾아 離任(轉出) 人事했고. 衣類 等 도랑크에 넣어 佳陽서 入淸. 一盃했고. ⓒ

〈1981년 2월 27일 금요일 晴〉(正. 23.)

金溪 本家에 일찍 가서 移 準備 서둘렀고. 낮 12時頃 入淸. 魯明은 한벌校, 振榮은 小魯校로 發令났고.

佳陽 가서 校長室 事務床 內外 整理 團束하여 入淸. 밤에 玉山 나가 明日 移舍짐 運搬할 추럭 15,000에 決定하고 再入淸하니 밤 10時半. 서울서 큰 애 井이 오고. 魯明 搬移는 3月 1日에 한다는 것. 振榮은? ⓒ

〈1981년 2월 28일 토요일 晴〉(正. 24.)[3]

金溪 移舍짐 淸州 搬入으로 日出 前(6時 半)에 추럭있는 玉山向發. 車는 烏山 權彛亨 것. 移舍짐 車 午前 11時頃에 淸州아파트까지 無事到着하여 下車. 18,000 주고. ○

〈1981년 3월 2일 월요일 晴〉(正. 26.)

金溪 가서 宗親同甲稧員 族長 秉鍾 氏 回甲宴에 人事 豫定을 미루고 井母와 早朝에 上京. 淸州서 7時에 出發. 서울 江南터미널서 다시 冠岳區 서울大學校까지 9時 半 着. 校門에서 막내 魯弼이 만났고. 10時부터 入學式~綜合運動場에서 擧行.

今朝 不運하게도 魯弼이 物失~파스포드 紛失(現金 5萬 원, 住民登錄證과 食券). 서울大學校 法科大學 入學生으로서 無限 기쁜 아침인데 物失로 氣分 없게 지냈고. 寄宿舍 食券은 再發給 받은 것. 式 終了 後 寄宿舍도 보았고. 가棟 306號. 寢臺 있고 2人組.

---

3) 원문에는 28일자 날씨 옆에 "3月1日 – 三.一節. 富潤校에 赴任."이라고 쓰여 있고 색연필로 밑줄이 그어져 있다.

蠶室 큰 애쪽으로 今日 件 電話로 連絡하고 歸淸. 弼이도 日暮頃에 淸州 왔고. ○

〈1981년 3월 3일 화요일 晴〉(正. 27.)
第12代 全斗煥 大統領 閣下 就任式.[4] 臨時公休日. 金溪 秉鍾 氏 집 다녀오고(회갑 인사). 佳陽 職員 淸州로 全員 招待하여 滿足히 待接했기도. ×

〈1981년 3월 4일 수요일 晴〉(正. 28.)
일찍이 前任校 가양 가서 兒童들에 離任人事하고 곧 歸淸.
速度 빠르게 陰城 가서 教育廳에 들려 教育長(金根世) 및 兩課에 人事한 後 富潤校에 到着赴任. 全職員 接見. 兒童 人事까지 마치고 歸淸. ×

〈1981년 3월 5일 목요일 晴〉(正. 29.)
일찍이 出勤. 第一學年 入學式 있었고. 午後엔 地方人士(主로 學校體育振興會 任員) 主催로 送舊迎新 格인 宴會 있었고. ×

〈1981년 3월 9일 월요일 晴〉(2. 4.)
富潤으로 搬移~四男 魯松의 힘으로 짐 잘 꾸리고 실리고. 單 內外 가든한 生活道具와 圖書 몇 둥치 뿐. 舍宅 한 칸만 修理. 방은 보이라 裝置. 어느 程度 安着하여 밤에 누어 淸州 생각하니 淸州 子息 男妹(4男 松, 4女 杏) 그리워 눈물 나오고, 보고 싶어 환장地境~다 컸건만 어쩐지 젖먹이 어린 것들 떼어놓고 온 氣分과 心情. ×

4) 원문에는 붉은색 볼펜으로 밑줄이 그어져 있다.

〈1981년 3월 10일 화요일 晴〉(2. 5.)
學校 規模~各 學年마다 2學級式 總 12學級. 兒童數460名. 職員 14名에 傳達夫 2名. 2, 3年 前까진 20學級이어서 遊休教室 6個室이나 되는 現況. 學校環境 內外 共히 잘 짜여져 있고. 다만 上下 校舍間 高低가 甚하여 困難 느끼는 셈.
午後엔 權教務 帶同하여 校下部落인 富潤部落에 人事 다녔고. ×

〈1981년 3월 11일 수요일 晴〉(2. 6.)[5]
金根世 教育長 새 學年 初度巡視次 來校에 學校現況 브리핑 힘있게 했고. 建議事項으론 宿直室 改築, 玄關 新築, 1個室 마루 修理, (電話架設). 教育長 歸路에 井母하고도 人事. 奧地의 人事로 우리 內外에게 慰安慰勞 人事하기도. ×

〈1981년 3월 26일 목요일 晴, 曇〉(2. 20.)
第11代 國會議員 選擧 있어 낮 車로 入淸. 井母와 함께 無極 거쳐 陰城선 直行버스로 淸州까지. 杏과 井母는 投票했고.
밤에 3男 明이가 와서 轉入(한벌校) 後 겪은 이야기 들으며 맥주 1皿 하기도. ×

〈1981년 3월 27일 금요일 晴〉(2. 22.)
道內 初, 中, 高 校長 研修會 第1日, 場所 淸中講堂, 502番. 約 600名. 어제까지의 繼續 飮酒로 몸 나우 휘졌고. 食事 不進, 몸 若干 둔화. ○

5) 일기 상단에 "81. 3. 15(2. 10)(日)…具 氏 家 主禮 섰고-新郎 군본옥. 新婦 김영자. (忠孝…忠誠, 孝道, 友愛, 子女教育)"이라고 적혀 있다.

〈1981년 3월 28일 토요일 晴〉(2. 23.)
校長硏修會 第2日. 下午 1時에 閉講式. 今般의 硏修엔 幼兒教育이 主(平生教育). 學校 教育目標를 學校長으로서 뚜렷한 촛점을 잡아야겠다는 것 느껴지고. ⓒ

〈1981년 3월 29일 일요일 晴〉(2. 24.)
엊저녁에 서울 큰 애와 大田 둘째 왔고~明日이 큰 애 生日이라서. 애비 에미와 함께 朝食 한끼라도 같이 한다고 온 것.
井母는 새벽부터 朝食 준비에 奔忙했고. 朝飯에 子息 五兄弟 中 막내 弼이 外는 다 모였고, 四男 松은 數年前 除隊 後부턴 朝飯은 缺食. 아파트 2團地에 사는 셋째 子婦 와서 설거지까지 거들었고. 朝食 後 모두 제 各己 갔고.
12時에 있는 友信會員 宋수사課長 子婦 보는 結婚式場에 잠간 가보기도. ⓒ

〈1981년 4월 1일 수요일 晴〉(2. 27.)
校長 官舍用 簡易便所 建築에 姜教師와 安教師 特히 手苦 많았고. 故障中인 電氣架設도 復舊했고. 샘 모오타도 改設되어 不便을 덜은 것. 學校 앰프도 修繕 復舊. ◎

〈1981년 4월 2일 목요일 晴〉(2. 28.)
權寧根 教務主任을 帶同하여 '성본리' 學父母宅. 學校 役員집 尋訪 人事. 큰 部落이 많음을 느끼고 大姓으로 趙 氏, 韓 氏, 崔 氏임을 알게 된 것. ⓒ

〈1981년 4월 3일 금요일 晴〉(2. 29.)
今日은 形便上 單獨 部落에 나가 人事~'소성리' 11時 半부터 2時 半까지. '석계', '참나무박', '소당'. 集團部落으로선 學區內? 面內 가장 큰 部落이라나. 約 90戶, 池 氏, 金 氏가 大姓이라고. 이곳도 고추團地, 人心 좋음을 느끼고.
明日 校長會議 있어 井母와 함께 下午 3時 버스로 淸州 向發. 大所 와선 支署, 大所國校, 大所中學校 얼핏 다니며 人事한 것. 淸州엔 下午 6時 半頃 到着. 서울서 5女 魯運이 와 있어 반가웠고. ⓒ

〈1981년 4월 4일 토요일 晴〉(2. 30.)
校長會議에 參席~淸州서 8時 半 出發. 陰城까지 直行으로 꼭 1시간. 陰城郡 轉入後 最初의 校長會議. 큰 案件 없고 轉入校長 人事 紹介가 主. 11時부터 12時까지. 点心을 教育廳에서 待接. 白飯 簡素하게.
일찍(下午 2時 出發) 入淸. 日記帳 等 整理에 深夜토록 記錄. ⓒ

〈1981년 4월 5일 일요일 曇, 雨, 曇〉(3. 1.)
井母는 精米 等 用務로 金溪 가고. 10時 버스로 米院 가서 自轉車 찾아 掃除 後 '大信荷物'로 德山까지 부친 것. 明日이면 德山서 찾을 수 있다는 것.
中央藥房서 長時間 休息. 集合人들의 時局 이야기 듣기도.
저녁엔 草坪校 任校長 만나 맥주 1盃 하기도.
井母는 金溪서 留하는 듯. ⓒ

〈1981년 4월 6일 월요일 曇〉(3. 2.)
出勤 時間 대려고 早朝食하고 6時에 富潤 向發. 豫備軍 行事 形便에 依하여 不得已 無極서 2時間쯤 헛 時間 기다렸다가 乘車케 되어 學

校엔 10時 半에 到着. 中間놀이時에 明日 일(開校 第23周年) 訓話했고~記念植樹 1人 10株. 四校時엔 6-1班 道德授業하기도.

㕛心 時間에 臨時職員會 開催하여 校長會議 傳達하고 其他 當面 問題 示達한 것. 新任 李庚順 女敎師 着任, 赴任人事.

終會 마치고 無極, 陰城 거쳐 아파트에 到着하니 밤 9時 半 되고.

어제 故鄕 金溪 갔던 井母는 精米하여 갖고 入淸. 쌀 19말인듯.

本家엔 從弟 夢榮이가 아니고 水落人 某 夫人이 入住했다는 것. ⓒ

〈1981년 4월 7일 화요일 晴〉(3. 3.)

朝食 後 井母는 市內에 들어가 싸래기 헌떡 만들어 온 것~말려 썰어 티밥 만든다는 것. 함께 市內에 가서 時計修理 및 中古 '에니카 時計' 15,000원 作定 外上으로 사 갖게 된 것. 富潤校로 된 名啣 부탁. 電信電話局에 들려 弟子 金東昱 線路課長 만나 電話架設(個人住宅, 富潤校, 三男 魯明) 件에 對하여 付託의 말 했기도.

下午 4時頃에 井母와 함께 富潤 向發~德山 와서 米院서 荷物로 부친 自轉車 찾아 끌고 步行으로 學校까지 70分 걸려 仝 7時 10分쯤에 到着한 것. 새로 온 李庚順 女敎師도 왔고~校長舍宅 사랑방에서 自炊하기로 한 것. 今日은 富潤 開校 23周年 記念日이기도. ⓒ

〈1981년 4월 8일 수요일 晴, 曇〉(3. 4.)

어제 來富潤으로 今朝 行事(아침運動과 放送) 施行됐고. 陰城郡 敎育廳 張秉瓚 奬學士 來校 奬學指導. 奧地에 와서 苦生 많이 한다고 慰勞의 人事 고마웠기도. 개현部落 崔 氏 家 喪事에 人事 다녀오고. ⓒ

〈1981년 4월 9일 목요일 雨, 曇, 雨〉(3. 5.)

새벽에 가랑비 좀 내린 後 낮 동안은 흐리더니 깊은 밤에 이르러 부슬비로 우수 내렸고.

井母는 舍宅門前 10坪 程度에 감자, 채소 等 播種했고~學校 傳達夫 金 氏가 助力했기도.

요새의 學校生活 自身이 生覺해도 忠實 다하는 느낌. 보람을 느끼는 중~아침 行事로 15分 間의 運動, 15分 間의 放送, 六學年의 道德授業(月, 木), 學年順 授業參觀, 諸記錄 等. ⓒ

〈1981년 4월 10일 금요일 晴〉(3. 6.)

"請託風潮 排擊 다짐大會" 있어 校監, 校長 參席하라는 電通 있어서 陰城郡 교육청 갔다 온 것.

8日에 張 장학사 奬學指導次 다녀간 후렴에 職員들의 敎育活動이 微弱한 樣 이야기 있어 상쾌치 못했고. 아당초 閔源基 研究主任 辭退로 1個月 間 研究推進部面 不進했던 영향인 듯. ◎

〈1981년 4월 11일 토요일 晴〉(3. 7.)

終會時 學校敎育 運營上의 當面問題 13個 事項을 指示 强調했고.

처음으로 自轉車로 德山行하여 入淸. 18時부터 있는 友信親睦會에 參席. 場所는 남영식당.

井母는 富潤서 車 便 나빠 德山까지 步行하여 入淸. 被勞했을 것. ⓒ

〈1981년 4월 12일 일요일 晴〉(3. 8.)

金溪 가서(富潤으로 移舍 後 처음) 族兄 俊榮

氏 回甲宴에 人事했고. 同派之親 長榮 母親喪에도 人事한 것. 從兄님과 再從兄님 뵙고서 下午 6時 半 車로 入清. 省墓도 했었고. ⓒ

〈1981년 4월 13일 월요일 晴〉(3. 9.)
清州서 6時에 井母와 함께 出發하여 德山 經由 任地에 到着하니 8時 15分.
今日도 終禮 時에 約 40分 間 學校教育 運營上의 當面問題 指示 强調했고.
夕食 後 前任 閔瑀植 校長 宅 찾아가 '뽀프라木' 件 解決 지웠기도. ⓒ

〈1981년 4월 14일 화요일 晴〉(3. 10.)
一, 二校時 連 授業 參觀하고 中間體育 마치고선 部落에 나가 첫 人事 다닌 것. 용촌리, 수태리 1, 2區, 모자리판 만들기 作業으로 한창 바쁜 때어서 家庭에서 만난 사람은 몇 名 안되고. 六時 終禮時 귀교. ⓒ

〈1981년 4월 15일 수요일 晴〉(3. 11.)
反共安保 스라이드 視聽에 面內 教職員 動員케 되어 下午 3時에 大所國校 갔고. 大所 鄭面長과 李支署長으로부터 맥주 等 厚待 받기도. 밤 9시頃 無事歸校. ○

〈1981년 4월 16일 목요일 雨, 曇〉(3. 12.)
下午에 郭炳文 氏 案內로 學區 '봉현리' 人事 다녀 今日로서 地方人事 完了한 셈. ○

〈1981년 4월 17일 금요일 曇, 晴〉(3. 13.)
階段에 쌓인 흙 除去 2個處. 운동장의 울퉁불퉁 2個所 整地作業에도 流汗.
城本里 '소탕' 部落 韓里長(父兄)의 全職員 招待 있어 다녀왔고. 井母도 함께 다녀온 것. 밤中 뒤늦게 온 申○○ 教師의 醉談에 不快한 境遇[6] 있었기도. ⓒ

〈1981년 4월 18일 토요일 晴, 曇〉(3. 14.)
臨時 職員會까지 土曜日 學校行事 늦게 마치고 井母와 함께 清州 왔고. 清州 無故. ⓒ

〈1981년 4월 19일 일요일 가랑비, 曇〉(3. 15.)
前任校 佳陽으로 轉出 人事狀 50枚 마련하여 郵遞로 發送했고. 4.19義擧 21周年.
中原郡 梅峴校 申東元 校長 子婚 있어서 人事. 梧東里 李壽遠 子婚에도.
저녁엔 늦도록 任昌武 교장, 朴鍾億 교장 만나 一盃한 것. 食事 잘 하나 氣力 없고. ⓒ

〈1981년 4월 20일 일요일 晴〉(3. 16.)
清州서 單身 出發하여 任地 富潤校에 到着하니 8時 半쯤 되고. 六學年 道德授業 하고도 一學年 音樂學習 보기도. 終會 마치고 明日 行事 때문에 또 入清한 것. ⓒ

〈1981년 4월 21일 화요일 晴〉(3. 17.)
清州서 일찍 出發하여 無極中學校까지 午前 九時에 到着. 教育長旗 爭奪 陸上競技大會 있어 本校(富潤校)에서도 選手兒童 16名 參戰한 것. 結果는 別成果 없었고. ○

〈1981년 4월 22일 수요일 晴〉(3. 18.)
學事視察 對備로 校內 環境 審査 行事 施行했고~많이 進展된 것. ○

6) 원문에는 遇를 人변에 遇로 잘못 씀.

〈1981년 4월 23일 목요일 晴〉(3. 19.)
體育週間 行事로 "愛鄕團體育大會" 實施했고. 招請 안해서 觀覽者는 없었고. ○

〈1981년 4월 24일 금요일 晴〉(3. 20.)
招請奬學公文 作成하여 上廳해서 再確認 장학指導形式을 바꿨고. 明日 來校計劃이 좀 늦춰질 듯. 教育長도 日 間 또 한 번 來校한다는 消息 있기도. ○

〈1981년 4월 29일 수요일 晴〉(3. 25.)
招請奬學에 依한 奬學指導 있었고. 去 8日에 왔었던 張秉瓚 장학사가 온 것. 今日은 찬사 많았고. ※

〈1981년 4월 30일 목요일 晴〉(3. 26.)
春季 逍風 實施. 全校 유포리 앞山 松林으로 간 것. 나도 點心 時間에 잠간 다녀온 것. ※

〈1981년 5월 1일 금요일 晴〉(3. 27.)
近日에 소주 좀 나우 먹은 탓으로 다시 몸 極度로 惡化되어 運身難이며 게욱질 甚하여 午前 中 學校일 急한대로 마무리짓고 井母와 함께 入淸. 車內에서 몹시 괴로웠던 것. 잊지 않아질 程度 苦痛 겪은 것. 郭洛五 內科에 入院하여 病因 病勢 말하고 診察 받았고~胃와 肝臟이 若干 異常 있다고…부었다는 것.
'링게루' 한 병 맞는데 約 2時間 20分 間 걸린 듯. 2日分치 약도 짓고. 下午 7時頃에 退院. 아파트 와서 몸조리. 흰죽 몇 숫가락씩 가끔 먹기도. ◎

〈1981년 5월 2일 토요일 晴〉(3. 28.)
學校 궁금하지만 몸 괴로워 病暇. 藥服用하면서 臥病 몸 취안. 夜間에서 若干 差度 있음을 느끼고. ◎

〈1981년 5월 3일 일요일 晴〉(3. 29.)
몸 나우 나아 起床하기에 괴로움 덜 느끼고. 四寸누님(그미 從姉)의 還甲宴 있대서 井母와 함께 江內面 鶴天 다녀오기도. 沈義輔 教師의 父親 만나 親切한 이야기 듣기도. ⓒ

〈1981년 5월 4일 월요일 晴〉(4. 1.)
早朝 起床하여 洗手. 淸掃에 勞力하고 出勤하여 六學年의 道德授業 施行하니 마음 개운. ◎

〈1981년 5월 5일 화요일 晴〉(4. 2.)
井母와 함께 上京하여 從弟 弼榮 子婚(魯赫) 있어 參席. 場所는 乙支路 五街 '수도예식장'. 主禮는 族兄 義榮 氏가 섰고. 잠실 큰 애도 왔고. 晝食 後 歸路. 下午 六時頃에 淸州 着.
오늘은 五日 제59回 '어린이날'. ◎

〈1981년 5월 6일 수요일 晴〉(4. 3.)
오늘은 제9회 '成年의 날'. 學校 正常 勤務. 요새는 食事도 正常化. 義榮 氏 先妣 墓 立石에 다녀오고. ◎

〈1981년 5월 7일 목요일 晴〉(4. 4.)
大所面 農協 組合長 李靑雨의 送別行事 있대서 入大所. 晝食을 會食~面內 機關長과 地方有志 數人. 一同 모인 자리는 처음이어서 富潤校 後援의 人事 했기도.
大所面은 有名한 고추團地여서 요새 고추移植으로 住民들 總動員하여 作業 中이고. ⓒ

〈1981년 5월 8일 금요일 晴〉(4. 5.)
제9회 '어버이날'. 3學年 以上 '어머니'의 題로 글짓기 大會 施行한 것.
學校 宿直室 改築 시작되었기도. 三豊土建社에서 맡은 것. ◎

〈1981년 5월 9일 토요일 曇, 晴, 소나기〉(4. 6.)
아침 行事(早起床, 國民體操, 운동장 150m 트럭 10바퀴 뛰기, 아침放送) 實施 中이고.
밤에 井母와 함께 金溪 큰집(從兄 宅) 갔고~先祖考 忌故. 小魯校의 弟 振榮 夫婦도 왔고. ⓒ

〈1981년 5월 10일 일요일 曇, 晴〉(4. 7.)
梨月校 柳魯秀 校長 女婚 통지 있어 式場에 갔고~曾坪 동일예식장. 歸路에 任昌武, 鄭진용, 鄭龍喜 氏, 李炳赫 氏, 朴鐘億 교장 만나 一堂에 모여 一盃 情談들 하는 난 마시지는 않았고. 特히 九龍校 鄭진용 校長이 過用한 것. 어제 저녁엔 忠州, 堤川 地方에 때 아닌 우박 내려 1億五仟萬 원 피해라고. ◎

〈1981년 5월 11일 월요일 가랑비, 曇, 晴〉(4. 8.)
佛紀 2525年 四月 初八日. 公休日. 淸州예식장에서 있는 張秉瓚 장학사 子婚式에 人事.
下午 4時에 井母와 함께 牛巖山 龍華寺에 올라가 求景하고 온 것. ◎

〈1981년 5월 12일 화요일 晴〉(4. 9.)
어제 購入한 石油곤로 갖고 井母와 함께 早朝 첫 直行 6時 半 버스로 富潤 向發.
모처럼 陰城 出張~宿直室 改築에 着工. 學校 電話 架設 促求 等 事務打合. 平谷校 卞 校長한테 一盃 待接받고. 陰城郡廳, 陰城郡 警察署 들러 人事. 秀峰校 權鴻澤 校長으로부터 厚待받기도. ⓒ

〈1981년 5월 13일 수요일 晴〉(4. 10.)
點心時間 利用하여 大所 다녀온 것~學校 電話架設 件으로 禹 우체局長과 事務打合한 것. ◎

〈1981년 5월 14일 목요일 晴, 曇〉(4. 11.)
六學年의 道德授業 첫 時間 마치고 入淸. 公設運動場 가서 道內 選手들의 陸上競技 몇 種目 구경 後 영운洞 가서 要請에 依한 南聖祐 선생 만난 것. 17日 子婚 主禮 부탁이나 事情 있어 不應. 19시 歸校. ◎

〈1981년 5월 15일 금요일 曇〉(4. 12.)
一校時 後 大所國校에 얼핏 다녀온 것. 12時 10分에 歸校. 大所國校엔 學藝會한다고 案內狀 있어서. 第1回 校內硏究會 있었고~六學年 黃斗淵 敎師 自然科(二酸化炭素) 授業 公開. 수업 잘 해 稱讚했고. ◎

〈1981년 5월 16일 토요일 가랑비〉(4. 13.)
今日도 一校時 後 鎭川 거쳐 廣惠院 經過 서울 간 것. 永登浦 '경원예식장'에서 있는 再從弟 明榮 女婚式에 參與. 가랑비 終日토록 내린 것. 서울서 淸州아파트엔 下午 7時에 到着. 富潤서 井母도 오고. ◎

〈1981년 5월 17일 일요일 가랑비〉(4. 14.)
友信會에서 一同 夫婦同伴한 逍風實施에 모처럼 井母도 參席. 大淸댐(文義 오가리) 다녀

온 것. 가랑비가 今日도 終日토록 온 셈. 영운洞 南성祐 선생 집 저녁에 다녀 人事~그의 子婚 있서서. 市內서 深夜토록 놀았기도.
形便上 夏服 7萬 원에 맞추었고. ⓒ

〈1981년 5월 18일 월요일 晴〉(4. 15.)
淸州서 첫 버스로 出發(6時 30分 發 德山行 直行). 學校 到着은 8時 20分 頃. 井母는 午後에 왔고.
六學年의 道德授業, 2學年의 授業參觀(2-2 權寧槿), 學級 經營錄 檢閱 等으로 바빴고. ⓒ

〈1981년 5월 19일 화요일 曇〉(4. 16.)
公文 處理, 授業參觀, 經營錄 檢閱, 諸 所持帳簿 整理 等 忠實 勤務 如一.
井母는 토마도 苗 10포기 求하여 심고. 호박苗도 마련하여 담장 밑에 移苗種한 것. ◎

〈1981년 5월 20일 수요일 晴〉(4. 17.)
洞中 舍宅 修理하는 것 돌보고. 職員 勤務 評價欄 諸 事項 만들어 各 帳簿 거의 完成段階된 것. ◎

〈1981년 5월 21일 목요일 晴〉(4. 18.)
健康 및 勤務正常化 如一. 食事도 好調, 安某 교사와 金某 教師의 不忠實과 과격한 言行에 不快中.
先祖妣 忌故인데 故鄕에 못가서 不安하기도. 望向祈禱할 뿐. ◎

〈1981년 5월 22일 금요일 晴〉(4. 19.)
校內 硏究會 있어 6의 2 具敎師班 國語科 授業에서 '부윤 어린이 學校放送'이라는 題에서 어린이들로부터 3가지 물음에 錄音 吹込의 答辯했기도…① 사랑의 敎育, ② 어린 時節의 가장 慈味있던 것, ③ 마지막 付託~聽覺 器材를 活用한 生〃한 授業이었던 것. ◎

〈1981년 5월 23일 토요일 晴〉(4. 20.)
學校 일 忠實히 마치고 井母와 함께 淸州 간 것. 午後 五時쯤 到着. 泰東館에서 있는 雲岩校 金容奇 校長 回甲宴에 參席 待接받고. 夜間에 마실 나가 深夜토록 놀았기도. ⓒ

〈1981년 5월 24일 일요일 晴〉(4. 21.)
時計鋪 李相益 子婚에 人事. 禮式場은 '新羅' 예식장. 잔치에 국수 먹기도.
13時 버스로 夫婦는 天安行~'연대선원' 들러서 二女 姬 '在應'스님 만난 後 동서 郭慶淳의 問病. 마침 바람 쐬러 나간 中이어서 서너 時間 기다렸으나 끝내 만나지 못한 것. 19時에 歸淸. ⓒ

〈1981년 5월 25일 월요일 晴〉(4. 22.)
魯弼은 서울法大 同窓 奬學金으로 20萬 원 받았다는 喜消息 있기도. 今週末에 來淸한다는 것.
6時 半 버스로 德山, 學校엔 8時 20分에 到着. 22日 研究授業의 檢討會 있었고. ⓒ

〈1981년 5월 26일 화요일 晴〉(4. 23.)
郡內 國校 어린이 短縮마라톤大會에 4名 出戰케 되어 姜體育主任과 함께 選手 引率하여 일찍이 陰城 갔고. 교육廳 들려 事務打合~宿直室 改築, 電話架設, 세멘바닥 敎室 마루工事, 事務監査 等.

下午 3時에 入清하여 拂込滿期된 東邦生命保險金 請求手續했고. 아파트 月賦金 一部와 財産稅 家屋分도 納稅했고. 下午 5時 半에 學校 到着. 終禮時에 陰城行事 傳達했고. ⓒ

〈1981년 5월 27일 수요일 晴〉(4. 24.)
봄 가뭄 甚한 편. 食水難處도 있다는 것. 學校의 아침放送 施行에 學區內 反應 좋다는 消息도.
'내고장 자랑 發表會' 처음 겪는 것. 3學年 以上 班別 一名씩 發表~大體로 잘한 셈.
11時 半 버스로 無極邑 龍泉國校에 간 것~學校長 運營協議會 처음 있는 行事~當校의 授業도 公開. 中間놀이에 小鼓놀이(農樂)가 特色. 行事 마치고 厚待받기도~飮食. 막 車로 歸校. ⓒ

〈1981년 5월 28일 목요일 曇, 晴〉(4. 25.)
學校는 宿直室 改築中. 今日 職員體育은 比較的 興味와 溫和 속에 이루어졌고. ⓒ

〈1981년 5월 29일 금요일 晴〉(4. 26.)
來日까지 農繁期 放學. 大所 가서 面에 가서는 學校舍宅의 家屋稅(財産稅 一期分) 문제 打合. 우체局에 들려 學校電話 架設 件. 農協 가선 劉會長 만나 情談. 劉會長한테 衷心 待接받기도. ⓒ

〈1981년 5월 31일 일요일 晴〉(4. 28.)
牛巖洞 朴 氏 家의 要請에 依하여 朴新郞 結婚式에 主禮 섰던 것. 場所는 만복예식장, 時間은 13時. 簡單히 晝食 待接받고 곧 歸家(아파트). ○

〈1981년 6월 3일 수요일 晴〉(5. 2.)
長期缺席者의 家庭訪問~소석리 참나무 박, 兒童은 유인모, 유인석. 極히 貧寒한 家庭이었고.
최중석 理事(非學父兄) 宅에서 厚待받았고. 七面鳥로 印象 깊었고. ○

〈1981년 6월 5일 금요일 晴〉(5. 4.)
民防衛隊 교육에 갔던 것. 場所는 無極. 權 교무와 姜 主任도. 入清한 것. ×

〈1981년 6월 6일 토요일 晴〉(5. 5.)
今日은 顯忠日. 節候로 端午. 芒種 勸農日도 되고. 今明 連休.
서울서 큰 애 夫婦 英, 昌信 데리고 淸州 왔고. 計劃은 俗離山 觀光. 直行버스로 달린 것. 어린 것들 데리고 福泉庵까지 强行軍했던 것. ×

〈1981년 6월 10일 수요일 晴〉(5. 9.)
敎科 示範校 硏究發表會에 參席한 듯. 後日 記入인데 記憶 잘 안나고. ×

〈1981년 6월 12일 금요일 晴〉(5. 11.)
學校의 綜合事務監査 있었고. 敎育廳 管理課에서. 大過 없었던 것. ※

〈1981년 6월 13일 토요일 晴〉(5. 12.)
陰城 出張. '敎育風土다짐大會'. 場所 秀峰校. 몸 괴로워 일찍 歸途한 듯. ×

〈1981년 6월 17일 수요일 曇〉(5. 16.)
俸給(手當 包含) 受領하곤 井母와 함께 入淸. 청주 가선 三星電子 代理店에 가서 小形 冷藏

庫 14萬 원에 購買한 것. 明日 運搬하기로 合意. ※

〈1981년 6월 18일 목요일 雨〉(5. 17.)
雨中이나 짐(냉장고) 싣고 井母와 함께 臨地까지 가서 設置. 몸 고단하고. ×

〈1981년 6월 24일 수요일 晴〉(5. 23.)
陰城 出張했고. 近日 連日 飮酒로 몸 파리하고. 陰城서 非正常이었던 모양? ×

〈1981년 6월 25일 목요일 晴〉(5. 24.)
六.二五 事變 제31周年. '아아 잊으랴 어찌 우리 이날을'. 다시는 없어야 할 일. ×

〈1981년 6월 26일 금요일 晴, 曇〉(5. 25.)
大所面內 初中校 敎職員 親睦排球大會 있었고. 場所는 大所中學校 午後 3時부터였고. 한 셋트 審判하기도. 醉中 興味에 氣活있게 놀기도. 鄭 面長에 親의 농담도 많이 한 것. ※

〈1981년 6월 29일 월요일 曇, 晴〉(5. 28.)
27日(土)엔 井母와 함께 入淸하여 저녁에 셋째(明)들 사는 아파트 2단지 110棟 501號에 참외 좀 사 갖고 가서 손자들 주었고. 松도 함께 가서 제 兄을 도와 도배 반자하는 데 밤 12時까지 勞力한 것. 그것들 兄弟 友愛있게 作業하는 것 보고 기쁘기 한량없었던 것.
어제인 28일엔 終日토록 앓으며 누어 있었고 ~約 一個月 間의 繼續 飮酒에 極히 쇠약해진 것…數日 前부터 食慾 없어 食事 못하는 중. 머리 무겁고 몸 떨리기도…지각 없어 無數回 겪는 일.

오늘은 蘇伊面 忠道國民學校 硏究會 있어 參席. '藝體能專擔制 運營'의 題로 發表하는 것. 學生數(全校 88名) 小規模 學校로서 아담하게 淨潔하게 다듬어졌음을 깊게 느끼고. 敎科專擔制에 있어선 1, 2, 3學年의 硬筆, 4, 5, 6學年의 毛筆이 特色이었던 것. ◎

〈1981년 6월 30일 화요일 雨, 曇〉(5. 29.)
數日 前부터 흐리고 비 내리고 하여 장마가 앞당긴 中央觀象臺의 發表도 있었던 것.
어제 있었던 硏究會 傳達 計劃을 職員 2자리(出張) 비어 明日로 미룬 것. ◎

〈1981년 7월 1일 수요일 雨〉(5. 30.)
비 많이 내리고. 아침放送은 다시 繼續 中. 몸 풀리기 시작하여 食事도 약간 하는 중. ◎

〈1981년 7월 2일 목요일 雨〉(6. 1.)
오늘도 비는 거의 終日토록 내리는 것. 가뭄 끝의 비라서 農作物에 甘雨. ⓒ

〈1981년 7월 3일 금요일 曇, 雨, 曇〉(6. 2.)
集中暴雨로 똘물 개옹차 흘러 兒童들 早時 下校. 職員이 引率 歸家. 下午 3時쯤. ⓒ

〈1981년 7월 4일 토요일 雨, 曇〉(6. 3.)
明日 職員 逍風 豫定을 變更 延期. 날씨 염려. 三成校 出張 職員 件, 宿直室 竣功 等으로 마음 개운치 않고 께름하기에 無期延期한 것.
舍宅內에 있는 살구 約 10L따가지고 日暮頃에 井母와 함께 入淸. 富潤서 德山間 雨後 險路로 큰 苦生했기도. 淸州 아이들 모두 無故. 市內로 들어가 夜深토록 놀았기도(5/7…… 相對

方 接待). ⓒ

〈1981년 7월 5일 일요일 雨, 曇〉(6. 4.)
셋째(明)들 집(아파트 2통 2단지 110棟 501號)에 井母와 함께 살구 좀 가지고 갔었고.
20年 間 使用保持했던 미싱 '자봉침' 셋째가 運搬해갔고. 쓰겠다고 해서. ⓒ

〈1981년 7월 6일 월요일 雨, 曇, 晴〉(6. 5.)
첫 車로 井母와 함께 富潤 向發. 德山서 任地까지 비 맞으며 步行. 길로 엉망. ◎

〈1981년 7월 7일 화요일 晴〉(6. 6.)
朝會 時에 自身反省과 職員들에게 當面問題 强調, 約 一時間 동안.
防衛行事 있어 大所 다녀오고…下午 8時 半까지 支署에서 防衛行事한 턱. '모의 간첩'. ◎

〈1981년 7월 8일 수요일 晴, 曇〉(6. 7.)
今朝도 아침行事 如前 施行~아침運動(國民體操, 驅步), 아침 學校放送, 食事도 잘 하고. 온몸도 깨끗이.
學校任員會(學父兄 任員－體育後援會 任員) 開催. 學校長 人事 및 敎育運營 方針, 學事 報告, 任員改選(全員 留任)이 主. 選手아동돕기로 任員 自進 出金 15萬 원. 宿直室 竣功檢査 있었고. ◎

〈1981년 7월 9일 목요일 雨, 曇, 晴〉(6. 8.)
새벽녘에 잠시 동안 비바람 사나웠었고. 10時頃부터 개여 오늘도 무더웠던 것.
下午 5時頃에 意外로 魯弼이 이곳 富潤까지 온 것. 3日 前에 淸州왔었다는 것. 放課 後 入淸 豫定을 中止. 職員體育(排球)을 17時부터 約 1時間 程度 施行에 審判본 것. ◎

〈1981년 7월 10일 금요일 晴〉(6. 9.)
蘇伊校 出張~學校長 運營協議會. 學校에서 德山까진 自轉車로, 德山서 陰城까지의 車費 440. 所要時間 45分. 陰城서 蘇伊까지 버스料 110. 所要時間 5, 6分. 蘇伊에 일찍 到着.
蘇伊校~室外環境 잘 다듬어졌음을 느끼고. 過去 文敎部 指定校도 겪었다는 것. 授業들도 잘 하고. 協議案件은 主題가 "實驗實習敎育의 徹底". 16時 30分에 끝났고. 陰城 와선 교육청 閔丙學 管理課長과 金 經理係長 轉出에 送別宴會들 하는 데 參席…동일食堂, 모든 行事 마치고 歸校하니 20시 30分. ⓒ

〈1981년 7월 11일 토요일 雨, 曇, 雨〉(6. 10.)
때때로 비 내렸고. 9日에 왔던 弼이 제 母親과 함께 11時頃에 淸州 向發. 밤에 비 나우 내린 것.
土曜行事 끝내고 下午 4時 半에 富潤 出發하여 淸州 着하니 下午 6時 30分쯤.
友信親睦會 月例會議에 參席. 集合場所와 食事는 南宮外科옆 "남영식당"이었고. 17名 中 16名 참석.
朴氏 집에서 深夜토록 座談하여 休息. 經費도 나우 난 것. ⓒ

〈1981년 7월 12일 일요일 가끔 가랑비〉(6. 11.)
井母와 함께 市場에 나가 ('신발장'…淸州用과 '마늘 6접' 접當 6,000원) 求買. 신발장은 小形 11,000원.
槐山郡 光德校 楊時南 校監 入院 中이라기에

牛巖洞 李성희 外科病院에 問病次 다녀오기도. ◎

〈1981년 7월 13일 월요일 曇, 가끔 가랑비〉(6. 12.)

첫 버스(6시 30분)로 德山까지, 버스로 直行 660원. 自轉車로 學校까지 道路 길어서 애 먹었기도.

井母는 13時 半쯤 富潤 到着. 德山서 步行으로~被勞 대단할 것. ◎

〈1981년 7월 14일 화요일 가랑비, 晴〉(6. 13.)

謹酒 以後 아침行事(아침운동, 아침放送) 繼續 中이나 今朝는 가랑비 때문에 驅步만 못한 것. 今日 生活도 授業實施, 室內奬學指導 等 보람있게 勤務한 것. 点心은 뒷가게 老人집에서 全職員. ◎

〈1981년 7월 15일 수요일 가끔 안개비, 晴〉(6. 14.)

道施行 표집 學力考査 있어 郡교육廳 金禹鏞 장학사 本校에 왔었고. 六學年 一班이 該當. 二時間 所要. 一校時에 國語, 社會. 二校時에 算數, 自然.

忠北大學生 農村奉仕團 왔다기에 本學區內인 孟洞面 龍村里 개현部落 다녀오기도. 29名. ◎

〈1981년 7월 16일 목요일 曇, 雨, 曇〉(6. 15.)

近日의 낮 最高溫度 30度를 넘는 날 허다. 무더위 中. 去 11日이 初伏이었고.

學校일 다 마치고 井母와 함께 下午 六時에 淸州 向發. 德山行 半쯤에서 쏘나기 많나 옷 함씬 젖고.

明日은 制憲節 慶祝 公休日. 先考의 제사도 들고 하여 구태여 가는 것. 淸州 無事. 魯弼은 學生團 農村 勤勞奉仕次 明日 서울서 떠난다고 오늘 出發했다는 것. ◎

〈1981년 7월 17일 금요일 曇, 晴〉(6. 16.)

井母와 함께 市場에 나가 祭物 求買하느라고 땀 많이 흘렸고.

밤 11時 50分쯤에 아버님 祭祀 올린 것. 벌써 작고하신 제 滿 3年 前. 魯弼 外에 子息들 다 모였고. 小魯校 있는 弟 振{榮} 夫婦, 江外 桑亭里 妹弟 內外도. 故鄕에서 從兄님도 오신 것. ⓒ

〈1981년 7월 18일 토요일 晴〉(6. 17.)

첫 버스로 出勤. 井母는 뒷서러지[뒷정리] 때문에 書間에 왔고. 終業式 뜨겁기 前에 施行하고. 全職員 '병아리' 한마리씩 백수로 會食했기도.

退廳 後 井母와 함께 뒷山 밭의 고추밭 뚝의 풀 개운히 뽑아 치우기에 땀 흘려 勞力. ◎

〈1981년 7월 19일 일요일 曇〉(6. 18.)

舍宅 園東과 學校 둘러보고. 개현部落 大學生 奉仕團(忠北大學生)에 잠간 들려 井母와 함께 入淸하니 12時 半頃. 日暮頃까지 아파트 修理에 努力했고…도배 一部, 실겅[7] 1個所, 壁에 세멘 못 힘들게 때려박기도.

日暮 後 親知校長(任, 朴, 尹) 몇 만나 濁酒 一盃 나누며 情談했고. ⓒ

7) 그릇 따위를 얹어 놓는 시렁의 사투리.

〈1981년 7월 20일 월요일 晴〉(6. 19.)
終日토록 아파트 修理 作業에 땀 많이 흘렸고. 下午 6時 發 俗離高速으로 井母와 함께 上京. 마늘 5접 사 가지고 간 것. 서울 一同 無事. ⓒ

〈1981년 7월 21일 화요일 晴〉(6. 20.)
午前 中 房 및 大廳 정리 整頓…서울 蠶室. 우산 몇 개도 고쳐놓고 세멘 못 박아 물건도 걸고.
下午에 仁川 女息들 집에 갔고. 지금은 '가락洞' 아파트로 옮겨 사는 중. 女息은 아이들 男妹(重奐, 賢兒) 데리고 午前에 蠶室까지 왔었고. 國立警察病院에 들려 끝째 女息 運이 만나 案內하기에 病院 寄宿舍도 구경. 夫婦는 끝째 딸이 사주는 저녁 食事 맛있게 먹고. 함께 가락洞 市營아파트에서 留. ◎

〈1981년 7월 22일 수요일 晴〉(6. 21.)
朝食 맛있게 일찍 먹고 9時 50分 高速으로 歸淸. 点心 後 終日토록 아파트 房 修理. ⓒ

〈1981년 7월 23일 목요일 가끔 흐림〉(6. 22.)
궁금하여 出校. 學校 無事. 公文書 處理. 學校 巡視察. 帳簿檢閱.
入淸에 學校서 19時 半頃 出發에 車時間 不圓滿하여 덕산, 진천서 속 많이 썩이고 車費 多額. ⓒ

〈1981년 7월 24일 금요일 晴〉(6. 23.)
일찍 出勤. 今日도 公文書 處理. 帳簿 整理. 其他로 奔走했던 것. ⓒ

〈1981년 7월 29일 화요일 晴〉(6. 28.)
제4학년 以上 어린이 中 50名 뽑아 새마을修練院 生活 訓練을 29日~31日까지 3日 間 休暇 中 生活計劃에 依據 今日부터 實施케 되어 黃斗淵 教師가 主體 指導케 되고. 開院式에서 充實한 生活이 이룩되도록 當付하기도. ⓒ

〈1981년 8월 1일 토요일 晴〉(7. 2.)
中央大學校 學生 17名의 農村奉仕團으로 學區內 "개현"部落에 왔기에 激勵次 다녀왔고. ⓒ

〈1981년 8월 7일 금요일 晴〉(7. 8.)
새마을 活力化運動協議會에 參席~大所面 事務所에서 會議. ○

〈1981년 8월 19일 수요일 晴〉(7. 20.)
滿 一個月의 夏季休暇 끝나고 今日 始業式 擧行. 職員 兒童 모두 無事.

〈1981년 8월 20일 목요일 晴〉(7. 21.)
臨時職員會 開催~秋季 運動會에 關한 協議會 했고. ○

〈1981년 9월 1일 화요일 晴〉(8. 4.)
京畿道로 轉出케 된 申廣鉉 教師 離任人事. 後任으로 新任(初任) 趙孝淑 女教師 着任했고. 送舊迎新의 宴會도 한 것. ○

〈1981년 9월 2일 수요일 晴〉(8. 5.)
防衛協議會 委員會議에 參席. 第2中隊長 選出 行事가 主. ○

〈1981년 9월 10일 목요일 晴〉(8. 13.)
體育會 總練習 實施. 意外로 잘 된 셈. 井母는

淸州 가고~秋夕 準備. ○

〈1981년 9월 11일 금요일 晴〉(8. 14.)
學校일 마치고선 淸州 간 것. 祭祀 홍정모두 마치고.
서울 큰 애와 大田 둘째 絃이도 저물게 오고. 밤 늦게서 就寢. ×

〈1981년 9월 12일 토요일 晴〉(8.15.)
早起하여 祭物 陳設에 바쁘게 일 본 것. 어제 小魯校 在職 中인 弟 振榮도 온 것. 各地[客地]에서 처음으로 맞는 名節. 그러나 子孫 많아 祭官들 많은 편이어서 흐뭇했고. 다만 故鄕의 從兄과 再從兄들이 생각나는 것이 서글펐던 것. ○

〈1981년 9월 13일 일요일 晴〉(8. 16.)
秋季體育大會~始終一貫 進行 잘 되었고. 44種目. 下午 4時에 無事히 끝난 것. 贊助金도 比較的 多額. 78萬 원. 觀衆도 많은 편.
井, 絃, 振榮이 오늘서 제 各己 歸家. 日暮頃에 淸州 向發. ×

〈1981년 9월 19일 토요일 晴〉(8. 22.)
終會 마치고 井母와 함께 入淸. 서울서 끝째 女息 運이도 오고. 數日 間 계속 飮酒. ×

〈1981년 9월 20일 일요일 晴〉(8. 23.)
日出 前부터 괴로웠던 몸 終日토록 앓았고. 몸 떨려 行步難. 물도 제 손으로 마시지 못하고. 앞으로 큰 일도 있는데? (回甲 行事). 소생의 餘地 없는 듯 고민만이 뇌리에서 떠나지 않음을 느껴지기만 했던 것. 이런 苦痛의 經驗 여러 번 있었지만 今般이 가장 甚함을 記憶. 식은 땀 無限이 나고. 四肢의 쥐는 繼續되어 온몸이 오그라들고 꾀이는 듯. 井母와 杏, 運은 먹을 것을 자꾸만 대어주는 것~우유, 박카스, 사과, 배, 꿀물 等. 잠들 때는 잠간씩 잔꿈만. ◎

〈1981년 9월 21일 월요일 晴〉(8. 24.)
제10회 忠北少年體育大會가 明日부터 2日 間 開催되게 되어 本校(富潤校)에선 陰城郡 代表로 '베드민턴' 出戰으로 兒童 7名 選手가 來淸~社稷洞 '영진여인숙'에 配置된 것…죽음을 免케 되어 多幸한 몸으로 무거운 머리 들고 旅人宿에 가서 選手 兒童들을 激勵한 것. 指導引率 教師 姜圭熙 體育主任과 具本鶴 教師. 밤새도록 잠 안오고 누어 있기만. ◎

〈1981년 9월 22일 화요일 晴〉(8. 25.)
道內 選手 公設運動場(綜合운동장)에서 大會 開會式 擧行하는데 땀 흘리면서 求景했고~公開行事로 石橋國校 어린이, 中央女中 어린이들의 싱그러운 마스껨. 選手兒童 7名과 教師 2名 아파트로 招待하여 衷心을 誠意껏 따뜻이 待接했고…井母가 큰 苦役을 치룬 것. 그러나 마음 개운. ◎

〈1981년 9월 23일 수요일 晴〉(8. 26.)
今朝부터 食事 조그만큼 들게 되고. 소생된 것 큰 多幸. 죽을 苦境 치룬 것.
베드민턴 競技場은 教大體育館. 終日토록 求景한 것. 베드민턴 男子部 팀은 道內 3팀 뿐~陰城郡 富潤校, 沃川郡 青山校, 忠州市 三原校.

本 富潤校는 處女出戰. 其他 2個 校는 數年前부터 出戰했던 것. 完敗〃〃. ◎

〈1981년 9월 24일 목요일 雨〉(8. 27.)
終日토록 비. 어제까지의 少年體育大會 알맞게 잘 마친 것~崔 教育監님 福있게도 日字 選擇 잘 하신 것. ◎

〈1981년 9월 25일 금요일 雨, 曇, 雨〉(8. 28.)
中學校 無試驗進學에 對한 協議會 있어 大所中學엔 六年 擔任인 具 教師로. 無極中學엔 閔校監이 가도록 出張을 命한 것. ◎

〈1981년 9월 26일 토요일 曇〉(8. 29.)
어제까지 곳곳에 暴雨. 南部地方인 全羅道, 慶尙道로는 水害 甚하다고 報道. 特히 大邱市 極甚하다고…人命, 家屋, 田畓.
井母와 함께 入淸. 서울서 運이도 오고. ◎

〈1981년 9월 27일 일요일 晴〉(8. 30.)
食事 完全回復. 飮酒는 일단 禁했고. 終日토록 新聞通讀.
저녁엔 ○○쎈타로 놀러가서 蔘鷄湯으로 夕食 充分히 하기도. 深夜에 怪漢의 行爲로 놀라기도. 오가고 하다가 아파트엔 子正 지나서 와서 就寢. ◎

〈1981년 9월 28일 월요일 晴〉(9. 1.)
昨夜의 일 궁금하여 ○○쎈타에 日出 前 早朝에 가봤더니 無事. 運이 上京.
첫 버스로 井母와 함께 8時 40分에 富潤 着. 모처럼 六年 道德授業했고. ◎

〈1981년 9월 29일 화요일 晴〉(9. 2.)
모처럼 아침行事 正常化~아침運動(國民體操, 驅步). 學校放送.
明日 行事 關聯에 放課 後에 權寧槿 教務 帶同하여 部落에 다녀왔고. 石格部落 崔성기 氏 집. 한미部落 南昌鉉 氏 집. 가잠部落 朴정시 氏 집, 富潤里 具滋應 氏 집…老人會長. 學校長 連席會議 있게 되었기에.
낮(午前 中)엔 面 防衛委員協議會 있대서 面會議室까지도 다녀왔던 것.
大所農協에 孫子 昌信의 奬學積金 移轉手續 完了와 새 相互積金 手續하기도. ◎

〈1981년 9월 30일 수요일 晴, 曇, 晴〉(9. 3.)
井母는 近日 如日 잔일에 바쁘게 活動 中~동부 따 말려까기, 깻잎따기, 고추 말리기, 메주 쑤기 等. 空閑地 利用하여 播種한 것 모두 푸짐하게 되었고. 井母의 特徵〃〃.
老人會長 및 學校長 連席會議 있어 陰城行. 場所는 교육청 會議室. 月 1回 以上 會議하라는 것.
富潤校의 事務推進 不進說에 상쾌하지 못했고. 某係 教師의 怠慢에 依함이 큰 原因. 學校長인 나 自身도 反省할 餘地 있고. 井母와 함께 日暮頃에 淸州 着. 蔘鷄湯 一器 먹기도. 88 올림픽 서울 결정 서울 52, 나고야 27. ◎

〈1981년 10월 1일 목요일 晴〉(9. 4.)
"國軍의 날"의 날씨도 좋고. 제33돌. 井母와 함께 金溪行~전자리 가서 父母님 山所에 省墓했고. 둑너머밭과 두무샘밭 보기도. 두무샘밭에서 生産된 참깨 7말 中 3말만 받았고. 밤 4되 가량 받기도. 從兄 宅에서 點心 먹고 下午

3時頃 청주 向發.
참깨와 밤(栗) 자루 갖고 오는 데 몽단이까지 많이 욕 본 것. ◎

〈1981년 10월 2일 금요일 晴〉(9. 5.)
今日은 혼자만이 早朝에 첫 버스로 德山 거쳐 學校 갔고. 秋季逍風 實施~全校生 學區內 봉현리 개현部落 뒷山으로 간 것. 点心 시간에 잠간 가서 食事 맛있게 먹고 全校生 둘러 보고 선 歸校. 閔校監과 交代.
德山 "極東電子" 朴주석 技士 來校하여 舍宅의 故障난 TV 고쳤고.
日暮 後 淸州 向發. 모처럼 自轉車로 德山까지. 淸州엔 밤 9時 到着. 서울서 運이도 오고. ◎

〈1981년 10월 3일 토요일 晴〉(9. 6.)
어제 弼이로부터 安否 편지 처음으로 받아본 것~기특하고 신통한 사연. 역시 大學生 다웠고.
族兄 宗榮 氏(松面國校長) 女婚에 人事次 서울 永登浦 다녀왔고. 族叔 文吉 氏(玉山國校敎師) 入院 中이란 消息 있어 '세브란스病院'도 거쳐 問病한 것.
淸州엔 밤 9時頃 到着했고. 서울서 큰 애 井이 왔고. 江外 妹와 賢都 姪女도 다녀갔다는 것. ◎

〈1981년 10월 4일 일요일 晴, 曇〉(9. 7.)
서울 큰 애 朝食 後 곧 上京~11.15行事(回甲) 때문에 다녀간 것.
13時 直行 버스로 大田行. "동양철강상사" T26-9896 門 잠겼고…둘째(絃) 業者一同 逍風갔다는 것. 沃川 가서 '새실, 雄信' 孫子孫女 보고 아나주기도. 査頓 林在道의 厚待 받기도. 歸路에 ○○쎈타 들려 夕食 後 잠시 就寢타가 아파트 와서 休息 徹夜. ◎

〈1981년 10월 5일 월요일 가랑비, 曇〉(9. 8.)
첫 버스로 出勤. 德山서는 自轉車로. 富潤에 七時 55分 着. 지난 밤에 또 꼬마도둑 다녀간 터무니[8] 있고…잠겨 착갈한 창문 等 열렸고. 큰 지갑, 小型 손칼 等 없어졌고. 去 9月 27日 밤엔 小形 "라디로"와 "후라시"를 盜難당했기도. 女職員 宿所에도 종종 침입하여 物件 나우 잃었다는 것.
甘勿校 金圭會 校長의 4女 杏의 婚談 있어 要請에 依해 淸州 內德洞 "백마다방"까지 下午 5時에 얼핏 다녀오기도…趙 氏, 31세, 明知大卒, 韓一銀行 忠州支店長 代理라나. ◎

〈1981년 10월 6일 화요일 晴〉(9. 9.)
蘇伊面 大長國校에 出張~全國 文敎部 指定 새마을敎育 示範學校 硏究報告會 있어서. 室內外 整理整頓, 各種 花草木, 學習指導 等 모두 模範的이었고. 堂姪 魯錫이가 勤務했던 곳이기도. ◎

〈1981년 10월 7일 수요일 曇〉(9. 10.)
6-2의 道德授業 後 公文書 處理하곤 大所 나가 郵遞局長(禹鍾根) 만나 宿直室 電話 架設 業務 打協과 農協組合長 劉濟鶴(學校會長) 찾아 運動會日의 봉변 當했었다는 일 等 듣고 支

8) '터무니'는 원래 '터를 잡은 자취(무늬)'란 뜻인데, 여기서는 자취 혹은 흔적 이라는 뜻.

署 李主任과 合席 晝食을 會食한 것. 臨時직원회 및 職員 體育도 했고. ◎

〈1981년 10월 8일 목요일 曇〉(9. 11.)
公私生活 正常化 繼續 中. 食事도 正常 如前. 六學年 道德授業 이루고 四學年의 授業도 參觀.
下午 3時 버스로 井母는 淸州 向發. 난 學校일 마치고 日暮 後 德山까지 自轉車 淸州 着하니 20時 半. ◎

〈1981년 10월 9일 금요일 曇, 가랑비, 曇〉(9. 12.)
어제 來校한 商人 益壽製藥社 製 "蔘茸大輔丸" 1個月分치 服用 着手. 값 25,000 年末에 支拂키로.
'한글날' 한글 창제 535돌. 陰城郡 敎育者大會 있어 參席. 敎育會 主催. 場所는 陰城中高 校庭. 大所面이 郡內 3位. 午後에 歸淸. 市內用務 보고 늦게 着. ◎

〈1981년 10월 10일 토요일 曇, 가끔 가랑비〉(9. 13.)
今日도 첫 버스로 學校 向發. 8時 15分에 到着. 前夜(8日밤?)에 또 꼬마盜賊 들었고. 이제 3次[9]…紛失(盜難)物 未詳…確認된 것 – 1次[10] 小型라디오, 후라시, 2次[11] 大型 파스포드.
大所中學校 '民俗館' 開館式에 請牒 있어 參席했던 것. 臨席官으로 金 교육長 오고.
公文書 處理 後 下午 4時 半에 晴州 向發. 아파트엔 5時 40分着. ◎

〈1981년 10월 11일 일요일 晴〉(9. 14.)
井母와 市場에 나가 고추 13斤 購買~斤當 1,650원 또는 2,000원씩.
11月 15日 行事 豫定의 案內狀 名單 草案 잡기 着手에 努力 中. ◎

〈1981년 10월 12일 월요일 晴〉(9. 15.)
淸州서 첫 버스로 井母 同伴 富潤에 8時 15分 到着. 1校時에 六學年 도덕 授業. 3校時 3年 수업 참관.
下午 4時에 大召 가서 劉會長 同伴하여 陰城 교육청 가서 金 교육장 尹 學務課長 林 장學士 招請해 夕食을 會食. 學校 電話架設 等에 謝禮한 것. 밤 十時쯤 歸校.
밤 12時까지 井母와 함께 동부 깠기도. ◎

〈1981년 10월 13일 화요일 曇〉(9. 16.)
点心 後 大所 가서 어제 맡겼던 自轉車 찾아왔다. 幹部 모여 學校運營報告 抄 잡기에 論議하고. 23日에 있을 綜合 藝能實技大會에 優秀成績 올리기로 强調하기도. ◎

〈1981년 10월 14일 수요일 晴〉(9. 17.)
높고 맑게 개인 가을하늘. 오늘도 내일도 全國的으로 大體로 맑겠다는 것. 아침 行事 繼續中. 便所(舍宅 것) 人糞탱크 鐵製(옛 沐浴用)로 更新했고. 밤엔 井母와 함께 동부 까기도. ◎

〈1981년 10월 15일 목요일 晴〉(9. 18.)
井母는 今日도 동부 거두어 夜深토록 까는 것.

---

9) 위에 조그맣게 "10.8"이라고 적혀 있다.
10) 위에 조그맣게 "9.27"이라고 적혀 있다.
11) 위에 조그맣게 "10.3"이라고 적혀 있다.

딱하기에 2時間 程度 助力.
第一校時 後 約 2時間 걸쳐 愛鄕團 對抗 競技 하는데 施賞. 體育의 날 行事로. ◎

〈1981년 10월 16일 금요일 晴〉(9. 19.)
午後 3時부터 大所面 內 敎職員 親睦排球大會 本校(富潤校)에서 擔當 開催. 面職員 팀도 自進 나와서 모두 4팀(大所中, 大所國, 大所面, 富潤國). 優勝 大所面, 준우승 富潤. ◎

〈1981년 10월 17일 토요일 曇, 雨〉(9. 20.)
大所 單位農協 主催로 '새농민大會' 있대서 參席. 午後 3時 버스로 淸州 向發. 청주엔 仝 5時 半쯤 到着. 市內에 들어가 印刷所 等 몇 군데 들러 일 보고 쉬었다가 深夜에 아파트에 왔고. 서울서 큰 애 井이 왔고. 井母는 낮에 來淸. ◎

〈1981년 10월 18일 일요일 雨, 曇〉(9. 21.)
어제 밤부터 오늘 日出 무렵까지 부슬비로 우수 내렸고. 井母와 함께 市內 가서 淸州用 "전기장판" 3人용 25,000짜리 23,000원에 샀고. 道內 各 機關職員 名簿 購求의 意 있어 牛巖洞 '太陽出版社'를 비롯하여 몇 군데 일 보고서 큰 애 井과 11月 十五日 行事에 關한 招請者 名單 等 相議하고선 下午 3時 高速버스로 上京. 마침 仁川 女息(妊) 蠶室 와 있고. 夕食 달게 맛있게 많이 먹었던 것. ◎

〈1981년 10월 19일 월요일 晴〉(9. 22.)
맏 애 함께 早朝食하고 버스로 '中央敎育硏修院' 가니 7時10分. 約 2時間 程度 餘裕 있어 二層 賣店에서 기다렸다가 九時부터 第一日 硏修에 들어간 것. 2班 6分任 115번. 309號室. 午前 午後 六校時까지 講義 듣고 밤 9時에 點呼하고 就寢.
309號室엔 4名~부산市 1名, 慶北 1名, 全南 1名, 忠北 1名. ◎

〈1981년 10월 20일 화요일 晴〉(9. 23.)
硏修 第2日. 對話時間에 三班中 各班 別 1名씩 發表에 二班에선 내가 指名되어 自身 自信 있게 20分 間 멋지게 했고 ① 나의 고장 忠北의 자랑과 忠北敎育. ② 나의 在任校의 特色과 特殊施策 및 나의(郭 校長의) 敎育指標. ③ 나의 敎職生活의 過去와 現在. 박수갈채 받았기도. 自己네 學校 가서 宣傳하겠다고 人事하는 校長도 있었고. ◎

〈1981년 10월 21일 수요일 晴, 曇〉(9. 24.)
硏修 第3日. 12時 正刻에 修了式. 院長은 過去 忠北敎委 副敎育監이었던 '김재규' 氏이고. 修了生 298名 모두 國校長. 永登浦市場에 가서 넥타이 몇 개 사 갖고 淸州 오니 下午 四時 半쯤. 仁川 女息 어제 와서 있고. ◎

〈1981년 10월 22일 목요일 曇, 晴〉(9. 25.)
청주서 첫 버스로 出發. 6時 半. 學校 到着하니 8時 50分. 첫 時間에 六學年 道德授業 했고. 어제까지 中央硏修 內容도 대충 傳達했기도.
放課 後에 校下 部落 延 氏 家 喪家집에 弔問도 하고. 舍宅에서 獨宿空房 留했고. ◎

〈1981년 10월 23일 금요일 曇, 가끔 雪〉(9. 26.)
富潤 부락 延 氏 家 喪家집 發靷에 잠간 參加. 班常會 活性化에 關한 運營 協議에 各機關長

會議 있어 大所 다녀오고. 內部 整理하고 下午 3時 버스로 淸州 오니 下午 5時 半 되고.
어제 永登浦 큰 딸 와 있고. 女息 4名(1, 3, 4, 5) 合作했다면서 코트, 洋服, 반지, 제 모친의 毛製코트, 衣服, 목걸이, 指環 等 數十萬 원 쓴 것. 아무리 사양하여도 못 이겼던 것.
오늘 날씨 사나웠고…0度, 찬바람, 눈파람 最처음 날렸고. 中期冬節을 방불케 한 것. ◎

〈1981년 10월 24일 토요일 晴, 曇〉(9. 27.)
學校는 어제부터 26日까지 家庭實習中.
陰城邑에 下午 2時에 到着하여 國際와이즈멘 韓國西部地區 忠北地方 第14次 地方大會 있다고 招請狀 있기에 무엇하는 것인가 알고파 參席하여 본 것. 場所는 秀峰國校 講堂. 基督教內의 한 組織體임을 알았고. '사랑으로 봉사하자'는 것이 이 運動의 目標인 듯. 去年度 米院서 겪은 '라이온즈 크럽' 行事가 생각났고.
待接 잘 받은 後 日暮頃에 入淸.
17時부터 있는 友信親睦會 定期總會 있어 參席. 場所는 西門洞 '황제식당' 19시 散會. ◎

〈1981년 10월 25일 일요일 가끔 흐림〉(9. 28.)
早期 (時) 起床하여 1時間 半 程度 市內 散策. 時間 때우기 兼하여.
陰城 가서 11時에 있는 大所支署長 李夏榮氏 子婚 있어 禮式場에 參席. 下午 2時에 淸州着.
太陽 印刷所 들려 道內 機關職員 名簿 80年分 잠시 보고저 얻어온 것.
電話機 아파트에 設置. 4-18 15番. 開通은 좀 더 있어야 된다는 것.
서울서 큰 子婦(英信 母) 왔고. 11月15日 行事周旋 等으로. 2團地의 셋째들도 왔고.
井母는 子婦들 데리고 市內 가서 韓服 맞춘 것 찾고. 큰 子婦의 計劃에 依한 떡(송편, 기주떡, 약밥 등)과 肉類(닭, 豚肉) 行事場 둘러보고 온 것. 큰 며누리 日暮頃에 上京. ◎

〈1981년 10월 26일 월요일 曇〉(9. 29.)
陰城 秀峰校 들러 綜合藝能實技 發表會에 舞踊部 좀 求景한 것.
職員들 거의는 大長校 視察 갔다오고. 班常會의 날이기도. 舍宅에서 留. ◎

〈1981년 10월 27일 화요일 曇〉(9. 30.)
午前 中 學校에서 勤務~六學年 道德授業. 公文書 處理, 舍宅 團束.
下午 3時에 교육廳 갔고~雇傭員 交流手續書類 갖고 打合. 入淸하여 招請 名單 정리. ◎

〈1981년 10월 28일 수요일 曇, 雨〉(10. 1.)
十月分 校長會議(國, 中學校 校長運營協議會) 있어 參席. 下唐國校. 午後에 찬비 내리고.
下午 4時 半頃 歸淸. 井母는 金溪 가서 찹쌀 2말半 程度 求해 왔다는 것. ◎

〈1981년 10월 29일 목요일 曇, 晴〉(10. 2.)
井母는 오랜만에(17日에 入淸)…10餘日 만에 富潤 온 것. 放課 後에 富潤의 큰 말 金지烈 回甲宴에 招待 있어 全職員 다녀온 것. ◎

〈1981년 10월 30일 금요일 晴〉(10. 3.)
菊花盆 數把握. 室內環境 審査에 約 2時間 걸린 셈. 健康狀態 良好, 食事 正常. ◎

〈1981년 10월 31일 토요일 晴, 曇〉(10. 4.)
井母는 午前 버스로 入淸. 學校일 마치고 淸州 가니 18時쯤. 市內 가서 놀다오니 運이, 弼이 와 있고. ◎

〈1981년 11월 1일 일요일 曇〉(10. 5.)
14時 半까지 11.15行事 關聯 招請狀 봉투 쓰고 金溪 急히 간 것. 日暮頃에 전좌동 先考妣 山所 가서 省墓. 아까시아 뿌리등클 하나 캐버리기도.
大田서 四從叔(漢昇, 漢武 氏) 時祀 參祀次 오셨기에 人事하고 몇 가지 相談. 從兄님께 11.15日 行事 內容 一部 말씀과 先代祖考妣 時祭에 關한 相議하고 밤에 入淸. 市內 가서 夕食 待接받고. ◎

〈1981년 11월 2일 월요일 雨〉(10. 6.)
아침 일찍부터 내리는 비 거의 終日토록 내린 셈. 秋收 일에 큰 支障.
'消防의 날' 行事 있다고 案內 있어 大所까지 갔다온 것. 自轉車로 往來에 부슬비로 함씬 젖졌고.
淸州서 下午 3時 車로 富潤 온 것. 썰렁했던次 夕食 따뜻이 잘 먹은 것. ◎

〈1981년 11월 3일 화요일 曇〉(10. 7.)
어제 내린 비로 논에 고인 물로 볏단 많이 저져 農家에선 큰 打擊. 일도 늦어지는 것.
朝夕과 夜間으로 11.15行事의 請牒狀 봉투 쓰기에 바쁜 中. 손목과 손가락 아플 程度. ◎

〈1981년 11월 12일 목요일 晴〉(10. 16.)
淸州 집일이 궁금하여 現金 50萬 원 借用해서 日暮頃에 아파트 갔고. 15日 行事에 큰 애 單獨 애쓸 것 같아서 借用한 것. 몽땅 井母에 넘겼고. 淸州서 留. ○

〈1981년 11월 13일 금요일 晴〉(10. 17.)
모레 行事 때문에 몸 달으나 出校한 것. 어지간한 일 마치고 入淸. 約 일주일 前부터 過酒飮.
서울서 맏 애 와서 百方으로 各種 準備와 交涉에 東奔西走. ×

〈1981년 11월 14일 토요일 晴〉(10. 18.)
몸 고단하여 活動 不能. 終日토록 臥病 呻吟에 家族들에게 속 많이 썩여준 셈 된 것.
날씨 나우 찬데 井母는 形言할 수 없을 程度로 떡방아집을 無慮 10餘 번 往來하는 듯. 其他 資料 購入으로도 市場 出入에 餘念없었고.
桑亭 妹의 指揮에 따라 子婦, 女息들 活動. 팔다리가 떠러질 地境 같이 보이고.
2團地 집(셋째 아파트)에도 어제부터 가위 徹夜 程度로 바쁘게 일 본 듯. ◎

〈1981년 11월 15일 일요일 曇, 雨, 曇〉(10. 19.)
온 家族 早朝食. 몸 어느 程度 찝뿌두두하나 運身은 될 程度. 큰 애와 함께 沐浴湯에 가서 개운히 沐浴했고. 湯內에서도 큰 애의 孝心 말할 수 없었고.
今日을 回甲의 날[12]로 定하여 月餘前부터 늙은 夫婦와 큰 애 內外, 心慮와 經濟的 問題 또는 努力 어찌 다 말하리. 日出 直前에 先考妣 靈前에 잔 올린 後 午前 10時부터 行事 進行

12) 원문에는 붉은색 색연필로 밑줄이 그어져 있다.

된 것. 場所는 泰東館. 낮 數時間 동안 부슬비 내리는 바람에 傷心 좀 되고. 來客에 支障 있었을 터. 多幸이 午後엔 멎었고. 招請 來客 約 400名. 經費 約 400萬 원. 扶助金品 約 400. 天佑神助로 無事로 마친 것. ○

〈1981년 11월 16일 월요일 晴〉(10. 20.)
어제까지의 行事로 지친 온 家族들 心身 兩面이 홀쭈군할 것. 큰 애의 努力은 勿論 井母의 活動으로 뒷 갈무리(金錢, 用器, 餘分 飮食 等) 깨끗이 마치고 午後 1時까지 모두 各己 歸家.
12時 歸校 豫定을 몸 고단하여 그대로 休息. ◎

〈1981년 11월 17일 화요일 晴〉(10. 21.)
早朝 첫 버스로 井母와 함께 歸校. 學校 및 舍宅 無事하여 多幸. 職員들 謝禮 人事.
學校行事 마친 後 井母가 淸州에서 갖고 온 殘餘 飮食으로 職員과 校下 代表役員 數名을 招請하여 待接하니 마음 개운했기도. ◎

〈1981년 11월 18일 수요일 晴〉(10. 22.)
日出 前 溫度 零下 3度까지 내려가 물 꽁꽁 얼었으나 낮은 따뜻했고.
明日 行事(學校長 學校運營協議會) 準備로 거의 終日토록 心慮됐고. 밤에도 夜深토록 學校運營發表 要項 作成에 바쁘게 머리 썼던 것.
낮엔 "富潤地區 保健診療所 運營協議會"가 校內에서 있어 協調에 힘쓰느라고 마음 켰고.
家計簿와 日記帳 밀린 것 記入 整理에도 昨今 바빴으나 今夜로서 개운히 마친 것. ◎

〈1981년 11월 19일 목요일 晴〉(10. 23.)
午前 11時부터 學校長 學校運營協議會. 場所는 大所中學校. 井母는 午前에 入淸.
"發表主題…素質 伸長에서 學習發表會 巡廻指導"로 15分 間 힘차게 討露한 것.
回甲宴에 扶助한 분들에게 人事狀 내려고 우표 및 봉투 各 300枚씩 사 갖고 入淸. 밤에 조금 썼고. ◎

〈1981년 11월 20일 금요일 曇〉(10. 24.)
公務員 宣誓式 있대서 陰城 갔더니 形便上 明日로 延期. 大韓교육保險 음성支部에 들려 前〃月에 復活手續한 것 再手續. 下午 一時부터 있는 老人會 指導者大會(第一回 全國國民學校 學區單位 老人會 忠淸北道 指導者大會)에 參席한 것. 13시~16시.
住宅銀行 가서 財形積金 拂込 後 扶助者 人事狀 80枚 봉투 써서 發送. 市內서 深夜토록. ◎

〈1981년 11월 21일 토요일 晴〉(10. 25.)
午前 10時 半부터 '公務員 宣誓式'. 陰城郡 교육廳 會議室에서 있었고. 陰城 用務 마치고 下午 1時에 淸州 向發. 車內에서 졸다가 '공로金빳지'…大統領 下賜品 紛失. 나사 틀어 빼어 간 것. 대분했고.
今日도 人事狀 쓰기에 深夜토록 애 쓴 것. ◎

〈1981년 11월 22일 일요일 晴, 曇〉(10. 26.)
제1예식장에서 12時에 있는 南二校 李明雨 校長 子婚에 人事 後 点心 먹고 金溪 간 것.
還甲行事 後 첫 省墓로 전좌리 다녀서 從兄, 再從兄 만나 人事. 늦게 歸路 中 三從兄(故 根榮 氏) 宅 들려 三從姪 '魯殷' 結婚 後 첫 생면.

市內서 늦게 아파트에 오고. ◎

〈1981년 11월 23일 월요일 曇, 晴〉(10. 27.)
答禮用(記念타올) 보따리, 附食物 가방 等 무거운 짐 갖고 아침버스로 學校 向發. 無極 오니 時間 約間 늦어서 井母와 함께 택시로 富潤着. 가까스로 時間 댄 것.
今日 첫 時間부터 實施할 學力考査紙 未着으로 분도 났고 당황한 것. 傳達夫 金 氏의 無誠意로 學校일 구기는 機會 많기도. 꾸지람 若干했던 것. 日程(時程) 다시 짜서 學力考査 實施.
大入 入試學力考査가 明日로 박두. 受驗番號, 考査場, 其他 詳細는 今日 決定. 數年 間 至極히 몽골라 工夫(自習)했던 四男 魯松의 試驗 잘 보기를 天地神明께 祈願. 내일까지 뒷바침 잘 할 것을 學校 형편 또는 食事 마련 關係로 夫婦 全部 떠나와서 어딘가 모르게 속이 찌인. ◎

〈1981년 11월 24일 화요일 晴〉(10. 28.)
大入學力考査의 날. 松의 成績 良好하기를 合掌祈願. 杏도 제 오빠 晝食 準備로 바쁠 터.
郡교육청 林○○ 初等係長 來校~六學年의 音樂科 표집考査 後 全校 巡視. 各班 授業도 보고. 나와는 親分 있는 분. 晝食은 權 교무 집에서 今般에도 하고. 下午 4時에 마치고 歸廳.
淸州 아파트로 連絡해보니 서울서 魯弼이 왔다는 것. 제 兄의 考査에 힘 키어 왔을 것. 신통한 일. 明日 上京한다는 것. 試驗 잘 치뤘다고는 하는데…. 今日까지로 人事狀 발송. 約 380枚.
밤엔 校下(學區) 任員 學父母 中 扶助한 분에 줄 答禮品(記念타올) 井母와 함께 包裝. ◎

〈1981년 11월 25일 수요일 曇〉(10. 29.)
晝食時間에 面內 機關長과 우동이라도 會食하려고 大所 넘어갔으나 校具業者 崔 氏가 一同 待接의 機會가 되어 잘 된 셈. 班常會 書類 갖고 歸校 中 大所中學에 들려 歸順勇士의 講演會 있어 잠간 듣고 온 것. 具 氏 家 回甲宴에 招待 있어 終會後 잠간 다녀오기도. ◎

〈1981년 11월 26일 목요일 晴〉(11. 1.)
日出 前 氣溫 零下 3°였으나 낮엔 봄 날씨를 방불케 따뜻하였고.
面內 三個 校(大所國, 富潤國, 大所中) 敎職員 親睦排球大會에 參席~下午 3時 半부터 仝 六時까지. 場所는 大所國校庭. 大所서 入淸. 井母는 낮에 淸州 왔고. ◎

〈1981년 11월 27일 금요일 晴〉(11. 2.)
12時 半부터 있는 同僚職員 安九炳 主任敎師의 子婚에 付託에 依하여 主禮 섰던 것.
日出 前 첫 車로 出勤. 午前 中 勤務. 無極 가서 新婚禮式場 主禮. 歸校 再執務. 終會後 入淸~今日은 매우 바쁘게 움직인 것. 入淸해서는 玉山校 26回 卒業生인 弟子 몇 사람(金東昱, 朴興圭) 招致하여 11.15 行事日 手苦를 치하하고 夕食 一盃 같이한 것. 深夜토록 座談. ◎

〈1981년 11월 28일 토요일 晴〉(11. 3.)
今朝는 德山까지 버스, 德山서 學校까진 自轉車로. 영하 3°의 아침이라서 손이 깨어지는 듯 아프고 시렵고.

學校일 마치고 大所, 廣惠院 經由 歸淸하니 下午 6時쯤. 淸州도 모두 無故. ◎

〈1981년 11월 29일 일요일 晴〉(11. 4.)
早起하여 日出 前에 沐浴. 新聞 읽고 13時에 있는 玉浦校 成世慶 교장 子婚에 人事.
親知校長(任昌武, 尹洛鏞, 史龍基, 鄭鎭用) 만나 반가워 答禮로 一盃 待接하기도. ⓒ

〈1981년 11월 30일 월요일 晴〉(11. 5.)
淸州서 單身出勤 六年 道德授業 施行. 具教師 및 黃教師의 音樂표집考査 不正으로 入廳 協議.
日暮頃에 梧倉面 佳佐里 가서 柳哲相 親喪에 人事 다녀오고. 泰東館에서 待接[13]받기도.
京西中學 朱○○ 體育教師의 弟子(李○○ 君) 유괴 殺害事件 發表. TV에 教育者로서 약코폭 죽었고. ◎

〈1981년 12월 1일 화요일 晴〉(11. 6.)
早起하여 보니 밤새 降雪. 約 5㎝ 程度 積雪. 井母가 같이 첫 버스로 富潤 왔고.
날씨 大端히 추어 한낮도 氣溫은 零下. 어제부터 各 教室에 煖爐 피우기도. ◎

〈1981년 12월 2일 수요일 晴〉(11. 7.)
日出 前 氣溫 零下 13°. 이제까지에 가장 찬 날. 臨時 校長會議에 參席~12月5日의 "國民教育憲章 宣布 第13周年 記念日"에 있을 全國教育者大會에 關해서가 主 案件.
井母는 오후 3시 發 버스로 淸州 갔고. 會議 마치고 平谷 卞 校長, 大長校 蘇 校長, 沙丁校 金 校長에 一盃 答禮의 意로 待接했고. 下午 6時 半 發 버스로 歸校. 舍宅에서 모처럼 獨身留宿. ⓒ

〈1981년 12월 3일 목요일 晴〉(11. 8.)
昨今 영하 13度까지 내려갔어도 아침行事(運動, 放送)斷行…귀, 손, 얼굴~깨지는 듯 시리고 아팠고.
12時에 淸州 着하여 李鳳魯 教師 妹婚 禮式에 參與 人事(삼주예식장). 式後 点心 잘 먹었고. 市內에 나가 住宅銀行 積金 等 일 보고 夕食에 곱창집에서 假外로 바가지 쓴 셈…三人한테. ⓒ

〈1981년 12월 4일 금요일 晴, 曇, 가랑비〉(11. 9.)
松은 어젖게(2日) 上京~제 큰 兄 移舍하는 데(3日, 어제) 助力하려고.
別途計劃書 依據 明日에 서울서 있을 全國教育者大會에 參席케 되어 午前 10時에 한벌校 着. 忠淸北道 初中高 校長 等 全員 610名. 10時 半에 서울 向發. 무지개 觀光버스 15臺. 宿所는 淸涼里 온천旅館. 312호室. 車 및 個人番號…07(道번호), 0379번, 10組(10號車).
沐浴 後 數人 親友校長團에 끼어 情談 飮酒 時 要領껏 사렸기도. ⓒ

〈1981년 12월 5일 토요일 晴〉(11. 10.)
國民教育憲章 宣布 第13周年記念 全國教育者大會…集結과 練習 40分+40分. 正刻 11時부터 大會 40分 間. 全斗煥 大統領 內外분 臨席. 大會後 40分 間 特講~講師 柳達永 教授. 行事

13) 원문에는 "接待"위에 앞뒤 바꾸기 교정부호(∾)가 그려져 있다.

無事히 마치고 晝食 後 歸鄕에 나는 蠶室 갔고. 井母는 午前에 왔다는 것.
臨時로 잠실 3團地에서 살던 맏 애(井) 제집인 5團地 516棟 1210호로 어제의 前日 3日에 無事히 옮겼다는 것. 넓어서 氣 펼 수 있고. 仁川 女息 온 家族 와서 夕食 함께 하였고. ◎

〈1981년 12월 6일 일요일 晴, 曇〉(11. 11.)
下午 2時에 淸州 着. 둘째 絃이 좀 만나려고 大田 갔었으나 休業日이어서 못만났고. 玉山校 26回卒 弟子 金永澤 만나 夕食 달갑게 待接받았기도. 저물게 入淸. 金海泳 市管理課長 만나 茶房에서 長時間 情談했고. 別席에서 더 쉬었다가 歸家. 서울서 끝딸 運이 어제 와 있고. ⓒ

〈1981년 12월 7일 월요일 晴〉(11. 12.)
淸州서 첫 버스로 井母와 함께 富潤 向發~無極까진 順調로웠으나 路線 工事로 支障 있어 버스 不通으로 車費 많은 택시 대절로 속 찐했고…4,500원. 버스론 2人 車費 400원인데.
終會時에 5日에 서울 蠶室체육관에서 있었던 大會 內容을 傳達하고 教權과 師道 確立에 對하여 力說했던 것. 어저께 왔었다는 끝째 運이도 첫 高速버스로 서울 向發했고. ◎

〈1981년 12월 8일 화요일 晴〉(11. 13.)
11月 14日 以後 謹酒로 食事 正常化되어 健康좋으며 早起 運動도 繼續 實行 中이므로 運身良好.
井母는 11時 낮 버스로 淸州 갔다가 午後 五時 半쯤 歸家…保險料 納入用 現金 갖아온 것.
放課 後에 校下部落 延 氏 家에 弔問 人事~教委 延奬學官 關聯. ◎

〈1981년 12월 9일 수요일 晴〉(11. 14.)
大所우체국 거쳐(宿直室 電話 件, 保險料 送金 等) 陰城 가서 200萬 券 保險 復活에 現金 納入 手續 完了하고 教育廳 및 郡廳 들러 環境淨化 關係用 地籍圖 일 一部 보고 늦게 終車歸校. ◎

〈1981년 12월 10일 목요일 晴〉(11. 15.)
낮 동안은 봄 날씨를 방불케 따뜻했고. 年末最終의 職員體育(排球)했기도. 傳達夫 酒酊行爲에 訓戒. ◎

〈1981년 12월 11일 금요일 晴〉(11. 16.)
요새는 많이 눅져서 아침 氣溫 영하 2度. 아침行事(운동, 放送)도 繼續 順調로이 施行 中.
六學年의 二班 道德授業, 2의2의 授業參觀도 잘 했고. 午後엔 六學年의 卒業考査 施行케 되어 公正, 嚴正 期하자고 事前職員會 했기도. 4時間 동안 全職員 순환制로 考査 잘 마친 것. ◎

〈1981년 12월 12일 토요일 晴〉(11. 17.)
下午 1時에 있는 大所 李夏榮 支署長 送別宴會에 參席. 下午 3時 半 車로 大所 所在地에서 井母와 함께 淸州 왔고. 市內에 나가 놀다가 夕食. 저물게 魯弼이도 서울서 왔고. 休暇했다는 것. 새 學年(二學年用)用 책 사려고 代金 때문에 온 듯. 明日 上京한다고. 이제 寄宿舍生活은 끝이라며 제 맏兄 집에서 다닌다는 것. ⓒ

〈1981년 12월 13일 일요일 晴〉(11. 18.)
前任校 佳陽서 같이 있던 洪祥杓 敎務의 子婚 結婚式에 井母와 함께 가보았고. 피로宴에도 參席.
鶴天 從妹 외 五名이 組織한 白米 20叺稧에 今年이 有司 차례 되어 代金으로 받은 것~쌀 21叺 8말값. 6,000×21.8=1,308,000원. 後로 2次例 負擔으로 끝나는 것. 午後엔 大田 갔다가 絃이 못만나고. 弼이 저녁에 上京. ◎

〈1981년 12월 14일 월요일 晴〉(11. 19.)
淸州藥局, 住宅銀行 等 簡易稅金 計算書 徵求하여 12時 버스로 鎭川 經由 廣惠院, 새마을 버스로 大所 到着. 井母는 學校 金 氏 오토바이로 富潤 着. 大所서 老人會長 金聖基 氏 만나 濁酒 一盃하였고. 끝내는 吳校長, 崔支署, 鄭 面長, 三成面 崔漖埴 面長과도 자리 되어 富潤엔 日暮 後 自轉車로 到着. ⓒ

〈1981년 12월 15일 화요일 晴〉(11. 20.)
영하 11度 차디찬 아침. 아침 行事如前 繼續中. 六의一班 道德授業 끝 單元까지 마친 것. ◎

〈1981년 12월 16일 수요일 晴〉(11. 21.)
六의 二班 道德授業도 今日로 21單元까지 모두 끝낸 것. 鶴天 쌀 稧金 20叺條 壹百萬 원 井母가 權교무 夫人에게 놓아달라고 맡겼다는 것. 來年 稧金 負擔額 메꾸려고.
學校일 마치고 德山 經由 淸州 왔고. 井母도. 헌 木材 주어서 簡易책꽂이 만들기 着手. ◎

〈1981년 12월 17일 목요일 晴〉(11. 22.)
趙孝淑 女敎師 父親 回甲宴에 招待 있어 職員代表로 다녀온 것~淸原郡 江內面 산단이.
閑川서 金 校長 만나 茶 一盃 待接받고 歸校. 手當 合한 俸給 받고…受領額 65萬 원끔.
淸州아파트엔 저물게 到着. ⓒ

〈1981년 12월 18일 금요일 曇, 雪〉(11. 23.)
81年 末 校長會議에 參席. 場所는 甘谷面 元唐國民學校. 버스時間 착오로 2時間 程度 早時 到着으로 오래간 기다렸던 것. 休暇 中 生活計劃과 82學年度 郡 重點努力 事項이 主案件. 文敎部 指定 給食示範學校로서 晝食 待接 잘한 것. 散會後 任地 富潤校 가서 傳達會 一部 마치고 歸淸하니 下午 8時쯤. 仝 七時頃부터 눈파람 날리기 始作한 것. ⓒ

〈1981년 12월 19일 토요일 曇, 雪, 曇〉(11. 24.)
昨夜와 낮에 내린 눈 4.5㎝ 程度 積雪. 德山서 學校까지 自轉車로. 낮에는 눈보라 사나웠고.
天候關係로 各 敎室에서 終業式. 조심 3(불, 얼음, 病), 努力 3(공부, 몸 때 닦기, 운동…줄넘기)를 當付.
職員會 마치고 諸般 團束하고 歸淸하니 下午 7時 半. 夕飯 後 市內 들어가 놀다가 深夜 歸家. ⓒ

〈1981년 12월 20일 일요일 晴〉(11. 25.)
2곳 禮式場 다녀 人事~丹月校 權五述 校長 子婚. 虎竹校 朴永淳 校長 女婚.
族兄 俊榮 氏 만나 1月 3日에 있을 宗親 同甲稧 行事 事前 打合. ○

〈1981년 12월 21일 월요일 晴, 曇〉(11. 26.)

太陽出版社, 淸州藥局에 들러 用務 보고선 大田 가서 絃이 만나 이야기(大田事業, 陰 至月 30日의 일, 陽曆過歲, 안 사람들 동기間 友愛等) 좀 하고 夕食 後 下午 六時 直行버스로 歸淸. ⓒ

〈1981년 12월 22일 화요일 曇, 晴〉(11. 27.)
陰城 가서 大韓교육保險 納入領收證과 一口座 新加入 手續完了. 學校 가서 公文 決裁, 理髮하고 歸淸. 留. ◎

〈1981년 12월 23일 수요일 晴〉(12. 28.)[14]
10時에 陰城支部(大韓교육保險會社)에 잠간 들러 學校 가서 잠간 둘러보고 大所 가서 '라이온스클럽 大所團 組織總會'에 招請 있어 參席. 다시 學校 와선 私用 책꽂이 만들기에 努力. 下午 7時 發 버스로 歸淸 아파트 오고. ⓒ

〈1981년 12월 24일 목요일 晴〉(11. 29.)
下午에 市內 들어가 12月 分의 아파트 月賦金 該當銀行에 納付하고 청주약국에 잠간 들러 歸家.
셋째 家族 一同 松이 데리고 上京. 初저녁에 小魯校 弟 振榮이 잠간 다녀가고.
魯弼의 校友(學友) 總 8名 日暮頃 아파트로 들러 一同 夕食(떡, 만두국) 했고…順番制인 듯. ⓒ

〈1981년 12월 25일 금요일 晴〉(11. 30.)
첫 버스로 富潤 向發. 德山서 自轉車로 學校까지 가는데 손발 몹시 시러웠고. 學校서 業{務} 整理 신속하게 處理. 下午 一時에 있는 再從妻男 金象鎬의 子婚에 主禮. 下午 2時 50分 發 高速버스로 井母와 함께 上京. 今日이 陰曆으로 眞 回甲日. 長子 井의 집에서 一同 저녁 會食. 두 사위들 內外〃〃 어린 것들 데리고 왔었고. 셋째 明의 夫婦는 幼兒들 데리고 어제 上京했던 것. 松이 길 案內로 現 아파트 잘 찾았다고. ⓒ

〈1981년 12월 26일 토요일 晴〉(12. 1.)
弼이는 23日부터 8名 組로 探勝次 巡訪中 再昨夜에(12.24) 淸州 와서 留하고. 어제는 江陵行한다는 것. 學生의 禮儀와 긍지 지켜 友情있게 다녀오기를 當付했던 것.
大韓敎育保險株式會社 本社(鍾路1街 1의1) 요금 보전科에 들러 返送 送金票 關係 일 본 것.
明日 行事計劃으로 서울서 今日도 留. ◎

〈1981년 12월 27일 일요일 晴〉(12. 2.)
去 22日 저녁에쯤 나우 춥더니 其後론 날씨 포근해져서 繼續 今日까지 봄철 같았고.
明은 어린 것들 데리고(어린 것 男妹 水痘 中) 12時頃 淸州 向發.
큰 애 內外, 英信, 昌信까지 老夫婦 一同 六名은 高陽郡 신도읍 지축리 한미산 '興國寺' 가서 女息 在應스님 만난 것. 講師 스님과 住持(總務)스님의 親切 如前하여 感謝했고. 대영스님과 동준 스님으로부터의 周旋에 厚待받고 下午 4時에 興國寺 出發. 20時쯤 淸州 無事到着. ◎

14) 일기 원문에는 음력 "12월 28일"로 되어 있으나 실제 "11월 28일"이 맞는 것으로 보인다.

〈1981년 12월 28일 월요일 晴〉(12. 3.)
첫 버스로 出校. 公文書 處理, 宿直室 연탄까스 漏出로 職員 2名(權, 具 교사) 中毒 辛苦(12.25夜)로 깜짝 놀랬고…大不幸 中 多幸. 卽時 技術者 불러 보이라 溫突 裝置로 改造工事 着手.
社會淨化 大所面推進委員會 年末總會에 參席. 晝食은 崔支署長이 待接했고.
막 버스로 歸淸. 下午 10時에 淸州 着. 振榮이 血壓 高 症勢로 갑작이 入院했대서 또 놀랬고~순간的 變態로 異常 있는 듯. 혈압 100~200이라나. 救世醫院. 우선 今夜 經過 보기로. ◎

〈1981년 12월 29일 화요일 晴〉(12. 4.)
公職者 經濟敎育에 參席~場所 무극新婚예식장, 講師 상공局長. 旅行中 弼이 오고. 振榮 入院 中. ◎

〈1981년 12월 30일 수요일 晴, 曇〉(12. 5.)
道敎育會(共濟會)와 住宅銀行 들러 일보고 陰城行~德山서 步行으로 學校 갔고. 公文 決裁等 몇 가지 急한 件 處理하고 저물게 入淸. 中央藥房 申一東 先生과 잠시 情談. 淸州서 留. ⓒ

〈1981년 12월 31일 목요일 曇〉(12. 6.)
어제 大入學力考査 成績 發表에 松이 204點이라고. 忠北大學校 志願에 넝넉하다는 것에 마음 흐뭇했던 것. 氣分 상쾌했던 것.
紘의 大田事業에 補助했던 大韓敎員共濟會로부터 貸與받았던 것 8次分 未償還됐대서 手續完了次 學校서 淸州 왔다가 다시 陰城까지 다녀오기에 바빴고 고되기도 했던 것.
明日의 설 茶禮 祭物 準備에 아파트에선 바쁘게 일들 보는 듯~井母, 杏, 셋째 子婦. 서울서 큰 애 日暮頃에 英信 데리고 온 것. 夜深해서 次男 紘이도 雄信 데리고 왔고. ⓒ

※ 年中 略記
○ 第12代 大統領 全斗煥 閣下 就任. 第五共和國 出帆.
○ 淸原郡 佳陽校에서 自進 轉出希望하여 陰城郡 富潤校로 赴任~心的 安定 中.
○ 農村 年事 平作 以上. 白米 3,750萬 石. 農事 日氣 잘한 셈.
○ 막동이 魯弼 서울大學校 法科大學 入學. 四男 松이 大學入學考査 成績 良好.
○ 辛酉生으로서 子女息들 周旋으로 還甲 行事했고. 이제 眞實로 老人인가?
○ 年末頃 長期 謹酒로 健康 正常化~體重은 53*kg* 維持.
○ 金溪 本家屋과 田土地 他人에 주고 淸州 아파트로 合産한 것. 井母와 任地 舍宅 生活.
○ 次男 紘의 大田事業 不景氣로 家內 和睦에도 影響 있는 셈.
○ 家族狀況
• 長男(井) 서울汝矣島高校 在職, 큰 子婦 서울 송전國校, 英信 初六年生. 昌信 初五年生.
• 次男(紘) 大田서 鐵鋼商會. 子婦 沃川國校 敎師, 새실과 雄信(幼兒)
• 參男(明) 淸州한벌國校 敎師, 子婦 無職, 惠信 初一年生, 惠蘭, 正旭(幼兒).
• 四男(松) 放通高 卒業班. 大入學力考査 成績 良好. 忠北大 師範大 希望.
• 五男(弼) 서울大學校 法科大學 一年生

- 큰 女息(媛) 永登浦. 壻 中央大附高 教師. 4男妹
- 三女(妊) 서울. 壻 韓電 本社 在職 中. 係長級.
- 二女(姬) 在應스님. 京畿道 高陽郡 한미산 興國寺
- 四女(杏) 清州 大成中(女中) 教師…家庭科
- 五女(運) 서울國立警察病院 看護員

以上.

1982년

〈1982년 1월 1일 금요일 晴, 曇〉(12. 7.)[1]

9時 30分에 新正 茶禮. 長男 큰 父子, 次男 父子女, 參男 夫婦 3子女, 四男, 五男, 弟 振榮 夫婦, 男妹, 4女, 5女. 客地의 설 茶禮 처음 當하는 일. 故鄕에선 從兄과 再從兄 宅이 過歲. 新正過歲 아직 一般化 안되고 農村 都市 모두 몇 家戶에 不過한 實情. 茶祀 後 아이들 歲拜 行事도.

省墓次 長男의 引率 下에 여러 아이들 故鄕 金溪에 다녀왔고.

午後에 社稷洞 俊榮兄 宅에 들러 情談 後 아파트까지 同伴 會席도 한 것.

今年의 生活 잘 해보기로 마음 먹어보기도. ○

〈1982년 1월 2일 토요일 曇, 晴〉(12. 8.)

故鄕 金溪에서 爲親稧 있어 參席. 場所는 春榮氏 宅. 稧財 約 70萬 원. 分給에 隘路 있었고.

形便上 日暮 後에 省墓. 從兄집에서 夕食, 再從兄(憲榮 氏) 집 다녀서 入淸하니 下午 9時쯤. ◎

〈1982년 1월 3일 일요일 晴, 曇〉(12. 9.)

宗親 同甲稧에 參席. 場所 烏山市場 신성식당. 有司 責任 增資로 23,700원 負擔. 晝食代로 14,000원 經費 났고.

玉山校 第26回 卒業生 同窓會도 同 場所에서 있어 招請에 人事했기도. 女卒業生들한테 內衣膳物받기도.

下午 5時頃에 入淸. 아파트 到着. 밤엔 井母와 윷놀이 娛樂했기도. ◎

〈1982년 1월 4일 월요일 雨, 曇〉(12. 10.)

오랜만에 비 내리는 것~새벽 3時頃부터 10時頃까지 나우 내린 것.

全職員 召集~臨時 緊急職員會…休暇後 二週日 間의 反省. 敎權 및 師道 確立에 對한 講演. 去 28日에 있었던 校監會議 傳達. 在(財?)物調査 作業에 對한 指示. 18時쯤 入淸 着. 淸州서 留. ◎

〈1982년 1월 5일 화요일 晴〉(12. 11.)

今朝도 첫 버스로 淸州 發. 德山서 自轉車로 登校. 職員 召集 제2日째로 거의 매듭. 在物조사. ◎

〈1982년 1월 6일 수요일 晴〉(12. 12.)

節候 '小寒'인데 포근한 날씨였고. 早朝 버스로 大所 가서 豫備軍 始務式에 參席. 式後 各機關(大所國校, 農協, 支署, 面) 잠간씩 들려

1) 원문의 날짜 옆에 "檀紀 4315年, 佛紀 2526年) 壬戌年"라고 쓰여 있다.

곧 歸淸. 弼이는 어제 서울 갔고. ⓒ

〈1982년 1월 7일 목요일 晴, 曇〉(12. 13.)
5日 24時를 期해 通行 禁止 全國的으로 解除. 學生들의 頭髮과 校服 自由化[2] 今年부터 實施 등 發表. 通禁 解除는 36年 만[3]에. 濟州道와 忠北은 旣往부터였고.
15時 正刻까지 執務타가 大所 거쳐 敎育廳 가서 用務 마치고 林 장학사와 夕食 함께. 20時에 淸州 着. ◎

〈1982년 1월 8일 금요일 曇, 晴〉(12. 14.)
午前 中 讀書~"韓國의 自己發見". 午後엔 市內 가서 잔일 좀 보고 놀다가 深夜에 歸家. ◎

〈1982년 1월 9일 토요일 晴〉(12. 15.)
아침 通勤버스로 學校 나가 召石 崔成基 氏와 함께 水臺里 朴정시 氏 만나서 老人會에 對한 打合했고. ◎

〈1982년 1월 10일 일요일 晴〉(12. 16.)
새벽 3時 20分부터 5時 半까지의 月蝕狀況 30分 間마다 觀察한 것. 東쪽부터 가렸고 南쪽부터 티인 것. 皆旣月蝕[4]. 10시에 俊兄 만나 宗親 同甲稧 81年度 有司 責任負擔金 淸算했고. 用務後 一盃씩 나누기도.
雲泉洞 가서 南聖祐 先生 問病(前職同志, 金溪校 時節) 日暮頃까지 情談했던 것.
四男 魯松이 大入志望 確定~忠北大學校 文科大學 國語國文學科로 志願. ⓒ

〈1982년 1월 11일 월요일 曇, 晴, 曇〉(12. 17.)
共同硏修日이어서 井母와 함께 任地 富潤 갔고. 井母는 放學 直前日에 入淸했다가 20餘日 만에 富潤 온 것.
硏修 內容은 上部 指示에 따라 "韓國의 自己發見"의 冊子를 全職員 갖고 讀書, 노오트, 發表하는 것. ◎

〈1982년 1월 12일 화요일 晴〉(12. 18.)
共同硏修 第2日~하는 일 昨日과 同. 晝食 後 陰城郡 敎育廳 다녀왔고~金根世 敎育長 만나 學校의 放學 中 動態에 關해서 報告한 것. 當宿日直 및 職員 硏修 等. 寒波로 氣溫 急降下. 아침 -7°5″. ◎

〈1982년 1월 13일 수요일 晴, 曇〉(12. 19.)
日出 前 氣溫 零下 10度 5分. 어제는 영하 9度. 寒波 며칠間 계속된다는 것. 27日 間 포근했다고.
學校엔 全職員 共同硏修 제3日째, 午前에 輪讀會도. 午後엔 讀後感 노트 發表. ⓒ

〈1982년 1월 14일 목요일 晴, 曇〉(12. 20.)
近日中 今朝 氣溫이 最低로 내려간 듯. 영하 12度 5分. 눈은 내리지 않았고.
職員共同硏修 第4日째. 全職員 眞摯한 態度로. 讀書, 노트, 輪讀, 發表한 것, ◎

〈1982년 1월 15일 금요일 曇, 晴〉(12. 21.)
今日따라 바쁜 行事 겹쳤으나 大過 없이 지낸 것~學區 單位老人會 任員會(總會 앞둔 諸決

---

2) 원문에는 붉은색 색연필로 밑줄이 그어져 있다.
3) 원문에는 붉은색 색연필로 밑줄이 그어져 있다.
4) 원문에는 붉은색 색연필로 밑줄이 그어져 있다.

議). 面 및 農村指導所 主管의 營農教育. 教育廳 閔 奬學士 와서 休暇 中 勤務狀況 視察. 金根世 教育長과 金 管理課長도 休暇 中 巡視. 職員들은 硏修 第五日째. ◎

〈1982년 1월 16일 토요일 曇, 晴〉(12. 22.)
今朝 氣溫 영하 11度 5分. 全校生 召集 指導. 職員들은 共同硏修 第六日째로 最終日. 文書整理.
1月分 俸給 受領 9% 引上한 것으로 精勤手當 包含하여 92萬 원 中 11萬6仟 원 控除하고 80萬4仟 원 入手. 下午 3시 버스로 井母와 함께 清州 오니 下午 5時 若干 지난 것. 杏과 松이 無故하여 多幸. ◎

〈1982년 1월 17일 일요일 晴〉(12. 23.)
井母와 함께 玉山 가서 쌀 50叺稧 修稧에 쌀 13叺代 負擔으로(25,380×26=659,880원) 내놓고. 李仁魯 校監한테 月利 2分로 貸與한 것 12個月 分 元利 合計 248萬 원 받아 온 것.
劉濟鶴 會長 女婚에 上黨예식場, 忠北大學校 總務課長 洪喜植 女婚에 三州예식장 巡廻人事한 때문에 바빴기도. 富潤校 地域人士 數名에게 待接했기도. ⓒ

〈1982년 1월 18일 월요일 晴, 曇, 雪〉(12. 24.)
새벽 무렵 清州地方엔 約 5㎝ 程度 降雪. 登校길에 德山부터 學校까진 눈길 밟으며 出勤.
富潤地方엔 눈파람 若干 날렸던 程度였고.
學校 在物調査 事務 處理로 李 女教師와 閔 校監 教育廳으로부터 複雜한 말 있는 듯. 數時間 동안 學校와 舍宅서 바쁘게 일 보고 저물게 入清 深夜토록 놀았고. ⓒ

〈1982년 1월 19일 화요일 晴〉(12. 25.)
눈위 바람 나우 찼던 것. 11時부터 있는 大所行事에 參席~南설우 陰城郡守의 年頭巡視. 大所 〃在地의 小都市 가꾸기 起工式 等. 大所農協 用務 마치고 電話連絡 있어 入清~前任校(佳陽校)에서 같이 있었던 洪○○ 教師의 過剩忠實에서인지 前事에 있었던 不快한 一時의 일로 ○○人을 交涉함이 좋겠다는 말에 不快感 다시 있어 개운치 않았고. ◎

〈1982년 1월 20일 수요일 晴〉(12. 26.)
玉山 가서 戶籍謄抄本 떼고. 英信 教育保險 3萬 원 찾고. 聖德寺 再從妹, 金在龍 氏 等 待接하기도.
서울 갔던 五男 魯弼이 오고. 엊저녁에 왔던 洪○○ 教務한테 別無消息. ⓒ

〈1982년 1월 21일 목요일 晴〉(12. 27.)
學校 나가 公文書 處理. 歸家時엔 金鍾 教師의 오토바이에 德山까지 便宜. 入清後 申 藥房 등에서 深夜토록 놀고. ⓒ

〈1982년 1월 22일 금요일 晴〉(12. 28.)
延 教師의 日直勤務와 李 女教師의 在物調查 最終處理 等으로 忠實勤務, 校監도 出勤 執務.
夕食은 家族一同 셋째(明)들 집에서 했고~夫婦, 松, 弼. 洪○○ 教師가 말하던 件. 그냥 그대로이고.
松에 大入面接 오늘 이룬 것…氣分 괜찮은 듯? 安心되는 듯? ⓒ

〈1982년 1월 23일 토요일 晴〉(12. 29.)
孟洞面 農協(自立農協) 第21期 定期總會에

請牒 있어 參席~安병일 組合長의 勇辯에 感歎.
孟洞校 朴斗煥 校長의 厚待 받고 閑川 와서 仝校 金鎭恪 校長한테도 厚待받은 것~모두 4名(孟洞, 通洞, 閑川, 富潤). 醉하여 日暮 後 택시로 歸校. 現金 100萬 원 權 教務에 맡기고. ※

〈1982년 1월 24일 일요일 晴〉(12. 30.)
學校 잠간 보고선 入淸 歸家. 市內에 나가서 一盃…俊兄과. ×

〈1982년 1월 25일 월요일 晴〉(舊正)
舊正인데 新正過歲하였기에 아침 가든. 10時頃 學校 나가서 上部 指示에 依하여 全職員 非常召集하여 '새教育課程'에 對한 硏修 開催(至 29日). ○

〈1982년 1월 28일 목요일 晴〉(1. 4.)
面內 機關長會議에 參席~82 새해 일의 다짐. ×

〈1982년 1월 30일 토요일 晴〉(1. 6.)
閔泳玉 校監 子婚에 主禮 섰고. 井母도 함께 參席. 禮式場은 無極 신혼예식장. ※

〈1982년 1월 31일 일요일 晴〉(1. 7.)
明日 行事로 職員들 몇 사람 바쁘게 일 본 것(會議室 꾸미기 等). 特히 權教務 努力 컸고. ×

〈1982년 2월 1일 월요일 晴〉(1. 8.)
第1回 學區單位 老人會 總會를 開催하여 잔치까지 베풀어 盛況 이루었고…老人會 郡支部長 趙仁相 氏 外 約 100名 男子老人 參席. 姉母會員, 새마을 靑少年들의 努力도 고마웠던 일. ※

〈1982년 2월 2일 화요일 晴〉(1. 9.)
心慮했던 어제의 行事를 比較的 圓滑히 치루어 마음 개운했고. 낮 버스로 井母와 함께 入淸 歸家했고.
午後엔 서울 큰 애 오고. 이어 京畿道 高양郡 "興國寺"에서 在應스님(次女…姬)과 '상운스님'도 온 것. ×

〈1982년 2월 3일 수요일 晴, 曇〉(1. 10.)
近日 繼續 飮酒로 食事不振으로 몸 極히 쇠약해져서 運身難. 또 臥病, 뒷머리 묵직하고 못견디어 終日토록 呻吟. 子息들에 또 不安을 주었고. 상운스님 井邑으로 出發. 큰 애도 下午에 上京(걱정 中에). ◎

〈1982년 2월 4일 목요일 曇, 晴〉(1. 11.)
간밤에 눈 살짝 내렸고(約 1.5㎝). 머리 무거우나 억지로 起床. 後悔 막급이나 이제 어찌할 수 없는 일…. 지감도 징글이 없는 것을 또 恨嘆. 유달은 性情 어찌할 수 없는 일. 女息 在應스님 가고.
10時부터 있는 校長會議에 參席. 場所는 陰城郡 教育廳 會議室. 淸州서 陰城까지의 車內의 몸 괴로웠고. 會議는 下午 4時 半까지 長時間. 歸校豫定을 바꾸어 歸淸. ◎

〈1982년 2월 5일 금요일 晴〉(1. 12.)
궁금하여 出校하였더니 마침 잘 한 것. 閔 校監이 有故로 上京中이어서 明日까지 나와야 할 것. 終日토록 公文書 處理에 머리 아팠고. 下午 7時버스로 廣惠院 거쳐 入清. 親友 吳春澤 만나 車部 앞에서 一盃 後 作別하고. 他處에서 놀다 아파트엔 밤 11時 지나서 到着. ⓒ

〈1982년 2월 6일 토요일 晴〉(1. 13.)
出校 執務. 어제 있었던 三成校에서의 藝體能擔當 教師 研修出席者 數로 教育廳 착오의 電話로 因하여 兩便 確認되어 今日 出校도 잘 한 것. '韓國의 自己發見' 讀書한 것 노오트하기에 數時間 동안 애썼고. 今日은 아파트에 比較的 일찍 到着. 이제 食事 正常化. 魯運이 왔고. ⓒ

〈1982년 2월 7일 일요일 晴〉(1. 14.)
5日부터 날씨 몹씨 추어졌고. 長期間(50日間) 冬季休暇도 今日이 最終日.
終日토록 집에서 新聞읽기, 日記帳 整理, 家計簿 整理로 눈이 아플 程度.
今日은 正月十四日 작은 보름. 日暮頃에 바람 쐬이기 兼 市內 나갔다가 보름 食事 얻어먹기도. ◎

〈1982년 2월 8일 월요일 晴〉(1. 15.)
正月 大보름. 새벽에 부름 깨물고 食事. 開學[5] 날이어서 첫 버스(6時 半)로 學校 向發.
5日부터 날씨 몹씨 추어 今朝 氣溫 영하 10度. 全學級에 煖爐 불 넣기로 職員에게 指示. 出校하여 學校狀況 보니 추운 아침의 職員活動 不振에 不快하였고. 문 잠긴 채 밖에서 떠는 兒童 많아서 딱했고. 傳達夫 金 氏 活動 없어 호통치기도.
開學式 後 臨時職員會~休暇 中 生活 反省, 學務局長 말씀의 傳達, 4시 半부터는 새교육課程 TV放送 研修.
舍宅엔 모타셈과 溫突보이라 故障으로 井母 苦生 많고. 이래저래 今日 不快指數多大.
舍宅 房內는 말 그대로 삼천냉방. 밤中엔 一時 頭痛으로 큰 걱정되더니 차차 가라앉아서 多幸. ⓒ

〈1982년 2월 9일 화요일 曇, 晴〉(1. 16.)
모처럼 아침行事 再施行~아침運動, 아침放送. 教室奬學도 8個學級, 職員會와 새교육課程 研修도. ◎

〈1982년 2월 10일 수요일 晴〉(1. 17.)
날씨 繼續 쌀쌀하여 今朝 氣溫 零下 11度. 井母는 明日일로 淸州 갔고(先妣忌故). ◎

〈1982년 2월 11일 목요일 晴〉(1. 18.)
學校生活 順調로히 午後 6時까지 잘 마치고 自轉車로 德山까지 달려 直行으로 入清. 아파트엔 20時 半에 到着. 今夜에 어머님 忌故. 從兄님 오시고, 桑亭 큰 妹도. 小魯校 振榮 內外도. 서울서 큰 애 밤 9時에. 大田 둘째 雄信 데리고 밤 10時頃 왔고. 祭祀는 밤 12時 正刻에 마친 것. 祭物 깨끗했고. 作故 後 만 3年.
喜消息~四男 松이 忠北大學校 奬學金으로 入學金 約 45萬 원 完全免除 消息. 成功〃〃. ◎

〈1982년 2월 12일 금요일 晴〉(1. 19.)
간밤에 祭祀 올렸어도 고단하지 않았고. 飮福도 삼가한 結果일 듯. 큰 애 날새기 前 5時 半

5) 원문에는 붉은색 볼펜으로 밑줄이 그어져 있다.

쯤에 서울 向發. 난 6時 40分 發 德山行으로 出發. 德山서 自轉車로 學校 오니 午前 8時50分.
第六學年 査定會 했고. TV放映 硏修 第五日째. 市內서 夕食(삼계탕)하고 아파트 着하니 밤 9時. ◎

〈1982년 2월 13일 토요일 晴〉(1. 20.)
첫 버스로 陰城, 無極, 孟洞 經由 學校 到着하니 8時 55分. 職員 朝會時 今日 行事 부탁하고 大所行.
大所國校 第50回 卒業式에 參席. 臾心 後 入淸. 卽時 玉山 가서 戶籍謄本 3通 떼어 다시 入淸. 5時 半쯤 아파트 着. 5女 運과 5男 弼이 와 있고. 모처럼 아래로 四男妹(未婚兒)와 함께 會食. ◎

〈1982년 2월 14일 일요일 晴〉(1. 21.)
四男 魯松이 放通高 卒業式이라는데 參席 못하는 것 遺感. 首席卒業이라는데…. 敎育監賞, 優等賞. 三皆年賞 等으로 受賞 독차지하게 된다는데~井母, 明, 杏, 運, 弼이는 參席한다니 多幸.
校下部落 延榮泰 靑年 結婚式에 參席. 場所는 無極 미광예식장.
무극서 午後 1時 버스로 學校 와서 執務. 막버스인 18時50分 車로 淸州 向發. 市內서 밤 오래도록 놀았고.
松의 敎育監賞은 中型 라디오(녹음기, 테프, 마이크 付), 學力賞과 三年皆勤은 各〃 貴重한 辭典, 字典…. 壯한 일. ◎

〈1982년 2월 15일 월요일 晴〉(1. 22.)
첫 버스로 富潤 가려고 6時에 아파트 나왔고. 弼이도 오늘 上京한다는 것. 運이는 어제 갔고.
자칫 한 瞬 間의 착각인지 物品가방 실은 채 出發한 버스의 일로 택시로 無極까지 달렸던 것으로 9,000원의 헛된 택시費 물어보기도. 알고보니 鎭川서 너무 당황했던 모양.
第22回 卒業式 豫行演習에 여러 가지 留意點 말했기도. 第一學年 新入生 豫備召集 行事 문제로 敎育廳 管理課와의 電話關係로 氣分 개운치 않았고.
去 10日에 入淸했던 井母 오늘 11時頃에 온 것. 日暮頃까지 煙氣 쏘이며 찬방에 불 때기에 노력. ◎

〈1982년 2월 16일 화요일 晴〉(1. 23.)
今日 行事 부탁하고 11時부터 있는 大所中學校 第5回 卒業式에 參席. 講堂 없어 露天에서 擧行.
明日 行事로 몇 職員은 流汗 努力. 終會도 午後 六時 半이 넘도록. 일에 誠意없는 學校 金氏를 訓戒. ◎

〈1982년 2월 17일 수요일 晴〉(1. 24.)
去 日曜日부터 아침 行事 再開始(日出 前 아침運動, 學校放送). 近日엔 날씨 누져 낮엔 零上.
富潤 와서 처음 맞는 卒業式. 第22回 卒業式. 面內 機關長 8名. 其他 來賓 任員 30名, 學父母 50名 參席.
學父母들의 융숭한 待接 計劃을 中斷케 하였으나 應急措置로 臾心 待接 잘 한 셈. 今日 行事도 잘 지낸 턱. ◎

〈1982년 2월 18일 목요일 晴, 曇〉(1. 25.)
大所面 民政黨 新舊團合大會에 機關長들 招請 있어 參席. 安甲濬 國會議員도 參席.
陰城郡 교육廳 가서 事務打合~三成校에서의 藝體能 敎師 硏修參加者 문제, 新入生 豫備召集 문제, 俸給明細書 引受印, 張孃 인사기록카드, 學資金 貸付手續 等. 奬學士들과 TV放映 硏修 마치고 막 버스로 富潤 오니 19時. ◎

〈1982년 2월 19일 금요일 가랑비〉(1. 26.)
새벽부터 가랑비, 안개비 내리는 것 거의 終日토록. 오랜만에 오는 비 기다렸기도. 오늘 마침 雨水.
11時 버스로 陰城 가서 어제 手續했던 學資貸付金 郡農協에서 찾은 것~國庫金, 總務處에서 取扱. 二年 据置 三年 償還. 無利子. 松의 入學金 貸付 45萬 원, 弼의 在學生 登錄金 25萬 원. 合 70萬 원 받은 것. 無事히 14時 半 버스로 歸校. 새교육 課程 TV放映 硏修 오늘로 끝났고. ◎

〈1982년 2월 20일 토요일 晴〉(1. 27.)
學校의 土曜行事 끝내고 井母와 함께 入淸. 夕食 後 裵 氏 老人한테 구두 및 가방 修繕. ◎

〈1982년 2월 21일 일요일 曇, 晴〉(1. 28.)
三個處에 人事 다니기에 바빴던 것…米院 郭在根 女婚(신라예식장), 江西面 文岩里 李采淑 回甲宴에 다녀서 陰城郡 金旺面 雙峰國校 韓禮教 校長 回甲宴에 갔던 것. 約 30分 間 놀다가 떠날 땐 下午 5時頃. 淸州에 到着하니 仝 7時쯤. 一力食堂에서 불백으로 夕食. ◎

〈1982년 2월 22일 월요일 晴〉(1. 29.)
6時에 아파트서 井母와 함께 떠나 6時 半 첫 버스로 德山까지 와서 步行으로 學校 到着하니 8時 40分.
明日 修了式 준비로 全職員 바쁘게 일 보는 것. 生活記錄簿와 生活통지표 檢閱 檢印.
点心시간 利用하여 水臺里 成 氏 家에 弔問 다녀온 것. 홍창 鄭圭完 만나 對談. 人분 펐고. ⓒ

〈1982년 2월 23일 화요일 曇, 晴〉(1. 30.)
81學年度 修了式 擧行. 學業賞 36名, 勤勉賞 172名 計 208名.
下午 2時부터 있는 防衛支援委員會 會議에 參席. 下午 5時버스 大所發 車로 淸州에 오니 仝 7時.
夕食 後 셋째(2團地) 집에 가서 잠간 쉬었고. 仁川 사위(愼) 밤 12時 지나서 왔고(淸州市 전기事故로). ⓒ

〈1982년 2월 24일 수요일 가랑비, 曇〉(2. 1.)
午前 中은 道立醫療院에 가서 身體檢査 받은 것. 敎育公務員法 改正에 따른 初中高 校長 格上 任用書類 具備에 採用身體檢査書 2通이 必要하게 되어서. 血壓 100-150.
午後 二時부터 있는 孟洞校 朴斗煥 校長의 名譽退職(功勞退職) 行事에 다녀온 것. ◎

〈1982년 2월 25일 목요일 晴〉(2. 2.)
셋째(明)네 집에서 朝食. 明의 生日이라고. 夫婦 함께 다녀온 것.
井母와 함께 10時40分 發 直行버스로 忠州 거쳐 水安堡 가서 溫泉 沐浴 한 것. 下午 6時40分에 淸州 着.

밤 8時부터 있는 班常會에 參席. 場所는 2棟 202號. '特別充當金'으로 論亂 많았고. 늦게 市內 往來. ◎

〈1982년 2월 26일 금요일 晴〉(2. 3.)
永同中學校 鄭海國 校長 停年退任式에 參席次 8時에 아파트 出發. 11時 15分에 永同邑 到着. 行事 마치고 大田 와서 權殷澤 氏와 柳在洪과 함께 點心. 3,300원 所要. 玉山面에 와서 身元證明書 2通 떼고.
3日 前부터 感氣 끼 있더니 오늘은 惡化 露骨化. 기침, 콧물, 食道? 氣管支 痛症.
3男 明의 아파트 말썽 있대서 잠간 서울 큰 애 井이 다녀가고 下午 7時 50分~8時 5分.
어제 春川 方面 갔던 杏이 오고~午後 8時 半頃. 서울서 끝째 女息 運이도 밤 9時頃 온 것. ◎

〈1982년 2월 27일 토요일 晴〉(2. 4.)
甚한 감기 아직 別 差度 없고. 콧물, 氣管支 痛症, 기침에 눈물과 頭痛까지 느끼고.
낮 버스로 學校 到着. 日直은 趙 女敎師. 學校는 無事했고. 學校서 잠시 일 보고 舍宅 들러 본 後 歸淸.
17時 半부터 있는 友信會 總會에 參席. '유정食堂'에서 夕食. 初中高校 敎職員 人事 發令 났고. ◎

〈1982년 2월 28일 일요일 晴〉(2. 5.)
모처럼 金溪 故鄕에 다녀온 것~從兄 宅, 再從兄 宅, 三從兄 宅, 前佐洞 山所에 省墓하고. 佳樂山 聖德寺 들려 再從妹兄 柳在石 氏 만나 情談. 日暮頃에 오미 와선 再從누님(柳壯鉉 母親) 問病(肝硬化症)하고 밤에 入淸하여 市內서 夕食. 서울서 막동이 魯弼이 오고. 감기 昨日과 同. ◎

〈1982년 3월 1일 월요일 曇, 晴〉(2. 6.)
아파트의 잔삭다리 修理 整理하고 12時부터 泰東館에서 있는 江西面 飛下里人 李亨根 回甲宴에 夫婦 다녀왔고. 서울 運이 下午 6時 버스로 上京. 淸州藥局長(原主人) 申哲雨에 情談 一盃 接待도. ◎

〈1982년 3월 2일 화요일 晴〉(2. 7.)
早朝食하고 井母와 함께 富潤 向發~어제부터 버스運行 時間 變動으로 孟洞서 時間 보내다가 學校의 金 氏 오도바이便으로 學校 온 것. 職朝時에 82學年度 各項 擔任 發表. 兒童朝會時 始業式 擧行.
12時 半에 陰城郡 敎育長 離就任式이 있다는 通知 있어 參席. 金根世 교육장은 道敎委 初等敎育課長으로, 後任에 道敎委 奬學官 延光欽 氏가 陰城郡 교육장으로 就任.
午後 5時에 大所 가서 鄕防訓練에 參席(機關長 全員). 19時에 散會 歸校. ◎

〈1982년 3월 3일 수요일 晴〉(2. 8.)
어제의 擔任 및 事務分掌에 不滿 表示者 있는 듯. 생각할 바 無理 아주 없는 것도 아닌 바나 職員間 融合에 금이 若干 있는 原因. 타일르고 달래서 잘 나가야 할 일. 아침부터 不快感 있어 조용히 훈계.
終會 時에 人和團結에 對해 부드럽게 長時間 말했고. 國家方針의 民族和合과 關聯시켜 學校傳達夫 金 氏의 간사한 이간질에 더욱 惡化

되는 것. ◎

〈1982년 3월 4일 목요일 晴, 曇, 雨〉(2. 9.)
엊저녁부터 몸 아프다는 井母는 더욱 甚해져서 새벽 무렵부터는 全身 몸살 팔다리 쑤시고 떠러지는 것 같다고. 목 아파 기침조차 못하고 편도선 肥大인지 목이 착 가리어 말 못할 程度이고. 몹시 괴로운 듯. 10時 半 버스로 入淸. 病院 治療 받으려~夕食 後 消息 들으니 病院 다녀와 差度 있다고.
館城校 崔炳規 校長 親喪에 人事 다녀왔고. 葬地…遠南面 助村里. 부슬비 終日토록 내리고. 빠이뿌式 舍宅 炭고래 물 고여 使用 不能으로 애 먹은 것. 비 내리는 까닭인 듯. ◎

〈1982년 3월 5일 금요일 雨, 曇〉(2. 10.)
82學年度 第一學年 入學式 擧行. 男 30名, 女 34名 計 64名. 2學級.
去 3日에 不滿과 勤務 不忠實한 金○○ 職員 교장실에 오래서 不安感 없도록 타일렀으나 感受性 別로 없고. 內心 딴맘 품은 듯 느껴져 不快했고. 모타 샘통 고인물 들어올리기에 저녁 늦도록 勞力. ◎

〈1982년 3월 6일 토요일 晴〉(2. 11.)
學校일 忠實히 잘 본 가든한 마음으로 終會까지 完了 後 舍宅 團束 잘 하고 下午 3時 버스로 入淸. 井母의 毒感, 어느 程度 差度 있는 듯. 郭內科 治療 받은 것. 邑內(市內) 가서 쎈타店 關係 入院者 問病하고 夕食한 것. ◎

〈1982년 3월 7일 일요일 晴〉(2. 12.)
族兄 俊榮 氏 단양집으로 招請하여 一盃하면서 情談 後 午後 一時 半 버스로 大田 갔고. 事情에 依한 것인지 大田가게 閉門되어 沃川까지 갔으나 子婦도 學校日直이라서 雄信 男妹 데리고 勤務校(郡西) 나간 바에 相面 不能. 查頓 林在道 氏도 用務 있어 大田 갔다는 것. 計劃된 일 못다본 채 天安 왔을 땐 下午 六時 지나서 日暮. 同壻 郭慶淳 집 황급히 찾아 만나 病中(中風) 慰問하고 簡單히 夕食 後 入淸(막버스 20時 10分 車). 市內서 잠간 休息 後 아파트 가서 곤히 잔 것.
杏은 어제 스님 제 언니 連絡 받고 上京하여 郎者(朴 氏) 面會에 마음 어느 程度 쏠리는 듯? ⓒ

〈1982년 3월 8일 월요일 晴〉(2. 13.)
첫 버스(淸州서 6時 30分 發)로 學校 오니 8時 55分. 어린이 會長團 各 學級 班長團에 任命狀 授與.
1, 2人 除外코 全職員 각별한 勤務에 學年初 基盤 잘 다져져가서 滿足~82教育計劃書, 學校 要覽, 全校 淸掃, 庶務, 어린이 幹部 組織, 生活指導의 基盤 等.
井母도 淸州에서 下午 버스로 富潤에 3時頃 到着. 毒感 걸린 몸 아직 完快 안됐고.
學校는 郡 保健所의 無料診療班 와서 住民과 어린이 診察, 治療로 어수선했던 것. ◎

〈1982년 3월 9일 화요일 晴〉(2. 14.)
職員 朝會時에 全職員의 學年初 努力에 贊辭했고. 今日도 몇 職員은 늦도록 特勤. ⓒ

〈1982년 3월 10일 수요일 晴〉(2. 15.)
午後엔 教育廳 가서 延 교육장, 沈 學務課長,

李 장학사, 全 장학사 만나 人事. 格上 任用서류도 對照. 7시 半 歸校. ◎

〈1982년 3월 11일 목요일 晴〉(2. 16.)
어제부터 室內奬學指導도 着手. 거의 全職員 教育生活 正常化. 各項 分擔業務에도 充實.
82學年度 最初 職員體育으로 排球試合도 施行하는 데 審判 보았고. ⓒ

〈1982년 3월 12일 금요일 晴〉(2. 17.)
点心時間 利用하여 韶石里 '소당部落' 故 魚升愚 氏 葬禮式에 人事次 다녀온 것.
井母의 인푸렌자와 배앓이는 差度 있으나 개운하지는 않은 듯. 今日도 全職員 充實히 움직였고. ◎

〈1982년 3월 13일 토요일 晴〉(2. 18.)
土曜 行事 마치기 前에 事情上 井母와 함께 개오개까지 步行 經由 12時 버스로 陰城 와서 教育廳에 重要公文(期限付) 提出하고 淸州 와서 下午 2時에 있는 三寶校 卞相琪 교장(道 교육회장) 女婚 있어 人事하고 서울 居住 三樂會 事務局長 李炳赫 氏, 吳達均 氏, 鄭龍喜 氏 만나 情談하면서 一盃 待接했던 것. 任昌武 校長(草坪) 만나서도 一盃.
數日 前에 편지 보냈던 서울 5女 運이 제 母親 마칠 營養劑 닝겔 사 갖고 왔고. ⓒ

〈1982년 3월 14일 일요일 晴, 曇, 가랑비〉(2. 19.)
梧倉面 佳佐里 가서 平谷校 卞文洙 校長 母親喪에 人事. 이어 金溪 故鄕行하여 族弟 長榮이네 爲先 立石行事에도 人事. 歸淸後 셋째 明이네 집 좀 드려다 보기도. 둘째 大田의 紘이 좀 오랬더니 밤에 온 것. 生計에 조금 보태라고 壹拾萬 원 주었고.
午前엔 井母 데리고 郭洛俉 內科에 가서 診察 및 胸腹部 ×레이 撮影 찍어보기도~아무런 異常 없대서 多幸. 서울서 運이가 가져온 營養劑 닝겔 運이가 제 母親에게 놓기도. ⓒ

〈1982년 3월 15일 월요일 雨, 曇〉(2. 20.)
淸州 아파트에서 새벽에 運과 함께 出發. 運은 서울로. 6시 半 出發 버스로 無極 와선 雨天으로 길 나쁘다고 버스 不通이라기에 택시 5,000원으로 富潤 왔고~假外 車費用으로 속 쓰리기도.
安○○ 教師의 過醉 中 過態의 일로 속 무던히 썩인 것.
새 延 教育長 初度巡視 豫定은 雨天關係인지 來校 안했고. 自轉車로 德山까지. 淸州 아파트엔 20시 着.
몸 不便했던 井母는 若干 差度 있다는 것. 朝食 後 紘이는 大田 갔다고. ◎

〈1982년 3월 16일 화요일 曇〉(2. 21.)
今日도 淸州서 通勤한 것. 点心은 裸緬 끓여 먹은 것. 諸帳簿 整理 깨끗이 完了. ◎

〈1982년 3월 17일 수요일 晴〉(2. 22.)
午前 中 學校일 急히 마치고 教育廳 잠간 들려 金溪 가서 族兄 俊榮 氏 宅 立石에 人事하고 다시 歸校하여 手當 包含된 俸給受領하곤 歸淸. 밤엔 李士榮 校長(小魯校) 招致하여 一盃 待接했고. ⓒ

〈1982년 3월 18일 목요일 晴〉(2. 23.)

校長會議에 參席~陰城교육廳서 午前 10시부터 午後 2時까지. 延光欽 교육長의 陰城郡 教育運營에 對한 것이 主案. 校長 親睦會도 하고. 下午 3時 半에 學校 가서 同 五時 半까지 校長會議 傳達 마치고 歸淸. 一盃한 것. ⓒ

〈1982년 3월 19일 금요일 晴, 曇〉(2. 24.)

安○○ 體面 유지에 極力 努力하라고 當付 後 今朝에도 早朝부터 庭園 손질에 勞力 많이 하여 다행이었고.

下午 5時쯤 새教育長 延光欽 氏 初度巡視次 來校에 學校教育計劃과 學校長의 教育指標를 말했고. 職員 申告 後 教育말씀 들은 것. '學校長의 사랑의 教育[6]과 學校 淸潔'에 贊辭 많이 하고 校內 狀況 둘러보고 滿足한 氣分으로 歸廳한 것. 金 氏의 오토바이에 德山까지 와서 入淸하니 下午 8時. 明日 午後 上京 예정. ⓒ

〈1982년 3월 20일 토요일 曇, 晴〉(2. 25.)

學校일 거의 마치고 速히 歸淸하여 井母와 함께 上京. 蠶室 아파트에는 下午 5時 半에 到着되고. 今日은 陰曆 二月二十五日 長子 井의 生日. 永登浦 큰 딸과 仁川 셋째 딸도 와 있고. 모여진 家族 一同 夕飯을 맛있게 먹은 것. 셋째 사위(愼君)도 밤에 왔었고. 上京 땐 장(醬) 담글 材料로 짐 무거웠고. ◎

〈1982년 3월 21일 일요일 晴〉(2. 26.)

朝食을 혼자만 먼저 들고 淸州 用務 때문에 單身 下鄕. 井母는 오늘 醬 담그고 明日 淸州 온다는 것.

牛岩校 任鴻淳 校長(堂姪 魯昌의 丈人) 女婚과(新羅예식장) 友信會 同志 朴東淳 女婚(幸福예식장)에 參席 人事하고 下午엔 賢都面 달계리 가서 吳麟泳 校長(梅山校長) 回甲宴에 招待 있어 人事 다녀온 것. 淸州 와선 任昌武, 史龍基, 朴鍾億, 정진용 교장들과 심야토록 일배. ⓒ

〈1982년 3월 22일 월요일 晴〉(2. 27.)

六時 30分 發 첫 버스로 德山까지. 德山선 自轉車로 學校到着할 땐 8時 15分. 職員 終會時에 教育法 69條를 들어 校長, 校監, 教師의 할 일에 對하여 說明했고. 梧仙校 閔瑀植 校長의 回甲宴에 招待 있어 人事. 서울서 井母 낮에 왔고. 今日도 入淸. ⓒ

〈1982년 3월 23일 화요일 曇〉(2. 28.)

요샌 繼續 淸州서 通勤 中. 12時까지 學校生活하고. 校長 協議會 있어 陰城 南新校 가서 任用書類 作成要領 듣고 下午 五時頃에 完成 提出한 것. 다시 學校 거쳐 用務 보고 淸州 오니 20時쯤. 요새는 일찍 就寢. ⓒ

〈1982년 3월 24일 수요일 晴〉(2. 29.)

82教育報告會 있어 陰城郡 教育廳에 午前 九時에 到着. 崔星烈 教育監의 講評까지에 11時 半에 마친 것.

13時 車로 學校 가서 學級經營錄 第一次 檢閱했고. 大所, 廣惠院 거쳐 入淸하니 午後 6時쯤 된 것.

四男 松은 俗離山 다녀왔다고…처음 求景했다나~大入時나 가겠다는 決心 그대로 計劃대로 된 셈. 井母는 팔 아프다고. ⓒ

---

6) 원문에는 붉은색 볼펜으로 밑줄이 그어져 있다.

〈1982년 3월 25일 목요일 晴〉(3. 1.)

井母 數日 前부터 左側 팔이 몹시 아프다기에 '서울병원'에(淸州 所在) 가서 診察과 藥 짓는데 同行.

下午 四時에 韶石里 소댕이 朴희만 理事집에 가서 厚待받은 것. 그의 母親 回甲. 井母는 夜間에 더욱 痛症으로 辛苦했고. 數日 前의 漢鍼으로 부작용의 탓인지? ⓒ

〈1982년 3월 26일 금요일 晴〉(3. 2.)

어제, 오늘 日出 前後 溫度 零下. 德山서 富潤까지 自轉車로 往來에 몹씨 추위 느꼈고.

學區內 鳳峴里 李 氏 家에서 杏의 婚談 있던 것 좌절시킨 것. 井母 左側 肩部痛 若干 差度 있어 多幸이고. ◎

〈1982년 3월 27일 토요일 晴〉(3. 3.)

雜務整理로 學校에서 下午 4時쯤 出發. 淸州 잠간 들려 大田 갔고. 둘째 絃이 마침 出他 中이어서 商社에서 같이 있는 崔 氏?에게 付託하고 入淸~明日 큰 四從叔 漢昇 氏의 막내딸 結婚式에 事情 있어 參席 못하니 代理參席하라는 趣意.

淸州市內에선 深夜토록 놀다가 밤 12時쯤 아파트 온 것…서울서 運이 弼이 와 있고.

今日 生活 快치 못한 셈~淨化委 職員 出張 件, 職員 親睦行事로의 祝儀 件, 서울 큰 애 消息 등. ⓒ

〈1982년 3월 28일 일요일 晴〉(3. 4.)

延光欽 教育長 女婚 禮式場에 參席하려고 6時頃 아파트 出發. 貸切버스 2臺로 客一同 7時半에 出發. 서울 城東區 지나 東大門區 묵洞 한양예식場에 10時에 到着. 禮式後 点心 먹고 곧 貸切車로 入淸하니 15時.

世界올림픽 서울大會 狀況을 現場에서 求景했고~12時 지나 第3漢江橋 밑길 뛰는 光景. 1位 2시간 14分 43.

연수堂 漢藥房 가서 井母用 10첩에 4萬 원 주고 지은 것. 李 氏와 朴 氏와 첫 人事. 밤엔 尹洛鏞 교장 招待로 一盃했고. ⓒ

〈1982년 3월 29일 월요일 晴〉(3. 5.)

井母와 함께 6時 半 出發 첫 버스로 富潤 온 것. 井母는 웬만한 病勢로 2週日 만에 온 것. 運이도 淸州서 同時 出發 上京. 弼이는 몸 좀 고단한 지 몇 時間 늦게 上京한다고.

오랜만에 아궁이에 불 넣어 방 데우기에 井母는 애썼고. 過濕 때문에 孔炭은 좀처럼 着火 안되고. ◎

〈1982년 3월 30일 화요일 雨〉(3. 6.)

부슬비가 終日토록 내렸고. 校內에서(室內) 民防衛隊員 教育 있어 兒童교육에 支障 좀 받은 것.

井母는 左側 어깨, 팔의 痛症이 完快치 않아 辛苦 中. 공탄 아궁이도 不完全하여 傷心 中이고. ◎

〈1982년 3월 31일 수요일 晴〉(3. 7.)

六의 二 첫 時間 道德授業 마치고 郭炳文 氏와 함께 金旺面 內松里 가서 大所面長 鄭澤九 親喪에 人事. 歸路에 陰城우체局 가서 用務 보고. 保險會社 음성支部에 들려 教育保險料 支拂코 歸校하니 下午 3時. ◎

〈1982년 4월 1일 목요일 晴〉(3. 8.)
延영태 青年 데려다가 舍宅 溫突 보이라 修理工事 했고. 終會時에 教育目標 具現計劃을 強調한 것. ◎

〈1982년 4월 2일 금요일 曇, 雨〉(3. 9.)
아침行事서부터 終日토록의 活動 正常化. 臨時職員會에서 今日도 勤務正常化를 當付. ⓒ

〈1982년 4월 3일 토요일 晴〉(3. 10.)
土曜 4校時에 있는 어린이會에 全校 狀況을 알고자 巡視~班에 따라 差等 있어 反省. ⓒ

〈1982년 4월 4일 일요일 晴〉(3. 11.)
舟城國校 盧載豊 校長 女婚에 人事. 마침 郎子는 朴福男 女史의 次男.
早朝엔 梧倉面 盛才里 故 朴宰淳 氏 別世에 人事 다녀온 것.
午後 4時엔 南二面 향산리 가서 親友 史龍基(九政校長) 回甲宴에 參席하여 마음껏 놀았던 것. 아파트까지엔 精神없이 온 듯. ×

〈1982년 4월 5일 월요일 晴〉(3. 12.)
親友 李基顯 교장(細坪校) 子婚에 人事.
청주에서 雜務 마치고 午後 느지감치 井母와 함께 出發하여 鳳峴里 閔泳玉 校監 宅 들려 그의 回甲宴에 待接받았던 것. ×

〈1982년 4월 6일 화요일 晴〉(3. 13.)
大所 가서 防衛協議會에 參席. 機關長 全員을 單獨으로 衷心 待接했고(答接). ×

〈1982년 4월 7일 수요일 晴〉(3. 14.)
開校 제24周年 記念日. 陸上記錄大會가 無極中學校에서 있어 다녀온 것(교육장기 쟁탈). ×

〈1982년 4월 15일 목요일 晴〉(3. 22.)
職員體育에 審判 봤고. 봄 날씨 繼續 가므러 농가에서 비 아쉬운 點 크고. ○

〈1982년 4월 16일 금요일 晴〉(3. 23.)
大所面 趙璇熙 副面長 功勞退任式에 案內狀 있어 金 氏 오토바이에 편승하여 다녀온 것. ※

〈1982년 4월 17일 토요일 晴〉(3. 24.)
學校 行事 마친 後 俸給 受領하여 井母와 함께 下午 六時 發 버스로 入清. 中間에 나우 마신 듯. ※

〈1982년 4월 18일 일요일 晴〉(3. 25.)
엇저녁에 큰 애 왔을 땐 술기운인지 情談 좀 하였었는데 今朝 起床하니 그 어느 때와 如히 속 나우 언짢음을 느낀 것. 해장하려 하나 井母의 監視監督 甚하여 不能. 朝食 전혀 못하고.
큰 애는 牛骨 및 精肉 等 購求하여 孝誠을 다하는 것. 臥病의 애비 꼬락선이에 얼마나 傷心하였는지 可히 알고도 남으나 運身難. 下午 3時에 큰 애는 上京.
下午 五時頃 3男 明이도 들렸고. 깡통 잣죽 等 사 갖고. 終日토록 누어서 呻吟한 것. ◎

〈1982년 4월 19일 월요일 晴〉(3. 26.)
出勤하려 起床하였으나 머리 아프고 몸이 떨

려 行步不能으로 學校로 此旨 電話連絡하고 終日토록 各項 傷心하면서 누어 呻吟한 것. 말 그대로 坐不安息. 不安感 最高潮.
幷母는 代身하여 玉山으로 親友 李仁魯 回甲宴에 다녀오고.
四女 杏이는 언제나 애비 不便할 때마다 誠意껏 먹을 것 마련하여 勸하는 것. ◎

〈1982년 4월 20일 화요일 晴〉(3. 27.)
幷母와 함께 早朝 첫 버스로 任地 富潤 온 것. 몸은 昨日보다는 差度 있으나 몹씨 괴로운 中. 學校엔 金○○ 奬學士 奬學指導次 來校. 終日의 案內에 無限 괴로웠고. 然이나 親切한 분. 昨年度보다는 刮目할만치 向上된 듯 評하나 改善할 餘地 無限히 많음을 스스로 느껴지고. ◎

〈1982년 4월 21일 수요일 晴〉(3. 28.)
今日부터 食事 若干 增進되어가는 셈. 學校 일도 誠意껏 볼 수 있게 되는 느낌이고.
今朝부터 아침行事 着手~모처럼 아침運動과 學校放送 實施. ◎

〈1982년 4월 22일 목요일 晴〉(3. 29.)
學校職員 勤務態度 나우 나아진 느낌이고. 放課 後 體育(職員체육…排球)에 審判 본 것. ◎

〈1982년 4월 23일 금요일 晴〉(3. 30.)
詔石里 朴희만 父兄으로부터 飮食物 豊富히 갖고 와 晝食時間에 全職員에게 待接하는 것. 下午 3時 半부터 있는 面內 敎職員 親睦排球大會가 大所中學校에서 開催되어 다녀온 것. 夜間에 姜○○ 敎師와 傳達夫 金○○ 間에 醉中 충돌 있어 타일으기고. ◎

〈1982년 4월 24일 토요일 晴〉(4. 1.)
校長會議에 參席. 學校에서 出發時는 幷母와 함께 陰城까지 同行. 幷母 잘 가도록 모든 周旋하였고. 今日 會議의 主案件은 學校敎育과 意識改革 運動. 午後 1時에 散會. 夕食은 友信會 總會가 있어 동원식당에서 一同 같이 한 것. 後엔 닭튀김집에서 情談하면서 조금 더 먹은 것. ⓒ

〈1982년 4월 25일 일요일 晴〉(4. 2.)
10時頃 幷母와 함께 金溪 故鄕 간 것…族姪 魯樽 母親의 回甲宴에 招待 있어서. 人事 後 族叔 漢烈 氏 問病. 健在하셨던 族兄 春榮 氏 臥病 中이시라기에 問病 人事.
同派 族親弟 澤榮이 車 事故로 死亡의 報 듣고 大成洞에 가서 深夜토록 弔慰. 四從叔 漢武氏를 極限慰安. 年齡 四十 未滿에 事故로 一生 마친 것. 딱하기도. 그 所生 男妹 과거 越南도 다녀왔었고. 市內 宗親들 많이 모였기도. 同派 親族 中에서는 形便上 나 하나 뿐. ⓒ

〈1982년 4월 26일 월요일 晴〉(4. 3.)
學校엔 連絡 後 故 澤榮 葬禮에 參與~葬地는 加德面 忠北示範公園墓地. 葬禮 行事 下午 3時頃 끝났고. 入淸하여 우체局 등 몇 군데 일 보고. 아파트 와서 今夜는 일찍 就寢. ⓒ

〈1982년 4월 27일 화요일 晴〉(4. 4.)
幷母와 함께 첫 버스로(淸州 6時 發) 學校 왔고. 朝會 時에 校長과 意識改革 運動에 對한 會議內容 傳達 진지했고. 一校時에 六의 一班

道德授業 施行. 兒童들에게 反共映畫 觀覽. ◎

〈1982년 4월 28일 수요일 曇〉(4. 5.)
春季 逍風에 日直 全擔한 것. 全校生 城本里 각골 方面. 下午 四時쯤에 全員 無事 歸校. ◎

〈1982년 4월 29일 목요일 晴〉(4. 6.)
先祖考 忌故 있어 夫婦 함께 金溪 간 것. 小魯校 在職 中인 弟 振榮도 왔고.
모처럼 값비싼 精肉(牛肉)을 나우 사갔던 것.
밤 12時에 精誠껏 지냈고.
어제는 淸州 사는 故 澤榮(四從叔 漢武 氏 子)이 交通事故로 死亡하여 葬事 지냈고. ×

〈1982년 5월 1일 토요일 晴〉(4. 8.)
釋迦誕日이어서 學校는 公休. 井母와 함께 急작스런 計劃으로 俗離山 法住寺 간 것. 우연히 族長 泰鉉 氏 만나 法住寺 內에서 點心을 맛있게 함께 하게 되었던 것. 燈도 한 개 사서 '松, 杏, 運, 弼' 4男妹 名義 써서 달기도. 淸州 와선 龍華寺도 求景했고. 밤에는 淸州 某人과도 함께 深夜에 龍華寺 다녀오기도. ○

〈1982년 5월 2일 일요일 晴〉(4. 9.)
趙喆圭 奬學士 子婚과 米院校 閔用基 校長 親喪에 人事 다닌 것. ○

〈1982년 5월 3일 월요일 晴〉(4. 10.)
校長會議에 參席. 場所는 陰城 秀峰校. 敎育監 및 學務局長 말씀 傳達이 主. ×[7]

〈1982년 5월 5일 수요일 晴〉(4. 12.)
第60回 어린이날. 職員 逍風 實施~俗離山 다녀온 것. 費用에 내 私錢도 3萬 원 喜捨했기도. 昨年부터 벼르던 것이라서 마음 개운했기도. ×

〈1982년 5월 8일 토요일 晴〉(4. 15.)
第10回 어버이날 行事로 鄕友班 對抗 競技 體育大會를 開催한 것. 고추심기에 한고비 바쁜 때라서 招請한 姉母도 몇 名 못나왔고.
韶石里 소당部落의 '박희만' 父兄으로부터 優勝旗를 寄贈해 왔기도. ×

〈1982년 5월 15일 토요일 晴〉(4. 22.)
"스승의 날" 復活.[8] 떳떳하고 상쾌하기도. 그러나 스승다운 先生님이래야 할 것. 형편상 淸州에서 學校로 連絡~今年엔 自祝之意로 學校 自體에서 酒肉 좀 장만하여 終會 時에 全職員 一盃씩 하고 散會하라고. ○

〈1982년 5월 16일 일요일 晴〉(4. 23.)
友信會에서 主催하는 逍風에 夫婦同伴키로. 井母와 함께 午前 7時에 綜合駐車場으로 간 것. 一同 集合 後 出發. 槐山 延豊 거쳐 '수옥정 폭포' 보고 門慶 鳥嶺을 밟은 것. 그러나 約 30年 前과는 달리 乘車되어 步行距離는 얼마 안 되는 셈. 뜻있게 滋味롭게 今日 逍風 잘 마친 것. 一同 無事 歸淸. ○

〈1982년 5월 19일 수요일 晴, 曇〉(4. 26.)
全國少年體典(大田)에 갈 豫定이 몸 極히 피

7) 원문에는 "○"위에 "×"이 그어져 있다.

8) 원문에는 붉은색 색연필로 밑줄이 그어져 있다.

로되어 起動難으로 不能. 約束된 3人 職員(權교무, 姜體育, 具베드민턴)만 다녀오도록 한 것. 心中으로 未安 느끼고. ⓒ

〈1982년 5월 20일 목요일 雨, 曇〉(4. 27.)
어제에 이어 起動難으로 學校에 連絡(病暇 手續)하고 淸州에서 앓은 것. ◎

〈1982년 5월 21일 금요일 曇, 晴〉(4. 28.)
몸 좀 回復되었기에 出勤하여 急한 것 處理 後 午後에 大所 가서 農協과 우체局에 들려 用務 마치고 歸途 中 崔 支署長 만나 一盃 待接받고 歸校. ○

〈1982년 5월 25일 화요일 曇〉(閏 4. 3.)
農繁期 家庭實習. 27日까지 3日 間. 入淸할 것을 포기하고 任地에서 있도록 마음 먹은 것. 本 學區內 모내기로 한창. ×

〈1982년 5월 28일 금요일 晴〉(閏 4. 6.)
어제까지의 3日 間의 家庭實習. 其間에는 비도 나우 내렸던 것.
梧仙校에서 招請 있어 午後 5時에 全職員 當校行. 親睦排球大會 開催. 雙峯校까지 3個 校. 리그戰하여 本校(富潤校)에서 一位한 것. 待接 융숭히 받고 下午 19時 半쯤 一同 無事 歸家. ×

〈1982년 5월 29일 토요일 晴〉(윤 4. 7.)
學校일 다 마치고 井母와 함께 入淸. 청주 某處에서 冷麵 맛있게 저녁 待接 받은 것.
近日 우연찮이 飮酒 나우 한 듯. 食事는 不進. ×

〈1982년 5월 30일 일요일 晴〉(윤 4. 8.)
早朝에 淸州 당산에 醉中에 登山 갔다가 듣고 보고 느낀 點 흥분되어 야단 좀 어지간히 떨기도. 사람 人情 믿을 수 없다고 느껴져서. 혼자만의 생각일 것. ※

〈1982년 5월 31일 월요일 晴〉(윤 4. 9.)
형편상 낮에 學校에 到着. 大所面으로부터 學校로 세멘 30包 提供하는 것 運搬 下車에 엉뚱하여 호통 친 것. 곧 學校 倉庫로 옮기고 安着. ×

〈1982년 6월 1일 화요일 雨, 曇〉(윤 4. 10.)
몸 極히 고단함을 느끼고. 口味 없어 食事 못하고.
30日에 淸州서 있었던 일 想起되어 神經 날카로와져 단잠 못이루기도. ◎

〈1982년 6월 2일 수요일 晴〉(윤 4. 11.)
어제부터 참으려는 술. 鄭澤九 面長 來訪 勸酒에 不得已 몇 잔 마신 것. ○

〈1982년 6월 4일 금요일 晴〉(윤 4. 13.)
農繁期 託兒所 學區內에 2個所 있어 金品 若干씩 마련하여 尋訪 慰安. 韶石里의 소당託兒所, 水臺里의 陰月託兒所. 本 學區內는 모내기 거의 끝난 셈. ◎

〈1982년 6월 5일 토요일 晴〉(윤 4. 14.)
下午 3時 發 버스로 井母 同伴 入淸. 北一面 梧東里 가서 妻族 金基鎬 親喪에 人事. 어제 삼우. 80 女 老人.
淸州쎈타서 夕食. ○○額을 주면서 가슴 아팠

고. 個人生活 反省하면서…. ◎

〈1982년 6월 6일 일요일 晴〉(윤 4. 15.)
井母의 要請으로 北一面 椒井藥水場에 다녀 왔고. 마시고, 감고, 눈씻고, 가져오고.
밤엔 셋째 家族 一同 아파트까지 다녀가기도. 셋째 子婦는 축농症 같다는 말.
어떠한 충격 받아 갑자기 夏服 마쳤고. 검은 곤색지로. 夏服으론 처음일 것. 8萬 원. ◎

〈1982년 6월 7일 월요일 晴〉(윤 4. 16.)
井母와 함께 첫 버스로 德山 오니 7時 40分. 步行으로 오는 中 淸州 居住人 蔡 氏를 만나 택시 同乘하여 意外로 苦生없이 早時 到着. 運轉技士의 誠意도 좋았고.
今日 行事 誠意 있게 한 것~六學年의 道德授業, 所持帳簿 整理, 臨時職員會 等 바쁜 일 잘 본 것. 退廳해서는 人糞도 퍼내고 夜深토록 帳簿 整理 完了. ◎

〈1982년 6월 8일 화요일 晴〉(閏 4. 17.)
日暮頃 버스로 井母와 함께 入淸하여 '北門路 二街 郭七榮 主 서울洋服店'에 들려 洋服 假縫한 것 입어 보고 아빠트 가서 실컨 쉰 것. 杏이는 健康 不完全하여 漢藥 服用 中. ◎

〈1982년 6월 9일 수요일 晴〉(閏 4. 18.)
淸州서 廣惠院 거쳐 大所 와서 10時부터 있는 '82社會淨化 邑面 巡廻敎育'하는 데 參席하고. 閔泳玉 校監과 任光爀 敎師도 함께 受講. '意識改革과 國家, 國民을 爲한 良心的인 活動人'이 되자는 것이 主敎育이었고.
点心 後 다시 入淸하여 아파트 登記 手續節次를 一, 三管理事務所에 가서 알아본 것.
夕食은 셋째 明이네 집에서 맛있게 먹고(2團地 110棟 501號) 六學年 道德 敎材 硏究하고 就寢. ◎

〈1982년 6월 10일 목요일 晴〉(閏 4. 19.)
六時 出發 無極行 버스로 德山서 下車. 市內버스 유포리行 타고 방우대에서 下車. 學校別 到着 8時 25分.
下午 3時부터 隣接校 敎職員 親睦排球大會 本校(富潤校) 校庭에서 盛況이 開催. 參與校는…本校, 大所國校, 大所中學, 梧仙國校, 雙峰國校, 孟洞國校 六個 校. 모두 기뻐하고 明朗하게 進行된 것. 飮食 待接에 女職員 5名 全員 誠心誠意 다하여 滿足한 待接한 것. 但 平素의 不和合을 끝에 폭로한 金○○ 敎師와 權○○ 敎務 間 不美한 件 있음이 遺感. 眞心으로 풀어야 할 일.
玉山 聖德寺 再從姉 別世의 訃音 받고도 今日 學校行事로 못가서 마음 께른했고. 明日이나 가볼른지? ◎

〈1982년 6월 11일 금요일 晴〉(閏 4. 20.)
去 8日에 別世한 再從姉(聖德寺) 어제가 葬日인데 아직 人事 못해서 學校의 急한 일 어지간히 마친 後(下午 3時 出發. 同 5時 半에 玉山 到着). 몽단이 聖德寺 거쳐 오미 와서 再從姉兄 柳在石 氏와 喪主 柳壯鉉에 人事하고 夕食後 入淸. 墓는 天原郡 城南面 목골이라고. ◎

〈1982년 6월 12일 토요일 晴〉(閏 4. 21.)
어제 午前 中은(12시~2시) 베드민턴 第一次 評價戰이 無極國校庭에서 3個 校(富潤, 遠南,

無極)가 參加하여 結果는 1位 遠南, 2位 富潤, 3位 無極.
9時 30分부터 開催되는 校長會議에 參席. 第11回 全國少年體典 有功者 施賞式이 있었고. 兒童 책걸상 號數別 高低 再調整事項 外 函課 指示事項 많았던 것. 마치고 入淸. ◎

〈1982년 6월 13일 일요일 曇, 晴〉(閏 4. 22.)
아파트의 주방 水道꼭지와 화장실의 물탱크 故障을 技術者 데려다 修繕하기에 힘드렀고. 12時에 있는 遠南校 李永洙 校長 子婚에 人事한 것.
下午 3時엔 學區內 水臺里 二區 수인部落에 다녀 靑少年이 主管한 老人잔치에 招請 있어 參席하여 金一封 내기도. 德山부터의 오가는 步行에 被勞했기도. ◎

〈1982년 6월 14일 월요일 晴〉(윤 4. 23.)
첫 버스로 井母와 함께 富潤 오니 8時 10分頃. 六學年 道德授業 마치고 淸州 가서 아파트 權利 義務 承繼 手續하려 바쁘게 管理所 等 往來하였으나 別無神通이어서 그대로 온 것. 營養價 많다는 "별주부"통조림 1箱子(30個 1個月分)[9] 3個月 月賦 51,000원에 購入하여 明日부터 服用키로 했기도. 淸州에 12日에 왔던 運에 早朝에 上京. ◎

〈1982년 6월 15일 화요일 晴〉(윤 4. 24.)
今月 들어 生活 正常化. 手顫氣가 完全히 가시지 않는 것이 걱정. 아마도 血壓關係와 아울러 굳은 듯.

뒷校舍 뗌돌 놓기에 全職員 땀 흘려가며 달갑게 勞力한 點 終會時에 稱讚과 深謝했고. ◎

〈1982년 6월 16일 수요일 晴〉(윤 4. 25.)
終會時 奬學指導 對備에 室內環境과 授業, 帳簿整理에 對해 眞實性 있게 하라고 當付.
어제부터 朝夕으로 1時間씩 울 안 뒤와 옆 편의 우거진 雜草깎기 始作하여 오늘 저녁에 完了. ◎

〈1982년 6월 17일 목요일 晴〉(윤 4. 26.)
數日 前에 電話 消息 있던 서울 만 애 魯井(汝矣島高校 在職)이 10時頃에 와서 學校까지 들러 職員한테 人事하고 職員用 커피 多量 膳物까지도. 点心 後 2時 버스로 서울 向發. ◎

〈1982년 6월 18일 금요일 晴, 曇〉(윤 4. 27.)
性格이 非正常인데다가 飮酒生活로 歲月 보내는 學校 傳達夫 金順錫으로 因하여 속 무던히 썩이던 中 今日 또 큰 일 저질른 것~郡內學校巡廻 上映케 된 反共映畫 필림 "준이의 소망" 1틀을 孟洞校에서 찾아 無極 거쳐 歸校途中 紛失한 것. 百方으로 連絡해 봤으나 無消息. ◎

〈1982년 6월 19일 토요일 晴〉(閏 4. 28.)
어제의 傳達夫 金君이 저질른 事故로 간밤에 단잠 못이루고. 紛失된 필림 찾기에 學校 學區內에 放送. 隣接面에도 連絡. 三個處 支署에도 連絡.
早朝 첫 버스로 無極 가서 '恩惠醫院'에서 健康診斷 받은 것. 恒時 근심이었던 血壓 正常이

9) 원문에는 붉은색 색연필로 밑줄이 그어져 있다.

라고.[10)]
教育廳에 들려 擔當係 趙 奬學士에게 필림 紛失實況 이야기하고 學校에 連絡하고 入淸. "紛失 事由書 提出과 警察官署에 申告가 急先務라는 것." 下午 4時頃에 喜消息~紛失했던 필림 찾았다고. 天佑神助. 밭뚝에서 풀 깎던 사람(유포리 南宮萬)이 拾得후 支署에 申告해서 學校에선 모든 節次 밟아서 찾아다가 試用後 다음校인 大所校로 보냈던 것. 大不幸 中 多幸.
아파트 登記手續 事前 確認과 預金手續 等으로 管理所, 몇 銀行에 다니기에 바빴던 것. ◎

〈1982년 6월 20일 일요일 晴〉(閏 4. 29.)
朝食 後 故鄕 金溪 가서 從兄님께 人事 後 전좌리 가서 省墓. 山所의 雜草도 뽑고. 兩편의 밭도 둘러봤으나 모래땅과 旱魃로 作物 作況 형편 없고. 族兄 春榮 氏 尋訪하고 日暮頃에 歸淸.
어제 왔던 끝째 女息 五女 魯運이 下午 7時50분 車로 서울 向發. ◎

〈1982년 6월 21일 월요일 晴, 曇〉(5. 1.)
첫 버스로 井母와 함께 德山 거쳐 富潤 着하니 8時 半. 六學年 授業(道德) 1時間 마치고 陰城 가서 教育廳 들려 沈課長과 延教育長 만나 필림紛失 經諱와 찾은 經諱를 報告하고 歸校 中 無極支署와 유포리 南宮 氏 宅에 들려 謝禮 人事한 것. 南宮 氏들 집 位置 잘 몰라 유포리 道路 上下 往來에 步行으로 발바닥 아파서 큰 苦生 겪은 것. ◎

10) 원문에는 아래에 "100 – 140"이라고 적혀 있다.

〈1982년 6월 22일 화요일 曇, 晴〉(5. 2.)
過飮과 學校일 不充實한 學校 傳達夫 金○○에게 50分 間의 아침訓戒 忠分히 했지만……. 授業 參觀, 公文 處理, 諸 帳簿 整理, 未了된 記錄 補充 等으로 終日토록 바쁘게 일 본 것. ◎

〈1982년 6월 23일 수요일 晴, 曇〉(5. 3.)
放課 後 傳達夫 金○○의 행투리에 訓戒 直後 金○○ 教師의 過度行動에 對하여 權教務와의 言爭과 金의 過激亂動 있어 傷心 끝에 謝過토록 하여 완화는 되였으나 氣分 快치 못한 채 지낸 것. ◎

〈1982년 6월 24일 목요일 曇, 晴〉(5. 4.)
早朝에 理髮. 朝飯은 金宗烈 氏 宅에서 厚待받고. 그의 生辰이라고.
밝고 맑은 노래부르기(健全歌謠) 審査에 閔忠植 奬學士 來校. 行事 마치고 함께 德山 가서 맥주 1盃 한 것. ⓒ

〈1982년 6월 25일 금요일 曇, 晴〉(5. 5.)
六.二五 事變 32周年. 陰 五.五 端午. 班常會日. 民防衛 訓練日. 8時 버스로 陰城 가서 水峰(秀峯)學校에서 있는 "第一回 郡內 初中校 反共藝能發表大會"에 參席 求景하고 郡內 反共궐기大會에도 잠간 參席 後 教育廳에 들려 傳達夫 金 氏 件 解決을 보고 歸校 卽時 大所 가서 家族計劃 映畫와 農協 用務 마치고 富潤 오니 下午 7時쯤. 金종○ 件으로 朴鍾大 理事와 對話 解決. ⓒ

〈1982년 6월 26일 토요일 晴〉(5. 6.)
終會後 14時 發 버스로 井母와 함께 入淸. 쌀

2말 運搬에 井母 나우 애썼고. 막동이 弼이 서울서 오고.
市內 가서 '별주부통조림藥' 食品代 갚고. 18時부터 있는 友信親睦會에 參席. 巡廻 當番負擔金 15,000과 月例會費 4,000 計 19,000의 現金 整理. 저물게(深夜) 아파트 가서 就寢. ◎

〈1982년 6월 27일 일요일 晴〉(5. 7.)
5時에 아침運動(國民體操, 驅步 10分 間…아파트 1團地~忠北大 正門 往來). 沐浴 1時間…6시~7시.
鎭川郡 奬學士 張基東 子婚에 井母와 함께 가서 人事. YMCA禮式場.
族兄 輔榮 氏 만나 待接, 族弟 道榮 만나 情談. 蔘鷄湯으로 夕食. 今日 初저녁부터 아파트서 就寢.
서울 맏 애 弼이 편에 人蔘 等 補藥類 또 보내왔고. ◎

〈1982년 6월 28일 월요일 晴〉(5. 8.)
6시 半 直行 첫 버스로 井母와 함께. 富潤 着 8時 20分. 德山서 버스 있어 近日엔 淸州서 通勤도 可能한 셈.
날씨 불볕으로 繼續 旱魃로 農村에 甘雨 내리기를 鶴首苦待. 잔디 빨갛게 탔고. 井母 달랑무우 播種. ◎

〈1982년 6월 29일 화요일 晴, 소나기, 曇〉(5. 9.)
下午 5時頃에 쏘나기라도 모처럼 10餘 分 間. 그러나 길바닥 먼지 적실 程度.
今夜에 伯母 忌日祭여서 井母와 함께 出發하였다가 개우개 가는 途中 쏘나기 만나 함신 노백이 한 것. 다시 舍宅 와서 옷 갈아입고 막 車(19시 30分)로 入淸하여 形便上 單身 金溪 가서 忌祭에 參與. ◎

〈1982년 6월 30일 수요일 晴, 曇〉(5. 10.)
親知 張基虎 子(故 張弘錫) 葬日이라서 9時 發靷에 參席하려고 金溪 큰집에 早朝食하고 사거리 發 6時 20分 버스로 入淸. 꽃다리(石橋) 건너 水谷洞 가서 張基虎에 人事. 故 張君은 間接 弟子.
淸州消防署長 朴仁圭(友信親睦會員) 停年退任式이 10時에 있어 淸州 消防署에 가서 參席. 先進企業社 가서 兒童用 책걸상 높이 號數標 600餘 枚 購入하여 下午 4時 車로 井母와 함께 富潤 온 것. 日暮頃 쏘나기라도 올 듯 하였으나 안내리었고. ◎

〈1982년 7월 1일 목요일 晴〉(5. 11.)
六學年 道德授業~一校時에 一班, 二校時에 二班, 進度 若干 늦기에 當分間 부지런히 進行할 豫定.
姜○○ 體育擔當 教師의 性急한 兒童 體罰과 關聯되는 일 생겨서 또 傷心되더니 自體持病 있대서 그대로 가라앉은 셈. 兒童用 책걸상 높이 調定作業으로 擔當係 鄭 女教師 連日 애쓰고. ◎

〈1982년 7월 2일 금요일 晴〉(5. 12.)
단비 오기를 기다리는 마음 한결 같으나 今日도 아니오고. 고추, 옥수수, 강낭콩 모두 타 붙는 中. 샘물도. ◎

〈1982년 7월 3일 토요일 晴〉(5. 13.)

六學年의 道德授業 進度 맞추기에 요새는 거의 每日 2時間 授業하는 中.
城本里 崔 氏 家 喪家 집에 人事 다녀오기도.
15時 發 버스로 入淸. 井母와 同行. 市內에 들어가 用務 보고 深夜에 아파트 와서 就寢. ◎

〈1982년 7월 4일 일요일 晴〉(5. 14.)
井母와 함께 玉山 거쳐 小魯行. 小魯엔 모처럼. 弟 振榮 사는 집 가 보고. 모두 無故해서 多幸.
姪 男妹(파란이, 슬기) 잘 노는 中이고. 点心 먹고 歸家. 市內서 夕食. 道德 교재 硏究 後 就寢. ◎

〈1982년 7월 5일 월요일 晴〉(5. 15.)
昨夜 한밤 中에 淸州엔 20分 間 비 좀 내렸는데 鎭川, 陰城은 안왔고. 土曜日밤엔 若干 왔다는 것.
今日도 六學年 도덕授業 2時間 했고. 꿀 3升, 18,000원씩으로 購買. 왕유[11]도 50g 程度入 2병 1萬 원씩. ◎

〈1982년 7월 6일 화요일 晴〉(5. 16.)
井母는 낮에 舍宅에서 約 1.5㎞쯤 되는 곳에 가서 山딸기 約 2升 가량 따온 것. 數日 前에도 그랬고.
放課 後엔 舍宅앞 고추밭에 물 흠뻑 주었고. 各處의 잔디밭 빨갛게 탔고. ◎

〈1982년 7월 7일 수요일 晴, 曇〉(5. 17.)
六學年의 道德授業. 前期分 完了. 學校 現況과 學校長의 敎育信念과 一日生活에 對한 새로히 씨나리오 作成 完了. 어제 오늘 고추밭에 給水. 日暮頃에 비 두어방울 떨어졌을 뿐. ◎

〈1982년 7월 8일 목요일 晴〉(5. 18.)
日出 前 氣溫 21度 낮 2時 溫度 34.5度. 무덥기 限量 없고 가뭄 長期 繼續으로 큰 일.
敎育廳 中等係 金權洙 奬學士 來校~郡單位 博物館 設置에 陳列裝 마련으로. ◎

〈1982년 7월 9일 금요일 晴〉(5. 19.)
10日 間의 職務硏修에 갔던 閔泳玉 校監 無事歸校. 第六學年 學期末 評價考査 施行에 權寧槿 교무 周到綿密한 計劃에 依해 잘 이루어졌던 것. 今日이 한 고비인지 氣溫 35°. ◎

〈1982년 7월 10일 토요일 晴, 曇, 雨〉(5. 20.)
學校일 今日도 圓滿히 마치고 井母와 함께 午後 3時 發 버스로 入淸. 松과 杏이 無事.
日暮頃에 市內 들어가서 先進企業社에서 兒童用 책걸상 높이 號數票 購入하고 夕食 後 夜深토록 놀다가 歸家(아파트 1단지 2棟 103호). ◎

〈1982년 7월 11일 일요일 雨, 曇〉(5. 21.)
昨日 午後(日暮頃)부터 가랑비 가끔 내리는 것. 2個月餘을 가물다가 오는 비 農村에선 甘雨. 오늘까지 내린 비는 겨우 먼지 젖었을 程度. 아직 아직 不足. 그러나 장마圈에 들었다는 것. 閔在基 교장 母친喪 인사. 尹洛鏞 교장과 一盃. ⓒ

11) 왕유(王乳): 로열젤리. 꿀벌이 새끼를 기르기 위하여 분비한 하얀 자양분의 액체.

〈1982년 7월 12일 월요일 曇〉(5. 22.)[12]
아파트에서 井母와 함께 6時에 出發하여 陰城, 無極 經由 學校에 到着은 8時 50分.
校監團 五名 와서 教育廳 計劃대로 82學校 運營評價 行事 있어 午前 中에 마쳤고.
學校 學生 博物館用 '탈'(假面) 만들기와 傳達夫의 행투리, 몇 職員의 晝間飮酒로 注意 換起에 若干 구긴 雰圍氣 있었으나 忍耐. 打恊으로 緩和는 된 것. 舍宅 뜰의 鳳仙花 꽃 피었고. ◎

〈1982년 7월 13일 화요일 曇〉(5. 23.)
흐리기만 하고 비는 안 내렸고. '탈' 製作에 全職員 勞力. 傳達夫의 高言聲으로 또 不快한 일 있었고. ◎

〈1982년 7월 14일 수요일 曇, 晴, 曇〉(5. 24.)
二校時 後에 富潤里 마실 안 安 氏 家에 弔問次 잠간 다녀서 12時 半 버스로 陰城 갔고.
午後 2時부터 있는 校長會議에 參席. 夏季休暇 中 行事와 鄕土文化 學生博物館 設置 問題가 主案件. 下午 六時頃 散會. 歸路 中 無極 '은혜'醫院에 들러 手顫症 治療用 내복藥[13] 4日分 지었고. ◎

〈1982년 7월 15일 목요일 晴, 曇〉(5. 25.)
例年에 하지 않았던 庭園 꽃밭을 마련하기에 힘쓰는 井母의 勞力으로 舍宅 앞마당엔 '채송화'가 예쁘게 滿發했고. 진빨강 鳳仙花가 어제부터 피기 始作하여 異彩로움에 흐뭇한 氣分. 期末통신표 檢閱에 全校分 徹底히 內査하여 終會時에 詳細히 말했기도. ◎

〈1982년 7월 16일 금요일 雨, 晴〉(5. 26.)
첫 새벽(2時)부터 부슬비 내리기 시작하더니 日出 直前까지 내린 것. 校下地域은 充分히 解渴.
放學式 擧行. 8月 22日부터 夏季休暇(34日 間이나 始終 休日 包含하여 事實上 37日 間 되는 것).
13時頃에 學區內 韶石里 가서 魚 氏 宅 喪家에 人事. 入清 豫定을 井母의 請으로 明日 가기로 한 것. ◎

〈1982년 7월 17일 토요일 晴〉(5. 27.)
富潤서 食 前 첫 버스(6時 40分)로 出發. 清州에 9時 10分 前 到着. 서울서 運이도 왔고.
3칸짜리 房 있는 곳으로 옮기자고 井母와 杏이가 말하기에 福德房에 旣히 말했던 곳 찾아 問議. 一般住宅과 아파트 3間짜리 둘러 보았으나 처지고 넘치는 편. 傳貰로 들려는 데 300萬 또는 500萬이라고.
연수당 漢藥房에서 井母(무릎痛症)의 藥과 杏(腎臟)의 藥 지은 것. 市內서 夕食했기도. ◎

〈1982년 7월 18일 일요일 晴〉(5. 28.)
今日도 房 關係로 福德房 몇 군데 尋訪했고. 晝間에 大田의 둘째 絃이 다녀갔다는 것. 運이도 上京. ◎

〈1982년 7월 19일 월요일 晴, 曇〉(5. 29.)
早朝 첫 버스로 出勤. 日直은 延 女教師와 張孃. 舍宅의 잔일, 公文 處理, 帳簿 整理 等 執務

12) 원문에는 일기 내용을 먼저 기록하고 뒤에 날짜 정보를 기록하면서 "今日 日記 上記 四列行 參照"라고 적혀 있다.
13) 원문에는 붉은색 색연필로 밑줄이 그어져 있다.

바빴고. ◎

〈1982년 7월 20일 화요일 晴〉(5. 30.)
早朝에 市內 中央公園까지 다녀왔고. 9시 지나서 바쁜 일 끝내고 學校에 나가 學校일과 舍宅 團束 등에 流汗 勞力. 松과 杏이 上京. 杏이는 밤에 왔고. ◎

〈1982년 7월 21일 수요일 晴〉(6. 1.)
學校 作品用 '바 니스' 한갑 사 갖고 出勤. 延교사는 "탈" 完成에 勞力 繼續 中. ◎

〈1982년 7월 22일 목요일 晴, 曇〉(6. 2.)
連絡 있어 教育廳에 갔더니 카톨릭農民會와 關連 있는 大學生 奉仕事業隊에 對한 協議였던 것.
20日에 上京했던 松이 왔고. 제 큰 兄이 주는 人蔘, 영양劑 等 多量 갖고 온 것.
아파트 傳貰(26坪型 1年 전세…5층 400萬 원) 交涉中 可能할 듯. 신흥福德房 李중求 紹介. ◎

〈1982년 7월 23일 금요일 雨, 曇〉(6. 3.)
早朝에 市內에 나갔다가(運動삼아 步行) 別 神通치 않은 일에 不快感 終日토록 가시지 않았고.
10時부터 있는 校長會議에 參席. 安全事故 問題가 主案件. 散會後 學校 가서 執務. ○

〈1982년 7월 24일 토요일 曇, 晴〉(6. 4.)
今朝도 某處에 日出 前 早朝에 暗行. 昨日 早朝와 同一 心情. 氣分 개운치 않았고.
槐山郡 長延面 墻岩里行 豫定으로 槐山 邑內까지 갔었으나 버스 時間이 안 맞아 歸淸 不可能하겠기에 初志를 中止하고 日暮頃에 入淸. 술 좀 마셨던 것. ×

〈1982년 7월 25일 일요일 晴〉(6. 5.)
市內 某處에서 어느 개운찮은 心情에서 술 나우 마신 듯? ×

〈1982년 7월 26일 월요일 晴〉(6. 6.)
昨醉가 未醒인 채 昨夜부터 某處에서 不快感 품은 채 아침결까지 歸家치 않고 無謀히 지낸 後 날카로운 촉각으로 歸家(아파트 1단지 2棟)한 듯. 井母는 부윤 往來. ※

〈1982년 7월 29일 목요일 晴〉(6. 9.)
큰 애 서울서 와서 傳貰아파트 求하기에 努力하여 結末 짓고 明日 옮기기로 定하고 魯松 데리고 修理 着手~清掃 도배 等. 같은 一團地의 15棟 404號로 決定…17坪形 房 세 칸. 2棟 103號를(13坪形 房 2칸) 450萬 원에[14] 賣渡키로 하고 15棟 404호를 400萬 원[15]에 1年 期間 傳貰로 한 것. ×

〈1982년 7월 30일 금요일 晴〉(6. 10.)
15棟으로 搬移[16]. 三男 明이 와서 助力. 이웃 가게 보는 李 氏가 全的으로 짐 꾸려 옮기는데 무더위 中 진땀 빼며 努力했고. 午後 3時까지에 搬移 無事 完了. ○

14) 원문에는 붉은색 색연필로 밑줄이 그어져 있다.
15) 원문에는 붉은색 색연필로 밑줄이 그어져 있다.
16) 원문에는 붉은색 색연필로 밑줄이 그어져 있다.

〈1982년 7월 31일 토요일 晴〉(6. 11.)
큰 애는 昨日 낮에 形便上 上京했고. 松은 杏 데리고 도배作業 繼續.
몸 또 極히 衰弱해져서 食飮을 廢. 臥病 呻吟. ◎

〈1982년 8월 1일 일요일 晴〉(6. 12.)
學校 근심을 비롯, 神經 날카로운 채 頭腦 複雜한 狀況대로 終日 臥病 신음. ◎

〈1982년 8월 2일 월요일〉(6. 13.)
起床 步行하여보니 머리 어지러운 狀態여서 出校 計劃을 中止. 學校로부터의 消息에 依하면 去 30日에 服務監査次 教育廳 庶務係長이 다녀갔다는 것.
戰死者 弟 云榮의 祭祀 지낸 것.[17] 어제 沃川 子婦 왔고. 오늘 祭祀에 賢都 姪女 夫婦와 桑亭里 妹 오고. 小魯校 있는 弟 振榮이 오고. 大田의 絃(出系)이 와서 떳떳이 지낸 것.
壁紙(도배) 바르는 作業 松의 努力으로 今日에서 完全히 마친 것. ◎

〈1982년 8월 3일 화요일 晴〉(6. 14.)
몸 좀 若干 差度 있는 듯하기에 첫 버스로 出勤했고. 大所까지 學校서 自轉車로 가는 데 힘겨웠고~新任 李郡守 初度巡視. 향촌 部落에도 잠간 다녀온 것~大學生 奉仕團 관계.
槐山 갔었다는 明이와 南海岸 갔던 큰 애 온 家族 왔고. ◎

〈1982년 8월 4일 수요일 晴〉(6. 15.)
모처럼 教育廳에 들려 몇 奬學士와 延 教育長 만나 教育相談했고. 平谷校까지 가서 '鄕土文化 學生博物館' 設置作業 狀況 본 것. ◎

〈1982년 8월 5일 목요일 晴, 소나기, 曇〉(6. 16.)
學校일 마치자 淸州 向發 무렵 쏘나기 나우 내렸고. 집엔 日暮頃 到着.
先考忌祭 밤 12時에 지냈고. 金溪서 從兄님도 오시고. 大田 小魯 永登浦 明이네 꼬마들 15, 6名 부산한 狀況 이로 헤아릴 수 없었고. 事故 없기를 祈願. ◎

〈1982년 8월 6일 금요일 曇, 晴〉(6. 17.)
面 單位 校長會議에 參席. 場所는 陰城 秀峰校. 82豫算 節減과 當面問題 몇 가지가 主案. 雙峰校 어린이 事故死에 따룬 同情金에도 論議 있었고.
요새의 무더위는 말 못될 程度. 35, 6度쯤 每日같이 올라가 있는 中. ◎

〈1982년 8월 7일 토요일 晴〉(6. 18.)
大所面 면장실에서 있는 會議에 參席. 防衛支援協議會인 것~오는 9日에 있을 '鄕防地上訓練'이 主案. ◎

〈1982년 8월 8일 일요일 晴〉(6. 19.)
요새는 거의 淸州서 通勤하는 셈. 明朝 行事로 오늘도 午後에 學校 나갔고.
永登浦 큰 딸애 今日 上京 豫定을 求金 形便上 明日 가기로 한 것.
親舊들 連絡 要請에 '은하食堂'이란 곳에서 約 두어時間 놀은 것~史校長, 尹 교장, 鄭 校長 모두 若干 醉하여 興있게 노는 것. 富潤엔 감

17) 원문에는 붉은색 색연필로 밑줄이 그어져 있다.

깜해서 到着. ◎

〈1982년 8월 9일 월요일 晴〉(6. 20.)
새벽 3時에 大所 갔고. '軍官民合同 地上訓練'에 參席. 鄕防支援協議會員 立場으로, 豫備軍服 차림으로 作戰本部인 支署로 集結. 03時부터 仝 11時까지. 行事 無事히 마치고 歸校하여 執務. 오늘도 氣溫 36度.
5日에 왔던 永登浦 큰 딸 上京~大田 絃의 事業條 關聯 利子 50萬 원 보냈고. ◎

〈1982년 8월 10일 화요일 晴〉(6. 21.)
今日도 35度. 出校 前에 아파트 管理所와 洞事務所에 들려 2棟에서 15棟으로 옮긴 것 申告했고.
學校에 나가선 公文書 處理 바쁘게 일 본 것. ◎

〈1982년 8월 11일 수요일 晴〉(6. 22.)
近日은 德山과 學校間 自轉車로 잇대는 것. 學校는 4學年 以上에서 30名 추려 夏季修練院에 入所시켜 13日까지 3日 間 合同(共同)生活訓鍊케 되어 入所시킨 것.
全職員 大所에 나가 '人口政策敎育'에 受講했기도. 井母도 모처럼 富潤 와서 고추 좀 따기도. ◎

〈1982년 8월 12일 목요일 晴, 曇〉(6. 23.)
意外로 急작이 日程이 變更돼 茂朱九千洞까지 얼핏 다녀온 것. 德裕山이며 溪谷이 無限히 길어 그 規模가 엄청났고. 어느 形便에 㕦心 잘 먹었고 自身의 經費도 나우 난 것. ◎

〈1982년 8월 13일 금요일 曇, 가랑비〉(6. 24.)
첫 버스로 出校. "國民精神"의 題로 修練院生들에게 60分 間 敎育. 下午 2時 半에 仝 修了式 擧行. 끝내고 맥주 몇 깡으로 金東基 敎師 慰勞했기도. 서울서 運이 오고. ◎

〈1982년 8월 14일 토요일 曇, 雨〉(6.25.)
住民登錄 移轉 手續에 午前 中 바빴던 것~一團地 二棟 103號에서 仝 十五棟 404號로(사창동 번지).
史龍基 校長 불러 '銀河食堂'에서 答接. ○마담에게 史校長 立場을 充分히 말했고.
서울서 弼이 왔고. 午後에 가랑비 繼續 내리더니 日暮頃엔 쏘나기 비로 긴 時間에 나우 쏟아진 것. ⓒ

〈1982년 8월 15일 일요일 曇, 가랑비〉(6. 26.)
家族 逍風으로 丹陽行 豫定을 雨天으로 因함과 學校行事로 延期. 第37回 光復節 慶祝式 擧行(全校). ◎

〈1982년 8월 16일 월요일 曇〉(6. 17.)
祖國巡禮班으로 去 5日에 떠났던 四女 杏이 無事히 11日 만에 왔고.
忠北大學校 敎授(前 公州敎大 敎授) 朴仁根 先生(魯井 同窓) 來訪人事에 고마웠고. ◎

〈1982년 8월 17일 화요일 曇, 晴〉(6. 28.)
井母와 함께 早朝에 富潤行. 學校는 共同硏修 제2日째. 松은 아침에 上京.
學校일 無事히 잘 마치고 夫婦 入淸. 杏이만이 있을 것이어서 淸州 간 것. ◎

〈1982년 8월 18일 수요일 曇, 晴〉(6. 29.)
共同硏修 第3日. 새교육課程에 따른 새 授業體制를 硏修 題로 進行한 것. 硏修 今日로 短縮. 午後엔 全職員 家庭訪問키로. 어제 上京했던 松이 왔고.
16日에 제 親舊집 江陵 갔던 魯弼이 한밤 中에 왔고. ◎

〈1982년 8월 19일 목요일 曇〉(7. 1.)
早朝 첫 버스로 出勤 執務. 日直은 李庚順 女敎師, 保健所 主催 어머니 保健교육은 流會.
陰城 가서 敎育廳 들러 事務打合 및 國庫學資貸與金 50萬 원(松, 弼 各 25萬 원씩)정 手續하여 農協에서 現金 받은 것. 밤엔 井母와 杏은 明 点心 준비로 바쁘게 일 보았고. ◎

〈1982년 8월 20일 금요일 曇, 雨〉(7. 2.)
井母, 杏, 弼이 一同 데리고 모처럼 避暑次 逍風. 丹陽郡 固藪洞窟[18] 求景 간 것. 午前 六時에 出發하여 下午 10時 半頃에 歸家. 古數洞굴과 天洞屈[19] 모두 처음 보는 곳. 杏이는 몸 괴롭다고 조금 먼저 出發. 松이는 豫備軍訓練 있어 분하게도 同行 不能이었고. 偏道에 4시간. ◎

〈1982년 8월 21일 토요일 曇〉(7. 3.)
陰城郡 遠南國校 李永洙 교장 停年退任式 있어 參席. 下午 2時부터 仝 3時까지.
서울서 끝째 女息 5女 魯運 왔고…. 夏季休暇 一週日 程度라는 듯. ◎

18) 원문에는 붉은색 색연필로 밑줄이 그어져 있다.
19) 원문에는 붉은색 색연필로 밑줄이 그어져 있다.

〈1982년 8월 22일 일요일 曇, 雨〉(7. 4.)
淸州 舟城國校 盧載豊 校長 停年退任式에 參席. 魯弼이 下午 7時頃 上京次 出發. ◎

〈1982년 8월 23일 월요일 曇〉(7. 5.)
새벽엔 가랑비. 첫 버스로 富潤으로 單身 向發. 開學式 擧行. 終會 마치고 入淸. ◎

〈1982년 8월 24일 화요일 曇, 가랑비〉(7. 6.)
槐山郡 長延國校 鄭聖模 校長 名譽退任式에 參席. 鄭海國 氏 鄭善泳 교장과 함께 간 것.
歸路에 要請에 依하여 松洞에 들려 宋경憲 만나 婚談 있었기도(4女 杏의 求婚). 담바위(墻岩) 들려 故 閔殷植, 故 曺圭一 宅 가서 人事한 것. 親知 鄭祿永도 만나고. 20時 청주 着.
기다렸던 井母와 함께 金溪 從兄 宅(밤 11시쯤) 가서 伯父 忌故祭 지냈고. ⓒ

〈1982년 8월 25일 수요일 曇, 가랑비〉(7. 7.)
金溪서 일찍 떠나 사거리서 버스. 淸州 잠간 들려 出勤 執務.
点心時間에 理髮 後 具滋應과 金寧九 만나 가게房에서 情談했기도. ◎

〈1982년 8월 26일 목요일 曇, 가랑비〉(7. 8.)
夫婦 함께 小魯國校에 가서 親友 李仁魯 校監 名譽退任式에 參席하여 慰勞辭(回顧辭) 했고.
當校의 初代校長 李 校監과는 3차례 함께 勤務한 적 있고.
前에 살던 社稷아파트 2-103호 賣渡殘金 130萬 원 받아 오늘서 完結된 것. ◎

〈1982년 8월 27일 금요일 雨〉(7. 9.)

今日은 終日토록 부슬비 내리고, 出勤하여 10時 半頃까지 執務. 11時부터 있는 大所面 社會淨化委員會에 參席. 散會後 中原郡 薪尼面 龍院國校 安禎憲 校長 停年退任式에 參席. 大所校 吳倉均 校長과 同行한 것.
學校엔 郡교육청 全 奬學士 來校하여 奬學指導 있었기도. ◎

〈1982년 8월 28일 토요일 가랑비, 曇, 晴〉(7. 10.)
早朝 登校 執務. 어제 있었던 全 장학사 奬學指導에 따른 것 再協議했기도.
入淸 途中 曾坪國校 安興浩 校長 停年退任式에 參席. 18시부터 있는 友信會에도 參席. ⓒ

〈1982년 8월 29일 일요일 曇, 晴〉(7. 11.)
井母와 함께 明巖堤 藥水터 가서 2時間 동안 놀은 것~藥水 마시고. 22代祖 蓮潭 山所에 省墓. 準備해 갔던 点心도 맛있게 먹기도. ⓒ

〈1982년 8월 30일 월요일 晴〉(7. 12.)
첫 버스로 出勤. 陰城 가선 바쁜 일 본 것~鄭 女教師의 學資貸與金 手續 受領. 學校土地 登記簿謄本(登記所), 仝 地籍圖(郡 民願室) 떼기에 步行으로 몹시 급히 다닌 것.
午後 2時부터 있는 陰城郡 鄕土文化學生博物館 開館式에 參席. ○

〈1982년 8월 31일 화요일 晴〉(7. 13.)
體育大會 開催에 對한 臨時職員會 있을 때 種目 檢討에 時間 많이 所要된 것. 몇 職員의 便宜爲主 思想 엿보여 全種目 强行하라고 力說한 것. ○

〈1982년 9월 1일 수요일 晴〉(7. 14.)
職員朝會에서 時間的, 經濟的, 保健衛生上으로 無理가 없도록 强調했던 것. ○

〈1982년 9월 4일 토요일 晴〉(7. 17.)
學校行事 無事히는 마쳤으나 歸路에 校下 몇 有志 學父兄 만나 나우 過飮한 듯. 豫定했던 市內 마일도 못갔던 것. ※

〈1982년 9월 5일 일요일 晴〉(7. 18.)
집에 있던 果酒를 昨日밤 늦도록 나우 마셨던지 早朝 起床에 難했고.
口味 안당겨 食事 못하고 終日토록 臥病 呻吟한 것. ◎

〈1982년 9월 6일 월요일 晴〉(7. 19.)
食事 全혀 못하므로 起動不能하여 不得已 學校로 病暇 連絡하고 終日토록 不安 中. 앓으며 해 넘긴 것. 下午 5時頃에 類似腦炎患者 어린이 있다고 連絡 오니 더욱 不安. ◎

〈1982년 9월 7일 화요일 晴〉(7. 20.)
井母와 杏이가 우유, 사과, 쌍화탕, 꿀, 포도, 사이다 等 자주 勸했던 德分인지 今朝는 많이 心身이 安定되어 早朝 첫 버스로 井母와 함께 登校했고.
좀 괴로우나 억지로 참고 견디어 終日 무사히 執한 것. ◎

〈1982년 9월 8일 수요일 晴〉(7. 21.)
아침 行事 着手했고…아침運動, 學校放送. 食事는 엊저녁부터 若干 하는 것.
六學年 道德授業 마치고 類似腦炎患者 어린

이 집 있는 韶石里 소댕이 가서 그의 祖父 이범중 老人 만나 消息 잘 들은 것. 忠州道立病院에 入院가료 中 昨日보다 差度 있다는 것. ⓒ

〈1982년 9월 9일 목요일 曇, 晴〉(7. 22.)

兒童 朝會時 農作物 愛護에 對한 訓話를 强力히 말한 後 '雪城'文化祭 行事 推進委員會[20]에 參席하고. 곧 歸校하여 執務에 熱中했고.

退廳 後 下午 七時에 쥐약 만들어 舍宅 周圍 8군데에 投藥했던 것. ◎

〈1982년 9월 10일 금요일 晴〉(7. 23.)

近日은 每朝 學校放送에서 "日本腦炎이란 惡疾이니 豫防하자"는 것을 繼續하는 中.

10時부터 있는 大所面 鄕軍意識 改革指導要員 敎育 있대서 參席中 敎育長 來校 消息에 곧 歸校. 延 敎育長, 金 管理課長, 朴 仝 係長 온 것. 지붕修理 要求에 依해 온 것이나 管理의 疏忽로 因한 것이라는 理由로 不快感 있어(自省의 餘地 多分히 있는 點 自認하면서도 現 本校의 處地의 不可避한 形便을 생각하면) 終日토록 傷心된 것. 仝 件 關聯 있어 孟洞校까지 갔다가 事情上 無極 거쳐 저물게 歸校한 것.

今朝 食 前엔 龍村里 방우대 居住 5-1 최정규 어린이 病缺 中이라서 家庭訪問했기도. ⓒ

〈1982년 9월 11일 토요일 晴〉(7. 24.)

晝食時間 前엔 大所 나가 農協에 急히 들러 校費 引出해갖고 經理係 李 교사에 건니고. 韶石里 소댕이에 急去해서 어린이 患者 狀況 알보곤 終會 後 井母와 함께 入淸한 것.

어린이 腦炎患者 5의 2 女 柳寅均 入院한 大田의 乙支病院에 갔을 땐 下午 7時頃. 病症狀 腦炎이라는 것. 經過는 好轉 中이라고. 姉母(保護者)의 情狀 딱하였기도. 국수래도 一器 사먹으라고 3,000원 주머니 털어주었고. 밤 8時 40分 直行버스로 歸淸. ⓒ

〈1982년 9월 12일 일요일 晴〉(7. 25.)

陰城郡 교육廳 全道燮 장학사 女婚 있대서 大橋 건너 서울行 버스 出發處까지 가서 修人事. 12時에 있는 劉濟鶴 會長 子婚에 參席~大所面 농협 二層 禮式部. 點心 後 歸淸했고.

井母와 함께 '正金社' 가서 井母의 팔지 模型 改造에 參見했고. 밤엔 市內서 夜深토록 놀다가 아파트 왔을 땐 고단했고. 아침에 上京했던 四女 魯杏은 저녁에 왔으나 不快感 있는 듯. ⓒ

〈1982년 9월 13일 월요일 晴〉(7. 26.)

井母와 함께 早朝 첫 버스로 富潤 出勤. 一校時의 六學年(6의1) 道德授業 마치고 陰城 가서 敎育廳 들러 兩課長 만나 이모저모 이야기 듣기도. 計劃된 이야기 하기도.

교육廳에 오랬던 閔 校監, 權 敎務 登廳하여 沈 課長과 金 初等係長한테 學校敎育運營上의 諸問題點에 關한 指示 받기도.

敎育廳 幹部들과 夕食 함께 하고 順調로운 定期 車 없어 德山으로 돌아 歸校할 豫定도 如意不能으로 入淸하여 놀다가 아파트 갔을 땐 深夜. ⓒ

20) 음성 전통문화를 계승하고 관광객들에게 음성을 홍보하기 위한 축제로, 1982년에 설성문화제 추진위원회를 결성하였으며, 매년 9월 열린다. 고추아가씨 선발 행사가 곁들여진다.

〈1982년 9월 14일 화요일 晴〉(7. 27.)
点心時間 利用하여 韶石里 소댕이 가서 患者 어린이 家庭尋訪(3의2 具本玉 집까지)하고 午後 4時 半 出發 버스로 富潤 발 忠州 到着하니 仝 六時頃. 道立醫院 들러 1學年 男 李圭漢 어린이 찾아보니 腦炎? 治療 잘 되어 2, 3日 內 退院 可能 程度 好轉되어 다행. 버스時間 圓滿치 못해 德山 거쳐 歸校했을 땐 밤 깊었고. ◎

〈1982년 9월 15일 수요일 晴〉(7. 28.)
昨今 共히 職員들 心情 慰勞慰安하면서 自家도 慰勞. 下午 5時 버스로 陰城 가서 延 教育長 만나 夕食을 함께. 平谷校 卞文洙 校長도 同席케 하여 情談했고.
近日 주머니 비어서 現金 없어 쩔쩔매는 中. 밤 깊어 택시(7,000원)로 歸校하니 밤 11時. ⓒ

〈1982년 9월 16일 목요일 晴〉(7. 29.)
10時부터 教育廳會議室에서 校長會議 있어 參席~一學期 教育施策 具現分析과 安全事故豫防이 主案件. 13時에 散會. 終會時에 會議傳達 一部. ◎

〈1982년 9월 17일 금요일 晴〉(8. 1.)
俸給受領後 下午 5時에 陰城 가서 各處 外上分 깨끗이 갚고 온 것. 賞與金까지 받은 달. ◎

〈1982년 9월 18일 토요일 晴〉(8. 2.)
下午 3時 버스로 井母와 함께 富潤發. 淸州 가선 함께 市場에 나가 돋자리(代用品) 購入 等. 夜間에도 市內에 들어가 夕食. 고단하여 쉬었다가 늦게 歸家. ◎

〈1982년 9월 19일 일요일 晴〉(8. 3.)
井母와 함께 故鄕 金溪 가서 田作〃況 둘러보기도. 큰집에서 四從叔 漢武 氏 뵙기도.
前佐山 가서 考妣 山所 省墓. 族兄 春榮 氏와 保榮 氏 찾아 뵈옵고 点心 後 歸淸하니 下午 7時. ⓒ

〈1982년 9월 20일 월요일 晴〉(8. 4.)
六時 十分 發 버스로 德山 오니 7時 20分. 步行으로 學校 到着할 땐 8時 20分.
問病 두 곳~富潤里 金榮斗 氏 臥病. 學校 安九炳 教師 親患~孟洞面 仁谷里. ◎

〈1982년 9월 21일 화요일 晴〉(8. 5.)
雪城文化祭 大所面 推進委員會 있어서 大所 다녀온 것. 大所校에서 全道燮 장학사 만났고. ⓒ

〈1982년 9월 22일 수요일 晴〉(8. 6.)
民防衛隊 創設 第七周年 行事 있어 今日도 大所 다녀왔고. ○

〈1982년 9월 23일 목요일 晴〉(8. 7.)
道 少年體典 있어서 井母와 함께 淸州 綜合運動場(公設운동장) 가서 開會式과 代表 初中校生의 마스껨을 求景했던 것. ○

〈1982년 9월 25일 토요일 晴〉(8. 9.)
故鄕 金溪 居住 全守雄(爲親稧員) 親喪에 葬禮式 있다고 連絡 있어 人事次 金溪 다녀온 것. 井母도 金溪 가서 秋夕 祭祀用 밤 대추 마

련해 온 것. ○

〈1982년 9월 26일 일요일 晴〉(8. 10.)
清州 市內 親友 몇 사람 만나 濁酒, 燒酒 타령 했던 모양. ×

〈1982년 9월 27일 월요일 晴〉(8. 11.)
體育大會 豫行練習으로 職員들 애썼고…終會時에 反省會 兼行. ×

〈1982년 9월 29일 수요일 晴〉(8. 13.)
學校일 마치고 姜체육主任 오토바이 後席에 탔으나 빵구로 途中 버스로 德山 가서 時間 맞춰 清州까지. 無事는 했으나 몸이 極히 고단했던 듯. ※

〈1982년 9월 30일 목요일 晴〉(8. 14.)
기어히 또 臥病. 起動不能하여 學校로 連絡 取한 後 終日토록 쉬었던 것.
井母는 明日의 秋夕名節 祭物 準備로 東奔西走 바쁜 活動. 낮에 셋째 子婦와 弟嫂 氏 와서 함께 거드는 듯. 저물게서 서울서 큰 애 井과 五男, 五女 3명 왔고. 夜深토록 모인 家族들 勞力하는 것. 參男(明)과 弟(振榮) 와서 快談 많았고. ◎

〈1982년 10월 1일 금요일 晴, 曇〉(8.15.)
새벽 내내 몸 괴로워서 呻吟. 腹痛도 있어 은근히 傷心되는 것.
氣力 없어서 起動 못하겠기에 茶禮 次例를 앉아서 指示했기도. 絃은 아침에 沃川서 와서 參祀.
長男 井의 周旋으로 마땅한 藥 몇 가지도 먹었고. 아이들은 省墓 다녀오고. ◎

〈1982년 10월 2일 토요일 曇, 가랑비, 曇〉(8. 16.)
몸 快치 않으나 運動會 行事 있어서 無理되나 井母와 함께 새벽 첫 버스로 出發. 德山서 택시로 學校까지. 하필 날씨 不順. 그러나 비 대단찮을 것 같아서 行事 斷行. 多幸이도 10時쯤부터 비 걷고. 比較的 學父母 觀覽客 많은 편. 贊助金(誠金)도 多額. 勇氣 百倍 내어서 끝까지 勇敢하게 잘 맞춰 爽快했고.
恒時 滿醉生活로 消日만 하는 傳達夫 金○○의 不順한 言行에 분개하여 나우 訓戒했기도. 入清 豫定은 이런 일로 因하여 如意 不能. ◎

〈1982년 10월 3일 일요일 曇, 晴〉(8. 17.)
첫 버스로 井母와 함께 清州 갔고. 貳男 絃은 낮에 歸 沃川했다고.
開天節 4314周年. 國旗揭揚(아파트 4層 앞). 몸 많이 回復되어 食事도 늘고. ◎

〈1982년 10월 4일 월요일 晴〉(8. 18.)
일찍이 出勤. 一校時까지 淸掃 整頓에 勞力토록 措置. 六의 一 道德授業도 施行.
教育廳 安 施設係長과 李 經理係長 來校에 修理 및 玄關建築 等 安心스런 對談 있어 氣分 개운했고~9月 10日의 來校者들과는 판이한 對照的. 玄關工事人 來着.
終會時에 特別職員會 열어 體育會 反省과 當面問題 여러 가지 强調했기도. ◎

〈1982년 10월 5일 화요일 晴〉(8. 19.)
今日도 終日토록 執務에 熱中. 然이나 몸은 어제보다 鈍함을 느끼고 개운치 않은 氣分을 느끼고.
記錄해야 할 쪽紙 거의 整理. 職員會議했던 速記事項도 모디어 整理했고.
終會 時엔 찬찬하고 똑똑한 權○○ 敎務의 '本郡 敎育力點 施策'의 1目瞭然한 內容에 고마웠고 未安도 했던 것. 全職員이 이대로만 實踐한다면 아무 걱정 없으련만….
井母는 舍宅 울 안에 自身 손으로 심었던 검은 방콩을 어제부터 손으로 일일이 코토리를 까서 거의 한 말 程度 收穫한 것. ◎

〈1982년 10월 6일 수요일 晴〉(8. 20.)
學校 일 모두 잘 마치고 井母와 함께 淸州 갔던 것. 市內서 오래도록 놀다 아파트엔 늦게 간 것. ◎

〈1982년 10월 7일 목요일 晴〉(8. 21.)
淸州서 陰城까지 와서 第1回 雪城文化祭 行事에 參加하고 下午 5時에 歸校. ◎

〈1982년 10월 8일 금요일 晴〉(8. 22.)
校長會議에 參席. 10時부터 12時 半까지. 지난 9月 23, 4日에 있었던 第11回 道 少年體典에 陰城郡 成績 低調된 反省 檢討가 主案件.
下午 三時 半 高速버스로 井母와 함께 서울 向發. 큰 애 새로 移舍 간 '江東區 文井洞 문정아파트 9棟 406號'에 찾아갔을 땐 午後 六時 20分쯤. 孫子 英信, 昌信은 學校에서 와 있고. 子婦의 맞는 姿態에 井母는 內心 傷心되어 속 눈물 흘리기도. ○○事情이 있었음을 諒解하면도. 學生들과 逍風 갔었다는 長男 井은 나우 저물게 왔고. 큰 애의 孝心에 井母 若干 풀어지는 눈치. ◎

〈1982년 10월 9일 토요일 晴〉(8. 23.)
새벽에 井母는 큰 애한테 昨日 겪은 애기와 五男 魯弼의 自炊 計劃 等 말한 것. 떳떳치 못한 느낌인 듯.
朝食 後 큰 애 案內로 國際貿易博覽會場(奉恩寺 앞 廣場) 가서 入場 求景했으나 意外로 滿足한 求景 못되어 (人波, 對象物) 두어 곳 보고 바로 나와 奉恩寺 前庭에서 点心 먹고 헤어져 歸淸하니 下午 五時 半쯤. 서울서 큰 애와 헤어질 때의 큰 애의 울울한 姿勢 態度에 딱한 生覺으로 가슴 찐했고. ◎

〈1982년 10월 10일 일요일 晴〉(8. 24.)
두 곳의 禮式에 人事~玉山校 李殷楫 校長 子婚, 油里校 權再植 校長의 女婚. 下午 四時에 任地 富潤 와서 學校玄關 增築工事의 作業狀況 보기도.
富潤里 金榮九 兄嫂 回甲宴에 人事하고 탁주 1盃한 後 自轉車로 德山 왔을 땐 어두었고. 淸州 와서 蔘鷄湯으로 夕食하고 아파트에 왔을 땐 밤 10時쯤. 곤히 잤고. ⓒ

〈1982년 10월 11일 월요일 晴〉(8. 25.)
秋季逍風 實施. 全校生 韶石里 소댕이 部落 뒷山으로 간 것. 學校에서 낮 1時 半까지 執務하다가 소댕이 가서 姉母들의 点心 마련한 것 厚待받고 어린이들 一切 둘러보곤 大所 가서 '라이온스' 定期總會에 招待 있어 參席. 膳物로 完璧한 유리재떠리 받고 吳校長과 一盃 後 歸校하니 18時. ⓒ

〈1982년 10월 12일 화요일 晴〉(8. 26.)
下午 5時에 大所우체局 가서 4군데 祝儀金 送

金~李彰洙(校東), 金容琦(雲岩), 金萬鄕(竹里), 吳炳皓(出版社). 杏의 婚談 件으로 槐山 長豊校 柳海鎭 校長한테 書信 發送.
吳校長, 崔支署長 招致하여 어제 人事로 厚히 答接했기도. ⓒ

〈1982년 10월 13일 수요일 晴〉(8. 27.)
5의2 授業 參觀과 6의2 道德授業도 施行. 午後엔 舍宅 門 발으기 作業으로 勞力했고. ◎

〈1982년 10월 14일 목요일 晴〉(8. 28.)
今日따라 勞動을 많이 한 것~무궁화 동산 造成에 곡갱이질, 菊花盆 給水, 小便所 구멍뚫기, 其他. ◎

〈1982년 10월 15일 금요일 晴〉(8. 29.)
富潤里 마사 郭炳文 집에서 朝食 招待 있어 夫婦 함께 가서 맛있는 飮食 잘 먹었고.
第20回 체육의 날 行事로 愛鄕團 體育會[21]를 開催하여 午後 1時에 마쳤고.
教育廳에서 沈龍澤 學務課長(첫 巡視)[22]과 李參雨 奬學士 다녀갔기도…氣分 快했던 것. ◎

〈1982년 10월 16일 토요일 晴〉(8. 30.)
第六學年의 硏究授業 두 班 다 眞實로 잘 했고 ~6의1 李庚順 女敎師, 6의2 任光爀 敎師…音, 體.
下午 三時 發 버스로 井母와 함께 入淸. ◎

〈1982년 10월 17일 일요일 晴〉(9. 1.)
淸南校 李鍾璨 校長 女婚과 在任校 權寧槿 교무 丈人 回宴에 人事. 大橋옆, 社稷洞. ⓒ

〈1982년 10월 18일 월요일 晴〉(9. 2.)
水道料, 電話料(十月 分) 等 納付하고 陰城 가서 保險支社에 十月分치 拂入 後 學校 가선 玄關工事 監督.
下午 5時頃에 大田 가서 次男 絃이 만나 沃川 消息까지 들은 것. 雄信 健康 관찮다고. ⓒ

〈1982년 10월 19일 화요일 雨, 曇〉(9. 3.)
雨中에 淸州서 出發. 德山선 自轉車로 學校까지. 延교육장과 金管理課長 來校~玄關 增築工事 中間踏査次. 함께 無極 가서 晝食을 待接. 雨天으로 車 便 나빠 車費多額 入淸. ⓒ

〈1982년 10월 20일 수요일 晴〉(9. 4.)
18日부터 今日까지 3日 間 家庭實習. 午前 中 淸州서(住宅銀行, 忠北銀行, 韓電) 用務 마치고. 無極 거쳐 富潤 가니 12時 半. 玄關 增築工事 推進 잘 되고. 어제 비에 南部地方엔 우박과 왕눈이 왔다는 것. 日暮頃에 自轉車로 德山까지. 井母는 어제 金溪 가서 두무샘 밭 作物 若干 나누어 解結해온 것. ◎

〈1982년 10월 21일 목요일 晴〉(9. 5.)
早朝 發 버스로 出校~德山선 自轉車로. 井母는 낮에 왔고. 午後엔 大所~우체국, 面, 大所校 用務.
五, 六學年 160名 陰城郡 鄕土文化學生 博物館 見學으로 버스 2臺 貸切로 다녀온 것(음성 平谷校). ⓒ

---
21) 원문에는 붉은색 볼펜으로 밑줄이 그어져 있다.
22) 원문에는 붉은색 볼펜으로 밑줄이 그어져 있다.

〈1982년 10월 22일 금요일 晴〉(9. 6.)
藝能競試大會 있어 4校時까지 狀況 巡視~孟洞校 權寧桓 校監 來校 監督. 쓰기(書藝) 實力이 나쁜 듯. 平素의 時間確保 못한 것이 느껴지기도. ⓒ

〈1982년 10월 23일 토요일 晴〉(9. 7.)
土曜行事 마치고 歸淸 中 新月里(上新校옆) 李康淑 집 찾아 그의 回甲宴에 人事하고. 歸路에 蔡衡錫 夫婦 만나 반갑게 맞으며 耕作한 고추 말린 것 數斤 보오루 箱에 넣어주어 고마웠었고. ◎

〈1982년 10월 24일 일요일 晴〉(9. 8.)
아침 運動後 일찍이 沐浴. 井母用 補藥 짓는데 잠간 參見. 市內 나가서 學校體育用 회전답 價格과 비닐푸대(小型) 數字와 값 確認하여 보기도. 夕食은 蔘鷄湯으로 했고. 바람 몹씨 찼던 것. ◎

〈1982년 10월 25일 월요일 晴〉(9. 9.)
첫 어름 나우 단단히 얼었기도. 學校 玄關 工事 順調로이 進行 中이고. 諸般 學校行事 圓滿히 推進되어 近日의 學校經營에 흐뭇함을 느끼기도. 井母는 淸州서 낮에 오고. 卓心은 金仁烈 氏 집에서. ◎

〈1982년 10월 26일 화요일 晴〉(9. 10.)
學校 끝날 무렵 淸州서 玉山國校 26回 卒業生 在淸同窓會 있다고 招請있기에 參席. 金東昱 外 10名 모였었고. 33年 前에 卒業시킨 弟子들. 道敎委中等係 奬學士 李敬世, 忠北大 敎授 閔斗植, 電話局 線路課長 金東昱, 道敎委 經理係長 鄭英模, 商業係 全在成, 會社責任者 朴興圭 等.
深夜에 아파트 가서 아이들 男妹(松, 杏)와 함께 留. ◎

〈1982년 10월 27일 수요일 晴〉(9. 11.)
午前行事 마치고 忠州 가서 忠州工專大 內의 第12回 敎育資料展示場을 찾아가 求景한 것~本校(富潤校) 閔泳玉 校監 作品(社會科)…"民俗工藝 敎育資料"가 入賞되었기로~優秀賞(二等級).
淸州 가선 學校用 寒暖計, 學生씨름판場用 비닐푸대 等 알아보고. 夕食 後 富潤 오니 20時半. ◎

〈1982년 10월 28일 목요일 晴〉(9. 12.)
敎育廳 가서 兒童在籍數確認에 確答~常異 없다는 것. 入淸하여 學校씨름場用 麻袋 150枚 사서 直接 學校까지 搬入. 退廳 後 校下部落 學父兄 數人과 가게房에서 情談 一盃. ⓒ

〈1982년 10월 29일 금요일 晴〉(9. 13.)
農協 主催 '새農民大會'에 參席. 모처럼 職員 體育했고. 玄關工事 人夫들에 濁酒 待接하기도.
傳達夫 金 氏 잘못을 訓戒하고. 職員들 勞力 今日도 잘 했고…씨름場 堆肥場 둘레 墻 構築 作業. ○

〈1982년 10월 30일 토요일 晴〉(9. 14.)[23]

23) 일기 상단 10월 30일자 옆 공백에 10월 31일자 일기 내용이 "○10.31 杏이 長延宋 氏와 面會~柳校長

校長會議 있어 早朝에 出發. 德山까진 自轉車로. 陰城公設運動場에서 있는 殉國先烈合同慰靈祭에 參席하고. 校長會議에 參席했던 것. ○

〈1982년 11월 1일 월요일 晴〉(9. 16.)
午前 中 大所 出張. 學校 끝날 무렵 石格 趙氏家에서 回甲宴 招待 있어 職員들과 함께 다녀온 것. ○

〈1982년 11월 5일 금요일 晴〉(9. 20.)
富潤里 '이미실' 裵문식 婚事집에서 全職員 招待 있어 放課 後에 잠간 다녀왔고. ○

〈1982년 11월 7일 일요일 晴〉(9. 22.)
宿望의 玄關工事 竣功되어 기쁘기도. 明日에 竣功行事 簡單히나마 하기로 豫定했고.
虎竹校 朴永淳 校長 女婚 있기에 井母와 함께 參席 祝賀했던 것. ○

〈1982년 11월 8일 월요일 晴〉(9. 23.)
新築 玄關에 告祀의 뜻으로 돼지머리 사다가 놓고 祈禱 後 여럿이 맛있게 먹었기도. ×

〈1982년 11월 9일 화요일 晴〉(9. 24.)
大所國校 硏究會에 參席指名되어 마음먹고 가서 熱心히는 착하게 보았으나 어찌타 過飮되어 記憶은 잘 안나나 나우 떠들어대고 歸校한 듯. 學校 와선 終會時間에 傳達했고. ×

〈1982년 11월 10일 수요일 晴〉(9. 25.)

도 왔고."라고 쓰여 있다.

學校用 피아노와 風琴 調律師 金 氏에게 舍宅에서 衷心 떳떳이 待接하니 개운했고. ×

〈1982년 11월 12일 금요일 晴〉(9. 27.)
六學年 修學旅行에 87名(全員) 서울로 無事히 잘 다녀왔고~7時에 出發. 19時에 歸校. 引率은 閔泳玉 校監, 擔任인 任光爀 교사와 李庚順 敎師, 姜奎熙 體育主任은 自進 간 것. 10餘年 間 實施 못했다는 것을 勇斷 내렸던 것. 經費는 1人當 4,000원이라나. 상쾌히 實施.
三成校 硏究會에 醉中 얼핏 다녀온 듯~硏究發表 主題는 '즐거운 생활'. ○

〈1982년 11월 15일 월요일 晴〉(9. 30.)
새벽 첫 車로 出發하여 出勤 後 일찍이 敎育廳에 가서 不快함과 不安의 消息 있음을 말하렸더니 幹部陣 모두 出張 中이라서 말할 目的 모두 마치지 못하고 金○○ 장학사에만 말했더니 意外로 順히 말하여 도리어 慰安해 주는 것이어서 고마웠던 것. ○

〈1982년 11월 16일 화요일 晴〉(10. 1.)
午後에 城本里 소탄部落 가서 韓哲相 父親喪에 人事하고. 이어 大所 나가서 鄭 面長과 崔 支署長 만나 9日에 있었던 나의 所致 諒解 求하니 달갑게 應했던 것. 親分이 있었던 處地이기도 하지만…. ○

〈1982년 11월 21일 일요일 차차 흐려 밤부터 비〉(10. 6.)
顯忠祠로 職員逍風 實施. 經費 約 15萬 원 들여서 勇敢히 施行한 것. 然이나 臥病 呻吟으로 同行 못한 것이 서운하고 遺感千萬이었고. 職

員들도 섭섭히 생각했을 터. 잘 다녀오기를 빌 뿐. ◎

〈1982년 11월 23일 화요일 晴〉(10. 8.)
아직 健康 非正常이지만 心情 不安하여 첫 버스로 學校 나가 잠간 用務 보고선 入廳하여 沈 學務課長과 延 教育長 만나 지난 9日에 있었던 內幕 心情을 討露하고 過飮의 謝過로 快히 풀은 것. ◎

〈1982년 11월 24일 수요일 晴〉(10. 9.)
李參雨 獎學士 장학지도次 來校에 点心 食事를 舍宅에서 했고. 井母와도 人事.
學校長에 對한 贊辭를 많이 했기도~'教育信念이 一貫 確固하다는 等.' ◎

〈1982년 11월 28일 일요일 晴〉(10. 13.)[24]
學校가 궁금하기에 日曜日이지만 出勤했던 것. 權 教務 만났고. ◎

〈1982년 12월 4일 토요일 晴〉(10. 19.)
校長會議에 參席~國民教育憲章 宣布 第14周年 記念式. 有功教員 表彰. 事務連絡事項 있었고. 南新校 閔在基 校長과 入淸. 忠告 받으며 待接받기도.
夜深토록 맥주 많이 마시기도~相對方의 두어가지 不快感 있기에. ※

〈1982년 12월 5일 일요일 晴, 曇〉(10. 20.)
새벽부터 飮食 빚기에 井母를 爲始하여 며누리, 딸 바쁘게 움직이는 것~明日이 井母의 63歲 되는 生日인 것. 마침 今日이 日曜日이어서 今日로 하루 당긴다는 것. 서울 맏 애 夫婦, 孫子 英, 昌信, 셋째 夫婦(淸州 居住)와 3男妹, 長女와 三女는 못왔으나 物件 보내왔고. 桑亭 큰 妹 오고, 小魯 季嫂와 姪 슬기(魯雄) 온 것. 막내 五男 魯弼이도 合席. 看護員인 5女 運이도 參席.
朝食 마치고, 点心 먹고, 어떤 애는 夕食까지. 午後 七時엔 조용.
낮 동안은 간신히 氣力 차려 運身했으나 밤 되니 고단하기 始作~또 臥病呻吟. ※

〈1982년 12월 6일 월요일 비, 晴〉(10. 21.)
起床 不能, 出勤 不能. 學校에 電話連絡 後 終日토록 呻吟하면서 學校 걱정. 머리 무겁고 몸 떨려 運身 不能. 어찌 살아날까가 問題. 死後 문제도 근심. 잠 한심 못 이루며 괴약스런 꿈만 가끔 꾸어지고. 밤새도록 걱정 근심 呻吟하면서 날새운 것.
井母와 杏이, 松이가 사다주는 사이다, 요그리트, 귤, 사과, 배, 쌍화탕, 蔘水 등으로 목 축이나 多量 마시지 못하고, 자주 조그만큼 마시는 것. 穀類 食事는 全혀 못하는 중. ◎

〈1982년 12월 7일 화요일 가랑비, 曇〉(10. 22.)
몸 快치 않지만 學校가 궁금하여 억지로 井母와 함께 富潤行.
아니나 다를까 學校 가니 不安, 不快한 말 들려오는 것. 苦悶 생겨 坐不安息과 일 안잡혀 終日토록 거의 右往左往하다가 마음을 바로 잡고 公文 處理. 學校 內外巡視, 煖爐 狀況 等 極力 努力한 것. 退勤 後 舍宅에 가서는 新聞

24) 28일자 날짜 정보 옆 공백에 "ㅇ어제는 三成."이라고 적혀 있다.

읽기, 帳簿 整理, 日記 쓰기 等으로 거의 徹夜한 것.
食事는 어느 程度 口味 당겨가는 중이고. 밤中에 상쾌하게도 쥐차귀로 큰 쥐 한 마리 잡은 것. ◎

〈1982년 12월 8일 수요일 晴〉(10. 23.)
모처럼 아침行事 施行~아침體操, 아침放送.
終日 執務. 밀린 일 어지간히 마쳐지고.
某種으로 苦悶하는 것으로 兼事하여 權○○ 教務와 閔 教監(校監)이 午後에 教育廳 갔다가 저물게 와서 報告에 依하면 內容 모를 大事가 아니니 過한 不安感을 갖지 말라는 것이어서 많이 마음이 누구러진데다가 듣는 感銘 그리 시원치 않으나 어쨌든 앞으로 나갈 바는 教育觀이 變함 없는 사랑의 教育이며 다만 謹酒할 것만이 나의 나갈 바임을 決心할 뿐임. ◎

〈1982년 12월 9일 목요일 晴〉(10. 24.)
朝會 後 10時부터 있는 大所面 防衛協議會에 參席. 歸校하여 立替[25]分 內容說明하니 마음 개운.
閔 校監과 權 教務에게 近日의 心情을 말하니 至極히 慰勞하는 말 고마웠기도. ◎

〈1982년 12월 10일 금요일 曇, 가랑눈〉(10. 25.)
아침行事(운동, 放送) 繼續 中. 食事도 正常.
이제 앞으론 眞實로 술 操心해야 할 텐데.
第六學年의 學力考査(卒業試驗) 實施에 4時間 中 時間마다 狀況 巡視.
오래 간 밀렸던 일 今日로서 完結지워 마음 개운하고. 저녁부터 가랑눈. ◎

〈1982년 12월 11일 토요일 비, 曇, 晴〉(10. 26.)
傳達夫 金 氏와 安○○ 教師의 일(過醉)로 訓戒와 아울러 속 무던히 썩였던 것.
下午 3時 버스로 富潤 發. 淸州 到着은 下午 5時 半. 淸州 아이들(松, 杏) 無故 多幸. 8時頃 市內 가서 잔일(賣買藥 증명서, 消化劑(아진탈) 購買 等) 좀 본 後 夕食 兼 쉬었다 深夜에 歸家. ◎

〈1982년 12월 12일 일요일 晴〉(10. 27.)
날씨는 맑으나 매우 추웠고. 井母와 함께 버스로 鳥致院(행복예식장) 가서 桑亭 큰 妹의 媤弟 結婚式에 參席 人事. 이어 午後 1時에 있는 淸州 崔漢權 教師의 子婚(신라예식장)에도 參席 人事(夫婦). 卞賢圭 校長(拱北校) 子婚에는 時間關係로 祝儀金으로만 人事한 것.
16時頃 電話連絡 있기에 市內 가니 任昌武 校長, 李鍾燦 校長, 郭潤龍 있었고. 任校長 過醉인지 約束人事 다 차리지 못하고 離去. 市內서 몇 가지 物件(小型 빽, 뽀마도[포마드][26]) 가고 일찍 歸家 就寢. ◎

〈1982년 12월 13일 월요일 晴〉(10. 28.)
早朝 첫 버스로 單身 出發(5時 40分). 無極서 車 便 不圓滿하여 學校 到着은 9時 지나서였고. 淸州藥局에서 얻은 實用的 카렌다 全學級(12)에 分配했고. 午前 中 緊要한 일 보고선 午後 三時 發 버스로 無極 와서 잠간 일 보고

25) 입체(立替): 대신 냄. 일본식 한자어.

26) 포마드(pomade): 머리털에 바르는 반고체의 진득진득한 기름.

칼국수로 点心. 陰城 와선 大韓교육保險會社 支部 들려 滿期된 3萬 원條 手續을 付託. 教育廳 들려 金 初等係長 만나 이야기 좀 했고. 無極의 일 오해 없도록 付託받은 俸給 明細書도 提出. 18時 버스로 清州 와서 藥局 들려 일 보고 아파트에 일찍(20시 半) 갔던 것. ◎

〈1982년 12월 14일 화요일 晴〉(10. 29.)
井母와 함께 6時 40分 發 버스로 陰城. 無極 거쳐 學校 到着하니 10分 前 9時.
年末로서 全職員 勤務狀況 普通이나 一人은 無誠意. 一人은 非協調 및 妨害. 年中 속썩여 주는 것.
下午 4時부터 臨時職員會 열어 冬季休暇計劃에 關하여 協議會 있었고, 때도 不快感 주는 職員 亦是 그 사람. 近日의 나의 勇氣 平素와 달리 弱化된 것 機化 利用하는 것인지? 참고 또 참는 것. ◎

〈1982년 12월 15일 수요일 晴〉(11. 1.)
第23回 卒業紀念寫眞 撮影으로 執務姿勢, 職員 一同分. 德山 라이카 寫場에선 獨寫眞도 撮影. 모처럼 앨범으로 製作한다는 것.
下午 2時에 있는 元堂國校 多目的 食堂 竣功式에 案內狀 있어 參席했고. ◎

〈1982년 12월 16일 목요일 曇, 雪, 曇〉(11. 2.)
낮에 눈, 비 좀 내렸으나 날씨는 푹했고. 明日부터는 추어진다는 것.
飮酒生活로만 消日한 金○○ 學校傳達夫를 존존히 指導訓戒했지만 別無效果일 것. ◎

〈1982년 12월 17일 금요일 雪, 晴〉(11. 3.)
밤中 새벽에 눈 좀 내리고. 日出 前 溫度 영하 4度5分. 아침運動은 繼續 中이나 마이크 故障으로 放送은 施行不能. 12月 俸給 賞與金 合하여 95萬 원 中 甲勤稅 等 控除 等 28萬 원. 受領額 67萬 원이었고.
退廳 後 日暮頃에 人糞 퍼내어 울 안 채소밭에 뿌린 것. ◎

〈1982년 12월 18일 토요일 晴〉(11. 4.)
日出 前 氣溫 零下 12度. 지금까지엔 今朝 溫度 最降下. 몹씨 추웠고. 문고리에 물손 묻는 것.
終了式(放學式)에서 3가지 操心强調~①煉炭까스와 불조심, ②깊은 물얼음판 조심, ③病조심.
入清 直前에 金○○ 敎師(不協調 問題 敎師)로부터 위협공갈 當한 것. 버스時間 關係로 풀지 못한 채 井母와 함께 入清. 밤새도록 不快不安.
友信親睦會에 參席 夕食. 市內서 深夜토록 休息하고 歸家. 大邸서 學生 申孃 왔었고. ◎

〈1982년 12월 19일 일요일 曇, 晴〉(11. 5.)
金基億 한벌校長 子婚과 金文榮 敎委奬學士 子婚에 參席 人事. 李俊遠, 韓相燮 校長과 西原茶房에서 情座談 一時間.
德山 가서 職員 宅 家庭訪問 人事~姜奎熙 교사집, 李鳳魯 敎師집. 鎭川 가서는 金鍾華 교사집, 金東基 교사집, 金○○ 敎師집에서는 昨日 不快之事(言事) 있었던 것 모두 實討論하여 마음 개운했고. 如何하든 별탁한 괴팍한 性格과 惡質性 있는 者이고. 鎭川邑 장관里에서 저물게 清州 向發. 清州엔 저물게 到着. 市內

서 夕食, 일찍 歸家. ◎

〈1982년 12월 20일 월요일 曇, 晴〉(11. 60.)
淸州서도 아침 運動, 國民體操 後 忠北大學校 正門까지 驅步로 往來. 15分 間.
孟洞面 單位農協(自立農協)廳舍 新築 竣功式 및 새農民大會에서 案內狀 있어 參席. 点心 後 無極 가서 張 副邑長 만나 첫 公式人事. 前에 酒席 同席했었기에.
學校 와선 約 1時間 半 程度 執務. 陰城서 19時 버스로, 아파트엔 20時 半頃 到着. 어제 왔던 魯弼이 오늘 또 上京. 설 대목에 다시 온다는 것. ◎

〈1982년 12월 21일 화요일 晴〉(11. 7.)
10時부터 있는 校長會議에 參席. 淸州서 간 것. 硏究主任 帶同한 連席會議. 金東基 主任敎師 왔었고. 82年 敎育의 分析, 83年度 敎育計劃 樹立, 不實敎員의 指導와 名譽退任 勸奬 및 責任敎育行政에 關한 것이 主案件. 下午 4時에 散會, 곧 入淸한 것. ◎

〈1982년 12월 22일 수요일 雨, 曇〉(11. 8.)
午前 10時부터 서너時間 동안 비와 가랑눈 등 진눈개비 내리는 바람에 井母와 함께 金溪行 할 豫定을 一段 停止한 것.
市內에 잠간 나가 住宅銀行, 郵遞局 等 用務보고 年賀狀 約 100帳 쓴 것.
저녁엔 셋째(明) 家族一同(5名) 다녀가고…. 떡과 甘酒 빚어 가지고 온 것. 오늘은 冬至. 初旬 冬至는 팥죽을 쑤지 않는 것이라나. ◎

〈1982년 12월 23일 목요일 曇, 晴〉(11. 9.)
今日 金溪行 豫定이 또 中斷~大所面 社會淨化委員會있다고 連絡 오므로. 朝食을 急히 들고 9時 20發 버스로 大所 가니 10時 40分. 버스 連結 잘 되어 比較的 빠르게 到着된 셈. 委員長 形便에 依하여 會議 延期된 것. 停年되는 崔 支署長에 一盃 待接하고 步行으로 學校 가서 公文書 決裁後 下午 3時 發 버스로 陰城 와서 大韓敎育保險會社에 가서 12月 分 保險料 拂込했고. 淸州 와선 밤 8時부터 있는 班常會에 井母와 함께 參席한 것. ◎

〈1982년 12월 24일 금요일 曇, 晴〉(11. 10.)
井母와 함께 金溪 갔고, 從兄 內外분께 人事. 点心食事 後 再從兄(憲榮 氏)집 들려 人事. 本家 賣却處理 問題 等에 두 兄님들과 相議해보기도. 사거리서 下午 3時 發 버스로 淸州 왔고. ◎

〈1982년 12월 25일 토요일 曇, 晴〉(11. 11.)
今日도 井母와 함께 鶴天部落 갔고~쌀 稧金 從妹兄께 드린 것. 쌀 4叺값(62,500×4=250,000). 中峰里 거쳐 江外面 正中里 가서 모처럼 再從兄님 內外분 찾아뵙고 人事. 情談 2時 半 정도. 点心 먹고 주는 찹쌀 1말 갖고 入淸. 밤엔 市內에 가서 夕食 後 잠간 놀다 옴.
淸州人들과 50萬 원 稧 加入[27]하여 1次 稧金 42,000원 拂入. 13人組 8番.[28] ◎

〈1982년 12월 26일 일요일 曇, 晴〉(11. 12.)

27) 원문에는 붉은색 볼펜으로 밑줄이 그어져 있다.
28) 일기 원문에는 붉은색 볼펜으로 밑줄이 그어져 있다.

새벽 첫 車로 富潤 가서 學校 理事 金東旭 女婚 있서 人事~禮式場인 水原의 "새수원예식장"까지 갔던 것. 관광버스 貸切로 一同 合乘의 機會 되어서. ◎

〈1982년 12월 27일 월요일 雪, 曇, 晴〉(11. 13.)
밤中(새벽)에 눈 若干 내린 듯. 요새 날씨 繼續 푹한 편. 日出 前 氣溫 零下쯤.
德山서 步行으로 學校 가니 正刻 9時.
10時부터 校長會議. 12時 30分까지~82學年度 學校運營分析, 83學年度 教育計劃 樹立에 對하여. 午後엔 今日 있었던 校監會議 結果도 一部에 傳達. 公文書 文書處理.
午後 5時 半에 自轉車로 出發~德山까지. 淸州와선 小形 빽 끈과 農具靴 쟈크 修繕. ◎

〈1982년 12월 28일 화요일 晴〉(11. 14.)
午前 中 學校에서 執務하고. 陰城 가서 厚生教具社 崔昌福 찾아가 學校物品代 拂込한 後 教育廳 갈 豫定이 監查班 來校한다는 消息 듣고서 急히 택시로 달려와 보니 아직 아니왔기에 安心. 校長 校監中 1人만은 언제나 學校에 있도록 되어 있기 때문인 것. 晝間에 閔 校監이 形便上 學校에 나올 줄 알았던 處事였고.
日暮되어 下午 5時 40分에 自轉車로 出發. 길이 질어 엉망이어서 개우개로 돌아 德山까지. 淸州 着은 下午 7時쯤. 族弟 七榮 洋服店에 가서 中析帽子 넓은 遮陽을 若干 좁게 修繕. 市內서 夕食하고 申一東 氏 藥房서도 長時間 놀고 쉬는 等 歸家는 極深夜에. 數日 前에 上京했다는 3男 明의 家族 一同 다녀갔다는 것.
市內선 某種의 일로 ○○對象과 氣分 爽快치 않은 言辭 있어 께름하기도. ◎

〈1982년 12월 29일 수요일 晴〉(11. 15.)
13時 30分까지 教務室에서 執務. 下午 2時부터 있는 大所支署 崔正烈 支署長의 停年退任行事로 送別宴會에 參席. 歸校 後 公文書 數件 決裁. 5時 20分에서 淸州 向發. 市內서 夕食하고 좀 놀다가 11時 半 歸家하니 서울서 魯弼이 와 있고. 杏은 大邱 갔다는 것. ◎

〈1982년 12월 30일 목요일 晴〉(11. 16.)
어제 故障났던 自轉車 修繕. 午前 中 公文書處理. 点心時間에 理髮. 富潤里 故 金榮得 氏 別世에 그집 가서 喪主에 人事. 富潤部落 老人들과 情談. 午後에도 執務. 淸州아파트 着 20時. ◎

〈1982년 12월 31일 금요일 晴〉(11. 17.)
出勤執務~公文書 處理, 帳簿 整理. 富潤 金 氏家(喪家집)에도 잠간 들려 再人事.
陽陰曆 兼用 生活 中. 今日은 陽曆 섣달금음. 明日은 설(新正).
下午 5時 車로 出發. 陰城邑에 到着은 꼭 18時쯤. 教育廳에 急히 들려 時限付 公文(遊休教室狀況) 提出. 宿直室에서 金 初等係長 만나 情談과 快한 말 들어보기도.
下午 8時에 淸州에 들어와 市內서 夕食하고 아파트 오니 모두 過歲次 와 있는 것~長男 家庭에서 4名, 次男 家族 4名, 參男 家族 5名, 弟 振榮 家族 4名. 運이만 아직 안 왔고.
男子 數名은 參男 明이네 집(아파트…2團地 110棟 501號)에 가서 就寢. ◎

※ 82年(壬戌)中 略記
○現 在職校 富潤校에 와서 2年 된 것. 진갑의

해인데 陰至月 30日인 것. 數回의 過飮으로 臥病 苦痛 겪기도.

○職場에선 少數의 職員 雰圍氣 不圓滿과 金○○ 傳達夫로 因하여 속 무던히 썩인 적 여러 차례. 金○○ 某 敎師의 不禮儀 自由態度는 極히 不快.

○이모저모로 不安한 적 있었으나 年末에 와서 많이 풀어진 셈.

○農家에선 모내기 時節에 旱魃 甚하여 農事에 온 國民 苦勞했으나 夏節 以後 天佑神助로 날씨 잘하여 大豊 이룬 셈.

○뒤늦은 일이지만 四男 魯松이 意志 굳어 三年 間의 通信高校(放通高) 首位로 卒業하고 大入學力考査 成績 良好하여 忠北大學校 人文大學에 入學…國語國文學科 專攻. 제 素養에 맞는 科라서 滿足. 奬學金으로 入學金은 465,000 中 15,000 원 納入하고 入學한 것.

○居所는 2棟 13坪形에서 15坪形으로 옮겨 좁은 고통 若干 완화.

○四女 杏이 28歲라는데 아직 未婚이어서 걱정 中.

○아직까진 家族一同 大疾患 없어 多福함을 느끼고－天地神明의 보살핌이라고 生覺하며 고마움을 感謝하며 앞으로도 繼續 밝혀주심을 合掌祈願할 뿐. 次女 姬(在應스님)는 慶南 智異山 大源寺에서 參禪中. 健康하기를 빌 따름.

○家族狀況

• 長男 魯井…… 4人家族, 英信이 中學 一學年 (長子系)
• 次男 魯絃…… 4人家族, 大田서 鐵物事業中 景氣 不圓滿인 中.
• 參男 魯明…… 5人家族, 한벌校 在職 中. 生計普通. 1男2女 惠信이 國2.
• 魯松(四男)…… 忠北大學校 人文大學 一學年. 國語國文學科.
• 魯弼(五男)…… 서울大學校 法科大學 二學年. 自炊中.
• 魯杏(四女)…… 大成女中 在職 中.
• 魯運(五女)…… 國立警察病院 看護員으로 奉職中.
• 弟 振榮은 4人家族에 小魯校 在職 中.

以上.

1983년

〈앞표지〉
日記帳
1983年(4316) 癸亥
1984年(4317) 甲子
陰城 富潤校 梧仙校

〈1983년 1월 1일 토요일 晴〉(11. 18.)
※ 新年日記帳 1月 12日까지 記錄된 것 紛失로 本帳을 새로 마련하여 學校經營日誌를 參考로하여 本文대로 移記不能하므로 記憶나는 것 若干만 記載한것.
新正. 大望의 새해 맞아 誠心誠意껏 茶禮 지냈고, 今年도 亦 陽歷過歲한 것. 여러 곳에서 모여든 大家族 一同 茶禮에 參席. 特히 今年엔 안食口들까지 參禮케 한 것이 特色.
밖에 안 나가고 終日토록 아파트에서 房內 生活~日暮까지 讀書生活한 것이 特異.
83年은 謹酒의 해로 決意[1]. 午後엔 各處 아이들 갔고…서울, 玉川, 清州, 小魯 等.
孫子들에게(姪兒도 包含) 歲拜돈 강그리 나누어 주었기도~幼兒 500, 幼稚園生 700, 國教生 1,000, 中學生 2,000원씩. 온 家族 健康하기를 天地神明께 祈願했고. ⓒ

1) 원문에는 붉은색 색연필로 밑줄이 그어져 있다.

〈1983년 1월 2일 일요일 晴〉(11. 19.)
韓服 차림으로 故鄕行~前佐山에 가서 省墓…先代墓所까지.
爲親稧는 昨日施行했대서 不參된 셈(連絡없었던 것이 遺感된 일). ⓒ

〈1983년 1월 3일 월요일 晴〉(11. 20.)
宗親同甲稧에 參席. 場所는 郭大鍾 氏 宅. 六名 全院參席. 稧財 13萬 원 뿐.
俊兄, 昌在 同伴하여 아파트에서 一盃後 社稷洞 俊兄 宅에서 가서도 待接받은 것. ⓒ

〈1983년 1월 4일 화요일 晴〉(11. 21.)
學校 나가 보았고. 舍宅, 學校 모두 無事.

〈1983년 1월 5일 수요일 晴〉(11. 22.)
學校 거쳐 陰城教育廳 들러 新年人事交礼. 83 施設事業 問題도 協義. ⓒ

〈1983년 1월 6일 목요일 晴〉(11. 23.)
昨日도 陰城行. 學校거쳐 上廳하여 研修證 複寫 提出. 當直 手當 1人分 7個月분치도 指示대로 返納. 延 教育長 모시고 夕食을 함께. ○

〈1983년 1월 8일 토요일 晴〉(11. 25.)
教育廳가서 서울出向 希望職員書類 提出. 午

後엔 學校 나가 執務. ◎

〈1983년 1월 9일 일요일 晴〉(11. 26.)
京畿道 富川禮式場에 가서 堂姪女(美子…從弟 夢榮 딸) 結婚式에 主禮 섰고, 井母도 參席. 從弟 夢榮은 서울 藥水洞 居住 中. 아직 貧寒한 편. 濁酒꾼으로도 有名. 下午에 歸淸. ⓒ

〈1983년 1월 10일 월요일 晴〉(11. 27.)
案內狀에 依해 大所가서 李鐘赫 陰城郡守 年頭巡視에 人事交礼.
連絡있어 敎育廳갔더니 沈學務課長으로부터 意外의 말에 驚愕[2]……名譽退任하길 慫慂. 理由인즉 過飮한다고 某處로부터 敎委에 말이 들어갔다는 것. 12日까지 可否 確答하라는 것. 모든 希望과 設計가 콱 무너지는 듯. 寒心. 때로 過飮하는 것만은 自認. 然이나……. ⓒ

〈1983년 1월 11일 화요일 晴〉(11. 28.)
出勤 途中 淸州警察署 가서 新任 朴署長 만나 情談. 昨日에 있었던 一言 後 確認해보니 事實無根. 安堵했고. 造作(작난)이라는 것. 生角할수록 괴이한 일. 然이나 自家反省할 일.
學校 가선 公文書 決裁處理 여러 件. 마음 놓면서 執務.
大所 新任 支署長 金鶴濟 氏 歡迎會 있대서 가보니 劉組合長 單獨行爲에 招請. ⓒ

〈1983년 1월 12일 수요일 晴, 曇〉(11. 29.)
敎育廳가서 10日의 일 모두 撤迴 깨끗이 解消. 앞으로 生活充實을 다짐할 뿐.
出校 執務中 梧仙校 閔校長 만나 人事問題 이야기도 나눈 것. 日記帳 紛失?[3] ○

〈1983년 1월 13일 목요일 雪, 曇〉(11. 30.)
陰至月 30日 – 今日이 進甲[4]이라고 各處 아이들 모여 飮食차림에 昨夜부터 奔走한 듯. 어제부터 나우 마신 술에 今朝 나우 醉했던 듯? 金溪서 雪中에 從兄, 再從형 오셨는데도 달가운 接待 못하고. 도리어 不快感을 드린 듯. 從兄에 謝過해야 마땅. 理由 不拘. ×

〈1983년 1월 17일 월요일 晴〉(12. 4.)
共同硏修 第一日. 一月 分 俸給受領. 精勤手當 包含하여 923,900…多額. 14日 以後 繼續 飮酒. ×

〈1983년 1월 18일 화요일 晴〉(12. 5.)
共同硏修 第二日. 敎育廳 李桂英 獎學士 獎學指導次 來敎. ×

〈1983년 1월 21일 금요일 晴〉(12. 8.)
共同硏修 最終日. 大所農協 第22回 定期總會에 參席. 一日의 決意 깨고 10日 間 續飮. ※

〈1983년 1월 22일 토요일 晴〉(12. 9.)
第一回 臥病. 飮食 全廢. 頭痛인지? 견디지 못하여 座不安席. 終日토록 呻吟. 後悔. 反省. ◎

〈1983년 1월 23일 일요일 晴〉(12. 10.)
昨日에 이어 臥病 呻吟. 口味 없어 飮食 못먹

2) 원문에는 붉은색 색연필로 밑줄이 그어져 있다.

3) 원문에는 붉은색 색연필로 밑줄이 그어져 있다.

4) 원문에는 붉은색 색연필로 밑줄이 그어져 있다.

고. 杏과 井母의 至誠(우유, 요그리트, 꿀물, 귤, 人蔘, 其他)으로 日暮頃부터 若干 鎭靜. 後悔莫及. 重要品 貴重品도 期間中 紛失. 良心上 恥心不禁. 夕食時 若干의 무윽 몇 술 뜬 듯. 此後로가 問題. 거듭되면 큰 탈. ◎

〈1983년 1월 24일 월요일 晴〉(12. 11.)
몸 개운치 않으나 억지로 괴롬 참고 떨며 땀 흘리며 出勤.
面 主催 冬季 農民教育 實施한다고 場所를 本校에 마련하는 데 協調. ◎

〈1983년 1월 25일 화요일 晴〉(12. 12.)
出勤 執務 中 大所우체局 禹鐘根 局長 招致로 大所 나가서 晝食 會食에 參席~趣旨는 新任 金鶴濟 支署長 歡迎의 意. 機關長 數人과 地方有志 몇 名도 合席. 雰圍氣는 좋았고. 然이나 따지면 快치 못한 施行爲. 親睦으로 善意 解釋하면 그만이고.
班常會를 爲한 機關長會議 있대서 參席 初頭 急報 있어 自轉車로 歸校.
延光欽 教育長 來校. 朴景錫 管理課長과 朴丁童 書記 帶同. …休暇 中 生活相을 報告(職員勤務狀況, 冬季訓練現況 等). 目的은 中學區 實況 把握이었고. 快히 休暇 中 巡視察 마친 셈.
○冬季 농민教育 제1일로 교내는 어수선하게 바빴고. ◎

〈1983년 1월 26일 수요일 晴〉(12. 13.)
어제 왔던 長男 井과 井母와 함께 上京. 自炊中인 5男 魯弼 있는 곳 찾아간 것~동작區 上道一일洞 124번지 196號 40統 4班. 玄東春 方 …現場 보니 氣막히게 딱한 生覺일 뿐.
맏 애 井은 昨夜에 제 母親과 相異된 意見 나누었기도.
房內 淸潔과 整理整頓에 老夫婦는 勞力에 心血 기울였고. 밤 9時쯤에 弼이 오고-意外여서 놀랬을 터. 長子 井은 이미 文政洞으로 갔고. 시장한 판이어서 一同(3名) 夕食 맛있게 먹은 것.
自炊 實況과 經驗을 問議하면서 좁은 房에서 잔 것. 房바닥은 따뜻하나 위風이 센 편. ◎

〈1983년 1월 27일 목요일 晴〉(12. 14.)
두 夫婦는 早期하여 어제 일 繼續~淸掃整頓, 周圍 씻어리, 洗濯, 책상의 圖書整理 및 설합 정리, 自炊 器具 닦기, 寢具類와 雜箱 整頓, 防風施設 團束, 묵은 飮食 處理 버리기.
두夫婦는 市場(슈퍼마켇)에 나가 今日 衷心의 반찬과 自炊用 食料 若干, 白米 若干 購入 운반 等으로 勞力. 井母는 힘겨워 手足, 삭신, 허리 아프다고 疲勞相 顯著.
弼은 學校 圖書館에 갔다가 下午 2時에 와서 제 父母 하는 일 약빠르게 도왔고.
마련된 晝食 一同 맛있게 먹었기도.
弼에게 當付, 訓戒~酒, 煙, 交友와 課工, 淸掃整頓, 食事와 飮食物 團束, 節約, 對人關係와 主人과의 融合, 맏兄 內外 訓戒에 順從, 서울市內 동기間(姉)과의 紐帶, 深夜通行 等〃.
下午 3時 半에 弼이 案內로 노량진까지. 弼은 학교로, 두 夫婦는 高速터미널 와서 맏 애 井한테 連絡하고 下午 4時 車로 出發~淸州 아파트 到着할 時는 6時 지나 깜깜했고.
疲勞에 느러진 井母는 그래도 저녁 지었고. 궁금하여 다녀오니 마음 후련~시원했고. ◎

〈1983년 1월 28일 금요일 晴〉(12. 15.)
當分間 침했던 아침運動 再着手 施行~國民體操와 驅步.
學校 나가 公文書 處理와 帳簿檢閱. 農民教育 修了~뒷處理(淸掃整頓) 時急.
下午 5時 半에 賢都우체局 姪女 집 다녀왔고. 查頓 吳昌泳 氏 만나 人事. 約 20分 間 情談하고 아파트 到着하니 仝 7時 半頃. 紛失後 다시 쓰기 始作한 日記 完了. ◎

〈1983년 1월 29일 토요일 曇〉(12. 16.)
再從第公榮 子婚(魯相)에 參席. 井母와 함께. 場所는 天安市 아카데미禮式場. 12時 30分. 모처럼 만나는 一家親戚 반가웠기도. 出嫁했던 여러 姉妹와 姪女들.
夫婦는 下午 3時에 溫陽溫泉 가서 溫泉沐浴했고. 淸州 到着은 仝 7時쯤.
서울서 5女 運이 왔고.(國立警察病院 看護職에 있는中) ⓒ

〈1983년 1월 30일 일요일 晴, 曇〉(12. 17.)
大田 經由 玉川 가서 查頓(林在道) 만나 오랜만의 情談하면서 一盃 나누기도. 杏, 運 上京. ○

〈1983년 1월 31일 월요일 晴〉(12. 18.)
勤務組가 되어 德山 거쳐 學校 나가 執務. 日直은 金鐘華 教師. 井母도 낮에 淸州서 오고, 윤골 나가서 住民들과 座談. ⓒ

〈1983년 2월 1일 화요일 曇, 가랑비〉(12. 19.)
아침運動 繼續 中. 가랑비는 거의 終日토록 내린 것. 宋 氏 家 貸與金 再貸與 證書 作成했고. ◎

〈1983년 2월 2일 수요일 진눈개비, 曇〉(12. 20.)
昨日 午後부터 날씨 險하여(가랑비, 진눈개비) 길바닥 엉망.
下午 3時까지 勤務하고 井母와 함께 淸州 간 것. 日曜日에 上京했던 杏이도 오늘 오고. ◎

〈1983년 2월 3일 목요일 晴〉(12. 21.)
公職者 經濟教育에 參席 受講, 全教職員도. 9時 半부터 陰城 秀峰校 講堂에서. 午前 中으로 마치고 点心 後 3時 車로 學校 나가 執務. 下午 六時 淸州 向發. 自轉車로 德山 經由. 20時 淸州 着.
밤 9時 半에 서울 魯弼한테 電話~井母의 請에 依해서…自炊生活 狀況, 單獨 充實히 잘 할 일 等을. ◎

〈1983년 2월 4일 금요일 晴〉(12. 22.)
出勤 執務. 公文書 23通讀處理. 水道모타 탱크 안의 물 汲出作業에 勞力. 点心은 라면 삶아먹은 것.
一部 紛失된 帳簿(日記, 備忘錄) 再作成 記錄 거의 마쳐가고. 學校서 淸州 到着할 땐 下午 8時쯤.
忠州 갔었다는 四女 杏이 深夜에 歸家. 車 時間이 어긋났대서. 松이고{도} 서울 갔다 왔다는 것(圖書 購入). ◎

〈1983년 2월 5일 토요일 曇〉(12. 23.)
6時 50分 버스로 學校 向發에 早朝에 바빴고. 德山에서 學校까지의 길은 엊그제의 진눈개비와 耕地整理, 경운기 等의 往來로 路面이 엉

망. 걷기에도 極難.
學校에서 忠實히 일 보고 午後 3時 半 發 버스로 淸州 간 것. 市內서 夕食하고 深夜에 歸家就寢. ◎

〈1983년 2월 6일 일요일 曇, 晴〉(12. 24.)
各 禮式場에 다니며 人事~道 敎育會 事務局長 郭東寅 子婚(히아신스), 趙重浹 內德校長 子婚(영진예식장), 張秉璨 장학사 子婚(청주예식장), 以上 數個處 예식장 賀禮人事로 오가는 敎員群에 개미장 이루는 듯 超奔雜.
4女 杏이가 衣類 總販賣店으로 案內하여 春秋用 바바리코트(高級品)一着 사주기에 고맙게 입은 것.
任昌武 草坪校長, 史龍基 九政校長, 金容璣 金溪校長, 鄭 共北校監 만나 '오복집'에서 情談. ◎

〈1983년 2월 7일 월요일 晴〉(12. 25.)
6時 40分 淸州 發 直行버스로 德山 着이 7時 50分. 步行으로 學校 着할 땐 8時 50分.
開學式 擧行. 校內 大淸掃, 課題物 收集, 終會前까지 業務執行. 班에 따라서는 午前 中 授業도.
終會時에 職員職場訓練(敎養)으로 大統領 國政演說에서 三大否定心理 追放運動 實踐課題說明 ○全國政演說中 '敎育'問題 紹介 ○公職者 經濟敎育에 對한 內容과 實踐評價에 對하여 沈着히 力說한 것. 井母는 낮 버스로 왔고. 장작불, 孔炭불 이어피우기에 勞力하여 房 따뜻하게 한 것. ◎

〈1983년 2월 8일 화요일 雪〉(12. 26.)
새벽부터 눈 오락가락. 4cm 程度. 바람도 센 편. 開學하니 날 추워져 큰 탈.
學校선 83學年 適齡兒童 豫備召集. 男 35, 女 36 計 71名. 기현狀으로 昨年보다 8名 많아진 것.
鄭澤九 大所面長 退任式에 參席 - 下午 2時, 大所농협 會議室. 所得增大와 地方發展에 功 많았다고. ◎

〈1983년 2월 9일 수요일 雪〉(12. 27.)
今日 날씨도 昨日과 同. 終日토록 눈이 오락가락. 學校 往來 길 數次例 쓸어도 잠시 後는 또 자욱눈 싸이는 것.
開學하면서 繼續 날씨 不順하여 걱정中. 日出前 氣溫 零下 14度. 올 들어 가장 낮은 溫度.
下午엔 第23回 卒業될 第六學年의 査定會 圓滿히 이룬 것. ◎

〈1983년 2월 10일 목요일 雪, 曇〉(12. 28.)
今日도 下午 5時頃까지 間〃이 눈 내려 싸인 곳은 7, 8cm될 듯. 온 天地 白世界 이루었고. 연이나 明日 校長會議인데 버스 不通될가봐 念慮 걱정되기도. ◎

〈1983년 2월 11일 금요일 曇, 請〉(12. 29.)
10時부터 校長會議 있대서 積雪關係로 버스 不通될가봐 첫 車부터 고녀 6時 半부터 停車場에 나갔고. 今日 會議는 83學年度 學校敎育計劃 樹立이 主案件. 井母도 낮에 淸州 갔고. ◎

〈1983년 2월 12일 토요일 曇, 晴〉(12. 30.)
淸州서 첫 버스로 出勤. 學校일 圓滿히 마치고

入淸. 서울서 五女 運이 왔고. 學校用 쓰리파 購入. ◎

〈1983년 2월 13일 일요일 晴〉(正. 1.)
날씨 11日부터 强추위. 零下 14度까지 내려가기도. 間〃이 눈도 내려 積雪量 만만치 않고.
今日 舊正. 우리 집안은 新正으로 설 茶禮 지냈기에 바쁘지 않았고. 終日토록 아파트에서 讀書. ◎

〈1983년 2월 14일 월요일 雪, 晴, 雪〉(正. 2.)
今朝도 淸州서 첫 버스로 出勤. 井母는 낮에 왔고. 卒業式 豫行練習. 圓滿히 進行되었고.
井母 來富潤 中 車內 짐(가방) 關係로 속 많이 썩였던 樣~不幸中多幸으로 짐 찾아왔고. 下午 3時 버스로 孟洞支署, 金旺支署 찾아가서 官界職員(巡警)에 謝禮 人事했고.
孟洞校 林校長 만나 異動希望職員에 關하여 彼此 圓滿한 이야기 나누기도.
金旺 張 副邑長 만나 情談하면서 一盃 나누기도~無極칼국수집에서.
밤 12時 正刻에 多量 積雪된 것 學校까지 길 티우기에 밤 中 勞力했고. 最高 積雪 12.3cm. ⓒ

〈1983년 2월 15일 화요일 雪, 晴〉(正. 3.)
昨夜부터 내리는 눈 새벽에도 한 차례 또 내려 日出 前 아침 運動 後 눈길 티우기에 땀흘렸고.
23回 卒業式 擧行~10時 半부터 11時 半까지 約1時間 所要. 面內 機關長, 學校 任員, 6學年 學父母 多數參席裡에 靜肅히 節度있고 禮儀 바르게 眞實로 잘 이루어져 欽快했던 것. 衷心도 姊母들 誠意에 깨끗하고 簡素하게 잘 됐고. 學校長 誨告[5]로는 '배운대로 實踐하자'는 例를 들어 힘차게 말했기도. 本校(富潤校)에 와서 2번째 卒業式 치룬 것. ◎

〈1983년 2월 16일 수요일 晴, 曇〉(正. 4.)
大所國民學校 卒業式에 參席. 제51호 卒業式. 水晶食堂에서 晝食.
前面長 鄭澤九 맞이하여 '우정집'에서 人情酒[6] 나우 나누기도. ⓒ

〈1983년 2월 17일 목요일 曇, 가랑눈, 비〉(正. 5.)
大所中學校 第6回 卒業式에 參席. 講堂 없어 露天運動場에서 擧行.
自轉車로 往來하는데 길바닥 형편없이 질어서 고생 많이 한 편. 가랑눈 비 오락가락했고. ⓒ

〈1983년 2월 18일 금요일 가랑눈보라〉(正. 6.)
下午 1時 着 버스로 陰城교육廳에 들러 職員 人事業務 協議. 仝4時에 鎭川郡 敎育廳 가서도 亦 仝 業務 協議했고~金 課長의 厚意에 고마웠으며 淸州 가선 張基東 장학사의 厚한 夕食 待接받기도.
서울서 魯弼이 왔고~어제 왔다는 것. 井母도 낮 버스로 淸州 간 것이고. ⓒ

〈1983년 2월 19일 토요일 晴〉(正. 7.)
今日 行事計劃(午前 中 市敎育廳 볼 일, 午後

5) 誨告(かいこく:회고): 가르쳐서 알린다는 뜻. 일제 강점기에 학교에서 쓰던 용어의 잔재.
6) 人情酒 역시 일본 용어다.

李錫杓 元南中學校長 停年式 參席)이 學校 傳達夫 金 氏 事件 問題있어 早朝 첫 버스로 出勤한 것. 金 氏 와 相對者 住民 朴容萬 불러 圓滿히 打合한 것.
諸般 學校 業務 마치고 下午 3時 버스로 淸州 갔고. 밤엔 市內 가서 申一東 약방에서 놀았고. 深夜 歸家. ⓒ

〈1983년 2월 20일 일요일 晴〉(正. 8.)
金成煥(佳佐) 子婚과 金在坤(鎭川 장학사)子婚에 人事. 上黨예식장, 12時.
某食堂에서 卞相琪 校長, 안興浩, 尹成熙 校長, 卞文洙 校長들과 合席 情談과 一盃.
弼과 運이 어제 서울서 왔고. 李士榮 校長 臥病에 社稷洞 自宅 찾아가서 問病했고. ⓒ

〈1983년 2월 21일 월요일 晴〉(正. 9.)
첫 버스로 出勤. 생활기록부 整理된 것 檢閱檢印.
富潤老人團 慰勞 接待. 道 人事發令~敎師級 人員數만 라디오에서 發表. ○

〈1983년 2월 22일 화요일 晴〉(正. 10.)
첫 버스(7時 10分 發)로 忠州行~槐山郡 趙壽衡 新豊校長, 尹成老 延豊校長 停年退任式에 參席 人事.(12시, 14시) 各處의 옛 親舊들 다수 만나 반가웠기도. ○

〈1983년 2월 24일 목요일 晴〉(正. 12.)
82學年度 修了式 擧行. 異動(轉出) 職員의 移任人事. 送別 宴會時에 金○○ 敎師의 亂動은 참을 수 없는 일. 그러나 子息 같이 사랑하고 원수를 사랑하라는 말이 있기도 하고. ×

〈1983년 2월 26일 토요일 晴〉(正. 14.)
陰城 秀峰國民學校 權鴻澤 校長 停年退任式에 參席. 今日도 親友 만나 나우 마신 듯? ※

〈1983년 2월 28일 월요일 晴, 曇〉(正. 16.)
二月末이며 82學年이 끝나는 날. 새 學年度는 더욱 努力해야 할텐데…? ×

〈1983년 3월 2일 수요일 晴〉(正. 18.)
어제 밤에 내린 비로 各處의 물똘엔 洪水처럼 벌창.
83學年의 始業式 擧行. 新入職員 5名 接見. 모두 健實한 敎師로 엿보였고. 모든 行事 마치고 歡迎會도 마련. 흐뭇한 이야기도 明朗快活하게 한 것.
午後 三時 車로 淸州 向發. 日暮頃 淸州 아파트 着하니 家族들 多數모였고. 前날 비로 길이 險할텐데 故鄕 金溪에서 從兄님(67歲)도 오시고, 장자洞 큰 妹도.
밤 11時에 어머님 忌祀 지낸 것. 작고하신 제 滿 4年. 精誠껏 祭需 차린 內子 井母가 고마웠기도. ×

〈1983년 3월 3일 목요일 晴〉(正. 19.)
몸 또 極히 괴로워 學校에 連絡하고 終日토록 呻吟 臥病. 新學年 初로 第一號. 終日토록 밤새도록 學校 걱정과 自身의 못났음을 反省하면서 이모저모 생각할수록 마음 위축만. ◎

〈1983년 3월 4일 금요일 晴〉(正. 20.)
가까스로 起動하여 井母의 부축 받으며 出勤. 괴로운 몸 참으며 終日토록 充實 勤務. ◎

〈1983년 3월 5일 토요일 晴〉(正. 21.)
學校는 오늘도 아침부터 바빴던 것. 第一學年 入學式. 意外로 10餘 名이나 昨年보다 늘은 것.
下午 3時 發 버스로 井母와 함께 入淸. 夕食은 市內에서 들었고~~異常한 광경과 電話 不通件. ◎

〈1983년 3월 6일 일요일 晴〉(正. 22.)
간밤 잠 못잔 무거운 머리로 井母와 함께 金溪行 – 從兄님의 生辰. 淸州서 肉類, 酒類, 담배 들고 간 것 드리기도. 몸은 아직 확 풀리지 않았으나 食事 맛있게 잘 먹은 것. 堂姪婦, 堂姪女들이 精誠껏 빚은 山海珍味 飮食 풍부했기도. 多人數에 待接하는 것.
下午 3時 車로 淸州 와서 井母의 藥(消化劑) 購入하는 等 몇 가지 일 보고 昨日의 일 苦心하던 것 어느 程度 解消되어 – 머리 좀 가벼워졌던 것. 夕食 市內서 하고 深夜에 歸家. ◎

〈1983년 3월 7일 월요일 晴〉(正. 24.)
早朝食 잘 하고 첫 버스로 德山까지. 德山부터는 步行으로. 방우대부터 學校까지의 길, 얼었으나 形言할 수 없는 엉망의 險路 約 1.5km. 발바닥이 얼얼거려 數時間 동안 괴로움을 느끼기도.
充實한 職員들 活動에 흐뭇했고. 井母는 오후 5時쯤 온 것 – 버스편 나빠서.
오래간 整理 못했던 家計簿와 日記帳 밤 9時 半까지 完了하니 마음 개운했고. ◎

〈1983년 3월 8일 화요일 晴〉(正. 24.)
午前 中 學校일 充實히 마치고 陰城郡교육청 들러 새學年度에 이르러 全職員 雰圍氣 좋게 學校일에 一路邁進하고 있음을 報告. 施設係에 玄關 앞 階段施設 等 몇 가지 要求하기도.
쪼끼단추 1個差 낌은 것 失手되어 부끄러웠기도. 金○○ 奬學士의 忠告말엔 記憶없는 일 하나 있으나 飮酒中 좋은 對話 못이룬 듯. 이모저모 反省할 餘地 있음을 自認. 仁慈한 延교육장의 慰安慰勞의 말씀 듣고는 自慰해보기도.
無極선 버스時間 差異 생겨 1時間 半 늦게 17時 40分 車로 歸校한 것. ⓒ

〈1983년 3월 9일 수요일 曇〉(正. 25.)
아침行事 如日 順調로히 進行. 終日 執務에도 어려운 줄 몰랐고. 職員 親睦排球 最初로 實施에 亦 審判 본 것. 下午 6時에 大所行 豫定을 가랑비로 因해 中止한 것. ○柳藥局의 機關長 夕食接待 招請인데. ◎

〈1983년 3월 10일 목요일 曇, 晴〉(正.26)
舍宅用 水道故障으로 學校水道물 朝夕으로 數바께쓰씩 들어날으기에 運動 단단히 되는 셈.
職員 名簿 作成 等 今日도 執務에 終日토록 充實 다한 것.
傳達夫 金 氏 家庭不和(父子間)에 參與하여 靑少年 敎育에 誠意 다했기도. ◎

〈1983년 3월 11일 금요일 曇, 晴〉(正. 27.)
敎員硏修時間(16時)에 1.나의 敎育理念, 2.一日活動過程, 3.當面問題를 細〃히 親切히 力說한 것. ◎

〈1983년 3월 12일 토요일 晴〉(正. 28.)

今週間 全職員 一心 갈력[7] 努力했다고 朝會시에 讚辭했고.
12時에 있는 鄭用姬 女敎師 女婚에 人事(無極敎會). 梨月面 三龍里가서 鄭德海 會長 回甲宴에도 參席 人事. 下午 19時쯤에 入淸. 夕食은 市內서. 深夜에 아파트 着. 女息 在應스님 왔고(어제). 오랜만에 만난 것. ◎

〈1983년 3월 13일 일요일 雨〉(正. 29.)
終日토록 비 내린 것~부슬비, 가랑비, 안개비, 진눈개비.
井母用 漢藥 1제 補藥 25萬 원에 졌고~鹿茸藥으론 처음 져 본 것. (中央韓藥房…申一東).
今日도 夕食은 市內서 저물게 먹고. 俊榮 氏 만나 情談後 一盃 待接했기도. ⓒ

〈1983년 3월 14일 월요일 晴〉(正. 30.)
첫 버스로 于先 單身 出勤. 德山서 步行으로 學校 着. 井母는 下午 3時 버스로 富潤 왔고. 在應스님 가고.
放課 後엔 金義植 敎師 移舍 온 턱으로 全職員에 一盃 待接하는 데 參席. 女息 在應스님 생각에 어쩐지…. ◎

〈1983년 3월 15일 화요일 晴〉(2. 1.)
面 防衛支援協議會에 參席. 大所面 事務所. 10時 40分부터 12時까지…. 82年度 決算과 83年度 豫算額 負擔이 主案件. 委員 一人當 5,000원씩.
面內 機關長 親睦巡廻 負擔 次例여서 一盃 및 夕食을 會食. 經費 30,000원.
純粹한 機關長會議도 構成~7名(面, 支署, 郵遞局, 農協, 大所中, 大所國, 富潤國).
깜깜한 夜間. 거기에 길은 질어서 險한데 歸校길 自轉車로. 天佑神助로 無事 到着. ◎

〈1983년 3월 16일 수요일 晴, 曇, 비〉(2. 2.)
學校 傳達夫 金順錫 住居 宅 賣却 處分하고 갈 곳 適當치 않아 딱하기에 舍宅 客室로 移徙케 한 것.
職員體育에 審判. 鄭 女敎師 女婚 後 全職員에게 濁酒 一盃 냈기도. ◎

〈1983년 3월 17일 목요일 雨, 曇, 雪, 曇〉(2. 3.)
엊저녁 깊은 밤부터 비 若干 내리며 强風. 日出 前 氣溫 1°5″. 가랑눈 맞으며 아침 運動.
6의2 道德授業(自主精神) 興味롭게 이루어졌던 것. 賞與金 包含된 俸給 93萬 원 받기도. ◎

〈1983년 3월 18일 금요일 曇, 晴〉(2. 4.)
敎委 閔丙求 奬學士, 郡 朴鍾大 奬學士 帶同코 奬學指導次 來校. 職員 硏修에 公務員 服務規程을" 力說次 全職員 集合後 約 30分 經過時 奬學士 오기에 中斷. '學校敎育 目標 努力 重點, 學校特色事業, 學校長의 一日 活動過程'을 말하고 全校巡視에 案內하며 說明.
下午 4時 半에 全職員 集合하고 閔 奬學士의 指導助言 들은 것. 學校長의 사랑의 敎育理念을 絶讚. 學年初 敎委 장학지도 뜯있게 얼핏 마치니 마음 개운. 더욱 잘 할 일. 今朝 朝食 金相烈 生日 집에서. ◎

〈1983년 3월 19일 토요일 晴〉(2. 5.)

---

7) 갈력(竭力): 있는 힘을 다하다는 뜻으로, 비슷한 말로 진력(盡力)이 있다.

今週間도 充實히 勤務하여 滿足과 보람을 스스로 느끼고. 下午 3時발 버스로 井母와 함께 入清. 서울서 막내 女息 魯運이 왔고. 中央韓藥房(申一東) 가서 井母 藥(茸漢藥)代 殘額 13萬 원 完拂. 市內서 蔘鷄湯으로 夕食하고 深夜에 歸家 就寢. ◎

〈1983년 3월 20일 일요일 晴〉(2. 6.)
永同郡 勿閑校長 鄭成澤 子婚과 玉山 張基虢 子婚에 人事(各己 三洲, 中央禮式場, 12時).
井母는 運이 데리고 上京~弼의 房貰, 새 學年用 圖書代 等 주려고. 自炊中이어서 洗濯도, 반찬도 마련해줄 計劃으로 별여서 간 것~來日이나 모레 온다고.
玉山 건너가 再從弟 海榮이 回甲宴에 參席. 來客 接待에 努力하고 日暮頃에 入清. ◎

〈1983년 3월 21일 월요일 晴〉(2. 7.)
清州서 첫 버스로 出勤. 德山서 學校까진 步行. 今日도 充實 勤務. 傳達夫 金順錫에 謹酒와 充實勤務하라고 閔 校監과 함께 忠告했기도. 모처럼 德山까지 自轉車. 入清하니 20時. ◎

〈1983년 3월 22일 화요일 晴〉(2. 8.)
出張~清州서 8時 發 버스로 陰城行. 83學年度 教育報告會. 教育廳會議室, 教委에서 崔星烈 教育監 臨席~'延教育長이 82學年의 實績과 83學年度의 教育計劃을 報告한 것'. 報告行事 後 校長團 親睦會도 開催. 下午 3時부터는 校長會議 開催하여 學務課 指示事項 있었고.
故 李碩魯(前 玉山面長) 別世에 西門洞 自宅 가서 弔慰 人事하고 深夜에 歸家.
日曜日에 서울 魯弼이한테 갔던 井母 오고. 市內서 李仁魯 親友 兄弟 만나 一盃 待接했기도. 中央韓藥房 申一東 氏 에 夕食 待接도 하고 - 漢藥값 多額 感해 받기에 謝禮한 것. ⓒ

〈1983년 3월 23일 수요일 雨〉(2. 9.)
終日토록 부슬비 내려 또 길바닥은 엉망된 것. 下午 3時 半부터 열었던 職員會에선 어제 있었던 83教育計劃 報告會와 校長會議 事項을 傳達한 것. 仝 4時 40分까지.
劉濟鶴 會長의 回甲宴 招待에 全職員 우산 받고 다녀오고..
入清길 學校앞에서 방우대洞까지의 路面 질고 차자서 長靴도 못當할 程度 엉망에 땀 많이 흘리고 時間 많이 걸렸고. 마침 구두여서 그 모양 형편 무인지경. 清州 着 仝 9時 半. ⓒ

〈1983년 3월 24일 목요일 曇, 晴〉(2. 10.)
日出 前 첫 버스로 學校 向發. 개우개부턴 步行으로 學校까지. 6年의 道德授業과 室內 奬學指導 實施도. 어제오늘 도시락도 持參. 下午 4時에 教育廳 들러 兩 課長과 傳達夫 金 氏 件 이야기 듣기도.
清州 와선 井母와 함께 南州洞 族弟 道榮의 回甲宴에 應待 人事하고.
市內 들어가선 某種의 不安感 느껴 深夜까지 괴로운 時間 보내기도. ⓒ

〈1983년 3월 25일 금요일 晴〉(2. 11.)
道內 國中高校長 研修會에 參席~場所 清中講堂. 講士는 忠北大學校 教授 金泰昌 博士(國民精神教育). 仝 教授 趙博士(經濟教育),

延世大 教授 吳榮煥 博士(科學과 人 間의 責任). 9時 30分~17時까지. 570名.
夕食은 市內서 하고 深夜에 歸家. ◎

〈1983년 3월 26일 토요일 晴〉(2. 12.)
今日도 아침 첫 車로 出勤. 德山부터는 自轉車. 8時 25分에 學校 到着. 出勤 順位 2位. 今週는 꼬박 淸州서 通勤한 것. 週刊 모든 生活(學校業務) 忠實히 했고. 運이 淸州 왔고.
11時 發 버스로 無極 가서 陸上 評價會에 參席했기도~記錄 低調. 下午 3時에 歸校. 日暮頃까지 執務. 淸州 着 20時頃. 夕食은 市內서 蔘鷄湯으로 맛있게. ◎

〈1983년 3월 27일 일요일 晴〉(2. 13.)
11時에 있는 大所우체局長 禹鍾根 女婚에 三州禮式場 가서 人事. 午後엔 故鄕 金溪 가서 族弟 時榮의 回甲宴에 參席하기도. 老族兄 春榮氏 宅 가서 問病次 尋訪도 하고.
下午 7時頃 淸州 着. 市內서 夕食. 어제 왔던 5女 運이 上京. 어제 上京했었다는 4女 杏이 왔고. ⓒ

〈1983년 3월 28일 월요일 晴〉(2. 14.)
첫 버스로 出勤. 8時 20分 頃에 學校 着. 井母는 下午 3時頃에 富潤 왔고.
終日토록 바빴고~6年의 道德授業. 1學年의 授業參觀. 終會時에 約 1時間 程度 職員에게 學校現況 브리핑. ⓒ

〈1983년 3월 29일 화요일 晴〉(2. 15.)
兒童敎育과 學校行事 諸般에 全職員 眞心 갈력함으로 보람과 기쁨 느끼고.
夕食 後 富潤 居住 郭璟宗 氏 子婚 去 27日에 지냈대서 祝儀金 갖고 人事 다녀오기도. ⓒ

〈1983년 3월 30일 수요일 晴〉(2. 16.)
職員體育(排球)時에 審判. 卒業寫眞 撮影 技士 라이카寫眞 李 氏 가 주는 料食 全職員 받았고. ⓒ

〈1983년 3월 31일 목요일 晴〉(2. 17.)
校門앞 道路(222m)와 進入路(10m)의 鋪裝工事에 努力하는 富潤里 3班(마실안) 住民 學父母들에게 濁酒 1斗와 새우깡 10包 提供 慰勞.
郡內 幼稚園 擔當 敎師硏究協議會 있어서 大所 가서 參見했고. 이에 趙 女敎師도 出張.
大所서 歸路 中 成本里 角洞 李成宰 學父母(6學年 이용희…어린會長) 宅 에서 招請 있어 들러 全職員과 함께 待接 잘 받은 것. ◎

〈1983년 4월 1일 금요일 晴〉(2. 18.)
昨今 繼續하여 放課 後에 全職員 땀 흘려 作業~昨日은 세멘製 大形 花盆 옮기기 外 3種. 今日은 運動具 大倉庫 整理 等.
5時 半부터 있는 機關長 會議에 參席~義勇消隊 경기 負擔이 主案. 夕食 經費는 우체局長이 負擔. 歸校는 깜깜한 8時頃. ◎

〈1983년 4월 2일 토요일 晴〉(2. 19.)
富潤里 2班 住民들에게 濁酒 一斗 待接 慰勞. 새마을 事業으로 學校 앞 道路鋪裝工事場으로.
下午 3時 버스로 井母와 함께 淸州 아파트에 到着하니 午後 5時 半.

尹基東 丹陽教育長 回甲(還甲) 招宴에 參席 人事~女高 金鼎一 校長 外 數人 教育長들과 同席.
夕食은 市內서 저물게 먹고 深夜에 歸家 就寢. ◎

〈1983년 4월 3일 일요일 晴, 曇, 雨〉(2. 20.)
11時 發 버스로 金旺邑 梧仙里 가서 金銘壽 双峯校監 回甲 招待에 人事. 富潤 갈 때는 雨. 富潤里 새마을 指導者로 學校 理事로 活躍했던 故 崔병윤 別世에 弔慰 人事~가난한 家. 尹龍植 부윤 父兄 移舍한 데 가서도 人事. 學校서 일 좀 보다가 막 버스로 入淸. ◎

〈1983년 4월 4일 월요일 晴〉(2. 21.)
첫 버스로(6. 40)로 出勤. 德山서 學校까진 步行. 昨今 全職員 努力 많이 했고. 終會時 칭찬. 日暮 後까지 校長室에서 일 보다가 저물게 淸州 向發. 21時頃 아파트 着. 夕食 後 곧 就寢. ◎

〈1983년 4월 5일 화요일 晴〉(2. 22.)
植木日이어서 休業. 淸州서 各處 人事~金丙鎬 斗山校監 女婚, 延星熙 忠州장학사 女婚.
午後엔 아파트에서 學校 現況 씨나이오 草案 만들었고. 夕食은 市內 가서 했고. ◎

〈1983년 4월 6일 수요일 晴〉(2. 23.)
첫 버스로. 井母는 10시 發 버스로 富潤 왔고. 오래동안 엄청나게 질었던 방우대서 學校까지의길 이제 어지간히 굳어져서 오가는 사람들 큰 곤욕 덜어진 것.
今日도 全職員 늦도록 教室 다듬기 일에 手苦했고. 난 學校 現況 씨나리오 作成에 深夜까지 努力. ◎

〈1983년 4월 7일 목요일 晴〉(2. 24.)
第25回 開校紀念日 行事로 愛鄕團[8] 體育會 했고. 延 교육長 巡視 中 來校 豫定 延期되고. 李中揆 招請으로 大所 가서 晝食 待接받기도. 電氣指壓機 月賦로 購入. 33,000. ◎

〈1983년 4월 8일 금요일 晴〉(2. 25.)
金錢이 없어 明日과 後明日에 所要되는 金額 때문에 苦悶 中이고. 今日 研究 및 研修活動도 好. ◎

〈1983년 4월 9일 토요일 晴, 談, 가랑비〉(2. 26.)
數日 前부터 感氣끼 있어 藥도 服用한 적 있으나 쾌유치 못하기에 診療所 찾아가 注射와 一日分치 藥 지어먹는 中. 먹는 것 如前하고 體重은 1.5km 늘기도.
昨今日 教員研修와 研究會 行事도 至極히 眞摯하기에 보람 느끼며 職員 稱讚하였고.
井母만 富潤서 머물기로 하고 下午 7時 出發. 淸州 9시 반頃 着. 서울 큰 애 淸州까지 다녀갔다는 것~제 生日이 어제였는데 兩便의 形便上 會食 못하여 섭섭했던 中 제 母親 慰勞次. 고기 現金 等 갖고 온 것.
市內 가서 親舊들과 座談後 夕食까지 하고 深夜에 아파트 와서 就寢. ⓒ

〈1983년 4월 10일 일요일 曇, 晴〉(2. 27.)

8) 원문에는 鄕愛團 하고 '鄕'과 '愛'의 순서를 바꾸라는 표시가 있음.

各處 人事에 바빴고~李主成 秀城校長 女婚, 朴鐘益 上野校長 女婚, 李炳斗 楮山校長 子婚, 金鎭洛 閑川校長 回甲宴.
淸州서는 李士榮 小魯校長의 眞情한 酒待 받았기도. 淸州서 늦게 떠나 富潤着은 밤 10時頃. ⓒ

〈1983년 4월 11일 월요일 曇, 雨, 曇〉(2. 28.)
終會 時에 學校 現況과 努力點 等 앞으로의 施策 計劃 및 當面 問題를 力說했고. ⓒ

〈1983년 4월 12일 화요일 晴, 曇〉(2. 29.)
昨日에 開院式한 幼兒敎室 어린이 꼭 40名으로 滿員. 擔當敎師의 휘답이 問題되는 셈.
學校 進入路 앞의 古木 뿌리 캐는 데 全職員 땀 흘려 努力. 어린이들 자갈 치우기에도 애쓰고. ⓒ

〈1983년 4월 13일 수요일 晴, 曇〉(3. 1.)[9]
放課 後 "83. 4. 13(3.1)(水) 晴, 曇"에 今日도 全職員 노력~養護室 꾸밀 곳 칸막이 만들기에 材料 줘 모디기 等으로 땀 흘려 일한 것.
일 끝에 1時間 동안 職員體育으로 排球試合하고. 濁酒, 사이다 等은 辦公費에서 썼고. ⓒ

〈1983년 4월 14일 목요일 雨, 曇〉(3. 2.)
거의 終日토록 비 내리고 밤中에서야 멎은 것.
오랜만에 좋아졌던 運動場 表面 또 질어진 것.
放課 後에 資料室 整備로 今日도 全職員 流汗努力한 것. 閔 敎務의 陳頭率先에 全員 順潮協調.
雇傭員 移動 消息~金順錫은 元堂校, 張基順은 下唐校로. 後任은 大所 徐 氏, 新任 延君이라고. ⓒ

〈1983년 4월 15일 금요일 雨, 曇〉(3. 3.)
非常召集 指示 내렸기에 6時 10分 期해 全職員 召集 發令. '今日이 金日成 生日?' 7時40分頃까지 거의 登校된 것. (校下部落 職員은 學校放送으로, 遠距離 職員은 急電話 等으로 連落. 8時에 朝食.)
下午 3時 車로 모처럼 敎育廳 가서 延 敎育長, 金 管理課長 만나 雇傭員 異動 問題와 學校修理施設 等 該當係와 業務打合하기도. 敎職員 全員 團合하여 보람 느끼는 點도 피력했고.
學校선 傳達夫 金 氏를 爲해 職員들이 送別宴 베풀었기도. 制度 달라져 今月 俸給 今日 受領한 것. ⓒ

〈1983년 4월 16일 토요일 晴〉(3. 4.)
臨時職員體育(排球)에 審判. 井母와 함께 入淸. 井母用 藥用으로 豚염통과 영사藥 샀고.
夕食은 市內서 하고 深夜에 歸家. ⓒ

〈1983년 4월 17일 일요일 晴〉(3. 5.)
俊兄과 함께 東林里 金城 가서 二個處 人事~故 魯仁 氏 別世에 弔問. 裁榮 氏 夫人 回甲宴에 參席. 歸路에 族弟 千榮 回甲宴에도 들렀고. 淸州 와선 鄭海振 回甲宴 招待에 應待했으나 氣分少. ○

〈1983년 4월 18일 월요일 晴〉(3. 6.)
過去 함께 있었던 姜奎熙 敎師 父親 回甲宴에

9) 원문에는 날짜 정보가 일기 내용 상에 "放課 後 '83. 4. 13(3.1)(水) 晴, 曇'…"으로 기록되어 있다.

參席~忠南 禮山邑…過人事인 것. 道中 過醉行爲도. ※

〈1983년 4월 19일 화요일 淸〉(3. 7.)
學校와서 들으니 마침내 어제 학교엔 大行事 있었다는 것~延光欽 教育長 來校 巡視. 不安感 있고. ×

〈1983년 4월 20일 수요일 晴〉(3. 8.)
陰城體育館 開館式에 參席은 했던 樣이나 過醉로 中退했다나…(後日 들었기에 記載~큰 일). ※

〈1983년 4월 21일 목요일 晴〉(3. 9.)[10]
×

〈1983년 4월 23일 토요일 晴〉(3. 11.)
井母와 함께 入淸. 서울서 魯弼이 왔음을 記憶. 酒類만을 찾더라는 井母의 말(後日에 記入한 것). ※

〈1983년 4월 24일 일요일 晴〉(3. 12.)
비하리 李春根會員 回甲.

〈1983년 4월 27일 수요일 曇, 가랑비〉(3. 15.)
教育廳에서 學校 綜合監査次 管理課 靑계환 庶務係長 來校 監査. 醉中에 意見대로 말한 일 있고. ×

〈1983년 4월 28일 목요일 雨〉(3. 16.)
終日토록 비. 學校 綜合 第2日. 中間에 金成基 管理課長 와서 酒類 謹身을 忠告~甘受 謝過. ×

〈1983년 4월 29일 금요일 雨, 曇〉(3. 17.)
今日 豫定인 消風行事 不能. 學務課 沈龍澤 課長으로부터 過飮과 學校經營 影響을 電話로 ~當然指示에 謝過. 來週 月曜日(5.2)에 相面對談키로 言約. 終日토록 마음 不安했고. 간밤 風雨勢 超强.
어린이 任員會에서 稱讚 많이 했으며 任員으로 할 일을 强調했고. 近日 食事 못하여 몸 不正常. ◎

〈1983년 4월 30일 토요일 晴〉(3. 18.)
消風 實施. 날씨 차고 바람 있으나 强行~11時頃부터 많이 누구러져서 多幸. 場所는 水台里 下台. 午後 1時 半까지 日直하고 職員들 誠意에 依해 消風現까지 가서 厚待받았으나 口味 없어 못먹고. 學父母들의 誠意로 飮食 豊富히 마련했던 것. 下午 5時頃에 淸州 向發. 밤에 沐浴했고. ◎

〈1983년 5월 1일 일요일 晴〉(3. 19.)
終日토록 쉬었고. 族弟 俸榮 子婚 예식장에도 井母를 參席케 한 것. 밤엔 시내가서 夕食 若干. ◎

〈1983년 5월 2일 월요일 晴〉(3. 20.)
첫 버스로 德山까지. 學校까진 自轉車로. 日前의 비와 整地 工事로 길 나쁘고.
朝會 마치고 上淸. 監査時의 酒態를 謝過. 學務課長 및 教育長으로부터 忠告 많이 받았고 ~眞實로 부끄러운 일. 然이나 中間 誤報도 나

10) 이하 내용 없음.

우 있는 일. 잘못된 일만은 反省할 일.
晝食을 卞文洙 校長으로부터 厚待받았고. 無極서 井母 만나 同行 歸校. 日暮 後까지 執務. ◎

〈1983년 5월 3일 화요일 晴〉(3. 21.)
모처럼 아침 行事 施行~아침運動, 아침放送. 健康 거의 正常化. 食事 普通~昨日부터.
全職員 總動員 되어 玄關앞 階級工事 完成하는데는 閔○○ 敎務의 率先垂範과 陣頭指揮의 德. ◎

〈1983년 5월 4일 수요일 晴〉(3. 22.)
어제 보낸 禁酒 覺書로 因한 心情 今日도 終日토록 개운치 않아 마음의 먹구름 그대로.
제61回 어린이날 行事 實施~記念式, 各種 施賞式, 愛鄕團 體育大會.
口味 당겨 今日은 衷心食事를 過食한 편. 入淸豫定을 井母의 뜻에 依해 中止. ◎

〈1983년 5월 5일 목요일 晴〉(3. 23.)
休日이면서 淸州 가지 않았음은 今番이 처음 아니면 두번째일 것. 아침 行事 다 마치고 10時에 出發하여 11時 半에 淸州 着. 아파트에서 松이 만났고. 杏은 日直이어서 學校 나갔다고.
12時 半에 있는 淸南校 安一光 校長 子婚에 人事. 鄭善榮 校長 알림에 親友 鄭在愚 父親 病患에 問病. 鄭 校長으로부터 하는 말 듣고 또 한번 反省과 앞으로의 覺悟에 저절로 勇氣 나는 것. 停年은 어려운 것, 깨끗한 것이라고…. 下午 六時에 歸校하여 家庭과 學校일 보고 손 씻을 새도 없이 바빠 이일 저일 부지런히 본 것. ◎

〈1983년 5월 6일 금요일 雨〉(3. 24.)
終日토록 비 내린 것. 校長會議 있어 參席…9. 30~16. 00. "새 教育支援行政研究"가 主案件.
어젯날까지 께름히 또 不安히 생각했던 身上問題 解消되어 마음 개운. 自格之心이었을 뿐. ◎

〈1983년 5월 7일 토요일 晴〉(3. 25.)
井母는 市內 校長婦人會(새世代育英會)에 參席次 午前 9時 半 버스로 陰城 가고.
土曜行事 마치고 下午 2時에 石格部落 劉 氏家에 弔問 다녀와서 陰城 거쳐 淸州 가니 下午 六時 半.
井母는 午前에 陰城교육청 가서 '새世代育英會' 마치고 일찍 淸州 왔고. 運이도 서울서 온 것. ◎

〈1983년 5월 8일 일요일 晴〉(3. 26.)
今日은 第11回 어버이날. 杏과 運이로부터 마련한 '카네션' 꽃 달고. 夕食엔 셋째 家族들 불러 會食했고. 닭과 飮料水 및 酒類 若干 사 가지고 왔었다는 것.
낮엔 井母와 함께 鳥致院(幸福禮式場)가서 삼종姪女(노연-故 根榮 氏 女息) 結婚式에 參席 淸州 와선 權再植 油里校長 回甲宴에도 人事. 尹洛鏞 校長, 史龍基 校長 만나 情談. ⓒ

〈1983년 5월 9일 월요일 晴〉(3. 27.)
첫 버스(6時 15分 發)로 德山 와서 步行으로 學校 오니 8時 15分. 運이도 함께 나와 上京.
放課 後엔 全職員 努力하여 玄關앞 階段 欄干

作業. 舊 階段 處理와 整地作業에도 流汗.
井母는 11時 버스로 無事히 富潤 온 것. 와선 울 안 나무새밭 손질. ◎

〈1983년 5월 10일 화요일 晴〉(3. 28.)
故 金順錫 傳達夫 交通事故로 死亡의 悲報~現 元堂國民學校 在職 中. 옮긴 第20日 程道. 人事次 李鳳魯 教師와 함께 下午 3時에 出發하여 元堂校 거쳐 屍體 있는 利川道立醫院까지 갔다오는데 애써. 歸校는 下午 9時 30分. 甘谷까지 오토바이…李 教師 욕 본 것. ◎

〈1983년 5월 11일 수요일 晴〉(3. 29.)
故 金順錫(現 元堂校 傳達夫) 葬禮式에 參席次 學校 徐 氏와 함께 淸原郡 加德面 "忠北公園墓地"까지 다녀오기에 땀 흘린 것. 職員들 作業(階段)中이라서 激勵次 함께 努力. ◎

〈1983년 5월 12일 목요일 晴〉(3. 30.)
職員作業 마무리 짓고. 職員體育(排球)에 審判 보아주고. 井母는 나무새밭 가꾸기에 餘念없는 中이라서 무, 배추, 아욱, 가랑파, 고추모, 시금치, 상치 等 어리지만 몹시 예쁘게 자라는 中. ◎

〈1983년 5월 13일 금요일 晴〉(4. 1.)
校內 研究授業과 教育研修도 實施. 点心時間에 香村 鄭鳳憲 父兄 집으로부터 15日의 스승의 날 記念으로 酒類 酒肴 學校까지 갖고 와 全職員 接待받은 것. 教育週間 弘報 連日 施行中. ◎

〈1983년 5월 14일 토요일 晴〉(4. 2.)
道知事盃 쟁탈 機關對抗 體育大會에 職員 2名 出戰케 되므로 朝會 後 陰城公設運動場에 應援次 간 것. 排球는 教育廳(教育界)이 優勝. 点心은 陵山校 金昌鎬 校長이 負擔하여 待接받은 것.
下午 6時頃에 自轉車로 德山가서 淸州 간 것. 井母는 안 가고. 松과 杏 無告. 夕食 市內 가서 삼계湯으로. ◎

〈1983년 5월 15일 일요일 晴〉(4. 3.)
杏이가 아욱국 맛있게 끓여 朝食 맛있게 많이 먹기도. 11時, 13時에 두 곳 다니며 人事~鄭鎭用 九龍校長 女婚, 鄭漢泳 友信稧員 子婚. 史龍基 葛院校長, 任昌武 草坪校長, 朴鐘益 上野校長, 尹洛鏞 德評校長 만나 答接했고. 下午 6時 半 버스로 富潤 向發…學校 無事. ⓒ

〈1983년 5월 16일 월요일 晴, 曇, 晴〉(4. 4.)
비 내릴 듯하면서도 내리지 않았고. 農村에선 若干 내리기를 고대하는 편. 氣象臺에선 내린다고 예보있고.
今日도 몹씨 바쁘게 活動~6學年 道德授業,授業參觀(室內奬學指導格), 一學級 訓話, 孝行者 表彰式, 禹우체局長 來校 情談, 故 金順錫 件의 自動車保險會社 姜課長 來校 對談 等.
終會頃 城本里 각골 李成宰 父兄 宅에서 '스승의 날' 記念으로 料食 가지고 와 全職員 待接하기도. ⓒ

〈1983년 5월 17일 화요일 晴〉(4. 5.)
一日學級 訓話로 4의1에 들어갔고. 放課 後에 새 階段 兩便의 잔디 花壇 完成으로 떼 입힌 것.

春季 逍風 記念으로 職員 一同 名義로 '와이샤쓰' 紀念品 받기도. ⓒ

〈1983년 5월 18일 수요일 晴〉(4. 6.)
오늘 學校生活도 圓滿히 進行. 下午 六時에 淸州 向發. 금일은 井母도 入淸.
牛肉(精肉) 若干 사 갖고 金溪 큰집 從兄 宅에 갔을 땐 밤 9時 半 넘었고. 12時頃에 先組考 忌祭祀 지낸 것. 再從兄 內外 오시고. 小魯校 在職 中인 弟 振榮도 오고. ⓒ

〈1983년 5월 19일 목요일 晴〉(4. 7.)
金溪 큰집에서 3時 半 첫 새벽에 步行으로 淸州 向發. 거의 丁奉까지 걸은 것. 자갈밭 길 많아 발바닥 몹씨 마추어서 아팠고. 아파트 到着은 5時 半쯤. 6時 15分 버스로 淸州 發. 學校 到着은 8時頃. 12時 半까지 學校 勤務. 12時 半 發 버스로 陰城 가서 反共雄辯大會場에 參席. 6學年 李用熙君 勇敢하고 맹랑하게 잘했고. 그러나 入選은 안돼서 서운.
陰城서 잔일 모두 보고 入淸하여 夕食은 市內서. 深夜에 아파트 着. ⓒ

〈1983년 5월 20일 금요일 晴, 曇〉(4. 8.)
學校로 連絡後 井母와 함께 11時 發 高速으로 上京. 上道洞 魯弼이 自炊집에 가서 모든 일 바쁘게 본 것. 井母는 洗濯의 일, 난 室內外 淸掃. 弼이 마침 집에 있었고.
文井洞 큰 애한테 電話連絡하고 上道洞에서 弼이와 함께 留한 것. ◎

〈1983년 5월 21일 토요일 晴〉(4. 9.)
午前 中엔 夫婦는 上道洞 市場에 나가 김치거리 菜蔬類 其他 반찬거리 사다가 빚기에 바빴고.
13時頃에 永登浦가서 長女(媛) 만나 外孫女 '희진' 長期入院이었던 것 査夫人에도 人事.
晝食 맛있게 단단히 먹고 큰 애(井) 왔기에 下午 6時頃 택시로 文井洞 왔고. 택시費 3,100余원인 듯.
큰 子婦 반갑게 親切 對人事와 夕食 잘 차려 맛있게 많이 먹었고. 3女(妊)夫婦와 어린 男妹도 함께 招請되어 夕食을 會食하니 흐뭇했고. 運이는 明朝에 온다는 것. 胥 愼의 家族 밤에 歸家. ⓒ

〈1983년 5월 22일 일요일 晴〉(4. 10.)
早期 起床하여 文井洞 뒷山과 아파트 一帶 周圍 散策 求景. 안개 나우 짙었고.
早食도 맛있게 가외로 많이 들었고. 運이는 10時 半頃 왔던 것. 孫子 英, 昌信(中 1,2) 共히 課工에 熱中中. 깜찍하게 弼이도 考試應試證 받아다 놓았기에 問議했더니 6月에 司法科 應試한다는 것~기쁘기만 했고, 가슴도 설레이고. 엊그제 入學한 것 같더니 벌써 3學年. 應試機…… 試驗일 것?
文井洞 아파트에서 下午 4時頃 出發. 高速터미날까지 5女 運이 와서 乘車券까지 끊어주는 것. 淸州에 下午 7時 좀 지나서 無事到着. 서울에 곧 連絡했고. 夕食 市內 가서 蔘鷄湯으로 했고. ⓒ

〈1983년 5월 23일 월요일 가랑비, 曇〉(4. 11.)
早朝 起床. 아침運動 後 얼핏 끓인 밥 먹고 學校 向發. 8時 45分에 學校 到着. 學校 모두 無事.

井母는 11時쯤 왔고. 舍宅 우물 – 모타 修繕中. 防衛支援協議會 있대서 가랑비 맞으며 自轉車로 大所 가서 機關長 會議에 參席. ⓒ

〈1983년 5월 24일 화요일 晴〉(4. 12.)
点心時間 利用하여 大所에 다녀옴…83. 二四分期 軍官民 統合防諜訓練에 參席次.
燒却場에 섞인 깡통, 유리조각類 모두 주어 가려버리고. 白灰로 트럭線 금 긋기에 勞力했고. ⓒ

〈1983년 5월 25일 수요일 晴〉(4. 13.)
繼續 學校教育生活에 充實 – 正常化…學級訓話 包含된 一日 活動課程表 그대로 實施中.
故障으로 使用 不能이었던 舍宅 우물 모타 修理 再活한 것~使用은 明日?부터일 것. ◎

〈1983년 5월 26일 목요일 晴〉(4. 14.)
今日따라 極히 바쁘게 일 본 것~六學年 道德授業, 2學年의 授業參觀, 点心時間 利用하여 城本里 성미뒷山의 魚在淵 兵使墓所 探訪. 下午 四時부터 開催되는 全國少年體典에 出戰한 大所面 選手 3人 歡迎大會에 參席코저 大所行 等. 放課 後엔 舍宅 담 밑 풀깎기도. ⓒ

〈1983년 5월 27일 금요일 雨, 曇〉(4. 15.)
부슬비로 終日 내린 셈. 農家에서 기다렸던 甘雨였고. 舍宅 울 안 菜蔬에도 단비.
來年 程度 使用 不能이었던 舍宅 우물(모타裝置) 모처럼 修理되어 今日부터 使用 可能케는 되었으나 개운치는 않은 셈~濁水! 물탱크內 漏水.
無極 閔應基 業者 와서 뒷校舍 지붕修理處와 老朽教室 修理處 보는 데 說明했고. ◎

〈1983년 5월 28일 토요일 晴〉(4. 16.)
富潤서 下午 3時 發 버스로 井母와 함께 入清. 舍宅 울 안에서 키운 各種 菜蔬類(아욱, 상추, 무, 배추) 보따리 때문에 짐스러웠고. 夕食 市內서 蔘鷄湯으로 했고, 해삼도 나우 먹은 것. 서울에서 五女 運이도 오고. ⓒ

〈1983년 5월 29일 일요일 晴〉(4. 17.)
早食을 堂姪 魯錫이네 집에서 井母와 같이 가서 했고~從兄嫂 氏 生辰이라고 招請(淸高옆). 10時頃에 玉山 거쳐 德村 가서 親友 鄭麟來 母親喪(去 5. 18)에 人事. 同 部落 臥病(中風)中인 同窓 李榮宰집 尋訪 問病. 12時 半에 淸州 와서 黃元濟 內北校長 回甲宴 招待 있었고. 下午 2時쯤에 牛岩洞 朴相雲 親知집 찾아가서 問病. 年功賞으로 大統領 下賜品으로 받았던 金뺏지 빌려다가 金房에서 型 떴기도…. 去年에 車內에서 紛失(盜賊)되었기에 다시 마련하려는 것. 夜間엔 史龍基 校長과 함께 長時間 情談하였기도. 運이 上京. ⓒ

〈1983년 5월 30일 월요일 晴〉(4. 18.)
6時 15分 發 버스로. 德山 와선 鄭○○ 教師 오토바이에 편승 登校. 井母는 낮에 오고.
放課 後 日暮頃엔 富潤부락 池 氏 家 喪家에 弔問. ◎

〈1983년 5월 31일 화요일 晴〉(4. 19.)[11]

11) 원문에는 날짜가 일기내용 첫 줄 옆 공백란에 적혀 있다.

教育長爭奪 陸上競技大會에 參席. 場所는 陰城中學校庭. 어린이選手 19明 出戰. 씨름에서 頭角. 郡內 3位.
教育廳가선 學校施設修理問題로 管理係 朴係長과 施設係 安 係長과 協議했고. ⓒ

〈1983년 6월 1일 수요일 晴〉(4. 20.)
去 일요일부터 氣味 있던 感氣氣 바워볼랬더니 今日은 기침까지 甚해지는 듯.
日暮頃엔 舍宅 담밑의 고추골 몇 두둑에 人糞 퍼주었고. 井母는 고추支柱대 마련에 努力. ◎

〈1983년 6월 2일 목요일 晴〉(4. 21.)
기어히 感氣 惡化-診療所의 藥 服用 2日 分. 井母는 고추밭 等 담밑 밭 손질에 努力. ◎

〈1983년 6월 3일 금요일 晴〉(4. 22.)
藥效를 본 탓인지 感氣氣 若干 差度 느끼고. 朝會時에 馬耳東風, 牛耳讀經의 述語例擧.
研究日로서 職員研修 次例되어 "教育行政"이란 題目으로 30分 間 發表했고. ◎

〈1983년 6월 4일 토요일 晴〉(4. 23.)
農繁期 家庭實習 今日 一日만 策定 實施. 일본腦炎 2次豫防注射 마진것.
12時 버스로 井母와 함께 清州 갔고. 서울에서 五男 魯弼이도 오고.
金鎭吉 教師(前 金溪校 同職者) 만나 밤 늦도록 情談. 答接도 厚히 했고. ⓒ

〈1983년 6월 5일 일요일 晴〉(4. 24.)
虎竹 가서 鄭在愚(同窓) 親喪에 人事. 途中에 金在龍 氏, 族兄 松面校長 宗榮 氏, 金溪 朴永淳 校長 만나 情談했기도.
前佐洞山에 가서 省墓. 봉분의 雜草도 除去. 弟 故 云榮 墓도 가보고. 金溪(新溪) 從兄님宅 들러 人事. 안말 와서 族兄 春榮 氏, 保榮 氏. 번말 가선 三從兄嫂 氏, 大鐘 氏 찾아 人事.
夕食 後엔 南宮外科 病院 가서 入院 加療中인 族叔 文吉(金溪校 同職) 教師 問病. ⓒ

〈1983년 6월 6일 월요일 晴〉(4. 25.)
第28回 顯忠의 날. 아파트 15棟 404號에 弔旗 달았다 함이 特異. 學校 校長舍宅에도 揭揚 當付.
族兄 俊榮 氏 請하여 某(報恩?) 불고기 집에서 一盃하면서 情談. 午後엔 族叔 漢奎 氏 宅에 俊兄과 함께 가서 一家 間의 安否 等 人事하고 數時間 놀았기도. 弼이 上京하고. ○

〈1983년 6월 7일 화요일 晴〉(4. 26.)
清州서 7時 發 버스로 陰城 와서 校長會議에 參席. 9時 半부터 17時까지. 體育主任도 連席.
清州는 校長會議 마치고 5時 半 發 버스로 學校나가 無事 與否 確認 後 밤 10時에 到着한 것.
市內서 夕食하고 座談타가 아파트엔 深夜에 간 것. ⓒ

〈1983년 6월 8일 수요일 晴〉(4. 27.)
6時 15分 發 첫 버스로 清州 發. 德山 거쳐 學校 오니 7時 40分.
教育廳에서 李參雨 奬學士 月例 奬學指導次 學校 와서 10時부터 18時까지 거의 終日. 衷心周旋으로 舍宅에서 井母가 地域形便과 時間事情으로 素緬으로 차렸으나 誠意 다했던

것. ◎

〈1983년 6월 9일 목요일 晴〉(4. 28.)

가뭄 繼되는 셈. 우물 잦는 곳 있고. 田畓作物, 잔디 말라붙는 곳 띠이고. 조용한 비 鶴首苦待中.
學校는 授業 마치고 14時부터 있는 大所面 內機關對抗 親睦排球大會에 全職員 간 것.
10個 팀에서 準優勝. ⓒ

〈1983년 6월 10일 금요일 晴〉(4. 29.)

点心時間 利用하여 大所 가서 重大한 일 많이 본 것~面長과는 시멘트 交涉. 劉組合長(學校會長)과는 學校 任員會? 總會日字, 保健所에는 兒童體質檢査, 支署長과는 讀書關聯者 허경무 防衛, 李重揆와는 學校庭 樹木 伐木 件 等〃.
下午 5時부터 職員會~校內硏究授業 檢討會와 校長會議 傳達會. ⓒ

〈1983년 6월 11일 토요일 晴〉(5. 1.)

金○○ 支署長 충동으로 富潤校, 大所校, 大所農協 3萬 원씩 負擔하여 殺狗會 執行된 것. 場所는 廣惠院 지나 山麓 호안이 반석. 下午 1時부터 4時까지. 七個 機關(面, 支署, 農協, 우체국, 三個 校). 副責들도 同席케 한 것과 結束하자는 意義는 좋았던 店. 井母는 午前에 淸州向發.
가까스로 午後 6時에 淸州 到着하여 友信親睦會에 參席 會食했고. 杏이 理念교육 마치고 歸家. ⓒ

〈1983년 6월 12일 일요일 晴, 曇, 雨〉(5. 2.)

鶴首苦待하던 비 안개비, 가랑비로 거의 終日토록 내린 셈. 그러나 不足. 解渴 겨우 되었을까?
12時에 있는 鄭漢榮 契員의 女婚에 人事. 午後엔 永雲洞 가서 南聖佑 찾아 問病.… 豫測보다 健康狀態 괜찮았고. 郭金淑이란 族親? 처음 人事 同席 座談했기도.
今日은 막동이 五男 弼이 司法考試 第一次 받는 날~終日토록 마음에…. 經驗 삼아 본다는 것. ⓒ

〈1983년 6월 13일 월요일 曇, 晴〉(5. 3.)

어제의 가랑비로 作物들 生氣 있고. 自轉車 형편으로 7時 5分 發 버스로 廣惠院 거쳐 大所서 自轉車로 學校 오니 9時 5分 前.
12時 半 버스로 陰城 가서 敎育廳 들려 施設係長과 學校 校舍지붕修理 等 促求했고.
沈 學務課長으로부터 學校敎育運營 向上과 郭校長의 確固한 敎育觀에 代한 稱讚辭 모처럼 들어보았고. 公事 일찍 마치고 六時에 歸校. 井母도 下午 3時 車로 왔고. ⓒ

〈1983년 6월 14일 화요일 晴〉(5. 4.)

晝食時間 利用하여 大所 가서 金 面長 만나 學校 室外 通路用 시멘트 얻기에 于先 50包 程度 解決하고 陰城生絲組合 常務 崔 氏와 함께 一盃 나누기도. 劉濟鶴 會長(농協組合長) 찾아 學父兄 總會日字를 23日로 合意 봤고. 放課 後엔 校下 住民 數人에 濁酒 答接. ⓒ

〈1983년 6월 15일 수요일 晴〉(5. 5.)

下午 2時에 德山 發 버스로 淸州 가서 '대한기점' 찾아 劉濟鶴 會長에 贈呈할 感謝牌 4萬 원

짜리로 부탁하고 下午 5時에 歸校. ⓒ

〈1983년 6월 16일 목요일 晴〉(5. 6.)
學校 지붕修理工 李在玉 氏 來校에 現場 說明했고~改葺 7間, 防水 스라브 2間.
防水工事엔 特別 洗心 努力해야 함을 强調했고. 放課 後에 校下 父兄 數人과 一盃 나누었고. ⓒ

〈1983년 6월 17일 금요일 晴〉(5. 7.)
金曜行事로 敎員硏修 마치고 全職員에게 一盃씩 待接~소주, 우유, 사이다 等 若干.
今日 俸給日. 賞與金 合쳐 93萬餘 圓. 井母와 함께 部落精米所에 나가 쌀 2말 12,700원에 팔고. ⓒ

〈1983년 6월 18일 토요일 晴〉(5. 8.)
日氣 너무 가물어서 田畓 間의 作物 타붙는 程度. 舍宅 안의 菜園, 花園에 井母는 朝夕으로 給水에 努力.
忠州人 기와工場長 이규태 氏 來校 對話에 興味와 재미 있었고. 富潤 老人 數名의 천렵 招待 있어 뒷솔밭 現場에 가서(13시 40分 ~14시 10分) 情談. 담배값으로 3,000 補助했기도.
下午 3時 車로 井母와 함께 入淸. 夕食은 市內서. 史校長 親友 만나 一盃하기도. ⓒ

〈1983년 6월 19일 일요일 晴〉(5. 9.)
昨今의 더위 한다위를 방불케 했고. 31度를 上廻. 12時의 安昌秀 장학사 女婚 式場 가보기도.
井母와 함께 市場 나가 大形 円形狀 12,000원에 사기도. 夜間엔 史,尹成熙 校長과 一盃 나누며 늦도록 情談. 9시 지나선 明岩 藥水터 가서 藥水 몇 컵 마시기도. 電擊的으로 다녀온 것. ⓒ

〈1983년 6월 20일 월요일 雨, 曇〉(5. 10.)
기다리는 비 이른 새벽부터 내려 午後 3時頃까지 부슬비로 繼續되어 田畓間 흡足. 甘雨 그대로.
井母와 함께 6時 半 發 버스로 富潤着하니 8時 55分. 舍宅 울 안 살구 어젯날 다 털렸고. ⓒ

〈1983년 6월 21일 화요일 晴〉(5. 11.)
12時 半 버스로 無棘校 가서 鄭寅和 校長 만나 合宿訓練中인 2名 選手 어린이 付託 件으로 人事. 点心을 待接. 淸州 가선 劉濟鶴 會長에 贈呈할 感謝牌 4萬 원에 委託한 것 대한기점에서 찾고. 年前에 盜難 當한 敎育功勞賞 大統領 下賜品 金빳지 2돈重 委託한 것 名工舍에서 찾았기도. 德山서 步行 歸校 中 경운기에 便乘. 學校着하니 밤 9時晉
金光烈 氏(副會長) 만나 23日에 있을 總會에 代하여 事前協議도 했고. ⓒ

〈1983년 6월 22일 수요일 晴〉(5. 12.)
藝體能(美, 音, 體) 自然科 實技大會 있어 兒童 六名 出場에 具本鶴 敎師와 함께 나가 秀峰校에서 終日 지낸 것. 点心은 卞文洙 秀峰校長한테 應待. ⓒ

〈1983년 6월 23일 목요일 晴〉(5. 13.)
學父母 總會 開催~下午 4時頃. 約 100名 程度 參集. 學校敎育方針, 任員改善, 學校現況이

主. 새 會長에 金光烈, 副會長엔 宋병호, 李守介, 朴童圭.

〈1983년 6월 25일 토요일 晴〉(5. 15.)
富潤里 電話架設者(開通式) 招請者 多數모여 酒類와 卓心食事 待接받았기도. 國會議員(國民黨) 金完泰 氏도 와서 同席. 저물게 淸州 갔고. 6 · 25 사변 33돌. ×

〈1983년 6월 26일 일요일 晴〉(5. 16.)
쎈타 집에서 鄭龍喜 氏 연락 있어 同席 歡談中 井母도 왔었던 것. ○

〈1983년 6월 27일 월요일 晴〉(5. 17.)
明日 行事로 午後에 좀 일찍 出發하여 淸州 간 것. 밤부터 몸 고단함을 느끼고. ⓒ

〈1983년 6월 28일 화요일 晴〉(5. 18.)
井母와 함께 오미 건너가서 11時부터 있는 再從弟 海榮의'集配員 生活 28個 星霜 戶籍上 滿 58歲 停年退任式'에 參席. 場所는 玉山面 會議室. 參集人員 多數. 大統領 表彰을 비롯 遞信關係 當局 各界 褒賞과 感謝牌 있어 多彩로웠고. 鄭海天 우체局長의 活躍에 感謝했을 뿐. 某席에서 玉山機關長들과 座談도 했던 것. ⓒ

〈1983년 6월 29일 수요일 晴, 曇, 雨〉(5. 29.)
食事 不振 數日 間 結果 탈진되어 아파트에서 終日토록 休息 休養한 것. 學校에 通話는 되었으나 不安한 心情으로 座不案息. 한밤 中에 비 온듯. 甘雨. ◎

〈1983년 6월 30일 목요일 晴〉(5. 20.)
몸 개운치 않지만 出勤 途中 陰城 와서 敎育廳 들러 各係의 用務 가까스로 본 中 朴管理係長으로부터의 幼兒敎室 運營費條 解決設에 多幸이었던 것.
學校는 14時까지 마치고 全職員 大所의 排球大會에 간 것.
幼兒敎室 運營相談次 朴景錫 管理係長, 學校各項 修理關係로 安秉億 施設係長, 金善鎬 經理係長 다녀가는 데 바빴기도. ◎

〈1983년 7월 1일 금요일 晴, 曇〉(5. 21.)
4女 杏의 旅券發給用 印鑑證明書가 必要하다고 洞事務所에 가서 一部 뗀 後 學校着. ◎

〈1983년 7월 2일 토요일 靑, 曇, 雨, 曇〉(5. 22.)
날씨 차차 나빠져서 10時頃부터 비 오기 始作. 下午 3時頃엔 나우 쏟아졌고. 日氣豫報에 依하면 例年보다 일찍 長마圈에 들었다고. 내리던 비 下午 5時頃에 멎었고.
下午 3時 車로 入淸. 井母는 12時 버스로 入淸 ~去 28日부터 病院에 다니며 加療中 今日이 5日 째…이제 잡힌 듯. 子宮炎說? 은근히 궁금했던 것.
서울서 五男 魯弼이 왔고. 서울法大 三學年. ⓒ

〈1983년 7월 3일 일요일 曇, 雨, 曇〉(5. 23.)
비 가끔 내리고. 用務 있어 市內에 2,3次例 往來에 무더워 땀 많이 흘렸고. 忠北科學敎材社. 청주 文一堂(電氣自動指壓器), 製靴店, 朴遇貞福德房, 연수당韓藥房, 李士英 小魯校長 두루 만나 바빴던 것.

大夢(吉夢)－大魚를 손쉽게 흐뭇하게 獲得. ⓒ

〈1983년 7월4일 월요일 曇, 雨, 曇〉(5. 24.)
첫 버스로 出發 出勤. 學校 到着은 7時 50分. 明日 行事로 對備 萬全 基하도록 했고.
教育廳 가서 六學年의 修學旅行 件, 學校 大修理 問題 等 개운히 일 본 것. 秀峰校에도 들러 卞文洙 校長 만나 歡談했기도. 井母는 下午 3時 車로 富潤 오고.
吉夢－(大夢)…집지킴의 큰 龍 집 앞에서 空中으로 솟아 앉고. 소 큰 黃色 金빛 메기 亦是 솟아 앉는 것. 미꾸리 한마리 있어도 안잡아먹는 것. 場所는 金溪 本집. 父親도 나타나고. ⓒ

〈1983년 7월 5일 화요일 晴, 曇, 晴〉(5. 25.)
83學年度 第一回 學校 評價策으로 地域別 校監團 學校運營 評價에 五名 校監 來校에 學校 教育運營方針과 努力店을 參考로 힘있게 들려주었고. 校內 案內 說明에도 親切을 다한 것. ⓒ

〈1983년 7월 6일 목요일 晴, 曇, 晴〉(5. 26.)
어젯께 道內 沃川地方엔 우박이 내려 農作物에 많은 被害 있다고 新聞報道. KBS 中央放送局에서 마련한 離散家族찾기 運動은 오늘째 1週日. 約 1萬 家口 申請에 1,100餘 家口 再會했다고 發表~울고 또 우는 再會. 恨많은 六.二五 이 運動은 國家行事로 번진 것. ⓒ

〈1983년 7월 7일 목요일 曇, 晴, 曇〉(5. 27.)
六學年 道德授業 2時間 繼續하는데 若干의 疲勞 느끼고.
午後엔 梧倉面 佳左 가서 柳敬相 母親喪에 弔慰次 다녀온 것. 여러 老親知 만났고. ⓒ

〈1983년 7월 8일 금요일 曇, 晴〉(5. 28.)
下午 4時에 大所 가서 金在昭 面長 만나 시멘트 交涉에 50包 來 월요일에 搬出키로 確定. 大所校 吳校長의 厚待 받은 後 金학제 支署長 낀 答接에서 바가지 쓴 셈. ⓒ

〈1983년 7월 9일 토요일 曇, 晴, 曇, 가랑비〉(5. 29.)
學校일 잘 마치고 下午 3時 發 버스로 井母와 함께 入清. 清州 아이들 無故했고. ⓒ

〈1983년 7월 10일 일요일 晴〉(6. 1.)
大田 가서 '忠南大 醫大 附屬病院' 찾아가 同僚職員 鄭光奎 教師 父親 入院에 問病 人事했고. 103號室. 江西面 新岱人.
次男 鉉이 보고져 '東洋鐵鋼商社' 들렸으나 문 닫아져서 相逢 못한 채 歸廳. ⓒ

〈1983년 7월 11일 월요일 晴〉(6. 2.)
첫 버스로 井母와 함께 富潤 왔고. 今日도 바쁜 일 잘 넘긴 것. 6年 道德 마치기도. ⓒ

〈1983년 7월 12일 화요일 晴〉(6. 3.)
校長會議 있어 陰城 出張－夏季 休暇 中 生活 充實이 主案件. 午後 1時에 會議 마치고 歸校하니 同 3時. 終會時에 會議傳達했고.
明日 行事에 어린이들 大所行 臨時 車 마른으로 바쁘게 뛰었으나 未決. ⓒ

〈1983년 7월 13일 수요일 晴〉(6. 4.)

새벽에 '서울신문' 司法考試'一次合格者 發表난 것 보았으나 別無神通. 가슴설레기만.
教育廳 가서 六學年 修學旅行 實施計劃을 打合하고, 管理課 所管 몇 가지 일 보고선 大所行 하여 地域別 노래大會 狀況 듣은 後 三湖里 쇠머리 姜聲烈 教師 집 招待에 全職員 다녀온 것. ⓒ

〈1983년 7월 14일 목요일 曇, 雨〉(6. 5.)
午前 6時 40分에 第六學年 修學旅行團 64名 兒童과 引率職員 4名이 '금호관광' 버스로 釜山, 慶州를 向해 出發. 注意事項 力說하고 無事歸校를 祈願. 7時부터 終日 降雨로 걱정. ◎

〈1983년 7월 15일 금요일 曇〉(6. 6.)
어제 出發한 6學年 修學旅行團 64名 어린이 下午 7時 50分에 全員 無事歸校에 安堵.
學校지붕 물받이 工事와 運動場 물고랑 메우기 作業에 땀 많이 흘리기도. 俸給 93萬余 圓 受領. ◎

〈1983년 7월 16일 토요일 晴〉(6. 7.)
八.三. 第一學期 夏季放學式 擧行에 職員에겐 上半期에 일 많이 한 反省. 어린이한텐 물조심, 病조심, 毒蟲에 조심하라고 强力히 當付했고. 職員會食에 鷄白熟하도록 했기도.
玉山 母校 同門會 있대서 下午 4時쯤 갔었으나 時間 늦어서 參席 못했고. ⓒ

〈1983년 7월 17일 일요일 晴〉(6. 8.)
井母와 함께 市場 가서 마늘 5접 等 장보기에 무더위중 땀 많이 흘리기도.
夜間엔 얼근한 中에 싸롱? 等 첫 구경도 해보아 헛돈 써 보기도. ×

〈1983년 7월 18일 월요일 晴〉(6. 9.)
머리 좀 아픈 듯했으나 出勤 執務. ○

〈1983년 7월 19일 화요일 晴〉(6. 10.)
協議된 바 있어 陰城 복茶房에 '홍도旅行班'모여 相議~8. 4: 8. 30 夫婦同伴 鳥致院驛前으로 集結토록 打合. ○

〈1983년 7월 20일 수요일 晴〉(6. 11.)
職員共同硏修 弟一日. 형편上 午後에 나가 花盆臺 作業한 것 보고 職員들 慰勞. ×

〈1983년 7월 21일 목요일 晴〉(6. 12.)
井母와 함께 富潤 나가 硏修 弟二日 것 보기도. ×

〈1983년 7월 22일 금요일 晴〉(6. 13.)
今日 行事 適切히 마치고 午後에 井母와 함께 淸州 왔고. ○

〈1983년 7월 23일 토요일 晴〉(6. 14.)
午後 二時부터 있는 學父兄會 任員會 參席~學校 教室에 따룬 教壇 支援 問題까지도 力說…體育會 贊助時에 學父兄當 1萬 원 程度씩 贊助充當토록 協議.
몸 고단함을 느끼면서도 나름대로 잘 넘기고 막 버스로 入淸. ×

〈1983년 7월 24일 일요일 晴〉(6. 15.)
市內 나가서 朴遇貞 李朝永 만나 情談 나누며 一盃하기도. ○

〈1983년 7월 25일 월요일 晴〉(6. 16.)
今夜에 先考忌祭 있어 家族들 모여 祭祀 準備에 분주~特히 井母 流汗勞力.
몸 極히 고단하여 終日토록 臥病. 밤 11時 半에 先考忌祀 가까스로 보낸 것. ◎

〈1983년 7월 26일 화요일 晴〉(6. 17.)
아버님 作故하신 제 滿 5年? 祭祀로 모였던 온 家族(서울 큰 애 4名. 沃川 둘째 4名 淸州, 셋째 5名, 桑亭妹 2名, 賢都 姪女 3名, 小魯 季弟 4名, 金溪 從兄 其外) 낮 12時 半쯤에 各己 歸家. 집안(아파트) 또 조용. 但 井母는 疲勞에 지친 듯.
今日도 食事 전혀 못하며 거의 終日 臥病 呻吟. ◎

〈1983년 7월 27일 수요일 晴〉(6. 18.)
午前 中 내내 누어 休息. 큰 애 몇 이 求한 잣죽 等 藥類 억지루 먹는 中. 今日은 若干 差度. 午後 二時부터 있는 '公職者經濟敎育'에 參席. 場所는 道敎委 講堂. 弼이 오고. ◎

〈1983년 7월 28일 목요일 晴〉(6. 19.)
○電話 새것(금성)으로 購入 架設했고.
몸 많이 나아졌지만 食事는 非正常. 첫 버스로 學校 가보니 내 마음엔 엉망~淸潔整頓이 不實. 雨後 뒷處理 안됐고. 室內外 운동장이 不潔~두 雇傭員과 當直 職員에 特別 付託하고. 帳簿檢印과 公文書 處理하고 下午 3時 發 버스로 歸淸. ◎

〈1983년 7월 29일 금요일 曇, 雨, 曇〉(6. 20.)
言約대로 行事 實施. 變則하여 華陽洞으로 避暑 逍風 다녀온 것. 良心 가책. 中間에 쏘나기 二次例 있어 苦生한 셈. 화양洞으로의 피서客 어마어마한 光景 엄청났고.
井母는 딱하게도 富潤 가서 舍宅 울 안의 깨끗한 菜蔬와 풋고추 많이 따온 것. ◎

〈1983년 7월 30일 토요일 晴〉(6. 21.)
첫 버스로 學校 나가 公文書 決裁. 淸州 科學商社 金 氏의 車 便으로 12時에 淸州까지 잘 왔고
奥心 後 玉山 가서 同門會 總會 再創立에 參席. 過去 同窓會 時의 것을 말해주었고. 今番의 會長엔 李龍宰, 副會長엔 黃致萬, 權義澤, 監査엔 鄭海民, 李秉龍.
德村 가서 弔問~鄭麟來 父親喪. 淸州 아파트에 到着했을 땐 午後 8時쯤. ◎

〈1983년 7월 31일 일요일 曇〉(6. 22.)
友信親睦會 行事로 夫婦 同伴 夏季消風 實施에 井母와 함께 行動 이룬 것. 總員 30名. 出發~淸州서 午前 6時 半. 到着 午後 8時(歸淸) ……"南怡섬, 용추폭포, 淸平땜". 처음 가는 곳. 처음 보는 곳. 남이섬에서 高速보트 탄 것과 南怡將軍 墓所 본 것이 記憶에 새로운 것. ◎

〈1983년 8월 1일 월요일 曇, 晴〉(6. 23.)
첫 버스로 學校 나가 兒童들과 함께 運動場 除草作業. 舍宅 進入路와 울 안 除草에 진땀 많이 흘리기도. 學校 老朽敎室 修理에 기쁜 氣分으로 監督도 잘 했고.
舍宅 留宿 豫定 포기하고 入淸. 市內서 鷄湯으로 夕食하고 深夜에 歸家. ⓒ

〈1983년 8월 2일 화요일 晴〉(6. 24.)

폭염 繼續. 今日도 첫 버스로 學校 가서 老朽 教室 修理 監督에 徹底 期했고~壁의 균열 간 곳의 工事 不充分. 물받이 홈통 지붕 끝 約 3m 工事의 不完全 等 指摘했으나 別無신통.

막 버스로 歸清(7:30 – 9:30)하여 11時에 亡弟 云榮의 祭祀. 姪女 先, 弟 振榮, 3男 明이 參祀. 낮엔 舍宅內 除草 고추따기, 옥수수 따기, 파 뽑기 等으로 流汗努力. ◎

〈1983년 8월 3일 수요일 晴〉(6.25.)

酷暑 繼續. 今日 下午 3時 溫度 37°. 室內에선 숨 막힐 程度. 가만이 앉아 있어도 땀이 줄줄. 學校는 日直 教師가 任光爀 새마을 主任인데 T샤쓰가 흠씬 땀이 차도록 各處의 花盆除草와 給水에 앞장서서 示範하니 當番 兒童들 말없이 따루는 것.

學校일 다 마치고 막 버스로 入淸하여 아파트에 들렀을 땐 밤 10時~2時間 半 所要된 셈.

서울서 끝딸 運이 왔고~勇敢하게도 '사우디 아라비아' 看護員으로 간다고 補助手續을 付託. ◎

〈1983년 8월 4일 목요일 晴〉(6. 26.)

陰城郡 校長團 先進地 視察 名目으로 教育長 配慮 下 豫算 8萬 원으로 夫婦同伴 全南 新安郡 黑山面 紅島로 가는 班 校長 11名과 査夫人 4名, 計 15名이 午前 9時 5分 發 特急列車로 木浦行. 井母는 多幸히 車멀미 않기에 別傷心 없이 잘 간 것. 氣溫 36度. 木浦 着은 午後 2時. 特急列車 5時間 所要. 一同은 留達山 登山~日暮까지 散策 避暑. 一同에게 소주와 사이다 待接했고. '미도旅館'에서 留. 張○○校長~夜間에 곤히 就寢 中 失物當하여 一同 개운치 않았던 것. ⓒ

〈1983녀 8월 5일 금요일 晴〉(6. 27.)

안개로 豫定보다 늦게 배(동원號) 떠나 目的地 '紅島'에는 午後 3時에 到着은 했으나 무더위中 좁은 船室에서 시달린 바람에 거의 까무러져서 늘어지기도. 水土가 다른 탓인지 飮食物 消化 안돼 설사 患者 많았고.

一同 旅館에 짐 풀고 쉬었고. 뱃길도 꼭 5時間 걸렸던 것. ◎

〈1983년 8월 6일 토요일 晴〉(6. 28.)

몸 많이 개운해져서 紅島　한 바퀴 배로 도는데 精神 맑았고.

案內者(船長)의 仔細한 說明 들으며 섬 한바퀴 約 2時間 걸린 것. 紅島 一區에서 点心 後 一同은 海水浴했고. 下午 4時 半에 出航하여 木浦에 到着은 밤 10時頃. 車 便 없어 木浦서 留. ◎

〈1983년 8월 7일 일요일 晴〉(6. 29.)

早起하여 夫婦는 第一 먼저 旅館을 나와 直行. 高速버스로 木浦서 光州, 大田 거쳐 清州엔 12時頃 到着. 머나먼 섬 求景한 것. 몸 시달리기는 했으나 큰 記念 된 것. 總경비 夫婦 13萬 원 所要.

午後 3時 버스로 大所行. 大所선 택시로 富潤 갔고. 學校 無事. 公文 20件 決裁後 고추, 옥수수, 호박 따서 가방 꾸려 막 버스로 淸州 오니 밤 10時. ◎

※ 高速時間…木浦 – 光州 1時間餘. 光州 – 大田 3時間. 特急列車…鳥致院 – 木浦 5時間. 渡

船…木浦－紅島 5時間.

〈1983년 8월 8일 월요일 晴〉(6. 30.) 立秋
첫 버스로 陰城 가서 閔 校監 만나 表彰推薦書類 完成과 學校일 充實을 當付하고 敎育廳 들려 延 敎育長, 金 管理課長, 金 初等係長, 朴 管理係長, 安 施設係長과 關聯協議會 兼 人事한 것.
13時頃 淸州 와서 서울行 참기고 井母와 함께 午後 3時 10분 高速으로 上道洞 가서 魯弼房 整理整頓과 몇 가지(石油 等 10餘種) 生必品 사놓고. 井母는 洗濯과 飮食 장만에 流汗努力. 文井洞으로 電話도 했고. ◎

〈1983년 8월 9일 화요일 晴, 雨, 曇〉(7. 1.)
今日도 거의 昨日과 같은 일로 해 넘긴 셈. 東南亞 갔던 四女 杏이는 明日 올 것이라는 消息.
下午 8時頃 文井洞 아파트着. 모두 無故. 큰 애는 日直이라서 仝 10時頃에 왔고. ⓒ

〈1983년 8월 10일 수요일 晴〉(7. 2.)
杏이 13日에 歸國한다고 싱가포르에서 띠운 葉書 淸州서 받은 松이가 서울로 電話 連絡해서 알았고.
셋째 女息 家族 一同(4人) 文井 아파트에 와서 點心을 함께 한 뒤 夫婦는 下午 4時에 서울發. 仝 七時에 社稷아파트 到着. 밤中에 서울서 連絡－杏이 11日 15時 30分 서울 着陸이라고.
서울 큰 애들 家族 一同(4名) 雪嶽山 方面으로 明日 바캉스次 出發 豫定이고. 今日末伏 ⓒ

〈1983년 8월 11일 목요일 曇, 晴〉(7. 3.)
四男(松)의 大學成績 通知表 보니 優良하기에 매우 기쁘고 흡족한 것~7個 學點 中 A學點 5, B學點 2(文化史 B, 國語學槪論 B, 國文學槪論 A, 李朝詩歌論 A, 現代小說論 A, 敎育原理 A, 敎育心理學 A). 成績 平均 70.0, 3.68A. 신청학점 19. 취득학점 19.
杏이 東南亞 視察 壯途 歸國에 迎接次 井母와 함께 11時 半에 金浦空港 向發. 到着은 15時 10分. 永登浦 큰 女息 夫婦도 아이들까지 데리고 왔고. 杏은 日本 大阪에서 出發. 15時 40分에 金浦 着陸. 40分 後인 16時 20分頃에 出口(內國人)에서 만난 것. 永登浦 아이들 보내고 3人 高速으로 淸州 着은 19時 40分. 몸들 닦고 食事하면서 東南亞(대만, 홍콩, 태국, 싱가포르) 거쳐서 日本 이야기 參考로 仔細히 들은 것. 무엇보다 四女 杏이가 健康維持 無事歸國했음이 多幸~天地神明께 合掌深謝. ⓒ

〈1983년 8월 12일 금요일 晴〉(7. 4.)
첫 버스로 學校 나갔고. 陰城선 교육廳 들려 公文 빼고. 10件 公文書 處理.
땀 많이 흘리며 舍宅 울 안에서 勞動~붉은 고갈무리, 파 뽑아 손질. 애동호박 가려따기, 근대 잎 제치기, 풋고추 먹을 것 따기, 옥수수 完全收穫 等. 14時 發 버스로 무거운 짐 갖고 歸淸.
日暮 무렵에 '삼룡톤' 사 갖고 江西面 新垈里 가서 鄭光奎 敎師 父親 問病 人事~手術 後 經過 좋은 편. 鄭 교사 오토바이로 밤 10時頃 歸淸. ⓒ

〈1983년 8월 13일 토요일 晴〉(7. 5.)
忠北敎育硏究院에 가서 金義式 敎師 作品 入

賞分 賞狀을 代理參席하여 받음…午前 10時부터 12時. 제8회 國民精神 및 一般學習 資料展示會, 三等級, 教育監場, 國民精神 교육 슬라이드(孝子 박정규), 視聽覺 교육室, 陰城郡 7名.
서울서 5女 運이 왔고. 사우디行 豫定을 포기했다는 것~마음 개운. ⓒ

〈1983년 8월 14일 일요일 晴〉(7. 6.)
묵은 新聞 여러날分치 讀破. 下午 6時 發 버스로 井母와 함께 金溪行. 큰집에 到着은 밤 8時頃.
밤 11時쯤에 伯父 忌祭 擧行. 長其 間의 무더위도 이제 고개 숙인 듯. 모기도 없어진 듯. ⓒ

〈1983년 8월 15일 월요일 晴〉(7. 7.)
早起. 洞里 一巡과 前左洞 너머가 省墓도. 살던 내 집(땀 흘려 공드려 졌던 집) 밖으로 둘러보며 옛 生覺에 울울찹찹. 生産땅에 다시 와서 살 수 있을른지가…?
族兄 春榮 氏 찾아뵙고 人事. 今日은 七月 七夕. 光復節 38周年 慶祝日이기도.
下午 1時에 入淸하여 點心 後 井母와 함께 明岩藥水터 다녀오기도. ⓒ

〈1983년 8월 16일 화요일 晴〉(7. 8.)
첫 버스로 井母와 함께 富潤 오고. 今明日은 職員 共同硏修. 有故職員 3人 外 全員 出勤.
陰城郡 李郡守 招請으로 三成面 泉坪里 갔고~梧山 德井間 道路擴張工事 竣工式에 參席. 11時 12時 半. 井母는 舍宅 울 안 菜蔬밭 손질에 流汗努力.
松과 弼의 83學年度 弟二學期 登錄金用 國庫學資貸付金(無利子) 50萬 원 受領. ⓒ

〈1983년 8월 17일 수요일 晴〉(7. 9.)
첫 버스로 出勤. 深夜에 服務監査次 金課長과 3人 밤 11時頃에 다녀갔다는 것.
舍宅 둘러보고 日誌 整理 等 帳簿整理에 努力했고.
四男 松이 學點 優秀로 奬學金(授業料)으로 155,000 登錄金에서 免除.
함께 富潤 갔던 井母는 今日도 終日토록 努力~울 안 채마밭, 入淸 準備 等.
在淸 宗親會 參席 豫定은 時間 늦어 不參. 市內서 夕食하고 深夜에 歸家. ⓒ

〈1983년 8월 18일 목요일 晴〉(7. 10.)
勤務組 該當도 되지만 休暇 끝 무렵이어서 今日도 일찍 出勤. 昨夜 學校 監査 行事 이야기 들었고.
끝더위 甚한 편. 然이나 朝夕으론 선선함을 느끼고.
日直 當番인 張科學과 鄭 教師와 情談했기도.
德山서 張教師의 厚待받기도. ⓒ

〈1983년 8월 19일 금요일 晴〉(7. 11.)
今日도 如前 早朝 出勤. 所在村 各 商店 外上진 것 整理. 晝食時間에 大所面 金面長 金支署長 만나 購販場에서 待接했고. 後에 金會長도 參席. 막 버스로 歸淸. ⓒ

〈1983년 8월 20일 토요일 曇, 가랑비〉(7. 12.)
첫 새벽 2時 半에 3男 明이 아파트 찾아와 醉中 행패~數日 前에도 제 母親께 甚한 態있었다더니.

氣分도 少했고 입맛 없으나 放學 다 보낸 끝 避暑 다녀오니 梧仙校로 轉出되었다는 것. 明의 件으로 서울서 큰 애(長男) 와서 제 아우 타일으고 밤 버스로 다시 上京. 저녁에 弼이도 오고. ⓒ

〈1983년 8월 21일 일요일 雨, 曇〉(7. 13.)
새벽녘에 부슬비 나우 내리고. 午前 中 新聞과 새교육 좀 읽고. 낮엔 任校長, 尹校長, 鄭 校長 만나 情談 나누면서 待接받고 答接하기도. 술 많이 삼가했던 것.
어제 왔던 運이 午後 4時 버스로 上京. 어제 새벽일로 不快感 있으나 참는 中. ⓒ

〈1983년 8월 22일 월요일 曇, 가랑비〉(7. 14.)
夏季休暇 마치고 開學. 12時 車로 上廳하여 梧仙校 勤務發令狀 받고. 去 服務監査 結果 內容도 解明. 陰城 用務 마친 後 入淸하여 名啣 부탁. 住宅銀行과 電子堂 일도 본 것. ◎

〈1983년 8월 23일 화요일 雨〉(7. 15.)
終日토록 가랑비, 부슬비. 혼자서 첫 버스로 出勤. 朝會時에 末日까지의 日程을 말했고.
下午 5時 半에 職員과의 移任人事 및 送別會 받은 것. 井母는 소 六時 좀 지나서 왔고. 弼 上京. ⓒ

〈1983년 8월 24일 수요일 雨, 曇〉(7. 16.)
學校 執務 11時 40分까지. 12時부터 富潤校 離任人事…富潤里 全地域, 大所 所在地 各 機關과 有志, 大所校 吳校長의 夕食 待接받고 下午 8時頃에 步行으로 歸家.
今日에 느낀 不快感 2가지~새로 內申(異動調書) 書類 提出케 되는 件, 轉入校(梧仙) 入舍할 官舍 件. ◎

〈1983년 8월 25일 목요일 雨, 曇〉(7. 17.)
11時까지 雜務 整理. 其後는 日暮까지 地方人事~石格, 水臺1(신,구송, 가잠, 한미), 2區, 龍村里의 龍頭, 방우대, 鳳峴里의 鳳岩, 개현, 향촌, 가느실. 最終에 金榮九 만나 情談.
어제의 不快感 거의 解明되어 若干 사라진 셈. ⓒ

〈1983년 8월 26일 금요일 曇〉(7. 18.)
任衡淳 校長 停年退任式 있어 南城國民學校 다녀왔고. 날씨 무더워 校庭에서 式 擧行. ⓒ

〈1983년 8월 27일 토요일 晴〉(7. 19.)
姜永遠 校長 停年退任式場에 參席~鎭川 常山國民學校 講堂. 繼續 무더운 날씨. ⓒ

〈1983년 8월 28일 일요일 晴〉(7. 20.)
午前 中에 있는 趙重浹 校長 停年退任式에 人事~內德國校, 李士榮 校長과 잠시 情談.
午後엔 富潤 가서 各 部落 다니며 人事~城本里 홍창골, 성미, 소탄, 각골, 韶石里의 소댕部落까지 마칠 때는 日暮頃…人事 다 마치니 마음 개운. 무더워 땀 많이 흘렸고. ⓒ

〈1983년 8월 29일 월요일 晴〉(7. 21.)
數日 間의 地方人事中 무더위에 無理하여 疲困 느끼고. 富潤校 閔丙德 敎務 帶同하여 大所 가서 面內 機關長 主催 送別會에 參席. 會則에 따라 餞別紀念品으로 金指環(돈중) 받았고. 今年初 規定 以來 最初로 받은 것. ⓒ

〈1983년 8월 30일 화요일 晴〉(7. 22.)
兩校(富潤, 梧仙) 學校長 事務引繼 引受 行事 마치고 一同 無極 가서 点心.
下午 四時부터 있는 富潤校 學父兄會 任員團 主催 送別宴會에 參席. 公式行事마치고 職員 對 任員의 親睦排球大會에 審判 멋지게 보기도. ○

〈1983년 8월 31일 수요일 晴〉(7. 23.)
繼續되는 數日 間의 行事 參與로 몸 나우 疲勞하여 食事도 걸른 채 푹 쉬었고. ⓒ

〈1983년 9월 1일 목요일 晴〉(7. 24.)
梧仙校로 正式 赴任 執務~就任 人事는 職員에겐 去 30日에, 今日은 兒童에게만.
富潤里 老人團 主催로 送別宴會 招請 있어 下午 4時에 參席 人事. 老人團 全員 모였고.
梧仙校 校長 官舍 事情으로 當分間은 富潤舍宅에서 出勤해야 할 事情. ⓒ

〈1983년 9월 2일 금요일 曇, 가랑비〉(7. 25.)
午前 中은 無極의 各 機關(男女別 中高校, 無極, 龍泉國校, 農協, 保健所, 우체局 支署, 邑事務所, 農村指導所, 鄕軍中隊, 韓電出張所 等) 다니며 就任人事했고. 이어 晝食은 三星堂 社長 禹만재 氏의 厚待를 받은 것. (無極, 龍泉, 雙峰, 梧仙 校長)
臨時職員會에서 秋季 體育大會 計劃에 對한 眞摯한 協議 있었고.
昨日 새벽 3時에 우리側 칼(KAL)機 民抗旅客機에 쏘련 미그 23戰鬪機로부터 미사일 發射 擊墜 事件(各國 旅客 269名 乘). 大蠻行事 件으로 國際的으로 大發動. ◎

〈1983년 9월 3일 토요일 曇〉(7. 26.)
通勤에 크게 不便 느끼는 중이고. 6時 50分 버스로 너무 일은 出勤. 通學生으로 車內 超混雜. 校內狀況(敎室配置, 職員 姓名과 얼굴) 把握에 努力했고.
칼機 擊墜事件으로 쏘련 蠻行糾彈行事도 指示에 依據 校內서 實施(弔旗 揭揚도).
下午 2時 發 버스로 井母와 함께 入淸. ◎

〈1983년 9월 4일 일요일 가랑비〉(7. 27.)
点心時間에 族兄 俊榮 氏 만나 많은 情座談하기도. 終日토록 가랑비 오락가락. ⓒ

〈1983년 9월 5일 월요일 가랑비, 曇〉(7. 28.)
1週日 間 中斷했던 아침運動 어제부터 시행. 今日은 5時 10分~20分 間. 어둠침침했고.
첫 버스로 學校 오니 8時 半. 陰城과 無極서 通勤職員 9名. 附屬建物 實況 把握에 努力.
井母는 낮 버스로 富潤 온 것. 黃교무 案內로 梧仙里 一圓 人事 다닌 것. ◎

〈1983년 9월 6일 화요일 曇, 晴〉(7. 29.)
富潤서 學校까지 自轉車로 出勤. 40分 間 所要. 舍宅에 살던 李 氏 雇傭員 朝時에 無極으로 移舍.
今日도 地方人事(道晴里 一, 二區). 日暮頃에 老人 鄭寅鳳 氏 鄭寅德 氏 來校 人事 一盃. ⓒ

〈1983년 9월 7일 수요일 晴, 曇〉(8. 1.)
今日도 自轉車로 出勤~搬移 때까지 이러할 것. 井母도 낮 버스로 梧仙와서 學校와 修理中인 校長舍宅 구경하기 兼 도시락 精誠껏 싸가지고 온 것. 梧仙校 舍宅 修理 着手.

午後에 黃教務 案內로 地方人事~(柳浦里 全域, 三鳳里 1, 2區). 어제는 草溪 鄭氏가 大姓. 今日은 漢陽 趙氏. 柳浦里(趙, 宋, 崔, 黃, 郭), 三鳳里(趙, 朴). ⓒ

〈1983년 9월 8일 목요일 晴〉(8. 2.)
招待에 依하여 '꽃동네' 竣工式에 參席. 天主教會 主催. 盟洞面 仁谷里 뒷산, 마리아像 雄壯하고 – 開幕式인 듯. 無委託 全國老人 慰勞館?(收容所, 安息處) 竣工式. 求景人波 萬餘名. 崔星熱 教育監, 延光欽 教育長도 參席. 서울서 만들었다는 点心 食事 厚待받기도.
今日도 黃教務 案內로 地方人事~柳村里 一員…15時부터 18時까지. ⓒ

〈1983년 9월 9일 금요일 雨〉(8. 3.)
終日토록 가랑비. 人事 計劃인 逢谷行 中止. 臨時職員會 草案 作成으로 多時間 所要.
두 雇傭人(李 氏, 吳 氏) 舍宅 도배作業했고. 搬移 計劃은 來週 月曜日. ⓒ

〈1983년 9월 10일 토요일 曇, 雨〉(8. 4.)
教育廳 가서 學校現況(宿直室, 倉庫, 水道, 舍宅) 報告와 協議. 水道와 舍宅 件 前望 있고.
12時 半부터 臨時職員會~一週 間의 學校生活 所感과 當面問題…下午 2時 半에 終會.
井母는 아침 버스로 入清. 前任校 地方과 其他에 轉任 人事狀 150通 發送. 20時 半에 清州着.
半年餘 만에 스님 딸(姬) 在應스님 清州 왔고. 身樣 좋아졌고. 眞蜜 等 膳物도 가져온 것. ⓒ

〈1983년 9월 11일 일요일 가랑비, 曇, 가랑비〉(8. 5.)
今日도 거의 終日토록 비 내린 셈. 搬移할 車(추럭) 周旋으로 大所에. 대창屋 所有 1t級 車로 10,000으로 契約. 明日 9時頃 富潤 到着하도록 約定.
井母, 下午 5時에 富潤 와서 移舍 準備로 奔走히 일 보고. 清州 回路 다시 陰城 거쳐 富潤에 18時. ⓒ

〈1983년 9월 12일 월요일 曇, 晴, 雨, 晴〉(8. 6.)
富潤서 梧仙 舍宅으로 搬移~9時에 到着. 1t 車로 가뜬했고. 近日 繼續 내리던 비도 午前中 은 멎었기에 支障 없이 移舍 잘 됐고.
点心은 옆房 朴鍾洙 教師 집에서 待接하여 맛있게 먹은 것. 下午 三時에 朴 教師 案內로 地方人事~最終으로 逢谷里 一, 二區 다니어 五日 間 人事로 今日로서 마친 것.
下午 6時에 官舍로 全職員 招待하여 사이다, 맥주, 豚肉 等으로 簡單히 한턱.
溫突房 보이라로 改造하여 內室 따뜻하여 多幸. 이제 完全히 安着. ⓒ

〈1983년 9월 13일 화요일 晴〉(8. 7.)
教室 改革 施設物 交涉次 上京했던 申校監, 黃教務 아침 車로 來校.
10時 半부터 學校 學父母會, 任員會, 姉母會 開催. 赴任後 最初의 會議라서 修人事. 學校 教育方針의 사랑의 教育, 教室改革의 教壇支援 問題를 力說. 會議 圓滿히 마친 것. ◎

〈1983년 9월 14일 수요일 曇〉(8. 8.)
井母는 새世代育英會員(校長婦人) 立場에서 忠州女性會館에서 9時 半부터 大會가 있게 되

어 初行이라서 첫 버스로 出發하여 現場까지 引導한 것.
淸州 와선 沐浴 後 옷 갈아입고 行裝 차려서 上京. 明日부터 '江西區 등촌洞 새마을運動中央本部에서 3日 間 硏修케 되어 下午 8時쯤에 등촌洞에 到着. 대홍旅館에서 留. 가장 염가房에서 7,000원에 宿泊. 消化不良으로 좀 不便 느끼기도. ◎

〈1983년 9월 15일 목요일 曇, 晴〉(8. 9.)
10時에 入校式. 全校 初等校長 300名. 第11期. 事務總長은 全경煥 氏.
全員 制服으로 추리닝으로 改着. 會食이며 合宿. 10時에 就寢. ◎

〈1983년 9월 16일 금요일 晴〉(8. 10.)
硏修 第二日. 全總長의 人格 믿음직했고. 正直, 眞實家, 孝子임을 느꼈고. ◎

〈1983년 9월 17일 토요일 晴〉(8. 11.)
硏修 第三日. 9時에 修了式. 江南터미날 거쳐 淸凉里行 마장洞 市外버스 駐車場가서 無極行 直行버스 타고(12時~14時 到着) 下午 2時 着. 學校 들려 淸州 가니 20時. 市內 가서 夕食. 井母는 14日 行事 當日 잘 마치고 歸淸했다고. 日 前에 왔던 在應스님도 가고. ⓒ

〈1983년 9월 18일 일요일 晴〉(8. 12.)
日曜日이지만 學校 궁금하여 出勤. 全職員도, 兒童도, 全體訓練 實施.
下午 6時 發 버스로 入淸. 市內서 夕食 後 아파트 가니 어제 上京했다는 4女 杏이 왔고. 모두 無故하다고. ⓒ

〈1983년 9월 19일 월요일 晴〉(8. 13.)
學校 일 잘 마치고 6時 半 發 버스로 入淸하여 市內에서 夕食. 井母는 秋夕 祭 準備로 바빴던 모양. ⓒ

〈1983년 9월 20일 화요일 晴〉(8. 14.)
体育會 앞두고 未及[12]한 몇 個 事項 朝會時에 强調. 작은 秋夕이어서 事實上 行事는 午前 中으로 마친 것(15時). 下午 6時까지 學校 일 보고 淸州 가니 同 8時 半. 서울 큰 애와 英昌信 오고, 小魯 振榮 夫婦와 姪兒들, 서울 運과 弼이도 오고. 祭物 홍정과 準備는 井母가 다 했고. ⓒ

〈1983년 9월 21일 수요일 雨, 曇〉(8.15.)
이른 새벽부터 8時까지 비 많이 내려서 洪水. 秋夕 茶禮 8時 半에 올렸고. 기다리던 次男 絃이는 아침에 온 것. 12時쯤 金溪 到着하여 父母님 및 先代 山所에 省墓. 天水川 洪水로 내건너지 못하는 바람에 돌고 돌아서 하누재, 사거리 길로 苦生했던 것.
下午 3時 半에 淸州 오니 아이들 모두 가고 運이와 弼이는 來日 上京한다고.
事業 잘 안되어 측한 苦生하는 絃이는 동기間 友愛關係 等으로 더욱 難한 心情에 活氣 없어 보이고. 明日 行事(운동회)로 臨迫한 일 많아 梧仙 오니 20時. ◎

〈1983년 9월 22일 목요일 曇, 晴〉(8. 16.)
快晴한 날씨에 體育大會 盛況裡에 잘 치룬 셈 ~觀覽客 많고 贊助금 150餘萬 원. 贊助者엔

12) 아직 미치지 못함.

學父母 거의 參與했다는 것. 行事 끝내고(10시~17시) 父兄들과 소주 몇 컵 마신 것. ⓒ

〈1983년 9월 23일 금요일 曇, 雨〉(8. 17.)
學生은 休業, 職員은 出勤, 몇 職員은 出張~敎職者 體育大會 豫備訓練次.
午後엔 井母와 함께 無極 가서 電氣밥솥 손질 等 잔일 좀 보고 온 것. 農協에 50萬 원 預金. ⓒ

〈1983년 9월 24일 토요일 曇〉(8. 18.)
機關長會議 있대서 無極 갔더니 雨後 諸般事情으로 28日로 延期되어 虛行~邑事務所로부터 事前連絡 못함이 失手. 郡內 敎員 體育大會도 無期延期.
井母는 12時 發 버스로 淸州 갔고. 無極서 11時 發 버스로 歸校하여 下午 3時까지 執務. 淸州엔 六時頃 到着. 市內서 夕食하고 深夜에 歸家. ⓒ

〈1983년 9월 25일 일요일 曇, 晴〉(8. 19.)
11時에 鄭寅和 文白校長 女婚 있어 上黨禮式場 가서 人事.
밤엔 杏의 在職校 大成女中 職員 三名(成, 林, 李敎師) 來訪에 고마운 歡談했고. ⓒ

〈1983년 9월 26일 월요일 晴〉(8. 20.)
學校에 連絡 後 玉山 가서 戶籍謄本 1통 떼고(醫療保險 카드用), 第二期 財産稅 內譯 알아보고. 淸州 와선 井母의 印鑑證明書(아파트所用) 떼고 住宅銀行 가선 9月 分 16회次 積金(財形貯蓄) 拂入 等으로 午前 中 나우 바빴던 것.
井母와 함께 낮 車로(富潤行 버스) 梧仙에 無事到着. 殘務 整理.
夜間엔 學校 李 氏와 柳村里長 朴 氏 來訪에 歡談했고. ⓒ

〈1983년 9월 27일 화요일 曇〉(8. 21.)
本校(梧仙國校)에 와서도 第六學年의 道德敎科 授業 專擔키로 하고 今日부터 實施. 第六學年 一班 첫 時間에 3單元 中 "이치에 맞는 생활"을 다룬 것.
井母는 富潤 가서 고추 및 토란 줄거리 거둬가지고 온 것. 徐\ 氏가 助力 많이 했다고. ⓒ

〈1983년 9월 28일 수요일 曇, 晴〉(8. 22.)
邑單位 機關長會議에 參席. 11時부터 邑事務所 會議室에서 10月 上旬에 있는 雪城文化祭에 이어 10月 8日에 있을 道知事旗 爭奪 公職者 體育大會 行事의 選手(陸上, 줄다리기, 排球) 選出과 豫算捻出에 對한 것이 主案件. 散會後 國校團에 一盃 待接했기도.
現像 잘 안되는 黑白 T.V 修繕 손질해 봐도 別無神通. ⓒ

〈1983년 9월 29일 목요일 曇, 晴〉(8. 23.)
敎育廳에 提出하는 學校統計 一切 一見하고, 學校 槪況 많이 把握했기도.
退勤 後 理髮次 柳浦里 가서 梧仙校 赴任 最初로 理髮한 것. ⓒ

〈1983년 9월 30일 금요일 晴〉(8. 24.)
學校 行事 잘 마치고 井母와 함께 入淸. 明日부터 3日 間 連休로 當直勤務 잘 하라고 特別付託했고.

自身의 일도 教育廳 管理課로 連絡 取했고. ⓒ

〈1983년 10월 1일 토요일 晴〉(8. 25.)
井母와 함께 上京. 下午 1時頃에 冠惡區 上道洞 弼이 있는데 到着. 집 안팎 整理整頓에 內子는 바빴던 것. 弼이는 제 친구들과 情談하다가 深夜에 온 것. ○

〈1983년 10월 2일 일요일 晴〉(8. 26.)
永登浦 큰 女息 家族 一同 上道洞까지 人事次 와서 반가웠고. 봉천洞 市場에 가서 外孫子女들에게 果일 좀 주기도. 一同 下午 5時頃에 文井洞에 갔고. 同棟에 사는 3女息 家族들도 오고. ○

〈1983년 10월 3일 월요일 晴〉(8. 27.)
서둘러서 早朝食하고 井母와 함께 淸州 온 後 12時에 있는 申一東 子婚과 李一根 子婚에 人事後 米院面 大新里 가서 申東元 長甲校長 回甲宴에 다녀온 것. ○

〈1983년 10월 4일 화요일 晴〉(8. 28.)
첫 버스로 出勤하여 바쁜 10月 行事에 萬全을 期하라고 全職員에게 當付는 한 것이나…. ○

〈1983년 10월 5일 수요일 晴〉(8. 29.)
午前 中 學校일에 充實 期하곤. 下午 3時 버스로 富潤가서 老人과 親知들 많이 만나 情盃 後 彼此 醉中에 金某와 言爭 좀 한 듯? 學校에 가선 大菊 1株 얻어오기도. ×

〈1983년 10월 6일 목요일 晴〉(9. 1.)
昨日 나우 마신 酒類로 食事 口味 없어 넉넉이 못했고. ×

〈1983년 10월 8일 토요일 晴〉(9. 3.)
在京同門會에 重要 校具 가지고 來訪한다기에 일찍 入淸 못했던 것.
下午 6時쯤 만나 彼此 人事後 一盃 나누고 井母와 함께 入淸하니 저물었던 것. ×

〈1983년 10월 9일 일요일 晴〉(9. 4.)
大田 둘째 오랜만에 제 妻家에서 제 집 마련(아파트?)하여 옮겼다는 喜消息만은 들었으나 몸 極히 고단하여 終日토록 아파트에서 呻吟하며 쉰 것. ○

〈1983년 10월 10일 월요일 晴〉(9. 5.)
첫 버스로 出勤했으나 食事 못하는 까닭으로 氣力 쇠약함을 또 느끼고. ○

〈1983년 10월 11일 화요일 晴〉(9. 6.)
極히 疲困하여 道晴里行 豫定을 履行 못하고 學校 內外만 無數히 돌기만. ◎

〈1983년 10월 12일 수요일 晴〉(9. 7.)
去 9日에 "버마"로 全大統領 隨行한 外交使節團 폭발物 事件으로 現場 死亡者 16名, 重傷者 15名으로 國內外가 形言할 수 없는 暗殺事件에 발끈 中.
教育廳에서 定期綜合監査 나온 바람에 終日토록 자리 固守하기에 大고단. ◎

〈1983년 10월 13일 목요일 雨, 曇〉(9. 8.)
食事는 今日 点心 時부터 若干 먹기 始作하여 多幸. 學校監査 제2日째.

昨今에 學校 손님 晝食 마련으로 井母가 많은 애 쓴 것.
殉職者 全員 國葬으로 永訣式 – 弔旗와 全國民 검정리본 달았기도. ◎

〈1983년 10월 14일 금요일 曇, 晴〉(9. 9.)
學校 형편上 六學年 道德授業을 3時間이나 施行했고.
午後엔 電信電話局 招待로 無極가서 다이알 電話機에 따른 施設을 見學.
몸 많이 좋아진 편~1주일 만에 아침行事(운동, 放送). 食事도 낳아지고. ◎

〈1983년 10월 15일 토요일 晴〉(9. 10.)
下午 2時 半 버스로 井母와 함께 清州 向發. 如前 今日도 重量 보따리 內外 모두 갖고.
友信會 臨時總會에 參席. 동원食堂. 16名 中 14名 參席. 當番되어 負擔 3萬 원. ◎

〈1983년 10월 16일 일요일 晴〉(9. 11.)
日曜日이지만 形便上 아침결에 學校 와서 옷 갈아입고 朴 教師 帶同하여 道晴里 가서 12時부터 있는 '道莊祠'[13] 秋享(草溪 鄭氏 家 祠堂)에 參席 參祀. 굳이 사양했으나 獻官(終獻) 位置에서 유건, 도포, 행견, 띠로 祭服 입고 參祀~처음 經驗.
어제 왔던 五男 弼이는 下午 7時 半 속리산 高速버스로 上京. 市內서 달갑지 않게 夕食. 조그만한 雰圍氣로 感受性 짙어 口味 과히 없었던 것. ◎

〈1983년 10월 17일 월요일 晴〉(9. 12.)
井母와 함께 첫 버스로 梧仙 와서 終日토록 바쁘게 일 본것~六學年 道德授業, 赴任 後의 油印物 分類別 整理. 臨時職員會 열어 教室 改革에 關한 力說. 10月 分 俸給 受領코 帳簿整理 等. ◎

〈1983년 10월 18일 화요일 曇, 晴〉(9. 13.)
낮 버스로 無極國校 가서 씨름選手 어린이 황호영君 격려. 前任校 富潤校 選手 池명헌君도 만나 激勵. 晝食은 金 校長한테 厚待받고. 無極國校監과 李 教務, 場體育主任에게는 奌心과 一盃 待接한 것.
富潤 가서 토란 캐러갔던 井母 만나 함께 歸校. 舍宅으로 移舍 온 張主任 宅에 洋초 等 사갖고 人事한 것. ⓒ

〈1983년 10월 19일 수요일 曇〉(9. 14.)
終日토록 흐렸고. 退勤 卽時 柳浦里 가서 理髮. 老人 數名이 大歡迎. 濁酒 待接도 받았고. ⓒ

〈1983년 10월 20일 목요일 晴〉(9. 15.)
朴鐘洙 體育主任 帶同코 自轉車로 無極까지. 清州 公設運動場엔 9時 半에 到着. 陰城郡 씨름選手들 잘했고~梧仙의 黃鎬永, 富潤이 池明憲, 머리 쓰다듬어주었고.
市內서 夕食하고 深夜에 歸家. 낮엔 아파트 主人 李 氏와 通話, 住宅銀行 일도 보고. ⓒ

〈1983년 10월 21일 금요일 晴〉(9. 16.)

13) 금왕읍 도청1리에 있는 초계 정씨의 사당으로, 정면 3칸 측면 2간의 팔작지붕 목조기와집이다. 음성군 향토문화유적 제19호.

첫 버스로 梧仙 오고.. 秋季 消風에 無極 光明寺까지 가 본 것. 無事歸家된 듯하나 現場狀況에 不快感 있었고. 井母도 갔다가 卓心후 일찍 歸家. 學校 와선 鄭寅國과 一盃. ⓒ

〈1983년 10월 22일 토요일 晴〉(9. 17.)
陰城郡 教職者體育大會에 參席. 本校 職員 힘껏 뛰었으나 別無成(實)績. ○○人의 態度에 若干 不滿. 然이나 自身의 汚點에서 온 것이라고 참은 것. 日暮頃 入清하여 市內서 夕食 深夜 歸家. ⓒ

〈1983년 10월 23일 일요일 晴〉(9. 18.)
故 族弟 長榮 女婚과 族長 勳鐘 氏 女婚에 人事. 10時 半에 한벌國校의 明의 合奏班 求京하기도.
下午 3時 半 發 버스로 井母와 함께 大田 거쳐 沃川 가서 次男 魯絃이 移舍간 곳 찾은 것. 沃川 住公아파트 10棟 307號. 數年 間 妻家 신세졌던 것. 林 査頓에 感謝할 뿐. 가난의 탈피 福을 빌면서 入清.
淸州 아파트 主人 李鐘燮 氏 만나 房貰 및 電氣料 過多 等 圓滿히 打合하기도(9時頃.) ⓒ

〈1983년 10월 24일 월요일 晴〉(9. 19.)
氣溫 뚝 떨어져 零下로. 얼음 얼었고. 첫 버스로 出勤. 井母는 낮에 온 것.
學校는 샘 팠고. 舍宅 및 學校 宿直室 修理中이고.
教室 改革事業에 따라 VTR 等 學校施設 圓滿히 되어나가는 中인 듯. ○

〈1983년 10월 25일 화요일 晴〉(9. 20.)
아침行事는 圓滿히 强力히 施行한 것. 電話機에 잠글쇠 달아 不快 말했고. 自習 不定立도. ×

〈1983년 10월 27일 목요일 晴〉(9. 22.)
梧仙一區(개오지) 鄭 老人 만나 情談했기도. (指導者 鄭龍憲의 父親. 昨日은 機關長회의.) ×

〈1983년 10월 28일 금요일 晴〉(9. 23.)
今日까지의 아침行事는 잘 施行된 셈. 주간體育도 힘차게 이룬 것. ×

〈1983년 10월 29일 토요일 晴〉(9. 24.)
學校 끝나고 入淸했고. 밤에 3男 魯明이 찾아와 또 이야기 저야기 나눠진 것.
夕食은 市內에서 하고 相對者와 圓滿한 이야기 나눠지지 못하여 不快感 있었고. ※

〈1983년 10월 30일 일요일 晴, 曇, 가랑비〉(9. 25.)
아침결에 셋째 子婦 15棟 아파트 와서 제 所見 겸 昨夜 明이 왔던 이야기 나누기도.
數日 間 계속되던 酒類에 口味 떨어져 食事 못하여 臥病 呻吟. 다시 後悔莫及. ⓒ

〈1983년 10월 31일 월요일 晴〉(9. 26.)
昨夜부터 學校 걱정에 담잠 못 이루어 疲勞와 氣盡 中에 極惡을 克服하고 첫 버스로 出勤. 井母는 낮 車로 梧仙着. 學校는 明日 있을 行事로 申校監, 李 · 吳 전달부, 趙주임 教師 바빴다.
富潤의 宋秉機 債務 件으로 양해 얻고져 다녀

갔고. 再堂姪(魯旭君의) 妻 病故死 소식 來電. ◎

〈1983년 11월 1일 화요일 晴〉(9. 27.)
校壇支援 教室改革運營協議會 있어 九時에 沙亭國校 갔고~小規模로서 校長 以下 全職員 努力으로 놀랄만치 學校 運營 諸般이 잘 됐던 것. 下午 2時 車로 梧仙校로 當番校長 六名이 함께 와서 協議會 下午 4時에 마친 것…. 나름대로 有終의 美를 거둔 것~申 校監, 趙 研究 노력 多大.
괴로웠던 몸 좀 나아져서 点心食事부터 나아진 것. ◎

〈1983년 11월 2일 수요일 晴〉(9. 28.)
今日도 어제와 같은 行事 있어 學校 앞 發 8時 半 버스로 富潤校가서 午前 中 일 보고. 大所 나가 点心食事 後 三成面 淸龍國校 가서 用務 마치고선 無極거쳐 學校 오니 17時 正刻.
職員들은 柳村里 鄭 氏 家 回甲宴에 雇傭員까지 갔기에 2時間 程度 學校 지키면서 不安과 不快感 있는 原由 있어 氣分 좋지 못했던 것. ◎

〈1983년 11월 3일 목요일 曇, 晴〉(9. 29.)
第3日째의 教壇支援協議會~午前엔 陵山國校, 午後엔 雙峰國校. 李 장학사도 參席. ◎

〈1983년 11월 4일 금요일 晴, 曇〉(9. 30.)
校長會議에 參席 10시~14시. 少年體典 分析과 12月의 교육청 評價會 對備가 主案件. 自轉車로 無極까진 往來. 歸校 後 16時 20分부터 校長會議 傳達. 水道工事도 監督. ◎

〈1983년 11월 5일 토요일 晴〉(10. 1.)
下午 3時 車로 形便上 大所, 廣惠院 거쳐 鎭川 經由 淸州 着하니 仝 5時 半. 井母는 午前에 入淸. 오랜만의 沐浴 後 市內 가서 夕食하고 深夜에 歸家.
기다리던 五女 魯運이 서울서 오고~井母는 明日 上京 豫定. ◎

〈1983년 11월 6일 일요일 曇, 晴〉(10. 2.)
吳倉均 大所國校長 女婚 있어 10時 發 버스로 上京한다기에 形便上 淸州서 人事한 것. 金某 課長 子婚과 卞某 前校長 回甲宴에는 마음 안 됐으나 人事 못했고. 낮 버스로 金溪 가서 從兄님 뵙고 家事 協議後 再從兄님 憲榮 氏 內外 찾아 人事 謝過~去 1日에 그의 子婦 喪(再堂姪婦…魯旭 妻) 있었을 때 못갔기에. 때는 校長團 各校 運營評價會(教壇支援 및 教室改革 運營協議會) 第一日 行事에 任務隨行하여얐기로 못간 것.
前左山 가서 省墓後 墓況도 보고 堂姪 魯錫과 함께 入淸.
井母는 魯運 帶同하여 下午 3時 發 高速으로 上京했다는 것. ◎

〈1983년 11월 7일 월요일 晴〉(10. 3.)
첫 車로 出勤. 早食은 牛乳 한 컵으로 따웠으나 点心은 '라면'삶아 넉넉히 먹은 것. 道德授業도 興味있게 했고 授業參觀도 遂行.
學校 일 몇 가지 氣分에 상쾌하지 못한 店 은 연中 엿보이나 理解.
退勤 무렵 意外로 井母 早起 來校하였기에 반가웠고. 밥으로 夕食 充分히 한 것. ◎

〈1983년 11월 8일 화요일 晴〉(10. 4.)
繼續 勤務 正常化. 아침 日出 前 行事 繼續 施行. 今日도 授業 參觀 充實히 했고.
12時에 無極가서 無極中高校의 芙蓉祝祭에 參席 祝賀했고.
13時부터 있는 龍泉國校 硏究發表會(郡指定 傳統禮節室 運營)에도 參席. ◎

〈1983년 11월 9일 수요일 晴〉(10. 5.)
豫定한 學級의 室內奬學指導 圓滿히 했고. 奬學指導簿도 滿足히 記錄.
昨日부터 컴퓨터 教育에(受講) 全職員 沒頭… 下午 2時 半부터 5時까지.
井母는 빠금장[14]감 메주 쑤어 뭉치기도. 自身 손으로 갈고 栽培한 菜蔬로 만든 김치 것저리 맛있고. ◎

〈1983년 11월 10일 목요일 晴, 曇〉(10. 6.)
食事 끼니마다 가득 한 그릇씩 낙출[15] 없이 먹어치우는 중. 過食이나 아닐른지. 學校일도 가볍게 잘 치우고. ◎

〈1983년 11월 11일 금요일 曇, 雨〉(10. 7.)
學校 經理에게 하기 싫은 말 참으며 若干 했고. 알뜰한 態度이지만 편벽진 느낌에서.
六學年 道德授業 및 旣定授業 參觀 等 經營管理業務에 正常生活 繼續. ◎

〈1983년 11월 12일 토요일 曇〉(10. 8.)
長其間 날씨 좋고 푹한 편이더니 엊저녁부터 부슬비, 가랑비 좀 내렸고.
下午 2時 半 發 버스로 井母와 함께 무거운 짐(토란, 무우 等) 갖고 梧仙서 出發. 淸州 着은 4時 半.
市內서 夕食하고 情談 후 歸家. 文, 趙 教師는 컴퓨터教育 받고져 淸州까지 다녀가고. ◎

〈1983년 11월 13일 일요일 曇, 晴〉(10. 9.)
李殷植 琅城校長 女婚에 人事~近者 家庭儀禮 行事 接客 團束으로 국밥 한 그릇 간신히.
任昌武 校長과 數時間동안 情談하면서 南州洞 市場, 깡市場[16] 等 求景했고. 마음먹었던 검정쓰본도 막전에서 가장 값싼 7,000원에 사고. 今日 夕食도 市內서. ◎

〈1983년 11월 14일 월요일 晴〉(10. 10.)
今朝 氣溫 零下 3度. 早朝食하고 첫 버스로 出勤. 今日은 鎭川, 德山, 孟洞 거쳐 온 것.
今日도 充實~道德授業, 授業參觀, 운동장 물고랑 메우기 作業했고.
終會 마치고 無極 가서 全明淑 女教師 집 移舍한 데 招請 있어 人事 兼 갔던 것. 그의 媤父 尹星老 前 校長, 龍泉校 申奉植 校長과 同席 座談케 되어 잘 쉰 것. 形便上 마지못해 酒類 한 모금 입술 적셔 본 것~16日 만에. ⓒ

〈1983년 11월 15일 화요일 曇, 雨〉(10. 11.)
今日도 亦是 勤務 充實. 食慾 增進에 食事 잘

14) 된장이 떨어졌을 때 메주를 쑤어 항아리에 넣은 후 김치국물을 부어 급히 발효시켜 만든 장.
15) 낙출(落出): 일정한 수량에서 축나게 빠져나감.
16) 깡시장이란 농수산물 도매시장을 가리킨다. 깡이라는 말은 일본어에서 할인을 의미하는 '와리깡'에서 유래한 말이다. 각 지역별로 이런 깡시장이 있다.

하고 健康 正常. 井母는 今日도 메주 若干 빚은 것.
近日의 日出 前 氣溫 零度쯤. 學校 水道와 舍宅 펌프 若干 故障과 不圓滿으로…. ◎

〈1983년 11월 16일 수요일 曇, 雨〉(10. 12.)
昨夜에 비 나우 내리더니 下午 3時頃엔 첫 눈 파람도 잠시 내렸던 것.
陰城郡 平和統一諮問委員協議會에서 招請 있어 点心時間 利用하여 無極까지 다녀온 것.
教育廳 李桂榮 奬學士 來校 今年度 最終 奬學指導 마친 것~教壇支援의 教室改革에 先進이라고 讚辭. 學校長의 '사랑의 教育' 方針에도 確固信念이라고 好言 했고.
李 장학사 帶同하여 幹部職員 一同 無極 가서 夕食~校長, 校監, 黃教務, 文 · 趙 主任. ⓒ

〈1983년 11월 17일 목요일 曇〉(10. 13.)
氣溫 急降下. 日出 前 溫度 영하 5도. 바람도 있어 大殺히 추웠고. 全校 煖爐불 처음 넣었고.
月前에 富潤校 閔校長한테 付託했던 藥用 菜蔬 ' '[17] 2포기 便에 보내왔기도.
15時부터 있게 된 地域別 教壇支援對策協議會에 參席. 17時까지. 無極國校에서.
日 前에 막동이 弼한테 편지 보냈더니 安心스럽고 기쁜 消息 答狀 왔기도. ⓒ

〈1983년 11월 18일 금요일 曇〉(10. 14.)
第六學年 1, 2班 道德授業하는 데 興味 있었고. 모처럼 1時에 쌀 1가마(80kg) 팔아(買入) 보기도. 1말當 5,400원씩 54,000원 支拂. ◎

〈1983년 11월 19일 토요일 晴〉(10. 15.)
官舍修理에 塗裝工事 着手. 井母는 午前에 入清. 學校 일 다 마치고 清州엔 16時 도착.
下午 6時 發 高速버스로 井母와 함께 上京. 江南터미날서 參男 魯明도 만나고. 文井洞엔(仝 아파트 9棟 406號) 20時 좀 지나서 到着. 夕食은 參女(任)네 집에서 했고(仝 302호). 運이도 弼이도 왔고. 明日은 저희들 母親 生辰 턱을 한다는 것. ◎

〈1983년 11월 20일 일요일 晴〉(10. 16.)
井母의 生日은 元日은 陰曆 10月 21日인데 其日은 金曜日 各己 勤務日이어서 日曜日인 今日로 당겨서 會食하기로 合意한 것.
清州 볼 일 形便上 혼자만이 早朝食하고 8時 發 高速으로 清州와서 牛岩國校長 李鍾璨 子婚, 角里校監 吳景錫 子婚에 人事 다닌 것.
魯弼의 時計 修繕 마치고 大成國校長 李尙雲과 우연히 만나 첫 人事되어 情談도 했고. 夕食 市內서 했으나 넥타이 金製핀 紛失 탓인지 氣分 少한 일에 이모저모 不快感 있었고. 낮엔 勤務地 梧仙까지 急히 다녀간 것~舍宅 修理 狀況 보려고. 16時頃 工事 완료. ⓒ

〈1983년 11월 21일 월요일 晴〉(10. 17.)
井母는 昨日 下午 8時頃 서울서 歸清. 今日은 清州서 9時에 出發하여 梧仙엔 11時경 到着.
날씨 많이 풀려서 첫 버스로 出勤할 때도 그리 추운줄 몰랐고.
六學年의 道德授業 및 倉庫整理에 두 雇傭員 勞力指揮 等 今日도 보람있게 지냈고.

17) ' ' 안이 공백으로 돼 있다.

舍宅 要所에 못박기 및 該當 物件 걸기에 늦도록 勞力한 것. ◎

〈1983년 11월 22일 화요일 晴〉(10. 18.)
今日도 보람을 느끼며 기쁘게 生活한 것~1學年의 授業 參觀에 4名 稱讚과 3의1班 補缺授業 1時間 하면서 '꿀벌과 꽃'에 對하여 興味眞〃하게 授業 進行. 2雇傭員의 倉庫整理하는 것 稱讚. 作業으론 香木 울타리순上의 솔잎 긁기와 運動場 트럭線 鮮明히 그은 것. ◎

〈1983년 11월 23일 수요일 曇, 가랑비〉(10. 19.)
10時부터 있는 '特別巡廻弘報講演會'에 參席聽講. 場所는 無極福祉會館. 約 1時間 半 程度. 演士는 閔丙權 氏(前 反共聯盟 忠北支部長). 71年 南北韓 代表會談 때 直接 겪었던 經驗談에 興味 있었고. 버마 暗殺事件 等에 關聯 反共意識 鼓吹 高調 흡쾌. 兵心은 住民 趙俊衡 氏한테 待接받고. 우체局에서 用務 마치고 午後 2時 半쯤 歸校.
去 21日에 約束한 圖書 '世界文學 속의 韓國' 等 6질 6個月 月賦 13萬 원어치 入荷 入手했고.
下午 4時부터 臨時職員會…校監會議 傳達(昇進關聯 褒賞과 硏修實績表 作成)이 主.

〈1983년 11월 24일 목요일 曇, 晴〉(10. 20.)
下午 2時 發 버스로 陰城 가서 教育廳 들려 延 教育長과 金 管理課長 만나 謝禮 人事한 것~官舍 修理. 새 水道 施設. 孝道 스라이드 製作費 補助 等에. 申 校監 昇進되도록도.
井母는 낮 車로 富潤 다녀온 것. 富潤은 아직 煙草收納 안됐다는 것이어서 用務 못본 것.
歸路에 無極서 우체局長 만나 厚待 받기도. ⓒ

〈1983년 11월 25일 목요일 曇, 晴〉(10. 21.)
午後 2時부터 있는 姉母會에 參席하여 教室改革을 爲한 後援에 感謝와 家庭에서의 生活指導와 自律學習, 學習을 위한 뒷받침, 學校教育에 參與 等 親密感 있게 말하여 爽快했던 것. 밤 9時頃부터 눈 내렸고. ◎

〈1983년 11월 26일 토요일 晴〉(10. 22.)
井母는 淸州 김장 때문에 아침결에 淸州 갔고. 난 下午 3時 發 버스로 入靑. 市內서 夕食. ◎

〈1983년 11월 27일 일요일 晴〉(10. 23.)
禮式場 두 곳 人事 다녔고~郭漢政 子婚, 安鐘烈 西原校 교사 女婚.
日暮頃에 永雲洞 가서 南聖祐 氏 問病. 井母는 淸州 김장담는 데 勞力했고. ◎

〈1983년 11월 28일 월요일 晴〉(10. 24.)
今日 生活도 보람 있는 教育生活. 5의1件 補缺授業 興味 있었고.
學級經營錄 檢閱 評價에 많은 時間 所要됐기도. ◎

〈1983년 11월 29일 화요일 晴, 曇〉(10. 25.)
廣告에 依하여 注文했던 '枸櫞酸' 200g入 1個月分 9,200원 분치 收品~夕食부터 服用. ◎

〈1983년 11월 30일 수요일 曇, 雨, 曇〉(10. 26.)
새벽에 비 내리고, 午前 中은 푹했다가 日暮頃 매우 추었고.
教師級 83年 分 勤務成績評定 完了~五個項

(①敎室環境, ②學級經營錄, ③勤怠, ④責任感, ⑤授業技術) 評定 10點 基準으로 50點 滿點으로 하고. 基準에 依하여 秀 1名, 優 4名, 美 7名으로 評價 確定. ◎

〈1983년 12월 1일 목요일 晴〉(10. 27.)
繼續 健康과 充實한 生活~새벽 讀書, 아침 體操, 아침 學校 放送, 淸掃, 晝 間의 一日生活課程 完遂, 早期 宿枕, 深夜 學校 巡視 等.
井母는 每夜 9時50分부터 放映하는 連續劇 '보통사람들'[18] 視聽에 큰 趣味 갖고. 요새는 二十二代祖 蓮潭 '郭預' 册子도 朝夕으로 조그만큼 읽는 듯하여 흐뭇하기도. ◎

〈1983년 12월 2일 금요일 晴〉(10. 28.)
今朝 氣溫 零度. 氷點~푹한 편. 學校 煖爐도 안 피웠고.
六學年 道德 進度에 力點 中. 今日도 2時間 다뤘고. 職員 雰圍氣 좋아 흐뭇하기도. ◎

〈1983년 12월 3일 토요일 晴〉(10. 29.)
서울行 計劃 있어 井母는 朝食 後 곧 入淸.
11時 半 버스로 陰城 가서 '敎育保險會社 陰城支部'에 가서 年末精算用 保險料 拂入金 領收證 떼고. 3時쯤 淸州 가서 市內서 點心. 下午 4時 發 高速버스로 上京. 동작區 上道一洞 魯弼 있는 곳에는 下午 7時 半쯤 到着. 弼이 無故. 夫婦는 房內 整頓과 淸掃에 勞力했고. ◎

18) 1982년 9월부터 1984년 5월까지 KBS1TV를 통해 방영된 일일 연속극. 한 가정의 일상을 통해 소시민의 애환과 갈등을 그린 드라마로 당시 최고의 인기를 누렸다. 나연숙 극본, 최상식 연출.

〈1983년 12월 4일 일요일 晴〉(11. 1.)
井母는 早朝부터 弼의 衣類 洗濯에 全力 다 했고. 數時間 동안 窓門의 防寒, 타개진 옷 손질, 舊 新聞紙 整理 等으로 나도 勞力한 셈. 下午 1時 半에 봉천市場에 井母와 함께 나가 귤, 魚物 좀 사고. 白米 1말 6,400원에 사 갖고 點心 後 큰 애한테(文井洞) 安否 電話 連絡하고선 下午 5時 半 高速버스로 淸州 向發. 아파트엔 仝 8時頃 到着. 沐浴 後 市內 가서 夕食. 健康不健全한 느낌. ⓒ

〈1983년 12월 5일 월요일 晴〉(11. 2.)
첫 버스로 單身 出勤. 15時 半부터 있는 敎職員 '스라이드' 視聽케 되어 無極邑 龍泉學校에 全職員과 함께 갔고. '學校淨化事業', '主人意識'에 관한 것. 參考 많이 됐고.
金旺邑內 國校長 四人(無極 金, 龍泉 申, 雙峰 安, 梧仙 郭) 會席 情談했고.
沃川郡 郡西國校 在職 中인 둘째 子婦(林禮順)한테서 제 媤母 生辰膳物로 小包왔고(冬節用 內衣). 지금은 저의들 4人 家族 玉川邑 APT 生活. 甚히 生計 困難中.
下午 21時頃에 淸州 着. 井母한테 玉川 小包 이야기했기도. ⓒ

〈1983년 12월 6일 화요일 晴〉(11. 3.)
第六學年 卒業試驗 實施狀況 巡察~1~4校時까지. 考査監督, 採點委員, 再檢 等으로 區分委任.
下午에 入淸하여 司倉洞 事務所에 들러 住民登錄便所 業務 마친 것. 서울 運이도 仝 手續 마치고 歸京했다는 것.
夕食 市內서. 今日 健康狀態도 溫全한 편 안되

어 머리 개운치 않은 셈. ⓒ

〈1983년 12월 7일 수요일 晴〉(11. 4.)
첫 버스로 出勤. 舍宅 부엌 아궁이에 炭불과 군불 짚이기도. 井母는 11時頃쯤 올 豫定이어서.
10日 後면 冬季 休暇이기에 各 敎科 進度 거의 마친 形便…今日도 室內 奬學指導로 授業參觀했지만 敎授內容 그리 活氣 없음을 느끼고. 豫定대로 11時쯤에 井母 와서 点心 저녁 따시게 잘 먹은 것. 밤엔 官舍 옆房에 살고 있는 朴鍾洙 敎師 濁酒 갖고 와 待接하기에 고맙게 달게 一盃 먹은 것. ⓒ

〈1983년 12월 8일 목요일 晴〉(11. 5.)
밤에 두 傳達夫 토끼고기 짖어놓고 招請하기에 맛있게 一盃. 소주 答接도 했고. 井母도 오랜만에 一盃. ⓒ

〈1983년 12월 9일 금요일 晴〉(11. 6.)
六學年 道德授業 進度 맞추기에 6의1 1.5時間, 6의2 2時間 施行하기에 어려움 느꼈고. ◎

〈1983년 12월 10일 토요일 晴〉(11. 7.)
下午 3時 버스로 井母와 함께 淸州 와서 손가방(빽) 쟈크 고치고. 夕食은 市內서 解決. ⓒ

〈1983년 12월 11일 일요일 晴〉(11. 8.)
市內서 李成宰(佳陽校 時節 下宿主人) 만나 불고기 집에서 情談 및 意外로 平壤宅 만나 醉中에 '한옥집'이란 酒店에서 바가지 썼고. 낮엔 李世寧 敎師 結婚式場에 나갔었고. ※

〈1983년 12월 12일 월요일 晴〉(11. 9.)
첫 버스로 出勤. 井母는 낮 버스로 梧仙 오고. ○

〈1983년 12월 16일 금요일 晴〉(11. 13.)
期末 手當 合한 給料 70萬 원. 25萬 원쯤 甲勤稅로 控除…平常時 稅 控除 안한 탓이라고. ×

〈1983년 12월 17일 토요일 晴〉(11. 14.)
終業式－明日부터 84. 2. 5日까지. 事實上 休暇는 50日 間. 病조심, 불조심, 얼음조심 當付. 下午 3時에 全職員 無極 나가서 晝食을 會食. 井母도 함께. 저물게 入淸. ×

〈1983년 12월 18일 일요일 晴〉(11. 15.)
學校 옆 購販場 보는 趙君의 結婚式에 主禮 봤고. 近日 繼續 飮酒에 얼근했고. ×

〈1983년 12월 19일 월요일 晴〉(11. 16.)
五年 滿期 保險金 한口座 壹百萬 원 찾기도. 개용돈 關係로 本意 아닌 짓 했고~休暇 中 諸雜費 多額 所要 豫想에 自由갖기 爲한 짓. 良心上 利子 빚 얻기보단 차라리 낳은 짓? ×

〈1983년 12월 20일 화요일 晴〉(11. 17.)
点心 後 井母와 함께 富潤 갔고~82年에 權○○ 通한 貸與金 元金 百臺 宋○○ 債務者 만나려는 것. 形便 不利하여 헛탕 치고 不安한 感 갖은채 歸校. ※

〈1983년 12월 21일 수요일 晴〉(11. 18.)
數日 間의 食事 欠故로 몸 다시 疲勞疲困. 責任上 學校에 간신히 드나들은 것.

기다리던 債務者 宋○○ 日暮頃에 元金 조금 넘은 것 갖고 온 것. 事情上 多額 탐감. 利子놀이 行爲해 본 적 없고 生計上 形便도 없는 中 쌀稧 받은 것 있어 不得已 놓았던 것. 同情心 많은 나의 心情인지라 相對方 要請대로 들어준 것. ◎

〈1983년 12월 22일 목요일 晴〉(11. 19.)
井母의 誠意에 依하여(우유, 구론散, 귤, 사과, 사이다, 其他) 午後에야 若干 몸이 差度 있는 듯.
井母는 낮 車로 入清. 學校 責任(組勤務) 完遂하고 막 버스로 가까스로 入淸. ◎

〈1983년 12월 23일 금요일 雪, 曇, 晴〉(11. 20.)
8時頃 삽時間에 3cm程度 降雪. 날씨 몹시 추어지기도.
朝食 억지로 조금 들고 不溫全한 몸 갖고 學校 向發. 無極서 學校로 電話.
明日 校長會議이기에 柳浦里 가서 理髮. 晝食 時間 지나 學校 가서 公文書 決裁.
形便上 点心 缺食. 學校엔 防火點檢 나왔었고. 막 車로 入淸. 市內 用務 中止, 沐浴. ◎

〈1983년 12월 24일 토요일 晴〉(11. 21.)
몸 많이 낳아졌고. 食事 形便 어제 夕食부터 좀. 校長會議 잘 마치기도…9時30分부터 下午 1時 半까지. 教務主任 連席會라서 黃校務 出席. 安女教師도 受賞次 參席. 点心은 校長團 親睦會에서 提供.
낮 버스로 淸州 오니 3時 半. 急기야 江內面 鶴天里 從姉 氏 宅 가서 쌀稧 責任額 整理하니 마음 개운…4叺 責任. 1叺當(90kg) 62,000×4=248,000 支拂. 鶴天 쌀繼 6次로 今番이 마감. 從姉님 請託으로 同情上 加入했던 것.
夕食은 市內서. 아직 元氣回復 안 된 셈. 數人과 對談에 氣勇 없었고.
史龍基 校長 招請으로 某酒店에서 情談席에 ○○女人의 言투에 不快했고. ⓒ

〈1983년 12월 25일 일요일 晴〉(11. 22.)
市內는 昨日부터 聖誕節 慶賀 一色. 날씨는 數日 前부터 零下圈으로 몹씨 쌀쌀.
金容璣 校長(中草校) 女婚 있어 人事. 저녁엔 李士榮 校長(小魯校) 回甲 招請으로 井母와 함께 가서 厚待 받았고. 李校長은 因緣이 많은 處地이고. ⓒ

〈1983년 12월 26일 월요일 晴〉(11. 23.)
非番이지만 學校 궁금하여 登校 執務~公文書 및 帳簿 檢閱 決裁. 年賀狀 쓰기 着手.
退勤하여 清州와선 12月 分 아파트 房貰 80,000支拂했고.
井母는 金溪 가서 土地(田) 小作料로 쌀 1가마니 값 66,000원 받아온 것(둑너머 밭). ◎

〈1983년 12월 27일 화요일 晴〉(11. 24.)
第1次로 年賀狀 60通 發送. 明日 發送用 60通 整理 淨書하기에 바쁘게 일하고.
公務員 經濟教育 受講. 14시부터 16時. 教委 講堂.
美洲旅行 가게 된 四女 魯杏이 形便上 포기함에 있어 일편 딱한 생각 있기도. ⓒ

〈1983년 12월 28일 수요일 晴〉(11. 25.)
첫 버스로 出勤~公文書 決裁 및 帳簿 檢印.

11時부터 있는 機關長會議에도 參席.
道 監査員 來邑했대서 歸校 執務. 歸路엔 學校 某證明願 關係 件이라고 尹○○ 氏 連絡에 依하여 確認코저 無極서 某人 기다렸으나 늦어서 解決 못보고 그대로 歸淸.
모처럼 5男 魯弼이 서울서 왔고~于先 住民登錄證 更新 手續할 일인데…. ⓒ

〈1983년 12월 29일 목요일 晴, 曇〉(11. 26.)
今日도 出勤 執務~非番이지만 學校일 궁금. 年末年始의 非常勤務에 職員 慰勞 等.
所謂 證明願 誤發(誤記?)之事 있대서 關係代書 李○○ 氏의 이야기 仔細히 들어보기도.
沈學務課長 招致에 依據 教育廳 갔고~道로부터의 功勞退任人員 數配當 있어 本人 意思 打診이 主目的. 相議해 보는 것. 道로부터의 內示…校長 經歷 30年 以上者, 總經歷 40年 以上者로서 60歲 以上인 者 中에서 合議함이 教育廳으로선 急先務인 듯. 나머지 3年 間을 멋지게 意慾的으로 사랑의 教育을 베풀고저 함이 굳건한 나의 信念을 피력한 것. 그렇게 結末 지우니 心情 개운. ⓒ

〈1983년 12월 30일 금요일 曇, 雪, 曇〉(11. 27.)
出勤 執務. 校務擔當 黃○○教師의 處事不敬으로 卒業證明書 發付年度 錯誤로 因한 일 圓滿치 못한 느낌에서 若干의 不安感 있고. 거기에 이상하게도 아랑곳 없는 ○○의 態度에 不快하기도.
낮 삽시간에 눈 우수 쌓이고. 負傷兒 狀況 把握과 休暇 中 部落 巡廻 計劃한 바 있어 14時半부터 日暮頃까지 兒童 및 父兄 찾아본 것~三鳳里 二區의 샛터, 정단, 가느실.
歸路에 富潤里 宋○○ 집 들러 殘金狀況 알아보니 明日의 豫約대로 안 될 모양. ⓒ

〈1983년 12월 31일 토요일 曇, 晴〉(11. 28.)
早朝 運動 後 沐浴했고. 出校 豫定을 中止. 電話로 學校 消息 물으니 無故. 晝間에 文主任과 吳 氏 다녀가고. 설 祭物 準備로 井母는 어제부터 東奔西走. 서울서 小魯에서 2團地에서 모두 와서 明日 준비로 법석. 서울 孫子(英昌信…中學生)들을 비롯 어린것들 많이 모였고. 밤엔 運이도, 沃川 둘째도 왔고.
잠자리 좁은 생각에서 市內 가서 밤 새운 것. 零時의 83 가는해. 84 오는 해. 普信閣 鐘 울릴 때 甲子 새해를 祝願했고~家庭家族 無事, 弼의 成功, 職場 無事, 其他 雜事까지. ⓒ

금계일기 4

1984년

〈1984년 1월 1일 일요일 晴〉(11. 29.)[1]
零時에 默念 - 無事, 所望成就, 充實. 5時에 밤생미 치고. 조깅도(早朝運動).
9時 半에 茶禮 올리고. 今日 설 茶禮엔 안食口들도 參與케 한 것. 歲拜 行事도 多彩로웠고.
11時 半 버스로 省墓次 7名 出發~長男, 參男, 五男, 弟 進榮, 孫子 英, 昌信. 一同 前佐洞 가서 省墓…. 親山, 祖父母, 伯父母, 내안堂叔, 三從兄. 從兄 宅 歲拜, 点心 簡單히. 再從兄(憲榮氏) 宅까지 歲拜 마치고 사거리서 市內버스로 一同 入淸하니 下午 4時.
子婦 둘은 明日 잔치 準備로 바쁘게 飮食 빚기에 勞力. ⓒ

〈1984년 1월 2일 월요일 晴, 曇〉(11. 30.)
生日 63周. 새벽에 從兄께서 찹쌀 1말 가지고 오시고. 早食 때 族兄 春榮 氏 招請했고.
11時에 職員 8名 모여(申校監, 文主任, 朴主任, 延敎師, 安, 安, 劉, 金 女敎師) 一盃하고 晝食.
夜間(11時頃)에 五男 魯弼이 課工 目標에 걱정되는 點 多大하여 다우치고 訓戒한 것~高等考試에 別無 생각했었던 樣. 온 家族 機待에 어긋난 것. 마음 定着 안된 것 같아 큰 걱정. 卒業後 卽時 入隊하여 硏究努力 期間으로 삼겠다는 피력. 然이나 長男 井의 말에 依하면 믿을 수 없다는 것이니 갈피잡기 어려운 境地. 弼이 제 心情도 괴로운지 過飮 就寢. ⓒ

〈1984년 1월 3일 화요일 雪, 曇〉(12. 1.)
새벽부터 降雪. 六時에 큰 애 井과 5男 弼이에 대한 걱정 이야기. 큰 애는 7時 發 高速으로 上京.
玉山 가서 宗親 同甲稧~有司 宗榮兄만이 不參~積雪로 交通杜絶로. 낮술들 多量 飮酒.
俊兄, 昌在와 함께 淸州 와서도 '한옥집'에서 나우 먹었고. 酒代에 對해서 ○○兄은 關心없고. 事實上 치부꾼이어서인지. 多額 全擔했으니 無錢者의 勇氣인지. 族弟 道榮 집(신화목욕탕)도 다녔고. ⓒ

.〈1984년 1월 4일 수요일 晴〉(12. 2.)
첫 버스로 出勤 執務. 道晴里 故 鄭租憲 氏 作故에 弔問 人事. 日暮頃 入淸. ⓒ

〈1984년 1월 5일 목요일 晴〉(12. 3.)
쌓인 눈은 寒冷氣溫의 탓으로 아침 氣溫 10度(영하) 程度 上廻하므로 아직 녹지 않아 白世界.

---

1) 원문의 날짜 옆에 "檀紀 4317년 甲子年"라고 쓰여 있다.

故 鄭租憲 氏 葬禮式(儒林葬)에 參席~金旺邑 道晴里…되자니 앞山. 積雪로 交通難인데도 弔客 많아 莊嚴했음을 느끼는 것. ⓒ

〈1984년 1월 6일 금요일 晴〉(12 .4.)
몇 校長과 함께 上廳 새해 人事 交流. 몇 몇 校長 点心會食에 秀峰 卞 校長이 負擔하기에 고맙기는 했으나 初志一貫 못한 某校長을 나멸했기도. ○

〈1984년 1월 12일 목요일 晴〉(12. 10.)
學校 가서 學區內 住民에게 冬季 營농教育하는 狀況 보기도. ○

〈1984년 1월 13일 금요일 晴〉(12. 11.)
金美英 女教師 지난 2日 招請에 못왔대서 自己 母親 모시고 아파트까지 왔기에 点心食事를 나름대로 誠意껏 待接한 것. 그러하기에는 井母의 勞力이 많았던 것.
요새는 校監 勤務次例. 그러나 誠意껏 나가볼 勇意 갖고 있는 中. ○

〈1984년 1월 16일 월요일 晴〉(12. 14.)
今日부터 一週間 職員 共同硏修. 今日은 83의 評價와 84의 基礎計劃 樹立이 主. ×

〈1984년 1월 17일 화요일 晴〉(12. 15.)
井母와 함께 學校 나가서 精勤手當 包含한 俸給 935,810원 받은 것. 今日 硏修 第2日.
煖爐불에 굿는 豚肉 狀況 보고 申校監에 稱讚나우했기도. 이 豚肉은 去 2日에 淸州 왔을 때 女職員들에게 映畵求景하라고 校長이 安女教師에 1萬 원整 주었다는 돈에서 샀다는 것.

午後에 井母와 함께 無事 歸淸. ※

〈1984년 1월 18일 수요일 晴〉(12. 16.)
돈 가지고 井母와 함께 玉山 가서 李仁魯 親友 宅에서 50가마 쌀契 修契. 今般이 6次로서 마감. 13가마 責任額 70萬8千원 要求대로 내놓고 完決. 짐 무거웠던 것 完全히 벗어미니 마음 개운.
六人租 쌀契 修契 마치고 親舊와 맥주, 탱자酒 나우 마신 것. 族叔 文吉 선생도 同席.
井母와 함께 日暮頃에 아파트에 온 듯?
서울에서 큰 애 왔고. 4女 杏이 15日에 行方明示 없이 旅行 나간 것을 크게 怒하는 것~父母를 원망하기도. 井母에 强要하여 父子 사과酒를 나우 마신 것. ※

〈1984년 1월 19일 목요일 晴〉(12. 17.)
아비의 몸 健康 念慮하며 아침결에 上京.
學校 궁금한 念慮하며 終日토록 臥病 呻吟. 머리 무겁고 全身 떨리고 心臟 뛰고. ◎

〈1984년 1월 20일 금요일 晴〉(12. 18.)
學校 나갈 覺悟 또 좌절. 諸般 全혀 못하고-井母는 구론산, 노루모산, 우유, 사이다, 人蔘水, 사과 等 먹이기에 誠意 다하나 口味 없어 얼마 못먹는 것. 조금 마시면 腹痛 있어 큰 근심되어 苦悶되는 것. 險한 꿈만 꾸어지는 것. 學校 연락하니 無事하대서 多幸. ◎

〈1984년 1월 21일 토요일 晴〉(12. 19.)
몸 우수 가라앉은 듯하나 行步難. 흰죽 한 공기 억지로 먹고 學校行.
學校는 六學年 卒業班의 受賞順으로 몇 職員

큰 소리로 意見 衝突~解明하여 막기도.
共同硏修 마감日. 歸路에 교육保險 陰城支部 들러서 1月分 手續 完了.
궁금했던 杏이 와서 安心 多幸. 서울서 弼이 오고. 運이도 오고. 市內서 夕食. 友信會도. ◎

〈1984년 1월 22일 일요일 晴〉(12. 20.)
새벽부터 諸帳簿 整理. 11時에 있는 沈在昌 校監 子婚에 參席 人事. 運이 上京~신통하게도 제 오빠學生 2人에게 각각 1萬씩 주었다고. 제 母親한텐 2萬 원 드렸다나.
밀렸던 日記帳 記錄에 밤 12時까지. 夕食은 금일도 市內에서. 夕食 前後 不快感. ◎

〈1984년 1월 23일 월요일 晴〉(12. 21.)
零下 15°의 새벽녘에 첫 버스로 學校가는데 車內에서도 몹시 떨었고. 8時 30分에 學校 到着. 煖爐 일찍 피워서 敎務室內 훈훈했고. 冬季 經濟敎育 受講次 全職員 陰城 出張. 日直은 金女敎師. 12時에 柳浦里 가서 理髮. 富潤校 들러서 李慶順 女敎師 結婚을 祝賀. 閔丙德 敎務의 子婚에도. 그러나 뒤늦은 人事가 된 셈. 債務者 턱인 宋○○한테도 들렀으나 別無神通.
道晴里 鄭二憲 會長 宅에도 갔었으나 出他 中이어서 情談 못했고.
學校에서 下午 4時에 出發하여 陰城邑 安慶蘭 女敎師 宅에서 全職員 招待 있어 들러서 珍味飮食 待接받기도. 淸州 到着 下午 7時頃. 夕食 市內서.
井母는 松이 데리고 無極우체局, 金旺農協, 大所農協 巡訪하여 지난해 貯蓄한 것 引出. 總元金 105萬 원. 利子 3萬7千 원. 無事히 일 잘 보고 잘 온 것. ◎

〈1984년 1월 24일 화요일 晴〉(12. 22.)
報恩郡 官基國民學校에 가서 '씨름選手團 學校長 會議'에 參席(王山2, 梧仙, 南新, 助村, 官基3, 報德, 南山, 蘇台). 選手 11名 强訓練中. 指導敎師 李先生, 코치 安先生. 5月 20日까지 合宿訓鍊. 選手 一人當 負擔額 236,000. 報恩郡 社體係 黃 奬學士, 8個 校長會議 原案대로 通過. 黃浩榮 어린이 激勵. 會議後 金大煥 校長의 厚待 받고. 20時에 歸淸.
井母는 杏의 活動으로 預金精算, 引出, 合算預託 業務 等. ◎

〈1984년 1월 25일 수요일 晴〉(12. 23.)
學校長 會議에 參席~'陰城郡 교육청 文敎部 指定 새敎育行政硏究 報告會' 9時 30分부 14時 半까지. 道內 各 市郡代表도. 臨席官으로 金根世 初等課長.
敎育委員會에선 敎育監 選出~現 學務局長인 劉成鍾 氏.
井母는 松이 帶同하여 金溪 가서 밭도지 받은 쌀 運搬에 過勞力했고.
市內서 金冕夏 前 組合長 만나 잠시 잘 놀았기도. 요새 날씨 繼續 강취. ◎

〈1984년 1월 26일 목요일 晴〉(12. 24.)
요새 날씨 10餘 日째 繼續 강취. 今朝 最低氣溫 零下 15度.
첫 버스로 出勤. 8時 30分 正刻에 到着. 公文書 作成과 接受 公文 決裁, 84新入生 豫備召集 放送. 씨름選手 黃浩榮君 집 訪問하여 學父母에 人事와 官基校에서 强訓練中인 現況을

말해주었고. 逢谷里 二區 다녀 無極으로 와서 入淸하니 꼭 下午 5時.
온 家族(井母, 松, 杏)과 함께 저녁食事 모처럼 같이 한 것 – 콩나물 밥으로. ◎

〈1984년 1월 27일 금요일 晴〉(12. 25.)
出勤 中 保險會社 陰城支部에 들러 20萬 원 貸付받고~休暇 中 雜費로 쓸려고.
學校 가선 公文書 決裁와 宿直室 煖房裝置에 極히 걱정한 것. 室內溫度 영하 3度이기에.
近日 잔神經 썼던 것 거의 풀리게 되고 若干 우둔하고 아팠던 목도 많이 부드러워진 것. ◎

〈1984년 1월 28일 토요일 晴〉(12. 26.)
今朝도 첫 버스로 出勤. 宿直 黃校務, 日直 安女敎師, 當番 兒童 많이 와서 敎務室 淸掃에 勞力.
下午 1時 發 버스로 歸淸. 日暮頃 史校長 招請으로 社稷洞 가서 深夜토록 맥주타령. 夕食 市內. ⓒ

〈1984년 1월 29일 일요일 晴〉(12. 27.)
昨日 아침부터 早朝運動 再開(조깅). 日出 前 '국민체조'와 驅步로 忠北大 正門 往來.
날씨 어제보다 많이 풀렸고. 友信會員 朴鍾億 女婚에 人事. 13時 청주예식場.
黑色洋服(禮服 代用) 맞췄고~12萬 원. 서울양복점. 族弟 七榮店.
저녁(下午 7時~8時)엔 셋째(明) 집에 다녀왔고~2團地 110棟 501호. ◎

〈1984년 1월 30일 월요일 晴〉(12. 28.)
豫定대로 忠州市 거쳐 水安堡 溫泉 가서 沐浴하고 온 것. 井母와 함께 못간 것을 極히 未安히 생각하고. ◎

〈1984년 1월 31일 화요일 晴〉(12. 29.)
邑單位 機關長會議에 參席(消息 없어 몰랐으나 無極 停留場에서 申 校長 만나 알은 것).
鄭二憲 體育振興會長, 鄭輝憲 同門會長 招致에 某茶房에서 對談~술 輿論 있음에 健康上, 職場管理上 留念 處身을 忠告하는 意을 操心스럽게 말하는 것…是認하면서 고맙게 또는 愛護保護의 意에서 말해준 것이라고 謝禮했고. 根據 出處가 不分明함이 不快하나 이미 謹酒 決心한 바 있어 自信感에 마음 개운하기도.
下午 5時 10分 버스로 無極서 學校 急히 들러 昨日의 84新入生 豫備召集 狀況 알고 舍宅 둘러보고 歸淸하니 어두웠고. 明日 上京 버스 乘車券 豫買했고.
江外面 桑亭里 妹, 아파트까지 잠간 다녀갔고…어린이들 아파트에 入住케 했다고. ◎

〈1984년 2월 1일 수요일 晴, 曇〉(12. 30.)
어제와 오늘 날씨 많이 누그러졌고. 아침 일찍이 住公아파트 2團地 114棟 501號 찾아가서 큰 妹夫 朴琮圭 만난 것. 모처럼 만나 情談. 早食도 함께 그곳에서 했고(甥姪 男妹 종윤, 명숙 있는 곳).
3男 明이 帶同하여 井母와 함께 新鳳團地 住公아파트 新築建物 求景하고 管理事務所長 具 氏 찾아 52棟201號를 契約한다고 言約한 것…住宅 價格 13,505,000. 59㎡(17坪), 融資 7,720,000. 契約金 140萬 원, 1次 中道金 120萬 원, 2次 中道金 120萬 원, 入住金 1,985,000.

下午 2時 半 高速버스로 井母와 함께 上京. 文井 아파트 到着은 同 5時. 夕食에 3女 仁川 딸애도 와서 거들고. 5女 運이도, 5男 弼이도 오고. 一同 맛있게 夕食을 會食한 것. ⓒ

〈1984년 2월 2일 목요일 晴〉(正. 1.)
엊저녁부터 날씨 몹시 추어졌고. 朝時運動 나가서 몹시 떨기도. 今朝가 제일 춥다는 說.
点心까지 맛있게 먹고 下午 2時에 文井洞에서 떠나 高速버스發은 同 4時 30分. 淸州 着 6時쯤.
大田(沃川)서 온 二男(紘) 人事次 來淸. 밤에 三男 明이도 와서 제 兄弟間 情談했기도. ⓒ

〈1984년 2월 3일 금요일 晴〉(正. 2.)
昨今 極寒. 最低氣溫 零下 18度. 첫 버스로 學校갈 때 車內에서도 발 깨지는 듯 얼굴 터지는 듯. 낮 12時 지나서 나우 누그러진 듯. 公文書 決裁 9通, 帳簿 檢閱, 印鑑印 갖고 午前에 歸淸.
井母와 함께 新鳳洞 아파트團地 管理所 가서 아파트 一世帶分 契約한 것…契約金 140萬원 拂入. 住民登錄謄本, 印鑑證明書 各 一通 提出. 52棟 201號로 確定 '아파트分讓 契約書' 受領. 井母 마음 개운히 여기는 듯. 紘은 下午 5時 發 버스로 沃川 갔고.
下午 四時 發 버스로 井母와 함께 大田 거쳐 儒成溫泉 가서 '만년장' 沐浴湯 家族湯에서 때 닦은 것. 大田서 夕食 簡單히 하고 入淸하니 下午 9時쯤. ⓒ

〈1984년 2월 4일 토요일 晴〉(正. 3.)
全校 職員 兒童 登校~6日의 開學 準備로 各 教室 淸掃整頓. 午前 中은 大端히 추었고.
下午 一時에 槐山 가서 過去 같이 있었던 李慶承 先生 問病 갔었으나 歲前에 이미 別世하였다기에 冥福을 빌었을 따름(長豊國校 時節의 校監이었던 故 李先生은 順한 마음에 名筆이었던 분). 淸州 發 下午 4時 半 버스로 沃川 가서 林在道 査頓 만나 情談(長其 間의 非相面 未顔. 數年 間 2男 紘의 家族 保護. 時代的 社會相, 家庭狀況 等)하고 孫子 男妹(새실 雄信)에 고기찌개라도 두어 번 끓여 먹이라고 子婦에게 건늬라고 付託하고서 밤늦게 入淸. 今般에도 査頓에게 폐 기친 것. ⓒ

〈1984년 2월 5일 일요일 晴〉(正. 4.)
族兄 補榮 氏 來訪 相談~두무샘 밭 小作 달라는 것. 이미 小作人 決定된 것이라서 거절했고.
맞췄던 검은 洋服 假縫했고. 臥病中인 金仁培 校長 問病했고(長豊時節의 校監).
市內서 親友 鄭泳來, 鄭海振, 鄭麟來, 鄭明來 만나 歡談했고. 市內서 夕食. ⓒ

〈1984년 2월 6일 월요일 晴〉(正. 5.)
酷寒 繼續. 첫 버스로 出勤 執務. 開學日이나 酷寒으로 放學 8日까지 延期. 9일 개학. 教員 全員은(職員) 일찍 登校 執務. 下午 4時에 教育廳 가서 公文書 提出. 84新入生 人員 調節 協議. 幼稚園 設置 確認, 學資金 貸付 手續 等 일 보고. 合同印刷所 韓庭求 氏 만나 應對後 卞文洙 秀峰校長에 答接하고 歸家하니 밤 10時. ⓒ

〈1984년 2월 7일 화요일 晴〉(正. 6.)

첫 버스로 出勤하였다가 無極와서 金旺女中高의 第9回 卒業式에 參席하고 龍泉國校 申校長의 一盃 待接받고 再次 學校 가서 일 좀 본 後 下午 4時 半에 陰城農協에 들러 昨日 手續한 松과 弼의 學資國庫貸付金 50萬 원整 찾아 歸家 卽時 于先 松에게 第三學年 前期 分 34萬 원과 책값으로 4萬 원 주고, 나머지 12萬 원整 井母에게 家用으로 준 것.
無極 車部 營業所에서 버스時間 記錄 中 낙타오오바 끝갓 一部를 煖爐에 태워 분한 感 나우 있어 不快했고. 洋服修繕 집에 갔었으나 마침 자리 비어 못이룬 것. ⓒ

〈1984년 2월 8일 수요일 晴〉(正. 7.)
今日도 맵게 추운 날씨. 下午 3時까지 學校 일 보고서 富潤 가서 學校 잠간 들렸다가 權寧槿 教師 집 尋訪한 後 債務者 宋○○ 집 가서 만난 後 安心될 이야기 듣고선 鄭用姬 女教師 夫婦 만나 情談 나누고서 清州 아파트 왔을 땐 下午 7時 半쯤. ⓒ

〈1984년 2월 9일 목요일 晴〉(正. 8.)
今朝 氣溫 零下 14度여서 强추위~大寒. 立春이 지났는데도 늦추위 甚해 强추위 月餘 繼續되는 셈.
첫 버스로 出勤. 井母는 11時頃에 梧仙 到着. 50餘 日 만에 밥 끓이려 온 것.
얼음짱보다도 더 찬 溫突房에 장작 집히고 물 끓여 炭 보이라통에 물 부어 4, 5時間 만에 房 뜻뜻해진 것. 어찌된 原因인지 몰으나 보이라 호스 터져서 房에 물 새어 큰 탈.
午前 中으로 短縮授業 마치고 午後엔 課題物 點檢 評價에 注力하기에 全職員 勞力. ◎

〈1984년 2월 10일 금요일 晴〉(正. 9.)
早朝運動 繼續 中. 今朝 氣溫 零下 15度. 낮엔 많이 누구러졌고.
第六學年 卒業狀 77名分 쓰기 着手. 退廳 後 大所校의 權寧槿 教師, 鄭炳憲 教師를 帶同하여 來訪. 마음 먹었던 校務 後任條로 連絡했던 것이나 某種의 件으로 確答無. ◎

〈1984년 2월 11일 토요일 晴〉(正. 10.)
昨日 낮부터 날씨 포근해졌고. 조깅에도 추운 氣는 없었던 것. 장갑 안 꼈어도 괜찮은 程度.
낮에 井母와 함께 清州 와서 鄭海國 氏 女婚과 鄭善泳 校長 姪女婚에 人事.
三樂會 安楨憲, 鄭龍喜, 葛院校 史龍基 校長 만나 情談 一盃 했고.
前週에 맞췄던 黑色 洋服(冬복, 禮服代用) '서울텔러' 族弟 郭七榮 洋服店에서 찾았고. ⓒ

〈1984년 2월 12일 일요일 晴〉(正. 11.)
俊榮兄 만나 情談後 族叔 漢奎 氏 집에서 長時間 놀았고. 酒類와 点心 待接받기도.
日暮頃엔 李士榮 小魯校長과도 合席 되어 俊榮兄 負擔으로 情談하여 一盃 나누었기도.
俊榮兄으로부터 故鄕 一家 間의 大不美한 이야기와 李校長으로부터 아우 振榮의 過飮處地의 이야기를 듣고 한구석 마음 便치 않았기도. 夕食 市內서 하고 아파트엔 深夜에 온 것. ⓒ

〈1984년 2월 13일 월요일 晴〉(正. 12.)
單身 첫 버스로 出勤. 날씨 繼續 누구러져 職員 兒童 登下校에 苦生 없어 대다행. 全校 朝會 實施하여 84 새해 工夫에 힘쓸 것과 얼음

판 조심과 불조심을 特히 當付한 것.
午後엔 教育廳 가서 金 初等係長, 沈 學務課長, 尹 管理係長, 金 管理課長, 延 教育長 만나 學年 末의 職員 人事異動, 84學年度 新入生과 學級編成에 關하여 眞摯한 協議했고…괜찮은 氣分으로 教育廳 나와(日暮頃) 清州 內德洞서 梧倉行. 下午 六時 半 버스로 佳佐 가서 柳哲相 回甲宴에 人事. 待接받고 形便上 거의 梧倉까지 步行에 큰 苦生했기도. 市內서 修繕 오바 찾아서 아파트 到着은 밤 10時頃. ⓒ

〈1984년 2월 14일 화요일 晴〉(正. 13.)
夫婦 첫 버스로 梧仙 任地 왔고~清州 出發은 6時20分. 學校 到着은 8時 30分.
卒業狀 770枚 記入 完成하여 校務에게 넘기고. 84新入生 60名이 넘도록 서둘르기에 勞力中.
煙炭보일라 故障(舍宅)으로 草木燃料로 찬방에 불 때기에 井母는 極限 勞力하는 것. ◎

〈1984년 2월 15일 수요일 曇, 晴〉(正. 14.)
卒業式 準備에 全職員 勞力. 井母는 債務者 보러 富潤 갔었으나 出他로 虛行한 것.
今日 陰曆 正月 十四日…작은 보름. 夕食을 舍宅에서 함께 사는 朴 教師 집에서 夫婦 함께 夕食했고. 보이라 故障으로 舍宅 燃料難 中. 學校 李 氏, 吳 氏가 장작 나우 마련해 주기도. ◎

〈1984년 2월 16일 목요일 曇, 晴〉(正. 15.)
卒業式 演習 時에 態度 各項에 5, 6學年에게 注意시키고. 今日은 正月 大보름.
安貞愛 教師 送別 行事로 兒童, 職員에게 離任人事했고. 放課 後 職員 一同 無極 가서 會食. ⓒ

〈1984년 2월 17일 금요일 曇, 晴〉(正. 16.)
第36回 卒業式 擧行. 學父母 多數參席, 式 進行 잘 됐고. 在校生 代表로 5學年生과 卒業生인 6學年 어린이 모두 姿勢 態度 잘 한 것. 말 그대로 嚴肅하게 簡素하게 이룬 것. 學校長 誨告도 簡潔히 잘 한 느낌. 式 後 柳浦里 趙成普(教育監賞 受賞者 保護者) 氏로부터 珍味로운 飮食을 차려 와서 全職員과 會長團까지 厚待받은 것. 重大行事 잘 치렀으니 마음 개운. ⓒ

〈1984년 2월 18일 토요일〉(正. 17.)
어제의 卒業式 行事 全職員 團結된 勞力으로 有終의 美를 거두었다고 朝會時 職員에 稱讚.
今日 行事 마치고 日暮頃 入淸하여 料食代 外上分 完拂하고 市內서 夕食. ⓒ

〈1984년 2월 19일 일요일 晴〉(正. 18.)
安貞愛 女教師 結婚式에 人事~서울 鐘路 五街 '李花禮式場' 12時 30分. 下午 四時 淸州 到着. 玉山 德村里로 달려 鄭麟來 回甲宴에 日暮頃에 다녀왔고.
先妣 第五週期. 밤 11時에 茶禮 올렸고…서울 큰 애, 沃川 둘째, 淸州 셋째, 小魯 弟 振榮, 桑亭 妹 參祀. 오늘 많이 뛴 것~서울, 玉山 德村, 絃의 꿈? 이야기에 놀라웠고. ⓒ

〈1984년 2월 20일 월요일 晴〉(正. 19.)
昨夜에 次女(在應스님) 姬 '상운스님'과 함께 오랜만에 왔고…釜山 凡魚寺에서.
첫 버스로 出勤~公文書 決裁. 柳浦里 가서 保

健診療所 들려 人事. 理髮도.
退廳時 無極서 女職員(安, 金, 劉, 金, 金)들 한테 夕食(中國料理) 厚待 받기도. ⓒ

〈1984년 2월 21일 화요일 晴, 曇, 晴〉(正. 20.)
午前 中 學校 勤務. 下午 2時부터 있는 笙極校 金允顯 校長 名譽退任式에 參席.
歸道中 無極서 邑單位 校長 親睦會했고. 大所校 鄭炳憲 교사 만나 酒席時間 길어 深夜에 梧仙 着. 井母는 淸州서 낮 車로 와서 舍宅 房 불 때기에 勞力했고. ⓒ

〈1984년 2월 22일 수요일 曇〉(正. 21.)
3日 前부터 感氣氣 있어 服藥 좀 하였어도 치유 안되고. 今朝는 甚한 편……콧물, 기침, 기관지 痛症.
放課 後 富潤里 宋炳璣 집 갔었으나 出他 中이어서 今日도 虛行(債務條)~歸路엔 步行으로 約 1時間 半 걸려 발 아팠기도. ⓒ

〈1984년 2월 23일 목요일 가랑눈, 曇〉(正. 22.)
83學年度 修了式 擧行~가랑눈 마지며 運動場에서 施行. 例年보다 1日 당긴 셈.
學年末 意와 延教師 送別宴 뜻으로 全職員 無極 나가서 夕食을 會食한 것.
井母는 아침버스로 入淸. 今日이 從兄님(浩榮氏) 生辰日이어서 닭과 담배 사 갖고 金溪 다녀 저물게 왔고~듣자니 從兄님 生辰 行事는 19日(日曜日)에 했다는 것.
서울서 魯弼이 왔고. ⓒ

〈1984년 2월 24일 금요일 晴〉(正. 23.)
아파트 管理費 納付. 住宅銀行의 積金(財形貯蓄) 넣었고. 큰 볼일 없이 虛費 나우 했고. ⓒ

〈1984년 2월 25일 토요일 晴〉(正. 24.)
安一光 校長(淸南校) 名譽退任式에 參席 人事. 龍泉校 申校長과 一盃 情談했고. ⓒ

〈1984년 2월 26일 일요일 가랑눈, 曇〉(正. 25.)
아침결에 牛岩洞 가서 李鍾燮 氏 한테 아파트 房貰 2月 分 8萬 원 치루었고.
祝儀人事에 바쁘게 다닌 것. 曺圭弼 中教師 女婚. 金昌鎬 蘇伊校長 子婚, 趙重浹 前 校長 子婚, 鎭川邑 鄭寅和 文白校長 回甲.
人事 마친 後 鎭川 다녀서 急히 學校 간 것. 모두 無事.
연수당 韓藥房 李永遠 主 勸誘에 '固眞飮子湯' 한 제 4萬 원에 지어 今夜부터 다려먹기 始作. 腎臟 保護를 비롯하여 全身補가 된다는 것.
教職員 人事 異動發令은 昨日 一部 나고 2次로 明日 發表한다는 것. ⓒ

〈1984년 2월 27일 월요일 請〉(正. 26.)
無住宅 公務員 住宅地 分讓 手續에 午前 中 바쁘게 일 보아 마친 것~司倉洞 事務所에서 住民登錄謄本과 印鑑證明書 各 一通씩 떼고. 市內에 가선 '建築物管理臺帳 謄本' 一通 만들어 道教委 庶務課에 가서 同 擔當係(企劃擔當官 김영일 氏, 係員 申 氏)에 提出 手續 完了한 것. 財務課의 用途係長 鄭英模, 中等教育課 獎學士 李敬世 만나 반가운 人事 받기도.
急히 陰成 經由 無極 가서 機關長會議 書類 받고 學校 가니 安慶蘭 女教師 日直 充實. 文鳳求 主任教師도 登校 執務中. 申校監은 異動書類 持參次 교육청 갔다가 4時頃 歸校.

學年末 定期異動狀況 알았고~轉出者…申翔澈 교감(無極), 黃義均 교무(大所), 安貞愛 教師(依願免職), 延圭英 教師(大成 私立國校). 轉入者…鄭用姬(富潤), 閔貞順(南新), 金환영(三成), 李영순(笙極), 申경수(社稷).
來校한 崔 施設係長便으로 陰成까지 와서 文교사와는 버스 車內에서 84擔當 좀 말했던 것. ◎

〈1984년 2월 28일 화요일 請〉(正. 27.)
學校 나가서 公文書 處理와 84學年度 各項 새 擔任 基礎案 作成에 協力~趙, 朴丙 主任教師間의 暗慾도 어느 程度 풀리게 하는 데 圓滿한 雰圍氣 造成에 勞力했으나……?
今日 發表한 奬學官級과 校長級 轉補 發令으로 모두 끝난 셈.
初저녁엔 轉入하는 申敬秀 教師 魯明 帶同하여 아파트로 人事次 왔던 것. ⓒ

〈1984년 2월 29일 수요일 晴〉(正. 28.)
아침결에 學校 出勤하여 主任級 教師(教務主任) 任命 件으로 궁거했던 것 若干 완화? 事務分掌도 再强調 確認. 下午 4時부터 있는 人事異動 校長團 送別宴會에 參席~陰成.
井母는 魯松 덴고 가서 新鳳團地 管理所에 52-201의 1次 中途金 120萬 원 支拂했고.
五男 弼이 上京~4學年 前期登錄金 37萬 원, 房貰 4萬 원, 책값 等 9萬 원 合 50萬 원 준 것.
四女 杏은 大成女中에서 大成女商高로 옮겼다고. 魯松은 이제 3學年이 되는 것. ⓒ

〈1984년 3월 1일 목요일 曇, 雪〉(正. 29.)
三.一節 第65周年 記念日. 國旗 揭揚.
族姪 魯植의 女婚과 同門友人 鄭在愚 回甲宴等 側聞으로 알기에 各〃 自進 尋訪 人事했고.
族長 宗鉉 氏와 族兄 俊英兄과 情談 많이 했기도. 公務員 住宅地 分讓 關係 電話 서울 큰 애한테 連絡. ⓒ

〈1984년 3월 2일 금요일 晴〉(正. 30.)
간밤에 내린 눈 約 15cm로 나우 積雪. 첫 버스로 轉入하는 申敬秀 教師와 함께 出勤.
轉入 職員 六名, 轉出職員 四名 모두 今朝까지 離就任 人事 兒童, 職員 다 마친 것.
84새 學年度 初 急한 일 모두 마치고 午後에 全職員(新舊 職員 包含) 無極 나가서 夕食 兼 會食했고.
教務主任 자리로 因한 氣分 아직 다 안 가신 臭 若干 있는 셈. ⓒ

〈1984년 3월 3일 토요일 晴〉(2. 1.)
滿足하게 學校生活 마치고 歸淸 途中 無極에서 鄭 校監이 待接하는 夕飯 料食 맛있게 먹은 것.
서울서 五女 運이 왔고~明日 제 친구 結婚式에 參席코저 兼해 왔다나.
밤에 市內 나가 늦저녁 들고 몇 사람 情談 잘 했던 것. ◎

〈1984년 3월 4일 일요일 晴〉(2. 2.)
從兄 뵈올 計劃이 形便上 잘 이뤄지지 않았고. 거의 終日토록 市內生活 뜻 없게 보낸 셈. 도리어 氣分 少한 雰圍氣 속에서 해를 보내며 神經 쓰기만. 雜費도 나우 난 셈. ⓒ

〈1984년 3월 5일 월요일 晴〉(2. 3.)

새벽 첫 車로 井母와 함께 任地 왔고. 井母는 冷房에 불 때느라고 애 많이 썼고.
學校는 84學年度 教育課程 運營時間表의 作成 및 淸掃區域 配定 等 重要 事項 맺기도.
昨日 淸州서 겪은 不快 雰圍氣 가셔지지 않아 書信 내기도. 소주 한 컵 했고. 入學式. ⓒ

〈1984년 3월 6일 화요일 曇, 晴〉(2. 4.)
富潤 좀 잠간 다녀올 計劃으로 下午 1時 半에 出發하였다가 버스 決行으로 不能.
下午 四時 半부터 있는 職員會(校監會議 傳達會)에서 84學年度 教育計劃에서 教育의 基底와 本校 教育重點, 學校長의 所信, 勞力 重點에 對하여 力說.
淸州의 일 머리에서 사라지지 않아 거의 終日토록 氣分 少했고. ⓒ

〈1984년 3월 7일 수요일 曇〉(2. 5.)
教育廳에서 박정동 氏 와서 情談 社交的으로 나누었던 것. 朴 서기는 책걸상 高低 測定次 온 것.
낮 車로 教育廳 가서 新任 金종창 學務課長 및 李, 蔡 장학사와 人事 交流. ○

〈1984년 3월 8일 목요일 晴〉(2. 6.)
午後 4時부터 있는 職員體育(排球)에 審判 힘차게 본 것. ○

〈1984년 3월 10일 토요일 晴〉(2. 8.)
學校行事 마치고 井母와 함께 淸州 갔고. 서울 큰 애 井이도 日暮頃 온 것. 어제는 宅地貸金 1次分 90萬 원 냈고.
親友로부터 某種의 電話 왔기에 慰勞次 市內 가서 夜深 아닌 새도록 談話에 젖은 듯. ×

〈1984년 3월 11일 일요일 晴〉(2. 9.)
昨夜 날 새웠으나 精神은 있음인지 큰 애 井, 셋째 明, 井母 다 함께 新鳳洞 아파트 建築 中인 것 둘러본 것. 낮엔 市內 가서 소주 좀 마신 듯? 저녁 때 井母가 찾아오기도. ※

〈1984년 3월 13일 화요일 曇, 晴〉(2. 11.)
併設幼稚園 어린이 入學式 있었고. 몸 고단했으나 가까스로 좋게 보낸 것. ×

〈1984년 3월 14일 수요일 曇〉(2. 12.)
學校선 映畫 觀覽 있었고. 몸은 大端히 고단하나 가까스로 참은 것. 一飮도 안했고. ◎

〈1984년 3월 15일 목요일 가랑비, 曇〉(2. 13.)
終日토록 가랑비 내린 셈. 健康管理 소홀한 것 또 後悔. ◎

〈1984년 3월 16일 금요일 가랑비, 曇〉(2. 14.)
學校 宿直했던 申敬秀 主任教師 舍宅으로 招致하여 早飯을 같이 했고.
今朝부터 아침行事 再開(日氣豫報 듣고 6時 뉴스도 聽取. 國民體操, 運動場 돌기, 아침放送).
早食부터 數수저 들기 시작. 夕食은 나우 든 셈. 手當 包含된 俸給 974,000원 受領. ◎

〈1984년 3월 17일 토요일 曇, 晴〉(2. 15.)
學校 일 마치고 通勤職員들과 함께 택시로 無極까지. 直行버스로 淸州 갔을 땐 下午 4時頃. 井母는 午前에 入淸하여 머리하러 玉山 갔다

가 日暮 後 歸家. 서울서 運이 왔고, 아비 좋아하는 반찬 '창란젓' 나우 사 갖고. ◎

〈1984년 3월 18일 일요일 晴〉(2. 16.)
日曜日이지만 첫 버스로 學區內 柳浦里 와서 金旺青年會議(JCI) 主管으로 行事하는 敬老잔치에 參席.
下午 5時頃에 故鄕 金溪 到着하여 從兄님 말씀 잘 들은 터…高祖父 山所와 五代祖 山所에 石物 마련 4月 1日에 立石한다는 事業內容에 感謝 드리며 틈 있는 限度 協力해야 할 마음 굳힘. 저물게 入淸하여 市內 잠간 들리고선 일찍 歸家 就寢. 運은 낮에 上京했고. ◎

〈1984년 3월19일 월요일 晴〉(2. 17.)
單身 첫 버스로 出勤. 六學年 道德受業 實施. 84學年 最初로 6의1에 2單元 受業한 것.
井母는 낮 車로 와서 불 때기, 房 안팎 大淸掃에 勞力한 것. ◎

〈1984년 3월 20일 화요일 晴, 曇, 雪〉(2. 18.)
敎育廳 들러 金 管理課長에게 幼稚園 運營備品 이야기 및 宿直室 政策 要請 後 文 庶務係長과 함께 晝食을 간단히 待接했고. 保險會社 陰成支部 가서 3月 分 保險料 拂入後 午後 4時에 淸州 가서 財形貯蓄 拂入 其他 잔 일 몇 가지 보고 날씨 險하고 時間 없기에 夕食은 市內서 하고 늦게 아파트 와서 困히 留.
아침날씨 맑더니 차차 흐려져서 日暮頃엔 눈바람 사납게 후리더니 함박눈 내려서 삽시간에 10余cm 積雪. ⓒ

〈1984년 3월 21일 수요일 晴〉(2. 19.)
첫 버스로 出勤. 陰成도 亦 10余cm 積雪. 해돋음에 따라 날씨 좋아져서 낮부터 눈 나우 녹았고.
職員들은 午後에 全員 部落 出張~家庭狀況 把握. ·今日부터 다시 2次 韓藥 服用 着手. ◎

〈1984년 3월 22일 목요일 晴〉(2. 20.)
早朝 運動 驅步 中 발자욱 얼은 땅에 오지게 너머져 左側 손바닥과 무릎을 나우 깨어 헤어지고 피난 것. 終日토록 시루마웠고. 第一校時에 6의2 道德受業했고.
職員體育(排球)에 審判했고. 今日 食事 過食程度. 土曜 午後 上京 豫定을 電話. ◎

〈1984년 3월 23일 금요일 晴, 曇〉(2. 21.)
校內 奬學指導簿 쓰기에 熱中했고. 下午 四時부터 있는 職員會에서 "責任있는 態度로 勤務해야 함"을 强調하여 유쾌한 雰圍氣로 轉換케 하고, 學校長으로서의 學校敎育 目標의 力點事項을 뽑아 力說하여 退勤時間 가깝기에余는 後日로 미루었으나 職員 一同 高 士氣裡에 學校 일 마친 것. ◎

〈1984년 3월 24일 토요일 晴〉(2. 22.)
井母는 아침결에 入淸. 12時 버스로 富潤 가서 金英求 回甲宴 招請에 人事했고. 大所, 廣惠院, 鎭川 經由하여 淸州 가선 杏까지 3人이 下午 五時 發 俗離高速으로 서울 간 것. 文井洞 도착은 近 8時쯤 된 것이고. 큰 애 生日이 陰曆 25日인데 日曜日인 明日(23日)에 家族會食키로 하였다기에 上京한 것. ◎

〈1984년 3월 25일 일요일 晴〉(2. 23.)
어제의 夕食과 마찬가지로 廣魚회 등 珍味로운 반찬으로 早飯 많이 들은 것.
11時 發 一般高速으로 水落 簡易停留所에서 내려 마침 成南校 校監 在職 中인 再從 公英과 함께 만나 從兄 宅에서 再從兄 憲英 氏 모두 4人이 會合한 것. 曲水 뒤 合谷山所 高祖父山所와 五代祖 山所에 4月 2日에 立石하는 데 經費 不足으로 애로 있대서 當日의 手巾과 장갑 값 6萬 원 所要를 單獨 責任진 것. 再從 公英은 濁酒代 2萬 원 程度 責任진다고 했고. 老人 두 兄님들 좋아했고. ◎

〈1984년 3월 26일 월요일 晴〉(2. 24.)
淸州서 出勤(出張). 陰成郡 84敎育計劃 報告會가 劉成鍾 新任 敎育監 初度巡視에 있게 되어 郡內 初中校長 10時까지 全員 集合된 것. 晝食은 敎育監께서 待接했고. 13時 散會.
井母는 昨夜에 魯弼한테로(上道洞) 가서 淸掃, 洗濯하고 今日 來淸. ⓒ

〈1984년 3월 27일 화요일 晴〉(2. 25.)
淸州서 첫 버스로 出勤. 어제 했을 6의1 道德受業 第一校時에 實施.
豫約대로 下午 2時에 兒童씨름選手團 3個 校 校長(오선, 남신, 조촌) 陰城서 結合. 함께 曾坪邑 '亨碩中學校' 가서 選手兒童들 慰勞 激勵한 것. 下午 7時頃 歸校. 井母도 왔고. ⓒ

〈1984년 3월 28일 수요일 晴〉(2. 26.)
第3學年 一班 受業參觀. 傳達夫 2人은 庭園樹 프라다나스 弦剪枝에 勞力 中. ◎

〈1984년 3월 29일 목요일 晴〉(2. 27.)
第六學年 二班의 道德受業 1時間 마친 後 無極 가서 機關長 會議에 參席~義勇消防隊 體育大會와 새마을 大淸掃가 主案件. 晝食 後 陰城 秀峰國校에 가서 陰城郡 道德敎科 硏究協議會에 參席한 것. 日暮頃에 歸家하여 剪枝한 나무가지 燃料로 손질했고. ◎

〈1984년 3월 30일 금요일 曇, 晴〉(2. 28.)
第三學年 二班 自然科 受業을 參觀한 後 學級經營錄 檢閱에 神經 많이 썼던 것~84學年度 第一會 最初檢閱이어서 어느 程度 徹底히 본 것. 点心은 안 동네 '개우지' 鄭二憲 宅에서 厚待 받기도. ⓒ

〈1984년 3월 31일 토요일〉(2. 29.)
84學校現況 씨나리오 作成 着手. 今日 点心은 梧仙里 鄭世憲 宅 先代墓 立石事業場에서 했고.
下午 二時 車로 無極 나가 부원관에서 있는 敎育廳 朴鍾大 奬學士의 敎育勤續 30周年 行事에 잠간 參席한 것. (梧仙校 第8回 卒業生 主管으로 簡素한 行事였고, 同窓會 한다는 招請 있기에 간 것이나 實內容은 上記와 같았던 것).
陰城郡 義勇消防隊 體育大會가 無極中學 運動場에서 있기에 現場에 나가 人事했기도.
井母는 먼저 淸州 가고. 無極 用務 마친 後 入淸하여 夕食을 市內서 한 것. ⓒ

〈1984년 4월 1일 일요일 晴, 曇〉(3. 1.)
午前엔 李士永 小魯校長 子婚 '청석예식장'에 人事했고. 午後엔 金容璣 中草校長 回甲宴 招

待에 泰東館 가서 應待 人事한 것.
서울서 큰 애(井) 와서 公務員 住宅 分讓地 함께 가서 본 것~新鳳洞 宅地 63坪 地積. 公示地價 坪當 145,000원 된다는 것. 井은 後 6時 高速으로 上京. 某處에서 異常畫面 보기도. ⓒ

〈1984년 4월 2일 월요일 曇, 晴〉(3. 2.)
先代 山所에 立石行事 있을 計畫이라기에 金溪에 井母와 함께 허둥지둥 갔더니 形便上 9日로 延期했다기에 '立石 記念金 6萬 원 整… 타올 150枚代와 작업 장갑 100個代'를 全擔키로 마음 먹고 從兄께 드린 것~高祖父, 五代祖 山所. 井母는 좀 늦게 歸淸. ⓒ

〈1984년 4월 3일 화요일 曇, 晴〉(3. 3.)
道內 國, 中, 高 校長 硏修會에 出張~場所는 水安堡 '유스호스텔' 講堂. 約 552명. 9. 30부터 17. 30分까지. 行事後 大衆湯 溫泉沐浴하고 늦게 入淸. ⓒ

〈1984년 4월 4일 수요일 曇, 晴〉(3. 4.)
첫 버스로 出勤하여 6의1 道德受業하고 84教育計劃 씨나리오 作成에 몰두.
井母는 낮에 오고. 剪枝한 나무가지 갈무리에 勞力하느라고 終日토록 애쓰는 것. ⓒ

〈1984년 4월 5일 목요일 雨, 曇〉(3. 5.)
제39回 植木日. 새벽부터 내리는 부슬비는 午後 1時頃까지 오락가락 – 잘 내린 비.
84教育計劃 씨나리오 淨書에 노력했고. 休日中 入淸 안한 일 없는데 今番은 특별.
日暮頃에 富潤 다녀왔고. 모처럼 自轉車 탔고. 宋 氏 만났으나 亦 明日로 미루는 것. ◎

〈1984년 4월 6일 금요일 晴〉(3. 6.)
延光欽 教育長 學年初 巡視 있어 旣히 마련된 '84教育計劃 報告'(씨나리오) 制限된 時間에 차근차근 잘했고~'教育目標 具現 方案', '中點施策과 特色事業', '學校長의 教育方向', '學年初 當面 課業 遂行', '建議事項'. 延 教育長으로부터 學校長 獎學指導 記錄簿와 經營日誌記錄에 對하여 感歎 讚辭 있었고.
82年에 富潤里 居住 宋炳璣에 貸與한 債金 45萬 원 減하고 今日로서 完結. 도리어 同情金으로 2萬 원 줬고. ◎

〈1984년 4월 7일 토요일 晴, 曇〉(3. 7.)
井母는 아침결에 入淸하여 再堂姪 魯旭의 結婚(再婚)式에 參加하고. 난 午後에 入淸.
서울서 魯弼이 왔고. 學校선 '保健의 날' 行事로 鄕友班 體育會 했던 것. ◎

〈1984년 4월 8일 일요일 晴〉(3. 8.)
井母와 함께 市內 가서 三星電子 冷藏庫 중간치 30萬6,000원에 契約하고 헌 것 5萬6,000원에 引渡키로 決定하여 25萬 원 中 壹拾萬 원 支拂한 것. 殘金 15萬 원은 4. 29日에 完拂하기로.
卞文洙 秀峰校長 回甲 招待에 參席했고~동원식당.
新鳳아파트에 一同 가보기도. 弼은 下午 8時 45分 高速으로 上京. 市內서 夕食. ⓒ

〈1984년 4월 9일 월요일 曇, 가랑비, 曇〉(3. 9.)
첫 버스로 出勤. 六學年 一班의 道德受業 一校時에 教授. 12時에 自轉車로 無極까지.
金溪里 안골까지 到着될 땐 下午 3時頃. 曲水

뒤 合谷山所 高祖父 墓 前과 五代祖 墓 前에 立石行事에 參席. 高祖母는 貞夫人 文化 柳氏. 五代祖母는 淑夫人 綾城 周氏. 五代祖父 諱 林宗. 高祖父 諱 守默. 가랑비 내려 일 서둘른 셈. 歸路에 金溪國校 들려 尹奉吉 校長 만나 人事 後 폐 끼치기도. 택시로 四從叔들 淸州까지 모시기도. 今日 行事에 從兄님과 再從兄님(憲榮氏) 努力 많이 하신 것. 晝食 주선은 花山 三從兄嫂 氏. ○

〈1984년 4월 10일 화요일 晴〉(3. 10.)
午後엔 柳浦里 가서 長老敎 李聖旭 傳道師 만나 幼兒園生 件 圓滿히 解決 본 것. 敬老堂에 들러 人事와 酒類 융숭히 待接했기도. ⓒ

〈1984년 4월 11일 수요일 晴〉(3. 11.)
午前 中 行事 마치고 幷母와 함께 天原郡 城南面 新沙里가서 再從弟 公榮 六旬 宴會에 人事한 것. 乙丑生이어서 明年에 回甲이나 形便上(輿論) 六旬時에 兼하여 치룬다는 것. 歸淸은 20時頃. ⓒ

〈1984년 4월 12일 목요일 晴〉(3. 12.)
10時부터 있는 校長會議에 參席. 12時 半에 散會. 84學年度 敎育計劃 强力 推進과 當面問題 몇 가지가 主案件.
下午 3時에 歸校하여 校長會議 傳達會 했고. 직원體育(排球)에 審判 보고.
學父兄 會長 鄭二憲 氏 來校에 終會 相依했고. 情談도 나눈 것. ⓒ

〈1984년 4월 13일 금요일 晴〉(3. 13.)
道晴里 道莊祠 春季 祭享에 參席. 學生代表로 6學年 1班 參禮. 午前 11時~12時 30分.
無極 가서 保健支所에서 '콜레라' 豫防注射 맞은 것~五月의 全國少年體典이 濟州島에서 있게 되어 傳染病 豫防策으로 當局 指示에 依한 일. 歸路에 逢谷里 아랫말 가서 씨름選手 黃浩英君 집 들러 父兄에게도 濟州道 갈 意向 있으면 手續하라고 付託했기도. ⓒ

〈1984년 4월 14일 토요일 晴〉(3. 14.)
今日 學校行事도 忠實히 마치고 幷母와 함께 無極 와서 海物湯 한 그릇으로 2人 食事 때웠으나 맛있었고.
淸州 와선 某人의 付託으로 '에스콰이어' 구두房에서 月賦 3萬 원에 사도록 했고. ⓒ

〈1984년 4월 15일 일요일 曇, 雨〉(3. 15.)
今日따라 人事 다닌 곳 많았고~楊時南 槐山 明德校監 女婚, 柳魯秀 梨月校長 女婚, 尹洛鏞 德坪校長 女婚, 申敬秀 敎師 父親 回甲. 저녁엔 鄭漢泳 집 찾아 前日 女婚에 人事.
李永遠 韓藥房 主의 勸告로 某人만나 人事交流하여 보기도~意向 全혀 없는 일. 2百萬 원 絃에게 줌(債務 갚으라고). ⓒ

〈1984년 4월 16일 월요일 晴〉(3. 16.)
첫 버스로 出勤. 入淸 豫定이어서 幷母는 안갔고. 道德受業 및 受業 參觀, 帳簿 整理 等 바쁘게 일 보던 中 退勤時間 되었던 것…學校 敎授學習活動, 特技 指導와 陸上 指導 等으로 活性化되어가는 明朗한 雰圍氣에 마음 흐뭇했던 것. 막 버스로 入淸. 車校長과 一盃. ⓒ

〈1984년 4월 17일 화요일 曇, 雨〉(3. 17.)

全國 初中學校長 研修會에 忠南北 校長團은 大田文化女子中學校에서 受講하게 되어 7時 반 直行으로 淸州 發. 9時 10分에 登錄. 場所는 大田文化女中인데 民俗文化館이 有名했고.
17時에 散會. '敎育의 質 向上'을 爲한 研修. 人員 620名. 主催는 文敎部, 主管은 忠南敎委.
歸路에 次男 事業處 찾았고. 紘은 못본 것 '大田市 東區 紫陽洞 67-16, 자양派出所 앞, 효성 자전거센타 옆. T 73-3782. 主人은 정래헌. 주인집 72-8526.
작은 妹夫 朴忠圭 우연히 만났으나 不幸 中이란 이야기 뿐. 日暮경 터미날서 기다렸어도 못 만났고. ⓒ

〈1984년 4월 18일 수요일 雨〉(3. 18.)
엊저녁부터 비 많이 내린 셈. 첫 버스로 出勤. 비는 부슬비로 終日토록 내려서 農家에선 흐뭇.
雜務 整理에 몰두하여 殘務 거의 마쳐져 가고. 17日 事情으로 俸給은 今日서 受領. ◎

〈1984년 4월 19일 목요일 曇, 晴〉(3. 19.)
四.一九義擧 第24周年 記念日. 職朝 및 全校 朝會時에 訓話했고.
道晴里 道莊影堂 落成式에 招請 있어 다녀온 것. '草溪 鄭一玉 孝子' 祠堂 新築 完成에.
舍宅 構內의 남새[2] 밭 삽으로 판 곳 井母는 낮에 참깨 等 播種했고. ⓒ

〈1984년 4월 20일 금요일 晴〉(3. 20.)
午後 2時부터 金旺邑內 國民學校 敎職員 親睦排球大會가 本校 主管으로 施行케 되어 施設과 接待 準備에 全職員 昨日부터 努力한 것. 經費 8萬 원 程度 所要. 學校 數는 本校, 無極, 龍泉, 双峰. 富潤과 陵山도 參加케 하여 六個 國民學校. 結果는 富潤이 優勝. 本校가 準優勝. 6時 半頃에 行事 모두 마친 것. ⓒ

〈1984년 4월 21일 토요일 晴〉(3. 21.)[3]
第17회 科學의 날이어서 別途册子에 依據 全校 朝會時에 特別訓話했기도. 無中高 하키 壯途激勵했고. 地域校長會議에도 參席(無極國校交에서 會議). ∅

〈1984년 4월 22일 일요일 晴〉(3. 22.)
郭氏 大宗會에 參席次 午前 七時 正刻에 淸州 高速터미날 出發 – 淸州로부터 1時 25分 걸려 서울터미날 到着. 113番 버스 미아리行을 타고 敦岩洞에서 下車. 10分 間 步行으로 新興寺 갔고. 宗親 約 100名 參集. 會議는 11時부터. 會長은 前 國會議員 遞信部長官 郭義榮 氏가 再任, 副會長은 各 派에서 一名씩. 親睦會 모두 다 마치고 淸州 왔을 땐 저물었을 것. ∅

〈1984년 4월 25일 수요일 晴〉(3. 25.)
第41회 開校紀念日이어서 全校 休校했고. 機關長 會議에 參席. ⊗[4]

---

2) 푸성귀 · 채소와 함께 '나물 반찬'을 일컫는 말로서 표준어이자 방언이다. 현재는 잘 쓰이지 않음.

3) 날짜 옆에 "無中高 하키壯途 激勵했고, 地域校長會議에도 參席"이라고 적혀있다.

4) 원문에는 ∅에서 같은 방향으로 선이하나 더 그어져 있었다.

〈1984년 4월 27일 금요일 晴〉(3. 27.)
29日에 아파트 1團地 15洞 404號에서 新鳳團地 52棟 201號로 옮기게 되어 井母는 今日 入淸. ∅

〈1984년 4월 28일 토요일 晴, 曇, 雨〉(3. 28.)
이삿짐 묶으려고 서울서 큰 애 井이와 5男 弼이 왔고. 形便上 數日 間 繼續 飮酒에 나는 助力 못했고. ※

〈1984년 4월 29일 일요일 雨, 曇〉(3. 29.)
昨日부터 내리는 비 9時頃까지 繼續. 搬移車 7時로 마춘 것(5萬 원)인데 9時에 上車. 온 家族 全力 다했으나 今日도 역시 助力 못한 듯. 종종 飮酒만 했을 것. 沃川서 2男 絃이도 왔고. 梧仙校에서 文敎務, 申科學, 李 氏도 다녀가고. 하여튼 짐은 無事히 運搬된 듯. 모였던 3 아이들 늦게 各己 간 것.
밤 늦도록 酒類만을 要求한 듯. 數日 前부터 밤 늦게까지 井母는 搬移 爲한 努力은 表現하기 어려웠을 것.
잠 한숨 못자고 左側 가슴의 절린 것과 腹部 痛症으로 呻吟만을 高調한 듯. 3남 明이도 함께 移舍. ※

〈1984년 4월 30일 월요일 晴, 曇〉(3. 30.)
胸部, 腹部 痛症으로 出勤 不能. 終日토록 呻吟하며 後悔. "무슨 짝인지?" 反省, 後悔. ⓒ

〈1984년 5월 1일 화요일 晴〉(4. 1.)
井母와 함께 첫 버스로 學校 왔으나 머리 어지럽고 奇雲 없어서 充實한 勤務 不能이나 이를 악물고 이일저일 바운 것. ◎

〈1984년 5월 2일 수요일 晴〉(4. 2.)
아침 일찍 忠州 道立醫院에 職員들과 함께 가서 公務員 健康診斷 받은 것. 血壓 100-150.
井母는 昨日도 今日도 남새밭 가꾸기와 씨앗(파, 콩 等) 부치느라고 終日토록 땀 흘려 努力했던 것. ◎

〈1984년 5월 3일 목요일 晴〉(4. 3.)
食事 어제부터 若干 들어 今日 夕食은 풋것저리와 밥 한 공기 넛근히 들고 콩나물국과 달걀찌개 合하면 한 그릇 넉넉히 먹은 셈. 6학년의 道德受業도 2時間 동안 順調로히 잘 했고.
井母는 明日 淸州에 갖고 갈 햇풋채소 마련 等으로 今日도 終日토록 땀 흘려 일한 것.
所持帳簿 完全 整理했고. 모쪼록 앞으론 없어야 할 일. 敎皇 요한 마오로 2世 來韓. ◎

〈1984년 5월 4일 금요일 晴〉(4. 4.)
8日의 敬老잔치日에 逍風도 兼하자는 學區內 里長團의 要求와 職員들의 旣定日인 7日에 逍風 單行이래야 敎育的이라는 兩論으로 苦心 많았고…職員의 妥當論에 合意.
下午 4時頃에 双峰學區 內谷里 가서 朴鍾洙 敎師의 丈人 回甲 招請에 人事 다녀왔고.
無極의 '中央라사'에 春秋服 洗濯 부탁. 入淸해선 서울洋服店(主 族弟 七榮)에서 夏服을 9萬 원에 맞추기도(쥐흰色). 8日에 假縫한단 말. 適當한 요새 옷 없어 勇斷 내린 것. ◎

〈1984년 5월 5일 토요일 晴〉(4. 5.)
第62回 어린이날이어서 公休. 學校 가는 길에 龍泉校 들러서 7日에 있을 民俗競演大會에 出演할 어린이農樂 最終演習에 求景하며 激勵

金 냈으나 마음에 찐덥지[5] 않았고. 學校 와선 日直 金 女教師 手苦에 慰勞 稱讚했었던. 市內서 夕食. ◎

〈1984년 5월 6일 일요일 晴〉(4. 6.)
어제 오늘 黃金連休. 서울서 큰 子婦, 큰 女息, 셋째 女息 왔고~8日의 어버이날과 새 아파트로 移舍 온 處地로 兼해 온 듯…여러 가지 물건, 膳物 듬뿍 사 갖고 온 것. 盧載一 용곡 校長 子婚에 人事.
下午 3時 半頃 一同 데리고 明岩 藥水터 갔다 오기도. 저녁 8時 40分 發 高速으로 上京들 했고. ◎

〈1984년 5월 7일 월요일 晴〉(4. 7.)
첫 버스로 出勤. 春季逍風 實施. 通例대로 뜻있고 無事하도록 職員, 兒童들에 訓話.
12時에 淸州 와서 '第1回 忠北 어린이民俗잔치'에 參與~農樂과 씨름.
막동이(五男 魯弼…法大四年) 徵兵身體檢査 받았고. 서울서 五女 運이도 왔고. ◎

〈1984년 5월 8일 화요일 晴〉(4. 8.)
學區單位 敬老잔치 있게 되어 첫 버스로 學校 갔고. 場所는 奉谷 一勾. 權 里長이 全擔.
老人 慰勞로 어린이 約 100名 動員~學習發表會로 10種目 出演.
某 里長의 學校逍風 7日 行使함을 臆測 비난한다는 데 氣分 나빴고. ◎

5) 남을 대하기에 흐뭇하고 만족스럽다. 마음에 거리낌이 없고 떳떳하다.

〈1984년 5월 9일 수요일 晴〉(4. 9.)
昨夜 택시 안에서 지갑(파스포드) 놓았던 모양. 現金은 23,000원쯤이나 各種 證明書와 領收證이 問題. 느꼈을 때 땀 쭉 흘렸고.
첫 버스로 出勤하여 7, 8日 行事로 職員 慰勞와 地方說로 朝會時間 좀 길었던 것.
井母는 11時 버스로 와서 남새밭에 물주기 等 今日도 땀 흘려 勞力했고.
下午 6時頃 淸州 文化放送局에서 電話連絡으로 나의 집 教育家族에 對하여 記者로부터 問議 있기에 事實대로 답했고. 明日 來校 豫定이라고.
깜박 瞬間에 택시 안에서 지갑 잊은 것 생각할수록 마음 찐해 못견딜 程度. ◎

〈1984년 5월 10일 목요일 晴〉(4. 10.)
가슴(佐便) 절린 것 아직 完治 안됐으나 오랜만에 새벽 運動 再開. 放送도.
早食 前 努力으로 마늘밭에 給水 20余 바께쓰. 밥맛 헐신 돋구고.
文化放送局에서 오겠다는 記者 안왔고.
放課 後 7時에 無極 가서 支署에 諸 證明書 紛失된 事實 말했고. 淸州 가서 할 일일 듯. ⓒ

〈1984년 5월 11일 금요일 晴〉(4. 11.)
今朝도 새벽運動 및 아침放送. 남새밭에 給水. 어제부터 마늘作況 生氣 있어 보이고.
6時 50分에 道晴里 一區 실농촌에 가서 學父兄 會長 鄭二憲 만나 抑說하는 里長 한두사람으로 因한 逍風과 敬老行事의 內容을 알려 誤解 없도록 했더니 마음 개운. 後遺症 없도록 職員한테도 말했고.
낮 一時에 陰城 가서 教育廳 들러 새 管理課長

姜仁亨 氏와 첫 人事 나누고. 延 教育長께 好調中인 學校狀況 말했기도. 郡 保健所 가선 콜레라 豫防接種 證明書 再發給. 아리랑觀光 가서도 濟州道 往來 航空票 領收證 再發給.
入清해서는 住宅銀行 가서 通帳 再發給. 住民登錄證 再發給 手續으로…洞事務所, 아파트 統班長, 派出所 等 다니느라고 東奔西走한 셈. 忠州文化放送局 黃記者와도 對話~教育家族 關聯 問題…教育週間 中의 取材인 것. 井母도 午後에 梧仙서 清州 왔고. ◎

〈1984년 5월 12일 토요일 晴, 曇〉(4. 12.)
井母는 아침결에 入清. 學校일 다 마치고 午後 2時 發 버스로 入清하여 아파트 管理所 들러 具所長 만나 人事.
井母 名義로 貯蓄한 것 50萬 원 引出했다는 것 갖고 아파트 入住 取得稅 等 急한 곳 整理하기에 마련 잘 되고. ◎

〈1984년 5월 13일 일요일 雨, 曇〉(4. 13.)
기다리던 단비 새벽부터 부슬비로 내려 午後 4時까지. 그래도 滿足히 내리지 못한 셈.
從妹兄 沈良燮 氏 子婚에 從兄과 함께 禮式場에 人事갔으나 누님 박대 현상인 듯 느껴져 쇄 좀 냈던 것. 柳泰鉉 收渡校長 回甲宴 招待에도 參席 人事.
午後 四時頃 大田 가서 虎溪 작은 妹집 찾아 들은 情狀 보니 딱하였기도 - 가난한 處地에 발목을 甚히 다쳐 行步 不自由中. 妹夫(朴忠圭)는 自身 病中에도 소주 마시는 것. 明太라도 끓여먹도록 壹萬 원 주었고.
늦게 入清하여 夕食은 市內서 했고. 今日은 일찍 歸家 就寢. ⓒ

〈1984년 5월 14일 월요일 晴〉(4. 14.)
井母와 함께 첫 버스로 出勤. 受業도 受業參觀도 施行. 中間놀이에 自律的 進行에 滿足 느꼈고.
明日의 '스승의 날' 行事로 相議次 部落 나가 봤으나 昨日의 强雨로 農家 일손 바빠서 그대로 왔고.
退廳 後 울 안 토란 밭에 人糞 퍼주었고. 남새밭의 雜草 除去 作業으로 어둘 때까지 努力. ◎

〈1984년 5월 15일 화요일 曇, 晴〉(4. 15.)
第32回 教育週間 中의 '스승의 날'. 第3回 스승의 날. 朝會時에 스승의 날 沿革과 教育주간의 今年 主題 "快適한 教育環境을 만들자"를 새한신문 社說에 依해 訓話했고. 어린이代表가 꽃 달아주고, 自體 準備하여 点心을 全職員 會食~宿直室 뒤 펀던[6]에서. 午後엔 全職 體育으로 排球.
午後에 清州 가서 市廳 稅務課에 들러 分讓 아파트 取得稅 自進申告 手續했고~270,100. 明日 納付키로 松에 부탁.
玉山校 第26回 卒業生(女) 4名(鄭順任, 鄭顯姬, 鄭熙模, 朴鍾花) 梧仙校까지 스승의 날 人事로 갔다가 다시 清州 와서 만나 慰勞人事 받은 것. 普通 誠意가 아니고선 어려운 일. 清州居住 朴興圭君도 나와 一同에게 夕食을 高價飮食으로 待接. 시간 늦어 清州서 留. ⓒ

〈1984년 5월 16일 수요일 晴〉(4. 16.)
첫 버스로 出勤. 昨日 行事(스승의 날 行事)

6) 펀펀한 들이란 뜻.

나름대로 意義있게 보낸 것을 職員들에게 致賀했고.
退勤 後 울 안 남새밭(糖根밭, 토란밭)의 人糞 준 곳 덮고 除草作業 黃昏까지 했고. ◎

〈1984년 5월 17일 목요일 晴〉(4. 17.)
今日도 放課 後에 울 안 뒤턱의 除草作業과 花壇 花木 剪枝 等으로 땀흘려 일했고. ⓒ

〈1984년 5월 18일 금요일 晴〉(4. 18.)
近者엔 새벽 運動에 驅步 距離 延長하여 約 4km. 所要時間 25分 間 校門→柳村橋→三距離.
午後에 陰城 가서 保險金 納入. 教育廳 職員體育會에 應援 協助. 淸州 와선 財形貯蓄 5月 分 納付. 江內面 事務所 들러 從妹 戶籍簿 閱覽~ 누님은 禮榮, 그의 子 載德, 載東, 載雲.
江內 月谷서 李成宰 子弟 만나 厚待받기도. 밤엔 金溪 큰집 가서 祖母 忌祭에 參席. ⓒ

〈1984년 5월 19일 토요일 晴〉(4. 19.)
學校 일 다 마치고 下午 四時에 淸州 到着. 黃義均 教師와 李俊遠 校長, 許錫範 校長 집 人事는 李 校長만 明日로, 其外 2名에겐 今日 人事한 것.
淸州로 移居하시는 族兄 春榮 氏와 李仁寧 氏 만나 가게에서 待接해 드렸고.
서울서 五女 運이 왔고. 沐浴 後 市內 가서 夕食. ⓒ

〈1984년 5월 20일 일요일 晴〉(4. 20.)
淸州서도 實踐하는 새벽 運動 驅步코스 定하여 올 때마다 施行. 아파트村을 中心으로 一周하면 約 4km 25分 間 所要.
11.30分에 있는 李俊遠 平谷校長 子婚에 人事. 낮엔 장판 리스 사다가 3군데 房 칠했고.
저녁땐 複袋洞 가서 오래 전 尹然水 里장집 찾아가 問病 慰勞~6年前 서울(淸平?)서 作業中 負傷 입어 上位 척추 離脫로 神經 斷切되어 四肢를 못쓰는 不具者가 되어서 杜門不出하는 重患者…오랜만이고 반갑고 고마웠던지 落淚하면서 반기는 것. 約 2時間 동안 情談 交換. 밤엔 市內 가서 夕食. 運은 上京. 사우디아라비아 가겠다는 것. ◎

〈1984년 5월 21일 월요일 晴〉(4. 21.)
公務員 身體檢査에 再檢하라는 連絡 있어 6時 40分의 첫 버스로 忠州 道立醫院 갔고.
'肝臟疾患 의심'으로 되어 피 다시 뽑은 것. 受檢 後 金脘永 教師와 早食 함께 하고선 곧 歸校. 數日 間 就寢時間 적어서인지 疲勞 많이 느끼고. 歸路에 教育廳 들러 再發行 '公務員證' 찾고 日暮 後 淸州 着. 夕食 後 井母와 함께 市內 가서 '正金舍, 大韓旗店' 들러왔고. ◎

〈1984년 5월 22일 화요일 晴〉(4. 22.)
井母와 함께 첫 버스로 出勤. 井母는 終日토록 남새밭, 깨밭, 콩밭 김매기에 流汗努力.
六學年 道德受業, 4學年 受業 參觀, 公文書 通讀 處理에 바빴고.
退廳 後 18時 30分~20時까지 '마늘밭'과 호박구덩이에 50余 양동이 물 붓느라 勞力. ◎

〈1984년 5월 23일 수요일 晴〉(4. 23.)
午前 中 充實勤務하고 井母와 함께 入淸. 25日부터 있는 全國少年體典에 參加할려고 淸

州서 諸般 準備하고 明朝에 高速으로 釜山 向發할 豫定. ◎

〈1984년 5월 24일 목요일 晴, 曇〉(4. 24.)
濟州道行 一同(蘇伊, 遠南, 助村, 笙極, 梧仙校長 其外 4名 合 10名) 8時 半 高速으로 釜山 向發. 4시간 半 所要. 택시로 金海 가서 下午 4時 20分 發 航空으로 濟州市 到着. 所要時間 30分 程度. 一行은 濟州市 일도 一同 '신광여인宿'에 27日 밤까지 4夜 投宿키로 決定. 1夜 1房에 4,000원. 食事는 따로 食堂에서 하는 것. 濟州島 一帶가 '第13回 全國少年體典' 歡迎 一色. ◎

〈1984년 5월 25일 금요일 雨, 曇〉(4. 25.)
9時 30分부터 入場式. 入場券 없어 難處했으나 玉山校 金在範 教師와 小魯校 李富坤 校務의 德分으로 入場券, 招待券 重複으로 얻어 多幸히 入場했고. 비는 부슬비로 約 一時間 내렸고. 全斗煥 大統領 夫妻분 參席. 濟州 市內 初中高生들의 마스게임과 카드섹션은 눈물겨웁게 싱그럽고 多彩롭고 感銘 깊었던 것.
軟式庭球, 水泳, 하키, 핸드볼, 野球, 陸上 等 各 種目 求景 참으로 잘 했고. ◎

〈1984년 5월 26일 토요일 晴〉(4. 26.)
軟式庭球에서 忠北의 遠南, 內北 : 全南인데 시원하게 今日 께임에선 勝利. 今日도 野球 求景.
機待하는 씨름은 明日 施行. 성산邑 씨름選手團 民泊집에 가서 人事, 激勵. ◎

〈1984년 5월 27일 일요일 曇, 晴〉(4. 27.)
성산읍 '동남국교'에 가서 씨름競技 땀 주먹으로 조려가며 보았으나 忠南한테 敗한 것.
崔炳規 助村校長 勸誘로 西歸浦 가서 天地淵폭포 보고 濟州로 돌아와 膳物(타올 等) 購買하여 明朝에 出發 準備하고 就寢. ◎

〈1984년 5월 28일 월요일 曇, 雨, 曇〉(4. 28.)
7時 20分 發 '카훼리2號'로 崔校長과 함께 船舶料 50% 減하여 1人當 3,300원으로 '완도'까지 3時間 10分 所要. 완도에서 光州까지 直行버스로 2,140원 2時間 20分 所要. 光州서 点心. 光州서 大田까지 高速으로 2,570원 2時間 50分 所要. 多幸히 車 引繼가 順調롭게 잘 되어 淸州 着이 午後 6時여서 濟州에서 淸州까지 約 11時間 걸린 것. 어젯날 서울 큰 애들 다녀갔다고.
無事히 다녀왔으나 再昨年까지 7連霸하던 것인데 今般의 忠北成績 低調함이 서운한 것. ◎

〈1984년 5월 29일 화요일 晴, 曇, 晴〉(4. 29.)
井母와 함께 첫 버스로 出勤. 學校 無事했고.
어제는 朴 장학사 奬學指導 있었다는 것.
日暮頃에 實習地 一隅[7] 삽으로 파 덥기에 땀 많이 흘렸고. ⓒ

〈1984년 5월 30일 수요일 曇, 晴〉(4. 30.)
去 濟州島 4日 間에도 빠짐없이 새벽운동했던 것. 海邊가 25分 間 驅步했던 것.
今朝도 조깅後 고추밭과 옥수수 둑에 學校 人糞 10余 바께쓰 퍼 준 것. 退廳 後도 마늘밭에 물 퍼주고 동부 및 콩밭에 진디물藥 消毒 等

7) 한 모퉁이

努力 많이 했고. ◎

〈1984년 5월 31일 목요일 晴〉(5. 1.)
今朝도 새벽運動 後 당근 및 토란밭에 人糞施肥로 努力. 콩밭 김매기도. 退廳 後도 實習地서 努力.
校內 教育改革委 열어 ①VTR 活用, ②生活지도, ③實力向上策, ④6月의 援護의 달 行事 等을 協議 決定. ◎

〈1984년 6월 1일 금요일 晴〉(5. 2.)
今朝는 조깅 後 '學級經營錄' 檢閱에 바빴고. 朝會 時 評價欄 쓸 것과 協議事項은 잘 썼다고 말했고.
今日도 退廳 後에 1時間 程度 채마밭 給水 等에 努力한 것.
막 버스로 井母와 함께 入淸. 今日 夕食은 모처럼 아파트에서 했고. ◎

〈1984년 6월 2일 토요일 晴〉(5. 3.)
9時 半에 學生會館에 들러 反共聯盟에서 主催하는 反共雄辯大會에 가 본 것~陰城郡大會에서 特殊賞 받은 3學年 女子 趙誠貞 어린이가 演士로 參席했으나 入賞 못했고.
午後엔 玉山 가서 戶籍謄本 떼고, 李明世 面長으로부터 맥주 等 後待받았고. ⓒ

〈1984년 6월 3일 일요일 晴, 曇〉(5. 4.)
아침부터 終日토록 家事整理~特히 헌書籍 整理한 것…'새교육'誌 몇 年度別로 整備.
五女 運이 왔다가 日暮頃에 다시 上京했고. ⓒ

〈1984년 6월 4일 월요일 晴, 曇, 雨((쏘나기))〉(5. 5.)
井母와 함께 첫 버스로 出勤. 昨日 整理한 册子 中 '새교육'誌 몇 券 代表的으로 가지고 왔고.
六學年의 道德受業, 公文書 處理, 諸帳簿 檢閱等으로 바빴고. 退廳 後엔 富潤서 올 때의 書籍 묶은 이삿짐 整頓 等으로도 땀 흘린 것. 今朝 새벽운동은 市內 南州洞까지 驅步했던 것. ◎

〈1984년 6월 5일 화요일 晴, 曇〉(5. 6.)
10時에 無極 가서 地域校長會議 形式으로 金旺邑 單位 國民學校長 參集하여 合意 後 一同 陰城 나가서 教育廳 梁課長 및 係長級 以上 13名 招致하여 衷心 待接하고. 協議 마치고 歸校해선 午後 5時에 臨時職員會 召集하여 '六學年 修學旅行件 外 4種' 示達했던 것.
下午 7時에 淸州 向發. 井母는 晝間에 먼저 淸州 왔고. ⓒ

〈1984년 6월 6일 수요일 曇, 雨〉(5. 7.)
第29回 顯忠日. 10時에 1分 間 默念.
'박카스' 1박스 사 가지고 南一面 장암里 가서 前 玉山國校長 盧應愚 先生 問病 情談했고.
서울서 큰 애 내려와서 아파트 베란다 윗空間에 샷씨(철틀 門짝) 設置에 25.6萬 원 들여서 工作. 長男 井은 下午에 上京. 5女 運이는 어제 왔다가 今日 午後에 上京. 밤中부터 부슬비 내리는 것. ◎

〈1984년 6월 7일 목요일 雨, 曇〉(5. 8.)
6時까지 부슬비 繼續되었고. 今朝 조깅은 아파트 玄關 入口 차양 밑에서 20分 間 施行.

淸白吏 受賞對象者 書類 抄案 만들기에 時間 바쁘게 보고. 證憑資料 簿册과 活動狀況 撮影 等으로 趙主任敎師 帶同하여 學校에서 舍宅에서 校外에서 땀 흘리며 함께 勞力했고.
井母는 낮에 와서 昨夜에 넘치게 내린 쏘나기로 남새밭 헤어진 곳 매고 가꾸고 復舊作業에 努力勞力. 退廳 後 舍宅 울 안 남새밭 손질로 黃昏까지 함께 勞力했고. ⓒ

〈1984년 6월 8일 금요일 晴〉(5. 9.)
淸白吏 書類 作成으로 거의 終日토록 손가락 아플 程度 쓴 것. 證據 寫眞代만도 8,000원. ⓒ

〈1984년 6월 9일 토요일 晴〉(5. 10.)
敎育廳 連絡에 依據 體育指導敎師, 씨름 兒童, 學校長 陰城에 나가 「再建食堂」에서 郡內 關聯 校長 一同 点心 待接 잘 받기도. 李鍾赫 郡守 周旋으로 行했다는 것. 淸白吏 書類 提出. ⓒ

〈1984년 6월 10일 일요일 晴〉(5. 11.)
청석禮式場에서 있는 安在喆 双峰國校長 子婚에 參與. 數人 校長과 함께 点心 단단히 먹었고.
'금호관광' 버스 本部 事務室에 들러 明朝 時間 지키도록 當付했기도. ⓒ

〈1984년 6월 11일 월요일 曇, 晴〉(5. 12.)
아파트에서 井母와 함께 4時 20分에 出發. 淸州大橋옆 '忠北銀行' 本店 廣場까지 步行 40分 間걸려 修學旅行團用 관광버스 타고 學校 오니 6時 10分쯤 되고.
出發 前에 諸般 注意事項 간곡히 말하고 發車는 6時 50分~兒童 73名 引率 責任者 鄭用承 校監, 六學年 擔任 金脘永, 金美英 敎師. 無事를 當付. 一泊二日 豫定. 慶州, 釜山 方面. 一人當 經費 13,500씩.
退廳 後 井母와 함께 學校 空閑地에 갈은 참깨밭, 팥밭, 녹두 두둑의 김 맸기도.
밤 9時頃 學校 巡視에 二層 西端 3의 1 敎室의 消燈을 傳達夫(宿直者) 吳 氏한테 指示. 旅行團들 釜山까지 無事 到着하였다고 來電. 밤 10時 半, 旅館에서 送電하는 것이라고.
「새로난 젊은 大統領이라는데 우리 故場이라면서 某行事 있어 來任. 우연한 機會에 長距離를 배행. 食事도 함께 하는데 有名한 국밥이라는 것이 豐富한 올갱이국과 닭고기국, 廻路에 "校長 先生님!"하고 부르는 것.」 어떻게 精神나서 깨고 보니 한밤 中의 꿈…새 1時 25分… 84.6.12회고. ⓒ

〈1984년 6월 12일 화요일 曇, 晴〉(5. 13.)
꿈 깨어 起床하니 1時 25分. (上記). 異常한 生覺하며 日記 其대로 略記하고 新聞 보기와 새교육誌 읽기로 거의 밤 새운 것. 旣定대로 今朝도 새벽 아침 行事 마치고 柳浦里 가서 理髮.
今日 따라 公文接受된 件數많아서 通讀 處理에 4, 5時間 걸려서 머리 아팠고.
六學旅行團 19時 歸校 豫定이 約 3時間 遲延되어 밤 10時頃 到着~궁금症과 조급한 마음 조렸던 것. 늦었으나 全員 無事 歸校되어 多幸이었고. ⓒ

〈1984년 6월 13일 수요일 晴〉(5. 14.)
午前 中 執務 마치고 淸州 가서 鳳鳴洞 事務所

에 들러 住民登錄證 再發給 일 보렸더니 舊 證이 돌려왔대서 多幸히 받아 結末. 公務員은 敎育廳에서 받아 再發給 後라서 燒却處分했다고 들었고.
下午 4時 半頃 敎育廳 들러 姜 管理課長과 文庶務係長 만나 淸白吏賞에 對한 이야기 좀 나눴고. 中等係 張 奬學士 만나 修學旅行團 無事歸校를 말하고 雜務 마치고 歸校하니 18時 正刻.
日暮頃까지 約 1.5時間 콩밭 除草作業 等 勞力했고. ⓒ

〈1984년 6월 14일 목요일 晴〉(5. 15.)
6의1 擔任 金○○ 敎師의 某種의 金額 處理에 正當치 못한 것 같아 不安과 不快感. 어제부터 있었으나 큰 일 없도록 對充 解決되었다 하여 풀렸기도.
舍宅 窓門 前後에 若干씩 모기장 천으로 防蟲網 設置工事 夫婦 함께 朝夕으로 일해 마쳤고. ⓒ

〈1984년 6월 15일 금요일 晴〉(5. 16.)
버린 學校 空閑地 한두둑 파올리는 作業. 日出前 1時間 程度의 勞作에 땀 많이 흘렸고.
週間 氣溫 30度를 넘어 業務遂行에 갑갑症과 진땀에 시달림을 나우 느끼는 것.
淸白吏賞 受賞 對象者 選拔에 陰城郡에서는 選拔된 듯 – 郡 敎育廳 學務課로부터 新聞報道된 것과 財産關係 및 아파트生活 內容 等 問議 來電에 事實 答辯 資料 발췌하는 대로 우수奔走한 일 본 것. 午後엔 硏修會, 排球, 肉類 會食 等 全職員 함께 바빴던 것. ⓒ

〈1984년 6월 16일 토요일 曇, 雨, 曇〉(5. 17.)
昨夕까지 2次例 空閑地 勞作한 두둑에 早食前에 井母와 함께 들깨苗 심었고.
8時頃부터 부슬비 繼續 12時頃엔 바람과 함께 나우 내리는 것. 約 30分 동안.
下午 2時 發 버스로 井母와 함께 淸州 갔고. 運이 서울서 오고. 海外 就業 手續 다 돼간다는 것. 생각만 해도 섭섭. 오랫동안 소식 없어 궁금했던 次女(姬…在應스님)로부터 편지 왔고. 慶南 合川郡 가야山 海印寺 삼선암. 영화 「비구니」事件으로 曹溪宗에서 反對示威에 血書까지 하여 鬪爭했다는 것. 映畫 停止키로 됐고.
四女 杏은 女高生活館에서 徹夜 實技指導에 몹시 疲勞한 듯. 一週間에 今日서 잠간 다녀가는 것. ◎

〈1984년 6월 17일 일요일 가랑비, 曇〉(5. 18.)
五男 弼이 오고. 考査까지 끝나 夏季放學했다고.
낮엔 任昌武, 朴鍾益 校長 招請으로 市內에 들어가 몇 時間 情談했기도.
3男 明이 밤에 찾아와 電話料 等(서울 이야기도 包含) 醉言 부언하는 것 달래어 자게 하기도. ⓒ

〈1984년 6월 18일 월요일 曇, 雨〉(5. 19.)
첫 버스 事情 나빠 가외 車費 들여 出勤. 井母는 梧仙에 안왔고.
6의1 金院永 敎師일(債務, 勤怠)로 생각타 못해 特別訓戒와 慰安도 한 것. 늦게 入淸. ⓒ

〈1984년 6월 19일 화요일 가랑비, 曇〉(5. 20.)

今朝도 淸州서 첫 버스 不行으로 傷心 不安했고. 10時부터 있는 '밝고 맑은 노래 大會'에 參席. 場所 無極國校. 國校 5, 中高 3. 行事 마치고 一同 會食. 酒席과 茶房으로 時間 걸렸고. 時間 事情 나빠 步行으로 歸校. 19時 半에 到着. 井母는 낮에 와서 마늘 캐고 파 苗種하고. ⓒ

〈1984년 6월 21일 목요일 晴〉(5. 22.)
下午 3時부터 있는 校長會議에 參席~前日에 있었다는 全國敎育監會議 內容과 市郡 學務課長會議 傳達이 主. 會議 마치고 入淸. 井母는 낮에 淸州 왔고. ⓒ

〈1984년 6월 22일 금요일 가랑비, 曇〉(5. 23.)
새벽부터 내리는 가랑비로 '敎育監旗 쟁탈 陸上경기大會'가 2, 3種目 進行 때까진 支障 있었고. 10時 좀 지나서 머물고. 공던지기와 너비뛰기 選手 왔으나 豫選에서 탈락된 셈. 引率敎師 李世寧 敎師와 어린이 둘 下午 4時 버스로 歸校. ⓒ

〈1984년 6월 23일 토요일 曇, 晴〉(5. 24.)
첫 버스로 淸州서 出勤. 兒童 朝會時 아침自習의 稱讚과 물놀이 操心, 물받이와 어린 은행나무 안마지기를 注意.
11時부터 있는 機關長會議에 參席. 六月달 行事와 金旺發展을 爲한 마음갖기(政治的?)가 主.
막내(五男) 弼의 考試 結果 시원치 않은 態度에 落望과 脈이 풀려 傷心되는 것. 할 수 없는 일. ⓒ

〈1984년 6월 24일 일요일 晴, 曇〉(5. 25.)
새벽 運動 後 朝食 前에 井母와 함께 宅地分讓 받은 곳 空閑 利用으로 고구마 심을 豫定으로 삽으로 좀 팠고. 日暮頃엔 松이, 弼이도 協助勞力하여 꼭 10두둑 만들었고. 井母도 땀 많이 흘렸고. ⓒ

〈1984년 6월 25일 월요일 雨〉(5. 26.)
食 前부터 내리는 부슬비 거의 終日 내린 턱. 첫 버스로 出勤. 井母는 낮 버스로 梧仙 왔고. 10時에 있는 無極 우체局長 朴魯烈 氏 停年退任式에 다녀왔고.
第七校時에 六의一 道德授業 施行. 17시부터 45分 間 校長會議 傳達했고.
弼이는 잠시 上京했다고. 司法高試에 落榜했다고 아비의 態度가 너무 落心해서인가.
今日은 六.二五 事變 第34回周年. TV에서 當時의 政府要人 狀況 나오기에 잠시 視聽했기도. ⓒ

〈1984년 6월 26일 화요일 雨, 晴〉(5. 27.)
20日 間 長마비 오겠다는 豫報. 어제도 부슬비로 거의 終日 온 셈. 今日도 0時 30分인데 오는 中이고. 10時 半頃까지 오락가락한 것. 日氣豫報에 依하면 장마圈에 들어서 約 20日 間 비온다는 것.
모처럼 學校 備品臺帳 삿삿치 봤고. 84定期在物調査 施行하게 되어 正確을 期해야 할 것.
退廳 後는 黃昏까지 井母와 함께 空閑地에 들깨 모하기에 流汗 勞力했기도. ◎

〈1984년 6월 27일 수요일 曇, 晴〉(5. 28.)
今日도 放課 後(退廳 後)에 井母와 함께 깊은

空閑地에 하다 남은 두둑 뽕고 들깨 모 심어 完成한 것. ⓒ

〈1984년 6월 28일 목요일 曇. 晴〉(5. 29.)
씨름評價戰이 있기에 10時 半에 自轉車로 無極國校 가서 狀況 봤으나 訓練과 指導技術 不足을 切實히 느꼈고. 日暮頃에 歸家하여 흑임자?(검은참깨)밭에 人糞 施肥했기도.
今朝 驅步時 너머져서 左側 무릎을 우수 깼던 것. ⓒ

〈1984년 6월 29일 금요일 晴〉(6. 1.)
傷處 입은 무릎 順調로이 낳아가고. 편지쓰기 指導를 本校 中點施策으로서 잘 하면 國語科 實力向上이 되며 禮儀生活 指導의 큰 몫을 이루게 된다고 職員會에 强調한 것. 今日도 朝夕으로 밭 손질. ◎

〈1984년 6월 30일 토요일 晴〉(6. 2.)
學校 마친 後 下午 3時 發 버스로 井母와 함께 入淸. 今日로서 滿 二個月 極히 謹酒한 것.
淸州藥局 漢鳳 氏로부터 蓮潭 郭預에 對한 녹음테프 4個 膳物로 받아 고마웠고. 寶眼堂에 들러 眼鏡테 나사 1個 修理하기도. 夕食 後 歸家. ○

〈1984년 7월 1일 일요일 晴〉(6. 3.)
井母와 함께 分讓宅地 따비밭[8] 몇 두둑 더 일궈서 播種. 고구마싹도 심고.
史龍基 葛院校長 母親喪에 人事次 芙容面 杏山里 다녀오기도. 날씨 무더워 隘路 많았고. 德城校長 李赫在 外 數人 校長 만나 一盃하면서 情談 많이 했기도. ×

〈1984년 7월 2일 월요일 晴〉(6. 4.)
첫 버스로 出勤하여 晝食時間에 '개오지' 學校洞에 가서 鄭二憲 氏 만나 厚待받은 後 鄭二憲 氏는 年初 煙草乾燥室 炭불 보기에 바빠서 不得했고. 寅國 氏 만나 가게방에서 情酒한 것. ○

〈1984년 7월 3일 화요일 晴, 曇, 雨〉(6. 5.)
밤새 비 많이 내려서 장마, 洪水. 어린이들은 下校 前에 꽃길로 코스모스 作業도 했고. ○

〈1984년 7월 4일 수요일 雨〉(6. 6.)
繼續 내리는 비로 洪水. 校門앞 洞里 進路 암거[9] 옆 헛구멍 크게 나기도.
손공 드려 잘 지어놓은 空閑地 作業에 水害 많았고. ×

〈1984년 7월 5일 목요일 曇, 雨〉(6. 7.)
臭心 時間에 梧仙里 里長 집 가서 담배 일 바쁘게 하는 것 보며 이야기도 좀 한 것. ○

〈1984년 7월 6일 금요일 曇, 雨, 曇〉(6. 8.)
장마비로 因하여 各處에서 水害 있어 人名 被害까지 많다는 報道 나기도.
學校 雇傭員 吳源均이 孟洞校로 옮기게 됐대서 公私間 잘 된 것. ×

8) 따비로나 갈 만한 아주 좁은 밭.

9) 땅속이나 구조물 밑으로 낸 도랑이라는 뜻으로 속도랑이라고도 한다.

〈1984년 7월 7일 토요일 가끔비〉(6. 9.)
近日의 소주로 食慾 잃었고. 몸 괴롭기 또 無限. 下午 3時 發 버스로 井母와 함께 가까스로 入淸.
杏은 발바닥의 티눈 手術로 病院 往來中 治療中. 運이가 밥 지어 지내는 淸州 形便. 弼은 前週에 上京하더니 아직 안왔고. 밤새도록 呻吟하며 休息. 食事 못하고. ◎

〈1984년 7월 8일 일요일 가끔비〉(1. 10.)
金旺邑內 機關長 一同 '休戰線 땅굴' 視察次 旅行 간다는 것 못가서 분하기도.
午前 中 앓다가 日暮頃엔 井母와 함께 따비밭 가서 勞動. 괴로운 中이라서 疲勞 대단했고. 松이가 힘껏 거드는 바람에 豫定했던 일 다 마친 것. ◎

〈1984년 7월 9일 월요일 가끔 가랑비〉(6. 11.)
첫 버스로 出勤. 朝食은 근대국과 少量 들기도. 6의1 一校時 授業도 履行.
井母는 11時 半頃 왔고. 흿心은 국수로 모처럼 한 그릇 다 먹은 것. ◎

〈1984년 7월 10일 화요일 曇, 雨, 曇〉(6. 12.)
零時에 起床하여 學校 巡察後 數日 間 밀렸던 帳簿 整理. 1時頃에 또 就寢하려나 잠 안와 苦惱. 新聞 보다가 눕기도.
第六學年 二班의 道德授業 마치니 全期用 一, 二班 모두 마친 것. 責任 다한 것으로 마음 후련.
放課 後도 '새교육'誌 나우 읽어서 읽던 號數 通讀. 退廳 後는 空閑地 밭 一時間쯤 除草.
日暮 後엔 柳浦里 가서 理髮. 自轉車 빵꾸도 때우고. 밤 10時 半에 學校 巡察. 食事 正常. ◎

〈1984년 7월 11일 수요일 曇, 晴, 曇〉(6. 13.)
12時까지 執務 後 陰城 가서 陸上評價戰 보고 15時부터 校長會議에 參席~夏季 休暇 中 生活과 體育訓練이 主眼. 16時부터 約 一時間 동안 南新校에서 있는 TV放送局(NBS) 狀況 보고. 無極 와선 地域校長會議格으로 大所 吳校長, 綾山 咸校長까지 合席되어 몇 가지 談笑한 것. 無極 自轉鋪에서 自轉車 大修繕하여 2萬 원 들었고. ⓒ

〈1984년 7월 12일 목요일 曇, 가끔비〉(6. 14.)
井母는 入淸 豫定으로 열무, 호박, 고추, 당근 等 뽑고 뜯고 다듬는 일로 終日 活動. 막 버스로 함께 入淸. ◎

〈1984년 7월 13일 금요일 曇〉(6. 15.)
井母는 淸州 볼 일(明日 先考入祭) 淸州 머물고. …祭事 홍정 等으로 바쁘게 일 봤을 것.
첫 버스로 出勤 後 10時까지 執務. 11時에 陰城 가서 反共雄辯大會 狀況 12時 半까지 보고서 흿心時間에 李鍾文, 蔡壽秉, 鄭 奬學士와 함께 邑內食堂에서 冷麵 흿心 같이 했고.
14時 30分부터 職員會(夏季休暇 中 生活, 秋季 體育大會, 其他 當面問題). 17時부터 18時까지 職員體育으로 排球하는 데 審判 봤고. 막 버스로 入淸. 서울서 魯弼이 왔고. ⓒ

〈1984년 7월 14일 토요일 曇〉(6. 16.)
土曜行事도 끝까지 잘 마치고 入淸. 밤 11時에 아버님 祭祀 잘 모시고…故鄕에서 老人 從

兄과 再從兄(憲榮)님도 오시고. 서울 큰 애 家族 다 온 것.
初저녁엔 아파트 이웃 52棟 1, 2號 家族會議 있대서 501號에 잠간 參席했던 것. ⓒ

〈1984년 7월 15일 일요일 曇〉(6. 17.)
職員 逍風(先進地 視察) 있기에 통닭 3尾와 사이다 等 1箱子(26병) 마련하여 車에 실려주었기도. 淸州 發 8時 半. 밤 10時頃 入淸이나 無事해서 多幸…南原, 海印寺 거쳐 왔다는 것. 日暮頃 宅地 따비밭~고구마밭 댓골 매기에 勞力 나우 했었고. 서울 아이들 갔고. ⓒ

〈1984년 7월 16일 월요일 晴, 曇〉(6. 18.)
버스時間 順調롭지 않아 傷心 잠시 되었으나 無極 와서 택시로 달려 出勤 잘 했고.
11時부터 있는 機關長會議 있어 參席. 延 支署長 轉出에 送別宴會도 했고.
낮에 井母는 五女 運이 데리고 와서 봉선화꽃을 背景으로 舍宅 안과 本館 앞에서 紀念寫眞 찍기도. 下午 6時 發 버스로 다 함께 淸州 간 것. 家族 모두 夕食 같이 한 것. ⓒ

〈1984년 7월 17일 화요일 晴〉(6. 19.)
制憲節 제 36周年. 日暮頃에 따비밭에 나가 勞力. 팥밭 맨 것.
運, 弼이 上京. 杏은 발바닥 티눈 手術한 곳 아직 完治 안돼 出退勤에 苦生中. ⓒ

〈1984년 7월 18일 수요일 晴〉(6. 20.)
※간밤의 꿈……호랑이가 범[10] 덤벼 물려할 때 卞○○ 校長을 불렀다.
장마戰線은 한 동안 물렀는지 數日째 좋은 날씨. 無限히 무더운 날씨. 오늘 氣溫 35°.
退勤 後 7時 半까지 空閑地에서 排水 똘치기와 들깨밭 施肥로 勞力했고. 井母의 要請으로 無極 가서 수박 3통 사 갖고 歸家하니 下午 9時 半. ⓒ

〈1984년 7월 19일 목요일 晴〉(6. 21.)
今日도 退勤 後에 約 1.5時間동안 무더위 속에 勞力 나우 한 것~울 안밭 除草, 들깨에 施肥. ◎

〈1984년 7월 20일 금요일 晴〉(6. 22.)
요새 날씨 繼續 무더워. 새벽 조깅 等 生活 正常化. 모처럼 終會해서 職員에 當付…明日 出張으로 終業式에 不參케 되므로…兒童生活에 조심 3가지 ①물놀이 조심, ②여름철 病 操心, ③毒蟲 조심. 힘쓸 것 3가지 ①몸 깨끗이, ②課題(工夫) 完遂, ③집일 돕기(淸掃). ◎

〈1984년 7월 21일 토요일 晴〉(6. 23.)[11]
學校長會議(懇談會) 있대서 아침 通學버스로 陰城行. 終業式. 点心은 校長團 親睦會에서 敎育廳 幹部들과 白熟으로 會食. 17時 半에 歸淸. 井母도 낮에 오고. ⓒ

〈1984년 7월 22일 일요일 曇〉(6. 24.)
事實上 今日부터 夏季放學. 따비밭 손질 좀 했고. 次女 姬(在應스님)가 보내온 佛敎책 읽어

10) 원문에는 동그라미 속에 범이 그려져 있다.

11) 원문에는 날짜 정보가 일기 내용의 첫 줄 옆 공백란에 적혀 있다.

보기도. 夕食은 市內에 들어가 했고. 井母와 함께 市內 가서 組立式 미니 옷장과 마늘 多量 사기도. ⓒ

〈1984년 7월 23일 월요일 曇〉(6.25.)
85人事 管理原則 中 改正試案 公聽會에 參席. 陰城郡 初等敎育會~敎育廳에서. 10時부터 12時 30分까지. 若干의 異議와 意見 있었고. 거의 試案에 贊成.
晝食을 安, 閔 女敎師로부터 厚待 받은 것~불고기와 冷麵. 會議에 같이 參席했던 것.
下午 2時 半에 學校 가서 公文書 處理. 舍宅 巡察. 校舍 內外 巡視하고 同 6時 發 버스로 入淸. ⓒ

〈1984년 7월 24일 화요일 曇, 雨, 曇〉(6. 26.)
淸州 와서도 조깅(새벽運動) 繼續 中~國民體操後 4km 驅步.
早食 後 따비밭 가서 施肥, 除草 等 勞力. 市內 나가서 各種 納付金 行事 完了.
下午 2時부터 있는 夏季 經濟敎育에 參席 受講. 敎委 講堂에서. 1.5時間 所要.
下午 5時 半 發 高速버스로 井母와 함께 마늘 7접 보따리 갖고 上京. 文井洞 아파트 到着은 20時 半頃. 불고기, 생선회 等 珍味 飮食 많이 장만하여 夕食 나우 먹었고. 셋째 女息, 막내 弼이도 會食. ⓒ

〈1984년 7월 25일 수요일 晴〉(6. 27.)
큰 애 案內로 文井洞에서 蠶室까지 버스, 蠶室서 市廳앞까지 地下鐵. ○茶房에서 父子 間 懇談.
全國初等學校長 夏季研修 集會에 參席~世宗文化會館. 9時 30分부터 13時 30分까지 受講. 晝食은 德壽國民學校 指定敎室에서. 下午 4時 半에 金旺邑內 校長 4名(無極 金在龍, 龍泉 申鳳植, 双峰校長 安在喆, 梧仙校長 郭尙榮) 合意되어 仁川 月尾島 가서 생선회 큰 접시 1마련하여 소주 1盃씩. 一人當 諸般 經費 6,000원쯤. 文井洞에서 留. ⓒ

〈1984년 7월 26일 목요일 晴〉(6. 28.)
早食 後 夫婦는 魯弼이 데리고 上道洞 갔고. 淸掃, 홋이불 시치기. 市場보기 等 바쁘게 일보고. 弼이 案內로 下午 6時에 江南터미날 着. 淸州 到着은 仝 8時 半頃.
밤 9時에 47棟 셋째 明의 집 잠간 들려와 就寢. ⓒ

〈1984년 7월 27일 금요일 晴〉(6. 29.)
몸 若干 고단함을 느끼면서 宅地 따비밭에 5時에 가서 손질~除草, 기시미[12] 잡기, 무우벌레 잡기로 約 1時間 勞力. 午前 中 個人 帳簿 記錄 等으로 아파트에서 時間 보냈고. ○

〈1984년 7월 28일 금요일 晴〉(7. 1.)
井母用 眼鏡 高級으로 맞춘 것. 단골집인 '寶眼堂'. 視力은 老眼(遠視)에 亂視라고.
5萬2千 원 要求額을 9千 원 減해서 43,000원으로. 現金은 四女 魯杏이가 全擔한 것.
別席에서 어느 女人의 말. 卽 四柱…辛南生 去月30日 寅時~天忍性에 月建은 天驛, 日辰은

12) 거세미나방이 곡식의 땅속 줄기를 잘라먹는 시기의 벌레. 어린 고추, 호박 등 곡식을 해뜨기 전에 잘라 먹는다.

天貴, 時는 天權이라고 云〃. 往事에 들은 적 있는 것. ○

〈1984년 7월 29일 일요일 晴〉(7. 2.)
族兄 俊榮 氏 만나 一盃 情談 오랜만에 나누기도. 族叔 漢奎 氏 宅 尋訪과 族長 斗鉉 氏 宅 찾아가 情談 나누며 興味롭게 마셨던 것.
日暮 直前에 井母 帶同 上黨山城으로 避暑 갔던 것~山頂 酒店에서 朴相雲과 그의 親友 만나서 자리 같이하여 情談 나누기도. ×

〈1984년 7월 30일 월요일 晴〉(7. 3.)
今週는 勤務週라서 井母와 함께 臨時 車로 任地 梧仙 간 것. 學校 無事했고. ×

〈1984년 7월 31일 화요일 晴〉(7. 4.)
午前에 李參雨 奬學士 來校~休暇 中 執務監査格. 申○○ 主任 있어 對應 잘 했고.
下午 3時부터 있는 校長團 懇談會에 參席. 교육廳 會議室. '休暇選手돕기'가 主眼이었고. ×

〈1984년 8월 2일 목요일 曇, 雲〉(7. 6.)
밤 11時頃에 亡弟 云榮 祭祀 지냈고~隣近 아이들 와서 그 나름대로 지냈으나 祭物 장 만에 매양 井母가 苦役 치르는 것. 큰 妹, 先, 明, 松, 振榮 모여 잘 지낸 것.
몸 고단한 편이나 祭祀 茶禮 잘 指揮했던 것. ×

〈1984년 8월 4일 토요일 晴〉(7. 8.)
몸 고단하여 學校로 連絡하고 休息. 어제 教育長이 다녀갔다기에 氣分 나우 不安했고.
四女 杏은 教育視察團으로 서울空港에서 今夜 9時頃에 '유우럽' 向發. 못가봐서 마음 찐하나 無事歸國하기를 天地神明께 祈願. 서울서 밤에 五女 運이 왔고.
어제 午前 中에 無極 가서 金在龍 校長 찾아 選手돕기 運動 相議하고 왔던 것. ◎

〈1984년 8월 5일 일요일 晴〉(7. 9.)
몸 고단하지만 어저께 일로 學校가 궁겁기 井母와 함께 陰城 거쳐 學校까지 다녀왔기도. 모두 無事에 安心. 극성마진 무더위에 땀 無限도 흘린 것.
日暮頃에 魯弼이 서울서 왔고. ·夕食에 食事 若干 한 편.
※ LA올림픽에서 各種 競技에 잘 싸우던 中 女子籠球팀이 中共을 69:56으로 눌러 銀메달까지 確定되자 監督 選手 一同, 應援團 모두 울 때 보는 사람 누구나 안 울 수 없었다. (韓國時間 8.6: 2시 20分). ◎

〈1984년 8월 6일 월요일 晴〉(7. 10.)
早期 起床하여 宅地 따비밭 가서 約 1時間 程度 除草 作業-아직 元氣 없어 땀 많이 흘렸고. 食事 不正常.
모처럼 淸州 市內 理髮館에 調髮[13]해보고~느낀 것 2,500원. 써비스 좋았고…四肢 안마가 特徵.
下午 四時에 松이가 運이 짐 갖고 上京~明日 海外就業次 서울 金浦空港 出發하게 되어… '目的地까지 無事到着과 海外就業 中 充實한 몸과 勤務, 無事歸國까지의 無事'를 天地神明

13) 머리털을 깎아 다듬음.

께 祈願했고.
市內 가서 家電製品商 들러 洗濯機 內容(商品, 價格) 알아보기도. ◎

〈1984년 8월 7일 화요일 晴〉(7. 11.)
約 10日 만에 早起運動했고. 어제부터 '새교육'誌 읽기 始作. 오늘은 나우 읽었고.
下午 2時 發 高速으로 魯弼 데리고 井母와 함께 上京. 金浦國際空航 到着은 下午 四時 10分頃. 文井洞서 運이 제 큰 오빠와 함께 國際空航에 와 있는 것. 海外就業(사우디아라비아…新設病院 看護職)으로 今夜 7時 半에 同僚 33名이 1次로 大韓航空(KAL機)便으로 出發케 된 것. 소 六時 半에 作別할 지음 "勇敢한 우리딸, 돈보다 몸이 첫 째, 편지는 適當한 때만" 3마디로 밝은 얼굴로 보낸 것. 내 自身 몽끗 勇氣를 내었던 것. 無事를 빌 뿐.[14)]
弼은 제 宿所 上道洞으로 가고. 큰 애 井은 우리 老夫婦 保護次 함께 淸州 온 것. 22時 到着. ⓒ

〈1984년 8월 8일 수요일 晴〉(7. 12.)
昨日 함께 왔던 井은 제 母親用 洗濯器 購求設置로 아침부터 午後 3時 半까지 暴陽 속에 市內를 數次例 往來하면서 完璧을 期하기까지에 땀 많이 흘리면서 心身 兩面으로 苦勞 많이 겪고 下午 4時 20分 發 버스로 上京. 우리 老夫婦도 任地 向發~無極서 學校까지 步行으로 苦勞 겪고. ◎

〈1984년 8월 9일 목요일 晴〉(7. 13.)
새벽 4時 半에 起床하여 조깅 後 放學 中 生活에 對하여 아침放送 마치고. 井母와 함께 空閑地의 참깨, 舍宅 울 안의 참깨 베어 屋上에 安置할 때까지 땀 많이 흘린 것. 作業 마치니 9時.
公文書 10餘通 通讀決裁하고 鳧心 後 2時 버스로 夫婦 함께 淸州 온 것. 洗濯器는 27萬 원에 購入. 完全自動式. 運의 退職金 一部와 貯蓄金에서. ◎

〈1984년 8월 10일 금요일 晴〉(7. 14.)
合宿訓練 選手兒童 激勵次 陰城 가서 '황의서' 머리 쓰다듬었고. 秀峰校에 가선 새마을 어머니會 代表者會議 하는 것 보았고. 郡內 會長團 總會는 16日로 定한 것 알았고.
盧係長 外 몇 사람과 함께 '콩국수'로 鳧心 待接. 茶房에서 올림픽 柔道 快擧 보았고.
下午 5時頃에 大田 갔었으나 絃이 못만났던 것.
夕食 市內서 하였으나 不安 不快한 느낌 있어 곧 歸家 就寢. 12日 行事 걱정도 되고. ◎

〈1984년 8월 11일 토요일 晴〉(7. 15.)
今日 다시 大田行 하여 次男 絃이 만나렸던 것이 不能으로 울울한 心情으로 歸家했었으나 多幸히도 下午 7時 半頃 4名 家族(絃 夫婦, 새실, 雄信) 全員 왔으므로 반가웠고.
낮엔 市內서 보기 드문 비디오 求景도 했던 것. 明日의 內的 行事는 變更하고 井母와 함께 錦山 가도록 하니 마음 爽快해져 氣分 가든하기도. ◎

〈1984년 8월 12일 일요일 晴〉(7. 16.)

14) 원문에는 붉은색 색연필로 밑줄이 그어져 있다.

5時 뉴스에 LA올림픽에 申俊燮 선수가 복싱에서 金메달 딴 消息, 韓國 온 天地 또 기쁘게 떠들석. 이로서 今日 現在 金 4, 銀 4, 銅 5 따서 韓國 史上 最初 最上. 追加 金2, 銀2, 銅2, 總計19.
月前서부터 所望이기에 今日 勇斷 내려 井母와 함께 錦山 가서 水蔘 쎈타 市場 求景하고 井母 所持金에서 水蔘 3채 3萬2仟 원에 購入하고. 追加 1채 더 購入하여 沃川 아이들 주기로 한 것.
遠距離 간 결에 무주九千洞까지 얼핏 다녀오느라고 淸州 着은 下午 8時 半쯤. ⓒ

〈1984년 8월 13일 월요일 晴, 曇〉(7. 17.)
組 勤務 擔當 週여서 첫 버스로 出勤. 日直 擔當은 安 女敎師와 金院 敎師, 그리고 李 氏.
舍宅 울 안 除草作業에 땀 많이 흘렸고. 11時半頃 井母도 왔고. 참깨 만물[15]털기(約 8升 收穫), 배추씨 播種. 井母는 고추 및 동부따기와 열무 다듬는 일로 無限 流汗.
海印寺(삼선암) 있던 在應스님(상운스님) 왔다고 電話[16] 왔기에 明日 歸淸 豫定이 事情上 井母와 함께 下午 六時 버스로 入淸. 두 스님 다 함께 身樣 좋았고.
11일 왔던 沃川 2째 家族 오늘 갔고. ◎

〈1984년 8월 14일 화요일 雨, 曇, 雨〉(7. 18.)
기다리던 비 淸州에선 日出 前에 나우 쏟아지고. 陰城地方엔 午後 6時頃에 쏟아진 것.
空閑地 고추밭 두둑의 풀 뽑느라고 땀 흘렸고.
公文書도 處理.
18時 發 버스로 入淸. 夕食을 스님 딸이 지은 밥으로 맛있게 많이 먹은 것.
유럽 視察 간 四女 杏이로부터 佛蘭西 파리에서 葉書로 消息 왔고. 런던 가서 또 한다고. ◎

〈1984년 8월 15일 수요일 雨, 曇〉(7. 19.)
今日도 淸州는 日出 前後 비 나우 내렸고. 새벽運動~아파트 玄關에서 제자리뛰기 30分間.
同門會 總會에 參席… 玉山 母校, 11時~13時. 尹 校長으로부터 厚待받기도.
下午 六時에 黃致萬, 鄭海珉과 함께 入淸. ◎

〈1984년 8월 16일 목요일 雨, 曇〉(7. 20.)
陰城 가서 '새마을어머니會' 〃長 總會에 開會式에만 參席. 尹淑姬 會長에게 車馬費 주며 協議會 잘 하라고 當付.
午後엔 學校 와서 共同硏修에 參與. 30分 間 '人間關係와 經濟敎育'에 對하여 講義했고. 舍宅 울 안 밭에 호배추 播種에도 땀 흘리며 勞力~日暮 前後. 井母는 아침결에 와서 2차 참깨 털기, 동부따기 等으로 流汗 終日 勞力. ◎

〈1984년 8월 17일 금요일 晴〉(7. 21.)
이른 새벽부터 8時까지 勞力 – 空閑地밭 한 두둑 雜草 除去. 채소 갈 수 있게 삽으로 파는 일.
職員 共同硏修 第二日째로 '休暇 中 生活 反省과 當面問題' 몇 가지 力說했고.
日暮頃엔 무우씨 種子播種. 舍宅 울 안 1두둑 파 일구어 '서울배추播種'. 물고랑 메우기 作業 黃昏까지 流汗 勞力. 井母도 옥수수와 고추

15) 그 해 들어 가장 먼저 생산된 것.
16) 원문에는 붉은색 볼펜으로 밑줄이 그어져 있다.

갈무리, 채소 뽑아 손질, 其他 作業으로 終日 노력.
아침 저녁으론 이제 서늘해진 느낌. 낮엔 亦是 불볕. 徐 氏네 飮食으로 全員 待接받고. ⓒ

〈1984년 8월 18일 토요일 晴〉(7. 22.)
아침결에 陰城 나가서 教育廳에서 國庫의 學資貸付金 手續하여 郡農協에 가 現金 50萬 원 찾았고. 午後엔 無極 가서 地域 校長會議에 參席~運動會와 排球大會 件. ◎

〈1984년 8월 19일 일요일 晴〉(7. 23.)
大川 海水浴場까지 電擊的으로 다녀옴…淸州 發 天安, 溫陽, 禮山, 洪城, 廣川, 大川. ◎

〈1984년 8월 20일 월요일 晴, 曇〉(7. 24.)
井母와 함께 故鄕 金溪를 다녀 옴~10時 出發, 19時 歸家…省墓, 從兄 再從兄 宅 尋訪. 고추 購入 交涉. 点心은 再從兄 宅에서, 번말 三從兄嫂 宅도 尋.
8月 7日에 '사우디아라비아' 갔던 五女 運이로부터 첫 편지 오고– 고추장, 김치 그립다는 內容도. 不便한 點 있는 듯? 露骨的으로 表現하지 않았고. 에미 아비 慰安一路~天地神明께 無事를 祈.
8月 3日에 유우럽 視察 간 杏이도 서울까지 왔다고 서울서 電話 왔고. ⓒ

〈1984년 8월 21일 화요일 가랑비, 曇〉(7. 25.)
市內 나가서 아파트 生活 月納金 2가지 納付. 韓明求 要請으로 만나 掛圖 購買 請託 말 있었기도.
서울서 弼이와 杏이 오고. 杏이는 유럽教育視察團으로 갔다가 約 20日 만에 歸家한 것. 無事 多幸.
卒業班의 魯弼이 最終 登錄金 368,500원 서울 큰 애(長男 井)가 全擔 納付했기도. ◎

〈1984년 8월 22일 수요일 晴〉(7. 26.)
朝夕으로 덜 더울 時間에 아파트 앞뒤에 空閑地 잔디밭 雜草뽑기에 勞力 많이 한 것.
去 13日에 왔던 次女(姬) 在應스님(同學人 상운스님) 10日 만에 今日 낮에 떠나는데 어딘가 모르게 섭섭한 感 있어 마음 속 울울하였기도. 오늘 우선 '해미'로 간다는 것. ◎

〈1984년 8월 23일 목요일 晴, 曇〉(7. 27.)
出勤 執務. 金姬 教師 日直. 徐 氏 除草作業에 稱讚. 舍宅 울 안 胡배추 한두둑 솎았고. 播種한 씨앗 모두 發芽 잘 됐고. 2個處의 作物밭 모두 둘러봤고. 退廳 後 市內서 某種의 서운한 얘기 나누기도. ⓒ

〈1984년 8월 24일 금요일 雨〉(7. 28.)
부슬비로 거의 終日토록 온 셈. 井母도 함께 梧仙 가서 옥수수, 파, 동부, 고추 等 거두어 낮車로 入淸하는 데 助力하였고. 今日 日直 安女教師. 下午 6時 梧仙 發 버스로 入淸. ⓒ

〈1984년 8월 25일 토요일 曇, 晴〉(7. 29.)
아침버스로 出勤 執務~公文書 處理, 校舍 內外 巡視, 舍宅 內外 團束. 下午 3時부터 있는 李基顯 細坪校長 停年式에 參席. 細坪 往來에 時間 關係로 초조했으나 기묘하게도 버스 引繼 順調로웠고 車費도 덜 들었던 것. 43年前의 教職 最初 擔任했던 弟子 6名(金天圭, 李元

根, 李泰善, 鄭杞泳, 金洪八, 車)으로부터 車便宜. 德坪, 松面 거쳐 淸州 와서도 某 食堂에 案內되어 厚待받아 흐뭇하고 기뻤기도. '옛으로 돌아갔던 것'. ⓒ

〈1984년 8월 26일 일요일 曇,부슬비〉(7. 30.)
魯弼이 下午 6時 半 發 버스로 上京. 目標 定立 課工에 精進할 것을 當付.
終日토록 부슬비 오락가락. 夏季 休暇의 最終日~前後 日曜日 合하여 36日 間. ◎

〈1984년 8월 27일 월요일 曇, 가끔비〉(8. 1.)
첫 버스로 出勤 執務. 井母는 11時 버스로 梧仙 오고~몸살로 健康 非正常. 그래도 勞力.
第二學期 開學式 擧行에 '休暇 中 生活 反省 讚辭. 第二學期의 나갈 길, 23回 올림픽의 十强國의 하나로 快擧를 말한 것. 休暇(36日 間) 中 兒童, 職員 全員 無事해서 多幸. ◎

〈1984년 8월 28일 화요일 曇, 가끔가랑비〉(8. 2.)
日出 前 조깅 繼續 施行. 今朝부터 學校放送도 計劃 實施. 朝夕으로 남새밭 손질로 勞動도.
學校는 運動會 練習으로 今日부터 一變道. 數日 前부터 井母의 몸살~아직 안가시고. ◎

〈1984년 8월 29일 수요일 雨, 曇〉(8. 3.)
7時부터 約 30分 間 集中暴雨. 朝食 後 井母를 데리고 無極 가서 '東邦漢醫院' 鄭 醫師한테 診脈 後 몸살 感氣藥 一日分치 3첩 지어서 井母를 먼저 梧仙에 오게 하고.
午後 2時부터 있는 讀後感 쓰기 大會를 보고 마친 後 5人(무극, 용천, 사정, 원망, 오선) 校長과 奬學士 2人 一盃와 夕食을 會食. 밤 10時 半에 택시로 歸校.
玉山校 出身 弟子 李敬世 奬學士(敎委 中等敎育課) 學校까지 來訪 人事에 고마웠고. ⓒ

〈1984년 8월 30일 목요일 曇, 晴〉(8. 4.)
모처럼 비 안 내렸고. 學校는 온통 運動會 練習 雰圍氣. 退廳 울 안밭 손질에 땀. ◎

〈1984년 8월 31일 금요일 雨〉(8. 5.)
終日토록 부슬비 오락가락. 運動會 種目 指導에 큰 支障. 어린 무우 배추 거의 녹아가고.
9月 1日字 異動되는 道內 校長 等에 人事狀(榮轉 祝賀) 20名에 發送. 日暮頃 20分 間 暴雨. ◎

〈1984년 9월 1일 토요일 雨〉(8. 6.)
繼續되는 비로 學校 玄關에서 새벽 運動. 비는 내일도 내린다는 것. 今日도 거의 終日 내린 셈.
後 2時 버스로 入淸할 때도 비. 井母도 同行. 無極 가서 鄭 校監 問病次 잠간 들러 門前에서 人事. ◎

〈1984년 9월 2일 일요일 雨〉(8. 7.)
今日도 비 내려 거의 終日토록 오락가락. 井母와 함께 數日 前에 淸高 앞으로 移舍 온 外從弟 朴鍾煥 집 찾아가 外叔母님께 人事 드렸고. 오랜만에 뵈옵는 것. ◎

〈1984년 9월 3일 월요일 부슬비, 曇〉(8. 8.)
어제까지 내린 비로 서울, 京畿 地方엔 水害 莫甚~待避 7萬餘 名, 死亡者 많고. 財産과 流失 當한 者 많다는 것. 下午 4時頃부터 비는

멎은 樣. 틈 苦待하던 全職員 體育會 種目 指導에 各項으로 熱 냈던 것.
運動會 關聯으로 自進 자모會 開催에 人事했고. 退廳 後엔 채마밭 손질에 땀 흘려 勞力했고. ◎

〈1984년 9월 4일 화요일 雨, 曇〉(8. 9.)
午前 中 學校 勤務. 비는 새벽부터 午後 1時 半까지 오락가락.
14時부터 있는 校長會議에 參席~'水害 復舊 作業'이 主案件. 歸途 中 車 校長한테 厚待받았고. ⓒ

〈1984년 9월 5일 수요일 曇, 雨, 曇, 晴〉(8. 10.)
모처럼 비 멎기 始作. 下午 2時부터 學父兄會 任員~83體育大會日 贊助金 決算 報告. 非父兄인 鄭二憲 會長 辭意. 後任 決定은 追後 任員會에서 選定키로. 鄭 會長에게 感謝牌 주기로 決議.
下午 5時 20分에 延光欽 教育長 來校~大所校 갔다오는 길. 暴雨 後의 異狀有無 確認次.
막 버스로 金溪行 發. 金溪 到着은 同 9時 半頃. 故 金相熙 別世에 弔問 人事. ⓒ

〈1984년 9월 6일 목요일 曇, 晴, 曇〉(8. 11.)
從兄 宅에서 約 三時間 就寢. 새벽에 起床하여 기다렸다가 6時 20分 發 淸州行 버스로 入淸. 淸州서 金溪 거쳐 水落 다녀오는 버스는 처음 타 보는 것. 去 6月 18日에 開通.[17]
淸州 와선 아파트에 잠간 들러 面刀, 大韓旗店에서 會長 鄭二憲의 感謝牌 契約했고.

17) 원문에는 붉은색 색연필로 밑줄이 그어져 있다.

學校엔 1時頃 到着. 體育會 總練習. 終會時에 檢討, 協議했기도. ⓒ

〈1984년 9월 7일 금요일 曇, 晴〉(8. 12.)
井母는 秋夕節 準備로 아침 車로 淸州 갔고.
모처럼의 날씨 어제 오늘 비 아니오므로 運動會 練習 最高로 잘 되는 셈. 金 女教師 親弟의 봉고車 便으로 淸州까지 便히 잘 왔고. 大韓旗店에서 感謝牌 完成되어 찾기도. ◎

〈1984년 9월 8일 토요일 曇, 雨〉(8. 13.)
終日 흐렸다가 밤 한 때 비 왔고.
6日에 國家元首로는 最初로 訪日한 全斗煥 大統領 今日 歸國－日皇 裕仁, 首相 中曾根과 會談…1945年 8月 15日의 解放, 光復의 고마움을 가슴 깊이 느꼈기도.
꽃동네 精神病棟 起工式에 招請 있어 無極까지 다녀왔고. 저녁 車로 入淸. ⓒ

〈1984년 9월 9일 일요일 曇〉(8. 14.)
終日토록 날 잘 바웠고. 金溪里 前佐리 가서 先考山所 伐草 補完과 山所 進入路 {시}원하게 모든 雜木과 雜草 깎기에 約 三時間 所要. 亡弟 云榮 墓 伐草에도 再손질. 晝食은 從兄 宅에서. 歸路에 烏山 李仁魯 親友집 들러 情談하면서 맥주 나우 마신 것. 서울 비롯한 아이들 모두 왔고. ⓒ

〈1984년 9월 10일 월요일 曇, 晴〉(8.15.)
9時에 秋夕節 茶禮. 長男, 次男, 參男(井, 紘, 明)과 弟(振榮)은 故鄕 金溪 가서 省墓~下午 五時 半에 歸淸. 날씨 終日토록 좋았고. 8月 보름달 滿月 그대로 맑게 밝았고.

終日 譜書와 싸워서 世系(直系)表 2枚 만들어서 一枚는 長孫 英信에게 주었고.
아파트에서 下午 5時 40分에 出發하여 任地 梧仙 오니 소 8時쯤 됐던 것. 學校와 舍宅 無事. 井母는 形便上 明日에 온다는 것. 라麵 一包 사다 삶아서 저녁 에웠고. ⓒ

〈1984년 9월 11일 화요일 晴, 曇, 晴〉(8. 16.)
體育大會- 10.20~14.40(4時間 20分). 順調로이 進行 잘되어 比較的 일찍 끝난 것. 靑軍 勝(靑軍 608點, 白軍 586點). 觀覽客 約 300名으로 보아 贊助金은 意外로 많은 편. 1,540,000원. 뒤整理까지 잘 되고 役職員 親睦 懇談座席도 마련되었던 것. 井母는 11時頃 왔고. ⓒ

〈1984년 9월 12일 수요일 晴, 曇〉(8. 17.)
全校 登校~午前 中으로 마치고. 職員은 下午 4時 以後 家庭訪問 處理.
下午 6時까지 時間餘를 體育會 贊助金 內容 分析~部落 別, 姓氏 別, 額數 別.
食 前作業으로 朝夕 1時間 半 程度씩 배추 苗種에 夫婦는 勞力. 約 70폭. ⓒ

〈1984년 9월 13일 목요일 曇, 晴〉(8. 18.)
第2學期用 道德 6學年의 授業 開始- 一校時에 6의 2 二單元 初 導入했고.
今日도 朝夕 作業으로 井母와 함께 '호배추' 모종했고. 낮엔 職員體育排球에 審判.
부즈런한 井母의 솜씨로 빚은 담북장, 夬心 때부터 食卓에 오르고…지극히 맛 좋고. ⓒ

〈1984년 9월 14일 금요일 晴〉(8. 19.)
今朝도 채마밭[18] 손질에 1時間 半 勞力. 井母는 今週間 콩 收穫하는 데 콩 코토리 一一히 따 훑고 까서 2말 程度 所得.
學校 行事 午前 中 마치고 日直 外 全職員 雙峰學校 가서 親睦排球大會에 參與. 下午 7時 半쯤 歸校. 井母 勞力에 致辭. ⓒ

〈1984년 9월 15일 토요일 晴〉(8. 20.)
井母는 朝食 後 入淸하여 金溪 가서 從兄 宅에 付託했던 고추 18斤(3,000×18=54,000) 淸州까지 運搬.
11時부터 있는 金旺邑 農村 指導所 主管 靑少年(새마을) 競進大會에 參席. 歸路 中 鄭用承 亡母 緬禮[19]行事에 잠간 들러 人事하고 入淸. 市內의 꺼림했던 일 개운했고. 事必歸正. 運이로부터 편지 오고. ⓒ

〈1984년 9월 16일 일요일 晴〉(8. 21.)
從兄의 付託으로 魯敏(堂姪)의 約婚行事에 參席. 鳥致院 某 食堂. 全義 李氏 家 閨秀.
社稷洞 연수당 藥房 李正遠 만나 情談. 市內 가서도 數時間 所要. 저녁 8時 半에 歸家 就寢. ⓒ

〈1984년 9월 17일 월요일 曇, 晴〉(8. 22.)
井母와 함께 첫 버스로 出勤. 異動職員 離就任 人事(趙昇柱, 李尙國 교사). 一校時에 6의 1 道德授業.
5時 半에 無極 가서 '신선식당'에서 있는 趙敎

18) 채마(菜麻)밭: 먹을거리로 심어서 가꾸는 밭. 채마=먹을거리로 심어서 가꾸는 식물.
19) 면례(緬禮): 무덤을 옮기어 장사(葬事)를 다시 지냄.

師 送別宴會에 參席하고 19時 半에 歸校.
새마을어머니會에서 中央本部 見學 手續 件으로 教育廳으로부터의 來電에 氣分 께름….
ⓒ

〈1984년 9월 18일 화요일 晴〉(8. 23.)
새벽運動 直後 새마을 어머니會 上京 節次 문제로 三鳳一區 '한삼' 仝 會長집 다녀오고.
學校에선 學父兄 任員會 있으나 下午 3時부터 緊急校長會議 있다고 電通 와서 不得已 會議에 參席~'教員勤務와 淨化運動'이 主案件. 5名 校長 무극서 一盃하고 歸校하니 20時. ⓒ

〈1984년 9월 19일 수요일 曇〉(8. 24.)
학교 새마을 어머니會에 中央本部 見學次 今日 早朝 出發 豫定이어서 그의 周旋으로 새벽부터 뛴 셈. 버스 始發點인 柳浦里까지 自轉車로 往來. 學校 앰프로 放送도 몇 차례. 發車 豫定보다 늦어 7時 40分頃. 55名. 定員超過로 속썩이며 달래어 出發…밤 8時쯤 歸校. 全員 無事여서 多幸은 했으나 終日 애태운 셈. 學校선 鄭 女老教師가 갔고.
日暮 後 30分 間 무우 김장밭에 人糞 施肥. ⓒ

〈1984년 9월 20일 목요일 曇〉(8. 25.)
뉴스에 依하면 어제 午後에 鎭川郡 梨月面 一部와 萬升面 一部에 우박이 내려 벼가 80% 떠러졌다는 것.
井母는 午前에 잠간 富潤 좀 다녀와서 淸州 갔고.
陰城 가서 教育廳 들러 金 學務課長과 懇談. 延 教育長과 姜 管理課長은 出張中이어서 目的한 雇傭員 補充問題는 結末 못봤고. 淸州엔 下午 7時쯤 到着.
터미날 앞에서 玉山 權殷澤 氏와 柳惠錫 만나 情談하면서 一盃 待接했기도. ⓒ

〈1984년 9월 21일 금요일 曇, 晴〉(8. 26.)
出勤 途中 교육廳 들렀으나 延 교육장 못만났고. 㝠心은 도시락을 갖고 왔기에 해결.
退廳 入淸 途中 延 教育長 만나 雇傭員 候補者에 對하여 眞摯한 이야기 나누어서 氣分 좋았다. ⓒ

〈1984년 9월 22일 토요일 晴〉(8. 27.)
學父兄 任員(會長團) 數人 찾아와서 明日 實施하는 役職員 親睦野遊會에 對하여 圓滿한 相議 있었고. 某點으로 任職員 合同行事 不贊하던 몇 몇 職員도 同調뜻 보여 多幸.
土曜行事 完了 直後 入淸. 下午 4時 半발 高速으로 井母와 함께 上京. 큰 애 移舍 온 三省洞 AID아파트 갔을 때는 7時쯤 되었던 것. 舍宅에서 빚은 담북장과 淸州 分讓宅地에서 캔 고구마 1박스 가져간 것. ◎

〈1984년 9월 23일 일요일 晴〉(8. 28.)
形便上 早朝食하고 큰 애 案內로 마장洞 市外 停留場 가서 8時 20分 發 直通버스로 陰城 거쳐 無極 백야리 貯水池 왔을 땐 11時 헐신 너머던 것.
任員들이 主催화는 野遊會-每人當 經費 約 5,000원 程度라나. 狗肉, 豚肉, 鷄肉 等 나우 장만했던 것. 任員 30名, 職員 15名 參集. 下午 3時 半쯤에 散會한 것이나 兩側 性格 特異者 1, 2名 있어 終當엔 雰圍氣 어느 程度 흐리고 高調되어서 氣分 快치 못한 셈이고. 某席에서

教權侵害 行爲라고 나뭘하면서 教員保護돼야 한다고 强調했기도. 淸州엔 늦게(저물게) 到着. 雜費 나고 醉했기도. ⓒ

〈1984년 9월 25일 화요일 晴〉(9. 1.)
明日 行事 參席次 午後 막 버스로 入淸. ⓒ

〈1984년 9월 26일 수요일 曇〉(9. 2.)
第13回 忠北 少年體典 行事에 參席~9時 30分에 入場式. 本校(梧仙校)에선 던지기, 너비뛰기 各 1名씩 選手 있으나 道 體典에선 記錄 못낼 것으로 推測되고. ⓒ

〈1984년 9월 27일 목요일 曇, 晴〉(9. 3.)
道體典 第2日…. 公設運動場에서 決勝戰 陸上 數種目 보고. 藥水터 山頂 求景 다녀오기도. ○

〈1984년 9월 28일 금요일 曇, 雨〉(9. 4.)
出張 旅費 받았기에 學力評價 處理에 바쁜 職員들에게 飮料水 等으로 慰勞했고. ○

〈1984년 9월 29일 토요일 曇〉(9. 5.)
몸 괴로운 程度 느끼고. 食事 전혀 못하는 중. 氣力 전혀 無.
23日 行事 후렴 不快하기 梧仙里 개오지 里長(同門會長) 鄭○○ 理事 만나 한두 마디 괴로운 말 나눠보기도. 井母는 連日 采蔬밭 가꾸기와 들깨잎 따기, 토란 줄기, 애동호박 썰어 말리기 等으로 餘念 없고.
2時 發 버스로 井母와 함께 가까스로 入淸. 臥病 呻吟. 초저녁에 서울서 弼이 왔고. ◎

〈1984년 9월 30일 일요일 曇, 晴〉(9. 6.)
어제 오늘 以北으로 보내오는 水災民 救護條糧穀 等 授受하는 것 TV에 보기도. 呻吟 中.
잠실 綜合體育場 開場行事(國際마라톤 大會를 비롯)도 뜻있게 視聽한 것. ◎

〈1984년 10월 1일 월요일 曇〉(9. 7.)
사우디아라비아에서 運이가 제 언니 杏에 보내온 書信 읽어보기도 - 순진하고 正直, 또 재미있게.
井母는 어제오늘 弼과 松이 動員하여 分讓宅地 따비밭 고구마 約 1가마니 程度 캐기도.
弼은 下午 5時頃 發 버스로 上京. 卒業班 大學生으로서 處身 잘 하라고 當付. 잘하는 中이지만.
今日 衰心에서 數日 間 처음으로 한 공기 程度 食事했고. 夜間에 市內 가선 억지 蔘鷄湯 하기도. 國軍의 날 第36周年紀念行事 TV視聽. ◎

〈1984년 10월 2일 화요일 曇, 雨〉(9. 8.)
健康狀態 不健實하지만 첫 버스로 井母와 함께 學校 왔고 - 公文書 處理, 帳簿 整理 等은 熱中히 하여 개운했기도. '國力 기르기, 愛國하는 行事'에 關하여 職員. 兒童한테 訓話 徹底~9. 3, 10. 1, 10. 3 等.
井母는 感氣 中. 加中에 今日도 勞力 過했고~ 들깨 베기 等…2時 半에 入淸한다고 出發.
끝까지 잘 마치고 막 버스로 入淸하여 車校長과 情談하고 아파트 가니 밤 9時頃. ⓒ

〈1984년 10월 3일 수요일 曇, 晴〉(9. 9.)
開天節 慶祝日…4316周年. 檀君紀元 4317年 10月 3日임. 今年따라 '民族의 名節' 行事로

宣傳 좋았고. 檀君聖祖 奉祝行事 잘 하자고. 檀君神話도 잘 알기로.
成世慶 南二校長 子婚과 陰城郡 李 장학士 子婚에 市內 예식장 가서 人事.
午後엔 井母 부탁대로 고구마 한 빡스 갖고 大田 다녀왔고…沃川 孫子들 쪄주라는 것. 次男 絃이 만나 事業 이야기 들었고 - 鐵物附屬 完全整理하고 不動産(福德房) 紹介事業으로 4日 前부터 職業 轉換했다는 것.[20] 于先 잘한 氣分 들은 것. 저물게 歸淸하여 井母에게 傳했더니 同調 기뻐하는 것~苦生이 하도 많았던 터이므로. ⓒ

〈1984년 10월 4일 목요일 晴, 曇〉(9. 10.)
井母와 함께 첫 버스로 出勤. 井母의 感氣는 差度 있는 듯.
今日 따라 나우 바빴고 - 六學年의 道德授業. 學級經營錄을 비롯한 諸 帳簿 檢印. 傳統禮節中 祭禮法에 對하여 全職員에 講義(硏修) 約 2時間. ◎

〈1984년 10월 5일 금요일 晴〉(9. 11.)
모처럼 거찟한 아침行事 이룬 것~새벽運動 40分. 30分 間 아침放送. 목소리는 若干 가린 듯.
11時부터 있는 金旺地域校長會議에 參席. 無極國校, 教壇 支援硏究發表會 對備가 主案件. 午後 2時까지 길었고. 晝食 後 卽時 歸校. 職員 排球 對抗에 審判.
退廳 後엔 黃昏까지 勞力~들깨 베어놓은 것 묶어서 옮긴 것. 첫 얼음[21](2㎜). ◎

〈1984년 10월 6일 토요일 晴, 曇, 晴〉(9. 12.)
2時 發 버스로 井母와 함께 入淸. 井母는 배추 솎아서 한 보따리. 市內 氣分 不愉快. 아파트에 카텐 5곳 25,000+90,000. ◎

〈1984년 10월 7일 일요일 晴〉(9. 13.)
李智榮 佳佐校長 子婚에 人事後 午後 2時 半 發 直行으로 報恩行 - 親友 朴相均 北巖校長 回甲宴 招待에 얼핏 다녀왔고. 40餘 年 前 弟子 金鳳洙, 朴鍾換 만나서 반가웠기도.
日暮頃 入淸. 昨日의 不愉快했던 것 解消되고. ⓒ

〈1984년 10월 8일 월요일 晴〉(9. 14.)
秋季逍風 實施~全校生 道晴里 진재 方面. 下午 3時 半에 全員 無事 歸校.
11時부터 있는 機關長會議에 參席. 雪城文化祭 件이 主案件.
下午 4時에 逍風 갔던 姉母 數名 來校 應接, 人事. 막 버스로 入淸. ⓒ

〈1984년 10월 9일 화요일 晴〉(9. 15.)
한글 創製 第538돌. 아파트에도 國旗 揭揚. 沃川行~11時부터 있는 沃川 査頓 次女 結婚式에 參席 人事. 孫子 雄信이 男妹도 보았고. 下午에 入淸. 弼이 서울서 왔고. ⓒ

〈1984년 10월 10일 수요일 晴〉(9. 16.)
첫 버스로 井母와 함께 出勤. 막내 魯弼이도

20) 원문에는 붉은색 색연필로 밑줄이 그어져 있다.

21) 원문에는 붉은색 색연필로 밑줄이 그어져 있다.

함께 서울 向發.
道莊祠 秋季祭享에 招請 當해 參席. 六學年 二班 34名도.
大韓教員共濟會 主管의 海外硏修에 日本行 코스를 希望. 9泊 10日. 98萬 원 程度라고. 85. 1月頃.
井母는 들깨 收穫 等 終日토록 바쁘게 일 보고. 退勤 後는 菜蔬밭 人糞 施肥로 勞力했고. ⓒ

〈1984년 10월 11일 목요일 晴〉(9. 17.)
새벽運動(조깅) 경쾌하게 繼續 施行 中. 아침 學校放送도. 今朝는 "學父母님 여러분께".
六學年 一班의 祭禮法 指導에도 誠意 있는 教授學習이었고. ◎

〈1984년 10월 12일 금요일 曇〉(9. 18.)
第四學年 二班의 授業 參觀後 3, 4, 5 學力評價 分析. 運動會 贊助金 統計 分析 等 雜務 많이 본 것. 井母는 如日 배추밭 손질. 콩과 팥 남시랭이 收穫에 잔 勞力 많이 하는 중이고. 夫婦 감기 中. ⓒ

〈1984년 10월 13일 토요일 曇, 晴〉(9. 19.)
아침 行事 거의 마친 後 金旺女中高의 芙容文化祭에 參席 人事次 無極行. 學生作品 展示館 觀覽. 今日의 體育會－秩序, 應援, 競技 잘 되고. 下午 3時 半에 入淸.
17時부터 있는 友信親睦會 定期會에 參席. 2次例 缺한 바람에 會費 多額 밀렸던 것. ⓒ

〈1984년 10월 14일 일요일 晴〉(9. 20.)
새벽 運動에 今朝는 約 10㎞ 驅步(初經驗). 1時間 所要.[22] 過한 被勞 안느꼈고.
낮엔 鄭成澤 勿閑校長 子婚과 族弟 日榮 子婚에 禮式場 다니면서 人事 닦은 것.
俊榮兄 만나 族姪 魯憲 집 이야기에 氣分 快치 않은 點에서 저녁에 井母한테도 注意할 바 이야기했기도. ⓒ

〈1984년 10월 15일 월요일 晴〉(9. 21.)
첫 버스로 井母와 함께 出勤. 六의一 道德授業 "祭祀의 次例" 再調定(實技教育分)에 時間 썼고. ◎

〈1984년 10월 16일 화요일 晴〉(9. 22.)
金○○ 教師의 일로 点心 時間 利用하여 三鳳里 '한삼' 가서 學父兄 會長 만나 相議했기도.
雪城文化祭 行事中 邑面對抗 機關長 繼走에 選手推薦狀 받았기도. ⓒ

〈1984년 10월 17일 수요일 晴〉(9. 23.)
어제의 推薦狀에 依하여 아침行事(운동, 방송) 마치고 自轉車로 7時 50分쯤 無極 갔고.
金旺邑事務所에서 體育會에서 주는 체육복 1벌(운동화, 帽子, 추리닝) 주기에 입고 選手一同 貸切버스로 陰城 가서 10時부터 있는 雪城文化祭 行事 體育會에 參席. 邑面對抗 機關長 10名씩 繼走 競技에 學校長 代表로 推薦되어 뛴 것. 2番 固守으로 달린 것. 行事 無事히 마치고 下午 7時頃 歸校. ⓒ

〈1984년 10월 18일 목요일 晴〉(9. 24.)
六學年 二班의 道德授業 마치고 雜務 整理 後

22) 원문에는 붉은색 색연필로 밑줄이 그어져 있다.

午後에 陰城 가서 教育廳 들러 地方有志任員 1, 2名 云〃의 事前 預히 이야기하고 幼稚園 姉母行事(幼兒 自然農園 見學) 申告 後 公雪運動場 가서 雪城文化祭 行事 第二日째 것 좀 본 다음 女中高校 車○○ 校長한테 厚待받고선 歸校하니 밤 8時 半쯤 된 것. ⓒ

〈1984년 10월 19일 금요일 晴, 曇〉(9. 25.)
幼稚園 姉母들 幼兒 데리고 龍仁의 自然農園 見學 가는데 7時 半에 出發. 無事歸家를 當付. 아침放送에 柳村里 某人이 云〃한대서 不愉快했고. 明日 行事로 退勤 後 入淸. ◎

〈1984년 10월 20일 토요일 曇, 晴〉(9. 26.)
아침氣溫 零度로 나우 쌀쌀했고. 道內 國中高校長 硏修會에 參席~場所는 淸州市民會館. 9時 40分부터 12時까지. 講師는 서울大 敎授 황정규 교수. 主題는 '教育과 人間行動'. 敎委庭園에 가선 康知事를 비롯한 道 單位 機關長들의 人事 듣고 리셉션에 應待.
아침결엔 宋錫彩 岐岩校長 子婚日이어서 人事 거쳤고. 日暮頃엔 玉山 가서 亡 朴興圭, 亡 吳海錫 宅 人事. ◎

〈1984년 10월 21일 일요일 曇〉(9. 27.)
今日도 아침결에 市內 北部에 가서 延秉學 子婚日 人事. 내쳐 陰城 無極 가서 10時부터 있는 農協 새農民大會에 參席. 点心 後 歸淸해선 金大煥 官基校長 回甲 招宴에 參席 人事. 巨龜莊. ⓒ

〈1984년 10월 22일 월요일 晴〉(9. 28.)
첫 버스로 井母와 함께 出勤. 버스 缺行으로 無極선 봉고車로 여러 職員과 함께 便乘 出勤 執務.
第一校時에 六의 一 道德時間에 祭禮法 實技 指導한 것.
井母는 나머지 들깨 주어 털어서 約 5되 가량 收穫 보태지기도. 콩類도 모디어 까고. ◎

〈1984년 10월 23일 화요일 晴〉(9. 29.)
陰城郡 教育者大會에 全職員과 함께 參席. 秀峰國校庭. 9.50~17.40. ⓒ

〈1984년 10월 24일 수요일 曇, 晴〉(10. 1.)
近者 一日生活 正常 中…아침行事(運動, 放送), 晝間行事(授業, 순회, 記錄 等), 신문, 圖書 讀破. ◎

〈1984년 10월 25일 목요일 晴〉(10. 2.)
아침氣溫 6度인데 낮 氣溫은 지나치게 따뜻했고. 今日도 祭禮法 實技 指導했고.
서울大生을 비롯한 各 大學生들 中間考査 거부 等 示威 甚하여 警察兵力을 投入한 일까지 있어 世態 圓滿치 못하므로 學父兄들도 不安. 막동이 5男 魯弼이 卒業班인데…. ◎

〈1984년 10월 26일 금요일 晴〉(10. 3.)
今日도 개운한 마음과 보람을 느끼면서 滿足히 學校生活한 것. 職員體育 排球에 審判 보기도.
井母의 健康도 正常. 食慾이 좋아졌다고도. ◎

〈1984년 10월 27일 토요일 晴〉(10. 4.)
井母와 함께 2時 發 버스로 入淸. 午後 5時 가까웠고. 卽時 小魯 行하여 羅萬榮 回甲宴에 人

事간 것. 小魯人 舊 親知 여러 사람 만나 情談 많이 듣기도. 步行으로 玉山까지. 淸州 와선 市內서 夕食. ⓒ

〈1984년 10월 28일 일요일 晴, 曇, 晴〉(10. 5.)
今朝 새벽 運{動} 日曜 特色으로 10㎞ 驅步. 58分 걸렸고. 그래도 過勞 안 느꼈고.
報恩 弟子 安昌秀(淸原郡 奬學士) 子婚에 禮式場 가서 人事. 敎育同志 여럿 만났고.
當分間 議政府에 있었던 次女 在應스님 상운 스님과 함께 淸州 왔고. 下午 3時頃 왔다는 것.
四女 杏은 在職校 敎職員 團體로 內藏山까지 逍風 다녀오고. ⓒ

〈1984년 10월 29일 월요일 晴〉(10. 6.)
明日의 出張 關係로 單身 出勤. 六學年의 道德 敎科 授業 상쾌하게 잘 이루어졌고.
用務 있어 若干 일찍 入淸하여 忠北銀行, 住宅銀行 다녀 모처럼 집(아파트)에서 夕食.
두 스님 陰城 蘇伊面 미타寺 갔다가 事情上 다시 왔고. 明日 大田으로 갈 豫定이라나. ◎

〈1984년 10월 30일 화요일 晴〉(10. 7.)
"學校 淨化 運動推進 狀況 報告會"에 參席~道內 初中高校長, 敎育長, 報恩 三山國校 강당. 9時 30分부터 13時까지. 發表校는 淸州中央國校, 堤川 義林女中校, 報恩女商高校.
文교部 玄 奬學官의 指導助言으로 마친 것.
報恩 電信電話局長 金東昱으로부터 晝食을 厚待(弟子…玉山國校 第26回 卒業生).
歸路에 大田 들러 貳男 魯絃 만나 消息 安否 듣고 一盃 後 淸州 와서 市內서 夕食한 것.
어제의 두 스님은 當分間 있을 井邑 方面으로 간다고 10時頃 出發했다고. ⓒ

〈1984년 10월 31일 수요일 晴〉(10. 8.)
井母와 함께 첫 버스로 出勤. 井母는 오던 卽時 주방 아궁이에 불 때기와 배추폭이 別 묶기(동여매기) 作業 着手.
11月 2日 行事 對備로 主任敎師들과 함께 協議~進行 및 日程表까지 作成 完了.
司法考試 合格者 名單 發表를 보자 魯弼이 關聯에 마음 雜念에서 개운치 않은 心情.
學校 職員들 거의 眞摯한 態度로 勤勉하여 敎職生活 보람 느끼는 中인 것. ◎

〈1984년 11월 1일 목요일 雨, 晴〉(10. 9.)
새벽에 부슬비로 나우 내렸고. 날씨는 푹한 셈이고.
金旺邑 義勇消防隊 '消防의 날' 行事 11時부터 있대서 參席. 12時 半에 金旺邑地區 國校長 一同 点心을 會食한 것. 午後 2時에 歸校. 舍宅 울 안 淸掃 좀 하고 校內外 손질할 곳 當付.
簡易책꽂이 1틀 延 氏 솜씨로 舍宅에 가져와 夜間에 圖書에 勞力했고. ⓒ

〈1984년 11월 2일 금요일 晴〉(10. 10.)
朴鍾大 奬學士 來校 奬學指導 9時 40分~16時 40分. 地域校長團 敎團支援協議會 本校에서 開催. 14時~16時 40分. 昨日부터 勤務時間 午後 五時까지로 一時間 短縮 變更.
夕食은 無極까지 나가 會食. 点心은 舍宅에서 하느라고 井母가 애 많이 썼을 것. ⓒ

〈1984년 11월 3일 토요일 晴〉(10. 11.)
下午 2時 發 버스로 井母와 함께 淸州行…배추, 무우 보따리 極히 무거운 것. 朴 教師가 舍宅부터 3距離 乘車場까지 自轉車로 運搬해주어 고마웠고. 淸州 아이들 無故. ⓒ

〈1984년 11월 4일 일요일 晴〉(10. 12.)
今般의 日曜 驅步도 1時間 約 10㎞. 井母는 모처럼 故鄕 金溪 큰집까지 다녀온 것.
吳倉均 大所校長 子婚, 李恩鎬 萬升校監 子婚에 人事後 午後엔 忠州 가서 權五述 南山校長 回甲招待에 參席. 歸路에 初面인 金根準 大美校長의 厚待받기도~同席者…韓相旭 周德中學校長, 尹廷植 周德國校長, 尹成熙 曾坪國校長. 저물게 入淸.
엇저녁엔 싸우디 運이로부터 國際電話로 消息 왔다는 것인데 52棟 것의 電話 故障으로 通話 못해 안타까웠고. 47棟 셋째들만이 受話된 채 그쳤다는 것. 서운했고. ⓒ

〈1984년 11월 5일 월요일 晴〉(10. 13.)
첫 버스로 井母와 함께 出勤. 道德授業과 授業參觀했고. 낮엔 消息대로 無極 가서 校長團 一同 모여 鄭준憲 집 가서 그의 父親 回甲宴에 參席 晝食 마치고 歸校. ⓒ

〈1984년 11월 6일 화요일 晴〉(10. 14.)
去 2日에 있었던 學校의 教壇支援協議會와 奬學指導 結果를 再想起 協議와 稱讚 및 努力事項 促求했고. 放課 後엔 驅步 1分 間의 150m 測定과 100m 끈 마련하여 두기도. ⓒ

〈1984년 11월 7일 수요일 晴〉(10. 15.)
校門 앞 짚가리 放火에 高學年 學生 動員하여 鎭火에 잠시間 勞力토록 했고.
同情에 못이겨 圖書 5질 130,000원 13個月 月賦로 豫約한 것. 美國 레이건 大統領 再當選. ◎

〈1984년 11월 8일 목요일 晴〉(10. 16.)
校歌 〃詞, 道德 授業, 授業 參觀, 全 帳簿 等으로 나우 바쁘게 일보고.
退勤 後엔 道晴里 방아다리 丁錫鉉 집 가서 父兄 만나 丁君의 入院 經路 仔細히 들어봤고. ⓒ

〈1984년 11월 9일 금요일 晴〉(10. 17.)
모처럼 出張~入院 中인 6學年 丁錫鉉 어린이(順天鄕病院) 찾아가 慰安. 意外 問病에 感激의 눈물 지우는 것. 함께 눈시울이 뜨거웠고. 果實 통조림 3個에 깡통 칼 주면서 손 쥐고 머리 쓰다듬었고. 極히 不遇한 어린이어서 職員 조회時 돕기 方法도 協議했던 것. ○教壇手記 原稿 抄 쓰기 着手.[23]
陰城 가선 教育會(秀峰校) 들러 海外研修 申請書 提出했고(日本行).[24] 教育廳 들러 金 學務課長 만나 學校 現況(全職員 기발한 活動狀況) 말했고. 下午 5時頃 淸州 가선 電信電話局 들어 아파트 電話 不通 申告와 再生 要請하고 막 버스로 歸校하니 밤 8時 半. 井母 要請으로 상추와 豚肉 若干 사왔더니 極히 반가워하기도. ◎

23) 원문에는 붉은색 색연필로 밑줄이 그어져 있다.
24) 원문에는 붉은색 색연필로 밑줄이 그어져 있다.

〈1984년 11월 10일 토요일 曇, 雨〉(10. 18.)
井母는 아침결에 入清. 明日의 일 때문임. 낮부터 부슬비 내리더니 日暮頃부턴 쏟아진 것. 서울, 大田(沃川), 小魯 等 家族들 모였고. 明日은 井母 生日(滿 64歲) 行事한다는 것. ⓒ

〈1984년 11월 11일 일요일 晴〉(10. 19.)
井母의 滿 64周年 生日 아침 온 家族 會食. 金溪서 從兄님 內外분과 再從兄嫂 氏도 오시고. 今日의 人事處 많았기도. 淸州서 있는 宋錫悔 大吉校長 子婚과 安敎植 拱北校長 子婚엔 魯松한테 巡廻 人事를 付託. 延敎育長 子婚 人事에는 文敎務한테 付託한 것.
朝食을 珍味로 맛있게 먹고선 陰城 가서 槐山 長豊校 學區인 墻巖里 親友 鄭祿永 女婚에 人事 後 11時부터 있는 故 鄭祖憲(前典校) 氏 尊聖碑 除幕式에 參席. 下午 2時에 學校 가서 雜務 等 둘러보고 下午 五時부터 있는 金宗鎬(國會豫決委員長) 歡迎大會에 招請 있기에 無極서 會食에 參席하고 入淸하니 秋節에 職場 形便으로 渡日했던 사위 愼義宰 夫婦 왔던 것. 明日 公的 用務도 있다는 것. 어제 모였던 家族들 午後에 모두 各己 歸家. ⓒ

〈1984년 11월 12일 월요일 晴〉(10. 20.)
不遇어린이돕기 誠金 갖고 下午 2時 버스로 擔任 金美 敎師와 어린이 代表 2名을 帶同하여 陰城病院에 들러 入院 中 未退院者 6의 2 丁석현君(319號)을 慰安하고 院務關係者 李○○ 氏를 만나 丁君에 對한 同情 이야기하고 後日에 患者의 保護者 同伴하여 解決짓자는 結論으로 今日 行事 맺고 入淸.
新鳳아파트 管理所 들러 故障中인 電話線 復舊를 付託하고 큰 妹夫 朴琮圭를 찾아 만나 過去之事를 들은 後 社稷洞 '대명書店' 들러 書店 이야기 充分히 나눈 다음 歸家 就寢. 3女 밤에 上京. ⓒ

〈1984년 11월 13일 화요일 晴〉(10. 21.)
淸州서 出勤 途中 道晴里 방아다리 丁규성 父兄집 들렸으나 本人 없어 計劃된 이야기 못했고.
淸州 볼 일 다 못보아 井母 안 오기에 今日도 退勤 後 入淸. 고장 났던 아파트 電話 오랜만에 고쳐 復舊. ⓒ

〈1984년 11월 14일 수요일 晴, 雨〉(10. 22.)
今朝도 出勤길에 방아다리 丁君네 집 들러 父兄한테 退院費 마련하라고 甚히 促求한 것.
下午 3時 버스로 富潤校 가서 菊花 및 詩畵展 求景했고. 저녁엔 개오지 鄭二憲 父兄집 가서 情談하다가 夕食까지. ⓒ

〈1984년 11월 15일 목요일 雨, 曇〉(10. 23.)
昨夜부터 부슬비로 나우 長時間, 낮까지 거의 終日토록 日暮頃에 멎은 것.
'敎壇手記' 原稿 抄 約 半 程度 된 셈. 道德授業案 간추린 移記에서 많은 時間 所要. ◎

〈1984년 11월 16일 금요일 晴〉(10. 24.)
새벽運動의 驅步時 방아다리 가서 丁 氏 家庭 가서 '석현' 君 速히 退院토록 促求했고.
第一學年 擔任 閔貞順 敎師의 道德授業의 示範에 全職員 協議會까지도 眞摯하게 마쳐서 滿足. ⓒ

〈1984년 11월 17일 토요일 晴〉(10. 25.)
退校 後 入清 時 栽培 울 안 배추 10餘 포기 運搬에 거들어 주는 職員들의 助力 받으며 잘 갔고.
深夜에 3째 사위 愼義宰로부터 突然 來電에 궁겁더니 큰 애로부터의 消息에 依하여 家庭不和인 것. ⓒ

〈1984년 11월 18일 일요일 晴, 曇〉(10. 26.)
日出 前에 사위 愼君 왔고. 姑婦 間의 말썽 이야기이나 順히 일러 보냈고. 弼이 日暮 直前에 서울서 왔고.
閔哲植 友信會員 女婚에 人事. 井母는 金溪 다녀왔고~밭 使用料 低利로 一部 받아온 것.
연수당에서 低價인 補藥 한 제 지었기도. "教壇手記" 原稿 몇 장 써보기도. ⓒ

〈1984년 11월 19일 월요일 가랑비, 曇〉(10. 27.)
單身 첫 버스로 淸州서 出勤. 井母는 10時 車로 오고. 날씨 나우 차졌고.
入院 中인 6의2 丁君 祖母 來訪에 早速 退院길 서두르기 促求한 것. ◎

〈1984년 11월 20일 화요일 曇, 晴〉(10. 28.)
간밤에 江原道에는 暴雪였다고~大關嶺 45㎝. 雪岳山엔 1m70㎝ 積雪이라나.
順天鄕病院 찾아가 朴院長 만나 人事하고 丁君의 難事情 얘기했더니 退院의 응락하는 것. ◎

〈1984년 11월 21일 수요일 晴〉(10. 29.)
師道實踐의 '教壇手記'로서 '教壇生活 40年'을 쓰기에 50枚 程度 쓴 셈인데 日時에 바쁠 듯.
点心時間 利用하여 梧仙里 별선동 金某 父兄 初祥에 人事 다녀오기도. ⓒ

〈1984년 11월 22일 목요일 晴〉(10. 30.)
師道 40年의 手記 原稿 今日 밤까지 60枚(200字 原稿紙) 쓴 것.
終會時에 劉英姬 女教師의 사랑의 도시락(同情의 도시락)…3의2 擔任兒童 '丁석진' 極貧兒童에게 長期間 点心도시락을 對充해온 데 感服한 나머지 稱讚함과 同時에 全職員의 誠意 있는 13個 學級(幼稚園 包含) 모두의 教授聲에 滿足함을 讚辭한 것. ◎

〈1984년 11월 23일 금요일 晴〉(윤10. 1.)
거의 終日토록 '師道實踐 手記' 原稿 썼고. 今日도 보람 느끼면서 勤務. ◎

〈1984년 11월 24일 토요일 晴〉(윤10. 2.)
井母는 아침결에 먼저 淸州 갔고. 今日도 배추 보따리 무겁게 가지고 간 것. 난 무우들은 가방 저녁 퇴근길에 운반. 초저녁에 서울서 큰 애 오기도. 數日 前에 不和 있었다는 3女의 家庭 궁금하더니 今日 편지 보니 安定. ⓒ

〈1984년 11월 25일 일요일 晴〉(윤10. 3.)
큰 애 井은 午前 上京, 井母는 이틀(齒)로 痛症 있어 齒科 갔었으나 休務라서 用務 못본 것.
낮 버스로 故鄕 金溪 가서 省墓 後 族姪(魯俊-宗榮 兄 子) 司法考試 合格의 祝賀 行事 있대서 生花 다발 꽂아주고 大衆과 合勢 祝賀놀이 했던 것. ⓒ

〈1984년 11월 26일 월요일 晴〉(윤10. 4.)
첫 時間의 六學年(6의 1) 道德授業 마치고는 거의 終日토록 原稿 쓰기에 해 넘긴 것. 昨今은 主로 '새教育'誌 쓰는 것으로 노력하여 就寢까지에 延 89페에지 쓴 것. ⓒ

〈1984년 11월 27일 화요일 晴〉(윤10. 5.)
今日도 原稿 쓰기에 바빴고. 井母는 날씨 춥다고 배추 뽑아 헛간에 간수. ⓒ

〈1984년 11월 28일 수요일 晴〉(윤10. 6.)
今朝 氣溫 영하 8度. 井母는 서울用 배추김장 10餘폭 빚기에 勞力.
九日에 着手한 手記 抄는 18日에 마치고 其後 10日 만에 原稿도 今日 完成. 200字 原稿紙 98枚. 其中 縮少 細字가 46枚여서 字數로는 原稿紙만으론 約 200枚쯤 所用된 것. 題目은 申敬秀 主任敎師와 相議 結果 "사랑과 보람을 엮는 외길"(43년간의 사도실천)[25]으로 한 것.
退勤 後 유포리 가서 理髮했고. ⓒ

〈1984년 11월 29일 목요일 晴〉(윤10. 7.)
道德授業(6의2) 마치고 井母와 함께 入淸. 서울用 김장과 배추 짐 보따리 무거워서 夫婦 共히 애 좀 쓴 것.
청주 複寫店에서 手記 2部(16切 200枚×25원 =5,000원) 完成하여 서울 강南 AID아파트 到着은 午後 5時.
夕食 珍味로 잘 했고. 弼이도 오고. ◎

〈1984년 11월 30일 금요일 晴〉(윤10. 8.)
새벽 무렵에 昨日 複寫한 手記 原稿 編綴했고. 1部에 꼭 100枚씩 '師道實踐 手記' 3部.
큰 애 夫婦 出勤 後 弼이 案內로 鐘路區 新門路 一街(光化門 옆) 大韓敎育聯合會(敎育會館) 敎權部 찾아가 '公募作品' 直接 提出 接受됐고. 接受係는 金洸默 氏.
三樂會 李炳赫 事務局長 찾아 반가운 人事 나누기도. 硏究部 國際課에도 들러 海外 硏修關係 問議도 했고. 禹在九 氏의 解明으로 道 敎育會에서 主管함을 알았고.
下午 一時에 夫婦는 淸州 到着. 陰城서 井母는 直行 梧仙 가고. 敎育廳 들러 서울 다녀온 하회 이야기에 延 敎育長, 金 學務課長, 姜 管理課長, 李 初等係長 모두 感服 驚讚. 昨夜 來電의 궁금症 모두 解消되어 개운하기도. 學校 無事. 밤 10時 半쯤 宿直室 巡視에 李 氏만이 宿直. 別故 없고. 徐君은 入院 中이라고. ⓒ

〈1984년 12월 1일 토요일 晴〉(윤10. 9.)
丁錫鉉君 腹痛 再發에 危險느껴 擔任 金美 女敎師와 함께 患者 데리고 順川鄕病院으로 急行하여 診察後 患部 撮影과 服用藥 지어 應急對策에 바빴고.
今日도 김장用 저린 배추 무거운 보따리 淸州까지 추실러 運搬에 井母와 함께 애먹었고.
저녁에 金美 女敎師, 申 主任敎師와 함께 아파트까지 來訪~情談 人事 나누었고.
밤 9時頃 市內 가서 夕食. ⓒ

〈1984년 12월 2일 일요일 晴〉(윤10. 10.)
井母 要請으로 錦山 가서 人蔘 3채 15,000원씩 購買. 井母는 밤새도록 썰어 꿀에 빚느라고 勞力.

25) 원문에는 붉은색 색연필로 밑줄이 그어져 있다.

밤 9時頃에 申元植 母親喪 기별에 社稷洞 自宅까지 가서 弔問했고.
一部校 校長 異動 消息에 마음 먹었던 것 좌절되어 落望(母校 玉山의 일). ⓒ

〈1984년 12월 3일 월요일 晴〉(윤10. 11.)
雇傭職 除某人 辭職에 後任 相議次 教育廳 가서 相議했으나 개운치 않았고.
玉山 가서 戶籍謄本 떼느라고 歸校는 늦었고.
年賀狀 110枚 마련. 사진 撮影. ⓒ

〈1984년 12월 4일 화요일 晴〉(윤10. 12.)
地域校長會議에 參席. 場所는 無極國校. 協議事項~①冬休는 12. 24~85. 2, 9(48日 間), ②第4次 學力考査 出題는 全教科(梧仙校 擔當), ③休暇 中 共同研修는 12. 26~28(3日 間), ④85어린이잔치를 서울藥局 김중일 氏가 全擔(幾百萬 원 喜捨), ⑤무극校 作品展示會 觀覽.
개오지 鄭寅國 子婚에 招待 있어 濁酒 좀 마셨고. ○

〈1984년 12월 6일 목요일 晴〉(윤10. 14.)
幼稚園 幼兒學藝發表(재롱잔치)에 盛況 이뤘고. ○

〈1984년 12월 9일 일요일 晴〉(윤10. 17.)
어제는 海外研修用 書類 中 '住民登錄謄本' 四通 떼었고. (청주시 봉명동)
慰勞하여 줄려고 書信發送했었던 서울 三女(妊) 왔고. 충고와 칭찬과 慰安의 말 했고. ○

〈1984년 12월 10일 월요일 晴〉(윤10. 18.)
學校 갔다가 다시 歸淸. 今日이 海外研修手續書類 발송 마감日인데…. ○

〈1984년 12월 12일 수요일 晴〉(윤10. 20.)
夜間에 三男(明)이 52棟 아파트에 醉中에 찾아와 행패 부려 傷心.
今日은 長孫 榮信이 高入學力考査 치루는 날. ×

〈1984년 12월 13일 목요일 晴〉(윤10. 21.)
몸 몹시 괴로우나 간신히 起動하여 陰成교육청 가서 上廳 趣旨 答辯하고 歸校.
淸州로부터 任地까지 오는 중 保護同行하기에 井母는 있는 誠意 다 했고. ◎

〈1984년 12월 14일 금요일 晴〉(윤10. 22.)
食事 不能으로 氣力 全혀 없어 起動에 極難處. 全力 다 하여 勤務.
막 버스로 井母 保護받으며 淸州 갔고. 포근히 休息하나 安眠 不能. ◎

〈1984년 12월 15일 토요일 晴〉(윤10. 23.)
10時부터 있는 年末校長會議에 參席. 健康 非正常이나 괴롬 바울 程度.
會議 案件은 동계休暇 中 生活이 主案件. 下午 1時에 散會. 教育廳에서 点心 提供한다지만 그대로 歸淸. 잠간 누었다가 市內 가서 蔘鷄湯 국물 좀 마시고 明日用 飮食도 付託했고. 몸 어느 程度 起動에 가벼워진 듯.
日暮頃에 서울 큰 애 와서 제 아우 明의 12日 行動에 나우 訓戒한 듯. ◎

〈1984년 12월 16일 일요일 가랑비〉(윤10. 24.)
全職員 逍風에 西海岸 方面(牙山灣, 挿橋, 顯

忠祠, 溫陽)行하는데 學究內 地方 實情 감안해서 안가고 井母만은 함께 간 것. 통닭 5尾와 飮料水 一箱 마련하여 주었고. 淸州서 7時 發 觀光버스. 20時頃 全員 無事 歸淸. 終日토록 가랑비 내려서 險이었으나 豫定대로 求景됐대서 多幸.
큰 애 井은 아비 먹을 것 口味 맞는 飮食 마련해 놓고 11時頃 上京했고. 12日에 있었던 高入學力考査에 長孫 榮信이 試驗 잘 치른 듯 多幸.
族弟 奉榮 子婚에 人事…11時에 上黨禮式場에서.
엊저녁 以來 三男 魯明이 夫婦 謝過 안와서 몹시 괴로운 中. ◎

〈1984년 12월 17일 월요일 晴, 曇〉(윤10. 25.)
六學年 道德 제 1校時에 6의1 12.'학교를 졸업하며' 授業으로 84學年度 道德授業 마친 것.
下午 3時 50分부터 約 一時間 校長會議 傳達했고. 食事 正常. ◎

〈1984년 12월 18일 일요일 曇, 雪, 晴〉(윤10. 26.)
새벽 5時 現在로 밀렸던 일(新聞通讀, 家計簿 整理, 日記쓰기 等) 거의 마치니 또다시 홀가분한 氣分. 새벽 現在 가락눈 내리고. 日出 直前까지 내린 눈 2cm쯤. 今朝 내린 눈이 첫 눈(初雪).[26]
10時부터 있는 '社會淨化委員會 總會'에 參席.(84事業科 任員改選이 主) 貞心 厚待 받았고.
下午 4時에 逢谷 一區(개천) 權 氏 宅에 弔問 갔다가 出他 中으로 人事 못했고. 日暮頃엔 柳村 趙會長집 갔다가 其의 婦人 姉母會長에게 用件 이야기했던 것.
氣溫 점점 내려져 밤 10時頃엔 영하 6度.
昨今의 處身에 어딘가 모르게 明朗性과 威信에 險이 있는 느낌이고. 당연한 일로 수긍. ◎

〈1984년 12월 19일 수요일 晴〉(윤10. 27.) (-8°,)
今冬 들어 最低溫. 아침運動 後 放送을 簡單히 끝내고서 逢谷 一區(구개천)에 權厚根 宅 얼핏 넘어가서 그의 親喪에 弔問 人事~去 9日이 葬禮여서 늦은 인사이나 形便上 不可했지만 人事 마치니 氣分 개운했고. 食 前일이어서 職員 朝會時間 대느라고 바쁜 걸음이었던 것.
下午 2時부터 2時間에 걸쳐 職員會~冬季休暇 50日 間 生活을 效果있게 兒童을 爲하여 學校管理 徹底를 爲하여 細〃히 補充 說明했고.
아침결에 電話 오더니 5男 魯弼이 貞心 後에 왔고…. 이곳 梧仙엔 子息들 中 2번째 온 것. 첫 번째는 5女 魯運이었는데 봉숭아 꽃 폈을 무렵 夏節이었는데 지금은 '사우디아라비아'에 가 있는 중. ◎

〈1984년 12월 20일 목요일 曇〉(윤10. 28.)
가랑눈 약간 내린 外 終日토록 흐린 셈. 日出 前 溫度 영하 3度였는데 낮엔 포근했고.
休暇 中 日直 問題로 職員間 若干 意見差異 있어 氣分 좀 不快했고.
5男 弼은 步行으로 柳浦里 가서 理髮하고선 學校 와서 職員들에게 人事하기도. ◎

〈1984년 12월 21일 금요일 曇〉(윤10. 29.)
17日 以後 食事 잘 하고 健康 正常化. 새벽運

26) 원문에는 붉은색 색연필로 밑줄이 그어져 있다.

動도 繼續. 어제 職場편 若干 不快했던 것도 풀리고. 井母는 魯弼 뎉고 10時 發 버스로 入淸. 날씨 나우 차졌고. 舍宅에서 모처럼 獨宿. 食事는 아침 밥에서 点心도 저녁도. 밤에 宿直室 갔을 때 서울 큰 애한테서 마침 來電. ◎

〈1984년 12월 22일 토요일 晴, 雪〉(11. 1.)
오늘이 冬至. 어제로 閏 十月 마치고. 今朝 氣溫 나우 차서 영하 12度. 今年 들어 最低.
새벽運動과 放送 마치고 朝飯 손수 簡略하게 지어먹었고.
職員朝會時에 84年의 反省에서 團合된 職員 雰圍氣를 稱讚謝禮 人事 깊게 했고. 終業式에선 얼음판 조심, 불조심, 病조심 잘 하라고 兒童들에게 當付했던 것.
職員會食은 材料 사다가 女職員(特히 鄭女, 安女) 손으로 直接 調理하여 下午 二時頃 教務室에서 試食하니 別味 다웠고.
柳村里 공부房 開講式 있대서 朴武成 里長 宅 들러 人事後 入淸. 歸淸 中 降雪로 鎭川 士石 고개서 버스 不通으로 約 1時間 동안 실랑이 했던 것. 삽시간에 눈 푹 쌓였고.
魯弼은 地理山 登山에 제 친구들과 함께 大丘 集結한다고 出發했다는 것. ◎

〈1984년 12월 23일 일요일 晴〉(11. 2.)
새벽運動 驅步 時 귀끝이 빠지는 듯 대단히 찼던 것.
9時 半에 陰城 到着. 金完泰 國會議員 母親喪에 人事했고. 監理教會 廣場에서 오래동안 기다릴 때 몹씨 떨었고.
無極 가선 學區內 親知 鄭二憲 子婚에 人事後 찬房에서 국수 点心 時 亦 떨고.

學校 가니 閔 女教師 當直 勤務 充實. 延 氏와 함께 舍宅 보일라 물 빼려다 잘 안되어 도리혀 탄불 넣은 것. 下午 4時 發 車로 歸淸하여 夕食 맛있게 家族과 함께 한 것. ◎

〈1984년 12월 24일 월요일 晴〉(11. 3.)
井母와 함께 아침 車로 無極 向發. 井母는 舍宅까지 얼핏 다녀 쌀과 배추 갖고 곧 歸淸.
11時부터 있는 金旺邑 里長, 새마을男女指導者 連席會議에 參席. 点心 後 學校까지 가서 下午 5時까지 雜務 보고 歸淸. 20日頃 있을 師道實踐記 公募入選者 發表 아직 없어서 궁금. ◎

〈1984년 12월 25일 화요일 晴〉(11. 4.)
今朝도 淸州 氣溫 영하 14°. 서울보다 3度가량 低溫.
年賀狀 約 80枚 써서 發送. 其中에는 靑瓦臺 全斗煥 大統領 閣下께 答禮도 一枚 包含.
午後엔 市內 가서 眼鏡테 修繕. 學校用 카렌다 20組 淸州藥局에서 얻기도. 某處에서 冬節用 內衣와 넥타이 膳物받기도. 夕食 後엔 井母와 함께 沐浴 갔다 왔고.
22日에 지리山 갔던 魯弼이 無事히 왔고…. 밤 9時 半頃. ◎

〈1984년 12월 26일 수요일 晴〉(11. 5.)
午前 中 年賀葉書 쓰기 및 '새교육'誌 좀 읽다가 点心 後 住宅銀行에 用務 보고서 午後 2時부터 있는 "年末年始" 經濟教育 받은 것. 教委 講堂. 2時間. 教育監 人事에서 教權確立을 强力히 말했고 安 學務局長이 講義 半時間, 스라이드 40分 間 上映되어 觀覽. 16時에 散會.

魯弼은 서울 갔고. ◎

〈1984년 12월 27일 목요일 晴〉(11. 6.)
일단 첫 車로 出勤했다가 다시 無極 와서 9時 半부터 있는 國校敎員 冬季 再敎育에 參席한 것. 金 學務課長 待接 兼 集合된 校長 8名이 함께 會食했고. 下午 5時 發 버스로 歸淸.
지난 10日에 提出한 '師道實踐手記' 아깝게도 脫落되었다고 敎聯에서 通記온 것. 서운했고. ⓒ

〈1984년 12월 28일 금요일 晴〉(11. 7.)
今日 氣溫 終日토록 極低溫. 낮 溫度도 영하 15度였고. 淸州서 도시락 갖고 出勤.
休暇 中 共同硏修 第三日째. 今日로 끝낸 것. 그저께의 經濟교육 傳達(職場內 경제교육)과 校監會議 傳達(85人事指針) 있었고.
下午 5時頃에 陰城郡 敎育廳 들러 缺員中인 雇傭職 公務員 後任者 促求했으나 개운치 않았던 것.
初저녁에 3男 魯明 夫婦 불러다가 去 12日밤 있었던 일 反省시키고 敎育者로서의 態度, 孝道, 友愛, 協同에 對한 說話했기도…. 모두 다 自身이 할 탓인 것. 以後 행투리 없겠다는 말 들었지만. ◎

〈1984년 12월 29일 토요일 晴〉(11. 8.)
10時 發 高速으로 上京하여 江南터미날서 큰 애 만나 함께 '신촌' 영빈예식장 가서 再堂姪 魯斗 結婚式에 參席. 魯斗란 故 長再從兄 文榮氏의 小室의 次子. 点心 後 4時 10分 發 高速으로 歸淸. ⓒ

〈1984년 12월 30일 일요일 晴, 雪〉(11. 9.)
井母는 어제 빚은 떡 썰기에 새벽부터 勞力. 셋째 子婦 와서 이야기했으나 ① 두집 俸給者 一人說, ② 魯錫 孝 關聯, ③ 祈願은 未盡.
새벽運動 後 下午 2時까지 年末 淸掃에 勞力했고~內室, 居室(大廳), 南北 物置場, 화장室.
日暮頃에 함박눈 삽시간에 8㎝ 程度 내렸고. 아파트 玄關(入口)과 進入路 數次例 쓸었기도.
서울 큰 애 家族(四名)들 下午 3時 50分에 出發한 것이 淸州 到着 仝 10時 半…. 積雪로 約 6時間 半 程度 걸린 셈~正常이면 1時間 40分 所要되는데. 今日 올 豫定인 魯弼은 끝내 안와서 걱정이고. ⓒ

〈1984년 12월 31일 월요일 晴〉(11. 20.)
첫 버스로 陰城 任地에 와 보니 淸州보다 積雪量 많아 11㎝ 쌓여서 高學年 兒童 불러 運動場 除雪作業했고.
公文 決裁 等 몇 가지 일 마치고 下午 2時 淸州 向發. 小魯校 弟의 家族 다 오고. 沃川선 2男 絃이만. 궁겁게 기다리던 막내 魯弼이 저물게 와서 개운했고.
夕飯 後 8時 半에 族兄 俊榮 氏 만나 오랜만에 情談 나누기도.
밤엔 아이들과 젊은 것들 윷놀이에 興과 慈味 있게 잘 노는 것 보니 흐뭇했기도. ⓒ

84年의 略記
○ 年事는 豊作.
○ LA올림픽에서 우리 韓國이 十大强國의 하나(世界 10位).
○ 全國少年體育大會가 濟州道에서 있었는데

씨름選手 一人 있어 다녀오고.

○ 專貰아파트(社稷)에서 分讓아파트(新鳳) 19年拂로 移舍했고.

○ 國立警察病院 看護員으로 있던 五女 魯運이 '사우디아라비아' 海外로 就業.

○ 四女 魯杏(大成女商高 敎師)이 海外旅行으로 아메리카 거쳐 유우럽 다녀오고(世界一周).

○ 五女 魯運은 海外就業되어 사우디 아라비아에서 活動中.

○ 五男 魯弼이 서울大 法大 卒業班.

○ 淸白吏로 郡 推薦에 道까지는 書類 進達되었고. 師道實踐記 '사랑과 보람을 엮는 외길'(43년간의 사도실천) 200×100枚 大韓敎聯에 應募한 바 있고.

○ 子息 一人 酒態 一時로 傷心되었기도…. 慾氣[27] 經濟的 發端과 外來家族間 不和의 原因에서 있는 氣味일 것.

○ 敎壇生活 43年으로 停年은 後 2年.

以上

• 家族 狀況

井母	65歲	四女 魯杏	大成女商高 在職 中
長男 魯井	서울 반포高校 在職 中	五女 魯運	海外就業中(사우디아라비아)
맏 子婦	서울 중대國校 在職 中	五男 魯弼	서울大 法大(卒業班)
큰 女息	永登浦 新吉洞居住, 參女一男	長孫 英信	中三 서울 신천中學 卒業班
貳男 魯紘	大田서 不動産事務室 營業開始	孫 昌信	〃 二學年
둘째 子婦	沃川郡	〃 雄信	沃川 三陽國校 1年生
參男 魯明	淸州 한벌國校 在職 中	孫女 새실	〃 3年生
셋째 子婦	家事從事	〃 惠信	청주 한벌國校 4年生
次女 魯姬	佛家, 參禪中	〃 惠蘭	〃 2年生
參女 魯妊	江東區 文井洞 居住, 男, 妹	孫子 正旭	〃 幼稚園生
四男 魯松	忠北大學校 三學年(國語國文學科)	弟 振榮	淸原郡 小魯校 在職 中. 男, 妹

27) 욕기(慾氣): 남의 것을 탐내고 분수에 지나치게 하고자 하는 마음이다. 다른 말로 욕심(慾心)이라고도 한다.

금계일기 4

1985년

〈앞표지〉
1985年 檀紀 4318年 乙丑年 佛紀 2529年
孔夫子 誕降 2536年

〈1985년 1월 1일 화요일 晴〉(11. 11.)
謹酒할 乙丑 새해. 健康 維持에 努力할 새해. 以上 2가지 守則되면 職責 遂行은 저절로 履行되는 것. 今朝도 5㎞ 34分 間 驅步로 등과 이마에 땀 비쳤고.
8時 半에 節祀[1] 次例表를 說明하면서 茶禮 지내고 飮酒 若干. 아이들까지 韓服차림이었고. 먼 外出하지 않고 아파트 周圍는 2, 3次 散策한 것. '새교육'誌 一月號 읽기에 해 넘겼고. 밤엔 맏 子婦와 家庭 平和策으로 두어 時間 情, 歡談했기도. ⓒ

〈1985년 1월 2일 수요일 晴〉(11. 12.)
서울 큰 애 家族들 10時 發 高速으로 上京. 밤 9時頃 電話로 無事 上京됨을 確認.
社稷洞 俊榮兄과 함께 金溪行 버스로 故鄕 간 것. 前佐山 가서 省墓－父母, 祖父母, 큰 祖父母, 伯父母, 내안 堂叔, 三從兄 山所 두루 성묘했고. 再從兄 宅 가서 歲拜.
27名組 爲親契에 參席. 場所는 族弟 中榮 집. 修契 後 点心. 모든 協議 마치고 몽단이發 17時 버스로 入淸. 金美 教師로부터 年賀狀과 書信 왔기에 卽時 答書. ⓒ

〈1985년 1월 3일 목요일 晴〉(11. 13.)
午前에 金溪 가서 從兄 內外분께 歲拜.
11時부터 있는 宗親同甲契에 參席. 場所는 秉鍾 氏 自宅. 六名 全員 參集. 今番이 組織 後 21回째. 契財 191,740원. 利子 年 三割로 有司가 責任 留置 引受케 되는 것. 다음엔 서울 昌在.
사거리 族叔 漢弼 氏 問病. 오미까지 步行에 다리 좀 아팠고. 淸州아파트 着은 午後 5時 半頃. ⓒ

〈1985년 1월 4일 금요일 晴〉(11. 14.)
첫 버스로 出勤. 淸州 出發時는 6時 半이어서 깜깜하고. 1時間 後인 陰城 到着時래야 完全히 밝고. 無極 到着이면 해돋이 때.
全國公務員 今日 始務. 出勤 職員…全 女教師, 朴主任, 文教務, 校監, 校長, 李 雇傭員.
点心 後 他市郡 學年末 定期 轉補內申書類 作成하여 教育廳 가서 提出. 教師側 文教務와 金美 女教師 同一郡 勤務 滿了라서 淸州市로 各 91點 算出.
陰城郡 勤務 富潤校 2. 6, 梧仙校 1. 6 計 滿 4

1) 절사(節祀): 명절에 지내는 제사.

年인데 停年 2年 앞두고 形便上 淸州市와 淸原郡으로 內申했고. 李 係長과 兩 課長과 情談對話後 淸州 오니 日暮頃. ◎

〈1985년 1월 5일 토요일 晴〉(11. 15.)
出勤 執務. 午後엔 道晴里 진재部落 가서 劉 女教師 祖母喪에 人事하고. 淸州엔 下午 4時에 到差. 서울 永登浦에서 큰 外孫 趙희진 왔고. 魯弼은 自炊집에서 짐 옮긴다고 上京. ◎

〈1985년 1월 6일 일요일 晴〉(11. 16.)
師道實踐記 公募에서 最優秀賞 當選作(忠北 報恩郡 內北國校 朴英子 敎師) 읽어본 것…손가락 不俱兒를 끈질기게 教育愛로 救濟한 內容이며 修飾語가 많아 作家다운 느낌을 받았으나…. "優秀作 '끝없이 생각하리' 慶北 義城國校 教師 김두칠"은 어떠할까? 力作의 差異는 읽는 審査員의 생각의 差異, 感受性의 差異에도 問題가 있을 法도 싶다. 應募作品 數195篇이라 하며 審査員은 '國民大學' 張伯逸 교수(文學評論家, 文學博士), KBS TV센타 李東圭 主幹, '慶熙大' 朴利道 교수(詩人, 文博), 放送劇作家 崔仁樹 氏 等 四人임. 하여간 어려운 일.
昨日 移舍짐 나르려 上京한 魯弼의 意外의 消息(學園소요事件 關聯으로 署에 있는 中)에 驚異. 學生 最高責任者인 學生總會長의 체포에 法大 公法學科 學生들 全員 調査中인 듯? 궁겁고.
井母와 함께 市內 寶眼堂에 가서 遠視用(老眼) 眼鏡 15,000원에 맞추어 주기도.
教委 鄭杞泳 奬學官을 請하여 로타리茶房에서 所見의 人事問題 이야기 해 보기도. ◎

〈1985년 1월 7일 월요일 晴〉(11. 17.)
첫 버스로 出勤 執務. 今日도 도시락 싸갖고 單身 出勤. 日直은 金姬燮 女教師. 安慶蘭 教師도 나와 幼稚園 85學年度 運營計劃書 作成에 熱心히 일했고.
下午 7時頃 淸州 到着. 昨日 消息에 궁겁던 魯弼의 일 別無神通. 冠岳署에 있는 듯. 然而 事必歸正으로 罪 없으면 쉬 日 間 풀려나올 것이지만…. ◎

〈1985년 1월 8일 화요일 晴〉(11. 18.)
下午 3時까지 執務하고 忠州 가서 KBS放送業課에 들려 黑白TV 視聽料 預拂된 것 廻受 要請했으나 居住地 里長 責任下에 手續토록 됐대서 헛手苦한 것. 택시費만 虛費. 急步行까지 被勞 느꼈기도.
豫約대로 17時까지 水安堡 着. 陰城郡 初等校長團 溫泉 一夜 逍風. '서울장旅館'에서 一同 留宿. 總經費 15,000원씩 負擔. 豫히 支出됐던 것.
魯弼이 解決 아직 안 돼 不安 中에 오늘도 해 넘긴 것. ◎

〈1985년 1월 9일 수요일 晴〉(11. 19.)
水安堡 서울장旅館에서 大所校 吳倉均 校長과 同宿(208號室)이었기에 새벽에 함께 大衆湯에 들어가 마음껏 몸 데운 것. 9時 朝食 後 直行으로 歸校. 日直은 申敬秀 教師.
金美 女教師 轉補 內申地區 變更으로 下午 五時 半에 陰城郡 教育廳 들려 係 李 장학士에 手續을 付託.
저물게 入淸. 서울 魯弼 消息 어느 程度 安報~明日이면 退署되리라는 것. ◎

〈1985년 1월 10일 목요일 晴〉(11. 20.)
간밤 中에 순간的으로 積雪. 約 5㎝. 아파트 玄關 앞 除雪作業으로 새벽運動된 셈.
9時 半부터 있는 '85陰城郡 教育報告會'에 參席. 劉成鍾 教育監 年頭巡視 行事인 것.
晝食 後 任地 가서 雜務 마치고 退勤버스로 歸淸. 서울 消息 快報 아직 없고. 밤에 金미, 申경 教師 다녀가고. ◎

〈1985년 1월 11일 금요일 晴, 雪〉(11. 21.)
어제부터 날씨 많이 누그러져서 最低氣溫 零下 6度.
早朝에 江內面 俟仁里 가서 朴鍾貴(姪女 魯先 外叔) 親喪에 弔問 人事…午前 8時 50分頃.
學校에 急히 다다라 急한 일 보고. 無極國校 가서 群內 陸上選手 80名. 合宿訓練에 激勵 行事에 參席. 点心을 延 教育長, 金 學務課長, 10餘 名의 校長들과 會食.
下午 7時쯤 淸州 아파트에 到着하니 서울에서 快報 온 것~魯弼이 6日 만에 署에서 나왔다고. ⓒ

〈1985년 1월 12일 토요일 晴〉(11. 22.)
간밤(밤 10時~11時)에 눈 많이 내려서 淸州 地方 7㎝, 陰城地方 가장 많이 내려서 17㎝ 積雪. 6時頃 前後 아파트 玄關 앞과 左右前後의 通路 죽가래로 길 티웠고.
雪路이지만 無事히 陰城 無事히 거쳐 出勤 執務. 職員 8名 나와 校下 兒童, 傳達夫 2名 모두 合勢하여 進入路와 運動場 一部 除雪作業에 勞力.
初中等教師 單一號俸制에 따른 號俸 획정 다시 하여 職員들은 거의 2號俸 程度 昇級.
下午 2時 半 發 버스로 入淸. 市內 가서 夕食.
井母는 終日토록 堂姪(魯錫) 집에 가서 明日 行事 飮食 빚는 데 助力했다고. ◎

〈1985년 1월 13일 일요일 晴〉(11. 23.)
11時에 있는 玉山市場 金東演 子婚(淸錫예식장)에 人事 後 上黨禮式場 와서 堂姪 魯敏의 結婚式에 吳達均(前 淸州市 教育長) 先生이 形便上 主禮를 보게 되기에 自進 司會했더니 집안과 觀衆 觀心이 集中됨을 느꼈고. 서울 큰애도 다녀간 것. ⓒ

〈1985년 1월 14일 월요일 晴〉(11. 24.)
夫婦 눈이 시루마워서 中央眼科에 가서 治療 받았고. 今朝 氣溫 15度(淸州). ◎

〈1985년 1월 15일 화요일 雪, 曇〉(11. 25.)
日出 前에 눈 나우 내리고. 낮에도 日暮頃에도 時〃으 내려 거의 終日 내린 편.
出勤하여 잠시 執務. 11時에 柳浦里 마을會館 가서 營農教育 受講 住民들에게 30分 間 人事~"送舊迎新의 새해 人事. 增産과 農民, 放學中의 家庭生活 指導 監督의 徹底".
日暮頃에 入淸하여 中央眼科에 가서 第二次 治療받은 것.
17日 入隊할 魯弼이 왔다는데 제 親舊들 要請으로 市內 나가서 저물도록 안 왔고. 끝내 徹夜. ◎

〈1985년 1월 16일 수요일 晴〉(11. 26.)
金旺農協 第24期 總會에 參席. 타올 紀念品과 晝食 待接받았고.
午後에 學校 나가선 執務. 公文書 決裁, 帳簿

檢閱. 16時 發 버스로 今日도 언 배추가방 갖고 歸淸. 어제 來淸한 魯弼이 만났고. 入隊生活 注意事項 몇 가지 일러줬고. 제 兄 魯松도. ◎

〈1985년 1월 17일 목요일 晴〉(11. 27.)
今日 五男 魯弼이 入隊 날. 下午 1時까지 論山訓練所로 가야 하는 것. 近日 서울서 淸州서 제 親舊들 壯行의 뜻으로 酒類 過했던지 속 아파 화장실 자주 往來하는 편~염려스럽고.
學校 形便上 弼이 出發前 6時쯤에 學校 向發. 當付와 武運長久 祈願하면서.
今朝 氣溫 零下 20度…今冬 最下로 水銀柱 내려간 것. 첫 버스로 出勤執務. 俸給 手當 合하여 988,000.
四男 松이가 弼이 入隊에 第二訓練所(論山)[2] 鍊武場까지 배웅하고 온 것 – 兄弟의 情에 눈시울 뜨거웠고. 松이 下午 6時 半에 歸家하여 經圍 詳細 報告하니 若干 마음의 慰勞된 셈. 今日中으로 軍服으로 變裝할 것 같다고. 健在한 몸으로 食事 잘 하며 忠實히 軍事訓練받는다는 消息을 바랄 뿐. ◎

〈1985년 1월 18일 금요일 晴〉(11. 28.)
今朝도 前日과 같이 찼으나 낮부터 많이 풀렸고. 첫 버스로 出勤 執務.
延光欽 教育長 年頭巡視에 學校行事 잘 마쳤고~85學校 教育계획 報告에 重點施策과 特色事業으로 '편지글 쓰기, 토끼 기르기'를 말하고 建議事項도 豫定대로 다 한 것.
막 車 退勤에 內秀 近處에서 他車〃故로 豫定보다 1時間 程度 淸州에 延着. 서울 三女, 外孫子女 데리고 왔고. 深夜에 三男 明이도 잠간 다녀가고(47棟). 弼이 健康狀態? 궁금. ◎

2) 원문에는 붉은색 색연필로 밑줄이 그어져 있다.

〈1985년 1월 19일 토요일 雪〉(11. 29.)
아침결에 가랑눈. 晝間 한 때 함박눈. 다시 가랑눈 내려 거의 終日 내린 셈. 청주 5㎝, 陰城 18㎝.
學校에선 校下 梧仙里 部落住民에 營農教育 實施. 同席 受講했고. 点心도 함께 맛있게 먹은 것.
淸州 아파트엔 明日 會食으로 家族 많이 모였고~서울 큰 애 4名, 큰 딸 5名, 沃川 2째 4名, 셋째 한별 5名, 장자꼴 妹夫는 村에서 빚은 동동酒도 가지고 오고. 날씨는 풀려서 밤에도 눈길 철벅철벅.
밤엔 房이 複雜해서 市內 中央藥房(主 申一東)에 가서 놀다 왔던 것. ⓒ

〈1985년 1월 20일 일요일 晴〉(11. 30.)
陰曆으로 63歲. 엊저녁부터 3 子婦(맏, 둘, 셋째), 女息(큰 , 셋째)들 料食 빚기에 今日 새벽까지 誠意 다 하여 奔走히 일 보는 것. 많은 朝食을 푸짐하게 맛있게 먹은 것. 여러 어린 것들 거두기에도 거의 終日토록 바쁜 듯.
明日 치닥거리 準備에도 서울 큰 애 夫婦는 多額 드려 肉類 等 마련에 밤 늦도록 모두 일 보는 것이었고. ⓒ

〈1985년 1월 21일 월요일 晴〉(12. 1.)
午前 中 잠시 讀書(詩經) 하다가 市內 나가서 住宅銀行 일 等 보고. 午後(12時 半부터)엔 梧仙校 職員 一同 맞이(招請)하여 酒肉 넉넉히

待接하고 白飯으로 晝食까지 待接 잘 한 것. 特히 牛肉으로 불고기 흡족했던 것. 2時間 程度 歡談하고 개운히 歸家 向發들 한 것.
호사다마인가? 多幸인가? 日暮頃 三男 魯明 행투리 件으로 家族一同 不安 끝에 셋 子婦의 友好의 뜻과 맏子婦의 仔細한 說得으로 셋째 夫婦의 국궁 謝過로 容許 下에 和樂 氣分 되돌아서 모두 氣分 개운해진 듯. ◎

〈1985년 1월 22일 화요일 晴〉(12. 2.)
날씨 많이 누져서 最低 영하 4度. 最高 7度. 낮엔 조그만큼 눈 녹기 시작.
아침 버스로 出勤 執務. 公文書 處理. 帳簿 檢印 等 일 보고 下午 4時 半 發 버스로 歸淸.
서울 큰 애 家族 一同. 11時 發 上京했다고. 沃川 둘째들만 더 있다 가도록 한 것.
夕食 後 모처럼 셋째 明이네 집 가서 兄弟間 友愛 있게 지내도록 타일으며 어딘가 모르게 3째가 딱한 마음에서 눈시울이 뜨거워지기도. ◎

〈1985년 1월 23일 수요일 晴〉(12. 3.)
出勤 執務. 日直 金姬燮 教師, 特히 李尙國 教師는 84物品受給 狀況 調查 統計에 近日 連日 애쓰는 中.
沃川 孫女 '새실' 國校 2學年짜리에 韓服 때때옷(13,500원) 사 입혔더니 그렇게도 좋아하는 것. 마음 상쾌.
杏이 計劃하는 일(海外進出) 順調롭지 않은 눈치. 속 썩이는 空氣? ◎

〈1985년 1월 24일 목요일 晴〉(12. 4.)
둘째 沃川 아이들은 오늘서 歸家. 그間 子婦는 誠意껏 제 媤母를 爲해 주방일 본 것. 둘째 絃의 事業(不動産中介業) 全혀 안 돼 極히 困難히 지내는 중이어 딱하기만.
學校엔 校下(梧仙里, 道晴里) 住民의 複合營農教育이 있게 되어 1時間 程度 特講했고…① 送舊迎新의 甲子, 乙丑 새해의 修人事, ②營農教育과 現時代의 豊年觀, ③放學 中의 家庭生活 指導, ④學校 아끼기와 青少年 指導, ⑤今夜 11時에 있는 劉 教育監과 學父母 間의 忠北教育에 對한 對談 TV放送 聽取 要望 等 圓滿히 말했던 것.
去 17日에 入隊했던 막동이 魯弼의 옷 郵送해 왔고.[3] ◎

〈1985년 1월 25일 금요일 晴〉(12. 5.)
11時부터 機關長會議에 參席. 晝食 擔當은 水稅廳과 鄕軍中隊.
學校 나가선 數通의 期限付 公文 通讀 決裁. 日直은 金美英 教師, 六學年 全員 召集하여 中學登錄金 告知書 分配와 注意事項 傳達에 金女教師 手苦 많이 한 것.
歸路에 教育廳 들려 初等係 李 奬學士, 金 學務課長과 이야기 좀 시원히 나눈 것.
~~沃川 둘째 家族들 오늘 午後에 全員歸家.~~[4] 圖書購入次 어제 上京한 松이 왔고. ◎

〈1985년 1월 26일 토요일 晴〉(12. 6.)
今週間 充實히 出勤 執務했고. 今日도 如前 學校 나가 諸般 處理 圓滿히 한 것.
退勤 後 17時부터 있는 友信親睦會 定期會에

3) 원문에는 붉은색 색연필로 밑줄이 그어져 있다.
4) 원문에는 횡으로 줄이 그어져 있다.

參席. 밀렸던 會費와 合計 30,000원 完拂했고. 入隊한 5男 魯弼로부터 10日 만에 첫 書信 왔고. '論山郡 연무읍 죽평리 사서함 11호 장미중대 정직소대 훈련병. 360-09. ◎

〈1985년 1월 27일 일요일 雪, 曇〉(12. 7.)
午前 中 가랑눈 내리고. 12時에 있는 友信會員 朴在龍 校長 子婚에 人事.
讀書 後 市內 가서 夕食~經費(外上) 나우 났고. ◎

〈1985년 1월 28일 월요일 晴〉(12. 8.)
近日 아침氣溫 零下 12, 3度 繼續 數日 間. 冬休 實施 前日부터 再開한 새벽 行事(運動) 繼續 實踐.
아파트 月賦金 完納後 出勤 執務. 12時에 柳村里 가서 營農敎育場에 들려 人事 10餘分 間 했고. 三鳳里 가서 會長(趙誠柱) 집 들러 柳浦里 거쳐 막 버스로 歸淸. 미끄러운 눈길에 진땀 났던 것. ◎

〈1985년 1월 29일 화요일 曇, 晴〉(12. 9.)
豫定했던 休暇 中 逍風~忠南 禮山郡 德山溫泉 다녀온 것. 出發 時 아침결에 門前(玄關 앞)에서 흰눈 氷板에서 너머져 右脚 膝節 部分 甚히 다쳐 時間 갈수록 아파서 개운치 않았고. 유황氣 含水 溫泉이라나. ◎

〈1985년 1월 30일 수요일 晴〉(12. 10.)
再從兄(憲榮 氏) 7순 生辰이라서 故鄕 金溪行 豫定인데 右脚 痛症으로 못가고 井母가 다녀오겠다고 9時 半에 堂姪(魯錫)과 함께 玉山向發. 金溪서 留하고 明日 歸淸한다고 밤에 消息 왔고.
昨朝 타박傷 오른다리~藥物治療 效果인지 日暮頃엔 많이 부드러워져서 行步 좀 되는 것.
화장실 壁 타일 修理工 2名 와서(趙 氏, 閔 氏) 2時間 程度 要所 工事 着手했고.
日暮頃에 셋째 子婦 와서 人事. 貴한 飮料水도 사 갖고 온 것. ◎

〈1985년 1월 31일 목요일 晴〉(12. 11.)
29日 아침에 負傷 當한 무릎 나우 걱정되더니 順調로히 치유되어 今朝는 가볍게 새벽運動 實行했고 - 昨朝만이 不能.
어제 金溪 갔던 井母 午後 2時에 왔고. 아픈 다리 많이 나아 저녁食事 市內 가서 했고. ⓒ

〈1985년 2월 1일 금요일 晴〉(12. 12.)
날씨 푹 눅져서 終日토록 눈 녹았고. 오래 前 強추위 여러날로 많이 내린 눈 얼어 솔았던 것.
出勤 執務. 鄭 校監도, 申敬秀 主任(日直)도 ……. 새마을어머니會 任員會와 第6學年의 早期 開學에 對하여 協議 決定했고. 오른편 아픈 다리 無理한 새벽運動 탓인지 痛症 좀 생기고. ⓒ

〈1985년 2월 2일 토요일 晴〉(12. 13.)
다친 다리 痛症 가라앉기 爲해 새벽 沐浴 나우 했으나 別無差度.
10時 30分부터 있는 12代 國會議員立候補者 合同演說(政見發表)會가 無極國校庭에서 있기에 參與 聽取…民正(金宗鎬), 民韓(吳聖燮), 國民(金完泰), 新韓(徐光烈).
午後 2時부터 있는 淸原, 淸州地區도 한벌國

校庭에서 있어 聽取…民正(鄭宗澤), 新韓(金顯秀), 民韓(辛卿植), 國民(李敬烈)~8名 모두 熱辯과 功防戰. 選擧는 2月 12日. ◎

〈1985년 2월 3일 일요일 晴〉(12. 14.)
어제 오늘 다리 당기고 아파서 새벽運動 不能. 午前 中 '詩經' 읽다가 13時에 있는 韓載求 梧水校長 子婚에 人事(신라禮式場). 塔洞 가서 金榮明 飛上校長 喪偶에도 弔慰人事했고.
市內서 歸家 中 李正遠 연수당韓藥房에서 井母用 '八物湯' 한 제와 痛症中인 右膝鍼 맞고. ◎

〈1985년 2월 4일 월요일 晴〉(12. 15.)
右脚 아프지만 出勤 執務. 學校는 6學年만 召集~擔任이 特別指導. 杏이 서울 갔다왔고. ⓒ

〈1985년 2월 5일 화요일 晴〉(12. 16.)
當國 指示에 依하여 全職員 召集~渡美中(今月 8日 歸國豫定)인 金大中에 關한 別途册子 內容 傳達.
12時에 있는 地域校長 懇談會에 參席코 晝食을 會食~教育廳 主催 行事.
歸家 中 淸州에서 연수堂 漢藥房 들려 아픈 다리(무릎) 2次째 鍼 맞았고. ◎

〈1985년 2월 6일 수요일 晴〉(12. 17.)
今日도 全職員 소집하여 午前 中 일 보고 冬休 繼續토록 한 것. 새마을어머니會 任員會 開催. 教育廳 들려 區內 轉補 內申書類 提出했으나 金○○ 教師 件에 마음 아팠던 것. ◎

〈1985년 2월 7일 목요일 晴〉(12. 18.)
出勤하여 諸般 雜務 處理하고 午後 歸路 中 尹晟老 前 校長 만나 厚待받기도.
梧仙 往來에 城本里 用務로 가고 오는 셋째 子婦 만난 것.
出勤 途中 無極 東邦漢醫院 鄭 醫師한테 鍼 맞은 後 아픈 무릎 많이 부드러움 느끼고. ⓒ

〈1985년 2월 8일 금요일 晴, 曇〉(12. 19.)
非番이지만 今日도 出勤 執務. 午後엔 教育廳 들려 6日에 提出한 書類中 金某 教師의 것 順調로운 方法과 將來를 爲하여 圓滑히 고친 것. 마음 어느 程度 개운하고. 歸路에 鄭 醫師한테 鍼 맞았고. ◎

〈1985년 2월 9일 토요일 雨, 曇〉(12. 20.)
모처럼 비 내려서 눈 거이 녹힌 것. 終日토록 讀書(詩經) 後 日暮頃에 沐浴. 아픈 다리 若干 差度 있는 듯.
天安서 온 訃音~丈母(王 氏) 別世 來電.[5] 形便上 明日 갈 豫定. 今日 10時頃 別世라고.[6] ◎

〈1985년 2월 10일 일요일 雪, 曇〉(12. 21.)
새벽에 또 悲報~셋째 壻郞(愼) 心臟마비로 急死亡[7]이라고. 딸 不幸에 가슴이 콱 막히고. 9日 21時 死亡.[8]
井母와 明과 함께 食 前결에 天安市 용곡洞 가서 丈母(王 氏) 염습에 參席.
午後 1時 高速버스로 明과 함께 上京. 于先 江

5) 원문에는 붉은색 색연필로 밑줄이 그어져 있다.
6) 원문에는 붉은색 색연필로 밑줄이 그어져 있다.
7) 원문에는 붉은색 색연필로 밑줄이 그어져 있다.
8) 원문에는 붉은색 색연필로 밑줄이 그어져 있다.

南區 삼성洞 AID아파트 가서 昨夜 經諱 듣고 実心 요기 後 病院 영한室 가서 悲嘆에 빠진 參女(妊)의 悲慘한 모습에 가슴 쓰라렸고. 만이 夫婦는 昨夜 徹夜토록 애쓴 後 今日도 繼續 物心身 勞力. 시골에서 큰 妹, 弟 振榮, 賢都 姪女, 松이 杏이도 왔고. 永登浦 큰 사위 內外도. 치근한 光景 數時間 지켜보다 日暮頃에 松과 杏이 뎉고 振榮과 함께 歸淸~振榮은 小魯 가고. 고단한 몸 아픈 다리 쉬려고 淸州 왔으나 마음 複雜했고.
無極으로 鄭 校監에 今明日 形便 電話連絡 아침결에 取한 것. ⓒ

〈1985년 2월 11일 월요일 曇, 晴〉(12. 22.)
北一面 梧洞里 가서 丈母님 葬禮에 終日토록(葬地~酒中里 뒷山, 果樹園옆. 妻家 宗山, 氷丈과 合葬), 下午 五時頃 夫婦는 서울 消息 궁거이 여기며 아파트로 歸家. 밤 되어 次男 紘과 參男 明이 와서 傳達~제 妹夫(愼) 葬禮에 全東까지 參席했다는 것. 서울 제 兄도. 葬事中 제 妹(妊)가 氣絶하여 烏致院 病院까지 急行 治療에 제 兄, 제 큰 姑母, 제 從妹(先)가 保護하느라고 가즌 誠意와 애썼다는 것. 서울과 通話 數次 있었기도. 紘이 留. 學校는 긴 放學 끝나고 今日 開學인 것. ⓒ

〈1985년 2월 12일 화요일 曇, 가랑비〉(12. 23.)
第12代 國會議員 總選擧日.[9] 7時에 洞事務室(投票所)에 나가 投票했고. 10時에 學校 나가본 것. 金旺邑 第四投票所가 本校(1의 1 教室). 劉英姬 교사에 感謝牌 授與한다는 學父兄 代表와 對談에 圓滿치 않았고~授與의 精神, 資金 出處에 不滿을 말한 것. 17時에 退校 歸淸.
2男 紘이 12時 半頃 沃川으로 歸家했다는 것. 明은 開票委員으로 從事케 되었다고. ⓒ

〈1985년 2월 13일 수요일 曇, 晴〉(12. 24.)
첫 버스로 出勤. 날씨 좀 차 졌고. 無極서 通勤버스 時間 잘 안맞아 公的 時間 대기 難한 形便.
実心 後 學年末 帳簿 整理와 卒業式 準備에 關하여 臨時職員會 있었고. 舍宅 보이라 修繕.
井母는 梧東里로 三虞祭에 갔다가 天安 妻弟와 함께 淸州 아파트 왔기에 반가웠고.
三女(妊) 消息 듣고 陰城 미타寺에서 在應스님 왔다가 杏과 함께 直接 서울까지 갔다는 것.
右側 무릎 아직 안 나아서 셋째들 內外가 호박 求해다가 찜하여 溫濕布 夜間에 했고.
國會議員(第12代) 當選 確定~淸原 淸州地區(民正黨 鄭宗澤, 新民黨 金顯秀). 槐山, 陰城, 鎭川地區(民正黨 金宗鎬, 國民黨 金完泰) 全國 狀況(民正 87, 新民 50, 民韓 26). 全國區 合하면~民正 148(87, 61), 新民 67(50, 17), 民韓 35(26, 9), 國民 20(15, 5), 其他 6, 計 276席(92個 地域區). ⓒ

〈1985년 2월 14일 목요일 晴〉(12. 25.)
淸州 市外버스 6時 20分 發로 鎭川 經由 無極오니 7時 50分, 大所行 8時 發로 學校 着은 8時 20分.
併設幼稚園 幼兒 第一回 修了式 擧行. 姉母 多數參席. 趙成珠 會長도.

9) 원문에는 붉은색 색연필로 밑줄이 그어져 있다.

昨日 淸州 아파트까지 尋訪했던 天安 妻弟 보내고 井母는 下午 五時頃 舍宅에 到着.
어제 上京한 在應스님과 杏이 12時頃에 淸州 와서 스님은 다시 '미타寺'에 갔다는 것. ◎

〈1985년 2월 15일 금요일 晴〉(12. 26.)
運動場 엉망으로 질어 모두 登下校에 애 먹는 中. 37回 卒業式 豫行練習.
2月分 給料 受領~514,000원 整. ◎

〈1985년 2월 16일 토요일 晴, 曇〉(12. 27.)
第37回 卒業式 擧行. 約 50分 間에 式 마친 것. 全職員 晝食은 趙會長 主管下에 無極 가서 待接받은 것.
下午 4時 發 버스로 井母와 함께 淸州 갔고. 새 沐浴湯(극동목욕탕) 처음 가서 목욕했고.
밤 電話에 서울 큰 애 井으로부터 三女 (姙)이 잠간 다녀가라고 했더니 와 있다고 消息~對話했고. ◎

〈1985년 2월 17일 일요일 晴, 曇〉(12. 28.)
終日토록 讀書하다가 午後에 市內 가서 夕食. 中央漢藥房에도 잠간 들렀고. 큰 妹弟 經營하는 司倉洞 書店에도 들려 學校用 漢字典도 購買. 오른 무릎 오늘 호박 찜질했던 것. ◎

〈1985년 2월 18일 월요일 曇, 晴〉(12. 29.)
이른 새벽에 싸락눈 나우 내려서 運動場 午後엔 말 안되게 질퍽였고. 井母도 낮에 來梧仙. ◎

〈1985년 2월 19일 화요일 晴〉(12. 30.)
學校 行事 午前 中로 마치고 모두 明日 行事 準備하라고 臭心 後 退廳토록 한 것. 午後 日直은 鄭 校監이.
三距離 정차장 幕에다 井母 가방 놓은 채 無極 갔다가 깜짝 놀라 되짚어 와서 가방 찾아 安心.
無極서 井母는 먼저 入淸. 金旺女中, 無極中學 다니며 卒業한 班學生들 學力考査 치루는 狀況 보고 淸州 가서 서울 3女 줄 補藥 淸州藥局에서 購買했고. ⓒ

〈1985년 2월 20일 수요일 雪, 曇〉(正. 1.)
새벽부터 내리던 싸락눈 數時間 쌓여서 約 10㎝ 程度.
陰 正初日을 '民俗의 날'로 定해져 公休日로 最初. 날씨, 길 關係로 金溪行 豫定을 中止. 下午 3時에 江外面 正中里 가서 再從兄(點榮氏) 宅 가서 모처럼 安否 알고 人事한 것. ⓒ

〈1985년 2월 22일 금요일 晴〉(正. 3.)
朝食을 안 동네 '개우지' 鄭徽憲 里長 宅에서 招待받아 잘 먹었고~그의 母親 生辰이라고.
午後엔 敎育廳 가서 異動되는 職員 後任 關係 等 相議했기도. 職員들은 擲柶大會하기도.
敎育功勞賞(敎育家族賞) 表彰 候補者 書類 作成 提出하였기도. ⓒ

〈1985년 2월 23일 토요일 晴, 曇〉(正. 4.)
끝추위 當〃. 去 19日이 雨水. 昨朝 氣溫 영하 13度. 今朝 영하 11度 5分. 84學年度 修了式.
金美英 女敎師 淸原郡으로 轉出 消息. 仝 離任人事. 下午 3時 發 버스로 井母와 함께 入淸. ⓒ

〈1985년 2월 24일 일요일 曇, 晴〉(正. 5.)

社稷洞(司倉洞)…사직APT村 앞 '평화書店' 큰 妹夫집에서 招待 있어서 井母, 魯明과 함께 3人이 가서 朝飯 잘 먹었고. 道內 教員 異動發令 狀況 보고자 淸原郡 敎育廳, 文化放送局 가봤으나 아직 消息 없대서 未詳. 明朝에 發表한다는 所聞 뿐. ⓒ

〈1985년 2월 25일 월요일 曇〉(正. 6.)

忠北銀行 가서 2月 分 아파트 月賦金 等 納付 後 '忠淸日報社' 들려 異動 與否 알아보니 今般 作業에 不通~어느 點 원망지心과 서운했고. 金美 女教師 加德面 上野國校로 配定 發令.

낮엔 學校 가서 業務處理 마치고 막 버스로 入淸. 市內서 夕食.

井母는 魯杏 데리고 上京~3女(妊) 喪夫 後 慰勞와 人事次 간 것. 明日 온다는 것.

四女 杏은 將來 大望의 뜻과 適性科目 研究로 敎職을 一旦 그만 둔 것~6年 間 재직. ⓒ

〈1985년 2월 26일 화요일 晴〉(正. 7.)

芙江工高 李燦夏 校長 停年退任式에 參席. 前 楊鍾漢 校長과 同行하여 淸 와서도 一盃.

어제 淸州서 서울 갔던 井母와 魯杏이 오고. 井이도 제 母親 모시고 來淸.

魯松의 登錄金 中 40萬 원에서 成績 優良으로 23萬 원 整(期成會費) 免除라고 喜消息. ⓒ

〈1985년 2월 27일 수요일 晴〉(正. 8.)

큰 애 上京에 英, 昌信 進學 進級 學資補助하라고 强制로 壹拾萬 원整 주었고. ⓒ

〈1985년 2월 28일 목요일 晴〉(正. 9.)

今日로 84學年 末 休暇 마치는 것. ⓒ

〈1985년 3월 1일 금요일 晴〉(正. 10.)

學校 나가서 全職員 全兒童 召集하여 三.一節 慶祝式 擧行 後 轉出職員의 離任人事했고(鄭女 富潤, 金姬女 無極, 劉英姬 龍泉). 金미 敎師까지 4名 合한 送別宴會 푸짐하게 한 것.

12時頃엔 趙成珠 會長의 弟婚(무극天主敎會)에도 人事한 것. ×

〈1985년 3월 2일 토요일 晴〉(正. 11.)

始業式에서 85學年 五大 敎育目標 具現과 人間性 기르기, 實力 붙이기, 梧仙의 자랑. 3月의 努力點으로서 편지쓰기 指導로서 글짓기 實力과 飼育敎育으로 토끼 기르기를 强調한 것. ○

〈1985년 3월 3일 일요일 晴〉(正. 12.)

12時 半부터 있는 郭秉鍾 氏 子婚에 中央禮式場 가서 人事. 사위 趙泰彙도 만났고. ○

〈1985년 3월 4일 월요일 晴〉(正. 13.)

機關長會議에 參席~무극中學 新任 趙校長과 李邑長에 서운하게 말한 點 있는 듯. ×

〈1985년 3월 5일 화요일 晴〉(正. 14.)

85 第一學年 入學式 擧行. 三位一體가 되어 敎育에 힘쓰자고 力說.

趙會長의 厚意로 放課 後에 飮酒 나우 한 듯. 밤새도록 呻吟 臥病. ※

〈1985년 3월 6일 수요일 曇〉(正. 15.)

가까스로 起動. 全身이 느린하고. 行步하기도 難. 學校와 官舍 사이 10餘 次例 往來하면서 바운 것. 食事 전혀 못하고. 음력 大보름. 政治犯 14名 全員 解禁 發表. ◎

〈1985년 3월 7일 목요일 曇〉(正. 16.)
昨日보단 조금 差度 있는 모. 食事는 繼續 不能. 井母는 집 事情으로 午前에 入清.
終會 마치고 職員들과 함께 막 버스로 出發하여 入清. 아파트엔 20時쯤 到着.
오랜만에 스님 女息(在應스님)과 상운 스님 왔고. 陰城 미타寺에서 參禪 마치고. ◎

〈1985년 3월 8일 금요일 雨, 曇〉(正. 17.)
早起하여 모처럼 洗髮. 朝食 '흰죽'으로 若干 했고. 새벽 버스로 出勤.
終會時에 '85學年度 教育計劃의 所信'을 말했고~①學力提高 方案, ②5大教育目標 10個項 具現案, ③85努力 重點(重點施策과 特色事業), ④體育選手 養成策.
막 버스로 淸州 아파트 오니 19時 40分. 몸 많이 回復. 夕食 나우 했고. ◎

〈1985년 3월 9일 토요일 晴〉(正. 18.)
今日 先妣 忌故로 昨日부터 井母는 終日토록 祭需 마련에 奔走히 勞力.
訓練中인 五男 弼로부터 어제 온 書信內容 如前히 잘 쓴 것 繼續 느끼고.
午前 中 學校 일 보고 12時頃 教育廳 들러 新學年度 人事 및 85 教育計劃의 所信을 말하고.
밤 10時 半에 어머님 祭祀 올린 것~서울 큰 애, 小魯 家族 4人, 3男 家族 4人, 큰 妹, 姪女 家族 3人. ◎

〈1985년 3월 10일 일요일 晴〉(正. 19.)
一同 朝食 後 여러 家族들 各己 갔고. 큰 妹와 姪女는 金溪 간다고~省墓와 從兄 生辰에 人事次.
12時부터 있는 族弟 佑榮 子婚에 主禮 본 것~乙丑年 人事, 新郎 父親(佑榮)의 稱贊, 新郎 紹介, "舊婚의 奠雁(기러기)의 뜻…①사랑의 約束, ②秩序 生活, ③자취와 헌적(깃털), ○父母에 孝道, 國家에 忠誠" 等을 主禮辭로 말한 것. ○큰 애도 上京. 7日에 왔던 두 스님 天安 向發…바랑 진 뒷모습 처량히 보였고.
밤 9時까지 '朝鮮日報' 10餘 日 分 묵은 것을 개운히 通讀. ◎

〈1985년 3월 11일 월요일 晴〉(正. 20.)
새벽 버스로 出勤. 六學年 道德授業 開始~第一校時에 6의 1班 1單元 '自主精神'을 教授.
井母 淸州 滯留事情으로 今日 点心도 自身이 끓여먹었고. 14時에 幼稚園 入學式 擧行.
放課 後엔 朴 教師 帶同하여 柳浦里 가서 宋氏 家 墓碑 建立에 招待 있어 다녀왔고. ⓒ

〈1985년 3월 12일 화요일 晴〉(正. 21.)
모처럼 井母와 함께 첫 버스로 出勤. 今日 첫 時間엔 6의2 道德授業. 各種 帳簿 完成. ◎

〈1985년 3월 13일 수요일 曇, 晴〉(正. 22.)
今日부터 室內 奬學指導도 着手. 一校時에 第一學年. 申敬秀 새마을主任 教師班.
健康 全的으로 回復되어 食事 正常. 도리어 過

食하는 편. 約 2個月 만에 조깅[10] 가볍게 했고. 退廳 後엔 勞動도 40分 間~舍宅 便所 人糞 퍼서 빈밭에 쩐지기도. ◎

〈1985년 3월 14일 목요일 晴〉(正. 23.)
어제부터 再開한 새벽運動(驅步)~아직 무릎이 完治 안되어 若干의 痛症 있는 셈.
體育振興會 理事會 開催하여 郡守로부터 얻은 시멘트 200包와 父兄 動員 및 體育會 贊助金에서 20餘 萬 원으로 排水 똘 80m와 道路 70m 工事를 協議. 香木 移植 作業도 理事陣에서 한다는 것. 放課 後에 鄭 校監 오래서 辦公費 解決 等 말했고. ◎

〈1985년 3월 15일 금요일 晴〉(正. 24.)
무릎은 어느 程度 아프지만 조깅에 原코스대로 驅步 4㎞ 餘. 痛症 日暮頃까지도 큰 不變動.
井母는 봄 씨앗 몇 가지 벌써 어제 播種(상치, 시금치 等). 今日은 울 안 말끔히 긁어 태우고.
새 學年度 初 諸 프린트物 種別로 綴하고 終會時에 活性化된 職員들을 稱贊. ⓒ

〈1985년 3월 16일 토요일 晴〉(正. 25.)
11時부터 있는 地域校長會議에 參席하여 五月의 어린이날 合同行事에 對하여 長時間 論議햇던 것. 無極國校 會長 金증일 氏 喜捨로 開催될 大行事는 5月 3日로 豫定 推進케 된 것. 井母는 午前에 入淸.
新垈行 豫定했으나 버스 通行 코스 잘 몰라서 時間 빼앗겨 不能. 沐浴하고 熟寢. ◎

10) 원문에는 붉은색 색연필로 밑줄이 그어져 있다.

〈1985년 3월 17일 일요일 晴〉(正. 26.)
아침運動 驅步코스 淸州 定路 모처럼 能通~33分 間 4㎞ 950m. 무릎은 아직 痛症 있고.
井母와 함께 市場 가서 새끼 염소 3萬 원에 사서 專門家에 맡겨 잡아보는 經驗 처음 겪기도.
'미성양화점' 찾아(舊 五丁目) 어제 받은 구두 引換券 주고 黑色으로 맞추었고.
今日 따라 人事 여러곳 다녔고~任鴻淳 淸南校長 子婚, 鄭杞泳 敎委奬學官 子婚, 金根世 舟城校長 回甲, 成世慶 南二校長 子婚, 吳漢錫 同窓 回甲에 新垈까지 다녀 온 것.
族弟 珍相 母親喪에 夜間엔 牛岩洞 가서 深夜토록 있다 온 것(爲親契員). ⓒ

〈1985년 3월 18일 월요일 晴〉(正. 27.)
첫 버스로 出勤. 六學年 一班 道德授業 探究學習形으로 進行 잘 되었고. 入校 後 校長室 열쇠 件 等〃으로 氣分 어느 程度 개운치 않았던 것. 過信 過一任의 탓도 있어서인지? ◎

〈1985년 3월 19일 화요일 晴〉(正. 28.)
日出 前 溫度 6度. 敎務室과 校長室 煖爐도 撤去.
退勤 後 約 2時間 程度 舍宅 울 안 淸掃 作業에 勞力~지저분한 것 긁어 태우고. 剪枝도. ◎

〈1985년 3월 20일 수요일 晴〉(正. 29.)
새벽운동 後 첫 버스로 淸州行. 族弟 珍相 母親喪 葬禮 發靷祭에 時間 겨우 대었고. 9시 半.
아파트 잠간 들려 杏과 松이 만난 後 住宅銀行 및 忠北銀行 社稷支店 일 보고 陰城 와서 敎育保險會社 陰城支部에 保險料 納入하고 學校

오니 15時 半.
學校엔 視聽機器具 各 班(全校)에 設置하여 큰 事業 된 것~비디오 作動의 TV 設置.
井母는 無極 場에 가서 '감자씨' 3貫에 4,000원 주고 사 온 것. 日暮頃까지 울 안 淸掃했고. ◎

〈1985년 3월 21일 목요일 晴〉(2. 1.)
鄭 校監 出張 中이라서 終日토록 敎務室 生活.
一週間 缺勤했던 金某 敎師 晝間에 모처럼 出校하였으나 最大限으로 寬大히 말하고 늦지 않으니 이제부터라도 着實히 學校生活하라고 善導한 것.
退勤 後 舍宅 울 안 밭 감자 놓을 두둑 파엎기에 땀흘려 勞力했고.
밤에(10時 半頃) 宿直室 가보니 延 氏가 今日 過勞의 탓인지 右側 다리 아프다며 이마에 식은 땀 흘리는 것. 病院에도 안 간다는 것. 今日 밤 자고 보자는 것. ◎

〈1985년 3월 22일 금요일 晴〉(2. 2.)
學父兄 動員作業에 指揮, 指示, 督勵, 激勵에 終日토록 뛴 편이어서 被勞 過多~排水 똘에 半月形 管통 놓기, 路天시멘 通路 자리 파기, 울타리 香木 移植 補充(80m, 70m, 70m) 作業量 많았기도. 50名의 点心 마련에 趙成珠 會長 誠意 베풀기도. 井母 울 안 감자 놓기에 過勞力했고. ⓒ

〈1985년 3월 23일 토요일 晴〉(2. 3.)
今週도 繼續 充實히 일하고 學力 提高에 努力한 全職員을 稱讚했고. 土曜行事 完全히 마친 後 井母와 함께 下午 2時 半 發 버스로 淸州 와서 미성洋靴店에서 구두 찾은 것.
저녁엔 轉勤 갔던 金美英 교사, 金姬燮 교사, 劉英姬 교사 아파트까지 人事次 찾아와서 반가웠고. 모처럼 尹斗鎬 道 保健課長(外再從妹夫) 집 文化洞으로 찾아가서 情談 많이 하기도. 兼하여 申東馥의 看護補助員 티오 자리 發令을 付託도 한 것. ◎

〈1985년 3월 24일 일요일 晴〉(2. 4.)
모처럼 故鄕 金溪行(10시 半 着). 前佐里 가서 省墓.
튀김닭과 德山 藥水 갖고 간 것으로 從兄님과 再從兄님(憲榮 氏)께 待接했고.
샛골 가서 15代祖(集賢殿 直提學 栢隱公) 山所 가서 省墓.
淸州 와선 吳麟泳 梅山校長 子弟 吳成根 耳鼻咽喉科 開院 行事 招待에 잠간 다녀온 것.
어제 온 井과 在應스님과 이야기 나누고 모두 上京~亡弟 云榮 神位를 朱安寺刹에 委託하는 것. 사위 亡 愼義宰의 49日祭(陰 二月九日)에 關한 것 相議들 했던 것. ⓒ

〈1985년 3월 25일 월요일 雨, 曇〉(2. 5.)
모처럼 봄철 단비 내리고. 첫 버스로 井母와 함께 出勤. 道德授業. 授業 參觀도 하여 室內 奬學指導했고. 午後엔 全校 室內 環境 構成 狀況 巡視했기도.
今日 晝食 道晴里(진재) 鄭宗憲 父兄이 全職員에 待接~學校로 飮食 搬入. ⓒ

〈1985년 3월 26일 화요일 晴〉(2. 6.)
午前 中 學校行事 마치고 金溪行 하여 방 12

代祖 參奉公 山所 合窆[11]에 參與 人事하고 歸校. ⓒ

〈1985년 3월 27일 수요일 雨, 曇〉(2. 7.)
새벽 무렵 부슬비 長時間 나우 내렸고. 새벽運動 後 放送 앰프 잠겨져서 氣分 나빴으나 週番의 잊은 行爲에서 있었던 일이라서 마음 풀어진 것. 學級經營錄 檢閱에 約 4時間 所要.
放課 後엔 柳浦里 老人堂에 가서 10數名에 酒類 待接하였기도. ⓒ

〈1985년 3월 28일 목요일 曇〉(2. 8.)
當面問題 示達 및 强調로 職員會 豫定했으나 時間 形便上 明日로 延期했고.
막 버스로 井母와 함께 入淸. 井母는 明日 上京 豫定. 청주에 到着은 20時. ⓒ

〈1985년 3월 29일 금요일 曇, 晴〉(2. 9.)
井母는 四女 魯杏이 帶同하여 서울 "불광사" 가서 月前에 死亡한 사위 故 愼義宰 49日祭에 參席하고 日暮頃에 歸家한 것. 祭禮 모든 執行 在應스님이 애썼다는 것. 地域교장會議에 參席. ◎

〈1985년 3월 30일 토요일 晴〉(2. 10.)
28日부터 今日까지 날씨 나우 차서 아침 氣溫 零下圈이어 얼음 어는 것.
今日 臾心 鄭 校監 宅에서 全職員 招待되어 잘 먹었고. 無極國校 職員도 함께…. 그의 子弟 '昌九'君이 全校 어린이會長에 當選된 뜻이라는 듯. 무극 금석리 부락이었고. ⓒ

〈1985년 3월 31일 일요일 晴〉(2. 11.)
井母와 함께 沃川 가서 林在道 査頓 長子 結婚式에 參席하였고……. 둘째 子婦의 親家.
次子 紘의 事業體가 商界로 一種이 加하는 듯 괜찮은 氣分 '어린이 所用品 代理店?'
入隊 中인 五男 魯弼은 訓練 거의 마쳐지는 中 倭館으로 配置 任務 中이라고…… 카추사. ⓒ

〈1985년 4월 1일 월요일 晴〉(2. 12.)
첫 버스로 井母와 함께 出勤. 退勤 무렵 新任 柳浦里 郭炳德君이 全職員에게 若干의 酒肉을 待接. 今朝의 出勤 經緯를 金某 教師가 말함에 氣分 이상했기도~車費와 鎭川行路?
退勤 後 솔잎 불쏘시개用 나우 긁었고. 울 안 나무새 한 콜 파기도. ⓒ

〈1985년 4월 2일 화요일 曇, 晴〉(2. 13.)
道德授業 一次 學習 마친 後 無極 가서 儒道會 金旺支會 主催 講演을 聽取…成均館 李敎官, 約 2時間 동안 잘 들은 것. 歸校해선 終會에 30分 間 當面問題 示達한 것.
退勤 後엔 舍宅 울 밖 南쪽 담밑 긁어 태웠기도. ⓒ

〈1985년 4월 3일 수요일 雨〉(2. 14.)
終日토록 부슬비 내리고 바람 때문에 몹시 추었기도.
學校 일 보는 李鍾成 氏 家庭 不祥事로 身上被害로 入院했다는 것.
오래 前부터 右膝 痛症 完治 안 되어오기에 새벽 驅步 再開의 탓인지 今日은 痛症 더 느끼

11) 합폄(合窆): 여러 사람의 시체를 한 무덤에 묻는다는 뜻으로 합장(合葬)이라고도 한다.

고. ◎

〈1985년 4월 4일 목요일 曇〉(2. 15.)
무릎(右) 아파서 새벽運動을 잠시間 가볍게 하기로 마음 먹고 國民體操와 輕한 運動으로 마치기로 한 것~4.5㎞의 驅步는 當時는 괜찮은데 뛴 뒤가 痛症이 오는 것.
12時에 '順天鄕 陰城病院' 가서 李鐘成 雇傭員 問病. 13時에 敎育廳 가서 事緣을 말하고 歸校. 退勤 後 門단속하고 入淸. 井母는 午前에 淸州 오고.
月前에 딱하게도 혼자된 3女(妊) 어린 男妹 델고 다니러 淸州 오고. 2個月 前에 入隊한 막동이 弼이 21時頃 잠간 休暇로 왔고~慶北 倭館部隊로 配置(카추사). ◎

〈1985년 4월 5일 금요일 晴〉(2. 16.)
아침결에 찼으나 따뜻한 포근한 날씨였고. 植木의 날이어서 國民植樹운동의 날이인 것.
어제 왔던 3女는 下午 7時 10分 發 高速버스로 上京. 沐浴 後 市內서 夕食. ⓒ

〈1985년 4월 6일 토요일 晴〉(2. 17.)
四月 첫 週인 今週도 全職員 學校管理와 學級經營 잘 했다고 稱讚. 下午 2時 50分 發 버스로 入淸.
車中에서 朴遇貞 氏 만나 情談. 淸州 금왕식당에서 厚待받았고.
魯弼은 上京~明日 온다는 것. 申藥房 거쳐 市內서 夕食. ⓒ

〈1985년 4월 7일 일요일 晴〉(2. 18.)
族長 郭上鉉 回甲招請에 內德洞 다녀오고. 日暮頃에 맥주타령 우수 한 것. 어제 서울 갔던 弼이 오고. ○

〈1985년 4월 8일 월요일 晴〉(2. 19.)
李尙國 敎師 交通事故(오토바이)로 昨日 入院했대서 12時頃에 順天鄕病院 가서 問病~重傷 左脚 骨折. 3個月 治療 要한다고. 315호실. 李鐘成 雇傭員한테도 찾아 問病. 319號실.
昨日 過飮한 탓으로 몸 어느 程度 괴롬 느껴지는 듯. 魯弼은 낮에 歸隊 向發했다고. ⓒ

〈1985년 4월 9일 화요일 晴〉(2. 20.)
弱한 몸 이끌고 井母와 함께 첫 버스로 出勤. 몸 좀 괴로워도 6의2 道德授業 잘 했고. 午後엔 몸살, 감기로 뚜렷이 變했음을 느끼며 日暮頃엔 기침 甚하고 목이 몹시 아픈 것. ◎

〈1985년 4월 10일 수요일 晴, 曇〉(2. 21.)
感氣 惡化되어 井母는 아침 첫 버스로 無極 가서 몸살 감기藥 지어오느라 手苦 많았고.
点心 時間 利用하여 道晴里 故 鄭寅求 氏 葬禮에 鄭 校監과 함께 人事 다녀온 것. ◎

〈1985년 4월 11일 목요일 雨, 曇〉(2. 22.)
새벽부터 부슬비 내리어 午前 10時頃까지 봄 菜蔬밭 흡족히 젖은 것.
몸살 감기氣 惡化는 아니나 2日 間 服藥 더 했어도 別無神通…頭痛, 콧물, 기침, 목痛, 온 삭신 아픈 것. 全校生 成績統計 檢討로 머리 아팠고. 四文湯[12] 3萬 원 外上. ◎

12) 사물탕(四物湯)을 잘못 표기한 것으로 보인다. 사물탕은 당귀(當歸), 천궁(川芎), 백작약(白芍藥),

〈1985년 4월 12일 금요일 曇, 晴〉(2. 23.)
午後 2時부터 있는 校長會議에 參席~'體育選手 後援會費' 募金이 主案件. ◎

〈1985년 4월 13일 토요일 晴〉(2. 24.)
趙成珠 會長(三鳳) 宅 尋訪하여 85全國少年體育大會 選手돕기 誠金 募金에 對한 事業과 學校 露天通路工事用 모래자갈 搬入에 對한 促求 等 當面問題 相議했고.
下午 2時 半 發 버스 決行으로 井母와 함께 無極까지 步行에 疲勞했던 것.
서울서 큰 애 井이 일찍 淸州 와서 洗濯機 고치느라고 애쓰는 中이었고. 明日이 큰 애 生日. ◎

〈1985년 4월 14일 일요일 晴〉(2. 25.)
큰 애의 生日. 事實上 今日로서 滿 4 歲. 셋째도 오래서 朝食들 會食했고. 肉類와 海物 等 日出 前 早期하여 長男 自身이 西門市場 가서 마련해 와서 맛있게 먹은 것.
朝食 後 큰 애는 바로 上京. 親知 李炳斗 猪山校長 女婚과 연수당韓藥房 李正遠 子婚에 人事後 鎭川 가서 柳魯秀 三秀校長 回甲宴에도 다녀온 것. ⓒ

〈1985년 4월 15일 월요일 晴〉(2. 26.)
첫 버스로 井母와 함께 出勤. 몸 正常으로 개운해졌고. 그러나 食事는 非正常. 한 그릇 못 다하고.
終會時에 校長會議 傳達 圓滿히 했고. - 校時의 6學年 道德授業 興味롭게 이룬 것.
退勤 後에 울 안 남새밭 힘차게 파 일구기도. ◎

〈1985년 4월 16일 화요일 晴〉(2. 27.)
6의2 道德授業 마치고 忠州 가서 黑白TV 視聽料 豫納金 9個月 分 7,200원 受領. 13時頃 順天鄕 陰城病院 가서 李鐘成(319호실), 李尙國(315호실) 찾아 問病했고.
15時부터 있는 校長會議에 參席~'滅共大會'가 主案件.
學校는 東, 西 露天通路工事 延 150m 宿願事業 完成한 것. ⓒ

〈1985년 4월 17일 수요일 晴, 曇, 雨, 曇〉(2. 28.)
道內 初中高 校長 硏修會에 參席. 場所는 陸軍 1987部隊 福祉會館에서였고. 6時 20分에 自轉車로 無極까지. 曾坪國校에서 8時에 登錄. 旅團까지 部隊車로 硏修員 600名 輸送되고.
洪檢事의 靑少年敎育에 對한 特講, 映畵觀覽 後 特戰部隊別 任務內容과 攻擊공수部隊의 落下光景 壯한 모습도 觀覽. 태권도 莊嚴함도 보고. 晝食은 內務班에서 軍人들과 함께. 午後엔 旅團長 陸軍准將 金택수 將軍의 特講으로 指揮哲學에 對해 約 2時間 程度 熱辯 있었고.
下午 4時에 茶菓會까지 無事히 마치고 歸校하니 下午 6時쯤 되고.
舍宅 울 안 밭골에 人糞 퍼다 쪘고 夕食하니 후련했던 것. ◎

〈1985년 4월 18일 목요일 구름, 맑음〉(2. 29.)
計劃된 授業參觀 못하면서도 우연찮이 바쁘게 해 다 간 것. 職員體育(排球)에 審判 보고.

숙지황(熟地黃) 4가지 약재가 들어가는 혈(血)을 보하는 대표적인 한약이다.

韓國學校長 人名編纂會에 提出 意向 없던 名簿 原稿 普通 써서 登記郵送했기도.
退勤 後 無極 가서 라디오 小形 2臺 修繕해 오고. ◎

〈1985년 4월 19일 금요일 雨, 曇〉(2. 30.)
새벽부터 내리는 비 10時 半까지 부슬비로 나우 내린 것. 井母는 미나리 많이 뜯었고. ◎

〈1985년 4월 20일 토요일 曇, 晴〉(3. 1.)
數日 前부터 새벽運動에 驅步 30分 間 40여 ㎞[13] 再開~右側무릎 3個月째 아픈 症勢 안가시기에 勇敢히 再着手한 것. 運動하면서 가라앉을른지도 모를 일.
退勤 後 自轉車로 無極 와서 金旺邑 主催 統一弘報講演會에 參席 聽講~場所는 金旺邑 農民會館. 講師는 警察大學 張청수 教授. 14時부터 15時 半.
井母는 낮 버스로 淸州 오고. 市內 나가서 夕食. ◎

〈1985년 4월 21일 일요일 晴〉(3. 2.)
沃川 가서 12時에 있는 梁在浩 教師 子婚에 人事. 点心은 今 잔치하는 中央食堂에서.
歸淸中 大田 둘째 紘의 事務所(은화不動産) 들려 이야기 듣고 淸州 오니 下午 6時쯤. 次男 紘은 不動産 仲介士 試驗 準備에 있으며 '幼兒用 선물셋트 忠南代理店' 設置中. ⓒ

〈1985년 4월 22일 월요일 曇, 雨, 曇〉(3. 3.)
井母와 함께 첫 버스로 出勤. 無極 와선 가방 달고 自轉車로 왔고.
午後 2時부터 있는 金旺邑 國交 教職員親睦排球大會에 參席次 無極國交에 다녀왔고. ⓒ

〈1985년 4월 23일 화요일 曇, 晴〉(3. 4.)
조깅 後 食 前에 三鳳里 1區 한삼 가서 趙成根 母親喪에 弔問次 얼핏 다녀왔고.
4의1 김광식 어린이에게 편지 잘 쓴 것을 칭찬하고 공책 2권 주기도. ◎

〈1985년 4월 24일 수요일 晴〉(3. 5.)
終會 時에 學力提高를 爲한 努力方針과 實況을 公開 力說한 것. 明日의 開校紀念日이면서 職員出勤 執務를 말하면서도 한 구석 부젓한 느낌 있었고.
退勤 後 두어 時間 日暮頃까지 고추 심을 곳 비닐 덮기와 울 안 除草 淸掃에 井母와 함께 땀 흘려 勞力했고. 今夜도 10時 半(밤)에 宿直室 巡廻하여 異常 無함을 確認. ◎

〈1985년 4월 25일 목요일 晴〉(3. 6.)
開校 第42周年 記念日~兒童은 休業, 職員은 出勤 執務. 簡易食으로 全職員 會食. 午後엔 親睦排球. 電通에 依하여 午後 5時 半부터 있는 校長會議에 參席. '忠北 滅共訓練'이 主案件. 散會하고 金旺校長團 一同 會食. 밤에는 梧仙里 班常會에 參席. ◎

〈1985년 4월 26일 금요일 雨, 曇〉(3. 7.)
새벽부터 내리는 비 10時頃까지 나우 내린 것. 井母는 고추 심을 곳 비닐종이로 再次 손질했고.
朴某 教師의 體育選手 育成에 計劃없는 指導

13) 4㎞의 誤記로 보임.

에 忠告의 뜻으로 말했던 것 不快했던지 不穩한 態度로 말해 오기에 몹씨 氣分 快치 못했고. 그 많은 稱讚에 無該當이니 不誠意임은 틀림없는 일. 退勤 後엔 舍宅 울 안 감자밭 除草作業에 勞力. ◎

〈1985년 4월 27일 토요일 晴〉(3. 8.)
退廳길에 梁在浩 敎師 招請으로 夫婦 함께 無極 가서 梁교사 宅에서 点心 잘 받고 入淸. 淸州 가선 今日 移舍 간 三男 明이네 집(전세 500) 內外 찾아가 본 것…鳳鳴洞 新築 個人住宅. 곧 市內 나가서 淸州用 김치 빚을 各種 菜蔬類 나우 산 것. ◎

〈1985년 4월 28일 일요일 晴, 曇〉(3. 9.)
새벽運動 再開 後 繼續 施行中(30分 間 4km 余)이나 아직 右側 무릎 뻐근하고 痛症 느끼고.
13時에 있는 李斗鎬 校長(忠北高校) 女婚에 人事 後 井母와 함께 天安市 龍谷洞 가서 庶丈母 脫喪祭(저녁 上食) 지내고 下午 8時에 歸晴. 井母는 明朝 祭祀 보고 온다는 것. ◎

〈1985년 4월 29일 월요일 晴〉(3. 10.)
첫 버스로 出勤. 井母는 낮에 오고. 6學年의 道德授業, 5學年의 授業 參觀. 帳簿 整理 等 바쁘게 일 본 것. 退勤 後엔 舍宅 울 안의 雜草 뽑기로 勞力했고. '忠北 滅共訓練' 中이고. ◎

〈1985년 4월 30일 화요일 晴〉(3. 11.)
'詩經' 第二篇의 雅(蓼莪)에서 一部 暗誦에 努力해 본 것. "父兮生我……".
退廳 後 舍宅 담장 밑의 雜草 除草에 勞力했고. ◎

〈1985년 5월 1일 수요일 曇, 晴〉(3. 12.)
井母의 勞力으로 자란 울 안 봄 菜蔬 今日부터 食卓에 올라 입맛 돋구게 됐고.
學級經營錄 檢閱과 四月末 學力考査 成績統計 檢討에 늦도록 바빴던 것. 今日도 울 안 除草. ◎

〈1985년 5월 2일 목요일 晴〉(3. 13.)
忠北滅共訓練(충북호랑이)에 學校도 倍加 宿直中. 地方豫備軍들도 周圍에서 徹夜 守備하고.
春季 逍風 實施. 방아다리 앞 松林으로 全校 갔던 것. 点心時間에 잠간 다녀왔고. 下午 3時頃 全校 無事 歸校. 三鳳里 父兄 3名 來校하여 飮料水 等으로 全職員에 待接하는 것 應待. ⓒ

〈1985년 5월 3일 금요일 曇〉(3. 14.)
井母는 봄 菜蔬 나우 뜯어갖고 낮 車로 入淸~明日 仁川 일로 上京 準備次 미리 간 것. 식사 준비 해놓고. ⓒ

〈1985년 5월 4일 토요일 晴, 曇〉(3. 15.)
어린이날 行事로 愛鄕班 体育大會 開催. 趙成珠 會長 今日도 來校 誠意 베풀었고. 우승 柳浦里.
淸州엔 下午 5時頃 倒着하여 明日 行事로 夫婦와 桑亭 妹는 서울 큰 애(삼성洞 AID아파트)들 집에까지 가서 留한 것. 部隊에서 外出로 魯弼이 昨夜에 왔다는 것. ⓒ

〈1985년 5월 5일 일요일 雨〉(3. 16.)

새벽부터 가랑비, 부슬비로 거의 終日토록 내린 셈. 昨日 夕飯과 朝飯을 맛있게 차려준대로 잘 먹었고. 7時頃에 在應스님(次女…姬) 와서 案內대로 朱安 五洞 龍華禪院 法寶堂에 10時부터 있는 法寶祭에 參席~在應스님 周旋으로 父母님의 靈魂(靈駕), 亡弟 云榮, 亡婿(愼義宰)도 登載하여 每法寶祭에 臨하게 된 것. 「6980 곽윤만, 박순규, 6981 곽운영, 6982 신의재」 前面 右로부터 2번째 칸 中央쯤에 모셨기에 檀에서 잘 보이는 곳. 一株當 現金 7萬원씩(白米 一가마니 程度의 金額) 所要된 것이라고. 在應스님 誠意에 고마웠고. 院長 松潭스님의 法文講義를 約 1時間 半 경청한 것. 弟子 教人들에게 주는 晝食 비빔밥을 待接받고 在應스님 案內로 江南터미날까지 잘 와서 3人은 下午 4時 40分 發 俗離山高速으로 歸淸한 것.

昨夜는 큰 子婦 案內로 高德아파트에 夫婦 함께 가서 病患中인 査夫人(英信 外祖母) 問病하니 心的으로 人事가 되어 마음 개운했던 것. 永登浦 큰 女息네는 방배洞으로 今日 移舍한다는데 못가 봐서 안됐고. 혼자된 三女도 그곳으로 近日에 옮긴다는 것. 不幸 中 잘 되는 셈이란다나. 魯弼은 午前에 歸隊했다는 것. 井母는 11時頃에 梧仙 온 것. ◎

〈1985년 5월 6일 월요일 雨〉(3. 17.)

今日도 거의 終日토록 안개비 내렸고. 井母는 11時頃에 梧仙 온 것. ◎

〈1985년 5월 7일 화요일 曇〉(3. 18.)

双峰校 安校長과 함께 淸州 가서 '第2回 어린이民俗잔치' 行事에 參席했고~無極國校의 씨름. 龍泉國校의 農樂隊 演出 觀覽한 것. 閉會後 數人 校長이 金 學務課長 慰勞 待接하고 막버스로 無極 와서 自轉車로 歸校~밤 9時쯤. ⓒ

〈1985년 5월 8일 수요일 曇, 晴〉(3. 19.)

모처럼 낮부터 개여서 날씨 좋았고. 朝食 後 道晴里 가서 道莊祠 鄭碩憲 氏 만나 이야기 마치고 柳村里 學區單位 老人잔치에 參席하여 人事次例에 '詩經' 第2篇 雅…「父兮生我하시고 母兮鞠我하시니. 拊我畜我하시며. 長我育我하시며. 顧我復我하시며. 出入腹我하시니. 欲報之德이나 昊天罔極이시로다」를 읊었다…「아버님 날 낳으시고. 어머님 날 기르실 때 나를 어루만지시고 귀어워하시며. 나를 키우고 감싸주셨다. 나를 돌보시고 걱정하시며 드나들 적마다 안아주셨다. 그 은혜 갚으려 하나 하늘이 무정해라」. 끝판엔 農樂도 같이 하며 興있게 놀았던 것.

뜯밖에 淸州서 四女 杏이 梧仙 舍宅까지 와서 제 母親과 함께 學校 둘러보기도…어버이날이어서 飮食 좀 사 갖고 誠意로 온 것. ⓒ

〈1985년 5월 9일 목요일 晴〉(3. 20.)

어제 밤에 學校에 도둑 들었고~교무실의 職員 설압 빼놓은 것. 紛失物 큰 것 別無.

12時에 있는 姜仁亨 管理課長 送別宴會 있대서 參席. 陰城邑 재건食堂. 沃川으로 轉出되는 것.

어제 왔던 4女 魯杏이 10時 10分 發 버스로 淸州行. ⓒ

〈1985년 5월 10일 금요일 晴〉(3. 21.)

六學年 道德授業 1, 2班 各 1時間씩 2時間 繼續엔 疲勞 느꼈던 것. 特히 2班의 無擔任 形便에 學習態度 허트러짐에는 애먹기도. 걱정스럽기도.
家庭通信文(5月의 行事…어린이날, 어버이날, 스승의날에 對한 家庭교육과 協助) 原稿 8折紙 一枚 作成에 두어 時間 머리 썼던 것. ◎

〈1985년 5월 11일 토요일 晴〉(3. 22.)
數日 間의 날씨 맑고 뜨거워 낮 氣溫 32度까지 上昇 되기도. 井母와 함께 下午 2時 半에 淸州 向發.
日暮頃에 3男 明이 와서 明日의 일(槐山) 相議하고 가기도. 近日 脫肛으로 辛苦中이란 말도.
밤엔 서울서 電話 와서 魯弼이 서울 제 親舊집에 갔다는 消息도 있었고. 市內서 夕食. ⓒ

〈1985년 5월 12일 일요일 晴, 曇〉(3. 23.)
弟子인 金天圭(龍潭校長) 女婚에 體育館 앞 廣場에 버스 出發時에 修人事. 낮엔 尹基東 槐山高校 長子婚에 人事. 同窓 李振魯(內德校監) 回甲宴에도 人事. 茶房에선 閔丙昇 中央校長과 長時間 情談에 參考될 말 交換 많이 되기도. 肺 對 腸, 수양韓醫院(工高앞), 平生 限定된 心臟의 鼓動. 停年과 健康과 地方校 在職等.
밤의 電話에서 3女(重奐母)는 제 큰 언니 宅 새로 移舍 온 집 一部 全貰로 옮겼다는 기별 오고. 밤 11時엔 뜻밖에도 싸우디에서 5女 運이한테 安否의 國際電話에 온 家族 極히 반가웠고 기뻤던 것. 異域萬里의 肉聲, 彼此 울먹이면서 對話. 미구에 休暇 온다는 內容도.
井母는 四女 魯杏 案內로 魯明 丈母(査夫人) 回甲人事에 槐山邑까지 다녀왔고. ⓒ

〈1985년 5월 13일 월요일 雨〉(3. 24.)
今日의 비 終日토록 내려 봄비(첫 여름비) 洪水 졌고. 井母는 11時 버스로 梧仙 온 것.
放課 後엔 柳浦里 가서 새마을 어머니會長 김명숙 女史집 尋訪하여 其의 內外한테 15日 스승의 날 職員 衷心 待接 計劃 이야기 들은 것…簡素하게 準備토록 當付했고. 밤 9時쯤에서 비 멎은 것. ⓒ

〈1985년 5월 14일 화요일 晴〉(3. 25.)
第33회 敎育週間(13日~19日)에 關하여 去 11日부터 弘報對策으로 每朝 放送 繼續하는 것.
井母는 舍宅 울 너머 個人 밭 조그마한 따비한 골 얻어 고추 모 심느라고 땀 흘려 勞力했고. ◎

〈1985년 5월 15일 수요일 曇, 晴〉(3. 26.)
復活된 지 第4회째 맞은 스승의 날. 待遇 받으려 마음먹지 말고 召命感과 矜持를 갖고 所信 있는 敎育과 사랑의 敎育을 베풀자고 職員들에게 當付하고. 兒童에겐 우리를 낳고 키우시는 父母님이시고, 우리의 머리를 열어 學識(知識)的인 實力과 사람의 됨됨이와 나아갈 길을 밝혀 引導하는 것은 스승이라고 訓話했고.
晝食은 새마을 어머니會에서 有志 몇 분의 誠意로 全職員에게 待接하여 고마웠고. ⓒ

〈1985년 5월 16일 목요일 晴〉(3. 27.)

退廳 後 井母와 함께 울 밖의 고추 몇 포기 심을 곳 다듬기에 어둘 때까지 땀 흘리며 努力. ⓒ

〈1985년 5월 17일 금요일 맑음〉(3. 28.)
10時 半부터 있는 金旺地域 校長會議에 參席~85少年體育選手 돕기 誠金 教職員분치 募金 送金과 延教育長 臺灣視察 旅費補助條 送金이 主案件.
16時부터 있는 職員體育 排球에 審判 본 것. 退勤 後엔 울 안 菜蔬밭에 흠뻑 給水. ⓒ

〈1985년 5월 18일 토요일 曇, 雨〉(3. 29.)
男職員 數人 無極 보신탕 집에서 点心을 會食. 停留場에서 約束대로 井母 만나 15時 發로 入淸.
淸州 가선 沐浴 後(극동목욕탕. 井母도) 夕食하고 市內 다녀 저물게 왔고(연수당약방). ⓒ

〈1985년 5월 19일 일요일 雨, 曇〉(3. 30.)
낮엔 金吉鎬(小魯人) 女婚에 淸錫예식場 가서 修人事. 늦은 点心을 福台人 朴某로부터 융숭히 받은 것.
外再從 朴鍾益 弟婚 있어서 人事하려 만나고저 電話 數次 했어도 相逢 不能. ⓒ

〈1985년 5월 20일 월요일 曇, 雨, 曇〉(4. 1.)
첫 버스로 出勤. 無極서 李尙國 教師 만나 入院加療 中이었던 處地 30余 日 만에 첫 出勤. 양 목발임에 택시 태워 함께 學校 온 것. 井母는 낮 車로 왔고.
三鳳里 6의2 오미영 女兒집 괴한 侵入事件으로 朴某 刑事 來校 件 談에 잠시 不安했기도. 下午 3時~4時頃의 冷氣 降雨로 몹시 쌀랑했었기도. ◎

〈1985년 5월 21일 화요일 晴〉(4. 2.)
月前에 赴任한 黃樂洲 郡守 來校 修人事에 고마웠고~꽃길用 꽃苗板도 求景.
退勤 後 舍宅 울 안 뒷둑의 雜草베기와 菜蔬밭 똘 긁어 올리기에 黃昏까지 努力했고. ⓒ

〈1985년 5월 22일 수요일 晴〉(4. 3.)
11時에 陰城교육廳 가서 前週에 赴任한 文永浩 管理課長 만나 첫 人事. 모처럼이어서 管理課 係長級까지 点心 待接했고. 忠淸日報 增部 문제와 校長 出勤 狀況카드 未備置 指命 等 確認했기도.
歸途에 保險料 納入. 無極서 유니트 修理 等 잔일 보기도.
夜間에 서울서 來電. 25日에 豫定대로 英信 델고 오라고 答電. ◎

〈1985년 5월 24일 금요일 晴〉(4. 5.)
모처럼 校內 授業研究 實行. 5의2 音樂科 學習指導 능난히 잘 했고. 樂曲 等 理論 지도도 絶代履修할 것을 全職員에 强調. 6學年 鄭用道君이 青少年雄辯大會에 나가서 今般에도 入賞(準優秀賞).
放課 後(退勤 後) 柳浦里 가서 理髮. 保健診療所 들려 趙所長과 人事하고 感氣 기침藥 짓기도.
大學生들 서울 美文化院 占居事件으로 時局 圓滿치 못한 이즈음 將次 걱정됨이 많기도. ⓒ

〈1985년 5월 25일 토요일 晴〉(4. 6.)

새벽부터 腹痛으로 數時間 辛苦~어제 지은 感氣藥이 過毒한 탓인지? 今朝 먹은 것으로도 同一.
今日 午後에 來梧仙 豫定이던 큰 애 三父子 英信의 몸 事情으로 못오겠다고 來電. 井母가 기다렸는데….
學校 일 다 마치고 下午 2時 半 發 버스로 井母와 함께 淸州 와서 場 본 後 金溪 큰집 가서 先祖考 忌祭에 參席. 井母는 아파트(52棟 201號) 班常會 次例當番이라서 金溪는 못간 것. ◎

〈1985년 5월 26일 일요일 晴, 曇〉(4. 7.)
5時에 起床하여 前左里 가서 省墓後 두무샘 밭 가서 作況 보니 '고추 참깨' 滿足히 됐고~ 耕作者는 柏洞 居住人 姜昌浩. 簡單히 朝食 後 6時 半 發 첫 버스로 入淸.
外再從 朴鐘益 第婚時 못가봐서 社稷洞 집 찾아가 오늘에서 修人事. 醉한 사위 趙君 밤에 왔고. ⓒ

〈1985년 5월 27일 월요일 曇, 晴〉(4. 8.)
佛紀 2529年. 釋迦誕辰日. 日氣豫報엔 午後에 비 온댔는데 天幸으로 점차 좋아졌고.
下午 4時 半에 井母와 함께 旧 龍華寺 거쳐 牛岩山 용화寺까지 가서 大雄殿에서 奉祝祈禱 올렸고.
昨夜에 왔던 사위 午後에 서울 向發. ◎

〈1985년 5월 28일 화요일 晴〉(4. 9.)
陰城 가서 9時 半부터 있는 教育長 爭奪 陸上大會場에 參席. 陰城中高校 運動場.
下午 四時 半에 選手 어린이 10名 데리고 歸校. 仝 七時까지 舍宅 울 안 菜蔬밭에 給水.
막 버스로 入淸하니 밤 10時. 困히 就寢. ⓒ

〈1985년 5월 29일 수요일 晴〉(4. 10.)
午前 中 學校 勤務. 낮엔 柳村里 구렁지 鄭堯憲 父兄이 맥주 等 飮料水 듬뿍 갖고 來校하여 点心時間에 一飮하며 歡談. 淸州서 온 保健協會 醫療員들에 依頼 血淸檢查 等 健康診斷 받은 셈.
午後에 入淸하여 늦点心 먹고 井母와 함께 上京. 高速터미날서 큰 애 井 만나 近日에 移舍온 큰 女息 집 갔고(방배洞). 夕食 一同 함께 맛있게 먹은 것. 2層엔 혼자된 三女 重奐母 3母女 살고 있고. 큰 애는 밤에 삼성洞 갔고. ⓒ

〈1985년 5월 30일 목요일 晴〉(4. 11.)
三淸洞에 있는 中央教育研修院에 9時에 到着. 卽時 登錄畢. 10時에 開講式.
院長은 崔烈坤 氏. 第17期 3班 第12分任 206號. 生活室 427號 3人 合宿. ◎

〈1985년 5월 31일 금요일 晴〉(4,12.)
研修 第2日 – 梁榮煥 講師의 '國史 發展과 教育의 主体'가 特異했던 것. ◎

〈1985년 6월 1일 토요일 淸〉(4. 13.)
研修 第3日 – 李箕永 講師(東國大 教授…哲博)의 現代 物質文明社會가 特異했고.
11時 半에 修了式. 高速터미날서 下午 2時 40分 發 버스로 淸州 온 것. 큰 애 터미날까지 전송 왔었고. 淸州 와선 沐浴. 教職生活中에 教職 中央研修는 最終일 것. 充實히 受講.
研修中 井母는 女息들 집에서 쉬었던 것. 淸州

서 李潤世 永同장학사 만나 待接 받기도. ⓒ

〈1985년 6월 2일 일요일 晴〉(4. 14.)
12時에 있는 崔在滉 堤川市 敎育長 子婚에 修人事. 金旺女中 車 校長 만나 함께 잔치 点心. 下午 4時 50分 發 버스로 井母와 함께 任地 梧仙 왔고. 日暮 後지만 남새밭에 給水. ⓒ

〈1985년 6월 3일 월요일 晴〉(4. 15.)
서울 큰 査夫人(崔 氏, 井의 丈母) 別世 訃音 있어 下午 5時 無極 發 버스로 上京~仝 7時頃에 淸凉里 동산病院 永安室 찾아 修人事. 큰 애 案內로 청량리 飮食店에서 夕食 後 淸州行 막 高速버스로 無事히 와서 就寢하니 밤 12時쯤. 서울서 安否 電話도 왔고. ⓒ

〈1985년 6월 4일 화요일 晴〉(4. 16.)
淸州서 첫 버스로 任地 梧仙 오니 午前 七時 半쯤. 井母 반가워 하는 것.
第6學年 二班의 道德授業 等 바쁘게 午前 中 學校서 일 보고 点心 後 無極國校 가서 學校間 陸上競技大會 狀況 보고. 歸校 後 울 안 除草 作業. ⓒ

〈1985년 6월 5일 수요일 晴〉(4. 17.)
學校 일 잘 마치고(明日은 제30회 현충일이어서 家庭에서 弔旗 달기, 10時에 默念) 井母와 함께 入淸. 모두 無事. ⓒ

〈1985년 6월 6일 목요일 晴〉(4. 18.)
6時에 아파트(신봉 52-201號)에 弔旗 달고. 9時 半에 淸州 西公園 忠烈塔 가서 慰靈祭에 參席 默念. 낮 동안 酒肉 삼가했고. '第30回 顯忠日'. ⓒ

〈1985년 6월 7일 금요일 晴〉(4. 19.)
첫 버스로 淸州서 出勤. 午前 中 學校서 일 보고 午後 2時부터 있는 學校淨化敎育 擔當者 連席會議에 參席-李英順 敎師 帶同. 學校 와선 職員体育에 審判 보고. ⓒ

〈1985년 6월 8일 토요일 晴〉(4. 20.)
土曜行事 充實히 잘 보고. 井母와 함께 入淸. 밤에 큰 애 井이가 서울서 왔고. ⓒ

〈1985년 6월 9일 일요일 晴〉(4. 21.)
3人 合意하고 井母와 井과 3人은 5時 半 첫 버스로 사이다와 소주를 나우 마련하여 玉山부터는 택시로 金溪 故鄕 큰집에 간 것. 從兄嫂의 生辰에 修人事 한 것.
朝食 後 長子 井을 帶同하여 전좌리 넘어가서 省墓後 나의 幽宅 豫定地를 말해주기도.
아랫말 가선 族兄 俊榮 氏와 族弟 時榮을 帶同하여 큰집에 와서 毒酒를 나무 마신 듯. ⓒ

〈1985년 6월 10일 월요일 晴〉(4. 22.)
金旺邑內國校長 一同이 合意되어 臥病中인 申奉植 龍泉校長 宅 찾아가 問病했고. ○

〈1985년 6월 11일 화요일 晴〉(4. 23.)
청주 일이 궁금하여지나 昨日에 잘 이루어졌을 것으로 믿어져 전화 연락 않고 지낸 것. ○

〈1985년 6월 14일 금요일 晴〉(4. 26.)
2, 3日 間 고단한 生活일 것이나 나름대로 지내어 今日의 學校의 淨化교육 마친 後 職員体

育(排球)에 審判 끝까지 힘차게 본 것. ㅇ싸우디에서 5女 運이가 서울空港에 着陸한다는데 ….[14] ×

〈1985년 6월 15일 토요일 晴〉(4. 27.)
새벽부터 못견디어 呻吟. 終日토록 校內外를 數없이 巡廻하며 바우다가 午後 1時부터 잠시 舍宅에서 누었다가 2時 半 發 버스로 井母의 至極한 부축을 받아가며 淸州行中 버스 안에서 水分 좀 吐해보기는 平生 처음이었고. 胃中에는 若干의 藥物과 사이다, 우유 1合 程度.
아파트에 倒着하니 아니나 다를까 豫定대로 5女 運이가 無事히 와 있는 것. 튼튼한 모습. 몸도 더 커진 듯. 기운 없는 태도로 안아서 얼굴을 댔기도. 4女 杏이가 서울空港까지 마중 나가서 直接 뎉고 온 것. 제 큰 오빠도 함께 金浦空港까지 갔었다는 것. 11個月 만에 온 것이라나. 日暮頃에 軍部隊에 가 있는 막내 弼이도 오고. 나는 氣運 없어 곧 누었던 것. ◎

〈1985년 6월 16일 일요일 晴, 雨〉(4. 28.)
짜랑짜랑 쬐이던 날씨가 日暮頃에 갑짜기 變하여 잠시간 비 내렸고.
終日토록 반가운 電話 가고 오고. 끝동기 間 4男妹 友愛, 情 오가는 것 귀어웠고.
弼은 下午 四時頃에 歸隊次 出發~倭館 美軍部隊. 저 읽을 책 나우 갖고 간 것.
終日 누운 채 해 넘긴 것. 晝食은 입맛 없어 全혀 못하고. 井母와 아이들이 出入 자주하여 사오는 우유, 참외, 쌍화탕, 삼용톤, 사이다, 우루사, 파이네풀 쥬스 等 마신 것. ◎

14) 원문에는 붉은색 색연필로 밑줄이 그어져 있다.

〈1985년 6월 17일 월요일 曇, 晴〉(4. 29.)
井母와 함께 첫 버스로 出勤. 朝食 若干했고. 点心은 밥 1공기 程度 했고. 夕食엔 감자 섞인 근대죽 1대접 實히 한 것. 學校 勤務 記錄生活 終日토록 했고.
井母는 울 안 감자 근 1가마니 程度 깨끗이 캐어 夫婦 함께 기뻐했던 것. ◎

〈1985년 6월 18일 화요일 晴, 曇〉(5. 1.)
午前 中 學校일 마치고 井母와 함께 淸州 向發 - 陰城 가선 保險會社 들려 1年 前 貸付 받은 분치까지 六月 分을 完拂하고. 淸州서는 住民登錄謄本과 住宅銀行에 들려 滿期된 積金 內容을 알아본 것. 戶籍騰本은 마침 魯杏이가 1通 간직한 것 있어서 玉山까지 가지 않아게 되어 多幸이었고. 教育廳 要請에 依하여 醫保證 更新에 必要했던 것. ◎

〈1985년 6월 19일 수요일 晴〉(5. 2.)
첫 버스로 우선 單身 出勤. 井母는 付託한 銀行 積金 찾아서 낮에 오기로 한 것.
어제 온다는 奬學士는 今日도 안 왔고. 날씨는 昨日도 오늘도 30度를 上廻.
井母, 無事히 現金 갖고 午後 3時頃에 到着하여 반가웠고. 99萬 원整. 곧 감자 캐는 作業 하는 것.
放課 後에 柳浦里 가서 理髮하고. 日暮頃엔 울안 옥수수밭에 김매기 作業했고. ◎

〈1985년 6월 20일 목요일 晴〉(5. 3.)
오랜만에 正常的 아침 行事 施行(새벽운동, 아침放送, 風琴 켜기). 그레도 健康 非正常임을 느끼는 것. 食事 한 그릇 못 다하고. 運身中

若干 떨림 있고.
모처럼 教育廳 가본 것…延 교육장이 대단히 반가와 하며 讚辭. 兩 課長도 마찬가지. 獎學指導 문제, 陵山校 排球 行事, 傳達夫 採用 문제 等 말 했고.
金旺우체국에 가선 어제 찾은 積金에서 40萬원 預金했고. 오랜만에 個人通帳 만든 것. 後 7時에 歸家. 울 안 雜草 뽑았고. 今日 氣溫 35度. 가뭄 큰 일. ◎

〈1985년 6월 21일 금요일 曇〉(5. 4.)
11時부터 있는 金旺邑 單位 機關長會議에 參席. 双峰國校와 함께 點心 當番이 되어 經費 나우 났기도. 歸校해선 學校 맽으, 뜀틀 修繕工 金 氏와 情談했기도.
退勤 後 舍宅 排水똘 除草하면서 內者 앞에 잘못하는 것을 反省하면서 머리 무거움을 느꼈던 것. ◎

〈1985년 6월 22일 토요일 曇〉(5. 5.)
全校生用 花草木(學校內) 調査記錄表 마련하느라고 바쁘게 일한 것.
下午 2時 半 發 버스로 夫婦는 淸州 向發. 仝 5時頃 淸州 아파트 到着.
部隊에서 弼이 오고. 杏은 運이 뎉고 서울 언니들 宅 人事시키려 어제 갔다는 것. ◎

〈1985년 6월 23일 일요일 曇, 가랑비, 曇〉(5. 6.)
夫婦는 거의 終日 同行 用務에 땀 흘린 셈~朝食 後 감자자루 갖고 셋째 집 가서 잠간 쉰 後 寶眼堂 안경집 가서 井母의 眼鏡테 손질. '白合혼수房' 가서는 井母의 夏節用 韓服 5萬 원에 맞추고 모처럼 點心을 '꼬꼬통닭집'에서 삼계탕으로 맛있게 많이 먹은 것. 西門市場을 함께 본 後 아파트 가니 午後 4時 가까워졌고. 21日에 上京했던 杏과 運이 오고. 魯弼은 下午 4時 發 버스로 歸隊次 出發했고. ◎

〈1985년 6월 24일 월요일 曇〉(5. 7.)
6의1 道德授業. '보릿고개'를 興味롭게 멋지게 잘 한 氣分에 흠쾌했고.
點心 後 全職員 三成面 陵山國校 가서 5個 國民學校 教職員 親睦排球大會에 參席하고. 日暮頃에 全員 無事히 歸家한 것. 장마前線 北上中이란 報道. ◎

〈1985년 6월 25일 화요일 曇〉(5. 8.)
六.二五 事變日 第35周年. 當時는 30歲의 젊은 時節. 亡弟 戰死者 云榮은 23歲였을 것인데 現存이면 58歲인가? 統一은 아직도 遼遠한 것인지.
日 前에 생긴 6年男 趙某君과 4學年男 姜某君의 自轉車事件 順調로이 解決됐고.
退勤 後엔 勞力 많이 한 것~고추밭과 옥수수에 農藥 주고. 雜草깎기에 땀 흘린 것. ◎

〈1985년 6월 26일 수요일 晴, 曇〉(5. 9.)
學期末 學力考査 實施에 全職員 終日토록 땀 흘린 것.
退勤 後 舍宅 울 안 雜草뽑기에 黃昏까지 勞力. 井母 太陽熱 溫水 沐浴에 등 밀어주고.
午後 5時 半頃엔 개우지에 있는 한 달 前에 開院한 '주산학원' 가 보았고. ⓒ

〈1985년 6월 27일 목요일 雨, 曇〉(5. 10.)
鶴首苦待하던 비 내리기 始作~1時 半頃부터

…過한 霖雨[15]가 될가 念慮.
中央氣象臺 發表에 依하면 장마비 닥쳤다 했는데 10時頃까지 오락가락하다 그친 것.
陰城까지 井母와 함께 갔으나 時間 形便上 井母가 먼저 入清.
陰城福祉會館 가서 歸順勇士 李雄平 空軍少領의 滅共 講演 있어 조금 듣다가 入清한 後 教委 講堂 가서 公職者 經濟教育을 約 2時間 受講한 것. 歸路에 故 郭東寅 事務局長(教育會) 집 가서 弔問 修人事. 歸家 途中엔 咸龍澤 陵山校長 招致로 酒席이 버러졌고. 이어서 卞文洙 秀峰校長 招致로 설농탕 집에서 夕食을 待接받았으나 酒類는 一切 辭讓했고. 答接 못하여 未安했던 것. ◎

〈1985년 6월 28일 금요일 晴〉(5. 11.)
장마전선 또다시 一但 물러난 듯. 아침부터 終日 清明. 꽃길 作業 못해 걱정.
六學年의 道德授業 一, 二班 共히 1時間씩 興味있게 잘 되어 疲勞 몰랐고.
点心 後 陰城 南新國校 科學研究會에 金腙永 教師와 함께 參席. 午後 2時부터 仝 5時까지 眞摯한 協議會. 歸家해선 남새밭 除草에 땀 흘려 勞力. ◎

〈1985년 6월 29일 토요일 晴〉(5. 12.)
一週間 學校生活 充實해서인지 教育의 快感을 은연 中 느끼면서 今日도 눈 깜짝새 다 간 것.
井母와 함께 後 2時 半 發로. 난 自轉車로 간 것. 清州엔 近 5時頃 到着. 청주 아이들 無故했고. ◎

〈1985년 6월 30일 일요일 曇, 雨, 曇〉(5. 13.)
井母와 함께 明岩藥水터 가서 2時間 程度 놀았고~藥水 먹고 묵과 빈대떡 먹은 것.
市內 와선 前週에 맞춘 井母 韓服(백합혼수방) 찾고 市場 보고선 歸家. 비 조금 오고. ◎

〈1985년 7월 1일 월요일 曇, 晴〉(5. 14.)
첫 버스로 無極 오고. 自轉車로 학교 오니 8時 半頃. 陰城 地方은 昨夜에 비 나우 내린 듯.
点心 後 第四學年 以上은 꽃길 造成으로 學校를 中心으로 約 2km 程度 코스모스 심은 것.
退勤 後엔 舍宅 울 안 밭에 풀 뽑고 다듬어. 井母는 팥씨 심은 것. ◎

〈1985년 7월 2일 화요일 曇, 晴〉(5. 15.)
正常生活~定期活動 繼續…이른 새벽 讀書, 日出 前 運動(驅步, 4.5km), 아침 學校放送, 校內 巡視, 六學年의 道德授業, 새교육誌 精讀, 退勤 後 舍宅 울 안 勞作. 學校 夜間 巡視.
朴鐘大 奬學士 奬學指導次 來校에 對話 興味있게 나누었고. 点心은 無極서 했고. 午後 끝무렵엔 勸奬事項과 補强事項, 參考事項도 많았던 것. ◎

〈1985년 7월 3일 수요일 曇, 雨〉(5. 16.)
日出 前後에 부슬비. 기다리던 비 終日토록 내린 셈. 多幸히 조용히 왔고. 장마비 北上 中이라나.
点心 後 無極 가서 체신貯蓄 追加로 預置하고 教育廳 가선 傳達夫 新採用 문제 비롯한 잔삭

15) 임우(霖雨): 장마라는 뜻으로 옛날 사람들이 쓰던 한자어이다.

다리 몇 가지 보고선 入清하여 '中央眼科' 들려 眼藥 購買後 '동강洋服店'에 火急히 찾아가 夏服 假縫한 것 입어보고선 急〃히 連絡버스로 無極發 19時 20分 富潤行 마지막 車 타고 舍宅 오니 日暮頃 直後인 19時 40分 된 것. 電擊的으로 다녀온 셈. ◎

〈1985년 7월 4일 목요일 曇〉(5. 17.)
今日도 退勤 後 舍宅 울 안 雜草 뽑는 作業으로 流汗 勞力. 左指 한편 다치기도(傷處). ◎

〈1985년 7월 5일 금요일 曇, 雨, 曇〉(5. 18.)
陰城郡 教育廳 金鐘昌 學務課長 來校(最初)에 學校 紹介와 教育方針 말했고.
모처럼 쏘나기 잠시 내리기도. 退勤 後에 今日도 雜草 뽑기 勞力한 것. ⓒ

〈1985년 7월 6일 토요일 曇〉(5. 19.)
아침결에 井母는 먼저 入清. 學校일 다 마치고 오후 1時 半에 自轉車로 無極까지 가서 곧 入清. 井母가 駐車場까지 와서 짐 가방 받아가고. 동강洋服店에 가서 夏服 찾았고. 沐浴 後 市內 가서 夕食하고 歸家. 날씨 짙게 흐려 明日 行事가 憂慮되고. 日暮 前엔 科學館 가서 特選 求景했고. ◎

〈1985년 7월 7일 일요일 雨〉(5. 20.)
終日토록 비 내린 셈. 友信親睦會에서 豫定대로 夫婦同伴 丹陽方面으로 夏季逍風次 '마이일觀光'버스로 午前 8時 半頃 一同 出發했으나 '구인사' 目的地엔 거의 가서 길 나빠 回路한 것…고수동굴 앞 食堂에서 菜蔬白飯으로 臾心 먹고. 忠州댐 車內서 工事 中인 것 求景하고 清州 오니 밤 9時쯤. 이학食堂에서 一同 夕食하고 解散.
날씨 關係로 目的地(구인사) 못갔으나 井母와 함께 同行 同席하여 最初로 넘어보는 다릿재, 박달재 興味있었던 것. 車內 娛樂으로 順番노래 부르기에도 재미있었던 편. ◎

〈1985년 7월 8일 월요일 曇, 雨, 曇〉(5. 21.)
無極부터는 自轉車로 일찍 出勤했고. 어젯날 官舍에 좀도둑 들었던 듯~꿀과 쌀 若干 도난. 終會時에 經濟教育했고…어린이經濟生活은 節約 貯蓄, 國産品 愛用을 말하기도. ◎

〈1985년 7월 9일 화요일 曇〉(5. 22.)
낮 最高 溫度 35度까지. 구름 끼어 오락가락했으나 비는 안 왔고. 扇風機 件 생각에 氣分 상쾌치 못했고. 退勤 後 울 안 雜草뽑기作業에 流汗 勞力~黃昏까지. ◎

〈1985년 7월 10일 수요일 曇, 雨, 曇〉(5. 23.)
맑고 밝은 노래부르기 大會에 參席~場所는 無極國校, 國校 5個 校, 中等 4個 校, 校當 合唱班 60名씩. 10時에 시작하여 11時 半에 끝난 것. 指定曲 '아리랑'. 나의 梧仙校의 自由曲은 '과수원길'. 臾心은 金學務課長 및 獎學士 4名 包含 七個 校 校長이 合同 負擔. 14時 正刻에 歸校. ◎

〈1985년 7월 11일 목요일 曇〉(5. 24.)
새벽 行事(운동, 放送) 後 柳浦里 가서 農村奉仕團으로 와 있는 德成女大生班 찾아가 激勵慰勞하고 活動 內容과 人員數員, 期間 等 確認해 보기도.

無極 가선 어제 行事에 버스 便宜 봐준 天主教會 吳神父 찾아가 謝禮 人事. 14時부터 있는 校長會議에 參席. 夏期休暇 中 生活과 親睦會 主催 名勝地 見學計劃이 主案이었고. 校長團 一同 고려정에서 蔘鷄湯으로 夕食을 會食. ◎

〈1985년 7월 12일 금요일 雨〉(5. 25.)
비는 쏟아지고 쉬었다 또 오고. 거의 終日토록 내린 셈.
6학년의 道德 6-1. 1班, 2班 모두 12單元 '나의 조국'까지 學習指導 끝났고.
아침결엔 개오지 鄭氏 家 初喪에 人事했고.
退勤 後엔 이슬비 맞으면서 官舍 울 안 雜草除去 作業에 勞力한 것. ◎

〈1985년 7월 13일 토요일 曇, 晴〉(5. 26.)
下午 2時 半 發 버스로 井母와 함께 入清. 部隊에서 魯弼이 왔고. 汽車 門間에서 左側 새끼손가락 끝을 甚히 다쳐왔고. 몹시 아팠을 것. ◎

〈1985년 7월 14일 일요일 晴〉(5. 27.)
食 前에 서울서 安否 電話 왔었다는 것. 點心時間에 市內 나갔다가 거의 終日 놀은 것.
弼이는 어제 다친 손가락 治療로 病院에 가서 기어이 손톱을 뽑았다는 것. 下午 4時頃에 歸隊次 出發했고. 運은 26日쯤 다시 사우디 간다고 마음 먹었다는 데 섭섭했고. ◎

〈1985년 7월 15일 월요일 晴〉(5. 28.)
사흘째 날씨 좋았고. 氣象臺 發表에 依하면 내일 또 비 내린다는 것.
7시 發 버스로 井母와 함께 無極까지 와서 井母만 梧仙 가고. 昨夜 消息에 依해서 鄭用承 校監 宅 찾아가 問病~昨朝에 起床時 어지러워서 다시 쓰러져 起動難이라나…血壓關係라고. 應急處治하여 意識 있고 말하는 中. 곧 病院에 간다는 것.
教育廳 가서 10時부터 있는 '이승복 追慕 雄辯大會'에 參與 聽取. 6學年 鄭用道 어린이 참으로 잘했는데 入賞 안돼서 섭섭.
歸校 中 順天鄕 陰城病院에 들러 鄭 校監 入院室(328號) 찾아 狀況 듣고 慰問後 學校 와선 職員들에 今日 狀況 傳達.
退勤 後 舍宅 울 안 뒷곁 언덕 말끔히 깎았고. ◎

〈1985년 7월 16일 화요일 曇, 晴〉(5. 29.)
學校일 개운히 잘 마치고 많고 무거운 짐 보따리(쌀, 채소, 감자 等) 갖고 井母와 함께 땀 빼며 午後 8時 發(陰城) 버스로 入清. 7月分 俸給 精勤手當 包含하여 約 百萬 원 받은 것.
낮엔 趙誠珠 學父兄 會長 來訪에 長時 이야기 나누었고. 清州선 市內서 夕食. ◎

〈1985년 7월 17일 수요일 曇, 雨〉(5. 30.)
아침결 잠간 흐렸다가 잠時間 쏘나기도 퍼부었고 거의 終日토록 비 내린 셈.
井母와 함께 勇氣 내어 忠南 錦山邑 人蔘쎈타 市場 가서 人蔘 4채(채當 1萬 원) 購買. 마눌도 12접(접當 3,500원) 사서 清州까지 갖고 오기에 무더위中 지극히 땀 많이 흘린 것. 日暮頃 3男 明이 다녀가고. 3女로부터 職場關係 電話 왔었다고. ◎

〈1985년 7월 18일 목요일 曇, 晴〉(6. 1.)

淸州이지만 早期 起床하여 새벽運動 施行. 첫 버스로 出勤. 學校 오니 8時 正刻.
井母는 11時에 왔고. 今日도 退勤 後 舍宅 울 안 除草作業에 流汗 勞動. ◎

〈1985년 7월 19일 금요일 曇〉(6. 2.)
새벽運動과 아침放送 後 三鳳里 一區 趙成珠 會長 宅 가서 梨花女大 農村奉仕團(25名) 찾아 激勵와 人事. 無事 行事 잘 마치고 歸校하라고 當付했고.
5, 6學年의 '새마을 修練院 入所式'에서 20分間 特別 訓話했고.
退勤 後 울 안 팥밭에 뜸물藥 撒布하기도. 傳達夫 3人 不一致에 不快. ◎

〈1985년 7월 20일 토요일 曇〉(6. 3.)
第一學期 終業式. 休暇 中 安全事故를 重點으로 訓話. 職員에겐 個人硏修를.
全校生 下校 後 병아리 백수로 全職員 校務室에서 會食. 夫婦 午後 2時 半 發 버스로 入淸.
서울서 외로운 三女, 어린이 男妹 데고 왔고.
職場生活中 3日 間 休暇라고. ◎

〈1985년 7월 21일 일요일 晴〉(6. 4.)
장마비는 끝나고 무더위 기승. 淸州 낮 氣溫 34度여서 올들어 最高라고.
오래前 金溪校에서 同苦同樂하던 南聖祐 先生 問病코저 金川洞 갔더니 이미 2個月前에 別世했대서 人事 不成. 서운했고.
3女는 제 媤家(愼 氏 家) 故鄕인 全東에 어린 것들 데리고 다녀온 것. ◎

〈1985년 7월 22일 월요일 晴〉(6. 5.)
休暇 正式 第一日. 아침 버스로 出勤 執務했고. 日直 申敎師와 文교무 나와 執務.
12時부터 있는 地域校長會議에 參席. 親睦會食에 料食代 나우 비쌌기도. 下午 四時에 歸校하여 帳簿處理 後 舍宅 울 안 除草作業 日暮頃까지 하고 自轉車로 無極까지 와서 淸州 着하니 거의 9時된 것. 終日토록 땀 많이 흘렸고.
모처럼 濁酒 一배 마셨고. ⓒ

〈1985년 7월 23일 화요일 晴, 曇〉(6. 6.)
無極 와선 自轉車로 出勤. 公文書 等 公簿 整理 後 옛 日記帳을 들치게 되어 子女들의 生日과 6.25事變, 우애 있게 지내던 戰死된 아우, 마마로 편찮으셨던 母親의 고생狀을 읽어보느라 時間 가는 줄 몰랐던 程度. 17시 30분부터 19시까지 舍宅 울 안 除草作業하는 데 땀 흘렸고.
5女 運이 다시 싸우디 가고자 明日 出發한다는데 마음 몹시 섭섭했고. 杏이도 濠洲(오오스트라리아)로 英語受學次 未久에 간다는 것이어서 여러 가지 다워져본 것. 決心과 中心이 잡힌 樣 答辯에 들으며 答했을 따름. ⓒ

〈1985년 7월 24일 수요일 晴〉(6. 7.)
下午 3時頃 싸우디 向發次 上京하겠다는 5女 運이 붙들고 울먹이며 當付[16] '못 붙드는 아비 心情. 첫 째 몸 健康히 無故히 지내다 오라고' 杏과 松이가 金浦國際空港까지 전송한다는 것. －9時에 學校 出勤해서도 運의 생각으로 終日토록 서운한 생각.
午後 10時쯤 淸州 到着. 서울 간 杏과 松 안와

16) 원문에는 붉은색 색연필로 밑줄이 그어져 있다.

서 궁금했는데 11時쯤 왔기에 安心. ◎

〈1985년 7월 25일 목요일 晴, 曇〉(6. 8.)
健康 繼續 好調~食事 正常. 새벽 運動 繼續. 日〃計劃 遂行(簿册, 讀書, 執務).
舍宅 울 안 옥수수 最初로 6통 收穫(잘 익었고). 杏은 今日도 서울 다녀오고. ◎

〈1985년 7월 26일 금요일 曇, 쏘나기〉(6. 9.)
今日도 버스로 出勤. 日直은 申 主任教師. 午前 中에 舍宅 울 안 '황금포도' 익은 것 우수 땄고.
뫃아두었던 옛 寫眞 가려서 厚紙를 台紙로 차례로 붙이기에 일 봤고.
入淸 中 30分 間 쏘나기 되게 퍼부었던 것. ◎

〈1985년 7월 27일 토요일 晴〉(6. 10.)
今日은 井母와 함께 任地에 왔고. 井母는 울 안 菜蔬밭 손질에 땀 흘려 勞力.
各種 決裁 處理하고 寫眞帖 整備作業에 바쁘게 일 본 것. 下午 2時 半 發 버스로 入淸.
서울서 큰 애 다녀갔고~住宅地代 協議會 其他 用務. ◎

〈1985년 7월 28일 일요일 晴〉(6. 11.)
朝食 後 槐山郡 七星面 双谷里 國立公園 野營教育場 가서(11시~17시) 걸스카웉 21名 어린이와 指導教師 朴鐘洙 교사 等 만나 激勵와 協助하고 日暮頃에 歸家.
24日에 再次 싸우디 간 5女 運이로부터 잘 갔다는 安否 電話 仔細히 왔다는 것.
무더위中 双谷 往來 돌팍길 步行에 나우 疲勞했기고. 새벽 무렵 몸 나우 지쳤음을 노꼈기도. 補身策에 걱정 不安했기도(29日 새벽운동에). ◎

〈1985년 7월 29일 월요일 晴〉(6. 12.)
今日 더위 아침부터 30余 度 기승부려 11時 現在 35度. 下午 3時까지 執務하고 舍宅 團束. 淸州 가선 明日 出發 準備한 것(울릉도行). ◎

〈1985년 7월 30일 화요일 晴〉(6. 13.)
休暇 中 學校長 先進地 視察旅費로 教育廳에서 6萬 원, 學校에서 5萬 원 調達하여 '울릉도' 觀光키로 해서 9時에 九人組(秀奉, 蘇伊, 大長, 無極, 德生, 文岩, 助村, 下唐, 梧仙校) 夫婦 同伴 淸州市內 '高速터미날'로 集結. 俗離山高速버스로 一行 18名은 9時에 出發…大邱까지 2時間 40分 所要. 버스料 1人當 2,820원. 浦項까지 直行버스로 1時間 40分 所要…一人當 1,390원. 票 賣盡으로 밤 10時 發 훼리號 배 2 等室 一人當 渡船(乘船)料 11,770원.
밤새도록 단잠 못 이룬채 울릉도 向行. 낮 餘裕時間엔 송도 海水浴場 가서 夫婦 休息. ◎

〈1985년 7월 31일 수요일 晴〉(6. 14.)
7時頃에 울릉도읍 도동港에 到着(9時間 所要). 도洞에서 朝食. 1器 1,500원씩. 宿所는 旅人宿에서 合宿으로 1人當 1,000씩. 午前 中은 藥水터에 가서 藥水 마시고 点心 後 1時 半에 遊覽船 5萬5千 원 드려 울릉도 一周하니 3時間 半 걸린 것. 돌섬 中…코끼리, 송곳, 사자 等 觀覽. 運이가 싸우디에서 膳物로 사다준 '니콘' 카메라 갖고 갔으나 使用法 서툴러서 遺憾이었고. 가까스로 알아내어서 10余 번 찍기는 한 것.

旅人宿 4칸 얻어 男子房 2, 婦人네房 2칸씩 親睦合宿한 것도 재미있었던 일. ◎

〈1985년 8월 1일 목요일 晴〉(6. 15.)
朝食 後 膳物(紀念品)…'호박엿, 쓰루메, 타올 等' 사 갖고 9時 半에 乘船. 浦項港 到着은 午後 4時 半頃. 直行버스로 井母와 함께 우리 夫婦는 明日 일로 淸州 向發. 大邱 와선 午後 8時 發 汽車 '무궁화'號 타고 鳥致院 오니 仝 10時 20分…2時間 20分 所要. 市內버스로 淸州 오니 밤 11時頃. 딴 双〃들 中 一部는 南쪽 觀光次 南海岸으로 갔고.
無事故로 잘 다녀온 셈. 다만 1, 2끼 井母가 속이 不便하다고 食事 제대로 못한 것만이 딱했던 일. 2人 總 經費 165,000원 中 自費用 55,000 負擔된 셈. ◎

〈1985년 8월 2일 금요일 曇, 쏘나기〉(6. 16.)
學校 나갔고. 모두 無事. 休暇 中 服務監査次 教育廳에서 2名 職員 다녀갔기도~學事, 庶務 保安狀況 잘 되어 개운히 受檢됐고.
先考 第七週忌 忌故…各處 아이들 모두모두 모였고. 故鄕에선 從兄님도 오시고. 寺刹에 委託한 亡弟 云榮의 戰死日이기도 하여 添加 合祀했기도(공교롭게 8.2가 음 今日). ⓒ

〈1985년 8월 3일 토요일 쏘나기, 曇〉(6. 17.)
前,今週 組 勤務에 鄭 校監 次例이나 마침 臥病中이므로 繼續 每日 出勤 執務한 것. 土曜日이지만 下午 四時까지 勤務하고 管外出他 申告 後 入淸.
舍宅 울 안 옥수수 익는 대로 다람쥐가 바수기에 남은 것 모두 따니 約 100통. 入淸해선 理髮 後 市內 가서 夕食. ◎

〈1985년 8월 4일 일요일 晴〉(6. 18.)
朝食 後 井母는 金溪 갔고…再從孫(魯旭 子…憲榮 氏 孫子) 百日잔치 招待.
水谷洞 가서 弟子 李泰善 民願室長 만났었고. ◎

〈1985년 8월 6일 화요일 晴〉(6. 20.)
電擊的으로 萬里浦 가서 海水浴. 처음 가본 곳. 海岸 둥글고 넓게 얕아 좋은 곳.
청주~天安 40分, 750원 버스. 天安~萬里浦 3時間 20分, 2,010원. 서두르면 歸淸 可能. ⓒ

〈1985년 8월 7일 수요일 晴〉(6. 21.)
萬里浦(忠南 瑞山郡)에서 5時 50分 發, 淸州着 10時 20分頃. 淸州서 朝食 後 學校 갔고.
公文 決裁 後 울 안 밭과 庭園 雜草 뽑고 日暮頃에 淸州 向發. ⓒ

〈1985년 8월 8일 목요일 晴〉(6. 22.)
井母와 함께 朝發 버스로 任地 갔고. 井母는 채소 및 고추따기 等으로 終日 勞力.
學校와 舍宅 울 안 作業 많이 하고 日暮頃에 淸州 向發.
今日 날씨 極히 무더워 白葉箱[17] 밖 溫度計는 낮 溫度 43度…最高? 어제는 立秋, 明日은 末伏. 물 事故 없도록 今日도 學校 放送으로 힘있게 當付했고. ◎

---

17) 백엽상(百葉箱): 기상관측을 위해 만든 작은집 모양의 하얀 나무상자. 공기가 잘 통하도록 약 백 개 정도의 나무 조각을 엇갈려 놓은 모습이 마치 나뭇잎 같다고 해서 붙여진 이름이다.

〈1985년 8월 9일 금요일 曇, 雨〉(6. 23.)
새벽運動後 牛岩國校 正門 앞까지 急行하여 7時 發 버스로 떠나는 職員 一同의 '울릉도'旅行에 박카스 2박스와 飮料水 값으로 金一封 건네고 無事를 當付했고.
셋째 집에서 招請 있어 夫婦 가서 末伏 따름의 닭 삶은 것 待接받아 잘 먹었고.
鳳鳴 住宅地 測量 한다기에 잠간 現場 가 보고 任地에 간 것. 쏘나기 나우 내려서 計劃한 作業 不能. 學校는 李尙國 敎師가 日直 兼 陸上選手 어린이 指導에 流汗 努力. 鄭 校監은 今朝에 淸州病院에 入院했다기에 歸家 途中 '淸州病院', '서울病院', '忠北醫療院' 찾아 問議해 봤으나 根據 없어 찾지 못했고. 2時間 半동안 極히 애써 다닌 것.
早朝에 出發한 울릉도行 職員旅行團은 日氣不順으로 大淸댐만 돌아보고 解散 歸家했다는 것. ⓒ

〈1985년 8월 10일 토요일 雨〉(6. 24.)
終日토록 비. 出勤 執務했고. 官舍도 無故. 궁금했던 鄭 校監 어제의 일 消息 들어 풀렸고.
雜草除去 作業 中 유리조각에 다친 左手 검지 끝 順調로히 나아 신통. 健康 正常. ⓒ

〈1985년 8월 11일 일요일 晴〉(6.25.)
새벽運動 後 日 前에 測定된 宅地터 가서 步測해 보기도…東西 20步, 南北 27步.(63坪 5.93㎡).
午前 中 詩經 읽고. 午後엔 市內 나가서 연수당 李藥房과 情談. ⓒ

〈1985년 8월 12일 월요일 晴〉(6. 26.)
出校 中 버스 時間과 場所 착오로 陰城 停留所 일로 無極 와서도 11時 20分까지 約 2時間 程度 도시락 넣어 있는 손가방 때문에 緊張과 傷心 많이 됐던 것~自身 不注意 탓인지?
學校의 重要 用務 後 舍宅 가서 井母의 付託인 '근대藥', '포도', '봉선화 꽃' 마련에 流汗 勞力했고. 歸家 中 陰城敎育廳 들려 豫定 用務(改築 便所 等) 잘 보고 개운한 마음으로 入淸. 夕食은 杏의 솜씨인 '카레라이스'로 맛있게 먹었고. ⓒ

〈1985년 8월 13일 화요일 曇, 쏘나기〉(6. 27.)
出勤 執務. 午後엔 柳浦里 가서 家庭訪問하여 물조심을 當付~近者 隣接學校에 溺死事故 겹쳐 있어서 몸 달기도. 歸路에 柳浦里 老人會館 들려 答接 잘 했고. ⓒ

〈1985년 8월 14일 수요일 曇, 가끔 비〉(6. 28.)
出勤 執務. 울 안 菜蔬 밭자리 풀뽑기에 땀 흘렸고. 下午 4時 半 發 버스로 入淸.
去 4日에 報恩 三山校 弟子 李泰善 찾아 情談하고 書信도 보냈더니 誠意 있고 仔細한 回答 와서 感服했기도. ⓒ

〈1985년 8월 15일 목요일 雨, 曇〉(6. 29.)
解放 40周年 光復절 慶祝日. 마침 비가 내려 처마 안쪽으로 國旗 펴 달았고. 25歲의 靑春의 해였는데 65歲의 老軀. 南北分斷된 채 또 맞은 8.15. 敎職生活도 來年 1年 뿐.
晝食은 招請 받아 市內 나가서 맛있게 잘 먹었고. 午後에 部隊에서 5男 魯弼이 왔고. ⓒ

〈1985년 8월 16 금요일 가끔 비〉(7. 1.)
夫婦 學校 나가서 井母는 고추 5바께쓰 따서

손질하여 房內에 불 넣어 말리는 勞力했고. 退勤 後 舍宅 단속하고 入淸. 學園安定法 문제로 各黨 首腦들 昨今 面談의 TV 視聽. ◎

〈1985년 8월 17일 토요일 曇, 雨, 曇〉(7. 2.)
終日토록 비 오락가락 했고. '書痙' 첫 머리 여러 장 읽었으나 어려웠기도.
낮엔 市內 가서 電話 使用料 納付後 魯弼의 쓰본 작크 달고 運動靴 뒤금치 고친 것. ⓒ

〈1985년 8월 18일 일요일 晴〉(7. 3.)
教壇手記 '보람된 사랑의 교육' 原稿를 쓰기 시작했다. 魯弼은 下午 4時 發 버스로 部隊 向發. ⓒ

〈1985년 8월 19일 월요일 晴〉(7. 4.)
休暇 中 共同硏修 第一日. 淸州서 첫 버스로 井母와 함께 出勤했던 것. 井母는 日 前에 땄던 고추 말림 손진과 울 안 除草에 終日토록 勞力.
'硏修에는 "教師의 役割과 使命"에 對하여' 約 1時間 半 講義한 것.
退廳 後 어둡도록 除草 作業했고. ◎

〈1985년 8월 20일 화요일 晴〉(7. 5.)
새벽運動과 아침放送 마치고 食 前에 三鳳里 一, 二區 兒童 家庭訪問하여 無事함을 確認하고 끝까지 잘 지내도록 當付한 것.
硏修 第2日~發表者 4名. VTC 作動法 理解難.
退勤 後 除草作業으로 流汗.
教壇手記 '새싹(新芽) 祝 發展'의 原稿抄를 거의 끝낸 것. ◎

〈1985년 8월 21일 수요일 晴〉(7. 6.)
3日 間의 硏修 마치고 下午에 井母와 함께 入淸. 數日 間 무더위 繼續~今日은 36度.
淸州서 산적거리(牛肉 2斤) 사 갖고 18시 半 버스로 井母와 함께 金溪 가서 伯父 忌祭祀에 參席. 밤 11時 좀 지나서 行事. ⓒ

〈1985년 8월 22일 목요일 晴〉(7. 7.)
5時 30分頃에 전좌리 가서 省墓. 6時 20分 發 버스로 淸州 거쳐 任地에 왔고. 오늘도 낮 溫度 36度. 教壇手記 마련에 바쁘게 굴었으나 進陟 잘 안되고~무더위의 탓이 크기도. 關聯 寫眞 찍어 보았으나 현상될른지가 의문~솜씨 서툴어서.
下午 5時 發 버스로 入淸. 대원寫眞館 들려 필림 주었고. 밤에 서울서 큰 애 왔고. 七夕. ⓒ

〈1985년 8월 23일 금요일 晴〉(7. 8.)
朝食 後 夫婦는 큰 애와 함께 任地 梧仙 온 것. 無極 가서 中學校庭에서 있는 陸上評價戰 狀況 잠간 본기도. 홍운경君이 높이뛰기에서 1位.
下午 2時 30分부터 있는 校長會議에 參席 後 다시 無極 와서 17時부터 있는 機關長 會議에 參席.
큰 애는 學校 出勤 職員들과 人事後 点心 먹고 上京했다는 것. 今日은 處暑. ⓒ

〈1985년 8월 24일 토요일 晴〉(7. 9.)
朝食 前에 道晴里 1, 2區(신농촌, 큰 되자니, 작은되자니, 진재), 梧仙里(별선동, 개우지) 兒童家庭 訪問하여 無事를 確認, 當付. 今朝로 學區內 全 部落 一巡 마친 것.

下午 2時부터 있는 柳海鎭 外沙國校長 停年退任式에 參席. 往來에 무더위中 땀 많이 흘린 것. ⓒ

〈1985년 8월 25일 일요일 晴〉(7. 10.)
'敎壇手記'「보람의 새싹」着手하여 10余枚 썼고. 臭心 後 井母와 함께 椒井藥水터 다녀온 것. 夏季放學 36日 間의 最終日. 全員 無事했음을 天地神明께 深謝. 무더위는 繼續~每日 낮 氣溫 34.5度. ⓒ

〈1985년 8월 26일 월요일 晴〉(7. 11.)
井母와 함께 最 첫 버스로 任地 梧仙 오니 正刻 8時. 開學式에서 無事했던 것을 칭찬하고 第2學期 誠實을 當付했던 것. 敎壇手記 20枚쯤 썼고. ◎

〈1985년 8월 27일 화요일 曇〉(7. 12.)
6의2 첫 時間에 道德授業했고. 敎壇手記 '學校經營 成功事例' 〈보람의 새싹〉 51枚(200字原稿紙) 밤 12時가 넘도록 써서 개운히 마친 것.
離散家族 만나기 爲한 南北赤十字會談 昨日부터 平壤서 開催中이고. ◎

〈1985년 8월 28일 수요일 曇〉(7. 13.)
어제부터 아침氣溫, 낮氣溫 나우 내려져서 22°, 31.2°線.
放課 後 교단수기 關聯 寫眞 찾고저 無極 '고향사진관' 갔었으나 카메라 첫 솜씨로 나의 撮影技術 不足으로 現像 잘 안되어 朴 氏(主人)에게 明日 再撮影을 부탁한 것. ◎

〈1985년 8월 29일 목요일 曇, 비〉(7. 14.)
敎壇手記 關聯 寫眞 20枚 撮影(카메라…無極 고향사진관 朴 氏).
12時부터 있는 地域校長會議에 參席~入院 中이던 龍泉校 申校長 위로도 兼한 것.
17時頃부터 모처럼 쏘나기 내리기도. ⓒ

〈1985년 8월 30일 금요일 晴〉(7. 15.)
第六學年 一班의 道德授業 마치고 無極 가서 어제에 이어 地域校長會議(地方 一般人 致死事件의 協助金, 兒童學習問題紙 取扱 等 5件)에 參席하고 '고향사진관'에 들려 카메라 寫眞 20余枚 찾아 急 歸校해서 午後 五時 半 버스로 淸州 向發한 것.
日暮 後이지만 理髮. 市內 가서 夕食. 深夜에 歸家해서 곤히 就寢. ⓒ

〈1985년 8월 31일 토요일 雨, 曇〉(7. 16.)
새벽 3時에 起床하여 今日 提出할 作品(敎壇手記)[18] 編綴 끝마무리 깨끗하게 마치고 8時 半 發 高速버스로 上京. 汝矣島洞 大韓敎員共濟會館 찾아가서 14層에 있는 敎員福祉新報社에 作品 提出한 것.[19] 寫眞包含 61枚 敎壇手記「보람의 새싹」(新芽) 3學校 經營 成功事例, "사랑의 교육이란 도와두는 교육"을 事實대로 經驗, 實踐한 것을 엮은 것.
歸路는 13時 半 發 直行버스로 城南市 光州, 利川, 長湖院을 通하여 無極 와서 學校 도착하니 16時 되고. 學校 단속, 舍宅 단속하고. 杏의 발목 십부用 호박 갖고 入淸하니 日暮頃.

18) 원문에는 붉은색 색연필로 밑줄이 그어져 있다.
19) 원문에는 붉은색 색연필로 밑줄이 그어져 있다.

軍의 魯弼도 초저녁에 오고. 今日 急한 遠距離 다녀온 탓인지 나우 고단했고. ⓒ

〈1985년 9월 1일 일요일 曇, 雨〉(7. 17.)
午前 中엔 昨日 提出作品의 副本 손질하고 午後엔 市內 가서 연수당 李正遠 韓藥房 醫員과 情談 나누고 단골집에서 夕食 兼 点心 먹고 일찍 歸家. 今日 比較的 健康 正常을 느끼고.
魯弼은 下午 四時 發 車로 歸隊 向發(倭館). ⓒ

〈1985년 9월 2일 월요일 雨, 曇〉(7. 18.)
깜깜한 5時에 부슬비 맞으며 새벽운동(驅步) 했고. 첫 차로 井母와 함께 出勤. 形便上 始終은 택시 타서 交通費 나우 든 셈. 6의1 道德授業 興味진진하게 했기도.
退勤 後엔 舍宅 울 안 雜草 가랑비 맞으며 나우 뽑은 것. ◎

〈1985년 9월 3일 화요일 曇, 雨, 曇〉(7. 19.)
방아다리 精米所 쌀 5말 팔고~斗當 6,900원씩. 氣溫은 29度란 것이 31度까지 올라갔고. 井母는 고추 널어 말리는 데 오락가락하는 비에 急한 活動 많아 고생 많이 한 것. 오늘도 무우, 배추 갈기도.
退勤 後 어둡도록 雜草뽑기에 勞力 많이 했고. ◎

〈1985년 9월 4일 수요일 曇, 晴〉(7. 20.)
學校일 잘 마치고 自轉車로 無極 가서 石油와 번개炭 사 온 것. ⓒ

〈1985년 9월 6일 금요일 曇, 晴〉(7. 22.)
高校, 大學入學 資格者 體力檢査場인 無極中學에 가서 要員들에게 人事. ⓒ

〈1985년 9월 8일 일요일 晴〉(7. 24.)
校長 親睦(윤낙용, 유해진, 김구회, 비종익, 조, 유) 數人 만나 酒店에서 情談 많았던 것. 答接했기도. ×

〈1985년 9월 10일 화요일 晴〉(7. 26.)
운동회 關係로 趙成珠 會長 만나려 三鳳 갔었으나 出他 中이어서 만나지 못하고 歸路에 柳浦里 敬老堂 들려 厚待받았던 것. ×

〈1985년 9월 15일 일요일 晴, 曇〉(8. 1.)
朝食 後 市內 나가서 飮酒하였는지 歸家 즉시 곤하게 就寢. ×

〈1985년 9월 16일 월요일 雨, 曇〉(8. 2.)
몸이 지쳤는지(食事 不能) 出勤 時에 괴로웠고. 職員들 운동회 種目 지도하는 것 몹씨 쫓아다니며 참견했기도. ○

〈1985년 9월 17일 화요일 時〃 부슬비〉(8. 3.)
食事 못해 몹씨 괴로웠지만 終日토록 校舍 內外 나댄 것. ◎

〈1985년 9월 18일 수요일 雨, 曇〉(8. 4.)
腹痛 若干. 個人所持 帳簿 정리에 여러 時間 애먹은 것. 甚한 頭痛은 없어 多幸.
日暮頃쯤엔 몸 나우 풀린 듯. 夕食 억지로 나우 들은 셈. 비는 오늘 째 16日 間 계속되었다나. ◎

〈1985년 9월 19일 목요일 雨, 曇〉(8. 5.)
臨時職員會 開催하여 "言語" 要領(口令의 强弱 等)을 指導 强調했던 것.
11時부터 있는 地域校長會議(10. 5 教育者大會 等)에 參席하고 15時에 歸校하여 鄭 校監에게 細〃히 傳達했기도. 비는 오늘도 나우 내린 것. ◎

〈1985년 9월 20일 금요일 雨, 曇〉(8. 6.)
當分間의 學校일 付託하고 下午에 入清. 井母는 午前에 入清. ◎

〈1985년 9월 21일 토요일 曇, 晴〉(8. 7.)
四女 魯杏 出國이 決定되어 下午에 짐 꾸려서 松의 두시룸으로 松, 井母와 다 함께 16時 20分 發 高速으로 上京. 택시 타기에 나우 힘 들었고.
三省洞 큰 애들 집에 위로 딸 3兄弟 와 있는 것(媛, 姬, 妊).
夕食을 一同 함께 했고. ◎

〈1985년 9월 22일 일요일 曇, 晴〉(8. 8.)
四女 杏이 金浦空港에서 8時 半에 KAL機便으로 濠洲 向發.[20]
가슴 아프고 눈물 나옴을 억지로 참고 無事를 天地神明께 빌은 것.
歸家해서도 杏이 생각으로 安定 안되어 잠 오지 않는 것. ◎

〈1985년 9월 23일 월요일 曇〉(8. 9.)
새벽엔 杏이 생각 더욱 甚하여 呻吟하며 울은 것~井母가 달래기도.
第14回 忠北少年体育大會 있어 9時에 清州 公設운동장에 나가서 開會式에 參席. 신통하게도 在任校 5學年 홍운경君이 너비뛰기에서 4m 66cm 記錄으로 2位하여 銀메달 딴 것. 뒷바라지와 保護에 애썼고. 点心을 豊富히 먹인 것.
杏은 今朝 6時 半에 濠洲에 着陸했을 것으로 생각.
21日부터 날씨는 雨天이 아니어서 多幸. 約 20日 間 궂은 날씨였고. ◎

〈1985년 9월 24일 화요일 曇, 晴〉(8. 10.)
少年体戰전 第2日. 어제의 洪君 400繼走에서도 3位 銅메달.
下午 3時 버스로 洪君을 잘 보낸 것. ◎

〈1985년 9월 25일 수요일 曇, 晴〉(8. 11.)
運動會 總演習했고. 約 3時間 半 所要. 檢討會까지 한 것.
21日부터 비는 멎어 多幸. 밤엔 井母와 함께 팥(小豆) 꼬투리 까기도. ◎

〈1985년 9월 26일 목요일 晴〉(8. 12.)
健康 正常~食事 旺盛. 早朝行事(運動, 放送) 正常. 旣定 日〃生活 實踐.
晝食時間에 無極우체局 가서 去 24日에 清州 稧金 壹百萬 원 받은 돈 80萬 원 預金했고. 退廳 後엔 舍宅 庭園 除草作業하기도. ◎

〈1985년 9월 27일 금요일 晴, 曇〉(8. 13.)
入清 途中 保險會社(陰城支部) 들려 9月 納付. 新加入 1口座(月 12,500) 手續도 하고. 清

20) 원문에는 붉은색 색연필로 밑줄이 그어져 있다.

州 가선 下午 6時 半부터 있는 友信親睦會 月例會에 參席하고. 아파트엔 12時頃 간 것.
井母는 아침결에 入清하여 김치 빚는 等 秋夕準備에 終日토록 勞力한 것. ◎

〈1985년 9월 28일 토요일 曇〉(8. 14.)
無極서 自轉車로 學校까지 왔을 땐 8時 40分되고. 午前 行事로 學校 마치고 明日과 後明日일 全職員에 단단히 付託하고 午後에 入淸. 밤까지 서울, 沃川, 小魯 家族들 모였고.
아파트房 複雜하여 市內 深夜토록 놀다가 留한 것. ◎

〈1985년 9월 29일 일요일 晴, 흐린 후 晴〉(8.15.)
8時에 秋夕 茶禮 지내고. 午後 四時 半까지 家族들 모두 各己 歸家.
22日에 濠洲(오오스트랄리아) 갔던 四女 魯杏이한테 國際電話로 消息 온 것[21]…'호주에 무사 도착. 곧 자세한 편지 내겠다'고. 신기하고도 安心되는 소식에 기쁜 눈물 나왔기도. 無事와 幸運을 빌 뿐. ◎

〈1985년 9월 30일 월요일 晴, 쏘나기, 曇〉(8. 16.)
새벽 첫 버스로 無極까지 가서는 自轉車로 學校 到着 8時 10分. 職員들 早朝부터 運動場 設備 施設 作業으로 手苦 많았고.
体育大會~10時부터 15時에 마친 것. 比較的 學父母 多數觀覽. 贊助金 150萬 원. 天幕 2張. 行事 有終의 美를 거둔 것.
學校 뒷처리 말끔히 마치고 入淸. 市內서 夕食하고 밤 10時에 歸家. ⓒ

21) 원문에는 붉은색 색연필로 밑줄이 그어져 있다.

〈1985년 10월 1일 화요일 晴, 曇〉(8. 17.)
省墓次 9時 5分 發 金溪行 버스로 가서 전좌리 省墓 마치고. 從兄 宅에서 点心. 下午 3時 發 버스로 淸州 왔고. ⓒ

〈1985년 10월 2일 수요일 晴〉(8. 18.)
첫 버스로 學校 가서 午前 中 執務 後 15時부터 있는 陰城郡 學校長 懇談會에 參席하고 日暮頃에 一同 會食 後 入淸. 井母用 時計(세이코오) 修理한 것 찾고선 모처럼 映畵구경(어우동)을 했기도. ◎

〈1985년 10월 3일 목요일 晴〉(8. 19.)
同僚職員 李尙國 教師 結婚式에 人事後 在職校 會長團에 答禮酒도 簡單히 냈고. 柳海鎭 前外沙校長 子婚에도 人事.
午後엔 族兄 俊榮 氏 宅 尋訪하여 아주머니 病患에도 問病人事하기도. ⓒ

〈1985년 10월 4일 금요일 晴〉(8. 20.)
첫 버스로 出勤하여 2日에 있었던 懇談會 傳達 後 再入淸하여 午後 2時부터 있는 道內 校長團(公職者 紀綱刷新 精神教育)會議에 參席受講.
우연히 '미성양복店' 들려 몸에 맞는 '바바리 홑코트' 33,000원에 샀기도. ◎

〈1985년 10월 5일 토요일 雨〉(8. 21.)
陰城郡 教育者大會가 9.30~16.00까지 長時間 所要된 것~年功賞 受賞과 親睦排球大會가 있었던 것. 終日 雨天으로 陸上은 不能. 男職員 一位 陰城邑, 女職員 一位 笙極面. 日暮頃에 淸州 着하여 沐浴했고.

서울 큰 애 文井洞 본집으로 移舍 還元한다는 날이기도. 듣자니 어제 했단다나. ◎

〈1985년 10월 6일 일요일 雨, 曇〉(8. 22.)
李殷楫 梧倉校長 女婚에 人事 닦고. 낮엔 井母와 함께 市內 南州洞 市場 '부여商店' 가서 井母用 '바바리코트'와 '브라우스(上衣)' 34,000원에 샀기도. 夫婦 코트 비싼 물건 2벌을 昨年에 某洗濯所에 맡겼던 것 火災로 損害 본일 있었던 것. ⓒ

〈1985년 10월 7일 월요일 晴〉(8. 23.)
오늘 따라 行事에 參與하기에 바빴던 것~11시부터 있는 學區內 柳村校 竣功式. 12時부터 있는 '꽃동네' 病棟 竣功式과 結核療養院 起工式, 17時부터 있는 機關長會議 參席. 夕食 마치고 歸校할 땐 20時 20分.
學校는 10月 3日부터 文化的 '改良便所' 建築工事로 부산하고 시끄러운 중. ⓒ

〈1985년 10월 8일 화요일 曇, 晴〉(8. 24.)
秋季逍風 實施. 全校生 三鳳里一區 한삼部落 松林으로. 点心時間 利用하여 다녀왔고. 職員 点心은 趙誠珠 會長 宅에서 準備하여 厚待받기도. 會長 再從 誠午 氏와 情談하기도.
井母는 일찍 入淸. 經營錄 檢閱 마치고 午後 6時 20分 發로 淸州 向發. ⓒ

〈1985년 10월 9일 수요일 曇〉(8. 25.)
尹成熙 曾坪校長 子婚. 朴相均 北上校長 女婚, 兪載春 初等科長 子婚에 人事.
한글날 第539周年 慶祝日. 卞文洙 秀峰校長과 情談하고 일찍 歸家 就寢. ⓒ

〈1985년 10월 10일 목요일 雨〉(8. 26.)
첫 버스로 無極까지 오고. 自轉車로 우산 받은 채 梧仙 오는 데 힘들었고 땀 흘린 것. 井母는 낮 버스로 왔고. 운동회 贊助者에 人事狀 發送에 再檢해 보았고.
夕食 後엔 深夜토록 井母와 함께 팥 꼬투리 까는데 손끝 나우 아팠기도. ◎

〈1985년 10월 11일 금요일 曇, 晴〉(8. 27.)
어제는 終日토록 비 내렸는데 오늘의 午後 볕은 따거울만치 쨍쨍 내려쬐었던 것. 早朝 조깅. 6年 道德授業 하여도 몸이 鈍함을 느끼고 ~過食 탓인지? ◎

〈1985년 10월 12일 토요일 晴, 雨〉(8. 28.)
어제 午後엔 職員体育(排球)에 審判 보고. 梁在浩 老教師의 勤續 30周年이라고 自祝之意로 맛있는 酒肉으로 全職員 잘 먹었던 것.
井母는 낮에 入淸. 學校 일 마칠 땐 비 내렸고. 雨中에 入淸. 틈틈이 비 많이 맞기도. ◎

〈1985년 10월 13일 일요일 曇, 晴〉(8. 29.)
11時頃까지 '새교육'紙 읽고. 12時頃에 '二鶴食堂'에서 있는 鄭成澤 勿閑校長 回甲宴에 井母와 함께 參席했던 것.
午後엔 報恩郡 山外面 長甲國校까지 가서 同校〃長 申東元 親喪에 人事. 마침 申校長 入淸中이어서 相逢 不能. 葬禮는 去 10月 1日이었던 것. 九峙[22]고개 印象 깊고. ◎

---

22) 마을 입구의 산이 거북과 흡사하다 하여 거북티, 구티(龜峙)라 부르다, 지금은 고개가 아홉구비라하여 구티(九峙)라 부른다.

〈1985년 10월 14일 월요일 曇, 晴, 曇〉(9. 1.)
첫 버스로 일찍 出勤. 6의1 道德授業. 2時間 以上 했고~擔任 午後 出張으로.
바로 뒤따라 온 井母는 마늘 놓기, 팥 걷고 따기에 극한 勞力. ◎

〈1985년 10월 15일 화요일 曇, 晴, 曇〉(9. 2.)
今日도 道德授業을 長時間 施行했던 것~6의 2, 李尙 教師 出張으로.
井母는 今日도 終日토록 勞動~넝쿨 벋은 밭 팥의 걷음, 따기, 까기로. 밤에 나도 거들었고. ◎

〈1985년 10월 16일 수요일 曇〉(9. 3.)
無極中學校 갔으나 体育大會를 18日로 延期했다나. 龍泉校 잠간 들려 申校長과 情談 後 双峰校 安在哲 校長과 함께 教育廳 간 것. 金學務課長과 對話. 施設係長과 便所 建築 工程 이야기. 仝 設計圖 受理. 道 確認 奬學內容 把握.
下午 四時에 歸校. 終會時에 上廳 消息 傳達. 分量 많은 덩굴 뻗은 팥 今日로서 갈무리 다 한 것~井母의 至極한 勞力 딱하기도.
井母의 함부로 말하는 點에 속이 쓰고 홰 나기도…學校의 버려지는 땔감에서. ◎

〈1985년 10월 17일 목요일 晴〉(9. 4.)
近者의 生活 繼續 正常…아침 行事(새벽 運動~조깅, 학교 放送), 六學年의 道德授業, 校內 奬學指導, 各種 帳簿 整理 徹底. 改良便所 工事 監督도. ◎

〈1985년 10월 18일 금요일 晴〉(9. 5.)
井母는 午前에 入清. 11時에 無極 가서 仝 中高校 体育大會에 參席 人事. 13時에 点心 後 待받고 곧 歸校하여 工事監督. 退校 後 清州 가니 午後 8時 가까웠고.
서울 文井洞과 처음 通話. 夕食 後 讀書 좀 하다가 일찍 就寢. ◎

〈1985년 10월 19일 토요일 晴〉(9. 6.)
歸清中 無極서 지갑 떠러뜨렸다가 버스 案內孃이 가르쳐 주어 多幸이었고~아차의 瞬間.
서울서 큰 애, 조금 있다가 3女(姃) 다녈러 온 것. 夕食 後 애기 좀 하다가 就寢. 市內 안갔고. ◎

〈1985년 10월 20일 일요일 晴〉(9. 7.)
조깅 後 沐浴. 큰 애는 아침결에 갔고(宅地 登記手續 關聯으로 왔던 것). 딸은 午後에 上京.
市內 나가서 藥湯器 新製品 33,000원에 샀고. ◎

〈1985년 10월 21일 월요일 晴〉(9. 8.)
학교 일 다 마치고 舍宅까지의 門團束 再次하고 入清하여 아파트 到着은 9時頃(午後).
카슈샤 部隊에서 正式 休暇로 五男(魯弼) 오고. 月余 만에 온 것. ⓒ

〈1985년 10월 22일 화요일 晴〉(9. 9.)
첫 버스로 出勤. 清州서 出勤 時는 조깅을 5시 10분부터 5시 40분까지 施行하는 것(요새).
井母와 魯弼은 낮 車로 梧仙 왔고. 學校는 便所改良 工事로 어수선한 편에 24日부터 있을 綜合監査(定期) 對備로 全職員 바쁘게 일하는 中. 學力提高를 爲한 考査 處理에도 바쁘고.

魯弼은 兩人 交際中이란 淑大 四年生 孫孃[23] 이야기 本人으로선 처음 이야기하기에 일단 보고 싶다고 말했기도.
自動式 藥湯器 처음으로 使用[24]하기 시작~120分에 2첩씩 달이는 것(4,6湯). 夕食. ◎

〈1985년 10월 23일 수요일 晴, 曇〉(9. 10.)
魯弼은 9時 發 버스로 上京~서울大 用務, 책 購入, 親舊 招請, 제 兄과 姉 宅 尋訪한다고.
學校 建築工事 監督 等으로 더욱 바쁘게 된 셈. 옛 치질터 痛症 있어 不快. ◎

〈1985년 10월 24일 목요일 晴〉(9. 11.)
郡 敎育廳으로부터 온 綜合監査班(文係長, 崔書記) 來校. 定期 監査 第一日 行事 受監했고.
晝食은 舍宅에서 準備. 井母 單身이 手故 많이 했고. 順調로이 藥湯器 使用 잘 되는 중. ◎

〈1985년 10월 25일 금요일 晴〉(9. 12.)
學校 定期 綜合監査 無事히 마쳤고. 今日 卓心도 井母의 手苦로 一同 待接 잘 한 것.
道莊祠 秋享에 六學年 二班 데리고 參祀. 講에 參席하여 '詩經' 牙項 孝心篇 '父兮生我……昊天罔極'을 읊었기도.
15時에 金旺女中高 가서 地域校長團 모여 敎壇支援協議會에 參與하고 待接받기도.
요새 날씨 繼續 좋아서 多幸. 아침 氣溫은 4° 쯤이어서 찬 편이고. ⓒ

〈1985년 10월 26일 토요일 晴〉(9. 13.)
第4回 雪城文化祭에 參席코저 11時頃에 陰城公設運動場 가서 金旺邑 單位機關長들 合勢하여 各種 競技에 應援했기도.
午後에 入淸해서는 明日用 飮食 장만하기에 어느 程度 바빴기도. ⓒ

〈1985년 10월 27일 일요일 晴〉(9. 14.)
職員 一同 七時 半頃에 淸州 室內体育館 앞 廣場에 모여서 小型뻐스로 一日逍風次 飮食 싣고 出發하여 江西에서 朝食하고 高速道路 通하여 大田 가선 湖南高速道路 通해서 全州 着은 11時 半. 덕진公園[25] 처음 求景했고. 特히 蓮이 푸짐한 큰 연못이 特異. 구름다리도. 池中食堂도.
진안 가서 '비빔밥'으로 卓心. 馬耳山도 처음 구경.[26] 數百階段. 名山. 큰 북 6번 치며 職員 無事를 빌기도. 山의 模樣 山名 그대로 馬耳.
고개 너머의 築石의 塔…이갑룡 處士가 十年間 功드려 築石.[27] 天地 陰陽石으로 쌓았다고. 98歲에 卒(1860~1957).
所謂 '암 馬耳山' 上峰까지 朴鐘洙 敎師와 함께 征服했고.
歸路에 公州 甲寺[28]에 到着했을 땐 日暮 後 깜깜했고. 淸州 오니 21時頃.
全員 無事 有意義있는 遠距離 逍風 유쾌했던 것. 無事 多幸. ○

〈1985년 10월 28일 월요일 晴〉(9. 15.)
9時 半부터 있는 下當國校 科學科硏究發表大

23) 원문에는 붉은색 색연필로 밑줄이 그어져 있다.
24) 원문에는 붉은색 색연필로 밑줄이 그어져 있다.
25) 원문에는 붉은색 색연필로 밑줄이 그어져 있다.
26) 원문에는 붉은색 색연필로 밑줄이 그어져 있다.
27) 원문에는 붉은색 색연필로 밑줄이 그어져 있다.
28) 원문에는 붉은색 색연필로 밑줄이 그어져 있다.

會에 參席~昨日 過勞로 고단한 느낌이었으나 眞摯하게 終日토록 硏究會 잘 마친 것. ⓒ

〈1985년 10월 29일 화요일 晴〉(9. 16.)
職員 朝會時에 27日 逍風의 反省. 昨日의 下當國校 硏究會를 傳達. ⓒ

〈1985년 10월 31일 목요일 晴〉(9. 18.)
學校 工事場 等에서도 一飮 附 一飮하여 過飮된 듯. 飮量은 많지 않았으나 食事 못해서 脫盡. 그래도 工事 監督 徹底. ×

〈1985년 11월 2일 토요일 晴〉(9. 20.)
繼續 食事 不能. 校內 團束과 工事監督만은 徹底했고. 土曜勤務로 職員들은 낮 1時에 退勤했지만 工事監督과 體面으로 終日 勤務.
入淸할 땐 깜깜했고. 市外버스터미날 앞에서 귀여운 弟子 金基亮(목도中學 敎務) 精誠 어린 恭待 못 막고 濁酒 小一盃 하고 만류.
아파트 가니 서울서 큰 애 왔고. 軍 休暇 中인 서울 갔던 弼이도 왔고. ⓒ

〈1985년 11월 3일 일요일 晴〉(9. 21.)
큰 애한테 新宅地에 建築한 住宅圖面 說明 듣기도. 朝食 後 큰 애는 上京.
몸 極히 疲困해도 計劃대로 今日 人事 다 한 것~10時 半부터 14時까지…洪喜植(敎員大總務課長) 女婚, 張秉瓚(德生校長) 子婚, 崔在晃(提川市敎育長) 女婚, 任鴻淳(淸南校長) 女婚에 모두 다닌 것.
午後 3時 半에 學校(陰城郡 梧仙國校) 나가서 工事監督했고.
밤 12時 半頃 海外 가 있는 五女 魯運한테서 國際電話[29] 와서 반가웠고.
月前에 편지 받았다는 것. 濠洲 간 제 언니한테서도 편지 받았다는 것.[30]
10余 萬 원과 各 證明카드 지갑 없어서 極傷心타가 學校 舍宅 가서 나와 無限이 개운했기도. ◎

〈1985년 11월 4일 월요일 晴, 曇〉(9. 22.)
9時 半부터 있는 校長會議에 參席~安保敎育이 主案인데 各級校 硏究主任까지 連席會議되어 明日 實施할 學力考査 實施要領이 主였던 것.
無極서 点心하고 學校 와선 工事監督과 終會時에 校長會議 事項 개운히 傳達하니 爽快했고. 막 車로 入淸. 五男 魯弼은 一次 定期休暇 마치고 下午 4時에 歸隊했다는 것. 그 치다꺼리에 제 母親 많이 애쓴 것.
밤 12時 40分(11. 5:零時 40分)의 꿈[31] – 金溪本집 뒤뚝에서 祖父, 父親 사이에 끼어 있을 때 國家的 래디오 放送에서 '孝子 郭尙榮'의 紹介와 平生涯을 알리며 放送當局者들이 옛 누더기 草家三間집을 指摘할 지음 農樂소리와 함께 從兄님의 외치는 慶事聲에 깨어보니 上記한 時間임에 心情이 이상하고 산란하여 잠이 잘 안왔던 것. ◎

〈1985년 11월 5일 화요일 晴〉(9. 23.)
첫 버스로 出勤. 井母는 낮 車로 왔고. 舍宅 모두 無故.

---

29) 원문에는 붉은색 색연필로 밑줄이 그어져 있다.
30) 원문에는 붉은색 색연필로 점선이 그어져 있다.
31) 원문에는 '꿈'에 동그라미 표시가 되어있다.

道 出題 3學年 以上 四教科 學力考査 實施에 全職員 努力 感知했고. 無事히 今日 行事 모두 모두(工事 包含) 잘 너머갔고.
食事는 今日 晝食 때부터 正常. 昨夕과 今朝食은 若干 든 程度.
金錢帳簿(現金出納簿) 整理한 結果 現金 16萬 원이 비어 傷心되고~어느 場所에 잘 看手해 둔 것을 記憶 못함인지? 紛失된 것인지? 支出 記憶을 못함인지? 궁금症 不禁. 深夜토록 帳簿 處理했고(私帳簿). ◎

〈1985년 11월 6일 수요일 曇, 雨〉(9. 24.)
한밤 中 零時 30分에 깨어 밤참 좀 먹고 漢藥(再湯) 다리고 金錢帳簿와 日記帳 記錄 마치니 4時 되는 것.
昨日 行事에 手苦 많았다고 感謝와 稱讚을 朝會時에 職員들에게 人事했고. 그러나 敎育에는 中斷이 없는 것이니 꾸준히 努力하자고 當付도 한 것. ◎

〈1985년 11월 7일 목요일 曇, 晴〉(9. 25.)
去月末頃부터 中斷됐던 조깅과 아침放送은 어제부터 다시 始作한 것.
낮에 學校工事場인 지붕에 있을 무렵 延 敎育長, 文 管理課長 一行 工程 確認次 來校. 잠간 對話하여 마음 개운했고.
招請 있어 無極 가서 河相玉 回甲과 農協禮式場 開場行事에 다녀온 것.
朝會時의 鄭 校監 職員訓戒의 過言과 午後 無極校로 傳達公文 件의 言辭에 氣分 少했으나 學校 일 잘 하려는 所致로 생각하고 自解했기도.
모처럼 五女 魯運으로부터(사우디) 편지 온 것 落淚하며 읽었고. ◎

〈1985년 11월 8일 금요일 曇〉(9. 26.)
形便上 六學年 2班 兩 擔任 出張으로 道德授業 數時間에 疲勞를 覺悟했으나 6의2 自習計劃이 確立되는 바람에 順탄했던 것. ◎

〈1985년 11월 9일 토요일 雨, 曇〉(9. 27.)
忠淸北道 敎育者 体育大會있어 其에 參席하게 되어 9時頃 나갔으나 새벽부터 오는 비 繼續으로 프로 變更하여 排球試合 뿐으로 陰城은 一信女高 講堂에서 께임했으나 敗.
陰城郡 敎育會 校長團 一同 延敎育長과 함께 巨龜莊에서 晝食을 會食.
9月 22日에 濠洲 간 四女 杏으로부터 書信 처음(實은 2번째 發信했다는 것인데 最初 편지는 유실된 듯) 받은 것…우연히 '홍법寺'를 알아 寢食의 解決과 韓國人佛敎信徒들의 子女들에 한글 指導敎師에 任하게 되는 것 같아서 기쁜 消息이었고. 杏의 所請대로 서울 3女에게 電話를 通해 次女 在應스님의 滯留中인 忠南 瑞山郡 해미면 휴암리 청화寺까지 電話連絡이 된 것.
저녁엔 市內 나갔다가 夕食 아울러 酒代까지 나우 經費 났기도. ◎

〈1985년 11월 10일 일요일 晴, 雨, 曇〉(9. 28.)
아침결엔 朴永淳 小魯校長 子婚에 出發車場에 찾아가 人事했고.
午後 1時엔 東洋禮式場 가서 族弟 郭中榮의 子婚에 主禮 본 것.
責任上 學校 나가 工事場, 舍宅 둘러볼 땐 日暮頃. 入淸할 땐 깜깜했고. 市內서 夕食하고

아파트 왔을 땐 밤 10時頃. 어젯날 連絡된 대로 瑞山에 滯留 中인 在應스님 온 것. 곧 이어 修德寺 옆 見性庵으로 옮긴다는 것. ◎

〈1985년 11월 11일 월요일 雪, 曇〉(9. 29.)
아침결에 비 좀 내리더니 10時頃엔 눈 내리는 것. 6의1 道德授業 마치고 舍宅 울 안의 무우 50개 程度 있는 것 뽑아 처마 밑으로 간수하기에 勞力했고. 짚으로 배추포기와 상치밭 덮기도. 今年의 첫 눈…異常氣候에 빠른 눈인 것. ◎

〈1985년 11월 12일 화요일 曇, 晴, 曇〉(10. 1.)
첫 버스로 出勤. 學校 到着은 8時 正刻. 어제의 눈으로 午前엔 銀世界.
点心時間에 前任地 富潤 가서 郭境 母親喪에 人事했고. 午後엔 梧仙里 親知 鄭二憲 喪偶에서 人事. 日 前에 杏한테 온 편지 答書 在應스님과 함께 마련. ◎

〈1985년 11월 13일 수요일 曇〉(10. 2.)
忠淸北道 內 國, 中, 高校長 600名 一堂에 모여 硏修. 場所는 藝術文化會館. 9時 半부터 下午 1時까지. '靑少年敎育', '英才敎育'의 題로 受講. 晝食은 이학食堂에서.
濠洲 杏한테 答書 부치고. 親友 校長 몇 사람에 얼려 答接에 經費 우수 났고.
날씨 나우 추어서 受講 中 떨은 셈. 歸路에 妹弟 朴氏 書店 잠간 들렀기도. ⓒ

〈1985년 11월 14일 목요일 曇〉(10. 3.)
첫 버스로 出勤. 아파트發은 5時 50分. 1時間 後인 6時 50分이래야 밤 다 새는 것. 曾坪 到着이면 其 時間. 날씨 몹시 차서 完全 冬服이래야 바우는 昨今의 底氣溫 0.1°.
井母는 在應스님 보내고 11時頃에 梧仙 到着.
在應스님은 이제부터 數個月 間 忠南 禮山郡의 修德寺 옆 見性庵에서 參禪한다는 것.
오래 前에 敎育長 지내던 康璉洙(册商) 찾아와 哀願하기에 月賦 圖書 1질 받기도. ◎

〈1985년 11월 15일 금요일 晴〉(10. 4.)
날씨 차고 맑고~영하 2度(아침 6時 50分). 아침 조깅에 상쾌했고.
6학년 2개 반 1시간씩 道德授業. 誠意 있게 한 다음 12時에 無極 가서 地域校長 親睦모임에 參席. 崔施設係長 만나 四個 校長 合同 待接했기도. ⓒ

〈1985년 11월 16일 토요일 晴, 曇〉(10. 5.)
1말에 6,300원씩 5말 팔은 쌀 半쯤. 淸州 가지고 가기에 夫婦는 애쓴 것. ◎

〈1985년 11월 17일 일요일 雨, 曇〉(10. 6.)
새벽부터 9時頃까지 가랑비 내렸고. 서울서 女婚 있다는 金根世 舟城校長에 閔在基 교장 通해 인사.
午後 1時부터 上黨예식장에서 있는 梧東 外從妹弟 子婚에 主禮 봤고. 新郎 李정한君. 下午 3時엔 宋錫悔 大吉校長 回甲을 二鶴食堂에서 宴會 招請에 찾아가 인사 後 任地 와서 工事現場 보고 淸州 갔을 땐 8時쯤. 市內서 夕食하고 아파트 오니 濠洲 杏이한테서 無事하다는 電話 왔다는 것. ⓒ

〈1985년 11월 20일 曇, 晴〉(10. 9.)

어젯날까지 아침氣溫 零下圈이었는데 오늘은 푹 누굴어져서 5度로 오른 것.
낮엔 延 教育長과 崔 施設係長 來校~改良便所 建築 工程 確認次 온 것.
退廳 後(日暮 後) 約 30分 間 井母와 함께 땔감 솔잎을 두어푸대 긁어 온 것~昨日도.
今日은 86大入學力考查 實施된 날. ◎

〈1985년 11월 21일 목요일 曇〉(10. 10.)
아직도 打作 못한 볏단이 논뚝에 나우 남아 있는 것 – 今秋 날씨 不順한 날 많았기 때문.
85年度 教師 勤務評定表 作成에 公正 期했고. ◎

〈1985년 11월 22일 금요일 가랑비, 曇〉(10. 11.)
近日 健康 매우 좋은 셈~아침行事(조깅, 放送等) 正常. 食事도 잘 하고. 体重 52kg.
6學年 2個班 道德授業(통일의 소원, 권리와 의무) 興味있게 다루었고. ◎

〈1985년 11월 23일 토요일 曇〉(10. 12.)
井母는 아침결에 入清~배추, 깍두기 等 보따리 한 아름 갖고.
工事監督까지 다 마치고 便宜 있는 택시로 無極까지 잘 가서 清州까지 無事 到着. 沐浴 마치고 梧東里 外從妹(李鐘榮) 夫婦 來訪에 고마웠기도…去 日曜日 제 子婚에 主禮 봤다는 人事로 酒類 等 가지고 왔던 것. 待接後 그 夫婦는 本宅으로 歸家. 市內 가서 夕食했고. ◎

〈1985년 11월 24일 일요일 曇, 晴, 曇〉(10. 13.)
早朝 運動 後 各處로 電話連絡하여 알리고. 確認도 하고 決定도 하고~山城 下 明岩村의 族兄 鎭榮 氏 子婚 主禮 支障의 일. 再從(海榮) 女婚 主禮 承諾. 陰 10月 20日의 井母 上京 計劃의 일 等.
12時에 있는 水落 居住 柳源赫 女婚 式場에(대진 예식장) 參席 人事.
14時 發 버스로 學校 가서 工事監督 및 當直確認. 18時 버스로 入清. 上衣(活動服) 흐르름한 것 4,000원에 사고 市內서 夕食 後 일찍 歸家 就寢. ○ 黃金 줄이 찬연한 龍꿈 새벽 3시.[32] ◎

〈1985년 11월 25일 월요일 曇〉(10. 14.)
첫 버스로 出勤. 井母는 11時頃에 梧仙 오고. 6學年 1班 道德授業에 氣活있게 遂行.
날씨는 數日 間 繼續 零下圈. 그러므로 學校工事 進行에 큰 支障 있는 중. ◎

〈1985년 11월 26일 화요일 曇〉(10. 15.)
요새 날씨 繼續 흐린 날씨. 午後에 全職員 部落 出張~86適齡兒 數再確認次. ◎

〈1985년 11월 27일 수요일 曇, 雨〉(10. 16.)
金旺邑 單位校長團 11時 半에 無極서 集合하여 簡單한 協議 마치고 点心 後 教育廳 가서 午後 2時부터 있는 校長會議에 參席한 것~어제 있었다는 教育長會議 傳達이 主案件. ◎

〈1985년 11월 28일 목요일 曇, 晴〉(10. 17.)
'새교육'紙 精讀 順調로워 當月分(11月號) 再昨日부터 읽기 始作해서 70쪽을 넘은 것. ◎

32) 원문에는 붉은색 색연필로 밑줄이 그어져 있다.

〈1985년 11월 29일 금요일 曇, 晴〉(10. 18.)
南新校에서 陰城郡 授業硏鑽大會가 있어 午前 中 가보았고. 其後는 陸上選手 選拔大會가 있게 되어 龍泉國校에 갔었으나 막 끝났을 무렵이었고.
井母는 아침결에 김장用 배추 저린 것 갖이고 入淸. 난 15時 버스로 入淸.
明日 上京 計劃으로 3男 魯明이 밤에 아파트 와서 相議하고 가기도~제 母親과. ◎

〈1985년 11월 30일 토요일 가끔 비, 한 때 눈〉(10. 19.)
11時까지 6의2 道德授業 홍미있게 했고. 13時에 職員 다 보낸 後 두어 時間 工事監督하고선 單獨 入淸. 井母는 下午 2時 發 高速으로 떡 빚은 것 갖고 上京했다는 것~文井洞 電話해 보니 軍의 弼이도 서울 왔다고. 明은 밤에 上京. 絃은 大田서 와서 '굴' 多量 사놓고 갔다는 것. 市內 가서 夕食. 11時頃 눈 내렸기도. ⓒ

〈1985년 12월 1일 일요일 曇, 雨, 雪〉(10. 20.)
오늘은 서울서는 井母 66회 生日 아침으로 큰 애들 집은 부산했을 것.
8時 發 市內버스로 玉山 갔고. 再從 海榮 女婚(성자) 있대서 함께 全州市까지 가서 主禮 보았고. 第一禮式場 기린室. 新郎은 朴(密陽)在根. 一同은 点心 마치고 봉고차로 儒城 거쳐서 淸州 通過. 모두 無事歸家~今日 主禮辭는 ①사랑(協助), ②父母에 孝道(마음 편안하게), ③동기 間의 友愛, ④勤勉을 말한 것…特히 再堂姪婦(魯燦 댁 豊川 任 氏)의 孝心과 友愛에 對하여 讚辭했기도.
日暮 후 서울서 井母 왔고. 深夜에 눈 내리고. ⓒ

〈1985년 12월 2일 월요일 雪, 曇〉(10. 21.)
淸州(5時 50分)서 첫 버스로 出勤. 井母는 낮車로 梧仙 오고. 約 10cm 程度 積雪.
金旺邑 單位機關長들 13時에 모여 金旺女中 校長(車埈昇) 喪偶에 人事次 淸州 秀谷洞 다녀온 것. 歸路에 陰城保險支社에 들러 某 書類 해왔고. ⓒ

〈1985년 12월 3일 화요일 曇〉(10. 22.)
李鐘六 奬學士 定期奬學指導次 來校~사랑의 敎育이란 學校 經營觀, 깔끔한 學校敎育環境, 學力提高에 全力을 다하는 敎員 組織體를 讚辭로 말한 것. ⓒ

〈1985년 12월 4일 수요일 曇, 晴〉(10. 23.)
晝食時間 利用하여 개우지 '정이헌' 氏 宅 가서 慰問…酒類와 点心까지 待接받기도.
下午 3時 半頃 延敎育長, 崔施設係長 來校 便所 建築 工程 確認과 督促 兼.
公文 依據 3人 敎師 入賞(申…算數論文, 李榮…科學發明品, 閔…授業硏鑽)에 흐뭇하고 기뻤던 것…申 교사의 內者에 對한 나의 保護 言辭 그리 氣分 좋지 않았고. ⓒ

〈1985년 12월 5일 목요일 曇〉(10. 24.)
學校 周圍는 工事와 日氣로 因하여 진흙더미로 엉망이어서 行步에 極한 곡경을 치르는 중.
'國民敎育憲章' 宣布 第17周年 記念日이어서 아침放送과 어린이에겐 中間시간에 放送으로 訓話했고~初章, 中章, 終章別 重點. 393字로 構成. 공부 잘 하여 훌륭한 國民되자고. ◎

〈1985년 12월 6일 금요일 曇, 晴〉(10. 25.)
敎壇支援協議會 있다고 招請 있어 10時에 龍泉國校 갔고. 金鐘昌 學務課長도 參席. 學校紹介, 公開授業 參觀. 地域校長協議(冬休 等 3件)마치고 昼心 待接 받았고. ⓒ

〈1985년 12월 7일 토요일 曇〉(10. 26.)
井母는 김장거리 갖고 아침에 入淸. 學校 行事 있어 機關長 會議에 不參.
午後 1時 半부터 當局(새마을운동 중앙본부) 系統 指示에 依하여 '학교 새마을 어머니會' 行事로 바빴고…60分 間 TV視聽(國家經濟…外債 갚는 길). 30分 間 學校長 講演에서(消費節約, 저축, 國産品 愛用, 家庭敎育, 冬季 休暇中 生活) 等을 力說했고. 늦게 入淸. 서울 아이들과 通話.
濠洲 杏이한테서 仔細한 편지 와서 몇 가지 궁거웠던 일 풀렸고. ⓒ

〈1985년 12월 8일 일요일 曇, 晴〉(10. 27.)
今朝 조깅은 市內 南州洞까지 往來에 땀 흘렸기도. 12시 50분에 上黨禮式場 가서 中央 朴魯成 校監 子婚에 人事.
잔치 晝食 맛있게 簡單히 먹고 2時 半 버스로 學校 갔고. 便所 工事 順調로이 進行中이고. 日暮頃 入淸. ……※ 松이 中等敎員 公債試驗 應試.[33]
ⓒ

〈1985년 12월 9일 월요일 晴〉(10. 28.)
氣溫 큰 差로 降下~영하 11度5分. 첫 버스로 出勤하는데 車內서도 떨었고. 井母는 午後에 來 梧仙.
學校 工事는 極寒에도 進行하나 하자 없을른지가 問題. ◎

〈1985년 12월 10일 화요일 晴〉(10. 29.)
今日 溫度는 더 내려가 영하 14度. 새벽運動에 손끝이 깨어 부서지는 듯 찼었고,
6의2 道德授業 마치고 學校 便所工事 極寒 中 堅固히 이루도록 特別 當付하기도. ⓒ

〈1985년 12월 11일 수요일 晴〉(10. 30.)
어제 저녁 學校 李鐘成 雇傭員 歸家 中 오토바이 事故 컸다기에 朝會 前에 無極 가서 狀況 보았으나 起動 不能. 昼心時間에도 全 關聯으로 金旺支署 가서 李次長, 姜巡警 만나 人事後 李 氏 집 들려오고. 今朝 氣溫 영하 10度. ⓒ

〈1985년 12월 12일 목요일 晴〉(11. 1.)
今朝도 대단히 찬 날씨. 영하 12度. 左右 발가락 凍傷인지 數日 前부터 몹씨 아픈 것.
倂設幼稚園 어린이 생일잔치 名目으로 行事 있어 全職員 昼心 待接받기도.
中3生 高入 聯合考査 今日 全國에 實施. 孫子 昌信 該當되기에 서울로 電話해보았고. ⓒ

〈1985년 12월 13일 금요일 晴, 曇, 雨〉(11. 2.)
形便上 3學年 1班 補缺授業(學力評價…考査監督) 2時間 했고.
昼心時間 利用하여 敎育廳 가서 人事業務 打合과 便所 建築 工程을 말했던 것.
日暮頃에 조용히 내리는 눈 삽시간에 많이(約 10cm) 싸인 것. ⓒ

---

33) 원문에는 붉은색 색연필로 밑줄이 그어져 있다.

〈1985년 12월 14일 토요일 晴〉(11. 3.)
學校 土曜行事 거이 마치고 淸州 얼핏 들렀다가 下午 4時 半 發 高速으로 上京.
서울 큰 애 家族 一同과 함께 三井호텔 부우페 食堂에서 夕食(BVBH)…처음 經驗. 今日이 孫子 昌信의 生日이며 큰 애 結婚記念日이라고. 벨렀던 行事라기에 기쁘게 맛있게 먹었고. 去 12日 高入 聯合考査에 昌信은 200點 滿點에 196點이라서 더욱 기쁜 일. ⓒ

〈1985년 12월 15일 일요일 晴〉(11. 4.)
文井洞에서 朝食 맛있게 먹고 9時頃 發 버스로 城南市 거쳐서 無極 經由 學校 잠간 둘러본 것. 모두 無事. 15時頃에 淸州 二鶴食堂 가서 崔炳規 助村校長 回甲宴에 人事하여 点心 待接받았으나 어느 點 상쾌하지 않았기도.
酷寒에 큰 애는 城南市 停留場까지 전송次 와서 많이 떨었을 것. 今般에 中古택시 '포니완' 140萬 원에 싸게 사고 手續 雜費 總計 約 200萬 원쯤 들었다는 것. '서울4.4185'. ⓒ

〈1985년 12월 16일 월요일 晴〉(11. 5.)
첫 버스로 單身 學校 出勤. 井母는 낮에 梧仙 왔고. 今朝 氣溫 영하 16度(零下).
12時부터 있는 柳浦里 老人亭 年例總會에 參席 –'敬老孝親'에 對하여 祝辭 兼 人事했고. 点心 後 敎育廳 가서 人事 業務 打合. 1週間 繼續 極寒波. ⓒ

〈1985년 12월 17일 화요일 晴〉(11. 6.) (-15°,)
年末 校長會議에 參席~懇談會 傳達. 冬季休暇 中 生活이 主安. 歸校하여 傳達會도 開催. ⓒ

〈1985년 12월 18일 수요일 晴〉(11. 7.) (-13°,)
第六學年 一班의 道德授業 下券 12單元 '학교를 졸업하며'까지 完全히 뜻있게 마친 것.
放課 後엔 '개우지' 鄭敏憲 回甲 집 가서 待接받았고. 밤엔 明日 入淸한다고 松한테 전화. ⓒ

〈1985년 12월 19일 목요일 晴〉(11. 8.)
第六學年 二班 道德授業도 오늘 二校時에 完了.
學校일 다 마치고 明日 일 때문에 井母와 함께 入淸. 밤에 理髮했고. ◎

〈1985년 12월 20일 금요일 晴〉(11. 9.)
날씨 많이 풀렸고. 9時 半부터 있는 '85~86年末年始 公職者 經濟敎育'에 參席 受講. '外債 431億달러 克服하는 길'이 主題. 利子만도 37億씩이라고.
行事 마친 後 金旺邑內 國校長團 5名이 忘年의 뜻으로 會食…10,000원씩 負擔. ⓒ

〈1985년 12월 21일 토요일 晴, 雪〉(11. 10.)
終業式 無事히 마치고 職員 一同 無極 나와서 '잡채밥'으로 晝食. 職員은 水安堡行.
午後 2時 半에 있는 金旺 公設運動場 起工式에 招請 있어 參席. 農協會議室에서 座談會 있었고 – 國會 金宗鎬 豫決委員長의 國會 報告도 仔細히 있었던 것(예산通過 過程).
李鐘成 氏(代書業)의 酒類 待接받고 저물게 入淸. 軍의 魯弼이 왔고. ⓒ

〈1985년 12월 22일 일요일 눈, 晴〉(11. 11.)
昨夜와 새벽 무렵에 눈 나우 내려서 約 10cm

積雪. 조깅 대신 除雪作業으로 땀 흘렸고.
朴東淳 友信會員 子婚. 任昌宰 加德校長 子婚, 金圭會 三寶校長 子婚에 人事.
魯弼은 12時頃 倭館 카추샤 歸隊次 向發. 井母는 모처럼 祭酒用 藥酒 약간 빚었고.
'연수堂'에서 지은 漢藥[34] 다리기 시작했고(20時에 첫 번 다린것). ⓒ

〈1985년 12월 23일 월요일 晴〉(11. 12.)
學校 나가서 雜務 整理. 學校工事 竣工 直前 崔係長 來校 狀況 보기도.
退勤 길에 鄭 校監, 朴 教師와 함께 無極고기집에서 夕食을 會食(朴교사 慰勞의 뜻).
弟 振榮이 司倉洞 平和아파트로 移舍[35] 왔다기에 夫婦 함께 가서 둘러본 것. ⓒ

〈1985년 12월 24일 화요일 晴〉(11. 13.)
10時 半 發 버스로 井母와 함께 金溪 갔고…再從兄(憲榮 氏)께 쌍화탕藥 사간 것 드리고…長期 몸살.
從兄님껜 德山약주와 凍太 나우 드렸고. 마침 4派 宗契 있었고. 姜昌浩로부터 두무샘밭 도조條로 쌀 10말값 55,000(統一系 品種) 받았고. 宗契가 길게 나가 下午 5時 半 發 버스로 清州 왔고.
사우디 運이한테서 편지. 재형貯蓄 等 80萬 원 送金의 內容도. ⓒ

〈1985년 12월 25일 수요일 曇〉(11. 14.)
司倉洞 연수당 漢藥房에 井母와 함께 가서 井母用 補藥 1제 져왔고(5萬 원).
12時 發 버스로 孟洞面 仁谷里 가서 安在哲 双峰校長 母親喪에 人事하기도. 人事後 學校 가서 帳簿와 公文書 處理. 梁教師와 함께 退廳~무극 와선 梁 교사 30周年 기념 慰勞로 酒類 若干 待接한 것. 清州엔 캄캄해서 到着. 20時頃. ⓒ

〈1985년 12월 26일 목요일 晴〉(11. 15.)
12月分의 APT 月例金 納付. 外換銀行 가선 사우디 運의 送金해온 通帳 整理하니 總殘高 4,500,000원 되는 것. 無極 가선 체신貯蓄 引出하여 利子 差 對照키 爲해~우체貯蓄, 農協貯蓄, 外換銀行 貯蓄 等으로 나누어 預金했고…50萬, 50萬, 70萬 원. 15時에 學校 通하니 無事.
17時 半부터 있는 友信親睦會에 參席 夕食했고. ⓒ

〈1985년 12월 27일 금요일 晴〉(11. 16.)
出勤 執務~教職員 午前 午後로 分班하여 經濟教育을 受講케 되어 午後엔 日直 勤務한 셈. 便所 改良工事 竣工 確認書 作成해 주었고…清州 양지產業社.
22日에 빚은 모처럼의 祭酒 뜻대로 잘 되었기도. 軍의 魯弼이 오고. ⓒ

〈1985년 12월 28일 토요일 晴〉(11. 17.)
非番이지만 學校 나가서 公文書 處理 等 數時間 바쁘게 일 본 것.
井母는 故鄉 金溪 가서 둑너머 밭 도조條로 쌀(아끼바레 品種) 1가마값으로 68,000원 받아왔고.

34) 원문에는 붉은색 색연필로 밑줄이 그어져 있다.
35) 원문에는 붉은색 색연필로 밑줄이 그어져 있다.

요새 날씨는 繼續 포근한 셈…日出 前 영하 3度. 낮 氣溫 7, 8度. 어제부터 年賀狀 發送. ⓒ

〈1985년 12월 29일 일요일 曇〉(11. 18.)
井母는 아침결에 설用 흰떡 若干 빚어오고. 弼은 日暮頃에 歸隊次 出發. ⓒ

〈1985년 12월 30일 월요일 雨, 曇〉(11. 19.)
午前 中 비 많이 내렸고. 學校 나가서 公文書 決裁 等 바쁘게 일 본 것. 井母는 몸 아프다면서도(몸살, 삭신痛) 市場에 나가 설 茶禮用 祭物 사오기도. ◎

〈1985년 12월 31일 화요일 晴〉(11. 20.)
全職員 出勤하여 雜務 處理하고 指示 依據 12時 正刻에 85終務式 擧行한 것.
서울의 맏이, 沃川의 둘째, 淸州의 세째 家族 모였고.
乙丑年을 大過없이 넘긴 것을 天地神明께 深謝하면서…. ⓒ

85年 略記

○ 大過없이 지낸 편. 家族一同 健在.
○ 不幸한 일 있다면 3女(妊) 喪夫(愼 氏)로 홀로된 것 無限히 딱한 일.
○ 五男 막동이 大卒(서울大學校 法大)과 軍入隊 服務.
○ 四男(魯松) 忠北大 人文大學 國語國文學科 卒業班…中等教員 公採 應試했고.
○ 84年에 '사우디' 간 五女(運)이 1個月 間 歸國하였다가 再 海外.
○ 中等教師였던 四女(杏)이 教職을 勇退하고 受學 더 하겠다고 濠洲(오스트랄리아) 가서 英語 受講 中…두 女息 모두 過年찬 것들.
○ 住公아파트(分讓) 19年 償還制 新鳳 52-201號 生活 2年 거의 되고.
○ 飮酒 程度는 많이 謹酒하여 過飮된 度數年間 3回인 記憶 나기도.
○ 夫婦 健康狀態 良好한 편인지 臥病 呻吟한 적 없었던 편.

家族 狀況

• 長子 夫婦 教職 在勤 中…潘浦高 主任教師, 서울 중대國校 教師.
• 次男(絃)이 大田서 事業中이나 아직 景氣 不況中. 子婦(林) 郡東國校 教師.
• 參男(明) 한벌國校에서 中央國校로 옮겨 中堅教師로 在勤 中.
• 四男(松) 忠北大學校 人文大學 卒業班.
• 五男(弼) 軍服務 一年…倭館 美軍部隊 카추사. (2月 서울 法大 卒業했고).
• 長女(媛) 서울 방배洞. 1男 3女. 婿(趙) 中大附高教師.
• 貳女(姬) 在應스님으로서 修德寺 參禪中.
• 參女(妊) 홀로 되어 韓電所屬 職場生活. 1男 1女.
• 四女(杏) 海外(濠洲) 가서 英語 受講 中.
• 五女(運) 海外 '사우디아라비아' 看護職.
• 長孫(榮信) 高1, 昌信 中3, 雄信 國1, 正旭 幼稚園, 孫女 4名 國校 在學.
• 弟 振榮 國校(小魯校) 教師…12月에 淸州 平和아파트로 移住. 1男 1女.

〈1986년 1월 1일 수요일 晴〉(11. 21.) -12°
85年의 幸福했던 一年을 잘 넘긴 것을 幸福으로 生覺하며 새벽運動부터 새 出發. 謹酒해서 健康 維持하겠다는 85년 1월 1일의 生活信條에 하나 더 붙인다면 教職停年 마감年度로서 '最後의 날까지 함께 뛴다'인데…職員과 함께 뛴다, 兒童들과 함께 뛴다는 意志不變인 것.
8時 半에 온 家族 新正 설 茶禮 恭敬히 지냈고. 子女, 姪, 孫들의 歲拜를 夫婦는 즐겁게 받았던 것. 女息 5人 中 異域(사우디, 호주)에 있는 運이와 杏으로부터 새벽 電話로 歲拜 인사 音聲을 들을 때 눈시울이 뜨거웠기도. 낮엔 연수당韓藥房 李正遠 氏를 尋訪하여 情談했고. 이어 社稷洞 가서 俊兄 만나고…三派稧 문제, 明日의 爲親稧, 3日의 宗親同甲稧를 事前 確認 論議한 것. ⓒ

〈1986년 1월 2일 목요일 晴〉(11. 22.) -11°
서울 아이들 아침결에 上京. 10時 半 發 市內버스로 金溪 가서 省墓. 큰집 들러 從兄님 內外분께 歲拜. 아랫말 가서 爲親稧 總會에 參席. 場所 族弟 辺榮 집. 稧員 27名 中 19名 參席. 稧財는 白米 1가마, 現金 36万 원이라고. 郭泰鍾 父親喪에 人事하고 午后 5時 半 發 버스로 入淸. 稧에 參席한 族叔 漢業 氏께 酒類 待接했기도. 沃川 外孫子 '雄信'에게 韓服 사입혔던 것으로 좋아하며 再拜. 값은 14,000원이라고. ⓒ

〈1986년 1월 3일 금요일 雪〉(11. 23.)
宗親同甲契 있어 서울 다녀왔고. 서울 君子洞 族孫 昌在 집. 6人 中 4人 參席. 契財 25万 원. 눈 많이 내려서(約 10cm) 모든 차 거북이걸음. 길바닥 大端히 미끄럽고. 20時頃 淸州 着. 沃川 아이들 歸家. 井母는 어제부터 補藥(漢藥) 다려 服用하기 시작한 것. ⓒ

〈1986년 1월 4일 토요일 晴〉(11. 24.) -12°
어제 쌓인 눈에 바람도 있어 매운 추위~영하 12度. 첫 버스로 出勤. 職員 多數出勤했고. 高學年 어린이들 30余 名과 職員들 함께 運動場 除雪作業에 勞力했기도.
孝子 公務員表彰 對象者 推薦書類 作成 提出하였기도.
歸路 中 無極서 安 女教師 夫婦한테 鄭 校監과 함께 衷心 待接 받았던 것. ⓒ

〈1986년 1월 5일 일요일 晴〉(11. 25.) -16°
昨朝 氣溫 어제보다 더 추워 零下 16度. 조깅時 장갑 낀 손 끝과 빰은 感覺 없을 程度. 市內 한 바퀴 돌아올 때 步行人이나 諸車 雪氷板에서 기어가는 모습이었고.

14時頃에 魯弼이 歸隊. ⓒ

〈1986년 1월 6일 월요일 晴〉(11. 26.)
오늘은 小寒. 今朝 氣溫 영하 14度. 9時 半부터 있는 86主要業務計劃 報告會에 參席. 劉成鍾 敎育監 수행 一行中 弟子 鄭英模 企劃監事室 課長 있어 마음 흐뭇했고.
14時에 學校 가서 雜務 處理하고 歸路에 同行했던 車竣昇 금왕女中高校長 慰勞 待接. ⓒ

〈1986년 1월 7일 화요일 雪〉(11. 27.)
거의 終日토록 눈 온 셈. 모처럼 汽車 타고 忠州 간 것…忠州까지 1時間 30分 걸렸고. 陰城郡 國校長团 一同 新年交礼의 意로 水安堡 '서울장旅館'에 集結. 下午 5時 半에 同 旅館에서 會食. 밤엔 麻雀, 花投 等으로 深夜까지 娛樂. 溫泉沐浴도 흡족히. 每人当 總 1万 원 負擔. ⓒ

〈1986년 1월 8일 수요일 晴, 雪〉(11. 28.)
水安堡에서 8時에 朝食. 9時에 一同 各己 歸校車 出發. 學校엔 下午 1時頃 到着. 帳薄 檢印과 公文書 決裁 等 雜務 마치고 入淸.
明日用 飮食 準備로 子婦 3人(金, 林, 韓 氏)과 季嫂 함께 모여 밤 늦도록 勞力하는 것. 밤에 江外 큰 妹夫와 賢都 姪婿도 왔고. ⓒ

〈1986년 1월 9일 목요일 晴〉(11. 29.)
陰曆으로 至月 末日(동짓달그믐) 65回 生日(滿 64歲). 큰 子婦의 周旋과 2, 3째 子婦들의 솜씨로 家族 一同 朝食을 맛있게 會食.
晝食 時엔 任地敎 梧仙敎 敎職員 一同 13名 와서 함께 歡談하며 들었고.(아파트 52-201) 今日 行事 모두 잘 마치고. 日暮頃에 各己 任地로 歸家. ⓒ

〈1986년 1월 10일 금요일 晴〉(12. 1.) -16°, 9″
井母는 어제 行事로 疲勞가 過했던지 몸살로 昨夜부터 呻吟臥病. 낮에 通院治療까지 했다기도.
아침결에 陰城邑 平谷 샛골에 가서 李基洙(敎委 監事係長) 親喪 發靷祭에 人事(9時 半). 學校 가선 公文書 處理하고 歸淸하고는 井母를 慰安하는 말 많이 했던 것. 手足 나우 주무르기도. ⓒ

〈1986년 1월 11일 토요일 晴〉(12. 2.) -12°
井母의 몸살~服藥 中이나 그리 差度없고. 終日 呻吟에 日暮까지 慰勞하며 몸 만자주었고. 이 消息 들은 參女, 長男한테서 電話 오기도. 밤 12時頃엔 頭痛 若干 가라앉은 듯하다는 것~多幸. ◎

〈1986년 1월 12일 일요일 晴〉(12. 3.) -10°
井母의 病患 差度 있기 시작. 日暮頃엔 食慾도 좀 생겼다고.
朴仁圭(前 淸州消防署長) 回甲 招宴에 人事次 江西2洞 源坪2區 다녀왔고.
세째 子婦(韓 氏)와 季嫂(白 氏) 井母 問病次 다녀가고. 서울의 큰 딸한테 電話왔다기도. ⓒ

〈1986년 1월 13일 월요일 晴〉(12. 4.) -16°
井母 補食用으로 豚족발 4개 3,000원에 사다 곳기 始作했기도.
學校 나가서 日常 處理業務 마치고 午後 四時 發 버스로 入淸. '서울病院', '청주약국' 들려

歸家. 中等教師 公開採用 試驗에 應試했던 四男 魯松 特出하게도 合格. 끈질긴 공부 精神一到 何事不成. 공든탑이 무너지랴. 기쁜 눈물이 나온 것. 当本人 魯松이도 눈물 흘렸다고. 제 母親도 등을 두들겨 주며 울었다는 것. 이제 남은 건 面接과 發令. 大學敎授를 向하여 前進 또 前進. 父子 똑 같은 마음. 꿈이거든 깨지 말아야 할 일. 제 동기 間으로부터 來電. 次男 紘이 大田서 淸州 왔다가 잠간 들러가기도. ◎

〈1986년 1월 14일 화요일 晴〉(12. 5.) -8°
出勤 執務. 學校 舍宅 모두 無事. 四男 松이 就職(자리)의 難易로 苦心. ⓒ

〈1986년 1월 15일 수요일 晴〉(12. 6.) -4°
9日에 서울 孫子들 英信, 昌信한테 생일 祝賀로 카드와 膳物을 보내왔기에 今朝에 答詩를 發送한 것. "英특하고 昌성할 나의 손자여, 65 생일 선물 고마웠지요. 정성 어린 새해카드 읽고 또 읽어 자랑스런 우리 손자 맞이하듯이, 낯에 대고 입에 대어 뽀뽀했도다. 英특하게 昌성하는 나의 손자여 효도하는 자식 밑에 불효 없도다. 엄마 아빠 마음 받아 갈고 닦아서 전통 있는 우리 가문 더욱 빛내어 기리기리 남한테 칭송받으리. 英특하게 昌성하자 나의 손자여. 학구열에 불타던 魯松 삼촌도 忠大의 男兒 一人 관문 뚫었네. 우리 둘 英 昌도 발휘하여서 영관(榮冠)의 그날까지 힘껏 뛰렸다."라고 써서 부친 것.
아침결에 世光高敎 金甲榮 校長에 電話하여 四男 魯松의 採用을 付託해보고. 出勤 길에는 淸錫高敎에 들러 朴光淳 校監과 金洪栥 校長을 찾아 付託한 바 兩敎 모두 可能性 보였기도. 學校엔 形便上 午後에 갔고. 모두 無事. 日直은 高京善 女敎師.
中峰里 再当姪 魯庚의 子(再從孫) 兄弟의 煉炭가스 事故 있대서 淸州 '성가의원' 가보니 둘째 死亡되어 埋葬했고. 맏언놈 意識不明 中으로 위독. 極히 딱한 일. ⓒ

〈1986년 1월 16일 목요일 晴〉(12. 7.) -3°
出勤 길에 '성가의원' 들러 狀況 보고 學校 到着하니 職員 모두 執務 中. 12時까지 職員研修 主題 '服務姿勢'에 對하여 約 1時間 半 동안 講義한 것.
晝食時間에 鄭寅鳳 氏 來敎에 約 1時間 歡談했고.
故鄕 族叔 漢先 氏 別世 消息 듣고 入淸한 때는 20時쯤이어서 金溪行 予定이 不履行. ⓒ

〈1986년 1월 17일 금요일 晴〉(12. 8.)
今日도 出勤 길에 '성가의원' 들렀었고. 學校 執務 마치고 16時頃 退校.
아파트 잠간 들러서 金溪 初喪집(故 漢先) 갔을 땐 20時頃. 弔問 后 一同 밤정가. ⓒ

〈1986년 1월 18일 토요일 晴〉(12. 9.)
어제 오늘 날씨 누져서 포근한 셈. 初喪집에서 청주와 學校로 實情을 電話로 알리고.
族弟 秀榮 父親 葬礼 끝까지 본 것. 爲親契 關聯으로 모두 誠意껏 勞力. 葬地-전좌山.
午后에 入淸하여 '성가의원' 가보니 再從孫(원재?) 나우 정신 돌아선 것 같아 多幸이었고. 魯松의 就業 件 世高에서 連絡 있었대서 기뻤기도. ⓒ

〈1986년 1월 19일 일요일 晴〉(12. 10.) -4°
17日 밤에 어지럽고 頭痛이 甚한 바람에 잠을 이루지 못했다는 井母는 昨日 낮부터 가라앉기 시작하여 今朝는 생기 있어 보여서 多幸.
아침 運動次 나간 길에 셋째(明)집과 아우(振)집 들려 집안 일(松의 教師試驗 合格과 就業문제, 再当姪 魯庚 子 炭가스 中毒事件 문제)과 族叔 故 漢先 氏 葬礼 치룬 이야기 했던 것. 午後엔 '성가의원'에 井母와 함께 들려 人事後 市場 가서 補用 소足(牛足) 等 27,000원 주고 샀기도.
車 便 좋은 편에 江外面 正中里 가서 再從兄 内外분 찾아 人事 慰安하였고. 저물게 入清. ⓒ

〈1986년 1월 20일 월요일 曇, 晴〉(12. 11.) -4°
午前 中 '새교육'誌 讀書. 点心 后엔 忠北銀 가서 月例 納付金 拂入. 清州電信電話局 分局의 金東昱 局長 찾아가 昇進 榮轉 祝賀 歡談했고. 연수당 잠간 들려 '성가의원' 갔더니 큰집 再從兄嫂 氏(魯寬 母親) 서울서 오셨기에 모처럼 만나 반갑게 人事 後 아파트로 모셔 留하시도록 案內했고.
日暮頃 서울서 큰 애 왔고. 入院 中인 再從孫 '용재' 問病次 兼하여 온 것. 明과 振榮 3人을 함께 '성가의원'까지 가서 慰勞 問病하도록 했고. 큰 애 月前에 中古택시 購買한 것으로 直接 運轉하여 온 것 깜찍했기도. 市內 往來도 同 택시를 利用. 처음 乘用했고, 無事를 祈願. ⓒ

〈1986년 1월 21일 화요일 晴〉(12. 12.)
10時 半부터 있는 농협 總會에 參席 後 出勤執務. 下午 4時 半頃 學校엔 保安監査次 교육청 崔 施設係長 다녀갔고. 큰 애 上京.
日暮頃에 外叔母, 外堂叔母 두 분, 3분이 함께 찾아왔기에 반가웠기도. 아파트에서 留하신 것. ⓒ

〈1986년 1월 22일 수요일 晴〉(12. 13.)
午前 中은 外叔母님들 모시고 歡談. 妹 家와 弟 振榮 집까지 다녀가신 것. ⓒ

〈1986년 1월 23일 목요일 晴〉(12. 14.)
世光高 金 校長으로부터 來電~魯松 起用 難하다고…宗教問題로 어려운 듯~기분 나빴기도. ⓒ

〈1986년 1월 24일 금요일 晴〉(12. 15.)
大統領 下賜品으로 全國 初, 中, 高校長에게 '옥돌' 印章 資料를 陰城郡 教育廳에서 傳受式이 있어 參席하여 받아왔고. 歸途中 親旧 數人 만나 자랑하였기도. ⓒ

〈1986년 1월 25일 토요일 晴〉(12. 16.)
松의 就業 件에 對하여 서울 큰 애로부터 重大하고도 자극적인 電話 왔기에 勇氣를 내어 清錫高 金洪烋 校長과 清女商高校 金榮世 校長 집 찾아가 人事하였기도. 두 곳 다 "教育者 家庭이며 秀才家庭"이라고 흐뭇한 贊辭와 아울러 松의 健實함을 말하는 것. 學校 나가 雜務 정리하고 入清 歸家. ⓒ

〈1986년 1월 26일 일요일 晴〉(12. 17.)
金顯九 教育會長 子婚 있어 人事~13時. 상당예식장. ⓒ

〈1986년 1월 27일 월요일〉(12. 18.)
86學年度 學校 教育報告(計劃) 行事 있어 參席~場所 無極國校. ⓒ

〈1986년 1월 29일 수요일 晴〉(12. 20.)
健康 狀態 非正常과 某種의 자극으로 낮 12時를 期해 飮酒 斷切. ⓒ

〈1986년 1월 30일 목요일 晴〉(12. 21.)
延 교육장 要請으로 陰城教育廳 가서 停年의 날까지 斷酒하겠다고 約束. ◎

〈1986년 1월 31일 금요일 晴〉(12. 22.)
家庭에선 나의 먹을 것 때문에 井母가 있는 誠意하는 것.
魯松의 就業 문제로 과민하게 신경 쓰는 일 이모저모 많은 중이기도. 松의 침착 자랑스럽고. ◎

〈1986년 2월 1일 토요일 晴〉(12. 23.)
点心시간에 要請에 의한 짠지죽 한 양재기 하여 자신 생겼기도. 沐浴도 理髮도 했고.
市內에 들어가 人事 두 곳 했기도.
'國唱通政大夫 韓大唱'이란 傳說의 故鄕이라는 TV映畵 場面 보고 나의 斷酒 관련의 某 事緣 있어 決心과 慰安 되었기도. ◎

〈1986년 2월 2일 일요일 晴, 雪〉(12. 24.)
아침결에 井母와 함께 市內가서 100日 生 새끼염소 38,000원에 사오기도. 今日氣 突變 16時頃 積雪 8cm. 下午 2時 20分 發 高速으로 上京~소 3時부터 내린 눈 때문에 서울엔 1時 20分 間 延着되어 4時 着 予定이 5時 20分에 到着한 것. 서울 큰 애 택시로 文井洞까지도 1時間 半 걸렸고. 長女, 參女 文井洞에 함께 모여 夕食을 會食. 큰 子婦 매양 후덕하게 잘 하는 것~제 媤母한테도. ◎

〈1986년 2월 3일 월요일 晴〉(12. 25.)
날씨 다시 小大寒 만난 듯 맵게 추웠고. 어제 내린 눈으로 서울 바닥 전체가 氷板. 새벽運動時 '프라자'아파트, '극동'아파트 一周할 時 귀가 빠지는 듯. 뒷목과 이마는 感覺이 없었고.
朝食時도 생선회를 마음껏 많이 먹고 큰 애 택시로 1時間 半 걸려 新設洞 한형주의원에 가서 井母 診察 後 15日 間의 調劑藥 38,000원에 지었다는 것. 나의 血壓은 80에 140 正常이라나.
点心 後 서울터미날까지 택시 運轉에 歸家했을 땐 지쳤을 것(큰 애 安否 16時 半에 確認).
下午 3時 半頃 신봉아파트에 到着~家庭, 學校 모두 無事하대서 多幸. 安心. 간밤 꿈 險했고. ◎

〈1986년 2월 4일 화요일 晴〉(12. 26.) -12°
모처럼 出勤 執務. 公文書 處理, 帳簿 檢印. 濠洲 杏한테 '益母草' 丸藥 送付. ◎

〈1986년 2월 5일 수요일 晴〉(12. 27.) -10°
도시락 갖고 出勤 執務. 86學年度 新入生도 50名 以內여서 1個 學級 編成밖에 안 되는 것. 어제는 立春~그래서 2日에 눈. 어제 오늘 영하 10度 以下로 떨어졌나? ◎

〈1986년 2월 6일 목요일 晴〉(12. 28.) -11°
今日도 도시락 싸갖고 出勤 執務. 歸路에 教育

廳 들려 延光欽 教育長 면담~여러 가지로 마음 개운했고. 松은 大成學園 가서 就業 一切 書類(用紙) 가지고 온 것.
再從兄(憲榮 氏) 入院 소식 듣고 밤 8時頃에 清州 所在 '서울병원' 가서 問病~肝癌? 위험千萬. 밤 11時頃 歸家했으면서 궁금症 不禁. ◎

〈1986년 2월 7일 금요일 晴〉(12. 29.) -12°
日出 前 早朝에 驅步로 病院에 달려가 再從兄 狀況 보니 別無 差度였고.
10時에 出勤 執務. 無極 주차장에서 朴 教師 잠간 만나고 入清하여 鳳鳴洞 事務所 가서 四男 松의 中等教師 就業에 必要書類 떼기도…印鑑證明書 等.
夕食 後 '서울병원' 가서 再從兄님의 病勢 보았으나 別無神通. ◎

〈1986년 2월 8일 토요일 晴〉(12. 30.) -9°
再從兄 病勢 약간 差度. 退院 予定을 다시 保留. 軍의 弼이 저녁에 왔고.
松은 就業書類 作成에 바빴고. 採用 身體檢査도 道醫療院에 가서 受檢. ◎

〈1986년 2월 9일 일요일 晴〉(1. 1.) -7°
"民俗의 날"(旧正…昨年부터 公休日로 定해졌고, 今日은 日曜日이기도).
새벽運動(青少年體操, 驅步, 國民體操…40分間) 마치고 望鄉 合掌祈禱하며 家族無故, 職場忠實, 健康管理를 祈願 다짐. 沃川서 둘째 絃이 와서 5名 朝會食(夫婦, 絃, 松, 弼). 海外 사우디 5女 運이한테서 電話 簡單不明하나 音聲만은 들었으니 기뻤고~旧正 朝 인사 전화일 것.
問病次 內清한 再從 公榮(修身面 신서國校勘)과 其 所屬 家族 一同 8名의 点心을 아파트에서 待接하느라고 井母가 많이 애썼고.
日暮頃에 江外面 正中里 가서 再從兄님(点榮 氏) 찾아뵙고(새해 人事와 面談, 月前의 煉炭까스事故 等等) 늦게 歸家. 入院 中인 再從兄님(憲榮 氏) 問病…明日 退院 予定.
어제 왔던 五男 魯弼이 歸隊次 午后 2時에 出發했고. 孫子 昌信이 徽文高로 落着이라고. ◎

〈1986년 2월 10일 월요일 晴〉(1. 2.) -10°
再從兄님(憲榮 氏) 一段 退院하는 것. 12時 半頃 '서울病院'에 가서 본 後 學校 直行하여 公文書 處理 後 舍宅 및 全校 둘러보고 舍宅 주방 아궁이에 불 넣도록 付託하고선 17時 發 버스로 清州 向發. 歸路中 무극 送電社에다 小型 래디오 修繕토록 맡겼고.
魯松은 今日로서 大成學園에 就業書類(公務員 인사記錄카드 等) 一切를 作成 提出 完了한 것. ◎

〈1986년 2월 11일 화요일 晴〉(1. 3.) -9°
어제까지 50日 間의 冬季休暇 마치고 開學. 6時 15分 發 첫 버스로 떠나 學校 到着은 7時 50分. 今朝도 나우 찼다함이 立春 추위 9日 間 繼續된 셈.
職員 兒童 모두 無故. 學年末 잘 마치자고 職員과 兒童에게 付託했고.
舍宅 아궁이에 넣은 炭과 보일라 別 異常없는 것 같아 多幸이었고. 井母는 明日 任地에 온대서 今日만은 清州서 通勤. ◎

〈1986년 2월 12일 수요일 晴〉(1. 4.) -10°
12時쯤 淸州에서 井母 梧仙으로 오고~約 50日 만에 온 것.
병설 幼稚園 第2回 修了式 했고. ◎

〈1986년 2월 13일 목요일 曇, 가랑눈〉(1. 5.) -3°
今朝도 새벽運動 輕快히 施行한 것. 青少年 體操, 驅步, 國民體操…任地 와선 새해로선 처음이고. 날씨는 많이 눅져 日出 前 氣溫 영하 3도.
10時 반부터 있는 金旺女中高 第11回 卒業式에 參席했기도.
下午 3時 半부터 있는 金旺青年會議所 JC總會 招請에 參席. ◎

〈1986년 2월 14일 금요일 晴〉(1. 6.) 0.5°
教育廳 들려 業務打合~職員 人事, 出産 女教師 代置講師, 工事 中 電氣料 等.
下午 5時부터 있는 遠南校 崔在崇 校長 停年 앞둔 校長團 夕食 會食에 參席…용궁식당. ◎

〈1986년 2월 15일 토요일 雪, 晴〉(1. 7.) 0°
첫 새벽에 눈 우수 내린 것…約 3cm. 學校 雇傭員들과 눈 쓸었고.
第38回 卒業式 無事히 잘 擧行됐고. 道晴2區 鄭宗憲 父兄이 全職員에 飮食 厚待. 數名의 學父兄이 無極에 나와 職員들에게 点心도 待接.
井母는 아침결에 入淸. 17時에 있는 友信會 定期會에도 參席~조일식당. ◎

〈1986년 2월 16일 일요일 晴〉(1. 8.)
魯松과 市內 가서 양복(春秋服), 구두 해결. 洋服은 제 큰 형이, 구두는 제 큰 妹兄이 各各 負擔.
새벽운동次 社稷洞 方面으로 驅步. 司倉洞 책방 가서 妹夫와 이야기(鐘淑의 職場, 婚談)하고 朝食까지 한 것. 井母는 妻再從 金鐘鎬 女婚에 人事次 三洲예식장에 다녀오고.
12時에 玉山面 虎竹里 가서 鄭善泳 南一校長 母親喪에 弔問次 다녀오기도. ◎

〈1986년 2월 17일 월요일 曇〉(1. 9.)
15日에 있었던 第38回 卒業式 擧行에 잘 됐다고 職員들에게 稱讚했고.
中學入學生 學力考査 實施日이어서 12時頃에 無極中學校 가서 趙 校長 만나 面談했고. 龍泉校 申 校長, 双峰校 安 校長과 함께 点心을 會食. 歸校해선 金某 教師에 카메라 件 어려운 말 했기도. ◎

〈1986년 2월 18일 화요일 雪, 曇〉(1. 10.) 0.5°
이른 새벽부터 내린 눈 登校 直前까지 約 10cm. 出勤 前 除雪作業 나우 했고.
學年末 整理에 全職員 바쁘게 일 보는 것. 밤엔 '周易' 많이 읽기도. ◎

〈1986년 2월 19일 수요일 晴〉(1. 11.) -1° 5″
井母와 함께 無極까지 가고. 井母는 入淸~86 開學까지 淸州 滯留 計劃.
11時부터 있는 無極信協總會에 參席. 点心 待接 받고 下午 2時부터 있는 臨時校長會議에 參席~当面問題…大統領 忠北年頭巡視와 國政演說, 市道 教育監 懇談會의 長官談話文, 市郡교육장 懇談會 內容 傳達이 主案(86, 88大會 잘 보내기 改憲 署名運動에~말려들지 않기, 學年末 整理 等)

無極서 金旺邑內 國校長團 學年末 行事 協議하고 늦게 入淸. ◎

〈1986년 2월 20일 목요일 晴, 曇〉(1. 12.)
새벽 첫 버스로 出勤. 어제가 '雨水'. 18日의 눈으로 더욱 運動場은 질고 질어서 엉망.
昨日 校長會議 會議事項 傳達~2月 分 職員硏修 아울러서 施行한 것.
槐山郡 靑川面 德坪國校 가서 尹洛鎔 校長 功勞退任式 參席. 14時부터 15時 半.
18時 定刻에 學校 到着하여 校長室 갈무리 하고 淸州 오니 밤 9時頃.
四男 魯松 大成女商高 敎師로 任命됐다고 消息~27日에 登校하여 發令狀 받으라는 喜消息. 精神一到 何事不成. 學究熱에 勤勉했던 結晶. 내 家門에 또 慶事라 아니할 수 없고. 30余世된 魯松 껴안고 기뻐했던 것. 있는 熱을 다 쏟아 學生敎育 잘 해서 훌륭한 敎師 되고, 앞으로도 繼續 勉學을 当付했던 것~魯松의 答辯 힘차게 나왔고. ◎

〈1986년 2월 21일 금요일 晴〉(1. 13.) -6°
今日도 이어 學年末 마무리 일에 바빴던 것~生活記錄簿, 健康記錄簿, 班編成表 点檢 등 帳簿 檢印에 해 넘긴 편. 明日 있을 行事 他意였지만 肉類 몇 斤 구워먹는 데 職員 數많이 비어서 안 됐었고…出産 女敎師 2名, 敎育會에 出張 2名, 病故 早退 1名. ◎

〈1986년 2월 22일 토요일 晴〉(1. 14.) -5°
85學年度 修了式 擧行…5學年 以下 修了者 273名. 學業 및 善行賞 29名. 1年 勤勉賞 150名.
學校일 午後 一時까지 모두 마치고 全職員 無極 나와서 晝食을 會食한 것. 경비 約 3万 원.
明日이 正月 大보름이어서 市場 분빈 편이며 往來하는 乘客으로 停留場마다 많은 人波. ◎

〈1986년 2월 23일 일요일 晴〉(1. 15.)
琅城 申中休(同壻) 女婚에 井母와 함께 中央禮式場에 다녀와선, 鄭善泳 南一校長 女婚과 閔丙昇 中央校長 子婚에도 人事하기에 바쁘게 돌아다닌 것.
松의 就業 身元照會 關係 있어 玉山支署 다녀오기도. 今日은 대보름 부럼 깨물기도.
井母와 松의 말 들으니 在應스님으로부터의 安否 연락과 아라비아의 5女 運으로부터 3月의 臨時休暇와 아울러 濠洲로 옮기겠다는 連落이 있다는 것.
市內의 전화 2-0403 都市計劃으로 잠시 他處로 옮겨 갔고. ◎

〈1986년 2월 24일 월요일 晴〉(1. 16.) -4°
新鳳아파트 登記移轉 手續(管理所->個人)으로 午前 中 매우 바쁘게 뛴 것…아파트 管理所, 洞事務所, 住宅銀行, 金東信司法書士事務所 等 轉轉 다녔던 것.
下午 2時부터 있는 崔在崇 遠南校長 停年退任式에도 參席.
四男 魯松도 바쁜 일 보았고…사우디 運에게 보내는 電文 手續. 外換銀行으로 온 運 온라인 貯蓄 手續. 새 洋服 찾기와 와이샤쓰 및 넥타이 購入 等等. ◎

〈1986년 2월 25일 화요일 晴〉(1. 17.) -2°
11時부터 있는 金旺邑 單位機關長會議에 參

席. 今日 있는 班常會 資料가 主…大統領 閣下 指示事項~88大會와 改憲論 等.
点心 後 學校 가선 帳簿 檢印과 公文書 處理, 歸路에 出産 女敎師(全)에 미역 膳物했고.
秀谷洞서 夕食하고 아파트 오니 在應스님과 상운 스님 와 있는 것. 모두 健康 好調.
忠北道內 初, 中, 高 敎員 1,000余名 異動發令~延光欽 陰城敎育長이 敎委 初等敎育課長으로, 卞文洙 秀峰校長이 角理校長으로 等 大異動. ◎

〈1986년 2월 26일 수요일 晴, 曇, 한 때 가랑눈〉(1. 18.)
愛弟子 金東昱(淸州 電信電話分局長) 喪偶에 人事 慰勞하고 市內 가서 장 홍정 等 일 본 後 沐浴했고. 三男 魯明이 住宅 建築 着手되어 地下室 바닥콘크리트하는 것 한 동안 보기도. 忠北 卒業式 參席(32回).
밤 11時에 어머님 祭祀 지냈고…서울 큰 애 오고, 故鄕에서 從兄님도 오신 것. ◎

〈1986년 2월 27일 목요일 曇, 가끔 가랑눈〉(1. 19.) -5°
어제 낮부터 날씨 나우 추어져서 今朝 氣溫은 영하 5度. 새벽 運動時 몹시 추었고, 등엔 땀. 큰 애 일찍 上京. 井母는 두 스님과 함께 下午 3時 半 버스로 방배洞 간 것…臥病中인 査夫人(희환 祖母) 問病이 目的. 明日 內淸 予定이고.
11時에 學校 가서 公文書 處理하고 轉出入 職員 수명 있게 되어 새 學年度 計劃을 깊히 考慮해보기도.
入淸 歸老에 無極서 鄭 校監과 朴 敎師에 轉出 人事 待接으로 夕食을 會食.
通報에 依하여 大成商高校에 갔던 四男 魯松은 当校 敎師로 在職케 되어 眞實로 기뻤고. ⓒ

〈1986년 2월 28일 금요일 晴〉(1. 20.) -5°
11時 半부터 있는 送別會에 參席~轉出케 된 延光欽 교육장, 金鐘昌 課長, 卞文洙 秀峰校長 外 5名. 學校 나가선 帳簿 檢印과 公文書 處理, 86年 各項 擔任 考慮 等으로 神經 쓰기도.
井母 서울서 낮에 왔고, 新任 林美娘 女敎師 아파트까지 來訪 人事.(夫婦…姜 교사). ◎

〈1986년 3월 1일 토요일 曇〉(1. 21) -4°
3.1節 제67주년 記念式 擧行…職員, 兒童 全員 登校 參席. 式事 詳細히 잘 했고.
轉出職員 離任人事도…校監 鄭用承~龍泉, 敎師 朴鐘洙~館城, 安慶蘭~南新, 閔貞順~남신. 全員 無極와서 送別宴 形式으로 点心 會食. 歸家하여 沐浴 後 市內 가서 夕食. ⓒ

〈1986년 3월 2일 일요일 曇, 晴〉(1. 22.) -3°
從兄님의 七旬잔치 있대서 酒, 肉類 좀 사 갖고 井母와 함께 故鄕 金溪까지 다녀왔고.
아직까지 아침결 氣溫 零下圈…長期 低氣溫~늦추위 甚한 편. ⓒ

〈1986년 3월 3일 월요일 晴〉(1. 23.) -1°
새벽 첫 버스로 出勤. 轉入 南相卓 校監 初人事~健康 좋고 快活 明朗한 人品이었고. 86學年度 始業式 擧行…熱心히 공부하고 힘껏 일하여 學校 잘 다듬으며 마음 착한 사람 되자고 当付했고.

全職員 4次 學習까지 眞摯하게 어린이 心情 陶冶에 誠意 다 하는 듯 고마웠기도.
歸淸하니 四男 魯松이 就業된 大成女商 教師로 첫 出勤[1]하여 午後 4時間 첫 授業 잘 하고 늦게 退勤 歸家하니 반갑고 기쁘고 多幸. 15 号俸. ◎

〈1986년 3월 4일 화요일 晴〉(1. 24.)
어제도 오늘도 낮 氣溫은 따뜻한 셈. 學年初 基盤 잘 닦자고 校長, 校監은 全職員에 当付한 것. 井母는 낮에 淸州서 梧仙 왔고. 모처럼 다시 舍宅에 불 때는 것. ◎

〈1986년 3월 5일 수요일 晴〉(1. 25.) -2° 5″
第一學年 入學式 擧行. 48名. 1學級 編成.
午後엔 教育廳 가서 새 赴任한 趙仁行 教育長과 尹貞用 學務課長 찾아 첫 人事한 것.
日暮頃엔 井母와 함께 울 뒤 언덕 雜草 태우기 等 清掃作業에 勞力했고. ◎

〈1986년 3월 6일 목요일 晴〉(1. 26.) -3° 5″
學年初 基盤 닦기에 全職員 勞力. 아침工夫부터 조용히 自律하도록(學習) 新任 南 校監이 强調.
낮엔 無極우체局 孫忠國 局長 人事次 來校하여 歡談하였기도.
退廳하고선 舍宅 앞 다랭이 고추밭자리 긁어 태우기에 어둡도록 勞力했고. ◎

〈1986년 3월 7일 금요일 晴〉(1. 27.) -1° 5″
井母는 齒牙痛症 있어 治療 等으로 午前에 入淸 '同仁齒科' 가서 治療받은 것.
86學年度 學校 教育計劃 報告用 抄案 作成에 몽꾸 힘썼고…趙교육長 初度巡視 時 報告用.
点心時間 利用하여 舍宅 便所 퍼냈기도~호박구덩이 2곳, 마늘밭 全般에 쪄진 것.
86 첫 職員會 마치고 (86學年度의 教育計劃書 依據 申敬수 研究主任이 主宰. 南相卓 校監의 實踐 經驗에 依한 教育方法論 '學力伸張' 長時間 力說.) 全職員 無極 나가서 夕食을 신선食堂에서 맛있게 會食…4人의 新任職員 歡迎의 뜻이 主. 모처럼 全員 合席. ◎

〈1986년 3월 8일 토요일 晴〉(1. 28.)
教育廳 들려 '無住宅 公務員 家屋 建立資金 融資. 公務員 年金管理工團 통한 韓國住宅銀行側' 第一次 手續했고. 學校 일 깨끗이 마치고 最終으로 退勤時 李 氏 慰勞도 한 것.
部隊에서 魯弼이 왔고. 四男 魯松이 學校勤務(15号俸) 첫 週 마친 것. 誠意 다 하는 것 滿足. ◎

〈1986년 3월 9일 일요일 曇, 雨〉(1 .29.)
꿈~潮水 나간 넝기미[2] 밑에서 大魚 10余마리 주은 中 金魚 3마리 중에서 남 1마리 提供하고 지게로 지고 집에 들어와 父親께 뵈어 드리고 가장 큰 魚物(金色)은 祖父께 드린다며 또 한마리의 金魚가 있다고 父親께 말씀드릴 즈음 '우리 집에 큰 사람이 나타난다는 消息이 있더라'는 父親의 말씀 끝에 "우리 魯松이도 오늘 擔任學生들을 引率하여 空士學校[공군사관학교]까지 다녀왔으며 어제는 學生, 오늘

1) 원문에는 붉은색 색연필로 밑줄이 그어져 있다.

2) 논둑에 자리는 마디풀.

은 先生님이올시다"고 똑똑히 말하며 잠이 깨니 5時 20分인 것.
11時頃부터 終日 부슬비 내렸고. 魯弼은 午后 4時쯤 歸隊次 出發. 去月 26日에 着手한 세째들 住宅 建築에 今日부터 벽돌쌓기 始作…비 때문에 午后엔 休業. ◎

〈1986년 3월 10일 월요일 晴〉(2. 1.)
今日은 單身 出勤. 井母는 若干 몸이 아플 뿐더러 엄두 안나는 모양. 明日 온다는 것.
第六學年 道德授業 着手 四校時에 6의2, 六校時에 6의1. 興味있게 授業했고. 校長室 자리 옆에 額子 하나 걸었고…'보람과 기쁨을 주는 사랑의 교육-, 오늘은 다시 오지 않는다. 끝날까지 교단 지키리'.[3)]
点心은 淸州서 가져온 도시락으로. 夕食은 국수 삶아 먹은 것. 저녁에 淸州로 井母 앞으로 電話했고. '사우디의 運이가 土曜日에 歸國한다는 消息 왔다는 것.' ◎

〈1986년 3월 11일 화요일 晴〉(2. 2.) -2°
새벽運動 마치고 早朝에 朝食 지어먹기에 바쁘기도 했고. 井母는 낮 11時에 淸州서 온 것. 學校 파하고선 방아다리 가서 쌀 2말 팔아오기도. 1말값 7500원씩. ◎

〈1986년 3월 12일 수요일 晴〉(2. 3.) -3° 5″
모처럼 終會를 實施하여 86學年度 學校敎育目標 具現에 對하여 再强調했기도. ◎

〈1986년 3월 13일 목요일 曇, 雨〉(2. 4.) -1°
去 11日부터 着手한 室內奬學指導는 어제도 오늘도 繼續했고. 午後엔 郭校長의 敎育方針으로서 「보람과 기쁨을 주는 사랑의 敎育」과 日日生活 「省略」을 淨書하기도. ◎

〈1986년 3월 14일 금요일 曇〉(2. 5.) 4°
日出 前 氣溫 많이 올라 4度. 새벽運動 驅步에 땀 났고. 저녁엔 개구리 소리도 들리는 것.
劉敎育監이 大統領께 報告한 '86忠北敎委 主要 業務計劃報告 說明書' 깨끗이 移記했기도. ◎

〈1986년 3월 15일 토요일 曇〉(2. 6.)
井母는 아침결에 入淸. 全職員 下午 3時 半까지 勤務하고 退廳~86, 88 大行事 잘 치르기 위한 '새마을運動中央本部 남덕우 氏 特講演說' TV視聽에 姉母會員 召集 聽取케 되어 함께 參與고.
사우디 갔던 五女 運이 臨時休暇로 오게 되어 予定時間돼도 消息 없어 몹시 궁겁던次 深夜 11時 半頃 제 큰 오빠와 함께 無事到着되어 安心됐고…自家用으로 오느라 큰 애 心身疲勞 많았을 것. 이야기 좀 듣다 零時 훨신 지나 就寢. ◎

〈1986년 3월 16일 일요일 曇, 晴〉(2. 7.)
큰 애 自家用으로 市外停留場까지, 無極 와서 金旺靑年會議所 主催 里洞對抗排球大會場인 無極中學 갔었고. 点心 後 곧 歸淸하여 金喆濟 敎大附國校長 回甲 招宴場 巨龜莊 가서 人事 待接 받았고.
큰 애는 10時頃 上京. 3男 明의 新築住宅은 下層 벽돌쌓기 工事까지 끝낸 셈. 日暮頃 市內

3) 원문에는 붉은색 색연필로 밑줄이 그어져 있다.

갔다가 곧 歸家. ◎

〈1986년 3월 17일 월요일 晴〉(2. 8.) -3°
아직 日出 前 아침 氣溫은 零下圈. 今朝 零下 3度.
六學年 道德授業 一, 二班에 各 1時間씩 授業. '우체부아저씨의 殉職'에 感銘깊게 다룬 것.
給料 受領~期末手当의 날이어서 98万 원 程度 實受領(俸給 本額은 1号俸 524,000원). 四男 魯松도 最初 俸給 44万余 원 받아와 뵈이기에 夫婦는 기뻐했고 激勵한 것. ◎

〈1986년 3월 18일 화요일 曇, 雨〉(2. 9.)
清州선 버스로 學校 向發. 無極부터는 自轉車로, 學校 到着 8時 30分.
11時頃부터 부슬비 내리는 것. 清州서 가지고 온 도시락 전기밥솥에 물 부어 잘 데어 먹었고. 今日도 退勤하여 清州로. 運은 제 親旧 만나러 仁川 다녀왔다고. ◎

〈1986년 3월 19일 수요일 부슬비〉(2. 10.) 수 부슬비
거의 終日토록 부슬비 내린 것. 井母는 數日만에 清州서 梧仙 온 것. 學校 李 氏가 舍宅 溫突 고래에 군불 나우 뜻뜻하게 때어 고마웠기도.
下午 4時 半 지나서 今般에 新任한 趙仁行 教育長이 尹貞用 學務課長과 金泰河 奬學士를 帶同하여 初度巡視次 來校에 '學校 教育目標 具現 計劃과 郭 教長의 教育方針 및 日日生活 課程'을 報告하고 對談에 雰囲氣 좋게 이루어져 今日 行事 뜻있게 맺은 것.
夜間엔 8年 前 拉北됐던 映畫人 夫婦 申相玉, 崔銀姬 脫出 回想記念으로 上映된 '成春香' TV視聽 2時間 동안 興味있었기도.

〈1986년 3월 20일 목요일 晴〉(2. 11.) 0°
室內奬學指導 繼續 實施에 今日은 5의1 金皖 教師 担任班. 어제는 4의2 新任 任美郎 教師 班이었는데 機待에 어긋나는 指導技術에 落心되었기도. ◎

〈1986년 3월 21일 금요일 晴, 曇〉(2. 12.) -1°
教育廳 管理課 庶務係長 金振德 主事 來校에 面談中 나의 教育經營觀인「보람과 기쁨을 주는 사랑의 교육」에서 86生活에선 "오늘은 다시 오지 않는다. 끝날까지 교단 지키리"를 紹介 說明하였기도.
夜間(밤 8時 半頃)에 鄭世根 北二校長으로부터 來電 와 '23日 13時 半에 校長团 同甲契' 있다고 編入하라는 것. 23日 用務 많기도. ◎

〈1986년 3월 22일 토요일 晴, 曇〉(2. 13.) 1° 5″
六學年의 道德授業. 1, 2班 모두 1時間씩 마치고 自轉車로 無極 달려 陰城 가니 12時. 1時부터 있는 初等校長 懇談會에 參席~場所는 陰城 대웅장. 轉入校長 人事. 校長团 親睦會(協議會) 事業 協議. 新任 趙仁行 教育長 招致 晝食을 會食. 午後 4時 半에 清州 到着. 井母는 아침결에 無事到着. 運이는 仁川 갔다 왔다는 것. 日暮頃 沐浴했고. ◎

〈1986년 3월 23일 일요일 晴〉(2. 14.)
數處 人事할 곳 있으나 便便에 付託 委任하고 清原郡 關聯 <u>校長团 辛酉生 同甲親睦會 招致</u>

에 參席한 것[4]-場所는 元聖玉 校長 집. 13時. 10名 構成(나와 崔校長은 今般에 編入). 10名 모두 各姓. 14回째. 生日에 当番日. 月會費 2,000원씩. 情談 마치고 点心 後 解散(辛酉會 名單-元聖玉, 崔在崇, 朴允緖, 金容琦, 李殷稙, 韓昇植, 安昌根, 郭尙榮, 宋錫彩, 鄭世根).
5女 運이는 서울 큰 오빠 집 갔고. 夕食은 꽃다리 건너서 했고. 일찍이 歸家. ◎

〈1986년 3월 24일 월요일 晴〉(2. 15.)
單身 出勤. 今日도 第六學年 道德授業 2時間 興味있게 했고. 單元~"용서하는 마음".
下午 5時 40分에 退勤하여 淸州아파트 到着하니 8時 좀 넘었고. 3日 前부터의 感氣 아직 안낫고. ◎

〈1986년 3월 25일 화요일 晴〉(2. 16.) 1° 5″
昨日 退廳 後 아파트行 途中에 延光欽 雇傭職 父親 入院에 問病 人事(서울病院)한 것. 學校 李 氏와 南 校監에 이야기했고. 南 校監…延氏에 對한 印象 그리 좋지 않은 듯? ◎

〈1986년 3월 26일 수요일 晴〉(2. 17.)
數日 間 繼續되는 通勤에 点心 도시락. 舍宅 전기밥솥에 가든히 데워먹는 중. 별무 異常. ◎

〈1986년 3월 27일 목요일 晴〉(2. 18.)
學校 便所 復旧工事 再손질에 2層 屋上까지 無難히 올라가 보았고.
歸淸 途中 梁 敎師와 無極서 對話中 줏대 서지 못한 이야기에 그리 반갑지 않았던 것. ⓒ

〈1986년 3월 28일 금요일 晴〉(2. 19.)
復旧工事 人夫들 督勵 여러곳 함께 손질. 소주도 待接하여 慰勞했고.
今日도 밤 8時 좀 지나서 淸州 着. 5女 運이는 31日에 다시 海外 간다는 것(사우디). ⓒ

〈1986년 3월 29일 토요일 晴〉(2. 20.)
今週는 완전 一週間 淸州서 通勤한 것~滿 一週 通勤 처음인 듯.
貳男 魯絃이 瑞山 等地로 제 妻男과 함께 收金 및 物品 調達次 歸路中 生鮮 等 사 가지고 아파트 잠간 들려가고. 밤엔 5男 弼이도 軍部隊에서 왔고. 運이는 서울 다녀온 것. ◎

〈1986년 3월 30일 일요일 曇〉(2. 21.)
運이 上京. 明日 사우디 向發 計劃. 弼이는 午后에 歸隊.
成世慶 南二校長 回甲宴 招待에 '二鶴食堂'에 다녀서, 梧仙校 第4回 卒業生 鄭泰甲 爲先事業에서도 案內狀 있어서 下午에 金旺邑 龍里 下麓까지 參席했던 것. 늦게 入淸하여 水谷洞 가서 夕食. ◎

〈1986년 3월 31일 월요일 晴〉(2. 22.)
今日 날씨 終日토록 유심히 좋았고.
井母와 함께 上京하여 下午 2時에 사우디 向發하는 五女 魯運이 金浦空航 出航하는 것 보았고.[5] 울적하는 가슴, 눈시울 等 억지 참고 큰 애 井, 큰 女息 媛과 함께 食堂에서 晝食 마

4) 원문에는 붉은색 색연필로 밑줄이 그어져 있다.

5) 원문에는 붉은색 색연필로 밑줄이 그어져 있다.

치고 夫婦는 곧 歸淸. 異域万里에 가 있는 2女息(4女 杏, 5女 運)의 無事를 天地神明께 빌 뿐. ◎

〈1986년 4월 1일 화요일 晴〉(2. 23.)
六學年 道德授業 昨日의 것 今日 二, 三校時에 實施. 井母 一週日余 만에 學校 舍宅 온 것. 退勤 後 黃昏까지 舍宅 울 안의 남새밭 파기 等 勞力에 땀 좀 흘린 것~감자 놓을 곳 等.
今日 낮 12時頃쯤 어제 낮 사우디 向發한 5女 魯運이 無事 젯다市에 着陸하였는지. ◎

〈1986년 4월 2일 수요일 晴〉(2. 24.)
일주일 前부터의 感氣 아직까지 가라앉지 않았고.
鄕友班 體育大會 2時間 所要(13시~15시). 比較的 秩序있게 進行. 梧仙班이 優勝.
日暮頃엔 井母와 함께 舍宅 울 안 밭에 감자 좀 놓았기도. ◎

〈1986년 4월 3일 목요일 晴, 曇〉(2. 25.)
11時 半부터 있는 地域(金旺邑) 校長親睦會議에 參席. 双峰校 金圭福 校長 歡迎 會食했고. 退勤 後엔 今日도 勞動. ◎

〈1986년 4월 4일 금요일 晴〉(2. 26.)
教委 申裕澈 奬學士(江西校監 時節 弟子) 來校 人事에 반가웠고. 幼兒教育 狀況 보기도.
下午 4時頃 서울 큰 애 自家用 車로 梧仙까지 와서 5時 半에 夫婦는 함께 淸州에 갔고. ◎

〈1986년 4월 5일 토요일 晴〉(2. 27.)
아침결에 큰 애 車로 學校까지 오고. 큰 애는 곧 上京. 學校서 下午 1時까지 執務하고 教育廳 들러 잠간 일 보고 入淸. 21時頃 사우디 運이로부터 無事히 잘 갔다는 喜消息(國際電話). ◎

〈1986년 4월 6일 일요일 晴〉(2. 28.)
午前 中 讀書 '새교육'誌 4月号. 12時 半에 있는 金鎭烙 鶴城校長 子婚에 人事.
午後엔 學校 나가서 안팎 둘러보고 無事 確認 後 다시 入淸. 市內서 夕食(콩나물국). ◎

〈1986년 4월 7일 월요일 晴〉(2. 29.)
첫 버스로 일찍 出勤. 井母도 午前에 梧仙 와서 家事에 奔走. 六學年 道德授業 2時間.
學區內 鄭百憲 氏 弟喪에 人事했고. 개우지 鄭二憲 問病도(負傷). ⓒ

〈1986년 4월 8일 화요일 晴〉(2. 30.)
故 閔瑀埴 校長 葬禮 行事에 參席~永訣式場인 富潤校 거쳐서 葬地인 德山面 玉洞까지 거쳐 오는 데 거의 終日 된 셈. 日暮頃에 舍宅 안 밭에 땅콩 한 고랑 播種(60톨). ◎

〈1986년 4월 9일 수요일 曇〉(3. 1.) 9° 5″
17時부터 있는 機關長會議에 參席. '全國土公園化'가 主案. 많이 밀렸던 會費도 完納. 夕食 担当은 '무극鑛山'~염소탕으로 잘들 먹었고. 땅콩 300톨 播種 完了. ◎

〈1986년 4월 10일 목요일 曇〉(3. 2.) 12°
第3學年 一, 二班의 授業을 參觀~1班은 美術科에서 소 質教材 取扱 繼續되는 듯. 2班은 教科別 時間確保(特히 藝體能) 안 하은 듯.

16時 30分부터 臨時職員會~內實있는 授業. 奬學指導 結果 分析, 当面 問題. ◎

〈1986년 4월 11일 금요일 晴〉(3. 3.) 2°
날씨 쌀쌀했고. 終日토록 바람 나우 불었던 것. 四學年 美術科 授業 參觀.
退勤한 後 1時間 半 동안 燃料用 切木作業에 勞力 많이 했기도. ◎

〈1986년 4월 12일 토요일 晴〉(3. 4.)
井母는 朝食 後 곧 淸州 向發. 下午 2時까지 學校 일 개운히 마치고 入淸.
濠洲 杏한테서 제 오빠 松 앞으로 편지 사연 豊滿히 써서 온 것 보고 흐뭇했고. 모두 無故. ◎

〈1986년 4월 13일 일요일 晴〉(3. 5.)
개나리 진달래 滿開. 無心川 둑의 애숭이 벗나무도 2, 3日 後면 滿發될 듯.
予定밖에 急작이 大田 方向 가게 되어 仝 市內 遊園地 寶文山公園 처음으로 가 본 것. ◎

〈1986년 4월 14일 월요일 曇, 雨〉(3. 7.)
今日따라 六學年 道德授業 3時間 施行해서인지 疲勞 느꼈고. 井母도 午前에 來梧.
日暮頃에 井母와 함께 學校 空閑地에서 돌미나리 한 소쿠리 캐기도. 밤에 단비 내리고. ◎

〈1986년 4월 15일 화요일 雨, 曇, 晴〉(3. 8.) 10°
昨夜 11時頃부터 苦待하던 봄철 단비 부슬비로 내리기 始作. 새벽 4時에 멋었고.
井母와 함께 고추심을 곳 파고 堆肥 넣고 비닐紙로 씌우기 作業. 食 前 作業으로 땀 흘려 勞力.
文鳳求 教務主任 淸原郡 內로 轉出케 되어 離任人事와 送別會까지 치른 것.
点心時間 利用하여 韓礼教 五笙校長 入院 中에 無極 金 校長과 同行 問病하였기도. ◎

〈1986년 4월 16일 수요일 晴〉(3. 8.) 0°
어젯날의 비로 因한 탓인지 氣温 나우 降下. 今朝 氣温 零度, 살얼음 얼었고.
今日도 日暮頃에 勞動에 땀 흘린 것~舍宅 울안 고추 심을 밭 파고 두엄 놓고 비닐 씌우는 일 黃昏까지 두어 時間 井母와 함께 애쓴 것. ◎

〈1986년 4월 17일 목요일 晴〉(3. 9.) -0° 2″
井母는 낮에 自然生 봄나물(길경이, 돌미나리, 씀바귀 등) 깨끗이 많이도 캐오고. 저녁엔 마늘밭 給水에余念없이 勞力. 밤엔 삭신 아프다고 앓는 소리 많기도.
讀書中인 '周易' 第一次 完讀~陰陽 調和로 宇宙万象이 規則的으로 生動. 울 안 밭 다 팠고. ◎

〈1986년 4월 18일 금요일 晴〉(3. 10.)
電話 使用料 納付期限 內 整理할 형편으로 井母 午前 中 入淸으로 退勤 後 淸州로 갔던 것. ◎

〈1986년 4월 19일 토요일 晴〉(3. 11.)
四. 一九 26周年 記念日~全校 朝會時 訓話했고. 夕食 後 모처럼 明岩藥水터 다녀오기도.
서울서 큰 애 와서 家屋 新築에 關하여 相議하였던 것. 着手金 準備되는 대로 始作하기로. ◎

〈1986년 4월 20일 일요일 晴〉(3. 12.)
水谷洞 法院 뒷山으로 새벽運動次 걸어본 것. 鳳鳴 住公APT에서 法院 앞까지 꼭 60分 所要. 낮엔 人事에 바빴고~族弟 晩榮(오미우체국장) 子婚, 族兄 俊榮 氏 女婚, 安在喆 拱北校長 回甲宴(大家집), 仝校 鄭宇海 교사 案內로 李起俊 教師 집까지 가서 飮酒 情談 長時間. 큰애 上京. ⓒ

〈1986년 4월 21일 월요일 曇〉(3. 13.)
井母도 아침결에 來梧. 舍宅余分房으로 轉入 金輝雄 교사 入住토록 合意보기도. 退勤 후 其房 부엌 雜동산이 치우기에 勞力 많이 했고. 마늘밭에 灌水~봄 가뭄 20年 만에 처음이라나. ◎

〈1986년 4월 22일 화요일 晴〉(3. 14.) 7°
金旺邑에 새마을指導者協議會에서 主催하는 새마을運動 16周年 記念 行事로 學區單位 體育大會가 있대서 祝賀 및 激勵次 無極까지 다녀왔고.
今日도 退勤 後에 井母 하는 일 도와 勞力 많이 한 것. 마늘밭 물 주기, 人糞재 만들기, 얻어온 鷄糞 말려 부수기 等(來年 淸州用 準備라나). ⓒ

〈1986년 4월 23일 수요일 晴〉(3. 15.) 4°
6의1 30名 어린이들과 道莊祠 春享에 다녀온 것~当 祠堂 特有인 請으로 '孟子 三樂章'을 氣活있게 읊은 것이므로 마음 快했고.
終會 實施하여 退勤시간과 下旗式 施行. 教員研修로서 '教職은 專門職이냐?'를 講義한 것. ⓒ

〈1986년 4월 24일 목요일 晴〉(3. 16.)
年暇 手續하고 井母와 함께 朱安五洞 '龍華禪院'에 가서 仝 法寶殿에서 있는 法寶祭에 參與하여 祈禱~11時부터 12時 20分. 靈駕 6,980(父母), 6,981(亡弟 云榮), 6,982(亡婿 愼義宰). 상운스님 周旋의 德分으로 晝食을 容易롭게 차지하여 먹었던 것. 歸淸했을 땐 下午 5時 20分. ◎

〈1986년 4월 25일 금요일 曇, 가랑비〉(3. 17.)
教育長旗 爭奪 陸上競技大會가 秀峰校庭에서 있어 兒童選手 激勵次 參席. 12時 半부턴 校長団 親睦會 있었고. 点心은 一同 會食. 入淸하여 市廳 地積課 들러 鳳鳴洞 垈地 證明 떼었고. 學校는 開校 43周年 記念日이어서 兒童들은 休業. 濠洲 杏한테서 편지 왔고. ◎

〈1986년 4월 26일 토요일 雨, 曇, 비〉(3. 18.)
食 前부터 가랑비 내리기 始作~長期 가뭄으로 甘雨. 거의 終日토록 오락가락한 셈. 下午 4時 좀 지나서 淸州 到着. 南門路 1街 삼학싸롱에서 있는 禹熙準 懷仁校長 回甲宴 招待에 應接. 서울서 큰 애도 해 좀 있어서 온 것~明日 明의 移舍와 住宅建築 推進次. 조일食堂에서 友信會 있었고. ◎

〈1986년 4월 27일 일요일 曇, 晴〉(3. 19.)
三男 魯明이 새 집 지어(下層만 完成) 移舍하는 데 잠간 드려다 보고. 쌀 1짝(8万 원) 팔아주기도…鳳鳴洞.[6]
10時 半 버스로 金溪 가서 省墓 後 族弟 俸榮

6) 원문에는 붉은색 색연필로 밑줄이 그어져 있다.

回甲招待席에도 잠간 가본 것. 再從兄(憲榮氏) 問病엔 危篤하시어 딱한 생각 뿐…가죽과 뼈만, 腹部 甚히 부었고.
下午 2時頃 入淸하여서 吳倉均 懷仁校長. 金正烈 德坪校長 回甲宴(各 현대식당, 효성회관)에 參席. 日暮 後엔 水谷洞 가서 夕食. 朝食 반찬에 큰 애가 사 온 굴비로 別味였기도. ⓒ

〈1986년 4월 28일 월요일 晴〉(3. 20.)
道內 國中高校長 春季 硏修會가 있어 出張~石橋國敎 거쳐서 空軍士官學校(南一面 双樹里)에서 13時까지 受講…仝 教授 장덕수 博士 講義에 感銘 '우리 민족의 생존권'. 晝食은 市內로 안내되어 巨龜莊에서. 点心 後엔 家屋建築費 1,000万 원 融資書類 作成으로 各 機關에 바쁘게 다니어 거의 끝낸 셈…洞事務所, 仝 管理所, 淸州市廳, 아담 設計事務所, 住宅銀行.
잠시 休息코저 마음이었으나 그대로 歸家 充分 睡眠. ◎

〈1986년 4월 29일 화요일 晴〉(3. 21.)
첫 버스로 出勤. 井母는 11時頃 來梧. 昨日부터 國民精神教育 愛國心 涵養의 一環策으로 午後 五時 正刻에 있는 下旗式 實施. 退勤 後 舍宅 花壇의 花木(海棠花, 紫木蓮 等) 剪枝. ◎

〈1986년 4월 30일 수요일 晴, 曇〉(3. 22.) 9° 8″
健康 正常. 忠武公에 對한 放送했고. 4月 28日은 忠武公 誕辰 441周年이기에.
學級經營錄 檢閱, 四月末 學力考査 統計分析 等으로 바쁘게 움직인 것.
退勤 後 텃밭 雜草 뽑기에도 努力했고. ◎

〈1986년 5월 1일 목요일 曇, 雨〉(3. 23.) 9°
兒童들 春季逍風日인데 날씨 흐려 걱정中. 새벽 4時頃부터 가랑비 내리더니 거의 終日 오므로 明日로 延期한다고 아침放送했고. ◎

〈1986년 5월 2일 금요일 晴, 曇〉(3. 24.) 10°
延期된 逍風 實施. 全校生 柳浦里 方面. 日直責任 보았고. 16時頃 無事 歸校. ⓒ

〈1986년 5월 3일 토요일 晴〉(3. 25.)
金旺 社會淨化委員會에서 主催하는 敬老孝親行事에 參席. 10時부터 14時. 無極國民學校 운동장. 約 300名. 經費 300万 원. 委員長 김증일(서울藥局 主人) 氏가 150萬 원整 喜捨한 것. 큰 애(長男) 서울서 自家用으로 直接 運轉하여 梧仙까지 와서 제 母親 모시고 入淸. 마침 學校 在勤 中인 延 氏도 歸家편이어서 同乘케 되어 도와준 것 마음 좋았기도. ◎

〈1986년 5월 4일 일요일 晴〉(3. 26.)
倭政時의 普校 同窓 朴完淳(忠州 藥城女高[7] 校長) 校友 子婚 있어 上黨礼式場 가서 人事. 12時 半부터 있는 教職 同甲 '辛酉會' 會合 있어 參席~10名 中 3名 不參. 朴允緖 校長 招請. 社稷洞 어린이놀이터 옆. 各己 生日 時에 招請케 되는 것이라고.
鳳鳴洞 672번지의 8호 新築家屋 建築은 經濟形便上 單層으로 設計 變更키로 父子間 合意 보았기도. 5男 魯弼이 어제 왔다가 오늘 가고. ◎

7) 충주 예성여고.

〈1986년 5월 5일 월요일 晴〉(3. 27.)
李範俊 聖岩校長 子婚에 人事 後 팔결 가보자는 一同 있어 一行에 끼어 다녀왔고.
오늘은 第64回 어린이날. 큰 애 設計 事務所 일 보고 上京. 큰 子婦도 잠간 다녀갔다고. ⓒ

〈1986년 5월 6일 화요일 晴〉(3. 28.)
15時까지 學校 일 보고 点心 後 入清하여 綜合運動場 가서 全國少年體典 種目 中 庭球 求景하기도. 3月 末에 杏이한테 부친 衣類 2뭉치 모두 잘 받았다고 來電(호주).[8] ⓒ

〈1986년 5월 7일 수요일 晴〉(3. 29.)
第15回 全國少年體典은 各 市道에 分散實施케 되어 忠北 淸州에선 연식庭球와 劍道가 施行…10時부터 18時까지 觀覽. 國校팀 好轉.
月余 間 계속되는 感氣 좀처럼 完快 안되어 道立醫院 가서 診察. ◎

〈1986년 5월 8일 목요일 晴〉(3. 30.)
아침 첫 버스로 井母와 함께 梧仙行…5日에 서울 큰 子婦가 마련해 온 '카네이션꽃' 가슴에 달고 出勤. 濠洲 있는 四女 杏으로부터 '어버이날' 맞추어 誠意 어린 書信 왔고. ◎

〈1986년 5월 9일 금요일 雨, 曇, 晴〉(4. 1.) 15°
새벽 2時頃에 단비 내렸기도. 터밭의 各種 作物 싱싱한 生氣 넘치는 것. 点心時間 移用하여 柳浦里 '敬老堂'에 모처럼 가서 慰勞酒 若干 待接하였기도.
井母는 어제 오늘 고추苗 約 500포기 장만하여 舍宅 울 안 밭에 공들여 심었고. ⓒ

〈1986년 5월 10일 토요일 晴〉(4. 2.)
오래 前부터의 感氣 아직 快치 않으나 아침運動(驅步)은 無理임에도 繼續. 井
母는 아침결에 入清~舍宅 울 안 밭에서 뜯고 뽑은 상치, 배추, 장아리, 시금치, 마늘 等 한보따리.
午后 2時부터 있는 金旺邑 龍興寺 信徒會 主催 법주寺 유월탄 큰 스님 초청법회에 參席…統一祈願大法會~聽講記錄 別途 '모딘 말' 册子. ⓒ

〈1986년 5월 11일 일요일 晴〉(4. 3.)
天安市 '한마음예식장'에서 12時부터 있는 同壻 郭慶淳 子婚에 人事. ◎

〈1986년 5월 12일 월요일 晴, 曇〉(4. 4.)
첫 버스로 出勤. 井母는 2時間 後 버스로 왔고. 午後엔 梁在浩 교사 宅 가서 郡內 實科担当 教師 研究協議會 있대서 參席~15時부터 17時까지…個人住宅 家庭으로선 特異한 施設. 事例發表도 主人이…特型의 못(池), 岩石, 폭포, 動物(孔雀, 金鷄, 원앙새, 珍島개) 꽃사과 4千株 外 10余種. ◎

〈1986년 5월 13일 화요일 曇, 雨〉(4. 5.) 15° 5″
8時頃부터 가랑비. 거의 終日 내린 셈. 남새밭 해갈 充分했고.
朝夕 틈틈이 나무가지로 완두콩과 고추에 支柱 꽂기도. ◎

〈1986년 5월 14일 수요일 晴, 曇〉(4. 6.) 10° 5″

8) 원문에는 붉은색 색연필로 밑줄이 그어져 있다.

教育廳 主催 第3回 어린이 民俗잔치에 本校 새마을어머니會員 35名과 어린이 5名이 出戰케 되어 陰城公設運動場에서 거의 終日 生活한 것.
어머니會員으로부터 簡素한 夕食을 全職員에게 待接…明日의 '스승의 날'行事의 뜻을 農家實情에 依하여 今日로 하루 앞당긴 것. 밤에 金溪行~先祖考 忌祭 지냈고. ◎

〈1986년 5월 15일 목요일 曇〉(4. 7.)
金溪發 6時 半 버스로 淸州 거쳐 任地에 왔고. 今日 五月 十五日은 第五回 스승의 날. 敎職生活 中 最終의 '스승의 날'이기도. 어린이代表가 앞가슴에 꽃(카네이션) 달아주기도.
授業은 午前 中. 俸給受領 等 雜務 보고선 記念 職員體育도 했고(排球?). 審判 힘차게 보았기도. 學校에서 마련한 酒肉 및 飮料水로 職員一同 慰勞懇談會도 開催. 4學年 조한희 母親이 맥주 等 誠意 베풀기도.
井母는 14日에 入淸하여 이제 來週初나 梧仙올 予定. 큰 애 서울서 왔고. ◎

〈1986년 5월 16일 금요일 晴〉(4. 8.)
佛紀 年數 2530年, 陰 四月 初八日 釋迦誕辰日. 下午 3時頃에 井母와 함께 臥牛山 龍華寺에 가서 大雄殿에 들어가 家族 無故를 祈願하고. 소 뜻으로 觀燈用 手續도 한 것.
큰 애 井은 新家屋 建築 마련으로 終日토록 일 보고 午後에 上京~100㎡(30坪型) 2,200万 원에 契約 締結하고 契約金條 500万 원 支拂했고. ⓒ

〈1986년 5월 17일 토요일 晴〉(4. 9.)
今日도 單身 出勤. 舍宅 울 안 作物 順調 成長. 山野의 木種 新芽 綠葉 나날이 닮고.
土曜行事 모두 잘 마친 다음 全職員 退勤 後 學校 內外와 舍宅 一巡하여 異常 없음을 確認하고 教育廳에 管外出他 申告하고선 마음 개운히 退廳 入淸한 것.
夕食은 外食~'비우까스'로 待接받은 것. 軍에서 5男 弼도 오고. ◎

〈1986년 5월 18일 일요일 曇, 雨〉(4. 10.)
아침 일찍이 서울서 큰 애 와서 新家屋業者 吳德煥 氏와 再結託하고 鳳鳴洞 672의 8号에 建築 着工 틀 박은 것. 일 다 보고 큰 애는 上京. 어제 왔던 魯弼도 日暮頃 歸隊 向發(倭館).
낮 동안은 人事 다니기에 바빴던 것…新蘭秀萬水校長 子婚, 張基東 鍾谷校長 子婚, 盧載一研究官 子婚, 方順澤 本校 敎師 妹婚, 閔柔植上野校長 回甲宴 招待 等에 두루 다닌 것.
下午 6時 半頃부터 부슬비. 夕食은 中國料理집에서 3인이 짜장麵으로 때웠기도. ⓒ

〈1986년 5월 19일 월요일 雨, 曇〉(4. 11.)
어제부터 내리는 부슬비 계속. 今日도 거의 終日 내리고 日暮頃에서 멎은 것. 모내기 물 充分할 것이고. 井母도 아침결에 와서 舍宅 아궁이에 불 때는 等 청소에 바빴고. ◎

〈1986년 5월 20일 화요일 晴〉(4. 12.) 10°
비 끝의 날씨 시원히 快晴. 學校 執務 마치고 舍宅 울 안 뒷둑 깎기에 15時間 勞力. ◎

〈1986년 5월 21일 수요일 晴, 曇〉(4. 13.) 9° 8″
無極地域 學校間 陸上競技大會 있어 無極 다

녀왔고. 日暮頃엔 나뭇가지 잘으고. ⓒ

〈1986년 5월 22일 목요일 晴, 曇, 晴〉(4. 14.) 10°
公務員 健康診斷 受檢~順天鄕 陰城病院. 9時~11時 30分.
入淸하여 鳳鳴洞 家屋建築費 資金 融資 手續完了~1千萬 원, 住宅銀行과 韓國土地開發公社 2機關의 關係者 찾아 手續節次 잘 알아 한 것(住銀의 趙 氏, 金종창 書記, 開公의 洪 氏). 歸校 中 無極서 趙誠烈 氏 李鍾成 氏 만나 待接받기도. ⓒ

〈1986년 5월 23일 금요일 晴〉(4. 15.) 9° 8″
點心時間에 개우지 鄭二憲 집 가서 問病. 情談 나누기도. 갈 때마다 厚待. ⓒ

〈1986년 5월 24일 토요일 曇〉(4. 16.) 15° 5″
井母는 아침결에 入淸…栽培하여 뜯은 菜蔬 한 보따리 갖고 간 것.
下午 5時 半쯤 淸州 到着하여 宅地 가 보니 基礎工事 마치고 틀 解體 中. 서울서 큰 애도 왔고. ⓒ

〈1986년 5월 25일 일요일 曇, 晴〉(4. 17.)
家屋工事…벽돌 쌓기 着手. 셋째 明의 집은 2層 지붕 기와工事 中이고. 큰 애 午後에 上京.
日暮頃에 八結橋下가서 別味로 夕食한 턱. 昨今 온다는 비 안내리고. ⓒ

〈1986년 5월 26일 월요일 晴〉(4. 18.)
形便上 單身 出勤. 井母는 淸州 家屋建築 狀況 求景한다고~明日까지.
學校는 5月末 一齊考査 實施. 11時에 있는 李喜蒼 金旺邑長 退任式에 參席.
學校 일 잘 마치고 5時 半 梧仙 發 버스로 入淸. 家屋工事 잠간 보고 아파트 들려 곧 金溪行. 金溪 到着 밤 11時 가까왔고. 玉山서 步行으로 천천히 간 것. 先祖妣 忌故…從兄님과 單 두사람이 지낸 것. 從兄嫂님께서 祭物 마련에 勞力하시고. ⓒ

〈1986년 5월 27일 화요일 曇, 晴〉(4. 19.)
學校 水洗式 便所 瑕疵修理하는 것 보고 15時부터 있는 校長會議에 參席.
19時頃 淸州 到着하여 家屋工程 보고 아파트 가니 長子 井이도 다녀갔다는 것. ◎

〈1986년 5월 28일 수요일 晴, 曇〉(4. 20.)
첫 버스로 出勤. 井母도 梧仙 왔고. 4의 1 授業參觀. 退勤 後엔 黃昏까지 콩밭 김맸고. ◎

〈1986년 5월 29일 목요일 曇, 晴〉(4. 21.) 15°
今日도 退勤 後 콩밭 雜草 긁어내고. 울 안 雜草 除去에 勞力한 것. ⓒ

〈1986년 5월 30일 금요일 晴〉(4. 22.) 13° 5″
陰城郡 國民學校 學校間 競技大會가 있어 無極 다녀오고. 下午 3時 半에 歸校하여 職員會 開催하고 27日에 있었던 校長회의 事項을 傳達했기도. ⓒ

〈1986년 5월 31일 토요일 晴〉(4. 23.)
井母는 울 안 菜蔬(배추, 무우, 상치, 쑥갓, 근대 等) 한 보따리 갖고 아침결에 淸州 갔고. 난 下午 五時에 淸州 到着하여 서울서 온 長子와 井母와 3人 市場에 나가 明日 上樑行事에 必

要한 物件 準備하는 데 協助한 것.
沐浴 後 電話 받으니 辛酉會를 明日 施行한다고. 夕食은 市內서 했고. ⓒ

〈1986년 6월 1일 일요일 晴, 曇〉(4. 24.)
長子 井母子는 上樑行事 準備로 東奔西走. 下午 3時에 建築 中인 새 집 鳳鳴洞 672번지의 8호 上樑行事. 떡, 돼지머리, 酒類 및 飮料水, 안주類 우수 마련. 大廳될 자리에서 獻盃하고 행사順 特定 없으나 '佛紀 二三五0년 丙寅 六月一日 立柱 上樑 祈願 天地神明 施工完築間 全無故 祝願 膝下子孫 萬代榮 慈室再拜'라는 標紙 天井 스라브에 붙여 合工토록 했던 것.
낮엔 朴鍾福 內秀校長 子婚에 잠간 다녀오고. 저녁엔 上新校 時節에 함께 勤務했었던 故 李起俊 敎師(現 月谷校 在職 中) 突然 病死에 內德洞 우성아파트 310号 가서 弔文한 것. 저녁에 長子 上京. ⓒ

〈1986년 6월 2일 월요일 晴, 曇〉(4. 25.)
形便上 單身 出勤. 井母는 新築家屋 보기로. 六學年 道德授業 如前 施行했고. 退勤 入清해선 엉겁결에 버스 잘못 타서 江西 二坪洞까지 다녀온 것. ⓒ

〈1986년 6월 3일 화요일 晴〉(4. 26.)
家族(內子)와 함께 住宅銀行가서 家屋建築費 融資 手續하고 歸校.
放課 后 職員 體育 땐 審判 보았고. 今日 낮 氣溫 몹시 끓였기도. ⓒ

〈1986년 6월 4일 수요일 曇, 晴〉(4. 27.)
下午 3時부터 있는 金旺邑 內 國校教職員 親睦排球大會 있어 全職員과 함께 參席. 龍泉國校가 当番校. 끝난 後 当校 申 校長으로부터 夕食 應待. ⓒ

〈1986년 6월 5일 목요일 曇〉(4. 28.)
井母는 菜蔬 갖고 아침버스로 入清. 朝食 前엔 井母와 함께 울 안 밭에 물 많이 퍼주었고.
下午 8時頃 清州 아파트 到着하니 서울 큰 애도 와 있는 것~家屋建築 過程 보느라고. ⓒ

〈1986년 6월 6일 금요일 雨, 晴〉(4. 29.)
아침결에 쏘나기 왔고. 제31回 顯忠日. 큰 애는 建築 벽돌에 물 뿌리고 上京.
蔡用善 斗山校長 子婚 있대서 人事 後 朴鍾榮 江內校長 入院에 病院 가서 問病.
下午 4時에 井母 서드름으로 梧仙 와서 콩밭 김매기로 勞力 나우 했고. ⓒ

〈1986년 6월 7일 토요일 晴〉(5. 1.)
學校일 無事히 잘 마치고 入清하여 家屋 建築 木手, 벽돌工 人夫 10余 名에게 酒類, 飮料水 等 慰勞의 意로 待接하였기도. 서울서 長子 井이도 왔고. 2, 3日만큼 다녀가는 셈. ⓒ

〈1986년 6월 8일 일요일 晴〉(5. 2.)
形便上 家屋建築工事場 잠간 보고, 아파트 處理問題로 不動産(福德房)에서 數時間 보낸 것. 長子 井은 午後에 上京. ⓒ

〈1986년 6월 9일 월요일 晴〉(5. 3.)
下午 4時에 入清하여 住宅銀行 들려 家屋建築 融資金 手續 '1,000万 원' 마치고 一次로 5百万 원 받아서 于先 松한테 付託하여 外換銀

行에 予金한 것. ⓒ

〈1986년 6월 10일 화요일 晴〉(5. 4.)
今日도 單身 出勤. 14時까지 學校일 마치고 教育廳에서 16時부터 있는 學校長 懇談會에 參席~教員 局宣言問題와 2個事項이 主案.
入淸해선 吳德煥 施工責任者 만나 보이라 溫水筒 優位品製를 当付했고. ⓒ

〈1986년 6월 11일 수요일 晴〉(5. 5.)
첫 버스로 井母와 함께 出勤. 學校엔 6學年 標準考査次 徐丙川 장학사 왔었고.
下午 4時 半에 無極 나가서 邑管內 國校長 4人合席하여 새 親睦을 爲한 所謂 團合大會를 마련하여 深夜토록 酒宴이 베풀어졌던 것. 特히 双峰校 金圭福 校長 노력이 컸던 것. ⓒ

〈1986년 6월 12일 목요일 晴〉(5. 6.)
點心時間 移用하여 개우지 鄭이憲 氏 問病하여 歡談(情談) 나누기도.
下午 4時 20分부터 있는 職員體育(足野球)에도 興味있게 參與했고. ⓒ

〈1986년 6월 13일 금요일 曇〉(5. 7.) 19°
舍宅 울 안 밭의 푸짐한 완두콩을 다람쥐가 바수기 始作하여 아까운 일. 夫婦 걱정 中.
學校엔 定期獎學指導次 金永根 장학사 來校하여 終日토록 함께 바빴던 것. '사랑의 教育이란 教育觀이 明確하고 停年이 얼마 남지 않은 學校長 잘 모시라'고 職員에게 当付하였기도.
行事 모두 잘 마치고 下午 5時 半에 無極 나가서 夕食을 함께 하고 分手. 소 7시에 歸校. ⓒ

〈1986년 6월 14일 토요일 曇, 가랑비〉(5. 8.) 18° 5″
井母는 朝食 後 아침 9시 버스로 入淸~감자와 菜蔬類 亦 한 보따리 갖고 간 것.
下午 6時쯤 入淸…工事 現場 가보니 長子 井이 서울서 왔고. 工程은 2層 지붕밑 콘크리트 施行中이었고. 水谷洞 招請으로 夕食을 會食. ⓒ

〈1986년 6월 15일 일요일 曇〉(5. 9.)
家屋建築 工事 中 今日은 水道파이프 屋內 配管. 옥내 電氣工事 若干. 17時頃 큰 애 上京. ⓒ

〈1986년 6월 16일 월요일 雨〉(5. 10.)
새벽부터 부슬비 쉬지 않고 終日토록 내렸고~農家에선 苦待하던 비이니 甘雨.
첫 버스로 單身 出勤. 井母는 10時 半頃 왔고. 울 안 作物 고추를 비롯 싱싱해 보이고. ◎

〈1986년 6월 17일 화요일 雨, 曇〉(5. 11.) 18° 5″
日日生活 正常化 中~새벽運動, 아침放送, 六學年의 道德授業, 授業參觀, 讀書(四書五經).
點心時間 利用하여 柳浦里 老人堂에 가서 10余분의 老人과 歡談하고 酒類 待接하였기도. ⓒ

〈1986년 6월 18일 수요일 曇, 晴〉(5. 12.) 18°
月前 赴任했던 柳相泌 金旺邑長 人事次 來校에 歡談 長時間 했고.
17時 50分 發 버스로 井母와 함께 入淸하여 新築家屋 工程 잠간 본 것. ⓒ

〈1986년 6월 19일 목요일 曇, 晴〉(5. 13.)

放課 後 職員會 開催하여 '學園의 殿堂化'에서 和氣霧霧하고 全人教育에 힘쓰자고 懇談會했고.
教育廳 갔을 땐 方 教師 功勞退任 手續에 協調할 것을 付託하기도.
막 버스로 入淸하여 新築家屋 工程 살펴보기도. ⓒ

〈1986년 6월 20일 금요일 晴〉(5. 14.)
夫婦 첫 버스로 出勤. 教育廳 가서 傳達夫 異動形便 手續節次 듣기도. 宋碩基 組合長 應待. ⓒ

〈1986년 6월 21일 토요일 晴〉(5. 15.)
學校 마치고 夫婦 入淸. 新築 家屋工事 監督次 서울서 長子 井이도 오고. ⓒ

〈1986년 6월 22일 일요일 晴〉(5. 16.)
猪山校 史龍基 校長 親喪에 芙蓉面 杏山里 다녀왔고~큰 애 自家用으로 便히는 다녀왔으나 井이가 心身疲勞가 過했을 것. 工事監督 後 17時頃 서울 向發.
江內面 鶴川里 從姉兄 高 沈良燮 氏 別世 訃音 있기도. ⓒ

〈1986년 6월 23일 월요일 曇, 雨, 曇〉(5. 17.)
夫婦 첫 버스로 出勤. 學校는 午前 中 六月 末 一齊考査 實施.
教育廳 가서 雇傭職 異動 對象者 內申 決定 지은 것.
井母는 완두콩 거두고 마늘 캐는 等 終日토록 땀 흘리며 勞力했고. ⓒ

〈1986년 6월 24일 화요일 雨〉(5. 18.) 20°
終日토록 비 내렸고~장마 聯想. 學校는 今日도 考査 實施~期末考査.
故 沈良燮 氏(從妹兄) 葬礼에 參席~江內面 鶴川里 經由 江西面 守義里 山 中까지 다녀오느라고 雨中 苦勞 많았던 것. 歸路에 아파트 들려 신발 갈아신고 '럭키부동산' 消息 900万원 傳貰說 듣고 工事場 거쳐 金旺 와서 機關長 會議에 參席. 夕食 後 막 버스(通學生 苦生車)로 歸校하니 20時 좀 넘고. ⓒ

〈1986년 6월 25일 수요일 雨, 曇〉(5. 19.)
비는 繼續.
六.二五 事變 第36周年. 今朝도 아침放送 計劃 依據 回想하면서 放送했고.
邑內 總 班長會議에 午前 中 參席하고 陰城 가서 金姬燮 女教師 母親喪에 人事~신천리.
淸州가서 家屋工程 보고 럭키福德房 이야기 듣고 時間形便上 歸校 不能. 淸州서 留. ⓒ

〈1986년 6월 26일 목요일 曇, 晴〉(5. 20.)
家屋 施工者 吳 氏 만나 玄關 漏水處 이야기하고. 아파트 傳貰 入住希望者 鄭龍沐 氏와 兩形便 對話하였기도. 무극선 韓礼教 前 校長 만나 情談 나누기도. ⓒ

〈1986년 6월 27일 금요일 曇, 가랑비〉(5. 21.) 22°
再從兄 憲 氏 別世 訃音.[9] 14時부터 있는 校長會議에 參席하고(時局宣言擴散 防止策, 夏節期 學校 運營) 入淸하여 金溪 消息 어느 程道 자세히 듣고 밤에 金溪行. 玉山서 택시요금

9) 원문에는 붉은색 색연필로 밑줄이 그어져 있다.

3,500원. 再從兄은 어제 낮 11時 半에 운명하였다는 것. 井母도 함께 갔고. 完全 徹夜했고. ⓒ

〈1986년 6월 28일 토요일 雨, 曇〉(5. 22.)
첫 버스로 金溪서 任地 梧仙校 到着은 午前 9時 半頃. 10時에 全職員 召集하여 40分 間 昨日의 會議 內容을 傳達. 곧 곱짚어 淸州 가서 雨中에 四男 魯松 데리고 故鄕 金溪 後麓 全佐山 先塋 下 가서 26日에 作故한 再從兄 故 憲榮氏 葬礼 行事에 最終까지 參席하고 返魂 後 初虞祭 지내곤 長子가 끌고 온 自家用(포니)에 夫婦는 三男 魯明과 큰 妹(書店) 同席 淸州까지 잘 달려온 것. 司倉洞 책店 큰 妹들 집에서 一飮하고 解散.
날씨 不順으로 出役 洞人들 많이 苦生한 셈. ⓒ

〈1986년 6월 29일 일요일 曇〉(5. 23.)
家屋 工事場 잠간 둘러보고 市內 나가 몇 몇 어울려 晝食 겸 酒類 값도 우수 났던 것. ⓒ

〈1986년 6월 30일 월요일 曇, 晴〉(5. 24.)
淸州서 첫 버스로 出勤하고. 校監會議에 南 校監 다녀와서 傳達會(明日行事~考査實施)… 平素의 全人敎育에 正常을 지켜야 함과 사람이 사람을 사람답게 기르는 것이 敎育이다라고 今日도 全職員에 当付했던 것. 三男의 夫婦 若干의 不和 가라 앉는 듯?

〈1986년 7월 1일 화요일 晴〉(5. 25.) 17°
第1回 道 學力考査 實施에 全校 몇 차례 巡視하여 狀況 보았고. 停年 校長 金喆會(倭政時 金溪校도 勤務) 氏와 무극校 金 校長도 招請했고. ⓒ

〈1986년 7월 2일 수요일 晴〉(5. 26.)
陸上 評價戰이 無極中學에서 있게 되어 現場에 나가 激勵했기도. 參席校長 一同 會食 後 形便上 入淸하여 工事場에서 長子 井이 만나 建築狀況 相談 後 '補身湯'으로 夕食하고 큰 애는 막 버스로 上京. 밤 12時頃 無事 上京 通電. ⓒ

〈1986년 7월 3일 목요일 晴〉(5. 27.)
10時부터 있는 '陰城' 감우재 勝戰碑 除幕式에 招請 있어 參席.
15時 20分부터 있는 '86夏季 公職者 經濟敎育'에 參席 受講. 場所는 藝術文化會館. 講師는 이동호 經濟企劃院 第一次官補.
夕食은 대우食堂 산오리구이집에서 簡單히 했고. 그래도 經費는 나우 난 것. ⓒ

〈1986년 7월 4일 금요일 曇〉(5. 28.)
夫婦는 첫 버스로 出勤. 學校는 繼續 正常授業 堅持.
退勤 後 舍宅 花壇 손질에 勞力했고…紫木蓮, 장미, 해당화, 작약. ⓒ

〈1986년 7월 5일 토요일 晴, 曇〉(5. 29.) 17° 5″
첫 새벽에 비 좀 내리더니 맑게 개이고 다시 흐려진 날씨. 장마권이란 豫報 있고.
退廳에 夫婦는 2時 半 버스로 入淸. 井母는 채송화 苗 한박스 갖다가 새 집 庭園 될 곳에 심고. 家屋工事는 아직 別無進展. 아파트 賣渡도 別無消息. 長子 井이도 서울서 왔고. 막내 魯

弼이 두어 달 만에 왔다는 것. ◎

〈1986년 7월 6일 일요일 晴〉(5. 30.) 20°
새벽運動時 弟 振榮 집(平和아파트 B棟 501号)에 잠간 들러 安否 알았기도.
12時에 있는 辛酉 同甲校長团 親睦會에 參席~金容琦 当番. 화정食堂에서 点心. 長子 井은 点心 后 上京. 弼은 午后 5時頃에 歸隊 向發. ⓒ

〈1986년 7월 7일 월요일 晴〉(6. 1.)
첫 버스로 出勤. 學校는 8時 定刻에 5, 6學年生 全員을 86夏季 새마을修練院 開院式을 擧行했기도. 六學年 道德授業 2時間 連續에 疲勞 느꼈던 것. 退廳하여선 舍宅 울 안 땅콩밭 매기도. ⓒ

〈1986년 7월 8일 화요일 晴〉(6. 2.) 18° 5″
장마圈이라면서 아직은 別無變動의 날씨여서 多幸이고. 井母는 每日 같이 勞動하여 舍宅 울 안 菜蔬밭을 公園化 様 잘 가꾸어 놓은 것. ⓒ

〈1986년 7월 9일 수요일 雨, 曇〉(6. 3.)
새벽에 若干의 비바람. 日出頃부터 11時頃까지 부슬비 내렸고.
밝고 맑은 노래大會에 參席~10時부터 13時 無極國校. 7個 校. 모두 잘 불은 것.
午後 6時 50分에 入淸하여 아파트 傳貰 900萬원에 契約 締結. 큰 애 서울서 다녀갔다고. ⓒ

〈1986년 7월 10일 목요일 晴〉(6. 4.)
淸州서 첫 버스로 出勤. 새마을 修練 中인 6學年 60名에게 아침 1時間 暗記 課題로 '君子 三樂章'을 指導하는 데 興味 있었고. 5學年에겐 詩經 小雅篇 육아 一部를 指導하는 데 眞實한 滋味를 맛 본 것. ○

〈1986년 7월 11일 금요일 晴〉(6. 5.)
併設 幼稚園 夏季 放學式에서 家庭生活 잘 하기를 当付한 것. ○

〈1986년 7월 12일 토요일 晴〉(6. 6.)
學校 마치고 井母와 함께 入淸하여 서울서 온 長子 井, 四男 魯松 데리고 肉類 집에 가서 夕食 맛있게 먹은 것. 井母는 염소湯. 總 經費 約 2萬 원쯤. ×

〈1986년 7월 13일 일요일 晴〉(6. 7.)
家屋建築 狀況 잠간 보고 市內 가서 点心 酒類等 나우 먹은 것. 큰 애 上京. ×

〈1986년 7월 14일 월요일 晴〉(6. 8.)
住宅銀行 가서 建築費 融資金 第2次 分 300萬원整 받아서 業者 吳德煥에게 支給했고. ××

〈1986년 7월 15일 화요일 曇〉(6. 9.)
數日 間의 過飮으로 口味없어 食事 못하여 몸 나우 괴로워도 井母와 함께 첫 버스로 出勤. 極히 괴롬 참으며 學校, 舍宅 間 校內巡視 자주 한 것. ◎

〈1986년 7월 16일 수요일 雨〉(6. 10.)
6個月 만에 엊그제 數日 間 食事 못하는余毒으로 今日도 繼續 괴로웠던 것.
今日分 俸給 受領額 最多로 많았던 것~精勤手当 包含 1,069,000원 中 69,000원 貯蓄하고

壹百萬 원 受領해 본 것은 今般이 最初. 비 맞으며 막 車로 井母와 함께 淸州간 것. 서울서 長子 井도 왔고. ◎

〈1986년 7월 17일 목요일 曇, 晴〉(6. 11.)
制憲節 第38周年 慶祝日.
몸 어느 程度 풀린 듯하나 口味 안 당겨 아직 不進. 晝間에 井母와 함께 市內 가서 市場 좀 若干 본 것. 長子 井은 오후 6時 發 高速으로 上京.
큰 애 간 후 日暮頃까지 建築 狀況 參觀. ◎

〈1986년 7월 18일 금요일 曇, 雨〉(6. 12.)
井母와 함께 첫 버스로 出勤. 梧仙 發 9時 20分 버스로 陰城 가서 10時 半부터 있는 校長 懇談會에 參席. 午前 中 散會되어 良靖情會館에서 校長团 点心 會食. 朝食부터 食事 한 공기 程度 可能.
歸校하여 午後엔 帳簿 檢閱(學級 經營錄 包含) 等 業務處理에 日暮時까지 바쁘게 充實히 일 잘 본 셈. 밤 12時頃부터 비. ◎

〈1986년 7월 19일 토요일 雨, 曇〉(6. 13.) 21°
첫 새벽부터 내리는 비 점점 本格化되어 10時頃엔 暴雨~梧仙 地方엔 大洪水로 水路 둑이 무너져 田畓 間의 農作物 被害 많았고. 大道路도 몇 군데 무너져 交通까지 杜絶되었기도.
學校는 夏季放學式 擧行. 点心을 '백숙'으로 全職員 會食~自体料理.
下午 3時 半에 井母와 함께 淸州行 버스 탄 것. 家屋 工程 別無進陟. ◎

〈1986년 7월 20일 일요일 曇, 晴〉(6. 14.)
長子 井이 서울서 새 家屋用 各種 燈 約 20萬원 相当되는 良品 車에 싣고 온 것.
午後엔 井母와 함께 李英順 敎師 移舍온 곳(鳳鳴아파트 2단지 104棟 204号) 찾아가 人事하였기도. 長子 井은 새 家屋 移舍 時까지 繼續 滯淸 예정. ◎

〈1986년 7월 21일 월요일 雨, 曇〉(6. 15.)
出勤 途中 陰城서 模型航空機大會가 雨天으로 23日로 延期됨을 알고 學校 가니 無事했고. 낮엔 柳浦里, 三鳳里 다녀오기도…女大生 農活狀況 알아보기도.
家屋工事는 木製 諸般에 塗料工事(塗色) 着手. 日暮時까지 큰 애가 監督.
五男 魯弼이 定式 休暇로 歸家. 松은 빈 속에 모처럼 過飮되어 苦役 치르기도. ◎

〈1986년 7월 22일 화요일 曇〉(6. 16.)
9時에 無極 到着하여 '無極地區 科學동산' 開講式에 參席. 趙仁行 教育長을 包含한 晝食을 四人 校長이 公同負担하여 회식하고.
歸家하였을 땐 모두 모여 祭羞 마련에 땀들 흘리는 것. 工事場에 잠간 들려보기도. 先故 祭祀 밤 11時에 올렸고. 모두 解散 무렵 셋째 또 불측한 言行에 不快. ⓒ

〈1986년 7월 23일 수요일 曇〉(6. 17.)
出勤 中 南新學校 잠간 들러 航空機 大會가 8月 19日로 延期되었음을 確認하고 學校 가서 公文決裁 等 業務 마치고 入淸하여 보니 家屋工事는 지붕기와工事와 문짝 工事로 一大 奔走한 中.
서울 큰 子婦와 孫子들 午後에 上京했다는 것

이며 3男 魯明 夫婦 別無 反省인 듯. ◎

〈1986년 7월 24일 목요일 曇, 雨, 曇〉(6. 18.)
첫 車로 出勤 後 11時부터 있는 機關長 會議에 參席하고 午後엔 學校 나가 日直을 代直 形態로 執務~全職員 經濟教育에 參席토록 하기 爲한 일.
日暮 直後 淸州 到着하여 家役 工事 過程 보았고. 지붕 개와 工事 完成되어 마음 무던했던 것. 內部 문짝도 完工. 長子 井의 땀 無限히 흘린 功. ◎

〈1986년 7월 25일 금요일 曇〉(6. 19.)
全國 初等校長 夏期研究集會에 參席~淸州 室內體育館 9時에 登錄. 特別 講演 等 下午 1時까지 모두 끝내고 晝食 마치고 散會. 參集 人員 3,800名이라고. ◎

〈1986년 7월 26일 토요일 曇, 晴〉(6. 20.)
昨夜에 셋째 明이 와서 謝過하기에 容許하는 마음과 兄弟들 友愛에 금 없을 것으로 마음 개운한 셈으로 몇 가지 訓戒했기도…① 謝過는 翌日 곧 와야 했을 것, ② 教育家族이며 平和家庭임을 알아야, ③ 子, 弟, 姪이 있음을 反省할 일, ④ 慾氣와 獨善的 性味를 버릴 일 等.
學校 나가서 帳簿 및 公文書 處理 決裁. 日直 金女教師. 學校, 舍宅 無故.
서울서 온 孫 氏(魯弼과 交際 中인 孫孃의 父親) 夫婦 만나. 一次 面談하고 晝食을 함께 한 것. 家屋役事는 內部 美裝 中 塗色工事 마친 셈. ◎

〈1986년 7월 27일 일요일 晴〉(6. 21.)
새벽運動 正常~4.5km 驅步 前後 青少年體操, 國民體操. 요새는 冷沐浴도.
8時 버스로 錦山 가서 6채에 57,000원 주고 사온 것(1채는 750g). 淸州에 午後 2時 到着.
서울 큰 子婦 낮 동안에 다녀가기도. 家役 工程은 木手 일은 完了. ⓒ

〈1986년 7월 28일 월요일 晴〉(6. 22.)
出勤 執務. 下午 4時頃 敎委에서 水洗式 便所 監査對備次 다녀가고.
歸家에 열무, 파, 옥수수 좀 거두어 오느라 땀 좀 흘린 것. 氣溫 35度까지.
家役 工程은 도배 着手~長子 井이 如日 監督 中이고. ⓒ

〈1986년 7월 29일 화요일 晴〉(6. 23.)
出勤 執務. 日直은 林美郎 女教師. 宿直인 金輝雄 教師 일찍 出校에 交替 잘한 것.
家役 工程 도배, 반자, 장판 進陟 잘 되고. 大田서 2男 紘이 다녀갔다는 것. ◎

〈1986년 7월 30일 수요일 晴〉(6. 24.)
11時부터 있는 機關長會議에 參席(社會团體長 除外).
公文, 帳簿 檢閱에 바빴고. 大所씨름团 慰問 予定했다가 形便上 中止.
家役은 도배, 반자, 장판 工事 完了. ⓒ

〈1986년 7월 31일 목요일 晴〉(6.25.)
무더위 繼續 中. 35° 上廻.
學校 나가 잠간 일 보고선 校長団 辛酉會에 參席~当番 韓昇植(山東) 화정식당에서…8月 9日부터 2泊 3日 東海岸 方面으로 逍風 가기로

決議.
午後엔 家役 狀況 보고. 淸掃 거들기도. 外部 페인트工事와 電氣 工事.
夕食 後 市內 나가서 道敎委 主催 體育大會 關係로 나온 關係者들에 人事~高麗旅館 趙仁行 교육장, 태극장 徐 장학사…어린이 씨름選手 5학년 김기동.
長子 井은 昨夜부터 新家屋에서 留宿直. ⓒ

〈1986년 8월 1일 금요일 晴〉(6. 26.)
10余 年 間의 아파트 生活 淸算하고 鳳鳴洞 宅地에 新築한 個人住宅으로 搬移.[10] 今日의 入住하기까지 建築設計, 監督, 指示, 勞力에 長子 井의 피나는 勞苦는 筆舌로 表現 難. 移舍 費用도 나우 났지만 無事 搬移. 子息들 모두 모였고.
學校엔 못나갔지만 道內 體育大會 있어 無心川 씨름場과 公設運動에서 거의 해 넘긴 것. 軍生活 中인 막내 魯弼도 마침 休暇 中이어서 今日의 家庭 일에 힘껏 슬기롭게 일했다는 것. ◎

〈1986년 8월 2일 토요일 晴〉(6. 27.)
學校 나가서 잠간 일 보고 故 韓禮敎 前 五笙 校長 葬礼에 人事로 本垈里 매태골까지 다녀오느라고 무더위 中 땀 많이 흘린 것.
午後에 歸家해선 故 朴鍾榮 江內校長 別世에 長子 井과 함께 江西洞 東陽村에 弔問 다녀왔고. 故 朴 校長은 井의 國校 恩師.
井母와 온 가족들은 搬移된 세간사리 整頓에 終日 流 勞力. ⓒ

〈1986년 8월 3일 일요일 曇, 雨, 曇〉(6. 28.)
友信會 會員 一同 遠距離 逍風에 夫婦 同伴토록 되었으나 井母는 移舍 卽後 바빠서 못가서 딱했기도. 總 人員 32名일 것인데 19名 뿐. 淸州서 7時 40分에 出發하여 20時에 淸州 着…忠州, 堤川 지나서 丹陽郡 淸冷浦 가서 端宗의 流配地(600年生의 觀音松, 禁標碑, 端廟在本府時遺址) 莊陵(端宗王陵) 본 後 救仁寺 求景…說法寶殿, 觀音殿 等 雄壯한 寺刹임에 驚異. 서울 長子 夫婦 上京…長子 井은 2週日만 에 간 것. 서울서 3女와 큰 사위 왔고. ◎

〈1986년 8월 4일 월요일 晴〉(6. 29.)
閔支署長 要請으로 吳世澈 警察署長 初度 來金旺에 와 人事交流에 無極 거쳐 學校 가서 業務 處理했고.
2週間 休暇왔던 魯弼이 午後에 歸隊. 어제 왔던 사위 趙泰彙도 上京. 낮엔 서울 2딸(長女, 3女들…趙, 愼)모처럼 왔고~새 집 求景 兼. ⓒ

〈1986년 8월 5일 화요일 晴〉(6. 30.)
庭園整地 및 淸掃整頓으로 終日 바쁘게 勞力했고.
三女(愼)의 主管 周旋으로 井母와 큰 女息, 外孫子女 3名은 逍風次 華陽洞 다녀왔기도. 夕食 等 市內서 雜費 많이 났던 것. ⓒ

〈1986년 8월 6일 수요일 晴〉(7. 1.)
住宅 뒤안 附土 作業으로 午前 中 勞力. 点心 後 學校 다녀왔고.
長女, 參女 함께 上京. 住宅 工程~今日로 유리工 完了. ⓒ

10) 원문에는 붉은색 색연필로 밑줄이 그어져 있다.

〈1986년 8월 7일 목요일 晴, 曇〉(7. 2.)

井母와 함께 첫 버스로 梧仙 向發~重要 각 봉투 陰城서 車內에 놓고 乘換한 것. 無極와서 發覺, 되찾기까지 1時間 半 동안 초조 傷心 不安한 心情 말 안됐던 것.

學校엔 水洗式 便所 中央監査 한다더니 안왔고. 丹齋教育受賞 對象者 推薦書類 作成하는데 申敬秀 교무 手苦 많았고.[11]

舍宅 울 안 김장 갈 터 除草作業하고 막 버스로 入清하니 舍宅發 19時. 淸州 到着 21時 半. 어제 잘 上京했다고 長女한테서 電話 왔고. ⓒ

〈1986년 8월 8일 금요일 晴, 쏘나기〉(7. 3.)

節候에 立秋…무더위, 30度. 午后에 한 때 소나기.

學校엔 下午 2時 半에 水洗式 便所 实檢次 監査院의 監査員 다녀갔고.

松이는 婚談 있어 面會次 서울 다녀오기도. ⓒ

〈1986년 8월 9일 토요일 晴, 쏘나기〉(7. 4.)

學校 나가 10時 半까지 일 보고, 招請 있어 12時부터 있는 金宗鎬 議員 主催 金旺地區 民正党 团合大會에 參席. 飮食 若干 맛 보고 2時에 入淸.

家庭 잠간 둘러본 後 逍風 길 나섰고. 재수 없이 淸州 市외버스터미날서 現金 10余 万 원 紛失. 買票 時 가방봉투 돈 쓰리? 3時 20分 發車. 6時間 所要로 午後 9時 20分에 江陵 着. 下流旅館에서 留. 12,000원 宿泊費. 낮의 現金 盜難으로 終日토록 不快 傷心. ◎

11) 원문에는 붉은색 색연필로 밑줄이 그어져 있다.

〈1986년 8월 10일 일요일 晴, 쏘나기〉 (7. 5.)

鏡浦臺 海水浴場 처음 求景. 11時頃부터 午後 1時頃까지 約 2時間 程度 海水浴. 어느 程度 추운 氣 느꼈고. 点心 後 江陵發 3時 10分 버스로 淸州 到着하니 亦 6時間 걸려 午後 9時 10分頃. 鳳鳴洞 새 家屋 家庭에 오니 모두 無故. 서울서 長子 井이 어제 왔다가 今日 午後에 갔다는 것. ◎

〈1986년 8월 11일 월요일 晴, 쏘나기〉(7. 6.)

出勤 執務. 모처럼 井母도 함께 梧仙 와서 舍宅 울 안 고추밭 붉어진 고추 두어 말 딴 셈.

申敬秀 教務는 나의 受賞書類(丹齋教育賞) 作成에 終日 執務 勞力.

伯父 忌祭에 參席하려고 어둡에 떠나 金溪내(天水川) 무넘는 다리 건느는 데 애 많이 썼고. ⓒ

〈1986년 8월 12일 화요일 晴, 曇〉(7. 7.)

새벽에 起床하여 잔디 떼 小形 10余枚 떠서 흙털어 가볍게 추리는 作業에 땀 흘려 勞力.

七夕 아침 上食에 再從兄 궤원 잠간 뵙고 射距離 經由 첫 버스로 梧仙 到着은 12時 正刻. 下午 4時 40分에 放學 中 學生 爲한 放送 마치고 当直 職員 慰勞하고 退廳 入淸. ⓒ

〈1986년 8월 13일 수요일 雨, 曇〉(7. 8.)

아침결 억수 같이 퍼붓는 비에도 急한 일 보는 대로 出勤 執務. 오랜만에 南 校監도 出勤.

月前에 잊었던 "18金 金指環" 찾아 기쁘고 마음 개운했고.

數日 前부터 左膝 아프고 뻐근하기에 無極 '東邦漢醫院' 韓醫師 찾아 鍼 맞기도.

再從兄 49日祭 있대서 가려던 것 早朝 暴雨로 냇물 벅찰 것 같아서 金溪行 中止. ⓒ

〈1986년 8월 14일 목요일 曇, 晴〉(7. 9.)

今日은 先考 生辰日…望鄕祈禱했을 뿐. 約 30年 間 行事 連續 생각나기도. 今日 末伏.

15, 16, 17日 形便으로 今日이 俸給日…거의 全職員 出勤, 丹齋敎育賞 書類 作成에 申校務를 비롯 여러 職員 協力하는 듯.

歸淸 途中 陰城교육廳 들러 方 敎師의 退任式 問題와 金晥 敎師의 轉出 件 協議했고. 趙 교육장, 尹 學務課長 同席에서 내 家庭 이야기하였기도. 서울서 長子 井 왔고.

長期 無消息이던 5女 運이로부터 仔細한 편지(사우디) 왔기에 安心. ⓒ

〈1986년 8월 15일 금요일 曇, 雨, 曇〉(7. 10.)

光復節…41周年 慶祝日. 새 집에 와서 最初로 國旗揭揚.

玉山 母校 同門會 總會에 參席. 卒業生 累計 6,800名. 參集 人員 70名.

새 家屋 下水道 工事에 長子 井, 四男 松이 流汗勞力…豫想外의 工事. ⓒ

〈1986년 8월 16일 토요일 曇〉(7. 11.)

井母와 함께 아침버스로 出勤. 井母는 고추따기 等 땀 흘려 勞動.

公文書 處理 等 學校 일 보고 舍宅 울 안 밭에 배추 播種. 學校 李 氏 와서 助力. ⓒ

〈1986년 8월 17일 일요일 曇〉(7. 12.)

朝夕으로 新鳳洞 뒷山에 가서 잔디 若干씩 떼어 추려온 것 長子 井이가 庭園에 심었고.

故 延瓚 校長님 영결式場에 잠간 들러서 明岩藥水터 가서 淸原祠와 蓮潭 墓所 찾아 參拜했고. 募金 名單 記錄碑 보고 氣分 不快했기도. ◎

〈1986년 8월 18일 월요일 曇〉(7. 13.)

休暇 中 職員 公同硏修 第一日. 全職員 參席. 午前 中엔 學校長 時間 있어 '漢文字' 익히기에서 孟子 三樂章과 詩經 雅 蓼莪를 硏修토록 하는 데 全員 熱中이었고.

歸家해선 日暮 前後 30分 間 뒷산 잔디 若干 캐어 추려왔기도. ⓒ

〈1986년 8월 19일 화요일 曇〉(7. 14.)

模型航空機大會 있어 南新橋 가서 狀況 보기도.

새 家屋 未盡處 再손질에 몇 人夫 와서 勞力. 長子 井과 業者 吳 氏 間에 若干의 異見 있어 意思 충돌 있었으나 各種 하자分 圓滿히 推進. 庭園 잔디 거의 된 셈. ⓒ

〈1986년 8월 20일 수요일 曇, 雨, 曇〉(7. 15.) 낮 27°

11時 半頃 約 30分 間 가위 集中 暴雨. 16日에 播種한 배추씨 싹 잘 텄던 것 큰 支障. 學校는 職員 共同硏修 오늘로 마쳤고. 午後에 푸짐한 파 한 골 뽑아 入淸 歸家. ⓒ

〈1986년 8월 21일 목요일 晴〉(7. 16.)

어제 맞은 무릎鍼, 操心하래서 驅步 運動은 当分間 삼가기로 했고.

李殷植 琅城校長 停年退任式에 參席~14時. 歸路에 咸교장, 卞교장과 合席機會 情談.

約 一週間 家屋 다듬기에 流汗 勞力했던 長子 井이 午後에 上京. ⓒ

〈1986년 8월 22일 금요일 晴〉(7. 17.)
賢都校 安昌根 校長 停年退任式 다녀왔고. 歸路에 賢都우체局 들러 姪壻 吳炳星 만나보기도. 姪女(魯善)는 賢都校 學校새마을어머니회 會長이기도…今日 行事에 많은 勞力하는 듯. ⓒ

〈1986년 8월 23일 토요일 晴〉(7. 18.)
忠北商高 白圭鉉 校長 停年退任式 參席 後 族兄 俊榮 氏 만나 協議 몇 가지…宗榮 氏 停年退任式 參席 問題. 3派 宗山 賣渡金 事件. 青原祠 建立基金 誠金에 따른 碑文問題를 約 2時間 程度 이야기 나누기도. ⓒ

〈1986년 8월 24일 일요일 晴〉(7. 19.)
甥姪女 朴鍾淑 約婚行事에 參席했고. 井母는 梧仙 가서 고추(約 5貫) 等 收穫하여 搬入하느라고 땀 흘려 終日 勞力. 在應스님 오랜만에 상운스님과 함께 낮에 오고. 방학 最終日. ⓒ

〈1986년 8월 25일 월요일 晴〉(7. 20.)
開學. 無事히 放學 잘 지내고 第二學期 生活도 알차게 잘 하자고 校兒 全員에 当付.
學校 일 잘 마치고 淸州에 歸家하니 작은 妹夫 死亡했다고 訃音. 大田서 가난한 처지. ⓒ

〈1986년 8월 26일 화요일 晴〉(7. 21.)
族兄 郭宗榮 永同 錦湖國校長 停年退任式에 參席. 親族 數人과 함께 갔던 것. 亦 僻地. 式順에 없지만 中間人事 要請 力說~族兄 宗榮 氏에 學力, 才能, 筆力, 慈悲한 性格 等.
下午 3時 半에 歸淸하여 妹夫(故 朴忠圭) 葬礼에 人事次 江外面 虎溪里 거쳐 大田市 松村洞 가서 둘째 妹와 甥姪들 껴앉고 弔慰. 힘겹지만 賻儀金 壹拾萬 원 주기도.
今日따라 遠距離 아침부터 거치느라고 지치기도. 入淸 歸家했을 땐 밤 11時쯤. ⓒ

〈1986년 8월 27일 수요일 晴〉(7. 22.)
午前 中 學校 일 보고 鎭川郡 玉洞校 가서 朴允緖 校長 停年退任式에 參席. 校長은 辛酉同甲會員이기도. ⓒ

〈1986년 8월 28일 목요일 曇, 雨〉(7. 23.)
첫 버스(淸州 發 6時 15分)로 出勤. 形便에 의하여 当分間 淸州서 單身 通勤中.
日氣豫報대로 午后 1時부터 暴風雨~3時 半까지. 울 안 채소 예쁘게 자라던 호배추(5葉 정도) 땅에 붙고 녹고 이겨져서 억울하기도.
雨後지만 家屋 別無異常. 祥雲스님은 갔고. 夕食 평범히 먹었던 것. ⓒ

〈1986년 8월 29일 금요일 가랑비, 曇, 晴〉(7. 24.)
方順澤 老教師 功勞退任 行事 簡略히 했고~職員 兒童 離任人事. 趙교육장, 趙教育會長 來校하여 頌功牌, 功勞牌, 慰勞金 等 傳授. 無極 가서 晝食 14時 半부터 趙誠珠 學父母 會長이 單獨 마련한 送別宴會.
尹貞用 學務課長으로부터 學期末 教職員 人事異動에 있어 電話 있었고.
淸州 家庭엔 煉炭 보일라 作動했기도. ⓒ

〈1986년 8월 30일 토요일 晴〉(7. 25.)

날씨 多幸히 개운히 개인 셈. 職員 異動에 意外로 轉出者 2名 다 잘된 셈.(申敬秀~南新, 金晥永~孟洞). 新任 3名은 教大 四年制 첫 卒業生(大田教大).
午後 2時부터 있는 李斗鎬 忠北高等學校長의 停年退任式에 參席. 仝 5時부터 있는 龍泉校 申奉植 校長 送別宴會. 金旺高校 車埈昇 校長 送別會에도 參席하느라고 매우 바쁘게 뛴 편이었고. 서울서 長子 井이 淸州 온 것. ⓒ

〈1986년 8월 31일 일요일 晴〉(7. 26.)
長子 井은 새 집 周囲 잔 손질하고 歸京.
모처럼 電擊的으로 俗離山 法住寺 求景 다녀온 것. 石製 석가무니佛像(小形) 사오기도. ⓒ

〈1986년 9월 1일 월요일 晴, 雨〉
첫 버스로 出勤. 井母는 다음 車로 온 것. 在應스님 8日 만에 가고…無事의 運을 빌 뿐.
學校는 人事 發令에 따른 送旧迎新 行事에 바빴기도.
井母는 舍宅 밭 고추따기, 동부따기에 終日 땀 흘려 勞力. 日暮頃부터 또 비. 어린 菜蔬밭 걱정되고. ⓒ

〈1986년 9월 2일 화요일 雨, 曇〉(7. 28.)
午前에 비 나우 내리고 午后엔 부슬비로 거의 終日 오락가락한 셈.
申奉植 龍泉校長의 送別宴會에 參席~場所 陰城邑 대웅장. 郡內校長 20余 名.
新任 金潮順 女教師 着任 直前 分娩으로 手續 複雜한 內幕으로 傷心하였기도.
井母는 어제 땄던 고추와 동부 갖고 午前에 入淸하는 데 苦生 많았을 것. ⓒ

〈1986년 9월 3일 수요일 曇, 晴〉(7. 29.)
金潮 女教師 일 圓滿히 解決 짓는 方向으로 推進하기에 努力.
放課 后 體育大會 計劃協議會에 圓滿한 打合이 아니된 느낌. 日暮頃에 개우지 가서 弔問~故 鄭寅德 別世. 別仙洞 鄭寅鳳 氏한테 厚待받고서 곧 答接(맥주, 담배)하였기도. 夕食은 素緬으로 代用했고. ⓒ

〈1986년 9월 4일 목요일 晴〉(8. 1.)
早朝 運動 後 舍宅 울 안 除草作業에 勞力. 放課 後도 勞力하여 險한 풀밭 많이 整地.
淸州서 아침 車로 井母 와서 울 안 밭일 거의 해치운 것~동부, 녹두따기, 배추밭, 골파밭 김매고. ⓒ

〈1986년 9월 5일 금요일 晴〉(8. 2.)
新任 教師(田鍾緖, 李殷順)에 研修 40分 間…服務 姿勢와 教材 研究 等 11個 事項.
낮時間 利用하여 蘇伊學校 가서 金昌鎬 校長 찾았으나 治療次 入淸했대서 만나지 못했고. 大長校 校監한테 厚待받기도. 分娩 金潮順 女교사 다녀갔다는 것. ⓒ

〈1986년 9월 6일 토요일 晴, 曇〉(8. 3.)
井母는 아침결에 入淸. 學校 일 마치고 下午 3時 車로 歸淸. 食事 市內서. ◎

〈1986년 9월 7일 일요일 晴〉(8. 4.)
12時에 있는 安鐘烈(提原郡 大田校監) 子婚에 新羅礼式場 가서 參席. ◎

〈1986년 9월 8일 월요일 曇〉(8. 5.)

李英順 女教師 媤父喪에 人事~笙極面 車坪里.
韓東洙(舊 龍井人) 氏로부터 厚待받기도.
日暮頃에 세째 子婦 車 事故 入院[12] 急報 있어 夫婦 急入淸. 한국病院 501号. 右肩 負傷으로 4週間 治療 要한다는 것. 걱정스럽고. 서울 連絡도 있었고. ⓒ

〈1986년 9월 9일 화요일 가랑비, 晴〉(8. 6.)
개우지 鄭徽憲 氏 만나 進入路 補修工事 協議. ⓒ

〈1986년 9월 10일 수요일 晴〉(8. 7.)
體育振興會 理事會 實施하여 眞摯한 協議했기도. 12회 卒業生 任員 要求. ⓒ

〈1986년 9월 11일 목요일 晴〉(8. 8.)
운동회 準備物品 손질과 經費節約을 職員들에게 当付. ⓒ

〈1986년 9월 12일 금요일 晴〉(8. 9.)
준비物品 손질에 職員들 바빴고. ⓒ

〈1986년 9월 13일 토요일 晴〉(8. 10.)
어언 여러 날자 지나서 大會 앞으로 얼마 남지 않았는 요새 生活 非正常. 入淸. ○

〈1986년 9월 14일 일요일 晴〉(8. 11.)
今日도 無理하게 過飮하여 食事 非正常. 셋째 子婦는 아직 入院 中. ○

12) 원문에는 붉은색 색연필로 밑줄이 그어져 있다.

〈1986년 9월 15일 월요일 曇, 晴〉(8. 12.)
體育會 總演習 實施에 몸 괴로워 바우기에 애먹었고. 청주서 첫 버스 出勤 時 車內 苦痛 有. ◎

〈1986년 9월 16일 화요일 晴〉(8. 13.)
아직 食事 못하고. 井母는 아침결에 入淸~秋夕 準備.
괴롭지만 終日토록 校內活動 旺盛했던 것. 夕食 時 비로소 국수 한 그릇 삶아 억지로 먹었고. 운동장에 나가 黃昏時까지 活動 나우 하고 들어와 秋夕 TV 보면서 日記 쓰고. '새교육'誌 읽기도. ◎

〈1986년 9월 17일 수요일 曇, 晴〉(8. 14.)
작은 秋夕. 全職員 午後 2時까지 勤務 後 退勤토록 했고.
九月分 俸給 受領~期末手当 合하여 1,077,000원整 多額인 것. 下午 5時쯤에 淸州 到着하니 明日 秋夕 茶礼 준비에 奔走들 했고. 20時까지 모두 모인 것. 去 8日에 交通事故로 入院 加療中인 세째 子婦 一但 退院. ◎

〈1986년 9월 18일 목요일 晴〉(8.15.)
秋夕 祭礼 8時 半에 擧行. 長男, 次男, 3男, 弟~4名은 金溪 省墓 다녀왔고. 몸 고단하여 쉬었다가 明日 行事(運動會)도 있고 하여 下午 5時 發 버스로 學校 온 것. 舍宅에서 單身 留宿. 저녁은 라면으로 代用食. ◎

〈1986년 9월 19일 금요일 晴〉(8. 16.)
教職生活 中 最終의 運動會. 날씨도 좋았지만 뜻있게 멋지게 끝낸 것……時間, 種目, 進行,

觀覽客, 贊助金, 雰圍氣 모두 圓滿했고.
서울 큰 애 家族 全員(4名) 淸州서 梧仙校까지 와서 運動會 구경 좀 하고 上京.
學校 일 午后 5時까지 모두 마치고 仝 6時 半 發 버스로 淸州 向發했으나 歸省客들 벅차서 陰城서 乘車難으로 청주 집엔 仝 9時 넘어서 到着. 밤에 軍의 魯弼이 왔고. ◎

〈1986년 9월 20일 토요일 부슬비〉(8. 17.)
休校日이기에 궁거워 登校 執務한 것. 今日부터 아시안 게임인데 날씨가 마침 不順하여 분하기도. 그러나 부슬비 가랑비. 入場式 光景을 TV로 보니 서울은 多幸히 괜찮은 듯. '서울서 있는 아시안게임 成功裡에 끝나기를 祈願.'
下午 5時 發 버스로 淸州 갔고. 86版 새 '電話番号簿' 交付받고. 夕食은 갈비湯으로. ◎

〈1986년 9월 21일 일요일 부슬비〉(8. 18.)
今日도 終日토록 부슬비 내렸고. 아시아競技大會에 支障 있을 것이어서 마음 찐하기도.
10時 發 버스로 忠州 가서 甥姪女 '朴鐘淑' 結婚式에 主禮 본 것. 「幸福예식장」. 유창한 主礼辭 못된 것 느낌으로 마음 개운치 않았기도.
從兄님 모시고 下午 3時 歸淸. 19日에 왔던 魯弼이 아침결에 歸隊. ◎

〈1986년 9월 22일 월요일 曇, 晴〉(8. 19.)
첫 버스로 出勤. 朝會 時에 運動會 反省 仔細히 잘 했기도. 11時頃 井母도 來梧.
第六學年 道德受業 予定대로 2時間 實施.
退勤 後엔 日暮頃 黃昏까지 고추밭에 시금치 播種. 勞力도 나우. ◎

〈1986년 9월 23일 화요일 晴〉(8. 20.)
左側 무릎 어느 程度 痛症 느끼지만 定規코스대로 조깅한 것.
교육廳 徐장학사 來校에 12時 半까지 用務 보고 無極 나가서 点心.
退勤 後엔 舍宅 울 안 고추대 뽑았고. ◎

〈1986년 9월 24일 수요일 晴〉(8. 21.)
새벽 3時 半頃 起床時 腹痛~痛症 繼續으로 9時에 택시 불러 順天鄕病院(陰城) 가서 應急室 거쳐 入院.[13] 時時로 鎭痛劑 맞아도 別無神通. 밤中까지 칼로 저미듯 甚痛. 밤 12時頃 조금 잠 잔 듯. 子正 좀 지났을 때 서울 長子 內外, 淸州의 松, 明, 振榮 왔고. 새벽 무렵에 若干 鎭痛되니 살 듯 精神 간정. ◎

〈1986년 9월 25일 목요일 晴〉(8. 22.)
腹部, 胸部 찍은 寫眞으론 아무 異常 없다는 것. 長子 井의 周旋으로 11時頃 淸州로 옮겨 '청주병원'에 入院…5病棟 504号室.
診察, 胸腹部 撮影, 초음파 진단도 加. 腸이 막힌 곳 있다는 것. 담낭이 조금 부었고. 復水, 까스로 因한 痛症. 腸이 막힌 原因은 不明.
陰城 出發 時부터 痛症 再發. 下午 3時頃부터 鎭痛. 寫眞 現像에 간지스토마 나타났다고. 兼治療劑 注射. 고무줄로 鼻空 通해 胃中 物質 빼내는 裝置도 하여 顔面 험상궂기도. 포도당等 닝게루 注射, 鎭痛劑도. 井母는 徹夜 同寢.
主治醫 姓名은 一內科 김진용 醫師. ◎

〈1986년 9월 26일 금요일 晴〉(8. 23.)

13) 원문에는 붉은색 색연필로 밑줄이 그어져 있다.

胃腸 모두 痛症은 없으나 손으로 누르면 뻐근한 아픔 느끼고. 完全 禁食. 胃 속 物質 繼續 빼내는 中. 終日 間 200cc씩 2차례 괴이는 것. 沃川의 次男, 서울 3女 오기도. 몸 不自由하나 新聞은 보는 것. ◎

〈1986년 9월 27일 토요일 晴〉(8. 24.)
血壓과 脈은 定常. 링겔 注射 하루 3병씩. 腹部 寫眞도 繼續. 까스는 거둬졌다고. 방구 가끔 나오고. 便은 26日 아침에 묽게 約 2*dl* 程度. 今朝은 수제비 반도막 程度쯤 되게. 痛症 없고. 退院 意思 表明이나 不許. ◎

〈1986년 9월 28일 일요일 晴〉(8. 25.)
방구와 大便 昨日과 同. 入院 後 今朝서 미음 한 공기 처음 먹은 것. 今日 찍은 寫眞으론 好轉 안된 現狀이라고. 今日 退院 또 延期.
12時頃에 胃속 通한 고무줄 除去하니 시원하기도. 下午 2時頃에 校長团 辛酉會員 一同 와서 慰問病. 10月 末에 逍風 간다나.
'韓國厂史' 책 읽으며 徹夜. 어제는 軍의 弼이도 왔다가 오늘 갔고. ◎

〈1986년 9월 29일 월요일 晴〉(8. 26.)
오늘 찍은 寫眞으론 好轉된 셈이라고. 職場上 退院을 要求했고.
下午 3時 半에 手續 마치고 退院하니 再生된 氣分…6日 間 病院살이.
入院加療 費用~陰城 50,000원, 淸州 65,000원, 兩處 雜費 10,000원, 總計 125,000원.
鳳鳴洞 自宅에서 잠간 누으니 잠간 새 日暮. 出校 意思 不如意. 沐浴했고. 한결 같은 長子 井의 孝心, 沈着한 動作, 언제나 믿음직. ◎

〈1986년 9월 30일 화요일 晴〉(8. 27.)
出勤. 途中 教育廳 들려 人事하고 學校 가니 意外 早期 退院이라고.
밀렸던 公文書 決裁. 帳簿 檢印. 井母는 울 안 밭 거두기에 바빴고.
낮엔 教委 中等教育課 金起植 奬學官 잠간 다녀가기도.
下午 6時 發 버스로 入淸 歸家. 松이의 沈着한 孝心도 無變.
86아시안게임(서울) 우리 韓國이 今日 統計론 日本을 누르고 2位圈 되어 통쾌. 去 9月 20日부터 10月 5日까지 16日 間. 國民秩序 잘 지키고. ◎

〈1986년 10월 1일 수요일 晴, 雨〉(8. 28.)
모처럼 조깅(아침運動)했고. 낮에 沃川 次男 紘 夫婦 인사次 다녀갔기도.
13時에 있는 尹成熙 曾坪校長 子婚 行事에 參席. 歸路에 큰 妹夫 弟의 女婚에도 人事한 것. 아침결에 잠간 맑더니 午後엔 가랑비. 부슬비~深夜토록. ◎

〈1986년 10월 2일 목요일 曇, 晴〉(8. 29.)
無極서 徒步로 8時 30分에 學校 到着. 井母는 午前 中 콩 두드려 約 2말 收穫. 午后엔 곧 메주쑤기 始作. 尹貞用 學務課長, 邑面內 學校長들한테서 退院 結果 人事電話 자주 오기도.
明日 收穫作業 關係로 入淸 않고 梧仙서 留. 深夜토록 夫婦는 팥 꼬투리 깠고. ◎

〈1986년 10월 3일 금요일 晴, 曇, 晴〉(8. 30.)
舍宅과 學校에 國旗 揭揚~開天節 第4318周年 慶祝日 今年이 檀紀 4319年.

낮에 淸州 와서 車鎔厚 西村校長과 金正烈 校長의 子婚에 人事.
2日 仝부터 된밥 먹기 시작. 別無異常. 今日은 大事 잔치국수도 한 그릇 먹었고. 淸州 집은 松이가 지키는 중. 國旗도 揭揚되어 있고.
아시안게임 우리 大韓 成績 日益 좋아져 2位 석권~금메달 72, 中國 83, 日本 52.
夕食 行事 事情 等으로 歸校 못하고 淸州서 留. 井母는 舍宅에서 終日 勞動했을 터. ◎

〈1986년 10월 4일 토요일 晴〉(9. 1.)
朝會 마치고 郡內 國, 中校 陸上評價戰 보고저 無極中學 가서 13時까지 있었고.
下午 2時 半 發 서울行 버스 乘車. 蠶室까지 꼭 2時間 所要. 文井洞에서 편히 留. ◎

〈1986년 10월 5일 일요일 晴〉(9. 2.)
새벽運動次 6時부터 40分 間 文井國民學校 가서 散策. 新設校 시원하게 잘 지었고 植物園(觀察園)이 多量 保有 잘 됐기도.
엊저녁과 朝食 食事 맛있게 잘 먹은 것~長子 井 內外 정성어린 飮食 모두 맛있게 잘 먹은 것.
下午 1時부터 있는 再從孫(玄信)의 結婚式에 主礼로서 誠意껏 祝辭했기도. 어린이大公園 近處에 있는 '禮一예식장'. 큰 애 自家用으로 妹와 弟 함께 江南터미날까지. 淸州 着은 下午 五時. 또 하나 큰 일 치룬 氣分. ◎

〈1986년 10월 6일 월요일 曇, 晴〉(9. 3.)
醫師 要請에 依하여(청주병원 1內科 김진용 議事) 再檢次 病院 가서 診察. 초음파 진단. 放射線科의 胸腹部 精密 撮影. 大便 檢査(9:40~14:40)마치고. 아무 異狀 없다고 判斷. 今日 經費 約 2万 원. 点心時間 利用하여 北二校 往來~鄭世根 校長 子婚에 不參했던 人事次. 当校 민영용 校監 만났고.
下午 4時 半頃 學校 到着. 帳簿 및 公文書 決裁 處理. 곧 入淸 歸家.
朝食과 点心 굶어서인지 被勞 느끼고. ◎

〈1986년 10월 7일 화요일 晴〉(9. 4.)
校長會議에 參席~政界 잘 보고 通察하기와 體育選手 養成 및 아시안게임 氣分 씻고 學力 提高에 努力할 일이 主 案.
井母는 콩깍지 갈무리, 땅콩캐기, 메주덩이 달아매기 等으로 今日도 終日 勞力. ◎

〈1986년 10월 8일 수요일 晴, 曇〉(9. 5.)
學校 일 잘 마치고 井母와 함께 17時 發 車로 淸州갔고. 學校는 秋季 逍風 實施. 点心時間에 보내온 김밥 잘 먹었고. 南宮 父兄의 택시(自家用) 편의도 고마웠고. ◎

〈1986년 10월 9일 목요일 曇, 雨〉(9. 6.)
'한글날'. 한글頒布 第540周年(1446年). 來淸 予定인 큰 애 事情 있어 못 왔고.
四男 松은 한글날 記念式 參席 後 在職敎職員 逍風에 다녀오고(梧倉面 呂川). ◎

〈1986년 10월 10일 금요일 曇, 雨〉(9. 7.)
간밤엔 비 우수 내렸고. 새벽엔 별 보이고. 첫 버스로 出勤. 요새 5時 50分 家族 出發 時는 깜깜하여 길 안 보이는 것. 井母는 10時頃 梧仙 着. 낮에 거둔 팥 꼬투리 夕食 後 夫婦는 밤 10時頃까지 깠고. 黃昏되니 비 또 내리는 것. ◎

〈1986년 10월 11일 토요일 曇, 晴〉(9. 8.)
井母와 함께 下午 2時 半 發 버스로 入清. 夕食 늦게 市內서 韓定食했고. 鄭 會長 藥劑. ◎

〈1986년 10월 12일 일요일 晴〉(9. 9.)
엊저녁에 온 長子 井은 家屋建築家 吳德煥 만나 2層 浴室附帶工事 相議 後 外再從 朴鍾宇 結婚式場 함께 參席하고 晝食 後 上京.
族兄 俊營 氏 女婚場에 參席 人事. 下午 4時頃엔 林美郎 女教師 宅 찾아가 갖고 간 떡 膳物 주며 分娩 人事도. 이어 李英順 女教師 宅도 찾아 家族 交通事故로 傷心 中인 것 慰勞人事하기도. ◎

〈1986년 10월 13일 월요일 晴〉(9. 10.)
去 土曜日(10. 11)에 學區單位 老人會長 宅 찾아갔을 때 有名 藥(葉 5, 實 5, 根 5) 빗게 해준 周旋에 깊이 深謝[14]했고. 老人教室 行事도 相議한 것.(鄭碩憲 氏).
晝食 後 教育廳 가서 趙仁行 교육장 만나 教室改造로 講堂 마련을 協議했기도. 李尙國 교사 宅 찾아가 生男에 膳物 떡 갖고 가 人事하였기도.
夕食 後 밤 늦게까지 夫婦는 팥, 동부 꼬투리 까기에 손끝 아팠기도. ◎

〈1986년 10월 14일 화요일 曇, 雨〉(9. 11.)
腹病 治療 後 새벽運動 施行 中이나 左脚 무릎은 아직 가끔 아픈 때 있고.
14時부터 있는 金旺青年會議(JC) 十周年 記念式 및 소 廳舍 竣工式에 參加했던 것. 簡易가방을 비롯 膳物을 푸짐하게 받기도. ◎

14) 원문에는 붉은색 색연필로 밑줄이 그어져 있다.

〈1986년 10월 15일 수요일 曇〉(9. 12.)
12時부터 있는 '꽃동네 行事…貴賓 臭心, 結核療養所 竣功式, 老人療養所(임종의 집) 起工式' 가보고 歸家에 無極서 趙仁行 教育長 이야기 듣느라고 予定보다 늦게 歸校. 井母는 무극市場 잠간 다녀왔고. ◎

〈1986년 10월 16일 목요일 晴, 曇〉(9. 13.)
臭心은 龍泉校 林憲星 校長이 答礼格으로 管內校長 4名에 待接함으로 잘 먹었고.
下午 2時부터 金旺地域 國校教職員 親睦排球大會가 無極國校에서 있었던 것. 無極校 飮食 淨潔. 別味로워 誠意 있었기도.
井母는 午前에 入清. 五味子 2*kg* 5,000원에 購求하고. 日暮頃 추었고. 黃昏에 入清. ◎

〈1986년 10월 17일 금요일 晴〉(9. 14.)
教育監旗 차지 市郡對抗 國中校 陸上評價戰 있어 9時에 清州綜合運動場 가서 選手 어린이 5男 박찬희君 800m 뒷바라지 한 것. 實力 不足으로 탈락. 臭心 後 引率 歸校. 俸給 受領. 公文書 處理 決裁 마치고 17時 發 버스로 入清. ◎

〈1986년 10월 18일 토요일 晴〉(9. 15.)
새벽 첫 버스로 出勤. 井母는 清州 집 守直. 2層 一部(화장실) 工事 着工하기도.
六學年 一, 二班 道德授業 3時間 連續施行에 被勞 느끼기도. 14時 半 發 버스로 入清.
8月 6日에 貸與했던 現金 元金만이라도 35万원 받아 多幸이고. ◎

〈1986년 10월 19일 일요일 晴, 曇〉(9. 16.)
鄭杞泳 內德校長 女婚에 잠간 參席. 13時 半에 있는 閔宰植 慕忠校 교사 子婚엔 夫婦 함께 參席~30年前 長豊校에서 3男 魯明을 担任했던 恩惠로운 教師.
日曜마다 祝儀金 人事雜費 連다라 支出額 많아 걱정 中이기도.
夕食 市內 나가서 韓定食 사먹고 歸家 中 큰 妹弟 집(太陽書店) 잠간 들러 相談했고. ◎

〈1986년 10월 20일 월요일 晴, 曇〉(9. 17.)
간 한밤 중 若干의 腹痛 있어 傷心 걱정되기도. 飮食을 잘못 먹어서인지?
朝食時 出勤 時 晝食時까지도 뱃속 不便하여 거의 終日토록 不快했던 것. 点心 저녁끼니마다 感氣약, 消化劑, 무릎治療劑 等 2重 3重 藥을 復用. ◎

〈1986년 10월 21일 화요일 雨〉(9. 18.)
이른 새벽부터 오는 비 終日토록 내리고. 유치원 어린이 32名 서울 어린이大公園 見學으로 8時 半에 出發한 것이 걱정되더니 밤 8時頃 全員 無事 歸校. 姉母 帶同.
第41會 '警察의 날'로서 金旺支署로부터 招請있어 參席하고 点心 待接 받기도. 点心 後 金圭福 双峰校長으로부터 厚待 받았고~모처럼 희석된 酒類 맛보기도. ⓒ

〈1986년 10월 22일 수요일 晴〉(9. 19.)
9月 1日字 發令 赴任한 新任 金潮順 女教師 担任 三學年 授業 參觀하고 좋은 点 指導 助言. 午後 4時부터 있는 管內 機關長會議에 參席. 夕食은 4個 校 國校 校長 애천장에서 會食. ⓒ

〈1986년 10월 23일 목요일 晴〉(9. 20.)
明朝 일 관련으로 井母와 함께 18時 發 버스로 入清.
夕食 市內서. 觀覽料 等 가외經費 많이 들어 속 찐했고. 形便上 飮酒도. ⓒ

〈1986년 10월 24일 금요일 晴〉(9. 21.)
學校長 婦人 研修會 있어 井母를 陰城郡 教育廳 會議室까지 案內 安着케 했고 歸校길에 본대리 一區 李승진 氏 宅 찾아 藥草 '창출'(사초싹 뿌리) 2斤(1.2㎏) 2,700원 주고 사 왔고.
午後 2時엔 金旺高等學校 가서 科學科硏究會 있어 案內狀 있기에 參席 人事하고. 1時間 後 歸校 執務. 井母는 陰城서 点心 待接 받고 下午 3時 半에 歸校. ◎

〈1986년 10월 25일 토요일 晴〉(9. 22.)
陰城郡 教育者大會가 秀峰國民學校에서 10時부터 있게 되어 二校時로 早期授業 마치고 全職員 參席. 勤續者 表彰. 體育競技(400繼走, 排球, 庭球).
去 21日에 幼稚園 姉母들한테 膳物로 보내온 와이샤쓰 통이 작아서 無極서 바꾸었고.
日暮頃 入清. 住宅 2層 追加工事 조그마치 進陟. 弼과 在應스님 왔고. ◎

〈1986년 10월 26일 일요일 晴〉(9. 23.)
鄭宇海 供北校 教師 女婚과 崔在晃 梧倉中學校長 子婚에 招待狀 있어 人事.
形便上 夕食은 걸렀으나 서울 떡 좀 若干 먹고 마음 풀었고. 어제 왔던 스님과 弼이 가고. ◎

〈1986년 10월 27일 월요일 曇〉(9. 24.)
午前 中 學校 執務. 午後엔 孟洞校 科學科 示範運營發表會 있어 參席.
無極서 今日 午心도 金圭福 双峰校長한테 待接 받아 고마웠고. ◎

〈1986년 10월 28일 화요일 曇〉(9. 25.)
今朝 出勤 時엔 움침한 날씨에 나우 쌀랭했던 것. 井母는 10時頃에 來梧. ◎

〈1986년 10월 29일 수요일 曇, 晴〉(9. 26.)
明日 形便으로 井母와 함께 저물게 淸州 向發할 때는 18時 半쯤. 松도 無故. ◎

〈1986년 10월 30일 목요일 晴〉(9. 27.)
10時부터 있는 '反共犧牲者合同慰靈祭'에 參席~場所는 陰城福祉會館.
午心은 桑坪 朴東植 校長과 함께 칼국수로.
下午 2時부터 있는 校長會議에 參席~体育振興費 徵收가 主案件.
저물게 淸州 와선 金在琨 大所校長 案內로 市內 酒店에서 오래 지체 되었었고. ⓒ

〈1986년 10월 31일 금요일 晴〉(9. 28.)
金旺高等學校 芙蓉祭 行事 招待에 參席 後 金圭福 双峰校長과 함께 答接의 意로 晝食 함께 했고. 經營錄 檢閱에 神經 좀 쓰고 막 車로 入淸.
큰 애의 서울 電話 부탁으로 二層 工事 促求를 吳德煥 社長에 또 한번 電話. ◎

〈1986년 11월 1일 토요일 曇〉(9. 29.)
無極서 10時부터 있는 金旺 義勇消防隊 行事(消防의 날)에 參席 後 金旺邑 機關団体長 22名은 旣定대로 觀光次 11時에 無極을 出發. 忠州댐에 12時에 到着. 午心 後 午後 一時에 遊覽船에 乘船. 1時間 40分 所要로 14時 40分에 新丹陽나루에 到着. 맑은 湖水. 兩편 山의 晩秋 景觀, 한벽루(淸風), 淸岩絶壁, 52㎞ 乘船路 佳觀 꼭 겪어볼 만했던 것. 歸路에 처음으로 島潭三峯 보았고. 忠州서 直通버스로 淸州 着하니 깜깜한 밤 8時 30分. 모처럼 今日 逍風 잘 했고. 밤 11時頃 서울서 만이 井 왔고. ⓒ

〈1986년 11월 2일 일요일 晴〉(10. 1.)
새벽 驅步에 아직도 左膝 痛症 느끼고. 關聯으로 때 없어도 새벽 沐浴, 汗蒸, 冷浴 兼.
낮엔 李俊遠 平谷校長 子婚에 人事.
서울 長子 井과 四男 松은 장판 니스칠 工事 推進에 勞力했고. 35,000(원) 所要.
午后 7時 半 發 버스로 큰 애 上京. 淸州藥局 가서 關節治療藥 5日分치 지었고. ◎

〈1986년 11월 3일 월요일 晴, 曇〉(10. 2.)
午心時間 利用하여 電擊的으로 忠州나루 가서 全職員에게 줄 膳物(볼펜, 타올) 15点 마련하여 歸校하는 데 바쁘게 뛴 셈. 그래도 淸州 到着은 學校 잠간 들러 가느라고 밤 9時에 到着. ◎

〈1986년 11월 4일 화요일 晴〉(10. 3.)
아침결엔 얼음 얼었지만 낮 溫度 13°까지 올라가 따뜻했고.
文永浩 管理課長 來校~要請한 校舍 칸막이 마련하여 講堂 利用 可能 工事 予定코저. 現場

踏査 온 것.
六學年 担任 오래서 修學旅行 施行 中의 諸般 留意事項 일러주기도. ◎

〈1986년 11월 5일 수요일 晴, 曇, 晴〉(10. 4.)
'特色 있는 學校經營'에서 '사랑의 교육의 日日學校教育經營'이란 題目으로 原稿 쓰기 着手. 左側 무릎 痛症 있어 호박뜸질 夜間에 한 1時間쯤 해봤고. ◎

〈1986년 11월 6일 목요일 曇, 晴〉(10. 5.)
第六學年 修學旅行을 하루 앞두고 1時間 程度 事前指導를 實施~1. 마음가짐, 2. 衣着과 所持品, 3. 飮食과 衛生, 4. 車內와 旅館에서 지킬 일, 5. 明日의 点心, 6. 出發場所와 時 嚴守, 7. 今夜 就寢.
井母는 午前에 入淸. 午後 막 버스로 鳳鳴 着하니 8時 半頃(午后). ◎

〈1986년 11월 7일 금요일 曇, 雨, 晴〉(10. 6.)
六學年 修學旅行[15] 第一日~아일觀光버스로 5時 10分에 淸州 發. 學校 出發은 7時. 運轉技士 吳南翼 氏. 案內는 崔孃. 兒童 56名 全員, 担任 李尙國 교사, 李英順 교사. 寫眞技士 朴氏. 釜山直轄市 용두山公園 到着이 13時. 水族館 보고, 태종대, 울기등대(울산), 울산 와선 現代造船所, 慶州 到着은 밤 7時 半頃. 호남장 旅館에서 留. 모두 無事. ⓒ

〈1986년 11월 8일 토요일 晴〉(10. 7.)
旅行 어린이 數名은 2時 半까지 就寢 않고 장난. 5時 20分에 石窟암 向發. 6時 45分에 해돋이까지 본 것. 바람 세찼기도. 7時頃 佛國寺 求景.
朝食 後에 國立博物館, 半月城, 石氷庫, 첨성대, 분황寺, 天馬塚, 点心 後 도트락과 보문단지 보고 午後 二時에 出發. 陰城 到着 午後 七時. 柳浦里까지 兒童 全員 解散 歸家토록 할 땐 仝 四十分. 無事 安着 歸家 多幸. 教職生活 中 最終 修學旅行 잘 따라가 마친 것 記念되기도. 市內서 夕食. 집엔 極히 深夜에 갔고. 担任 兩 李教師에 深謝. ⓒ

〈1986년 11월 9일 일요일 晴〉(10. 8.)
魚寅燮 淸龍校長 回甲과 閔丙昇 鳳鳴校長 回甲에 招待 있어 食堂에 參席 人事 마치고 市內서 夕食까지 마치고 歸家. ⓒ

〈1986년 11월 10일 월요일 晴〉(10. 9.)
修學旅行 遂行內容을 效果 있던 것 全職員에 紹介. 日出 前에 生藥材 항아리 묻기도.
一, 二校時의 第六學年 道德授業 興味롭게 이루었고.
下午 四時 50分에 淸州 到着하여 아담 設計事務所 들려 家屋建築設計 變更된 것과 仝 許可書 받아 明日 該当銀行에 提出키로 한 것.
淸州藥局 가서 무릎 關節炎藥 짓고 市內서 夕食하고 일찍 歸家 就寢. ◎

〈1986년 11월 11일 화요일 晴〉(10. 10.)
井母는 아침결에 梧仙 갔고. 9時 半에 住宅銀行 가서 昨日 받은 書類를 提出하고 最終 融資金 곧 나오기를 付託하고 陰城 거쳐 無極 와서 地域校長団 數名과 点心을 會食하고 淸州 가

15) 원문에는 붉은색 색연필로 밑줄이 그어져 있다.

서 故 金昌鎬 蘇伊校長 別世에 內德洞 가서 弔問 人事.
下午 5時 40分頃 舍宅에 到着하니 井母는 군불 때고 故障난 보일라 물탱크 고쳐 놓았기도(學校 李 氏 솜씨로).

〈1986년 11월 12일 수요일 曇〉(10. 11.)
左側 무릎 痛症 좀 있는 것은 該当藥 服用 中이나 老化 現象이란 醫師의 말 그대로인지 別無效果인 듯. 새벽運動 時나 階段 昇降 때 아픔 느끼고.
明日 運搬 予定인 김장배추 60폭 程度 뽑은 결에 舍宅 庭園에 있는 庭園樹 몇 株 쏚고 뽀개고 學校 李 氏의 周旋에 고마웠기도~紫木蓮, 박테기, 芍藥, 장미, 사철木, 海棠花, 大棗, 銀杏木, 잣나무, 白無窮花. ◎

〈1986년 11월 13일 목요일 雨, 曇〉(10. 12.)
새벽부터 비 내려 걱정 크게 된 것~1t 추럭(用達車)으로 배추, 庭園樹, 圖書 等 淸州 鳳鳴洞 집까지 搬移[16] 準備에 엊저녁부터 바쁘게 일봤는데 비 9時頃 꺼끔할[17] 때 짐 싣고 9時 40分에 發車. 井母와 李鐘成 一般職 운전士와 함께 入淸. 비는 11時頃부터 멎었고.
10時부터 있는 金旺邑 防衛協議會員 會議에 參席…戰時訓練對備와 86독수리訓練 對備가 主案件. 点心 後 美術學園과 細工 工場視察하고 歸校하니 15시 40分.
臨時職員會 마치고 6時 發 버스로 入淸. 搬移 잘 되고 가지고 간 10鍾의 나무도 잘 심겨진 것. 學校 李 氏가 手苦되었고. 不幸히도 長子 井이가 책(圖書) 보따리 나르다가 끔먹하여 허리에 담이 甚히 들은 듯. 午後 1時에 와서 仝 6時 半頃에 上京하였대서 相逢 不能이었으나 딱하기 限量 없고. 밤의 서울 連絡에 依하니 鍼 맞은 後 藥도 若干 짓고 效果 조금 있는 듯하다는 것. ◎

16) 원문에는 붉은색 색연필로 밑줄이 그어져 있다.
17) 좀 뜸하다.

〈1986년 11월 14일 금요일 曇, 晴〉(10. 13.)
陰城郡 李鐘六 장학사(初等係長) 奬學指導次 來校에 歡談 나누었고. 点心은 無極 가서 全職員과의 對話時間에 讚辭 많았고. 今日도 큰 行事 마친 셈…敎職生活 中 最終의 奬學指導일 것. 막 車로 入淸하여 서울 消息 들으니 長子 井의 痛症 若干 差度 있을 程度. ⓒ

〈1986년 11월 15일 토요일 晴〉(10. 14.)
午後 3時頃 入淸하여 순대국밥으로 夕食. 金溪 가서 漢普 母親喪에 人事하고 저물게 歸淸. ◎

〈1986년 11월 16일 일요일 晴〉(10. 15.)
任鴻淳 淸南校長 子婚에 人事. 三從姪 魯玨 結婚式場과 族弟 光榮 子婚에도 人事. 午後 3時엔 申奉植 回甲宴 招待 있어 泰東館 가서 應待. 저녁엔 尹貞用 學務課長. 咸龍澤 능산校長과 함께 얼려 情談 一盃했기도. ⓒ

〈1986년 11월 17일 월요일 晴〉(10. 16.)
第六學年 道德授業 1, 2班 모두에게 熱誠껏 指導했기도. ⓒ

〈1986년 11월 18일 화요일 晴〉(10. 17.)

金奎福 双峰校長과 함께 金旺邑 中隊訓練狀況室에 慰勞人事次 갔었고.
点心은 四個國校長 모여 會食한 것. ○

〈1986년 11월 19일 수요일 晴〉(10. 18.)
今日 어찌하다 탁주 좀 마신 듯. 電擊的으로 夫婦는 藥 져갖고 서울 다녀온 것. ○

〈1986년 11월 20일 목요일 晴〉(10. 19.)
2, 3日 間 食事와 아침行事 正常치 못하여 若干 어수선한 느낌이기도. ○

〈1986년 11월 21일 금요일 晴〉(10. 20.)
來日이 井母 67回 生日인데 서울 큰 애 去 13日 淸州에서의 몸 다친 事故로 정왕 없어 걱정만 되고.
神藥과 神鍼이 없는지 딱하고 안타갑기만 한 셈. ○ⓒ

〈1986년 11월 22일 토요일 晴〉(10. 21.)
井母의 67回 生辰日. 각 처 子息, 子婦, 孫子女 많이 參集했던 것. 딱하게도 서울 큰 애 못오게 된 事情 마음 찐한 것. ○

〈1986년 11월 23일 일요일 晴〉(10. 22.)×
金在坤 大所校長 子婚과 尹貞用 課長 子婚 있어 人事한 것. ×

〈1986년 11월 24일 월요일 雨〉(10. 23.)
몸 極히 괴롭고 食事 못하여 終日토록 교장실. 敎務室, 舍宅, 宿直室로 出入 잦았던 것. 李尙國 敎師, 李鐘成 一般職의 誠意에 感謝했기도.
井母는 淸州서 안 오고. 비 終日토록 내린 것.
◎

〈1986년 11월 25일 화요일 曇, 晴〉(10. 24.)
食事 朝食부터 조금 했고. 뒤가개房의 誠意 고마웠기도.
井母 낮에 淸州서 온 것. 세째 子婦로 因하여 夫婦 言聲 좀 높였던 것. ◎

〈1986년 11월 26일 수요일 晴〉(10. 25.) -4°(日出前)
終日토록 充實 勤務. 食事 좀 나아졌고. 去 16日~20日까지의 生活에 物心身 三面에 損失 많은 듯. 後悔 莫及. ◎

〈1986년 11월 27일 목요일 晴, 曇〉(10. 26.) -6°
朝食 한 그릇 다 했고. 井母는 9時 半 發 버스로 入淸. 今日 勤務도 充實. 下午 6時 發 버스로 入淸. 서울 消息 들으니 큰 애 若干 差度 있다는 것. ◎

〈1986년 11월 28일 금요일 晴〉(10. 27.)
出勤 後 잠간 急한 일 보고 11時 버스로 無極 농협 들러 일 보고 陰城 가선 11月 分 敎育保險料 納付. 淸州 가선 國民住宅銀行 가서 最終 作成할 書類 確認하고서~市廳 發行 家屋台帳 謄本 2部. 洞長 發行 印鑑證明, 住民登錄謄本 2通 떼어 집에 와선 '權利證' 찾아 다시 住宅銀行에 提出하니 거의 終日 걸린 것. 今日로서 最終 融資申請 마친 셈.
今日의 서울 消息 들으니 學校 出勤했으나 当分間 더 療養하도록 되었다는 것이며 큰 걱정 말라는 큰 애 말이었고. ◎

〈1986년 11월 29일 토요일 晴〉(10. 28.)
거쩐한 몸으로 새벽 첫 버스로 出勤 執務, 退勤해서도 意圖如意遂行 ◎

〈1986년 11월 30일 일요일 晴〉(10. 29.)
2層 家屋의 附帶工事(주로 화장실) 거의 마무리 段階. 上下 장판에 리스漆 再漆도 말끔히 오늘서 마친 셈.
校長同志 辛酉會 有司 行事로 事業進行上 勸告 있기에 執行했고. 夕食 會食을 히아신스 옆 '한국식당'에서 했으나 經費 많이 나지 않았던 것~37,300원. 陰 至月末日인 生日날 하렸던 것을 形便上 앞당겨서 어느 편 개운한 点 있기도. ◎

〈1986년 12월 1일 월요일 晴〉(10. 30.) 2°
새벽 첫 버스로 가든히 出勤. 날씨는 푹 눅져서 終日토록 봄 날씨를 방불케 따뜻. 10° 유지.
職員朝會時間에 '停年을 앞두고 앞으로 3週間 더욱 뛰리' 公私 間의 形便 이야기 나우 했기도.
單身 出勤했고 点心도 저녁도 自身이 지어먹은 것. 井母가 마련해준 반찬 맛있게 익혀 먹으면서 고마움에 今日도 한결같이 느껴졌고.
10時頃엔 鄭碩憲 老人會長 만나 老人잔치에 對하여 協議하기도.
밤 깊도록 讀書하고 今夜는 舍宅에서 獨宿(出勤 時 協議했기에). ◎

〈1986년 12월 2일 화요일 晴, 曇〉(11. 1.) -4°
모처럼이지만 單身 舍宅에서 留하여 朝食 일찍 마련했고. 새벽運動(驅步)과 아침放送 實施한 것. 昨今 날씨 낮氣溫 따뜻했고.
午後엔 일찍 入淸하여 住宅銀行 들려 家屋建築費 融資 殘分 200萬 원 受領에 애는 먹었지만 今日로서 完結되어 개운한 氣分. 서울 큰 애한테도 連絡했고. ◎

〈1986년 12월 3일 수요일 부슬비, 가랑비〉(11. 2.)
새벽부터 내리는 안개비 終日토록 한대중[18], 날씨는 푹한 편이고.
새벽 첫 버스로 氣分 개운하게 出勤. 井母는 11時 좀 지내서 梧仙 到着. 12日에 있을 敬老會에 祝辭할 抄 좀 잡아 보았고. ◎

〈1986년 12월 4일 목요일 曇, 晴〉(11. 3.)
陰城郡 教育廳가서 平和의 댐 誠金 9萬5千 원(兒童 65,000, 教職員 30,000) 納金 後 淸州가서 鳳鳴洞 事務所 들려 仝 672~8号로 轉入된 手續을 完了. 統長은 朴用圭 氏. 집에 잠간 들러 魯松 만나고선 急急히 歸校하였을 때는 午後 6時 20分쯤. ◎

〈1986년 12월 5일 금요일 晴〉(11. 4.)
無極 나가서 邑內 國校長団 會食에 參席. 無極地區 國, 中 陸上記錄大會가 14時부터 있는 無極中學校에도 가 보고.
學校에선 10時 半부터 幼稚園 어린이 재롱잔치 있었고.
井母는 点心 後 入淸. 無極서 午后 4時 半에 歸校. 17時 半 發 버스로 入淸. ◎

〈1986년 12월 6일 토요일 晴〉(11. 5.)

18) 전과 다름없는 같은 정도.

學校 行事 마친대로 下午에 入淸하여 辛酉會員 數名 來訪에 새 家屋에서 待接했고. ◎

〈1986년 12월 7일 일요일 晴〉(11. 6.)
左膝 痛症과 온몸 풀려고 今朝에도 早朝運動後 時間余를 沐浴湯에서 溫湯, 冷湯, 한증室로 3回 以上 연달아 鍛鍊해보았고.
낮엔 申元植 俗離校監 子婚에도 人事. 庭園植越冬作業도. ◎

〈1986년 12월 8일 월요일 晴〉(11. 7.)
今朝 새벽 出勤에 몹씨 추었고. 氣溫 零下 5度 5分.
六學年 道德授業 2時間 모두 興味롭게 치루었고.
12日에 있을 敬老孝親 行事(老人잔치) 準備로 몇 職員 애쓰고 奔走한 편이나 鄭 會長과의 呼吸不一致로 개운치 않은 氣分 있기도.
井母는 淸州서 10時 發 버스로 梧仙 왔고. 去月 13日에 搬移 後 梧仙 舍宅엔 寢具 一式과 食器 夫婦用 程度 있을 뿐. 食事 解決 때문에 오는 것. ◎

〈1986년 12월 9일 화요일 晴〉(11. 8.)
11時에 無極 나가서 邑事務所 金文壽 産業界長 停年退任式에 끝날 무렵 參席 後 學區內 閔丙世 氏 外 6, 7人에 一盃 待接하고 柳浦里 宋준영 氏 應接도.
學校는 道 考査問題 謄寫하여 學力評價 實施~放課 後 토끼고기 먹기도. ◎

〈1986년 12월 10일 수요일 曇, 晴〉(11. 9.) 2°
井母는 아침결에 入淸.
鄭碩憲 老人會長 來校…12日에 있을 敬老行事 協議했고. 係 梁在浩 教師 努力도. 3의 1(金潮順), 4의 2(林美郎) 1학년(李殷順)의 校內臨床獎學했기도.
下午 6時 發 버스로 入淸하니 서울서 큰 애 井이 왔기에 반가웠고~去月 13日에 우연이 허리 다쳐 苦痛 中인데 繼續 治療에 差度 있다는 것. ◎

〈1986년 12월 11일 목요일 晴〉(11. 10.) -4°
11時 半에 柳浦里 老人會 總會에 參席. 14時엔 無極國校 幼稚園 어린이 재롱잔치에 招待있어 參席했고. 校長室에서 昨日 授業 公開한 班 助言指導했기도.
어제부터 '새교육'誌 原稿 쓰기 始作한 것~'特色 있는 學校 經營'. ◎

〈1986년 12월 12일 금요일 晴〉(11. 11.) -4° 5″
心慮 많이 했던 學區單位 老人 總會에 敬老잔치를 全職員 活動과 姉母會 任員들의 協調로 나름대로 無事히 잘 치른 셈이어서 마음 개운했고.
벼뤘던 '새교육'誌 原稿「學校經營事例」로 '사랑의 교육을 베풀기 위한 日日生活課程' 24面 作成 完了되어 退勤 길에 無極서 發送.
井母는 査頓(賢都우체국장…姪女 魯先의 媤父) 吳昌龍 氏 停年退任式에 代身 妹弟와 함께 賢都에 다녀온 것. ◎

〈1986년 12월 13일 토요일 晴〉(11. 12.)
어제의 老人會 잔치行事에 受苦한 職員들에게 謝礼 稱讚했고.
今日 六學年 道德授業도 興味있게 遂行한 것.

午後 4時 半에 清州 到着하여 5時부터 있는 友信親睦會 年末 總會에 參席했고. ◎

〈1986년 12월 14일 일요일 가랑비〉(11. 13.)
거의 終日토록 가랑비. 金文榮 敎委奬學官 子婚, 黃仁璨 七星中校長 子婚에 人事.
魯弼에게 줄 中古時計 修理 1万 원 주고 깨끗이 고쳐놓았기도. ◎

〈1986년 12월 15일 월요일 雨, 曇〉(11. 14.)
井母는 11時頃 梧仙와서 晝食 後 午後 2時 半 發 버스로 黑白 테레비전 갖고 再入清.
第六學年 道德授業 完全히 마친 것. 6-2 '12. 학교를 졸업하며'의 單元을 멋지게 힘차게 指導하여 개운한 마음으로 '끝날까지 校壇지키리'의 精神 그대로 遂行한 것.
舍宅에서 19時頃 夕食을 單身이 지어먹고 深夜토록 讀書하고 就寢. ◎

〈1986년 12월 16일 화요일 晴〉(11. 15.) -4°
아침 일찍은 찼지만 낮은 따뜻했고.
龍泉國校의 庭球場 開場式 및 庭球 創团式 擧行에 招待 있어 다녀왔고.
井母는 11時 半에 와서 솥(釜) 等 짐 만들어 싸가지고 午後에 入淸한 것. ◎

〈1986년 12월 17일 수요일 晴, 曇, 雨〉(11. 16.) -4° 5″
낮에 來梧한 井母와 함께 下午 3時 半 發 버스로 陰城 가서 公事인 平和의 땜 誠金 等 二次分 農協에 入金하고 入淸. 淸州 無事.
井母와 協議~退任日의 來客 接待 準備物에 對하여. ◎

〈1986년 12월 18일 목요일 雨, 曇〉(11. 17.)
간밤부터 내리는 비 繼續. 집에서 駐車場까지 깜깜한 새벽길 오는 데 물 웅덩이 많았고.
낮엔 趙仁行 陰城郡 敎育長 母親喪에 無極邑內 校長团 함께 陰城 가서 人事.
井母는 今日도 낮에 와서 짐 좀 싸갖고 午后 2時 半 發 버스로 入淸. 난 막 차로 가기로 하고 職員會 開催하여 冬季休暇 中 生活에 대하여 協議했던 것. 會議 마치고 全職員 退勤 後 18時 20分 發 버스로 入淸. 井母 梧仙서 잘 왔고. ◎

〈1986년 12월 19일 금요일 曇〉(11. 18.)
10時부터 있는 86, 87 年末年始 公職者 經濟敎育 受講. 場所는 一信女高 講堂. ◎

〈1986년 12월 20일 토요일 晴〉(11. 19.)
10時 半까지 職員協議會와 學級行事. 10時 40分부터 運動場에서 放學式…'50日 間의 放學中 家庭生活에서 父母님 말씀 잘 들어 健康. 學習 規律 安全生活(불조심 얼음판, 가스, 交通, 폭발물 조심) 이룩하자'고 当付.
兒童 全員 下校 後 全職員 無極 와서 會食했고. 淸州 와선 市內서 夕食. ◎

〈1986년 12월 21일 일요일 曇〉(11. 20.)
거의 終日토록 人事 다니기에 바쁜 편이었고…朴世圭(册商) 任應淳 석성校長, 郭一相(族弟) 子, 女婚 等에.
外孫子 愼重奐 데리고 沐浴湯 가서 깨끗이 닦아주기도(國校 一年生)…'어제 午后에 全東媤家 일로 3母子女 왔던 것.'
下午 四時頃에 井母와 함께 市內 가서 交際床

과 祭器(木製) 30個 1셋트 購入 運搬. 아침결에 井母는 故鄕 金溪가서 둑밭 賃貸料 쌀 1叺 값으로 68,000원 받아왔고. ◎

〈1986년 12월 22일 월요일 曇, 晴〉(11. 21.)
契約된 第六年 間 積金(大韓民國 教育保險) 滿了되어 陰城支部에 들러 計上된 壹百萬 원整 受領하여 無極가서 農協에 一段 予置하고 學校에 連絡 後 歸淸하여 家具店(금강가구점)에 달려가 4단스(衣箱) 33,000원에 購入 運搬한 것.
봉봉洗濯所 가서 洋服 코오트 料金 받게 하여 찾아다 놓았고. 今日은 冬至. ◎

〈1986년 12월 23일 화요일 晴〉(11. 22.)
陰城郡 初等校長団 28名 서울 奬忠公園 統一硏究院 內에 있는 '北韓館' 見學케 되어 7時에 淸州 出發. 目的地 到着은 10時 半. 北韓館 見學 12時까지. 12時 半에 도가니湯으로 臾心. 午后 3時까지 國立博物館 見學(45年 8月 15日 光復까지 所謂 朝鮮總督府 자리. 48年 8月 15日까지 美軍政廳. 綜合廳舍 建立까지 政府中央廳. 86年 12月 10日부터 국립박물관으로 …유서 깊은 廳舍).
午后 3時 半에 서울 發 儒城溫泉 가서 一同은 '대온장호텔'에서 沐浴. 夕食 後 淸州 와서 仝 8時에 散會한 것. ◎

〈1986년 12월 24일 수요일 曇, 晴〉(11. 23.) -3°
오늘까지 날씨 繼續 푹했고. 學校가서 公文 數通 決裁, 學校와 舍宅 모두 無故. 舍宅 房內의 잔삭다리 가방에 주어넣어 가지고 午后 4時 半 發 차로 歸淸. ◎

〈1986년 12월 25일 목요일 晴〉(11. 24.) -3°
今日은 朝夕으로 나우 쌀쌀한 편이었고. 크리스마스, 눈 아직 안왔고.
金溪 가서 두무샘 밭 부치는 姜昌鎬 만나 小作料條 白米 1가마 값으로 65,000원 받았고. 來年부터는 1가마 半으로 合意.
從兄님 內外, 再從兄嫂 氏, 三從兄嫂 氏 만나 人事. 郭起鐘 氏 宅 찾아가 月前의 其의 母親喪 당했던 弔問 人事. 步行으로 小魯가서 吳景錫 母親喪에도 人事. 다시 玉山까지 步行에는 疲勞와 다리 아팠고. 午后 6時頃 入淸. 市內서 夕食. ◎

〈1986년 12월 26일 금요일 晴〉(11. 25.) -3°
辛酉會(同甲校長 親睦會) 10名 冬季旅行 計劃있어 約束대로 8時 半에 鳥致院驛 着. 9時 發 '統一号' 列車로 約 4時間 所要로 午後 1時頃에 釜山 到着. 10名 會員 中 1名 欠. 団長은 元聖玉. 總務는 鄭世根. 一同은 '자갈치'市場에서 해삼과 굴과 생선회를 겻드려 臾心 먹은 後 영광호(船) 타고 巨濟島 玉浦港 간 것. 全景을 잠간 둘러보고 茶房서 쉬었다가 日暮 後에 다시 釜山港 와서 東萊 갔고. 航海時間 꼭 1時間. 東萊區 '모란장' 旅館에서 宿泊. 間当 11,000원씩에 3人 合宿. ◎

〈1986년 12월 27일 토요일 晴, 曇〉(11. 26.)
6時에 一同은 '금천장 沐浴湯'에 溫泉 沐浴 1時間. 녹천장沐浴湯 앞의 '코롱食堂'에서 朝飯. 主는 琅城面 山東校 出身 閔丙學 氏. 朝食前엔 公園 30分 間 散策. 一同은 푹 쉬었다가 金泉 와서 臾心. 12時 半 列車로 下車했던 一行은 '直指寺' 求景했고, 午後 4時 半 發 予定

을 고쳐 소 5時 50分 發 統一号 列車로 1時間半 所要(김천~조치원)로 鳥致院驛 到着. 解散하여 鳳鳴洞 집에 到着은 소 8時쯤 됐고…모두 無事 歸家된 것.
今日 午后에 子女息들 많이 모였고…서울, 沃川, 隣近. 日暮頃부터 酷寒. ◎

〈1986년 12월 28일 일요일 曇〉(11. 27.) -7°
陰 至月 末日이 生日인데 서울 家族 形便 있어 今朝 食事 會食키로 相議되어 모인 것. 珍味로운 飮食 거의 서울서 資材料 마련해 온 듯. 故鄕에서 從兄님과 再從兄嫂 氏 오시고.
晝食 때엔 在任校(梧仙校) 日職員 外 全職員 모두 와서 歡談 後 함께 食事 맛있게 한 것. 飮食 調理와 마련에 子婦들, 큰 딸, 季嫂, 堂姪婦 많은 勞力했고.
夕食頃엔 外從 朴鐘煥 夫婦, 學校 日直이었던 李英順 敎師 다녀가기도. ◎

〈1986년 12월 29일 월요일 晴〉(11. 28.)
새벽運動 繼續 中. 左側 무릎 痛症은 若干 가라 앉은 채 더 하지는 않고.
아침결에 큰 애와 함께 住宅銀行 가서 家屋 建築費 支給할 資金 150万 원 引出했고. 큰 애는 業者 吳德煥 만나 決算段階 對話하고 上京.
學校 나가서 公文書 等 決裁하고 歸路에 陰城女中 들러 金根淑 校長 女婚 있어 人事한 것.
日暮頃 집에 到着. 吳業者와의 通話에 決算殘額 50万 원이 要求額 90万 원의 절충으로 65万 원整 주기로 確定 지은 것.
모였던 子女息 家族 거의 가고 沃川 둘째만이 남아 제 媤母하는 일 돕는 중. ◎

〈1986년 12월 30일 화요일 曇, 가랑비〉(11. 29.)
첫 새벽 3時에 起床하여 新聞通讀 後 年賀狀 答礼狀 쓰기에 바빴던 것.
學校 出勤~公文書 處理. 農村奉仕活動으로 冬季休暇 中 慶熙大 醫大生 來訪한다는 電話 있어 許諾했기도. 낮엔 南基政 郡守 赴任 있대서 無極까지 갔다왔기도. ◎

〈1986년 12월 31일 수요일 가랑비, 曇〉(12. 1.)
86年 最終日, 出勤하여 下午 3時까지 執務.
새벽부터 쓴 年賀狀 80枚 完了 우송. 아직도 數十狀 더 써야 할 것.
井母는 새벽에 흰떡가래(約 1말 程度 빚은 것) 써는 데 勞力.
長子 井이 午前에 왔고.
밤엔 市內 某處에서 86, 87 送旧迎新의 零時에 서울 普信閣 大鐘 33番 打하는 것 視聽했고. ◎

*86년 略記
- 國家的 見地로선 86아시안게임 最初로 치루고 日本을 큰 差로 물리쳐 따돌려서 綜合成績 第2位. 1位인 中共과도 金메달 1個差로 國威宣揚.
- 鳳鳴洞에 家屋 新築하여 最初로 個人住宅 마련된 것. 垈地 68.5坪에 上, 下層 建坪 33.5坪. 建築費만 24百萬 원 所要. 建築 過程에서 長子 井의 誠意와 勞力은 筆舌로 表現 難.
- 敎職의 最終 學年度로서 精力을 쏟아 職員과 兒童에게 사랑 베풀고.
- 偶然찮이 腹痛 甚하여 平生 처음으로 入院 治療해 봤기도.

- 4女, 5女(杏, 運) 海外生活 中.
- 四男(松)은 大卒과 同時에 高校 教師 就職 되어 熱誠껏 努力 中이고.
- 五男(弼)은 軍服務 中.

1987년

1987년 〈앞표지〉
日記帳
1987年. 1988年.
檀紀 4320年. 4321
佛紀 2531年. 2532
孔夫子誕降 2538年. 2539
丁卯年. 戊辰

〈1987년 1월 1일 목요일 晴〉(12. 2.)
6時 50分부터 40分 間 새벽運動. 설날 茶禮는 8時 50分에 擧行. 歲拜 받고 飮福과 朝食.
2月 20日로 豫定한 教職 停年 行事에 關하여 長子 井과 대충 相議했기도.
李영 女教師 宅 찾아가 期限付 重要 公文에 關하여 協議도 하고.
설 名節로 모였던 家族들 午後에 모두 各己 歸家하여 家內는 무척 조용.
2달 以內에 停年이 되어 끝날까지 사랑의 教育을 베푼다는 精神으로 멋있게 마치자고 自身 다짐하기도. 今夜도 答礼 年賀狀 쓴 것. ◎

〈1987년 1월 2일 금요일 雪, 曇, 雨〉(12. 3.) (1°,)
昨夜부터 내린 눈 아침결에 清州地方 7㎝ 積雪. 早起 除雪作業에 勞力.
어제 아침엔 사우디 있는 5女 運한테서 歲拜 人事 電話 오더니 今朝엔 濠洲에 있는 四女 杏한테서 새해 人事와 아울러 送金하지 말라는 國際電話 왔고.
爲親契에 參席코저 10時 半 發 버스로 清州 出發. 진눈개비로 길 險했고. 11時에 金溪 到着. 곧 전좌리 너머가서 省墓. 온 山川地가 白世界.
從兄님 宅 들려 新年人事, 当姪들 거의 만났고, 爲親契 場所는 族弟 敏相의 집. 12時 半부터 始作하여 5時頃 끝났고, 稧財 白米 10말, 現金 19万 원.
甲論乙박 中 漢政의 몰常識에 가까운 個人慾心에 겨운 發言 等에 氣分 나빴기도. 当姪 魯奉의 要請으로 係員 編入케 했기도.
깜깜해서 入清하여선 大田 사는 族叔 漢業 氏 待接했고. ◎

〈1987년 1월 3일 토요일 曇, 晴〉(12. 4.) (-1°,)
이웃 사는 族弟 石榮의 招待로 族叔 漢虹 氏도 만나 情談과 朝食도 待接받고.
宗親同甲(辛酉生) 契 있어 參席…有司 俊榮 兄 宅~社稷洞서 11時부터 15時. 4件의 祝儀金 負擔 1人当 14,000원씩 收斂 修稧하고 晝食 後 散會.
軍에 있는(倭館) 五男 魯弼이 年末年始에 다녀갈 줄 期待中인 井母는 今日도 別無消息이어서 궁겁다고 걱정. 平常時보다 더 重大機인

지도? ◎

〈1987년 1월 4일 알요일 晴〉(12. 5.) (-7°3″,)
近日 푹하던 날씨 엇저녁부터 차지더니 今朝 氣溫 서울은 영하 9度 5分이라고. 清州는 영하 7度 3分. 年賀狀 20余 통 適當한 高級紙로 만들었고.
司倉洞 연수堂 藥房에서 補藥 1제 지어서 井母에게 服用하기 始作했기도. ⓒ

〈1987년 1월 5일 월요일 晴〉(12. 6.) (-1°,)
出勤 길에 投資信託에 들러 預金 2件(同甲契, 井母 통장) 整理.
學校엔 南 校監, 金敎務, 李英, 林, 李尙 敎師 出勤 執務.
公文 通讀 決裁 後 雜務 整理하고 下午 4時 半 發 버스로 入清. 今日까지 年賀狀 답장 쓰고. ◎

〈1987년 1월 6일 화요일 晴〉(12. 7.) (-1°5″,)
年賀狀 答禮 10余 枚 作成 發送 後 午後에 富谷旅行次 出發. 출발 發 前에 魯弼 安否 알았고.
清州發 鳥致院 (直行 20分…16시 15분~16시 30分). 鳥致院發 大邱着(統一號 列車 2시간 30分…17시~19시 30분). 大邱發 富谷着(直行 1時間 30分…20시 30분~22시)--時間 所要 清州~富谷間 4時間 20分. 空間 1時間 25分 : 청주, 부곡 總所要 5時間 45分 間. 동신장 13,000 ⓒ

〈1987년 1월 7일 수요일 晴, 曇, 가랑비〉(12. 8.)
朝食 前 早起 早期 求景…운동, 散策 30分 間 ~부곡하와이호텔, 仝 本館, 서울溫泉莊, 京城溫泉莊, 南平壤溫泉莊(대중탕, 가족탕, 독탕). 朝食은 '全州食堂'에서.
'富谷하와이' 觀光……膳物百貨店, 植物園, 展示館, 어린이 놀이터(탈 것), 室內水泳場, 㕕劇場, 溫泉大衆湯(汗蒸-溫,熱…低,高. 冷湯. 溫湯 42°~43°, 熱湯 44°~45°. 46°~47°. 野外湯. 男, 女湯 모두 施設完備. 廣範圍에 滿足, 驚異. 2名 經費 6萬 원쯤 所要됐으나 처음 求景의 富谷觀光 印象 남은 것…昌寧郡. ◎

〈1987년 1월 8일 목요일 晴〉(12. 9.) (-1°,)
敎長會議 있어 參席…陰成郡 87敎育計劃 報告. 劉成鍾 敎育監 臨席. 10時 半부터 12時까지. 点心은 떡국으로 待接받고.
下午 2時 發 車로 學校 가서 南 校監에 12日의 일 傳達하고 公文 等 決裁하고 日暮頃에 入清. 敎育監 隨行員 中 鄭00 課長의 態에 若干 氣分少?(玉山 弟子임에). ◎

〈1987년 1월 9일 금요일 晴〉(12. 10.) (0°,)
午前 中 讀書 '禮記' 中卷. 낮엔 井母와 함께 市場 가서 검정콩나물콩 3.5㎏에 3,500원 받고 賣出.
기다리는 中인 魯弼이 안 왔고. 去 6日 아침에 無故하다는 消息은 들었지만 年始連休에도 안왔기에 궁금했던 것. 듣자니 特別勤務 中이었다나. ◎

〈1987년 1월 10일 토요일 晴〉(12. 11.) (-7°5″,)
大田市 紫陽洞 거쳐 沃川邑 가서 査頓 林在道 만나 情談 2時間. 次男 紘에게 沈着히 事業 잘하라고 當付. 子婦와 새실 男妹 잠간 보고 歸

淸할 땐 19時 되고. 市內서 夕食. ◎

〈1987년 1월 11일 일요일 晴, 曇〉(12. 12.) (-9° 5″,)
今冬 들어 最低氣溫으로 降下. 下午엔 나우 풀렸고.
辛酉會(校長團)에 參席~擔當番 宋錫彩 岐岩 教長. '은성갈비' 집에서. ◎

〈1987년 1월 12일 월요일 雪, 曇, 雪〉(12. 13.) (-9°,)
새벽녘에 눈 오고 ~5㎝ 程度. 午後에 더욱 내려서 約 8㎝쯤 積雪. 日出 前 시간에 除雪 作業.
學校 나가서도 兒童 高學年 어린이들 非常召集하여 運動場 除雪作業한 것.
公文書 및 日誌 等 帳簿 檢印하고 下午 5時頃 發 버스 탈 즈음 눈바람 세어 추웠고. ◎

〈1987년 1월 13일 화요일 請〉(12. 14.) (-10°,)
이제까지는 今朝 氣溫이 가장 낮아 零下 10度. 出勤길 車內서도 나우 추었고.
今日도 學生들 除雪作業한 것. 昨日 午後에도 눈보라 强했던 것. ◎

〈1987년 1월 14일 수요일 請〉(12. 15.) (-13°,)
1時 半쯤 셋째 夫婦 와서 誤解의 다툼이기에 琴瑟 다시 찾아 彼此 讓步, 協助해서 즐겁게 지내라고 타이르고 訓戒하여 보낸 것.
今朝 氣溫 영하 13度…今日까지는 最低. 出勤길에 車內에서 발끝이 끊어지는 것 같았고.
學校는 農村指導所 主催인 冬季 農民教育 있었기에 도와주기도. 참깨, 땅콩 栽培 聽講.
下午 5時에 陰城邑 雪城食堂에서 金旺邑 內 校監 校長 8名이 合同하여 趙 교육장과 兩 課長(尹, 林) 招請 夕食을 會食. 淸州엔 20時 半徑 到着. 모처럼 술맛 보았고. 3盞. ⓒ

〈1987년 1월 15일 목요일 曇, 晴〉(12. 16.) (-1° 5″,)
어제까지 數日 間 酷寒 날씨이더니 今朝부터 푹 누그러져 낮엔 活動하면 땀 났고.
學校는 全職員 出勤하여 共同硏修 第一日. 學校長은 訓話 硏修資料 '服務姿勢'인데 今日 바쁜 形便上 明日에 施行하기로 한 것.
10時 半부터 있는 南基政 郡守의 87郡守로서의 郡政 報告가 金旺邑事務所 會議室에서 있다고 招請 있기에 잠간 參席하고 곧 教育廳에 들어가 李英順 女教師의 淸州市 및 淸原郡 轉入 手續 完了한 後 教育保險會社 들러 일 보고 入淸.
教育廳에서의 用務는 ①學校 講堂 構造, ②李英順 教師 轉出 手續 ③17日의 職員活動(場外硏修로서 水安堡行), ④鄭碩憲 氏 付託인 金旺高校 新入生 收容問題 等. ◎

〈1987년 1월 16일 금요일 曇, 雨〉(12. 17.) (1°,)
10詩頃부터 내리는 비 終日토록 부슬부슬 왔고.
第二日째의 共同硏修…'服務姿勢'의 題로 約 30分 間 訓話格인 講演했기도.
學校의 講堂構造를 付託한 바 있어 施設係 職員들 來校하여 設計한 것~退任式 앞두고 適切한 工事인 것.
오랜만에 막동이 魯弼 軍務中 歸家. ◎

〈1987년 1월 17일 토요일 曇, 晴〉(12. 18.) (0°,)
第3日째 共同硏修를 勤務地外 硏修로 全職員 水安堡行키로. 9時 半에 陰城駐車場에 集結. 水安堡엔 11時 20分에 到着. 一行 14名. 數個月 前에 新設 開業됐다는 '와이키키그랜드' 入場料는 2,500원씩. 約 1時間 동안 '쑈' 求景하고 点心. 大衆湯에서 沐浴~大滿員이어서 複雜했고. 茶房에서 쉬었다가 忠州 와서 夕食. 直通버스로 淸州 오니 19時 半頃. 日記 쓰고 고단하여 곧 就寢. ◎

〈1987년 1월 18일 일요일 曇, 晴〉(12. 19.) (-3°,)
市內 나가서 노井母 藥用으로 영사 '돼지염통' 等 샀고.
12時 半엔 友信會員 鄭漢泳 女婚에 人事 가서 잔치 点心 먹었고.
金星家電製品 써비스센터에서 部分故障난 自動洗濯機 修理한 것.
下午 3時 半에 魯弼이는 孫孃과 함께 上京. 저는 제 큰 兄집에서 留하고 歸隊한다는 것. ◎

〈1987년 1월 19일 월요일 晴〉(12. 20.) (-5°5″,)
陰城 가서 敎育保險會社 들러 魯弼用 保險金 18万 원 찾은 것.
下午 6時頃에 서울서 큰 애 井이 왔고. 安否 알려고 온 것. 애비 停年行事 相議 兼. ◎

〈1987년 1월 20일 화요일 晴〉(12. 21.) (-4°,)
外換銀行 가서 新規 通帳 만들고 學校 가는 길에 三鳳里 들러 趙誠珠 會長 찾아 體育振興事業 86結末 相議하고 歸途路에 柳浦里 敬老堂 가선 待接받은 後 答接하기도. 學校엔 늦게 들려 帳簿 및 公文書 決裁하고 日直 李尙國 敎師, 梁在浩 主任敎師, 李鐘成 當直者와 情談 나누고 막 버스로 歸家했을 땐 20時頃의 밤.
長子 井은 朝食 後 家內 電製品 손질하고 上京. ⓒ

〈1987년 1월 21일 수요일 晴〉(12. 22.) (-7°,)
새벽運動 固定(靑少年體操, 驅步, 國民體操… 50分 間)대로 如一 施行中이고.
金旺農協 87總會에 招請 있어 參席…11~13시, 点心食事 應待.
學校 가선 慶熙大 醫大生 奉仕活動班 先發隊員 接見했고. 明日부터 5日 間 學區內 住民에게 醫療奉仕한다는 것. 舍宅과 敎室 便宜 주기로 했고. ◎

〈1987년 1월 22일 목요일 晴〉(12. 23.) (-5°,)
故鄕面 玉山 가서 戶籍謄本과 淸州市 鳳鳴洞 事務所 들러 住民謄本 떼어서 陰城敎育廳 學務課에 提出했고~停年 該當者 手續에 必要한 듯.
敎育廳에선 尹 學務課長과 趙 敎育長에게 學校 講堂 構造, 停年 日時, 醫大生 奉仕班 來校, 南 校監 奬學陳 進出 等에 對하여 協議해 본 것. ◎

〈1987년 1월 23일 금요일 가벼운 진눈개비, 曇〉(12. 24.) (0°,)
氣溫은 푹한 편이나 거의 終日토록 진눈개비 내린 것.
學校는 2敎室에서 慶熙大 醫大生들이 奉仕活動 中이고. 11時頃부턴 學父兄會 任員會가 있었던 것(體育 贊助事業 推進과 學校長 停年行事件이 主案이라고).

歸路에 邑事務所 들려 醫大生 慰勞行事에 對하여 要請했고. ⓒ

〈1987년 1월 24일 토요일 晴〉(12. 25.) (-6°5″,)
終日 추운 편. 最高氣溫이 零度였고.
教長団 辛酉會에서 鄭世根 北二教長 生日 招待 있어 13時에 秀谷洞 가서 厚待 받았고.
停年式 招待狀 봉투 約 400枚까지 쓴 셈. ⓒ

〈1987년 1월 25일 일요일 晴〉(12. 26.) (-9°,)
停年退任式 案內 봉투 數十枚 가려쓰느라고 午前 中 바쁜 편이었고.
司倉洞 연수堂漢藥房 主 李正遠 氏로부터 招請 있어 点心 잘 먹은 편…그의 早起會員 姜文周 會長(前 教職者). 李鍾烈 副會長(梧倉人 全義 李氏), 金 氏(青川人 김종호 國會議員 從兄), 朴恒日 氏(會員 막동이 萬物相會 主), 朴 氏(教大 事務職, 富者), 金 氏(前 警察職, 內秀 枂井人), 연수堂 主人 李正遠 氏 諸位와 會食한 것.
下午 4時 發 버스로 큰 妹(장자골)와 함께 大田市 松村洞 가서 작은妹 困窮生活에 慰勞尋訪하고 清州 到着은 18時 半頃. ◎

〈1987년 1월 26일 월요일 晴, 曇〉(12. 27.) (-7°,)
出勤하여 雜務處理. 醫療奉仕班 學生들 午後 2時까지 마치고 上京. 時間 촉박하고 날씨 차므로 뒷갈무리 못 다하고 出發할 지음 그러해고 惜別 慰勞 人事한 것.
退勤길에 南 校監과 함께 陰城 와서 夕食했고. 19時 40分부터 있는 班常會에 參席. 場所는 이웃집 李昌九(牛岩校) 教師 宅. 防犯費 等 經費 醵出이 主案件. 炭재, 쓰레기場 建議했기도. ◎

〈1987년 1월 27일 화요일 曇, 晴〉(12. 28.) (-3°,)
새벽運動 繼續 中이고 食事도 旺盛~健康狀態 好調.
下午 4時 發 車로 陰城 가서 南 校監 周旋으로 趙 教育長, 尹 學務課長 招待해서 '대웅식당'에서 夕飯을 會食한 것. 學校는 全 女教師가 日直이었고. ⓒ

〈1987년 1월 28일 수요일 晴〉(12. 29.) (-2°5″,)
發送用 封套 쓴 것 545枚 局別 및 地方地域別로 나누어 갈무리하는 데 한나절 걸렸고.
次男 絃이 밤 9時頃 大田서 왔고. 陰曆으론 이달이 작아서 今日이 섣달그믐이 되는 것. ◎

〈1987년 1월 29일 목요일 晴〉(正. 1.) (-0°5″,)
'民俗의 날' 卽 陰曆설. 朝食을 떡국으로 세째들 집에서 했고.
어제 오늘 날씨 푹하고. 거의 終日토록 讀書 '禮記' 下卷.
次男 絃은 오늘도 함께 清州서 묵었고. ◎

〈1987년 1월 30일 금요일 晴〉(正. 2.) (-6°,)
學校 나가서 出勤 執務 職員(林, 趙, 李商, 梁, 郭君)을 稱讚 激勵.
第35回 卒業生 同門會 있대서 代表者에게 注意事項 일러주기도. 沐浴 後 市內서 夕食. ◎

〈1987년 1월 31일 토요일 晴〉(正. 3.) (-8°5″,)
停年退任式日에 所用될 答禮品(紀念膳物) 책보 400개 委託(西門市場…송월타월) 하고, 洋服 一着티켓 있어 '大林洋服店' 가서 맞추기

도. 홈방 제1毛織 골덴텍스로 조끼 15,000 加하기로.
낮엔 서울 큰 애 와서 答禮飮食 마련 予定을 말하고. 絃은 点心 後 沃川 갔고. ◎

〈1987년 2월 1일 일요일 晴〉(正. 4.) (-10°,)
어제 왔던 큰 애 20日 所用의 接待 飮食物 再確認하고 上京.
晝食은 井母와 함께 司倉洞 太陽書店 큰 妹 집에서 招待 있어 잘 먹었고. 市內 南門路 '백합商店' 가선 井母用 두루마기 맞추기도. 처음으로 高價 20万 원짜리. 큰 마음 먹고 勇斷 내린 것. (치마 저고리 시원찮은 것밖에 없어 20日 着用分 겉옷인 것). ◎

〈1987년 2월 2일 월요일 雪〉(正. 5.) (-3°5",)
새벽에 시작한 눈 오락가락 나우 내려서 淸州나 陰城이나 全般的으로 約 6㎝ 程度 쌓였고. 學校는 全職員 出勤하여 雜務에 執務. 六學年은 年間 授業日數關係로 授業을 實施.
13時頃 淸州 電話 있어 곧 入淸~中學校 在職中인 報恩三山校 第33回 卒業生 金鳳洙 와서 停年退任에 關聯된 相議 對象 되어 고마웠기도. 月前에 書信 보낸 적 있었고. 同期生들의 狀況 아는대로 일러주는 데 感深있었기도. 倭政時 3年 間 擔任했던 班. 57세. ◎

〈1987년 2월 3일 화요일 雪, 晴〉(正. 6.) (-5°,)
새벽까지 積雪高 8㎝ 程度. 6時 半부터 1.5時間 동안 집 앞까지의 除雪作業에 땀 흘렸고.
學校 가선 雜務 處理 後 南相卓校監과 20日 行事를 대충 協議했고.
낮엔 陰城서 南 校監 本家 찾아가 보았기도.
退勤 길에 無極서 南 校監의 周旋으로 夕飯을 會食했고. 밤 9時에 歸淸. ◎

〈1987년 2월 4일 수요일 晴〉(正. 7.)
出勤길에 社稷一洞 故姜相遠 前 常山校長님 宅 찾아가 問弔.
學校 가선 雜務 보고 無極서 直行버스로 城南市 거쳐 如矣島 가서 公務員年金管理工団과 大韓敎員控除會館 들려서 停年에 臨한 退職金과 共濟會費 受領할 概算 알아본 것~年金條는 5,468万 원. 共濟金은 230万 원이라고.
今日 行路 過程은 直行버스 蚕室서 下車, 蚕室서 地下鐵 2号線으로 市廳앞까지, 1号線으로 바꿔 타고 大芳驛에서 下車, 여의도다리 건너서 라이프쇼핑센타에서 綜合商街를 지나 約 200미터 가면 大韓敎員共濟會館(敎員). 150m 程度 더 가서 左便 끝 建物 바로 뒤가 公務員年金管理工団. 10層에 同相談所. 用務 마치고선 大芳驛에서 신도림까지 反對쪽으로 가서 逆行하여 蚕室까지. 蚕室서 137号 버스로 文井洞 온 것.
夕食을 珍味로 잘 먹고 큰 애 夫婦의 간곡한 勸告를 解得하고 年金 該當 33年中 20年條 年金으로 定하고, 13年條 一時金으로 決意하고 就寢한 것. ◎

〈1987년 2월 5일 목요일 晴〉(正. 8.)
8時에 文井洞 出發(버스 5호로 城南市까지). 直行으로 約 2時間 所要 無極 着. 學校 와서 講堂 構造 工事 作業 着手한 것 보고서 入淸하여 申一東 中央藥房主 回甲 招待 있어 二鶴食堂 가서 素緬으로 点心. 夕食은 市內 나가서 우동으로 늦게 떼우고. ©

〈1987년 2월 6일 금요일 晴〉(正. 9.) (-2°5″,)
學校 雜務 完了 後 金旺農協 가서 用務 보고 入淸하여 淸原郡 農協 들러 '온라인' 通帳 처음으로 作成한 것. 우선 大韓敎員控除會에서 要請 있어 만든 것. ……停年으로 控除會 脫退. ◎

〈1987년 2월 7일 토요일 晴〉(正. 10.)
봄 날씨 같이 푹 했고. 아침결에 온라인通帳 複寫 一枚 했고.
學校 가선 案內狀 複寫할 것 原本 보았으나 그렇게 滿足하던 못한 氣分.
午後에 일찍 入淸(午後 4時 半)하여 洋服 假縫. 答禮品 책보 完成된 것 確認.
夕食은 모처럼 초밥 비싼 것 먹기는 했으나 어느 程度 마음 찐했기도. ◎

〈1987년 2월 8일 일요일 晴〉(正. 11.) (-2°5″,)
井母와 함께 市場 가서 物情 몇 가지 알아보기도…… 떡값, 돼지머리고기값 等.
1年 만에 江外面 正中里 가서 再從兄님(炳榮氏) 만나 人事했고…… 고기, 술, 떡, 담배 等 若干씩 마련해서 待接했고. 歸路에 形便上 모처럼 맥주 좀 마신 것. ⓒ

〈1987년 2월 9일 월요일 晴〉(正. 12.)
어제까지 冬季放學(50日 間) 마치고 開學. 全職員 兒童 모두 無故 登校.
午後엔 일찍 淸州 와서 청일사에 案內狀 等 950枚 25,000원에 印刷 맞추기도. ~學校서 複寫한 것 誤字 있고 엉성해서 不快感 있기에 勇斷. ◎

〈1987년 2월 10일 화요일 曇, 雨〉(正. 13.)
學校는 講堂構造 工事 一週日 만에 竣功된 셈 …天井 改造, 內部 塗色.
停年退任式 案內狀과 式順(650枚, 300枚) 印刷된 것 찾았고.
機關長會議에 잠간 參席…金旺邑으로 轉入된 者 歡迎大會 行事가 主. 南基政 郡守의 特殊施策의 일환策인 것.
趙仁行 敎育長의 厚意로 晝食 待接받기도. 尹, 林, 兩 課長도 參席해 주었고. ⓒ

〈1987년 2월 11일 수요일 雨〉(正. 14.)
간밤에 나우 비 온 듯. 無心川 물 많이 불어 흐르는 것. 今日도 거의 終日토록 부슬비 나렸고. 運動場 질어서 엉망.
案內狀 530通 完成하여 無極우체局에서 發送. 料金 42,400원.
10時 半부터 있는 金旺高敎 16回 卒業式에 參席. 炳心食事 應接. ◎

〈1987년 2월 12일 목요일 雨, 晴〉(正. 15.)
새벽까지 내리던 비 11時에 멎고 午後부터 맑게 개인 것.
11時부터 있는 無極中學校 39回 卒業式에 參席했고. 晝食 後 入淸하여 龍潭校監 金禹鏞 만난 다음 西部電信전화국 잠간 들렀다가 淸州서 14時부터 16時頃까지 右往左走한 양 일 보고선 學校 急히 가서 간단히 用務 마치고 歸家하니 21時 되었던 것. 用務 推進 그리 안 되면서 日時 자꾸만 가는 셈. ⓒ

〈1987년 2월 13일 금요일 晴〉(正. 16.)
案內狀 40枚 發送으로 거의 끝낸 셈.

趙成珠 會長 와서 行事 關聯 相議했고.
金旺邑 單位 初中高校長 5名 招請에 應하여 무극 나가서 㚐心 待接 받았고.
下午 3時에 甘谷 가서 金榮植 氏 만나 濠洲 杏의 消息 들었으나 苦生의 現實情인 것처럼 느껴 마음 아팠고. 에미 애비 먹으라고 補藥 '로얄젤리' 한 박스 보낸 孝心에 感涙. 覺悟한 外國留學이기는 하지만 井母에 傳言하니 亦 落涙. ⓒ

〈1987년 2월 14일 토요일 晴〉(正. 17.)
出勤길에 教育廳 들려 寫眞 1枚 提出. 退職年金 手續 처음으로 着手.
學校는 卒業式 練習~南 校監 및 職員에게 맡긴 턱.
辦公費條 立替 分 16万 원 程度 件에 關하여 校監 言質 不順에 不快했고…處理方法에 머리 안 썼던 自身의 不察 反省되기도 하나 모두가 나의 柔한 탓. 歸家 後까지 氣分少하고.
前月 決議에 의하여 陰城郡 校長団 18時까지 儒城溫泉 '대온장 호텔'에 集合한 것. 名色은 鄭相九, 郭尙榮 停年退任에 있어 送別宴會 뜻띈 것. 深夜토록 娛樂하는 班도 있었고. ⓒ

〈1987년 2월 15일 일요일 晴〉(正. 18.)
朝食 後 9時 40分 發 버스로 淸州 거쳐 學校 가서 잠간 일 보고 入淸 歸家하니 17時. 서울서 온 큰 애와 함께 市內 가서 20日 行事에 쓸 答禮品과 돼지머리고기 20斤 5万 원에 맞추기도. 今日은 어머님 忌故日…밤 11時에 茶禮 擧行. ⓒ

〈1987년 2월 16일 월요일 晴〉(正. 19.)
39回 卒業狀 授與式 擧行. 모처럼 機關長 많이 온 편. 學父母도 우수 오고.
12時까지 學校일 모두 마치고 學父兄 몇 사람의 招待로 無極 나와서 全職員 㚐心을 會食.
學父兄 會長 付託으로 淸州 나와서 '大韓旗店' 가서 感謝牌를 契約하고 歸家. 日暮 後에 答禮品 400人分 '송월타월店'에서 入荷. 김태공君. ⓒ

〈1987년 2월 17일 화요일 가랑비, 曇〉(正. 20.)
10時 半부터 있는 無極國校 68回 卒業式에 參席. 㚐心 後 學校 가서 雜務 處理. 全明淑, 李尙國 教師로부터 20日 式後 來客, 節次, 接待 等 相議 決定짓기도.
教職員(雇用職)側 紀念品으로 純金 五돈重 金指環값으로 나의 要請에 따라 現金 275,000원 받았고(55,000×5=275,000). 意外 過分한 것에 深謝.
18時에 歸家해선 井母와 함께 市場 가서 돼지머리고기 5斤 더 追加하고 井母用 고무신(新型 特製) 1万 원에 購求. 20日 行事 앞두고 來客 接待에 머리 複雜한 셈. ⓒ

〈1987년 2월 18일 수요일 曇, 晴〉(正. 21.)
午前 中 雜務處理하고 新入生 學力考查 實施中인 無極中學校 잠간 들렸다가 入淸하여 忠北銀行 社稷支店, 外換銀行, 淸州우체국 巡廻 用務 마치고 歸家.
서울 큰 애의 電話에 依하여 消息 알고서 高速터미날 가서 18時 10分에 사우디 있던 5女運이 到着[1]되었기 반가워 껴안았던 것. 無事히

1) 원문에는 붉은색 색연필로 밑줄이 그어져 있다.

있다가 無故 歸國~애비 停年退任行事에 參席하려고 온 것. 15日 間 休暇라고. ⓒ

〈1987년 2월 19일 목요일 曇, 晴, 曇〉(正. 22.)
10時부터 있는 龍泉國校 第17回 卒業式에 參席하고 点心 後 곧 笙極우체국 갔었으나 證券發行人 不察로 用務 完了 못한 채 歸校해서 雜務 보고선 17時 發 버스로 入淸.
밤 되니 軍服務인 막내 魯弼이 오고, 沃川 次男 絃이도 온 것.
明日 準備로 井母는 終日 數次例 市內 往來했을 것. ⓒ

〈1987년 2월 20일 금요일 晴〉(正. 23.)
아침부터 온 집안 奔走. 手配完了 後 出勤하여 進入路, 式場, 舍宅 等 一周 巡廻.
予定대로 서울서 接待用 飮食物 싣고 11時頃 到着. 淸州 갔던 終日 貸切車는 12時 지나서 왔고. 午後 1時 半부터 來客. 郡內 校長団과 遠近 各級 校長을 비롯 約 200名 程度 式에 參席. 退任人事에서 三多, 三無, 三福[2] 말한 것이 特異한 듯.
2時에 始作하여 3時 20分에 마치고 40分 間 칵테일파티. 4教室 使用. 서울 飮食 깨끗하고 맛있고 豊足했고. 뒷處理 잘한 다음 淸州에 一同 到着했을 땐 18時쯤.
46年의 教職生活 마치고 停年退任式 無事 完了[3]. 天地神明께 合掌 深謝. ⓒ

〈1987년 2월 21일 토요일 晴〉(正. 24.)
無極서 金在龍 校長 만나 情談 後 点心 待接받고. 今日 行路 決定 後 淸州 와서 柳相泌 金旺邑長 女婚에 人事. 17時부터 있는 友信會 定例會에도 參席.
큰 애 井의 精算 內容 들으니 어제의 慰勞 金品은…頌功牌 3, 感謝牌 1, 現金 總 235万 원. 金반지 4個 10.5돈, 其他 紀念品 4点. 洋服 1着. 其外 子息들 것 井母 保管 40万 원, 큰 애 마련 食品 50万 원, 道교육회 手票 200万 원. ⓒ

〈1987년 2월 22일 일요일 晴〉(正. 25.)
큰 애 上京 魯弼이도 낮에 歸隊.
市內 나가서 班 이웃의 韓明洙 子婚 있어서 人事 後 故鄕 金溪 가서 省墓. 無事 停年退任된 것을 感祝 再拜했고. 下午 3時 半 發 버스로 歸家한 것. ⓒ

〈1987년 2월 23일 월요일 曇, 晴〉(正. 26.) (2°,)
出勤길에 新聞을 求하여 道內 教職員 異動狀況 알았고. 梧仙校 6名 모두 希望대로 된 것. 全明淑(無極) 李英順(淸州 西原) 李尙國(秀峰) 林美郎(大所) 田鐘緖(忠南) 李殷順(忠南)으로 發令.
86學年度 修了式 後 모두 退任(離任) 人事하고 送別會食으로 無極 나와서 하기도.
四男 魯松도 大成女商高에서 淸錫高로 옮기게 되었다는 것.
五男 魯弼이 어제 歸隊했다가 正式으로 10日間의 休暇 받아 저물게 왔고. ⓒ

〈1987년 2월 24일 화요일 晴, 曇〉(正. 27.)
餞別金 받은 것 모두 合쳐서 投資信託에 預金.

2) 원문에는 붉은색 색연필로 밑줄이 그어져 있다.
3) 원문에는 붉은색 색연필로 밑줄이 그어져 있다.

14時부터 있는 安敎植 新松校長 停年退任式에 參席. 歸路에 우체국 가서 用務 보고 歸家. 밤엔 族弟 成榮(신서中校)이 來訪人事에 接待. 日모頃부터 몹시 추어졌고. ⓒ

〈1987년 2월 25일 수요일 晴〉(正. 28.) (-6°,)
魯弼과 함께 나가 淸原郡 農協 들려 預金 온라인 件 알아보고 陰城行. 弼은 上京.
陰城郡 敎育廳 가서 退職年金 手續 完了하고. 大韓敎員共濟會 일도 手續 完了하여 書類發送.
15時부터 있는 鄭世根 北二校長 停年退任式에 參席하고 市內서 夕食하고 歸家. ⓒ

〈1987년 2월 26일 목요일 晴〉(正. 29.)
停年敎職者(停年 等 退任者) 訓褒章者 發表에 脫落된 것 보고 甚히 충격…6.25 때 停職 當한 事實 있대서라고 云云(數年 前에 大統領令으로 말소되었음에도 不拘). 3男 明이가 30万원 가져갔고. 尹洛鏞, 柳海鎭, 宋道天 만나 一盃. ⓒ

〈1987년 2월 27일 금요일 曇〉(正. 30.)
今日도 學校 가서 學校日誌 等에 檢印. ⓒ

〈1987년 2월 28일 토요일 雪, 曇〉(2. 1.)
大統領 下賜品으로 大形 벼루 一式과 文敎部長官 表彰狀 來到됐으나 終日토록 氣分 나빴던 것. 새벽에 내린 눈 5, 6㎝ 程度 싸였던 것. ⓒ

〈1987년 3월 1일 일요일 曇〉(2. 2.)
몸 고단한 탓으로 外泊한 채 學校 나가 2. 28日까지의 勤務完了한 形式 마치니 마음 개운고.
午後 1時부터 있는 校長団 辛酉會에 參席. 場所는 北一面 外坪里(梧根場 옆) 崔在崇 同甲집. 10名 全員 參席.
夫婦 合同 大形寫眞 撮影~司倉洞 대원사진館서. 큰 妹氏 집 들렀고(2. 27日 있었던 일). ○

〈1987년 3월 2일 월요일 雨, 曇〉(2. 3.)
가랑비, 부슬비 거의 終日토록 내렸고. 교원共濟會 紀念品 壁時計 到着.
下午 2時頃 李士榮, 林漢洙, 李殷植 親旧 來訪에 취하도록 待接. ×

〈1987년 3월 3일 화요일 曇〉(2. 4.)
五女 運이 海外 사우디 또 가는 데 五男 魯弼이 서울의 國際空港 金浦까지 배행차 끝男妹 가는데 뒷모습 보고 집에 들어와 소리 내어 실컷 울었고. ×

〈1987년 3월 4일 수요일 雨, 曇〉(2. 5.)
五男 魯弼이 定式 休暇 마치고 歸隊.
今日도 過飮. 日暮頃부터 禁飮. 오늘도 눈물 많이 흘렸을 것. ※

〈1987년 3월 5일 목요일 晴〉(2. 6.)
몸 極度로 고단 쇠약해져서 呻吟 臥病. 어젯날부터 食事 못했을 것. ◎

〈1987년 3월 6일 금요일 晴〉(2. 7.)
어제와 同等 臥病. 큰 後悔~마음 가다듬은들 이미 늦은 것.
어제부터 옆집 建築으로 소란하여 더욱 마음

복잡한 생각으로 엎치락 뒤치락. ◎

〈1987년 3월 7일 토요일 晴〉(2. 8.)
人事狀 發送 等 할 일 많은데 손 안 잡혀 근심만 태산 같은 中이고.
10時 半에 억지로 陰城郡 教育廳 가서 趙仁行 교육장, 金, 林 兩 課長 만나 人事. 그外 職員 全員에게도 人事했고.
淸州 와서 물국수를 秀谷洞에서 마련하여 우수 한 그릇 먹은 셈.
井母가 때때로 藥房 가서 廻復藥 사다 먹이는데 많은 效果 본 것.
밤 9時頃에 서울서 큰 애 왔고~아비 편찮은 것 생각하고 여러 가지 사 갖고.
어제에 比하여, 今朝에 比하여 많이 나아진 편. ◎

〈1987년 3월 8일 일요일 晴〉(2. 9.)
長男 井이 새벽에 市內 가서 굴, 간, 해삼, 멍개類 듬뿍 사 와서 終日토록 時時로 먹은 效果 있어 点心, 저녁 食事도 어느 程度 맛 당겨 먹게 되는 것.
点心 後 1時에 큰 애 井이 上京次 出發. 次男 沃川과도 電話 連絡 있었고. ◎

〈1987년 3월 9일 월요일 晴〉(2. 10.)
어제 午後엔 梧仙校 金輝雄 교사 오래서 大韓教員共濟會 退職金 手續節次 일러주어 오늘까지 再次 일 完了하도록 일러주었고.
健康 많이 나아져 市內 나가서~대원寫眞館 들려 夫婦 大形寫眞 찾고. 忠淸日報社 가선 編輯局長(任海淳) 外 數名 幹部에게 停年退任했다는 人事한 뒤, 印刷所 찾아 人事狀 300枚를 付託. 몇 군데 旅行社를 巡廻하여 濟州道 코스도 알아보고. 歸家 길에 不動産 事務所도 두어 군데 尋訪하여 新鳳아파트 賣渡 方式 等도 알아본 것.
방배本洞 長女한테 去月 20日의 行事 事緣 쓴 편지도 入手 安否 알았던 것. 長女의 늠늠한 筆績과 表現力 및 마음씨 고운 点에 또 한 번 感탄했기도. ◎

〈1987년 3월 10일 화요일 曇, 雨〉(2. 11.)
10余 日 만에 새벽運動(청소년體操, 4.5km 驅步, 國民體操)에 진땀 느끼고.
人事狀 봉투 쓰기 着手~낮에 80枚. 住所 姓名 고무印도 마련. 人事狀은 300枚.
下午 2時에 道教委에 가서 初等教育課에 停年退任人事 하니 모두 恭遜 答禮.
深夜토록 人事狀 封套 썼고. ◎

〈1987년 3월 11일 수요일 晴〉(2. 12.)
午前 中까지 繼續 努力 記錄한 人事狀 下午 2時까지 一段落 짓고 252枚 完成하여 우체국 가서 料金 2万 원 드려서 發送하니 마음 개운했기도.
地方紙 忠淸日報 購讀 開始[4]. 月 2,700원. ◎

〈1987년 3월 12일 목요일 晴〉(2. 13.)
退任式日에 參席한 諸 氏 名單 整理하고 午後엔 夫婦 市內 나가서 小型 옷장 6万 원짜리 사온 것.
井母는 近者에 房內 整頓에 觀心 더욱 갖는 편. 낮엔 둘째 絃 '족발' 사 갖고 왔던 것. ◎

---

4) 원문에는 붉은색 색연필로 밑줄이 그어져 있다.

〈1987년 3월 13일 금요일 晴〉(2. 14.)
健康 正常~食事, 運動, 活動 正常.
새벽運動 後 勞動도 나우 했고. 庭園樹에 肥料(재, 堆肥) 많이 한 것.
3月末 期末手當으로 355,000 陰城郡 教育廳으로부터 온라인으로 왔고.
梧仙校 새마을어머니會 任員 7名 앞으로 人事狀 發送. ◎

〈1987년 3월 14일 토요일 晴〉(2. 15.)
午前 中엔 庭園樹 剪枝 等 園藝作業했고. 日暮頃엔 斜川洞 새동네 가서 宋道天, 尹洛鏞, 朴圭東 老人會長 찾아 濁酒 집에서 충분히 待接하고 저물게 歸家. ◎

〈1987년 3월 15일 일요일 晴〉(2. 16.) (-1°5″,)
午前 中 家內 雜事에 別 뚜렷한 일 없이 時間消費. 구도 2켤레 고친 것이 큰 일 한 것인지.
再從兄 來訪에 午後엔 꼬박 넘긴 셈~宗事, 過去事, 經驗談 等.
仝 5時 半頃에 梧仙校 金潮順 教師 잠간 다녀갔고…新旧 校長 實印, 39回 앨범. ◎

〈1987년 3월 16일 월요일 晴〉(2. 17.)
金溪 가서 從嫂(弼榮) 墓所 山役하는 것 잠간 보고서 사거리 나가 漢弼 氏 夫人 回甲에 人事하고 点心으로 국수 잘 먹었고. 下午 3時에 入清하여 明岩藥水터 代表 郭應鍾 氏 別世 葬禮에 弔問한 後 歸路에 中央藥房 主 申一東 氏 집 잠간 들려 歸家.
밤 7時 半頃 사우디서 運이로부터 國際電話 왔기에 궁겁던 中 반갑고 安心된 것. '18日 午後 2時 半에 江原道人 看護同僚 강원도 故國 出國 機會 있으니 제 돈 2百万 원 부쳐달라는 內容'이었고. 姓名은 崔美淑이라고. ◎

〈1987년 3월 17일 화요일 曇, 가랑비〉(2. 18.) (0°,)
井母와 함께 市內 가서 運한테 明日 부칠 現金 200万 원 '投信'에서 引出했고.
点心 後 清原郡 農協 가서 온라인通帳 確認. 共濟會 忠北支部 들리고. 우체국, 現代旅行社, 數處의 不動產 事務所, 機關退勤 무렵엔 西部電話局 가서 金東昱 局長 만나기도.
明日 上京할 準備도 몇 가지 했고. ◎

〈1987년 3월 18일 수요일 曇, 晴〉(2. 19.)
井母와 함께 서울 다녀온 것~運의 부탁으로 現金 200万 원 傳하기 위해 金浦國際空港 가서 江原道 出身 崔美淑孃 만나 無事히 잘 건넨 것 多幸이고…슬기로운 崔양에 感謝. 午前 8時 半에 出發. 집에 到着은 午後 6時 半.
서울서 午前 中엔 汝矣島 가서 公務員年金管理工團과 大韓教員共濟會에 들러 送金 節次 等 알아보았던 것. ◎

〈1987년 3월 19일 목요일 雨〉(2. 20.)
今日 부슬비 거의 終日토록 내린 셈. 2花盆의 연산홍 15日 前부터 滿發~金虎雄 贈呈 分. 아침 10時頃에 無極 거쳐 蚕室 서는 市內버스로..高速터미날 經由 68번 버스로 汝矣島 가서 大韓教員共濟會館 들려 共濟會 退職金 請求書類 再完備 提出한 것…24日에 온라인으로 送金한다고. 국수로 点心하고 下午 4時 發 高速으로 清州 오니 6時頃. ◎

〈1987년 3월 20일 금요일 晴〉(2. 21.)

月稅金(電話, 電氣, 水道料) 納付. 李士榮 親知 만나 待接했고.
午後엔 全東面 보덕2區 '짚우내' 찾아가서 族姪 郭魯圭(外從妹夫)집 尋訪하여 數日 前에 있었던 그의 長女 結婚式 祝賀人事한 것. 点心兼 夕食 턱으로 라면을 맛있게 먹고 歸淸하면서 魯圭의 自手盛家 및 妻家族을 極盡히 爲한 努力한 實績談에 감탄했고.
市內서 再食事(素麵)하고 深夜에 歸家. ◎

〈1987년 3월 21일 토요일 晴, 曇〉(2. 22.)
큰 애 付託으로 松의 印鑑證明書 一通 떼고.
낮엔 淸州藥局, 청주병원, 서울병원 다녀보기도. 午後 5時 半에 서울서 큰 애 반찬 마련하여 自家用에 싣고 오고. (陰曆 2月 25日은 長子 井의 生日). ◎

〈1987년 3월 22일 일요일 晴, 曇, 雨〉(2. 23.)
11時까지 맑다가 15時 半까지 흐리더니 기어이 비. 日暮 後엔 나우 내린 것~ 씨앗 부친 菜蔬밭과 옮겨 심은 苗木엔 甘雨.
弟 振榮 在職校(月谷國校)에서 '산수유' 10年生 1株 長子 井이 싣고 와서 庭園에 심었고… 노란꽃 맺은 現狀 귀물다웠고.
陰 2月 25日이 井의 生日~日曜日인 今朝食을 其旨로 待接받았고.
13時頃엔 長子 井은 上京.
13時에 있는 安商萬 西原校長 子婚에 人事.
夕食 後엔 族兄 俊榮씨 찾아 一盃 待接하며 情談 나누고. ◎

〈1987년 3월 23일 월요일 雨, 曇, 晴〉(2. 24.)
午前 中 熱心히 讀書.
三樂會 淸原郡 分會 定期會에 參席 人事. 會議後 朝日食堂에서 '동가스'로 晝食하고 會長 盧載豊 氏, 新入 鄭龍喜 氏, 李00 氏를 別席에서 酒類 待接.
大韓教員共濟會에서 退職共濟會費 通知 오고~2,387,000원. 公務員年金管理工團에서도 年金 通知 온 것~共濟 一時金(加算金 包含) 26,432,000원 中 學資金 等 貸付分 4,171,000원 控除하고서 22,261,000원과 年金 月額 393,000원으로. ◎

〈1987년 3월 24일 화요일 雨, 曇〉(2. 25.)
今日도 午前 中 讀書. 12時 半에 淸原郡 農協에 가서 온라인通帳 確認…退職共濟金 2,387,000과 3月分 年金 393,000원 登載. 退職控除 一時金만 未着.
天安市에 2時 좀 지나서 到着하여 同壻 郭慶淳 집 찾아 人事交流. 妻男 金光鎬 찾아오고. 点心 내 要求대로 칼국수 먹고 午後 3時頃 淸州 向發.
午後부터 비는 멎었으나 날씨는 쌀쌀하게 차졌고. ◎

〈1987년 3월 25일 수요일 雪, 曇〉(2. 26.) (-2°,)
간밤부터 强風. 새벽엔 눈까지 若干 내린 것. 3月末인데 全國 氣溫 零下圈으로 降下.
予定했던 濟州道 旅行은 날씨로 疑心은 했으나 7時 半에 出發하여 西大田 到着時 風浪 우려도 3日 間 渡船 不能의 電通 있어서 迴道한 것. ◎

〈1987년 3월 26일 목요일 晴〉(2. 27.) (-3°,)
바람은 잤으나 氣溫은 영하 3°(日出 前 氣溫).

한 동안 零上圈이었는데 어제부터 영하.
13時까지 讀書(禮記). 清原郡 農協 들렸으나 退職控除 一時金 通知 안왔다는 것.
해 거의 다 가서 신탄신 가서 親友 吳春澤 집 찾아 問病하고 저물게 歸家 많이 治癒됐고. ◎

〈1987년 3월 27일 금요일 晴〉(2. 28.) (-2°5″,)
退職控除 一時金 2,226万 원(除 417万 원) 受領하여 于先 郡 農協 通帳에 予置.
아파트 賣渡條 알아보려고 몇 몇 不動産 중개 事務所 가 봤으나 아직 別無消息이고. ◎

〈1987년 3월 28일 토요일 晴〉(2. 29.)
낮에 井母와 함께 나가서 預置金 引出하여 昨年 夏節 家屋建築費 補充으로 子女息들 金錢 融通했던 것 整理하니 一部 개운했기도~3女 妊의 것 200万 원+20万 원. 松의 것 100万 원 +10万 원, 運의 것 460万 원+72万 원, 井母의 것 100万 원+10万 원. 合計 972万 원整.
明日 있을 結婚式 人事를 形便上 今日 巡廻 終了했고~鄭海國씨 子婚, 朴在龍 校長 子婚, 朴福圭(東林) 子婚.
倭館의 美軍部隊 '카투사' 魯弼한테 電話連絡 되어 明日 만나기로 한 것. ◎

〈1987년 3월 29일 일요일 曇, 晴〉(3. 1.) (1°5″,)
井母와 함께 7時 半에 倭館 向發. 鳥致院서 列車 統一号로 11時 到着. 美軍部隊 카투사 兵舍까지 一周 처음 求景. 民間飮食店에서 3人이 簡素한 点心 했고. 夫婦는 13時20分 發로 大邱 經由 富谷溫泉 가서 부곡하와이 入場 觀光…쑈. 溫泉沐浴, 間食, 夕食. 午後 8時 半 버스로 富谷 出發, 大邱서 밤 11時 10分 發 統一号 列車, 立席. 車內 苦生 若干 있었으나 間間 着席했었기도. 弼은 4月 16日에 除隊라고. ◎

〈1987년 3월 30일 월요일 曇, 안개비〉(3. 2.)
鳥致院 到着이 1時 50分頃. 밤 中 새벽 2時 20分頃 鳳鳴 家庭에 到着.
總經費 39,000원. 막내 弼의 軍服務中 面會 最初이며 最終. 井母와는 富谷 最初.
兩편(아파트와 新家屋) 月賦金 納付하고 몇 곳의 金融機關 利子率 알아봤고. ⓒ

〈1987년 3월 31일 화요일 曇, 晴〉(3. 3.) (3°,)
今日도 再次 貯蓄金利 內容 確認해 보기도~投資信託, 農協, 外換銀行 等.
間間 讀書, 庭園 잔디밭 雜草 뽑기도. 室內 淸掃(먼지 털고 딱고)에도 勞力. ◎

〈1987년 4월 1일 수요일 晴〉(3. 4.) (1°5″,)
退任 後 1個月余 만에 梧仙國校 가보았고…後任 卞忠圭 校長(30年 前 內秀校 同職者). 南相卓 校監과 對話 情談했었고. 其外 여러 職員 반갑게 뛰어나와 人事하기도. 歸路엔 南 校監 함께 無極 와서 夕食을 厚待. 淸州 到着 時는 遠南校 在職 中인 郭漢恂 教師 誠意에 應待. 李昌遠 教師도 同席 情談. ⓒ

〈1987년 4월 2일 목요일 曇, 晴〉(3. 5.)
淸州 市廳에 들러 族弟 石榮(地積係長) 만나 아파트 賣渡難으로 인한 讓渡所得稅 附加率을 問議했던 結果 關係廳에 알아본 後 別無過重이라기에 큰 걱정 덜은 것.
不時에 濟州道 旅行 가게 되어 不得已 良心 꺾고 施行~淸州市에서 14時에 出發. 16時 50分

까지 手續 마치고 濟州 到着은 午後 6時 半晉. 濟州서 留. ◎

〈1987년 4월 3일 금요일 晴〉(3. 6.)
各處 觀光客으로 構成된 一同은 9時부 18時까지 定해진 코스대로 觀光한 것. 三姓穴, 自然史博物館, 협재 双龍굴, 신방굴사, 仙臨橋, 農園, 天地淵폭포, 정방폭포. 一횡단로. 濟州서 留. ⓒ

〈1987년 4월 4일 토요일 晴〉(3. 7.)
濟州市 梨花莊에서 9時에 觀光버스 乘車~木石苑, 산굼부리, 만장굴, (点心), 성산日出峯. 下午 4時 30分 發 航空으로 仝 5時 半에 金浦 着陸. 터미날서 夕食. 土曜日이어서 淸州엔 밤 12時 到着. 家庭 無事.

〈1987년 4월 5일 일요일 晴〉(3. 8.)
日曜日이며 植木日. 淸明이어서 明日은 寒食. 金天圭 龍潭校長 子婚과 柳海鎭 三樂會員 子婚에 人事~厚待받기도. ⓒ

〈1987년 4월 6일 월요일 曇, 雨, 曇〉(3. 9.)
寒食이어서 夫婦는 金溪 가서 큰집에서 차리는 代祖 茶禮 參席次 갔었으나 이미 房內 行事로 마치고 金城 가셨대서 안말 가서 一家 몇 家戶 尋訪 人事했던 것. 親族 宗鉉 氏, 漢奎 氏, 俊榮 氏, 時榮, 辺榮, 光榮 만나 應待. 答接으로 거의 終日 所要. ⓒ

〈1987년 4월 7일 화요일 曇, 晴〉(3. 10.)
建物(家屋) 後便 壁 漏水處 確認次 業者 中 李技士 와서 둘러보고 確認…"물 호스."
夫婦는 酒類 等 若干 사 가지고 司倉洞 老族兄 春榮 氏 宅 禮訪 人事했고. 市內 가선 金脘永 教師 夫人이 營業하는 飮食店 가서 点心 사 먹었던 것.
農協과 投信에 가서 온라인 및 預金 돌려 貯蓄하기도.

〈1987년 4월 8일 수요일 曇, 晴〉(3. 11.) (8°,)
아담 設計社(家屋圖面 複寫), 外換銀行, 東邦生命, 金泰一齒科 찾아다녀 用務 봤고. ⓒ

〈1987년 4월 9일 목요일 曇, 雨, 曇〉(3. 12.)
사과 궤짝으로 토끼집 小形 2개 만드는 데 午前時間 다 보냈고.
낮엔 井母와 함께 市內 가서 '전기밥솥' 고치고 혼수방 商店에 들려 10万 원짜리 무명 두루마기 2万 원 予約金 주고서 맞추기도. (梧仙校 教職員 一同 紀念品條). 点心 後엔 壽谷洞 뒷山 登山 갔었고. 11時頃엔 次男 紘이 왔던 것~닭고기 等 사 가지고. ⓒ

〈1987년 4월 10일 금요일 曇, 晴〉(3. 13.) (12°,)
今日도 토끼집 한 틀 만들기에 거의 한나절 所要됐고.
어제 次男 紘이가 사 온 饌으로 食事 맛있게 먹기도. ⓒ

〈1987년 4월 11일 토요일 晴〉(3. 14.)
俊榮 氏와 함께 大田 가서 族兄 宗榮 氏 子 魯俊 辯護士 開業行事에 參與 人事. ⓒ

〈1987년 4월 12일 일요일 晴〉(3. 15.) (4°, 11°)
族弟 俸榮 女婚과 應榮 子婚에 人事. 俸榮側

잔치에서 点心 맛있게 먹었고.
井母의 周旋에 依하여 市場 가서 토끼 새끼 5 마리 9,000원[5)]에 사다 토끼집에 넣은 것. ⓒ

〈1987년 4월 13일 월요일 晴〉(3. 16.) (1°, 13°)
夫婦는 予定했던 仁川 朱安五洞 가고저 早朝食하고 7時에 出發. 高速터미날서 地下鐵 ①号線 '교대'까지, ②号線으로 갈아타고 '신도림'까지. 국철(電鐵)로 바꿔 타고 '朱安'서 下車. 朱安驛 出口에서 左便으로 下段. 곧字路 5分 程度 步行 距離… 龍華禪院 法寶殿에 到着하니 11時30分. 13時 半까지 法寶祭 거의 마치고 비빔밥으로 地下食堂에서 晝食. 下午 2時 半에 清州 向發. 오던 길 그대로 짚어 清州 집에 오니 仝 6時頃. ⓒ

〈1987년 4월 14일 화요일 晴〉(3. 17.) (0°, 15°)
昨日 朱安 5洞 龍華禪院 法寶殿에서 井母의 敬虔한 合掌拜禮와 祈禱하는 恭遜한 姿態는 昨夜, 今朝까지도 사라지지 않고. (6,980 父母, 6,981 亡弟, 6,982 亡3婿).
낮엔 次男 炫이 清州에 用務 있어 왔다가 点心時間에 다녀가고.
日暮頃엔 셋째 子婦 雜菜飮食 만든 것 갖고 왔기도. 서울 3女한테 安否 電話 오고. ⓒ

〈1987년 4월 15일 수요일 晴〉(3. 18.) (4°, 18°)
午前 中 着實히 讀書. 晝食은 市內 申一東 氏(中央漢藥房)한테 厚待받았고(해물탕).
東邦生命 韓國銀行 李富魯稅務事務所 其他 들려 用務 보고 歸家하여 책꽂이 再組立 木工했기도. 女息들(次女, 四女) 옛 편지 들쳐 읽고 落淚도 나우. ⓒ

〈1987년 4월 16일 목요일 晴〉(3. 19.) (6°,)
오늘은 魯弼이 除隊하여 歸家한다는 날. 낮에 壽谷洞 가서 도가니湯으로 点心 잘 먹었고. 五男이며 10男妹의 막동이 魯弼이 予定대로 健在하게 入隊한 後 27個月 만에 隊 맺고 歸家. ⓒ

〈1987년 4월 17일 금요일 晴〉(3. 20.)
井母와 함께 明岩藥水터 가서 藥水 먹고 紘의 親知 南喆祐君한테 厚待받고.
서울에서 宗親 50余 名이 약수터 와서 蓮潭墓所와 清原祠에 參拜 後 만나 情談하기 고작 1時間 걸린 것~元谷派… 一信. 時榮. 漢國, 漢相, 常鍾 氏라고.
午後 7時부터 있는 在清 清州郭氏 宗親會에 最初로 參席. 16名 參席. 入會費로 3万 원과 月會費 5,000 計 35,000원整 納金. 場所는 西門洞 청진해장국집. ⓒ

〈1987년 4월 18일 토요일 晴〉(3. 21.)
낮에 沃川 子婦 와서 고기국 맛있게 끓여주어 잘 먹었고. ⓒ

〈1987년 4월 19일 일요일 晴〉(3. 22.)
서울 가서 從弟 夢榮 女婚에 參席. 午後 2時 江南區 신사洞 幸福예식장. ⓒ

〈1987년 4월 20일 월요일 曇, 雨〉(3. 23.)
宗親 同甲係員 昌在 母親喪에 人事 다녀오고. 金溪里 栢洞 後麓. 近日에 繼續 飮酒로 食事

5) 원문에는 붉은색 색연필로 밑줄이 그어져 있다.

섣찮은 듯. ×ⓒ

〈1987년 4월 21일 화요일 晴〉(3. 24.)
族叔 漢虹 氏와 潤福 氏 金溪에서 來訪했기에 극진히 待接했고 '송어횟집'에서 点心. 形便要請에 依하여 '大淸댐' 갈 豫定이 過飮으로 不能. ×ⓒ

〈1987년 4월 22일 수요일 〉(3. 25.)
魯弼이 上京.

〈1987년 4월 23일 목요일 晴〉(3. 26.)
食事 不正常에 몸 괴로우나 今日 行事 予定대로 無事히 마친 것만은 多幸~三樂會 淸原郡分會 會員 15名. 原州 雉岳山(龜龍寺) 다녀온 것… 會費 7,000원. 淸州發 8時, 忠州發 9時40分, 原州發 10時, 雉岳山 到着 10時 50分. 입맛 없어 도시락 전혀 못 먹었고.
午後 6時 半에 歸廳. 淸州 와 집에 와서도 소주 몇 컵 했었고. ×○

〈1987년 4월 24일 금요일 晴〉(3. 27.)
3月初에 이어 또다시 臥病 呻吟. 모든 飮食 전혀 못먹는 것. ◎

〈1987년 4월 25일 토요일 曇〉(3. 28.)
臥病 狀況 繼續. 人事 갈 곳도 못가고. 健康에 걱정만 泰山 같고.
下午 4時頃 서울서 長男 '井'이 왔고. 子息한테도 볼 염치 없을 터. 또 다시 市場에 나간 큰 애~各種 有名 海物(회거리), 쇠肝 營養値 菜類 사왔고. ◎

〈1987년 4월 26일 일요일 晴〉(3. 29.)
昨日부터 입맛 다시기 始作한 各種 飮食 조그만큼 자주 먹는 것.
낮엔 반가운 사람 두 분 다녀갔고. 때는 머리 들고 밖 行步할 程度여서 多幸~梧仙校 李鐘成 傳達夫, 朴仁根 忠北大 敎授…두 분 다 쇠고기 많이 사 갖고 온 것.
午後 4時에 뒷山 가서 토끼풀 한 자루 뜯어온 뒤 모처럼 沐浴湯 가서 깨끗이 몸 씻고 日暮頃엔 理髮까지 개운히 마친 것.
밤엔 雜務와 家計簿 整理했고. 以後 健康管理 內心 다짐?[6]
큰 애 午後 6時頃 서울 向發~仝 9時에 消息 왔고. 沃川 絃도 어제 와서 자고 간 것. ◎

〈1987년 4월 27일 월요일 晴〉(3. 30.)
2時 半(첫 새벽)에 起床하여 10日 間의 日記帳 略記로 整理했고.
約 1週日 間 안했던 새벽運動 施行…'어지간한 體力者'라고 井母가 말했기도.
故 尹晟老 校長 別世 葬禮式에 參席~槐山 沙利面 소내리 응암(바위)까지 다녀오는 데 假外 勞力과 經費 所要했던 것.
下午 5時부터 約 1時間 程度 걸려선 토끼풀(크로바) 2망태기 뜯어왔기도.
22日에 上京했던 魯弼이 6日 만에 잘 다녀 오고. 3女가 허리를 다쳤다나.
밤 8時부터 있는 25統4班常會에도 參席한 것.

〈1987년 4월 28일 화요일 晴〉(4. 1.)
2時間 程度 토끼집 補修工作에 勞力하고 雜務

6) 원문에는 붉은색 색연필로 밑줄이 그어져 있다.

處理 後 市中銀行 다니며 少額殘高通帳을 모두 引出 解約하여 單純通帳으로 所有토록 하였으니 개운한 마음.
둘째(絃) 잉어 1尾 사 가지고 왔었다는 것. ◎

〈1987년 4월 29일 수요일 晴〉(4. 2.)
'용호不動産'과 '玉山不動産' 事務室 들려서 아파트 賣渡일 再付託. 現主人 곧 異動說.
井母와 함께 뒷山에 가서 솔잎 조금 뽑고 토끼풀도 나우 뜯어 오는데 해 넘긴 것.
6학년 一同 修學旅行 引率했던 3男 明이 無事歸家했다고. 밤 10時 半에 잠간 다녀가고. ◎

〈1987년 4월 30일 목요일 曇, 雨〉(4. 3.) (, 23°)
槐山郡 教育廳 가서 在應스님(姬) 過去 教職時節 國民貯蓄法에 依한 東邦生命 保險料 拂入通帳分 解約 手續코저 教育長 職印을 該當書類에 捺印하여 清州 있는 仝 支社에 1件 書類를 提出한 것. (槐山郡 禾谷國校에서 退職). ◎

〈1987년 5월 1일 금요일 曇, 晴〉(4. 4.)
計量器(水道, 電氣) 淸掃 말끔히 하고. 今日 現在 高 確認…水道 0179. 電氣09720[7]. 아침결엔 토끼풀도 베어 왔고.
清州藥局 가서 漢鳳 氏 만나 꺼림했던 것 살피니 全혀 誤解 없어 多情.
後明日 陰 4月 6日이 4男 松 生日이라고 井母는 오늘 松편 빚어서 맛보게 한 것. ◎

〈1987년 5월 2일 토요일 曇, 雨〉(4. 5.)
아침결에 흐리더니 終日 비. 김기창 會員 子弟 '김 안과병원' 開院 行事에 다녀오고. ◎

〈1987년 5월 3일 일요일 曇, 晴〉(4. 6.) (9°5″,)
松의 生日이라고 井母가 끓인 미역국으로 朝食. 松은 昨夜 堂直(宿直)으로 9時까지 學校.
낮엔 井母와 함께 野外에 나가 토끼풀 크로바를 한 푸대 程度 나우 뜯어온 것.
밤엔 산적用 고기 재어갖고 金溪 큰宅 가서 先祖考 忌祭 지냈었고. ⓒ

〈1987년 5월 4일 월요일 晴〉(4. 7.)
金溪서 6時 半 發 清州行 버스로 집에 오니 7時쯤. 午前 中 讀書. 토끼풀 뜯기도. 午後엔 몇 군데 不動産 事務室 다녀봤고~아파트 希望者 有無間 確認.
낮엔 社稷二洞 派出所 가서 報恩 弟子 李泰善 警衛 만나 情談했기도. ⓒ

〈1987년 5월 5일 화요일 晴〉(4. 8.) (11°5″, 21°5″)
어린이 날이며 釋迦誕辰日.(65回, 2,531회).
族兄 俊榮 氏와 함께 大田市 가오洞 신흥예식장 가서 烏山里 鄭海天 子婚에 人事.
下午 5時에 井母와 함께 龍華寺(社稷洞) 가서 觀燈料와 福戔 若干 내고 부처님께 合掌拜禮했고(5祈禱). ⓒ

〈1987년 5월 6일 수요일 晴〉(4. 9.) (9°5″, 23°)
虎竹里 가서 故 鄭愚善 葬禮式에 參席 人事했고. ⓒ

〈1987년 5월 7일 목요일 曇, 晴〉(4. 10.) (11°5″, 25°)

7) 0을 네모로 둘러쳤다.

김태일 齒科 가서 井母 義齒 재손질했고. 새 義齒 計劃은 保留하자는 것.
서울 큰 애 와서 明日 어버이날 意로 家族 모두 夕食을 外式~中央會館에서 最高 韓定食. 一人分 7,000원씩. 松은 꽃도 사오고. ⓒ

〈1987년 5월 8일 금요일 晴〉(4. 11.) (11°, 25°5″)
松과 正旭이가 '어버이날' 꽃 달아주고. 朝食은 셋째 明이네 집에 했고.
어제 왔던 큰 애 6時 첫 高速으로 上京. 제15회 어버이날. 濠洲 杏한테서, 서울 큰 딸 人事 전화. 在應스님도.
点心時間에 李士榮 親友 만나 국수로 点心하면서 情談. 午後엔 토끼풀, 庭園 給水. ⓒ

〈1987년 5월 9일 토요일 晴〉(4. 12.) (12°, 26°)
玉山面 歡喜里 가서 親友 權仁澤 問病 慰勞~重病中 治癒되어 再生之人.
오늘 낮 대단히 더웠고. ⓒ

〈1987년 5월 10일 일요일 曇, 雨〉(4. 13.)
井母와 함께 江外面 正中里 再從兄(点榮 氏) 七旬잔치에 가서 朝食.
낮엔 朴世圭(未坪人) 回甲宴에 招請 있어 '명관식당'까지 다녀오기도.
저녁엔 車埈昇 梨月中校長 招請하여 '별장회집'에서 一盃 겸 夕食을 함께 했고. 金旺地域 親分, 退任時의 誠意에 報答의 意로. ⓒ

〈1987년 5월 11일 월요일 雨, 曇〉(4. 14.) (16°,)
午前 中 讀書(春秋) 後 市內 가서 東邦會社 들려 用務 內容 確認하고 壽谷洞 거쳐 歸家. 비는 어제부터 오락가락. 弼 親友 蔡우석君 來訪 留宿. 松은 修學旅行. ⓒ

〈1987년 5월 12일 화요일 曇, 晴〉(4. 15.) (16°,)
弼이와 蔡君은 早朝에 함께 上京.
健康 正常中~食事 良好. 새벽運動 繼續. 朝夕으로 全身 淸潔. 早朝 淸掃(門앞 쓸기, 房, 居室, 玄關).
12시部터 있는 淸州女高校長 主催 淸州市 淸原郡 三樂會員 招待잔치에 參席한 것…茶菓會, 學藝發表, 晝食, 膳物 받기도. ⓒ

〈1987년 5월 13일 수요일 雨, 曇〉(4. 16.) (16°5″,)
東邦生命 保險會社 側 連絡에 依하여 槐山 가서 教育長 職印 捺印하여 書類 完成~2女 姬在應스님 國校 在職時 職場團體保險料 拂入分 찾는 書類(解約手續).
울 안엔 井母의 勤勉한 솜씨로 3, 4坪의 空地等에 씨 뿌려 무우 배추 상치 아욱 쑥갓 시금치 等이 돋아 자라나 菜蔬밭 兼 花草 公園樣 이루어졌고. ⓒ

〈1987년 5월 14일 목요일 晴〉(4. 17.) (12°5″,)
前日까지 手續 完了한 次女의 10余 年 前에 中斷되었던 職場團體 保險金(東邦) 金 46,150원整 受領하니 調密한 書類團束의 나의 性格에 依한 加外의 受入에 마음 개운함을 느꼈기도. 午後엔 '용호사'(明岩池 옆) 다녀왔고.
11日에 修學旅行 갔던 四男 魯松 19時頃 無事歸家. 權殷澤 氏와 一盃. ⓒ

〈1987년 5월 15일 금요일 晴〉(4. 18.) (13°,)
先祖妣 忌故 있어 金溪 가서는 從兄님 夫婦 고추 심는 作業에 勞力 補助하고. 先考 墓 前 松

木 몇 株 從兄님과 함께 톱으로 베기도.
할머니 忌祭祀는 後 11時 半에 지냈고. 再堂姪 魯旭이 와서 3人이 지낸 것.
午後에 아랫말 가서는 全秀雄, 俊兄, 時榮한테 酒類 待接받았고. 暮種의 醉中 이야기로 잠시 떠들석한 것 氣分 좋지 않았기도. 오늘은 제6회 스승의 날. ⓒ

〈1987년 5월 16일 토요일 晴, 曇〉(4. 19.)
下午 2時頃 서울 到着. 큰 애 周旋으로 龍仁까지. '은행골' 송어회집에서 향어회로 點心 단단히 했고. 文井洞 가서도 해삼과 멍게 나우 먹은 것. 弼이와 同宿. ⓒ

〈1987년 5월 17일 일요일 雨, 晴〉(4. 20.)
食 前에 '이주남' 先生 車로 城南市 뒷편 南漢山城을 큰 애와 함께 간 것.
처음 간 것이나 비 오고 안개 짙어서 觀望 不能. 약수물(淸水) 받아옴이 큰 目的. 山頂 가까이 있는 '國淸寺'까지 登山했기도. 朝食 後 弼이와 함께 12時 發 高速으로 歸淸. 큰 애 夫婦가 스승의 날에 받은 膳物 담백 보내주기도. 큰 애가 용돈도 주어 받았고.
下午 7時 半부터 있는 在淸宗親會 月例會에도 參席. 月例會費 5,000원 整理. ⓒ

〈1987년 5월 18일 월요일 晴〉(4. 21.) (9°5″, 24°)
모처럼 市內 안가고 거의 終日토록 庭內 生活~午前 中은 上層 中央室에 이제까지 묵혀뒀던 圖書類 책꽂이에 整頓. 嚴選하여 廢棄分 多量 묶어내기도.
日暮頃엔 토끼풀도 多量 뜯어왔고. 夕食은 삼계탕 쑤어 別味로 잘 먹었고. ◎

〈1987년 5월 19일 화요일 晴〉(4. 12.) (13°,)
'관세음보살 보궁수 진언 "옴아자 미례 사바하"'[8]를 在應스님 敎示에 依하여 어제부터 就寢 前과 起床 初에 108염주를 헤아리며 108번 외우기 시작한 것…5男 막동이 魯弼이 關聯에서.
東邦生命保險會社 崔某 氏 찾아와서 据置形을 勸誘하기에 考慮해보겠다고余裕있게 말했고. 夕食 後엔 井母와 함께 太陽書店 큰 妹 집에 다녀오기도…큰 妹 生日. ◎

〈1987년 5월 20일 수요일 晴〉(4. 23.) (13°5″, 29°)
市內 나가서 5月 分 電話料金 納付. 李鍾粲 中央校長 만나 茶. 外換, 東邦, 敎保, 農協, 其他 機關 들려 金利 알아봤으나 大同小異. 농협 그대로 留置키로 安着.
茶房 들렀다가 가외 雜經費 나서 마음 쓰리고…酒類代.
서울서 孫孃 왔다 가고. 弼 친구 權赫錄君 와서 弼과 同宿. ⓒ

〈1987년 5월 21일 목요일 晴〉(4. 24.) (14°, 32°)
지금까지 가장 더운 날씨. 32도까지.
族長 時鍾 氏 夫人 만나 三派 宗山 事件 문제 仔細히 들었고.
밤엔 俊兄 招請으로 社稷洞 가서 一盃. ⓒ

〈1987년 5월 22일 금요일 曇, 雨, 曇〉(4. 25.) (14°,)
市內서 酒中里 李肅遠 만나 情談하면서 一盃

8) 원문에는 붉은색 색연필로 밑줄이 그어져 있다.

待接했고.
明日 있을 三樂會 行事 事情 있어 李士 總務에 會費 整理. ⓒ

〈1987년 5월 23일 토요일 雨, 曇〉(4. 26.) (16°, 24°)
故 族叔 漢旱 氏 葬禮에 金溪 故鄕 다녀옴. 白日祈禱 20日 前부터. ⓒ

〈1987년 5월 24일 일요일 晴〉(4. 27.)
近日 若干씩 飮酒 탓으로 筆跡이 서툴어지는 感 느끼기도. 꼭 한 달 前에 술로 因한 괴롬 겪었는데….

〈1987년 5월 25일 월요일 晴〉(4. 28.)
車埈昇 梨月中校長 招請으로 今日도 鳳鳴洞 '별장횟집'에서 情談 나누며 나우 마신 것-- 참아야 할 酒類를 또 마셨으니 할 수 없는 生活樣狀 어찌하리. ×

〈1987년 5월 29일 금요일 晴〉(5. 2.)
福台洞 金 氏 宅에서 生日 招待 있어 今日까지 繼續 마신 것.
魯弼에게 付託하여 各種 月納金과 住宅銀行 賦金까지 整理. ×

〈1987년 5월 30일 토요일 晴〉(5. 3.)
아침결에 解腸條로 一, 二盃 하고선 다시 精神 차리기로 마음 먹은 것.
辛酉會에 못가겠다고 連絡하고선 呻吟 臥病. ⓒ

〈1987년 5월 31일 일요일 晴〉(5. 4.)
朝食 못한 채 呻吟 繼續.
惠苑校 李智榮 校長 子婚 人事도 못가. 5男 魯弼이 잠간 다녀오도록 한 것.
낮엔 辛酉會員 鄭, 宋, 李 校長 來訪~人事 못다 닦아 未安하기도. ◎

〈1987년 6월 1일 월요일 晴, 曇, 雨〉(5. 5.)
点心은 代用食으로 若干 들었고. 아침결엔 노필과 함게 沐浴湯 다녀오기도.
稅務士 李富魯 事務室 찾아가서 所得稅 確定 申告 件에 關하여 問議했더니 別無 걱정이어서 安心했고.
저녁食事는 다슬기(벼틀올강)국으로 좀 먹어본 것. 토끼풀도 뜯어오고. ◎

〈1987년 6월 2일 화요일 雨〉(5. 6.) (18°, 22°5″)
어제 저녁부터 부슬비 내려서 庭園의 樹木과 作物 흡족한 氣分.
魯弼은 10時에 서울 向發.
저녁 食事 콩나물국과 상추 저림으로 平素의 分量과 같게 잘 먹은 것. ◎

〈1987년 6월 3일 수요일 曇, 晴〉(5. 7.) (18°, 26°5″)
數日 만에 다시 早起體操 正常으로 施行.
淸原郡 農協 가서 金珍佑 代理 만나 '自由貯蓄' 變動없음을 再確認.
前任校(梧仙校) 一般職 李鍾成 氏 앞으로 '報勳의 달 膳物'을 마련 發送했고.
낮엔 井母와 함께 뒷山 가서 토끼풀과 庭園의 作物 支柱木 마련에 勞力했기도. 午後도 仝. ◎

〈1987년 6월 4일 목요일 晴〉(5. 8.) (19°, 30°)

낮 끝은 30度까지 오른 더운 氣溫. 2日에 上京했던 魯弼이 日暮頃 오고.
井母와 함께 나무 가지 꺾어다가 호박덩굴집 만들어 주기도.
울 안 나무새밭에 황토흙 넣기 作業하는 데도 流汗勞力. ◎

〈1987년 6월 5일 금요일 晴〉(5. 9.) (22°, 33°)
早起運動 後 남새밭(울 안 庭園) 附土用 黃土 7바께쓰 파다 부수어 끼얹고. 짚으로 굵은 새끼 10余발 꼬았고. 뒷山 花草 한 폭 캐오기도.
今日 溫度 33度로서 今日까지안 最高로 더운 날씨.
今日은 거의 終日 讀書하여 '春秋禮記' 上卷 마치고 中卷 읽기 着手.
下午 6時 發 버스로 故鄕 金溪行~밤 12時에 伯母님 忌祭 지낸 것.
낮에 본 두무샘과 둑밑 밭 作況 좋았고. ◎

〈1987년 6월 6일 토요일 晴〉(5. 10.) (23°, 32°5″)
6時 半 發 첫 버스로 入淸하여 10時부터 있는 第32回 顯忠日 行事에 參席次 社稷洞 '충렬탑'에 다녀왔고. 서울 큰 애는 엊저녁에 왔다가 事情 있어 곧 갔다는 것.
낮엔 井母와 함께 椒井藥水터 가서 먹고 用器에 나우 받아오고 하느라고 땀 흘리기도.
三男 魯明(中央國校 在職)이 夫婦間 若干의 不和로 明이 와 있는 中. ◎

〈1987년 6월 7일 일요일 曇, 雨〉(5. 11.) (13°, 19°)
거의 終日토록 비. 三男 夫婦 不和에 兩便에 訓戒. 子婦의 謝過도. 兩便 다 함께 잘못 있는 것. ⓒ

〈1987년 6월 8일 월요일 曇, 晴〉(5. 12.) (16°,)
陰城郡 教育廳 가서 趙仁行 教育長 만나 修人事 後 平生奉仕와 勳章에 代하여 對話하고 夕食을 厚待받아 고마웠기도. ⓒ

〈1987년 6월 9일 화요일 曇, 晴〉(5. 13.) (15°5″, 27°5″)
井母와 함께 육거리 市場에 나가 마늘 3접 사오고~農産物價 택없이 싼 셈…접당 1,000원, 1,500원, 2,000원짜리면 良品이니 양파 풋고추 1斤 强한 것으로 500원整. ◎

〈1987년 6월 10일 수요일 晴〉(5. 14.) (16°, 30°)
終日토록 讀書~春秋 中篇. 日暮頃에 不動産 中介事務室 몇 군데 들려봤으나 아직 아파트 願買者 없다는 것.
國家的 行事 있는 民正黨大會에선 次期 大統領 候補로 盧泰愚 代表를 選出. 野黨(民主, 新民, 國民)에선 其의 沮止 國民運動大會가 展開되었던 것. ◎

〈1987년 6월 11일 목요일 晴〉(5. 15.) (18°, 30°5″)
個人生活로는 昨日와 비슷. 철천지 한으로 사무치는 것은 2月26日 以後 連日 仝. ◎

〈1987년 6월 12일 금요일 晴〉(5. 16.) (19°, 30°)
井母의 左手에 쥐가 나고 가려워서 鍼을 要求하기에 연수당 藥房 가서 침 맞고 漢藥 10첩 짓기도. 저녁 나절엔 함께 市場 나가서 마늘 3접, 고추 5近(마늘 2,500원씩. 고추 斤当1,200원씩) 사온 것. ⓒ

〈1987년 6월 13일 토요일 晴〉(5. 17.) (20°, 27°)
새벽 3時 50分頃 꿈~全斗煥 大統領[9]께서 나의 勤務校下 地方에 來臨하여 地方實情을 踏査할 때 說明의 役을 맡게 되어 責任을 完遂하니 大統領이 至極히 고마워 여기던 中 잠시 休息 틈 있어 教職 平生 끝의 勳章의 이야기를 進言하였더니 道教委에서 할 탓이라고 말할 지음 잠이 깬 것.
足疾 노준 入院 盲腸手術에 남궁병원 가서 慰勞人事 後 俊榮兄 李士榮 校長과 合席 情談. 夕食은 俊榮兄 宅에서. 李振魯 同窓집 尋訪하여 情談. 深夜토록. ⓒ

〈1987년 6월 14일 일요일 晴〉(5. 18.) (17°, 30°)
李肅遠(酒中里) 子婚에 人事~食堂에서 親知, 前校長團 여럿 만나 반가웠기도.
夕食 後에도 토끼풀 한 자루 뜯어왔던 것.
어제는 四男 魯松 擔任 某 學父母(清錫高 一學年)이 謝禮條로 白米 1 푸대 가져왔대서 더욱 教授와 學生 保護에 責任 完遂토록 激勵했고. ⓒ

〈1987년 6월 15일 월요일 曇, 晴〉(5. 19.) (19°5″, 27°)
教委에 가서 鄭英模 企劃監査擔當官(玉山 弟子) 만나고 延光欽 初等教育課長 만나서 勳章 脫落에 억울한 点 이야기한 것. 劉教育監은 出張 中.
再從兄(故 憲榮 氏) 一週忌 入祭日이어서 19時 半 發 버스로 金溪行. 밤 11時까지 俊榮兄과 情談. 仝 12時에 茶禮 지내고. ⓒ

〈1987년 6월 16일 화요일 晴, 曇〉(5. 20.) (19°, 29°)
첫 버스 6時 半에 入清. 몸 若干 찝뿌뚜하여 午前 中 休息.
市內 나가서 '김태일' 齒科에서 齒牙 治療. 中央眼科 가서 左眼 治療(눈섭 1개).
歸路에 公設운동장에 入場하여 우리 韓國 對 알젠치나 蹴球大會 求景. 10分 間 3:0.
밤엔 서울로 電話하여 査夫人 入院 手術한 消息 듣기도. ◎

〈1987년 6월 17일 수요일 曇, 晴〉(5. 21.) (20°, 30°)
井母와 함께 연수당漢藥房 가서 漢藥 10첩 또 져온 것…井母의 左便 手足 關聯.
'피보약국'에서 夫婦 血壓測定해보니 井母는 90-140, 난 80-120.
11時 30分부터 있는 在清宗親會에 參席. ⓒ

〈1987년 6월 18일 목요일 晴〉(5. 22.) (19°5″, 31°)
昨今 劉教育監 만나려 했으나 出張 中이라서 不能. (勳章說이 主目的).
柳海鎮 校長을 中央公園에서 만나 情談 後 一盃 나누기도.
朝夕으로 1차례씩 토끼풀用으로 길경草 많이 뜯었고.
去 15日에 담석증으로 手術했다는 査夫人(白川 趙 氏 家)에 人事 못해서 未安中. 電話로는 가끔 往來. ⓒ

〈1987년 6월 19일 금요일 曇, 가랑비〉(5. 23.) (21°, 25°)

9) 원문에는 붉은색 색연필로 밑줄이 그어져 있다.

敎委에 가서 벼렀던 劉成鍾 敎育監 만나 個人的 人事로는 처음인 것. 46年 間의 平生 敎職生活과 사랑의 敎育 方針을 술회하고 停年에 즈음한 敍勳에 對하여 말한 것. 道敎委 立場에서 文敎當局에 잘 알아보겠다는 것.
柳海鎭 校長과 함께 椒井 가서 藥水 몇 병 받아오기도. 거의 終日 가랑비.
全國的으로 時局示威 날로 번져 政界 不安 말 못할 程度이고…淸州서도. ⓒ

〈1987년 6월 20일 토요일 曇〉(5. 24.) (18°, 23°)
昨日 밤에 大學生들의 示威에 市內 몇 派出所가 타고 부서졌다고. 警察이 發射한 催涙彈 가스는 오늘 낮까지도 안 가셔져 市街地 行人들은 기침, 눈물, 呼吸難. ◎

〈1987년 6월 21일 일요일 曇, 晴〉(5. 25.) (17°, 25°)
今日도 濟州道를 비롯하여 몇 都市에서 示威가 있었다는 것.
昨今 '春秋' 中卷 많이 읽었고. ⓒ

〈1987년 6월 22일 월요일 晴〉(5. 26.) (18°, 30°5″)
故鄕 金溪校에서 함께 勤務했던 申啓文 敎師가 去 20日 在任校 報恩郡 箕大國校에서 退勤길에 밤 11時쯤 市內 自家近方에서 交通事故로 死亡했대서 깜짝 놀래고 朝食 後 自宅 牛岩洞 가서 弔慰. 加德面 公園墓地인 葬地까지 다녀온 것-早失父한 故 申敎師 宅 眞實로 측은한 處地.
下午 7時頃 沃川 次男 魯鉉이 事業次 왔다가 다녀갔고. ⓒ

〈1987년 6월 23일 화요일 晴〉(5. 27.) (19°, 30°5″)
12時 半부터 있는 淸原郡 三樂會에 參席. 23名 參集. 朝日食堂. 會費 4,000원씩.
午後 3時 半 發로 華陽洞 갔다가 9時頃에 歸家. 造景 많이 잘 되어 果然 觀光地다웠고.
健康 正常…運動 繼續. 食事 良好. 讀書 充實. ⓒ

〈1987년 6월 24일 수요일 曇, 晴〉(5. 28.) (21°,)
上京하여 龍山의 中央大學 附屬病院 찾아가서(1503號室) 趙 氏 家(査夫人…큰 딸 媤母) 問病하였고. 問病 直前엔 汝矣島 公務員年金管理工團 가서 年金控除 一時金의 內譯表 再要求하여 받았고. 參考로 所持코저.
上京時엔 市內버스 利用한 것. 淸州(10.40)~曾坪~陰城~無極~長湖院~(태평리)~利川~(곤지암)~廣州~城南市~蚕室~江南高速터미날(17.00).~汝矣島~터미날~龍山中大附屬病院~터미날~淸州 着(22.00). …査夫人은 糖尿症에 合併症으로 膽石症 手術한 것이라고. 歸家했으나 終日 乘車로 고단했고. 病看護에 큰 딸 말랐고 外孫女 연진이 만나고. 時間 形便上 文井洞엔 못간 것. ◎

〈1987년 6월 25일 목요일 晴〉(5. 29.) (20°, 32°)
井母와 함께 市場 가서 一人用(井母用) 電氣長板 사고 4月 9日에 맞췄던 細絲織 무명 두루마기(職員一同 停年紀念品條 10万 원) 찾은 것. 유건(儒巾) 2個 膳物로 받기도. 유건 1개는 從兄님께 드릴 予定.
21時부터 있는 班常會에 參席. 場所 林總務課長 宅. ◎

〈1987년 6월 26일 금요일 晴〉(6. 1.) (20°, 33°)
막동이 5男 魯弼의 第25回 生日. 陰曆으로 六月 初하루. 멱국으로 特異食事 表示.
井母의 땀 흘린 結晶으로 앞담장과 大門 지붕엔 호박 달린 덩굴로 特色 이룬 住宅이고. 토끼도 6마리가 2달 半 만에 거의 다 큰 듯. ⓒ

〈1987년 6월 27일 토요일 晴〉(6. 2.) (22°, 33°)
13時에 있는 校長團 辛酉會에 參席하여 乒心~8月 下旬에 夏季逍風 實施를 協議.
16時부터 있는 江西友信親睦會에도 參席했고~8月 中旬에 野遊會 하기로 合議.
어제 오늘 날씨 몹시 더워 氣溫 33°까지 上昇.
淸州 '대현 地下商街' 最初 開通. 市內는 十余日 前부터 催淚彈 가스로 눈물, 기침, 재채기 매워서 呼吸 障害 甚한 中…與野 民主化運動 相反의 事件으로. ⓒ

〈1987년 6월 28일 일요일 曇〉(6. 3.) (21°)
제1회 道民健康달리기大會에 參與~6 · 50분까지 參集 登錄. 無心川 體育公園. 500名 程度 參與. 60, 50, 40, 30, 20代順. 準備體操로 에오로빅. 兩便 堤防 달려~體育公園~西門大橋~慕忠橋~꽃다리 건너서~堤防~雲泉橋 건너서~體育公園…5.5㎞. 45分 所要됐고. 60歲 以上者 中에선 先頭일 것. 全體 中 50次쯤 될 듯. 完走記念메달 받았기도. 全員에게 記念타올도 配分.
午後엔 俊兄과 李士榮 만나 一盃 答接하기도.
四女 杏이가 자수했던 '白木蓮' 年前에 家庭에서 간수 잘 못하여 많이 헐어졌기에 아깝기 짝이 없어 再손질에 着手했고. ⓒ

〈1987년 6월 29일 월요일 晴〉(6. 4.) (22°, 31°)
大鐘氏 宅 婚行車 기다려 보고자 福台洞 사거리에서 40分 間 서 있었으나 虛事.
盧泰愚 民正黨代表 劃期的 時局收拾策 宣言 '大統領 直選制 改憲 實現'[10]. ◎

〈1987년 6월 30일 화요일 晴〉(6. 5.) (22°, 31°5″)
月末 整理 개운하게 했고~月納金 完拂. 謝禮 및 同情金도 整理한 턱.
李빈모 만나 母校 玉山校 出身 在淸同窓會에 加入했고.
長女는 제 媤母 病 看護에 心身 過勞 말 못할 程度인 듯.
五女(運) 사우디로부터 來電에 出家(結婚) 予定이라고? 편지 곧 온다는 것.
時局은 6.29宣言으로인지? 示威도 催淚가스도 없어 多幸. ⓒ

〈1987년 7월 1일 수요일 曇, 晴〉(6. 6.) (20°, 31°)
正常的으로 健康 維持되어 食事 如一 잘 하고 새벽運動과 朝夕으로 토끼풀 뜯는 作業 固定化된 程度로 繼續 中.
낮에 市內 나가서 農協, 投資信託, 相信庫 等의 金利差 確認하기도. ⓒ

〈1987년 7월 2일 목요일 曇, 가랑비〉(6. 7.) (23°, 29°)
玉山面 烏山里 李仁魯 親友집 尋訪하여 情談 數時間 나누기도.
五男 弼이는 낮 車로 上京했고. ⓒ

---

10) 원문에는 붉은색 색연필로 밑줄이 그어져 있다.

〈1987년 7월 3일 금요일 曇〉(6. 8.) (22°, 31°)
어제 玉山行 中 버스 안에서 꿀벌한테 오른손 등 한 방 쏘인 적이 부작용이 甚하여 오른팔뚝, 목, 얼굴이 나우 부어 으든하여 不便.
苦待하던 편지 運한테서 오고… '파라구아이(南美) 永住權者, 서울人, 35세, 建築業, 사우디就業中인 男子와의 約婚談.' 더 깊이 잘 알아서 任意決定하라고 答書 낸 것. 然이나 서울 큰 애로부터의 消息에 依하여 身元을 더욱 仔細히 把握 確認하여 보자기에 當然之事여서 急 再書信을 보내기도. ⓒ

〈1987년 7월 4일 토요일 曇〉(6. 9.) (21°, 27°)
權殷澤 氏 招致에 市內 가서 濁酒 一盃하고 某議員한테 膳物받은 재털이와 볼펜을 주기에 고맙게 받았기도.
낮엔 市內 나가서 移舍하는 데 助力하였기도. 家具店도 求景해 보고.
食 前에 運動 後 우체局 가서 싸우디 運한테 再次 發送하는 書信을 特別 부탁한 것. ⓒ

〈1987년 7월 5일 일요일 曇, 雨〉(6. 10.) (21°, 29°)
舊親 朴遇貞 氏 招致하여 情談하고 一盃 待接하기도.
放送에서 福祉社會 이룩하는 데는 ① 國民 모두가 일자리가 있어야 함. ② 全國에 醫療保護施設이 잘 이루어져야 함 ③ 養老施設이 圓滿하여야 함 ④ 全國民이 高等教育까지 받아야 함을 力說.
簡易 병풍 再生作業에 勞力. 밤中에 비 좀 내렸고. ⓒ

〈1987년 7월 6일 월요일 雨, 晴〉(6. 11.) (22°, 30°)
簡易병풍 完成…'漢詩 2首 淨書'(三樂章, 父母恩?). 精誠과 功은 드려 썼으나 筆力 不足으로 부끄러울 程度.
2日에 上京했던 弼 오고.
市內 體育館에선 全國 壯士씨름大會 있었고(30回). 이만기 장사 상대. ⓒ

〈1987년 7월 7일 화요일 曇, 晴〉(6. 12.) (21°5″, 31°)
井母와 함께 司倉洞 큰 妹 집(太陽書店) 가서 安否 알고 맛있게 飮食 받기도. 仝洞의 複雜한 市場 구경도 했고. ⓒ

〈1987년 7월 8일 수요일 晴〉(6. 13.) (22°, 29°)
洞事務所 가서 松의 軍籍(兵) 일 본 後 市內 가선 時計鋪 李相翊 氏 찾아 一盃 待接하였기도. ⓒ

〈1987년 7월 9일 목요일 晴〉(6. 14.) (21°5″, 31°)
午後 4時頃 椒井藥水場 가서 2時間 半 만에 約 8리터 程度 藥水 받아서 入淸 歸家하니 仝 8時 됐고. ⓒ

〈1987년 7월 10일 금요일 曇〉(6. 15.) (23°, 28°5″)
井母는 明日 所用될 장 흥정해 오느라고 2차례 市場 往來한 것.
병풍글 한쪽 다시 써 붙이느라고 공 드렸고. (父兮生我……) ⓒ

〈1987년 7월 11일 토요일 曇, 雨, 曇〉(6. 16.) (22°,)

밤 11時 좀 넘어서 先考忌祭 擧行~故鄕에서 從兄님 再從兄嫂 氏(林 氏), 큰 妹, 작은妹, 姪女(賢都) 參席, 큰 妹夫도. 서울 큰 애(井)은 낮에 왔었고. ⓒ

〈1987년 7월 12일 일요일 曇, 가랑비〉(6. 17.) (23°, 28°)
再從兄嫂 氏와 작은 妹는 朝食 後 좀 쉬었다가 歸家. 큰 에는 午後 上京.
어제의 消息에 依하면 濠洲 간 四女 杏이가 身樣의 괴로움과 修學 等이 如意 不能으로 苦心中인 것 같애 큰 애로부터 歸國하라고 連絡했다는 것. 잘 생각한 일. ⓒ

〈1987년 7월 13일 월요일 曇〉(6. 18.) (22°,)
어제 午後엔 權殷澤, 楊鍾漢, 金漢杓 교장과 合席 情談 一盃했던 것.
큰 애로부터 받은 現金 있기에 '선풍기' 新製品 金星社製 32,000원에 샀고. ⓒ

〈1987년 7월 14일 화요일 曇〉(6. 19.) (21°5″, 29°)
柳海鎭과 함께 椒井藥水場 다녀온 것(10시 30분 發.~16시 半 淸州 着).
日暮璟에 尹洛鏞, 柳海鎭과 3人 合席 情談 一盃하고 共同 負擔.
낮엔 事業 中인 鉉이 다녀갔다고(大田). ⓒ

〈1987년 7월 15일 수요일 曇, 雨〉(6. 20.) (22°, 22°5″)
모처럼 비 나우 내렸고. 日暮 後엔 바람도 세게 불은 것. 통닭 1尾 사다먹기도. ⓒ

〈1987년 7월 16일 목요일 曇, 晴〉(6. 21.) (22°, 25°)
87學年度 以來 松은 俸給受領日에 2万 원씩 주기에 받는 것. 제 母親에겐 5万 원. 除隊한 弼한테도 1万 원씩. 잘 하는 일에 고마웠고.
松은 道內 學力考査(國語科)에서 擔任學年인 一學年 成績이 最優秀했다는 것. ◎

〈1987년 7월 17일 금요일 曇, 晴〉(6. 22.) (21°, 28°5″)
健康狀態 正常이며 固定行事 繼續 中(早起 念佛, 食 前運動, 「春秋」 讀書, 토끼풀 補充).
20時부터 있는 在淸宗親會에 參席(會長~族叔 漢奎 氏).
玉山 母校 弟子 李鳳均(淸州市 새마을課長) 入院 中이기에 問病했고.
海外 간 두 女息한테서 國際電話 왔었다는 것(밤 10時)~杏의 身樣 正常化되어간다고. 來年 春쯤 歸國 予定. 運한테선…前般 편지대로 紹介된 男子와 今日 約婚했고 安心하라고[11] 等等. '幸福을 빌 뿐'.

〈1987년 7월 18일 토요일 曇, 晴〉(6. 23.) (22°,)
淸原祠 마루 新工事 重修狀況 보려고 山城 밑 藥水터 가서 宗親 漢奎 氏, 族弟 道榮, 청주藥局 漢鳳 氏 만나 歡談하고 衷心 待接받고.
玉山 女卒業生 몇 名 來訪하겠다는 消息 있었으나 山城 가서 없다는 바람에 不能. 보고픈 생각에 機會 잘못돼서 서운했기도. 어제의 颱風 被害 1,500億이라나. 慶南이 가장. ⓒ

---

11) 원문에는 붉은색 색연필로 밑줄이 그어져 있다.

〈1987년 7월 19일 일요일 晴〉(6. 24.) (23°,)
電擊的으로 月岳山 國立公園 다녀왔고…溪谷 물이 맑고 찬 것이 有明. 처음. ⓒ

〈1987년 7월 20일 월요일 晴〉(6.25.) (23°5″,)
玉山 가서 烏山一區 金東演 里長 母親喪에 人事. 俊兄 同伴.
玉山서 오미우체局 族弟 晩榮 국장한테 厚待 받았기도. ⓒ

〈1987년 7월 21일 화요일 晴〉(6. 26.)
행운복덕방 李斌模 만나러 社稷洞 갔다가 鄭弘模 鄭순珠 함께 만나 情談 나눈 後 一盃 待接했던 것. ⓒ

〈1987년 7월 23일 목요일 雨, 曇〉(6. 28.)
清原郡 三樂會 月例會에 參席했고. 全國 各處 豪雨 警報. ○

〈1987년 7월 24일 금요일 雨, 曇, 全國 各處 비 많이 와서 水害 많은 소식 〉(6. 29.)
社稷洞 갔다가 李君 紹介로 韓 氏 安 氏 金 氏 老人과 人事하고 情盃. ○

〈1987년 7월 25일 토요일 晴, 曇, 雨〉(6. 30.)
12時 半부터 있는 校長團 辛酉會에 동원식당 가서 參席. 井母도 同伴했고.
午後 七時부터는 在清玉山普通學校 同窓會에 加入 參席[12]. 11人. ※

〈1987년 7월 26일 일요일 雨〉(閏6. 1.)
비 終日 내렸고. 無心川이 모처럼 개웅차 흐르는 것. 豪雨 警報도.
새벽부터 2個月 만에 또 앓기 시작. 꼼짝 못하고 呻吟. ◎

〈1987년 7월 27일 월요일 雨〉(윤6. 2.)
全國的으로 大洪水. 人命被害, 財産被害 많다고 晝夜 放送~서울, 仁川, 京畿, 釜山, 忠南의 順. 水害 罹災民 數萬名이라고.
昨日부터 一切 禁酒하나 食事 못하여 氣運 탈진 中. ◎

〈1987년 7월 28일 화요일 曇, 晴〉(윤6. 3.) (, 31° 5″)
朝食 若干 하고 体力 無하나 沐浴은 했고.
玉山不動産(申石教) 紹介로 住公아파트 17平型 賣渡 可能한 듯하더니 日暮頃에 결렬.
12時 半에 가까스로 運身하여 明岩提 藥水터 가서 清原祠 重修竣功 行事에 參席하고 工事基金 一次 五万 원 贊助[13]했기도.
今日 와서 食事 若干하게 되고 運身 若干 可能.
全國 水害 莫甚한 것 今日도 報道. 全國民 한마음으로 義捐金. 엇녁의 班常會엔 井母가 參席. 洪水는 빠지기 시작. ◎

〈1987년 7월 29일 수요일 曇〉(윤6. 4.) (26°,)
아침行事(念佛, 새벽운동 토끼먹이 마련) 再始.
忠北銀, 住宅銀 가서 月納金 整理했고.
教大 金顯九 教授(忠北道教育會長)의 熟知의

12) 원문에는 붉은색 색연필로 밑줄이 그어져 있다.

13) 원문에는 붉은색 색연필로 밑줄이 그어져 있다.

態로 親切한 人事 고마웠기도~'道內 뚜렷한 郭校長을 몰라서야…云云'.
井母와 市內 가서 2層 魯松 공부房에 깔을 모뉴룸 장판지 사오기도. ◎

〈1987년 7월 30일 목요일 曇〉(윤6. 5.) (25°, 28°)
昨夜에 通過하리라는 颱風 注意報와 아울러 100㎜ 程度 降雨報는 多幸히도 解除.
井母와 함께 市內 '백합주단'店 가서 '원삼, 도포' 50万 원에 맞추기도.
天安 同壻 '郭慶淳' 今朝 別世했다는 消息 있고.
近者의 궁금한 일 將來 걱정 없겠는가를 討論하여 보았던 것. ◎

〈1987년 7월 31일 금요일 曇, 가끔 비〉(윤6. 6.) (23°, 28°)
新聞紙上의 統計~颱風 셀마와 豪雨로 因한 被害…財産 4,677億, 人命(死亡, 실종, 負傷者) 594名으로 잠정 集計.
낮 車로 天安 가서 同壻 郭慶淳 別世에 人事하고 形便上 저녁 늦게 歸家한 것. 明日 修身面 葬地까지 다녀올 計劃을 갖고 있는 것. 此旨 연락을 서울에도 했고. ◎

〈1987년 8월 1일 토요일 曇, 晴〉(윤6. 7.) (23°, 33°)
天原郡 修身面 速倉里 가서 同壻 葬禮式에 가본 것. 바로 뒷山이며 私山이라고. 多幸히 모처럼 날시 개이고 무더운 三伏더위 그대로.
下午 6時頃에 서울서 孫子 昌信이 데리고 큰 애 內外 왔고.
토끼 110日 만에 거의 다 큰 것 1마리 잡아 夕食 때 料理된 것. ◎

〈1987년 8월 2일 일요일 曇〉윤(6. 8.) (26°, 30°)
食 前에 큰 애와 함께 椒井 가서 藥水 두어말 받아왔고.
큰 애 內外는 昌信과 함께 下午 4時쯤 出發~天安 들려 제 異母 宅에 人事하고 上京한다는 것. 20時에 消息 들으니 予定대로 日程 마쳤다는 것. ◎

〈1987년 8월 3일 월요일 담, 雨〉(윤6. 9.) (26°, 31°)
前 尹 校長 柳 校長, 同窓 李斌模 鄭弘模로부터 消日과 情談 招請 있었으나 形便上 辭讓했던 것. ◎

〈1987년 8월 4일 화요일 曇, 雨〉(윤6. 10.) (25.5°, 28°)
尹洛鏞 校長 招請으로 柳海鎭 교장과 함께 栗陽洞 '新羅아파트' 가서 數時間 情談과 厚待받았고…然而나 酒類는 一滴도 안마셨고.
낮엔 井母와 함께 '中央眼科' 가서 治療받았기도…'저녁 되면 침침해서'.
五男 魯弼이 上京~16日에 記者試驗 보겠다는 것. '合格 祈願'. ◎

〈1987년 8월 5일 수요일 曇, 晴〉(윤6. 11.) (24°, 31°5″)
健康 正常 中. 食事도 良好. 아침行事 繼續 中. 讀書도 如一.
토끼집 大淸掃에 流汗 勞力했고.
今日도 井母와 함께 眼科 나가서 治療받은 것. ◎

〈1987년 8월 6일 목요일 晴, 曇〉(윤6. 12.) (23°, 30°)
'행운부동산' 잠간 나가 李, 鄭 2親旧와 情談 나누었고. 松은 책 購入次 서울 다녀오고. ◎

〈1987년 8월 7일 금요일 雨〉(윤6. 13.) (23°, 25°)
보일러 炭통 淸掃와 오일油 기름칠 作業에 午前 中 極限 勞力하여 마음 개운.
權殷澤 氏 招請으로 市內 나갔다가 不得已 濁酒 13日 만에 3合 程度 마셨고. 거의 終日 비 내린 셈.
弼 要請으로 제 동긔 間의 住民登錄番号 알려 주었고. ⓒ

〈1987년 8월 8일 토요일 曇, 晴〉(윤6. 14.) (23°, 27°)
낮 車로 未院 가서 소문난 '天然'알카리水 15리터(約 1말)쯤 받아왔고(처음).
陰城에 國校部 연식庭球 首位 차지한 것의 祝電했고(趙 교육장, 趙수봉 교장, 閔 남신).
日暮頃 室內 大淸掃. 오늘은 '立秋'. ◎

〈1987년 8월 9일 일요일 曇, 소나기, 晴〉(윤6. 15.) (22°, 25°)
오늘은 末伏. 伏 따름에 親人 要請에 依하여 비싼 点心 먹었고.
13時頃 날씨 急작이 變하여 왕비소나기와 우박 좀 내렸기도.
戶窓 淸掃와 화독 손질도.
日暮頃에 在應스님 모처럼 만에 왔고[14]…聞慶 윤필암에서 夏季 참선 마치고[15]. ◎

〈1987년 8월 10일 월요일 晴, 소나기〉(윤6. 16.) (19°, 28°)
朝食 後 11時까지 防銹油[16] 作業…화독, 炭用鐵機, 톱 等.
어제 왔던 在應스님(次女…姫) 낮 車로 또 가고~全北 井州 '성불암'으로…갈 때 그의 뒷모습[17].
井母와 함께 市內 가서 '정금사'에서 井母 "팔지" 18금으로 8万 원 붙여 바꾸고. '명시당' 가서 老眼 眼鏡 새로 맞추기도~9万 원으로. '동인치과' 들러 齒牙 治療받았고.
급작스런 소나기에 家庭의 여러 물건 적셨기도. ◎

〈1987년 8월 11일 화요일 曇, 晴〉(윤6. 17.) (21°, 26°)
午後 3時에 정금사 가서 어제의 팔지代金 80,000원 完拂했고(井母의 것).
國內 情勢론 勞使 분규로 勞役者까지 示威와 농성으로 極히 시끄러운 處地. ◎

〈1987년 8월 12일 수요일 晴〉(윤6. 18.) (23°, 30°)
기다리던 濠洲 杏한테서 편지 왔고.
椒井 가서 藥水 1말 程度 받아왔기도. 午後 4時~ 仝 6時 半. ⓒ

---

14) 원문에는 붉은색 색연필로 밑줄이 그어져 있다.

15) 원문에는 붉은색 색연필로 밑줄에 점선이 그어져 있다.

16) 방청유(防銹油): 금속에 녹이 스는 것을 막기 위해 바르는 기름.

17) 원문에는 붉은색 색연필로 밑줄이 그어져 있다.

〈1987년 8월 13일 목요일 晴〉(윤6. 19.) (21°5″, 31°5″)
房內 淸掃에 勞力하였고.
11日부터 날씨 좋아 장마는 이제 멀리 물러난 듯. 드문드문 흰 구름 높은 것으로 보아 가을 하늘 氣分인 것.
'忠淸日報'에 故鄕 金溪里 天水川에서 11日에 어린이 둘 溺死事故 실렸고. ◎

〈1987년 8월 14일 금요일 晴〉(윤6. 20.) (21°, 33°)
終日토록 讀書하다가 下午 6時에 米院 가서 藥水 1말 받아 歸家하니 소 9時 된 것. ◎

〈1987년 8월 15일 토요일 晴, 雨〉(윤6. 21.) (24°, 28°)
第42周年의 光復節~解放의 해 25歲였는데 67歲의 老軀…그래도 아직 民族, 國土統一이 안되어 恨. 6時 半에 國旗 揭揚하고 所願成就를 祈願.
母校(玉山普校) 同門會 總會에 參席…서울서 郭義榮(前 國會議員, 遞信部 長官) 氏도 參席. 任員 改選에 詮衡委員이 되어 活躍했고…會長 鄭海天, 副會長 權義澤, 監事 鄭海珉, 任昇爀. 동창會費 殘高 530,000. 午後 2時에 散會. 点心은 '미평식당'에서.
下午 6時 半부터 約 20分 間 소나기 되게 쏟아졌고~集中暴雨.
要請에 依하여 斜川洞 가서 尹洛鏞 柳海鎭 宋道天 朴會長과 同席 情談. ◎

〈1987년 8월 16일 일요일 曇, 雨〉(윤6. 22.)
友信親睦會에서 夫婦同伴 逍風키로 되어 7時 半에 社稷洞 車部 앞에 集結.
忠南 天原郡 木川 獨立記念館에 9時頃 到着[18]. 비는 8時부터 繼續 내렸고. 3時間 程度는 쏟아진 것. 午後 4時頃에야 멎은 셈. 觀光버스 等 1000余台. 天安까지 뻗쳐서 步行者도 많았고. 放送에 30余 萬 名이라고. 어제 第42周年 光復節을 기하여 開館式[19]. 第3館의 日帝侵略館을 볼 때는 和合精神은 싹 사라지고 敵愾心이 또다시 솟아 견디기 어려웠었고. 4年 걸려 竣工된 獨立기념館. 約 3時間 求景.
牙山灣 揷橋川 보고 그곳에서 点心. 李忠武公墓 찾아 參拜하고. 天安 거쳐 歸路에 江內 月谷 '教員大學校' 구경한 다음 入淸하여 夕食後 解散할 땐 20時. 一同 23名. 날은 구졌으나 구경 잘 한 것. 次男 紘이 雄信 덴고 淸州 왔고.
弼은 오늘 '한국일보' 記者試驗 본다는 날. ◎

〈1987년 8월 17일 월요일 雨, 曇, 晴〉(윤6. 23.) (24°, 30°5″)
어제 獨立記念館에서 본 것~겨레의 얼과 亡國의 恨, 光復의 기쁨, 日帝의 만행 보곤 몸서리쳐지고 분통 참을 길 없던 것. 臨政 要人 42명의 밀랍인형의 신기성 等 오늘도 머리에 사라지지 않아 關聯 新聞記事 다시 보기도. -所願 南北統一 祈願-
첫 새벽에 비 좀 내리고 13時까지 흐리더니 차차 맑게 개인 것.
19時부터 있는 在淸宗親會에 參席.
어제 왔던 次男 紘은 그나마의 事業(존슨존…

18) 원문에는 붉은색 색연필로 밑줄이 그어져 있다.
19) 원문에는 붉은색 색연필로 밑줄이 그어져 있다.

어린이化粧品 等)도 繼續 어려운 듯? ◎

〈1987년 8월 18일 화요일 晴〉(윤6. 24.) (22°5″)
前任地(柳浦里, 三鳳里) 다녀온 것~趙成珠 會長 찾아가서 人事 情談하고. 柳浦里 敬老堂 들려서도 答禮. 酒類 待接하고 歸家하니 日暮. 청주서 李士榮 答接.
16日에 왔던 沃川 孫子 雄信이 갔고. 運, 弼 消息 없어 궁금. ⓒ

〈1987년 8월 19일 수요일 晴〉(윤6.25.) (25°, 32°)
'한국일보' 記者試驗次 10余 日 前에 上京했던 魯弼이 오고~合格難인 듯.
午後에 市內 나가서 李빈모 鄭홍모 親友 만나 情談하기도. ⓒ

〈1987년 8월 20일 목요일 晴, 曇, 雨〉(윤6. 26.) (25°,)
山東國校 韓鼎植 校長 停年退任式에 參席~14時. 午後엔 繼續 비 내렸고. 校長團 辛酉會 旅行件으로 臨時會義 있었으나 安00의 固執發言으로 雰圍氣 圓滿치 못했던 것. ⓒ

〈1987년 8월 21일 금요일 晴〉(윤6. 27.) (23°,)
岐岩國民學校 宋錫彩 校長(辛酉會員) 停年退任式에 參席. 歸路에 淸州에서 酒幕에서 李00, 趙00 間에 若干 시끄러웠기도. 最初의 言約한 바와는 미안했고. ⓒ

〈1987년 8월 22일 토요일 曇, 晴〉(윤6. 28.) (23°5″, 31°)
陰城郡 大長國校 吳麟泳 교장 停年退任式에 參席.
運과 杏한테서 國際電話 왔다는 것…運은 24日 歸國. 杏은 安否. ⓒ

〈1987년 8월 23일 일요일 曇, 晴〉(윤6. 29.) (23°, 31°)
長甲國校 申東元 교장 停年退任式에 參席. 報恩邑서 大先輩 姜昌洙 先生, 金先九 先生의 招致로 酒類 待接 받기도…眞實한 旧情 고마웠고~46年 前에 三山校서 함께 勤務.
今日 点心과 몇 군데의 酒類 때문인지 속 若干 不便했던 것. ⓒ

〈1987년 8월 24일 월요일 曇, 雨〉(7. 1.) (23°, 29°)
淸原郡 三樂會 行事로 提原郡 鳳陽面 濯斯亭과 義林池 가 본 것. 晝食은 提川市內 상림집 거쳐 영화食堂에서 韓食 白飯으로 잘 먹었고. 一行 18名+3名. 모처럼의 列車旅行이 異色. 梧根場서 下車 무렵부터 비 많이 쏟아진 것. 22時 집에 到着.
사우디에서 5女(運)이 午後 5時 金浦空港 到着[20] 予定이 勞使紛糾 關契로 밤 11時 半頃에 着陸했다고 來電. 弼이 上京하여 제 누나 맞은 것. 서울 큰 애 집에서 留하고 明日 淸州 온다는 것. 無事到着 多幸. ⓒ

〈1987년 8월 25일 화요일 晴, 曇〉(7. 2.) (24°,)
沃川郡 和城國校 金甲年 校長 停年式에 參席. 報恩서 빵(800원)으로 点心. 歸路에 淸州서 韓相燮 尹成熙와 茶房에서 情談. 別席에서 李士와도 만났기도.

20) 원문에는 붉은색 색연필로 밑줄이 그어져 있다.

5女 運이 왔고~約婚 行事 寫眞도 持參. (勇敢히도 저 혼자 海外에서, 池 氏와).
井州 성불사에 머물렀던 在應스님도 왔고. 各級 學校 방학 마치고 어제 開學. ⓒ

〈1987년 8월 26일 수요일 曇, 晴〉(7. 3.) (22°5″, 30°5″)
運의 約婚 經過를 仔細히 알아보았고…池世男(忠州 池氏), 35歲, 四男째, 東國大 卒, 土木建築業, 經營學科 卒, 體格 普通, 人情 자상하다고. 偏母 侍下. 서울 城南이 본가. 生活程度 普通.
낮엔 未院 가서 '알카리水' 1말 받아왔고.
午後엔 6時 半부터 있는 材青玉普同窓會에 參席하고 夕食을 청주식당에서 會食. ⓒ

〈1987년 8월 27일 목요일 曇〉(7. 4.) (24°, 31°)
校峴國校 金燦寧 校長 停年植에 다녀왔고.
在應스님 만행차 釜山 梵魚寺 대성암으로 아침 8時 半에 向發-뒷모습 보고 또 마음 울적…無事安過를 빌 뿐.

〈1987년 8월 28일 금요일 雨, 曇〉(7. 5.) (23°,)
子正에 約 10分 間 비 내렸던 것. 새벽엔 1時 半 정도 繼續. 豪雨 注意報 내렸고. 日暮 後에도 또 한 차례 내리기도. 無心川 洪水.
月例納付金 完納~189,930원. 運이 서울 잠간 다녀온다고 出發. ◎

〈1987년 8월 29일 토요일 雨, 曇〉(7. 6.) (23°,)
金萬卿 禾谷校長 停年式에 參席. 아침부터 午後 1時 半까지 비 많이 내렸고.
弟 振榮과 함께 日暮頃에 故鄕 金溪 큰집 간 것…밤 12時에 伯父 忌祭 올렸고.
清州의 無心川, 玉山의 美湖川, 金溪의 天水川 벌창하게 흐르는 것. ⓒ

〈1987년 8월 30일 일요일 曇, 가끔 비〉(7. 7.) (23°5″, 26°5″)
近日 停年退任한 韓00 同甲親知에게 其後遺症 問議하니 亦 其 心情 同感이었고. 處理 矛盾에 遺憾 多大함에 원망스러운 것. 表現 못다하리니.
비는 每日 繼續. 今日은 七夕. 토끼잡기에 괴로운 마음 씻을 길 없었고. ◎

〈1987년 8월 31일 월요일 雨, 曇, 晴〉(7. 8.) (19°, 25°5″)
엊저녁부터 내리는 비 밤새도록~8時까지 繼續 되었고. 午前 中 오락가락 하더니 소 12時 지나서 차차 개이기 시작한 것.
28日에 上京했던 運이 오고. 밤엔 서울서 安否 電話 오기도. ◎

〈1987년 9월 1일 화요일 曇, 晴〉(7. 9.) (19°, 26°)
낮에 玉山 가서 運의 用途로 戶籍謄抄本과 洞事務所에서 住民謄抄本도 떼어 온 것. 井母와 함께 秋夕 송편用 솔잎 뽑아 가리기에 勞力했고. ⓒ

〈1987년 9월 2일 수요일 曇, 晴〉(7. 10.) (18°5″, 25°)
昨今까지 四書五經 通12券 數年 間에 걸쳐 通讀 完了[21]하고, 이어 '韓國의 自己發見' 再讀하

21) 원문에는 붉은색 색연필로 밑줄이 그어져 있다.

기 시작한 것.
米院 가서 '알카리水' 1斗 받아오고. 尹, 柳와 함께 3人 合席 情談 一盃. ⓒ

〈1987년 9월 3일 목요일 晴〉(7. 11.) (20°,)
5女 運의 約婚處 家庭 根據 알아볼려고 서울 거쳐 城南市까지 다녀온 것~忠州 池氏, 2女6男中 四男. 35歲. 高卒. 建築타일工(最初), 海外 사우디 28歲時, 人情 많고 剛直. 눈이 샛별 같음이 特徵이라고. 71歲의 偏母(密陽 朴氏), 原 故鄕은 黃海道 黃州. 倭政時에 江原道 長城으로 南下. 서울로 옮겨 現在는 城南市에서 居住. 基督教人…貧困家庭, 家庭 根據는 確實.
모처럼 列車로 往來, 統一号 敬老票로 偏道 900원. 鳥致院~서울間 1時間 30分 所要. 天安, 平澤, 水原驛만 停車. 10時頃 淸州發 回路 入淸 午後 9時 半. 家族(井母, 魯弼, 當事者 運)에게 다녀온 內容과 所感을 말했고~運의 答辯 '當本人의 品性에 依據 生活力 좋아지리라'고.
단잠 못잔 셈. ⓒ

〈1987년 9월 4일 금요일 曇, 晴〉(7. 12.) (18°,)
5女 運의 將來 생각에 머리 써져서 수심 생겨 각갑하기도.
午後엔 市內 나가서 '佛日會報' 5万 원 送金하여 平生 購讀 手續 松 앞으로 했고.
'행운부동산' 가서 李, 鄭 2親旧 만나 情談 나눴고.
井母는 송편 빚어 子息들 먹이기도…運, 松, 弼. ⓒ

〈1987년 9월 5일 토요일 曇, 가끔 비〉(7. 13.) (20°,)
鳳鳴洞事務所, 松亭派出所 가서 魯運 住民登錄證 再發給과 印鑑證明書 發給 手續을 한 것.
日暮頃에 서울서 큰 애 온 後 沃川서 둘째도, 우연히 5兄弟 다 모였으니 기적. 松의 婚談 관련 意思 충돌 있었기도. 큰 애는 밤이 새도록 제 동기(同氣) 아우들에게 當面 問題를 일일이 이해시키고 타일으고 訓戒했던 것. ⓒ

〈1987년 9월 6일 일요일 曇, 안개비〉(7. 14.) (20°, 25°)
運의 結婚 展望에 對하여 큰 애와 함께 夫婦는 善意로 긍정的으로 順行할 것을 協議.
큰 애 몸(속)이 괴로워 上京 予定을 明朝로 延期하고 푹 쉬도록 했고. 絃이 沃川 歸家. ⓒ

〈1987년 9월 7일 월요일 晴, 曇〉(7. 15.) (19°,)
몸 좀 편찮은 채 새벽에 自家用으로 上京한 큰 애한테서 無故하다는 來電에 마음 편했고.
柳海鎭 교장과 낮 버스로 米未院 가서 '淸湖알카리生水' 1斗 받아왔기도.
從兄님 入院 消息에 밤 11時에 問病~'한국병원' 310호. 故鄕 새마을事業時 負傷. ⓒ

〈1987년 9월 8일 화요일 晴〉(7. 16.) (19°5″,)
낮 버스로 單獨 椒井 가서 天然炭酸水 1斗 받아온 것. ⓒ

〈1987년 9월 9일 수요일 晴〉(7. 17.)
去 7日에 入院加療 中에 朝, 夕, 晝 2~3回 夜間도 問病中이고. 患處狀況은 多幸히도 惡化되지 않은 狀態인 듯. 65歲 老人 健康診斷에 井母와 함께 醫療院에 가서 受檢. ⓒ

〈1987년 9월 10일 목요일 晴〉(7. 18.) (, 27°)
한벌학교 가을운동회 몇 親旧와 參席하여 興味롭게 몇 時間 보낸 것. ⓒ

〈1987년 9월 12일 토요일 晴〉(7. 20.) (, 27°)
入院한 從兄 順調로히 治癒되어 6日 만에 無事 退院했고.
낮엔 8月 末로 停年退任한 金甲年 韓昇植 宋錫彩 吳麟泳 等을 淸原郡 三樂會(會長 盧載豊, 總務 李士榮)에서 加入 誘引의 意로 臨時會義가 있어 勸誘人의 資格으로 參席했던 것~장희빈茶室 外 2個 場所 거친 것. ×

〈1987년 9월 13일 일요일 晴〉(7. 21.) (, 27°)
三男 明이 醉中 來訪하여 까닭과 別條件 없이 뗑깡(행패)에 無限히 傷心[22]~ 四男 松과 五男 弼이나 子息된 道理에 極히 잘못한다고 나우나멀하였기도. ※

〈1987년 9월 14일 월요일 晴〉(7. 22.) (, 28°)
어제의 일로 精神 어지럽고 속이 상하여 今日도 형편대로 탁주 나우 마셨고. ※

〈1987년 9월 15일 화요일 晴〉(7. 23.) (, 28°)
複合症 再發로 終日 呻吟 臥病. ◎

〈1987년 9월 16일 수요일 晴〉(7. 24.) (, 28°)
三男 明이 아직 謝過 아니오고.
거의 終日 臥病 呻吟. 日暮頃 絃이 고기 사 갖고 잠간 다녀갔고. ◎

〈1987년 9월 17일 목요일 晴〉(7. 25.) (15°, 27°)
昨夜에 長子 井이 와서 運의 婚談說 云云에 正當 四個事項 말했고. 明의 행패엔 분개하면서도 참는 態度. 今日 出勤관계로 6時 發 車로 上京.
밀렸던 新聞 通讀~朝鮮日報 忠淸日報.
엊저녁부터 토끼먹이(아까시아 잎) 따오기 再着手. 今朝 새벽운동은 輕하게 施行. 모처럼 沐浴이지만 比較的 無難했고. 今朝 食事부턴 半量은 드는 셈.
19時부터 있는 在淸宗親會에 參席하고 '淸原祠' 竣工費 오늘도 五万 원整 喜捨하여 合計 拾万 원으로 完結[23]한 것. ◎

〈1987년 9월 18일 금요일 晴〉(7. 26.) (13°, 26°5″)
名日 사우디 向發할 5女 運의 짐꾸리기 等으로 午前 中 井母는 몹시 바쁘게 일 보는 것.
今朝 行事부터 正常 施行. 아침(日出 前) 氣溫 너무 푹 내려 13度까지 降下.
17平衡 住公아파트 나우 밑지고 850万 원에 明日 決定契約. 賣渡키로 合意. ◎

〈1987년 9월 19일 토요일 晴〉(7. 27.) (14°, 28°)
早起하여 佛經에서 今日 있을 2가지가 다 잘 成事됨을 祈願한 것~1은 五女 '運'의 海外(사우디)에 無事到着됨과, 2는 前 家屋(아파트 52~201)의 圓滿한 賣渡 契約 成立인 것.
運이 淸州發 16時, 서울 金浦空航(港)發 離陸 20時 40分. 運이가 空港에서 전화. 무거운 짐 3덩이. 막내 弼이가 空港까지 따라갔고. 서울 터미날서 空港까지 큰 애가 自家用으로 애

22) 원문에는 붉은색 색연필로 밑줄이 그어져 있다.

23) 원문에는 붉은색 색연필로 밑줄이 그어져 있다.

썼고. 3女(妊)도 金浦空港까지 왔었다는 消息 接했고. 無事와 將來 安住를 合掌祈願했고. 家庭에서 우연찮이 落淚도 나우.
아파트 願買說은 또 결렬되고. 健康 正常化. ◎

〈1987년 9월 20일 일요일 晴〉(7. 28.) (16°, 30°)
故鄕 金溪 가서 退院 後인 從兄님 뵙고. 前佐洞 가서 省墓 後 나의 자리(幽宅地) 될 곳도 予定해 보기도. 두무샘(二水井) 가선 姜 氏가 小耕作하는 田 作況 보왔으나 好調~참깨, 들깨, 땅콩. 안말 가선 族弟 時榮 만나 夏節事故(其 孫子 溺死) 慰安 人事했고.
큰집에서 点心 맛있게 먹고 15時 發 버스로 入淸. 집에 오니 <u>昨日 出發한 五女 運이 사우디 職場에 無事到着했다는 電話</u>[24] 왔대서 安心했고. ◎

〈1987년 9월 21일 월요일 晴〉(7. 29.) (18°, 29°)
도시락과 낫 等 持參하여 前佐里 山 가서 父母님 山所 伐草에 流汗 勞力하니 마음 爽快했고. 亡弟 墓도 加 손질. 奉事公 山所 가서도 省墓하고 禁草에 協助…山直人夫와 鐘形님 모두 合勢 勞力한 것. 昨今 날씨 낮끝엔 몹시 뜨거웠고.
제 끝째 누나 전송次 勞力하여 上京한 막동이 弼이 오늘 歸家. ◎

〈1987년 9월 22일 화요일 晴〉(7. 30.) (19°, 30°5″)
住公 52棟 201号 賣渡契約 成立~820万 원으로. 契約金 50万 원整 受領. 11月20日에 明渡形便 依據 幾百万 원 밑져서 파는 셈. 然而나 오랜 宿怨 풀려서 一部 개운한 点도 있는 편.
井母와 함께 市內 나가서 '정금사' 들려 賣金…膳物반지 12.5돈, 運한테 받은 純金 35g, 1,115,000원整 받아 '백합혼수방'에 老服(壽衣 一部 도포, 원삼)代와 運의 寢具값 等 630,000원 갚고余는 郡 農協에 預置한 것.
日暮頃에 米院 가서 '알카리生水' 받아오기에 고생 좀 했기도. ◎

〈1987년 9월 23일 수요일 晴〉(8. 1.) (16°, 27°)
午前 中에 椒井 가서 '炭酸水' 받아오고. 12時半부터 있는 淸原郡 三樂會 月例會에 參席하여 点心 會食. 낮 12時 前後 日蝕 現象 나타났고.
昨今 繼續 藥水물통 양팔 써서 運搬에 無理했던지 右側 팔 힘줄이 땡겨 痛症 甚해져서 걱정되기도. ◎

〈1987년 9월 24일 목요일 晴〉(8. 2.) (14°, 29°)
APT(52-201) 前貰者에 賣渡 契約 消息 傳했고.
井母와 市內 나가서 石油곤로 中形 11,000원에 사왔고. 보리쌀 1되는 600원.
同窓會員 鄭德來 만나 要請대로 소주 1병 待接했기도.
'幸運不動産' 가서 明日 行事에 內子 不參 事由 말한 것. ◎

〈1987년 9월 25일 금요일 晴, 가끔 비〉(8. 3.) (14°,)
井母가 어제 빚은 祭酒用에서 酒精 내음 나기도.

---

24) 원문에는 붉은색 색연필로 밑줄이 그어져 있다.

玉普同窓會[25]에서 夫婦同伴 旅行에 家庭形便上 井母는 못간 것~獨立記念館, 民俗博物館, 溫泉沐浴, 天安座佛像[26] 보고 入清 歸家하니 20時 半. 一行 13名.
井母는 班常會 當番으로 場所 마련과 參席班員 待接에 애쓴 것. ◎

〈1987년 9월 26일 토요일 曇, 晴〉(8. 4.) (11°5″, 18°5″)
校長團 辛酉會 月例會에 參席~次月부턴 21日로 固定. 土, 日曜日인 境遇엔 金曜日로 앞당기기로. 10月 24日에 逍風 予定(월정, 구룡). ◎

〈1987년 9월 27일 일요일 晴〉(8. 5.) (8°5″,)
아침버스로 井母와 함께 故鄕 金溪 갔다가 午後 5時에 入清 歸家~人夫 一名 사서 父母님 山所 周圍 伐木 作業한 것. 老 從形님도 補助. 품삯까지 13,000원 程度 費用 났고.
昨日부터 아침 氣溫은 相當 降下. 金溪 近方地方엔 어제 우박 와서 被害 많다는 것. ◎

〈1987년 9월 28일 월요일 晴〉(8. 6.) (12°, 25°5″)
秋夕 송편 빚을 솔잎 손질하기에 井母와 함께 아침부터 午後 3時 半까지 從事.
4日 前에 빚은 祭酒 잘 되어 오늘 낮에 떴고.
族長 勳鍾 氏 만나 酒類 誠意껏 待接하였기도.
五男 魯弼은 記者 試驗準備로 圖書館에 다니는 中이고. ⓒ

25) 원문에는 붉은색 색연필로 밑줄이 그어져 있다.
26) 원문에는 붉은색 색연필로 밑줄이 그어져 있다.

〈1987년 9월 29일 화요일 晴〉(8. 7.) (14°, 24°)
午前 中 讀書. 午後엔 東山에 가서 솔잎 따오고. 낮엔 一部 유리窓도 닦고. ⓒ

〈1987년 9월 30일 수요일 晴〉(8. 8.) (12°, 27°)
數時間 동안 송편 빚을 松葉 손질하기에 井母도와 勞力했고.
弼은 上京. 次男 絃이 고기 사 갖고 다녀가고.
날씨는 繼續 晴晴. ⓒ

〈1987년 10월 1일 목요일 晴〉(8. 9.) (14°, 27°)
沃川 가서 査頓 林在道 子婚에 人事 後 李善求 三陽校長과 情談 나누기도. ⓒ

〈1987년 10월 2일 금요일 晴〉(8. 10.) (12°5″,)
어제는 第39回 國軍의 날이었고. 井母와 함께 市場 가서 참깨 小 5升[27]에 23,000원, 밀 2말에 4,000원 쳐서 팔아왔던 것.
大韓三樂會 忠淸北道支會 87定期總會에 參席~10時부터 下午 4時 30分까지. 加德에 新築된 丹齋教育院에서 教大 李忠元 學長과 劉成鍾 教育監의 特講 있었고. 晝食 後 雲湖學園에서 學藝發表와 파티가 있어 230名 會員 즐겼던 것. ⓒ

〈1987년 10월 3일 토요일 晴〉(8. 11.) (16°5″,)
새벽 3時 半頃 三男 明의 家庭 不和로 今朝도 나우 傷心.
三男 明의 用心 좁은 탓을 어찌 나멀해야 옳을지. 새벽運動과 沐浴時 連하여 今日 生活經過過程 내내 氣分 울울했고.

27) 5되

낮엔 閔在基(內谷교장) 子婚에 人事. 下午엔 모처럼 山城도 다녀오기도.

〈1987년 10월 4일 일요일 晴〉(8. 12.) (12°, 29°5″)
새벽運動 時間에 社會體育振興會 忠北支部에 들려 登錄한 것~場所는 忠北體育館. 每日 6時부터 8時. 庭球, 테니스, 배드민턴, 에오로빅, 水泳. 9月 28日~11月 21日.
10時 半 發 버스로 故鄕 前佐洞 가서 先考墓 周圍 淸掃하고 왔고.
三男 明 夫婦의 不和 件에 訓戒와 아울러 慰安의 말하기도.
낮에 金溪선 同甲 宗親 大鍾 氏와 俊榮 氏 만나 情盃 나누었고. 弼이 서울서 오고. ⓒ

〈1987년 10월 5일 월요일 晴〉(8. 13.) (13°, 28°5″)
세째 子婦 데리고 中央眼科 다녀왔고(韓).
上,下層 化粧실 淸掃와 消毒에 勞力했기도.
井母는 秋夕節 祭物 마련으로 市場, 떡방앗간, 계피 빚기 等 바쁘게 活動. ◎

〈1987년 10월 6일 화요일 晴〉(8. 14.) (14°, 28°)
午前엔 椒井 가서 탄산수 1말. 午後엔 米院 가서 알카리 生水 1말 받아 오느라고. 땀 흘린 것.
井母는 季嫂와 둘째 子婦 덷고 송편 빚기에 바쁘고. 장 홍정 해드려오기에 땀 흘리는 듯.
沃川서 次男 絃이 家族 저녁나절 왔고 長男 井은 歸省客의 各種 車輛에 길 막히는 바람에 서울 5時間余 걸려 到着되었다고(밤 10時 좀 지나서 淸州 着). ◎

〈1987년 10월 7일 수요일 曇, 晴〉(8.15.) (20°, 27°5″)
日出 前에 큰 애 및 둘째와 함께 椒井 가서 藥水(炭酸水) 5통 받아 왔고.
秋夕 茶禮 지낸 後 5名(井, 絃, 弼, 振榮 帶同)은 故鄕 가서 省墓. 큰집도 들려 人事 마치고 午後에 入淸 歸家.
서울, 海外 있는 딸들한테 電話 인사 받았고.
秋夕名節 잘 지낸 셈. ⓒ

〈1987년 10월 8일 목요일 晴〉(8. 16.) (11°, 27°5″)
4日부터 잠시 새벽運動 方向을 忠北綜合體育館 廣場으로 마음 먹었기에 今朝도 갔던 바 主管側 任員들은 秋夕節 連休로 不參. 姜 氏 老人 夫婦는 만났고.
長男 井은 午前에 上京次 出發. 次男 絃은 午後에 沃川 向發. 큰 妻男 金泰鎬 人事次 와서 情談 後 夕食 마치고 간 것. 서울서 혼자된 3女(妊)이 子女 덷고 왔고.
낮엔 司倉洞 큰 妹 집(태양서점) 가서 情談後 点心 먹었기도.

〈1987년 10월 9일 금요일 晴〉(8. 17.) (13°, 28°)
어느 정께 應試하였는지도 모르는데 五男 魯弼이 '中央日報社' 記者試驗에 學科 一, 二次 合格되어 14日에 面接試驗 있다는 喜消息에 기쁜 마음 설레었고. ⓒ

〈1987년 10월 10일 토요일 晴〉(8. 18.) (15°, 30°)
外孫子(愼重奐)와 五男 魯弼이 데리고 湯에 가서 沐浴할 때 때 밀어주었고.
三女(妊) 上京 歸家. 낮에 次男 絃이 생닭과 人蔘 사 갖고 잠간 다녀갔다는 것.
날씨 繼續 맑으며 今日은 30度까지 上昇~여

름을 방불케 했고. ⓒ

〈1987년 10월 11일 일요일 晴〉(8. 19.) (15°, 27°)
기름보일러機 故障으로 三元아톰보일러에 알아보았으나 別無神通. 施工者 찾을 일.
울 안 동부넝쿨 等 어느 程度 걷어내어 整理하였고.
우연찮은 形便에 雜費 意外로 多額 들어가 찐한 마음에 自制해야 할 일. ⓒ

〈1987년 10월 12일 월요일 晴〉(8. 20.) (15°,)
用務 있어 모처럼 上京~鳥致院서 列車 統一号 敬老票로 800원 車費. 1時間 半 所要. 汝矣島 公務員管理(年金)工團 가서 生活安定金 貸付 內容 알아보고. 文井洞 가서 留. 高級 생선회 많이 맛있게 먹은 것. 큰 孫子 英信과 둘째 昌信의 全國高校生 모의考査成績 優秀~徽文高 1位, 全國 85000余名 中 18位. 300点 滿点에 284点. 모두 기뻐했고.
家屋建築費 中 住宅銀行 融資金 1,000万 원 것 600万 원整 큰 애 주고. 責任지기로 相約했기도. 銀行에 一時金으로 完拂 予定論 나와 新案으로 解決한 셈. ⓒ

〈1987년 10월 13일 화요일 晴〉(8. 21.)
큰 애 夫婦 出勤 車로 함께 出發하여 永登浦 거쳐 列車 統一号로 鳥致院 經由 入淸 歸家.
点心 後 舟城國校 가서 中央國校生 合奏班 3男 明이가 指揮하는 것 보았고.
기름보일라 溫水 不순환 中인 것 技術者 데려다가 修理復舊했고.
五男 魯弼이 저녁 高速으로 上京~受驗通過를 祈願했던 것. ◎

〈1987년 10월 14일 수요일 曇, 晴, 曇〉(8. 22.) (15°, 20°)
早朝 첫 새벽에 起床하여 五男 魯弼 面接試驗 順調 通過를 오늘도 108염주 들고 '관세음보살 보궁수 진언' "옴아자 미례 사바하" 부르며 祈願했고. 井母도 이어서 行하고.
서울 義榮 氏 自敍傳 發表 記念行事 16日 午後 6時 半에 世宗文化會館에서 있다고 招請 連絡 있고.
醫療保險證 更新에 井母 番号가 狀況變動(住民證 關聯) 있어 公團에 가서 訂正하였기도. ⓒ

〈1987년 10월 15일 목요일 가랑비, 曇〉(8. 23.) (16°5″, 20°5″)
同派之親戚 潤福 氏 別世에 人事次 金溪 다녀왔고.
杳 消息 오래 間 몰라 궁겁던次 편지 와서 安心한 것~答書도 發送하고. ⓒ

〈1987년 10월 16일 금요일 晴〉(8. 24.) (16°, 26°)
電擊的으로 서울 다녀온 것~午後 6時 半부터 있는 '靑岩 郭義榮 先生 喜壽 祝賀宴 및 自敍傳 出版 紀念會'에 參席했던 것. 上京時는 鳥致院서 列車 統一号로. 歸路는 俗離山高速버스로. 入淸 家庭 到着하니 밤 11時 半.
面接次 日 前에 上京한 五男 魯弼은 通過되지 못 하였다는 섭섭한 消息 있고. ⓒ

〈1987년 10월 17일 토요일 晴〉(8. 25.) (14°, 25°)
아침 버스로 金溪 가서 族弟 來榮 親喪 葬禮式에 參席. 15時에 入淸 歸家. 午後엔 椒井 가서 炭酸藥水 받아왔고.

去日에 上京했던 弼이 歸家. 弼이 記者試驗에 失敗(面接에서).
저녁엔 在淸宗親會 10月 定期會에 參席했기도. 歸路에 無心川 구경했고. ⓒ

〈1987년 10월 18일 일요일 曇〉(8. 26.) (15°5″,)
族親 漢應 子婚에 人事.
휘호大會에 온다는 沃川 孫女 '새실'이 안와서 궁금.
無心川 구경 再次한 듯~제29회 忠北藝術祭. ×

〈1987년 10월19~22일〉까지 濁酒 나우 마셨을 터. ※

〈1987년 10월 23일 금요일 晴〉(9. 1.)
三樂會 月例會에 參席하여 点心했고.
토끼 새끼 1마리 생산~어딘가 잘못된 듯. ※

〈1987년 10월 24일 토요일 晴〉(9. 2.)
18日에 있었던 휘호大會 '새실'이 入選~국교 4년인데 신통한 일.
辛酉會 行事에 參席하여 五台山 月精寺 등 다녀왔고. ×

〈1987년 10월 25일 일요일 晴〉(9. 3.)
天安의 妻弟, 서울 큰 처남 泰鎬, 작은 처남 댁 來訪 人事~청주用務 왔던 것.
속이 드놓기에 셋째 子婦(韓) 찾아가서 濁酒 달래 먹기도.
午後 3時부터 술 안 댔고. 밤 中부터 몸 극히 괴로운 것. ×

〈1987년 10월 26일 월요일 晴〉(9. 4.)
昨夜부터 臥病 呻吟~또 後悔한들 이미 늦은 것. 식사 전폐. ◎

〈1987년 10월 27일 화요일 晴〉(9. 5.) (7°, 20°)
改憲案 國民投票 實施되어 14時에 井母와 함께 가까스로 다녀온 것.
口味 없으나 억지로 낮부터 食事(죽) 若干 着手.
數日 間의 日記 자체 안돌아가는 것 억지로 쓰기도. ◎

〈1987년 10월 28일 수요일 晴〉(9. 6.) (6°, 21°)
아침운동으로 '베드민턴' 다시 배우기 시작.
沐浴 後 토끼 줄 綠飼料도 모처럼 쳐왔고.
午前 버스로 井母와 함께 椒井 가서 藥水 2말 받아왔기도.
金溪 가서 漢秀 큰 母親喪 있었음에 늦은 人事하고 歸家하니 18時.
며칠 만에 된밥으로 저녁食事 나우했고. 明日이면 健康 回復 完全히 될 듯. ◎

〈1987년 10월 29일 목요일 晴, 雨〉(9. 7.) (6°, 18°)
대원寫眞館, 幸運복덕방, 淸州市廳, 忠北銀行 等 두루 다니며 用務 보고. 月末 整理 거의 마치니 개운했고.
点心 食事를 돼지순대국밥으로 完食하니 過滿腹이나 마음 든든하기도.
午後 3時부터 부슬비 내리기 始作~밤 9時까지도 繼續~子正까지 가랑비 온 것.
오랜만에 토끼 1마리 잡아 夕食 반찬으로 맛있게 먹기는 했으나 딱하고 안쓰러운 생각에

不安感 不禁. ◎

〈1987년 10월 30일 금요일 曇, 雨〉(9. 8.) (16°, 18°5″)
어제부터 내리는 부슬비, 가랑비 今日까지 繼續.
魯弼은 用務 있다고 午後에 上京. (2시 반 차)
今日은 거의 讀書로 해 넘긴 셈. '한국의 자기발견' ◎

〈1987년 10월 31일 토요일 曇〉(9. 9.) (12°,)
요새의 새벽運動은 '베더민턴' 배우기 爲해 綜合體育場으로 다니는 중이고.
井母와 함께 거의 終日 求景한 셈~綜合體育館 앞에 展開된 忠淸北道 農産物展示場(市, 郡別) 둘러보고~農協中央會 忠淸北道支會 主催.
12時부터 있는 "88올림픽 성공 기원 대법회 및 세계 금강보살계 수계 대법회"에 參席 수계한 것~12時부터 午後 3時 半까지. 場所는 忠北 室內體育館. 보살 約 1,000名 參集. 世界的인 佛敎指導者 7個國의 큰 스님 10余 名 臨席(中華民國, 스리랑카, 日本, 泰國, 버마, 티벳트, 印度).
仝 野外食堂에서 井母와 함께 모처럼 會食해 보기도…丹陽郡 所屬 식당에서 5곡밥, 국밥, 부치개로 늦은 点心 및 저녁 겸.
日模頃엔 날씨 나우 쌀쌀해졌던 것. ◎

〈1987년 11월 1일 일요일 曇, 雨〉(9. 10.) (12°, 14°)
李永洙(前 校長) 子婚과 郭秉鍾 孫婚에 人事後 內德洞 김홍순(妻再堂姪) 집 찾아서 近日大事 있엇던 일 늦게나마 人事한 것.
읽어오던 나머지 '韓國의 自己發見' 完讀. ◎

〈1987년 11월 2일 월요일 雨, 曇〉(9. 11.) (12°,)
'破天舞'① 柳周鉉 著 읽기 시작.
上層 화장실 小窓유리 1枚 낌는 데 우연찮이 時間 많이 걸렸고.
실밥 타개진 구두 裵 氏 老人한테 500원에 修繕하여 신고 社稷洞 가서 俊榮兄 宅 들려 退院했다는 아주머니 만나 人事했기도. ◎

〈1987년 11월 3일 화요일 晴〉(9. 12.) (10°, 16°)
俊榮 氏 만나 三派 宗山 賣渡事件에 關聯 結審公判에 즈음 門長制度를 法院에서 證言하도록 願하기에 公正한 立場에서 傳統에 依한 대로 말함을 受諾. ◎

〈1987년 11월 4일 수요일 晴, 曇〉(9. 13.) (3°, 15°)
아침氣溫 3度까지 내려간 것. 日暮頃엔 갑작스레 가랑비까지 내리기도.
午後 3時에 明岩池 가서 國立 淸州博物館 開館 求景했고. 60余 億. 4万余 坪. 每 月曜日은 休館. 22代祖 蓮潭 賞蓮圖도 보아 기뻤고. ◎

〈1987년 11월 5일 목요일 晴〉(9. 14.) (4°, 10°)
오른팔 아파도 '베드민턴' 繼續하는 탓인지 아직 가라앉지 않아 痛症에 苦心中~藥水물통 들고 長距離 步行에 無理한 때부터 아프기 시작했던 것.
淨化漕 汚물 퍼내기에 數時間 勞力~땀 나우 흘렸고. ◎

〈1987년 11월 6일 금요일 晴〉(9. 15.) (0°, 14°)
今般 最低氣溫 今日 0°. 살얼음 얼었을 것. 낮엔 탁 풀려 14度.
井母 案內하여 淸州醫療院 다녀온 것~老人健康診斷에 간장질환으로 判定되어 2次 診療받도록 洞에서 通知 왔기에. 再次 血液 뽑은 것.
首都體育社 王社長으로부터 배드민턴 具 1双式 無料 膳物 받아 고맙고 한편 미안하였기도.
井母는 울 안 채소밭 周圍 손질 말끔히 잘 했고. ◎

〈1987년 11월 7일 토요일 雨, 晴〉(9. 16.) (4°, 12°)
이웃 姜 氏(離遠?) 老人 宅에서 日 前에 빌려준 배드민턴 채 고맙게 쓰고 返還.
朝鮮日報 西淸州支局長 만나 첫 人事交流하고 '日本 속의 韓民族史 탐방' 記事에 對하여 相議해 봤으나 未詳.
井母와 함께 市場에 나가서 반찬材料 장 홍정에 補助, 助力했고.
이웃 老人 2名(韓 氏, 金 氏) 만나 濁酒 待接하기도. 不得已 一飮. ⓒ

〈1987년 11월 8일 일요일 晴〉(9. 17.) (0°,)
金溪校 尹奉吉 校長 回甲宴 있어 二鶴食堂 가서 待接받고.
井母는 市內 가서 들깨 기름 짜오기도.
기름보이라 기름 새는 곳 T52-1471에서 技術者 와서 고친 것. ◎

〈1987년 11월 9일 월요일 雨, 晴〉(9. 18.) (6°,)
電擊的으로 서울 다녀온 것~朝鮮日報社 企劃 '渡日 歷史探訪' 手續次 갔더니 이미 去 7日에 票 賣盡되었대서 서울驛에서 卽時 回路했고.
요새의 아침 氣溫 나우 쌀쌀한 편. ◎

〈1987년 11월 10일 화요일 晴〉(9. 19.) (6°, 19°)
아침運動에 배드민턴 배우며 익히는 中~오른팔 아픈 中이나 興味 붙인 셈.
井母와 함께 社稷洞 가서 '현대수족관…高氏店'에서 家庭用 小形 어항(魚缸) 1個 25,000원에 사다가 居室에 놓은 것[28]~井母의 主張 周旋. ◎

〈1987년 11월 11일 수요일 晴〉(9. 20.) (6°, 21°)
終日토록 作業한 것~2層 마루 東편 壁에 붙여서 책꽂이 1m80cm길이[29]의 工作 勞動 마치고 敎職 平生에 읽었던 '새교육' 月刊 敎育誌 296券[30] 가지런히 꽂아 놓으니 寶物다웠고. 2重으로 꽂아 延長 꼭 3m. ◎

〈1987년 11월 12일 목요일 晴, 雨, 晴〉(9. 21.) (9°, 19°)
오른팔 痛症 있으나 아침운동의 배드민턴은 繼續.
어제부터 감기氣 있어 仝 藥 2次 分 服用하였어도 別無신통.
上京한 五男 弼이 2週間 서울 滯留 中. 某 會社에서 試驗 通知 오기도. ◎

〈1987년 11월 13일 금요일 曇〉(9. 22.) (12°, 19°)
거의 終日토록 小說(破天舞) 읽었고. 서울서

28) 원문에는 붉은색 색연필로 밑줄이 그어져 있다.
29) 원문에는 붉은색 색연필로 밑줄이 그어져 있다.
30) 원문에는 붉은색 색연필로 밑줄이 그어져 있다.

弼이 2週日 만에 온 것. 就職難에 奔走? ◎

〈1987년 11월 14일 토요일 晴〉(9. 23.) (9°, 20°)
'破天舞' 2券 읽기 시작.
洗濯機 故障으로 修理 써비스 指定店(金星代理店)에 다녀왔고.
五男 弼이 日暮頃에 버스로 서울 向發. ◎

〈1987년 11월 15일 일요일 晴〉(9. 24.) (6°, 15°)
今日도 平例 日曜日 行事 그대로 새벽運動 後 沐浴湯 가서 흠씬 불쿠고 씻고.
金聖九(文義中)校長 子婚에 人事次 禮式場 다녀오기도. ◎

〈1987년 11월 16일 월요일 曇〉(9. 25.) (7°, 13°)
미평 가서 金象鎬 鍼醫한테 오른팔 鍼 맞은 것~심(힘)줄 는 것이 아니라 關節痛이라고.
第13代 大統領候補 4名 登錄_盧泰愚(民正) 金泳三(民主) 金大中(平民) 金鍾泌(新民主共和). 12月 16日로 選擧日 確定 發表 났고. ⓒ

〈1987년 11월 17일 화요일 曇, 晴, 曇〉(9. 26.) (2°, 11°5″)
洗濯機(金星製) 修理되어 定置.
午後 6時 半부터 있는 在淸宗親會에 參席. ◎

〈1987년 11월 18일 수요일 晴, 雨, 曇〉(9. 27.) (2°5″, 12°)
미평 가서 第2回째 鍼 맞고 온 것(오른팔꿈치 痛症~關節痛)…午前 10時 半에 가서 5時間 後인 午後 3時 半에 맞고 歸家. 受鍼料 1回 3,000원. ◎

〈1987년 11월 19일 목요일 晴〉(9. 28.) (1°5″, 11°)
賣渡 契約된 鳳鳴洞 住公A.P.T 買受人 李 氏 앞으로 移轉登記 手續 書類 作成에 거의 終日 걸린 셈~市所管의 '土地台帳謄本 2通, 建축物管理台帳 2通', 洞事務所 所管인 '印鑑證明書 1통, 住民謄本 2통' 뗀 것. ◎

〈1987년 11월 20일 금요일 晴〉(9. 29.) (0°, 14°)
昨日 아침결에 '石內科醫院'에서 診察한 井母는 胃腸이 弱하니 죽을 먹으면서 數日 間 服用할 藥만 가져왔던 것. 消化劑 等 胃腸藥은 서울서 準備해 온 것을 비롯 多種 多量 保有되어 있기도.
賣却된 아파트 殘金 完受하여 820万 원에 通帳 것 80万 원 引出해서 專貰 900万 원整 返還 完結 지우니 개운했고. A.P.T. 移轉登記用 書類도 一切 作成 넘겨줬고.
井母와 市場 나가서 무우 몇 다발 사다가 묻었기도.
밤 영時까지 松이 歸家치 않아 궁겁더니 새 1시(11.21) 正刻에 온 것~安心…今日(20日) 研究授業 잘 된 後 즐거운 마음에서 同僚職員들에 딸려 無理하게 時間넘도록 노는 판에서 빠져 나왔다는 것. 술, 담배 전혀 안 먹는 特異兒. ◎

〈1987년 11월 21일 토요일 晴〉(10. 1.) (4°, 17°)
昨夜(7시~9시) 忠北 社會體育振興회 所管으로 男女 10余名은 今日의 行事 終了에 앞서 體育指導者(金, 朴, 安, 陳)들에게 茶菓會 열어 謝禮했기도~準備運動, 에어로빅, 배드민턴~一同을 代表하여 謝禮人事했던 것.

司法書士 朴壹煥 事務室 가서 아파트 52棟 201号 買受者 李 氏에 移轉登記 手續에 協調했고…土地臺帳 追加떼기, 書類捺印 等. 소 諸經費 23,000원쯤 所要.
日暮頃 서울서 큰 애 왔고~멸치 젓국도 持參. 밤엔 아우 振榮과 친구 李某 教師와 함께 잠간 다녀갔기도. ◎

〈1987년 11월 22일 일요일 晴〉(10. 2.) (2°5″,)
家屋 上下層間 보일러 透水壁 修理 着手~族弟 大榮修理工 外 一名.
午前부터 慶弔人事에 바빴던 것~吳倉均(회남) 子婚, 郭유종(금계) 女婚, 權再植(來院校) 女婚, 宋錫彩(辛酉會) 女婚.
午後 3時엔 俊兄과 함께 梧倉面 中新里 가서 故 鄭泰燮 梧倉校長 別世에 弔問한 것. 昨日 왔던 큰 애 井은 10時쯤 上京. ⓒ

〈1987년 11월 23일 월요일 晴〉(10. 3.) (8°,)
中始祖(22代祖 密直公) 時享에 參與하여 祝官했고(眞靜公). ……明岩약수터.
日暮頃에 市廳 가서 去 土曜日에 接受됐던 移轉登記用 土地臺帳 등 아파트關聯 26通 族弟 石榮(地積係長) 努力으로 잘 찾아 朴壹煥司法書士 事務室에 接受시켜 完了했고.
'요그리트[요구르트]'로 變用키 爲한 우유 받기 시작[31]…井母用.

〈1987년 11월 24일 화요일 晴〉(10. 4.) (1°5″,)
李彰洙 石橋校長 집에 李士榮과 함께 찾아가서 問病했고.

老人 우대증 紛失되어 再發給 받은 것…洞事務室(所).
2層 北壁 天幕窓 5万 원에 工事 마쳤고~우진工業社에서.
第十六代祖 兵使公을 비롯 累代 時祭 祝文抄 뽑아보기에 深夜 努力. ◎

〈1987년 11월 25일 수요일 晴〉(10. 5.) (1°5″,)
10時 半 버스로 水落里 가서 16代祖 文兵事公 時祭에 參禮하여 大祝했고.
歸路에 四從叔 漢昇 氏 모시고 오다가 族長 時鍾 氏 집에서 座談 後 夕食까지도. ⓒ

〈1987년 11월 26일 목요일 晴, 曇〉(10. 6.) (0°, 15°)
大田 사시는 四從叔(漢昇 氏) 時鍾 氏 宅에서 留하셔서 早朝에 모셔와서 朝食을 待接하고 金溪에 함께 가서 15代祖 栢隱公…新溪間洞, 14代祖 司直公…鷄木洞 時享에 參祀하고 下午 3時발 버스로 淸州 向發.
下午 6時부터 있는 玉山普校 同窓會에 參席하여 夕食을 會食. 前前週末에 上京했던 五男 魯弼이 오고. ⓒ

〈1987년 11월 27일 금요일 雨〉(10. 7.) (7°5″, 9°)
13代祖 時享에 다녀 온 것~11時부터 13時. 墻東山直 金玉賢, 雨天으로 집에서 行事. 祭官 6名. 거의 終日토록 부슬비 내린 셈. ⓒ

〈1987년 11월 28일 토요일 曇, 晴〉(10. 8.) (-0°5″, 0°)
井母와 함께 故鄕 金溪 다녀옴~9時 出發, 17時 歸家. 12代祖(奉事公), 11代祖, 10代祖 時

31) 원문에는 붉은색 색연필로 밑줄이 그어져 있다.

享 참사한 것. 終日 零度 氣溫 추웠고.

〈1987년 11월 29일 일요일 晴〉(10. 9.) (-5°, -1°)
今日의 氣溫 終日토록 零下圈.
今日로 時享行事 마친 것~奉事公 山所 前後의 9代祖, 6代祖(破垈山), 墻東里 曲水 뒤 望德山 8代祖(東), 7代祖(西), 5代祖(高祖…守默墓右直上). 下午 4時頃에 마치고 큰집에 와서 食事하고 入清 歸家하니 7시頃. 終日 山에 떨은 셈.

〈1987년 11월 30일 월요일 晴〉(10. 10.) (-7°,)
兪載春 清原郡教育長으로부터 本郡內 三樂會員 招待하기에 參席한 것~12시부터 点心, 約 30名, 巨龜莊.
長孫 英信이 大入에 서울大 藥大 志願 確認[32] 하고 通過를 祈願. ◎

〈1987년 12월 1일 화요일 晴〉(10. 11.) (-5°, -2°)
明岩약수터 族兄 振榮 宅 찾아가서 6日 行事 主禮 不可能하다고 말하고 온 것. ◎

〈1987년 12월 2일 수요일 晴〉(10. 12.) (-8°, 1°5″)
五男 魯弼의 臨時就職書類 具備했고. 今朝는 教大강당 가서 배드민턴[33].
日暮 後 次男 絃이가 반찬用 海物 나우 사 가지고 왔던 것. 夕食 後 8時頃 沃川 向發. ◎

〈1987년 12월 3일 목요일 雪, 晴〉(10. 13.) (-2°, 2°5″)
첫 눈(初雪) 내리고~約 4cm.
數時間 동안 家內 清掃에 勞力~玄關 바닥과 入口階段 居室南쪽 큰 유리門 4個 等.
魯弼은 8時 半頃 서울 向發.(某會社 面接이라나) ◎

〈1987년 12월 4일 금요일 晴〉(10. 14.) (-4°, 3°5″)
미평洞 가서 金泰鎬 漢醫한테 鍼 맞은 것(第3次 右側 팔 痛症).
어제 서울 갔던 魯弼이 오고. ◎

〈1987년 12월 5일 토요일 晴〉(10. 15.) (-0°5″,)
金丙鎬(文白校) 校監의 子弟 '雄時'의 漢醫師로서 市內 內德洞에 '벧엘漢醫院' 開業式을 갖게 되어 人事次 다녀왔고.
室內體育館 가서 國樂園(院)生들의 四物놀이 求景 갔었으나 初頭에 나와 버렸기도.
서울서 큰 애 와서 陰10月21日 제 母親 生辰日을 形便上 今明日로 당겨서 夕食을 불고기집(강서면옥)에 全員 參席 會食한 것…老夫婦, 井, 明, 松, 弼, 振榮, 큰 妹(才榮), 큰 애 全担 100,000원 經費 난 듯. 次男 絃이도 밤에 (쇠간 사 가지고). ⓒ

〈1987년 12월 6일 일요일 晴〉(10. 16.) (-2°, 6°)
報恩 弟子 金鳳洙 女婚에 連絡 있어 大田驛 近處의 국도예식장까지 다녀온 것.
서울 큰 애 朝食 後 上京.(昨 夕飯會食 "불고기"代 10万 원쯤 經費났다는 듯) ⓒ

〈1987년 12월 7일 월요일 晴〉(10. 17.) (-2°5″, 7°)
요샌 繼續 教大 講堂서 배드민턴으로 早朝運

---

32) 원문에는 붉은색 색연필로 밑줄이 그어져 있다.
33) 원문에는 붉은색 색연필로 밑줄이 그어져 있다.

動하는 것~7시부터 8시까지.
'破天舞' 2券 讀破했고. ◎

〈1987년 12월 8일 화요일 曇〉(10. 18.) (-0°5″, 6°5″)
鳳鳴洞(24, 25, 26統) 敬老잔치에 夫婦 參席하여 点心 待接받기도. 申洞長 와서 人事.
玉山面에 가서 魯弼의 身元證明書 떼고 朴面長 만나 情談 나누기도. ◎

〈1987년 12월 9일 수요일 曇, 晴〉(10. 19.) (-0°1″, 9°5″)
教大 강당 가서 배드민턴으로 새벽運動 繼續中. 오른팔 痛症은 아직 낫지 않았고.
'파천무' 셋째 권 읽는 中. ◎

〈1987년 12월 10일 목요일 晴, 曇〉(10. 20.) (0°, 10°)
庭園花草木에 越冬對策으로 몇 나무를 짚으로 싸맸고.
市內 나갔다가 旧親 槐山生 金奎赫 만나 應待. 答接도. 高校入試日. ⓒ

〈1987년 12월 11일 금요일 晴〉(10. 21.) (-2°5″, 3°)
井母의 生日(滿 67歲). 셋째(明)들 집에서 一同 朝食했고. 제 姑母와 叔母도 초청.
自轉車 補修~信號鐘 달고, 헤드라이트用 發電機 更新.
魯弼이 上京.
女息들한테서 모두 人事와 安否 電話 오고~'제 모친 生辰 인사'…長女(서울), 次女(성불암), 參女(서울), 4女(호주), 5女(사우디). 在應스님한테선 小包(김)도 부쳐왔고.

〈1987년 12월 12일 토요일 晴〉(10. 22.) (-7°, 4°)
12時부터 있는 三樂會에 參席하여 点心 잘 먹었고. 場所는 巨龜莊. 淸原郡 會員 約 30名 參集. 点心값 某人(?)이 待接한다는 듯. (某 후보자)
梧仙校 5學年 生 女子어린이 3人 제 擔任 金潮順 女教師 宅 찾기에 버스 태워 가르쳐 주었고. ◎

〈1987년 12월 13일 일요일 晴〉(10. 23.) (-5°, 5°5″)
오른팔굼치 아파도 教大까지 自轉車로 달려서 배드민턴 繼續 치는 興味 좋은 편.
午前에 椒井 가서 藥水 약 1말 받아오고. 点心後엔 井母와 '金星忠北代理店' 가서 '압력밥솥' 21,000원에 사오기도. ◎

〈1987년 12월 14일 월요일 晴〉(10. 24.) (-5°, 6°)
2層壁 代用 天幕門 값을 井母가 支拂. 工事는 어제 했고.
연수堂 漢藥房 가서 井母의 補藥 1제(50,000) 짓고. 처음으로 부자(附子) 若干 5,000원어치 샀기도. '청주병원' 가서 오른팔굼치 痛症 診察하고 注射 鍼 藥~6,950원 治療費.
겨울用 잠바 下等品(11,000) 처음으로 사 입어보고.
日 前에 上京했던 魯弼이 오고.

〈1987년 12월 15일 화요일 曇, 안개비〉(10. 25.) (1°, 7°)
第13代 大統領 選擧 앞으로 하루~記號 1 盧

泰愚(民正黨), 2 金泳三(民主黨), 3 金大中(平民黨) 4 金鍾泌(共和黨).
孔炭 400장 枚当 187원씩으로 搬入.
'청주병원' 가서 第2次로 注射와 鍼 治療. 治療費 690원.
南州洞 安會長(早起會크럽) 招請으로 '浦項食堂'에서 夕食 應待~明日의 大統領選擧 關聯인 듯. ○井母 服用用 '요그리트' 日当 2個씩(140원) 받기 시작[34]. ◎

〈1987년 12월 16일 수요일 晴〉(10. 26.) (-1°, 4°)
第13代 大統領選擧[35]에 井母와 함께 投票所인 洞事務所에 12時께 나가 投票했고.
四從叔 漢斌 氏 生日 招待 있어 昌榮 집에서 飮食 들은 것. 其外 數名 合席 會食.
밤 12市 現在 大統領候補 選擧 開票 結果 1位 盧泰愚 160万票, 2位 金泳三 90万票, 3位 金大中 70万票, 4位 金鍾泌 30万票. ⓒ

〈1987년 12월 17일 목요일 晴〉(10. 27.) (1°, 9°)
새벽 5時 現在 1位 盧후보 490万票, 2位 金泳후보 300万票, 3位 金大 250万票, 4位 金鍾 후보 150万票.
낮 12時 버스로 玉山 가서 戶籍謄本 떼어 오고~魯弼用.
18時 30分부터 있는 淸州宗親會에 參席하여 會議中 臨時議長 보았고. 場所 청주식당.
午後 6時 現在로 第13代 大統領 當選 確定-盧泰愚후보 780万票로[36]. 金泳三 후보 580万票. 金大中 후보 560万票. 金鍾筆 후보 170万票.
밤 12시엔[37] 盧 800万, 金泳 600万, 金大 580万, 金종 180万표[38].
今日은 五女 魯運이 海外 사우디에서 結婚式[39]이 있게 된다고. 現場 못봄이 恨歎. 婿郎 姓名은 池世男이라고. 將來 幸福을 빌 뿐. ⓒ

〈1987년 12월 18일 금요일 晴〉(10. 28.) (-3°,)
斜川洞 敬老堂 尋訪하여 尹洛鏞 柳海鎭 만나고 朴會長과 宋老人의 合同 厚待 받으며 日暮頃까지 情談했고. 歸路에 瑞雲洞에서 柳校長 應待. ⓒ

〈1987년 12월 19일 토요일 晴, 曇〉(10. 29.) (0°, 7°5")
敎大 講堂에서 있는 배드민턴크럽에 繼續 出席中~운동 삼아 普通 치는 程度의 實力.
'破天舞' 3券 通讀 中.
日暮頃에 中央藥房 申 氏 집 잠간 다녀왔고~時局動向 野黨派 이야기 있는 것. ⓒ

〈1987년 12월 20일 일요일 晴〉(10. 30.) (0°, 6°)
族孫 丁在(栢洞) 女婚. 族弟 應榮(同派) 子婚 있어 井母와 함께 式場에 參席.
上記禮式場 人事 마치고 從兄, 俊兄, 時榮, 泰鍾에 別席에 招致하여 一杯나누면서 座談~大統領選擧 結果論, 三派 宗山 問題, 在淸宗親會 狀況 等. ⓒ

34) 원문에는 붉은색 색연필로 밑줄이 그어져 있다.
35) 원문에는 붉은색 색연필로 밑줄이 그어져 있다.
36) 원문에는 붉은색 색연필로 밑줄이 그어져 있다.
37) 원문에는 붉은색 색연필로 점선이 그어져 있다.
38) 원문에는 붉은색 색연필로 밑줄이 그어져 있다.
39) 원문에는 붉은색 색연필로 밑줄이 그어져 있다.

〈1987년 12월 21일 월요일 晴〉(11. 1.) (0°, 9°)
井母는 설 祭酒 資料 빚느라고 바쁜 듯. 弼은 上京次 8時頃 나갔고.
88大學入試者 予備召集日이어서 長孫 英信이 서울大에 다녀올 것이어서.
辛酉會 月例會에 參席~12時. 8名 參與(朴. 李 不參), 場所 '中央會館× 삼원회관'.
夕食은 秀谷洞서 韓食으로 맛있게 먹은 것. ⓒ

〈1987년 12월 22일 화요일 曇, 晴〉(11. 2.) (1°5″, 7°)
冬至. 長孫 '英信'이 서울大 藥大 試驗日[40]. 잘 보도록 心靈的 祈禱. 受驗時間 8.40~17.10. 午後 7時에 正答 發表. 仝 8時에 서울 連絡하니 310点쯤으로 安心될 듯[41]. ⓒ

〈1987년 12월 23일 수요일 晴〉(11. 3.) (-2°, 9°5″)
教大講堂 事情(昨今 大學入試)으로 無心川邊에서 배드민턴 쳤고.
清州環境 車 와서 糞尿淨化 清掃하고 其 料金 15,000원 支拂한 것.
松은 圖書 購入次 서울 다녀오기도. ⓒ

〈1987년 12월 24일 목요일 晴〉(11. 4.) (-2°, 10°5″)
배드민턴 實力 普通 程度 되어 興味 있는 셈. 께임에도 初入 段階되고.
年賀狀 쓰기 시작했고. ◎

〈1987년 12월 25일 금요일 曇, 晴〉(11. 5.) (5°,)
鳥致院 經由 統一号 列車로 上京. 鐘路 3街 '福印堂(韓 氏)' 찾아가서 大統領 下賜品인 옥돌 印章으로 長孫 英信의 高校卒業 및 서울大 入學記念으로 새기도록 10,000원 주고 부탁.
文井洞엔 午後 6時 半에 到着. 큰 애 집에 큰 女息 夫婦와 어린이 3男妹, 3女와 어린이 男妹 와서 大食口 夕食을 會食. 深夜에 딸들 모두 歸家하고. ◎

〈1987년 12월 26일 토요일 晴〉(11. 6.)
英信의 둘째 外叔 結婚式 있대서 江南區 某 聖堂에 가서 人事 치뤘던 것.
下午 5時頃에 清州 到着하여 '友信會'와 '玉普會'에 參席하였고.
서울 갔던 魯弼이도 歸家.

〈1987년 12월 27일 일요일 晴〉(11. 7.) (1°, 11°)
井母와 함께 故鄉 金溪 가서 小作料 받아 完結 짓기도~두무샘밭(쌀 1가마 半 작정을 作況 좋았으나 結實 나빴다고 1가마값 분치 70,000원 쳤고). 둑너머밭(집터 쌀 6말을 5말로 變更하여 斗当 8,500원씩 쳐서 42,500원. 耕作料는 쌀(아끼바레 5말) 가져왔기에 清州로 運搬한 것.
水落里 가서 李晳均 母親喪에 弔問했고.
族叔 漢虹 氏 來訪하여 故鄉 金溪 診療所 年末 慰勞條로 相議하시기에 10,000원 喜捨했기도. ⓒ

〈1987년 12월 28일 월요일 晴〉(11. 8.) (5°, 15°)
今朝 운동의 '배드민턴'은 너무 時間 길었던 것~약 2時間 程度나.
아침버스로 魯弼이 上京. 會社側에서 日暮 後

40) 원문에는 붉은색 색연필로 밑줄이 그어져 있다.
41) 원문에는 붉은색 색연필로 밑줄이 그어져 있다.

來電 最終合格이니 明日 午後 3時까지 入社하라고.
今日 낮 氣溫 15度…봄철 날씨 같았던 것. ◎

〈1987년 12월 29일 화요일 曇〉(11. 9.) (8°, 12°)
井母는 설用 흰떡 1말 程度 빚느라고 아침 내내 바빴던 것.
年賀狀의 發送 및 소 答禮狀 거의 마무리 짓느라고 여러 장 쓴 셈.
어제 上京했던 魯弼이 初저녁에 歸家~'대유證券會社' 社員試驗에 合格(7名 選拔에 應試者 1500余 名이라고)하여 잠정的 職場生活場인 듯.
나비形 넥타이 2個 만들어봤기도. ⓒ

〈1987년 12월 30일 수요일 晴〉(11. 10.) (-3°, 1°)
月末(年末) 整理로 月例 納稅. 來 3日에 있을 宗親同甲稧金 引出 元利金 마련.
2層房 整頓 및 淸掃…明日에 客地 아이들 올 것 對備策.

〈1987년 12월 31일 목요일 晴〉(11. 11.) (-8°, 2°)
名節 세려고 모두 모였고. 서울 큰 애 家族 一同. 沃川 둘째 家族 一同, 子婦 3人과 弟嫂는 祭物 準備 마련에 勞力했고. ⓒ

*1987年 略記
○教職 46年 마치고 停年(41年~87年)…教師 8年, 校監 8年, 校長 30年.余生을 2個 事項으로 마음 먹고 實踐에 着手~①健康維持生活(새벽運動, 週 一回 沐浴, 朝夕으로 몸淸潔, 家事 돕기) ②讀書生活(四書五經의 完讀, 柳周鉉著 歷史小說을 비롯한 諸 圖書通讀).
○五男(魯弼) 軍隊 除隊하고 記者生活 目標로 硏鑽中이고.
○長孫 英信 서울大 入試에 合格 可能…88. 1. 4日에 發表 予定
○五女(魯運) 海外서 不得已 結婚(사우디 領事館 周旋으로).
○18年 만에 直選制로 第13代 大統領 選擧 치르고-當選者 盧泰愚.
○12月 上旬에 눈(雪) 若干 내렸을 뿐이고 年事(農事)는 普通이나 忠北을 除外하고는 長期 霖雨로 水害 많았던 것.
○鳳鳴洞 家屋 新築한 제 二年째로 比較的 全家族 無故한 中이어서 天地神明께 深謝할 뿐.
以上

1988년

〈일기상단여백〉
1988年. 단기 4321년. 佛紀 2532年. 孔夫子誕降 2539年. 戊辰年.

〈1988년 1월 1일 금요일 晴, 曇〉(11. 12.) (-5°, 0°)
4時에 佛供. 6時 半부터 7時 半까지 새벽運動(孫子 雄信 正旭 새실~4km 驅步 參與).
9時에 설 茶禮 施行. 子, 弟, 姪, 孫, 祭者 많았고. 歲拜도 베풀어졌고. 11時에 큰 애 自家用 차로 故鄕 向發. 長子, 次子, 弟 振榮 함께 省墓. 從兄 宅과 再從兄嫂 宅까지 다녀온 것.
새해 들어 健康生活과 讀書時間 많도록 마음 먹고. 未婚子女 成就토록….
밤엔 海外 있는 杏(濠洲), 運(사우디)한테서 새해(설) 인사電話 왔었기도. ⓒ

〈1988년 1월 2일 토요일 曇, 晴〉(11. 13.) (-1°,)
故鄕 爲親稧 第22回 總會에 參席. 有司 郭魯樽 집, 稧財 白米 10말, 現金 223,000원. 明年 有司 郭中榮, 郭周榮, 郭珍相.
서울 家族, 沃川 家族 모두 午後에 各己 歸家. 族姪 魯植 新加入 承認. ⓒ

〈1988년 1월 3일 일요일 晴〉(11. 14.) (-3°,)
淸州 氏宗 同甲(辛酉)稧 有司 責任 있어 鳳鳴 自宅에서 招致 家屋 紹介와 酒肉, 晝食 待接 誠意있게 치뤘고. 6名 中 大鍾 氏만 不參. 稧財 418,000원. ⓒ

〈1988년 1월 4일 월요일 晴〉(11. 15.) (0°, 5°)
기다리던 喜報 10時에 長孫 '英信'이 서울大學校에 合格[1](藥大)이라고 기별 왔고.
椒井 가서 藥水 1말 받아오기도.

〈1988년 1월 5일 화요일 晴〉(11. 16.) (-6°,)
故鄕 金溪 가서 四派宗稧에 參席[2]~有司 郭起鍾. 宗財 532,000원. 14代祖(鶴木洞) 山所 莎草를 明春에 하도록 決議.
日暮頃에 入淸하여 俊兄과 李明世 面長의 厚待에 答接 費用 나우 나기도. ⓒ

〈1988년 1월 6일 수요일 晴〉(11. 17.) (-6°, 4°)
井模와 함께 市內 나가서 銀行預金분치 87年末 利子 計算된 것 確認하여 보았기도. ⓒ

〈1988년 1월 7일 목요일 曇〉(11. 18.) (-3°, 3°)
낮에 우체국 거쳐 歸路 中 池氏 代書를 만나 其外 數人과 함께 濁酒로 交杯 人事 나누었고. ⓒ

1) 원문에는 붉은색 색연필로 밑줄이 그어져 있다.
2) 원문에는 붉은색 색연필로 밑줄이 그어져 있다.

〈1988년 1월 8일 금요일 曇, 가랑비, 雪2cm〉(11. 19.) (1°5″, 8°)
停年時에 膳物이었던 '靈芝버섯'[3] 150g. 服用 1個月치 달이기 始作했고.

〈1988년 1월 9일 토요일 晴〉(11. 20.) (-3°, -1°)
濠洲 杏한테서 200불(10余 万 원) 手票 오고. 서울 福印堂에서 去 12. 25 부탁한 英信 印章 入手[4]. 弼 오고. ⓒ

〈1988년 1월 10일 일요일 晴〉(11. 21.) (-9°, -1°)
昨日 日暮頃 權殷澤 招請 應待 一杯로 早起起床에 머리 좀 개운치 않았고.
어제 到着한 書信(濠洲의 杏, 서울 福印堂 韓社長)~새벽에 回信 써서 發送.
五男 魯弼이 '대유證券會社' 入社次 上京[5].
在職時 同僚職員 來訪 歲拜에 深謝~申경주, 金휘웅, 李영순, 金조순 敎師…고마운 분들. ⓒ

〈1988년 1월 11일 월요일 晴〉(11. 22.) (-8°5″, 3°)
井母와 함께 市內 가서 杏한테서 부쳐온 手票 우리 韓貨로 11万 1,200원 찾아 再貯蓄[6]토록 했고.
內德洞 가서 印慶堂?에서 五男 弼과 次孫 昌信의 印鑑 도장 새[7]긴 것.

〈1988년 1월 12일 화요일 晴〉(11. 23.) (-4°, 8°)
敎大 강당 배드민턴 繼續 中. 7시~8시 30분. 낮 氣溫 봄 날씨 같았고. ◎

〈1988년 1월 13일 수요일 晴, 曇〉(11. 24.) (0°, 5°)
柳周鉉 著 '破天舞' 今日로서 3券까지 完讀. '慟哭' 第1券 읽기 着手. '행운부동산' 다녀오고. ◎

〈1988년 1월 14일 목요일 曇, 雨〉(11. 25.) (2°, 11°)
社稷洞 '幸運福德房…李斌模, 鄭弘模' 잠간 다녀가고. 어제 잠간 다녀간 紘이 오늘 沃川에. 井模는 스텐食器類 닦기에 거의 終日 勞力했던 것. ⓒ

〈1988년 1월 15일 금요일 曇, 晴〉(11. 26.) (6°, 8°)
早朝運動 繼續 中. 柳周鉉 著 歷史小說 精讀中이기도. 數日 間 날씨 푹했고. ◎

〈1988년 1월 16일 토요일 晴〉(11. 27.) (-1°5″, 3°5″)
2層 房과 窓 淸掃에 勞力했고. 큰 妹夫(朴琮圭) 쌀 1말 갖고 오기도. 日暮 後 弼이 서울서 오고. 3女도 重奐 男妹, 2째 子婦(林)도 새실 男妹 데리고 온 것. ◎

〈1988년 1월 17일 일요일 晴〉(11. 28.) (-5°,)
人事 다니기에 바빴던 것~史龍基(猪山校長) 子婚과 佳陽里 李成宰 子婚에 參席 人事 後 江外面 宮坪里2區 가서 燕岐 再從妹(亡李鎭熙

3) 원문에는 붉은색 색연필로 밑줄이 그어져 있다.
4) 원문에는 붉은색 색연필로 밑줄이 그어져 있다.
5) 원문에는 붉은색 색연필로 밑줄이 그어져 있다.
6) 원문에는 붉은색 색연필로 밑줄이 그어져 있다.
7) 원문에는 붉은색 색연필로 밑줄이 그어져 있다.

妻, 吳榮根과 吳승환 關聯) 七旬 招待에 가서 人事했기도. 그 이웃 再從姪女(崔 氏)집도 들리고. 朴長圭(雲泉校監)와도 情談 많이 나누었던 것.
집엔 서울 비롯한 子女孫 많이 모여 盛況 이뤘고. ⓒ

〈1988년 1월 18일 월요일 晴〉(11. 29.) (-3°, 5°)
새벽에 집 들려 體育服 입고 教大 講堂 가서 배드민턴 慈味있게 쳤고.
生日이라고 모두 모여 珍味 飮食 나우 작만한 듯. 故鄕에선 從兄님 內外분, 再從兄嫂, 再堂姪, 清州의 堂姪, 큰 妹 家族. 어제 온 家族 모두 20余 名. 낮엔 校長團 辛酉會員 10名 全員 招請하여 융숭히 待接.
長孫 英信에게 記念印章 授與하기도. 오랜만에 술 좀 마셨고. ⓒ

〈1988년 1월 19일 화요일 晴〉(12. 1.)
城村派 小宗稧에 參席. 參席 人員 四從叔 漢昇 氏를 비롯 9名. 場所는 司倉洞 漢斌 氏 宅이었고. 宗財 現金 33万 원整. 修稧 責任져서 記錄. 明年 有司 맡았기도. ○

〈1988년 1월 23일 토요일 曇〉(12. 5.)
清原郡 月例 三樂會에 一身上 事情 있어 不參했고. ○

〈1988년 1월 24일 일요일 雪, 曇〉(12. 6.)
今日 있을 教大팀 會食行事에도 不參. 家庭에서 깡술 나우 마신 듯. ※

〈1988년 1월 25일 월요일 雪, 曇〉(12. 7.)
모처럼 어제 오늘 눈 좀 3cm 내렸고.
數日에 걸쳐 過飮한 탓으로 새벽부터 알키 시작. 終日 臥病 呻吟.
長孫 英信이 치질 고치려 왔다가 醫師 如意치 못해 그대로 上京[8]하여 마음 찐하고. ◎

〈1988년 1월 26일 화요일 晴〉(12. 8.)
今日도 臥病 呻吟. 日暮頃에 飮食 若干 먹은 程度. 同窓會에 不參. ◎

〈1988년 1월 27일 수요일 晴〉(12. 9.) (-6°, 5°)
朝食에 얼큼한 콩나물 섞인 짠지죽을 맛있게 한 그릇 다 먹은 것. 行步에 힘은 없으나 아침에 가까스로 沐浴湯 목욕을 잘 마쳤지만 그 좋아한 아침운동(체조, 자전거, 배드민턴)은 이룰 수 없었던 것이 유감. 農協 가서 引出하여 家庭에 煉炭 500장 들여놓은 代金 93,500원 支拂.
밀린 新聞 읽고 慟哭(小說) 읽기도. ◎

〈1988년 1월 28일 목요일 晴〉(12. 10.) (-4°, 7°)
今朝부터 早朝運動 再開始--健康狀態 完全回復 안되어 無理를 느꼈고.
井母와 함께 內德 印章舖, 郡 農協, 市場 들러 왔던 것. ◎

〈1988년 1월 29일 금요일 晴〉(12. 11.) (-1°,)
10時 40分 發로 서울行. 큰 애와 汝矣島 가서 年金公團 거쳐 麻浦 있는 醫療公團 經由 文井洞엔 下午 4時頃 到着. 營養價 있는 반찬으로 저녁食事 잘 했고.

8) 원문에는 붉은색 색연필로 밑줄이 그어져 있다.

計劃했던 長孫, 次孫에게 大入, 高三 進級雜費 補助條로 若干의 金額 一封씩 주었기도.
長孫 英信의 치질 氣는 治藥法으로 많이 治癒 됐대서 多幸이었고. ◎

〈1988년 1월 30일 토요일 晴〉(12. 12.) (-3°, 0°)
朝食도 珍味롭게 잘 먹고 9時 發 큰 애 運轉 自家用으로 江南터미널까지. 高速으로 淸州 到着하니 12時.
上堂예식장 가서 族弟 晩榮(오미국장) 子婚있어 參席했고,
井母는 요새 신경 쓰며 고되서인지 입이 부르트고 頭痛에 가끔 呻吟 中. ◎

〈1988년 1월 31일 일요일 晴〉(12. 13.) (-5°, 3°)
鄭在愚(同窓) 子婚에 人事次 上堂예식장 다녀 왔고.
夕食 後 情談(處地와 實情) 이모저모 나누어 속 시원(개운)했기도. ◎

〈1988년 2월 1일 월요일 晴〉(12. 14.) (-6°, 7°)
醫保證 更新用 書類 完備해서 큰 애 앞으로 登記로 發送하기까지 거의 終日 걸린 것~玉山 가서 戶籍謄本. 鳳鳴洞 와서 住民謄本과 印鑑 證明書. 商店 가서 證書 複寫 等.
祭酒用으로 井母가 빚은 것 若干 맛 보라고 주기에 한 모금 마셨기도. ◎

〈1988년 2월 2일 화요일 雪, 晴〉(12. 15.) (-5°, -2°)
今日 氣溫 終日토록 零下圈. 바라도 세고 終日 추웠던 것. 새벽運動 繼續.
낮엔 井母와 함께 市場 나가서 '握力×, 壓力 솥뚜껑 修理, 家畜市場도 求景. 모처럼 蔘鷄湯도 함께 먹고(2人이 1그릇). 羊 대신 牛足 1個 사왔기도'.
午後 1時頃 서울 큰 애 왔다가 곧 上京했다나…頭痛과 消化用 藥 지어 가지고 온 것. 孝心[9].
'慟哭' 첫 째券 읽는 中. ⓒ

〈1988년 2월 3일 수요일 晴〉(12. 16.) (-10°, -2°)
今日도 强추위. 明日이 立春이라서인지. 炭은 한 고래에 1日 間 6장씩 태우는 中이고.

〈1988년 2월 4일 목요일 曇〉(12. 17.) (-7°, -1°)
社稷洞 '幸運부동산' 가서 親田(李斌模, 鄭弘模) 만나 情談 나누고 市內서 修繕 솥 고쳐오기도. ⓒ

〈1988년 2월 5일 금요일 曇〉(12. 18.) (6°, 7°)
斜川洞 老人堂 거쳐 가게房에서 尹洛 校長과 嚴 氏 老人의 厚意받기도. ◎

〈1988년 2월 6일 토요일 晴〉(12. 19.) (-4°, -2°)
昨今의 氣溫 差-- 10°지만 봄氣溫. 오늘은 冬將軍을 聯想케 하고.
予置方法 變更의 意로 投資信託 것 元利金 몽탁 1,971,000원 引出했기도. 入社 後 魯弼 첫 歸省. ◎

〈1988년 2월 7일 일요일 晴〉(12. 20.) (-10°, 0°)
昨日 晝食은 友信會員 朴東淳의 回甲 招請에

9) 원문에는 붉은색 색연필로 밑줄을 긋고, 그 아래에 '제 母親의 常備藥'이라고 적어놓았다.

'石山亭' 가서 珍味飮食으로 잘 먹었고.
아침運動 後 魯弼과 함께 沐浴湯 가서 어제에 이어 再沐浴. 弼 등때 깨끗이 밀어줬기도.
外再從 朴鍾益 女婚에 人事次 '新羅禮式場' 다녀왔고. 弼은 18時 發 버스로 서울行. ◎

〈1988년 2월 8일 월요일 晴〉(12. 21.) (-9°, 0°)
郡농협 가서 投信에서 찾은 것 予置하고 '英昌樂器店' 가선 前日에 言約했던 中古 風琴(아리아中古 61鍵) 5萬 원 契約했기도…'子孫들의 娛樂用 및余暇善用으로 愛用코저 勇斷 내린 것'…停年 祝賀金 中의 利息條에서 支辨.
밤 10時쯤 서울 큰 애한테서 來電~弼의 入社書類 作成 件. ◎

〈1988년 2월 9일 화요일 晴〉(12. 22.) (-7°, 1°)
魯弼의 職場 提出用 書類作成으로 바빴던 것~洞事務所 印鑑證明書, 財産稅 課稅證明書, 法院…不動産登記簿謄本 뗀 것.
午後 7時에 서울서 長孫 英信이 왔고~魯弼의 書類具備 關聯으로 심부름 온 것.
夕食 後 1時間 半 程度 孫子 英信이가 배우고저 하는 日語 좀 가르쳐 주었고. 영특하게 잘 깨닫기에 神通히 생각했고. ◎

〈1988년 2월 10일 수요일 晴〉(12. 23.) (-8°, 3°)
弼 職場에 提出할 書類(87年 前期 課稅證明, 鳳鳴垈地의 87, 前期와 同 登記簿謄本) 作成으로 晝間은 今日도 바빴던 것.
英信이 下午 5時 半 發 高速으로 上京 -8時 좀 지나서 無事到着의 連絡 오고.
中古 아리아 61鍵 風琴 入荷-余暇善用에 愛用코저. ◎

〈1988년 2월 11일 목요일 晴〉(12. 24.) (-7°5″, 2°)
意外로 江西 龍井 閔斗基, 金容某 氏 來訪에 數時間 座談했던 것. ⓒ

〈1988년 2월 12일 금요일 曇〉(12. 25.) (-5°,)
長孫 英信 高教卒業式 있어 參席-서울 徽文高 第80回 卒業式. 3年 間 優等生 受賞[10]. '漢陽쇼핑'서 晝食 맛있게 먹었고…큰 子婦가 過用한 것.
親友 李仁魯 入院 中이라서 問病[11]했고~慶熙大 附屬病院 中 韓方病院 6層22号室. 風症으로 極히 呻吟中. 마음 甚히 안 됐고.
淸凉里서 地下鐵로 서울驛까지. 서울驛에서 統一号 列車로. 鳥致院 經由 淸州 着 20時. ◎

〈1988년 2월 13일 토요일 晴〉(12. 26.) (-2°, 8°)
魯弼의 連絡에 依하여 '印鑑證明書' 떼어 發送했고.
學年末 教育大學 形便에 依하여 講堂 事情 있어 '배드민턴' 3月5日까지 他處에서 行하기로. ◎

〈1988년 2월 14일 일요일 曇, 晴〉(12. 27.) (-1°, 5°)
今朝 運動은 中央女高 講堂 가서 배드민턴 친 것.
辛酉會員 金容琦 子婚 있어 禮式場에 會員 一同 함께 參席했고. ◎

10) 원문에는 붉은색 색연필로 밑줄이 그어져 있다.
11) 원문에는 붉은색 색연필로 밑줄이 그어져 있다.

〈1988년 2월 15일 월요일 晴〉(12. 28.) (-5°, 3°)
今朝는 驅步 後 中央公園 가서 배드민턴 친 것.
'새마을 노래' 風琴으로도 익히고. ⓒ

〈1988년 2월 16일 화요일 晴〉(12. 29.) (-7°, 1°)
이웃과 市內는 舊正(民俗의 날) 準備로 부산한 편. 우린 新正過歲했기에 한산. ◎

〈1988년 2월 17일 수요일 晴〉(12. 30.) (-8°, -1°)
서울 長子로부터 旧正 經費로 보내온 것 찾아서 井母와 함께 市場 가서 몇 가지 물건 사기도.
次男 絃이 다녀가고~旧正 고기 한칼 값이라며 10,000원 제 母親께 드린 것.
爲先事業 計劃코저 牛岩洞 '현동석재' 가서 石物과 價格 알아보았기도(主 박도식).

〈1988년 2월 18일 목요일 晴〉(正. 1.) (-7°, 0°)
旧正. 아침 氣溫 찼고. 今朝 運動은 體操와 驅步(4㎞)로 마쳤고.
朝食은 큰 妹집에서 가져온 떡국으로 셋째 父子 불러다가 함께 했던 것.
韓 校長과 鄭 校長 案內로 記念畵面 求景하기도.
松은 故鄕國校 同窓會 親睦稧에 參席코저 金溪 갔다가 行事 마치고 19時 半에 歸家.
夕食 後 參男 明이 와서 慈味있게 風琴 키기에 두어曲 合唱했었고. ◎

〈1988년 2월 19일 금요일 晴〉(正. 2.) (-7°, 6°)
月納金 농협에 納付 後 牛岩洞 '동성석공장' 가서 石物에 따른 價格 알아보았고. ◎

〈1988년 2월 20일 토요일 晴, 曇, 晴〉(正. 3.) (0°, 7°)
今日은 아침부터 포근한 날씨였고. 2月末로 멎는 退職教員 勳褒章 名單 보고 또 가슴 뒤짚고. ◎

〈1988년 2월 21일 일요일 晴〉(正. 4.) (-3°, 10°)
早起運動 中央公園에서 배드민턴 繼續 中.
'행운 不動産' 가서 鄭, 李 親友 만나 情談 나누기도.
內谷(外北)으로 弔慰 人事 가려고 나섰으나 마침 市內서 當事者(金東儀) 만나 卽席에서 人事되어 中止했고. ◎

〈1988년 2월 22일 월요일 晴, 曇〉(正. 5.) (-1°, 11°)
井母와 함께 司倉洞 市場 가서 '사과' 후지 1箱子 1万 원에 샀고~73個. 正味 20kg.
19時부터 있는 在清宗親會에 參席. 場所는 西門洞 '대구식당' 13名 參席. 某人의 訛傳 訛言으로 氣分 極히 少하여 傷心하였기도. 眞實 듣고 解消됐고. ◎

〈1988년 2월 23일 화요일 雨, 曇, 晴〉(正. 6.) (3°, 12°)
새벽에 가랑비 조금 내리다가 말고. 今朝 운동은 中央女高 講堂에도 갔었던 것.
12時 半에 있는 淸原郡 三樂會에 參席하여 点心한 後 南城國校 가선 李庭熙 校長 停年退任式에도 參席한 것. ◎

〈1988년 2월 24일 수요일 晴〉(正. 7.) (3°, 10°)
朝食은 市內서 '배드민턴' 크럽 會食하는 데서

해결하고.
鎭川郡 梅山國校 가서 任昌武 校長 停年退任式에 參席. 歸家하니 17時 半.
밤 9時頃 사우디 끝째婿 新郎 池世男한테서 来電[12] -'8日에 發送한 安否서신의 答電'. ◎

〈1988년 2월 25일 목요일 晴〉(正. 8.) (2°, 11°)
國家的 臨時公休日-第13代 大統領 就任式…대통령 盧泰愚[13].
明岩 藥水터 가서 參考로 碑文 읽어보고. 淸原祠에 參拜도. ◎

〈1988년 2월 26일 금요일 晴〉(正. 9.) (4°, 9°)
玉山普校 同窓會 參席. 午後 8時 30分부터 있는 今月 分 班常會에 參席(韓 氏 집). ◎

〈1988년 2월 27일 토요일 曇, 晴〉(正. 10.) (4°, 11°)
'청주병원' 가서 再診證 끊고 3日만치의 藥 짓고. 鍼도 맞은 것~右側 무릎 痛症 있어서.
濠洲 杏으로부터 전화 왔고~無故 消息. 家族 生年月日도 묻던 것. ◎

〈1988년 2월 28일 일요일 晴〉(正. 11.) (5°, 12°)
이용균(水落) 子婚에 잘 알지 못하면서 우연찮이 人事하게 되었던 것.
從兄님 만나 爲先事業 石物 建立 件 相議하여 보기도…歲運 형편上 明年으로 再考하기로 合意. ◎

〈1988년 2월 29일 월요일 曇, 晴〉(正. 12.) (0°, 9°)
5男 魯弼의 職場用 書類 作成으로 洞事務所와 玉山面事務所 다녀오기에 바빴던 것.
18時부터 있는 友信親睦會 總會에 參席. ◎

〈1988년 3월 1일 화요일 曇, 晴〉(正. 13.) (1°5″, 10°)
第69周年 三.一節. 殉國先烈의 冥福을 빌따름.
8時부터 있는 「88서울올림픽 聖火奉送路 달리기大會」에 參與[14](4km)하며 記念메달과 紀念品 받기도. 人員 7,000名.
尹泰燮(墻洞, 金溪校 27回 卒業生) 다녀가고~13日 結婚式의 主禮 關聯 尹秉太의 子.
모처럼 家庭 內에서 終日 있었던 것.(낮 동안) ◎

〈1988년 3월 2일 수요일 曇, 晴〉(正. 14.) (-2°,)
아침車(江南까지 高速버스. 教大 앞까지 地下鐵. 바꿔 타서 서울大앞까지 電鐵 다음 버스)로 서울大學校 가서 11時부터 있는 88學年度 入學式에 參與한 것~長孫 '英信'의 자랑스런 入學式[15]. 紳士服으로 最初로 變服한 長孫 英信은 어여쁘기도 했고 늠름했던 것, 할애비를 今日도 극진히 爲하며 對했고. 완만히 案內했던 것. 式이 끝난 直後 제 母親 와서 食堂에서 "불고기"로 晝食 滿足히 먹고 作別.
汝矣島 가서 公務員年金管理工團 들러서 醫療保險料 控除된 內容 確認 後 서울驛 가서 統一号 列車로 鳥致院 經由 淸州 집에 到着하니 午後 6時. 소 6時 10分頃 서울 큰 애한테서 安

12) 원문에는 붉은색 색연필로 밑줄이 그어져 있다.
13) 원문에는 붉은색 색연필로 밑줄이 그어져 있다.
14) 원문에는 붉은색 색연필로 밑줄이 그어져 있다.
15) 원문에는 붉은색 색연필로 밑줄이 그어져 있다.

否 電話 받았고. 큰 애는 '반포高 교무主任'. ◎

〈1988년 3월 3일 목요일 晴〉(正. 15.) (-6°, 3°)
음 13日부터 連 3日 날씨 추워져 어제는 終日 零下圈. 今朝 氣溫 영하6°.
正月 대보름-새벽에 귀밝이술 맛보고 부름도 깨물고. 세째네 집도 들른 것.
在應스님도 生日이기도.
玉山面에 가서 長孫 英信의 徵兵身体檢査 延期 手續했고[16]. 소 농협 들러 舊出資 알아보기도 한 것.
井母 要求대로 '淸州病院' 痛症治療科 가서 左측 무릎 周圍와 소 손바닥에 鍼 맞은 것- 10余日 前 市場 볼 일로 나우 行步 後 痛症 甚했었고. ⓒ

〈1988년 3월 4일 금요일 晴, 雪〉(正. 16.) (-5°,)
玉山面 佳樂里 聖德寺 가서 柳聖裕 主持(再從姉兄) 禮訪 人事하고. 先考墓 石物 建立事業과 四男 魯松의 結婚問題[17] 等 相談했고. …乾坐巽向[18]이면 建立해도 可하다는 것. 松은 今年 結婚 吉年이라며 牛, 戌, 亥 띠 外는 모두 可[19]하다는 것.
全北 井州市 성불암 있던 在應스님 왔고…健康明瞭 한결같고. 午後에 눈 좀 내렸고. ◎

〈1988년 3월 5일 토요일 晴, 曇〉(正. 17.) (-3°, 5°)
今朝까지 20余 日 間 早期 運動을 中央公園에서 주로 배드민턴 친 것.
洞事務所 가서 住民登錄謄本, 印鑑證明 各 一通式 떼었고.
낮엔 新設된 '鶴天湯'에서 沐浴했기도. ⓒ

〈1988년 3월 6일 일요일 曇〉(正. 18.) (-3°, 4°)
모처럼 教大講堂에서 아침運動으로 배드민턴 친 것. 學校 事情으로 20余 日 만에 復歸.
從兄님 生辰 食事를 今日로 당겨서 한다기에 酒肉 좀 사 가지고 金溪 다녀온 것.
先妣忌祭 11時(밤)에 지냈고-서울 큰 애 父子 10時 半에 到着…前日에 日字 連絡 잘못된 탓으로 갑자기 出發케 된 것.

〈1988년 3월 7일 월요일 雪, 晴〉(正. 19.) (-5°, 4°)
새벽(1時 30分頃)게 눈 나우 내렸고. 約 4cm.
큰 애 父子 6時에 서울 向發. 昨夜 醉談했던 2째 絃은 9時 半頃 出發한 듯.
午後 7時頃 서울 電話에 5時間 걸려 到着되었다는 것. 英信이 軍事訓練 시간 늦은 셈? ◎

〈1988년 3월 8일 화요일 雪, 晴〉(正. 20.) (-3°, 5°)
7時 前後하여 30分 間 눈 내려 今日도 어제만치 約 4cm 程度 싸였고.
右側 팔과 左방광의 痛症 若干 가라앉은 느낌.
終日 家庭에서 生活. ◎

〈1988년 3월 9일 수요일 晴〉(正. 21.) (-4°, 8°)
故鄕 金溪 가서 從兄님과 함께 金城 居住 李根國 地理士 덴고 前佐洞 너머가 墓地의 坐向 確認(先祖孝…乙坐. 戌坐乙何). (伯父…甲坐坤何). (從嫂墓…乾坐巽何). (再從兄…巽坐乾何). (내안 当权…庚坐卯何). (從兄 幽宅地…

16) 원문에는 붉은색 색연필로 밑줄이 그어져 있다.
17) 원문에는 붉은색 색연필로 밑줄이 그어져 있다.
18) 원문에는 화살표 표시를 한 뒤 '歸嫁 后 日記 確認하니 辛坐寅向'이라고 적혀 있음.
19) 원문에는 붉은색 색연필로 밑줄이 그어져 있다.

寅坐坤何으로). (先孝…申坐寅向, 坤坐艮向). (先孝 墓下幽宅地…申坐寅何으로).
從兄과 金城陰地麓 가서 三從祖父 碑文을 參考로 했고. 歸家하니 午後 6時 된 것.
沃川서 둘째 謝過次 다녀갔다는 것~去 6日 밤의 酔談한 關聯. ⓒ

〈1988년 3월 10일 목요일 晴〉(正. 22.) (-1°, 13°)
山所 立石事業을 再堂姪 魯旭과 合意하여 3月 30日(陰 2月 13日-甲申日)로 確定진 것. ◎

〈1988년 3월 11일 금요일 曇, 雨〉(正. 23.) (2°5″, 7°)
8時 半頃부터 거의 終日토록 가랑비 내린 것. 밤에 三男 '明'이 와서 不孝했었다고 謝過[20]. ⓒ

〈1988년 3월 12일 토요일 曇〉(正. 24.) (4°, 7°)
先祖考 墓碑 建立 準備에 바빴고~石物工場 가서 價格 確認과 實情 把握. 碑文 草案 잡기에 深夜토록 애썼기도.
낮엔 玉山 가서 李炳億 찾아 그 女婚事에 人事했기도. 日暮頃 藥水터에서. ◎

〈1988년 3월 13일 일요일 晴〉(正. 25.) (2°, 19°)
朴愚貞 女婚, 金順顯 女婚에 人事. 尹秉大(장동人) 子婚(尹泰燮)에 主禮 보았고.
牛岩洞(현동석재…朴道植) 가서 石物 契約했고~先考墓用 4尺床 1틀 55万 원. 先祖考碑 4.5尺長 40万 원整으로. 30日에 立石 豫定. 再從兄 墓用도 함께 魯旭이가 契約. ⓒ

20) 원문에는 붉은색 색연필로 밑줄이 그어져 있다.

〈1988년 3월 14일 월요일 雨〉(正. 26.) (3°, 10°)
거의 終日토록 가랑비 내렸고. 敎大 강당에서 있는 早朝 배드민턴 繼續 中.
族兄님 春榮 氏 宅 찾아가서 先祖考 碑文 草案 뵈여드렸고~큰 讚辭 감탄하시기도.
井母 델고 '청주병원' 가서 통증 치료과에서 左側 무릎 鍼맞고 藥 지어온 것. 현동석재 가보고. ◎

〈1988년 3월 15일 화요일 晴〉(正. 27.) (3°, 9°)
從兄과 함께 李熙周 氏 만나 碑文 쓰기를 付託했고. 經費 100万 원 所要. ⓒ

〈1988년 3월 16일 수요일 晴〉(正. 28.) (0°, 9°)
현동石材工場 가서 朴 社長 만나고 書筆者 李熙周 만나 碑文 內容 再檢討하기도.
日暮頃에 在應스님과 상운 스님 오시어 立石 行事 再考의 뜻을 傳達 表明 解明하기도. ⓒ

〈1988년 3월 17일 목요일 曇〉(正. 29.) (2°5″,)
在應스님과 상운 스님한테 今年(戊辰年)의 立石運이 안닿음을 再强調 심각함을 느꼈고. 스님들은 일러준 뒤 歸寺.(辛酉生 68歲 運…戊辰 動塚이면 重喪運設~金赫濟 著書)
電擊的으로 俗離山 다녀오기도…오랜만에 '문장대'까지 올라갔던 것. ⓒ

〈1988년 3월 18일 금요일 晴〉(2. 1.) (1°,)
先祖考 碑文 大字 分 붙혔고. 李熙周 氏 집 가서 床石 및 碑文 檢討 確認.
点心時間 利用하여 上城 上峰(民俗村) 다녀오기도.
從兄 宅, 3女(서울), 큰 女息 집에 各已 電話로

消息 알았고.

〈1988년 3월 19일 토요일 晴, 曇〉(2. 2.) (2°,)
碑文 大字 刻字 作業 着手(技士…昌寧 曺氏, 慶州 崔氏). 大字 2,000씩, 小字 200원씩 手數料.
夢斷里 聖德寺 가서 再從姉兄 찾아 申坐(先考) 乙坐(先祖考) 乾坐(再從兄) 모두 立石 運과 陰 2月 13日 甲申日이 可함을 再確認하고 金溪 가서 從兄과 再從兄嫂 氏께 傳達.
午後 七時에 歸家하고 夕食을 세째 明의 집에서 달게 먹은 것~明의 生日이라나.
집에 다녀가기 바란 막동이 5男 弼이 밤 11時에 왔고. 오랜만에 온 것.

〈1988년 3월 20일 일요일 晴〉(2. 3.) (0°, 12°)
張秉瓚(大所교장) 女婚에 人事.
石物工場 가서 碑文 小字 붙임에 參見.
어제 왔던 魯弼에게 勤務 充實과 處身 잘 하도록 當付하기도~下午 2時에 上京 向發.
저녁땐 朴愚貞 金容璣 만나 茶房, 食堂에서 情談 나누기도. ⓒ

〈1988년 3월 21일 월요일 曇, 雨〉(2. 4.) (4°, 11°)
從兄님과 함께 '현동석물'에 가서 碑文 彫刻한 것 보고 滿足히 여겼던 것.
床石物에도 文字紙 부쳤고. 夜間엔 카세트 라디오 고쳤기도~手數料 等 6,000원. ⓒ

〈1988년 3월 22일 화요일 晴〉(2. 5.) (3°, 12°)
先祖考 碑文 첨부 完了. 先考 床石 刻字 着手.
碑石物 書字 手數料 4万 원 주었고.
碑文 字數~大 20, 中 2, 小 492字. 床石 大 15, 中 2, 小 56字. ⓒ

〈1988년 3월 23일 수요일 晴〉(2. 6.) (3°, 11°)
立石 祝文 써서 族兄 春榮 氏께 確認. 春榮 氏와 함께 淸州 鄕校 가서 春季 釋尊에 參席.
12時 半부터 있는 淸原郡 三樂會에 參席~規約(會則) 審議通過 後 點心.
'현동石材' 가서 工程 狀況 보았고. ◎

〈1988년 3월 24일 목요일 晴, 曇〉(2. 7.) (-0°5″, 13°)
井母와 함께 司倉洞 연수당漢藥房 가서 井母의 左膝痛症에 鍼과 藥 1제 지은 것.
'현동석물' 가서 工程 보기도. 今朝 朝食은 배드민턴 班員 會食에 參與. ◎

〈1988년 3월 25일 금요일 晴〉(2. 8.) (6°, 12°)
아침결에 石物工場 가서 計劃된 일 보고 點心 後 故鄕 金溪 가서 從兄과 再從兄嫂 뵙고 장홍정 內容 뽑고. 事前日까지의 할 일과 當日 行事에 關하여 協議하고 前佐洞 先考墓까지 둘러보고 入淸하니 午後 6時쯤 된 것. 井母는 班常會에 參席하였기도. ⓒ

〈1988년 3월 26일 토요일 曇, 晴〉(2. 9.) (1°, 14°)
이른 새벽(1時)에 起床하여 同 5時까지 立石 行事日 招請狀 봉투 60枚 發送 마련했고.
큰 妹夫(朴琮圭)와 함께 '현동石物' 가 보았고.
要請에 依하여 斜川洞 老人堂 가서 尹 교장, 朴 會長 만나 情談하였기도. ⓒ

〈1988년 3월 27일 일요일 晴〉(2. 10.) (4°, 15°)

'현동石物' 가서 工程 確認. 30日 行事(接客用)用 장 홍정…從兄, 井母, 魯旭, 再從兄嫂 外 3人 參與~깡市場, 西門市場.
杏으로부터 喜消息 來電~職場(한글 지도), 永住權.
李熙周 氏로부터 '쇠…指南鐵' 古物 1個 膳物[21] 받기도.

〈1988년 3월 28일 월요일 晴, 曇〉(2. 11.) (6°, 12°)
井母와 함께 金溪 가서 일 본 것~井母는 어제 홍정해 사 온 菜蔬類 다듬고…再從兄嫂 집에서. 前佐洞 先考墓所 다녀서 下午 3時 半頃 入清하여 墓碣[22] 包裝用 3碼[23](廣木) 끊어다 石工場에 준 것.
明日 午後에 오겠다고 서울 큰 애로부터 電話 왔고. 둘째 絃은 30日에 온다고. ◎

〈1988년 3월 29일 화요일 晴, 曇〉(2. 12.) (3°, 14°)
안家族들(井母, 弟嫂, 큰 妹) 아침 일찍 金溪 가서 飮食 準備에 勞力.
石物工場 다녀서 栢峴行 버스로 樟南서 下車. 山所 둘러보고 再堂姪(魯旭) 집에서 点心. 27貫짜리 돼지(貫當 4,300원) 잡고. 반찬용 작만에 一同 奔走히 일들 보는 中.
모든 뒷일 當付하고 入清하여 石物工場 가서 石物 上車한 것 確認하고 于先 100万 원 支拂한 것. 上車 慰勞條로도 1万 원. 明朝 7時에 發車 運石토록 相約하기도.
밤에 서울서 큰 애 오고. 밤中에 弟 振榮 夫婦도 왔다가고. ◎

〈1988년 3월 30일 수요일 晴〉(2. 13.) (6°,)
우선 날씨 淸明에 天地神明께 深謝. 無事安過를 祈願한 것.
7時 發~石物 싣고 前佐洞着 8時 10分, 先祖考 墓碑 建立, 先考 立石, 再從兄(憲榮 氏…故人) 立石[24]. 祭祀까지 모두 마치니 午後 5時. 參與 人員 130名쯤. 酒肴, 点心 그런대로 待接한 듯. 再堂姪 魯旭과 同負擔 形式. 行事 順調進行된 듯하여 多幸. 下午 7時頃 入清. 아이들 모두 歸家. ⓒ

〈1988년 3월 31일 목요일 晴〉(2. 14.) (4°, 16°)
井母와 함께 金溪 가서 立石 行事 經費 決算 본 것~雜費(飮食, 物品, 기타) 總額 62万 원. 兩家(再堂姪과) 分割 31万 원씩 負擔 解決.
30日의 墓碣 立石 經費 負担 - 先考立石 60万 원. 先祖考 碑 30万 원, 雜費 35万 원 合計 125万 원整 所要된 것[25]. 從兄은 約 30万 원, 再堂姪 魯旭은 92万 원整 負担.
日暮頃에 '현동石物工場' 가서 決算~石物 3벌 150万 원. 刻字料 223,600원.
立石 扶助金으로 子, 弟, 妹 等에서 合 45万 원. 其他에서(從兄, 從弟, 姪壻, 四從叔, 再堂姪 魯庚) 8万 원. 合 53万 원整. ◎

21) 원문에는 붉은색 색연필로 밑줄이 그어져 있다.
22) 묘갈(墓碣): 뫼 앞에 세우는 돌비석.
23) 마(碼): 비법정의 계량단위로 1야드에 해당한다. 우리나라에서는 옷감 길이를 재는 단위로 마를 쓰는 경우가 많다. 1마=1야드는 0.9144m이다.
24) 원문에는 붉은색 색연필로 밑줄이 그어져 있다.
25) 원문에는 붉은색 색연필로 밑줄이 그어져 있다.

〈1988년 4월 1일 금요일 曇, 晴〉(2. 15.) (7°, 17°)
虎竹 가서 亡 鄭善泳 南一校長 葬禮에 잠간 보고 德村 가서 金正奭 氏 爲先事業 招請에도 答禮한 것. 오미 와선 從兄님과 함께 族叔 漢虹 氏 만나 情談하고. 再堂姪 魯旭 만나 農協 볼 일 付託(先考 때의 出資金 通帳) 後 入清.
밤 9時 半頃 서울서 五男 魯弼이 왔고. 明日 "예비군 通告…召集" 때문. ⓒ

〈1988년 4월 2일 토요일 晴〉(2. 16.) (7°, 19°5″)
早朝 驅步 鳳鳴洞 一部(中心) 一周 4km 500m(30分) 모처럼 施行해 봤고. 教大講堂에서의 '배드민턴'은 每朝 實踐中. 魯弼은 豫備軍 應召 아침결에 잠간 마치고 歸家. ⓒ

〈1988년 4월 3일 일요일 曇, 晴〉(2. 17.) (8°, 19°)
校長團 辛酉會員 모여 鄭, 安 會員 子婚 人事打合 짓고. 12時 半에 있는 妻族 金象鎬 子婚에는 井母와 함께 參席. 午後엔 族弟 千榮 子婚에 主禮 본 것. 魯弼이 낮에 上京[26](入社). ⓒ

〈1988년 4월 4일 월요일 曇〉(2. 18.) (7°, 22°)
今日 最高 氣溫 22度까지. '清明' 그대로였고.
井母는 野外田園에서 쑥 나우 뜯어왔고.
五男 魯弼이 서울 방배洞으로 退去 手續했고.
明日 金溪行 豫定. ⓒ

〈1988년 4월 5일 화요일 曇, 晴〉(2. 19.) (10°, 12°)
午前 8時 半 버스로 金溪 갔었고. 井母도 同行.
寒食 茶禮에 參禮~望德山의 高祖父墓, 再從祖父墓, 金城의 큰 曾祖考墓…曲水 뒤 望德山은 從兄이, 金城은 李根國 氏가 祭物 責任이었고.
歸路에 族叔 漢逑 氏의 치총作業에 잠간 들려 人事했기도.
入清 歸家 後 約 2時間 程度 日暮 後까지 清掃에 勞力~上下層 房바닥, 玄關. ⓒ

〈1988년 4월 6일 수요일 晴, 曇〉(2. 20.) (3°, 16°)
早朝運動 繼續 中(30分 間 4km余 驅步, 1時間 程度의 배드민턴).
井母와 함께 市場(市內) 가서 "쌀통" 80kg入 新改良 鐵製 24,000원에 購入. ⓒ

〈1988년 4월 7일 목요일 曇, 晴〉(2. 21.) (7°, 13°5″)
배드민턴 正會員 登錄. 今朝도 배드민턴 興味있게 約 1時間 程度 쳤던 것.
庭園花草木에 물 주기도. 紫木蓮 처음으로 치기 시작.
日暮頃에 '幸運不動産' 다녀왔고. ◎

〈1988년 4월 8일 금요일 曇〉(2. 22.) (7°, 11°)
鳳鳴洞 老人亭 開館式에 夫婦 參席하여 祝賀金 壹万 원 내었기도. 忠心 應待. ◎

〈1988년 4월 9일 토요일 晴〉(2. 23.) (3°, 16°)
日暮頃까지 家庭에서 잔일 본 것~庭園樹 손질, 房안 清掃 等.
큰 애 19時頃 서울서 왔고. 井母는 쑥떡 等 빚기에 終日 바쁘게 움직였고. ◎

26) 원문에는 붉은색 색연필로 밑줄이 그어져 있다.

〈1988년 4월 10일 일요일 晴〉(2. 24.) (2°5″, 19°)
明日이 長子(井) 生日. 今朝에 會食~朝食時에 參男 明과 弟 振榮이 오래서 함께 食事. 朝食後 큰 애 井은 '라이락' 1株 사다가 庭園에 심고 上京.
낮 버스로 椒井 가서 藥水 1말 받아왔고. 午前엔 李斌模와 함께 봉명洞 3個 家居. ◎

〈1988년 4월 11일 월요일 晴〉(2. 25.) (7°,)
성심藥局 함께 가서 井母用 藥(調强丸) 等 10日分치 졌고…左側 手足(무릎) 痛症 治療劑.
佳佐 가서 金在龍翁(前 玉山老人會長) 問病後 意外의 故 柳哲相 弔問도. 佳佐校에도 잠간 들러 金圭英 校長 만나 彼此 歡談했기도. 佳佐老人亭에 들러 人事~大歡迎 받았고. 楊校長과 함께 入淸하여 뷔페食堂에서 待接받았던 것(夕食). ⓒ

〈1988년 4월 12일 화요일 雨, 晴〉(2. 26.) (7°, 18°)
모처럼 봄비 부슬비로 잘 내리는 것~새벽 3時頃부터. 同 程度로 10時까지. ⓒ

〈1988년 4월 13일 수요일 晴〉(2. 27.) (6°, 16°)
農協 貯蓄金 中 200萬 원 引出하여 서울 五男 魯弼에게 證券購入用으로 送金 - 조흥은행 371-6-018139(노임)…退溪路?
배드민턴 나케트 줄 更新~個當 3,000원씩 2個.

〈1988년 4월 14일 목요일 晴〉(2. 28.) (7°, 16°)
右側 허리쯤과 무릎의 痛症 若干 있으나 早起運動은 繼續 中~體操, 驅步, 배드민턴.
全 前大統領 親弟 全敬煥 새마을中央本部會長 非理事件으로 온 國民 耳目 集中中. ⓒ

〈1988년 4월 15일 금요일 晴〉(2. 29.) (6°, 21°5″)
모처럼 사우디 五女 運한테 편지 發送~ "부디 健康하고 금슬 좋게 잘 지내라고…."
俊兄 만나 情談하고 一盃. 남의 배드민턴 줄 고쳐주기에 深夜에 마치고 歸家. ⓒ

〈1988년 4월 16일 토요일 晴, 曇〉(3. 1.) (6°, 20°)
安昌根(辛酉會員) 子婚에 大方洞 空軍會館까지 人事次 다녀온 것~11時40分 淸州 出發. 15時 禮式. 歸家 到着 19時 半…其家 貸切 觀光버스 利用.
모처럼 杏한테서 仔細한 書信 와서 반가웠고. '永住權(券)' 可能-手續濟라고. ⓒ

〈1988년 4월 17일 일요일 晴, 雨〉(3. 2.) (10°)
社會人 배드민턴 道大会에 나가 長壽班[27]으로 淸州市 팀으로 나갔기도.
金在基(佳佐里) 子婚 있다고 기별 있어서 淸錫예식장. 郭常鍾(淸州 宗親) 回甲宴에 招待 있어 食堂 가서 人事했기도. ○無心川 둑 벗꽃 最滿開[28].
下午 6時부터 있는 在淸宗親會 參席. 日暮頃부터 부슬비. ⓒ

〈1988년 4월 18일 월요일 雨, 晴〉(3. 3.) (8°, 18°)
어제 저녁 때부터 내리는 비 8時까지. 淸州地方 約 20㎜. 甘雨. ⓒ

27) 원문에는 붉은색 색연필로 밑줄이 그어져 있다.
28) 원문에는 붉은색 색연필로 밑줄이 그어져 있다.

〈1988년 4월 19일 화요일 晴, 雨, 曇〉(3. 4.) (9°, 15°)
在淸同窓會 있대서 參席~18時 30分~20時. 二鶴食堂. 約 40名 參集. 在淸 一部 會長은 黃致萬(15回), 玉山校 會長은 鄭海天(19回), 國會議員 出馬者 辛卿植, 趙誠勳 와서 人事. ⓒ

〈1988년 4월 20일 수요일 晴〉(3. 5.) (4°, 19°5″)
金溪 가서 前佐洞行~省墓. 진달래 1株, 藤苗 1株, 앵두 1株 求하여 淸州 울 안에 移植. 從孫女 結婚日時 確認하기도-永信(26歲). 4月 23日:13時 半. ⓒ

〈1988년 4월 21일 목요일 晴, 黃砂現象〉(3. 6.) (6°, 15°)
玉山農協 가서 先親 名義 出資通帳 殘高 引出手續 完了했고.
斜川洞 갔으나 面會 目的한 尹, 宋 兩 氏 못 만난 것.
요새 날씨 黃砂現象이 繼續. ⓒ

〈1988년 4월 22일 금요일 晴, 황사현상〉(3. 7.) (5°, 16°)
臭心時間에 電擊的 明岩藥水터 다녀오기도. 明日의 일로 各處 전화하였고. ⓒ

〈1988년 4월 23일 토요일 晴, 황사현상〉(3. 8.) (8°, 15°)
宗孫女(永信) 結婚式 있어서 서울 다녀오고-君子洞 어린이大公園 옆 '禮一예식장'. 午後 3時 20分 發 高速으로 中部高速道路 通하는 것 처음. 구의동이 終點. 1時間 40分 所要.
夕食은 趙東熙 주선으로 吳00 委員長 飮食이 었던 것…제13代 議員 立候補者.
18時 半부터 玉普同窓會에도 參席. ⓒ

〈1988년 4월 24일 일요일 晴〉(3. 9.) (5°, 17°)
黃元濟(芙江교장) 子婚에 招請 있어 人事. 斜川洞 老人亭 가서 情談 一盃. 尹, 朴, 宋 氏와 함께.
主禮 보았다고(族弟 千榮 子婚) 謝禮品 가져오기도(구두). ⓒ

〈1988년 4월 25일 월요일 晴〉(3. 10.) (6°, 21°)
아침運動(敎大體育館, 배드민턴) 中 右足을 접질려 '중국한의원' 가서 鍼도 맞았고.
발 아파도 椒井 가서 藥水 1말 받아온 것. 夜間 내내 발痛症 가라앉지 않은 것. ◎

〈1988년 4월 26일 화요일 晴〉(3. 11.) (8°, 23°5″)
右足 痛症(접질린 것)으로 아침運動 못해 遺憾. 昨夜보다 差度는 있는 것.
<u>第13代 國會議員 選擧</u>[29]日-9時頃. 井母와 함께 投票所 가서(洞事務所) 投票했고.
午後에 西門市場 가서 장 흥정 좀 했고- 右足 痛症 日暮頃엔 나우 나았기 多幸. ⓒ

〈1988년 4월 27일 수요일 晴〉(3. 12.) (11°, 24°)
幸運사무실 가서 李, 鄭 親舊와 情談.
배드민턴 敎大크럽 夕食 會食하는 데 參席했고.
11時 現在로 第13代 國會議員 當選者 確定 發表. 民正 85(125), 平民 55(70), 民主 45(59), 共和 27(35), 計 289席. 무소속9, 한겨레 1, 總

29) 원문에는 붉은색 색연필로 밑줄이 그어져 있다.

計 299名. ⓒ

〈1988년 4월 28일 목요일 晴, 曇, 가랑비〉(3. 13.) (12°5″, 27°)
總選(17年만의 小選擧區制…1地區 1人) 後의 政界 區區한 說 많기도~與黨 獨裁의 終熄. 共和黨의 重大 立場. 平民黨의 金大中 귀추說. 北韓說, 國際論說 評 等.
들깨와 鼠目太粉末[30] 服用-各 約 小3升. 費用 總 1万 원 未滿(順調小便劑). ⓒ

〈1988년 4월 29일 금요일 曇, 晴〉(3. 14.) (15°, 26°)
魚缸 물갈이 作業에[31] 夫婦는 거의 한나절 걸린 셈. 낮에 族叔 漢虹 氏 다녀갔고.
午後엔 月納金 정리後 라켓트 손질 等 잔삭다리 일 보다니 日暮頃 되었던 것.
井母는 班常會에 參席. 둘째 紘이 事業中에 지내는 결에 다녀가고. ⓒ

〈1988년 4월 30일 토요일 曇, 晴〉(3. 15.) (15°5″, 27°5″)
炭 今日부터 안 넣기로. 教員共濟 부가금형 1口座 500万 원 手續[32], 友信會에 參席. ◎

〈1988년 5월 1일 일용리 雨, 晴〉(3. 16.) (17°, 24°)
予定했던 서울 신흥사에서 있을 大宗會와 仁川 朱安五洞 용화선원에서 擧行하는 法寶祭 參席을 포기하고. 清州藥局 代表 郭漢鳳 母親 喪에 弔問次 明岩藥水터 다녀온 것. 보일라 入炭 終結[33].
松은 在職校 金 校長의 仲媒로 某高校 李 女教師를 잠간 만났다는 것이고. ⓒ

〈1988년 5월 2일 월요일 晴〉(3. 17.) (12°, 26°)
아침運動 繼續(體操, 배드민턴)中.
電擊的으로 今日 낮에 서울(63빌딩…水族館, 展望臺 南山케이블카) 다녀온 것. ⓒ

〈1988년 5월 3일 화요일 晴, 曇〉(3. 18.) (14°, 26°)
道教委 모처럼 가서 初等教育課 들려 金文, 洪 奬學官과 情談 나누고 民願室 가서 停年退任 證明書 떼어다가 教員共濟會 忠北支部에 提出하여 '공제회 부가금형' 500万 원券 一口座 手續 完了한 것.

〈1988년 5월 4일 수요일 曇, 晴〉(3. 19.) (16°, 25°)
오른팔 溫濕布 等에 낮 동안 勞力. ◎

〈1988년 5월 5일 목요일 晴〉(3. 20.) (11°, 24°)
吳景錫 子婚과 崔炳規 女婚에 通知 있어 人事 遂行. 제66회 어린이날…孫姪에 딸기.
俊兄 案內로 鄭運海와 함께 '별장회집'에서 待接받았고. ⓒ

30) 서목태분말(鼠目太粉末): 검은 콩의 일종인 쥐눈이콩을 곱게 빻은 가루이다. 쥐눈이콩의 크기가 쥐의 눈알(目)만하다고 해서 서목태(鼠目太)라고 불린다. 원문에는 붉은색 색연필로 밑줄이 그어져 있다.
31) 원문에는 붉은색 색연필로 밑줄이 그어져 있다.
32) 원문에는 붉은색 색연필로 밑줄이 그어져 있다.
33) 원문에는 붉은색 색연필로 밑줄이 그어져 있다.

〈1988년 5월 6일 금요일 晴〉(3. 21.) (10°, 24°)
市內 갔다가 任昌武, 鄭賢澤, 孫 氏, 林 氏, 柳在洪 만나고. 歸路에 '표준당' 族弟 榮 初面에 厚待 받기도. 夕食時 사우디 運 夫婦한테저 電話 오고. ⓒ

〈1988년 5월 7일 토요일 雨, 晴〉(3. 22.) (11°, 21°)
甘雨 내렸으나 若干 오고 개였고. 낮에 次男 絃이 다녀갔다는 것~現金 30,000 제 母親에게…明日은 '어버이날'. 밤 9時 半頃 큰 애 夫婦 서울서 왔고~여러 가지 사 갖고. 서울 두 딸들한테서 金品 보내오기도. 낮엔 南宮병원 가서 問病…卞 氏 아주머니(漢斌 氏). ⓒ

〈1988년 5월 8일 일요일 晴〉(3. 23.) (10°, 22°5″)
朝食 後 큰 애 內外 上京. 夕食은 셋째(明) 집에서 했고. ⓒ

〈1988년 5월 9일 월요일 晴, 曇〉(3. 24.) (11°, 19°)
李士榮 만나 情談 後 一盃. 幸運不動産 들려 座談(鄭, 李, 宋). ⓒ

〈1988년 5월 10일 화요일 晴〉(3. 25.) (11°, 24°)
數日 前부터의 感氣(기침, 가래) 洋藥 여러 차례 服用해도 治癒 안되고. ◎

〈1988년 5월 11일 수요일 晴〉(3. 26.) (16°, 20°)
石內科 가서 기침 가래 感氣治療 받았고…'기관지, 肝이 若干 부었다고'. 李炳麟 氏에 탁주. ◎

〈1988년 5월 12일 목요일 晴〉(3. 27.) (11°, 21°)
淸州女高(校長 南光鉉)에서 市內 居住者 三樂會員 招請에 參席하여 昼心 맛있게 먹고 膳物로 양말 나누어 받기도.
石內科 가서 注射 맞고 感氣약 四日 分치 져왔고. ◎

〈1988년 5월 13일 금요일 晴〉(3. 28.) (10°,)
電擊的으로 서울 다녀온 것~社會人 배드민턴 中央會長旗 쟁탈 試合…禾谷洞? 登天洞? 88 體育館…새마을中央本部. 淸州 크럽 混合長壽班에서 金메달. ◎

〈1988년 5월 14일 토요일 曇, 가랑비〉(3. 29.) (16°, 19°)
週例行事 中 土曜行事 今日도 그대로 施行~아침運動 後 沐浴.
幸運福德房 들려 鄭, 李 親旧와 함께 17日 行事에 對하여 相議하기도. ◎

〈1988년 5월 15일 일요일 曇, 晴〉(3. 30.) (14°, 24°)
전격적으로 父母山으로 逍風 다녀왔기도. 昼心은 江西 정원식당에서.
스승의 날이라고 弟子 찾아와서 고마웠고[34]…玉山校 第26回 卒業生(鄭顯姬 55歲, 鄭熙模 55歲)~記念花盆, 수박 等 사 갖고 왔던 것. 紀念寫眞 撮影. ⓒ

〈1988년 5월 16일 월요일 曇, 晴〉(4. 1.) (14°, 28°)

34) 원문에는 붉은색 색연필로 밑줄이 그어져 있다.

晝食 後 秀谷洞 동산(雲湖學園 뒷山)에 散策 登山했기도.
日暮頃에 서울 큰 애로부터 安否 電話 왔고.

〈1988년 5월 17일 화요일 晴〉(4. 2.) (17°,)
玉山普校 同窓會 行事로 夫婦同伴 逍風 實[35] 施~總 14名. 井母 함께 갔고…忠南 牙山灣과 揷橋湖, 修德寺(善修庵), 忠義祠(尹奉吉 義士) 參拜. 溫陽서 沐浴. 點心은 牙山湖에서 회와 매운탕. 清州 到着은 下午 9時頃. 無事 全員 歸家. ⓒ

〈1988년 5월 18일 수요일 晴〉(4. 3.) (15°, 30°)
井母 델고 '石內科' 가서 診察하고 治療藥 6日分 지은 것~不良(消化), 高血壓, 胃 弱勢라고.
玉山 가서 族弟 晩榮(오미局長)과 族姪 만나(魯均) 22日 婚事 件 자세히 들은 것. ⓒ

〈1988년 5월 19일 목요일 晴〉(4. 4.) (19°, 30°)
아침運動(体操, 自轉車타기, 배드민턴) 旣定대로 失行 中이나 오른팔이 아픈 中.
藥水터 가서 點心(김밥, 토마도, 달걀)과 藥水 받아 먹었고.
日暮頃에 세째 子婦(韓 氏) 제집 玄關 階段에서 卒倒하여 실신 狀態였다는 것을 이웃 젊은이의 周旋으로 急擧 入院 應急治療 後 歸家~네째 魯松이가 病院 往來와 뒷바침에 많이 애쓴 것. ⓒ

〈1988년 5월 20일 금요일 晴〉(4. 5.) (20°, 29°)
昨日에 다친 세째 子婦 델고 '청주병원' 가 본 것…신경과 관련인 듯~治療 받았고. 早朝運動은 明日부터 2日 間 쉴 豫定~右側 팔이 若干 痛症 느껴.
石內科에 들려 感氣(기침, 가레) 藥 6日分치져 왔기도. 昨今 日記 여름 방불. ◎

〈1988년 5월 21일 토요일 晴〉(4. 6.) (19°, 30°5″)
今明日의 早朝 行事는 體操와 驅步, 沐浴으로 施行키로 했고. (右側 팔 痛症으로 배드민턴 쉬기로).
清寧書友會에 제출할 作品 좀 써보았고[36] '六大 健全集會~一. 大韓三樂會, 二. 校長辛酉會, 三. 玉普同窓會, 四. 在淸宗親會, 五. 友信親睦會, 六. 清寧書友會.' 慈室 清州 郭尙榮.
金溪 가서 先祖考 忌祭 지냈고-밤 11時, 從兄님과 단둘이 參祀. ⓒ

〈1988년 5월 22일 일요일 雨, 曇〉(4. 7.) (11°, 15°5″)
金溪서 첫 車로 入淸. 12時부터 2次例 있는 主禮 圓滿히 잘 보았고~故 郭大榮 氏의 孫(재형, 재수)의 結婚式. 井母는 큰 妹夫의 弟 朴氏 結婚式에 鳥致院 가서 參席 人事. ⓒ

〈1988년 5월 23일 월요일 曇, 晴〉(4. 8.) (14°, 22°)
'부처님 오신 날' 2532年. 10時 좀 지나서 井母와 함께 社稷洞 용화사(曹溪宗) 가서 合掌 祈禱(感謝, 祈願)했고. 途中에 社稷洞 俊兄집 잠간 들르기도.
清原郡 三樂會 月例會가 '동원식당'에서 있었

35) 원문에는 붉은색 색연필로 밑줄이 그어져 있다.

36) 원문에는 붉은색 색연필로 밑줄이 그어져 있다.

고. ⓒ

〈1988년 5월 24일 화요일 曇, 晴〉(4. 9.) (15°, 25°)

龍華寺와 三一公園 다녀왔고. 族弟 晩榮(職場訓練院長) 人事次 다녀간 것.

鳥致院도 낮에 갔다 온 것~井母가 22日에 조치원 갔을 때 食堂에 眼鏡을 놓고 왔다기에. ⓒ

〈1988년 5월 25일 수요일 晴〉(4. 10.) (15°, 27°)

釋誕節에 購求한 佛經 카세트 테푸(천수경, 부모은중경, 회심경) 朝夕으로 잠시간씩 돌리며 눈시울을 뜨겁게 적시기도.

玉山 鄭德來 要請으로 濁酒 一盃 待接했고. ⓒ

〈1988년 5월 26일 목요일 晴〉(4. 11.) (16°,)

淸寧書友会에 作品 一点(六大健全集會) 提出[37] 및 入會登錄 畢.

19時부터 있는 忠淸日報社 주최 서울올림픽大會 祝賀新春國樂祭典에 初待 있어 約 1時間 동안 觀覽했고. ⓒ

〈1988년 5월 27일 금요일 晴〉(4. 12.) (18°, 28°)

井母와 함께 錦山 가서 井母 服用用 水蔘 4채와 漢藥 等 55,500원어치 사왔고.

하고 싶던 말 相對方에게(昨日의 일) 하여 어느 程度의 解明에 傷心 좀 풀어진 것. ◎

〈1988년 5월 28일 토요일 晴〉(4. 13.) (15°, 28°5″)

晝間에 잠간 틈 타서 明岩池 다녀왔고.

井母는 數日 前부터 가슴이 나우 아프다는 것…胃장이 弱하다는 것이니 該當 治療 必要. ⓒ

〈1988년 5월 29일 일요일 晴〉(4. 14.) (15°, 29°)

鄭淳株(청주) 子婚에 人事. 甥姪壻(權 氏) 母親喪에도 司倉洞 찾아가 弔問. 午後엔 椒井 가서 藥水 一말 받아오기도…人員 많아서 가외 時間 걸렸고.

서울로 제 母親 藥 지어 놓을 것을 電話하였고. ◎

〈1988년 5월 30일 월요일 晴〉(4. 15.) (18°5″, 29°)

長子와의 言約대로 午後 5時 半에 서울 江南터미날서 만나 제 母親用 內服藥 20日 분치 60봉지 받고. 맛있는 海物湯으로 夕食을 滿足하게 먹고 19時10分 發 高速으로 歸淸하니 밤 9時쯤. 第13代 國會議員들 午後 2時에 開院式[38]이 있었던 말 그대로. ⓒ

〈1988년 5월 31일 화요일 曇, 雨?(4. 16.) (20°, 21°)

長旗 가므름비인데도 미미한 가랑비 程度여서 農村엔 목 타 죽을 지경~모내기 철이고.

前日에 작만한 藥材로 먹도록 푹 삶고 고으기에 井母는 終日 勞力하는 듯…10全大補. 鹿角, 人蔘. 市內 나갔다가 鄭海國 氏 만나 簡素한 点心으로 메밀국수 함께 먹었고.

壽谷洞(秀谷?) 가선 '배드민턴' 채 「화이넥스」 膳物받기도. ◎

37) 원문에는 붉은색 색연필로 밑줄이 그어져 있다.

38) 원문에는 붉은색 색연필로 밑줄이 그어져 있다.

〈1988년 6월 1일 수요일 雨, 曇〉(4. 17.) (18°, 20°)
거의 終日 내린 비이나 가랑비로 그쳐 雨量 얼마 안되는 實情.
세째 家庭 不和 어느 만큼 완화되어 가는 過程 같아서 多幸. ◎

〈1988년 6월 2일 목요일 曇, 晴〉(4. 18.) (17°, 25°)
先祖妣 忌祭로 下午 7時 半에 金溪行~밤 11時 半頃 제사 지냈고.
故鄕 땅 모내기 거의 끝날 지경~가므름 中에 큰 苦役이었을 것. ⓒ

〈1988년 6월 3일 금요일 曇, 쏘나기, 晴〉(4. 19.) (16°, 23°)
새벽 散策 1時 半~體操後 故鄕 앞 堤防 一巡. 전좌리 가서 省墓.
朝食 後 望德山(五代祖, 高祖考墓所) 가서 고사리 한 줌 꺾었고. 歸路에 玉山농협 들렸기도. 淸州 着은 11時 半頃. ⓒ

〈1988년 6월 4일 토요일 曇, 晴〉(4. 20.) (17°, 24°)
玉山농협 가서 先親時節 出資條 貯蓄통장 完結 引出하니 26,000원이었고.
社稷洞 俊兄 宅 2層 建築工事하는 것 가보았기도.
日暮頃에 서울 큰 애 왔고. ◎

〈1988년 6월 5일 일요일 曇, 晴〉(4. 21.) (17°, 28°)
夫婦는 큰 妹 帶同하여 큰 애 車로 故鄕 金溪 큰집에 가서 朝食~從兄嫂 氏의 生辰[39].
낮엔 큰 애 計劃으로 夫婦는 沃川 둘째집 3人 함께 얼핏 다녀오기도.
日暮頃에 큰 사위와 外孫 3男妹(희환, 희진) 제 고향 杜陵 왔던 길에 다녀가기도. ⓒ

〈1988년 6월 6일 월요일 曇, 晴〉(4. 22.) (18°, 29°)
夫婦의 朝食은 司倉洞 큰 妹들 집에서 맛있게 먹었고~妹의 生日[40]이라고. 33회 현충일.
아침운동 時間에 땀 많이 흘려 水安堡 다녀오기도…경비 우수 난 셈. ◎

〈1988년 6월 7일 화요일 晴〉(4. 23.) (18°, 31°)
教員共濟 부가금形 一口座 分 最初로 入金(50,000원) 確認했고. ⓒ

〈1988년 6월 8일 수요일 가끔 비〉(4. 24.) (24°, 26°)
새벽부터 부슬비 거의 終日토록 오락가락.
椒井藥水 1말 받아왔고.
사우디 運으로부터 未電-予金했던 것 2百万원 送金[41](온라인, 現金化(資金化)로 한국 외환은행. 김용수. 136-19-08310-0. ◎

〈1988년 6월 9일 목요일 晴〉(4. 25.) (20°, 28°)
三從兄 郭魯容(大榮 氏 3子) 女婚에 다녀온 것~서울市 江南區 '목화예식장'…高速터미날(地下鐵)→敎大역(바꿔타고)→江南역에서 下

39) 원문에는 붉은색 색연필로 밑줄이 그어져 있다.
40) 원문에는 붉은색 색연필로 밑줄이 그어져 있다.
41) 원문에는 붉은색 색연필로 밑줄이 그어져 있다.

車.「잠실行 地下鐵」. 從兄님과 三從姪 魯德과 同行.
夕食 後 '서울올림픽 100日 前夜 祝祭 行事' TV視聽에 興味. 快感. 믿음직했고. ⓒ

〈1988년 6월 10일 금요일 曇, 晴〉(4. 26.) (20°, 30°)
公務員年金買占用 비자카드 發行 手續했고~'忠北銀行.'
東편 뒷山 가서 잔디씨 5勺[42] 程度 採取하기도~ 先考墓所에 뿌릴려고. ⓒ

〈1988년 6월 11일 토요일 曇, 晴〉(4. 27.) (21°, 30°)
社稷洞 幸運事務室 가서 鄭, 李兄 만나 情談했고. 第五共和國 非理說도. ◎

〈1988년 6월 12일 일요일 晴〉(4. 28.) (20°5″, 30°)
井母와 함께 錦山 다녀 온 것~下品 人蔘 3채 사왔으나 속았기도. ⓒ

〈1988년 6월 13일 월요일 晴〉(4. 29.) (19°, 31°)
베드민턴 經歷 約 半年 程度이나 年齡 마련해선 우수 잘 하는 편임을 自認.
日暮頃에 잔디씨 約 5勺 程度 훑어오기도~先考 墓所用. 세째 家屋 팔았다나. ◎

〈1988년 6월 14일 화요일 晴, 曇〉(5. 1.) (20°, 32°)
어제는 停年時 在職校 梧仙校에 在勤 中인 李鍾成 一般職 앞으로 6月의 報勳의 달 意로 夏節 衣類 等 小包 郵送하였기에 도운 마음으로 개운했고.
日暮頃엔 上下層 房안 淸掃에 流汗勞力. ⓒ

〈1988년 6월 15일 수요일 晴〉(5. 2.) (21°, 31°)
食事 잘 하고 健康狀態 良好. 배드민턴 趣味 담뿍. ⓒ

〈1988년 6월 16일 목요일 曇〉(5. 3.) (22°, 28°)
數日 間 氣溫 높아 한 여름 방불. 밤에 弟 振榮 夫婦 다녀갔고. ◎

〈1988년 6월 17일 금요일 曇, 晴〉(5. 4.) (20°, 29°)
今日도 相對方의 痛症治療 濕布에 勞力補助에 힘썼고. 19時부터 있는 在淸宗親會에 參席~協調, 責任, 誠意에 對하여 力說하기도. ⓒ

〈1988년 6월 18일 토요일 晴〉(5. 5.) (20°, 30°)
梧仙校 在勤 中인 李鍾成 一般職 夫婦 고기 等사 갖고 來訪人事에 고마웠기도. ⓒ

〈1988년 6월 19일 일요일 曇〉(5. 6.) (19°, 28°)
終日토록 家庭에서 해 넘긴 것. 日暮頃엔 두어 時間 집안 淸掃에 勞力했고. ⓒ

〈1988년 6월 20일 월요일 曇〉(5. 7.) (21°, 30°)
井母의 勞力과 功으로 울 안 庭園엔 菜蔬類, 호박, 동부, 花草가 보기 좋게 茂盛. ⓒ

〈1988년 6월 21일 화요일 曇, 晴〉(5. 8.) (20°, 30°

42) 작(勺): 국자라는 뜻. 척관법에 의한 용적 단위. 한 되의 100분의 1, 약 0.018 l 에 해당한다.

5″)
校長 辛酉會에 參席. 13時, 송원식당 8名 參席. 夏季 逍風 決議. 낮부터 목(首) 아팠고. ⓒ

〈1988년 6월 22일 수요일 晴〉(5. 9.) (21°, 30°)
日暮頃 막 버스로 故鄕 金溪 가서 밤 11時에 伯母忌祭 올렸고. 단 從兄弟 뿐 參祀. ⓒ

〈1988년 6월 23일 목요일 曇〉(5. 10.) (21°, 26°)
食 前 첫 버스로 入淸하니 7時 20分. 壽谷洞 일 氣分 少한 편이면서 도리어 잘된 양으로도 생각되기도…目的만을 생각할 때. 郡 三樂會 總會에 參席. ⓒ

〈1988년 6월 24일 금요일 曇〉(5. 11.) (20°, 29°)
忠北銀行 가서 物品 購買 카드 받았고. 玉山洞 事務所 가선 財産稅 內譯 알아보니 2,160원…1,800원 + 360원(둑너머 밭 + 용수샘 밭)이라고 確認.
五男 魯弼이 明日 오겠다고 電話 消息-約 3個月만인 것[43]. ⓒ

〈1988년 6월 25일 토요일 晴〉(5. 12.) (20°, 32°)
椒井藥水 1말 程度 받아왔고. 玉普同窓會 江西友信親睦會에 參席.
밤 11時 50分頃 서울서 魯弼이 왔고…'제 職場에 後悔없다고….' 6. 25 38주년[44] ⓒ

〈1988년 6월 26일 일요일 晴〉(5. 13.) (21°, 31°)
배드민턴 親善行事 있어 淸州 크럽 33名에 끼어 堤川 다녀온 것~6時 30分 發. 밤 10時 半 淸州 着. 堤川體育館에서 行事. 長壽班에서 게임. 1勝1敗. 弼이 上京. ⓒ

〈1988년 6월 27일 월요일 晴〉(5. 14.) (21°, 32°)
淸寧書友會에 提出한 作品展示會에 招請 있어 11時에 參席 觀覽~淸州 藝術館에 120点 揭示. 40番. 六大健全集會, 安孝烈 會長이 加筆한 것으로 揭示됐던 것. 밤 9時부터 있는 班常會엔 井母가 參席. ◎

〈1988년 6월 28일 화요일 曇〉(5. 15.) (21°, 32°)
玉山 가서 財産稅(밭) 解決. 새청주약국 尋訪. 약수터 다녀오고(淸原祠 배수 工事). ⓒ

〈1988년 6월 29일 수요일 雨, 曇〉(5. 16.) (21°, 27°)
모처럼 비 좀 내렸고…甘雨. 藝術會館에서 作品(第4回 淸寧書友會) 찾아 '靑松통닭집'에 膳物로 寄贈했고. ⓒ

〈1988년 6월 30일 목요일 曇, 晴〉(5. 17.) (20°5″, 31°)
月納金 整理後 任昌武 만나 酒類待接하면서 情談 나누기도.
사우디 運한테서 未電~送金分치 受領. 7月中旬 다녀갈 豫定. 임신 6月이란다나. ⓒ

〈1988년 7월 1일 금요일 晴〉(5. 18.) (22°, 32°)
'새청주약국' 開業 行事에 가보았고(主 郭漢鳳). 日暮頃 俊兄과 一盃했고.
3男 明한테 60万 원整 作春에 주었던 것 40万 원만 받은 셈. ⓒ

43) 원문에는 붉은색 색연필로 밑줄이 그어져 있다.
44) 원문에는 붉은색 색연필로 밑줄이 그어져 있다.

〈1988년 7월 2일 토요일 曇〉(5. 19.) (24°, 32°)
井母와 함께 市內 가서 '새청주약국' 들러 消化劑(비스타제) 1갑 샀고. 旧市場 가선 키와 절구땡이 사기도. ⓒ

〈1988년 7월 3일 일요일 曇, 晴〉(5. 20.) (22°, 32°)
点心과 夕食에 費用 난 셈. 날씨 계속 가믈고. 낮 氣溫 繼續 30度 上廻. ⓒ

〈1988년 7월 4일 월요일 曇, 晴〉(5. 21.) (23°, 31°)
午後에 市內 '현동석재' 가서 小形 돌절구통 값 알아본 것…양염절구 3万 정도. ⓒ

〈1988년 7월 5일 화요일 曇〉(5. 22.) (22°, 31°)
小形 돌절구통 現物材料 보려고 井母와 함께 牛岩洞 현동 석재에 다녀왔고.
울 안 作物 손질에 如日 勞力하는 井母의 모습 撮影했고…호박, 동부, 무우, 파, 상치 等.
흰빛 無窮花꽃 첫 꽃 3송이 피었고[45]. ⓒ

〈1988년 7월 6일 수요일 曇, 晴〉(5. 23.) (24.5°, 34°)
장마 장마 하였어도 아직 비 그리 안왔고. 今日 따라 34度까지 氣溫 上昇.
혼자서 모처럼 大淸댐 가보았기도~낮에 갔다가 곧 廻路.
鄭顯姬, 河君 来訪. ⓒ

〈1988년 7월 7일 목요일 曇, 晴〉(5. 24.) (26°, 34°)
3男 明이 移舍 準備로 雲泉洞 住公APT 119棟 406号 房 修理하는 데 가보았고. ⓒ

〈1988년 7월 8일 금요일 曇, 晴〉(5. 25.) (25°, 34°)
玉山 가서 梧倉골프장長이 朴 商工會議所 所長임을 確認하고 鄭 女史에 連絡. ⓒ

〈1988년 7월 9일 토요일 曇〉(5. 26.) (26°, 31°)
3男 明이 新築 個人住宅에서 住公APT(운천 119棟 406号)로 移舍했고[46].

〈1988년 7월 10일 일요일 雨, 가끔 비〉(5. 27.) (25°, 25°)
零時부터 부슬비-오랜만의 甘雨. 어제 江原, 京畿 一部는 洪水로 被害 많다고. ◎

〈1988년 7월 11일 월요일 가끔 비〉(5. 28.) (22°, 27°)
石製 양념절구(小形) 3万 원에 맞추어 完成되어 運搬했고. 비 나우 내렸고…80㎜. ◎

〈1988년 7월 12일 화요일 雨, 曇〉(5. 29.) (22°, 29°)
엊저녁 밤 늦게 찾아온 三男 明은 過去의 잘못된 不孝노릇 謝過하고 앞으로 誠心 誠意 父母에게, 家庭生活에 充實 다하겠다고 다짐…제 母親 藥값도, 고기도 사온 것. ◎

〈1988년 7월 13일 수요일 曇, 雨, 가끔 비〉(5. 30.)

45) 원문에는 붉은색 색연필로 밑줄이 그어져 있다.

46) 원문에는 붉은색 색연필로 밑줄이 그어져 있다.

(22°, 27°)
어제 낮 12時頃 旅行中인 孫子 英信이 잠간 들렸고~6日 前 南쪽行. 今日은 全州行한다나. 8시 半부터 30分 間 集中暴雨…淸州地方 100㎜라고. ◎

〈1988년 7월 14일 목요일 雨, 曇, 가끔 비〉(6. 1.) (24°, 27°) 初伏
七月 七日부터 비 내려 長마비~먼 곳 여러 군데 各種 被害 많은 듯. 弼의 生日이라나. ◎

〈1988년 7월 15일 금요일 曇, 晴, 가끔 비〉(6. 2.) (24°, 30°)
朴萬圭(妹夫 朴琮圭 弟) 死亡 葬禮에 江外面 桑亭里 가서 弔喪하였고…約 6km 步行탓인지 어지럽고 고단한 것 참기에 애썼던 것. 서울 弼이 來週 日曜日에 온다고 來電. ⓒ

〈1988년 7월 16일 토요일 曇〉(6. 3.) (25°, 30°)
椒井 가서 藥水 1말 받아왔고. 松은 宿直. ◎

〈1988년 7월 17일 일요일 雨, 曇〉(6. 4.) (24°, 28°)
18時에 '대구식당'에서 있는 在淸宗親會에 參席…淸原祠 築台, 2命 停年者 일 말했고. ⓒ

〈1988년 7월 18일 월요일 曇〉(6. 5.) (25°, 27°)
尹洛鏞 초청에 柳海鎭과 함께 가서 酒類 待接 받기도. ⓒ

〈1988년 7월 19일 화요일 曇〉(6. 6.) (25°, 31°)
次男 絃이 다녀갔다는 것. 沃川 子婦한테서 來電~祖父 忌故日 確認. ◎

〈1988년 7월 20일 수요일 雨, 曇〉(6. 7.) (25°, 29°)
午前에 20分 間 集中暴雨. 今年들어 無心川 물 가장 많이 흐르는 것.
4双(尹낙용, 柳해진, 宋석회, 郭상영) 夫婦 同伴된 一同 13時에 石山亭에서 모여 人事交流後 韓定食으로 点心 했고. 假名 '淸德會' 每月 12日에 定期會合키로 合意본 것.
夕食 後 井母와 함께 셋째 집(운천APT 119棟 406號) 다녀왔고. 5, 600m. ⓒ

〈1988년 7월 21일 목요일 가끔 비, 晴〉(6. 8.) (23°, 30°)
辛酉會에 參席. 9名 出席(缺 崔). 三原食堂. 會費 3,000원씩, 別席에서 安의 醉談 있었고. ⓒ

〈1988년 7월 22일 금요일 가끔 비〉(6. 9.) (22°, 24°)
12時 半부터 約 30分 間 集中暴雨. 긁어 부스럼 格으로 点心값 나갔기도. ◎

〈1988년 7월 23일 토요일 曇, 雨, 曇〉(6. 10.) (23°, 24°)
淸原郡 三樂會에 參席. 夕食 待接 받았으나 찐덥지 않았던 셈. ⓒ

〈1988년 7월 24일 일요일 曇〉(6. 11.) (23°, 25°)
배드민턴 淸州 크럽 野遊會[47]에 다녀온 것-화양동 파천溪谷[48]. 約 30名. 無事했고.
魯弼이 서울서 왔고. 明日 午後에 上京한다나.

47) 원문에는 붉은색 색연필로 밑줄이 그어져 있다.
48) 원문에는 붉은색 색연필로 밑줄이 그어져 있다.

모처럼 비 안왔고. 中伏. ⓒ

〈1988년 7월 25일 월요일 曇〉(6. 12.) (21°, 23°)
낮엔 서울서 弼의 約婚女 孫孃 왔다가 어제 왔던 弼과 함께 17時頃 上京.
班常會에 井母가 參席했고. 낮에 李晳均 만나 情談하며 탁주 一盃. ⓒ

〈1988년 7월 26일 화요일 가끔 비〉(6. 13.) (20°, 20°)
故 鄭元相 氏(前 청원군 교육장) 葬禮에 다녀왔고~全東 方面 송덕? 송곡. 비 때문에 구정구정했던 것. 玉普同窓會에 參席하여 夕食을 會食. ⓒ

〈1988년 7월 27일 수요일 曇〉(6. 14.) (19°, 26°)
壽谷洞서 㐲心 後 電話 件으로 傷心타가 誤解 풀어져 해 다 가서 歸家한 셈.
無料 公演團의 民俗求景에서 井母는 藥品 等 過買한 편이나 諒解 補助하였기도. ◎

〈1988년 7월 28일 목요일 曇, 晴〉(6. 15.) (22°, 28°)
玉山 權殷澤 氏 만나 㐲心 같이 했던 것. 어제의 傷心 다 解消된 셈. ⓒ

〈1988년 7월 29일 금요일 晴〉(6. 16.) (21°, 30°)
장마 그치고[49] 어제부터 날씨 좋아지는 듯. 朝夕으로 氣溫 낮은 편.
先考忌日 10周年[50]. 밤 11時에 忌祭 올렸고…子息 위로 4兄弟. 큰 사위(趙), 從兄과 堂姪(노석). 弟 振榮 家族 全員 參祀. 日暮頃 弟子 鄭顯嬉 다녀갔고~閔교수 일로. ⓒ

〈1988년 7월 30일 토요일 晴〉(6. 17.) (21°, 30°)
주무셨던 從兄님은 朝食 後 金溪 歸家. 下午 4時까지 어제 왔던 家族들 모두 歸家.
小魯 가서 任昇赫 母親喪에 人事했고(任상주 出他 中).
女弟子 五名 人事次 來訪했다는 데 못봤고(出地로).~ 朴鍾花, 鄭顯姬. ⓒ

〈1988년 7월 31일 일요일 晴〉(6. 18.) (20°, 31°)
友信親睦會에서 夫婦同伴 11双 逍風[51] 다녀온 것~大田, 추부, 七百義塚(從容寺)…趙憲 선생, 靈圭大師(錦山), 대둔산(大芚山…全北 完州), 모래재 고개, 진안, 馬耳山[52] 탑사, 松廣寺(全州市). 灌燭寺(恩津미륵)-淸州 와서 夕食하니 20時. 杏한테서 電話 왔다고(정식교사). ⓒ

〈1988년 8월 1일 월요일 晴〉(6. 19.) (22°, 34°)
5日째 淸明한 날씨되고. 7月 上旬에 34도까지 올라간 적 있었던 것. ◎

〈1988년 8월 2일 화요일 晴〉(6. 20.) (22°, 33°5″)
觀光會社 몇 군데 急히 다니며 變更된 日字 再調整에 바쁘게 땀 흘린 것. ⓒ

〈1988년 8월 3일 수요일 晴〉(6. 21.) (24°, 33°)

49) 원문에는 붉은색 색연필로 밑줄이 그어져 있다.
50) 원문에는 붉은색 색연필로 밑줄이 그어져 있다.
51) 원문에는 붉은색 색연필로 밑줄이 그어져 있다.
52) 원문에는 붉은색 색연필로 밑줄이 그어져 있다.

家內 淸掃 및 잔삭다리 정리와 明日 旅行 準備에 萬全을 期한 것. ◎

〈1988년 8월 4일 목요일 晴〉(6. 22.) (24°, 34°)
8時 40分 出發에 '대원관광버스.' 天安→牙山灣→瑞山→泰安→万里浦海水浴場 到着. 午後(下午 영시 30分) 着. 点心(만리포 모텔). 2時間 程度 海水浴 하고 就寢. ⓒ

〈1988년 8월 5일 금요일 晴, 소나기〉(6. 23.) (23°, 33°)
早起하여 廣場서 배드민턴 1時間 程度로 運動하고 朝食 後 2時間 程度 海水浴한 뒤 下午 4時 發 觀光버스로 淸州 오니 下午 7時 半. 明日 來淸 豫定을 1日 당긴 것. ⓒ

〈1988년 8월 6일 토요일 曇, 晴〉(6. 24.) (24°, 33°)
鄭淳珠 主管으로 一盃 應待. 鄭弘模도 同席. 郡농협 가서 '현금카드…CD카드' 受領. ⓒ

〈1988년 8월 7일 일요일 曇, 晴〉(6.25.) (26°, 35°)
'立秋.' 今日까진 氣溫 最高~35度. 明日 出發 準備 萬全. 井母와 市場 가서 고추, 마늘 購買. ⓒ

〈1988년 8월 8일 월요일 晴〉(6. 26.) (25°, 34°)
'아세아觀光' 主管의 紅島行旅行[53]으로 8時 20分 發 버스-一行 23名. 1人當 公式費用 5万원씩. 木浦서 点心(12時 半). 木浦發 午後 1時 40發(一般船) 紅島 到着 7시 半. '홍도旅館'에서 一同 男女別 合宿. ⓒ

〈1988년 8월 9일 화요일 晴〉(6. 27.) (25°, 34°)
유람船으로 紅島 一巡~ 2時間 半 所要. 点心 後 黑山島 갔고~2時間 所要. 比較的 航口(港口) 컸고…全南 新安郡 黑山面 예里. 市街地 一巡하고 夕食. ⓒ

〈1988년 8월 10일 수요일 晴〉(6. 28.) (26°, 35°)
紅島(全南 新安郡 黑山面 紅島理 一,二區)도 黑山島도 電氣와 물 事情 不圓滿. 6時40分에 一般船 타고 5時間 所要 木浦 着. 유달山 잠간 求景하고, 点心은 제주食堂에서 한 것. 버스로 4時間 所要 淸州 着. 夕食 後 解散. 모두 無事. ⓒ

〈1988년 8월 11일 목요일 晴〉(6. 29.) (26°, 35°)
서울서 큰 딸과 셋째딸(媛과 妊) 왔고~ 外孫(조연진, 신중환, 신현아)델고.
집안 이야기…魯弼의 約婚 9月18日(8.8) 結婚 11月20日(10.12)로 予定[54]해 보기도. ◎

〈1988년 8월 12일 금요일 晴, 曇〉(7. 1). (24°, 33°)
네 쌍쌍 모임會(永樂會)에 夫婦 參席하여 歡談 後 晝食했고~石山亭. ⓒ

〈1988년 8월 13일 토요일 晴〉(7. 2.) (24°, 35°)
큰 딸애는 上京. 今日 末伏. 낮氣溫 가장 높은 날 中의 하루. 井母는 호배추 파종[55]. ◎

53) 원문에는 붉은색 색연필로 밑줄이 그어져 있다.
54) 원문에는 붉은색 색연필로 밑줄이 그어져 있다.
55) 원문에는 붉은색 색연필로 밑줄이 그어져 있다.

〈1988년 8월 14일 일요일 晴〉(7. 3.) (26°, 33°)
6時 半에 敎大체육관에 나가 배드민턴 치는 行事 繼續 中이고. ⓒ

〈1988년 8월 15일 월요일 曇, 가끔 비〉(7. 4.) (25°,)
光復 43周年 慶祝日. KBS 主催 光復 43周年 건강달리기大會에 參席參與하여 4km 18分에 完走해서 記念메달 받았고[56].
3女(外孫, 신중환, 신현아) 12時 버스로 歸京次 出發.…5日 間 놀다 간 것. ⓒ

〈1988년 8월 16일 화요일 晴, 쏘나기〉(7. 5.) (24°, 29°)
日暮頃에 上京. 文井洞 長子 집에서 五男 魯弼도 만났고. 魯弼 約婚 行事 9月4日로 變更. 行事內容 簡略하게. 結婚日은 11月 下旬으로 再檢討하도록. ⓒ

〈1988년 8월 17일 수요일 晴, 쏘나기〉(7. 6.) (25°, 29°)
서울서 일찍 떠나 10時頃 淸州 집에 到着. 先伯父忌祭에 參祀. 從兄은 旅行中. ⓒ

〈1988년 8월 18일 목요일 雨, 晴, 쏘나기〉(7. 7.) (23°, 30°)
小作 준 兩편 밭 作物(고추, 땅콩) 良好…食前 散策에 둘러본 것. 아침 일찍 歸淸.
今日 쏘나기 2차례에 發芽 잘 된 배추떡잎 惡영향. 今日 七夕. ◎

〈1988년 8월 19일 금요일 曇, 晴〉(7. 8.) (22°,)
辛酉會 月例會義에 參席~大田市 安昌根 會員 招待. '별천지' 食堂. 鷄龍山 東鶴寺도 求景[57]. 동학溪谷과 新綠이 有名했고. 大田서 120번 버스, 신탄진에선 133번. 21時에 歸淸. ⓒ

〈1988년 8월 20일 토요일 晴, 가랑비〉(7. 9.) (24°, 31°)
金鎭烙 학성국校長 停年行事에 다녀왔고. 저녁은 外食했고. ⓒ

〈1988년 8월 21일 일요일 가끔 비〉(7. 10.) (24°, 29°)
今朝 운동은 體育館 마루바닥 修理 基礎作業에 全員 流汗 勞力한 것.
突然 東鶴寺 동악계곡逍風 다녀오기도. ◎

〈1988년 8월 22일 월요일 曇, 晴〉(7. 11.) (25°, 30°5″)
魯弼한테 連絡 와서 井母와 함께 市中銀行 가서 約婚用 패물값으로 50万 원 부쳐줬고. ~(40萬 원…井母 예금, 仝 10萬 원 所持金). ⓒ

〈1988년 8월 23일 화요일 曇, 晴〉(7. 12.) (23°, 29°)
李俊遠 校長 功勞退任式에 參席코저 陰城郡 遠南國校 다녀왔고.
弼 約婚에 패물 중 時計 30万 원整에 샀다고 長子한테서 來電. 3女로부터 松의 婚談도. ⓒ

---

56) 원문에는 붉은색 색연필로 밑줄이 그어져 있다.

57) 원문에는 붉은색 색연필로 밑줄이 그어져 있다.

〈1988년 8월 24일 수요일 曇, 晴〉(7. 13.) (22°, 29°)
金在龍(무극)校長 停年式에 參席次 無極校 다녀왔고. 歸路에 '희茶房' 成 氏 自家用 車 신세졌기도. 車埈昇, 金奎福, 申奉植 교장한테 待接받기도. ⓒ

〈1988년 8월 25일 목요일 曇, 晴〉(7. 14.) (22°, 30°)
井母와 함께 '백합혼수방' 가서 弼 約婚用 四柱紙 소 옷감, 소 함 等 15万 원整 해왔고. ⓒ

〈1988년 8월 26일 금요일 曇〉(7. 15.) (21°, 29°)
李善求(三陽)校長 停年式에 參席 沃川 다녀왔고.
19時부터 西門食堂에서 玉普同窓會 있었기도. 8名 全員 參席. ⓒ

〈1988년 8월 27일 토요일 曇〉(7. 16.) (21°, 25°)
李鍾瓚(中央), 李彰洙(石橋) 校長 停年退任式에 다녀온 것.
밤 11時頃 서울서 五男 魯弼이 왔고~約婚 前 相議할 일 있어. ⓒ

〈1988년 8월 28일 일요일 曇〉(7. 17.) (20.5°, 26°)
昨夜 왔던 魯弼 約婚行事 相約하고 16時에 上京 向發~88. 9. 4. 13時 北岳터널 올림피아호텔 1층. 淸州선 當日 10時 前 出發토록. 20名 豫定. 親友 代表는 송경화. ⓒ

〈1988년 8월 29일 월요일 曇〉(7. 18.) (19°, 24°)
日暮頃 次男 絃 事業上 淸州 온 결에 잠간 들러갔고. ⓒ

〈1988년 8월 30일 화요일 曇, 晴〉(7. 19.) (19°5", 28°)
井母와 함께 市場 가서 몇 가지 물건 사 가지고 순대국밥 집에서 点心 요기도.
學期末 異動者 中 31名에게 祝賀 書信 發送했고. ⓒ

〈1988년 8월 31일 수요일 曇, 晴〉(7. 20.) (20°, 29°)
雜費 푼돈 過多 支出이 每月 繼續됨을 느끼나 不可避한 心情 억제 못하고. ⓒ

〈1988년 9월 1일 목요일 晴〉(7. 21.) (19.5°, 30°)
弼 約婚行事 計劃 거의 굳혀가는 듯. 둘째 絃 잠간 다녀갔고. ⓒ

〈1988년 9월 2일 금요일 曇〉(7. 22.) (20°, 26°)
한겨레신문사 여론매체부에 원고지 3매 써서 발송했던 것.(100호, 독자의 의견). ⓒ

〈1988년 9월 3일 토요일 曇, 晴〉(7. 23.) (20°, 26°)
明日 上京할 家族 數把握~淸州 出發 11名, 沃川 2名. 서울家族 7名? ◎

〈1988년 9월 4일 일요일 晴, 曇〉(7. 24.) (20°, 29°)
9時 半 高速으로 온 家族 上京하여 五男 魯弼 約婚式[58]에 參席~絃 夫婦, 明 夫婦, 振榮 夫

58) 원문에는 붉은색 색연필로 밑줄이 그어져 있다.

婦, 큰 妹 夫婦, 姪女 夫婦, 서울선 큰 애 夫婦, 孫子 英信, 큰 딸 夫婦, 三女, 弼의 親友 '李明榮, 송경화.' 將來 査頓側도 關聯者 20名 參席. 13時부터 15時. 北岳터널 올림피아호텔. 우리 夫婦도 끝까지 健在하게 行事 끝까지 기쁜 마음으로 無事히 마치고 下午 4時 半 發 車로 入淸. ⓒ

〈1988년 9월 5일 월요일 晴〉(7. 25.) (19°, 28°)
在應스님 왔고. 어제 서울서 잘 왔느냐?고 各處에서 安否 전화…子息들. ⓒ

〈1988년 9월 6일 화요일 晴〉(7. 26.) (20°, 30°)
玉山 가서 戶籍謄本 3통 떼어온 것~在應스님 所用…버마行 手續用 서류타나. 下午 5時 在應스님(次女 魯姬) 天安 方面으로 떠났고. '그 뒷모습 어찌 잊으리.' ⓒ

〈1988년 9월 7일 수요일 晴〉(7. 27.) (20°, 30°5″)
井母와 함께 市場 본 것~ 마늘 6접, 배추, 약국 等. ⓒ

〈1988년 9월 8일 목요일 晴〉(7. 28.) (21°, 30°)
井母는 不眠症과 頭痛이란대서 測定(100-190)과 벤디곤藥 마련했고.
제 24회 서울올림픽 聖火 淸州 着하여 體育館에 安置[59]…20時에 現場 봤더니 超人波. ⓒ

〈1988년 9월 9일 금요일 晴〉(7. 29.) (20°, 31°)
井母 同伴 '원푸라자' 가서 神經痛예방 자석製 귀붙임 購買 着用했기도. 낮 동안은 地下室 炭보일라機 淸掃 着油作業에 流汗勞力했고. ⓒ

〈1988년 9월 10일 토요일 曇, 가랑비〉(7. 30.) (20°, 24°)
모처럼 비 와서 菜蔬에 甘雨. 治癒上 井母 양 귀에 구멍 내어 銀環 끼게 했고. ⓒ

〈1988년 9월 11일 일요일 雨〉(8. 1.) (18°, 20°)
李鎭文(水落) 回甲宴 招請에 거구장 다녀왔고. 비는 가랑비로 거의 終日 내린 셈. ⓒ

〈1988년 9월 12일 월요일 曇〉(8. 2.) (18°, 23°)
賢都 姪壻 吳炳星 親喪(故 吳昌泳)에 弔問했고~南二 尺山 喪家…石谷 장지. ⓒ

〈1988년 9월 13일 화요일 晴〉(8. 3.) (18°, 28°)
井母와 市內 나가서 청송屋과 新羅예식장 둘러보고 藥用 돼지生肝 사기도.
數處 다녀본 後 '三州禮式場'에 食堂까지 豫約한 後 五男 魯弼한테 連絡했고. ⓒ

〈1988년 9월 14일 수요일 曇, 晴〉(8. 4.) (17°,)
淸原郡 三樂會에서 實施하는 觀光旅行에 參席[60]~7.30發. 그렌드旅行社. 37名 大邱 達城公園. 玄風 經由 馬山서 中心. 돝섬(豚島), 海底터널, 巨濟島, 장승포[61](대우조선소, 石油試錐船)에서 宿泊. '옥성장여관.' ⓒ

〈1988년 9월 15일 목요일 曇〉(8. 5.)

59) 원문에는 붉은색 색연필로 밑줄이 그어져 있다.

60) 원문에는 붉은색 색연필로 밑줄이 그어져 있다.
61) 원문에는 붉은색 색연필로 밑줄이 그어져 있다.

朝食 前에 船舶으로 海金剛 一巡…地心島, 外道, 晉州 촉석루(矗石樓), 義妓祠 參拜. 晉州서 点心 後 歸路(14時 30分~20時), 淸州에 全員 無事到着. ⓒ

〈1988년 9월 16일 금요일 晴〉(8. 6.) (20°, 28°)
玉山 急히 가서 在應스님(次女 姬)의 身元證明書 2通 떼어왔고-天安서 스님 와서 또 가고. 井母用 補藥 또 10첩 지었고. 日暮頃 뒷山에 가서 송편 빚을 솔잎財(材) 마련했기도. ◎

〈1988년 9월 17일 토요일 晴〉(8. 7.) (21°, 30°)
제24회 올림픽 서울大會 10時 半 開幕式 잠실벌[62]서…TV 視聽. 맑은 날씨,
宗親會에 參席~약수터 淸原祠 가서 雜草 除去 作業했고. 밤 10時頃 魯弼이 왔고. ⓒ

〈1988년 9월 18일 일요일 晴〉(8. 8.) (19°, 30°)
昨夜 왔던 魯弼이 約婚女 孫孃과 淸州서 만나 禮式場 不滿足感으로 다시 上京.
큰 妹夫 새 집 移舍 준비에 가보고. 秋夕 송편用 솔잎 다듬는 데 協助. 点心 俊兄 집에서. ⓒ

〈1988년 9월 19일 월요일 晴〉(8. 9.) (20°,)
올림픽 전시種目 '배드민턴' 求景次 淸州 크럽 서울現場 서울大체육관 다녀온 것[63]. 50名에 끼어 3A6-10座席. 7시 出發, 밤 10시 歸淸. ⓒ

〈1988년 9월 20일 화요일 晴〉(8. 10.) (18°, 27°)
井母 덴고 '한국병원' 가서 린겔(영양제)와 '로얄제리' 注射 맞는데 約 3時間 半 所要. ⓒ

〈1988년 9월 21일 수요일 晴〉(8. 11.) (15°, 27°)
辛酉會 月例會義에 參席~삼원식당. 10月21日에 秋季 逍風 實施키로 協議되고.
서울올림픽에서 레슬링 金영남 金메달 획득에 온國民 歡聲. ⓒ

〈1988년 9월 22일 목요일 晴〉(8. 12.) (14°5″, 27°)
故鄕 가서 父母님 墓所 禁草한 곳 再손질과 進入路 雜木 伐草木에 流汗勞力했고. ⓒ

〈1988년 9월 23일 금요일 晴〉(8. 13.) (15°, 28°)
井毛는 송편 빚을 準備와 祭物 장 흥정에 바빴고. 난 淸掃(玄關, 풍로 화장실, 2層)에 勞力. ⓒ

〈1988년 9월 24일 토요일 晴〉(8. 14.) (17°, 28°)
家內 淸掃 後 藥用 길경이 캐고. 秋夕祭禮 준비로 집안 분주했고. 家族 모두 集合, 外國 딸 전화도. ⓒ

〈1988년 9월 25일 일요일 晴〉(8.15.) (17°, 23°)
秋夕茶禮 마치고 아이들과 2대 乘用車로 故鄕 가서 省墓했고. 큰 애와 몇은 賢都까지 人事 다녀오고. 弼과 英信은 午後 5時 半 發로 서울向發. 딱한 3女 서울서 全東 거쳐 日暮頃에 왔고. ⓒ

〈1988년 9월 26일 월요일 晴〉(8. 16.) (13°, 22°)
서울 아이들 모두 歸家. 金溪校 運動會에 다녀왔기도. 從兄嫂 氏 入院 中 오늘도 人事. ⓒ

---

62) 원문에는 붉은색 색연필로 밑줄이 그어져 있다.
63) 원문에는 붉은색 색연필로 밑줄이 그어져 있다.

〈1988년 9월 27일 화요일 晴〉(8. 17.) (12°5″, 22°)
井母와 함께 낮에 '南宮病院' 가서 從兄嫂 氏 問病…胃 엑스레이 後 未判. ⓒ

〈1988년 9월 28일 수요일 晴〉(8. 18.) (12°, 24°)
今日도 夫婦 함께 나가 從兄嫂 氏 問病. '한국병원' 들러 井母엔 注射 맞았고. ⓒ

〈1988년 9월 29일 목요일 晴〉(8. 19.) (13°, 26°)
今日도 從兄嫂 氏 問病했고~南宮病院. 저녁땐 玉普同窓會에 參席하기도.
제24 올림픽서울大會에서 우리韓國 女性팀이 最强 소련팀을 격파하고 金賞 받았고[64]. ⓒ

〈1988년 9월 30일 금요일 晴〉(8. 20.) (13°, 25°)
終日토록 房안 生活~올림픽 TV 視聽. 新聞通讀. 日暮頃 배추에 물 주기도. ⓒ

〈1988년 10월 1일 토요일 晴〉(8. 21.) (14°, 25°)
새벽운동 歸路 中 남궁병원 들러 從兄嫂 問病했고. 올림픽 競技 우리成績 意外로 高調 흠쾌. ◎

〈1988년 10월 2일 일요일 晴〉(8. 22.) (13°, 24°)
從兄嫂 氏 問病 後 山城까지 다녀오고. 19時에 서울올림픽大會 閉幕式[65] 光景 TV 視聽. 16日 間 日氣 快晴. 金메달 6 目標가 12 達成. 160個國 第4位[66]~앞으로 가슴 펴고 自信感[67]…統一. ⓒ

〈1988년 10월 3일 월요일 晴〉(8. 23.) (12°, 25°)
井母와 함께 山城 下 藥水터 가 淸原祠 蓮潭墓所 參拜하기도. 아름다운 한국 황금올릭핌(史上최고)~新聞. ⓒ

〈1988년 10월 4일 화요일 曇, 晴〉(8. 24.) (13°, 27°)
附子와 돼지足 다리기 시작했고…夏節에도 손발이 차기에~勸하는 者 있어. ◎

〈1988년 10월 5일 수요일 曇, 晴〉(8. 25.) (17°, 23°)
井母와 함께 市內 가서 밀 2말, 영양제(井母用), 채소 等 사왔고. ⓒ

〈1988년 10월 6일 목요일 晴〉(8. 26.) (15°, 22°)
從兄嫂 氏(全州 李氏 75歲) 아직 退院 아니했고. 위독하지는 않은 中…甚한 胃炎症? ⓒ

〈1988년 10월 7일 금요일 晴〉(8. 27.) (12°, 20°)
저녁 나절 南宮病院 가서 從兄嫂 氏 問病~明日 退院 豫定이라고…16日만인 것. ⓒ

〈1988년 10월 8일 토요일 晴〉(8. 28.) (12°, 23°5″)
零時 40分에 사우디 運話 오고~5女 魯運이 生男했다고[68]. 入院 中인 從兄嫂 氏 退院.
道三樂會 總會에 參席[69]~鎭川 綜合野營場(文白面), 吉祥祠도 參拜. 밤 10시 半에 弼이 오

64) 원문에는 붉은색 색연필로 밑줄이 그어져 있다.
65) 원문에는 붉은색 색연필로 밑줄이 그어져 있다.
66) 원문에는 붉은색 색연필로 밑줄이 그어져 있다.
67) 원문에는 붉은색 색연필로 밑줄이 그어져 있다.
68) 원문에는 붉은색 색연필로 밑줄이 그어져 있다.
69) 원문에는 붉은색 색연필로 밑줄이 그어져 있다.

고. ⓒ

〈1988년 10월 9일 일요일 晴〉(8. 29.) (12°, 25°)
故 郭禹鍾 氏(五松) 女婚 있대서 人事. 魯弼 뎉고 가서 新羅예식장 12月 4日 12시 10분으로 예약. ⓒ

〈1988년 10월 10일 월요일 晴〉(8. 30.) (11°, 25°)
玉山面 綜合廳舍 竣工式에 招請 있어 參席. 李仁魯 집 가서 問病 慰勞 위안.
清州 와서 政在愚, 俊榮兄, 李明世 面長한테 待接받기도. ○

〈1988년 10월 11일 화요일 晴〉(9. 1.) (13°, 24°)
魯弼 結婚關聯 確定~예식장(新羅) 12.4:12.10, 食堂(청송) 300名, 100名 ○

〈1988년 10월 12일 수요일 曇, 晴, 曇〉(9. 2.) (13°, 17°)
五人祖 永樂會 月例會에 參席(夫婦同伴), 李鍾璨 新加入. 서울 큰 애 送金 속에서 사우디 五女 生男에 기저귀 等 마련에 井母와 함께 市場 보기도. ⓒ

〈1988년 10월 13일 목요일 晴〉(9. 3.) (8°, 15°)
井母는 사우디 5女한테 보낼 기저귀, 멱, 고추장 等 마련에 바쁘게 일 보는 것.
井母의 右側 생인 발가락 治療에 한국병원까지 함께 다녀왔고. ⓒ

〈1988년 10월 14일 금요일 晴〉(9. 4.) (9.5°, 21°)
井母와 市場 가서 菜蔬類 等 몇 가지 장 봐 왔던 것. 사우디 보낼 물건도 完備. ◎

〈1988년 10월 15일 토요일 晴〉(9. 5.) (11°, 22°)
모다 붙임 裁縫針(中古) 65,000원整에 延 氏 老人 紹介로 購入 搬入했고.
밤 9時頃 서울서 큰 애 오고…사우디 運의 편지와 제 母親 큰 목도리 비롯한 膳物 7種品 가지고. ◎

〈1988년 10월 16일 일요일 晴〉(9. 6.) (11°, 22°)
10時頃 큰 애 上京~사우디 運한테 보낼 기저귀 等(고추가루, 멱, 고추장, 빠금장, 미원, 다시마, 깨소금) 갖고.

〈1988년 10월 17일 월요일 晴〉(9. 7.) (14°, 20°)
'한국병원' 一般外科 가서 井母 右側 엄지발톱 기어이 手術(갈라 뽑은 것). 宋在承 의사.
午後 7時부터 있는 在清宗親會에 參席. 延 氏 老人집 찾아 裁縫針代도 支拂. ⓒ

〈1988년 10월 18일 화요일 晴〉(9. 8.) (14°, 22°)
井母 발톱 治療에 한국병원 同行… 差度 있어 다행. ⓒ

〈1988년 10월 19일 수요일 晴〉(9. 9.) (9°, 22°)
宗親會 幹部들과 함께 清原祠(약수터) 가서 造景事業 關聯 打合하였기도.
井母 발가락 治療에 한국병원 함께 다녀왔고. ⓒ

〈1988년 10월 20일 목요일 曇〉(9. 10.) (11°, 21°)
故鄕 金溪 다녀온 것~從兄嫂 氏 退院 後 狀況 問病…손수 朝夕 지을 수 있는 形便. 전좌리 가서 省墓와 산감(山柿) 一株 發見(先考墓下) 월아감 10개 中 1개 남기고 따와서 곶감 켰고. ◎

〈1988년 10월 21일 금요일 晴〉(9. 11.) (10°, 21°)
辛酉會(前 校長團) 行事로 가야山 海印寺 거쳐 金烏山(海雲寺) 다녀온 것. ⓒ

〈1988년 10월 22일 토요일 晴〉(9. 12.) (10°5″, 22°)
錦山 가서 人蔘 4채 사오기도~1채 4年根 9,000원씩. 今夜 來家 豫定인 魯弼이 못왔고(電話). ⓒ

〈1988년 10월 23일 일요일 晴〉(9. 13.) (9°, 21°)
金順顯 子婚에 主禮 보았고. 柳在洙(오미), 李重煥(동림) 子婚에 人事.
族제 日榮 入院 治療 中 問病~南宮病院 3012号. ⓒ

〈1988년 10월 24일 월요일 가랑비, 曇〉(9. 14.) (11°, 18°)
魯弼한테 電話 오고~아파트 17坪 貰房 1,400万(600+800)이라고. 제8회 장애자 올림픽 서울大會 閉幕. ⓒ

〈1988년 10월 25일 화요일 曇, 晴〉(9. 15.) (10°, 19°)
提川市 南泉體育館 다녀온 것(8. 40~18. 00)…道民體典에 배드민턴 淸州 크럽 3組 出戰에 應援의 意~然而 0:2, 0:2로 慘敗. 忠州팀 强했고. ⓒ

〈1988년 10월 26일 수요일 晴〉(9. 16.) (10°, 20°)
玄關 淸掃 後 어항 물갈이 청소에 勞力했고. ⓒ

〈1988년 10월 27일 목요일 晴, 曇〉(9. 17.) (10°, 20°)
사우디 運한테 必需品 잘 보냈다고 서울 큰 애한테서 電話 오고~19時頃…江原道 春川人 금양편 利用한 것. ⓒ

〈1988년 10월 28일 금요일 晴〉(9. 18.) (9°, 18°)
玉普同窓會 夫婦同伴 逍風[70]에 同參~7双(黃, 李, 鄭홍, 鄭덕, 朴, 宋, 郭). 京畿道 驪州 英陵(世宗大王). 新勒寺(鳳尾山), 陽平 龍門山 용문寺, 은행나무(1100年 樹令), 19시 歸家. ⓒ

〈1988년 10월 29일 토요일 晴〉(9. 19.) (5°, 17°)
大門지붕과 담장에 엉킨 호박덩굴 等 걷어치우기 淸掃作業에 勞力. 弼이 밤에 오고. ◎

〈1988년 10월 30일 일요일 晴〉(9. 20.) (3°, 17°)
어제 온 5男 魯弼과 相議된 事項~結婚 案內狀, 當日 食堂, 旅行, 아파트 마련 等. 弼이 17時 上京.
郭尙鍾, 郭友榮, 閔哲植 子婚에 人事.

〈1988년 10월 31일 월요일 晴〉(9. 21.) (4°, 19°)
故鄕 金溪 다녀왔고~族弟 時榮 子婚에 人事. 從兄님 宅 問安. ⓒ

〈1988년 11월 1일 화요일 晴, 가랑비〉(9. 22.) (5°, 17°)
사우디 5女 運한테 보낸 物品 받았다는 消息 아직 없어 궁금하고.
배드민턴 크럽 崔 氏 入院(한국병원)中이라서

70) 원문에는 붉은색 색연필로 밑줄이 그어져 있다.

問病하기도~교통事故. ⓒ

〈1988년 11월 2일 수요일 晴〉(9. 23.) (4°, 16°)
鄭文洙, 郭日榮 問病, 五男 魯弼 結婚 請牒狀 印刷 부탁~350通. ⓒ

〈1988년 11월 3일 목요일 晴〉(9. 24.) (0°, 16°)
2親旧 不動産事務室 尋訪하여 情座談했기도. ⓒ

〈1988년 11월 4일 금요일 晴〉(9. 25.) (3°, 16°)
이웃老人 任 氏, 孫 氏 만난 後 尙州 壯年 初面에 '별장회집' 가서 厚待받아 未安하기도. ○

〈1988년 11월 5일 토요일 晴〉(9. 26.) (4°, 16.5°)
魯弼이 두것들 밤 11時 좀 지나서 婚儀(衣)條 2百萬 원 갖고 온 것.…父母 百, 동기 百이라고.
한밤 中에 漏電?인지 內室 큰 燈 事故[71]로 온 家族 놀랜 것. 松과 弼의 應急對處로 큰 事故 면한 셈. ○

〈1988년 11월 6일 일요일 晴〉(9. 27.) (5°, 17°)
予定된 '금호관광' 主管 逍風으로 內藏山 잘 다녀왔고. 弼 두것들 上京. ×

〈1988년 11월 9일 수요일 晴〉(10. 1.) (3°5″, 13°)
6日까지의 數日 間 過飮으로 7日, 8日 兩日 間 呻吟 臥病. 10個月 間 잘 지내 온 끝이기도.
괴로운 몸 運身하여 11時에 故鄕 金溪 다녀 15時에 入淸~故 漢烈 氏 葬禮式 參集 人事. 저녁 食事 우수 든 셈.
○ 청문會(國會)에서 五共非理 질의응답에 國民의 귀 쏠렸고[72]. ◎

〈1988년 11월 10일 목요일 晴〉(10. 2.) (1°, 10°)
5日 만에 教大체육관 배드민턴 場에 나간 것. 體育운동 行爲 바뀠기도. 학천탕 가서 沐浴도. 点心時間에 井母와 함께 五双双會에 參席~25시食堂에서 牛足湯으로 晝食한 것. 解散하여 市場 가서 五男 魯弼 結婚關聯 '혼단이불' 4채 購入 큰 妹 집에 갖다 놓았고(고모 2名, 叔父, 從妹).
石油보일러器 漏水에 傷心. 孔炭 피우기 着手[73]했기도. ◎

〈1988년 11월 11일 금요일 晴〉(10. 3.) (2°, 14°)
第22代祖 蓮潭公 時祭에 參席~約 50名 參祀. 새벽 2時 半頃 꿈-황폐된 古寺刹 승려, 공포, 在응[74]. ◎

〈1988년 11월 12일 토요일 晴〉(10. 4.) (5°, 15°)
金溪(故鄕) 다녀온 것~故 保榮 氏 別世 葬禮에 人事. 午後 七時頃 서울서 큰 애 오고. ◎

〈1988년 11월 13일 일요일 晴〉(10. 5.) (6°, 17°)
文兵使公 時祀 參席…큰 애 車로 水落 앞까지. 參祀者…漢昇, 時鍾, 漢奎, 仁鉉, 致謨, 時榮, 漢業, 賢鍾(百子里), 尙榮 9名. 3位 지내고 歸家하니 午後 6時頃.

71) 원문에는 붉은색 색연필로 밑줄이 그어져 있다.
72) 원문에는 붉은색 색연필로 밑줄이 그어져 있다.
73) 원문에는 붉은색 색연필로 밑줄이 그어져 있다.
74) 원문에는 붉은색 색연필로 밑줄이 그어져 있다.

큰 애 上京. 石油보일라 故障난 것 修理됐고.

〈1988년 11월 14일 월요일 晴〉(10. 6.) (5°, 14°)
族弟 日榮 死亡에 夕食 後 慕忠洞 쌍샘 가서 弔慰하고 오기도.
去月 同窓會員 逍風時 촬영한 카메라 寫眞 찾아다가 分配했고.

〈1988년 11월 15일 화요일 晴, 曇〉(10. 7.) (0°, 13°)
13代祖 參奉公 時祀에 갔다가 墻東 앞 큰 山 全體를 헤맸던 것~큰 고생했고.
歸路에 金溪里 당 아래 가서 故 日榮 葬地에도 잠간 들렀기도.

〈1988년 11월 16일 수요일 雨, 晴〉(10. 8.) (2°, 12°)
奉事公(12代祖) 護軍公(11代祖) 訓練僉正(10代祖) 時祀에 參席하고 歸家하니 17時50分.

〈1988년 11월 17일 목요일 晴〉(10. 9.) (0°, 10°)
故鄉 金溪 가서 破垈山의 九代祖(晋州 鄭氏, 淸州 韓氏), 六代祖(韓山 李氏), 望德山…曲水 뒤 가서 五代祖(陵城 周氏), 八代祖(稷山 趙氏), 七代祖(豊川 任氏) 時祭 올리고 歸淸 入家하니 6時 된 것. 今年 時祀 끝냈고.

〈1988년 11월 18일 금요일 晴〉(10. 10.) (-1°, 9°)
大事 때 먹을 배추김치 담기 前인 저리기에 3째 子婦와 季嫂 와서 助力.
井母 새 眼鏡 마련~사우디서 보내온 새 테에 맞게 명시당에서 마련.

〈1988년 11월 19일 토요일 曇〉(10. 11.) (0°5″, 10°)
井母는 12. 4에 쓸 배추김치 빚기 勞力-세째 子婦, 季嫂, 큰 妹 와서 助力했기도.
밤에 結婚 前 5男 魯弼 두것들 오고…事前 協議次.

〈1988년 11월 20일 일요일 가랑비, 晴〉(10. 12.) (1°, 13°)
結婚禮式場 巡廻 人事~閔哲植 子婚. 鄭昌泳 子婚, 朴允緖 子婚.
弼이 下午에(15時) 上京. 請牒狀 봉투 約 400枚 써서 큰 業務 거의 끝낸 셈.

〈1988년 11월 21일 월요일 曇〉(10. 13.) (4°, 12°)
井母와 함께 國民銀行, 郡 農協 가서 運의 돈과 數年 間 節約貯蓄된 것 모두 引出하여 魯弼 結婚 後 房貰金 補助策으로 400万 원정 送金한 것.

〈1988년 11월 22일 화요일 曇〉(10. 14.) (2.5°, 12°)
金英植(栢峴) 七旬에 招待 있어 12時에 길원食堂 가서 点心 待接 잘 받은 것.
2男(紘) 잠간 다녀가고. 請牒狀(弼 結婚) 追加 印刷해 오기도.

〈1988년 11월 23일 수요일 晴〉(10. 15.) (6°, 8°)
淸原郡 三樂會 月例會에 參席하여 會議 後 會食~'동원식당.'
全 前大統領 '國民에게 謝過, 財産獻納'하고 은둔했고[75]… 江原道. ◎

75) 원문에는 붉은색 색연필로 밑줄이 그어져 있다.

〈1988년 11월 24일 목요일 雪, 曇, 雪〉(10. 16.) (0°, 3°)
五男 魯弼 結婚日 請牒狀 520枚 發送하니 개운. 井母는 金溪 다녀왔고.
次孫 昌信 서울大 醫豫科에 志願했다는 것~優秀成績 合格을 祈願[76]. ◎

〈1988년 11월 25일 금요일 晴, 雪〉(10. 17.) (−2° 5″, 2°)
어제 온 눈 約 3cm[77] 쌓인 곳 있고. 길바닥은 즉시 녹은 것. 첫 눈. 그저께가 小雪.
어제 發送한 請牒狀 받은 듯~이곳저곳서 祝賀電話 오고. 夜間 班常會에 井母 出席. ◎

〈1988년 11월 26일 토요일 晴〉(10. 18.) (−3°, 3°)
朴永淳 小로교장 子婚에 人事~清錫예식장.
밤에 서울서 큰 애 오고-쌀과 몇 가지 물건 갖고 온 것. 大田서 次男 絃이 父子도 오고. ◎

〈1988년 11월 27일 일요일 晴〉(10. 19.) (−2°5″, 4°)
井母의 生辰턱을 이틀 앞당겨 오늘[78]로 한다는 것. 朝食은 셋째 明 집에서 맛있게 一同이 잘 먹었던 것. 제 叔父 內外, 姑母 內外도 招請.
朴仁圭(友信會) 郭相榮(東林) 女婚에 招請 있어 禮式場 가서 人事했고.
16時頃 서울서 弼이도 오고~日暮頃에 모두 제 各己 歸家. ◎

76) 원문에는 붉은색 색연필로 밑줄이 그어져 있다.
77) 원문에는 파란색 색연필로 동그라미 표시가 되어 있다.
78) 원문에는 붉은색 색연필로 밑줄이 그어져 있다.

〈1988년 11월 28일 월요일 晴〉(10. 20.) (−3°, 7°)
故鄉 金溪 가서 族長 秉鍾 氏와 만나 그의 先考 立石 墓 碑文 草案 보여주며 相議했고.
밭도지條 姜昌鎬분치 白米 아끼바레 80kg 1가마 값으로 85,000원 받았고~明年엔 90kg 1가마로 相約한 셈.
서울서 5째 子婦될 孫孃 母女 낮에 다녀갔다는 것~예식장과 食堂 確認次. ◎

〈1988년 11월 29일 화요일 晴, 曇〉(10. 21.) (−2°, 8°)
井母와 함께 市場 가서 잔치用 버섯 3박스와 외를 비롯 野菜類 購入 搬入하고 高級사과와 감귤 各 二箱子 購入 運搬하느라고 奔走했던 것. 井母 生辰日. ⓒ

〈1988년 11월 30일 수요일 晴〉(10. 22.) (0°, 9°)
今日도 井母와 함께 市場 가서 우엉과 당근 等 사왔던 것.
午後 6時부터 있는 玉山 普通學校 同窓會에 參席~7名 參集. ⓒ

〈1988년 12월 1일 목요일 晴〉(10. 23.) (0°, 10°)
井母는 3째 子婦 同伴 市場 가서 料食材料 購入 搬入에 勞力하고.
下午에 市內 가서 食堂(피로연場), 海物 전 豫約. 밤엔 서울 孫 氏 家(新婦側)에서 電話. ◎

〈1988년 12월 2일 금요일 晴〉(10. 24.) (−0.°5″, 10°5″)
큰 妹, 季嫂, 3째子婦 부침飮食料 만들기에 奔走히 일 보고.
族兄 春榮 氏 宅 가서 梅史 碑文 撰한 것 뵈어

드렸고. 草案 짧지 않게 잡아 칭찬도. ◎

〈1988년 12월 3일 토요일 晴〉(10. 25.) (0°, 9°)
큰 妹를 비롯 舍씨 있는 女人 9名이 終日토록 잔치요리 만들기에 盡力. 家族 婦女子들은 深夜까지 졸음 무릅쓰고 勞力하여 豫定한 料理 거의 끝내고 就寢.
서울서 日暮頃에 新郎감 五男 魯弼과 長男 井, 趙 큰 사위 왔고.
第1回 忠淸北道 社會體育會 배드민턴大會 있어 出戰(老年部)한 것. 紀念品으로 銀메달 某人이 주었기도. ◎

〈1988년 12월 4일 일요일 曇, 雨, 曇〉(10. 26.) (-1°, 9°)
새벽에 가랑비 내리므로 걱정되고. 食堂(피로연 장소)까지 飮食運搬엔 次男 所有 쓰리코터로 容易했으나 賀客이 一時에 多數入場되어 超奔走했던 모양. 主禮는 教職 停年退任한 辛酉會員인 宋錫彩 親友가 보아주어 고마웠고. 賀客 合하여 約 550名(서울 200名, 淸州地方 400余名)을 넘은 듯. 賀客 잔치도 잘 했다는 評…깨끗하고 맛있고 豊富했다나. 유감된 것은 運動員 數가 不足으로 一時 混雜했던 듯.
新郎(5男) 新婦(孫)는 禮式 마친 後 上京하여 濟州道 旅行次 午後 3時에 出發. 下午 5時頃부터 날씨 개이고. 大事 無事 마친 것. 多幸. 深謝. ⓒ

〈1988년 12월 5일 월요일 晴〉(10. 27.) (-4°, 6°)
昨夜는 深夜토록 祝儀金 通算 處理에 長子 井이는 바쁘게 일 본 것.
飮食 좀 싸가지고 體育館 가서 淸州 크럽會員에 待接하니 고마워 여기기도.

〈1988년 12월 6일 화요일 曇〉(10. 28.) (-1°5″, 9°5″)
어제 밤 11時 半쯤 來家한 三男 魯明의 행패로 또다시 大事後 傷心[79]…'內助'는 家和萬事成이라는데 그러기 前에 내 속으로 난 子息을 탓함이 옳을 것인가?
五男 魯弼 結婚式 賀客 앞으로 보낼 謝禮狀 印刷所에 依賴~ 500枚. ◎

〈1988년 12월 7일 수요일 晴〉(10. 29.) (5°, 14°)
五日밤에 3男 明의 행패로 關聯 서울 큰 애, 동생 振榮, 四男 松이 慰勞의 電話 相議 등.
新婚旅行 갔던 五男 夫婦 濟州道에서 無事히 왔다고 서울서 電話. 安心. ⓒ

〈1988년 12월 8일 목요일 雨, 曇〉(10. 30.) (6°, 8°)
부슬비로 거의 終日토록 내린 것. 下午 6時頃 魯弼 新夫婦 서울서 왔고~珍味飮食. 濟州道 膳物 많이 가져왔고. 제 叔父, 姑母 招請해서 人事와 飮食 待接하였기도. 세째 明의 夫婦는 지난 6日밤 행패로 面目이 없는지 안왔고. 부르지도 않았고. ⓒ

〈1988년 12월 9일 금요일 晴〉(11. 1.) (0°, 5°)
막내 新夫婦와 朝食 맛있게 먹었고. 結婚 祝賀金 決算에 100万 원 주었더니 20万 원整 제 母親께 드리는 것. 下午 3時 高速으로 上京. ⓒ

---

79) 원문에는 붉은색 색연필로 밑줄이 그어져 있다.

〈1988년 12월 10일 토요일 雪, 曇〉(11. 2.) (0°, 3°) 눈 6㎝ 최초 적설.

日暮頃에 서울서 큰 애 왔고. 大田의 둘째는 밤 9時頃에 오고…大事 後 人事次. ◎

〈1988년 12월 11일 일요일 曇, 晴〉(11. 3.) (-1°, 8°)

朝食 後 두 아들 갔고-큰 애는 5男 魯弼의 신접살림 最初 차림[80] 도우려 急히 上京.

一家 晩榮 女婚, 有鍾 女婚, 喆榮 子婚에 禮式場 가서 人事한 것.

五男 魯弼 結婚式 祝賀金者에 謝禮 봉투 쓰기에 深夜토록 勞力. ⓒ

〈1988년 12월 12일 월요일 晴〉(11. 4.) (0°, 9°)

井母는 兩脚 몹시 아프다고 病院 다녀오기도 ~저녁 땐 좀 괜찮은 듯. ⓒ

〈1988년 12월 13일 화요일 曇, 晴〉(11. 5.) (-1°, 9°)

五双會(永樂會…尹, 柳, 宋, 李, 郭) 있어 '忠清會館'에서 10名 全員 參與 會食.

午後 車로 金溪 가서 秉鍾 氏 집 들러 故 梅史 致完 墓 碑文(撰 尚榮, 書 宗榮) 再確認하고 從兄 宅과 再從兄嫂 氏 집 가서 五男 魯弼 結婚膳物(예단) 傳達하고 歸家.

去 四日 魯弼 結婚式 賀客 400余 名 앞으로 謝禮 人事狀 發送했고. ⓒ

〈1988년 12월 14일 수요일 曇, 晴, 曇〉(11. 6.) (-1°, 3°)

今日도 禋祀章 50枚 程度 發送하여 이제 거의 마무리 段階되어 개운한 心情이고.

사우디 5女한테 오랫동안 消息 없어 궁금하기에 新郎 池君 앞으로 소식 促求 書信 냈고.

初저녁에 弼이한테서 電話 왔다는 것-혼인申告用 호적초본, 電話架設 等. ⓒ

〈1988년 12월 15일 목요일 雪, 晴〉(11. 7.) (-7°, -2°) 눈 2㎝

새벽에 내린 눈 約 2㎝. 日出 前 氣溫 零下 7°. 나우 추운 날씨였고.

明日은 大學入試. 該當家庭 精神 總集中. 둘째 孫子 昌信 서울大 醫豫科 入試에 즈음…激勵와 慰安의 電話하여 주었기도. 5男 魯弼 전화 架設됐다고 전화. ◎

〈1988년 12월 16일 금요일 雪, 晴〉(11. 8.) (-10°, -5°) 눈 2.5㎝

大學入試日. 氣溫 지금까지는 가장 추운 영하 10度. 次孫 昌信이 서울大 醫豫科 受驗에 合格을 祈禱祈願했고. 밤 電話에 依하면 曙光 느끼고. ◎

〈1988년 12월 17일 토요일 晴〉(11. 9.) (-7°, 4°)

16時부터 있는 在清宗親會에 參席. 3男 明의 所行 아직 不圓滿 狀態. ⓒ

〈1988년 12월 18일 일요일 晴〉(11. 10.) (1°, 9°)

金永承(月谷교감), 崔心澈(玉山 烏山), 郭起鍾(금계리), 李忠浩(清州) 子婚에 人事 다녀갔기도. 밤 10時頃 盜賊이 들었다가 곧 나간

80) 원문에는 붉은색 색연필로 밑줄이 그어져 있다.

것 發見하고 再門圍束[81]…뒤 2層 문갈이카바 一部 뜯은 것. ⓒ

〈1988년 12월 19일 월요일 雪, 曇〉(11. 11.) (1°5″, 4°) 눈 3㎝
새벽녘에 눈과 비 좀 내렸던 것. 秀谷洞서 내 意思 不安하여 홰 좀 났었고.
市內 나가서 忠北銀에 電話料金 納付 後 玉山 가서 5男 魯弼의 婚姻申告 節次 알아보기도. ◎

〈1988년 12월 20일 화요일 晴〉(11. 12.) (2°5″, 8°)
玉山面事務所 가서 五男 魯弼 婚姻申告하니 分家까지 되어 戶籍騰本도 떼었고. 玉山서 入淸에 李炳億과 同行. 夕食 待接도 했고. 李親友는 行政 代書 營爲 中. ⓒ

〈1988년 12월 21일 수요일 晴〉(11. 13.) (-1°5″, 7°)
淸原郡 三樂會에 參席~東邦生命會社 招請으로 仝 會社 會議室에서 1時 半 程度 行事後 点心 待接 받았고. ⓒ

〈1988년 12월 22일 목요일 晴〉(11. 15.) (-4°5″, 4°5″)
日出 前 運動으로 淸州敎大 體育館 가서 7時부터 約 1時間 半 배드민턴 繼續 中.
年賀狀 今年부턴 간추려서 發送할 豫定으로 쓰기 着手했고. ◎

〈1988년 12월 23일 금요일 晴〉(11. 15.) (-5°, 6°)
새벽 불경(佛經)에 "옴 아자미례 사바하" 108번과 三樂詩 外 父母恩惠, 子孫들의 無事 및 所願成就를 祈願함은 生活의 習慣化된 셈이고. 今日도 새벽 4時에 如前했던 것. ◎

〈1988년 12월 24일 토요일 晴〉(11. 16.) (1°5″, 4°)
'우암설렁탕' 집에서 忘年會 비슷한 行事 있어 費用 全擔한 셈. 故鄕에선 四派 宗稧. ⓒ

〈1988년 12월 25일 일요일 晴〉(11. 17.) (-4°5″, 3°)
尹洛鏞(5双會), 郭漢明(청주) 女婚에 人事. 저녁엔 車埈昇 梨月中校長 招致 待接했고.
姪壻(吳炳星) 鳳鳴洞으로 搬移한 데 가보기도. ⓒ

〈1988년 12월 26일 월요일 晴〉(11. 18.) (-6°, 2°)
在淸同窓會(玉山普校)에 忘年會 兼한 弼 結婚 祝賀 答禮次 夕食을 提供했고. 個人 事情立場에서 '우암설렁탕' 집에서 深夜까지 2次 行事도 全擔한 것. ○

〈1988년 12월 27일 화요일 晴〉(11. 19.) (-5°, 4°)
機待하던 喜消息 왔고-'次孫 昌信'이 서울大 醫豫科에 合格[82]…기쁜 마음으로 終日 잘 지낸 것…1飮하면서 親知 몇 과도 情談. ×

〈1988년 12월 28일 수요일 晴〉(11. 20.) (-4°, 4°)
어제의 기쁨 서울서 正式으로 기별 왔기에 安

81) 원문에는 붉은색 색연필로 밑줄이 그어져 있다.

82) 원문에는 붉은색 색연필로 밑줄이 그어져 있다.

心하면서 좋아했고.
体育館에서 卒倒한 이 消息 듣고 患者 宅으로 急히 달려가 狀況 보기도…황급한 마음으로 看護 中 부딪혀서 右側 눈썹(눈퉁이) 若干 터져 나우 流血되었던 것. ×

〈1988년 12월 29일 목요일 晴〉(11. 21.) (-5°, 5°)
아침 體育 간단히 마치고 患者 看護에 精神的 勞力했던 것. ×

〈1988년 12월 30일 금요일 晴〉(11. 22.) (-5°, 5°)
서울서 長子 家族 四名 왔고-孫子 英信(서울大 藥大 1年), 昌信(醫大 合格)의 머리 쓰다듬으며 자랑, 기쁨, 激勵한 것. ※

〈1988년 12월 31일 토요일 晴, 曇〉(11. 23.) (-4°, 4°)
기쁜 中에도 몸 고단했고-어제부터 아침 行事 不實.
새벽부터 呻吟 臥病. 88年 마감日에 더욱 苦心. 事故子 明은 如前 不測. 好事多魔 말 그대로인가? 이만치 程度만도 多幸인지. 또 한 해를 넘긴 것. 保護의 德을 생각하면서…. ◎

＊88年 重要記事(略記)
1. 國家的…
○第13代 大統領(盧泰愚)과 13代 國會議員 選擧(總選) 就任.
○建國以來 最初 國會聽聞會있었고.
○第五共和國非理로 12代 大統領이었던 全斗煥 氏 國民에게 謝過.
○第24回 서울올림픽大會 成功…160國 參加에 우리韓國이 四位.
○豊年豊作.
2. 家庭的…
○爲先事業으로 先考墓 立石, 先祖考墓碑 建立.
○長孫 英信이 서울大藥大 入學, 次孫 昌信이 서울大 醫科大學에 合格.
○10男妹 中 막내 五男 魯弼이 言論界 就業과 結婚. 設産[83].
○海外 2딸(四女 杏, 五女 運) 無故中.
○不幸事론 三男 魯明의 家庭的 行悖로 念怒와 傷心 中.
3. 其他
○健康狀態 夫婦 共히 普通.
○四男 魯松과 四女 魯杏 過年인데 未婚이어서 걱정中.
○生計 普通.

以上

83) 설산(設産): 살림을 차림.

1989년

〈앞표지〉
檀紀 4322年
西紀 1989年
佛紀 2533年 己巳年
孔夫子誕降 2540年
※ 附 先祖考 從祖考 墓碑文

〈1989년 1월 1일 일요일 晴〉(11. 24.) (-4°, 4°)
參男 家族 不參의 유감 있는 채 새해 설 茶禮 온 家族 多數모여 盛大히 誠意껏 올린 것-큰妹 家族도 姪女 家族도 參席.
歲拜 行事도 모두 나누고.
長子 井을 비롯하여 10名이 故鄕 가서 省墓도 하고 왔으니 幸스러웠고.
몸 不便하여 茶禮 後 終日토록 呻吟 臥病~後悔하면서. ◎

〈1989년 1월 2일 월요일 晴〉(11. 25.) (-5°, 4°)
午後 5時까지 모두 歸家 向發.
今日까지 子婦 3名(맏이, 둘째, 막내) 다 함께 부지런히 誠意껏 일 보았고.
몸 아파서 金溪 爲親稧에 不參되어 마음 안됐기도.
午後부터 몸 若干 풀려 夕食에 짠지죽 처음으로 나우 많이 먹은 것.
밤 10時쯤 사우디에서 電話 消息 와서 오랫동안 궁금했던 것 풀렸기도~5女 家族 모두 無故하고 二個月 前에 보낸 여러 가지 物件 잘 받았다고. ◎

〈1989년 1월 3일 화요일 晴〉(11. 26.) (1°5″, 5°)
몸 많이 나아져 아침 沐浴 施行에 別 애로 없었고.
宗親同甲(69歲)稧에 參席~郭大鍾 有司 宅인 金溪, 6名 全員 參席 財 46万 원.
午後 7時에 濠洲 있는 四女 杏한테서 電話. '새해인사, 안부, 제반 安心하라고'.
낮 辛酉同甲稧 後에는 前佐洞가서 省墓하고 從兄집 잠간 들려 人事하고 入淸한 것. ◎

〈1989년 1월 4일 수요일 晴〉(11. 27.) (-4°5″, 5°)
아침 行事 本格的 施行~洗手, 佛供, 飮茶, 用便, 體操, 淸掃, 自轉車行, 배드민턴.
어항 물갈이 作業 2時間 걸렸고.
米坪洞 가서 朴世圭 子婚에 祝儀金 整理하니 개운했던 것.
去 28日에 教大體育館에서 運動中 卒倒한 이보고파 애썼으나 難했으나 日暮 後 '김내과' 入院했대서 틈 타서 15分 間 問病했고~速히 快癒되기를 祈願. ◎

〈1989년 1월 5일 목요일 晴〉(11. 28.) (-7°5″, 4°)

俊兄과 함께 大田 忠南大病院 가서 數日 前 交通事故로 入院 中인 族叔 漢政을 問病~其 情狀 目不忍見 참혹狀 去 26日 事故. 其의 夫人은 現場死. 次男 인연 있고. 3層 重患者室. 寅相 만나 爲親稧 關聯 相議하고 衷心 厚待 받았고.

昨日 入院했던 이는 서울기독교病院으로 옮겼다니 잘한 셈.

〈1989년 1월 6일 금요일 曇〉(11. 29.) (-1°, 7°)

井母와 함께 下午에 上京~큰 애 主管으로 家族 一同 잠실의 롯데百貨店內 부페食堂에서 夕食했고. 1人当 18,000원. 明日의 69回 生日祝賀 뜻으로 會食. ◎

〈1989년 1월 7일 토요일 曇, 가랑비〉(11. 30.) (2°, 6°)

朝食時에 英, 昌信 두 孫子의 서울大 進入學에 우리집 一大 慶事와 앞으로 더욱 精進할 것을 激勵했던 것. 두 孫子는 '할아버지의 生辰祝賀'라는 노래를 合唱하여 朝食 분위기를 도왔기도.

큰 子婦 周旋으로 잠실의 롯데百貨店 求景하고 노원구 상계동 주공아파트 9단지 920棟 413号 찾아 五男 魯弼의 結婚과 더불어 新婚生活에 첫 발을 디딘 신접살림 貰房살이 모습을 본 것~아비의 生日祝賀 夕食을 珍味料食을 나우 마련하여 모여진 여러 親姻戚 잘 待接되었고~미아洞 새 査頓夫婦, 큰 애 家族 4名, 큰 딸 夫婦와 外孫女 조희진, 조연진, 3女와 外孫 男妹(愼重奐, 현아) 모두 맛있게 夕食한 것. 새 査頓 孫癸一(58歲)과 深夜토록 情談했기도. ◎

〈1989년 1월 8일 일요일 가랑비, 曇〉(12. 1.) (4°, 10°)

늦 아침 맛있게 먹고 '상계역'에서 13時 40分 發 地下鐵로 弼 案內에 依해 高速버스로 入清하였을 땐 午後 4時쯤 된 셈.

움암설렁탕 집에서 면목동 기독교병원 消息 듣고 歸家 殘務 整理했던 것. ◎

〈1989년 1월 9일 월요일 曇〉(12. 2.) (9°, 10°5″)

아침운동에서 歸路에 서울의 病院 소식 듣고 好經過에 快感.

上堂山 약수터 清原祠 가서 參拜하고 異常 有無 살피고…'數日 前에 某種의 事故 있었다기에….'

玉山 오미 가선 族弟 源榮 집 찾아 問病 後 金溪 가선 潤道 氏 집 訪問하여 그 아주머니 入院 後 退院했다기에 慰問한 것.

新溪 가선 從兄님께 人事 後 漢政 집 찾아 其妻 喪 当했던 弔問했고…去月末 交通事故. 從兄님 宅에서 夕食. 막 車 20時 發 버스로 入清歸家. ◎

〈1989년 1월 10일 화요일 曇, 가랑비〉(12. 3.) (8°, 10°)

井母와 市內 가서 '精金社'에 銀指環 늘려 왔고(長女 膳物分). 서울 消息~많이 差度 있다는 것. ⓒ

〈1989년 1월 11일 수요일 雨〉(12. 4.) (7°, 9°)

이른 아침부터 거의 終日토록 가랑비 내린 것. 文義 申女史와 함께 上京하여 배드민턴크럽 會員 中 數日 前 入院 中인 이의 問病하였고… 면목동 '기독병원' 304号. 週末쯤 退院 予定이

라나. 速한 快癒를 祈願. ⓒ

〈1989년 1월 12일 목요일 曇〉(12. 5.) (1°, 5°)
5双双會(永樂會)에 夫婦 參席하여 慶和飯店에서 會食(昗心).
江原道地方(설악山 中心)엔 어제부터 내린 눈 約 100㎝ 쌓였다고. ⓒ

〈1989년 1월 13일 금요일 曇, 晴〉(12. 6.) (1°, 4°)
昗心 後 井母와 함께 잠간 市場 다녀온 것~만두 1包(2人分), 井母 원피스 一着 等 購入.
日暮頃 大田서 二男 絃 家族 4人 왔고. 去陰至月末日 生日에 不參했다고 別途 대접하려고 온 것.
午後에 날씨 개였고. 1週日 만에 햇별 보는 것. ⓒ

〈1989년 1월 14일 토요일 晴〉(12. 7.) (-4°5″, 3°)
朝食을 둘째 子婦(林)의 精誠드린 珍味로 맛있게 많이 먹은 것~生日 대접의 뜻.
서울서 入院 中인 이는 退院은 했으나 子弟 집에서 療養한다는 것~그만해도 多幸. ⓒ

〈1989년 1월 15일 일요일 晴, 曇〉(12. 8.) (-1°5″, 3°5″)
早起 운동 後 終日토록 家庭에서 生活한 것~新聞 通讀, 독서, 17日 行事 전화로 連絡. ⓒ

〈1989년 1월 16일 월요일 曇, 晴〉(12. 9.) (-2°5″, 6°)
井母와 함께 社稷아파트 앞 司倉市場 가서 明日 行事에 쓸 材料 購入해 왔고.
入院 中인 배드민턴 會員 그니는 多幸히도 退院하여 歸淸한 것~健康엔 아직 時日 要. ◎

〈1989년 1월 17일 화요일 晴〉(12. 10.) (-2°, 6°)
奉事公派 小宗稧(우리 집안계) 行事로 終日 안팎으로 바빴고~11時부터 14時 半까지.
12名 參集. 稧財 57万 원.…井母가 3日 間 過勞力. 큰 妹와 季嫂 와서 助力. 有司 責任 잘 한 것. ⓒ

〈1989년 1월 18일 수요일 曇, 가랑비〉(12. 11.) (0°, 5°5″)
새벽 2時쯤 지나서 세째 明 와서 鐵大門 밖에서 또 醉態 있어 傷心.
故 權仁澤 別世 通知 있어 玉山面 歡喜里 가서 弔慰했고~俊兄과 同行한 것.
저녁엔 在淸 宗親會 있어 參席.
낮엔 參男 明이, 저녁엔 仝 子婦(韓 氏) 다녀 갔다는 것이나 謝過는 아닌 것 같아 괫심. ⓒ

〈1989년 1월 19일 목요일 가랑비, 曇〉(12. 12.) (2°, 5°)
下午 4時에 세째 夫婦 오래서 順히 訓戒하고 세째 明이 깊이 謝罪와 용서를 빌기에 넓게 용허하고 兄弟 友愛를 다짐[1]하고 歸家하니 마음 상쾌하기도. ⓒ

〈1989년 1월 20일 금요일 曇〉(12. 13.) (2°, 5°5″)
三從兄嫂 氏(花山아주머니) 来訪하여 數時間 座談했고.
기다리던 사우디 五女(運) 편지 와서 반갑고 安心된 것~첫 애 外孫子 '元'의 寫眞 오고. ⓒ

1) 원문에는 붉은색 색연필로 밑줄이 그어져 있다.

〈1989년 1월 21일 토요일 晴〉(12. 14.) (3°, 9°)
親友 李仁魯 次男(일세) 結婚式에 다녀온 것~서울시 태극당禮式場.
세째 夫婦 濟州旅行 갔대서 孫子 三男妹 있는 곳(운천 主公 APT 119棟 406号)가서 함께 잔 것. 孫子女(惠信 中1, 蕙蘭 國6, 正旭 國4)들 신통한 点 있었고. ⓒ

〈1989년 1월 22일 일요일 曇, 가랑비〉(12. 15.) (-0°5″, 8°)
近日 氣溫 계속 푹했고~昨日은 '大寒'이었어도 봄철 같았던 것.
알른이 問病도. 濟州旅行한 세째들 無事歸家했다는 것. ⓒ

〈1989년 1월 23일 월요일 가랑비〉(12. 16.) (2°, 9°)
淸原郡 三樂會에 參席~興業金庫 會議室. 点心 待接받기도.
午後 五時엔 '高麗證券' 開業式에 招請 있어 參席. 場所는 새청주약국 2~3層.
四男 魯松한테 婚談 이야기 들은 것~어제 面會. 金喆濟 부속國校長 令愛. 마음 있는 듯. ⓒ

〈1989년 1월 24일 화요일 晴, 曇〉(12. 17.) (2°, 5°)
校長團 辛酉會에 參席. 9名. 三原食堂에서 点心. 別席에서 맥주 몇 병 사기도.
日暮頃에 車埈昇(梨月中校長) 招致로 社稷洞 가서 特殊 파전으로 一盃 마셨고. ⓒ

〈1989년 1월 25일 수요일 曇〉(12. 18.) (0°, 5°)
臨時 四派宗稧에 參席次 故鄕 金溪 다녀온 것~門長 仁鉉 氏 宅 20名 程度 參與. 墻東山 13代祖考 位土畓, 金坪派, 金東派 爲土 關聯까지 墻東人 尹병태가 小作人. 竝作 稻租로 決定. 時祀 마련은 東林 漢福 氏가 自進 引受.
故鄕 金溪 案山 工事 關聯 三從姪 魯殷 山條 解決로 族叔 漢虹 氏 外 有志 數人 未淸하여 對話 結果 個別的 相對할 것을 一任하기에 甘受한 것. ⓒ

〈1989년 1월 26일 목요일 曇〉(12. 19.) (0°, 3°5″)
玉普同窓會가 午後 六時부터 있어 參席. 徐秉圭 新加入.
三從姪 魯殷집(鳳鳴洞) 찾아가 집 구경하고 案山條 工事關聯 이야기했고. ⓒ

〈1989년 1월 27일 금요일 雪, 曇〉(12. 20.) (-6°, -2°)
氣溫 急降下. 日出 前 溫度 영하 6°. 이른 새벽에 눈 좀 내려 約 6㎝ 積雪.
밤에 3男 明이 제 叔父와 함께 와서 深謝過하며 앞으로 無變善行을 다짐하는 것이었고. ⓒ

〈1989년 1월 28일 토요일 晴〉(12. 21.) (-10°, 0°)
輔榮兄 만나 三從姪 案山條 關聯 長期間 말씽 있었던 것 또 再論 있었기도.
서울 있는 四從弟 成榮(空港中學) 와서 집안과 宗事 이야기 나누고 함께 就寢. ⓒ

〈1989년 1월 29일 일요일 晴〉(12. 22.) (-9°5°, 2°)
勞動部 淸州地方事務所長인 族弟 中榮의 招請으로 서울 成榮과 함께 '가원'食堂에서 夕食 厚待받았고. ⓒ

〈1989년 1월 30일 월요일 晴〉(12. 23.) (-8°, 4°)
數日 間 酷寒이 낮부터 많이 풀린 듯.
23日에 松의 婚談 있었던 것 無散인양 別進展 없고.
井母는 近者에 左側 손발이 저리는 症勢로-早朝에 주물러주기도. ⓒ

〈1989년 1월 31일 화요일 曇, 雪〉(12. 24.) (-4°, 5°)
從兄님 来淸에 三從姪 魯殷집 案內하여 土地登記簿 關聯 일 보시게 했고.
큰 四從叔 漢昇 氏와 從兄님 間 意外의 오해에 電話 오가기도.
井母와 함께 '영신한의원' 가서 井母의 健康狀態 問議하고 夫婦 血壓도 測定. ⓒ

〈1989년 2월 1일 수요일 晴〉(12. 25.) (-3°, 2°)
金홍락 忠北배드민턴 會長의 七旬잔치에 招待 있어 '썬프라자'에 다녀온 것.
患者의 그니 速快치 않아 快치 않은 말 있었기도. ⓒ

〈1989년 2월 2일 목요일 晴〉(12. 26.) (-5°, 2°)
對話 圓滿하여 兩側 極致까지 解消~40余日만의 일인 듯.
幸運事務室 들러 鄭親旧 만나 '대추나무苗' 再確認하기도.
政府에선 陰 1月 1日 '民俗의 날'을 "설날"로 定하고 3日 間 休日로 発表[2]. ⓒ

〈1989년 2월 3일 금요일 晴〉(12. 27.) (-7°, 2°)
族兄 輔榮 氏 請으로 玉山 갔었으나 相面치 못했고~대추 苗木 件.
繼續 잔돈푼 나우 消費되나 할 수 없는 現實…모두가 健康하기만 바랄 뿐. ⓒ

〈1989년 2월 4일 토요일 晴〉(12. 28.) (-6°, 7.°5″)
井母 데리고 '朴신경정신과' 가서 診察하고 藥 조제하여 왔고…신경성 질환, 頭痛, 머리 무겁고 으듣하다고. 약 9次 分 2,000원(醫保適用). ⓒ

〈1989년 2월 5일 일요일 晴〉(12. 29.) (-3°5″, 9°)
新正에 설 茶禮 올렸지만 우리 韓國 傳統 설(陰曆)이 93年 만에 되찾게 되어 簡素하게 설 차림 하도록 夫婦는 決議한 것.
日暮頃에 세째 子婦(韓 氏) 와서 人事하기에 家和에 힘쓰라고 当付했고(모처럼 온 것). ⓒ

〈1989년 2월 6일 월요일 晴〉(正. 1.) (-3°, 9°)
설 茶禮 올렸고[3]~8時30分, 參男 明, 四男 松과 함께…二重過歲 아닌 復旧 첫 설의 참뜻[4].
參男 全家族 와서 歲拜. 井母가 孫子들에게 과일 等 먹이고 윷놀이도. 마음 개운하고.
낮엔 서울서 長女로부터 人事 電話. 大田 있는 次男 紘이 다녀가기도.
日暮頃에 司倉洞 外從 朴鍾煥 집 尋訪하여 外叔母님께 歲拜 人事하고 厚待받았던 것.
松은 故鄕 金溪 다녀왔고~제 同期들 稧條인 듯. ⓒ

2) 원문에는 붉은색 색연필로 밑줄이 그어져 있다.

3) 원문에는 붉은색 색연필로 밑줄이 그어져 있다.
4) 원문에는 붉은색 색연필로 밑줄이 그어져 있다.

〈1989년 2월 7일 화요일 晴〉(正. 2.) (−2°5″, 10°5″)
外叔母와 外堂叔母 2분 모셔와서 点心(떡국) 待接하면서 歡談했고.
牛岩洞 마일 가선 歸家에 즈음하여 不滿足한 氣分 생긴 것이나 自責할 따름.

〈1989년 2월 8일 수요일 안개비, 曇〉(正. 3.) (3°, 6°)
族兄 輔榮 氏 만나 소주 1병 待接하면서 改良 大棗(錦城, 月出, 無等)苗에 對한 이야기 듣고 鄭 親友가 紹介하는 '山棗仁' 種의 特徵을 말해주기도.
井母의 頭痛 症勢는 若干 가라앉은 듯하여 多幸.
앓으며 苦心하던 이는 家族과 圓滿한 解決을 지웠다는 것…深思熟考? ⓒ

〈1989년 2월 9일 목요일 曇, 晴〉(正. 4.) (0°5″, 4°)
井母 病院治療에 午前 中 活躍~社稷洞 朴 神經精神科에선 頭痛과 熟寢 藥. 朴세근 內科에선 血壓調節藥을 져 온 것…井母 血壓 190度라니 高血壓症인 것. ⓒ

〈1989년 2월 10일 금요일 晴〉(正. 5.) (−2°, 5°5″)
鐵大門 補助잠굴통 更新.
朝食은 妹夫(朴琮圭) 生日이라고 招待 있어 夫婦 함께 가서 맛있게 잘 먹었고.
日暮頃에 散策 兼 幸運복덕방까지 마실 다녀왔기도…社稷洞 이빈모, 정홍모. ⓒ

〈1989년 2월 11일 토요일 曇〉(正. 6.) (−4°, 5°)
아침運動과 沐浴 後 井母 帶同 朴世瑾內科 다녀온 것~井母 血壓 190. 주사 맞고 藥 2日 分치. 피 檢査 結果 동맥경화 無. 小便檢査에도 異常 없다고. 然이나 잠이 안 온다고 걱정 중.
忠南 홍성郡 여여암에서 在應스님으로부터 安否 人事 전화 왔기도. ⓒ

〈1989년 2월 12일 일요일 晴〉(正. 7.) (−3°, 8°)
五双双會員 定例會食日이어서 夫婦는 12時半에 '동원식당' 가서 一同과 함께 歡談하면서 洋食 '돈가스'로 点心 먹은 것.
下午 3時에 牛岩洞 삼거리방앗간 徐廷弼 집 가서 그의 夫人 廻甲宴 招待에 參席하였던 것이나 私情 있어 일찍 歸家했고.
서울서 맏이夫婦 왔고~제 母親 高血壓(200上廻) 等 病勢 이야기 듣고 온 것…料食品 等 多量 갖고. 數時間 머물고 日暮頃에 上京.
어제 아침엔 배드민턴 淸州클럽 宋 氏 老婆님 移舍한 데 人事次 다녀오기도. ⓒ

〈1989년 2월 13일 월요일 晴〉(正. 8.) (−0°5″, 9°)
배드민턴 淸州 크럽 總會에 任員 改選에 顧問으로 추대받았고.
井母 데고 朴世瑾 內科 다녀오기도~井母의 血壓 今日은 150이래서 安心. ⓒ

〈1989년 2월 14일 화요일 晴〉(正. 9.) (−1°, 12°)
어제 아침엔 從兄님 다녀가시고~서울 다녀오시는 길. 3從姪 魯殷에 用務 있어.
今日은 次孫 '昌信'의 高校(徽文) 卒業式인데 參席 못해 유감–昌信에게 祝賀電話했고.
族兄嫂(俊榮) 氏 淸州病院入院 中이라서 問病했고.
日暮頃에 酒中里에서 親旧 李亨求로부터 安否 電話~20余 年만인 듯. ⓒ

〈1989년 2월 15일 수요일 曇〉(正. 10.) (1°5″, 10°)
서울서 온 北一面 梧東里(酒中里)의 李亨求 来訪에 情談 많이 했고.
今日부터 3日 間 教大체육관 事情 있어 배드민턴 野外에서 하는 形便. ⓒ

〈1989년 2월 16일 목요일 曇〉(正. 11.) (5°, 11°)
朴世瑾內科에 井母 帶同~血壓 100-180. 2日分 藥 1,500원.
밤엔 제 母親 病患 狀況 安否次 큰 딸 한테서 電話 오고. ⓒ

〈1989년 2월 17일 금요일 曇, 가랑비〉(正. 12.) (8°, 9°)
저녁 나절 市內서 崔圭弼(中央中) 教師 만나 誠意 있는 待接 받기도.
中風氣 있던 이는 나우 廻復되어 多幸~今日 따라 낮 동안 各項 雜務 뒷바라지 하기에 거의 바쁘게 往來했던 것. ⓒ

〈1989년 2월 18일 토요일 曇, 晴〉(正. 13.) (3°5″, 7°)
安一光(三樂) 子婚에 其 自宅 찾아가 祝儀 表示.
猪山校 史龍基 校長 停年式에 參席~淸州서 전세버스 利用. 參與客 많았고.
午後 五時 半부터 있는 在淸 宗親會에도 參席~三味食堂.
井毛의 血壓~今日 現在는 170.

〈1989년 2월 19일 일요일 晴〉(正. 14.) (2°5″, 10°)
작은 보름. 아침行事 正常 繼續 中~佛供, 體操, 自轉車, 배드민턴.
'행운 不動産' 들러 親友들과 情談했고. 李德善도 만나 濁酒 一盃하기도.
日暮頃엔 동생 振榮집, 三男 魯明집 巡廻하여 國卒 中入하는 姪女 '파란'과 孫女 '혜란'에게 가방값으로 壹万 원씩 주었고.
서울 큰 子婦한테서 安否 전화 왔었다는 것.
오늘은 '雨水'. ⓒ

〈1989년 2월 20일 월요일 曇, 晴〉(正. 15.) (3°, 11°5″)
井母와 함께 朴世瑾 內科 다녀오고~井母의 血壓 90-160. 此後론 '아달라트'란 藥을 長期服用하라는 것.
어항 물갈이에 두어 時間 勞力했고.
井母와 함께 雲泉洞 새 農水産物市場 가서 全羅道産이란 방석배추 4포기에 1,000원 주고 사오기도. 오늘은 대보름. ⓒ

〈1989년 2월 21일 화요일 晴〉(正. 16.) (2°5″, 7°)
'행운房방' 들러 房 얘기와 情談 좀 했었고.
三男 明은 市內校 在職期限 滿了되어 道 發令-陰城郡內로. ⓒ

〈1989년 2월 22일 수요일 晴〉(正. 17.) (-2°, 6°)
槐山郡 七星 가서 金塋洙 校長 停年退任式에 參席하고 歸路에 행운室 들렀던 것.
三男 魯明은 三成國校로 發令났다는 것. 생각보다 잘 된 셈.
井母는 明夜에 擧行할 先妣祭物 빚기 準備에 終日 勞力한 듯. ⓒ

〈1989년 2월 23일 목요일 曇, 가랑비〉(正. 18.) (1°5″, 7°)

어머님 忌故 精誠껏 모신 것. 서울 큰 애 家族 全員 왔고. 큰 사위 夫婦도. 故鄕에서 從兄님 오시고. 在應스님도 意外로 參席.
深夜에 셋째 突發的 行爲 나빴던 것~큰 애와 言爭 있었던 듯. 傷心 不快.
막내 子婦 와서 協助. ⓒ

〈1989년 2월 24일 금요일 가랑비〉(正. 19.) (2°5″, 8°)
元聖玉(辛酉會) 氏 問病~福台洞…맹장염 手術 後 治癒 退院.
서울 아이들 갔고. ⓒ

〈1989년 2월 25일 토요일 雨〉(正. 20.) (3°5″, 9°)
三從姪 魯學이 回甲宴에 다녀왔고~'巨象食堂'.
下午 五時부터 있는 玉普同窓會에도 參席 會食…前後 兩次 行事에 소주 나우 마신 것.
深夜에 魯弼 夫婦 서울서 왔고. ○

〈1989년 2월 26일 일요일 曇〉(正. 21.) (2°, 8°)
李俊遠(三樂會) 女婚에 上堂예식場 다녀온 것.
어제 왔던 弼 夫婦 日暮頃 上京. ○

〈1989년 2월 27일 월요일 晴, 曇〉(正. 22.) (0°,)
井母와 함께 金溪 從兄님 宅 다녀온 것~從兄님의 生辰이라서 人事次.
日暮頃엔 道醫療院(309호) 가서 옆집 自轉車店 운영하는 崔 技士 問病하였기도(交通事故로 治療 中).
밤 7時 半부터 있는 班常會에 모처럼 參席~安日中 氏 宅. ○

〈1989년 2월 28일 화요일 雨, 曇〉(正. 23.) (7°, 13°)
三男 明의 집(雲泉 住公APT 119棟 406号) 가서 去 23日에 있었던 잘못된 일 寬容해주면서 訓戒하고 安心시켜주었기도.
어제까지 몸 좀 괴로웠던 것 今日 午後부터 若干 풀린 듯.
点心 後엔 井母 덴고 朴世瑾內科 다녀온 것~井母 血壓 100-150[5].…오랜만에 正常에 가까워진 셈.
從兄님 付託 있어 牛岩洞 가서 李熙周 氏 宅 찾았으나 相逢 못했고. 밤 8時쯤 電話로 用務 본 程度. 金溪로도 連絡한 것. ⓒ

〈1989년 3월 1일 수요일 晴〉(正. 24.) (0°5″, 13°)
三·一節 70돌[6]. 오랜만에 날 맑았고.
아침부터 人事에 바빴던 것~鄭成澤(光德校) 校長 子婚. 郭漢恂(宗親) 女婚, 郭魯鶴(故人) 子婚…栢洞人. 郭日信(栢洞) 女婚, 이봉순 女史(배드민턴淸州 크럽) 子婚-五個 禮式場 다니느라고 奔走했고.
下午 五時 發 高速으로 上京. 큰 애 文井洞 집 到着 下午 7時쯤. ◎

〈1989년 3월 2일 목요일 曇〉(正. 25.) (0°, 11°)
11時부터 있는 서울大 入學式에 參席. 次孫 昌信이 醫予科 入學[7]. 제 큰 姑母와 막내叔母(孫 氏)도 와서 祝賀한 것. 仝 大學 藥大 2年生 제 兄 英信도 있어 자랑스러웠고

---

5) 원문에는 붉은색 색연필로 밑줄이 그어져 있다.
6) 원문에는 붉은색 색연필로 밑줄이 그어져 있다.
7) 원문에는 붉은색 색연필로 밑줄이 그어져 있다.

点心 '곱창 전골 백반'으로 맏子婦가 全担. 茶等은 막내가 負担.
午後 3時 半 高速으로 歸清. 오랜만에 大田 둘째한테서 電話왔다는 것. ◎

〈1989년 3월 3일 금요일 雨〉(正. 26.) (8°, 12°)
終日토록 부슬비. 三男 明에게 注意~車 通勤에 恪別 操心. ◎

〈1989년 3월 4일 토요일 雨, 曇〉(1. 27.) (3°, 7°)
從兄 要請으로 李熙周 地官 모시고 金溪 가서 前佐山 東麓에 從兄님 幽宅地 甲坐로. 나의 幽宅 留念地는 西麓 先塋下 庚坐(간좌)로 잡은 것[8]…2곳 모두 다 年前부터 予定 留念했던 곳. ⓒ

〈1989년 3월 5일 일요일 曇, 晴〉(正. 28.) (2°, 7°)
郭魯圭(外從妹夫…全東) 女婚에 人事次 鳥致院 '서울예식장' 다녀온 것…가얐고 가난 속에 고생을 극복한 그는 夫婦 勤勉했던 結晶으로 잘 살게 됐고. 今日 피로연 잔치도 누구에 밀지지 않게 特有하게 잘했음을 감탄했고. ⓒ

〈1989년 3월 6일 월요일 曇〉(正. 29.) (0°, 0°)
前無後無할 稀有한 날씨~日出 前부터 日暮까지 終日토록 찬바람, 氣溫도 낮 동안 零度 그대로였고.
族長, 宗親同甲稧員인 秉鍾 氏 爲先事業 行事있어 故鄕 金溪 다녀온 것…그의 親山墓碑 梅史 碑文을 昨秋에 撰한 바 있어 더욱 觀心 컸고.
歸路에 族長 勳鍾 氏 招請으로 그의 居處 '사직APT 2단지 117棟 209号' 가서 歡談 交換했기도. ⓒ

〈1989년 3월 7일 화요일 雪, 曇〉(正. 30.) (-1°5″, 1°)
今日도 終日 추웠던 것.
井母 데리고 朴內科 가서 診察~血壓 90-150. 正常에 가까운 셈. 속 쓰리다고 '암프제' 等 藥좀 지었고. 左側 손발이 저리는 것 문의하니 風症 症勢는 아니라기에 安心.
대추나무 苗木 '福棗' 株当 2,800원이라고 '성우造景'서 說明 듣기도. ⓒ

〈1989년 3월 8일 수요일 曇, 晴〉(2. 1.) (4°5″, 7°)
清州鄕校 다녀왔고-春季釋典儀式에 招請 있어 參席. 歸家까지 族兄 '春榮 氏' 잘 모셨기도. ⓒ

〈1989년 3월 9일 목요일 晴〉(2. 2.) (-1°5″, 7°)
거의 終日토록 家庭生活하다가 日暮頃에 市內 나가서 '에스콰이어' 洋靴店 들러 큰 애가 준 구두티킷으로 5万 원價 밤색 구두 찾은 것. '성우造景' 들러 新品種 대추나무苗 再確認하였기도~福棗. 明年부터 結實 可能. 1m 程度. 1株当 2,800원. 運賃은 3,000원. 19日에 植付予定. 年에 2次 程度 農藥 消毒.
三男 明 生日이라고 떡국 끓여왔고. 午後에 井母는 닭 1尾 사다 주었다는 것. ⓒ

〈1989년 3월 10일 금요일 晴〉(2. 3.) (0°5″, 10°)
金溪 두무샘 밭 가서 나이론줄로 面積 알아보기 爲해 周圍 測量해 봤고~집에 와 計算해보

8) 원문에는 붉은색 색연필로 밑줄이 그어져 있다.

니 約 1300㎡(490坪). 3m 間隔으로 대추苗 150株 所要될 듯. ⓒ

〈1989년 3월 11일 토요일 晴〉(2. 4.) (5°, 14°5″)
대추나무 苗木 '福棗' 伊院圃産 株 2,800원씩으로 150株 購入하여 原圃 金溪 두무샘밭까지 運搬하여 假植하였고. 우성造景 社長 崔 氏 帶同 다녀온 것.
內谷까지 金東儀 황정校長 親喪에 다녀왔고. ⓒ

〈1989년 3월 12일 일요일 晴, 曇〉(2. 5.) (3°, 12°)
金溪 가서 族兄 春榮 氏 先祖考墓 移葬(용수샘->新溪새골) 行事에 人事.
두무샘밭에 '福棗' 대추나무苗 150株 植付(3時間 勞動.[9]

〈1989년 3월 13일 월요일 曇〉(2. 6.) (5°, 14°)
井母와 함께 金溪 가서 두무샘밭에 '대추苗木' 60株 植付했고~点心도 持參.
日暮 잠시後(午後 七時 半頃?) 뒤 2層에 좀도둑[10] 들어왔다가 松한테 들켜 곧 뛴 듯. ⓒ

〈1989년 3월 14일 화요일 晴〉(2. 7.) (5°, 13°)
今日도 井母와 함께 金溪 가서 '대추苗木' 植付作業에 終日 勞力하여 完了하니 개운.
歸路에 金溪校 朴仁圭 校長 만나 俊兄과 함께 夕食 및 濁酒 待接받았기도. ⓒ

〈1989년 3월 15일 수요일 晴〉(2. 8.) (3°, 12°)
金溪 가서 어제까지 植付된 대추苗에 물 준 것-150폭에 約 50동이 준 셈. 나름대로 處地上으론 큰 事業을 마치니 마음 기쁜 心情에 흐뭇했고. ⓒ

〈1989년 3월 16일 목요일 晴〉(2. 9.) (2°, 12°)
五双會員 夫婦 同伴 10名 中 우리 夫婦도 比較的 健康한 몸으로 儒城 가서 溫泉水(리베라호텔)에 沐浴하고 点心 後 일찍 歸家했고. 清州 와선 尹낙용, 柳해진과 함께 회집 석수정에서 情談하면서 一盃 나누고 解散. ⓒ

〈1989년 3월 17일 금요일 晴〉(2. 10.) (0°, 13°)
点心 後 金溪 가서 밭에 묻힌 헌 비닐종이 걷기 作業에 約 3時間 勞力했고.
저녁에 三男 明이 溫和환 態度로 다녀가기로 欽快하였기도. ⓒ

〈1989년 3월 18일 토요일 晴, 曇〉(2. 11.) (1°, 15°5″)
潘箕炳 德生校長 廻甲宴에 招待 있어 陰城邑 가든會館까지 다녀왔고.
저녁 6時 半에 三味食堂에서 在淸宗親會 있어 參席.

〈1989년 3월 19일 일요일 晴〉(2. 12.) (2°, 14°)
井母와 함께 農具와 点心 持參하여 金溪 대추밭 가서 헌 비닐 수거 作業에 終日 땀 흘려 勞力 2/3 進陟. 歸路에 夫婦 全身 고단함을 느끼기도~농사 일 힘드는 것. ⓒ

〈1989년 3월 20일 월요일 晴, 曇〉(2. 13.) (7°, 17°)

9) 원문에는 붉은색 색연필로 밑줄이 그어져 있다.
10) 원문에는 붉은색 색연필로 점선이 그어져 있다.

今日도 井母와 함께 대추밭 가서 헌 비닐 수거 作業하여 下午 2時頃에 完了-征服 氣分에 상쾌했고. 間作[11]으로 後日 豆太[12] 等 播種할 予定. ◎

〈1989년 3월 21일 화요일 晴〉(2. 14.) (6°, 13°)
閔 眼科에 다녀왔고~가렵고 침침하고 右眼右側에 접촉感 있어서.
다시 長期間 가무는 날씨에 봄 씨앗 發芽와 植木에 支障 招來? ◎

〈1989년 3월 22일 수요일 晴〉(2. 15.) (3°, 17°)
井母와 함께 金溪 대추밭 가서 둘레를 다듬고 '옥수수, 도라지' 播種 等 約 3時間 勞動하고 歸淸.
대추苗 2本 追加 購入하여 1株는 울 안에 심고, 1株는 큰 妹 준 것. ◎

〈1989년 3월 23일 목요일 曇〉(2. 16.) (6°, 16°)
淸原郡 三樂會 月例會義에 參席~'동원식당'에서 晝食.
閔 眼科에 들러 眼疾 第二次 治療 받았고~差度 多分히 있는 셈.
비 오기를 고대하나 아직(23時 現在) 오지 않고. ◎

〈1989년 3월 24일 금요일 雪, 曇〉(2. 17.) (1°, 6°)
鄭海國 氏 要請으로 淸州公團의 職業訓鍊院 다녀 온 것~院長(族弟 晩榮)의 親切한 案內로 院內 實況을 비디오로 求景하고 技能工 原生들의 修練狀況 巡防에 興味 있었고, 院長 案內로 江西洞 반송 가서 '추어탕'으로 点心 잘 먹었기도.
日暮頃에 內德2洞 가서 金圭會(三寶교장) 母親喪에 弔慰했고.
歸路에 鄭永來 親友 만나 모처럼 소주 1盃했기도. 아침결에 때 아닌 눈 많이 내렸고. ⓒ

〈1989년 3월 25일 토요일 晴〉(2. 18.) (5°, 13°)
井母와 함께 대추밭 가서 둘레에 옥수수 심었고~씨옥수수 4통으로 完全一周 파종.
어제 아침결에 눈 約 5㎝ 程度 내려 봄 씨앗 부치기에 最適~눈이 금시에 녹아서 알맞았던 것. ⓒ

〈1989년 3월 26일 일요일 晴〉(2. 19.) (5°, 16°5″)
큰 애 아침결에 왔고-제 母親과 金溪 대추밭 가서 狀況 보고 몇 株 移植하기도.
禹熙準 懷仁校長 女婚에 招待 있어 木花禮式場까지 다녀왔고.
'우암집'에서 点心 後 山城 登山次 다녀왔던 것.
서울 큰 애는 下午 5時 上京 向發. ⓒ

〈1989년 3월 27일 월요일 晴〉(2. 20.) (7°, 14°)
故鄕 前佐洞 가서 先考墓 前 감나무 곁의 소나무 2株 벼 낸 다음 대추밭 가서 골 1두둑 만들기에 勞力했고. 歸路에 大田 漢業 氏 만나 酒類 待接하였기도.
午後 6時 半에 同窓會 있어 參席. ⓒ

11) 간작(間作): 농작물을 심은 이랑 사이에 다른 농작물을 심어 가꾸는 일이거나 어떤 농작물을 수확하고 다음 작물을 씨 뿌리기 전에 채소 따위를 심어 가꾸는 일이다. '사이짓기'라고도 한다.
12) 두태(豆太): 콩과 팥을 아울러 이르는 말.

〈1989년 3월 28일 화요일 晴, 曇〉(2. 21.) (5°, 13°)
外戚 朴昌淳(佳景洞) 子婚에 人事次 서울 다녀온 것~東大門區 '한국교회 100주년 기념관'이 禮式場. 下午 5時 歸淸. ⓒ

〈1989년 3월 29일 수요일 晴〉(2. 22.) (4°, 16°)
井母와 함께 金溪里 밭 가서 勞作 3時間~밭골 다듬기 서너골. 井母는 쑥 뜯고.
歸路에 李晳均 親友 집 들러 그의 小室 回甲이라고 一盃 하였기도.
日暮頃에 牛岩洞 北部市場 갔다가 親友 鄭泳來 만나서 玉山 出身 權교사 厚意로 酒類 待接 융숭히 받았던 것. 後로 설롱탕집에서 맥주 等 나우 마셨더니 모처럼 취기 있는 듯? ⓒ

〈1989년 3월 30일 목요일 晴, 曇, 雨〉(2. 23.) (4°, 18°)
月納金 整理. 日暮頃에 大田 次男 紘이 다녀가고-큰 감나무苗 1株 갖고.
밤 10時頃부터 비 내리는 것. ⓒ

〈1989년 3월 31일 금요일 曇, 晴〉(2. 24.) (9°, 19°)
午後에 金溪 가서 밭골 다듬기 作業 約 3時間 勞動하고 日暮頃 歸家.
昨日 紘이가 갖고 온 감나무 큰 苗 一株 庭園에 공들여 심었고.
井母는 明日 上京 준비로 '쑥편' 빚기에 勞力했고. ⓒ

〈1989년 4월 1일 토요일 晴〉(2. 25.) (7.5°, 19°)
夫婦는 下午 四時高速으로 上京~長男(井) 生日. 魯弼 家族, 3女 家族 함께 夕食 잘 했고.
上京 前에 淸州行事 바빴기도~11時 30分부터 있는 再從弟 海榮의 子婚, 女婚 兼行에 參席 後 崔承德 回甲, 李成宰(佳陽人) 回甲宴에 다녀왔고. ⓒ

〈1989년 4월 2일 일요일 晴〉(2. 26.) (6°, 19°)
큰 애 周旋으로 遠距離 逍風했고~春川 경유 '소양강 댐'까지 갔던 것~井母, 큰 子婦, 三女 合 五名. 長距離 往來 運轉에 큰 애 疲勞 無限했을 것인데 沈着했고. 目的地에서 송어회 만끽 먹은 것. 經費도 나우 났을 것. 日暮頃에 歸京. 今日도 서울서 留. ⓒ

〈1989년 4월 3일 월요일 晴〉(2. 27.) (5°, 19.5°)
큰 애 出勤 길 車로 出發하여 午前 9時 半에 淸州 到着. 淸州 無事.
意外로 牛岩山 산책하여 藥水터 앞까지 一周했기도.
우체국 內에서 現金 5万余 원 紛失되어 아깝기도~가슴 아팠고…人事用 5,000원 送金 手續中 잘못된 듯? ⓒ

〈1989년 4월 4일 화요일 晴〉(2. 28.) (7°, 20°)
点心 後 金溪 가서 父母님 山所에 昨年에 採取해 뒀던 잔디씨 約 3*dl*쯤 되는 것 뿌려 덮고[13].
대추밭 가선 긴골 1골 程度 두둑 만들기에 勞力하고 日暮頃 入淸. ⓒ

〈1989년 4월 5일 수요일 晴〉(2. 29.) (9°, 22°)
今日은 '淸明'. 金丙鎬 교감 子婚 있대서 아침

13) 원문에는 붉은색 색연필로 밑줄이 그어져 있다.

곁에 人事~忠北銀行 廣場 가서.
井母와 함께 金溪 가서 대추밭 골 타기에 3時間 勞動. 井母는 큰집 일 돕고. ⓒ

〈1989년 4월 6일 목요일 晴〉(3. 1.) (8°, 25°)
今日은 '寒食'. 井母와 함께 金溪 가서 寒食 차례에 參席~高祖父(曲水뒤). 再從祖父(曲水뒤). 큰 曾祖父(金城 동고개). 点心은 金城서 李根國 氏 집에서.
서울서 큰 子婦한테서 電話~9日에 서울 家族과 함께 1日 逍風 計劃이라기에 大찬성했고. 밤 電話엔 大田의 次男(鉉), 淸州의 三男(明)한테도 同席토록 連絡했다는 것. ⓒ

〈1989년 4월 7일 금요일 晴, 曇〉(3. 2.) (9°, 20°)
午後에 金溪 가서 대추밭 두둑 만들기 作業 한 時間余했으나 버스 번호 착오로 乘車 잘못하여 往來에 苦生했고. 勞力 時間 손해본 것.
저녁 食事費 意外로 많이 난 셈. ⓒ

〈1989년 4월 8일 토요일 晴〉(3. 3.) (10°, 21°)
校長團 辛酉會에 參席~12時 솔밭식당…25日에 南海 方面 逍風토록 合議.
井母는 明日 上京 준비로 '찰밥' 等 飮食 마련에 분망히 일 보는 듯. ⓒ

〈1989년 4월 9일 일요일 晴〉(3. 4.) (9°, 23°)
井母와 함께 6時 半 發 車로 서울대공원 最初로 관광한 것~前約 있어 子女息 10余 名 모여 果川의 大公園內에서 野外 會食을 맛있게 뜻있게 歡談하면서 달게 먹은 것[14]…우리 夫婦, 큰 애 家族 四名 全員, 三男 家族 五名 全員, 五男 弼의 夫婦, 큰 딸 夫婦와 外孫子 趙희환, 參女 任과 外孫子 愼重奐, 合 20名.
点心 後 2時間 半 걸쳐 動植物園 求景했고. 처음 보는 서울大公園이기도…6年 前에 이루어진 大公園이라고…午後 6時 發로 세째 自家用으로 無事 入淸 歸家. 井母는 五男 따라 上溪洞으로 갔고. 인상 깊은 家族 逍風 最初로 해본 것. 맏子婦의 意圖로 施行된 것. ○淸州 無心川 벗꽃 滿發[15]. ⓒ

〈1989년 4월 10일 월요일 晴〉(3. 5.) (8°, 13°)
낮 버스로 故鄕 대추밭 가서 2時間 半 程度 두둑 만들기 作業했고.
서울서 井母는 上溪洞 막내 집에서 昨夜 留하고 下午 3時頃 入淸 歸家. ⓒ

〈1989년 4월 11일 화요일 晴〉(3. 6.) (3°, 16°)
井母와 함께 金溪 가서 밭두둑 만들기에 勞力 2時間. 井母는 돌미나리 캤고.
歸路에 任昌武 만나 濁酒 一盃하면서 情談 나누기도. ⓒ

〈1989년 4월 12일 수요일 晴〉(3. 7.) (6°, 18°)
金溪 가서 밭作業 3時間 半 程度 勞力하여 今日로서 대추밭 두둑만들기 一段落.
夕食은 나가서 소염통구이 반찬으로 맛있게는 먹었으나 경비 나우 난 셈. ⓒ

〈1989년 4월 13일 목요일 晴〉(3. 8.) (9°5″, 26°)
三從姪 魯股의 金溪 案山 工事 關聯에 漢虹 氏

14) 원문에는 붉은색 색연필로 밑줄이 그어져 있다.

15) 원문에는 붉은색 색연필로 밑줄이 그어져 있다.

輔榮 氏 来清에 招致 있어 同 三友開發會社側의 点心 待接에 應했던 것.
仝 此旨 姪側에 傳達했으나 고집不動이었고. ⓒ

〈1989년 4월 14일 금요일 曇〉(3. 9.) (15°, 24°)
비 그렇게 기다려도 안오고. 대추나무 밭이 걱정이면서 봄씨앗 못 묻어 걱정중이기도.
수곡동 뒷산으로 登山해 보았고…數日 前의 無心川 兩둑의 벚꽃은 다 지고 푸른 잎빛 아름푯이 보이기도. ⓒ

〈1989년 4월 15일 토요일 曇, 雨〉(3. 10.) (15°, 22°)
族兄 輔榮 氏 要請으로 市內 某處에서 만나 소주 1盃 待接하면서 三從姪 魯殷의 山 件 이야기 있었기도. 件 內容 未明이어서 궁금.
市內서 淸中 李00 主任先生 만나 厚待받았고.
下午 五時부터 있는 友信會 隔月例會 있어 參席했기도.
오랜만에 밤에 부슬비만이라도 내려 多幸하고… 밤 깊도록 비 내린 것. ⓒ

〈1989년 4월 16일 일요일 雨, 曇〉(3. 11.) (8°, 20°)
今日 따라 慶事 집 人事 다니기에 바빴던 것~尹奉吉(낭성교)校長 子婚, 朴定奎
(오창교) 教師 子婚, 故 朴鍾榮 교장 女婚, 崔壽男(배드민턴淸州 크럽) 子婚.
午後엔 鎭川邑 가서 盧相福(매산교) 校監 回甲宴에도 다녀온 것.
진천 行事에서 旧親 奉원천?과 情酒 나누면서 나우 마시기도. ⓒ

〈1989년 4월 17일 월요일 曇, 雨, 曇〉(3. 12.) (10°, 19°)
昨今 내린 비로 밭 해갈은 充分. 井母와 함께 今日도 金溪 밭 가서 참깨, 콩 심었고.
땅콩씨 준비도 되고.
族叔 漢虹 氏 来訪에 情談 잠간 나누기도. ⓒ

〈1989년 4월 18일 화요일 晴〉(3. 13.) (10°, 23°)
今日도 井母와 함께 金溪 가서 참깨, 땅콩, 밤콩 심었고.
19時부터 있는 在淸 宗親會에 參席~'삼미식당' ⓒ

〈1989년 4월 19일 수요일 晴〉(3. 14.) (16°, 27°)
井母와 함께 金溪 밭 가서 땅콩 1두둑, 종콩 1되 심고 온 것. 約 2時間 半 勞動. ⓒ

〈1989년 4월 20일 목요일 晴〉(3. 15.) (16°, 27°)
前約 있어 宗親 同甲 逍風 行事에 參席~6名中 4名 參席(郭秉鍾, 郭俊榮, 郭昌在, 郭尙榮). 不參者(郭大鍾, 郭宗榮)는 有故. 獨立記念館에 10時 集結. 約 2時間 觀覽. 13時에 天安 가서 点心. 14時에 溫陽 가서 溫泉 沐浴. 1時間程度 情酒 나누고. 淸州 到着은 19時 가까웠고.
天安 연대암에서 在凝스님으로부터 電話 와서 仁川 朱安의 용화선원에 모신 靈架番號 알려준 것-父母(곽윤만, 박순규 6,980) 弟(곽운영 6,981) 壻(신의재 6,982). 前面 右로부터 2번째칸 中央쯤 位置에 奉安. ⓒ

〈1989년 4월 21일 금요일 晴〉(3. 16.) (18°, 29°)
井母와 함께 仁川市 朱安5洞 龍華禪院 法寶堂

법요식에 다녀온 것~7時 出發. 18時에 歸家. 在應, 상운 스님 만났고. 法寶展에 奉安된 '先考妣 6980, 弟 云榮 6981, 壻 愼義宰 6982'의 靈架 찾아 合掌祈禱했고. 向해서 右側 二칸째 下로부터 6째줄쯤이어서 잘 보이는 곳.
서울 高速터미날서 '地下鐵 1号線 교대까지. 바꿔 2号線으로 신도림까지. 또 電鐵로 바꿔 타서 朱安驛에서 下車.' 500m 程度 北向으로 곧게 가면 용화선원이었고. ⓒ

〈1989년 4월 22일 토요일 曇〉(3. 17.) (18°, 23°)
故鄕 밭 가서 대추苗 發芽 狀況과 折枝된 것 떼어내기 作業에 勞力.
金溪行 버스 內에서 乘車 直後 現金 五萬 원 쓰리 당해 분하기도. ⓒ

〈1989년 4월 23일 일요일 晴, 曇〉(3. 18.) (13°, 23°)
故鄕 郭潤道 氏 女婚에 人事~榮洞 '木花예식장.'
三男 明으로부터 강아지 '똘이'[16]를 보내와 簡素한 개우리 짓기에 午後엔 勞力했고.
日暮 後에 次男 '紘'이 제 母親用 '淸心丸' 갖고 왔기도.
五男 '弼'이로부터 '한겨레신문' 幹部召喚 事件 等에 더욱 發展相과 걱정말라는 電話 왔다는 것.
長女 '媛'으로부터도 安否 電話와 在應스님 '次女 姬'가 제 큰 오빠 宅에 다녀갔다는 消息도 왔었고. ⓒ

16) 원문에는 붉은색 색연필로 밑줄이 그어져 있다.

〈1989년 4월 24일 월요일 晴〉(3. 19.) (13°, 23°)
淸原郡 三樂會에 參席~동원식당에서 會食. 月 會費 5,000원. 散會 後 史龍基 親友로부터 別席에서 酒類 待接받기도.
井母는 金溪 밭에 다녀오고. ⓒ

〈1989년 4월 25일 화요일 晴〉(3. 20.) (11°, 25°)
校長團(退職) 辛酉会에서 實施하는 春季 逍風[17]에 參席-全南 麗水 앞바다 '오동도'[18] 거쳐 歸路에 南原 廣寒樓[19] 둘러보고 온 것…8時 出發하여 20時 入淸. ⓒ

〈1989년 4월 26일 수요일 晴〉(3. 21.) (9°, 26°)
小魯里 任重赫 氏 親喪에 弔問 다녀왔고~葬地는 國仕里 앞山. 歸路에 新垈 吳漢錫 同窓 집 들러 酒類 待接 받으며 情談 나누고. ○

〈1989년 4월 27일 목요일 晴〉(3. 22.) (10°, 26°)
어제 酒類에 程度 넘쳤을 것이나 氣力 減少는 안되어 多幸인 것.
醉中이지만 今日 行事 잘 넘기도록 마음 단단히 먹고 解腸하고 出發.
在淸同窓會 夫婦同伴 逍風~智異山 '老姑壇'까지. 總 17名.
過飮했고. 氣活있게 多辯이었던 것. 無事 歸家. ×

〈1989년 4월 29일 토요일 晴〉(3. 24.) (11°, 28°)
고단했지만 明日 行事 있어 室內體育館 나가

17) 원문에는 붉은색 색연필로 밑줄이 그어져 있다.
18) 원문에는 붉은색 색연필로 밑줄이 그어져 있다.
19) 원문에는 붉은색 색연필로 밑줄이 그어져 있다.

서 線 긋기 作業 等에 協調. ○

〈1989년 4월 30일 일요일 晴〉(3. 25.) (11°, 28°)
極히 고단했으나 要請에 依하여 體育館 나가서 道聯合會 會長旗 爭奪에서 배드민턴 경기에 銅메달 받은 것[20]. 道內에선 淸州 크럽이 優勝. ○

〈1989년 5월 1일 월요일 晴〉(3. 26.) (12°, 27°)
疲勞하나 今日도 飮酒. ○

〈1989년 5월 2일 화요일 晴〉(3. 27.) (10°, 25°)
井母의 만류에도 飮酒하는 것 反省할 여지 多分함을 克服 못한 것. ×

〈1989년 5월 3일 수요일 晴〉(3. 28.) (10°, 28°)
食事 전혀 못하고 今日도 飮酒. 한밤중부터 呻吟 臥病. ×

〈1989년 5월 4일 목요일 晴〉(3. 29.) (13°, 28°)
運身 困難. 頭痛으로 못견더 좌불안석. ◎

〈1989년 5월 5일 금요일 曇〉(4. 1.) (13°, 27°)
구름 꼈으나 비 안와 큰 걱정.
井母는 입맛 다실 것 마련해 주느라고 勞力하는 것 딱했고.
点心 때부터 계란탕, 우유, 삼차 等 약간씩 억지로 먹기 시작.
日暮頃부터 조금씩 起動. 頭痛 약간 가라 앉은 듯.
살아난 것만이 眞實로 多幸. 天地神明께 謝過, 深謝.
井母와 四男 松이 많이 애 썼고. ◎

〈1989년 5월 6일 토요일 曇, 晴〉(4. 2.) (16°, 27°)
數日 만에 배드민턴 體育館 나간 것. 팔 다리 힘 없어서 땀 많이 흘렸고.
謹酒에 또 다시 決心 腐心해보기도[21].
一家 郭文吉 母親喪에 뒤늦지만 誠意껏 다녀왔고.
밤 10時쯤 지나서 서울서 큰 애 夫婦, 막내 夫婦 온 것~明日 錦山市 간다는 것. ◎

〈1989년 5월 7일 일요일 晴〉(4. 3.) (13°, 26°)
6時에 큰 애 夫婦와 제 母親 同乘하여 錦山行에 人蔘 若干 사오려고. 10時頃 歸家에 人蔘 含量 10채에 9万7천원 주었다나…下品 1채当 7,000원, 中品 11,500원, 上品 채当 13,000원(5채, 2채, 3채). 人蔘은 高價인 上品을 사야 한다고 忠告.
点心 後 큰 애 車로 井母와 子婦와 함께 4人은 金溪里 대추밭 가본 것~대추나무 發芽 程度 普通이나 가므름 繼續으로 各種 植物 渴症 目不忍見에 안타까웠고.
낮엔 小魯里 任魯赫 子婚과 李復圭 金川校長 子婚 있대서 人事 다녔던 것.
食慾 없어 아직 食事 不正常.
아이들이 사 온 人蔘 닦고 다듬기에 井母하는 일 힘껏 도왔고.
막내 子婦는 腹痛으로 苦痛 겪다가 市內 宋內科 가서 治療받고 午後엔 若干 가란즌 편이어서 安心했고.

20) 원문에는 붉은색 색연필로 밑줄이 그어져 있다.

21) 원문에는 붉은색 색연필로 밑줄이 그어져 있다.

大田서 次男 紘이 이고~孫子 雄信이 同伴.
저녁 食事에서 子息 五兄弟(井, 紘, 明, 松, 弼)가 同席 會食함도 희귀했던 일[22].
下午 8時 半까지 모두 제 사는 곳으로 歸家次 出發된 것~仝 11時 半까지 모두 無事 歸家한 것을 確認하고서 就寢. ◎

〈1989년 5월 8일 월요일 曇, 안개비若干, 雨(5㎜)〉(4. 4.) (13°, 22°)
'어버이날'-여러 子女들이 고기, 카네이션꽃 等 어젯날 마련해 왔던 것으로 滿足.
井母와 함께 대추밭 가서 未發芽苗에 給水作業하는 데 流汗 極限 勞力했고.
長期 旱魃에 속까지 마르고 탈 지경. 오늘도 구름만 끼다 말았던 程度이더니 日暮頃부터 부슬비가 約 3時間 내려서 밭 解渴 充分히 될 듯~天佑神助. 감사감사. ◎

〈1989년 5월 9일 화요일 曇, 晴〉(4. 5.) (15°, 21°)
井母와 함께 金溪 가서 勞作~井母는 옥수수밭 매고 施肥. 참깨 播種. 난 사거리 가서 尿素肥料 一包(25㎏) 購入 搬入에 진욕 본 것.
머리가 무겁고 멍함을 참지 못해 '새청주약국' 가서 該当 약 1알 사 먹어 보았고. ◎

〈1989년 5월 10일 수요일 曇, 雨(25㎜)〉(4. 6.) (15°, 25°)
井母는 밭손질하려고 낮 車로 金溪行. 큰집 가서 일 돕고서 歸家는 下午 7時頃.
頭痛과 精神과 運身이 不正常이어서 朴神經精神科 醫院 가서 診察 받고 服用藥 지었으니 잘 했고. 朴 전문의 말 들으니 安心과 勇氣가 났던 것. 1包 服用 後 鎭痛이 되어 더욱 개운한 氣分이었고. 今日은 四男 魯松의 生日이기도.
明日 早朝行事로 先祖考 忌祭에 不參한 것을 罪스럽게 생각하며 家庭에서 밤 10時頃에 西向再拜 合掌 祈禱하였던 것. ◎

〈1989년 5월 11일 목요일 雨, 曇, 晴〉(4. 7.) (15°, 21°)
淸州女高 南校長 招請으로 淸州市 淸原郡 三樂會員 晝食 接待에 參席한 것. 今般 비로 대추밭만은 完全 安心. 前後 約 30㎜ 降雨量. 明日도 맑게.
○이제부터 飮酒 生活에 覺醒코저 朝夕으로 외쳐보기로 한 것…朝(오늘도 맑게), 夕(내일도 맑게)로[23]. ◎

〈1989년 5월 12일 금요일 晴〉(4. 8.) (15°, 21°)
오늘도 맑게[24]. 明日 出發 準備(체육服, 所持品, 協調人 後見 等)에 바빴고.
어제까지 내린 비로 대추밭 가물타던 것 安心되어 多幸. 明日도 맑게. ◎

〈1989년 5월 13일 토요일 曇, 雨, 曇〉(4. 9.) (13°, 23°)
오늘도 맑게. 서울 잠실체육관에서 中央聯合會長旗 爭奪 第8廻 全國社會人 배드민턴大會에 參席~淸州서 7時 發. 잠실체육관. 男女混合老人班에 짝궁은 社稷洞 徐女史. 서울 中區

22) 원문에는 붉은색 색연필로 밑줄이 그어져 있다.
23) 원문에는 붉은색 색연필로 밑줄이 그어져 있다.
24) 원문에는 붉은색 색연필로 밑줄이 그어져 있다.

와 對決에 敗. 下午 9時頃 서울發. 歸家는 밤 12時頃.
中央大會에는 처음 參席했던 것. 明日도 맑게. ◎

〈1989년 5월 14일 일요일 曇, 雨, 曇〉(4. 10.) (10°, 13°)
오늘도 맑게. 비 맞으며 金溪 가서 밭 둘러봤고~비 끝이라 모두 성성.
큰집에서 点心 後 下午 3時 車로 入淸. 마침 天安서 在應스님 왔고.
在應스님은 今月 17日에 타이(泰國)로 佛教基本教育 받으려 11名 一行 出國한다는 것. 泰國서 一個月 後엔 '버어마'로 가서 參禪할 計劃인 듯. 17時에 天安 向發. 無事하기를 부처님께 빌었고. 明日도 맑게. ⓒ

〈1989년 5월 15일 월요일 晴〉(4. 11.) (9°, 23°)
오늘도 맑게. 井母와 함께 대추밭 가서 從兄님이 求해 준 고추모 100폭 심는 데 勞力. 콩밭골 김매기도 했고. 約 2時間 半 作業에 實績 많았고.
身樣은 今朝부터 完全 復旧된 듯…食事, 運動, 活動 等 運身에 正常 느끼고. 머리도 가벼워진 듯 敏活性에 氣分 상쾌하고. 意外로 夕食 경비 많아 마음 찐. 明日도 맑게. ⓒ

〈1989년 5월 16일 화요일 晴〉(4. 12.) (12°, 22°)
오늘도 맑게. 三樂會 遊山會에서 實施하는 行事에 參與했고~7時 半에 出發하여 20時에 歸淸한 것. 42名. 會費 10,000원. 全北 邊山半島 國立公園. ㅁ迦山[楞伽山] 來蘇寺, 高敞 兜率山 禪雲寺 찾았고. 부처님께 祈福 四拜하였기도.
明日도 맑게. ⓒ

〈1989년 5월 17일 수요일 晴〉(4. 13.) (12°, 26°)
오늘도 맑게. 6時 發 高速으로 上京~次女 在應스님 出國. 泰國으로 參禪 修學研究次 11時 半에 大韓航空으로 出航하는 데 전송하며 健康, 無事를 祈願하며 부탁한 것[25].
五女(運), 四女(杏), 次女(娠), 다섯 女息 中 3人이 外國 가 있음에 눈물이 돌았던 것. 상운스님도 함께. 동준 스님도 고마웠고. 스승 스님인 자민 스님도 만났고.
歸路에 '한겨레신문사' 들러 五男 魯弼이 만나 이야기. 20株 株券도 受領. 下午 3時에 반포高校 가서 人事. 한결 같은 큰 애 孝는 如前. 南昌烈 先生으로부터 貴重한 膳物(넥타이, 紳士靴) 받고 고마웠기도. 下午 5時 半頃 無事 歸家. 내일도 맑게.
저녁 8時 半에 큰 애한테서 安否 전화 왔고. ◎

〈1989년 5월 18일 목요일 晴, 曇〉(4. 14.) (15°, 28°)
오늘도 맑게. 井母와 함께 대추밭 가서 고추모 100, 고구마 싹 100 植付.
在淸宗親會에 參席~19時, 三味식당.
点心은 24회 卒業生 崔秉植, 郭晩榮 招請으로 '은성갈비' 집에서 鄭海國 氏와 함께 厚待받기도. 26回 卒 鄭顯姬도 同參.
鄭顯姬로부터 膳物 받았고~花盆과 飮料水 等. 8日의 스승의 날 意인 것.
明日도 맑게.

25) 원문에는 붉은색 색연필로 밑줄이 그어져 있다.

〈1989년 5월 19일 금요일 晴〉(4. 15.) (19°, 28°)
오늘도 맑게. 金溪 가서 省墓. 墓下 감나무 狀況 보기도.
대추밭 가서 땅콩 밭 김매고(1.5時間 程度). 대추苗 發芽 95%. 날 또 가물어 農村에선 모내기철임에 큰 걱정 中. 明日도 맑게. ◎

〈1989년 5월 20일 토요일 晴, 曇〉(4. 16.) (18°, 23°)
오늘도 맑게. 四從叔母(3째~原州 辺 氏) 別世로 낮엔 그곳 가서 일 좀 보았고…漢斌 氏 宅. 밤에도 12時 半까지 왔다갔다한 것. 明日도 맑게. ⓒ

〈1989년 5월 21일 일요일 晴〉(4. 17.) (15°, 28°)
오늘도 맑게. 金城(現 司倉洞) 세째 四從叔母 葬禮式에 參席하여 終日 參與~東林里 金城入口山. 下午 6時 歸淸. 明日도 맑게. ◎

〈1989년 5월 22일 월요일 曇〉(4. 18.) (17°, 27°)
오늘도 맑게. 井母와 金溪 밭 가서 참깨, 땅콩 밭 골 김 매고 下午 5時 半 車로 歸淸.
今夜에 先祖妣 忌故인데 四從叔母 葬禮(昨日)로 因한 不淨으로 不參. 밤 11時에 집에서 向再拜했고. 明日도 맑게, ◎

〈1989년 5월 23일 화요일 晴〉(4. 19.) (17°, 26°)
井母와 함께 金溪 대추밭 가서 참깨밭과 땅콩 밭 김 매고 尿素 肥料 주기에 約 2時間 勞力한 것. 明日도 맑게. ⓒ

〈1989년 5월 24일 수요일 晴〉(4. 20.) (16°, 25°)
今日도 맑게. 배드민턴 運動 後 月例會 席上에서 "배드민턴맨들의 10계명과 其他 事項"을 講義 强調했기도.
井母와 함께 金溪 밭 가서 콩밭의 雜草 뽑기와 農藥 消毒했고. 明日도 맑게. ◎

〈1989년 5월 25일 목요일 雨, 曇〉(4. 21.) (13°, 17°)
오늘도 맑게. 아침결에 가랑비나마 내려서 기뻤고…더 많이 내려야 할 텐데 적은 편.
金溪 가서 故 郭調榮 葬禮에 人事했고(喪主 魯學, 노훈, 弟는 沙榮).
밭에 急步로 가서 잠간 봤더니 그나마의 비에도 各 作物 生氣 있었고. 午后 五時 半 發(金溪) 車로 入淸. 明日도 밝게. ⓒ

〈1989년 5월 26일 금요일 曇, 晴〉(4. 22.) (12°5″, 24°)
오늘도 맑게. 井母와 함께 대추밭 가서 각씨동부, 녹두 若干 播種하고 除草作業 等에 約 5時間 勞動. 過勞한 편.
18時부터 있는 玉普同窓會 月例會食에 同參. 8名 參集. 명일도 맑게. ⓒ

〈1989년 5월 27일 토요일 晴〉(4. 23.) (17°, 27°)
오늘도 맑게. 李殷植(辛酉會) 子婚에 人事後 單身 金溪 밭 가서 約 2時間 除草作業하고 歸淸. 낮엔 月約金 整理 等 市內서 바쁜 일 보았고.
社稷洞 金整形外科醫院 가서 左側 팔굼치 治療했고~'尺骨頭皮下包炎'[26]이라고 注射器로 물 15g 程度 빼고 投藥 2日分 받은 것…엎드

26) 원문에는 붉은색 색연필로 밑줄이 그어져 있다.

려 新聞읽기에 팔굼치 압착에 原因인 듯? 배드민턴 라켙으로 타박 입기도. ◎

〈1989년 5월 28일 일요일 晴, 曇〉(4. 24.) (17°, 28°)
오늘도 맑게. 井母와 함께 農場(대추밭)[27] 가서 五時間 勞動…고구마 싹 100개 植付. 콩밭, 도라지밭 除草作業. 가져갔던 点心밥 至極히 맛있었고. 今日 作業 平素보다 長時間이어서 過勞한 편. 明日도 맑게. ◎

〈1989년 5월 29일 월요일 晴〉(4. 25.) (18°, 27°)
오늘도 맑게. 今日도 井母와 함께 農場가서 2時間作業~ 참깨밭과 땅콩밭 김매기에 땀흘린 것.
金整形外科가서 左側 팔굼치 治療 받기도~注射器로 물 뽑은 것. 明日도 맑게. ◎

〈1989년 5월 30일 화요일 曇, 晴〉(4. 26.) (17°5″, 26°)
오늘도 맑게. 井母와 함께 市場 가서 農場用 우산형 天幕 中形 1個 10,000원에 購買했고.
비 올듯하면서 안 와 가무름의 作物 안타깝고 마음 조려지기만. 明日도 맑게. ◎

〈1989년 5월 31일 수요일 曇, 晴〉(4. 27.) (16°5″, 29°)
오늘도 맑게. 井母와 함께 故鄕 農場 가서 어제 購入한 '바라솔'을 밭中에 設置하고 참깨밭과 대추밭 除草作業 約 3時間 半 勞力하고 歸淸한 것.

27) 원문에는 붉은색 색연필로 밑줄이 그어져 있다.

今日 氣溫 29°까지 上昇. 비 안와서 큰 걱정. 明日도 맑게. ◎

〈1989년 6월 1일 목요일 晴〉(4. 28.) (18°, 29.5°)
왼팔굼치 炎症 手術(尺骨頭皮下包炎)했고-김현석정형외과醫院…의학박사. 專門醫.…밤새도록 욱신욱신한 痛症으로 단잠 못 이룬 것. ◎

〈1989년 6월 2일 금요일 晴〉(4. 29.) (16°, 28°)
오늘도 맑게. 서울 아이들用으로 付託 있어 玉山 가서 戶籍謄本 떼왔고.
井母는 혼자 金溪 農場 가서 約 2時間 除草作業하고 歸淸.
下午 6時 半頃 서울 着. 큰 애가 터미날까지 왔었고. 회 반찬 等으로 夕食 잘 했고.
夏季休暇 中에 큰 애는 '海外硏修'로 차출되어 日本 다녀오게 되고. 長孫 英信은 서울大生 優良級 70余名이 中國 다녀오는 데 該当되었다기에 장하고 반가웠던 것. 그의 手續 書類 몇 가지가 必要한 것. ◎

〈1989년 6월 3일 토요일 晴〉(4. 30.) (19°, 30°)
큰 애 出勤 車로 서울 發. 淸州엔 9時 半 到着.
英信 海外行 手續書類 作成에 바쁘게 일 본 것 ~洞事務所에 가서 印鑑證明書, 財産稅 納付證明書, 松의 印鑑증명서, 兵務廳 가선 英信의 兵籍 證明書 各 1通씩 뗀 것.
어제도 오늘도 午後 2時에 김현석정형외과 가서 왼팔굼치 치료받은 것. 어제부터 아침運動 '배드민턴' 參加 不能. 明日도 맑게. ◎

〈1989년 6월 4일 일요일 曇, 가랑비〉(5. 1.) (19°5″,

27°)
오늘도 맑게. 큰 애 서울서 아침결에 왔고~英信 所用서류 關聯 및 다니러.
큰 애 車로 夫婦는 낮 동안에 金溪 農場 다녀오기도…施肥, 除草, 콩잎과 옥수수 일부는 타드러가는 狀態 보고 가슴답답 함께 타는 듯.
큰 애 午後 4時頃 서울 向發. 仝 6時 半頃 無事到着했다는 等 来電.
日暮頃 市場 갔을 때 先輩同窓 金冕熙 만나 情談했기도.
下午 7時頃부터 가랑비나마 시작하여 뛸 듯이 반가웠고. ◎

〈1989년 6월 5일 월요일 雨〉(5. 2.) (, 20°)
오늘도 맑게. 昨夜부터 내리는 가랑비는 天幸으로 밤새도록 繼續되고 새벽 무렵엔 부슬비 잠시 加해져서 밭作物 가뭄 타던 것에 蘇生의 길 터져 無限히 기뻤고. 27㎜ 내렸다나. 加降雨되어 35㎜로 發表났고. ◎

〈1989년 6월 6일 화요일 晴〉(5. 3.) (16°, 29°)
오늘도 맑게. 어제도 오늘도 農場 가서 井母와 함께 作業-참깨 모종, 콩밭, 땅콩밭 除草作業으로 約 6時間 半 程度씩. 도라지밭 除草와 消毒, 고추밭, 참깨밭, 밤콩밭 농약 消毒도. 今日은 거의 農場에서 終日 勞力한 셈.
歸路에 金外科 들러 팔굼치 治療도 했고. ◎

〈1989년 6월 7일 수요일 晴, 曇〉(5. 4.) (19°, 30°)
오늘도 맑게. 井母와 함께 農場 가서 김매기 作業. 約 2時間…고추밭, 고구마밭, 땅콩밭. 낮氣溫 높아 몹씨 뜨거웠고.
去月 17日에 泰國으로 參禪 간 在應스님으로부터 書信 왔기도. ◎

〈1989년 6월 8일 목요일 雨, 曇〉(5. 5.) (17°, 17°)
오늘도 맑게. 五日의 甘雨에 이어 더 오기를 기다렸던 것. 새벽부터 가랑비 내려서 作物에 安心 꽉 되기도. 청주地方 66㎜ 내렸고.
前月 中旬(17日)에 泰國 參禪次 出國한 在應스님한테 回信 쓰고. 濠洲에 있는 四女 杏이한텐 이제 過年한 年齡이니 深思熟考하여 歸國하라고 종용의 편지 쓰기도. 今日 내린 비 흡족했고. 今日 端午. 明日도 맑게. ◎

〈1989년 6월 9일 금요일 曇〉(5. 6.) (15°, 19°5″)
오늘도 맑게. 早朝 作業으로 玄關(大門) 지붕에 호박덩굴집 사다리形으로 만들었고.
井母와 함께 故鄕 농장 가서 2時間余 作業했고…참깨 모종, 제초, 농약 살포.
朝鮮屋 가서 事業 祝賀人事하고 夕食은 색다른 會食에 경비 過多. 내일도 맑게. ◎

〈1989년 6월 10일 토요일 曇, 晴〉(5. 7.) (16°, 22°)
오늘도 맑게. 井母와 함께 農場 가서 作業 約 四時間~김매기 일.
왼팔굼치 手術한 제 꼭 10日. 오늘서 꿰맨 실다 빼고. 아직 부기와 통증 있는 狀態. 내일도 맑게. ◎

〈1989년 6월 11일 일요일 晴〉(5. 8.) (15°, 27°)
井母와 함께 農場 가서 6時間 동안 除草作業~過勞한 느낌. ◎

〈1989년 6월 12일 월요일 晴, 曇〉(5. 9.) (18°,

26°)
오늘도 맑게. 永樂會 逍風에 夫婦 參席~最初 4人祖 双双이 現在는 7人祖 双双. 全員 參席. 計 14名. 梧倉面 呂川(구정벨) 大橋 下. 우리 夫婦는 点心 直後 歸家.
下午 7時 半 버스로 金溪 큰집 갔고. 밤 12時에 伯母 忌祭 올렸고[28].
왼편 팔굼치는 故無신통이어서 主治醫께 잘 보도록 말했기도. 큰집서 留. ⓒ

〈1989년 6월 13일 화요일 晴〉(5. 10.) (17°, 30°)
5時에 農場 가서 食 前 일로 除草作業했고.
井母도 12時 버스로 농장 와서 合勢하여 作業(팥 播種)하고 午後 3時차로 入淸.
今日 밤에 온다는 비 끝내 안내 린 것. ⓒ

〈1989년 6월 14일 수요일 曇, 雨〉(5. 11.) (21°, 20°)
오늘도 맑게. 井母는 金溪 農場 가려고 出發했다가 비 내리는 바람에 中途 廻路.
終日토록 가랑비, 부슬비 오락가락. 下午 氣溫이 日出 前 溫度보다 낮았고.
왼팔굼치 오늘에 滿 2週 만에 완연 差度 있음을 確認(尺骨頭皮下包炎).
今日 雨量 40㎜. 明日도 맑게. ◎

〈1989년 6월 15일 목요일 曇〉(5. 12.) (18°, 22°)
오늘도 맑게. 夫婦 農場 가서 4時間 作業~참깨밭 施肥, 땅콩밭 除草.
청주클럽 延 氏 老人 問病(火傷)했고.
近日엔 食慾 있어 食事 꿀맛 같이 잘 먹는 중이어 多幸. ◎

〈1989년 6월 16일 금요일 晴〉(5. 13.) (19°, 26°)
오늘도 맑게. 夫婦 농장 가서 4時間 作業. 明日도 맑게.
왼팔굼치 手術 後 16日 만에 붕대 떼고 病院行 一段 마친 것. ◎

〈1989년 6월 17일 토요일 曇, 晴〉(5. 14.) (19°, 25°)
오늘도 맑게. 今日도 함께 農場 가서 4時間余 作業했고.
上,下層 房內 쓸기 淸掃 말끔이 하고 夕食 後 고단하여 早期 就寢. ◎

〈1989년 6월 18일 일요일 晴, 쏘나기〉(5. 15.) (17°, 27°)
오늘도 맑게. 배드민턴大會에 參與~堤川클럽 招請 親善大會.
日暮頃 쏘나기 1줄금 내렸던 것. 明日도 맑게.
下午 6時부터 있는 在淸宗親會에도 參席했고. ⓒ

〈1989년 6월 19일 월요일 晴〉(5. 16.) (14°, 25°)
오늘도 맑게. 夫婦 함께 農場 가서 4時間余 作業하고 歸家.
夕食에 우연찮이 經費 나우 났고. 明日도 맑게. ⓒ

〈1989년 6월 20일 화요일 晴〉(5. 17.) (14°, 23°)
오늘도 맑게. 故 卞文洙(梧倉校長) 別世에 佳佐里 가서 弔慰. 下午엔 辛酉會員 安昌根 親喪에 一同 大田까지 찾아가 弔問했고.

28) 원문에는 붉은색 색연필로 밑줄이 그어져 있다.

大田 人事 마치고 歸淸해선 朴允緖(辛酉會員) 서울 移居 關聯에 送別의 意로 夕食 會食하였기도. ⓒ

〈1989년 6월 21일 수요일 晴〉(5. 18.) (17°, 28°)
오늘도 맑게. 오늘도 佳佐 가서 故 卞文洙 오창校長 葬禮式에 參加했던 것.
數日 間 더운 날씨로 農場의 作物 걱정되기도. 夏至. ⓒ

〈1989년 6월 22일 목요일 晴〉(5. 19.) (17°, 29°)
오늘도 맑게. 夫婦 농장 가서 4時間 半 作業했고.
再從兄(故 憲榮 氏) 忌故에 參席하였기도. 祭祀 後 從兄님 댁에서 留. ⓒ

〈1989년 6월 23일 금요일 晴, 曇〉(5. 20.) (15°, 29°5″)
오늘도 맑게. 日出 前에 전자리 가서 省墓. 再堂姪 魯旭 집에서 祭祀밥으로 朝食.
12時부터 있는 淸原郡 三樂會 月例會義에 參席 晝食.
族弟 一相 入院 소식 있어 南宮病院 가 봤으나 旣히 退院했고. ⓒ

〈1989년 6월 24일 토요일 曇, 가랑비〉(5. 21.) (20°, 24°)
오늘도 맑게. 夫婦 농장 가서 約 2時間 作業.
日暮頃에 서울서 큰 애 왔고.
18時부터 있는 友信親睦會에 參席. 明日도 맑게 ⓒ

〈1989년 6월 25일 일요일 晴〉(5. 22.) (20°5″, 26°)
오늘도 맑게. 큰 애 주선으로 영양湯 食堂(조선식당) 가서 点心 會食했고. 큰 애는 下午 2時 半 서울 向發. 点心 過食으로 저녁은 밤에 먹은 것.
濠洲 杏한테서 電話 와서 궁금 면한 것~6月 8日 편지의 答. 衣食住엔 위협 없고. 歸國은 九月쯤에나 생각해 본다는 것 等.
기다려지는 비 안 내려 가슴 답답하기도…농장 作物이 걱정. 明日도.
오늘-6.25動亂 39周年[29]. ⓒ

〈1989년 6월 26일 월요일 曇〉(5. 23.) (20°, 26°)
오늘도. 再從兄님(点榮 氏) 未淸 相逢에 酒類 待接하였으나 兄 宅의 家庭不和談에 忠告하였기도. 一飮 後의 運身 狀態도 형편 없었고.
在淸 玉山同窓會員 9名 全員이 鳥致院 계룡아파트로 移居한 宋僨柱의 招請으로 夕食 厚待 받은 것. 명일도 조심. ⓒ

〈1989년 6월 27일 화요일 曇〉(5. 24.) (20°5″, 26°)
오늘도. 金溪 가서 農場 둘러보았고~作物 枯渴 現狀에 가슴 조려지고.
從兄님께 酒類 사다드리기도. 財産稅로 2곳 밭분치 2,200원 내기도.
任老人과 族長 勳鍾 氏로부터 招請 있었으나 도리어 待接하였고. ⓒ

〈1989년 6월 28일 수요일 曇, 晴〉(5. 25.) (20°, 29°5″)

29) 원문에는 붉은색 색연필로 밑줄이 그어져 있다.

오늘도. 李明世 玉山面長 停年退任式에 招請있어 玉山面에 다녀왔고.
烏山서 李仁魯 宅 尋訪 問病하기도.
俊兄 氏 宅 尋訪後 보신탕으로 夕食 答接하였고.
'한겨레신문' '동네방네'欄에 '곽노필 기자' 나왔기도. 明日도. ⓒ

〈1989년 6월 29일 목요일 晴, 雨〉(5. 26.) (21°5″, 33°)
오늘도. 今日 溫度 오늘까지엔 最高.
井母와 함께 農場 가봤으나 特히 콩類 作物이 가물 타서 버릴 程度. 심명 잡쳐서 일할 기분 안났던 것. 팥밭 除草作業 두어시간 하고 歸淸. 비 안와 큰 탈이더니 午後 8시부터 1時間 동안 쏘나기 내려서 될 듯이 반갑고 고마웠기도. 우리 農場에 왔겠지? 밤엔 入隊中인 甥姪 朴鍾륜 休暇로 왔다고 다녀갔고. ⓒ

〈1989년 6월 30일 금요일 晴〉(5. 27.) (20°, 29°5″)
오늘도. 井母는 金溪 농장 가서 밭作物 밤새 變更 況(어제 밤비) 보고 팥씨도 파종했다는 것.
數日 前에 家庭不和로 入淸했던 再從兄 㒷榮氏는 勸告에 依하여 歸家하신 듯.
日氣予報엔 쏘나기 온다더니 아니 와서 밭 걱정 또 되고. ⓒ

〈1989년 7월 1일 토요일 晴〉(5. 28.) (21°, 28°)
夫婦는 故鄕 農場 가서 約 4時間 동안 除草作業 한 것.
明日 上京한다고 큰 女息한테 電話했기도 ~'問病'. ⓒ

〈1989년 7월 2일 일요일 晴〉(5. 29.) (21°, 28°)
오늘도. 予定한 査夫人(큰 女息 媤母) 問病次 서울 방배동을 夫婦는 잘 다녀오니 마음 개운했고. 2層에 사는 3女도 그냥 그대로 無故한 편.
비 안 와 農場 作物 타서 큰 걱정. ⓒ

〈1989년 7월 3일 월요일 晴〉(6. 1.) (18°5″, 28°)
오늘도. 夫婦는 金溪 農場 가서 김매기 作業 4時間 程度.
<u>비 안 와 몸 달고~콩 자꾸만 타 들어가는 中…가슴 아프고</u>[30]. 明日도. ◎

〈1989년 7월 4일 화요일 晴〉(6. 2.) (20°, 29°)
오늘도. 午前 中 실컷 쉬었다가 㒷心 後엔 어항 물갈이했고. ⓒ

〈1989년 7월 5일 수요일 晴〉(6. 3.) (19°, 31°)
오늘도. 井母와 함께 農場 가서 2時間 程度 作業~팥밭 김매기.
氣溫 31°까지 上昇. 콩밭 거의 타말라가는 중…안타깝기만 하고.
밤 8時 半頃 쏘나기 若干 내렸는데 金溪 농장에도 내렸는지가 궁금. ⓒ

〈1989년 7월 6일 목요일 晴〉(6. 4.) (20°, 31°)
아침에 消息 들으니 故鄕 金溪는 엊저녁 쏘나기 그나마도 안내렸다는 것…농장의 作物 말라죽어가는 것 目不忍見.
배드민턴 淸州 크럽 老人團 數名(金, 崔, 宋, 延, 氏)과 其外 몇 사람 招請하여 補身湯으로

---

30) 원문에는 붉은색 색연필로 밑줄이 그어져 있다.

臾心 待接하였기도. 仝 크립 某 女人 한 분 入院했대서 晝食 後 一同 問病갔었고~市廳앞 '최헌식' 정형외과병원.
장판지 조금 사다가 방바닥 헐은 곳 발으기도. ⓒ

〈1989년 7월 7일 금요일 晴〉(6. 5.) (21°, 32°5″)
오늘도. 오늘도 비 안내려 걱정. 농장 作物 다 타버려지는 듯.
육거리市場 거리露店에서 '腰痛藥…허리 아픈 데 먹는 약' 박카스병에 2,000원 주고 사다 夕食 後 約 一勺 程度 服用하였는데 約 30分 後부터 甚한 症狀(게욱질, 어지럽고 몸 흔들리며 얼굴이 창백, 全身이 노곤, 頭痛도 若干. 힘이 쏙 빠지는 듯)이 3時間이 된 11時 40分까지도 가라앉지 않아 藥效가 있을려는 것인지? 苦痛 中이나 참느라고 애쓰는 中~맛은 加味한 약 소주맛. 明日도.
夕食 後 3째들 夫婦 誠意있게 安否次 다녀갔고. ◎

〈1989년 7월 8일 토요일 曇, 雨〉(6. 6.) (21°5″, 27°)
오늘도. 엇저녁부터 겪던 한 축의 苦痛, 今日 1時 半에서 가라앉기 시작했으니 約 5時間 욕본 것.
上京하여 金範在(英信 外叔) 結婚式에 參席~여의도에 있는 教員共濟會館. 下午 2時. 두 딸(長女, 參女)과 막내 子婦도 만났고. 歸路에 高速터미날까지 막내 子婦가 전송. 터미날서 申奉植 가덕교장 만났기도. 淸州 到着은 下午 8時頃.
학수고대하던 비 내려서 無限히 기뻤고 多幸이고…반 해갈된 것. 바삐 農場 가보고 싶은 것. 우량 10㎜. 明日도 맑게. ◎

〈1989년 7월 9일 일요일 曇〉(6. 7.) (20°5″, 26°)
오늘도. 井母와 함께 農場 가서 5時間 程度 作業했고.
어제의 넉넉한 비로 밭作物 生氣 있어 흐뭇한 셈. 기왕 가물탄 콩은 할 수 없는 일.
松의 婚談있어 內容 알아보기도…密陽 朴氏, 32세, 戊戌生. 看專 出身. 主任級. 四男妹 中 막내. 키 큰 편. 맞당할 듯. ◎

〈1989년 7월 10일 월요일 曇〉(6. 8.) (22°, 28°)
井母와 함께 農場 가서 約 4時間 作業하고 午後에 歸淸. 오늘도? ⓒ

〈1989년 7월 11일 화요일 雨, 曇〉(6. 9.) (22°, 26°)
오늘도. 午前 中 비. 午後엔 흐린 날씨로 1貫.
日暮頃 서울서 막내夫婦 왔고~1週間 休暇라고.
낮엔 市內 나가 尹洛鏞, 柳海鎭 同志 만나 一盃 待接했기도. ⓒ

〈1989년 7월 12일 수요일 曇〉(6. 10.) (22°, 27°)
오늘도 삼가. 市場 가서 잔삭다리 몇 가지 일보고 臾心 자리 찾아갔다가 意外 사람 있어 좀 당황했으나 沈着 진중한 相對의 幅 넓은 行動과 圓滿 厚待의 진실한 態度에 感謝하였던 것.
저녁後 막내夫婦는 제 세째兄 宅에 人事次 다녀오는 데 흐뭇했기도.
訪北者. 全敎祖 關聯 等으로 時局 나우 어지럽기도. 明日도 삼가. ⓒ

〈1989년 7월 13일 목요일 曇, 晴〉(6. 11.) (21°, 30°)

오늘도 맑게. 永樂會(7双會) 會食行事 있어 夫婦參席하였고.

玉山 故鄕의 柳在洪, 柳 氏, 韓基先, 張基虎 만나 酒類 待接했기도.

저녁땐 俊兄 氏와 松의 婚談하며 長時間 情談한 것. ⓒ

〈1989년 7월 14일 금요일 晴〉(6. 12.) (22°, 32°)

오늘도 맑게. 井母와 함께 農場 가서 約 2時間 作業~농약, 옥수수 採取.

막내夫婦 4日 만에 上京~忠州댐 거쳐 가겠다고 午後 1時 半에 出發.

松의 婚談은 宗教別 關係로 또 保留하기로 한 것. 明日도. ⓒ

〈1989년 7월 15일 토요일 曇, 雨〉(6. 13.) (23°, 24°)

오늘도 맑게. 日氣予報와는 달리 낮 한 동안 소나기 내린 後 거의 終日토록 비 오락가락했고.

井母의 勸諭로 함께 家具店 가서 杏 所用 簡單한 依裝 한 쪽 50,000원에 購入 搬入하여 房에 定置하니 淸掃整備 잘 된 모습으로 보이는 것.

〈1989년 7월 16일 일요일 曇, 雨〉(6. 14.) (22°, 23°)

오늘도. 夫婦 함께 農場 가서 雨中作業. 約 4時間 半…들깨 모 予定대로 完了한 편. 午後에 비 많이 쏟아졌고. 모처럼 無心川 펄 개웅차 내리는 것.

日暮頃에 黃致萬, 李斌模와 함께 金川洞 가서 故 鄭學模 別世에 人事. 相對 受人事에 若干 께름칙? ⓒ

〈1989년 7월 17일 월요일 曇, 雨, 曇〉(6. 15.) (22°, 28°)

오늘도. 單身 농장 가서 바라솔 펴 말리며 除草作業 2時間 後 歸淸.

營養湯 夕食 會食 經費 가외로 많이 났던 것. ⓒ

〈1989년 7월 18일 화요일 晴〉(6. 16.) (23°, 33°)

오늘도. 玉山國校(母校) 講堂 竣工式 다녀왔고. 1億400万 원 工事.

낮 동안 안家族들은 아버님 忌祭物 빚기에 땀 흘리며 勞力. 井母는 어제부터 晝夜 바쁘게 장흥정과 잔일 보기에 餘念없었던 것.

밤 11時 半에 忌祭 지냈고-長孫 英信이가 讀祝[31]. 從兄님도 金溪서 오셨고. ⓒ

〈1989년 7월 19일 수요일 晴〉(6. 17.) (26°, 35°5″)

오늘도 謹. 英, 昌信 午前에 上京次 出發. 長孫 英信은 海外修學次 21日에 金浦 出航[32]한다는 것.

日出 前 溫度 26°. 今日까지 最高. 오늘은 初伏. 낮 溫度 最高 35°5″.

배드민턴 淸州 크럽 宋영수 氏로부터 初伏다름으로 '조선옥'에서 老人 六名 招請하여 補身湯으로 点心 豊富히 먹은 것. 밤엔 큰 딸로부터 人事전화 왔고~祖父 忌祭.

맏, 종 子婦 日暮頃 서울 向發~無事到着했다

31) 원문에는 붉은색 색연필로 밑줄이 그어져 있다.

32) 원문에는 붉은색 색연필로 밑줄이 그어져 있다.

고 10時頃 기별 오고. 明日도. ⓒ

〈1989년 7월 20일 목요일 晴, 曇〉(6. 18.) (27°, 33°)
오늘도 操心. 井母 單身 농장 가서 作業 3時間 半余 後 歸淸.
下午 2時 半頃 쏘나기 數十分 間 普通 내렸고.
배드민턴 淸州 크럽 男子部 幹部 數名 招致하여 衷心 待接하였던 것.
모처럼이지만 志操 약하게도 衷心 接待時 소주 나우 든 듯? 후유증 있는 셈? ⓒ

〈1989년 7월 21일 금요일 曇, 晴〉(6. 19.) (25°, 28°5″)
오늘도. 12時부터 있는 校長團 辛酉會 月例會義에 參席 晝食을 會食.
서울 큰 애 렌지 새로 사 갖고 와서 設置해 놓았기도. ⓒ

〈1989년 7월 22일 토요일 晴〉(6. 20.) (25°, 30°)
夫婦는 농장 갔으나 井母 單身만이 約 3時間 作業에 流汗 勞力.
사거리 居住 族叔 漢弼 氏 別世 葬禮 行事에 용소샘 가서 弔慰 人事.
어제 왔던 큰 애는 學生修練場 보겠다고 朝食 後 華陽洞 갔고.
松은 終業行事 마치고 明日부터 夏季 休暇. ⓒ

〈1989년 7월 23일 일요일 晴〉(6. 21.) (26°, 33°)
오늘도 맑게. 서울 居住 李炳赫 氏 招請으로 安楨憲, 姜永遠, 申一澈, 卞相箕, 李永洙 諸 前 校長 모두 七名 만나 밤까지 情談, 情酒 나눈 것. ⓒ

〈1989년 7월 24일 월요일 晴〉(6. 22.) (26°, 31°)
오늘도 삼가. 井母는 單身 농장 가서 作業. 4 時間余 流汗 勞力.
12時부터 있는 淸原郡 三樂會에 參席하고 晝食 後 歸家. ⓒ

〈1989년 7월 25일 화요일 雨, 曇〉(6. 23.) (26°, 32°)
새벽까지 數時間 降雨.
衷心과 夕食 會食에 경비 나우 났기도. ⓒ

〈1989년 7월 26일 수요일 雨, 曇, 雨〉(6. 24.) (24°, 28°)
昨今의 雨量 약 250㎜. 全羅道에 水害 莫大하다는 것.
井母와 市場 가서 井母의 上衣(모시) 1 맞추고 기타 장 홍정하고 온 것.
午後 6時반부터 있는 同窓會 月例會에 參席하여 會食 後 歸家.
밤에 또다시 비. 近日 飮酒 今夜로 일단 斷酒할 것인가? 明日부터 決心. ⓒ

〈1989년 7월 27일 목요일 雨, 曇〉(6. 25.) (20°, 20°)
오늘도 맑게. 아침에 나우 내리기 始作한 비는 거의 終日토록 오락가락한 것.
昨日까지 數日 間 飮酒로 因한 영향을 받아 食事와 健康狀態 非正常. 夕食에서 若干 口味 있는 듯. ⓒ

〈1989년 7월 28일 금요일 曇〉(6. 26.) (20°, 27°)
오늘도 맑게. 夫婦 농장 가서 約 3時間 作業하고 歸淸.

태풍 '미두'号가 닥친다는 報道 있어 염려스럽기도. ◎

〈1989년 7월 29일 토요일 雨, 曇〉(6. 27.) (23°, 27°)
오늘도 맑게. 市場 나가서 비닐멍석의 現 市價 알아보고. 270㎝×350㎝의 1枚當 價格 4,000.
玉山面長 지내던 李明世 招請 있어 秀谷洞 '뚝방다실' 갔다가 수 명보아파트 106호 가서 其의 移舍 온 턱에 待接받은 것.
오늘은 中伏. 어제 말 있었던 '태풍(颱風)은 그대로 가라앉았다는 것.
今日까지 5日 間 내린 비. 淸州地方만은 約 250㎜ 되는 듯. ◎

〈1989년 7월 30일 일요일 曇, 晴〉(6. 28.) (24°, 30°)
오늘도 맑게. 天安 가서 배드민턴大會에 參席하여 老人部 複式에서 3位하여 銅메달 받은 것. 7時 半 發~22時 歸家. 청주클럽 優勝.
梧仙校 李鍾成 氏 答禮次 다녀갔다는 것. ◎

〈1989년 7월 31일 월요일 晴〉(6. 29.) (25°, 34°)
오늘도 맑게. 松까지 3名이 農場 가서 1時間 半 作業하고 歸家~34도의 찜통더위에 勞動 못할 일…더위 먹을 것 같아서 早期 歸淸한 것.
夕食은 俊兄 招請에 '조선옥'에서 待接받기도. 明日도. ◎

〈1989년 8월 1일 화요일 晴〉(6. 30.) (24°, 34°)
오늘도 맑게. 농장 다녀올 計劃을 포기하고. 日暮頃에 庭園 채소밭 자리에 人糞 퍼 쩐졌기 作業. 三伏더위 찜통더위 말 그대로 무덥고. ⓒ

〈1989년 8월 2일 수요일 晴〉(7. 1.) (20°, 29°)
오늘도 삼가. 今朝 氣溫 뚝 떠러져 20°. 아침바람 시원함을 느꼈고.
배드민턴 淸州 크럽 老人團 金영만 氏(72세) 招請으로 五名 조선옥에서 會食.
저녁땐 族長 勳鍾 氏 招請으로 任澤淳 氏와 함께 簡素한 자리에서 情談 나누기도…長壽 健康論을 크게 3가지[33]로 묶어서 말해보았던 것- ① 마음 편안(신경쓰는 일 없어야[34]), ② 營養充分(飮食 잘 해야[35]), ③ 活動旺盛(적절히 운동해야[36]).
울 안 채소 밭자리 일구고 人糞 퍼주기도. 둘레 雜草도 除去. ⓒ

〈1989년 8월 3일 목요일 曇, 晴〉(7. 2.) (22°, 28°)
오늘도 맑게. 井母와 함께 農場 가서 3時間 半 作業. 点心 後 가서 日暮頃까지 勞作하니 極暑期 피한 셈인 것. 동부 採取, 녹두도 若干. 참깨도 골라 베고, 들깨밭에 농약도 撒布. ⓒ

〈1989년 8월 4일 금요일 晴〉(7. 3.) (25°, 33°5")
近者의 起床時間은 比較的 빠른 편~새벽 2時 若干 지나서부턴 잠 안오는 것.
오늘도 삼가. 井母와 함께 農場 가서 4時間 半 作業하고 歸淸. ⓒ

---

33) 원문에는 붉은색 색연필로 밑줄이 그어져 있다.
34) 원문에는 붉은색 색연필로 밑줄이 그어져 있다.
35) 원문에는 붉은색 색연필로 밑줄이 그어져 있다.
36) 원문에는 붉은색 색연필로 밑줄이 그어져 있다.

〈1989년 8월 5일 토요일 晴〉(7. 4.) (25°, 34°5″)
오늘도 맑게. 뚝방茶室 가서 李明世, 俊兄과 情談하기도. 조선옥 와선 李面長의 酒類 應接. 朝夕으로 세째 집 가보았고…세째 夫婦 旅行中.
저녁에 서울서 큰 애 왔고~제 母親 腹痛藥과 診察 相議次. ⓒ

〈1989년 8월 6일 일요일 晴〉(7. 5.) (24°, 34°)
큰 애, 네째(松)까지 4名 農場 가서 約 2時間半 作業하고 歸淸.
큰 애는 제 母親 모시고 下午 5時 20分에 서울 向發~明日 診察과 藥 지으려고.
4日에 旅行 갔던 세째 夫婦 잘 왔다고 電話 오고~21時 20分.
요새 또 날 가물어 밭作物 타기 시작하여 몰달른 중이기도. ⓒ

〈1989년 8월 7일 월요일 曇, 晴〉(7. 6.) (24°, 34°)
오늘도 조심. 点心은 조선옥에서. 배드민턴 청주크럽 老人團 崔壽男 氏가 五名에게 待接하게 되어 補身湯으로 厚待 받았기도. 저녁은 세째들 집에서 먹고.
어제 서울 간 井母는 診察 結果 약 져갖고 午後에 歸家했고~큰 子婦가 많이 애쓴 듯. 막내 子婦도 母女 病院까지 왔었다고. '위산과다症'이라나.
밤에 故鄕 金溪 가서 伯父忌祭 지냈고. 오늘은 (立秋). 큰집에서 留. ⓒ

〈1989년 8월 8일 화요일 曇, 晴〉(7. 7.) (23°, 33°)
日出 前에도 農場 가서 풀 뽑았고. 큰집에서 朝食 後 농장 가서 作業.
井母도 아침결에 농장 와서 作業에 流汗 勞力~동부와 녹두 따고. 참깨 첫 물 털기도. 午後 2時 半 버스로 歸淸.
在淸同窓會員 徐秉圭 同志로부터 招待 있어 夕食을 삼계탕으로 厚待받았고. 今日은 (末伏)이며 (七夕). 明日도 조심. ⓒ

〈1989년 8월 9일 수요일 曇, 晴〉(7. 8.) (26°, 32°)
오늘도 맑게. 今日도 아침결에 구름 나우 꼈다가 차차 개이므로 農作物 자꾸만 타 말라가는 것 생각하니 가슴만 아프기도.
同窓會員 李斌模, 鄭弘模와 함께 3人은 2곳 入院者 問病 다닌 것…낙성한 黃致萬 同窓會員(최헌식의원), 交通事故로 다치신 朴一煥 母親(청주 성모의원).
歸路에 玉山 老人會長 李賢世 만나 一盃 情談하였기도. ⓒ

〈1989년 8월 10일 목요일 晴〉(7. 9.) (24°5″, 32°)
오늘도 조심. 昨日에 셋째(明)가 大田 둘째(紘)네 갔을 때 '아버지 드리라고 보내온 개다리' 고기를 고았다기에 體育館에서 歸路에 들러 세째 집에서 朝食한 것.
秋夕 송편用 솔잎 準備로 동산 가서 赤松(再來松) 끝가지 若干 잘라 왔고.
어젠 庭園 香木(約 12尺 高) 1株 '誠友造景'에 提供했기도. ⓒ

〈1989년 8월 11일 금요일 曇〉(7. 10.) (23°, 31°)
오늘도 맑게. 長男 井이 海外研修者에 차출되어 今朝 金浦 出航[37]에 無事를 天地神明께 祈

37) 원문에는 붉은색 색연필로 밑줄이 그어져 있다.

願.
井母와 함께 農場 가 勞動 約 4時間-서울 京畿地方은 비가 100㎜ 以上 쏟아졌다는데 우리 地方은 빤질기게 안 와서 큰 탈. ⓒ

〈1989년 8월 12일 토요일 晴, 雨〉(7. 11.) (26°5″, 30°)
오늘도 조심. 永樂會 行事에 夫婦 同參. 송원식당에서 會食.
기다리던 비 午後에 시원찮게나마 내리는 것.
單獨 農場 가서 참깨 조박에 비닐 씌웠고. 除草作業도.
四男 魯松이 婚談 있어 面會次 서울 다녀오고~3女가 제 職場 女性을 紹介하는 것…金 氏, 33세, 獨學 立身. ⓒ

〈1989년 8월 13일 일요일 曇, 晴〉(7. 12.) (25°, 32°)
오늘도 삼가. 어제 日氣予報엔 150㎜ 降雨量이겠다더니 단 5㎜도 不過. 밭 곡식 다 타버리고.
今日 낮엔 우연찮이 經費 나우 났기도…狗肉, 맥주.
낮에 井母는 먼저 農場 가서 폭서 속에 作業.
낮 會食 마치고 午後 五時 차로 農場 가서 除草作業에 勞力.
큰 애 井은 東南亞 諸國 硏修次 出國 中이고. ⓒ

〈1989년 8월 14일 월요일 晴〉(7. 13.) (25°, 32°)
오늘도 조심. 今日도 終日토록 찜통더위.
심심하여 斜川洞 놀러갔다가 点心 먹고 歸家.
硏修次 海外 간 壯者 井이 어젯날 日本에서 서울로 電話 왔었다는 것. 지금쯤은 대 만에 있을 것이라고.
四男 松의 서울 婚談에 맞당하다고 約婚을 종용하기도. 夕食 中 松의 말 제 主體 있는 말이지만 홰 나는 心情 참았기도.

〈1989년 8월 15일 화요일 晴〉(7. 14.) (23°, 32°)
오늘도 맑게. 光復 44돌…國旗 揭揚하며 統一을 祈願[38].
오랜만에 藥水터 갔고~淸原祠에 參拜하고 藥水 좀 받아먹고 綠陰 밑에서 잠시 쉬었다가 市內 와서 보리밥으로 点心 많이 먹은 것.
서울 세째 女息 어린것들 데리고 日暮頃 집에 오고. ○

〈1989년 8월 16일 수요일 晴〉(7. 15.) (23°, 33°)
오늘도 삼가. 노정 母親과 함께 金溪 농장 가서 3時間 勞動하고 歸淸. 날 가물어서 콩밭은 갈퀴로 긁을 程度 탄 곳 많고.
三女는 早朝發 高速으로 서울職場으로 出勤.
外孫 重奐과 현아는 며칠간 더 놀다 가기로. ⓒ

〈1989년 8월 17일 목요일 晴〉(7. 16.) (20°, 32°)
오늘도 조심. 淸州市廳 앞 '최헌식 정형외과의원'에 入院 中인 黃致萬 同窓會員 問病갔었고.
그 자리에서 李斌模 會員도 만났기도.
냉장고 2개 中 大形(三星製品) 증발기 故障으로 全 써비스쎈타에 依賴하여 38,500원 드려 修理하여 왔고.
情況에 不快한 点 있어 휘 홰 後 圓滿이 풀어

38) 원문에는 붉은색 색연필로 밑줄이 그어져 있다.

져 저녁엔 滿足했엇기도.
날씨 繼續 熱勢에 밭곡 타버리는 것 아깝기 한량없고. ⓒ

〈1989년 8월 18일 금요일 晴〉(7. 17.) (23°, 31°)
外孫子 愼重奐, 현아 歸京에 高速터미날까지 데리고 가 10時 10分 發로 보내면서 無事와 앞으로의 幸福을 祈願할 때 눈시울에 뜨거워졌기도. 애비를 너무나 일찍 잃어 가엾은 處地…旅費 若干과 배드민턴 채 한 쌍 주었기도.
작은 堂姪 새 집 짓는 過程 보러 福台洞 다녀왔고.
19時부터 있는 在淸宗親會에도 參席했고. ⓒ

〈1989년 8월 19일 토요일 曇〉(7. 18.) (22°, 32°)
오늘도 삼가. 點心 後 井母는 故鄕 농장에 가서 동부 나우 따갖고 와서 마침 来訪한 大田 아이들 나누었기도.
大田서 둘째 子婦 새실 男妹 데리고 와서 제 손으로 저녁 지어 父母에 食事 待接하는 마음씨 고았기도-밤 버스로 歸家했고.
四男 松은 서울 세째 女息이 말하는 金孃과 再次 面談케 되어 서울 다녀왔기도…可能한 기미 뵈이기도.
俊兄과 李明世 招請하여 夕食을 補身湯으로 答接하였고.

〈1989년 8월 20일 일요일 曇, 雨〉(7. 19.) (25°, 31°)
오늘도 조심. 午前엔 李復圭 금천校長 停年式에 午後엔 閔在基 江西校長 停年式에 다녀온 것.
井母는 單身 농장 가서 作業 좀 하는 中 비 내리는 바람에 일찍 歸家한 턱.
오랜만에 特히 나만이 가장 기다리던 비 나우 내렸으나 만시지탄格으로 作物 다 타 버린 뒤라서 別無신통일 듯. 최聖德 만나 酒類 厚待받은 셈. ⓒ

〈1989년 8월 21일 월요일 雨, 曇〉(7. 20.) (24°, 29°)
오늘도 맑게. 午前 한 때 集中暴雨도. 뒤늦은 비 만시지탄.
尹洛鏞, 柳海鎭 同志와 함께 情酒 一盃 나누기도.
研修次 海外(東南亞) 간 長子 井이 無事 歸國[39]했다고 서울 消息 있고. ⓒ

〈1989년 8월 22일 화요일 曇, 雨, 曇〉(7. 21.) (22° 5″, 27°)
오늘도 조심. 舟城國校 金根世 교장 停年式에 參席하고. 잠간 보성APT 들렀다가 歸家해서는 이웃 老人(孫, 任, 李, 南, 崔 氏) 數人과 濁酒 나누며 歡談했기도. 끝 무렵에 韓 氏 老人도 參加했고.
비는 3日 間에 걸쳐 내린 量으로 밭 作物에 흡족할 것이나 늦은 셈. ⓒ

〈1989년 8월 23일 수요일 曇〉(7. 22.) (23°, 29°)
오늘도 맑게. 12時부터 있는 淸原郡 三樂會에 參席~'經穴마찰 健康法'을 道 三樂會 朴炳海 副支部長이 約 1時間에 걸쳐 講演했고.
井母 單身 농장 가서 동부 多量, 녹두 若干 따온 것.

---

39) 원문에는 붉은색 색연필로 밑줄이 그어져 있다.

늦은 感 있지만 今朝서 김장배추 울 안 골에 井母가 播種[40]. ◎

〈1989년 8월 24일 목요일 晴〉(7. 23.) (23°, 30°)
오늘도 맑게. …어제는 모처럼 酒類 1滴도 안 했고. 오늘도 마찬가지.
槐山郡 白馬國民學校 李一根 교장 停年退任式에 다녀왔고. ◎

〈1989년 8월 25일 금요일 晴〉(7. 24.) (19°, 30°5″)
오늘도 맑게. 井母와 함께 農場 가서 3時間 勞作했고.
今般의 停年退任 校長中 不得已 不參될 3사람 앞으로 祝電 친 것~"송공의 식전을 축하하며 만복을 빕니다"…鎭川 常山校長 金基億, 槐山郡 延豊校長 柳泰鉉, 松面校監 楊時南. ◎

〈1989년 8월 26일 토요일 晴〉(7. 25.) (23°, 31°)
오늘도 조심. 어제부터 '經穴마찰' 着手[41]…起床 卽時.
任昌淳(忠大師大附中高校長) 停年式과 尹義鎭(鳳鳴國校長) 停年式에 參席하고 李泰善(松亭派出所長-報恩 弟子) 子婚이 明日인데 事情上 今日 미리 人事한 것.
午后 6時부터 있는 玉普同窓會 月例會에도 參席. 黃致萬과 朴壹煥(其 母親 入院)에도 一同이 巡訪 人事했고.
海外 參禪次 數個月 前에 出國한 次女 姬(在應스님)한테서 書信 와서 消息 알은 것…버마의 世界中心寺院에 있는 中.

40) 원문에는 붉은색 색연필로 밑줄이 그어져 있다.
41) 원문에는 붉은색 색연필로 밑줄이 그어져 있다.

밤엔 서울 큰 子婦, 막내 子婦한테서 安否 未電. ⓒ

〈1989년 8월 27일 일요일 晴〉(7. 26.) (22°, 30°)
오늘도 조심. 友信親睦會에서 夫婦同伴 逍風 實施에 同參~7時 半에 出發하여 午後 8時 半에 淸州 着…全北 智異山~泉隱寺, 시암재(上峯), 뱀사골서 点心, 南原 實相寺 보고 88道路 거쳐 歸淸. 밤에 호주 杏한테서 電話 安否.

〈1989년 8월 28일 월요일 晴〉(7. 27.) (22°5″, 30°5″)
오늘도 맑게. 農協 가서 預金 좀 찾아 月例 納付金 정리했고. ⓒ

〈1989년 8월 29일 화요일 雨〉(7. 28.) (22°, 24°)
오늘도 삼가. 거의 終日토록 가랑비 내린 것.
井母와 함께 農場 가서 2時間 半 作業~동부 많이 따고 고추도 若干.
明日까지 비 계속 내린대서 明日 實施 予定인 배드민턴 淸州 크럽 逍風 行事가 걱정되는 셈.
學期末 敎職員 大異動 發表났기도. ⓒ

〈1989년 8월 30일 수요일 雨, 曇〉(7. 29.) (22°, 25°)
오늘도 조심. 배드민턴 淸州 크럽에서 團合大會 兼 逍風의 意로 飮食 마련하여 槐山郡 靑川面 後坪里 野營場에 가서 終日 있다 온 것…거의 終日토록 부슬비 내리는 바람에 개운한 氣分은 아니었고. ⓒ

〈1989년 8월 31일 목요일 晴〉(8. 1.) (20°, 30°)
오늘도 맑게. 昨日 行事에 고단했으나 比較的

正常 健康 느꼈고.
밤에 서울 큰 애한테서 電話~兄弟間 友愛로 松이 上京時는 들리기, 제 母親 投藥 依頼書 作成 持參하기 等. ⓒ

〈1989년 9월 1일 금요일 曇, 雨〉(8. 2.) (21°, 26°)
오늘도 맑게. 學期末 異動 親知人 22名 앞으로 榮轉 人事狀 發送했고.
井母와 함께 金溪까지 同行했다가 부슬비 내리는 바람에 나만은 비설거지 하기로 卽時 歸淸하여 맡은 일 잘 보았고. 井母만이 농장 다녀온 것.
俊兄 氏 招請하여 酒店에서 一盃하여 情談했고.
井母와 함께 '한국병원'…(서문동) 가서 井母 所用의 '診察依賴書' 一通 떼어 온 것~서울 한 연수의원에서 져 올 藥값 手續 書類임. ⓒ

〈1989년 9월 2일 토요일 曇〉(8. 3.) (20°, 26°)
오늘도 삼가. 午前 中은 울 안 淸掃 정돈에 勞力했고.
尹洛鏞 同志의 招請으로 其宅(新羅맨숀 16棟 203号) 가서 柳海鎭 同志와 함께 酒類 等 厚待받았고.
俊兄 案內하여 黃致萬 同志 宅 가서 問病도.
四男 魯松이 婚談 面會次 서울 다녀왔고. ⓒ

〈1989년 9월 3일 일요일 晴〉(8. 4.) (18°5″, 27°)
오늘도 조심. 梧倉面 栢峴里 金漢植 先考墓 立石行事에 다녀왔고.
井母는 單身 農場 가서 동부, 녹두 거둬 따고, 고구마도 若干 캐온 것.
日暮頃엔 배드민턴 會員 延丁善 老人 宅 尋訪 問病하였기도. ⓒ

〈1989년 9월 4일 월요일 晴〉(8. 5.) (17°5″, 26°)
오늘도 조심. 孔夫子 誕降 2540年 秋期 釋尊大祭에 招請 있어 淸州鄕校에 다녀왔고~往來에 크럽 同志 延丁善 老人과 同行한 것.
울 안 채소밭 둘레의 잔디 깎았고. 明日은 더 조심. ⓒ

〈1989년 9월 5일 화요일 晴〉(8. 6.) (19°, 26°)
오늘도 삼가. 연부 갖고 故鄕 가서 省墓後 父母 墓域 禁草와 進入路 伐木草에 約 2時間 流汗 勞力했고.
큰집 따비밭 도라지 둑에서 씨포 훑터 오기도. ⓒ

〈1989년 9월 6일 수요일 晴, 曇〉(8. 7.) (20°, 30°)
오늘도 삼가. 今日 낮氣溫 30°까지 올라가 무더웠고.
낮엔 보성타운 아기 男妹 데고 中央公園 가서 1時間余 놀기도.
日暮頃엔 우암洞 MBC앞 대영장 近處 충남슈퍼 달린 族孫 丁在 先生집 찾아가 蜂蜜값 1升 30,000원 갚고 왔던 것. ⓒ

〈1989년 9월 7일 목요일 晴〉(8. 8.) (20°, 29°)
오늘도 조심. 永樂會(7双會) 逍風에 夫婦同參~7時 30分 淸州 發. 19(7双…尹洛鏞, 柳海鎭, 宋錫彩, 郭尙榮, 李鍾璨, 史龍基, 任昌武)時 30分 歸淸…竝川의 柳寬順 烈士 祠堂 參拜. 木川의 獨立紀念館 觀覽. 挿橋 아산灣서 兵心, 德山面의 忠義祠(尹奉吉 義士 祠堂) 參拜. 修德寺(德崇山) 終兵 觀光 마지막으로 全員 無事

歸家. ⓒ

〈1989년 9월 8일 금요일 晴, 雨〉(8. 9.) (20°, 26°)
오늘도 삼가. 井母와 함께 農場 가서 約 4時間 作業했고.
午後 4時 半부터 내리는 비 거의 終日. 밤새도록 내리는 셈.
아침결엔 배드민턴 淸州 크럽 全員을 老人 3人(김영만, 송영수, 곽상영) 合同 招請하여 해장국 집에서 朝食 兼 酒類도 待接했던 것. ⓒ

〈1989년 9월 9일 토요일 雨, 曇〉(8. 10.) (17°5″, 24°)
오늘도 맑게. 午前 中엔 井母 도와 동부 꼬투리 까는 데 協調했고.
울 안 배추모 솎아 東편 담 밑에 1줄 26포기 모종했기도.
서울서 밤 10時頃에 五男 弼한테서 電話~明朝에 제 夫婦 와서 故鄕 가서 省墓까지 하겠다는 것. ⓒ

〈1989년 9월 10일 일요일 晴〉(8. 11.) (19°, 30°)
오늘도 맑게. 어제 주운 小手帖(住民등록증, 운전면허증 包含) 모충동 洪建杓(4-3220)에 連絡 잘 되어 主人 찾아 돌려주니 마음 좋았고.
낮 12時 좀 지나서 弼 夫婦 온 것~点心 直後 故鄕 金溪 가서 제 祖父母 山所 省墓하고 왔다가 夕食 後 七時 半 發 高速버스로 上京…無事 到着했다고 来電.
今日 따라 点心과 夕食代로 나우 經費 났기도.
上衣 長T內服 선물받기도. ⓒ

〈1989년 9월 11일 월요일 雨, 曇〉(8. 12.) (21°, 26°)
金溪校 秋季運動會에 다녀서 点心 後 農場 가서 바랭이풀 좀 뜯다가 下午 五時 半 車로 入淸.
淸州선 大田 사는 族叔 漢業 氏 만나 酒類 1배 비싸게 待接. ⓒ

〈1989년 9월 12일 화요일 曇〉(8. 13.) (21°, 25°)
오늘도 맑게. 金溪行할 予定을 날씨 關係와 寶城타운 다녀오는 일 等으로 不能.
秋夕 準備 일 補助로 부엌칼 等 5개 갈았기도. ⓒ

〈1989년 9월 13일 수요일 曇〉(8. 14.) (19°, 26°)
오늘도 맑게. 새벽 3時에 서울 큰 애 家族 四名 모두 잘 왔고.
金溪 가서 從兄 上京에 人事. 農場 가서 바랭이풀 2時間 뽑고. 亡弟 云榮 墓所 가서 伐草 補充.
밤에 次男 絃이 家族도 모두 왔고.
金溪行 途中 玉山面에 들려 5男 弼의 戶籍謄本 떼기도.
公務員 各 機關 秋夕休暇 3日로 確定됨에 따라 今年엔 16日 土曜日인 關係로 17日까지 5日 間 休暇되는 듯. ⓒ

〈1989년 9월 14일 목요일 雨, 曇〉(8.15.) (19°, 22°)
오늘도 조심. 새벽 3時頃 前後 約 30分 間 부슬비 내렸고.
9時에 秋夕 名節 차례 지낸 것…엊그제 다녀간 막내 夫婦만이 職場 형편上 못오고 다 모인 것.

차례後 여러 아이들은 2車(큰 애 차, 둘째 차, 셋째 차)로 故鄕 가서 省墓하고 온 것. 비가 繼續 내리는 바람에 고생 많았을 터. 비는 終日 내렸고. ⓒ

〈1989년 9월 15일 금요일 雨, 曇〉(8. 16.) (19°5″, 21°)
오늘도 조심. 서울 큰 애들 家族 早起 5時 半 서울 向發. 7時 半에 無事 到着했다고 電話 온 것.
大田 둘째 家族과 어제 왔던 서울 세째딸 家族은 午後 3時頃 떠났고.
昨今 내린 비는 조용히 많이 내려 無心川 고수부지 兩便을 水深깊게 흘러 今年 中 가장 많이 흐르는 터. 昨今 雨量 180㎜. ⓒ

〈1989년 9월 16일 토요일 曇, 雨, 曇〉(8. 17.) (19°, 22°)
오늘도 조심. 金溪 가서 栢洞 族兄 時榮 氏 親喪에 弔慰人事했고~同行에 俊兄, 斗榮, 晩榮…族弟 範榮, 從兄 宅에서 秋夕 술 待接 받았기도. ⓒ

〈1989년 9월 17일 일요일 曇〉(8. 18.) (19°5″, 23°)
오늘도 삼가. 史龍基 同志로부터 永樂會員 7名을 招請 있어 社稷아파트 1團地 6棟 301号에 參席하여 藥酒와 夕食 待接받은 것. 明日도 조심. ⓒ

〈1989년 9월 18일 월요일 曇, 晴〉(8. 19.) (19°, 25°)
오늘도 맑게. 昨日은 24회 서울올림픽大會 1周年 記念行事가 서울을 비롯해 全國 各地方에서 開催되었던 것.
井母와 함께 農場 가서 2時間 가량 作業~바랭이풀 뜯기, 동부 및 들깨잎 따기 等. 어제까지의 雨量도 40㎜.
午后 六時 半부터 있는 在淸宗親會에 參席~三味食堂. 10名 參集. 夕食 後 會長 漢奎 氏로부터 淸原祠 旁記抄 받았고. ⓒ

〈1989년 9월 19일 화요일 曇〉(8. 20.) (19°, 25°)
오늘도 삼가. 서울 사는 막내 同壻(柳충렬…괴산, 사리, 중흥리) 親喪에 人事 못가서 미안感 많고.
井母와 農場 가서 約 2時間 勞力. ⓒ

〈1989년 9월 20일 수요일 晴〉(8. 21.) (13°, 25°)
오늘도 맑게. 今朝 氣溫 急降下 되어 13度.
九時에 雲泉洞 가서 安昌秀(內谷교장) 母親喪에 問弔했고.
市外 논밭은 나날이 黃金빛으로 좋게 變해가는 中.
市內 가서 곱창전골로 点心 잘 먹었으나 井母와 함께 못한 것이 今日도 딱하기만.
單身 농장 가서 約 2時間 바랭이풀 等 雜草 除去하고 日暮 直後 入淸.
近日의 健康狀態 好調-食事, 運動, 讀書, 勞動 等 平常. ⓒ

〈1989년 9월 21일 목요일 曇〉(8. 22.) (17°, 25°)
오늘도 맑게. 낮부터 井母는 農場 가서 勞作. 点心 後 농장 가서 合作.
午前 中은 아픈이 무릎 溫濕布에 助力했고.
오늘로 보아선 가을 날씨 좋을 前望 보이는

듯. ⓒ

〈1989년 9월 22일 금요일 晴〉(8. 23.) (16°, 24°)
오늘도 삼가. 郡 三樂會 秋季逍風[42]에 參加~8時 半에 35名 出發…龍仁 맥콜工場, 金浦 北端의 愛妓峰[43](休戰線), 江華島 마니산. 一同은 강화장에서 留宿. ⓒ

〈1989년 9월 23일 토요일 晴〉(8. 24.) (14°, 25°)
오늘도 조심. 朝食 前에 傳燈寺[44], 北漢江의 清平댐, 加平 南怡섬(강원 춘성군 남면 방하리), 春川 지나 소양강 多目的댐[45] 보고 中部高速道路 通해 清州 오니 午後 7時 채 안됐고. 今般 逍風~깨끗 개운이 잘 다녀온 것.
井母는 농장 가서 四時間 作業했다고~땅콩 캤다는 것. 明日도 깨끗이. ⓒ

〈1989년 9월 24일 일요일 曇〉(8. 25.) (19°, 27°)
오늘도 맑게. 井母는 아침부터 金溪 농장 가서 땅콩 캐기에 거의 終日 勞力.
木花예식장 가서 李玧魯(外川교감) 子婚에 人事했고~12時頃.
下午 3時 車로 金溪 농장 가서 井母와 함께 作業~땅콩 캐기. 明日도 조심. ⓒ

〈1989년 9월 25일 월요일 曇, 晴〉(8. 26.) (19°, 26°)
오늘도 맑게. 点心 後 농장 가서 땅콩 1말 程度 따왔고. ⓒ

42) 원문에는 붉은색 색연필로 밑줄이 그어져 있다.
43) 원문에는 붉은색 색연필로 밑줄이 그어져 있다.
44) 원문에는 붉은색 색연필로 밑줄이 그어져 있다.
45) 원문에는 붉은색 색연필로 밑줄이 그어져 있다.

〈1989년 9월 26일 화요일 晴, 曇〉(8. 27.) (11°5″, 25°)
오늘도 조심. 井母와 함께 農場 가서 땅콩 캔 것 따가지고 왔고…約 2말.
午後 6時부터 있는 在清同窓會에 參席~9名 中 8名 參加. ⓒ

〈1989년 9월 27일 수요일 雨〉(8. 28.) (20°, 21°)
花山 李漢求 妻喪 消息에 弔問 갔었고~歸路에 俊兄, 斗榮, 晩榮에게 酒類 待接했고.
李明世 事故 入院에 問病도. ⓒ

〈1989년 9월 28일 목요일 晴, 曇〉(8. 29.) (16°5″, 25°)
오늘은 맑게. 井母와 함께 농장 가서 約 1時間半 걸려 땅콩 1.5말 가량 따 온 것. ⓒ

〈1989년 9월 29일 금요일 晴〉(8. 30.) (13°, 25.5°)
오늘도 맑게. 井母와 함께 밭에 가서 作業 約 2時間…대추밭 손질, 콩 따기.
門간 지붕위 호박덩굴 거둬내기, 落葉 거더치우기 等 바쁘게 일 잘 보고.
밤 11時에 서울서 큰 子婦로부터 電話 온 것~'濠洲 杏으로부터 人便 있어 漢藥材 보내왔다는 것'…녹용, 꽃가루, 간장藥. ⓒ

〈1989년 9월 30일 토요일 晴〉(9. 1.) (11°, 24°)
오늘도 맑게. 13時 30分부터 있는 結婚式場에 다녀온 것~栢洞 族姪 魯益의 子婚. 清錫예식場. 歸路에 族弟 諺相이한테 一同 접대받았기도. 夕食 後 몸 氣力 無足(不足)으로 일찍 就寢. 明日도 맑게. ⓒ

〈1989년 10월 1일 일요일 晴〉(9. 2.) (12°, 24°)
오늘도 조심. 어제의 沐浴時 健康狀態 不正常임을 느꼈던 것~體重 51kg 未達. 熱湯에서의 刺戟, 力不足感 等.
12時에 있는 福台 朴顯燮(旧 同僚) 子婚에 人事次 '木花'예식장에 다녀왔고.
点心 後 農場 가서 約 2時間 作業. 井母와 松은 午前에 와서 約 6時間 勞動하였으니 거의 終日토록 勞力한 셈~콩 뽑아 꼬토리 딴 것. ⓒ

〈1989년 10월 2일 월요일 晴〉(9. 3.) (13°, 23°)
오늘도 조심. 教大 體育館內 行事 있어 去月末日부터 室內에서의 배드민턴은 不能이므로 仝 부속國校 운동장에서 난타만을 치는 중 今日도 마찬가지.
낮엔 陰城郡 富潤里 마실 안 郭炳文 氏 夫婦 回甲宴 있어 人事次 다녀온 것. 下午 3時頃 歸淸.
井母는 농장 가서 콩 꼬뚜리 1자루 따왔고.
次男 絃이 낮에 다녀갔다는 것~밤, 묵, 人蔘 等 갖고. ⓒ

〈1989년 10월 3일 화요일 晴〉(9. 4.) (13°, 24°)
오늘도 맑게. 큰 애 아침결에 와서 朝食 後 上京했고~濠洲서 杏이가 보내온 藥(鹿茸片 2제, 벌꽃가루 2병, 肝臟藥)[46] 現市價 約 壹百万 원 相当치 갖고 온 것. 精誠 어린 父母 補藥. '제 母親 冬季用 털구두 包含'
井母와 함께 3男 明의 車로 金溪 農場 가서 고구마 約 3말 캐왔고.
昨日 따 온 콩 꼬투리 까기에 井母와 함께 深夜토록 애썼던 것. ⓒ

〈1989년 10월 4일 수요일 晴〉(9. 5.) (12°5″, 23°)
오늘도 맑게. 농협 들러 日用 雜費用 조금 引出하고 보성타운서 誠意 있는 点心 잘 먹은 것.
社稷洞 '행운부동산'에선 黃會長과 李所長 만나 情談 많이 했던 것.
司倉洞 '도시락' 工場 가서 明日 点心用 1個 注文했기도. 明日도 조심.
日暮頃 司倉洞 '태양서점' 들러 妹弟 夫婦 만났었고. ⓒ

〈1989년 10월 5일 목요일 曇〉(9. 6.) (11°, 22°)
오늘도 삼가. 辛酉會員 五名과 함께 鐵道觀光團에 合流하여 '雪嶽山'에 逍風[47] 다녀오고져 6時 半에 出發…汽車(列車)로 忠北線, 太白線, 東海線~江陵서 觀光버스로 양양 洛山寺(圓通寶殿) 보고 雪岳山엔 午後 2時 到着. 神興寺(極樂寶殿), 케불카로 權金城, 山頂엔 五名만이 登山 征服. 19時에 出發. 江陵서 夕食. 列車엔 밤 10時 半 乘車. 車內서 밤 지내며…. ⓒ

〈1989년 10월 6일 금요일 晴〉(9. 7.) (14°, 24°)
새벽 4時 半에 淸州驛 到着. 無事入淸 歸家하고 배드민턴 아침運動 나갔고. 昨今 24時間中 15時間이 乘車, 觀光이 5時間, 4時間이 食事, 休息.
親旧들과 낮 동안은 弔問 다닌 것~朴一煥(玉普同窓會員) 母親喪. 故 盧載豊(清原郡三樂會

46) 원문에는 붉은색 색연필로 밑줄이 그어져 있다.

47) 원문에는 붉은색 색연필로 밑줄이 그어져 있다.

長) 別世에 南一面 双樹里 가서 人事.
井母는 單身 農場 가서 콩 꼬투리 훑어왔고. ⓒ

〈1989년 10월 7일 토요일 청〉(9. 8.) (10°, 19°)
오늘도 조심. 昨日 弔問 갔던 朴, 盧 氏 宅 發靷에 巡廻人事했고.
單身 농장 가서 約 1時間 程度 作業했고~들깨 一部 베었던 것. ⓒ

〈1989년 10월 8일 일요일 晴〉(9. 9.) (7°5″, 18°)
오늘도 맑게. 오랜만에 杏(호주), 運(사우디)한테 書信 發送…杏한테는 鹿茸 等 貴重藥品 잘 받았다고. 運한테는 安否.
8時頃 호주 杏한테서 電話 왔었다고~受話者 제 母親…藥 確認.
夫婦 農場 가서 約 3時間 作業~콩 打作, 들깨 베기. ◎

〈1989년 10월 9일 월요일 晴〉(9. 10.) (6°, 19°)
오늘도 조심. '한글'창제 543주년[48].
農場 가서 동부 거듬따기와 덩굴 걷기 作業. 約 2時間 半 勞力.
井母는 담북장 第2次 빚은 것 갈무리에 바빴고…서울 보낼 준비. ⓒ

〈1989년 10월 10일 화요일 曇, 晴〉(9. 11.) (9°, 17°)
道 三樂會 總會에 參席~10時 淸州發. 16時 半 入淸. 華陽洞 自然學習園 仝 食堂에서 昗心. 仝 파천휴게소에서 샛참으로 동동주와 豚肉. 카아텐 洗濯.
井母는 單身 農場 가서 作業 3時間~동부 마지막 따기, 픗고추 따기.

〈1989년 10월 11일 수요일 曇, 雨, 曇〉(9. 12.) (12°, 18°)
오늘도 맑게. 井母와 함께 農場 가서 2時間 半 作業했고…애동고추와 팥따기, 동부 덩굴 걷어치우기, 作業 中 若干의 降雨로 歸家時間 서두른 것. ◎

〈1989년 10월 12일 목요일 雨, 晴〉(9. 13.) (13°, 17°)
오늘도 맑게. 아침결에 비 조금 내렸고.
道民體育大會와 市郡 農産物 展示會 있어 教大體育館 가서 市郡對抗 배드민턴大會에 參席하여 淸州市 選手團(淸淸크럽) 應援에 다녀오기도.
永樂會 昗心 會食日이어서 '石山亭'에 井母와 함께 가서 韓定食으로 잘 먹은 편~7双 全員 參席. 昗心참에도 쏘나기 한 차례 내렸고. ◎

〈1989년 10월 13일 금요일 晴〉(9. 14.) (10°, 22°)
오늘도 맑게. 教大 體育館에서 거의 終日 있었던 셈~道內 市郡對抗 배드민턴 試合에 應援次…淸州市 代表 청주크럽 準優勝. 優勝은 忠州市.
今日 새벽엔 「淸原祠 笏記」 淨書[49]했고.
井母는 農場 가서 2時間 半 勞動-팥꼬토리 따온 것.

48) 원문에는 붉은색 색연필로 밑줄이 그어져 있다.

49) 원문에는 붉은색 색연필로 밑줄이 그어져 있다.

〈1989년 10월 14일 토요일 曇, 晴〉(9. 15.) (12°, 23°)
오늘도 맑게. 鄭麟求(덕촌) 女婚에 案內狀 있어 人事次 다녀오고.
井母는 今日도 호라시 농장 가서 約 3時間 半 勞力-팥 꼬투리 따온 것.
허리와 어깨 痛症 溫濕布에 1時間 半 程度 助力. ◎

〈1989년 10월 15일 일요일 曇〉(9. 16.) (12°5″, 19°)
오늘도 맑게. 今日도 井母는 農場 가서 콩꼬토리 따 온 것.
李鳳求(過去 金溪校 교사…魯松 恩師) 先生 回甲宴에 다녀왔고~泰東館.
運動과 食事 順調로우나 體力은 不順인 편. ◎

〈1989년 10월 16일 월요일 雨, 曇〉(9. 17.) (12°, 12°)
오늘도 맑게. 새벽부터 내리는 비 8時까지 부슬비 繼續 後 바람 일었고. 終日토록 썰렁했고 같은 氣溫.
家庭에서 終日토록 生活에 해 넘긴 것. 팥꼬투리 井母와 함께 까기도. ⓒ

〈1989년 10월 17일 화요일 晴〉(9. 18.) (4°, 10°)
오늘도 조심, 雪嶽山엔 눈 많이 내리고 零下 5度까지 降下氣溫이라나. 우리 地域 淸州는 日出 前 氣溫 4度이고.
井母와 함께 農場 가서 約 3時間 作業~赤팥 뽑아 딴 것.
큰 애로부터 10萬 원 送金했다고 未電. 松이도 俸給日이라고 3萬 원 내놓고. 제 母親께는 8萬 원이라나.
夜間엔 10時까지 井母와 팥꼬토리 깠기도. ⓒ

〈1989년 10월 18일 수요일 晴〉(9. 19.) (1°, 15°)
오늘도 맑게. 今日까지는 最低氣溫…1°.
井母와 함께 農場 가서 五時間余 作業~들깨 털어서 約 3말 收穫.
18時 30分부터 있는 在淸宗親會에 參席-陰 10月 3日에 있는 蓮潭公 時祀 準備 推進이 主案件. ⓒ

〈1989년 10월 19일 목요일 雨, 曇〉(9. 20.) (10°, 13°)
오늘도 조심. 族叔 漢奎 氏(在淸宗親會長)와 함께 藥水터 명암洞 郭德鍾 氏 찾아가 陰三日 蓮潭公 時祭物 준비 一切에 關하여 相議後 族兄 鎭榮 氏 宅 찾아가 問病한 것.
새淸州藥局 郭漢鳳 氏 案內로 草坪貯水池 가서 生鮮特製찌개로 点心 食事 厚待받기도.
井母는 혼자 農場 가서 팥꼬투리 따는 데 約 3時間 作業하고.
밤엔 이슥하도록 夫婦는 팥꼬투리 깐 것. ⓒ

〈1989년 10월 20일 금요일 曇〉(9. 21.) (9°, 17°)
오늘도 맑게. 井母 單身 농장 가서 3時間 作業~밤콩 꼬투리 갈무리.
七人 組織 山城 民俗村 가서 親睦宴 아울러 点心하고~卞相琪, 鄭龍喜, 閔殷植, 尹成熙, 安楨憲. 史龍基, 郭尙榮 以上 七名. 任員 選定에 會長엔 鄭龍喜, 總務 郭尙榮으로. 名稱은 淸友會로 했고. 歸路에 史 親友가 一盃 待接하고. 茶房으로 案內하여 茶 一盃씩 나누니 總務 立場보다 新加入者로서 잘한 느낌이었던 것.

宮坪 사는 再堂姪女(魯旭 姉) 서울서 退院했대서 牛岩洞에 井母와 함께 問病 다녀왔기도.
밤엔 농장서 따온 콩과 팥 꼬투리 까기에 이슥토록 勞力했고. ⓒ

〈1989년 10월 21일 토요일 曇〉(9. 22.) (6°, 20°)
오늘도 삼가. 辛酉會에 參席~卓心. 10月 30日에 內藏山 逍風 決議.
井母는 햇豆太 넣은 떡 빚기에 奔走한 듯.
日暮 直後쯤 서울서 큰 애 夫婦 왔고. 큰 딸도 온다더니 제 媤母 病患 惡化로 못왔다는 것. ⓒ

〈1989년 10월 22일 일요일 晴〉(8. 23.) (6°, 19°)
오늘도 조심. 서울 배드민턴 도봉구(제8회 도봉구청장기 쟁탈 사회인 배드민턴대회)크럽에서 충북크럽 招請 있어 다녀온 것~7時 出發 20時 入淸. 잠실체육관.
어제 왔던 큰 애 夫婦 卓心 後 上京次 出發했다고.
밤에 弼한테서 安否 電話 왔고. ⓒ

〈1989년 10월 23일 월요일 晴〉(9. 24.) (9°, 22°5″)
오늘도 맑게. 故 日榮의 子婚人事를 今朝에 慕忠洞 自宅으로 찾아가서 했고.
12時부터 있는 淸原郡 三樂會에 參席…동원食堂서 卓心. 會長을 權寧澤(榮澤) 氏로 選出.
밤엔 팥꼬투리 까기에 夫婦 바쁘게 勞作했고. ◎

〈1989년 10월 24일 화요일 晴〉(9. 25.) (6°5″, 22°)
오늘도 맑게. 井母와 함께 市內 가서 '성신한약방' 朴화순 氏에 부탁하여 茸服用用 補藥 1제 5万 원에 지어왔고~井母 服用分치. 宋 氏 만나 맥주 一盃 대접받고.
金容璣 교장 만나 待接받으며 情談 나누기도. ⓒ

〈1989년 10월 25일 수요일 晴〉(9. 26.) (8°, 22°)
오늘도 조심. 淸州高校 옆 族兄 春榮 氏 宅 尋訪하여 '淸原祠' 刱記와 祝文에 關하여 陳述과 所見 말하고 온 것.
單身 농장 가서 팥대공 뽑고. 들깨 再打作해 봤으나 所得 微微.
年金 支給 引上 31,900원의 通知 있어 今月부터 55萬 원 되는 셈.

〈1989년 10월 26일 목요일 晴〉(9. 27.) (8°, 22°)
오늘도 조심. 貯蓄金 引出하여 財産稅(建物分) 等 納付하고 보일라用 石油 3드럼 注入했고.
○井母는 농사 지은 들깨 기름 짜오기도.
在淸 同窓會 있어 參席. 9名 全員 參席. ⓒ

〈1989년 10월 27일 금요일 晴〉(9. 28.) (8°, 20°)
오늘도 맑게. 電擊的으로 尙州 다녀온 것…慶北 尙州郡 利安面 佳庄里 145. T0582.541-1818 郭潤奭. 족숙 潤奭 氏가 漢學者며 譜學에도 깊다기에 찾은 것. 淸州서 約 2時間 半 所要. 報恩이 約 半. 淸原祠 刱記와 常享 祝文에 關하여 알아본 것. 75歲시라고. 11時에 出發하여 入淸 歸家는 19時쯤 된 것. ⓒ

〈1989년 10월 28일 토요일 晴〉(9. 29.) (14°, 22°)
오늘도 조심. 金奎英(佳佐) 교장 子婚에 人事

…木花예식장.
友信會에 參席하여 夕食.
아우 振榮 집 들러 明日 일(金泰吉 교장 子婚) 付託했고.
明朝에 上京한다고 큰 孫子 英信한테 電話했기도. ⓒ

〈1989년 10월 29일 일요일 晴〉(9. 30.) (10°, 22°)
오늘도 맑게. 上京~9時 發 車로 上京하여 淸州 歸家는 午後 7時쯤.…道峰區 水踰里 族兄 義榮 氏 宅 찾아가서 兄嫂(延 氏) 問病[50]하고 長官兄과 情談 2時間 程度한 것(아주머니 病勢, 淸原祠 管理, 十月三日의 密直公 時祀 等).
江南高速터미날서 큰 孫子 英信 만나 갖고간 들기름 等 들려보내고.
義榮 氏 宅은 道峰區 水踰洞 252-190 T993-3750. 双門本洞 北部署서 버스 6번. 쌍문國校 못가서 下車. 만수湯목욕탕 건너 앞 에덴복덕방에서 조금 뒤 파란 펭키칠 지붕 집. 今日도 計劃된 予定行事 잘 이룬 셈. 井母는 土俗藥酒 두어 되 빚었고. ⓒ

〈1989년 10월 30일 월요일 晴〉(10. 1.) (9°, 22°)
오늘도 조심. 辛酉會에서 內臟山 逍風 다녀온 것[51]~7時 50分 淸州發. 歸家는 午後 6時 半.
內장山 가서 燕子峯에 케블카로 山上求景. 內臟寺[52] 가서 佛前에 祈禱. 点心은 全北 金提郡 金山寺 가서 먹었고. 母岳山 金山寺[53]도 高麗 法王時 創建. 同乘한 一行에 婦人團 2祖가 있었어도 버스엔 座席 남았던 것.
濠洲 있는 杏한테서 편지 왔고~新春에 歸國한다는 것. ⓒ

〈1989년 10월 31일 화요일 雨〉(10. 2.) (12°, 14°)
새벽부터의 몸살氣 藥 좀 服用해도 가라앉지 않고.
月末 정리 後 明日 行事 때문에 藥水터(日暮頃)가서 淸原祠 둘러봤고.
昨今 祭物 準備 等으로 奔走히 일본 宗親 漢奎氏, 道榮, 晩榮에게 慰勞 電話하기도. 遠處에서 宗親 몇 사람 未淸하였다는 消息도. ⓒ

〈1989년 11월 1일 수요일 晴〉(10. 3.) (10°, 16.5°)
오늘도 맑게. 淸原祠 時享에 參席하여 唱笏責(集禮)[54] 보았고. 29代祖 文成公, 26代祖 眞靜公, 22代祖 蓮潭公, 三位를 一席에서 焚香. ◎

〈1989년 11월 2일 목요일 晴〉(10. 4.) (6°, 20°)
오늘도 맑게. 아침 溫度 낮았으나 晝間엔 20度까지 올라간 따뜻한 날씨.
昨日부터 몸살(全身 삭신 쑤시며 나른하고 다리 힘 빠지고 머리가 지끈지끈함)氣 있어 呻吟하면서도 早朝운동(배드민턴)하고. 食事 억지로 하는 편.
明日부터 있을 時祀 祝文 쓰기에 머리 더 아팠기도. ◎

〈1989년 11월 3일 금요일 曇, 晴, 曇〉(10. 5.) (12°, 14°)

50) 원문에는 붉은색 색연필로 밑줄이 그어져 있다.
51) 원문에는 붉은색 색연필로 밑줄이 그어져 있다.
52) 원문에는 붉은색 색연필로 밑줄이 그어져 있다.
53) 원문에는 붉은색 색연필로 밑줄이 그어져 있다.
54) 원문에는 붉은색 색연필로 밑줄이 그어져 있다.

오늘도 맑게. 뒷발바닥 아프기도 하여 거의 家庭生活하려던 것이 마침 16代祖考(文兵使公) 時祀 있어 9時에 明岩藥水터 가서 清原祠에 參集한 80余 名의 祭官 一家 一同과 無事히 茶禮 지낸 것 等의 여러 가지 再想하면서------9時 半 버스로 사거리까지. 사거리서 水落까지 步行에 左側 발바닥 아픈 것 참느라고 無限히 욕 본 것.
16代祖考, 16代祖妣 時祭 祝文 써 간 것 祝文 그대로 明讀한 것.
下午 4時 半頃 入淸하여 '양한설정형외과' 가서 診察 後 治療받은 것.
淸州서 明日 男子 兄弟끼리만이라도 相逢하자는 電話 있었고. ⓒ

〈1989년 11월 4일 토요일 雨〉(10. 6.) (11°, 14°)
15代祖, 14代祖 時祀에 祝 써가지고 參席. 終日 雨天으로 屋內서 祭享 올린 것…族姪 魯植 집에서 行事. 今日도 祝官.
日暮 後 서울 큰 애 왔고. 좀 後에 둘째도 大田서 왔고~제 母親 7旬 行事 相議. ⓒ

〈1989년 11월 5일 일요일 雨〉(10. 7.) (10°, 16°)
13代祖 時祀에 參席하여 今日도 讀祝 읽고. 雨天 關係로 屋內서 祭享. 形便上 四派 有司인 從兄 집에서 行事한 것.
서울 큰 애, 大田 둘째는 点心 後 各己 歸家. 큰 애는 金溪 경유 大田 거쳐서. ⓒ

〈1989년 11월 6일 월요일 雨〉(10. 8.) (13°, 18°)
오늘도 조심. 12代祖(奉事公), 11代祖(護軍公), 10代祖(訓僉正公) 時祀에 參席. 今日도 거의 終日로록 비 내리는 關係로 屋內에서 祭享 올렸고. 明日 行事 도우려고 井母도 함께 金溪 다녀온 것. ⓒ

〈1989년 11월 7일 화요일 曇〉(10. 9.) (13°, 18°)
오늘도 삼가. 時祀에 參席~日氣 狀況 위험하여 今日도 屋內 行事…9代祖, 8代祖, 7代祖, 6代祖(掌隷院 正府君), 5代祖(秘書院 丞府君). 祭禮後 破垈山, 前佐山 一帶 巡廻 省墓도 했고. 今日로서 時祀 끝났기에 責任 完遂感으로 마음 개운하기도.
夕食 後 떡 좀 가지고 세째 집 다녀왔고. ⓒ

〈1989년 11월 8일 수요일 가끔 비〉(10. 10.) (13°, 16°)
오늘도 조심. 昨日까지 1週間 時祀에 다녀 責任 完遂와 遠距離 往來에 神經을 써서인지 말랐다고 말들을 하나 食事 等과 活動 狀態는 別無 支障 없는 편. 早朝運動도 繼續 中.
늦가을 비 近 열흘 내려 아직 打作 未完 家庭에 큰 타격~傷心 中. ◎

〈1989년 11월 9일 목요일 晴〉(10. 11.) (12°, 16°)
오늘도 맑게. 아침결엔 申朴의 治療藥材 求購하기에 奔走했고.
午後엔 上京하여 風納洞에 있는 新說病院(現代그럽 鄭周永 設立 중앙병원) 찾아가 俊兄嫂氏 問病 다녀오기에 늦게서 歸家. 747号. 담석症 手術. ⓒ

〈1989년 11월 10일 금요일 晴〉(10. 12.) (9°, 15°)
오늘도 맑게. 金溪 가서 두무샘 밭 未盡分 어지간히 일한 것~고추대와 밤콩대공 뽑고. 바라솔 비롯한 農具 等 團束으로 옆밭 族兄 輔榮

氏 헛창에 保管하고 日暮頃에 歸家.
밤에 서울서 큰 애로부터 電話~'제 母親 生辰(7旬) 行事로 17日(金曜)에 上京하라는 것'… 承諾했고. ⓒ

〈1989년 11월 11일 토요일 曇〉(10. 13.) (4°, 10°)
오늘도 맑게. 廣告에 依하여 五臟 補藥 1個月分 6万 원에 購入 服用 着手했고.
선경洗濯所 李氏店에 間服 一着 부탁했기도.
運動과 食事 普通. 井母 健康도 괜찮은 편?~ 아프다는 말 그리 없는 편. 數個月 前부터 새벽 4時頃에 15分 間씩 암마 繼續~팔, 다리, 등, 어깨. ⓒ

〈1989년 11월 12일 일요일 晴, 曇, 雨〉(10. 14.) (4°, 10°)
오늘도 조심. 終日토록 人事 다닌 편. 朝食은 보성타운서 떡국 等으로 滿腹.
妻族 金鍾鎬 女婚, 三從姪 魯德 子婚, 安在喆(新松교장) 子婚, 俊兄 宅에 退院 人事, 金甲榮(世高校長) 母親喪에 弔慰.
陰曆으로도 十月 中旬이니 날씨 찬 季節. 今日 飮酒는 나우 마신 셈. ⓒ

〈1989년 11월 13일 월요일 晴〉(10. 15.) (8°, 13°)
오늘도 맑게. 斜川洞 가서 宋道天 老人 만나 情談하면서 濁酒 나누었고. 歸路에 井母 줄 단감과 海物(멍게) 사오기도.
아침運動 繼續 中~室內서 行하는 經穴 마찰 운동法 20가지. 徒手體操. 教大 體育館에서 行하는 '배드민턴'.
버마에서 佛教研究中인 次女 魯姬(在應스님)한테서 편지 왔고. ⓒ

〈1989년 11월 14일 화요일 晴〉((10. 16.) (0°, 10°)
오늘도 맑게. 今冬 氣溫 今日까진 最低氣溫~氷點 零度.
永樂會(七双)에 夫婦 參席하여 '보령회관'에서 晝食. 婦人 一同은 任 교장 夫人 入院에 人事 가고. 男 一同은 眞露會館 求景 後 別席에서 一盃 거듭하고 解散한 것. ⓒ

〈1989년 11월 15일 수요일 晴〉(10. 17.) (4°, 13°)
오늘도 조심. 任昌武 同志 夫人 入院된 데 갔다가 安周憲, 金甲年, 成 先生 등 만나서 待接하며 情談했기도. ⓒ

〈1989년 11월 16일 목요일 晴〉(10. 18.) (4°, 12°)
오늘도 조심. 어제까지 2日 間 過飮한 탓으로 고단함을 느끼고. ⓒ

〈1989년 11월 17일 금요일 晴〉(10. 19.)
明日의 上京. 다음날의 行事 等으로 마음 켜져 삼가면서도 낮까지는 계제 따라 飮酒하다가 午後 되자 決心한 것. 몸 고단했고. ⓒ

〈1989년 11월 18일 토요일 曇, 晴, 曇, 雪〉(10. 20.) (−0°,)
身樣 괴롭고 明日 일 생각하여 上京을 포기.
井母는 세째 子婦가 案內하여 下午 2時 發 高速으로 서울 向發.
午后 2時부터 腹痛 시작. 드링크 藥 等 몇 가지 먹어봤으나 痛症 甚하기만. 仝 4時부턴 右側 옆구리部分 甚히 아파 盲腸炎 憂慮로 四男 松과 마침 未訪했던 弟 振榮의 부액 받아 南宮外科 거쳐 '리라病院'에 밤 10時에 入院하여

醫師 診斷 判定에 依하여 仝 11時에 盲腸手術 ~1時間 걸려 12時에 手術 完了했다는 것[55].
(全身 마취로 痛症 전혀 몰랐고. 괴롬 겪지 않은 것…)

〈1989년 11월 19일 일요일 晴〉(10. 21.)
"왜 手術 않느냐"고 물었을 땐 0時10分이라나-큰 애 얼굴 보이며 手術은 이미 끝났다는 것. 井母와 子息들 웅기중기 여러 家族 뵈인 記憶 아름픗.
※井母 七旬이 오늘인데 속만 썩여준 셈…어제부터의 日記는 退院한 11月 24日 저녁부터 記憶나는 대로만 몇 가지씩 추려 記入한 것.
손목에 린겔병 줄 달린 채 화장실 가서 小便하려나 나오지 않아 苦痛 極히 겪었고. 北一面 酒中里 所在 '리라병원' 신세 424号室에서 진 것.
서울, 大田, 市內 家族들 모였고.
밤새운 弼은 가고 큰 애 今夜도 새운 것.
'大腸中 S部分 남보다 길다는 醫師의 말 있었다고. 꼬이기 쉽다는 것이고.'
밤부터 小便 차차 잘 나오기 시작.

〈1989년 11월 20일 월요일 晴〉(10. 22.)
三男 魯明의 在職校(陰城 三成國校) 김혜용 女교사…慰勞用 꽃다발과 飮料, 仝校 權혁로, 박상숙, 유혜선 교사도 꽃과 飮料 營養分 갖고 와 問病.
去月에 組織한 '清友會員' 6名 全員 營養飮料 갖고 来訪(鄭, 卞, 閔, 安, 尹, 史 교장).
手術處는 痛症 없으나 四肢의 힘없고 運身 困難에 終日 苦痛.
井母와 松이 往來에 苦生 많을 터.
弟 振榮 家族, 次男 家族, 參男 家族, 큰 妹 家族. 큰 애 아침결에 上京.

〈1989년 11월 21일 화요일 晴〉(10. 23.)
同 病室에 鎭川人 '김시동' 老人(交通事故) 親切 활달하면서도 飮酒 吸煙 等으로 困難했기도.
夜間에 큰 妹 夫婦 營養劑 飮料 갖고 来訪.
방구 시원하게 나와 개운했고.
닝게루와 注射 맞기에 징그러워지기도.

〈1989년 11월 22일 수요일 晴〉(10. 24.)
아침을 미음으로 처음 食事로 받은 것. 대변도 처음 봤고.
弟 振榮 家族 營養劑 飮料 깨맛죽 等 갖고 来院.
三成校 朴창국(운청동 居住) 教師와 仝校 庶務主任 李종구 主事 營養음료 갖고 来訪. 서무主事는 梧倉人이라고. 오세경 教務主任도 仝 것 갖고 来訪.
病院의 運轉技士 박종환 찾아와서 人事 반갑게 했고~?校 弟子인 듯.
氣運 좀 生氣는 듯한 感. 세째 子婦가 죽 쑤어 오기도. 洗手와 발 닦는 데 親切이 돕기도.

〈1989년 11월 23일 목요일 晴〉(10. 25.)
어제보다 헐신 差度 있어 마음 가라앉는 것 느껴지기도.
크럽 會員 延정선 老人과 宋영수 氏 드링크 藥劑(원비디) 1박스 갖고 来訪.
清原郡 三樂會員 今日 行事 마치고 李士榮, 李

55) 원문에는 붉은색 색연필로 밑줄이 그어져 있다.

一根, 宋錫彩, 尹洛鏞 교장團 다녀간 後 後發隊로 李殷稙, 鄭元謨, 任昌武 金鎭烙, 安周憲, 崔在崇, 吳麟泳?團도 各各 드링크 飮料 藥劑 갖고 왔던 것.
서울서 막내(弼) 子婦 母女(孫 氏 家) 왔고… 査頓 孫 氏가 快癒條로 金一封 壹拾萬 원 보내 왔기도.
밤엔 큰 사위(趙泰彙) 와서 問病~快癒條로 金 五萬 원도. 깨죽 一박스도 持參했고.
在淸同窓會員(黃致萬, 李斌模, 鄭弘模) 와서 慰問과 드링크(十全大補湯) 一박스 持參.
食事는 어제부터 흰죽. 밤에 營養죽 쑤어 三男 明이 다녀가기도.
明日 退院 予定해 보았고. 病院 형편上 今日은 手術處 消毒 못한 것.

〈1989년 11월 24일 금요일 晴〉(10 .26.) (°, °)
病室, 病棟 內에서 行步. 어느 程度 無理 없이 되는 程度이고.
辛酉會員(元聖玉, 鄭世根, 金容埼) 드링크飮料 一박스 来訪 人事.
朝食에도 흰죽 나온 것.
12時 좀 지나서 退院 手續…醫保條 該当 總 466,000원 中 93,000원 本人 負擔과 非給與分(病室料와 營養劑 注射料 等) 142,000원整, 計 235,000원 退院費 整算하고 큰 妹夫(朴琮圭) 車로 退院 歸家하니 一週[56] 만에 온 것.
꿈결 같은 一週 間의 入院 生活…入院까지의 8時間의 痛症. 1時間의 手術 동안은 전혀 記憶 없고. 手術 後 3日 間은 苦痛.
手術處 꿰맨 실은 未週 月曜日(11. 27)에 뽑는다고.
어제 왔던 막내 査夫人 母女 下午 4時 發 高速으로 上京 向發.
서울 비롯 各處 退院 電話 오간 것.

〈1989년 11월 25일 토요일 청〉(10. 27.) (0°, 13°)
아침결에 入院 中 来訪한 人士 全員에게 謝禮 人事電話했고.
同窓會員 丁峰 徐秉圭 同志 11時 半에 李斌模 帶同코 来訪 人事에 고마웠고. 깨맛죽 1박스와 同窓會 慰勞規則 金一封도 持參.
日暮頃에 서울 큰 애 家族 四名 到着.
밤에 市內 여러 家族 모였었고. 큰 애 周旋으로 맥주 파티하는 듯.
入院日부터 今日까지의 日記帳 정리한 것.
도와준 것 天地神明께 深謝할 따름.

〈1989년 11월 26일 일요일 晴〉(10. 28.) (2°, 13°)
1週日余 만에 體育館에 나갔지만 同志들 만류로 배드민턴 치던 않았고.
退院人事 来電~黃元濟, 郭俊榮, 郭晩榮, 尹洛鏞.
서울 큰 애 家族 午前에 서울 向發. 모두 歸家 잘 했다고 밤 9時에 消息 들었고.
昨日, 今日의 氣溫 아침엔 쌀쌀하나 한낮은 溫和한 편.
同窓會員 趙成溢이 子婚 있어 다녀오고~三州 예식장.
日暮頃에 大田서 온 둘째 夫婦는 큰 개다리 사 갖고 와서 夕食 後 歸家.
많이 밀렸던 新聞(旧聞) 밤 깊도록 讀破했고.

〈1989년 11월 27일 월요일 雨, 曇〉(10. 29.) (7°,

56) 원문에는 붉은색 색연필로 밑줄이 그어져 있다.

10°)
'리라病院' 가서 手術處 실 뺐고. 以後 特別 異狀 없거든 안와도 좋다는 것…順調.
歸路에 '흰죽' 多量 맛있게 얻어먹었고.
班常會(鳳鳴洞 25統 4班) 午後 8時부터 仝 9時까지 巡廻 当番되어 받아드렸던 것. 果일, 茶, 사이다 等으로 實情대로 誠意껏 待接한 듯.

〈1989년 11월 28일 화요일 雪, 晴〉(11. 1.) (1°, 5°)
體育館에 나가 10余 日 만에 배드민턴 채 쥐고 가벼운 亂打 좀 쳐본 것.
手術處 順調롭게 합창 잘 되는 셈인 듯~붙여졌던 카제 붕대도 떼어 버렸고. 꿰맨 자국이 5군데 뚜렷이 보이나 過히 험하게 뵈지는 않은 셈. 其間 子息들의 誠意에 合流되었을 것.
여러 時間 讀書하여 밤 8時쯤에 '群鶴圖' 11券 讀破하여 柳周鉉 著 歷史小說 8券째 뗀 것. 다음은 '大院君' 1号.

〈1989년 11월 29일 수요일 晴, 曇〉(11. 2.) (-3°, 5°)
今日까진 最低氣溫, 영하 3°. 地方에 따라 積雪. 영하 8°까지도.
友信會에서 問病人事次 朴東淳, 金基咏 다녀가고~健康食 1箱. 快癒條 金一封.
市內 나가서 李斌模 同窓會員 찾아 来訪한 謝禮 人事하기도. 日暮頃에 눈파람 若干.
밤 9時頃에 서울로 安否 電話했고.

〈1989년 11월 30일 목요일 晴〉(11. 3.) (-4.5°, 4°)
今朝 배드민턴 껨 成果 優秀한 편이었고.
2週 만에 沐浴湯 목욕했고~手術 後 처음인데 今日부턴 괜찮다고 醫師의 말이었기에.
아침결 老人 從兄님 다녀가셨고…手術 苦痛의 人事次 오신 것.
밤에는 親旧들한테서 廻復 安否 未電…李鍾瓚, 柳海振, 史龍基.
어제부터 아침氣溫 全國的으로 零下圈.

〈1989년 12월 1일 금요일 晴〉(11. 4.) (-4°, 8°)
食 前 날씨 몹시 찼지만 해돋은 後부터 맑고 밝은 날이어서 氣分 상쾌하였고, 8°까지.
세째 子婦(韓 氏) 人事次 다녀갔고…감귤 사갖고 온 것.
井母와 함께 市場 나가서 井母의 차마, 바지, 上內衣 등 3가지 合算 4万 원에 사는 것 거들었고. 有名 백화점에선 1가지만도 3, 4万 원 내지 10余 萬 원씩.
夕食頃에 서울 큰 애한테서 安否 전화 왔다는 것.

〈1989년 12월 2일 토요일 曇, 晴〉(11. 5.) (2°, 12°)
趙東秀 내덕校長 女婚에 招請 있어 人事 다녀왔고.
昨夜에 人事電話 왔던 忠北大 朴仁根 教授 고기까지 사 갖고 와서 問病 人事. 이 일 서울 큰애한테도 알렸고.

〈1989년 12월 3일 일요일 晴〉(11. 6.) (5°, 14°)
早起 淸掃에 時間余 勞力~집앞 道路쓰레기, 울 안의 사철나무 섶잎, 채소밭에 쌓인 落葉, 케일 밭 것도. 地下室 階段 等.

当姪 魯錫이 来訪 人事~감귤湯 갖고 온 것.
族弟 佑榮(金溪校) 子婚에 人事次 井母와 함께 木花예식장 다녀왔고.
午後엔 金溪 農場 가서 2時間 程度 作業~대추나무 培土…凍防의 意.
手術處와 허리에 溫濕布 約 40分 間씩 아침에도 저녁에도 베풀었더니 잠시나마 개운하고 부드럽고 시원한 氣分.
막내들 胎氣 있다는 消息 있기도…明日이 結婚 一週年이 되기도.

〈1989년 12월 4일 월요일 晴〉(11. 7.) (11°, 12°)
今日 溫度 終日토록 거의 平衡~日出 前 11°, 낮 12°, 日沒頃 11°.
낮에 '리라병원' 가서 盲腸手術處 뵈이고 4,5cm 길이 속에 스치는 것 確認하고 安心…'속에 있는 실밥'이라고.
市內 衡機商(署앞)가서 마음 먹었던 저울 2個 購入했고~體重機, 主婦저울[57].
※15日 만에 처음으로 술맛 본 것[58]~井母가 直接 빚은 것으로 약술. ⓒ

〈1989년 12월 5일 화요일 晴〉(11. 8.) (-0°5″, 10°)
今日도 金溪 농장 가서 150株의 대추나무에 殺蟲, 殺菌制 藥물 뿌려 予定한 일 마치기에 勞力 많이 한 것.
歸路에 前佐里 다녀 省墓하고 淸州 집에 오니 下午 6時 半 되고.
夕食 後 세째 明이 와서 在職校 年限 未達이나 音樂科 特技 교사 추천에 該当되어, 運 좋으면 다시 市內 某國校로 轉入되기 쉽겠다는 반가운 이야기 있었고.
아침엔 찬 편이었으나 푹한 날씨어서 지내기 괜찮았던 셈. ⓒ

〈1989년 12월 6일 수요일 晴〉(11. 9.) (0°, 10°5″)
午前 中 讀書하고 午後엔 '정문당' 가서 親睦會(淸友會) 수첩 價格 再確認하고선 南門路 明視堂 들러 眼鏡 손질한 것.
夕食 後 濠洲 杏한테서 電話 왔었고~꿈에 아버지 편찮았다는 것. 數日 前에 저도 경미한 交通事故로 2, 3日 間 괴로웠다는 것. 明春에 歸國 予定이라고.
日暮頃엔 어항 물갈이 깨끗이 개운이 했기도. ⓒ

〈1989년 12월 7일 목요일 가끔 가랑눈, 비〉(11. 10.) (0°, 4°5″)
比較的 終日토록 쌀랑한 날씨.
從兄과의 連絡에 宗稷와 서울 成榮 子婚에 對하여~日時와 場所 等.
午後에 서울 큰 애와도 未電~仝上이 件…日後 다시 連絡될 것으로.
밤엔 大田 둘째한테서 안부 전화 왔었고.
夕食 後 찹쌀떡 좀 사 갖고 셋째 집 다녀온 것~明日 있을 高校 入試에 当한 孫女 惠信이 激勵하기도. 셋째의 轉入 關係도 알아보았고. ⓒ

〈1989년 12월 8일 금요일 晴〉(11. 11.) (-3°5″, 4°)
孫女 惠信이 高校入試 場所인 淸州女高 가서 受驗 마치고 나왔을 때 激勵와 慰勞하였고.

57) 원문에는 붉은색 색연필로 밑줄이 그어져 있다.
58) 원문에는 붉은색 색연필로 점선이 그어져 있다.

약전골목 '대동한약방' 가서 '鹽酒湯?' 2斤 져서 丸劑 집(李斗熙) 찾아가서 製造 委託하였기도.
四女 杏이가 보내온 鹿茸[59] 달여서 服用하기 시작했고.
今日 날씨 終日 추었던 셈. ⓒ

〈1989년 12월 9일 토요일 晴〉(11. 12.) (-4°, 9°)
每朝의 運動 '배드민턴' 成績 比較的 順調롭게 쳐지는 편.
朝食 後 곧 洞事務所 가서 「제71회 전국체전 유치 기념 시민건강달리기대회 신청」한 것… 明日 午前 7時 半에 淸州高校 운동장에서 出發토록 돼 있고.
鄭奭基(현도교) 女婚과 族姪(魯尙…백동~청주서 商業) 子婚에 上堂예식장 가서 人事한 것.
'人蔘製粉所' 가서 前日 맡긴 鹽酒湯 丸劑한 것 찾아왔고. 重量 約 2kg. ⓒ

〈1989년 12월 10일 일요일 晴〉(11. 13.) (-1°, 9°5″)
丸劑藥 服用 着手[60]~一日 三回 空腹時…새벽. 午前 間, 午後 間. 1廻 50알씩.
市, 郡民 健康달리기大會에 參席했고-4km. 淸高에서 牛岩國校까지. 8時 5分에 出發하여 8時 30分에 到着했으니 25分 間 걸린 것. 完走 紀念品 받았다니 이것도 健康維持 증거의 한 가지 되는 것. 參加者 約 3千 名이라나.
居住 烏山인 族長 致兆 氏 子婚에 人事가서 炱心. 廻路에 洪喜植, 그 後로 또 尹秉大한테 茶待接받기도.
今日부터 服用하는 丸藥[61] 計量해보니 重量 1,500g. 11,550個로 1日 150個 되어 77日 分이니 2個月 半 동안 服用할 수 있는 것[62].
門牌 製作 淨書 揭示, 먼지터리개 再生, 其他 손질 等으로 午後엔 工作系 일 보기에 熱中했고.
当分間 休刊됐던 月刊 '배드민턴'이 復刊되어 11月号가 나왔기에 通讀 착수. ⓒ

〈1989년 12월 11일 월요일 曇〉(11. 14.) (4°, 11°5″)
井母와 함께 市場 가서 무우 15개 個当 100원씩, 배추 10폭 1폭 150원씩 사다가 울 안 밭에 묻기에 바쁘게 땀 흘려 勞力했고.
今日 날씨 終日토록 푹했던 것.
日暮頃에 秀谷洞 가서 '스마트自轉車 代理店'에서 自轉車 修繕했고~샤돌 更新, 信号 방울 更新, 라이트 손질, 줄 更新…5,000원으로 잘 해준 셈-장남 사람 李 氏.
방배본동 外孫女 '조수진' 大學入試에 關聯 天安 妻弟 집으로 電話連絡 後 다시 서울로 通告했고…受驗場所 天安 檀大캠페인. ⓒ

〈1989년 12월 12일 화요일 曇, 晴〉(11. 15.) (1°, 8°)
10時 半 車로 上京~四從弟 成榮 子婚[63]에 人事. 큰 애, 큰 딸, 세째딸도 參席. 잠실 롯데百貨店 옆 鄕軍會館예식장. 큰 堂姪과 둘째 四寸

59) 원문에는 붉은색 색연필로 밑줄이 그어져 있다.
60) 원문에는 붉은색 색연필로 밑줄이 그어져 있다.
61) 원문에는 붉은색 색연필로 밑줄이 그어져 있다.
62) 원문에는 붉은색 색연필로 밑줄이 그어져 있다.
63) 원문에는 붉은색 색연필로 밑줄이 그어져 있다.

도 만났고. 큰 子婦도 왔고.
예식장 点心 後 큰 子婦 案內로 롯데월드 스케트場과 娛樂室 求景하였기도.
日暮頃에 文井洞 갔고. 長孫子 英信 방에서 便히 잔 것. 밤에 온 次孫 昌信이 제 친구 勸酒에 異常 있다면서 잠시간 괴로워했던 것. ⓒ

〈1989년 12월 13일 수요일 曇〉(11. 16.) (-2°, 4°)
早朝食하고 큰 애 車로 高速터미날 와서 7時 20分 發 버스로 淸州 왔던 것. 孫子들 입었던 잠바 2벌 가져왔기도.
外出 않고 終日토록 房內 生活한 것~新聞 讀破, 曆帳 記錄, 歷史小說(大院君) 읽기 等. 補藥 몇 가지 服用 中…鹽酒丸, 茸, 淫羊藿 等. ⓒ

〈1989년 12월 14일 목요일 曇〉(11. 17.) (-2°, 2°)
午後에 江外面 正中里 再從兄님(點榮 氏) 찾아가 人事 가서 酒類 떡 等 待接하고 夕食하며 情談 後 再從姪 車로 鳥致院 와서 入淸하니 7時頃 된 것.
明日은 大學入試日인데 날씨 몹시 출듯. 外孫女 '조수진' 天安서 受驗한다는 것. ⓒ

〈1989년 12월 15일 금요일 晴〉(11. 18.) (-4°, 7°)
金溪 故鄕에 四派 宗稧[64] 있어 夫婦 다녀왔고~從兄이 有司여서 큰집에서 稧한 것. 約 30名 參集…墻東 도조 11叺半余으로 56万 원. 水落 도조 35万 원 合 91万 원 宗財 收入. 總決算에 四派 宗財 86万 원 殘高에서 起鍾 氏에 70万 원 貸與. 16万 원 預金토록. 郭周榮 23万 원, 郭有鍾 20万 원 元金 뉘운 것.
井母는 둑너머 밭 도조條 白米 5말 받아 淸州까지 運搬에 애쓰기도. 白米 집까지 운반엔 큰 妹夫가 協助하여 容易로웠던 것. 매양 平素 고맙기도. ⓒ

〈1989년 12월 16일 토요일 晴〉(11. 19.) (-1°, 7°)
농협 가서 돈 찾아다가 보이라에 石油 3도람 注入…37,200원×3=111,600원 所要.
日出 前後 體育館 往來時엔 쌀쌀했으나 낮 동안은 比較的 폭온한 셈이었고.
新聞과 小說 좀 읽는 데 해 넘긴 편. ⓒ

〈1989년 12월 17일 일요일 曇〉(11. 20.) (3°, 10°)
日出 前後 氣溫 폭온했고. 낮 溫度는 10°.
낮 12時부터 있는 TV. KBS 全國노래자랑 再演에서 外孫女 '조수진'이 人氣賞 받는 것[65] 보았고~'호랑나비 노래와 律動' 佳觀에 대견한 것 보며 기쁜 눈물 돌았기도.
今日도 거의 終日토록 讀書한 편.
鹿茸 삶은 찌꺼기 모두 주어모아 다시 끓여 서너 차례 먹기 시작했고.
体重 正 51kg[66]~大便後完裸體(空腹). ⓒ

〈1989년 12월 18일 월요일 晴〉(11. 21.) (-1°, 9°)

永樂會 月例會(원체는 每 12日) 있어 夫婦 參席~'장원식당'…7双双.
午後 6時 半부터 있는 在淸宗親會에 參席~淸原祠 지붕修理 문제에 따른 資本문제. 새淸州약국 漢鳳 氏로부터 90年度 月曆과 論語新解

64) 원문에는 붉은색 색연필로 밑줄이 그어져 있다.

65) 원문에는 붉은색 색연필로 밑줄이 그어져 있다.
66) 원문에는 붉은색 색연필로 밑줄이 그어져 있다.

'해석철저' 책자 1券씩 나누어 주었고. 今日 參席 人員 近 20名 되었던 것. ⓒ

〈1989년 12월 19일 화요일 晴〉(11. 22.) (-1°, 8°)
'淸原祠' 지붕 修理 있대서 가 봤더니 工人도 監視者도 없어 궁금했고. 藥水터 옆 큰 商街建物 뒤의 神道碑와 感渡海詩碑 둘러보았더니 工事에 損傷 있었음직함에 궁금하나 包裝되어 있어 確認못한 것.
午後엔 보성타운 가서 해 다 가도록 쉬었던 편.
健康 比較的 廻復된 느낌 있고~食事, 운동, 活動에서. ⓒ

〈1989년 12월 20일 수요일 曇, 晴〉(11. 23.) (1°, 7°)
族叔 漢奎 氏, 族弟 道榮과 함께 藥水터 淸原祠 가서 지붕 修理 工程 狀況 보고 点心은 새청주약국 社長 漢鳳 氏 案內로 '포항식당' 가서 회덥밥 맛있게 먹은 것.
배드민턴 라켙 줄 更新하여 왔고.
內德洞 가선 齒牙 해 넣는 것 보았고~個当 2萬 원整 먹힌다는 것.
오랜만에 대머리 当姑母님께 電話로나마 人事 드렸기도. ⓒ

〈1989년 12월 21일 목요일 曇〉(11. 24.) (-1°, 7°)
꿈에서 깨니 4時 가까워진 時刻…「어린時節? 젊은 時節인양 結婚하게 되어 장가간다고 명주 옷 한 벌 입으며 개용돈이라고 韓紙에 싸인 것 조끼 주머니에 넣는 等 찰라」數十年 前에 作故하신 내안 堂叔의 周旋해주심이 뵈었기도.
지난 18日 밤엔 五女 魯運이 어린 時節인데 다리가 몹시 아파 동당거리는 것 보고 들어 껴안고 울며 달래다가 잠이 깨기도.
아침운동 다녀와서 朝食 後 '淸友會' 몇 분에게 今日 行事 전화로 連絡.
12時부터 있는 淸友會에 參席~7名 中 尹會員 不參. 集合 場所 '송원식당'. 總務로서 會議 進行~問病人事(11月 20日). 10月부터의 行事經過 報告(說明). 手帖(會則, 名簿메모지) 作成 經偉 說明, 点心…別席 茶房에서 茶 待接.
13時부터 있는 辛酉會에 參席하니 午後 1時 半. 9名 全員 參席. 會議 마치고 元, 鄭 교장과 함께 茶房에서 情談하고 散會.
淸友會에서 手帖代 마무리 못봐 개운치 않고.
朝食 後엔 대머리 当姑母(金琦煥 母親) 찾아뵙고 人事 드렸기도~夫婦 함께.
今日 날씨 終日토록 음침했던 것. ⓒ

〈1989년 12월 22일 금요일 曇, 晴〉(11. 25.) (-1°, 6°)
今日은 冬至, 팥죽 맛있게 쑤어 저녁 먹었기도.
玉山面 虎竹分校 가서 技能職 公務員 尹青洙 停年退任式에 參席 人事했고. 金溪校 時節에 因緣 있는 處地여서 自進 參與한 것.
淸原郡 教育廳 管理課長 高00의 厚意와 誠心에 感謝했고~江西校監 時節 弟子라면서 人事. 虎竹서 淸州까지 自己車로 待遇. 뿐만 아니라 車費하라고 現金 5萬 원 封套까지. ⓒ

〈1989년 12월 23일 토요일 晴, 曇, 눈파람, 雪〉(11. 26.) (-3°, 1°)
淸原郡 三樂會 月例會에 參席~'조일식당'…

11, 12月 分 會費 내고 食事는 다음 行事 때문에 안 먹었고.
12時 50分부터 있는 郭漢旭 結婚式에 主禮 본 것…主禮辭에서 尊雁의 뜻 말하고 孝道, 友愛, 協助에 對하여 祝辭한 것.
午後 5時에 '자매불고기' 집에서 友信會 年末會議 있었고, 15名 中 10名 參席.
深夜부터 눈 내리기 시작. 서울서 3女 来清 予定을 中止햇다는 電話 오고. 五男 魯弼은 밤 11時頃 서울 出發하여 鳥致院 경유 明 새벽 2時頃 淸州 도착될 것이라고 電話오기도. 次男 紘은 狗肉 사 갖고 다녀갔다는 것. ⓒ

〈1989년 12월 24일 일요일 雪, 曇〉(11. 27.) (0°, 6°)
0時부터 울 안팎 몇 차례 눈 쓸었고. 새벽 2時 지나도 魯弼이 안와서 궁금하고. 눈은 繼續 가랑눈으로 내리는 中. 새벽 2時 半 現在 積雪量 12㎝ 半. 가랑눈 繼續 내려 8時頃 멎었을 때는 17㎝ 積雪[67].
3時 가까워서 魯弼이 왔고. 무사히 왔으니 가슴 가라앉은 셈.
서울 江南區 木花예식장 다녀 온것~대머리 当姑從 金琦煥 女婚. 12時 30分에 式 擧行. 貸切觀光버스로 歸淸했을 땐 午後 4時쯤.
午後 5時 發 高速버스로 魯弼이 上京. ⓒ

〈1989년 12월 25일 월요일 曇, 晴〉(11. 28.) (1°, 7°)
모처럼 설렁탕으로 点心~수복식당 3人 會食. 거구장 가선 사이다 맥주 사과 等 待接 받았으나 酒類는 안 먹었고.
서울서 큰 애 夫婦 왔고~4시 좀 지나서(午后). 값비싼 오리털 잠바도 사 온 것.
밤엔 둘째한테서 電話 왔다고. 세째 夫婦는 다녀가고. ⓒ

〈1989년 12월 26일 화요일 晴〉(11. 29.) (-3°, 2°)
終日토록 날씨 쌀쌀했고.
日出頃에 大田서 둘째 子婦(林 氏) 오고. 낮엔 市内 세째 子婦, 弟嫂, 밤엔 큰 딸 夫婦(趙 氏) 왔고. 이어 큰 두 孫子 英信, 昌信 오고. 深夜에 大田서 둘째도.
온 家族 深夜까지 情, 歡談. ⓒ

〈1989년 12월 27일 수요일 晴〉(11. 30.) (-4°, 1°)
子婦들이 만든 반찬 맛있게 많이 온 家族 모여 朝食. 큰 孫子들 비롯 여러 孫子女들의 祝歌로 뜻 깊었던 것.「할아버지 생활」이라고.
外部손님 請하진 않았으나 거의 終日토록 먹는 일에 바쁘게 움직이는 것 같았고.
朝食 後 큰 孫子들은 用務 있다고 上京.
큰 딸 夫婦는 낮에 上京-큰 딸은 左側 어깨와 팔이 아프다는데 鍼 좀 맞칠 것을….
큰 애 夫婦 外는 夕食 後 各己 歸家. 밤엔 申敬秀 교사도 人事次 다녀가고. ⓒ

〈1989년 12월 28일 목요일 晴〉(12. 1.) (-2°, 3°)
엇그제 부터 年賀카드 作成 發送하기 시작했고.
큰 애 夫婦 朝食 後 上京~無事到着됨을 午後 7時 너머서 確認.
半年余 만에 사우디 五女(魯運)한테서 새해 人事카드 와서 安心됐고…長期間 消息 없어

67) 원문에는 붉은색 색연필로 밑줄이 그어져 있다.

2個月 前에 消息 督促 書信 發送한 바 있으나 어젯날까지 廻答 없어 궁금한 마음 가슴 꽉 막힐 地境이었는데 消息 왔으니 개운히 풀어진 것. 1주日 前엔 不幸한 꿈도 꿔었던 것. 夕食時 하도 시원해서 藥酒 한 잔 들기도.

3日 間 몹시 추웠더니 日暮頃부터 차차 풀린 듯.

去 24日에 主禮 섰던 族親 郭漢旭 新夫婦 新婚旅行 마치고 人事次 来訪~青果物 等 사 갖고. ⓒ

〈1989년 12월 29일 금요일 曇〉(12. 2.) (-0°5″, 1°)

찬 날씨로 始終. 今日도 年賀狀 答狀 여러 장 發送했고.

보성타운 가서 5穀밥 点心 먹고 陽年末 膳物로 高級 운동화 받았기도. ⓒ

〈1989년 12월 30일 토요일 曇, 晴〉(12. 3.) (-2°, 1°)

故鄕 다녀온 것~派宗稧에 參席[68]. 來榮 집에서. 11時 半부터 16時까지. 城村派 宗財(現金 61万 원, 予金통장 24万 원, 쌀 9.7말).

派宗稧 參席은 아마도 처음인 듯. 佑榮이가 修稧. 明年 有司는 應榮.

四族叔 漢斌 氏와 同行 歸清中 烏山서 李賢世 招請하여 濁酒 一盃씩 나눈 格도 된 것. ⓒ

〈1989년 12월 31일 일요일 晴〉(12. 4.) (-6°, 1°)

12시부터 있는 李泰善(報恩人) 子婚 禮式場 다녀왔고.

井母와 함께 '정금사' 가서 반지 찾아왔기도. 3돈 14万 원이라나.

저녁은 우동으로 배불리 먹었던 것~복대 놀러갔다가.

前 全斗煥 大統領 백담寺에서 와갖고 國會聽聞會에서 五共非理와 光州事態에 對한 證言하였기도~會長內 소란하였고…녹화放送. 夜間에도 마찬가지.

올해도 밤이 깊으면서 國內情勢는 엉망인 것 ~새해를 기대하면서. ⓒ

◎ 89年 主要事 記錄

1. 次孫 昌信 서울大 醫大 入學.
2. 故鄕 一農場에 대추나무 150株 植栽.
3. 健康生活로 年中 배드민턴 繼續 實施했고. 室內體育으로 經穴摩擦法 受講 後 繼續 施行.
4. 在應스님(次女 姬) 外國(泰國, 버마, 印度) 가서 參禪.
5. 盲腸 手術로 苦痛 좀 겪은 것.
6. 初夏 한발로 밭곡 減收됐으나 國家的으론 大體로 平年作.

以上

---

68) 원문에는 붉은색 색연필로 밑줄이 그어져 있다.

필 자

이정덕
전북대학교 인문과학대학 고고문화인류학과 교수

소순열
전북대학교 농업생명과학대학 농업경제학과 교수

남춘호
전북대학교 사회과학대학 사회학과 교수

임경택
전북대학교 인문과학대학 일본학과 교수

문만용
전북대학교 한국과학문명학 연구소 교수

진명숙
전북대학교 고고문화인류학과 BK21+사업단 연구원

박광성
중국 중앙민족대학 민족학 및 사회학 교수

곽노필
한겨레신문 선임기자

이성호
전북대 SSK 개인기록과압축근대 연구단 전임연구원

손현주
전북대 SSK 개인기록과압축근대 연구단 전임연구원

이태훈
전북대학교 대학원 사회학과 박사 수료

김예찬
전북대학교 대학원 고고문화인류학과 박사 수료

이정훈
전북대학교 대학원 고고문화인류학과 박사과정

박성훈
전북대학교 대학원 농업경제학과 석사

유승환
전북대학교 대학원 사회학과 석사

김형준
전북대학교 대학원 사회학과 석사과정

금계일기 4 전북대 개인기록 총서 13

초판 인쇄 | 2017년 6월 16일
초판 발행 | 2017년 6월 16일

(편)저자 이정덕 · 소순열 · 남춘호 · 임경택 · 문만용 · 진명숙 · 박광성 · 곽노필
이성호 · 손현주 · 이태훈 · 김예찬 · 이정훈 · 박성훈 · 유승환 · 김형준

책임편집 윤수경

발 행 처 도서출판 지식과교양
등록번호 제 2010-19호
주 소 서울시 도봉구 쌍문1동 423-43 백상 102호
전 화 (02) 900-4520 (대표) / 편집부 (02) 996-0041
팩 스 (02) 996-0043
전자우편 kncbook@hanmail.net

ISBN 978-89-6764-081-1 93810 **정가** 42,000원